Mircea Cărtărescu

THEO DOROS

Roman

Aus dem Rumänischen
von Ernest Wichner

Paul Zsolnay Verlag

Die Originalausgabe erschien 2022 unter dem Titel *Theodoros*
im Humanitas Verlag, Bukarest.

Dieses Buch erscheint mit Unterstützung des Programms TPS
des Rumänischen Kulturinstituts in Bukarest.

Die Herausgabe dieses Werks wurde gefördert durch TRADUKI, ein literarisches Netzwerk, dem das Bundesministerium für europäische und internationale Angelegenheiten der Republik Österreich, das Auswärtige Amt der Bundesrepublik Deutschland, die Schweizer Kulturstiftung Pro Helvetia, die Interessengemeinschaft Übersetzerinnen Übersetzer (Literaturhaus Wien) im Auftrag des Bundesministeriums für Kunst, Kultur, öffentlichen Dienst und Sport der Republik Österreich, das Goethe-Institut, die S. Fischer Stiftung, die Slowenische Buchagentur, das Ministerium für Kultur und Medien der Republik Kroatien, das Ministerium für Gesellschaft und Kultur von Liechtenstein, die Kulturstiftung Liechtenstein, das Ministerium für Kultur der Republik Albanien, das Ministerium für Kultur und Information der Republik Serbien, das Ministerium für Kultur Rumäniens, das Ministerium für Bildung, Wissenschaft, Kultur und Sport von Montenegro, die Leipziger Buchmesse, das Ministerium für Kultur der Republik Nordmazedonien und das Ministerium für Kultur der Republik Bulgarien angehören.

1. Auflage 2024
ISBN 978-3-552-07509-2

Satz: Nadine Clemens, München
Autorenfoto: © Europa Press News
Umschlag: Anzinger und Rasp, München
Druck und Bindung: GGP Media GmbH, Pößneck
Printed in Germany

MIX
Papier | Fördert
gute Waldnutzung
FSC® C014496

Und ich sah einen kräftigen Engel,
der schrie mit lauter Stimme:
»Wer ist hier würdig, das Buch
aufzuschlagen und seine Siegel
zu brechen?«
Die Apokalypse

Erster Teil

TUDOR

I

Wenn du dich mit drei blutverschmierten Fingern bekreuzigst, dir mit dem Blut die Stirn beschmierst (von wo sich ein dünnes Gerinnsel an deiner schwärzlichen und geschwungenen Nase entlang auf den linksseitig mit einem Goldfaden eingeschnürten Schnurrbart ergießt, um auf die Malachitfliesen der königlichen Festung zu tropfen), dann einen Fleck hinterlässt auf den Schößen deines Atlashemdes von einem solchen Weiß, dass es gülden zu schimmern scheint, und zwei weitere auf seinen Schultern mit den Epauletten aus Opal, zuerst auf der rechten, dann auf der linken, im Namen des Vaters, des Sohnes und des Heiligen Geistes, Amen, wird diese deine Bekreuzigung dann angenommen werden? Man hat dir stets gesagt, dass du ein Kreuz von einem Draufgänger bist, und ebendies warst du, seitdem du von dir weißt, denn so bist du aus dem Bauch deiner vom griechischen Archipel stammenden Mutter geschlüpft, ein Kreuz aus Fleisch, auf dem viele, unzählige Märtyrer ihre Seele ausgehaucht haben, ein Kreuz des Stolzes und der Lust, worauf du mit deinen von Blut und Schießpulver getränkten Händen, deinen stinkenden Fingernägeln, die du immerzu lang getragen und nie gereinigt hast, damit du keinen einzigen Körper vergisst, ob es nun der eines Weibes oder eines Mannes war, in den du sie gekrallt hattest, worauf du gekreuzigt wurdest, zuerst deine arme Seele, ein Gespenst aus durchscheinender Luft, durchstochen von Zimmermannsnägeln und brüllend vor Schmerz, und Blumen aus Blut, wie sie oben erblühen, rechts und links, im Namen des Vaters, des Sohnes und des Heiligen Geistes, Amen.

Du warst ein Mann des Blutes, Theodoros, hast getan, was böse ist vor dem Herrn, du hast Blutendes gegessen und hast Blut getrunken, drum wird dein Opfer nicht angenommen werden, denn das Leben jedes Körpers steckt in seinem Blute. Dein ganzes Leben lang hast du versucht, den

Bräutigam und das Blut zu versöhnen, hast noch ein Brett unten bei den Füßen an dein Kreuz geschlagen, dem gleich, worüber sich die Arme strecken, und an diese Achsen an den Balkenenden hast du Räder mit bronzenen Speichen montiert und das Kreuz umgeändert in einen Streitwagen, gezogen von vier Pferdepaaren, und du, Herrscher über die roten afrikanischen Sande, du, verlogener Gott, du, Prophet des Gemetzels, du, Tewodoros II. von Äthiopien, was du je werden solltest, hatte niemals ein Ahn deines Geschlechts sich träumen lassen können, du aber hattest es gewusst, vom Anbeginn der Zeiten schon, als wäre nicht des Menschen Sohn, als wärest vielmehr du, ein Wurm, beteiligt gewesen an der Schöpfung und hättest mitangesehen, wie Satan blitzgleich vom Himmel stürzte, du, der seinen Traum offenen Auges gesehen, und dessen Augen weder Verdammnis noch Segnung ertragen konnten, du, der letzte Mensch auf diesem Erdenrund, hast die Zäume aller vier Pferdepaare in Händen gehalten, standest mit deinen vom roten Löß bedeckten Stiefeln auf dem weißen unbefleckten Holz des Kreuzes, als wär's entrindete Birke, und über den ineinander verkeilten Heeren flatterte die grün-gelb-rote Fahne mit dem bezwingenden Löwen vom Stamme des Juda inmitten, *Moa Ambassa ze imnegede Yehuda,* du, Löwe der Löwen und Herrscher der Herrscher …

Schon als kleines Kind fragtest du dich, was der Glaube sei, denn wenn dein Glaube wenigstens so groß ist wie ein Senfkorn, kannst du dem Feigenbaum gebieten, er möge sich ins Meer verpflanzen, und dieser löst sich mitsamt seinem Wurzelwerk aus dem Erdreich und fliegt mit bebendem Blattwerk über Berge und Täler und Hohlwege und gelangt an das steinige Ufer des Meeres – das Meer am Archipel, smaragdfarben und in den Tönen frisch geraspelten Lapislazulis, kein anderes trugst du jemals im Herzen und im Sinn – und fährt mit den dutzenden, hunderten verletzten und rohen Wurzelchen hinein ins gelatinöse Fleisch der Wellen, und findet dort Halt, ein Feigenbaum inmitten des Meeres, ein nie vernommener, nie gesehener Anblick, und dort trägt er Früchte, und der Duft reifer Feigen, weich wie Brüste und süß wie Honig, erfüllt die Eilande. Du warst ein zerlumpter und rotznäsiger Junge, der im hintersten

Winkel eines ungepflegten Gartens in einem Land, das unter den himmlischen Gefilden hinweggeglitten war, die *Alixandria* büffelte, als zum ersten Mal und wie ein Senfkorn in dir der Gedanke spross, dass … Damals aber hieltest du inne mit einem Mal in furchtverödeten Herzensgründen, als hättest du gemeint, wenn du nur tüchtig glaubtest, nicht winzig wie ein Senfkorn bloß, sondern größer und mehr und nochmals mehr, so viel ein Scheffel fasst oder dein eigener Körper auf die Waage bringt, dann könntest du im Himmel droben der Sterne Lauf verändern, gar Sonne und Mond anhalten wie Joshua, als der Herr die Liebenden in seine Hände gelegt, vermöchtest auch darzutun, dass ein alter Mann nun neuerlich in seiner Mutter Leib schlüpft und daraus wieder geboren wird, oder könntest auf Cherubim schweben, unter den Füßen eine Kuppel aus Saphir so wie in seiner Reinheit der Himmel selbst. Wenn man das Schicksal des Menschen sehen könnte, wenn jeder Mann und jedes Weib und Kind so eine goldene Scheibe um den Kopf herum trüge wie die auf die Kirchenwände gemalten Heiligen, dann wäre leicht zu sehen, wie groß der Glaube in ihnen ist, denn etliche hätten gar keine Aureole, bei anderen wiederum wäre die runde Scheibe aus gehämmertem Gold so groß, dass sie nicht allein deren gesamten Körper in ihrem güldenen Schicksalsgeflecht einfinge, sondern auch die Häuser und Bäume und Zäune und Felder ringsum, und sie sänke auch hinab ins Erdreich, das nun durchscheinend würde, sodass man die Gefilde der Toten sehen könnte, die Dörfer und Fluren derer, die eingegangen sind längst in die Ewigkeit. Und dann könnte man noch etliche sehen, deren Geschick darin besteht, keines zu haben, und die es sich selber bereiten, denn so gebietet es ihnen der Wille, der stark ist und frei allen Zweifels.

Du warst ein Knabe noch, als du mit der Aufgewecktheit deines scharfen Geistes dich nach *Alexandria* fragtest und *Äsopia* und *Archyrien* und *Anadan* und *Halimaua* mit ihren Wundern, und nach den endlosen Geschichten deiner Mutter, Sofiana von der Insel Tinos, Heimstatt der vom heiligen Kloster Panagia Evangelista gekrönten Orthodoxie des Archipels, zu denen späterhin sich Moses' Bücher gesellten, und Apostel Paulus' Taten, das Zeugnis des heiligen Johannes aus Patmos und schließlich *Kebra*

Nagast, das allerheiligste Buch der äthiopischen Tewahedo-Kirche, fragtest als Kind dich, ob denn Wille und Glaube eins sei und dasselbe, ohne damals etwas zu verstehen, doch verstehst du es jetzt und hier sehr gut, in einer der zweihundert Kammern der Festung von Magdala, wo du, »der Gatte Äthiopiens und Verlobte von Jerusalem«, wie du dich so gerne nennst, die letzten Augenblicke deines Lebens zubringst: Der Glaube kommt von Gott, vom Teufel der Wille. »Denn die Auflehnung ist wie die Sünde der Hexerei und der eigene Wille wie Ungesetzlichkeit und Idolatrie«, beschied der Prophet Samuel den Saul, als der Herr ihn verlassen hatte und bereute, ihn zum König erhoben zu haben. Es ist die gleiche Energie, doch entspringt die erste einem reinen Herzen und die zweite einem perversen, götzendienerischen Geist, dessen Idol niemand anderer als du selber bist. Du hast dich, seit du von dir weißt, vor deinen eigenen Füßen prosterniert, Theodoros, hast keinen anderen Gott gehabt neben dir, und jetzt, da alles zu Ende ist, Napiers Truppen die Festung zerstört haben und seine Kanonen immer noch zu hören sind, donnernd wie die Stimme des Allmächtigen, und die Soldaten der Königin sämtliche Klausen nach dir durchsuchen, um dich am Barte hinauszuzerren und vor die Hunde zu werfen, die Kaiserin Tiruwork und ihr Sohn haben sich zurückgezogen in ihre Gemächer, stolzer sind sie und herzloser als du selbst, bereit, dir den Hals abzuschneiden, elender Mann aus dem Volke, Sohn einer Frau, die Mittel gegen Spulwürmer verkaufte, weil du es gewagt hast, eine Nachfahrin Salomons des Weisen zu entehren und Ytege Yetemegnu, deine Konkubine, deren Leib gezeichnet ist von blauen Striemen über Bauch, Hintern und Schenkeln, weil du seit Jahr und Tag ihr nicht mehr beiwohnen konntest, nur schlagen vor Hass die Frau unter dir, geflohen nun zu den Briten, und keine Dienerin und kein Priester nahebei, obwohl einer von fünf Männern in Gottes Äthiopien geweiht ist zum Priester; jetzt, da es keine Rettung mehr gibt, weil Königin Victoria, die einst deine Freundin gewesen, sich abgewandt hat von dir, dem häretischen und irren Hund, und wenn du dich ergibst, wirst du in einem Käfig landen und wie ein blutrünstiges Tier, ein barbarischer Schlächter durch die Straßen von London gefahren, wo du schließlich gehenkt wirst inmitten eines geifernden und wie eine Ansammlung fauliger Zähne wirkenden Pöbels; jetzt, da du weißt, dass du in wenigen Augenblicken gepackt wirst von Gestalten, deren Klauen länger und schwärzer sind als die deinen, und weggeschleppt in einen der endlosen Räume der Hölle, eng wie die Schränke, mit Wänden aus glühendem Eisen und der Feuersbrunst mit vernichtender Wucht zischend und prasselnd unter den Sohlen, und dass du dort brutzeln wirst, aufgehängt an der Zunge und gehäutet bei lebendigem Leibe, sodomisiert mit glühendem Eisen, bei herausquellenden, platzenden Augen und dem Gebrüll, das dir aufblüht zwischen den Zähnen, sogleich aber aufgesaugt wird von den Wänden aus geschmolzenem Kupfer, und dies nicht eine Stunde, nicht einen Tag lang, sondern so lange die Ewigkeit währt, und nach der ersten Ewigkeit noch tausend weitere Ewigkeiten so fort, wie es mit eigenen Augen die Muttergottes gesehen, als sie hinabgestiegen war in die Hölle; jetzt am gesegneten Ostertag im Jahre des Herrn 1868, nachdem du ein halbes Jahrhundert erfüllt und damit zugebracht hast, eine Sache durchzusetzen, nämlich die Welt zu gewinnen um den Preis, deiner Seele verlustig zu gehen, bleiben dir nur noch der Hochmut, der Hass, der rohe Wille, über Leichen zu gehen, diesmal über deinen eigenen immer noch lebendigen Balg, tot aber, tot in deinem Geiste und tot schon für deine Hände, die nun zittern, aber nicht so sehr, dass sie nicht doch ihren Dienst täten, die schon nach der Kühle des Mündungsrohrs suchen, des Hahns und des Abzugs, wie ein Mund, der gierig nach einem Faden kalten Wassers lechzt. Auf dem von rotem Brokat mit golden eingewebten Szenen aus dem Pentateuch bedeckten Tisch hast du ein offenes Mahagonikistchen stehen, worin auf einem Bett fein gefältelten Satins zwei Duellpistolen von seltener Schönheit liegen, wie Stiele nie gesehener Blumen oder kleine, kaffeebraune Tiere mit spiegelglänzendem Fell. Jeden Pistolenknauf ziert ein goldener Kranz, der auch den Abzugsmechanismus eng umfängt. Zwischen den Lauf an Knauf liegenden Pistolen gibt es eine Vertiefung, worin sich auf dem gerafften Satin verschiedene weitere Gegenstände von merkwürdiger und wie quecksilbriger Gestalt befinden, darunter auch drei vergoldete Patronen. Es ist ein Geschenk von Königin Victoria aus besseren Zeiten, als sie, wiewohl sie nicht mit graziöser Hand auf deine langen und verworrenen Briefe antwortete, denn schließlich warst du für sie nichts anderes als ein afrikanischer Wilder, der affengleich auf einem von anderen gestohlenen Thron herumturnt, dir für deine Dienste hin und wieder einen Korb derart stinkender Käselaibe schickte, dass du sie sogleich an deine Dienerschaft und an die Schweine geben ließest, die sie dann auch nicht aßen, oder eine Uhr mit Feder, die du schon zerbrachst, als du sie das erste Mal mit deinen klobigen Händen aufziehen wolltest, oder eine Art Musikinstrument, das niemand in Äthiopien zu gebrauchen verstand, sodass die schwarzen Hände mit den rosa gefärbten Handflächen bei den vielen Zeremonien den Rhythmus wie auf einer Trommel in die rotbraunen Ausbuchtungen geschlagen und die Saiten ebenso wie die elfenbeinernen Klappen, von denen man nicht wusste, wozu sie gut sein sollten, ignoriert wurden. Wenigstens diese Pistolen sollten von Nutzen sein, einmal, und damit möge es seine Bewandtnis haben, worauf Napier sich auch diese greifen wird, wie er sich Magdala und die Schätze darin aneignen wird, die Haufen Elfenbein, die Säcke mit Gewürzen in den Kellerräumen, wo man, um eintreten zu können, Nase und Mund mit einem Tuch bedecken musste, denn sonst hätte der Duft nach Sandelholz, Zimtrinde, Nelken und Piment, nach Myrrhe und Narde und den sieben Sorten Pfeffer dich innerlich einbalsamiert, dein Herz zum Stillstand gebracht, sodass auch die Zeit stillstünde wie der Himmel auf den Wänden deiner in den Fels gehauenen Kirchen, und du könntest dich nie wieder auf dem Erdboden und unter den schmucken afrikanischen Himmeln zeigen. Salomon, der Sohn Davids, aus dessen Sippe du hättest hervorgegangen sein müssen, um berechtigt zu sein, über das heilige Äthiopien zu herrschen und kein zweifacher Dieb der Macht zu sein, denn du standst nicht im Buch der Heiligen Israels als Nachfahr des Menelik, und warst nicht einmal ein Kassa, Sohn der Kosso-Verkäuferin, jenes Mittels gegen Spulwürmer und anderer lebenden Bänder im Gedärm, sondern ein heimatloser Herumtreiber aus einem fernen Land, Salomon hatte das Gold von Ophir und die Zedern des Libanon zusammengetragen, den Tempel des Herrn errichtet, den er dem Namen dessen weihte, der mit den Cherubim über dem Gnadenthron sprach, er empfing die Königin von Saba in seinen Palästen und schließlich auch an seiner Brust, damit solcherart Menelik geboren würde, Begründer der äthiopischen Dynastie, der ältesten auf dem Erdenrund, aber er konnte sich nicht all der mit Zahlen nicht zu erfassenden Reichtümer rühmen, die du, Theodoros II., in bloß dreizehn Herrschaftsjahren zusammengerafft hast, und der du niemals, wärest du denn von Gott gefragt worden, welche Gunst er dir erweisen solle, um Weisheit und Verständnis, gut vielleicht für Schuhmacher und Schreiner, gebeten hättest, wie Salomon es getan hatte, sondern Kaiser sein und grenzenlose Macht haben wolltest, um deinen Feinden Reichtümer vor Nasen und Augen zu führen und dir selbst auch das hohe und schneebedeckte Gebirg dieser Welt zu Füßen zu legen. Und wenn Gott dies nicht gewollt hätte, so hättest du selbst mit eigener Hand dich zum Kaiser erhoben und Herrscher über diese Afrikaner, schwarz wie Ebenholz, wo ihr Name Äthiopier herrührt, denn der zerlumpte Knabe aus der nebligen Walachei, der zur Herbstkühle gekrümmt auf Dachböden die *Aesopia* las, das Buch über den schwarzen und potthässlichen Aesop, Sklave des Xantos, der wusste nicht, dass ihn das blinde Schicksal in dessen Land geleiten sollte, wo alle so schwarz waren wie jener, denn Aesop bedeutete genau dies: Äthiopier, also Schwarzer.

So kommt es, dass vor nunmehr dreizehn Jahren in der heiligen Kirche der Jungfrau Marjam von Diragse, im Gedränge von zig, ja hunderten von Priestern in bunten Wollgewändern, die rhythmisch und guttural sangen und dabei ihre entsetzlich ruinierten Zähne sehen ließen, sofern sie überhaupt noch Zähne im Mund hatten, und herumhüpften wie die Heuschrecken oder Schamanen, von denen sie sich allein durch die Weihrauchkessel und die krummen Kreuze aus Bambusstecken unterschieden, die sie wie Lanzen handhabten, du, der falsche Kassa aus Kwara und falsche Nachfahr von Salomon, wie Napoleon dich selbst kröntest mit einer barbarischen Krone aus Gold, Elfenbein und geschnitztem Sandelholz, und zwar unter dem ebenfalls hochstaplerischen Namen Tewodoros II., damit du die Prophetie erfülltest, die da verkündet hatte, es werde ein König dieses Namens dereinst kommen und Äthiopien in ein Märchenland verwandeln, in dem Milch und Honig fließen, das Land des ans Kreuz geschlagenen Christus und eines tausendjährigen Friedens. Du aber, noch saßest du nicht fest auf dem Thron, brülltest in den Kirchenraum, dass die bunten Fensterscheiben klapperten, durch die das Licht auf die Menge Pfarrer und Frauen fiel, die ihre Wangen mit Kalk weiß gefärbt hatten, und die nackten Kinder, seltsame Diener Christi, dass du dieser seist, dass sich an diesem Tag die Prophetie erfüllt habe, du, der verlogene Messias eines versklavten und verkauften Volkes, hast das althergebrachte Reich in ein Tal der Tränen verwandelt. In nur dreizehn Jahren hast du das Volk des *Kebra Nagast* verstümmelt und deine Schatzkammern vollgestopft mit Schätzen, von denen nicht einmal ein Staubkorn mehr übrig bleiben wird, denn in wenigen Tagen schon werden Napiers Soldaten, bösartiger und barbarischer noch als die deinen, alles plündern, alles, alles, und deine drei Kronen werden dahin sein, und die wunderwirkende Ikone Kurate Re'esu mit dem Antlitz des dornengekrönten Märtyrers, die so mächtig war, dass sie, mitgeführt in der Schlacht, selber und von alleine für dich kämpfte wie seinerzeit die Bundeslade für die Stämme Israels, auch die goldenen Kreuze, die Alabastergefäße, die Kassetten mit Händen voller Edelsteinen, die geweihten Waffen deiner Vorläufer auf dem Thron, alles wird hinuntergeschafft werden an den Fuß des in Flammen stehenden Magdala, drunter und drüber auf Decken gehäuft, die über das Gras gebreitet wurden, und an jeden, der dies mag oder nicht, zu Ramschpreisen verscherbelt. Tiruwork Wube, deine Königin, die dich mehr noch hasste als die Hölle selbst, die würdige und eiskalte Nachfahrin von König Salomon, und euer Sohn, Alemayehu, der dir auf dem Thron hätte nachfolgen müssen, obwohl er mit seinen zwölf Jahren noch ein verweichlichter Junge war, der an den Rockschößen seiner Mutter hing, was dich auf unangenehme Weise daran erinnerte, wie verzaubert auch du von deiner Mutter warst, Sofiana, einer Griechin von den Inseln, die als Dienerin in die neblig trübe Walachei gelangt war, und wie stark dir auch heute noch der Geruch nach zerschlissenen Tüchern und Kälte aus ihrer Stube in den Nasenflügeln sitzt, sie werden beide als Beutegut nach Angliterra verschleppt werden und dort bei allgemeiner Gleichgültigkeit in den Nebeln und Regenfällen und der Finsternis des perfiden Albion verenden, in Särge gepackt, die mit phantastischen äthiopischen Geweben bedeckt werden, Samte voll bunter Stickereien, welche die ruhmreichsten Momente der salomonischen Dynastie vorstellen, tausende Jahre alt, und ins kalte Erdreich jenes steinigen Eilands hinabgesenkt.

Auch daran wirst du keinen Anteil mehr haben, denn dich werden sie auf dem Boden liegend vorfinden, den Pistolenlauf noch im Mund, und das Hirn zerstreut über dem roten Tisch, auf dem Fußboden und an den Wänden, auch Stücke deiner Schädeldecke mit dem Skalp, an dem immer noch ein paar deiner geflochtenen Strähnen hängen, verstreut über den dunkelgrünen Malachit-Fliesen, und die Bischöfe des Volkes, über das du ohne die geringste Berechtigung dazu geherrscht hast, werden dir nicht verzeihen, dass du deine Hand gegen dich selbst erhoben hast, was eine Todsünde ist, denn nur Einer kann Leben nehmen und zurückgeben, wann und wem immer Er mag, und dir selber das Leben zu nehmen heißt, dem Herrn einen Seiner Diener zu rauben, Gefäß für Ehre oder Schande, wie Er es als rechtens erachtet auf Seinen allzeit verborgenen Wegen. Sodass, nachdem die Soldaten dich gefunden und bis auf die Haut entkleidet haben werden, denn die Gewänder des toten Kaisers sollten für keine geringen Beträge verkauft werden, nachdem du verhöhnt, am Barte gezogen und bespuckt wurdest, mit den Füßen dir in die runzligen und blauen Eier getreten wurde, sollten dich die Engländer beerdigen, mit Gewehrschüssen, das schon, aber nicht in geweihtem Boden und nicht wie man die Gesalbten des Lebenden Herrn auf Erden bestattet, sondern wie einen Streuner und Niemand, der du auch gewesen bist. Denn du bist weder als Tewodoros, gekrönt mit Sandel und Elfenbein, noch als Theodoros, der Schrecken des Archipels und plündernde Despot der Levante, eingegangen in den schweißnassen Lehm Äthiopiens, sondern so wie dich der Herr bei der Taufe kennengelernt hatte, als Tudor, Sohn deines Vaters Gligorie Işlicarul, Untertan des Tachi Ghica, Bojar eines Geschlechts, aus dem sich auch Prinzen jenes Landstrichs erhoben hatten, eher eine Gegend der Märchen und des Traums als eine der Geographie: die neblige, verschneite, wilde und unvergleichliche Walachei, blühendes Vaterland mit dem Duft nach Aprikosen und Quitten, mit singenden Hähnen, die mit ihren Trompetentönen immer noch deine verlorene Seele erreichten und deine letzten Worte, als dich schon die Todesschauer in der Klause durchzogen, die das Ende deiner Tage mitansehen sollte, in jenem Magdala auf dem hohen Felsen unter den rollenden Himmeln Afrikas, die sollten auf Rumänisch gesprochen sein, wie du Rumänisch auch in allen deinen Träumen gesprochen hast, die dich, wo auch immer deine Schritte, die Karawanen und Schiffe hinführten, stets ohne Fehl zu Hause in Ghergani zeigten, auf dem Gut der Ghiculeştier oder in ihren Häusern in Bukarest, durch das die Dâmboviţa mit ihrem süßen Wasser fließt, worin Mädchen, Jungfrauen und Gänse badeten.

Dort befand sich für ein halbes Jahrhundert, in dem du deinen Schatten über die Erde geschleppt hast, der einzige Ort, den du je Zuhause genannt hast, der einzige, an dem du Fleisch und Knochen wie die menschlichen Geschöpfe hattest, bevor du zum alles vernichtenden Feuer wurdest und ein Kelch, randvoll mit Blut.

Und nicht einmal im kalten, kalten Grab in einem heißen Land würdest du wirklich ruhen können, wer auch immer du in deinem Herzen gewesen sein magst, denn unter den von den Engländern deinem noch warmen Körper geraubten Kleinodien, den aus deinen Ohrläppchen gerissenen Ohrringen mit den Chrysaliten und den Goldfäden, mit denen dein Bart nach links hin geschnürt war, sowie das kristallene Kreuz, das in der Provinz Gojjam nach einem Blitzschlag aus heiterem Himmel herabgefallen war, und das du an einer Kette mit Gliedern aus getrockneter Giraffenhaut am Hals trugst, und den Goldzahn im Mund, den du zur Zeit, als Nura deine schwarze Göttin und Schlangenfrau war, auf einem libanesischen Markt gekauft hast, unter dutzenden Zähnen aus Holz, Elfenbein, Gold und Feuerstein befand sich in einer Schachtel auf dem Marktstand eines Muselmanen, der neben Zähnen auch Pfeil- und Lanzenspitzen verkaufte, auch dein kaiserlicher Siegelring, dein Titel in ein Amethystplättchen eingraviert, der Stein deines Geburtstags im Zeichen des Wassermanns, und niemand hatte Kenntnis davon, denn der Dieb hatte deinen knotigen Finger mit Fett eingeschmiert, um ihn abziehen zu können, und zeigte ihn auch nach den heftigsten Drohungen Napiers vom nächsten Tag nicht mehr her.

Aber Wochen, nachdem du begraben warst und deine Verwandten aufgebrochen waren auf das verhangene Land der Engel zu, tauchte der Ring in Wollo auf, bei den Clans der ungläubigen Mammadoch-Hunde, die sich für direkte Abkömmlinge von Mohammed hielten, und die du etliche Jahre zuvor mit der Grausamkeit einer wilden Bestie beinahe vernichtet hattest, ihren Prinzen hattest du an einem Baum aufgehängt und jenen, die nicht an die Auferstehung unseres Herrn Jesus Christus glauben wollten, hattest du Arme und Beine abgeschlagen. Ein unbekannter Mann, der deinen Ring trug, soll sich inmitten der Muselmanen gezeigt und vorgegeben haben, du zu sein, die Engländer hätten bloß einen Sack alter Kleider begraben, und du würdest zurückkehren auf Abessiniens Thron, die Fremden vertreiben und sie zermalmen, die Söhne der Lüge, und er verschwand auch sogleich wieder unter den Muselmanen, bevor man ihn packen und eins machen konnte mit dem Staub der Straße. Dann zeigte er sich in Saba, von wo einstmals eine schöne und überaus reiche Königin mit einer Karawane nach Jerusalem aufgebrochen war, um sich von der Weisheit des Königs Salomon zu überzeugen, dann zeigte er sich in der Kirche der heiligen Marjam von Sion, die sich in der heiligsten Stadt deines Reiches befindet, in Aksum. Er reckte den Finger mit Ring und Amethyst hinauf zum Himmel des mit Engeln bemalten Kirchenschiffs und redete abermals von deiner baldigen Wiederkunft, dann zeigte er sich noch an tausend anderen Orten, unter sämtlichen grünen Bäumen und auf allen Höhen, sodass dein Nachfolger, von den Engländern auf den Thron gesetzt, nachdem Magdala in den Flammen untergegangen und dort oben auf dem Felsen, wo sich deine Macht entfaltet hatte, kein Stein mehr auf dem anderen geblieben war, der neue Herrscher Tekle Giyorgis III., der Sohn des Erhängten aus Wollo, gegen ein ganzes Heer von Tewodorosen zu kämpfen hatte, allesamt aus den Ängsten und Albträumen jener Unglückseligen entsprungen, die dreizehn Jahre lang unter deinem Joch gelebt hatten, die ihnen wie dreizehn Jahrhunderte vorgekommen waren. Tausende Tewodorose, tausende Löwen von Magdala, tausende geharnischte und behelmte Kreuzeshelden mit feurigen Augen und Bärten wie nicht verlöschende Glutroste, rittlings auf Kreuzen, die verwandelt waren in Streitwagen, den Finger mit Ring und Amethysten gen afrikanischen Himmel gereckt, überrollten Äthiopien wie Heuschrecken in Menschengestalt und verkündeten, dass Tewodoros sehr bald zurückkehren werde, um seine Todfeinde sich unter die Schuhsohlen zu streuen. Erst nachdem man Giyorgis durch Yohannis IV. ersetzt hatte, sollte sich die Gespensterarmee allmählich in der heißen Luft über den Sandhügeln wie eine Spukgestalt auflösen. Dann hat man dich von dieser Grabstätte weggebracht in eine andere und wieder in eine nächste, um solcherart deine Spuren zu verwischen und die Bewunderung im Keim zu ersticken, die dir noch entgegengebracht wurde von solchen, die sich erinnerten und wie nach jedem Tyrannen meinten, zu deiner Zeit sei es besser gewesen.

Und war es etwa nicht besser gewesen, fragst du dich jetzt, da du noch am Leben bist, obwohl du in deinem prophezeienden Geist schon gestorben bist, jetzt, da du noch sehen kannst mit deinen grimmigen Augen, die einstmals in den Morgendämmerungen der Walachei so erstaunlich klar waren, so schön und männlich im Minium- und Smaragdfeuer des Archipels, da du immer noch die umrankten Läufe der Pistolen betasten kannst, die du wie zur Verhöhnung des Schicksals von der Königin geschenkt bekommen hast, die sich nie vorgestellt hatte, du würdest dir damit das Leben nehmen, jetzt, da du immer noch den Lärm der Soldaten hören kannst, die deine Festung plündern. Enttäuscht und vereinsamt schriebst du den ganzen Vormittag jenes heiligen Ostertags einen Brief an deinen Feind, General Robert Napier, einen in den Kriegen in Indien und China gestählten Mann, ein gnadenloser Mann wie du selbst, obwohl er sich für einen Träger der Zivilisation hielt und Champion der Christlichkeit, und er hatte vierhundert Meilen von Zula, wo er am Roten Meer speziell für diese Invasion Äthiopiens einen Hafen gebaut hatte, bis nach Magdala überwunden, und dies in einem Land ohne Brücken und Wege, voll wie ein wuselndes Wespennest von allerlei Kriegern, mit unüberwindlichen blauen Bergen und Wasserfällen aus dröhnendem Kristall, mit Dörfern, darin Frauen mit weißgekalkten Gesichtern und buntgefleckten Sonnenschirmen, mit in den Felsen gehauenen Kirchen und Affen mit Hundegesichtern allerorten, mit zahnlosen Mönchen in jeder Nische und Nächten mit einem größeren Reichtum an Sternen und kälter als irgendwo sonst auf unsrer gesegneten Erdkugel. Du hattest so an den Feind geschrieben, als schriebest du an dich selbst, denn da war niemand mehr, an den du hättest schreiben können, deine Mutter, Sofiana, war Nonne in Christus' Namen geworden und vielleicht auch schon in die Ewigkeit eingegangen, du hättest ihr ohnehin nicht mehr geschrieben, was wäre da schon zu schreiben gewesen? »*Mütterchen mein, die ich liebe wie mein Augenlicht, wisse denn, dass dein Sohn ein gemeiner Kerl geworden ist und seine Seele wie einstmals Judas Ischariot für ein paar Silberlinge verkauft hat, dass er die Ikone der jungfräulichen Mutter mit dem Kinde auf dem Schoß mit Blut befleckt, Gebetsräume mitsamt der Heiligen darin niedergebrannt, einigen Christen bei lebendigem Leib Hände und Beine abgehauen hat, dass er sie gepfählt und ihnen allein aufgrund eines Verdachts, einer Vorstellung oder von Träumen das Gemächt weggerissen hat, dass er Prinzessinnen und Königinnen vergewaltigt und sein Volk auf unerträgliche Weise unterjocht und mit Peitschen und Skorpionen gepeinigt hat, dass er sich schon seit Jahr und Tag nicht mehr traut, an der Seite seiner überaus stolzen, aber für die heiligen Dinge glühenden Königin sich vor dem Bett niederzuknien, um gemeinsam mit ihr das Vaterunser zu sprechen, dass es keine Lüge und keinen Betrug und keinen Meineid gibt, derer er sich nicht bedient hätte, und dass es keine Schlingen und Fallstricke gab, die er nicht seinesgleichen ausgelegt hätte, und zwar alles dies im Namen und unter Verachtung der Orthodoxie, über die du mir einstmals so viel erzählt hast, als ich mich an deinen Leib schmiegte, der mir teurer war als mein Leben, und meinte, ich würde ein guter Mensch dereinst sein, weil du gut warst und mein Vater ein guter Mensch gewesen ist.*« Dafür stecktest du die Feder ins Tintenfass und schriebst in kurzatmiger Verwirrung und Lebensüberdruss an deinen unversöhnlichen Feind:

Ich, Tewodoros II., König der Könige und Kaiser der Kaiser, siegreicher Löwe über den Stamm des Judas, Gatte Äthiopiens und Verlobter Jerusalems, an Robert Napier, Kommandeur der Heere Ihrer Majestät, der Königin Englands.

General, wisse von mir, dass ich mich aus Gottes Gnaden bester Gesundheit erfreue, was ich auch euch wünsche. Nun befinde ich mich in deiner Hand, ebenso wie du nun entwaffnet und unterworfen daliegen könntest zu meinen Füßen, wenn Er, der alles sieht und bestimmt, es nicht anders gewollt hätte und meine große Kanone Sebastopol, auf die ich wie auf einen himmlischen Engel gesetzt hatte, schon bei der ersten Salve auseinandergerissen hätte, was meiner Armee jede Hoffnung geraubt, sie kastriert und entkräftet hat. Denn diese Kanone war wunderbar und konnte mit einer einzigen Salve eine ganze Schwadron vernichten, hätte sie mehrfach gefeuert, so wäre deine Armee komplett zerschmettert worden. Drum leg ab deine Überheblichkeit und verschone meinen Festungssitz, denn in der Waffen Macht steckt nie und nimmer ein Sieg, allein in der göttlichen Vorsehung.

Was denn? Bist du gekommen, die Fremdlinge aus meinen Händen zu befreien, die das Land mit ihren Bibeln überzogen haben, die Papisten und protestantischen Häretiker, die uns das heilige Evangelium lehren wollen? Weißt du etwa nicht, dass mein Land schon von alters her ein Evangelium besitzt, älter und heiliger als eures, und das ist das Kebra Nagast, Ruhm der Könige, das hier in Äthiopien selbst die Kinder von der ersten bis zur letzten Seite auswendig können? Darin befindet sich auch die wahre Geschichte von Salomon, dem Sohn Davids und der Königin von Saba, von denen sich das Äthiopische Kaiserhaus herleitet, und die ihr nicht kennt, die jedoch der Wahrheit entspricht und jeder Menschenseele auf dem großen Gebiet unseres Reiches vertraut ist. Auf ihren Seiten finden sich weitere Kleinode an Weisheit sowie ausgeschmückte Geschichten über die Zeit der Patriarchen und die Wunder, die Gott vollbracht hat, als er sein Volk in die Wüste führte, unter die Wolkensäule und die Feuersäule, dazu die wahre Geschichte der Bundeslade. Wir benötigen kein anderes heiliges Buch, denn es gibt unter der Sonne keines, das unserem Kebra Nagast gleichkommt.

Oder bist du etwa mit deinen zigtausend Soldaten hierhergekommen, um uns darüber zu belehren, wie Christen sich zu benehmen haben? Ich habe bisher von euch nichts als Feuer, Blut, Hochmut und Lüge kennengelernt. Ja, ich habe auch vollendete Unterwerfung gesehen, auch Ordnung und einen einzigen Willen, den ich bewundert habe, auch wenn es der war, alles niederzutreten. Denn von euch, den Leuten des Westens, sprach Nebukadnezars Traum, den uns Daniel ausgelegt hat, als er uns das vierte Reich vorstellte, jenes aus Eisen, das die ganze Welt mit der Kraft des Eisens auffressen und zermalmen wird. Ihr habt die beiden Amerika unterworfen, habt China in einen dichten Opiumrauch versenkt, der es bis auf das Knochenmark zerfrisst. Selbst die Fische des Meeres fliehen eure Schiffe, da sie sehen, dass nicht geblähte Segel, sondern Öl und dicker Rauch sie mittels deutscher Zaubereien auf den Wassern antreiben. Nun ist die Mutter der Menschheit an der Reihe, entehrt und ausgeplündert zu werden, mein schwarzes und tätowiertes Afrika mit den einhundert Zitzen und tausend Tränen, geschändet von euch unter Verachtung der Lehren Christi, dem ans Holz genagelten, zur Gesundung der Völker wie vordem die eherne Schlange, die Moses in der Wüste erhoben hat.

Da du mir heute den Thron raubst, so wisse, General, dass du einen Traum vernichtet hast. Mein Wille war es, als Negusa Nagast und Licht Äthiopiens daraus ein Land zu schaffen, in dem Milch und Honig fließen, mit Wegen voller dahinziehender Kaufleute, mit befriedeten Landstrichen, worin alle Häresien mit Stumpf und Stiel ausgerottet sein sollten. Mein Wille war es, von einem Volk gesegnet zu werden, das zur rechten Zeit den Regen bekommt und Hände voll Brot hat. Ich wollte den mohammedanischen Drachen zerquetschen, der diese Gebiete vom Norden her vergiftet, um das heilige Kreuz über mein gesamtes Reich zu erheben, Heimstatt der rechtgläubigen Heiligen. Ich wollte die eiserne Bahn hierherbringen und in unseren roten Boden einpflanzen, die mechanischen Webstühle und Fabriken für Feuerwaffen, stolze Bauwerke wollte ich errichten, wie in den Städten des Westens, die ich nicht mit eigenen Augen gesehen, sondern nur im Geiste, der voll war des Staunens und Wunderns angesichts ihrer imposanten Pracht. Mein Volk wollte ich herausführen aus den grausamen Jahrhunderten der Selbstzerfleischung, welche Zemene Mesafint genannt werden von unseren Gelehrten, die Prinzenzeiten, und es zum Frieden und Lichte geleiten. Wir haben die Geschenke von Königin Victoria, ihren unvergesslichen Brief an uns, den silbernen Präsentier-

teller und die beiden Pistolen sowie das Wohlwollen Ihrer Majestät für den Beginn neuer Zeiten gehalten und sind grausam in unserem Glauben betrogen worden. Ich habe die Äthiopisch-Orthodoxe Tewahedo-Kirche vereinigt unter dem Zeichen des Menschengottes Jesus Christus, in dessen Wesen Mensch und Gott nicht getrennt werden können, während eure Pfarrer und die der Papisten lügenhaft und häretisch daherreden, der Herr spreche in den Evangelien an den einen Stellen nur als Mensch und an anderen Stellen nur als Gott. In meinem Reich war Christus schon Gott, als er sich noch im Bauch seiner Mutter befand, und ich habe erbarmungslos auf die eingedroschen, die dem Quibat-Glauben folgend behaupteten, Er habe Gottesrang erst durch die Taufe erlangt.

Wenn die verdammte Sebastopol-Kanone nicht bei der ersten Salve zerborsten wäre, uns des Engelsflügels beraubend, der uns den vollumfänglichen Sieg beschert hätte, wäre es mir gelungen, deine Kampfesstärke zu brechen, und ich hätte all dies weitergeführt wie ein erleuchteter und sanftmütiger und gerechter König, an den man sich noch in Jahrhunderten erinnert hätte, und auf Äthiopiens Thron wäre niemals jemand gelangt, der nicht ein Abkömmling dieser meiner Knochen gewesen wäre. Aber aufgrund meiner schweren Sünden hat Der-auf-den-Cherubim-dahinfliegt offensichtlich etwas anderes beschlossen, und da ich nun ein halbes Jahrhundert zugebracht habe auf dieser Welt, ereilt mich das Schicksal, alsbald dahinzuscheiden und einzugehen in den roten Boden Äthiopiens. Heute vergleiche ich mich mit Hiob, nackt und voller Blattern auf seinem Misthaufen. Aber aus innerster Tiefe heraus, mit todstarrer Zunge schon beschwöre ich dich in Gottes Namen, hab Mitleid mit Magdala und der Kaiserin und mit unserem Sohn, Alemayehu, damit es dir wohlergehe auf Erden, wie du es bisher gewohnt warst, und du siegreich aus allen Schlachten hervorgehst. Gehab dich wohl im Schutze der Heiligen Dreifaltigkeit und der Gottesgebärerin, der Jungfrau Mariam.

Ich habe diesen Brief mit eigener Hand geschrieben, ich, König der Könige, Tewodoros II., in Magdala, am heiligen Ostertag im Jahre des Herrn 1868.

Du hast den Brief in den Umschlag gesteckt und diesen mit rotem Siegelwachs und dem Abdruck deines mit dem Amethysten bestückten Rings versiegelt. Dann, während der Lärm der in den Zimmerlabyrinthen plündernden Soldaten näher kam und die erschütternden Schreie der Frauen, deiner zahlreichen Konkubinen, der Köchinnen und Küchendienerinnen sowie der Nonnen aus dem Hospital anzeigten, dass sie Opfer unreiner Lüste wurden, starker Rauchgeruch darauf verwies, dass Magdala in Flammen stand und in ein paar Tagen davon nur noch ein Haufen Kohle und Asche übrig sein wird auf dem Felsen, der einstmals uneinnehmbar schien, nahmst du deinen ergrauten und aufgedunsenen und fettstarrenden Kopf in die Hände, bedecktest deine Ohren mit von Ringen überladenen Fingern, kniffst die Lider zusammen und sahst dich wieder in der Ikone aus Gold und Blut deines Lebens, rätselhaft und unergründlich wie jedes andere Leben, das du aus dem Sumpf des Fleisches heraus betrachtest, denn erst von oben gesehen wird die Zeichnung klar wie in der offenen Handfläche, und man kann die Buchstaben der Morde, Küsse und Zärtlichkeiten lesen, jene der aufblitzenden Messer, der Landschaften mit Eilanden und Sternen, der Erinnerungen und verrückten Träume, der aufgeschlitzten Bäuche und hervorquellenden Gedärme mit dem Odem der Kloaken, des Pferdewieherns und des Moschus zwischen den Schenkeln der Frauen, und der Angst vor dem Jüngsten Gericht, dem niemand entgeht. In einem endlosen Augenblick hast du dein ganzes Leben wieder vor Augen gehabt, wie der Erhängte zwischen dem Fall in den Strick und dem Riss des Marks im Nackenwirbel, und du weintest vor Ohnmacht und Wut. Du warst der Kleinste aus deinem Geschlecht, ebenso wie Saul und David, der Psalmist, Diener in einem Bojarenhaus, wo man dir Gutes angedeihen ließ, das du aber mit Bösem vergolten hast, dann hast du auf Saphir- und Smaragdmeeren dein räuberisches Unwesen getrieben, um schließlich – wie der Schmetterling, der feucht aus dem Kokon schlüpft und dann die seidenen Flügel zum Himmel reckt – der letzte Prinz der Prinzenepoche und König der Könige unter den geblümten Himmeln Afrikas zu werden.

»Herr der Heerscharen«, hadertest du innerlich, da du allein warst mit dir, die Gefühle versiegelt, »warum hast Du mich auf die Welt gebracht, wenn doch alles ein Ende haben muss? Warum hast Du den Faden meines Lebens eingenäht in den Stickrahmen Deiner Tage und Nächte? Warum erschaffst Du unaufhörlich, jeden Augenblick aufs Neue die Leichtfertigkeit und den Traum unserer Erdenleben?« Und dir wurde keine Antwort zuteil, weil du im Ehpod keinen Urim und Thummim stecken hattest, und weil du wie Simon Magus weder einen Anteil an der heiligen Geschichte hattest noch ein Erbteil. Der Aufruhr, sagt Jehova mit den Stimmen seiner Propheten, ist wie die Sünde der Zauberei und der Eigensinn wie Gesetzlosigkeit und Idolatrie. Tewabech Ali, die du Porumbiţa nanntest, Täubchen, mit dem walachischen Wort der Sprache, in der du immer noch träumtest, die Kaiserin, die du in deinem Herzen liebtest, denn du hattest in ihren Augen die Augen der Frau deines Lebens aus dem Bild gesehen, das du immerzu wie eine Ikone bei dir trugst.

Während du dich an ihr braunes Gesicht erinnertest und ihre Lippen wie aus Ebenholz, an ihre Titten wie die eines Idols, und ihre Scham wie aus Pech, aber auch an die Unschuld in ihren Stutenaugen, strahlend unter der von Perlen beschwerten Krone, wenn sie die Kaiserin gab neben dir auf dem Zwillingsthron, nahmst du eine vergoldete Patrone aus ihrem Satinbett, betastetest sie zwischen den Fingern, holtest sie nahe heran, bis du dein bärtiges Gesicht darin sahst, und legtest sie auf den Tisch bedeckt mit Stickereien, die Geschehnisse aus dem Pentateuch darstellten. Du entnahmst der Kassette die obere Pistole, dann die Ladewerkzeuge. Vom Schießpulver trenntest du dich nie, denn du pflegtest es manchmal statt Salz zu Tisch in die Speisen zu streuen, weil du dachtest, sein Salpeterdunst würde dich kräftigen. Du ludst die Pistole und betrachtetest sie in ihrer Vollendung: In Chios hättest du sie haben sollen oder in Petra! Wie vor einer wunderwirkenden Ikone wären die Palikári und Mauren vor ihr niedergekniet! Was für ein Palisandergriff mit kostbaren Intarsien. Welche Zierschleifen! Was für ein goldenes Gespinst über dem Abzughahn, dieser selbst aus vollendetem Stahl! Schwer liegt sie in der Hand, vertrauenswürdig, guten Tod bringend, süß wie eine reife Frucht. Du spannst den Hahn, und man vernimmt ein leises gezähntes Geräusch, und das feine Öl verschmiert dir die Finger. Die ersten Engländer in ihren blauen Uniformen aus dünnem Filz stürzen in den Raum, mit ihnen der dichte Rauch, knotig, stürmisch und mit einigem Stöhnen wie vom Grunde der Hölle, und erst dann besinnst du dich und weißt, dass es zu Ende ist, und erfasst vom Todesschauer, doch entschlossen und unversöhnt sagst du »Vater unser« auf Rumänisch, »der du bist in den Himmeln … Dein Reich komme, Dein Wille geschehe …«, aber dein Herz ist versteinert und weicht auch nicht auf bei den Worten von Christi Gebet, und du hast noch nicht recht Amen gesagt, da steckst du dir den Pistolenlauf in den Mund, du schmeckst einen Moment lang das Eisen auf der Zunge, richtest die Mündung schräg hoch auf den Gaumen, hörst einen Soldaten dir etwas zurufen, während er mit weit aufgerissenen Augen auf dich zugerannt kommt, dann drückst du brüsk auf den Abzug, und die Welt zerspringt in Stücke, und dein Leben endet, und deine Geschichte kann beginnen, verwoben mit all jenen anderen Geschichten, die wie Goldfäden auf dem ewigen Stickrahmen der Tage und Nächte funkeln.

2

Du wurdest nicht zum Beherrscher der Welt und Pantokrator, denn diese Posten waren zu deiner Zeit schon vergeben, an Christus im Himmel und Königin Victoria auf Erden. Nichts rührte sich auf Mercators Karten, wo die runde Welt auf glattes Papier gestreckt worden war, ohne dass ihre Blicke, die bis in die geheimsten Gemächer gelangten, in die Betten und Träume der Prinzen und Prinzessinnen, der Deckenmacherinnen und Deckenmacher, der Schweinehüter und Schweinehüterinnen der Welt, was seit einigen Jahrhunderten nur ein anderer Name für das Reich der Briten war. Als sie in ihrem Kabinett die Nachricht deines Todes erhielt, des absurden blutrünstigen Negus von Äthiopien, wandte sich die Königin ihrem neuen Premierminister Disraeli zu, der sie ihr gebracht hatte, er aber zuckte mit der Schulter. Das Imperium scherte sich nicht um dein Land, um sein schwarzes Christentum, um ihre Bischöfe, die die

Evangelien nicht anerkannten, um seine Schönheit, von der es hieß, sie sei ohnegleichen, jedoch ohne Wege und Brücken für den, der sie sich anschauen möchte. *Hic sunt leones,* stand dort auf den Karten, wo sich das Land befand, dessen Fahne den judäischen Löwen trug. Löwen in der Wildnis, die haufenweise übereinander liegen, von Fliegen geplagt werden, mit ihren riesigen Mäulern gähnen und ihre Jungen ablecken, die fortwährend versuchten, ihnen in die Schwänze zu beißen. Die kleine Krise bewältigte General Napier mit seinen dreißigtausend Soldaten, einem Kontingent, das nun zu groß und zu teuer erschien angesichts dessen, was es zu verrichten hatte, aber, und darauf kam es vor allem an, man siegte gegen den Negus, der Ihre Majestät und das Imperium beleidigt hatte. Mit Napier war die Königin auf der sicheren Seite, er war in den Kolonien ein eiserner Kerl, hatte sich im Punjab, in den Kriegen gegen die mit ihren krummen Kirpanen bewaffneten Sikhs ausgezeichnet, in Ranode, als er den Prinzen Ferozeshah besiegte, und dann im rebellischen China, wo er den Weg nach Peking verteidigt und die Chinesen bei Sinho geschlagen hat. Für all dies war er ins Parlament eingeladen worden, wo er den anerkennenden Dank der Nation empfing. Er war General-Leutnant, als er den unangenehmen und seltsamen Auftrag erhielt, in die südlich von Ägypten gelegene Gegend am Roten Meer einzudringen, und zwar nicht, um Tewodoros II. gefangen zu nehmen, der Königin war es völlig egal, wer Äthiopien beherrschte, an dem das Imperium keine besonderen Interessen hatte, denn das Land war riesig groß und arm, auch war es zerklüftet durch bis zum Himmel aufragende Gebirgsketten. Aber dem Barbaren war es in den Sinn gekommen, Ihre Majestät zu beleidigen und darüber hinaus etliche Untertanen europäischer Monarchien ihrer Freiheit zu berauben, die dann keine Missionare mehr waren wie alle anderen, die in den Kolonien herumwuselten und die dortigen Völker missionierten, damit sie dann Jesus und die Apostel mit ihren lokalen Idolen verwechselten, sondern Leuchttürme der Zivilisation und Opfer eines Despoten, die unbedingt aus den Klauen dieses Negus befreit werden mussten.

Von einer schrecklichen Migräne geplagt, schließlich war sie in dem gesegneten Alter angelangt, das sie sich schon viele Jahre zuvor erträumt hatte, jenes, in dem Gott sie endlich für alle Zeiten bewahren sollte vor Schwangerschaften und dem Säugen der Babys, die ihr die Tage aufgezehrt hatten, und die sie hasste, weil sie nach jeder Entbindung noch monatelang ihre Gedanken verdunkelten, sodass sie sich selbst, wie sie einer Vertrauten gestand, eher wie eine Kuh oder Hündin vorkam denn als ein menschliches Wesen, schließlich hatte sie neun Kinder, und viele davon waren selber schon Könige und Königinnen, sodass man sie mit ihren neunundvierzig Jahren mittlerweile Europas Großmutter nannte, fragte Victoria ihren Premierminister noch, ob er Kenntnisse habe über die Kampagne und die momentane Situation der Armee. Disraeli seinerseits schaute sie aus müden Augen an, denn er hatte die ganze Nacht an *Lothair*, seinem letzten Roman, gearbeitet, und lobte dann General Napier, dessen Beförderung auf einen höheren Rang in der Armee Ihrer Majestät er, zum wievielten Male, aufgrund besonderer Verdienste empfahl.

Dann spulte er in kargen Worten eine Geschichte ab, die der Königin in Teilen schon vertraut war, denn sie war zeitweilig von grob unhöflichen Briefen mit pompösen Wendungen in der seltsam ungelenken Handschrift des Negus bedrängt worden, der sich verzweifelt an ihren Rockzipfel gehängt hatte, wie Haman an jenen der Ester. Sie hatte ihm nur auf den ersten dieser Briefe geantwortet, als sie ihm auch den Präsentierteller und die Pistolen schickte, denn man hatte ihr gesagt, dass sie es mit einem obskuren Menschen zu tun hatte, der nicht einmal königlicher Abkunft war, sondern »Sohn einer Verkäuferin von Heilsäften, man verzeihe, gegen Spulwürmer«, der sich durch Kraft und Verschlagenheit den Weg bis auf den Thron jenes afrikanischen Landes gebahnt hatte, der in Cordofan wie ein Wilder Kinder ermordet und viele eben heiratsfähig gewordene Mädchen in die Wüste führen und dort aussetzen hatte lassen, jedes mit einem geblendeten Kanarienvogel im Käfig, der die Welt mit seinen widerwärtigen Torturen entsetzt hatte. Sodass die Königin, als der Negus, verängstigt über die Zunahme des Islamismus in den nördlichen Regionen, sie darum bat, ihm Handwerker zu schicken, um sich eine große Werkstatt für Feuerwaffen zuzulegen, sich nicht einmal dazu herabließ, ihm zu antworten. Tewodoros hatte ihr noch einmal und noch ein weiteres Mal geschrieben, jeder dieser Briefe klang wütender, bis er seinen Zorn über Konsul Cameron auskippte, seiner einzig echten Beziehung zum Buckingham-Palast, und ihn in die Verliese voller Ratten und Läuse im Untergrund von Magdala warf, wo er ihn, wie er schwor, so lange eingesperrt halten würde, bis die Königin ihm eigenhändig auf seine Briefe antworte. Damit er sich nicht so allein fühle, brachte er ihm alsbald alle Europäer, die er innerhalb der Grenzen seines Landes gefangen nehmen konnte, als Gesellschafter, in ihrer Mehrzahl katholische und protestantische Missionare. Sodass das Parlament nach endlosen Beratungen zu dem Beschluss kam, eine zweiunddreißigtausend Soldaten starke Armee unter dem Kommando von Robert Napier solle über das Rote Meer in Äthiopien eindringen und sich einen Weg nach Magdala bahnen, um dort die Geiseln zu befreien. Diese wurde auch von dem Journalisten Henry Morton Stanley begleitet, der später dann in Ujiji, im schwarzen Herz von Afrika inmitten von arabischen, Turbane tragenden Sklavenhändlern, den Forschungsreisenden David Livingstone finden, den Hut vor ihm ziehen und den berühmtesten Satz der Zeit aussprechen würde: »Dr. Livingstone, nehme ich an?« Noch schwebte die Glorie dieser phantastischen Begegnung der beiden Forschungsreisenden bei den Nilquellen nicht als Aura um sein Haupt, und auch sein großer Artikel über die Magdala-Schlacht, der alsbald im *New York Herald* erscheinen sollte, reichte nicht aus, ihn nunmehr bekannt zu machen.

Napiers Kampagne war großartig und durchaus würdig, erzählt zu werden. Während er die Geschichte vor ihr ausrollte, fühlte Disraeli, wie sich sein Vermögen als Dichter beseelte, und selbst die apathische Königin, deren Vorstellungskraft nicht gerade zu den Kronjuwelen gehörte, erwies sich als begierig nach weiteren malerischen Details, denn das Land, das sich den Augen des Generals in den drei Monaten darbot, in denen er die vierhundert Meilen von Zula nach Magdala überwunden hatte, ein rauhes und sprödes Gelände wie nirgends sonst, war kein Land, auch kein Reich, sondern eine Märchenlandschaft, das Werk eines Dichters, eines Henkers und Goldschmieds, eine wahrhaftige Phantasmagorie von der

Art der endlosen Geschichten Herodots oder der unglaublichen Erfindungen Plinius des Älteren. Oder, so hättest du es gesagt, wie die Großtaten Alexanders von Makedonien, des Sohnes der Olimpia und des Kaisers Netinav, in den Ländern der Amazonen, der Gymnosophisten und der Ameisen, groß wie ein aufrecht stehender Mann, die Goldkörner aus den Tiefen der Erde heraufholten.

Der Zula-Golf am Roten Meer war sicher und gastfreundlich, die Araber waren der Krone gegenüber wohlgesonnen, aber eine große Flotte konnte dort nicht sicher vor Anker gehen mit den vierundvierzig Elefanten, die Napier aus Bombay mitbrachte, wo seine Armee bis dahin stationiert war, mit den schweren Kanonen aus einem Guss, die für die Zerstörung Magdalas benötigt wurden, mit den zigtausend Soldaten in britischer Uniform, also kamen zuerst Napiers Ingenieure auf ihren Schiffen herbei und entwarfen einen Hafen, dessen Bau durch die örtlichen Fellachen mehrere Monate dauerte. Als der Hafen fertig war, erschienen auf dem dunklen Wasser des Golfs die Segler und dampfgetriebenen Kriegsschiffe in einem bizarren und bunten Durcheinander, allesamt mit farbigen Fahnen und Wimpeln an Mastspitzen und Seilen. Die Truppen hatten einen langen Weg auf dem Land zurückgelegt, denn die gigantischen Arbeiten am Suezkanal, beseelt von der selbstmörderischen Leidenschaft des Ferdinand de Lesseps (hier verbeugte sich Disraeli, als befände sich der heldenhafte Unglücksrabe Lesseps ebendort vor ihm und der Königin), würden wahrscheinlich erst im kommenden Jahr beendet werden, und überquerten das Rote Meer weit unterhalb des schmalen Meeresstreifens, den Moses in biblischen Zeiten zerteilt hatte, damit das Volk Israel unbeschadet hinüber in die Wüste gelangen konnte, um darauf das Wasser wieder zusammenlaufen und die Truppen und bronzebeschlagenen Wagen des Pharaos untergehen zu lassen.

Die britische Armee ging im Golf von Zula vor Anker, und die Ingenieure begannen, eine Eisenbahnstrecke für die Ausstattung, das Gepäck und die Munition zu bauen, Arbeiten, die immer weiter fortschritten, je tiefer die Armee in Äthiopien eindrang. Das Land war ein Wespennest, der General war vorgewarnt worden, eigentlich war das gar kein Land, sondern ein bunter Flickenteppich verschiedener Landstriche, deren jeder seine eigenen Stämme, Religionen, seine Sprache und Clanzeichen und Waffen und Beflaggung hatte, jeder mit den anderen ringsum zerstritten, die meisten von ihnen begehrten auf gegen die kaiserliche Macht in Magdala, doch allesamt teilten sie sich in eine gemeinsame Eigenschaft, den unversöhnlichen Hass auf Fremde, die sie schon seit Jahrtausenden umbrachten, sobald sie einen Fuß auf das heilige Äthiopien setzten. Tewodoros II., mit seinem eigentlichen Namen Kassa Haile Giorgis, war einer der kriegerischen Prinzen, die seit Jahrhunderten schon um die Macht kämpften, der geringste und am tiefsten erniedrigte, denn er hatte niemanden unter seinen Vorfahren, der sich von der salomonischen Linie herleiten konnte, und weil man ständig über das Gerücht lachte, seine Mutter habe in ihrer Jugend Kosso verkauft, ein Heilmittel gegen Spulwürmer, er aber letztlich wie durch ein Wunder an Entschlossenheit und Bravour seine Feinde vernichtete und sich den Weg auf den Thron bahnte, wurde er der erste Negus, der die jahrtausendealte Dynastie von Salomon und Menelik unterbrach.

Aber ist es denn wahr, unterbrach ihn die Königin, dass die Dynastie Äthiopiens sich von König Salomon herleitet?

Disraeli kniff die Augenlider zusammen, und eine Art Stolz stieg in ihm auf, wie stets, wenn die Rede auf sein Volk kam, das man an seinen Gesichtszügen erkennen konnte, an seiner Art zu sprechen, ja selbst an seinem Namen – denn Benjamin war Beniamin, der kleinste Stamm unter den zwölf Stämmen Israels –, auf den er in jener Verfolgungszeit stolz war, denn die Königin verfügte über einen aufgeklärten Verstand, der nicht in die Gesichter der Leute schaute und auch nicht darauf, aus welcher Nation sie herrührten, sondern mit einem unglaublichen Scharfsinn für eine kleine, dickliche und recht gewöhnlich aussehende Frau in den Seelen all ihrer Untertanen las. Ein Jude als Premierminister, das hatte es in dem großen Imperium noch nie gegeben und sollte es vielleicht auch nie wieder geben, denn es brachen schwere Zeiten an für das von Jehova wegen seiner Unbotmäßigkeit vertriebene und unter alle Völker der Welt verstreute Volk.

Es sieht so aus, als gebe es in ihrem heiligen Buch namens *Kebra Nagast*, dem Buch zum Ruhme der Könige, eine Legende, die unsere Bibel nicht kennt, dass nämlich die Königin von Saba, aus dem tiefen Inneren Äthiopiens gekommen, um König Salomon zu treffen, sich von seiner großen Weisheit ebenso zu überzeugen wie von seinem Reichtum und Ruhm, von dem großen Herrscher nicht nur mit ungezählten Reichtümern beschenkt wurde, denn er hatte ihr alles gegeben, worum sie ihn bat, und darüber hinaus noch sehr viel mehr, sondern auch mit einem Kinde, Frucht ihrer heimlichen Umarmungen, das sie auf ihrem Heimweg im Bauch getragen, dann geboren und in ihrem Land großgezogen hat, damit es dessen König werde und den Ruhm seines Vaters weitertragen, vielleicht sogar übertreffen könne. Der Prinz habe Menelik geheißen, und seiner Lende soll die Salomonische Dynastie Äthiopiens entsprungen sein, die sich seit beinahe drei Jahrtausenden auf dem Thron des Landes befindet. Ihr heiliges Buch behauptet die Wahrheit dieser schier unglaublichen Folge mit größter Bestimmtheit, und im Orient wird dieser Sachverhalt nicht im Geringsten bezweifelt. Aber der Orient verwechselt häufig die Tatsachen mit den Geschichten, wie Sie wohl wissen, Majestät.

Disraeli wollte dem Gesagten noch etwas hinzufügen, aber er schwieg diskret, denn die Geschichte, die seine Seele am meisten berührte und ihn schon seit seiner Jugendzeit umtrieb, jene vom Schicksal der heiligen Bundeslade, die irgendwann spurlos verloren gegangen war, und von der das *Kebra Nagast* sehr viel mehr zu berichten wusste, als man dem Alten Testament entnehmen konnte, rechnete er zu den persönlichen Angelegenheiten, und mit so etwas wünschte er nun nicht, die Königin zu belasten.

Er zog es vor, die Geschichte von Napiers Expedition fortzusetzen, und schaute dabei hin und wieder in die wässrig-blauen Augen der Königin, aber die meiste Zeit schaute er durch das offene Fenster auf den englischen Garten vor dem Palast, melancholisch war der und unordentlich wie ein sich selbst überlassener, ins Nachmittagslicht eingetauchter Wald. Das Gelände war gebirgig, fuhr Disraeli fort, mit prächtigen und wilden Landschaften. Straßen mussten gebaut werden, Brücken über Schluchten hinweg und Terrassierungen, auch mussten Brunnen gebohrt werden für die riesige Armee und die tägliche Tränke ihrer vierzigtausend Tiere. Die Nahrungsreserven verringerten sich zusehends, und als sie beim Ashangisee mit seinem rosenfarbenen Wasser anlangten, hatte man schon damit begonnen, den Soldaten nur noch die Hälfte ihrer Rationen auszureichen. Napier hatte enorme Anstrengungen unternommen, lokale Scharmützel zu vermeiden, denn aus jedem Dorf, an dem sie vorbeizogen, kamen haufenweise schwarze Krieger mit Schilden und Speeren hervor, tätowiert und bemalt mit Kalk und Minium, die Haare in zig Zöpfchen geflochten und mit rotem Ton eingeschmiert, und griffen die britischen Kolonnen mit einem unfassbaren Mut an. Horden von Pavianen mit Hundeschnauzen bissen im dichten Nebel der Täler die Maultiere und ließen die Soldaten ihre enormen Eckzähne sehen. Er hatte den örtlichen Prinzen Briefe geschickt, worin er ihnen mitteilte, dass er ihr Freund sei und nichts anderes vorhabe, als die Befreiung der in Geiselhaft befindlichen Missionare. Nichts würde sich an den Angelegenheiten des Landes ändern: Ihr Leben, ihre Religion und ihre Besitztümer würden von der Krone garantiert. Zwei der mächtigsten Prinzen des Nordens schlossen sich den Engländern an, ebenso zwei Königinnen aus Oromo, einer Gegend, in der allein die Frauen herrschen konnten, und die einstmals sogar einen Hund mit sämtlichen Vollmachten eines Königs auf dem Thron sitzen hatten.

Am Hof von Dajamach Kassai wurden die Engländer mit einem ungeheuren Pomp empfangen, der Prinz trug einen goldenen Ring in der Nase, und seine Königin trat mit nackten Brüsten auf. Auf den Tischen befanden sich Berge unbekannter Früchte, deren Geschmack einen anfangs leicht ekelte, doch schon bald wollte man ihn nicht mehr missen. Alle glaubten sie an unseren Herrn Jesus Christus, die Priester waren überall an ihren Kleidern zu erkennen, die mal feuerrot waren und mal indigofarben wie die Federn der exotischen Vögel, aber vor allem an den halbkreisförmigen Sonnenschirmen aus bunter Wolle, die ihnen von nackten, wie aus Ebenholz geschnitzten Knaben über die Köpfe gehalten wurden. Ständig lasen sie in dicken und speckigen Büchern, die mit barbarischen Zeichnungen geschmückt waren. Der Jesus ihrer Kreuze war schwarz. Napier kam auf seinem bevorzugten Elefanten herangeritten, den ein Turban tragender Mahout mit einem wie in der *Ramayana* gezwirbelten Schnurrbart führte. Als der General mit dem Prinzen das Glas der Freundschaft getrunken hatte, besiegelten zehn Kanonensalven die Vereinbarung.

Von Tigray zog die Armee weiter nach Lasta, wo Napier und seine Gefolgschaft das erste der zahlreichen Klöster besuchte, die in das Felsgestein unter ihren Füßen gehauen worden waren: Das Dach befand sich in Höhe des Erdbodens und war kreuzförmig, die Mauern aber lagen darunter, unter der Erdoberfläche inmitten einer riesigen Grube. Um ans Eingangstor zu gelangen, musste man an einer etwas wackligen Holzleiter hinabsteigen. Die Wände des Klosters waren uralt und rot, voller Nischen, worin junge Mönche schweißüberströmt kauerten und alte mit Bärten wie aus Wolle und Heroldsstäben aus Schilf in den Händen. Im Inneren gab es derart seltsame Malereien, dass Napier an die Baale und Astarten der alten Zeiten denken musste: Von der Decke schauten einen Gesichter mit weit aufgerissenen Augen und pechschwarzen Haaren an, die Engel vorstellten, und an den Wänden sah man Kamelkarawanen durch die Luft schweben und die Jungfrau mit dem Kind im Türkensitz auf einem der Kamele.

Der Konvoi war weitergezogen auf Magdala zu, hatte Felsen in die Luft gesprengt und Brunnen gegraben, saphirblaue, in kühlende Dämpfe gehüllte Wasserfälle betrachtet, bis er an den Bashilo-Fluss gelangte, wo Napier Nachricht erhielt von Theodoros' Unternehmungen. Nach einem militärischen Abenteuer im Westen, das sich gegen das aufmüpfige Gobeze-Gebiet gerichtet und ihn einen guten Teil seiner Truppen gekostet hatte, sodass er sich nunmehr nur noch auf viertausend Soldaten stützen konnte, und diese in einem jämmerlichen Zustand, war der Negus in seine Festung zurückgekehrt, aber trotz seiner Schwäche und der von Napier erhaltenen Zusicherungen hatte er in einem jener unerklärlichen Anfälle von Sturheit, die unter Barbaren nur allzu geläufig sind, sich in den Kopf gesetzt, bis zum letzten Mann zu widerstehen. Eigentlich war er längst verloren, und dies wusste er gewiss schon allzu gut. In Gobeze hatte er dutzende Dörfer dem Erdboden gleichgemacht und alle Bewohner umgebracht, von den Neugeborenen bis zu den Greisen, wahllos, sodass er nun, zum hundertsten Mal in seiner dreizehnjährigen Herrschaftszeit die Hände blutbesudelt, niemanden mehr hatte, auf den er sich stützen konnte. Er war ein toter Hund, wie man in Äthiopien sagt, aber immer noch gefährlich, denn Magdala war nicht irgendeine Festung, sondern eine vortreffliche Befestigungsanlage auf dem Gipfel eines massiven Felsens, die seit Jahrhunderten niemand hatte einnehmen können. Der Felsen war zu seinen Schößen von nirgendwo sonst je gesehenen Bäumen umringt, in deren breit ausladenden Kronen giftige rote Früchte in der Größe von Pfirsichen gediehen, und darüber erhob sich glatter Granit, der tief von mehreren Treppenstufen durchzogen war, die Richtung Himmel führten. Die Festung auf dem Gipfel, wiewohl riesig, sah angesichts der Großartigkeit des Felsens eher wie ein Gutshof aus. Nur ein einziger Weg führte nach oben, und zu beiden Seiten dieses Zugangs hatte der Negus tausende zerlumpte Briganten postiert, die keinen anderen Befehl hatten, als um jeden Preis den Zugang zu Magdala zu verteidigen.

Die Schlacht hatte am Karfreitag begonnen und wurde erst einmal auf dem Arogye-Plateau ausgetragen, worüber der Weg unter dem Kugel- und Granatenhagel aus jenen dreißig Kanonen führte, die Tewodoros auf den Bergen ringsum versteckt hatte. Die Äthiopier hatten mit allen ihren Kräften gleichzeitig angegriffen, irrsinnig, mit tausenden pechrußschwarz im Gesicht eingefärbten Soldaten in ehemals britischen Uniformen, nunmehr zerlumpt, manche davon nur mit Lanzen und Schwertern bewaffnet und dabei etwas Unergründliches rufend oder singend. Der General hatte die Order ausgegeben, gezielt zu schießen, und dies führte zu einem Blutbad, wie man es selten auf einem Schlachtfeld gesehen hatte. Die armen *Shifta* – denn sie verdienten nicht, Soldaten genannt zu werden – wurden zu Hunderten durch das verheerende Feuer aus den Mörsern der Marinebrigaden und den schweren Kanonen der Gebirgsartillerie in Stücke gerissen. Leichenhaufen bedeckten den ganzen Weg, überall lagen Arm- und Beinstümpfe herum, Soldaten mit aufgeschlitzten Bäuchen und weggepusteten Gehirnen lagen in Blutlachen, die sich ausbreiteten und zusammenflossen mit anderen Lachen, bis alles ein einziger ununterbrochener Bluttümpel geworden war, woraus sich Inseln von Leichen erhoben. Die Schreie der Zerstückelten sträubten einem am Schädel ebenso wie an Armen und Beinen die Haare. Achthundert Tote und tausend Verwundete lagen nach einer halben Stunde schon auf dem Schlachtfeld, während die unversehrt Entkommenen sich in die Festung zurückzogen, um dem nun folgenden Ansturm zu begegnen. Die Engländer hatten nur zwanzig Verwundete, die von Geschossen getroffen worden waren, denn die Armeen waren sich in diesem Kanonengefecht keinen einzigen Augenblick gegenseitig begegnet. »Das ist gut«, sagte die Königin, die wegen ihrer Zustimmung zur Expedition einige Gewissensbisse hatte, obwohl nicht sie, sondern das Parlament die unverhältnismäßige Vergrößerung der Armee und die gewaltigen Ausgaben für die äthiopische Kampagne beschlossen hatte, die dem Reich nichts als die schäbige Genugtuung einbringen konnte, sich für eine Kränkung rächen zu können. Disraeli war auch ein merkwürdiges Naturphänomen berichtet worden, das sich im Morgengrauen des nächsten Tages ereignet hatte und von den Barbaren in der Festung bestimmt als finstere Vorhersage wahrgenommen wurde: Die Sonne war in einem scharlachroten Kreis aufgegangen, wie Blut, das aus alten Wunden quillt.

Unter dieser Übles verheißenden Sonne hatte sich die Belagerung von Magdala abgespielt, und Ihre Majestät sollte wissen, dass der Negus letztlich die fremden Geiseln am Tag der Schlacht selbst freigelassen hat, aber weil er es ablehnte, sich zu ergeben, wurde die Belagerung fortgesetzt, denn es wäre unmöglich gewesen, anders zu verfahren, wenn man bedenkt, dass die enormen Kosten der Expedition nicht mit der Befreiung etlicher unbedeutender Missionare gerechtfertigt werden konnten. Das Imperium benötigte einen Triumph, und diesen sollte es hier erleben, im obskuren, von der Welt vergessenen christlichen Land Äthiopien, denn dazu waren die Zeitungen und Nachrichtenagenturen geschaffen worden, eine Macht, die ebenso groß geworden war wie die der Flotten auf See. Die Festung verfügte über kolossale Steinmauern, viel zu dick und zu hoch aufgetürmt, als dass die Mörser eine Chance gehabt hätten. Man hatte die Sprengung des großen Tores Koket-Bir angeordnet, uralte Bretter, hart wie Eisen, armiert mit rostigen Nieten und eingepasst in eine bogenförmig überwölbte Öffnung, die in den Fels gehauen worden war, aber die Pulverfässer waren im Heerlager unten vergessen worden. Hier zeichneten sich zwei Soldaten aus, die unter größten Mühen den Felsen erklettert hatten und durch das Dickicht dorniger Zweige, das diesen schützen sollte, hindurchgedrungen waren, mit den Bajonetten ihrer Gewehre hatten sie sich eine Bresche geschlagen. Auf ihren Spuren folgten ihnen dutzende Soldaten in den Innenhof, wo ein schrecklicher Kampf mit den Bajonetten zig Tote auf beiden Seiten zur Folge hatte. Die Eroberung des zweiten Tores am Ende eines halben Tages blutiger Kämpfe bedeutete die Einnahme Magdalas und das Ende der Herrschaft von Tewodoros II. Mit der über dem Tor aufgepflanzten britischen Fahne und dem Gerücht, der Negus habe sich mit den irgendwann einmal von der Königin erhaltenen Pistolen erschossen, war jeder Widerstand beendet. Leider folgte ein schändliches Massaker an denen, die sich schon ergeben hatten, das Niederbrennen der Festung, die Vergewaltigung der Frauen aus der Festung, alle Exzesse des Krieges, die nicht verhindert werden konnten, denn Ihre Majestät weiß, dass die Menschheit ein krummes und knotiges Holz ist, weder vom Schreiner noch von seinem Sohn zu bearbeiten, wie der heilige und obskure Philosoph der Deutschen geschrieben hatte. Den Negus fanden sie mit weggeschossenem Hirn in einem der inneren Räume, leider war sein Körper entkleidet und von den wütenden Soldaten profaniert worden. Es wurden massive Plünderungen gemeldet, vor allem in der Kirche der Festung, wo herausragende Filigranarbeiten in Gold und Silber, teure Kirchengewänder, seltsame Bischofskronen aus Elfenbeinplatten und Christusse aus Ebenholz, die an perlenbesetzte Kreuze geschlagen waren, in die Hände der Soldaten gerieten. Der große Schatz aus den Höhlen, die unterhalb der Festung in Magdalas Felsen gehauen worden waren, von einem alle Erwartungen weit übertreffenden Wert, war auf den Rücken von fünfzehn Elefanten und zweihundert Maultieren gepackt worden, die ihn nach Zula transportierten, und nun befand er sich schon auf dem Mittelmeer und auf dem Weg in die Schatzkammer des Imperiums. Gewiss, die beeindruckendsten Gegenstände würden Ihrer Majestät als Kriegstrophäen und Kuriositäten der östlichen Christenheit vorgeführt werden.

Die Königin hatte dem Bericht ihres Premierministers mit ihrer ernsthaften, wie gewöhnlich etwas verdrossenen Miene zugehört, präzise Fragen gestellt und Antworten mit Zahlen und Fakten erhalten, sie hatte das eine oder andere in ihr Notizheft geschrieben, von dem sie sich nicht mehr trennte, seit ihr unvergessener Gefährte, Prinz Albert, vor sieben Jahren gestorben, aufgehört hatte, sie in allen Dingen zu beraten, vom Kauf der Bänder und Schleifen für die Kleider bis hin zur internationalen Politik und den Kriegen in den Kolonien, und als sie schließlich eine gewisse Ermüdung zu erkennen gab, die Disraeli ihrem runden Gesicht vielleicht schon abgelesen hatte, bevor sich auch nur die geringste Veränderung in ihren von dunklen Ringen umfangenen Augen und dem Entschlossenheit ausdrückenden Mund ankündigte, fragte sie ihn, was man für den siegreichen General Robert Napier tun könne. Disraeli, der daran schon gedacht und eigentlich in dieser Angelegenheit um die Audienz gebeten hatte, erinnerte die Königin an einen römischen Brauch, wonach die in barbarischen Gegenden siegreichen Feldherren auch den Namen der eroberten Länder verliehen bekamen, wie etwa Nero Claudius Drusus auch Germanicus genannt wurde und Marcus Ulpius Traianus den Namen Dacicus erhielt. Sodass also ein Titel, der an die äthiopische Kampagne erinnerte, seinem Namen beigefügt werden könnte, neben der Erhebung in den Adelsstand, die er ebenfalls vorschlug. Beispielsweise könnte Ihre Majestät sich mit dem Titel Baron Napier de Magdala einverstanden zeigen. Die Königin stimmte zu, und sie beschlossen auch, die beiden Soldaten, die auf den Felsen geklettert waren und den anderen den Weg eröffnet hatten, mit der Victoria-Medaille auszuzeichnen.

Das war alles für diesen Tag, und doch, nachdem Disraeli sich verbeugt und der Tür zugewandt hatte, rief ihn die Königin zurück, denn obwohl sie gegen die Schmerzen in ihren Schläfen ankämpfte, gab es da in ihr eine fortwirkende, sie beunruhigende Frage: Was für ein Mensch war der dahingegangene Negus, wie sah er aus, und welches würde das Schicksal seiner Familie sein? Konnten sie etwas tun für die Kaiserin und ihren Sohn? Tewodoros, antwortete der Würdenträger, ohne einen Schritt von der Tür des Kabinetts zurückzutreten, war zweifellos ein bemerkenswerter Mensch, von großer Energie und sogar Klugheit, die in jenen wilden Gegenden nicht allzu häufig anzutreffen sind. Gewiss, er war despotisch und grenzenlos grausam, aber nicht von Anfang an, sondern vor allem nach dem Tod seiner ersten Kaiserin, als etwas, und dies sagten Leute, die ihn sehr gut kannten, anscheinend in ihm zerbrochen war. In den letzten Jahren war er voll und ganz in Gemeinheit versunken, hatte Vergnügen im Morden und Martern gefunden, doch bei alledem wusste man keinen Tag zu nennen, an dem er bei einem der religiösen Gottesdienste gefehlt hätte, auch hatte er der lokalen Kirche, einer rebellischen Zweigstelle der Koptischen Kirche, mit einer Großzügigkeit Mittel zugewandt, die seine christliche Leidenschaft unter Beweis stellte. Früher hatte er sich ebenso großzügig gegenüber den Armen, den Witwen und Waisen seines so schwer geprüften Landes erwiesen und für jeden seiner zahlreichen Siege im Kampf mit den rivalisierenden Prinzen je eine Kirche errichtet – oder, besser gesagt, in den Erdboden eingepflanzt. Aus den Radierungen, die ihn zu der Zeit abgebildet hatten, als er sich zum Kaiser erklärte, sah einen ein Mann an, der nicht die gewohnten Züge der Bewohner dieses Landes aufwies. Er hatte braune Wangen, aber keine schwarzen, und war mit schönen rehbraunen Augen ausgestattet, einer Adlernase, die in Äthiopien ganz ungewöhnlich war, kurzem Schnurrbart und Bart, der in der Mitte gespalten war, einer Mähne, die er manchmal zu mehreren fettigen Zöpfchen flocht, denn er schmierte sie gehörig mit Schweineschmalz ein. Einen ebenmäßigen und stolzen Kopf, einen breitschultrigen Körper, von den weiten Mänteln konturiert, in die er sich hüllte. Ein schöner, zweifellos kriegerischer Mann, in dem man nur schwer das aus der Form geratene und kranke Monstrum der letzten Jahre erkannt hätte. Kurz vor seinem Tod war er ein halbes Jahrhundert alt geworden, sah aber schon zwei Jahrzehnte älter aus. Was das Schicksal der Kaiserin und ihres Sohnes betraf, der noch ein Kind war, so würden diese nach England gebracht werden, und wenn die Königin dies wünschte, sollten sie ihr vorgestellt werden, denn es hieß, sie seien als Abkömmlinge von König Salomon selbst – wie es die Legenden in ihrem heiligen Buche verzeichneten – von bemerkenswerter Schönheit und Würde. »Eine Sache, der wir uns nicht rühmen können«, lächelte die Königin zweideutig und ließ Disraeli gehen. Während sie ihm nachschaute, beglückwünschte sie sich ein weiteres Mal für die getroffene Wahl: Ihr alter Freund, der sich sein ganzes Leben lang eher für einen Künstler denn für einen Politiker halten würde, hatte sich schon im vergangenen Jahr als der Premierminister erwiesen, dessen das Imperium in jenen schweren Zeiten bedurfte.

3

Deine Mutter hatte niemals Kosso verkauft, dies war dir geradezu ein Trost, denn es gab keine größere Kränkung, die dir in den Jahren deiner Herrschaft zugefügt wurde, als zu wissen, dass sie dies dachten, und zwar Tag für Tag, selbst deine hochmütige Königin, ja selbst deine Bischöfe, wie groß und mächtig du auch geworden wärest. Spulwürmer, Spulwürmer, Spulwürmer, voll davon waren in den Dörfern die Lieder der Leute, Spulwürmer, murmelten die Botschafter und Missionare, Spulwürmer, flüsterten dir die unter die Soldaten gemengten Kundschafter zu, die herauskriegen sollten, ob man schlecht von dir sprach. Deine Seele war von dieser Beleidigung dir versauert worden, auf die stets die Strafe eines qualvollen Todes stand, doch unter den geblümten Himmeln Afrikas war ihr auch damit nicht Einhalt zu gebieten. Nicht deine Mutter, sondern die von Kassa, dem Prinzen von Kwara, hatte Heilmittel gegen die Würmer im Gedärm verkauft, derer die Äthiopier voll waren, denn sie aßen rohes Fleisch wie die Tiere des Waldes, und in den einsamen Dörfern, verloren in den Gestrüppen der westlichen Regionen, kam es vor, dass auch mal die Toten gegessen wurden, schließlich hatte die Frau nichts Böses oder Schändliches getan, dachtest du, sie hatte nicht ihren

Körper verkauft, wie es so viele Frauen taten, wenn sie in eine Notlage gerieten, sondern ihre Tage gefristet, ihre und die ihres Sohnes, indem sie jenes Heilmittel verkauft hat, das alle verächtlich machten, die es heimlich kauften, und das, hatten sie einen oder zwei Löffel davon eingenommen, ihnen hinten eklige Bänder und Schnüre von zwei bis drei Ellen Länge austreten ließ nebst allerlei anderem Gewürm, das sie bis dahin von innen her zerfressen und ihrer Kräfte beraubt hatte. Spulwürmer, Spulwürmer, Spulwürmer, grinsten sie und verspotteten das niedere Geschlecht, aus dem der Kaiser hervorgegangen war, aber Kassas Mutter war im frühen Morgentau über Berge und durch Täler gezogen auf der Suche nach den Wareza-Käfern, grün waren sie, groß und schwer, und den schwarzen Pilzen, die man Leichenfinger nannte, und die, zusammen gemörsert und zerrieben, sodann mit Ziegenpisse vermengt, dieses wirksame Heilmittel ergaben, welches sie anschließend in kleine Tonkrüge abfüllte und auf den bunten und lärmenden Markt von Gondar brachte, um es für ein paar geringe Münzen zu verkaufen oder für ein Stück Brot. Abends, hatte ihm Kassa einmal erzählt, als sie so dasaßen unter einem roten Himmel und Tabak rauchten in ihren langen Pfeifen, den Rücken an die Klostermauern neben Debre Tabor gelehnt, bemalt waren sie mit den Gesichtern der Patriarchen, abends habe seine Mutter sich eingewickelt in ihr weites Umhangtuch und sei vor Müdigkeit umgefallen. Auf ihrer bretterharten Bastmatte schlief sie bis zum Morgengrauen, als sie sich wieder auf die Suche nach den Käfern und Pilzen begab, die ihnen die tägliche Nahrung einbrachten. Kassas Augen tränten, als er sich an jene Frau erinnerte, deren Namen du niemals wissen wirst, denn er hatte stets nur Mutter zu ihr gesagt, in der Ge'ez-Sprache, die du damals noch nicht gut konntest, denn wenn du gewusst hättest, wie sie hieß, wärest du vielleicht aufgebrochen, sie zu suchen und ihr im Namen deiner früheren Freundschaft mit ihrem Sohn deine Dankbarkeit zu erweisen, aber du tröstetest ihn, indem du ihm von deiner Mutter erzähltest, die noch immer lebendig in deinem Herzen verweilte, und die für dich keine Frau war, sondern eine Welt mit Gebirgen und ihren Tälern, ihren unzähligen Flüssen und Meeren und Inseln, denn deine Mutter stammte von den Archipelen, war durch Tzarigrad gekommen und schon in sehr jungen Jahren im verschneiten Land Walachei gestrandet, am anderen Ende der Welt. Immer noch hattest du in deinem Quersack neben den unterschiedlichen Pistolen und Messern, die du nicht für alle sichtbar in deinem Bauchgurt tragen wolltest, und dem getrockneten Brot und Käse voller schwarzer Punkte, die von den Ziegenkötteln herrührten, womit du dich damals begnügtest, ein Päckchen mit einem Bindfaden verschnürten Papiers: die Briefschaften von Sofiana an dich auf deinem langen Irrweg durch die weite Welt. »Mein liebes Herrchen Theodoros«, begann jeder dieser Briefe, setzte sich fort mit einer Menge leerer Blätter und endete mit »Gott möge dich in seiner heiligen Obhut behalten und dich vor dem Bösen bewahren«, worauf ihre Unterschrift in griechischen Buchstaben folgte. Neben dem Kristallkreuz an deiner Brust und dem kleinen ovalen Porträt, das eine Jungfrau von trauriger Schönheit vorstellte, und das du über dem Herzen in der Tasche deines Leinenhemdes trugst, waren Sofianas Briefe der heiligste Gegenstand, den du hattest, und du hättest dich niemals von ihnen getrennt, wie du dich niemals von deiner rechten Hand getrennt hättest. Kurz vor deinem Tod warfst du das Kreuz ebenso ins Feuer wie das Porträt und die Briefe und schautest lange auf den dünnen Rauch, der sich davon erhob, wie er sich am Ende ihrer gewährten Zeit von allen weltlichen Dingen erhebt.

Deine Mutter hat kein Kosso verkauft und niemals etwas von Äthiopien gehört, und selbst wenn sie davon gehört hätte, wäre ihr nie in den Sinn gekommen, dass jemand aus ihrem Geschlecht jemals etwas mit solch einer wilden Gegend zu tun haben könnte, erst recht nicht, dass die Frucht ihres Leibes zum König der Könige jener Einöden werden könnte, denn dies wäre so gewesen, als wenn ihr jemand gesagt hätte, dass ihr Sohn, in Liebe zu Gligorie gemacht und tauglich allein, die Gänse am Ufer des Tümpels zu hüten, sich später einmal verwandeln werde in den Roten Kaiser der Märchen und aufbrechen zum Kampf mit dem siebenköpfigen Drachen. Und wie der Himmel in Debre Tabor sich immer weiter verfinsterte, vom Purpurrot überging ins Ultramarin, mit einem Mal von Sternen übersät war, und die Zähne deines Blutsbruders, Kassa, im

Dunkeln glänzten, hattest du Sofianas Bild vor den Augen deines Geistes, wie du es betrachtetest, als du mit ihr in den Winternächten in Ghergani wachtest und der Wind an den verriegelten Fensterläden heulte, und in die Stube die Kälte und ein Geruch nach zerfetztem Tuch kreiselnd eingezogen war, und von den Ikonen an den Wänden militärisch wehrhafte Engel mit ausgebreiteten Flügeln auf euch herabschauten. Im Licht der Kerze aus dem einzigen Leuchter war ihre Wange durchscheinend, mit den sanften und süßen Zügen eines jungen Mädchens, mit schönen Lippen und der geraden Nase der Griechin. Ihre Augen waren rehbraun wie deine, und die Brauen gingen ineinander über, was zu jener Zeit, um den Beginn des Jahrhunderts, einer Frau sehr löbliche Pluspunkte bei Schwägern und Mannseltern eintrug. Sie hielt dich auf dem Schoß und las dir in dem zarten Lichtkern etwas vor, und ringsum war alles dunkel und verzaubert, und der Wind heulte ganz schrecklich, schüttelte die hölzernen Schlagläden, doch du spieltest mit den geringelten Strähnen ihrer Mähne und verlorst dich in ihrem Duft nach Oleander. Deine Mutter hatte von Gligorie, ihrem Herrn und Besitzer und gesetzlichen Gatten, Befehl erhalten, dich kein Griechisch zu lehren, nicht einmal so viel, dass du pieps hättest sagen können, aber sie hatte dieses strenge Gebot heimlich übertreten, und du stelltest sie bloß, denn du hattest ganz schnell diese gelispelte und seltsame Sprache aufgeschnappt, und Sofiana machte, wie alle Weiber der Zeit, Bekanntschaft mit der breiten Hand ihres Mannes, ließ aber nicht ab von solch Bösem. Denn sie liebte ihre Sprache wie ihre Seele, und der Stolz, dem gleichen Geschlecht wie der listenreiche Odysseus und Omir der Weise anzugehören, lag jedes Mal über ihrem Antlitz, wenn sie ihrem Theodoros auf dem Schoße vorlas, wie tapfer Achill gewesen war und wie unvergleichlich schön Helena, die stolzeste der Frauen.

Wie seltsam, wie leuchtend dir alles mit deinen drei Jahren doch vorgekommen war! Alles sahst du vor deinen inneren Augen, was deine Mutter dir vorlas, die weiße Festung der Troer, das Meer und die Schiffe, als wären sie einem anderen Leben entsprungen, worin du selbst über die Meere geirrt wärest und mit bronzenem Schwert in den Reihen der von

Menelaos in den Kampf geführten Achäer gekämpft hättest. Alles war dir schon voraus bekannt, wie du auch den Gebrauch jedes einzelnen Topfes in der Küche von Ghergani kanntest und jedes Bratrosts und jeder Spindel, der Kissen im Bett und des Brunnens auf dem Hof. Ghergani war dir damals die gesamte Welt mit festen und weichen Dingen, Sachen aus Eisen und Sachen aus Ton und Sachen aus Holz, gelben und roten und grünen Sachen, mit Gesichtern von Menschen, mit Tieren, die über und über eingedreckt waren mit Ackererde, und mit Hofgeflügel, das immerzu und überall gackerte und pickte. Es war nun der erste Winter, an den du dich erinnern würdest, mit einem gänzlich eingeschneiten Dorf, mit dem Zusammenkneifen der Augenlider, wenn du die Stube verließest, vor so viel Weiß und so viel Frost. Nach vielen Jahrzehnten wirst du dich in einem über das ganze Jahr heißen Land an die walachischen Schneestürme wie an eine großartige Aufwölbung der Seele, eine göttliche Erscheinung oder einen Siegesschrei, *evoé,* auf einem riesigen Schlachtfeld erinnern. Ununterbrochen fiel der Schnee aus den Himmeln, wochenlang, wie in Hyperborea, wo du die Hand vor Augen nicht sehen kannst wegen der Dichte des vom Sturm durch die Lüfte getriebenen und gewirbelten Gänseflaums, die Katen und Häuser wurden allmählich so weit zugedeckt, dass man sie nicht mehr sehen konnte, von den Kirchen ragten nur noch die Kreuze an der Spitze heraus, während die Dorfleute unter dem neuen weißen, lockeren Boden gewölbte Wege von einem Haus zum nächsten gruben und sich allesamt in einem Raum mit Herd rings um runde Holztische versammelten, Schnaps aus kleinen Lehmkrügelchen tranken, Nüsse knackten, Geschichten spannen und beängstigt den Stimmen der Naturgeister in der weißen Welt über ihnen lauschten, ganz so, als ob sie tot und begraben gewesen wären und nun in ihrem Dorf unter den Baumwurzeln feierten. In Äthiopien, das in der glühenden Sonne Afrikas dahinschmolz, solltest du dich an den Winter erinnern wie an eine fremde Welt, die einzige, in der Weihnachten den Duft von Gebäck mit Nüssen und Mohn, von Orangen und Glühwein mit Nelken hatte, während die Luft nach Kälte und zerfetzter Leinwand roch.

Deine Mutter hatte ihr zwanzigstes Jahr noch nicht vollendet, als sie dir auf Griechisch aus der *Odyssee* vorlas, sie wusste wohl, dass du nicht allzu viel davon verstehen würdest, aber auch, dass du niemals die herrliche Musikalität ihrer Zeilen vergessen wirst. Wenn sie spürte, dass dich ihre weihrauchschwenkende Versifikation erschöpft hatte, legte sie die schwere Schwarte nieder, die sie aus den Gemächern des Bojaren mit dessen bestem Wissen geholt hatte, denn der Steuereintreiber Tachi Ghica schätzte die Belesenheit seiner Dienerin, und begann, dir Geschichten von anderer Art zu erzählen, nunmehr wahre, darüber, wie es war, als sie selbst noch ein Kind war auf ihrem Eiland mit Feigenbäumen und Häusern aus dem Kalkstein von der Insel Tinos, dem Milchzahn des Archipels. Ihre Mutter, deine Großmutter, die du niemals kennenlernen solltest, denn sie starb ausgeplündert, geschändet, und mit von Banditen durchtrennter Kehle, als sie sich auf dem Heimweg nach Larisa befand, wo sie Keller und Vorratskammer beim Metropoliten der großen Kirche bewirtschaftete. Sie hatte eben ihre Tochter einer rumänischen Bojarenfrau von jenseits der Donau anvertraut und den Namen Aspasia getragen, war in Tzarigrad in der Vorstadt Fanar aufgewachsen, von wo unzählige Griechen in der Gefolgschaft der Herrscher, die von der Hohen Pforte auf die Throne jener Gegenden gesetzt wurden, in die Walachei und in die Moldau reisten, denn die Pforte hatte kein Vertrauen in die örtlichen Bojaren, und die Griechen waren wenigstens orthodoxe Christen wie die ortsansässigen Untertanen. Sodass sich zwischen den aus Fanar gekommenen Griechen und den einheimischen Bojaren eine unüberwindliche Abneigung entwickelte, aber auch eine Verflechtung in Verwandtschaften und Verschwägerungen, denn wo das Geld spricht, müssen selbst heftigste Abneigungen schweigen. Aspasia war schön zu ihrer Zeit, und selbst nach ihrer Hochzeit gaben ihre türkischen Bewunderer in den seidenen Schalwaren keine Ruhe, sie brachten ihr ganze Kapellen unter den Balkon mit Dümbelek-Trommeln und Tamburinen, seufzten, jammerten und schworen, sie würden sich das Leben nehmen, wenn die Frau nicht auf ihr Feuer antworte. Der wütende Gatte versammelte hin und wieder ein paar Handwerker und ließ sie unter den Fenstern seiner Gemahlin Wache halten, wenn denen dann einer dieser Verliebten in die

Hände geriet, so mag Gott ihm gnädig gewesen sein. Am glimpflichsten kam man noch mit einer Bastonade auf die nackten Fußsohlen mittels eines Hartriegelstocks davon, die einen wochenlang, wenn nicht sogar lebenslänglich verkrüppelte. Wenn den Gatten jedoch der Geist der Eifersucht gepackt hatte, zog er dem jungen Sünder die Schalwaren herunter, rammte ihm die Spitze des Blasebalgs aus der Werkstatt des Hufschmieds zwischen die Hinterbacken und pumpte ihm die Därme auf, bis sie ihm platzten, oder aber er entmannte ihn mit der Schere der Meister aus der Teppichweberei.

Aber Aspasia antwortete nicht auf das Miauen der von Hitzewallungen geplagten und herausgeputzten türkischen Kater, denn die Sehnsucht ihres Lebens war eine andere: die Erlösung im Herrn, welche ihr nur die Pilgerreisen zu den berühmtesten Gebetsorten bringen konnten. Der Geist ihrer Christusliebe war über sie herabgekommen, als ihr Gatte sein Geschäft auf die Insel Tinos im Archipel verlagert hat, ein Eiland mit etlichen darauf verstreuten weißen Städtchen, die wie ein Haufen Vogelknöchlein wirkten, jedes mit seiner alten und berühmten Kirche. Als ihre Füße sie zu der schönsten von ihnen geführt hatten, zur Kirche der Reinen Jungfrau in der Nähe des Kato-Vrysi-Brunnens, kniete die junge Frau nieder vor der Ikone der Gottesgebärerin und betete zu ihr um ein eigenes Kind, denn da war sie schon zwei Jahre verheiratet und ihr Bauch allzeit verriegelt geblieben. Da schien ihr, als weinte die Jungfrau, und sie sog diese Tränen mit andächtiger Demut in sich auf. Es mag Traum gewesen sein oder echter Tag, Aspasia hätte es nicht sagen können, aber nach neun Monaten ward ihr eine Tochter geboren, die bald schon recht groß geraten war, sodass Aspasia mit ihr an der Hand sich auf die heiligen Wege begeben konnte, die sie der Muttergottes versprochen. Jahr für Jahr, wenn der Frühling sich zeigte, nahm sie ihr Kind und einen Quersack mit Wegzehrung, und so zogen sie los, auf dem Eselchen und oftmals zu Fuß, hin zu den heiligen Klöstern auf dem Berg Athos.

Sofiana würde niemals jene Wanderungen quer durch Thessalia vergessen, die steilen Auf- und Abstiege zwischen den Felsen, als ihre Mutter sie von hinten anschubste, ihr half, sich an der einen oder anderen Wurzel festzuhalten, und ihre an einem Dorn verwundete Fußsohle küsste, damit sie keinen Schmerz mehr verspürte. Manchmal, am Ende solch eines Anstiegs über gewundene schmale Stege, zeigte sich ihnen plötzlich das Meer: geschmolzenes Türkis, voller Unrast, Wellen, sich hinstreckend bis zum runden Rand des Blickfelds, mit bewaldeten Inseln und Inseln mit grauen Felsen, mit bewohnten Eilanden, ein paar weißen kleinen Häusern in den Golfen und Segelschiffen, die tiefe Furchen im funkelnden Silber der endlosen Wasser hinterließen. Dann blieben Aspasia und Sofiana dort auf ihrer Felskante stehen, zig Klafter über den Wassern, sie hielten sich an den Händen, die Haarsträhnen flatterten ihnen in der unaufhörlichen Meeresbrise um die Schläfen, blau lag der alles gebärende Bauch vor ihnen, sie sahen, wie die Fische ihre Köpfe aus den funkelnden Wellen reckten und die Kraken ihre Arme mit den Saugnäpfen an die Bäuche der Schiffe klebten, sie zum Kentern zu bringen. Wenn die Stunden des Tages allmählich verflossen, konnten sie sehen, wie Himmel und Meer ihre Farben ineinander verschoben, das Azurblau und Rosenfarbige brachen, bis die Wasser die Farbe des Weines bekamen und Dämmerung die Eilande in Ambra und Melancholie einhüllte.

Dann kamen die Sterne heraus und zeichneten ihre Konstellationen in die unaufhörliche Kuppel, dieselben, die Schiffer und Poeten schon vor dreitausend Jahren gesehen hatten, auch sie brachen sich in den Wassern und liehen ihnen ein Leben zur Nacht. Unter dem bitter würzigen Duft der Sterne legten sich die Griechin und ihre Tochter auf das schwarze Gras und schliefen ein beim unaufhörlichen rhythmischen Rauschen der Wellen, das ihnen bis in die Träume drang, denn ebenso wie du hatten auch sie schon als kleine Kinder von Seeschlachten und stolzen Flotten geträumt, die bis zum Mast hin beladen waren mit allen Schätzen der Welt. Sie trugen das Meer in ihrem hellenischen Blut, wie du eben auch, denn es gab keinen Bewohner im Archipel, der sich auf den unruhigen Brücken der Schiffe nicht wohler gefühlt hätte als auf festem Grund. Frühmorgens aßen sie dort vor dem Meer von ihrem Käse, getrocknete Wurst und Oliven aus ihrem Quersack und brachen dann auf zum Heiligen Berg, der übersät ist von Klöstern, um teilzuhaben an dem Frieden,

den das ferne und kaum hörbare Schlagen der Glocken zu ihnen her wehte über Wasser und Wälder.

Während draußen ungeheure Schneestürme tobten, sollte dir Sofiana in ihrer Stube in Ghergani, von den tausenden griechischen, rumänischen, bulgarischen, russischen und serbischen Mönchen aus den zig Klöstern erzählen, aus den Zellen und Klausen in Akti, die sich Tag und Nacht auf den kahlen Felsen abarbeiteten, indem sie sich fastend und betend züchtigten, bärtig und wild sahen sie aus und weltvergessen, stanken nach verwesenden Tieren, denn sie badeten nie, waren sie doch gesalbt mit dem Öl der Heiligkeit und rätselhaften Geschichten. Denn viele von ihnen waren nach dem Tod nicht verfault, viele heilten Schwächlinge und solche mit der hinfallenden Krankheit durch Handauflegen, und einige von ihnen waren unter den Augen der erstarrten Zeugen auf einem Strahl, der zwischen den Wolken herabfuhr, aufgefahren zum Himmel und hatten auf Erden sich niemals wieder gezeigt. Weil durch unsere Hebamme Eva die Sünde in die Welt gekommen war, als sie, von der Schlange dazu angestiftet, Adam mit der Frucht der Erkenntnis von Gut und Böse verführt hatte, war die weibliche Seite nicht auf dem Heiligen Berg zugelassen, ob es sich nun um eine Frau handelte oder um den weiblichen Teil der irdischen Viecher, sodass weder die Katze noch die Hündin, das Huhn oder die Ente und auch das Fischweib mit dem Bauch voller Rogen je auf dem Berg gesichtet wurden. Wenn ihnen die Hühnerküken in geflochtenen Weidenkörben angeliefert wurden, unterschied ein erfahrener Mönch ohne je zu fehlen die männliche von der weiblichen Seite anhand von Zeichen, die niemand anderer erahnen konnte, und behielt die jungen Hähne, die sündigen Hühnchen wurden zurückgewiesen, damit sie das heilige Kloster nicht besudelten.

Darum begnügten sich Aspasia und Sofiana, die Kopftücher aufgesetzt wegen der Engel, die weißen Mauern der Klöster von weitem zu betrachten, das Gewusel der Mönche in ihren schwarzen Monturen, mit Skuphoi, worunter das zu dicken Zöpfen geflochtene Haar hervortrat, und bis zum Leibgurt hinabreichenden Vollbärten. Riesige Kreuze beschwerten ihnen den Nacken. Ihre Schritte hatten sie zu den Klöstern Vatopedi,

Zografou, Stavronikita, Xenofontos, Esfigmenou und vielen anderen geführt, die zum Teil in Felsen gehauen worden waren, von gewaltigen Bäumen beschattet wurden und sich im Meer spiegelten, wobei sie Hellas mit dem Klang ihrer vergoldeten Bronzeglocken erfüllten. Am liebsten aber lauschten sie dem Klopfbrett, den Schlägen der hölzernen Hämmer auf das schmale, an zwei Ketten vor der Kirche hängende Holzscheit, worauf der Satan mit Hörnern und geschwungenem Schweif gezeichnet war. Aus Leibeskräften schlug der Mönch auf den Satan ein, mit immer heftigeren Schlägen, damit er ihn vertreibe aus sich selbst und der Welt. Dies Klopfbrett war an güldenen Nachmittagen zu hören, da es die Mönche zur Abendandacht rief, und sobald es bei dem einen Kloster zu erklingen begann, antwortete ihm ein anderes von jenseits eines kleinen Golfes, dann ein nächstes hinter einem kahlen Gipfel zum Zeichen, dass der Teufel nun schwere Qualen zu erleiden habe, dass er verhöhnt werde und vertrieben kreuz und quer durch das gesamte Akti-Gebiet, den heiligsten Landstrich der Orthodoxie.

Nachdem sie einen ganzen Monat umhergestreift waren, immerzu andere und wieder andere Klöster gesehen hatten, kehrten Mutter und Tochter zurück nach Tinos in ihr weißgekalktes Häuschen, worauf die Feigenblätter blaue Schatten warfen. Von da an versammelte Sofiana die Kinder radförmig um sich und erzählte ihnen vom Berg Aghios und seinen zahlreichen Wundern, wie Engel mit Regenbogenflügeln rings um die weißen Glockentürme flogen und über das blaugrüne Meer, wie sich hin und wieder einer mit nackten Füßen herabließ auf die Erde und vor einen Mönch, der gesündigt hatte, mit diesem ein paar Schritte den Pfad langging, wie es ein Mann tut mit seinem Freund, ihn an der Hand hielt und ermahnte und ihm den rechten Weg wies. Worauf er sich groß und schwerfällig wie ein Kormoran wieder zum Flug erhob, während der Mönch, der Bart zerzaust im Windstoß der göttlichen Flügel, mit tränenden Augen auf die Knie sank. Auch zeigte sie den Kindern zwei ihrer Fingerspitzen, die golden eingefärbt waren, seitdem sie den Ring um den Kopf eines der Engel berührt hatte, während dieser, etwas dunkelhäutigen Antlitzes und in weißem Gewand, sich tief über sie gebeugt und sie gesegnet hatte. Dann hatte er sie in Flügel mit Federn aus Saphiren und Rubinen und Bernstein eingehüllt, wie sich der Seidenspinner einhüllt in seinen Kokon, damit aus seiner Puppe ein Milchschmetterling mit zartweichem Fell schlüpfe, den man immerzu streicheln möchte mit dem Finger.

Hast du wirklich Engel gesehen?, fragtest du oftmals die Mutter, doch die hat dich genauso belogen wie die Kinder von einst auf der Insel Tinos, denn du hättest wohl kaum deine so verwundert runden Augen gemacht, wenn sie dir die Wahrheit gesagt hätte, schließlich kreisten allein die Möwen über den Klöstern, und die Engel aus ihren Geschichten waren lediglich die auf die Kirchenwände gemalten, wo sie wie einstmals zu den Leuten und Tieren herabkamen, und dass sich auf ihren Fingerspitzen nur gelber Staub aus den Blütenkelchen befunden hatte.

Ich habe sie gesehen, Theodoros. Sie haben Gesichter wie der Blitz und Augen in der Farbe des Himmels, die recht weit auseinander und zu den Schläfen hin stehen, und Münder mit bestens bemalten Lippen, die sich niemals zum Sprechen öffnen, denn sie sprechen dir wahrhaft ins Herz. Betritt einer von ihnen deine Stube, so bilden sich Eisblumen an den Fenstern, denn sie verbreiten eine eisige Kälte um sich. Sie haben je vier Flügel, und die tüchtigsten von ihnen sogar je sechs mit Perlen besetzte. Mit ihren geblähten Nüstern erschnuppern sie die Sünde über weite Räume hinweg und kommen in Schwärmen herbei, das Leben dessen zu beenden, der gemordet, herumgehurt oder Gottes Namen gelästert hat. Wo ein Aas liegt, versammeln sich die Adler. Dieses zerschneiden sie mit ihren Schwertern oder nehmen es in ihre sehnigen, mit blauen hebräischen Wörtern beschriebenen Arme, überfliegen damit die Felsen, wo sie es loslassen zum Lobpreis des Himmels, dass es zerschmettert werde in allerkleinste Stückchen.

Da bekamst du es mit der Angst zu tun und schmiegtest dich beim runden Licht der Kerze, an der Wachstränen herabrannen, noch fester in Sofianas Arme. Schwaden eiskalter Luft drangen durch die Risse in den Fensterläden, sodass man meinen konnte, ein Engel stände mit nackten Füßen in Schnee und Sturm und weißem Licht draußen an der Wand und versuchte hereinzukommen und seine nassen Flügel an der Ofentür zu trocknen. Es war der Winter-Engel, der Ghergani gegen Ende des Jahres 1821, drei Jahre nach deiner Geburt, im Schnee begraben hat. Und die ganze Gegend zitterte angesichts seiner Gewalt.

Ghergani war für dich damals die Welt mit deiner Mutter als Zentrum und vielen Menschen und Viechern, die sich dir allüberall auf den Hügeln und in den flachen Tälern in den Fenstern der Häuser und selbst auf dem Himmelszelt zeigten, von wo sie dir zwischen den von Gold und Bläue gerahmten Wolken zuwinkten. Die Mannsbilder und Frauen waren turmhoch, und diese Riesen erhoben dich oftmals mit ihren Händen und Armen, um dich durch die Luft zu wirbeln und deine Bäckchen mit ihren Fingerspitzen zu kneifen, dich zu bespucken, damit du nicht einer Verwünschung erliegest, denn der Zufall hatte es so eingerichtet, dass du das jüngste Kleinkind warst auf dem Gutshof. Sofiana nahm dich oftmals schon in aller Herrgottsfrühe mit, wenn sie sich ihrer wichtigsten Aufgabe, der Ankleidung der Bojarin Mariţa, zu widmen hatte, und da drangst du ein in die Märchenwelt des Guts der Ghiuculeştier und bestauntest die Teppiche auf dem Boden und die Kandelaber an der Decke der Stuben, die dir so groß erschienen wie das gesamte Himmelszelt, und die Rahmen mit den Malereien an den Wänden, und die breiten Kanapees, auf denen alte Bojaren mit hohen runden Pelzmützen auf den Köpfen saßen und parfümierten Rauch aus ihren Wasserpfeifen sogen. Und du wundertest dich über die altrosa und veilchenfarbenen Röcke der Weibsbilder, die von Kristalltellerchen Konfitüren löffelten, über die Diener mit breitem roten Leibgurt, die dampfenden Kaffee herbeibrachten, und über die Wachleute und Hüter mit vielen unterschiedlichen Krummdolchen im breiten Ledergurt. Ihr hieltet euch stets in der Stube mit den hohen schmalen Fenstern, bei den vielen gläsernen, von schweren Draperien verhangenen Ausgucken auf, wo die Hausherrin, die junge Bojarin, vor dem großen ovalen Spiegel, groß genug, dass sie sich von den Fußsohlen bis zum Scheitel in seinen Wassern getreulich zurückgeworfen sehen konnte, das Hemd, in dem sie geschlafen hatte, zu Boden gleiten ließ, um dann nackt und stolz wie eine Lilie, mit milchweißer Haut dazustehen, die Arme seitwärts ausgestreckt, damit die hurtig sie umkreisende Sofiana mit ihrer morgendlichen Ankleidung beginnen könne. Sie schämte sich weder vor dir noch vor deiner Mutter, denn die Griechin war nur eine Dienerin und du ein unschuldiges Kind, sodass dir jener Körper von einem Weiß, wie du es noch nie gesehen hattest, noch lange im Gedächtnis bleiben sollte, dazu die stattlichen Brüste, ein in sich gekehrter Nabel auf dem leicht vorgewölbten Bäuchlein und ein dichtes krauses Fell, das den Spalt zwischen ihren Schenkeln bedeckte.

Aufgelöst und schwer noch von Schlaf und Träumen hing der Bojarin die Mähne schwarz wie Ebenholz bis hinab auf das Hüftrund. Während sie ihr die leinenen, mit Stickereien aus glitzernden und funkelnden Fäden durchzogenen Kleider anlegte, zwitscherte Sofiana fröhlich auf Griechisch mit ihrer Herrin, unterhielt sie mit Tratsch und Geschichten, die auch sie hie und da von den Dienerinnen und ihrem Mann Gligorie zu hören bekam, der nun eben den Besitzer des Guts, den Steuereintreiber Tachi Ghica, in der anderen Stube ankleidete, woher das schier verlöschende Gemurmel der beiden Männer zu vernehmen war. Die Bojarin vermengte das Rumänische mit dem Griechischen und zeterte lauthals in ihrer Sprache, wenn der Kamm aus Achat in dem zu dichten Haar hängen blieb, dann aber besann sie sich ihrer Vornehmheit, denn hätte man geruht, ihr zuzuhören, so wäre ihre Abkunft als Tochter des mächtigen Statthalters Scarlat Câmpineanu mit allen großen Bojarenfamilien der Walachei in Beziehung gestanden und darüber hinaus, vermittels einer weit ausschwingenden Verwandtschaftskette sogar mit der Kaiserin Maria Theresia, was als dermaßen hanebüchen anzusehen war, dass sogar ihr Statthalter-Vater sie immer wieder einmal ermahnte, den üppigen Fuchsschwanz etwas zu stutzen, denn der reiche ja schon drei Poststationen weit. Aber wenn es sie gepackt hatte, gab Mariţa ihren hohlen Traum von Größe nicht mehr auf: Die Kaiserin in Wien war ihre Großtante und damit basta, wehe, dem wollte jemand zu widersprechen wagen. Vor Sofiana, der sie vollends vertraute, brüstete sie sich auch mit ihrer unfassbaren Mitgift, mit ihren Liebhabern vor der Heirat, den vielen, die aus allen vier Windrichtungen herbeigekommen waren und gebuhlt hatten um sie, bevor sie ihren Lebensfaden mit Tachi verflochten hatte. Nun saß sie aufrecht auf dem Stuhl vor dem Spiegel und ertrug duldsam, dass ihre Haare zu einem straffen Zopf geflochten und dieser ihr rings um den Kopf gelegt und mit Nadeln und Spangen fixiert wurde, was ihr ein hochmütiges Aussehen verlieh, das ihr nicht entsprach, denn entgegen ihres Selbstlobs war Mariţa eine seelengute Frau und eine Herrin, die selten nur den Pantoffel vom Fuß nahm, um damit die Wange einer Dienerin zu treffen, die gefehlt hatte. Ihre Augenbrauen, sie waren nicht zusammengewachsen wie die von Sofiana, wurden mit einem in Gallapfeltinte getauchten Stift eingefärbt, die Wangen mit dem Blau des Heidegünsels eingerieben, sodass sie perlmutten glänzten, während die Lippen der Bojarin, kirschrot eingefärbt, auch bei einem kleinen Mündchen dem Gesicht eine gehörige Portion von Komm-schau-her verliehen.

Schließlich hängte ihr die Kammerdienerin, verwundert über ihre Schönheit, auch die goldenen Ohrgehänge an, streifte ihr die Armreifen aus Elfenbein über und steckte ihr die zahlreichen goldenen, silbernen und mit wertvollen Steinen besetzten Ringe an die Finger. Nun glich der Spiegel einem Rahmen, in dem sich ihr gemaltes Antlitz zeigte, das Mariţa sich unter den von Chios-Kajal beladenen Lidern heraus lange anschaute, und jeden Morgen verliebte sie sich mehr in sich selbst, inniger sogar als sie jemals in ihren Mann verliebt war oder einen der Buhlen von einst. In einer Ecke des Rahmens zeigte der raffinierte Maler auch euch, Sofiana und Theodoros, ihre Hand liegt auf deinem Köpfchen mit dem kurzgeschnittenen und wie Pechrußfäden gekräuselten Haar, du aber, schmal und dunkelhäutig, streckst die Zunge heraus und grimassierst in dem tiefen und hellen Spiegel.

Die alte Frau aus Câmpina, Mariţas Mutter, hatte Aspasia schon in deren Jugendzeit kennengelernt, als sie auf dem Berg Aghios zu tun hatte und immerzu durch Larisa kam, wo sie beim Kaufmann Anagnostakis, Aspasias Mann, einkehrte, der im oberen Geschoss Zimmer für Reisende vorhielt. Später dann, als sie Mariţa von Gott bekommen hatte, ihr einziges Kindchen, und als dieses groß genug war, um eine eigene Dienerin nur für sich allein zu brauchen, hatte sie an Aspasias Tochter gedacht, und weil sie ein ungestümes Weib war, das nicht lange nachsann, traf sie sich mit den beiden in Russe, außerhalb der osmanisch besetzten Stadt. Aspasia hatte einen Beutel voll Geld bekommen, dessen sie nicht mehr teilhaftig wurde, denn nur wenige Tage darauf plünderten ungläubige Banditen sie aus und ermordeten sie, doch die Câmpinerin kehrte mit der bezopften fünfzehnjährigen Sofiana nach Ghergani zurück, mit der sie immerzu sehr zufrieden war, denn das Mädchen, das keine Silbe Rumänisch konnte, war aufgeweckt und reinster Seele. Sie hatte die beiden Zöpfe tragenden Mädchen auf dem Gut zusammengebracht, und seit mehreren Jahren herrschte zwischen ihnen einträchtiger Friede und Verständnis. Etwa zur gleichen Zeit wurde Gligorie, ein Junge von etwa siebzehn Jahren, Sohn des Pelzmützenmachers im Haus des Steuereintreibers, dem jungen Bojaren zur Seite gestellt, um ihn Tag für Tag anzukleiden und ihm zu Diensten zu sein, ihm das Essen aufzutragen und Treiber bei der Jagd zu sein. Sowie er die Griechin mit ihrer Olivenhaut zu Gesicht bekam, erschienen ihm ihre zusammengewachsenen Brauen als ein Bogen, der unablässig Pfeile auf sein Herz abschoss. Oftmals am Tage standen sie sich plötzlich Brust an Brust gegenüber in leeren Stuben, da der eine im Auftrag des Herrn dahin eilte, die andere dorthin in Diensten der Herrin, gingen aneinander vorbei und schauten sich dann um, schämten sich, wenn sie sahen, dass auch der andere sich umgewandt hatte, berührten sich aus Versehen und murmelten etwas Entschuldigendes, zu leise jedoch, als dass man ein Wort davon hätte verstehen können, um dann, wenn sie vor dem Bojaren knieten, Gligorie, und der Bojarin, Sofiana, um ihnen die Schnürsenkel zu binden und die Schuhe zu polieren, durcheinanderzugeraten und alles verkehrtherum anzugehen, sodass sie verwunderten Tadel seitens ihrer Herrschaften zu hören bekamen. Ein Sommer und ein Herbst waren auf diese Weise vergangen, in denen Gligorie unaufhörlich den Fußspuren der Griechin folgte, die Scham ablegte und versuchte, auf den kalten Fluren des Gutshauses mit ihr ins Gespräch zu kommen, und jedes Mal, wenn sie sich allein in einer Kammer befanden, an deren Fensterscheiben sich die Geranienblätter schmiegten, flüsterte er ihr heiße Worte zu. Eines Morgens griff er nach ihrer Hand, doch das Mädchen schüttelte sie aus der ihren, als wäre sie mit einem rotglühenden Eisen versengt worden, wozu sie ihm ganz barsch etwas auf Hellenisch sagte, worauf der großgewachsene Bursche, breitschultrig wie ein Haiduck, das Gesicht rot wie ein bemaltes Osterei, aus tiefstem Inneren heraus eine ungestüme Kraft heraufsteigen spürte und sein Glied steinhart wurde. Er nahm sie in die Arme, geschehe, was da geschehen wolle, und so kämpften sie dort in der Stube miteinander, und Gligorie spürte die Krallen der wilden Katze an Wangen und Brust, die in ihn drangen und bis aufs Blut. Er konnte sie auf keine Weise überwinden, also gab er es schließlich auf und rannte aus Angst vor dem Bojaren davon, vor allem jedoch, weil er bei ihrem Ringen, erhitzt durch die Brüstchen des Mädchens, die er mit den Händen unter ihrem dünnen Hemd hatte erspüren können, einen Kerzenleuchter aus Messing umgestürzt hatte, dessen Arme sich im Fall verbogen hatten. Das Mädchen aber hatte nicht geschrien und auch ihrer Herrin nichts verraten, es vielmehr so eingerichtet, dass sich künftig ihre Wege durch das Gutshaus noch viel öfter und wie beabsichtigt mit denen des Burschen kreuzten, wobei sie stets so tat, als sehe sie ihn gar nicht. Und so verging auch der Winter 1817, und der Frühling kam, und da ging es so nicht mehr weiter. Schier vertrocknet vor Sehnsucht nach dem anderen, entflammten Sofiana und Gligorie bei der erstbesten Gelegenheit wie Zunder und kannten fortan nicht Gebot mehr noch Sünde.

Es begab sich im Blütenmonat Mai, da Ghergani von Licht überschwemmt war bis zu den Lippen und darüber hinaus, über den Teichen die Teufelspferde paarweise dahinflogen und Regenschauer bei Sonnenschein dazu führten, dass auf der anderen, der dunkel verbliebenen Seite des Himmels ein gerundeter Regenbogen auftauchte. Bei einem solchen Regen, da die Herrschaften mit der Kalesche unterwegs waren zur Nachbarschaft und die Diener in den Kammern vor sich hin dösten, und die Stille und der Frieden, und der süßliche Duft nach Weihrauch und Wasserpfeife das ganze Gutshaus einhüllten, schlich sich die Griechin in den Kuhstall, da sie wohl wusste, dass Gligorie dort auf dem Heuboden seinen Tabak und die Bücher verwahrte, die er so gerne laut las, und die nun mitnichten die berühmten Schriften von Omar dem Blinden waren, auch sonst keine Schriften von Weisen und Philosophen aus den Schränken des Stallmeisters, sondern Scharteken, billigst auf dem Jahrmarkt erworben, heitere Geschichten und unglaubliche Histörchen über die Wunder der weiten Welt. Das Mädchen schlüpfte hinein, wo breite Lichtstreifen durch die Risse in der Bretterwand das Dunkel zerteilten, und spürte die feuchten Mäuler und Lefzen der Kühe sowie am eigenen Leib deren warmen Atem, dazu den reinen Duft der frischen Fladen. Leise stieg sie die Leiter hinauf auf den vollen Heuboden und sah dort Gligorie, wie er da auf der Seite lag im Stroh und las, den Arm angewinkelt unter dem Kopf und in seinem Rücken, glänzend wie Seide in den breiten Lichtstreifen, das riesige Rad eines Spinnentiers mit dem großen und fetten Viech in der Mitte. Dem Gligorie hüpfte das Herz, als er das Mädchen sah und in den Nasenflügeln ihren öligen Duft verspürte. Lächelnd legte sie sich an seine Seite und streichelte ihm mit zwei Fingerrücken die Wange. »Du bist mir sehr lieb«, radebrechte sie, die rumänischen Wörter mit der griechischen Musik verbindend, aber es gelang ihr kaum, nur dieses zu sagen, da der Bursche, der schon Monat um Monat sich das Sehnen erleichtert und den Samen verstreut hatte ins Linnen, nichts als ihr Antlitz und ihren Körper und die Spitzen ihrer Brüste im Sinn, derer er sich entsann, als hätten sie ihm die Hände versengt, die Seufzer nach ihr an jedem gottgewollten Tagesanbruch, sich auf sie wälzte, mit seinen großen Händen unter ihre Schürze fuhr und der blinden Welt ihre jungfräuliche Schönheit enthüllte. Sie hatte ihm die Arme um den Nacken gelegt und ließ ihren Körper von den heißen Fingern erkunden, Bauch, Schenkel, Pobacken und ihre Liebesspalte unter dem flaumigen Fell, die noch verschlossen war, was sich jedoch als schwaches Wehr angesichts des heftig erregten Mannes erweisen sollte. Sofiana wünschte die Vereinigung so sehr, dass sie den Riss kaum spürte, den das harte Glied in ihrem Bauch anrichtete, sie freute sich ungemein, hatte die Knie weit nach außen gereckt und genoss die Hüftbewegungen des Mannes, dem sie Hals und Brust mit Küssen bedeckte. Eine ganze Stunde lang hatten sie sich herumgewälzt, leidenschaftlich gestöhnt und das Stroh über den ganzen Heuboden verstreut, bis sie einfach so liegen blieben, die Kleider über den Bauchnabel hinauf gerafft, die Bäuche nackt und die Beine, worauf sich die Perlenfäden der langbeinigen Spinnen legten, deren Heim sich im Heu befand.

Ohne es zu wissen, war das Mädchen von dieser ersten Vereinigung, die in aller Heimlichkeit und ohne den Segen einer Vermählung stattgefunden hatte, schweren Leibs geworden, schwer trug sie nun an dir, Tudor Theodoros Tewodoros, und in den Nächten jenes Frühlings hatten die jungen Leute immer und immer wieder froh gesündigt, mit jedem Mal leidenschaftlicher, ausgiebiger und vertrauter in den Dingen der Lust am Ende ihrer alltäglichen Verrichtungen, dem Herbeitragen der Wasserpfeife und des Kaffees, dem An- und Auskleiden von Herr und Herrin, dem Nähen am Stickrahmen und dem Töten der Fasane auf dem Gut. Sie wechselten die Orte, an denen sie sich trafen, einmal war es ihre Kammer und einmal seine, woraus sie sich frühmorgens beim ersten Hahnenschrei und noch vor dem Morgendämmer davonschlichen.

Bei diesen Gelegenheiten enthüllten sich ihnen Geheimnisse, die es sich nicht zu wissen gehörte und aufzudecken, denn es handelte sich um nichts anderes als Schwächen der Herrschaften, die sich der hochwohlgeborenen Welt wie dieser, die selbst Landesherren schon hervorgebracht hatte, anders darstellten als ihren Untergebenen. So traf Gligorie, wie er an der Stube des alten Bojaren vorbeihuschte, dem waren Leute und Welt längst zuwider geworden, sodass ihn schon lange niemand mehr aus der Tür seiner Stube hatte treten sehen, auf zwei Zigeunerinnen, die zählten wohl so zwölf Jahre beide, höchstens dreizehn, die selber nun aus dem Gemach des Bojaren schlichen und ungesehen in den anbrechenden Morgen zu verschwinden trachteten. Den Kammerdiener verwunderten diese Gesichte, und er redete andeutungsweise mit Arghir, dem Kutscher, darüber, dann mit Ermolache von der Küche, doch die lachten bloß über ihn und seine Unwissenheit, ein Bub eben, der noch nass ist hinter den Ohren. Alle Zigeunerinnen, so erfuhr nun Gligorie, gehörten allen, und es gab derer viele auf den Höfen des Kämmerers, wie in allen walachischen Bojarenhäusern, und auch derer gab es noch viele in den Dörfern und Weilern. Junge Kindchen oder Verheiratete, mit Ehemann, sie hatten keinen Mucks zu tun, wenn die Bojaren nach ihnen riefen, und selten waren die Nächte, erst recht zur Winterzeit, da sie nicht nach einer oder zwei Zigeunerinnen riefen, sie zu wärmen, wie es genannt ward. Vor Zeiten war dies ein Brauch dieser Gegend, und die Bojaren verbargen sich nicht, sondern nächtigten mit den Zigeunerinnen bei vollem Wissen der Bojarinnen. Schließlich musste keiner sich dessen schämen, wo doch die Zigeuner für geringer noch galten als die Knechte und wie Lasttiere dienten, gekauft und verkauft von der Herrschaft und auf dem Gut gebraucht nach deren Gutdünken. Auch war hie und da von einem etwas verrückteren Bojaren zu hören, der seine Zigeuner in die Bäume steigen und wie Krähen zu krächzen hieß, worauf er sie mit Pfeil und Bogen beschoss, dass sie herabfielen und sich die Knochen brachen, so ihrer dort viele tot liegen blieben. Aber die Zeiten waren milder geworden, und obwohl die Zigeuner rechtlose Knechte blieben und die Zigeunerinnen nach wie vor in die Betten bestellt wurden, ohne sich dem verweigern zu können, scheuten sich die Bojaren und versuchten, ihr übles Laster zu verbergen. Doch selbst der junge Bojar, hatte ihm Arghir ins Ohr geflüstert, schlief manchmal angeblich allein auf dem deutschen Sofa in seinem Arbeitszimmer und sagte zu Mariţa, er müsse sich mit ein paar Schriftstücken herumplagen, dann brachte man ihm heimlich das allerfeinste Weib der Zigeunerschaft, für die Arghir sein Leben zehnmal hingegeben hätte, wäre er bloß einmal in den Genuss gekommen, bei Vollmond auf ihr reiten zu dürfen, Andrada, die Frau des Gherganer Hufschmieds, aus dem Dorf, aus der Gasse der Zigeuner. Dann erst hatte Gligorie verstanden, warum sein Bojar, Tachi Ghica, morgens erschöpft wirkte und nach Rauch und Fisch roch. All dies erzählte er Sofiana, die selber auch nicht hintanstehen wollte, denn mittlerweile hatte ihre Herrin ihr anvertraut, dass ihr, seitdem der Frühling hereingebrochen war und Tachis Fernbleiben vom Nachtlager zugenommen hatte, der Kaffeekoch mit Karacho ins Herz eingebrochen war, ein gut gebauter und schöner Bursche namens Vasile, der von klein auf im Gutshaus aufgewachsen war, und den die Bojarin bis dahin nicht beachtet hatte. Der aber war herangewachsen und zählte nun ein Jahr weniger denn zwanzig, und Mariţas Blicke erfreuten sich nun seiner stolzen, männlichen Erscheinung. Sie bestellte ihn nun häufig in ihre Gemächer, die sie Gynaeceum nannte, damit er die Spitzen an ihrem Tischtuch ausrichte und die Teppichfransen, ihr die Kissen auf dem Diwan ordne und die eine oder andere Kleinigkeit mehr, worüber sich der junge Mann doch erheblich zu wundern hatte, denn dies zählte mitnichten zu seinen Aufgaben. Dann gab sie sich, dahingestreckt auf dem Diwan, sinnlich, wie sie dachte, ließ durch die Seidenbluse ein bisschen mehr von ihrem Busen sehen und enthüllte ihr Bein bis zum Knie, wobei sie den Pantoffel auf den Fingerspitzen schaukeln ließ. Der junge Mann beantwortete Mariţas Augenspiel mit den reinen Blicken eines pflichtschuldigen Dieners, verließ das Zimmer mit einer leichten Verbeugung und ließ sie wie düpiert zurück. Doch in ihrer Enttäuschung hatte die Bojarin nachgedacht und enthüllte nun der Griechin die schäbige List, es so anzustellen, wie Potifars Weib es mit Joseph in Ägypten getan hatte, ihm also eines Tages zu sagen, wenn er sie nicht in die Arme nehme, werde sie lauthals schreien, die Bestie in Menschengestalt habe versucht, ihr Gewalt anzutun. Und ihn werde der Kerker verderben, wenn nicht die dreizackigen Spieße der Höllengeburt.

Sofiana jedoch war von solch gemeinem Sinnen entsetzt und versuchte, sie abzubringen von dieser nur noch schwerer wiegenden Sünde. Zuallererst fragte sie, während sie ihre weit aus dem Mund hervorgestreckte Zunge mit der extra dafür angefertigten silbernen Raspel reinigte, warum sie, die Bojarin, ihren angetrauten Gatten betrügen und den Pfad der Hurerei einschlagen wolle, wo doch die Gefahr groß war, dass man sie entdecke, und wenn Tachi davon erfuhr, würde er ihren Schädel kahlscheren und sie auf dem Markt zur Schau stellen als Hure, die sie dann sei? War denn ihr Mann nicht gut genug, gerecht und mildtätig? Liebte er sie nicht wie die Augen in seinem Kopf? Sie möge es sich sehr gut überlegen, die gnädige Frau Mariţa, was sie zu tun gedenke. Mariţa konnte nicht darauf antworten, denn die stumpfe Klinge schabte über ihre Zunge und strich den weißen Belag ab, der sich darauf gebildet hatte, aber dunkel vom Kienruß ihrer Wimpern eingefärbte Tränen rannen ihr aus den Augen: »Weil ich nicht das tue, was ich möchte, sondern das Böse verübe, das ich nicht mag«, hätte sie in den ätzenden Worten des heiligen

Apostels Paulus antworten mögen, die sie häufig in der Kirche neben dem Gutshaus vernommen hatte.

Gligorie und Sofiana kicherten in ihrem heimlichen Lager über diese und viele andere Geschichten, die sie allerorten zu hören bekamen, wo sich die Dienerschaft versammelte, ohne zu ahnen, dass schon sehr bald sie selbst eine Geschichte abgeben sollten.

4

Weil der Griechin die fraulichen Begebnisse ausblieben, wurde ihr auch mit einem Male das Leben sehr bitter, schließlich konnte sie die Zeichen der Ausschweifung nicht lange verbergen, in der sie sich gesuhlt hatte. Solange noch Zeit war, gebot es sich, etwas zu unternehmen, aber weil sie jung war und von derlei Dingen noch nicht geprüft, taumelte sie nach dahin und dorthin und wusste nicht, wo sie um Hilfe ansuchen könnte. Sie hatte von alten Weibern gehört, die jungen Frauen, die gefehlt hatten, Eschenrosen verabreichten und zaubrisches Gebräu, und hätte sich in ihrer Verzweiflung auch an diese gewandt, wären ihr nicht die daran geknüpften Unglücksfälle zu Ohren gekommen. Sie war in der Kirche gewesen und hatte sich mit tränenden Augen niedergekniet vor der Reinsten Jungfrau mit dem Kind auf dem Arm, die in Sofianas Sprache Hodeghitria hieß, hatte ihre Sünde gebeichtet und um Erbarmen gebeten, aber die Klammer, die ihr Herz umfangen hielt, hatte sich nicht gelöst. Niemals würde die Jungfrau ihr diese unbesonnene Tat vergeben. Der mittätige Gefährte, Gligorie, selber noch ein Kind, war ihr keine Hilfe, und den ganzen Sommer hindurch trafen sie sich nicht mehr in ihren geheimen Stuben. Seine Leidenschaft hatte sich ohnehin recht bald gelegt, nachdem er alle körperlichen Freuden genossen hatte, mit denen die Griechin ihn überreich beschenkt hatte.

Nun war ihr nur noch verblieben, das Mitleid und den Schutz ihrer Herrin zu erflehen, und eines Morgens, als das Kind in ihrem Bauch schon etwa drei Monate zählte und sie den Brechreiz aus ihrem Rachen nicht mehr bezwang, warf Sofiana sich Mariţa zu Füßen und gestand heulend und schluchzend ihr sündiges Tun. Diese, kalt wie Eis, denn sie hatte für nichts ein Verständnis als ihre eigenen Schwächen, schalt ihre Dienerin heftig, drohte, sie bloßzustellen und vom Gut zu verjagen, und dies nur, um sie, boshaft, sich noch heftiger vor ihr auf dem Boden winden und noch verzweifelter ihr die Pantoffeln an den Füßen küssen zu sehen. Sie fragte, mit wem sie dieses Kind gezeugt habe, und die Kammerzofe verbarg ihr nichts. Dann ließ sie sie dort liegen, auf den Teppich geworfen wie eine große und leblose Made, und ging zu Tachi, mit ihm in dieser geringen, aber nicht unbedeutenden Angelegenheit zu beraten, denn Ghergani war eine christliche Siedlung, in der die Hurerei unter Dienern keinesfalls zu dulden war. Sie beschlossen, die beiden Tollpatsche schnellstens zu vermählen, denn es war schon vorgekommen, dass Kindchen nach sieben Monaten geboren wurden, und niemand würde wissen, dass Sofianas Leibesfrucht vor dem heiligen Sakrament der Ehe angesetzt worden war.

Also setzten sie sich am nächsten Sonntag nolens volens die Hochzeitskränze auf die Häupter, und der Pope sang *Jesaja tanzt*, und von da an teilten sie sich die gleiche Stube und lebten in bestem Einvernehmen in Erwartung ihres Erstgeborenen, der auch der Letzte sein sollte, denn deine Mutter sollte sich nach dieser überaus schweren Geburt im dann kommenden Winter niemals wieder vollständig erholen. Zwischen den Bergen dort war der Winter sehr streng, tagsüber war es finster wie bei Nacht, der Schnee reichte den Pferden auf den verwehten Straßen bis zur Brust, und bald schon konnte man den Gutshof nicht mehr verlassen. Als ihr die Stunde geschlagen hatte, hat Sofiana den Tag zehn Stunden lang gebraucht, dich auf die Welt zu bringen, ohne Feldscher und ohne Hebamme, nur mit ein paar älteren Frauen vom Gut, und da hatte nicht viel dazu gefehlt, dass dein sie zerreißender Eintritt in die Welt sie umgebracht hätte.

Beim schrecklichen Geheule des Windes in den Fensterläden und im Schornstein des Herds, das dir die ersten Klageschreie überdeckte, hatten sie dir die Nabelschnur durchtrennt. Der Winterengel hatte den Himmel gegen die Welt aufgebracht und all deren Inhalt eingehüllt in seine Flügel aus Schnee.

»Mittwoch, den 4. Tag des Hornungs im Jahre des Herrn 1818 ist das Kind des Gligorie Işlicarul und der Sofiana, beide unsere Diener, zur Welt gekommen, der auf den Namen … hört«, hatte an dem gleichen Abend der Kämmerer Tachi Ghica auf die letzte Seite des uralten Gebetbuchs der Familie, wo jede Geburt und jeder Todesfall auf den Höfen der Ghiculeştier eingetragen wurde, geschrieben. Und einige Zeit später wurde von gleicher Hand auf die leer gebliebene Stelle mit rostroter Tinte »Tudor« geschrieben, denn deine Mutter und dein Vater hatten im Glauben, du seist Gottes Geschenk an sie, dir bei der Taufe diesen gesegneten Namen gegeben, der auf Griechisch Theodoros ausgesprochen wurde, und deine gesamte Kindheit hindurch sollte es so weitergehen: Gligorie sollte dich Tudorchen rufen und deine Mutter Todoraki, und jeder von beiden vorderhand oder heimlich in seiner Sprache zu dir sprechen, sodass du mit drei Jahren die beiden Sprachen daherplappertest wie ein Wasserfall. Bei der Taufe führte ihr Weg zur Kirche durch eine lange überwölbte Schneise, die in die vier Klafter hohe Schneemasse gegraben worden war, und in der eiskalten Kirche musste der Pope die Eiskruste im Taufbecken mit der Axt zerschlagen. Bei jedem Atemzug entließen die Anwesenden riesige Dampfblumen aus ihren Mündern in die grimmig kalte Kirche, deren Wände und Ikonen mit einer von den Blicken der Taufgesellschaft nicht zu durchdringenden Schicht von Rauhreif bedeckt waren. Dreimal warst du eingetaucht worden in das weite Becken mit dem Gemisch von Wasser und Schnee darin, im Namen des Vaters, des Sohnes und des Heiligen Geistes, und wieder herausgehoben, blau wie die Leber. Dann wickelten sie dich bestens ein in Linnen und Lammfell und eilten durch die lange Höhlung zurück zum Gutshaus, wo sie dich niederlegten, behütet bei der Wärme der im Ofen knackenden Holzstämme ins Bett und auf die Kissen zu den Zitzen der Mutter. Die Eiseskälte dieses Tages solltest du bis zum Ende in deinen Knochen mit dir tragen, selbst unter der sengenden Sonne Kefalonias und unter den Palmen des Libanon, ja sogar in der heiligen Stadt Jerusalem und insbesondere in deinem Äthiopien vom anderen

Ende der Welt, wo du ohnehin alles hinter einer in der Gluthitze zitternden Luft und verhangen vom ziegelroten Staub Afrikas gesehen hast. Du hättest die Backofenhitze jener Gegenden gar nicht ertragen können, hätten sich deine Knochen nicht an den Frost im Taufbecken erinnert, der dein Herz hatte gefrieren lassen, und sich damals für alle Zeit mit einer Schneeschicht überzogen.

Am Abend nach deiner Geburt hatte Tachi vor, in seinem Arbeitszimmer mit den Mahagonimöbeln und dem Sofa mit den Löwenfüßen, das überquoll von seidenen Kissen, mit dem Kandelaber und dem meisterhaft eingefärbten Glaszierat, die Zigeunerin zu empfangen, wie er es in der letzten Zeit etwa zweimal die Woche tat, ein Laster, für das er sich verachtete und sich oftmals mit den Fäusten den Schädel traktierte, dem er jedoch nicht mehr entsagen konnte, denn er hatte Geschmack gefunden an einigen Widerlichkeiten, die Andrada ihm tat und Mariţa nicht, denn sie hatte gar keine Ahnung, dass so etwas möglich sein könnte, und wenn Tachi es von ihr verlangt hätte, hätte sie sich erbrochen auf die Fußböden und wäre zur Mutter gerannt mit Mitgift und Aussteuer, als hätte sie Satana leibhaftig gesehen. Aber er hatte begonnen, gegen Ende jenes in Leder eingebundenen und mit geschwärztem Silber beschlagenen Gebetbuchs, trübe Topase an den Schließen und alt wie die Welt, ein paar Seiten umzublättern, die seine Melancholie erweckten. Mit einem Mal war er versunken in Aufzeichnungen, getätigt von Händen, die lange schon vertrocknet waren in fauligen Särgen, dem Kerbholz der Familie, das alles enthielt, was in über drei Jahrhunderten an Wichtigerem geschehen war im Leben der Ghiculeştier in der Walachei, Geburten und Tode, und Feuersbrünste und Erdbeben und Seuchen, und Aufstände und Wunder, die geschehen waren, wie damals, als eine Kuh zwei Kälber geworfen hatte, die an den Schläfen miteinander verwachsen waren, oder als die Ikone des Propheten Jeremias von der vierten Bilderreihe an der Altarwand der Kirche von Ghergani dergestalt herabfiel auf ein altes Weib, das sich der Wahrsagerei verschrieben hatte, dass die eine Ecke der Ikone ihr den Schädel einschlug und darin stecken blieb, sodass die Alte an Ort und Stelle aufgrund ihres sündhaften Treibens starb. Der erste Eintrag stammte aus dem Jahr 7068 seit der Erschaffung der Welt, da ein Matei Ghica, albanesischen Ursprungs, sich im Dorf der Gherganier niedergelassen und ein paar Holzhäuser errichtet hatte, die alsbald abgebrannt waren, doch auf deren Fundamenten hatte er dann neue Häuser aus Ziegelsteinen errichtet, die gleichsam zahlreiche Veränderungen erfuhren, Feuer und Anbauten für Gerätschaften erlebt hatten, bis das Gutshaus endlich in all seiner Schönheit errichtet war. Aus seinem Geschlecht, das noch gar nicht so lange hier eingebürgert war, sich nun aber für rein rumänisch hielt, waren bedeutende bodenständige Bojaren hervorgegangen, die schließlich sogar Herrscher in der Walachei ebenso wie in der Moldau hervorgebracht hatten. Die Gesichter von Gheorghe, Grigorie und Matei Ghica konnte man nach wie vor in den von ihnen gestifteten Kirchen an die Wände gemalt sehen, bärtig und in orientalischer Kleidung, die herrschaftlichen Hermelinmützen auf dem Kopf, ihre Gattinnen und Kinder an der Seite, hielten sie je eine kleine Kirche auf der flachen Hand, als wären sie Riesen gewesen, die sie aus ihren Grundmauern gerissen hätten, um sie stolz ihrem auf Cherubim ruhenden Herrgott im Himmel zu zeigen. Das Taufbuch seines Geschlechts rührte Tachi zu Tränen, denn die Familien der Dudeştier, der Văcăreştier, Filipeştier und Câmpiner, Stützen der Walachei, waren allesamt durch Heiraten und zahllose Patenschaften verbunden mit dem Geschlecht der Ghicas und stellten den überwiegenden Teil der Aristokratie dar, die Edelsten der edlen Bojarenschaft der Walachei. In dem altehrwürdigen Gebetbuch, über dessen glatte und matt leuchtende Topase er immerzu mit den Fingerspitzen fuhr, fand er auch seine Geburt in der aufrechten Handschrift seines Vaters, Scarlat, verzeichnet, und seine Miene verfinsterte sich angesichts des allzu geschwinden Vorbeiflugs der Jahre. *»Eheu fugaces, Postume, Postume, labuntur anni …«*, murmelte er, denn er hatte sich von den Oden Horazens nicht mehr getrennt, seitdem er sie auf den Schulbänken des Wiener Kollegiums seiner Jugendzeit sich eingetrichtert hatte, wo er die Lehrerschaft ebenso wie die anderen Studiosi mit seinen safrangelben Kaftanen, seinen Wämsern und Schalwaren, den Jemeniterschuhen mit zurückgebogener Spitze, aber vor allem mit seinem Bart verwirrt hatte, der ihn schon damals wie einen orthodoxen Mönch hatte aussehen lassen, dazu kam dann noch der Turban, der ihm wie ein Filzballon auf dem kahlrasierten Schädel saß. Ein Türke? Araber? Kirgise? Die Deutschen in der kaiserlichen Festung an der Donau hatten eine solche Erscheinung noch niemals zu Gesicht bekommen. Als Buchgelehrter zurückgekehrt in die wilde Landschaft seiner Heimat, hatte Dimitrie Scarlat Ghica, für alle Leute in seiner unmittelbaren Umgebung schlicht Tachi, sich die umfangreichste Bibliothek der ganzen Walachei zugelegt, um dann Stunden voller Entzücken, die Schwarten des Erasmus und Machiavell und Sophokles in den Armen, in seinem europäisch möblierten Kabinett zu verbringen. Er las sie winters wieder und wieder, da draußen die Wölfe heulten und einem die Haare zu Berge stehen ließen. Solches musste auch Ovid im Altertum haben ertragen müssen, verbannt an die Küste des großen Meeres, woran die Walachei auch jetzt noch angrenzte, den skythischen Eiswind aus dem Norden und die wilden Unarten jener, die man dorthin geworfen hatte, damit sie zugrunde gingen an Frösten und bösen Herzen. Eingehüllt in seine Toga, die ihn nicht zu wärmen vermochte, ging der alte Poet im Winter öfter mal hinaus und ans Ufer, wo die Wellen, die dort an die Felsen schlugen, seine Gestalt um das Zehnfache überragten und mit tausenden Armen ersterbender Hoffnung nach ihm griffen.

»*... nec pietas moram ...*«, murmelten seine bewegten Lippen weiter, und er war einer der äußerst wenigen in diesem Teil der Welt, der Lateinisch konnte, man mochte sie an einer Hand abzählen können, und da blieb noch ein Finger übrig, für den sich kein Philosoph mehr fand. Griechisch jedoch konnte die gesamte Bojarenschaft, denn die Türken, die dem Land den Weizen abpressten, Wolle, Honig, Salz und die radgroßen Kashkaval-Käse, sowie Burschen und Mädchen für ihre sündigen Vergnügungen, sich aber nicht an den heiligen Kirchen vergriffen, hatten christliche Woiwoden aus Tzarigrad geschickt, die waren griechischen Geblüts und reisten mit großem Pomp, auf persischen Pferden reitend und den Krönungsmantel auf dem Rücken, auf Bukarest zu, den Sitz der walachischen Herrscher. Selten nur schlich sich in die Herrschaft auch ein etwas begüterter bodenständiger Bojar ein, denn der Thron wurde von den

Wesiren versteigert: Wer am meisten bot, geriet an die Herrschaft. Aber zu jener Zeit herrschte in der Walachei immer noch Fürst Caragea, der fünf Jahre zuvor noch die schreckliche Pest überlebt hatte, und die Ghiculeştier befanden sich ohne Ämter auf ihren Gütern.

Bald schon hatte die Pendeluhr zur Mitternacht geschlagen, und der Bojar erwachte aus Traum und Melancholie, weil der Luftzug unter der Tür hindurch seiner Nase den bekannten Duft vom Lager des fahrenden Volks zugeweht hatte, sodass er sich beeilte, die berückende Zigeunerin einzulassen mit ihren Schichten gefältelter Röcke, der Halskette aus türkischen Silberlingen und ihren Zöpfen mit den eingeflochtenen roten Seidenfäden. Es brauchte nicht lange, und er fand sich mit ihr auf dem breiten Sofa vereinigt wie die Gestalten auf den japanischen Drucken, von denen der Kämmerer einige unter Verschluss hielt, um von Zeit zu Zeit seinen Blick daran zu erfreuen: ganz und gar angekleidet, allein die Scham der Zigeunerin war dem Blick dargeboten, behaart und mit klebrigen Lippen, die gekräuselt waren wie der Fuß einer Schnecke, worin das hässliche, dunkelhäutige und von dicken Venen durchzogene Gemächt des Kämmerers steckte. Als er in seiner Jugendzeit mit den Dienerkindern seines Alters unter dem Vordach das Knöchelspiel spielte, hörte er von diesen eine etwas dümmliche Posse, die er jedoch nicht mehr aus seinem Gedächtnis hatte tilgen können. Warum haben die kleinen Männer einen langen Schwanz, während die großen einen kleinen und schrumpeligen haben? Und bei den Frauen, warum haben die kleinen und gedrungenen eine tiefe Höhle, während die der hoch Aufgeschossenen eher klein ist? Das hatte sie ein Junge gefragt und dazu grinsend gezwinkert, und er war es auch, der beim Gelächter aller anderen die Antwort verkündete. Es heißt, Gott habe, nachdem er die Menschen erschaffen hatte, eine Grube gegraben und sei hineingestiegen. Dann soll er die Männer herbeigerufen und der Reihe nach nackt über die Grube haben gehen lassen, und jeden, der da über ihm einherschritt, am Schwanz gezogen haben. Den der Kleinen kriegte er gut zu fassen und zog ihn bis zu deren Knien hinab. Zu den Großgewachsenen reichte er nicht hinauf, und ihr Würmchen blieb lächerlich klein. Als es so weit war, dass die Frauen, gleichfalls nackt, über ihm dahingingen, griff er nach einem Messer, um ihnen den Gebärschlitz zu verpassen, den sie bis dahin nicht hatten. Bei den Kleinen drang das Messer tief ein, während er die Großen nur ein klein wenig ritzte zwischen den Schenkeln. Klein von Statur und lendenstark, auf Tachi traf diese Mär zu, und Andrada konnte, sosehr es sie auch gelüstete nach langen Gemächten, dem Bojar darum nichts vorwerfen. An der Tür wachte Tachis geheimer Knochenbrecher, der Tatare Ghiuner, der dir späterhin, als ihr auf dem Schlitten durch die weite und öde Schneewüste zoget, um nach Vicleimul din Sălcuţa zu gelangen, die Geschichte von Arcoş Pascha erzählte, der in seinem Wahn begonnen hatte, gegen den Frost Krieg zu führen. Während du, zitternd und bebend vor dem grausamen Gespenst jener Schlacht in der weißen Unendlichkeit der Schneemassen, ihn deinerseits, so viel er bei seiner Jugend auch schon gesehen hatte, mit der Geschichte jener jungen Leute verängstigtest, deren Köpfe abgehauen und untereinander vertauscht worden waren, wovon das Buch mit Kaiser Skinderiu erzählt, das deine Mutter dir damals vorgelesen hatte, damit du weise würdest, wohingegen es dir schier tödliche Angst eingejagt hat.

Du erinnertest dich nicht – wir aber erinnern uns auch für dich an alles, Theodoros, an jeden Augenblick aus deinem und dem Leben der Welt, denn wir, die wir uns so weit oberhalb eures blauen Gewölbes befinden, wir können die Geschichten auch aus der Zeit noch sehen, als sie alle eine waren, der eine Faden, aus allen Fäden geflochten, funkelnd mit allem, das funkeln kann, verziert mit allem Zierat, die weiche Geschmeidigkeit von Leinen und die Rauheit der Wolle und den Duft von Flachs und die Durchsichtigkeit der Seide und die Farben von buntem Baumwollgarn, bevor es sich auf alle Litzen des Webstuhls verteilt und ausgebreitet hat, und dann können wir jeder einzelnen folgen, wie sie sich herauslöst und wieder verflicht im Gewebe der Tage und Nächte, von Milch und Honig, der Sonne und des Mondes und der Sterne, wo sich die Leben der Könige verweben und der Mönche und der Bauersleute, der Schreiner und Mützenmacher, und der Heiligen und der Huren und Bettler, jener, die sich in die Hölle arbeiten, und jener, die strahlen wie die Sonne im Reich der

Himmel, und die einen einzigen bunten und gesegneten Teppich bilden, worin dein Leben nur eine unter tausenden weiteren Schöpfungen ist, die allesamt glänzen wie Edelsteine der Schöpfung – du erinnertest dich an nichts aus dem Jahr, das dann folgen sollte, aber in dem danach, etwa in dessen Mitte, wie man dir später erzählen sollte, hast du dein erstes Wort gesagt, das überraschend zwischen deinem Kleinkindgelalle hervorkam und weder Mama noch Papa war, womit gewöhnlich die Kindchen zu sprechen beginnen. Du hattest schon eine Weile an deiner Mutter gesogen, als sie befand, du seist nun gesättigt, dir die Brustwarze aus dem Mund nahm und ihre Brust mit den bläulichen Venen darin mit ihrem Hemd bedeckte, du aber, unzufrieden und Zornesfalten auf der Stirn, die Lippen jedoch immer noch feucht von der Milch, zerrtest ihr Hemd herunter, sodass ihre Brust wieder entblößt war, und riefst: »will!«, und gabst keine Ruhe, bis du nicht wieder die Brust im Mund hattest. Als er hörte, was sein Junge mit seinem ersten Wort gesagt hatte, machte Gligorie viel Lärm und sagte allen, ob sie es nun wissen wollten oder nicht, dass das Schicksal zweifellos aus dem unschuldigen Munde seines Kindes etwas vorhergesagt habe, und seitdem schaute er einen anders an. Sofiana aber kriegte es mit der Angst zu tun, denn der einzige auf Erden und im Himmel gestattete Wille war der Wille Dessen da droben, und die unverzeihlichste Sünde die Hoffart.

Dies trug sich zum Brachmond zu, und den Sommer über redetest du immer mehr, so brachten sie dich hinaus an die Sonne und fuhren dich mit dem Wagen über die begrünten Hügel und unter den blauen Himmeln dahin, worauf die Wolken duftend vorüberzogen, damit du sehen konntest, wie groß die Welt war und wie schön. Deine erste Erinnerung zeigte dich auf dem Pferdewagen mit Sofiana, die auf dem Kutschbock dich im Arm liegen hat, daneben Gligorie, der den Zaum in den Händen hält, und die riesigen Rücken der beiden runden Stuten, die sich im leichten Trab befinden, ihre pechschwarzen Geburtsspalten und die Schweife, die dir hin und wieder über die Wangen streichen, wozu du schallend lachst. Hin und wieder entleerten sie sich im Gehen, und ihre gelbgrünen Pferdeäpfel, runde und flache Gebilde, kamen dir ebenso schön vor wie sie selber, und die Blumen des Feldes, die ihre bunten Schatten zum Himmel hochschickten, reichten den Pferden bis zum Brustbein, wie im Winter die Schneemassen im Land deiner Geburt, wo die Häuser des Jahres Trennwände hatten, den Nusskernen ähnlich: Frühling, Sommer, Herbst und Winter, ungleich gefärbt und wunderbar in ihrer Vielfalt. Dir waren alle Dinge vertraut und standen dir ebenso klar, wie du sie gesehen hattest, vor Augen; die Käfer im Gras und die Fasane, die mit einem Mal davonstoben, kaffeebraun und in schwerfälligem Flug von einem Baum zum nächsten, ebenso die weit auseinanderliegenden Dörfer mit ihren Lehmhütten, die bedeckt waren mit Stroh, und die runden Türme der Kirchen, und die Brunnen, deren Schwengel in der Einöde knirschten. So war die Walachei, und dir teuer geblieben bis zu deinem letzten Augenblick, da deine verirrte Seele auf Erden noch etwas hatte fühlen können.

Niemals wirst du wissen, was für Geschichten seine Mutter, die Kosso-Verkäuferin, deinem Blutsbruder Kassa erzählt hat, mit dem du oftmals in die Hocke gegangen, den Rücken an die Klosterwand bei Debra Tabor gelehnt, die Pfeife geraucht hast, während darüber die Platanen in der Abenddämmerung raschelten, Märchen vielleicht von weisen Pavianen und Löwen, die dumm waren wie die Nacht, oder vielleicht von hartherzigen und toten Idolen, die von ihren Verwandten an einen Tisch gesetzt und mit Leckereien verwöhnt wurden, oder heilige Geschichten über Jesus Christus, der unbemerkt neben dem Kreuz sitzt und herzhaft lacht, weil man nicht ihn, sondern Simon von Kyrene ans Kreuz geschlagen hat, weil die Leute, mit Blindheit geschlagen, sie nicht voneinander unterscheiden konnten, aber vielleicht hatte sie, die eine Tochter aus königlichem Geblüte war, nunmehr Abend für Abend erschöpft von der Suche nach Heilmitteln gegen die Leibwürmer, ihm gar keine Geschichte erzählt, und Kassa wusste überhaupt nicht, was Geschichten sind, denn sein Geschick auf Erden sollte kurz sein und erbärmlich. Aber Sofiana duldete es in den finsteren Nächten von Ghergani nicht, dass du die Lider ohne ein Märchen zuklapptest, mal auf Griechisch über den zornaufbrausenden Herkules, der schon als Knabe zwei Schlangen getötet hatte, dann über Theseus, der in seine Höhle eindrang und dort den Mann mit dem

Stierkopf bezwang, und über Medea, die ihre Kinder in Stücke geschnitten und geviertelt ins Meer geworfen hat, dann wieder vor allem auf Rumänisch, denn unter den zerfledderten Drucken, die Gligorie vom Markt mitgebracht hatte und die du sehr bald wie ein Wasserfall wiedergeben konntest, gab es auch eines mit rumänischen Märchen, die man bei Bauern gesammelt hatte, die alt waren wie die Welt und ihre weißen Brauen mit dem Knüttel hochschoben, wenn sie einen anschauen wollten. Es war dies dein erstes und wichtigstes Buch, denn selten nur später hat dir eine andere Geschichte das Herz stärker aufgewühlt, verstört und gepackt, und als du dann viele Jahre später Briefe an Sofiana richtetest über deine Abenteuer im Archipel und der gesamten Levante, fügtest du zahlreiche Ausschmückungen und Geschichten zwischen den Zeilen ein, die der Sammlung rumänischer Märchen folgten, die sie dir vorgelesen hatte, als du noch klein warst.

»Es war einmal ein Kaiser«, begannen fast alle Märchen, und die Kaiser trugen die Namen von Farben, denn da gab es einen Roten Kaiser, einen Gelben, dazu noch den Schwarzen Kaiser und Kaiser Grün und den Weißen Kaiser, und allesamt hatten sie graue Mähnen und schneeweiße Bärte und waren weise und gut. Sie trugen kostbare Kleider, die mit Perlen besetzt waren, und hatten goldene Kronen auf den Häuptern. Und für ihre Völker waren sie Götter, Diesem gleich, der Himmel und Erde geschaffen hatte, und Den deine Mutter dir immerzu auf der bemalten Wand der Dorfkirche zeigte, in der du getauft worden warst, denn Herr-mein-Gott, vor Dem du dich Abend für Abend an Sofianas Seite neben dem Bett kniend verneigtest, war genau so auf die Innenwand des Kirchturms gemalt worden: Mähnen weiß wie Schnee, blutrote Kleidung, unter der man das Hemd sah, grün wie eine unreife Olive. Und davor ein großes aufgeschlagenes Buch, wie deine Mutter eines aufschlug, wenn sie dir von dem König vorlas, der keine Kinder hatte, und über seine Königin, die ein Pfefferkorn verschluckte und davon schwanger ward. Aber der ungebärdige Fötus weinte im Mutterleib, und der König versprach ihm sämtliche Reichtümer der Welt, wenn er bloß schwieg, aber er weinte noch heftiger und hörte nicht auf damit, bis ihm sein Vater nicht Ileana

Simziana – mit dem roten Haare singt sie, Könige, ach, ihrer Neune lauschen – versprochen hatte. Und nachdem seine königliche Mutter ihn zur Welt gebracht hatte, wuchs er an einem Tag wie andere in einem Jahr, und nach ein paar Tagen war er zu einem stattlichen Burschen geworden. Nun forderte er von seinem Vater ein, was dieser ihm versprochen hatte, der aber wandte sich dahin und dorthin und wusste nicht, was er seinem Sohne zur Antwort geben könnte. Denn Ileana Simziana – mit dem roten Haare singt sie, Könige, ach, ihrer Neune lauschen – befand sich nicht mehr auf dieser Welt. Ein Drachenhund hatte sie geraubt und auf seinen Hof gebracht, in die noch von keinem Sterblichen betretenen Einöden der jenseitigen Gefilde.

Dann ritt der junge Recke los auf seines Vaters Pferd, das mit Glut genährt ward und neun Herzen in der Brust trug, in die Kleider gehüllt, die dieser als junger Bräutigam getragen hatte, dazu das Schwert des alten Königs umgeschnallt, von ihm selbst vom Roste befreit. Als Wegzehrung hatte er in seinem Quersack eine Torte aus Maisbrei, die mit der Milch aus den Zitzen der Königin durchgeknetet worden war. An einem Seil ließ er sich hinab auf die andere Seite, von der noch niemals jemand lebendig zurückgekehrt war.

Sein Weg führte ihn durch wilde Gegenden, wo sich Glasberge über die Welt erhoben, die man unmöglich erklimmen konnte, in Tälern voller Mohn schief er ein und wurde allein von seinem treuen Pferd gerade noch rechtzeitig geweckt, bevor seine Knochen für immer dort liegen geblieben wären, er rettete Bienen und Vögelchen vor dem sicheren Tod und erhielt von ihnen Schuppen und Federn aus ihren Flügeln zum Geschenk, die ihm später noch von großem Nutzen sein sollten. Er kam bei alten Muhmen vorbei, die in Holzhäuschen hinter einem Staketenzaun wohnten, und auf jedem der Pfeiler im Zaun stak der Schädel eines Menschen, nur einer dieser Knüttel trug noch keinen Schädel und schrie: »Kopf! Kopf! Kopf!« Er begegnete der Schlange, die von allen Viechern das weiseste war, und errettete die Tochter der Schlange vor dem Tode. Da sie ihm dies nun vergüten wollte, überhäufte das Ungeheuer ihn mit sämtlichen Reichtümern der Welt, der Recke jedoch, von der Tochter der

Schlange beraten, bat allein um das runde Körnchen hinter deren Zahn, und der Riesenwurm musste ihm dies geben. Jenes Körnchen hatte die Macht, jeden Wunsch zu erfüllen. Er begegnete dem Statu-Palmă-Barbă-Cot*, der auf einem halben hinkenden, betrogenen und abgebremsten Hasen ritt, und fing ihn am Bart in der Spalte eines Eichenstamms. Doch dieser fingerhutgroße Wicht floh mitsamt dem Eichenstamm und ließ eine tiefe Furche zurück. Nun gelangte der junge Recke zum Haus des Ciută-Nevăzută**, wo sie sogleich ihre Kräfte beim Essen und Trinken zu messen begannen. Während Ciută-Nevăzută eine Kuh aß, verspeiste der Recke zehn und warf dem Zauberer deren Knochen an den Kopf. Während dieser ein Fass Wein austrank, leerte der Recke zehn und warf Ciută-Nevăzută die Fassdauben an den Kopf.

Zuletzt dann kam der Recke zum Hof des Drachen und fing an, mit Ileana Simziana – mit dem roten Haare singt sie, Könige, ach, ihrer Neune lauschen – zu sprechen, die ihm sagte, wie er den Drachenhund töten könne, der sie von ihren Eltern geraubt hatte, denn sie war die Tochter des Roten Königs. Kaum hatte sie ihm dies gesagt, da kam der Drache auch schon herbei, den spitz bezahnten Rachen himmelweit aufgerissen. Sie kämpften einen ganzen Sommertag lang und bis in den Abend, als es dem Recken gelang, den Drachen umzubringen, indem er ihn bis zum Hals in den Boden rammte und ihm den Kopf abschlug. Nun ging er mit Ileana Simziana – mit dem roten Haare singt sie, Könige, ach, ihrer Neune lauschen – zu dem Vogel namens Ghionoaia, der sie im Flug hinauf in die weiße Welt bringen wollte, wenn der Recke jedes Mal, wenn der Vogel im Flug den Kopf umwandte, ihm ein Schaf in den aufgesperrten Schnabel steckte. Als sie kurz davor waren, oben anzukommen, hatte der tapfere Bursche kein Schaf mehr und schnitt sich ein Stück Fleisch aus dem Schenkel, das der Vogel Ghionoaia genussvoll hinunterschlang. Abgesetzt auf der weißen Welt, spuckte der Vogel das Stück wieder aus und packte es

* Eigenname, der übersetzt etwa lauten könnte: Stand-Hand-Bart-Ellbogen

** Eigenname, übersetzt etwa: Ungesehene-Hirschkuh (hier aber handelt es sich um eine männliche Gestalt)

ihm zurück an die wunde Stelle, wo es sich sogleich wieder fest einfügte. Nun gingen die beiden zum Hofe des Roten Königs, der vor Freude, seine Tochter wiederzusehen, von seinem Königsthron herabstieg und den jungen Recken an seiner Stelle dort Platz nehmen hieß, auch legte er ihm seinen Mantel über die Schulter, drückte ihm das Szepter in die Hand und seine goldene Krone auf das Haupt, sodass fortan er an der Seite von Ileana Simziana – mit dem roten Haare singt sie, Könige, ach, ihrer Neune lauschen – herrsche. So lebten sie also glücklich viele Jahre, und wenn sie nicht gestorben sind, dann leben sie auch heute noch.

Auf dem Schoße deiner Mutter in ihrem Zimmer im Gutshaus von Ghergani sitzend, den Kopf an ihre süßen Brüste geschmiegt und vor dir das große Buch mit den Seiten voll seltsamer Zeichen, schwarz wie die Ameisen, bist auch du auf den Spuren des Recken aus dem Märchen über den Steg hinüber in jene andere Welt gegangen, als wärest du ein Seil hinabgeklettert auf ein anderes Ufer, ein glückliches und verzaubertes, denn am Ende alles Herumwanderns und aller Heldentaten erwartet dich die höchste aller möglichen Belohnungen, die Kaiserwürde. Du, der Enkelsohn des Mützenmachers und Sohn einer Bediensteten, wolltest irgendwann einmal der einzige König sein, dessen Farbe in den Märchen nicht vorkam, der Blaue-Kaiser mit einem derartig heiligen Namen, dass deine Großväter und Urgroßväter es nicht wagten, ihn auszusprechen, mag sein, weil er in einer völlig anderen Welt hauste, und es unmöglich war, wenigstens sein Gesicht zu sehen, auch war es ein schrecklicher Gedanke, unverzeihlich, und wäre eine Todsünde gewesen, wärest du nicht bloß ein Kleinkind gewesen, zu wünschen, du wärest wie Er. Aber welches Kind, das im Bauch seiner Mutter zu wachsen begann, rechnet damit, dass sein Wachstum einmal stillstehen wird? Einige stellten ihr Wachstum trotzdem sehr bald ein, da waren sie noch wie eine Ameise in den Innereien der Mutter, und sie sollten Ameisen auch auf der Welt sein, andere wieder hielten inne, als sie die Größe von Kröten hatten und wurden dann auch Kröten, und wieder andere schlüpften vor Ungeduld als Hasen aus dem Bauch, und nochmal andere kamen als Menschenkinder heraus. Wenn aber die Mutter sich lange genug geduldete und das Kind sich nicht beeilte, ans Licht zu gelangen, sondern im Backofen verharrte, bis es bestens durchgegart und mit einem Duft ausgestattet war, den die Nasenflügel des Herrn für wohlgefällig hielten, konnte ein Sohn das Licht der Welt erblicken, der einen güldenen Nimbus rings um den Kopf trug, umfangen von einem Kranz aus geschmolzenen Diamanten und mit großen Schwanenflügeln. Denn die Könige dieser Welt teilten sich in die bekannte Fläche, worauf sie sich untereinander bekriegten und verschwägerten, aber der Blaue König beherrschte sie alle und die gesamte Sphäre dazu. Er hieß so, weil Seine Kleidung der Himmel war und der ganze Erdball mit den Gebirgen, Wassern und Wäldern, mit Meeren und Eilanden Ihm zu Füßen gestreut dalag. Von Zeit zu Zeit warfen sich die anderen Könige vor Seinem Antlitz zu Boden und rollten ihre goldenen Kronen auf Seinen Thron zwischen den Cherubim zu. Alles hattest du gesehen und sahst es noch an jedem Tag, da du mit deiner Mutter in die Kirche tratst und verwundert auf ihre in tausenden Farben bemalten Wände schautest.

Die Dorfkirche war genauso wie hunderte und tausende walachische Kirchen, eng und gedrungen, der Turm darüber gekappt, mit zwirnsfadenengen Fensterchen, durch die man, wenn es drauf ankam, mit der Flinte schießen konnte und selber beschützt war vom Blei der Feinde. Ein eisernes Kreuz, verziert und verrostet, weiß vom Kot der Krähen wie übrigens der ganze Turm, lenkte die Blicke in die Höhe. Außen weiß angestrichen, öffnete sich die Kirche im Inneren wie eine mit heiligen Ikonen ausgemalte Blume, da es wirklich keinen Winkel irgendwo an der Wand gab, der einer Malerei entbehrte. Du hattest gelernt, mit drei vereinten Fingern das Kreuz zu schlagen, erst auf der Stirn und im Namen des Vaters, über dem Bauchnabel in jenem des Sohnes und dann auf der rechten Schulter des Heiligen Geistes sowie auf der linken, Amen, aber oftmals, wenn der Pope sang und der Schulmeister ihn begleitete und die etwa ein Dutzend zählenden Männer und Frauen, die in die Kirche passten, die Männer barhäuptig, die Frauen mit Kopftüchern, die nirgends auch nur ein Haarkringel sehen ließen, auf dem Boden knieten, die Augen geschlossen, gänzlich versunken in eine goldene Brühe, da vergaß man auf das Kreuz und die Messe und das wütende Antlitz des Popen, vor dem du dich entsetzlich fürchtetest, und deine Blicke irrten über die Wände ringsum und hinauf in den Turm. Da war keine Flucht möglich, hier warst du umgeben und bedrängt von einem Volk von Heiligen, einer Mauer der Heiligen, Apostel und Propheten und Märtyrer mit olivfarbenen Gesichtern und züchtigen Bärten, einer neben dem anderen, die goldenen Ringe um die Häupter wie Weintrauben ineinandergequetscht. Über ihnen waren Sterne in den blaugemalten Himmel gesetzt. Über den Häuptern der Knienden bedeckte Christus Pantokrator den Horizont, auf dem Altarbogen davor seine Mutter, die göttliche Jungfrau, und vorne, auf der Ikonostase aus gedrechseltem und vergoldetem Olivenholz, welche den Altar vor den Blicken der Gläubigen bedeckte, gab es vier Reihen mit Ikonen. Neben den Türen waren heilige Begebenheiten zu sehen, die du noch nicht kanntest, aber nach und nach dir erschließen solltest: die Geburt des Erlösers, Seine Kreuzigung, Seine Auferstehung aus dem Grabe, begleitet von heiligen Frauen, Eselchen und meisterlich gemalten Bäumen, all dies eingebettet in Schatten und Gold und den Heiligkeit verströmenden Duft des Weihrauchs. Dieses Heer erstarrter Gesichter war für dich eine zweite Welt nach derjenigen der Märchen, worin deine Seele sich verwurzelt hatte, beide gleichermaßen unbekannt und ausgedacht, und ebenso wahr wie die dritte, worin dein Körper sich befand und an der Sonne sich erfreute, an Regen und Schnee, dem Ghergani deiner Geburt. Und jenseits von diesen Welten und vor ihnen sowie der, woraus diese auf ihre geheime und vielfältige Weise entsprangen, gab es in deiner Seele eine vierte Welt, in die du Nacht für Nacht einsankst, die Welt deiner Träume, zu Beginn klar wie Quellwasser, dann, im Lauf deines Lebens eingetrübt wie von einem kräftigen Schwall Tränen und Blut. Denn in den Tiefen deines Herzens gab es verwinkelte Höhlen mit Bestien aus Wind und Feuer und Gespenster, die eines ins andere übergingen, und nur dort hast du begriffen, dass der Blaue-König das Gesicht deines Vaters Gligorie trug und das des Popen, der in der Kirche sang, und das des Pantokrators, der auf die Turmwand gemalt war, und sämtlicher Throne und Herrscher und schrecklicher Engel, die alle Sterblichen prüften seit

Adam und Urmutter Eva. Im Traum fürchtetest du dich vor allen, ebenso wie vor den wilden Tieren des Waldes, den Wölfen, die winters bis zum Gutshaus herabkamen, und den Bären, die auch mal einen Bauer zerrissen, auf den sie bei den Brombeeren trafen, du fürchtetest dich vor ihnen und wärest gerne wie diese gewesen, mehr noch als diese, damit du endlich den faden Odem deiner Angst loswürdest. Alle Kinder des Dorfes fürchteten sich vor dem Popen, dem bärtigen Mann in der schwarzen, bis zum Boden reichenden Kutte, denn wenn sie irgendetwas anstellten, sagten ihre Eltern, »der Pope schneidet dir die Zunge ab«, und dann verspürten sie den lebendigen Schmerz in der Zunge, die mit einer Zange aus dem Mund gezogen und mit dem Messer abgeschnitten wurde, und sie erbebten vor Angst. Vor allem aber musste man, so man sich einen Christen nannte, vor Gott Angst haben, denn man befand sich ganz und gar und ohne Aussicht auf ein Entkommen in Seinen starken Händen eines unüberwindlichen Kriegers. Wie aber sollten Liebe und Angst einmal beieinander wohnen?

Späterhin, da du ein Kreuz von einem Recken werden solltest, bei dessen Namen der Archipel zu zittern begann, und du die Eilande auf der Suche nach den verborgenen Buchstaben, die das Wort SAVAOTH bilden, von zuunterst bis zuoberst durchstöbern solltest, denn nicht allein um Hälse mit dem Dolch zu durchtrennen, warst du zur Welt gekommen, würdest du dich an eines der Kleinode der Kirche von Ghergani erinnern, das man vor den wenigen Kirchenbänken postiert hatte, denn es war ein herrschaftliches Geschenk, das Scarlat Ghica, Tachis Vater, von Fürst Ipsilanti selbst bekommen hatte, und von dem es hieß, es vollbringe Wunder. Das Kind, das du warst, bewunderte diesen silbernen, eine kleine Kirche vorstellenden Kasten, deren Dach samt der Türme darauf sich öffnen ließ, denn es war mit Scharnieren festgemacht. Das Silber war meisterhaft mit Gravuren verziert, die Ikonen kriegerischer Heiliger und musikalische Verzierungen darstellten, und glänzte hell wie ein Spiegel. »Das ist die Bundeslade«, hatte Sofiana ihm zugeflüstert, da sie neben ihm kniete, und dieses Wort hatte sich ihm für immer in die Seele eingeschrieben. Auch hatte er damals das reine Silber, weich und fließend, mit den Fingern berührt, wie er es von da an stets berühren sollte, und sich mehr als alles andere auf der Welt gewünscht, einen tiefen Blick in die Lade werfen zu können, um zu erfahren, was sich darin befand. Aber die silberne Lade wurde den Gläubigen aus dem Dorf niemals geöffnet, denn der Pope wusste nur zu gut, was den Bewohnern von Bet Schemesch zugestoßen war, weil sie in die Bundeslade geschaut hatten: Gott hat sie grausam für ihre Sünde bestraft, denn fünfzigtausendsiebzig Menschen starben an jenem Tag. Auch wusste er, wie der Priester Usa aus dem Stamm der Levi in dem Moment, da er die Bundeslade mit der Hand festhalten wollte, damit sie auf dem von König David unternommenen Transport nach Jerusalem bei Nacons Gelände nicht vom Wagen falle, in Stücke gerissen wurde. Auch die Philister, die die Bundeslade in ihre eigenen Festungen gebracht hatten, wurden mit Beulen und Geschwülsten am Gesäß und mit dem Tod geschlagen, denn in der Lade befand sich der Name des Herrn, und darum hatte sie eine grenzenlose Macht. Und selbst wenn sich in der Kirche von Ghergani, dem unbedeutenden, zwischen die Berge der Walachei verirrten Dorf, keinesfalls die echte Bundeslade befunden hat, deren Spur sich schon zu Nebukadnezars Zeiten verloren hatte, wie der Pope Elpidifor meinte, sondern bloß ein armes Reliquiar mit zwei, drei verfaulten Knochen eines Märtyrers von sehr geringem Rang darin, war es nicht eben angebracht, mit den Gebeinen des heiligen Mannes zu spielen.

Es sollte noch etwas mehr als ein Jahrzehnt ins Land ziehen, bis du in einer Sommernacht, selbst im Schlaf noch verfolgt vom quecksilbrigen Funkeln der Lade, den Tataren dir schnapptest, der über das Gras der Bestien verfügte, womit man sämtliche Schlösser und Verriegelungen öffnen konnte, und ihr das Vorhängeschloss von der Kirchentür weggebrochen habt, als wäre es ein Stück Messbrot gewesen. Im Licht der Fackel wirkten die Gesichter der Heiligen auf den Kirchenwänden noch schrecklicher. Unter ihren verängstigten Augen schimmerte das silberne Kirchlein wie verzaubert. Auch deren Verschluss zersprang bei der Berührung des grauen Grases mit den magischen Kräften, und Ghiuner hob den Deckel mit den kreuzförmig darauf sich erhebenden Türmen der Kirche hoch. Sie schauten hinein, und mit einem Mal brach ihnen eiskalter Schweiß aus, denn dort drinnen sahen sie fingergroß sich selbst, wie sie in die winzig kleine Lade aus reinstem Silber schauten, die sich in jener kleinen Kirche befand und haargenau so aussah wie die große. In demselben Augenblick erhob sich auch der Plafond der wirklichen Kirche, in der sie sich befanden, mit seinen Türmen und allem Drum und Dran über ihren Köpfen, um ihre riesenhaften Gesichter auftauchen zu lassen, die von oben herab und beim Licht einer Fackel, die alles auf der gesamten Welt anzuzünden schien, hineinschauten. Von dieser Spukgestalt verängstigt, rannten sie davon und überließen die Kirche offen sich selbst.

Die Sterne hatten mit ihrer Streitmacht den Himmel erfüllt.

5

Aufgrund der Bitten und des insistenten Wunsches einer breiten Mehrheit der Bürger dieser Vereinigten Staaten erkläre ich, Joshua Norton, ehemaliger Einwohner von Algoa Bay, Kap der Guten Hoffnung, und seit neun Jahren und zehn Monaten wohnhaft in San Francisco, Kalifornien, mich selbst zum Kaiser dieser Vereinigten Staaten, wozu ich mich auch ernenne; und ordne hiermit im Namen der Autorität, die in mich investiert wurde, den Repräsentanten der verschiedenen Staaten der Union an, sich am kommenden 1. Februar im Konzertsaal dieser Stadt zu versammeln, um dort dann solcherart Veränderungen an den bestehenden Gesetzen der Union vorzunehmen, dass die Übel, unter denen das Land stöhnt, abgemildert werden und dadurch Vertrauen in unsere Stabilität und Integrität geschaffen wird, und dies zwar sowohl im Land selbst als auch im Ausland.

Die kleinen Zeitungsverkäufer in der Stadt am Pazifik hatten an diesem 17. September 1859 einen großartigen Tag, als der *San Francisco Daily Evening* nach einigen Diskussionen in der Redaktion (denn die pompöse Proklamation war zweifellos das Werk eines Verrückten, und die Zeitung hatte immerhin einen Ruf zu verlieren) beschloss, den etwas zerfransten Brief, der vor einem Tag eingetroffen war, trotzdem zu veröffentlichen, ja man schickte eiligst auch noch einen Fotografen zur Adresse des Absenders, der dem neuen Kaiser Unsterblichkeit verleihen sollte, sodass man auf der ersten Seite unter dem Titel »PROCLAMATION« einen etwa vierzigjährigen Mann mit Schnurrbart, kleinem Spitzbart und ungeordnetem Haupthaar, wie Edgar Allan Poe und die meisten Männer der Zeit es trugen, sehen konnte, der einen Hut mit einem reichlichen Strauß Federn vorne über der Krempe trug, angetan mit einer Uniform mit Epauletten, einen großen Krummsäbel an der Hüfte, den er mit der Rechten am Griff und mit der Linken an der Scheide hielt, sodass es aussah, als wäre er jederzeit bereit, ihn zu ziehen und einen unsichtbaren Feind zu durchbohren. Seine Hosen waren zerlumpt und die Schuhe schiefgetreten, doch konnte man bei alledem Kaiser Norton I. seine einigermaßen martialische Haltung nicht absprechen, wie er so grimmig auf eine große Vase mit Rosen schaute, denn der Fotograf hatte hinter ihm ganz bestimmt das Dekor aufgespannt, vor dem ihm gewöhnlich die Frischvermählten posierten. Schließlich hatte sich in der Redaktion die von den jungen, zynischen Redakteuren vertretene Meinung durchgesetzt, es sei besser, dem Publikum die Zirkusnummern und Vaudevilles anzubieten, nach denen es verlangte und die es letztlich auch verdiente, als mit politischen und wirtschaftlichen Nachrichten, die niemanden unterhielten, unterzugehen. Sodass die zahlreiche Kundschaft der Kaffeehäuser auf der Dolores Street von Knaben bedrängt wurde, die lauthals die Tagesnachricht ausriefen, und die Ausgabe ein großer Erfolg wurde, ein Verkaufsrekord, der seit dem Jahr des großen Erdbebens und bis auf diesen Tag nicht wieder erreicht worden war. Mit breit aufgeschlagener Zeitung vor dem Gesicht blieben die Passanten an die Masten der öffentlichen Straßenbeleuchtung gelehnt stehen, schwarze Profile an graziösen Stängeln vor einem rosenfarbenen Himmel, die nach Lust und Laune über die Verrücktheit des selbsternannten Kaisers lachen konnten. Gegen Ende des Abends hatten die Kindchen mit den Proletariermützen, heiser von dem vielen Geschrei, genug Geld beisammen, um sich Säfte und Süßholz zu kaufen, und in den darauffolgenden Tagen wurde San Francisco eine noch um einiges lustigere Stadt, als die sie ohnehin in Amerika bekannt war. Man lachte in den großen überregionalen Magazinen, lachte in den Banken, auf den Trödelmärkten und sogar in den Kirchen. Weiße und Schwarze lachten gleichermaßen. Über Nacht war der kleine, pleitegegangene Kaufmann aus dem jüdischen Viertel zum Helden einer Stadt geworden, die sich auf der Suche nach emblematischen Figuren befand, denn ein Exzentriker wie Norton war bestens dazu geeignet, in sämtlichen Zeitungen der Union für Furore zu sorgen. Ja, in Frisco lachte man auf Nortons Kosten, aber auf eine Weise, wie man ihr allein in Amerika begegnen konnte, dem Land, in dem zum Tode verurteilte Mörder Liebesbriefe bekamen und Clubs von Bewunderern hatten und über notorische Nutten und Straßenkämpfer verherrlichende Lieder komponiert wurden. Jeder wurde berühmt oder *»infamous«*, das hatte überhaupt nichts zu bedeuten, dort wurde man belobigt wie ein Held, mithin wurde mit Sympathie über Norton gelacht und mit einer Art Lokalstolz, welche andere Stadt in Amerika konnte sich schließlich damit rühmen, einen Kaiser zu besitzen?

Der Herbst war lind und die Brise des Ozeans bis zur East Bay zu spüren, wo die Trambahnen Herren und Damen, die sich noch am Licht des Indianersommers erfreuten, bergauf und bergab fuhren. Viele der Reisenden hatten sich in den darauffolgenden Wochen, in denen neue und wieder neue Dekrete von Norton I. in der Abendzeitung veröffentlicht worden waren, in die 16th Street begeben, wo die jüdischen Kaufleute ihre Buden voll alten Krimskrams hatten: Porzellane, schwarz gewordene Silberlöffelchen, alte zahnlückige Reiben, Bücher mit gewellten Seiten, Colts mit Elfenbeingriffen, Operngläser in zerschlissenen Lederschatullen, Pendeluhren, deren beide Zeiger herabhingen und für alle Zeiten halb sieben anzeigten. Nun war die Straße überfüllter als der Ausgang des Zirkus am Ende der Vorstellung, die Leute traten sich gegenseitig auf die Füße, die Geschäfte der Antiquare prosperierten wie nie zuvor, denn die gesamte Menge wartete nun Tag für Tag auf das Schauspiel, das sich bot, wenn der stets herablassende Kaiser, in seiner Paradeuniform mit einer Schärpe in den Farben der amerikanischen Fahne und an der Hüfte baumelndem Schwert, das hellblaue Haus mit der Mosaiktreppe verließ, in dessen Parterre sich eine Tabakhandlung befand. Dann teilte sich die Menge, sodass er hindurchschreiten konnte, die Häuflein Magnesium auf den Platten der Fotografen explodierten und warfen Schatten von Köpfen mit Hüten und aufwendigen Frisuren auf die bunten Fassaden, während der Kaiser der Vereinigten Staaten wohlwollend nach rechts und nach links die Hand schwingend grüßte und in den Lebensmittelladen trat, sich sein Essen zu kaufen, denn er lebte allein, ohne Kaiserin und Erbprinzen in zwei äußerst bescheiden im dritten Stock einer Pension für verarmte Alte eingerichteten Zimmern. Ebenso aufgeblasen und entschlossen kehrte er unter dem Beifall und den Pfiffen der Menge, das Einkaufsnetz voller Schinken, Eier und Weinflaschen, nach Hause zurück. Manchmal, wenn er sich vielleicht etwas inspirierter fühlte oder einen örtlichen Würdenträger in der Menge erblickte, blieb der Kaiser stehen, stützte sich auf das Treppengeländer und gab ein paar gewichtige Worte – mit Johannesburger Akzent, den er niemals loswurde – von sich, womit er mal die Auflösung des republikanischen Kongresses und Anerkennung seiner Autorität forderte, und in anderen Fällen die Errichtung von Bauwerken von allergrößter Wichtigkeit vorschlug: neuer Trambahnlinien, von Brücken, die über die Wasser des Golfes hinweg San Francisco mit Oakland verbinden sollten, eines neuen Postgebäudes, sowie viele andere Verbesserungen, die er für angebracht hielt. Angelegentlich dieser Reden konnten die näher bei ihm Stehenden in seinen Augen etwas sehen, das man auf den Fotografien nicht sah, den reinen Wahn der Gewissheit. Norton hielt sich in seinem Delirium nicht für einen Kaiser: Er *war* Kaiser, in den fünf Minuten, in denen man ihn betrachtete, war er der unbezweifelbare Kaiser der Vereinigten Staaten von Amerika, ebenso wie niemand bezweifelt hätte, dass James Buchanan Jr. deren Präsident war. Als die rote Eingangstür sich hinter ihm schloss, wurde die Menge von der Polizei aufgefordert, sich zu zerstreuen, aber viele blieben noch eine Weile in der Straße und kauften Münzen mit dem Bildnis des Kaisers, die schnellstens geprägt worden waren und nun von unternehmungslustigen Händlern vertrieben wurden, ebenso wie die Banknoten mit seinem Antlitz im zentralen Oval und die Statuetten, die ihn darstellten. Blitzartig war an diesem milden Herbst Joshua Abraham Norton, ein pleitegegangener Reishändler, zu einem der Symbole der Stadt am Pazifik geworden.

Wie gewöhnlich durchwühlten die Journalisten auch seine Vergangenheit und fabrizierten ihm eine Geschichte, die, einmal zur Legende geworden, nur noch schwer zu überprüfen war. Gesichert ist, dass er in England, in Deptford, am 4. Februar 1818 in einer Familie gläubiger Juden, Vater John und Mutter Sarah, geboren wurde. Als er zwei Jahre alt war, begleitete er seine Eltern nach Südafrika, wo er in einem Städtchen im Transvaal, das zu drei Vierteln von der Volksgruppe der Ndebele bewohnt wurde, seine Kindheit verbrachte. Wie seine Kindheit und Jugend unter den Einheimischen verlaufen sein mag, weiß man nicht, aber beginnend mit dem Jahr 1835 verschwand der siebzehnjährige junge Mann auf den Meeren, wie viele andere in jenen abenteuerlichen Zeiten, und seine Eltern erhielten jahrelang keinerlei Nachricht mehr von ihm. Der Anblick der Schiffe mit geblähten Segeln war immer noch allgegenwärtig in den Häfen und auf den Weiten der Meere, die der graziösen Klipper und Schoner, aber auch der Handelsschiffe mit Bäuchen, die hunderte Ölfässer und zig Tonnen Getreide zwischen den Kontinenten der Welt hin und her befördern konnten. Aber die Konkurrenz der Dampfschiffe, hässlich wie pechschwarze Käfer im Reich der Schmetterlinge, dafür effizient, denn sie hingen nicht mehr ab von den launischen Winden und der Geschwindigkeit der Meeresströmungen, wurde von Tag zu Tag stärker und schickte die verwöhnten Segelschiffe, die noch in den chinesischen und indischen Kompanien Ihrer Majestät Königin Victoria verblieben waren, in die Rumpelkammer der Geschichte. Denn das 19. Jahrhundert war eines des unbegrenzten mechanischen Fortschritts, der sich auf widerwärtige Weise mit der Brutalität und den Unterdrückungen der Kolonialkriege verband.

Aus den Erzählungen der Seeleute, die in den Kneipen hockten und sich mit Bourbon imprägnierten, um sich anschließend mit den Huren in die Zimmer des oberen Stockwerks zu verziehen, war zu erfahren, dass Joshua Norton in fernen Häfen angetroffen worden sei sowie auf Schiffen, die unter seltsamen Patenten über so gut wie sämtliche Ozeane dieser Welt segelten. Ebenso wie Ahasverus, der ewige Jude, verdammt, bis zum Jüngsten Gericht durch die Welt zu streifen, weil er dem ans Kreuz geschlagenen Erlöser einen Schluck Wasser verweigert hatte, und wie Van der Decken, der Kapitän des Schiffes *Der fliegende Holländer*, eines ewig über die Meere irrenden Schiffes, weil keine Reede es aufnahm, denn alle Häfen, in die es einlief, gingen noch in der gleichen Nacht in Flammen auf und zugrunde, schien auch Norton jahrelang keine Ruhe gefunden zu haben, vielmehr auf der Suche nach etwas gewesen zu sein, worüber die Seeleute nur Vermutungen anstellen konnten, etwas Heiliges und Beängstigendes, das nicht von dieser Welt war. Eine Zeit lang soll er Koch auf der *Bibel von Mainz* gewesen sein, dem legendären Schiff, das die Mönche des Meeres, in Mönchskleidung steckende Kraken mit Kapuzen über den strahlenden Augen, gekapert hatten, um es an einen finsteren Ort zu bringen, auf ein weißes Meer unter Sternbilder, die noch kein menschliches Auge je gesehen hatte. Er soll, als er auf der *Queen Adelaide* segelte, vom heiligen Nikolaus höchstselbst, dem Schutzpatron der Schiffe und Seemänner, aus einem Sturm gerettet worden sein, der habe sich als ein gigantischer Alter erwiesen, der bis zum Bauch aus dem Meer herausragte – höher als die Leuchttürme an den Ufern – und eigenhändig das Schiff, das mit den darauf hoffnungslos rufenden Seeleuten kurz vor dem Zerschellen war, aus dem tosenden Dunkel herausgehoben und es zu Wassern getragen haben, die reglos dalagen wie Öl. In der Levante soll er Geschäfte gemacht haben mit kleinen Schiffen, die auf meisterliche Weise in Rumflaschen eingeschlossen waren. Er habe in den Molukken Galeerendienste geschoben und Piraterie auf den Meeren von Südchina in der Flotte der berühmten Ching Shih betrieben, die am Gipfelpunkt ihrer Macht Königin über achtzigtausend Piraten geworden sein soll. Schließlich sei er bis nach Ultima Thule gelangt, auf die Eisinsel, jenseits derer sich sämtliche Ozeane in einer spiraligen Bewegung ins Innere der Erde stürzten, in einem Mahlstrom von überwältigender Herrlichkeit. Wurde er nach alledem gefragt, so bewahrte der Kaiser der Vereinigten Staaten von Amerika stets ein vornehmes Schweigen, das die Bewohner von Frisco, wie im Fall von Buddhas Schweigen, jeweils so interpretierten, wie es ihnen zupasskam.

Gesichert war nur eines, dass am 12. November 1849 ein Schiff aus den Nebeln des Golfs auftauchte, das dem schier undurchdringlichen Dunst dichten Rauch beifügte, der sich in schweren Schwaden über Hafen und Stadt legte. Das Schiff brachte eine große Ladung von Weinen aus Europa, aber auch eine ganze Menge Immigranten, zerlumpt, durchgefroren und erschöpft von der Seekrankheit, eingesammelt in den Häfen, in denen das Schiff auf seiner langen Reise gerastet hatte. Darunter viele Juden aus Bayern und Posen, die lediglich Jiddisch sprachen und dem großen Goldrausch gefolgt waren, sie sollten alsbald die Kongregation Sherith Israel gründen. Über die Brücke des Schiffes war auch ein Mann geschritten, um den sich ein starker Geruch nach Gewürznelken hielt, sein Name: Abraham Joshua Norton. Die Unterlagen der Polizei weisen aus, dass der künftige Kaiser aus Valparaiso angekommen war, er war britischer Untertan und zählte einunddreißig Jahre. Er gab sich als Engroshändler für Getreide aus, welches Geschäft er dann tatsächlich ein paar Jahre betrieb, wobei er sein beträchtliches Vermögen, mit dem er aus dem Nichts aufgetaucht war, auch für diskrete Bankspekulationen einsetzte. Seine Familie war ebenso unbekannt wie ein eventueller Freundeskreis, eigentlich war es, als hätte es ihn gar nicht gegeben. Die Patronin des Bordells Three Angels war eine der wenigen Personen, die in der Lage gewesen wäre, etwas über sein Leben in jenem in Anonymität zugebrachten Jahrzehnt zu sagen: Joshua Norton schlich sich jeden Freitagabend in ihre Räume, besuchte jedes Mal dieselbe Prostituierte und verschwand dann ebenso umsichtig, wie er gekommen war. Er war ein ehrenwerter Stammkunde, für den die Patronin, vor allem nach seiner Ausrufung zum Kaiser, nur die schmeichelhaftesten Worte fand. Ansonsten hatten nicht einmal die Juden der Stadt ihn assimiliert, die für gewöhnlich niemanden ihresgleichen unbeachtet ließen: Norton praktizierte seinen Glauben nicht, niemand hatte ihn je in der Synagoge gesehen, auch wusste niemand zu sagen, ob er Jom Kippur feierte und Rosch ha-Schana, Sukkoth oder Schawuot oder wenigstens den Schabbes des Herrn. Geschäfte machte er vor allem mit

Christen, eigentlich schien ihn sein Jude-Sein in keiner Weise zu beschäftigen, da all sein Sinnen und Trachten sich lediglich um die Geschäfte drehte, mit denen er sich den ganzen Tag herumschlug.

Kann das denn sein, Joshua?, hatte schon zu Beginn seines Aufenthalts in Frisco der von der Gemeinde vorbeigeschickte Rabbiner gefragt, der ihn unter seine Fittiche nehmen wollte. Sind denn deine Urahnen etwa nicht durch das Meer gezogen, das Moses mit seinem Stab zerteilt hatte? Sind sie denn nicht unter der Wolke durch die Wüste gewandert und haben sich von Manna ernährt? Haben sie nicht den heiligen Tempel in Jerusalem unter Anleitung des Bezalel erbaut, den Gott mit Weisheit und Verstand für jegliche Arbeit erfüllt hat, wie zum Schneiden und Fassen von Steinen und zum Schnitzen von Holz sowie allerlei Sachen herzustellen? Sind sie dann nicht verstreut worden unter alle Völker der Erde, weil sie halsstarrig wurden und getan haben, was übel war in Gottes Augen, da sie den Baalen und Astarten geopfert und die Opfergaben in die Höhe getrieben haben? Wegen unserer Vorväter mit den versteinerten Herzen befindest du dich hier und nicht im Heiligen Land, wo Milch und Honig fließen, wie von Abraham dem Isaak und Jakob verheißen! Du aber, was tust du, Joshua? Du lässt dein Herz noch weiter versteinern, schließt die Augen, damit du nichts siehst, und hältst dir die Ohren mit den Händen zu, damit du nichts hörst.

Nun sind es sechs Monate, die du schon hier bist, und noch niemand hat dich in der Synagoge gesehen! Du trägst keine Kippa und spendest nichts für Witwen und Waisen! Was für ein Jude bist du, Joshua Abraham? Worauf bildest du dir etwas ein? Dass man deinen Namen im Heiligen Buch findet? Nur Gott kann auch aus Steinen Juden machen. Entsinnst du dich des Engels zwischen Himmel und Erde, der seine bewaffnete Hand gen Jerusalem ausstreckte, um die Stadt zu verderben, da er eben bei der Tenne Aravnas, des Jebusiters vorbeiflog? Wie viele sind damals in seinen Mauern umgekommen, Joshua? Möchtest du, dass der Verderber sich auch über unserer gesegneten Stadt zeige, uns mit Pest und Beulen am Leibe zu strafen für deine Hoffart? Zum nächsten Sabbath will ich dich sehen mit Kippa auf dem Kopf, bekehrt, an der Tür der Synagoge, denn sonst wird es übel enden mit deiner Seele und deinen Geschäften!

Aber weder nach sechs Monaten noch nach sechs Jahren hatte Joshua Abraham seinen Wunsch, der Kongregation beizutreten, zu erkennen gegeben und genauso wenig Interesse an den jüdischen Feiertagen bekundet. Er hatte sich lediglich, wie es hieß, ein paar Mal mit einigen der israelitischen Männer getroffen, die danach aber niemandem den Grund enthüllten, warum der künftige Kaiser sie zu abendlicher Stunde aufgesucht hatte.

Für den Kaufmann aus East Bay folgte die Katastrophe, Pech mag gewesen sein, was sie herbeigeführt hat, oder aber sie war von der Versammlung in die Wege geleitet worden, Tatsache ist jedenfalls, dass ein Geschäft, das alle Aussichten hatte, glänzend zu verlaufen, Norton den völligen Ruin gebracht hat, aus dem er sich nur noch erhob, um der ärmste Kaiser der Weltgeschichte zu werden. Drei Jahre nach seiner Ankunft in San Francisco glaubte Norton, das Glück lache ihm. *The Glyde,* eines der größten Segelschiffe seiner Zeit, kehrte zurück aus Peru, beladen mit neunzig Tonnen Reis. Weil in China eine Hungersnot herrschte und das Reich der Mitte deshalb die Reisausfuhr verboten hatte, war in San Francisco der Reis von vier Cent auf den skandalösen Preis von sechsunddreißig Cent pro Pfund angestiegen. In jenem dunkel verhangenen Dezember hatte Norton die gesamte Ladung zum Preis von zwölf Cent pro Pfund aufgekauft und erwartete die Ankunft der *The Glyde,* als handelte es sich um den Heiligen Gral, der ihn über Nacht zu einem der reichsten Männer der Stadt machen würde. Nächtelang hatte er sich in seinen Träumen in einem stattlichen Anwesen mit Blick über den Golf und umgeben von märchenhaftem Reichtum gesehen. Fieberhaft hatte er darüber nachgedacht, was für Fabriken er sich kaufen und für welche Ämter er als einer der vornehmsten Bürger der Stadt am Pazifik kandidieren sollte. Seine Träume waren jedoch mit einem Schlag zerstört, als nach einer Woche nicht bloß die *The Glyde* in den Hafen einlief, sondern mit ihr noch vier Schiffe, die ebenfalls aus Peru kamen und bis unter die Mastbäume mit Reis beladen waren, sodass gleich vom nächsten Tag an der Preis für diese Ware bis auf drei Cent pro Pfund einbrach und den glücklosen Kaufmann ruinierte.

Danach hatte niemand mehr Norton zu Gesicht bekommen, der sich völlig in die bescheidene Pension zurückzog, wo er sechs Jahre lang seine Tage zubrachte, bis zu seiner unerwarteten Wiederkehr, als der große imperiale Schmetterling aus der Chrysalide seiner Wohnung schlüpfte und seine eingefalteten und feuchten, rot, weiß und blau gefärbten Flügel schüttelte. Bald darauf hatte er seine mythisch-legendären Flügel über dem Golf aufgespannt, damit Frisco, Oakland und Berkeley verschattet und danach den Schatten ausgeweitet bis zum Red Wood, dem großen Sequoia-Wald in der Umgebung. Von Bummer und Lazarus begleitet, den berühmtesten Straßenhunden der Stadt, und bei Regen wie Sonnenschein einen buntscheckigen Regenschirm über dem Kopf, verbrachte der Kaiser der Vereinigten Staaten seine Tage damit, dass er die Straßen und Brücken der Stadt inspizierte, den Zustand der Lagerhäuser und sonstigen Gebäude der Stadt, und sich dabei gewaltige Projekte ausdachte, die letztlich auch verwirklicht wurden, denn die Dichter, Verliebten und Verrückten verfügen – wie der große Elisabethaner uns lehrt – über die Macht, den Traum in eine sehr viel verrücktere Halluzination zu verwandeln, die wir Wirklichkeit nennen. *»All dies bedenkend«*, hatte er in einem seiner Tagträume verkündet, die das Angesicht der Stadt verändern sollten, *»befehlen wir den Einwohnern von San Francisco und Oakland, Mittel aufzubringen für den Bau einer Hängebrücke von Oakland Point über Goat Island; ebenso für einen Tunnel, auch sollen sie erwägen, welches das beste Projekt ist. Wenn jedoch die genannten Bürger unser Dekret missachten, so werden wir uns entschlossen zeigen, unsere volle Autorität auszuüben. Wir werden die mit Waffengewalt bewehrte Verhaftung des Konzils der Gründerväter anordnen, wenn sie in der Nichtbeachtung unserer Anordnungen verharren. Verfasst mit unserer kaiserlichen Hand und unter unserem Siegel.«*

Ein paar Jahre nach seiner Selbstermächtigung verhaftete die Polizei der Stadt Norton während einer Kampagne zur Säuberung der Straßen von »antisozialen Elementen« und Beschäftigungslosen und begann Schritte zu unternehmen, ihn in einer psychiatrischen Anstalt unterzubringen. Diese Aufgabe war dem für solche Dinge qualifizierten Offizier Armand Barbier zugewiesen worden, der den Kaiser in seiner Wohnung abholte und dabei einigermaßen über die Stränge geschlagen hat. Er hatte seinen Säbel und seine Uniform beschlagnahmt, ihn wie einen schlichten Zivilisten hinaus auf die Straße mitgenommen und damit die Nachbarschaft aufgebracht. Die darauf einsetzende Revolte war eine der größten spontanen Bekundungen von zivilem Ungehorsam, die die Stadt am Pazifik in ihrer gesamten Geschichte erlebt hat. Die gesamte Stadtbevölkerung erhob sich wie ein Mann gegen die Polizei, deren Dienststellen wurden verwüstet, die Gesetzeshüter durch die Straßen gehetzt, der Verkehr der Trambahnen musste unterbrochen und die Häfen geschlossen werden. Vor dem Rathaus skandierten tausende Bürger stundenlang »Lasst unseren Kaiser frei! Freiheit für Kaiser Norton I.!« Schließlich ordnete der Bürgermeister der Stadt, Henry F. Teschemacher, ein Mann aus Boston, die Freilassung des Bürgers Joshua Abraham Norton unter der Begründung an, seine Einordnung in die Kategorie der Beschäftigungslosen sei ein Irrtum gewesen, da der genannte Norton der Beschäftigung eines Kaisers nachgehe. Damit eine solche Konfusion fürderhin ausgeschlossen sei, wurde die entsprechende Beschäftigung in seinen Identitätsnachweis eingetragen. Darüber hinaus erließ der Bürgermeister ein Rundschreiben an sämtliche Polizeidienststellen, das die Gesetzeshüter verpflichtete, den Kaiser stets zu grüßen, wenn sie seiner Gegenwart gewahr wurden. Kaum aus dem Polizeiarrest entlassen, den Säbel und die eingepackte Uniform noch unter dem Arm, erklärte Norton, dass er Barbier das Verbrechen der Majestätsbeleidigung gegenüber seiner Person großzügig verzeihe, und zeichnete die Polizei mit der höchsten und meistbegehrten kaiserlichen Medaille aus, die deren Chef noch jahrelang an der Brust tragen sollte. Nach jenem Zwischenfall war der Kaiser sakrosankt geworden, und niemand wagte es mehr, seinen Titel noch seine Rechte in Zweifel zu ziehen.

Dieser glückliche Verlauf der Ereignisse ermutigte ihn, eine intensive diplomatische Korrespondenz aufzunehmen. Hunderte an Königin Victoria gerichtete Briefschaften mit dem kaiserlichen Siegel haben sich erhalten, die er darin bittet, sich mit ihm zu vermählen, um die Beziehungen zwischen den beiden Imperien enger zu gestalten, ebenso an Kaiser Peter II. von Brasilien, an den Kaiser des Inselreichs von Hawaii, Kamehameha V., sowie an zahlreiche weitere gekrönte Häupter, die es leider ebenso wie die undankbare Königin vorgezogen haben, nicht zu antworten. Im August 1861, da Norton I. den Gemüsemarkt in seinem Stadtviertel inspizierte (in diesem Moment hatte er gerade eine lange Schnur mit aufgefädelten Hot Chilli Peppers in den Händen, an denen er roch, um festzustellen, ob sie nicht etwa verschimmelt waren), brachte ihm ein Kurier eine Ledermappe, worin sich ein großer Umschlag mit imperialem Siegel befand, der soeben mit dem Clipper *Flying Cloud* eingetroffen war, dem ersten amerikanischen Schiff, das eine Frau zur Kapitänin hatte, die brave Eleanor Creesy. Der Umschlag stammte aus dem fernen afrikanischen Kaiserreich Äthiopien, und auf seiner Vorderseite stand in scharlachroten Buchstaben der Name des Empfängers: »Seiner kaiserlichen Majestät Kaiser Norton I. der Vereinigten Staaten von Amerika«, worauf die Adresse folgte: »East Bay, 16th Street Nr. 2445, 3rd Floor«. Und auf der Rückseite stand der Absender: »Ich Höchstselbst, Tewodoros II., König der Könige und Kaiser der Kaiser, Gatte Äthiopiens und Verlobter Jerusalems, unbesiegter Löwe von Judas Stamm, Erzbischof auf Lebenszeit der Äthiopisch-Orthodoxen Tewahedo-Kirche, Oberbefehlshaber der unbesiegbaren Streitmacht von Menelik etc., etc.« (die letzten von den etwa zwanzig Titeln der imperialen Nomenklatur waren sehr klein geschrieben, damit sie noch auf den Umschlag passten). Anhand der Stempel und Briefmarken auf dem Umschlag konnte man den Weg zurückverfolgen, den dieses kaiserliche Schreiben in knapp fünf Monaten kreuz und quer über die Meere und Ozeane durchlaufen hatte, einmal auf Handelsschiffen, einmal auf Kriegsfregatten, um schließlich in die Reede des Hafens von San Francisco zu gelangen. Mit unsagbarer Genugtuung öffnete der Kaiser den Umschlag und las das Schreiben in aller Öffentlichkeit und mit lauter Stimme zwischen Hausfrauen und deren schwarzen Dienerinnen mit Weidenkörben voller Früchte auf den Köpfen vor:

»Ich, Tewodoros II., König der Könige und Kaiser von Äthiopien, Löwe und siegreicher Eroberer des Stammes von Juda, Gatte Äthiopiens und Verlobter Jerusalems etc., etc., an Kaiser Norton I. der Vereinigten Staaten von Amerika. Wisse denn, Kaiser, dass ich mich durch Gottes Willen bester Gesundheit erfreue, die ich auch Deiner Wohlgeborenen Herrschaft wünsche.

Ich antworte mit eigener Hand, wie es sich einem gleichermaßen von Engeln beschützte Weltsphäre Beherrschenden gegenüber gebührt, und danke für den Brief, den Du mit einer Verbeugung an meine Hoheit gesandt hast, und worin Du mich bittest, das souveräne Recht, Dir durch Geburt und Tugend verliehen, anzuerkennen, das Dir, Kaiser Norton I., über das weitläufige und gottesfürchtige Reich der Vereinigten Staaten von Amerika auszuüben zusteht, welches sich zurzeit jedoch unter der Kuratel des falschen und meineidigen James Buchanan Jr. befindet, der Dir den Thron geraubt hat und mit seiner Dämonenversammlung in Washington, D. C., regiert.

Die ganze Welt möge vernehmen, bedenken und erzittern! Ich, Kaiser Tewodoros II., König der Könige etc., etc., erkenne Seine kaiserliche Majestät Norton I. als alleinigen Herrscher über die Gebiete der Vereinigten Staaten von Amerika mit dem Titel Kaiser der genannten Staaten an und werde darin keine freundschaftlichen oder brüderlichen Beziehungen zu irgendjemandem außer Seiner Majestät unterhalten. Ebenso erkenne ich das Recht seiner männlichen Nachfolger auf die Thronfolge im Range eines Kaisers und auf eintausend Jahre des Friedens, Wohlstands und gute Regierungsführung an. Möge Gott ihnen darin beistehen!

Ich erwarte von Deiner kaiserlichen Majestät einen Beistand in Form von Waffen und Munition für den Krieg, den ich gegen das Königreich Sheba führe, das sich gegen mich erhoben hat. Ebenso erwarte ich, dass Du in geheimen Worten und Ratschlägen Ihrer Majestät Königin Victoria vermittelst, dass ich nicht ihr Gegner bin, wie Leute es ihr einflüstern, die unsere Freunde nicht sein können, sondern ein starker Arm, auf den sie sich stützen kann. Wenn Du dies tust, wird mein Heer wie Dein Heer sein und mein Volk wie Deines, bis Du Deine Feinde Dir zu Füßen geworfen und Deine Stiefel in ihren Nacken gesetzt hast, damit sie sich niemals mehr erheben.

Bis dahin bete ich zum Gott der Heere, er möge Dir Kraft und Gesundheit schenken – heute und stets und in alle Ewigkeit. Mit eigener Hand niedergelegt und gesiegelt mit meinem Ring aus Gondar, dem Sitz des Äthiopischen Kaiserthrons, am 14. Tage des März und im 1862. Jahr seit der Geburt unseres Herrn.«

An jenem triumphalen Tag, an dem ihn die Menge wortwörtlich auf ihren Händen nach Hause getragen und Washington sich einigermaßen beunruhigt gezeigt hatte, legte Joshua Norton in seinem bescheidenen Schlafzimmer die Uniform ab und schaute lange durch das Fenster und über die Dächer der monoton rosa und blau gestrichenen Häuser hinweg auf das Wasser des Golfs. Ihm fehlten die Meere, über die er in seinen jungen Jahren so ausgiebig gereist war, ihm fehlten die Masten mit den rosenfarbenen Segeln vor der Abendsonne, und ihm fehlte das Abenteuer. Der Brief von Theodoros, seinem Gefährten bei dem rastlosen und verrückten Herumgestöber auf den Wassern des Archipels, erinnerte ihn an das Traumambra, worein sich die Sporaden hüllten, während die jungen Palikári es von den Felsvorsprüngen auf Skyros aus betrachteten, wozu sie Chios-Wein aus Flaschen tranken, die in Raphia eingeflochten waren, und mit ihren Messern in den Boden hieben. Oft und oft erinnerte er sich an die gelassene Sicherheit, mit der Theodoros ihm sein kaiserliches Schicksal enthüllt hatte, das ebenso klar in den Himmel gemalt war, wie er sagte, als wie der Große Wagen oder der Thron Gottes. Er, Theodoros, würde nicht vergeblich auf dieser Welt leben. Selbst wenn er ein Schwächling gewesen wäre, hätte das Schicksal ihn mit der Puste seiner geblähten Backen zu Ruhm und Reichtum hin geblasen, denn dem Zangengriff des eigenen Lebens entgeht niemand. Was dir auf die Stirn geschrieben wurde, das gilt und wird sich schließlich doch erfüllen. Der gewöhnliche Mensch lauscht seinem Leben wie einem Lied, Ton für Ton, ohne sich vorstellen zu können, was folgen wird, wiewohl auch die Musik Schlaufen bildet und Wiederholungen, worauf man, so man scharfsinnig ist, spüren und vorausahnen kann, was folgen wird. Aber der bedeutende Mensch sah sein gesamtes Leben in einem Aufblitzen, wie man ein Gemälde oder eine Ikone sieht, vollständig und strahlend unter dem sauberen Glas.

Während sich die Nacht über den halben Himmel legte und die andere

Hälfte der gigantischen Kuppel hell und blau blieb und ameisenkleine Segelschiffe, die weiße Striche zogen, auf dem wie gehämmertes Kupfer funkelnden Wasser von einem Eiland zum anderen fuhren, hatten die jungen Ausreißer sich die Unterarme aufgeritzt und je einen Tropfen Blut getauscht zum Zeichen ihrer lebenslangen Verbrüderung. »Ja, durch Gottes Wille werde ich irgendwann Kaiser sein, da gibt es nicht den geringsten Zweifel, auch du wirst Kaiser werden, Joshua, denn wir sind an dem selben Tag geboren unter der Macht des gleichen Sternzeichens«, fügte Theodoros hinzu und schaute ihm in die Augen, aber der von der Galeere Entflohene, der im gesamten Archipel gesucht wurde, und auf dessen Kopf ein Preis von vierhundert Silbermünzen ausgesetzt war, brach dort im Angesicht des Meeres in ein bitteres Gelächter aus: Kaiser der Fliegen, mag sein, oder Kaiser der Wolken ... Aber die Prophetie des Piraten hatte ihn weiterhin verfolgt und sich ihm fest ins Gedächtnis eingenistet, und als ihm sein Geist explodiert und um die Ohren geflogen war in dem widerwärtigen *The-Glyde*-Geschäft, bei dem der Preis für den Reis verfallen und er von einem wohlhabenden Kaufmann über Nacht zu einem armen Schlucker geworden war, begann Joshua den süßen Traum seiner Erhebung wiederzukäuen. Wenn man vor Zeiten dies auf der Insel Skyros in seinen Augen hatte lesen können, musste da auch etwas dran gewesen sein, und dies geschah dann letztlich auch. Ja, auch er war ein Kaiser, und er würde als ein solcher sterben, ebenso wie sein Blutsbruder, der an demselben Tag geboren worden war wie er selbst, denn aufgrund des Glaubens und göttlicher Vorsehung war alles möglich.

Mit Tränen in den Augen krempelte Joshua seinen Hemdsärmel hoch und schaute sich die weißliche Narbe an, die der Dolch des Piraten vor mehr als zwanzig Jahren hinterlassen hatte. Und sieh, die Prophezeiung war in Erfüllung gegangen, und die beiden Brüder in Sternzeichen und Blut hatten sich jeder auf seine Weise aufgeschwungen bis hinauf zur Sinnlosigkeit eines Kaisertums – in Wirklichkeit oder im Wahne – über die Sinnlosigkeit dieser Welt. Aber oftmals herrscht auch der ausgeglichenste Mann in seinen Träumen über das, was er in der Welt nicht besitzen kann, und erfährt in der Welt, was seine Träume ihm verwehren.

»Ich bin auf die Welt gekommen, die Wahrheit zu bringen«, hatte Christus vor Pilatus eingestanden, und dieser hatte ihn oder sich selbst, ernsthaft oder zur Verhöhnung, vielleicht auch weise gefragt, »Was ist die Wahrheit?«, und jenes war der bedeutendste Widerstreit von Gedanken in der Geschichte dieser Erde. Die Wahrheit ist nicht in der Welt, sie kommt von oben oder von unten, aus den Himmeln oder der Hölle der menschlichen Seele. Es kann in Gesichten, Träumen und Irrsinn, in Märchen und Phantasmen mehr Wahrheit stecken als in den Lieben und Schlachten der wirklichen Welt.

Dann kleidete er sich zivil, ging polternd die Holztreppe der Pension hinunter und hinaus auf die Straße, den Kopf gesenkt, hielt er sich eng an den Hauswänden, damit ihn niemand sehe, denn auch in seiner kaiserlichen Zeit hatte er seine alten und beschämenden Gewohnheiten nicht abgelegt. Und weil Freitagnacht war, ging der Kaiser wie vor Zeiten, als er noch ein einfacher Bürger war, zu Three Angels, wo Miriam Naschenberg, seine einzige Freundin und die heimliche Kaiserin der Vereinigten Staaten von Amerika, ihn in ihrem Kämmerchen mit den schamlosen Frauen erwartete, die als Bilder an den Wänden hingen, den Puppen mit den angeschlagenen Gipsköpfen, aufgereiht auf dem rosa Plüschsofa, das von den unzähligen Vereinigungen schon völlig durchgestoßen war.

6

Joshua Abraham Norton war nicht auf der *Bibel von Mainz* unter unbekannten Sternbildern gesegelt und hatte nicht unter dem Kommando der schrecklichen Ching Shih die Südchinesischen Meere durchstöbert, aber beinahe drei Jahre lang war er tatsächlich Galeerensklave im Molukken-Archipel auf dem Ruderschiff *Makassar*, das Ladungen mit Gewürznelken auf der Route Jailolo–Talikud transportierte, von wo die kostbaren Gewürze dann über die Philippinen verteilt wurden. Zu den Molukken war er auf dem britischen Schiff *Saviour* gekommen, das bei der Insel Halmahera von den schnellen, mit einem Segel bestückten Piroggen des Sultans von Tidore gekapert wurde. Der Kapitän, der Zweite Offizier und fünf ältere Seeleute wurden den Portugiesen als den wahren Herren der Gegend ausgeliefert und von diesen auf dem Marktplatz der Stadt Jailolo erhängt, während die jungen Matrosen ohne Urteil und mitleidlos auf die Galeeren verbracht wurden, um auf der Bank vergessen zu werden, auf der sie zu viert sich in Ketten an einem enormen Ruder abplagten. Der glühend heißen Hölle unter Deck konnte man nur tot entkommen, und dann löste man lediglich die Ketten und stieß einen mit dem Fuß ins Meer. Dort, auf einer Bank in der Reihe der von Sklaven besetzten Bänke, hast du gegessen, geschlafen, deine Notdurft verrichtet, und wenn die tödliche Müdigkeit und der Ekel überwunden waren, dich nach Gutdünken gepaart mit deinen verzweifelten Gefährten, Tag für Tag, Jahr für Jahr, Wunde auf Wunde von der Peitsche des Antreibers beim Schaukeln des Schiffes über die Meere, die du niemals gesehen hast. Am Ruderblatt eingeschirrt wie der Ochse im Joch, ohne einen Gedanken und fernab allen Hoffens, hatte Joshua ganze Gebirge von Gewürznelken von den Molukken auf die Philippinen transportiert, und ihr stechender Dunst war ihm für immer in die Haut gefahren. Er war gegerbt vom Balsam der Gewürznelken, ebenso wie allen anderen an Bord der *Makassar* war ihm dieser Geruch ins Blut und in die Gedärme gedrungen, hatte seine Spucke ebenso aromatisiert wie den Atem.

Jeder seiner Tage konnte der letzte sein. Es verging keine Woche ohne einen Angriff der Piraten von den Inseln, und wenn die paar Krieger auf dem Schiff sie nicht hätten abwehren können, wäre das große Schiff schnell entladen und sogleich versenkt gewesen, ohne dass jemand auch nur einen Blick unter Deck auf die dutzenden Sklaven geworfen hätte, die bei Windstille ruderten und in ihren Ketten Seite an Seite zugrunde gegangen wären. Es war das unbezweifelbare Ende eines jeden solchen Schiffes auf dem gefährlichsten Meer der Kolonien, und es gab kein einziges, das sich damit hätte brüsten können, schon länger als vier, fünf Jahre auf dem blutgetränkten Wasser dieser Meere unterwegs gewesen und nicht ausgeplündert und versenkt worden zu sein. Die *Makassar* war bis dahin entweder von Allah, dem ewigen und hochverehrten, beschützt worden oder aber durch Joshuas bei den Sternen droben verzeichnetes Schicksal, das für ihn noch unter allen Umständen die Kaiserwürde an einem ganz anderen Rand der Meere vorsah, sodass er den aus Kayoa stammenden Besitzer des fauligen Schiffes, der auf den Namen Yovan Hehamahua hörte, dadurch verwöhnte, dass er ihm Opium der allerbesten Sorte in seine Pfeife stopfte und ihm Abend für Abend eine andere in Seiden gehüllte Huri mit dunkler Blüte zwischen den Schenkeln und parfümiert mit Myrthe und Nelken zuführte.

Aber in einer mondlosen Nacht vollzog sich auf der Höhe der Insel Morotai ein nie gesehenes Schauspiel. Jusuf, der in jener Nacht Wache schob, während alle seine Gefährten beim gemächlichen Odem des Meeres schlafend auf der Brücke lagen, hockte Backbord, die Lider schwer vom tiefen Dunkel, und kriegte kaum mit, was um ihn herum geschah. Denn allmählich begann das Meer unter dem Schiff, das das Segel gesenkt hatte, zu leuchten. Da funkelte etwas in der Tiefe, erst ein schwaches und pulsierendes Glimmen, das ein Strahlengemisch an die stets sich wiegende Wasseroberfläche schickte, dann eine Vergoldung des Meeres, das nun wie ein wunderbares und beängstigendes Tamburin aussah, bloß zehnmal die Länge des Schiffes überragend und in alle Richtungen ausstrahlend. Jusuf sprang auf, gab keinen Ton von sich und beugte sich ungläubig über die Reling. Tief unter dem mit Gewürznelken vollgestopften Bauch des Schiffes konnte man ein riesiges Lichtrad mit Speichen brennenden Feuers erkennen, das die Sägefische und Schwertfische und bläuliche Haie aus ihrem Schlaf erweckt und Zuflucht am Rande suchen ließ, durchscheinend, wie sie es von der Stärke des Lichts schon waren, das jenem Rad entsprang. Nun erhob sich das Licht überall aus den Wellen, stieg zum Himmel hinauf, und das Schiff war taghell beleuchtet. Der Schiffsjunge schrie aus Leibeskräften, alle sprangen schlaftrunken auf die Beine, dachten, das Schiff stehe in Flammen, stürzten dann auch an die Reling, um unter den wie Glas durchsichtigen Wassern das gewaltige Rad sehen zu können, das sich langsam erhob. Es sah aus wie eine große, feierlich beleuchtete Stadt, die unter Wasser gesunken war. Bald befand sich das Schiff irgendwo zwischen den roten Speichen, die nun aus der Wasseroberfläche herausgetreten waren. Und jede Speiche und jede Felge sowie der große blendende Klotz der Nabe in der Mitte wirkten wie ein von Allah, der alles weiß und kann, erträumtes oder erdachtes Ding. Als sich das Rad langsam in die Lüfte erhob und aus eigener, nie gesehener Kraft über dem Meer schwebte und alles wie ein glühendes Feuer erleuchtete, wie die über und über mit Augen bestückten Räder der Erscheinung, die sich Hesekiel am Flusse Kebar gezeigt hatte, warfen sich die Matrosen und Krieger wie verrückt gewordene Ratten ins Meer und schwammen dort neben dem Schiffsbauch, bis sie ein Zauber erfasste und sie zu Grunde sanken, um nie wieder aus den Wassern aufzutauchen. Der Zauber hatte auch die in Ketten liegenden Ruderer unter Deck erfasst, die ebenfalls von dem Gebrüll oben und dem Licht, das durch die Falltüren drang, geweckt worden und nunmehr überzeugt waren, dass sie allesamt bei lebendigem Leibe in der Feuersbrunst verbrennen würden, die das Schiff erfasst hatte. Die nahe an der Schiffswand saßen, konnten durch die Öffnung für das Ruder hindurch das Lichtrad sehen, das sich in den Himmel erhoben hatte und immer weiter hinaufstieg, sich zuerst in der Größe einer Wolke aus geschmolzenem Gold zeigte, dann wie der Vollmond und schließlich wie der Morgenstern, bis man nichts mehr sehen konnte, es von der Finsternis und Endlosigkeit verschlungen war. Dann schlossen sich ihre Augen wie verzaubert, und sie schliefen allesamt tief bis in den hohen Mittag.

Das Schiff glitt ohne Steuermann, ohne Segel und Ruder vier Tage lang über das Wasser, unter Deck die hoffnungslosen Sklaven in ihrer Gewissheit, dort an Hunger und Durst zu verenden. Joshua hatte seine Rechnung mit dem Leben abgeschlossen und saß inmitten des Gebrülls seiner gefesselten Gefährten stumm da, den Kopf auf die Arme herabgesunken. Er versuchte, sich an das eine oder andere aus dem Pentateuch zu erinnern, sah seine Eltern zu Jehova beten, der ihr Volk unter alle Völker der Welt zerstreut hatte. Was stand da wohl auf den Gebetsriemen, die Itzak, sein Vater, um die Stirn gewunden trug? Und warum hatte seine Mutter eine Quaste aus blauer Wolle an den Rand ihres Kleides genäht? Aber seine Gedanken zerfransten, je unerträglicher der Durst ihm zusetzte. Zu guter Letzt schickte Jesus, der Erlöser, ein holländisches Schiff, das Missionare nach China brachte, und diese Fremden mit ihrer schrecklich kehligen Redeweise, dafür gute Christen, die darauf brannten, ihre Seelen durch gute Taten zu retten, befreiten sie von ihren Ketten, als wären sie verschreckte, kotverschmierte und nach Gewürzen riechende Orang-Utans gewesen, sie spritzten sie auf dem Deck mit dem Wasserschlauch ab, kleideten und versorgten sie und gaben ihnen auch noch einen Gulden zur freien Verfügung, worauf sie sie in Kanton dem Willen des Herrn überließen.

Dort fiel es Joshua keinesfalls schwer, auf einem der hunderte auf der Reede liegenden Schiffe anzuheuern, sodass er weiterhin das Meer durchfuhr, westwärts, bis ihn die Geschäfte in die Levante führten. Und dort, zwischen den griechischen Inseln, verfolgte ihn das Unglück, denn mittels einer List zusammen mit fünf seiner Raub- und Gewaltgenossen in das Frauengemach des Paschas von Chalki im Dodekanes-Archipel eingedrungen, hatten sie sich die ganze Nacht hindurch mit den dicken und parfümierten, über und über mit Goldschmuck und kostbaren Steinen behängten Odalisken des Paschas vergnügt, ja auch mit den ihm nach den Gesetzen des Koran angetrauten Frauen, und gegen Morgen, als die anderen Palikári sich auf schnellen Pferden davonmachten, den Mond und die fernen Minarette der Moschee im Rücken, vertrödelte er seine Zeit in den brokatenen Bettlaken, umgeben von den öligen Düften und den dicken Brüsten und Hintern der Weiber. So fanden ihn die Wächter vor, splitternackt und mit dem Jatagan in der Hand, und so bahnte er sich auch den Weg hinaus ins Freie. Bei seiner verzweifelten Flucht über die Flure des Serails war er Pascha Ismailoglu höchstpersönlich begegnet, er kam ihm im Nachthemd entgegen und wurde von ihm niedergestochen – ohne zu wissen, um wen es sich handelte. Dann stürzte er sich von der Höhe des zweiten Geschosses ins Meer und schwamm knapp eine Meile, bis er das in einem kleinen Golf verborgene Schiff erreichte, wo die Gefährten nicht mehr hofften, dass er sich ihnen noch einmal zeigen würde. In all jenen Gegenden wurde ein hoher Preis auf seinen Kopf ausgesetzt, also suchte Joshua in der Folge die etwas schattigeren Teile der Welt auf und lebte vorerst von geringfügigen Geschäften, zu denen er sich die Mittel geliehen hatte.

Der stechende Geruch der Gewürznelken, dem er nie wieder zur Gänze entkommen konnte, war sein Glück, denn nach zwei Jahren stieß er in der griechischen Inselwelt auf dich, Theodoros, und wenn die Jahre der Versklavung auf jenen fernen Meeren und die Piraten im Archipel es nicht geschafft hatten, ihn umzubringen, vor deinem grausamen Wesen hätte es für ihn kein Entkommen gegeben. Denn du lagst mit deinen Freischärlern auf der Lauer, die Boote waren versteckt in den Schilfdickichten auf der östlichen Seite der Insel Skyros, und der Leuchtturm auf dem Felsen, der sich in euren Händen befand, warf ein verlogenes Licht auf das Meer hinaus, lockte damit die Handelsschiffe an, die getäuscht an den Felsen zerschellten. Die Palikári, die bis dahin Karten gespielt und ihre Weiber in der lauen Meeresbrise auf dem Gras liebkost hatten, sprangen wie ein Mann auf die Beine, mit nacktem Oberkörper und nur ein handtellergroßes Kreuz auf der Brust rannten sie auf die Schiffe zu, die schon mit Schlagseite in Ufernähe lagen. Sie entluden ihre Bleikugeln in die Seeleute, die ihre Haut verteidigten, dann stürzten sie sich mit ihren Dolchen auf sie und schnitten ihnen die Hälse durch. Niemals verschonten sie jemanden, denn hätte man einen von ihnen laufen lassen, so hätte dieser sie bei der Herrschaft verraten können, die alles unternommen hätte, ihrer habhaft zu werden und sie zu hängen. Die Umgebrachten, ob es nun Leute von ihnen waren oder von den Schiffen, die ihnen in die Hände gefallen waren, warfen sie mit an die Füße gebundenen Steinen ins Meer, damit sie nie wieder jemandem unter die Augen gerieten. Als die Brigg *Sweet Mermaid,* auf der sich Joshua befand, an den Felsen zerschellte, wobei nur das Heck unbeschädigt blieb und sich wie ein toter Fisch in dem flachen Wasser wiegte, wusste der Kaufmann, dass sie in eine Falle geraten waren. Aber er hatte die Hoffnung nicht verloren, dachte, dass auch dem Apostel Paulus dies auf der Insel Malta zugestoßen war, wo das Schiff, auf dem er gefangen war, nach einem zweiwöchigen Sturm mit dem Kiel im Ufersand stecken blieb. Und der Apostel war unversehrt entkommen, ja nicht einmal die Echse, die sich an dem Lagerfeuer, das die Einheimischen im Regen angezündet hatten, in seine Hand verbiss, konnte ihn vergiften, sodass die Leute auf Malta ihn wie einen Gott verehrten. Wenn Gott dich für seine verborgenen Pläne vorgesehen hat, kann dir kein Unglück der Welt auch nur das kleinste Härchen auf dem Kopfe krümmen.

Trotzdem, dort bei Skyros sah Joshua sich mehr als jemals sonst in seinem turbulenten Leben der Gefahr eines grausamen Todes konfrontiert, denn versteckt hinter den Fässern mit Sardellen im Heck des Schiffes, während die Schiffer mit Blei und Säbeln niedergemacht wurden, entdeckten die Palikári ihn erst spät, nahmen ihn hoch und kreuzigten ihn auf dem Strand. Sieben oder acht Dolchschnitte kerbten schon seine Brust, als du dich ihm nähertest, um ihm den Beutel vom Gurt zu reißen, doch dann rochst du den Duft der Gewürznelken, den sein Körper, sein Haar und seine Kleider in der linden Meeresbrise verströmten, und mit einem Mal befandst du dich einen glühenden Augenblick lang wieder in Ghergani in deinen Kindheitsjahren.

In der Kochstube des Gutshauses hatte es nie einen Mangel an Gewürzen gegeben, denn die Schweine- oder Gänsebraten, die Hackbraten und Würste, die Krautwickel und Saucen aller Arten, die Pfannkuchen und Krapfen und die Opferkuchen für die Toten und der Milchreis wurden kräftig nach orientalischem Geschmack mit allerlei Aromen und Gewürzen bestreut, die ebenso wie die Weihrauchkörner der Kirche auf dem Gutshof in Tüten aus Buchseiten ankamen, und nebeneinander in die Küchenschubfächer gepackt wurden, die du immer wieder geöffnet hattest, um die besonderen Aromen zu verspüren: Sandel, Zimtrinde, Gewürznelken, Safran, Muskatnuss, Ingwer, Vanille, Piment … Die Gewürznägelchen, rötlich bis kaffeebraun, sahen tatsächlich wie kleine Nägel aus: eine in die Breite gegangene Blüte am etwas dickeren Ende und einer Spitze am anderen. Die Bojaren kauten endlos darauf herum, damit ihr Atem besser rieche. Und die Dienerschaft kaute Minze, ja, sie rieben sogar die Möbel im Gutshaus mit den Blättern der Minze ein, die nach Frische dufteten, während die Bauern im Dorf mit Basilikum unter dem Kissen schliefen. Niemals würdest du diese Duftwellen vergessen, die wie große Luftblüten unsichtbar über Ghergani kreisten, sodass die Vögel betört von diesen süßen und gesegneten Gerüchen vom Himmel fielen. Die Bauern hatten alle in ihren Höfen große Tontöpfe mit Nelken, denn unter dem Namen Calomfir oder Gartennägelchen hatten ihre Samen beinahe den gleichen Geschmack und Geruch wie die teuren und echten Gewürznelken, die über Länder und Meere herbeigeschafft wurden. Die großgewachsenen und schmalen Zopfträgerinnen mit rehbraunen Augen kamen dir damals allesamt wie Märchenfeen vor, denn wenn sie dich in die Arme nahmen und durch die dicke und blaue Luft wirbelten, rochst du die zitronig duftende Blüte des Pfeifenstrauchs, die sie zwischen den Brüsten trugen. Die jungen Zigeunerinnen rochen nach Tabak und Zeltrauch und hatten immerzu ein Krümelchen trocknen Machorkas auf den Lippen, einen Duft, den du unsagbar liebtest. Und du, wenn du beim Feuer in der Sommerküche saßest, nahmst du den gleichen Geruch nach glühender Hitze und verbranntem Holz an, und dachtest, so habe auch der alte Adam gerochen und so müsse der Mensch allzeit riechen, nach Rauch, dem Rauch von Heim und Herd.

Jenes Tröpfchen Ghergani, das plötzlich unter deiner Schädeldecke aufgeblüht war und deine Erinnerung erfüllte, hatte Joshua aus den Händen der Piraten befreit. »Das ist mein Mann«, riefst du ihnen auf Griechisch zu. »Den kenn ich von irgendwoher, und will sehen, was mit ihm los ist. Vielleicht können wir ihn für Geld an die Hafenmeisterei von Linaria verkaufen, aber vielleicht hat er auch reiche Verwandte, die ihn auslösen.« Den ganzen Tag über kauerte der Handelsmann gefesselt an einem Felsen, und am Abend bist du mit einem Krug Wasser zu ihm hingegangen und hast ihn ausgehorcht, wer er war und was für ein Wind ihn in den Archipel geweht hatte. Du erfuhrst, dass er ein Untertan Ihrer Majestät Königin Victoria war und Handel trieb mit Getreide und Wein, vor allem in den unruhigen Wassern des Atlantischen Ozeans, von den Kanaren in die Karibik. Jetzt befand er sich nur kurzfristig im Mittelmeer, und mit einem kleinen Geschäft, wenn du seine Fesseln löstest, die ihm die Handgelenke und die Haut um die Fußknöchel schon blutig aufgerieben hatten, könntest du erfahren, worum es dabei ging. Als du ihn freiließest, denn auf diesem unwegsamen Eiland gab es für ihn kein Entkommen, schließlich befand sich ringsum das offene Meer, zeigte dir Joshua zuerst ein paar Papiere, die er in seinem breiten Gurt aus Shiraz in einer ledernen Tasche aufbewahrte, woraus zu ersehen war, dass alles, was er gesagt hatte, der Wahrheit entsprach. Dort waren, unter imperialem Siegel, sein Geburtsort und die Namen der Eltern eingetragen (und so hast du erfahren, dass der Gefangene Jude war, ebenso wie die in Bukarest, über die du dich vor Zeiten auf gemeine Weise lustig gemacht hattest, was dich dann späterhin so sehr beschämte). Was dich verwunderte, war gewiss, dass aus den englischen Dokumenten hervorging, dass der Fremde haargenau an demselben Tag wie du geboren war, am 4. Feber 1818, ein seltsamer Zufall, der in der Maschinerie der letztlich unergründlichen Wege des Herrn etwas bedeuten musste.

Zur Nacht, als die etwa ein Dutzend Piraten und vielleicht genauso vielen Frauen rings um das Feuer am Fuße des großen, grau angestrichenen, nun aber kein Licht mehr aussendenden Leuchtturms versammelt ihr Mahl hielten, erzählten und lachten, hast du ihn zu dir geholt, zu Souflaki und Sarmalaki eingeladen und ihm geharzten Wein gereicht, den er sein Lebtag noch nicht getrunken hatte. Die ringsum versammelten Katzen erschnupperten ihrerseits auch den süßen Duft von gebratenem Fleisch und bekamen schließlich nach langem klagenden Miauen ihren Anteil. Diese Diebesrunden rings um ein klein gehaltenes Feuer entsprachen nicht den örtlichen Gepflogenheiten, die hattest du aus anderen Gegenden mitgebracht, aus der Zeit, als du deine Raubzüge mit Jianu unternommen hast, und dort kamen auch der Maisbrei her und die Knoblauchtunke, und der getrocknete Wildschweinschinken, beispielsweise, worauf die Griechen nicht so besonders standen. Außer Sisoe, dem Feinmaler, den du mit dem Tataren Ghiuner aus der Walachei mitgebracht hattest, waren alle anderen Diebe Palikári, Griechen mit blauen Tätowierungen auf Brust und Armen, christianisierte Türken und Makedonier, deren Weiber je ein kleines Kreuz zwischen den Brauen eingeritzt hatten, das mit Schießpulver geschwärzt worden war. Deine Diebesbande war nicht groß, aber sie alle waren draufgängerisch und schauten dich an wie eine Ikone.

Joshua war noch immer zu Tode erschrocken und schaffte es nicht, allzu viel von den ihm vorgesetzten Speisen zu essen. Diese wilden jungen Leute mit den Weiberohrringen in den Ohren und den irren Blicken von Bestien hätten ihn trotzdem jederzeit völlig grundlos dahingeopfert, im Suff oder in irgendeinem Wahn, wiewohl ihr Chef ihm seinen Schutz erwies. Nun forderten sie ihn ständig auf, ihnen seine Lebensgeschichte zu erzählen, ihm aber waren die Worte im Hals stecken geblieben. »Besser, ich zeige euch etwas … etwas, das ihr noch niemals gesehen habt …«, murmelte er dir zu, und du willigtest ein, dass Joshua, von Baraba dem Verschlafenen bewacht, in die am Ufer auf der Seite liegende Brigg steigt. Nach einer Weile kehrte er mit einem Tannenkistchen zurück, dessen festgenagelten Deckel sie mit einem Dolch aufzwängten. Darinnen lag Stroh, und im Stroh gab es einen an seinem Ende zugeschnürten Sack aus Leinen, der etwas großes Rundes beherbergte. Unter den Augen der Piraten und beim munteren Funkeln der Feuerzungen kam eine große und dicke Flasche mit dünnem Hals zum Vorschein, von der Art jener, in denen man in den Antillen den Rum aus Zuckerrohr verkaufte und deren verkorkte Öffnung schön mit rotem Wachs versiegelt war. Darinnen befand sich in all seiner wundersamen Herrlichkeit ein schlankes Segelschiff mit drei Masten und reihenweise von einem Wind geblähten Segeln, der unmöglich dort drin wehen konnte, und kleinen Fahnen und Wimpeln an den Mastspitzen, und einem winzig kleinen Matrosen, der am Bug das Steuerrad drehte, einem weiteren, der die Takelage hochkletterte, und nochmals zweien, die das Deck schrubbten, sowie einem, der mit einem Holzhämmerchen auf die Glasen-Glocke schlug … Das Schiff füllte die ganze Flasche aus, und man konnte es in seiner ganzen Einzigartigkeit sehr gut sehen. Die Flasche war von Hand zu Hand gegangen, und die Weiber hatten sie an ihren weiten und gekräuselten Röcken gerieben, damit sie noch stärker glänze, und die Recken hatten sie um und um gedreht, geschüttelt und gerollt, um zu begreifen, wie ein so großer Schoner durch diesen allzu engen Flaschenhals gelangt war. So etwas war völlig unmöglich, und die Beharrlichsten begannen, sich mit der flachen Hand an die Stirn zu schlagen und ihre Messer gegen die Felsen zu schleudern vor Verärgerung darüber, dass sie dieser Teufelei nicht auf den Grund kamen. Aber diese war derart beeindruckend, etwas nie Dagewesenes! Stellte sämtliche Geschichten der Welt in den Schatten. Von den Palikári gefragt, auf welche Weise das Schiffchen in die Flasche mit dem engen Hals gelangt sei, durch den man nicht einmal einen türkischen Áspron in die Flasche befördern könne, fragte Joshua nun seinerseits mit einigermaßen verhalten listigem Zwinkern eines Augenlids zurück: »Wie konnte denn das neun Monate alte Kind, zusammengekauert und mehrere Pfunde schwer, in den Bauch der dickbäuchigen Frau gelangt sein, die nur so eine kleine Öffnung unter dem Bauch hat?« Und wenn man zur Herbstzeit nach Cádiz kam, konnte man auf den Pulten der Händler, geradezu am Ufer des Ozeans, bauchige und enghalsige Flaschen mit Birnenbrand sehen, und in jeder dieser Flaschen eine solch gewaltige ganze Birne, dass sie beinahe allein schon die ganze Flasche ausfüllte. Wie konnte die große und dicke Frucht durch die enge Öffnung gelangen? Die Piraten, nunmehr erschöpft vom vielen Denken, begnügten sich schließlich ohne sich noch länger den Kopf zu zerbrechen mit der Vorstellung, das Segelschiff sei dort in der Flasche aus einem wie ein Sesamkörnchen winzig kleinen Segelschiff-Körnchen aufgewachsen, das man vor etlichen Monaten durch den Flaschenhals gesteckt habe, genauso, wie das Baby in seinem Haus im Bauch des Weibes heranwächst und wie aus der weißlich-rosa Blüte, die man durch einen Flaschenhals steckt, sich an einem dünnen Stiel die grüne Birne rundet, schwer wird und sommersprossig gefleckt.

Unten im Laderaum der Brigg hatte Joshua ihnen noch gesagt, befanden sich dreihundert solcher Flaschen mit Schiffchen, sein kleines Geschäft, das ihn in den Archipel verschlagen hatte, eine Gegend, von der er sicher sein konnte, dass man hier noch keine solchen nutzlosen Wunderdinge zu Gesicht bekommen hatte, die sich nicht etwa einer vor den Augen des Plebs verborgenen und vom Vater auf den Sohn vererbten Meisterschaft verdankten, sondern den Werkstätten etlicher Holländer aus Rotterdam, wo man diese Ware auch zugeladen hatte. Zum Dank dafür, dass sie sein Leben verschont hatten, schenkte er sie allesamt den Palikári des Theodoros und blieb ihnen darüber hinaus noch einiges schuldig. In den darauffolgenden Monaten sollten die Kistchen durch viele Hände gehen und der Preis der Flaschen mit den Schiffchen immer höher steigen, bis sie über alle Inseln des Archipels verstreut und in den Häusern bedeutender Persönlichkeiten angelangt waren, wo sie wie höchst wertvolle Schmuckstücke, die allenthalben Verwunderung hervorriefen, einen Ehrenplatz einnahmen.

Vom ersten Augenblick an, da du das Schiffchen in der Flasche gesehen hast, war es, als hätte dich ein blauer Blitzschlag getroffen, der aus dem Himmel herabfuhr. Denn bei einem Wimpernschlag sahst du vorne am Bug auf der Backbordseite den Buchstaben S, und das Eiland, auf dem ihr euch befandet, war Skyros, und der heilige Name, nach dem du auf Geheiß von Moshe Telalul überall im griechischen Archipel suchtest, begann gleichfalls mit jenem Buchstaben in Form einer Schlange, dem weisesten unter allen Lebewesen auf Erden, und all dies sagte dir schon von allem Anfang an, dass du dich auf dem richtigen Weg zur Bundeslade befandst, denn oftmals nützen uns die Augen überhaupt nichts, und wir folgen unseren Wegen eher im Dunkeln und mit unseren Fingerspitzen, den Augen der Blinden, den Augen aus unserem verborgenen Leben, die nie fehlgehen, dem Leben aus den Träumen. Wie du vor einem Jahr gefesselt und ohnmächtig in Bukarest in jenem Keller lagst, den Juden in die Hände gefallen, über die du dich derart besinnungslos lustig gemacht hattest, und tatsächlich wie geträumt erinnertest du dich an die Worte des Alten, der sich mit seinen rötlichen Schläfenlocken und der aschgrauen, nur von einem Ring nicht eben reiner Stickerei umfassten Kippa über dich gebeugt hatte. Moshe, der Lumpenhändler vom Obor-Rindermarkt, dessen Kaftan du anzünden wolltest, dich heimlich von hinten an ihn ranschlichst, nur um zu sehen, wie er brennt, eine Talgkerze, er hatte nun sengende Prophetenaugen, über dir das große Buch aufgeschlagen, in hebräischer Schrift und in zwei Spalten gedruckt, das er vor deinen Ohren *Sefer Ha-Bahir* nannte, das Buch des Glanzes, und las deinem verängstigten Herzen vor:

»Wissen ist Wahrheit. Das Wissen ist mithin jenes, in dem wir die Wahrheit erkennen. ›Die Angst vor dem Herrn‹ ist der Schatz der Thora und steht über allem. Rabbi Akiba hat gesagt: ›Alles, was Gott geschaffen, hat auch sein Gegenteil geschaffen. Denn so steht es geschrieben‹ (Ecclesiastes, 7:14), ›So hat Gott alles geschaffen und das Gegenteil dazu.‹ Was ist der Schatz der Thora? Was sie betrifft, so steht geschrieben (Jesaja, 33:6), ›Die Angst vor dem Herrn ist Sein Schatz.‹ Der Mensch muss Angst haben vor Gott, und erst darauf kann er die Thora studieren. Denn sonst ist er wie einer, der Dattelhonig kauft, aber kein Gefäß mitbringt, in dem er ihn mitnehmen könnte. Er sagt: ›Ich werde ihn auf der Brust tragen.‹ Und versucht nun, ihn auf der Brust zu tragen, aber er ist sehr schwer, und der Mann fürchtet, sein Kleid könnte reißen und verschmiert werden. Sodass er den Honig fortwirft auf die Straße. Und so wird er doppelt bestraft: zum einen, weil er den Honig vergeudet, und zum zweiten, weil er sein Geld verschwendet hat. Die Angst vor dem Herrn ist folglich die größte Tugend. Es ist Seine Hand, seine Macht.«

»Du bist das Gegenteil«, hatte er dir dann ins Ohr geflüstert, während die anderen Jidden das Kellerloch mit ihren runden Augen ausfüllten, die auf dich zielten. »Aber der Gegner ist in aller Ewigkeit an seinen Gegner gekettet. Zwischen diesen beiden fließen Feuer und Wasser, vermengt im lebendigen Geist. Du bist zum Gegner erwählt worden, und durch diese Wahl bist du von nun an heilig. Du bist der, den wir erwartet haben, dem es bestimmt ist, die Unterschrift zu lesen. Denn Adonai, der Erschaffer der Welt, hat an seinem siebten Tag seine Schöpfung unterzeichnet, die Sphäre von Saphir und Smaragd unter Seinen Himmeln, und er hat sie mit sieben Buchstaben unterschrieben, die von sieben Eilanden des Archipels herrühren. Die komplette Unterschrift steht über die gesamte Breite des brennenden Meeres geschrieben: SABAOTH, was Herr der Heerscharen bedeutet. Ich entsende dich zwischen die Inseln, damit du die Sporaden und die Kykladen durchfährst, das Ägäische Meer und das Ikarische Meer, bis gegen Zypern und den Libanon, und dem irdischen Jerusalem auf der Suche nach Gott, also auf deiner Suche nach dir selbst. Jene sieben Eilande werden je einen Namen haben, der mit einem der

Buchstaben des heiligen Namens beginnt. Du wirst es sogleich merken, wenn du den ersten erfährst: Ein blaues Feuer wird dich dann vom Scheitel bis zur Sohle durchlohen. Am Ende des Namens aber wird dich, wie eine goldene Krone, im Lande des Kusch die Bundeslade erwarten.« Der Prophet ließ noch ein paar Mal die Flügel des Buches mit den kabbalistischen Zeichen über dir flattern und verschwand dann in den Tiefen des Verlieses. Die Männer mit den Schläfenlocken, aufgebracht und den Knüppel in der Hand wiegend wie in der Pessach-Nacht, zogen sich ebenfalls schweigend zurück; bloß eine Judenfrau verweilte an deinem Kopfende, reichte dir Fleisch vom Zicklein aus einer Tonschüssel und Quellwasser aus einem runden Gefäß, worauf sie deine Fesselgurte löste und dich hinaus entließ zwischen die gewölbten Mauern aus uralten Backsteinen und in die Bukarester Glut und den Verwesungsgestank hinter dem Sitz des osmanischen Statthalters, wo du unwillkürlich die Augen zukniffst, geblendet vom Licht einer mitleidlos strahlenden Sonne. Kreuz und quer lagen überall auf den Wegen aus getrocknetem Morast die aufgedunsenen und schon schwarz gewordenen Körper der an der Pest Gestorbenen. Du hast dich danach immer wieder gefragt, ob du dies im Traum oder in der Wirklichkeit erlebt habest, aber die Augen des Moshe Telalul konntest du nicht vergessen, und auch den Obor-Rindermarkt suchtest du nie wieder auf. Auch verfolgte dich nun seine Stimme, die dir aus dem zaubrischen Buch vorgelesen hatte: Was war die Gottesfurcht? Warum wurde der Dattelhonig der Erkenntnis, fehlte diese Furcht, auf der Straße vergossen? Wie konntest du erlöst werden, wenn du nicht schon vor der Erschaffung der Welt zur Erlösung auserwählt gewesen warst?

In den nun folgenden Tagen erwies Joshua sich als brauchbar für die Bande, denn er verstand sich sehr gut auf das Navigieren mit einem Segelschiff, und als nach beinahe einem Monat eine weitere Barkasse an den unter der Wasseroberfläche verborgenen Felsen zerschellte, zeigte es sich, dass er auch mit einem Paar Pistolen in den Händen, die ihm ein unverzagter Kumpan gereicht hatte, recht geschickt umzugehen verstand. Sodass er sie nach der Feuertaufe an jenem stürmischen Nachmittag behalten konnte und die Erlaubnis bekam, die Nächte mit jeder Frau zu verbringen, die er mochte, denn Theodoros' Piraten betrachteten die Frau als ein von Gott gegebenes Lebensgut, von der gleichen Art wie das Essen, der tiefrote Wein und der klimpernde Klang der türkischen Silberlinge. Und die Frauen erfreuten sich auf die gleiche Weise der Männer. Alle waren sie freiwillig dabei, sie hatten Dolche und Säbel im Gürtel stecken und sprangen wie sie auf das Deck der an jene üblen Orte gelockten Schiffe. Die Palikári und ihre Weiber verteilten die Beute unterschiedslos und zu gleichen Teilen, ebenso wie sie sich unterschiedslos liebten, wenn sie die Lust nach Vereinigung überkam. Joshua gefiel das fröhliche Leben der Piraten, die sich mit dem gleichen Stolz *Klephtes* nannten, mit dem der Pfau seine Federn zum Rad spreizt, denn Klephtes waren in ganz Hellas die Nachkommen des großen Ipsilanti und der Eteria von vor zwei Jahrzehnten, welche die Türken vertrieben hatten und ihnen in ihren unersättlichen Mäulern nur ein paar aus dem Leib des Landes gerissene Fleischbrocken ließen, wie Samos, Rhodos oder Lesbos, die nun immer noch unter der Knechtschaft stöhnten. Bei den späten Abendessen rings um das Feuer und unter den klaren Sternen über dem Archipel sprachen die Palikári mit glühender Leidenschaft über jene Zeiten, als der Grieche Grieche war, Nachkomme des alten Homer, und von Byzanz, frei unter der Kuppel der unsterblichen Megali Idea lebend, dem Traum vom großen Griechenland mit seiner Hauptstadt in Konstantinopel, und sich über ganz Attika und die Peloponnes und den Archipel erstreckend und sogar Anatolien in seinen weiten Grenzen umfassend. Die nationalen Soldaten mit Fesen und Fustanella, Pistolen im Waffengurt, den Krummdolch in der Hand, hatten hingebungsvoll für Hellas gekämpft und sich einen griechischen König gewünscht, einen Menelaos ihrer Zeit. Für den hehren Traum eines freien Griechenland hatte sich der große Byron in Missolonghi geopfert.

All die beschissene Qual endete dann, in den dummen Worten von Lambros, bloß in einer großen Scheiße, denn anstelle von Agamemnon oder Menelaos sahen sich die Griechen beschert mit zwei österreichischen Prinzchen, die aussahen, als wären sie auf Bonbonschachteln gemalt und aufgrund eines undurchschaubaren Taschenspielertricks König Otto und Königin Amalia geworden, die auf englischen Schiffen aus Wien angereist waren, Hellas glücklich zu machen. Nach etlichen Jahren der Herrschaft waren die beiden nun bei allen und jedem gründlich verhasst, und es wurden Stimmen vernehmlich, die sogar sagten, es sei besser gewesen bei den türkischen Beys und Paschas. Niedlich wie die Porzellanengelchen mit blauen Schmelzglas-Äuglein, entehrte das gekrönte Paar die griechische Nationaltracht, in die es sich häufig kleidete, und verdarb den heiligen und rechten Glauben, da sie beide papistische Häretiker waren, die in dem Land unter dem Berg Athos nicht das Geringste zu suchen hatten.

Oft hatte Joshua den Piraten und ihren Weibern zugeschaut, wenn sie gemeinsam im Meer badeten, und sich über die blauen Zeichnungen gewundert, die sich über ihre Leiber wanden und den einen oder die andere von ihnen von der Sohle bis unter das Kinn bedeckten. Die Frauen hatten je einen Cupido auf den Titten und Erzengel als Wächter auf dem Bauch, und die Palikári trugen Frauengesichter umringt von hellenischen Buchstaben, die Joshua nicht entziffern konnte. Und ihre Rücken waren mit schlecht gezeichneten Bestien bemalt, man hätte sie für Löwen halten können, aber auch für Esel oder Ochsen, das konnte man nicht so genau wissen, aber der, der sich Aris nannte, hatte auf der rechten Arschbacke den König Otto abgebildet und auf der linken die Königin Amalia in weit ausschwingenden zinnoberroten Ovalen, um sie jedes Mal, wenn er saß, zu zerquetschen. Was würde er alles mit der Hündin anstellen, und erst recht mit ihrem Mann, wenn er sie bloß zu greifen kriegte! Auch auf ihren Schwänzen standen hellenische Buchstaben, vielleicht war es auch hier der Name der unglückseligen Königin. Die wüstesten Vorstellungen von Nötigung und Sodomie lösten schallendes Gelächter aus, während sie ihren Retsina tranken und über kleinem Feuer das auf Holzspießen steckende Fleisch brieten.

Die Griechen waren nicht von allem Anfang an so angewidert von Königin Amalia. Etliche Jahre zuvor, als Otto auch sie aus jenem fernen und recht unvorstellbaren Österreich hatte kommen lassen, brachte die junge und zarte Königin ein anderes Licht in das doch schon etwas von Spinnweben verhangene höfische Leben von Hellas, sie hatte es mit neuen Moden und einem neuen Leben aufgefrischt. Aus Wien hatte sie Architekten für die Häuser in Athen und Saloniki kommen lassen, damit endlich Schluss sei mit den verwinkelten Gassen und dem abgefallenen Verputz der orientalischen Serails, und im ersten Winter, der auf die königliche Hochzeit folgte, hatte sie den ersten riesig großen geschmückten Tannenbaum aufstellen lassen, der jemals in Griechenland zu sehen war, spiegelnde Kugeln schmückten ihn und gewundene Glasstäbe, die wie geschmolzener Zucker aussahen, und deutsche Spielsachen, die einem die Augen blendeten. Der Glanz und die Vornehmheit der Hofbälle, die in Fräcken gekleideten Musiker und Opernsänger in seidenen Kniestrümpfen hatten anfangs die Griechen derart verblendet, dass sie vor lauter Gutmütigkeit Dörfer und Städte mit dem Namen der schönen Königin belegten: Amaliada auf der Insel Elis, Amaliapoli in Magnesia und viele weitere, die bis ins ferne Kreta verstreut waren. Aber in jenen Jahren hatten sich in allen entscheidenden Ämtern und Positionen in Griechenland so viele Deutsche breitgemacht, dass die Einheimischen unter deren Regeln, ebenso steifleinen wie ihre Hemdkragen, die sie unter ihren Westen sehen ließen, kaum mehr atmen konnten, während viele den Eindruck hatten, die Königin schaue von oben herab auf die alten Archonten, die sie offenbar für ungehobelt und ohne Bildung hielt. Andererseits hatte es sich erwiesen, dass sie keine Kinder kriegen wollte oder konnte, sodass sich die bodenständigen Menschen auch durch dieses Gebrechen von ihr abgewiesen fühlten, da sie doch auf einen Thronfolger für Otto den Fremdling hofften. Es war klar wie das hellste Tageslicht, dass die Königin nur aufgrund ihrer Herzensbosheit keine Kinder in die Welt setzte und sich wer-weiß-welcher verdammenswürdigen Waschungen und Fläschchen mit Giften bediente, die sie sich in ihr königliches Löchlein goss, um die Föten umzubringen und jung zu bleiben bis ans Ende der Zeiten.

Vielleicht hätte man auch so noch über ihre Versündigungen hinwegsehen und sie weiterhin dulden können, wenn Amalia nicht den enthemmten Tanz namens Walzer aus ihrem Heimatland eingeführt hätte, bei dem sich die Körper in aller Öffentlichkeit berührten, was die Griechen, wiewohl sie heimlich und in der Dunkelheit des Gynaeceums noch die türkischen Sitten pflegten und sich unaussprechlichen Ausschweifungen hingaben, beim besten Willen nicht hinnehmen konnten. Die Blasphemie des neuen Tanzes war von den führenden Köpfen der Orthodoxen Kirche öffentlich gemacht worden, und alle Bartträger in ihren schwarzen Exorassen, sämtliche Popen und Äbte der unzähligen Klöster in ganz Griechenland wetterten monatelang von den Kanzeln herab gegen den widerwärtigen Wiener Brauch. Sogar Theodoros' zügellose Palikári donnerten in grausamem Zorn gegen jene Drehungen in den königlichen Salons, bei denen es den Männern, vernehmt das Unerhörte, gestattet war, mit den Armen die Mitte des Weibs zu umfangen, das ihn an der Schulter hielt, ja selbst den bloßen Rücken des Weibes schamlos und vor aller Augen zu berühren. Wo würde solches noch hinführen? Die Zeiten verdarben, die Welt schwächelte, und Gott würde dem verdrehten menschlichen Geschlecht nicht mehr lange geduldig zuschauen. Die Königin war schuld, sie verdarb auch den König und würde Unglück über Hellas bringen. Die Palikári verfluchten sie in heiligem Zorn beim Kreuze, der Totenspeis und Kommunion und begaben sich mit ihren Gefährtinnen in die Liegestätten unter dem stolzen Priapos des Leuchtturms, der sich aus einem Feigendickicht mit violetten Früchten in die Höhe schwang. Die Lustschreie der bestiegenen Weiber vernahm man noch über das Meer hinweg bis zu den benachbarten Eilanden Valaxa, Rinia Skyrou und sogar Skyropoula, wo die Leute aus dem Schlafe hochfuhren und, von den heiseren fernen Schreien erregt, die von Arbeiten, Geburtswehen oder Liebesspielen herrühren konnten, sich in ihren Alkoven eifrig umfingen.

Ansonsten stürzte sich die kleine Piratenbande in eher erbärmlichere Abenteuer. Es wollte nicht zu ihnen passen, ihr Glück mit den Schiffen des Österreichischen Lloyd herauszufordern, die aus Triest losfuhren und Leute, Geld und Briefschaften bis nach Kreta und Smyrna brachten, obwohl es ihnen schon sehr gefallen hätte, aber da verirrte sich in ihren Flecken Meer schon noch die eine oder andere Barkasse, schwerfällig wie ein

Käfer, deren Segel schmutzig und wie löchrige Beinkleider am Mast hingen, und dann holten die Piraten ihre Kähne aus dem Schilfdickicht, und im Schutze der Dunkelheit, zu sechst in einem dieser Nachen, die Ruder mit Lumpen umwickelt, damit auch nicht das leiseste Plätschern zu hören sei, klebten sie sich an den mit Pech eingeschmierten Schiffsbauch, der von Wurzelwerk und Holzstücken übersät war, und das Schiff war von diesem Augenblick an todgeweiht, denn da entkam niemals ein Mensch lebend von seiner Brücke. Für gewöhnlich wurden die Matrosen, die sich nicht unterwarfen, umgebracht, manchmal auch qualvoll, wenn sie etwa einen der Palikári verletzt hatten, und diejenigen, die ihre Waffen fortwarfen, wurden an die Masten gefesselt und mit der Barkasse versenkt, Nahrung für die Krabben und Fische in der Tiefe. Dann zeigtest du dich Joshua so, wie du wirklich warst, Theodoros, ein ungemein kräftiger Mann und ein ganzer Mensch, mit dem man keine Spielchen trieb. Viele deiner Leute waren durch einen Zauber vor den Bleikugeln geschützt, denn sie trugen die Blüten der schwarzen Kohlröschen unter den Achseln, die man hier Blut der Recken nannte, und die Weiber Rainfarn, und immer wenn sie kämpften, trugen sie noch eine silberne Gewehrkugel unter der Zunge, du aber fürchtetest dich vor nichts, als hätte sich unter allen Sterblichen dir allein das Buch des Lebens aufgetan und du hättest darin über dein Schicksal gelesen und dadurch gewusst, dass es dir nicht gegeben war, dort bei Skyros in der Barkasse des Getreidehändlers Hristopoulos aus Kavala zu sterben, und darum warst du der Erste, der im Gewehrfeuer auf die Brücke stieg, und dann konntest du unbesorgt in den kirchengroßen Laderaum des Schiffes stürzen, um die dort versteckten Seeleute aufzuspüren, aber vor allem die Fässer mit Rum und Mastix, die wertvollste Beute. Mit den Leuten kanntest du keine Gnade, aber niemals hattest du eine Katze, von denen, die auf den Barkassen die zahlreichen Mäuse fingen, mit einem Schiff auf den Grund sinken lassen, sondern befohlen, man möge sie fangen, in einen Sack stecken und ans Ufer bringen. Der Platz rings um den Leuchtturm hatte sich mit einem buntscheckigen Katzenvolk gefüllt, doch war jede einzelne davon mit ihrem je eigenen Namen bei der ganzen Piraterei bekannt. Morgens fandst du Spaß daran,

Milch in die Vertiefung eines Totenschädels zu gießen und den Katzenjungen zuzuschauen, wie sie diese dort so eifrig wie unschuldig aufleckten, wobei sie sich gegenseitig mit ihren pechschwarzen oder pomeranzengelben Schultern wegschubsten. In welcher Menschenansammlung du auch gewesen sein mochtest, du sahst dich selbst stets als den Ersten an, von den Schultern aufwärts größer als alle anderen Leute, dem König Saul ähnlich mit deinen schwarzen Haaren, die in Reihen von Zöpfchen geflochten und mit Schweineschmalz eingerieben waren, die Bogen der Brauen stets gekräuselt, auch wenn rings um dich herum gelacht und gezecht wurde, die Augen darunter von etwas Verrücktem gezeichnet, als hätten sie immerzu, selbst in Tümpeln von Blut, eine Wunder vollbringende Ikone gesehen. Du unternahmst nichts, um in jeder menschlichen Versammlung Erster zu sein und nichts Besonderes, dass man dir zuhöre: Du warst bloß da, wie es eine Mauer ist, durch die man nicht hindurchkann. Wenn der Boden der Barkasse mit den Beilen durchlöchert war, bestiegen die Piraten wieder ihre Boote und schauten von dort aus zu, wie das Schiff unter den verzweifelten Schreien der an die Masten gefesselten Unglücksraben versank. Tausende und abertausende Schiffe verfaulten auf dem Meeresboden im ganzen Archipel, darauf Skelette, die immer noch in Fetzen gehüllt waren und von Dornhaien und Kraken untersucht wurden. Auf einigen besonderen Inseln tauchten nackte Fischer, nur ein Tuch um die Lenden geschlagen, bis zu vierzig Armlängen tief unter das türkis wogende Wasser, um uralte Münzen aus Gold mit dem Antlitz des Alexander von Mazedonien ans Tageslicht heraufzubefördern, Schmuckgegenstände, die mit Perlen und Edelsteinen besetzt waren, Frauen aus Marmor mit teilweise abgeschlagener Nase, Amphoren mit Wein darin, der sich in Jahrhunderten in ein Gelee verwandelt hatte, das man mit dem Löffel essen konnte. Der Meeresgrund war reicher als die Erdoberfläche, und wer Mittel gefunden hätte, ihn auszuplündern, hätte über das gesamte Erdenrund geherrscht.

Nach grausameren Plünderungen fühlten die blutbedeckten Palikári ihre Sünden schwer auf ihnen lasten und erwarteten mit großem Eifer den Tag des Herrn. Dann kleideten sie sich in zeremonielle Kleidung, die sie in Koffern aufbewahrten und die, ihre tätowierte Haut verbergend, sie aus zwielichtigen Herumtreibern in gottesfürchtige Städter und züchtige Frauen verwandelte, die zu jedweder Kirche Zutritt hatten. Die Frauen, die für gewöhnlich mit heraushängenden Titten herumliefen, steckten jetzt in grauem, fromm bis zum Hals hinauf geschlossenem Tuch. Ihr Haar aus loderndem Feuer und geschmolzenem Pech, das an den Ufern wie in den Booten die reinste Freude uns war, jenen aus den Himmeln, war verborgen nun unter Kopftüchern, als wären die duftenden Blumen und herrlichen Vögel geschaffen worden, um unter den Scheffel gesteckt zu werden. Derart verändert, ruderten sie bis nach Linaria, wo sie andächtig die heilige Gebetsstätte betraten, die Agios Georgios geweiht war, der auf der Wand im Inneren zwischen Reihen von Heiligen und Gelehrten, die allesamt mit großer Meisterschaft gemalt worden waren, dargestellt war, wie er mit seiner Lanze den Drachen tötete. Sie folgten dem Gottesdienst, gaben Antwort und sangen mit der ganzen Gemeinde, bekreuzigten sich und berührten jedes Mal mit der Handfläche den Boden, schauten sich um nach den eher Wunder vollbringenden Ikonen, um diesen nach dem Gottesdienst die so zart gemalten Händchen zu küssen. Die Popen in ihren von Goldfäden aufgeheiterten Gewändern schwenkten das Weihrauchfässchen und verstreuten den würzigen Duft über die Christen, wobei sie ihnen das Himmelreich verkündeten, das ganz genau so duften musste. Dann vergossen die Piraten bittere Tränen vor den Ikonen und standen Schlange zur Beichte, wo seine Hochheiligkeit Eulampie, der sie nur zu gut kannte, denn Theodoros' Leute waren die größten Wohltäter der Kirche, ihr neuer Anstrich war aus ihren Spenden bestritten worden, sie der Reihe nach alle anhörte, tadelte und ihnen zur Buße gebot, hundertmal das Vaterunser zu sprechen und zehnmal den Psalm Davids: »Gedenke, Herr, deiner Barmherzigkeit und deiner Güte, die von der Welt her gewesen ist. / Gedenke nicht der Sünden meiner Jugend und meiner Übertretungen; gedenke aber mein nach deiner Barmherzigkeit um deiner Güte willen!« Denn ihre Gesetzlosigkeiten waren tatsächlich groß und unverziehen: Der eine hatte gelogen, ein anderer hatte gelästert, und ein Nächster war nicht mildtätig, und eine der Frauen hatte am

Tag der heiligen Paraschiva Wäsche gewaschen. Ihrer Sünden ledig und wieder unschuldig wie Neugeborene, beschenkten sie die Kirche und die heiligen Pater mit Goldmünzen und kehrten erfrischt und belebt, als hätten sie das aus der Türkenzeit verbliebene Stadtbad aufgesucht gehabt, zurück an ihr Gestade.

Auf der Insel wuchsen alte, tausendjährige Ölbäume mit verdrehten und angewinkelten Stämmen, die Höhlungen hatten, in denen leicht einmal ein ganzer Mann sich verbergen konnte, und unzählige aschgraue Blättchen, die vor der dunkleren Tinte des Meeres weiß zu leuchten schienen. Zwischen diesen gingt ihr einher, als du den Juden Joshua Abraham zu dir und einem geheimen Ratschlag riefst, fernab eurer Gefährten, die am Ufer verblieben. Ihr stiegt hintereinander hinauf zur höchsten Stelle des Eilands, über die Gipfel neben Chora, und als ihr dort in der ringsum über den Sporaden herabsinkenden Abenddämmerung angekommen wart, ritztet ihr euch mit den Dolchen die Haut an den Handgelenken auf und saugtet jeweils einen Tropfen Blut, solcherart Brüder werdend und jenen gleich, die in demselben Bauch vom Brunnen des Lebens getrunken hatten. So geschah es in der Walachei in den Räuberbanden, und so hieltst du es auch in Hellas mit ein paar Männern, die du ausgewählt hattest aufgrund ihrer Treue.

Dann öffnetet ihr die in Bast eingefassten Flaschen mit dem Wein aus Chios und erzähltet euch eure Leben nach Strich und Faden, eure am gleichen Tag aus dem Gefäß des Wassermanns entsprungenen Leben. Du klärtest ihn über deine Walachei auf, von der er, wiewohl herumgekommen in der Welt wie wenige andere, noch nie gehört hatte, über deine Alexander-von-Makedonien-Spiele mit den Kindern der leibeigenen Dienerschaft und den Zigeunerkindern auf dem Gut von Ghergani sowie über die Krippenspiele, die jedes Jahr zur Geburt des Erlösers in der alle Sicht verschlagenden, eisigen Mitte des Winters in Sălcuţa abgehalten wurden, und er erzählte dir davon, wie er König David gespielt hatte mit den schwarzen und nackten Kindern aus dem Stamm der Ndebele in Transvaal, die allesamt eine blaue Feder im Ohrläppchen stecken hatten. Dann gefiel es ihm, sich an seine Flucht von zu Hause im Alter von sechzehn Jahren auf dem Walfangschiff *The Harpoon* zu erinnern, und wie er Pottwale in den vereisten Wassern um Feuerland gejagt hatte, wo er, um dem alles verödenden Frost jener Landschaften aus Finsternis und Eis zu trotzen, wie einstmals Jonas zusammen mit drei, vier Seeleuten öfter einmal in den noch warmen Bauch des soeben auf die Brücke gezogenen Wals und zwischen dessen Eingeweide geschlüpft war, die so entsetzlich stanken, dass es einem beinahe die Nase verrückt hätte, wo sie dann Karten gespielt und Rum getrunken und sich Lügengeschichten mit Frauen erzählt hatten, während Berge von schäumendem Wasser sich kälter als Eis auf das gedrungene und mit Pech abgedichtete Schiff stürzten, um es jederzeit in jenem unerbittlichen Caina zu versenken. Als der Abend etwas weiter fortgeschritten war, schon funkelten die ersten Sterne über euch, erinnertest auch du dich an deinen Umzug nach Bukarest, als du neun Jahre alt warst, und wie sehr dich die vergoldeten Türme der Mitropolie verwundert hatten, auch dass du in der Festung von Bucur den Hirten, die Pest und den Aufruhr in vollem Gange vorfandst, und dass die an der Pest Erkrankten auf das Feld hinausgebracht wurden, auf gefrorenen Boden, wo man sie vor Kälte und Verzweiflung brüllen ließ, während die mit der Pest infizierten Frauen von den Leichenträgern vergewaltigt wurden, die die Krankheit überlebt hatten und sich nicht mehr davor fürchteten, sie vielmehr tatkräftig weiterverbreiteten. Darum hatten sich die Kranken wie ein Mann gegen die eigenmächtigen Leichenträger erhoben. Und dann hast du ihm noch erzählt, wie du mit Jianu, dem Angst und Schrecken verbreitenden Strauchdieb, herumgezogen bist, den du noch aus Ghergani kanntest, nun aber in Bukarest wiedergetroffen hattest, um dann die Wälder der Vlăsie zu durchstreifen und je nach Gelegenheit Wildschweine und Bojaren zu jagen, den Popen zwei kochend heiße Eier in die Achselhöhlen zu packen, damit sie verraten, wo sie ihr Geld versteckt hatten, und den Frauen bei lebendigem Leib die Finger abzuschneiden, um ihnen die Ringe abzunehmen. Wie du nach einem Jahr der Gesetzlosigkeit, da schon ein Kopfgeld auf dich ausgesetzt war, zu deiner Mutter, Sofiana, nach Ghergani geflohen bist, damit sie dich vor den Schergen der Herrschaft verstecke, aber das war nicht wirklich hilfreich, sodass du mit zwei weiteren Gefährten die Donau durchschwimmen musstest, während die Bleikugeln rings um dich herum ins Wasser klatschten; eine nur traf dich an einer Rippe, wo dir auch heute noch die Kugel im Knochen steckt. Und noch sehr viel mehr habt ihr erzählt, habt mit den Dolchspitzen in den Boden und in den Fels gehauen, dass Funken in die Nacht stoben, habt von immer noch lodernden Leidenschaften, von euren Sehnsüchten nach Erhebung und davon gesprochen, wie ihr Kaiser werden wolltet, bis du, von der Süße des Weines und dem Zauber der Nacht verführt, mehr noch für dich selbst als für deinen Gefährten die ovale Ikone von der Brust und neben dem Kreuz aus geheiligtem Holz genommen hast, von der du dich noch niemals getrennt und die du bis dahin noch niemandem gezeigt hattest, und die in den ersten Brief eingehüllt war, den du von Sofiana bekommen hattest.

Da er sie beim schwachen Glosen des Mondlichts und der Sterne nicht recht sehen konnte, zündete dein Gefährte und Blutsbruder mit dem Feuerstahl einen trockenen Stecken an und betrachtete bei seinem Feuer verwundert jenes ovale Bild, das von einem bernsteinfarbenen Rand umfangen war, auf dem ein unvergleichlich schönes Jungmädchenantlitz im linken Halbprofil auf bläuliche Emaille gemalt zu sehen war. Ja, es war beinahe das Mädchen selbst, denn da war auch nicht der zarteste Pinselstrich zu erkennen, sodass man hätte meinen können, ein ganz großer Meister habe es gemalt. Die Augen unter den schmalen Brauen, die mit äußerster Zartheit gemalt und so anders waren als die der orientalischen Frauen, waren durchscheinend braun, die Wangen delikat, kaum angehaucht von einem rosenfarbenen Schimmer, die Lippen seelenvoll und lebendig. Das Haar über der hohen Stirn und den Schläfen, die wie in Elfenbein geschnitzt schienen, schimmerte in den Bögen der Locken gülden und fiel gekräuselt an der Seite ihrer Wangen hinab. Der schmale Hals des Mädchens war von einem schwarzen Samtband umfangen, und darunter erspähte man ein kleines Stückchen einer perlmuttenen Bluse mit zartrosa Fäden darin, die oben von einem Amethysten geschlossen wurde. Der Backfisch auf dem Bild mochte nicht mehr als fünfzehn Jahre zählen. In ihrem Erscheinungsbild war etwas, das Worte vergeblich zu enthüllen versucht hätten, etwas Flehendes, Sehnsuchtsvolles, das einem unmittelbar ins Herz drang: »Suche mich, suche mich! Ich bin nicht die auf dem Bild, ich bin anderswo, und sie ist nur mein Schatten! Raste und ruhe nicht, bis du mich gefunden hast, wie ich dich gefunden habe! Schaff dir einen eisernen Wanderstab und Schuhwerk aus Eisen an die Füße und folge unentwegt meinen Spuren durch neun Länder und über neun Meere, und du wirst mich erkennen, wenn dein Wanderstab aufgerieben und deine Schuhe zerschlissen sind«.

»Das ist die Heilige Jungfrau«, flüsterte Joshua und schaute dir in die Augen, da er annahm, du habest ihm einen Beweis deines Glaubens nach deinem Gesetz geliefert, das nicht auch seines war, »wie sie zum ersten Male der Erzengel Gabriel gesehen hatte, als er ihr, Lilien in den Händen, die Verkündigung überbrachte.«

»Nein«, antwortetest du irgendwie hastig, »es ist Stamatina.«

Dem hast du dann nichts mehr hinzugefügt und die Ikone schnell wieder an der Brust verstaut, als hättest du dich geschämt, sie so leichtfertig einem Fremden gezeigt zu haben. Joshua begnügte sich mit jenem seltsamen und fremden Namen und hob neuerlich die Flasche an den Mund. Vielleicht nagte diese Stamatina am Herzen seines Gefährten, sodass es sich nicht gehörte, den Dolch in der Wunde auch noch umzudrehen. Aber er konnte niemals mehr jenes Antlitz vergessen (»suche mich, suche mich!«) und würde sich oftmals noch unter den Gesichten aus seinem tiefsten Seeleninneren, die ihm sein reiches Leben bescherte, daran erinnern, auch dann noch, wenn er nach gut zwei Jahrzehnten seinen Zufluchtsort in San Francisco erreicht, wo auch sein Ende sein wird.

Nach diesen vertraulichen Enthüllungen hattet ihr lange geschwiegen, getrunken und ringsum die Blicke über den Archipel streifen lassen, der wie ein alter Baum beladen war mit den Früchten der Sterne. Ihr schautet hinauf zu der Henne mit den goldenen Küken, zur Kaisertochter mit dem Tragejoch, zum Brunnen mit Gatter und zur Sense, alle umkreisten sie den Großen Wagen auf Bahnen, die allein die Gottheit verstehen mochte. Fern jenseits der Wasser konnte man etliche verstreute Lichter in den Städten erkennen, wo ein paar Leute sich noch nicht schlafen gelegt hatten. Der Leuchtturm in Platana strich mit seinem schmalen Strahl über die schwarzen Wasser, erlosch für wenige Augenblicke, leuchtete wieder auf und erlosch wieder, Zeichen, die draußen auf dem Meer die Schiffe deuten konnten.

7

Joshuas Geschichten ebenso wie sein Geruch nach Gewürznelken erinnerten dich an Ghergani, deinen Geburtsort, und an die Zeiten, als du dich mit Leichtigkeit auf die Beine erhobst und aufhörtest, ein Kleinkind zu sein, Marița sich nicht mehr ganz vor dir entkleidete wie vor ihren zotteligen Hündchen, und deine Mutter angefangen hatte, dir die Buchstaben beizubringen, damit du selber die Bücher lesen konntest, die du wolltest. Sodass du von da an immer mehr Zeit im Kuhstall zubrachtest, wo deine Eltern sich zum ersten Mal im Heu geliebt hatten, zwischen den langbeinigen Spinnen, und du dich nun mühtest, die Geschichten aus den zerfledderten Schwarten deines Vaters, Gligorie, dir anzueignen, die auf diese Weise mit unbändiger Wucht in deinen Geist drangen und ihn wie von einem jähen Feuer entfacht brennen ließen, wie die Aureolen der Heiligen auf den Kirchenwänden. Von Zeit zu Zeit, vor allem in den Wintermonaten, lud Tache die jüngeren Nachbarn ein auf sein Gut, Bojaren und Bojarinnen mit ihren Dienern, wo sie dann feierten, das heißt, sie versammelten sich in einer Stube mit bei hellichtem Tage zugezogenen Draperien, um Säfte, Pülverchen oder Pasten mit Zusätzen (die man auch Theriak nennt) zu sich zu nehmen, man konnte sie in langen schwarzen Pfeifen rauchen, mit gelblichen Silberlöffelchen zum Mund führen oder mit Honig und Mohn in Kuchen gebacken essen, und dann legten sie sich im süßlichen Duft des Qualms, der die Stube erfüllte, auf die Kanapees zwischen die seidenen Kissen und träumten allerhand, das kein Menschenverstand sich je ausdenken könnte, sie glaubten, wie im Traume noch nie gesehene Farben und Formen wahrzunehmen, flogen, ohne der Flügel zu bedürfen, über Serails, himmlische Gärten und Städte, die auf

Felsklippen gebaut worden waren, umarmten Geister mit festen Titten und Hüften von Huris oder ließen ihr Wesen im himmlischen Jerusalem dessen dahinschmelzen, der auf den Cherubim sitzt. Dann lächelten sie, die Münder bis zu den Ohren, die Lider geschlossen, wie überglückliche Buddhas, ließen es zu, dass der aus den Mohnkapseln geflossene Theriak ihnen wie aromatisiertes Gras durch die Sohlen und Füße sprieße, ihnen in die Bäuche hochsteige und in die Arme sinke, ihre Lungen und Herzen umfasse, um danach in den höchsten Turm des menschlichen Körpers hinaufzusteigen und mit einem Mal seine Blüte in den Schädelkapseln aus gelblichen Knochen zu öffnen, um sie mit der verbotenen Glückseligkeit der süßen Sünden zu erleuchten. Die verzauberte Blume drang aus ihren Schädeln auch hinaus in die Welt und erfüllte diese mit ihren Blütenblättern und Regenbogen von lebendigen Flammen. In dem göttlichen und diabolischen Zustand, in dem sie sich dann befanden, verloren die Theriakisten jedes Schamgefühl, sodass die Feste manchmal mit Entkleidungen und Bauchnabelspielchen und natürlichen und unnatürlichen Paarungen sowie mit Szenen wie in Sodom und Gomorrha endeten, worüber man danach besser schwieg.

Der gleiche vergiftete Saft, aber süßer noch als irgendeine Frucht und Süßspeise, erfüllte auch dein Hirn, wenn du dich in die Geschichten in den Scharteken vom Jahrmarkt vertieftest. Der Knabe von sieben Jahren, der du damals warst, las mit unstillbarer Neugierde von den unglaublichen Abenteuern und Possen eines Till Eulenspiegel, der, als er Maler geworden war, auf einer Kirchenwand die Trennung des Roten Meeres durch Moses in zwei Hälften malen sollte sowie die Juden, die da trockenen Fußes hindurchgehen, dazu das Heer der Ägypter, das auf dem Grund stecken bleiben und im Morast versinken sollte, nichts als einen roten Fleck auf die ganze Wand gemalt und gesagt hatte, die Juden seien schon hindurchgegangen und könnten nicht mehr gesehen werden, die Ägypter jedoch habe das Meer längst bedeckt. Auch hatte er die Geschichte vom *Philosophen Arkirie und seinem Neffen Anadan* gelesen, worin der nichtswürdige Neffe seinen Onkel loswerden möchte und ihn mit einem verlogenen Schreiben an Kaiser Sinagrip verleumdet und damit ein Todesurteil gegen den früheren Ratgeber des Kaisers erwirkt; er sollte geköpft und sein Kopf dreihundert Ellen weit vom Körper entfernt werden. Dem Philosophen war es aber gelungen, der Hinrichtung zu entgehen, er hatte den verschlagenen Neffen erwischt und mit seinem Hartholzknüttel so lange verprügelt, bis er tot war. Und in einer anderen Scharteke, in der *Geschichte vom weisen Sindipa*, war von Chira, dem Kaiser von Persien, die Rede, der sieben Weiber, aber keinen Sohn hatte. Als er dann endlich nach unzähligen Gebeten zum Allerhöchsten einen bekommen hatte, schickte er ihn zu Sindipa, damit dieser ihn mittels seiner philosophischen Lehre bestrafe. Der Spross aber dehnte seine Lehrzeit beim Philosophen über viele Jahre aus, bis er nichts mehr von ihm lernen konnte, weil er alles wusste, und alles bedeutete nichts anderes als das Schweigen oberhalb des Schweigens. Sodass der Kaiserspross fortan nicht mehr redete und einer der Kaiserinnen anvertraut wurde, damit diese ihn wieder zum Sprechen bringe. Diese riet ihm, mit ihr gemeinsam den Kaiser umzubringen, dann selber den Thron zu besteigen und sie zur Kaiserin zu nehmen. Da er nun ob solcher Schlechtigkeit wütend wurde und dies ablehnte, rannte das Weib mit zerrissenen Kleidern zum Kaiser hin und sagte diesem wie ein zweites Weib von Potifar, der Kaisersohn sei über sie hergefallen und habe sie notzüchtigen wollen. Und Kaiser Chira ordnete die Hinrichtung des Sohnes an, doch bevor dies zu geschehen hatte, wollte er den Rat seiner sieben Weisen einholen. Hier nun folgten sieben Unterweisungen, jeden Tag eine, in denen die gelehrten Philosophen dem Kaiser Beispiele für die Unstetigkeit und Verschlagenheit des weiblichen Geschlechts vorführten, bis der Kaiser seinem Sohn verzieh.

Als du diese Geschichte gelesen hast, hat dich das Wort Unterweisung sehr verstört, bis Sofiana dir enthüllte, dass es nicht böse und gebieterische Strenge meinte, sondern die kluge und lebenssatte Rede jedes einzelnen der sieben Weisen. Auch hattest du mit größtem Vergnügen die Aventüren des schwarzen, hässlichen und dickbäuchigen Äsop gelesen, der sich als Sklave des weisen Xantos für sehr viel weiser als jener erwies und ihn aus vielen brenzligen Situationen errettet hatte. So wollte Xantos eines Tages in die Stadt ins Bad gehen und schickte vorab Äsop dorthin, zu sehen, ob viele Leute im Bad waren. Äsop aber sah, dass auf der Eingangsschwelle zum Bad ein großer Wackerstein lag und die Eintretenden alle darüber stolperten und den Stein verfluchten. Aber ein Mann allein hob ihn auf und warf ihn beiseite. Als er dann zurück bei seinem Herrn war, richtete er diesem aus, dass nur ein einziger Mensch im Bad sei, denn er hielt nur diesen für einen Menschen, der den Wackerstein weggeschafft hatte. Was hat er nicht sonst noch alles angestellt! Als der Philosoph Gäste zum Gastmahl eingeladen hatte, sollte Äsop das Beste, das es auf der Welt gibt, auf den Tisch bringen, und er ließ nur Ochsenzungen auftragen. Denn mittels der Zungen können die Menschen sprechen und sich verständigen, sie verheiraten und begatten sich und treiben Handel. Aufgebracht und in essigsaurer Stimmung trug Xantos ihm beim nächsten Mal auf, alles, was zum Schlechtesten auf der Welt gehört, auftischen zu lassen, aber der hässliche Leibeigene packte wiederum nur Zunge auf den Tisch, denn sie spricht so, dass Kriege entstehen, sie bemeistert alle Schläue und Täuschung. Auch die *Geschichte des Skinder*, der die Stimmen aller Vögel kannte und alle Philosophie auf der Welt verstand, hattest du gelesen. Und der liebte Olerica, die Königstochter, aber man schickte ihn in ein anderes Land und zum Kaiser Halep. Dort hatte sich etwas derart Schreckliches ereignet, dass du des Nachts nicht mehr schlafen konntest und diese Geschichte nicht mehr weiterlesen wolltest.

Mit solcherart Schriften verbrachtest du deine Zeit, aber insbesondere mit der *Alexandria*. Das Buch über die Abenteuer von Alexander dem Großen, der reitend auf Bukephalos, seinem Hengst mit dem Horn auf der Stirn, die ganze Welt gewonnen hatte und jung gestorben ist, war dir stets wunderbar und alle anderen jemals gehörten Geschichten überragend vorgekommen. Ein unausgesprochener Zauber hatte dich nicht allein zum Lesen verführt, sondern dich buchstäblich in die Haut des jungen Kaisers schlüpfen, in seinen Worten sprechen und seine berühmten Taten vollbringen lassen. Als du die Geschichte des großen Alexander gelesen hast, warst du nicht mehr Tudorică, der zerlumpte und barfüßige Bub der Ghiculeştier Dienerschaft, sondern Sohn des Netinav, des über Zauberkräfte verfügenden Kaisers von Ägypten und der Olympia, und dies zu der Zeit, als in Indien Kaiser Por herrschte, in Persien Darius und bei den Römern Kaiser Merlichios. Denn Netinav, umzingelt von feindlichen Heerscharen, hatte sich davongemacht, er hatte sich in alte Fetzen gekleidet und war zu König Filip nach Makedonien geflohen, der Olympia zur Königin hatte, ein der Empfängnis abholdes Weib. Er hatte sich als Heiler ausgegeben und vorgeflunkert, er sei im Besitz von Jungfrauenkräutern, die, sobald ein Weib sie verschluckt habe, unweigerlich zur Empfängnis führten. Aber verkleidet als adlerköpfiger Gott Amon legte Netinav sich zur Königin, die sogleich die Leibesfrucht im Bauch empfing. »Vom heutigen Tag an sollst du keinen Wein mehr trinken und keinen Met, darfst auch nichts Unreines mehr essen, denn ein Sohn hat in dir angefangen zu sein, der Kaiser sein wird der gesamten Welt und über alle Kaiser sonst«, sagte der Zauberer zu ihr. Und Aristoteles hatte das Kindchen Alexander alles Wissenswerte gelehrt. Als dann Filip starb, folgte der junge Alexander ihm in seiner Herrscherwürde und begann, Festungen einzunehmen und Ländereien, bis er letzthin auch den großen Kaiser Darius besiegt hatte. Als der Osten wie der Westen sich innerhalb der Grenzen seines Reiches befanden, begab er sich hinaus an die wilden und bis dahin noch unbetretenen Orte.

Am hinteren, eher verborgenen Ende der Gutsgärten, wo es auch den Bären mit dem Ring in der Nase gab, durch welchen eine dicke Kette geführt war, lagst du im hüfthohen Gras und sahst nichts als den Streifen Himmel mit den gelben und roten Schmetterlingen und den Schwalbenschwänzen darüber, wie sie durch die würzige Luft flatterten, und lasest unersättlich in deinem Lesebuch. Auf Bukephalos' Rücken rittst du in Jerusalem ein, verneigtest dich vor Gott Sabaoth, sagtest dich los von allen Idolen und lauschtest der Worte des Propheten Jeremias, der dich segnete. Dann nahmst du Babylon ein und wurdest auch zum Herrscher über Löwen und Leoparden und Araberpferde, über die Hörner von Einhörnern und goldene Werkzeuge und Edelsteine sowie über Darius' Saphir-Tisch, an dem jeder, der daran Platz nahm, von allen dunklen Gedanken befreit war. Und als du Babylon eingenommen hattest, bist du in die Wüste gelangt, wo du mit den wilden Weibern zu kämpfen hattest, behaart waren sie wie die Schweine, und ihre Augen leuchteten wie die Sterne, dann aber hast du die riesigen Ameisen erschlagen, die das Gold aus dem Boden holten und Menschen fraßen. Du hast die Zwerge gerettet, die mit den Kranichen kämpften, indem du ihnen beibrachtest, Pfeile und Bogen zu machen. Und im Lande Macaron lerntest du die splitternackten Gymnosophen kennen, deren Kaiser Ivantie war, und zogst mit deinem Heer vorbei an dem göttlichen Garten mit den Bäumen, die bis in den Himmel hineinreichten und Früchte trugen, die zuckersüß waren, hast diesen aber aus Furcht vor den Cherubim nicht betreten. Dann kämpftest du gegen die Elefanten des indischen Kaisers Por, die Türme auf dem Rücken trugen, auf denen sich je zwanzig Bogenschützen befanden. Viermal viertausend von Pors Soldaten starben in einer einzigen Schlacht, und Por hast du selbst mit deinem Schwerte niedergestreckt, und seine Kaiserin kam dir mit zwanzig Herrschern und zehntausend Priestern entgegen. Du erstrecktest deine Herrschaft auch über heidnische Sprachen und Völker aus: Goten, Magotier, Agarer, Axoten, Divis, Xotinier, Xantarten, Xasanen, Climanden, Tahanier, Xeaner, Martater, Khochanier, Agramantier, Ampfligen, Psogloven, Pharaken, Jaratier, Sisochia, Nichienen und Leskretanier, die an den Tagen des Antichrists Christenkinder unter den Augen ihrer Eltern braten und auffressen sollten.

Als du das Himmelreich gesehen hattest, stiegst du hinab in die Hölle, zu sehen, wie sich die Sünder quälten, und dort sahst du die griechischen Götter, wie sie von den Teufeln bearbeitet wurden, und die Bojaren aus allen Reichen rings um das Sonnenrad umschlungen von hungrigen Schlangen. Und da du weitergingst, ergriffst du einen diebischen Spießgesellen, der auf den Namen Diomedes hörte, den du um einen Kopf kürzer zu machen gedachtest, dieser aber gab dir zur Antwort, du nenntest ihn bloß einen Dieb, weil er nur wenige Leute bei sich habe, wenn er aber über ein großes Heer verfügte, hieße er Kaiser ebenso wie du. Und dies blieb dir im Gedächtnis für alle Zeit, den gewitzten Dieb aber hattest du zu einem Anführer in deinem Heer ernannt.

Immer hattest du Tränen in den Augen, wenn du die letzten Seiten erreichtest, wo Alexander von dem nichtsnutzigen Levcadus, dem Sohn der bösen und listigen Minerva von Makedonien, vergiftet wurde und jung noch an Jahren im Lande Jerusalem starb, sodass Olympia, seine Mutter, sich an seinem Lager erstach. So vergehen auf der Welt auch die gerühmtesten Reiche, nichtig sind sie, denn alles liegt in den Händen des Allmächtigen, des einzig Ewigen und des Rühmens Würdigen. Aber selbst wenn die ganze Welt unter den Himmeln zu Staub zerfiele, dachtest du mit einem Anflug von Widersetzlichkeit, wärst du ganz gerne Alexander gewesen, hättest du gerne die Luft durch seine Nasenflügel eingeatmet und die Truppen mit seinem Munde befehligt, hättest gerne seine Haare an deinen Schläfen wehen gespürt und die Wunder der Welt durch seine großen, ja beinahe stiergroßen Augen – wie ihn das Bild auf der ersten Seite dieses Buches vorstellte – betrachtet. Dann gingst du zu dem im Garten angebundenen Bären, der seit Jahr und Tag seine Zeit zwischen den Himbeerbüschen zubrachte, und tatst so, als strecktest du ihn mit deinem Holzschwert nieder. Das Biest, von dir abgerichtet, ließ sich auf den Boden fallen, streckte die Zunge heraus und stellte sich tot, und dafür bekam es aus deiner Hand ein paar Körner Kandiszucker.

Im Hof hatten sich die Kinder in den letzten Jahren vermehrt, denn neben den vielen Balgen der Dienerschaft hatten auch die Herrschaften und Bojaren noch welche in die Welt gesetzt, Mariţa hatte nun Ion und Zmaranda, die deine Mutter Sofiana sehr gernhatte, um die sie sich kümmerte und sie mehr verwöhnte, als es die Ammen tun konnten, die man herbeigeholt hatte, ihnen die Brüste zu reichen. Ion war auch größer geworden, zwei Jahre jünger als du, und zusammen mit den Knaben der Leibeigenen, Rumänen und Zigeuner, konntet ihr nicht genug kriegen von euren Spielen an den unzugänglichen Stellen hinter dem Gutshaus, voll mit Holundergesträuch, Baumstümpfen und Wackersteinen.

Dann zeigte sich dein wildes und tyrannisches Wesen, denn du warst bei allem Unfug, den ihr getrieben habt, der Anstifter, und die anderen Kinder fürchteten dich mehr als ihre eigenen Väter, denn deine Strafen waren härter. Aber sie liebten dich auch, denn ohne dich hätten sie nicht gewusst, was sie den ganzen Tag über hätten tun sollen. Wenn du krank warst und in der Stube bleiben musstest, versammelten sie sich auch da und kauerten sinnlos auf dem Boden, wie die Bienen es tun, wenn ihre Königin stirbt. Du erzähltest ihnen Geschichten, wenn es dunkel wurde unter den Sternen, du führtest sie durch die Waldestiefen, um zu sehen, wo sich die wilden Ziegen tränken und die Wildschweine ihr Nachtlager haben, du teiltest sie ein in verschiedene Parteien und führtest sie in den Krieg, jeder Junge auf dem Rücken eines noch kräftigeren Jungen, zerrtet und stießet ihr, bis alle auf den vom Sonnenlicht gesprenkelten Wegen lagen. In euren Schlachten warst du selbstverständlich Alexander der Große, und Kaiser Darius war stets Ion, den du immerzu im Kampfe besiegtest, du nahmst ihn gefangen, bandest ihn an einen Baum und richtetest über ihn, und nicht eben selten befahlst du, ihm zwanzig Stockstreiche über den Rücken zu verpassen, sodass der arme Herr, wenn er entkam, sogleich zu seiner Mutter rannte, das Gesicht in ihrem Schoß versenkte und mit reichlichem Tränenfluss seine Demütigung beweinte. Dann brüllte Mariţa wie besessen, bestellte Sofiana zu sich und schwor, sie mitsamt ihrem unglückseligen Todoraki des Guts zu verweisen.

»Wo hat man denn solches schon gesehen, dass der Sohn einer Dienerin den Spross des Bojaren verprügelt? So hast du ihn erzogen, zu einem Streithahn, Mondsüchtigen, Liederjan! Das ist der Lohn, dafür, dass ich euch hier beschäftige, euch nähre und tränke? Hol mir mal den unverschämten Lümmel herbei, damit ich ihn nach meinem Gesetz richte, wollen doch einmal sehen, ob ihm das gefällt! Denn ich werde schon auch eine Art Kaiserin sein!«

Für dich folgten nun Prügel auf Prügel, denn nicht nur Mariţa rammte ihre mit heiligen Ikonen bemalten Klauen in deine Wangen, verfluchte und verdammte dich, bis ihr die Stimme wegblieb, was nur der Anfang war. Dann nahm deine Mutter dich gleich auch in Empfang, der du umsonst sagtest, du hättest als Kaiser gar nicht anders gekonnt, als deine Gegner strengstens zu bestrafen, denn sie riss an deinen Koteletten und schlug dir die Wangen scharlachrot. Und am Abend, als Gligorie von der Jagd kam, schnallte er seinen breiten Gürtel ab und traktierte dir damit den nackten Hintern, bis er völlig erschöpft war, doch dann war er immer noch wütend, weil du, wiewohl dir die Tränen über die Wangen kullerten, weder geschrien noch gestöhnt hast, und hätte man dich auch in Stücke zerschnitten. »Das ist ein Teufel, kein Kind«, sagte er erschöpft und ließ in Gottes Namen ab von dir, denn damals quälte ihn schon das Krebstier im Gedärm, das ihn auch dahinraffen sollte. In den letzten Jahren hatte Gligorie keine Lust mehr auf nichts, und aus einem feschen Jüngling war ein buckliger dürrer Mann geworden, der darüber hinaus auch die Gewohnheit des Trinkens angenommen hatte, sodass Sofiana nun alle Lasten zu tragen hatte.

Wenn bei dir gar nichts mehr fruchten wollte, brachten sie dich zum Popen, damit dieser dich beschäme. Und Pope an dem Kirchlein im Dorf war zu jener Zeit seine Heiligkeit Elpidifor, ein sanftmütiger Mann mit drei mächtigen Fettringen um den Leib, sodass die Kutte ihn kaum mehr umfangen konnte, und auf dessen kahlem Kopf die Mönchskappe stets schief über dem Ohr saß. Da er auch der Dorflehrer war, der die Bauernkinder und Zigeunerbengel von deren Zeltlager um sich scharte, um ihnen die Anfangsgründe des Lesens beizubringen, liebte er die Kleinen sehr, sodass es ihm schwer aufs Gemüt schlug, wenn er an einen etwas weniger Fügsamen geriet. Dich kannte er als den Todoraki der Sofiana, die eine Landsmännin von ihm war, denn der Pope hatte sich vor langer Zeit von Thessaloniki herkommend, wo er geboren war, hier niedergelassen. Und deine Mutter war ihm lieb wie eine Tochter. Da er nicht wusste, wie er dich ordentlich für deine Missetaten rügen könnte (denn du hast vieles angestellt: Hast Zucker und Honig aus den Tontöpfen in der Küche entwendet, hast die Hähne gefangen, um ihnen die Schwanzfedern auszureißen, hast beim Knöchelspiel mit gezinkten Bleiknöchelchen betrogen, begrapschtest schon jetzt die kaum knospenden Mädchen, dass sie sich deinetwegen nicht mehr auf den Hof hinaus trauten, zerschlugst die verglasten Fensteraugen an der Veranda des Gutshauses mit geschickt geworfenen Steinen, heftetest Zettelchen mit schweinischen Wörtern den Ammen und Weibern, die mit der Wäsche zum Fluss gingen, an den Rücken, und vieles mehr), brachte er dich in die Kirche und zeigte dir deren Westwand, worauf Luzifers Sturz aus dem Himmel gemalt war.

Zur Herrlichkeit des Himmels war dort Christus auf goldenem Throne dargestellt, umgeben von den himmlischen Scharen, vor sich hielt er das Evangelienbuch aufgeschlagen, worin zu lesen war: »Ich habe den Satan wie einen Blitz den Himmel hinabstürzen gesehen.« Da war auch der Erzengel Michael mit dem geraden Lichtstrahl zu sehen, der auf die Höllenschlucht wies, worein vom Himmel her die Engel stürzten, die dem strahlendsten unter den Erzengeln bei seinem Aufruhr gefolgt waren, als er sich über den Herrgott und Herrscher über die Ewigkeit hatte erheben wollen. Die aufrührerischen Engel, die dort hinabstürzten, den Kopf nach unten und verängstigt mit den Händen und Füßen wedelten und strampelten, waren im oberen Bildteil noch strahlend und weiß wie die Milch, mit zwei, vier oder sechs Flügelpaaren, worauf sie gegen die Bildmitte zu sich in immer finsterere Wesen mit entstellten Gliedmaßen und verängstigten Blicken verwandelten, bis sie zur Hälfte schon Teufel wurden, halb aber noch Engel mit aufgefächerten Flügeln, aber auch mit Hörnern am Kopf und Hufen an den Beinen. Die noch tiefer Hinabgestürzten waren schon richtige Teufel, überall pechschwarz, mit Hauern im Mund wie die Bestien und behaart wie die Spinnen. Aber unter allen, in der tiefsten Tiefe der Hölle, kroch Skaraozki, der Herrscher der Hölle mit seinen beängstigenden Fledermausflügeln und geschuppt wie eine giftige Natter, den Blick immer noch voll stolzer Hoffart gen Himmel gerichtet, denn er konnte nicht glauben, dass er nicht mehr Satanael, die erste Blume der Schöpfung ist, der Schönste und Mächtigste aus der Schar der heiligen Engel.

»Schau, mein Junge«, flüsterte der Pope dir zu und bemühte sich, erzürnt zu wirken, »sieh und beachte, wohin Unfolgsamkeit führt! Siehst du die widersetzlichen Engel, die sich versündigt haben am Schöpfer des Himmels und der Erden, da sie Seinesgleichen sein wollten? Schau, was aus ihnen geworden ist, denn Gott schlägt nicht mit dem Stock, auch nicht mit dem Riemen wie dein Väterchen! Schau, wie ihnen das Fell auf dem Rücken gewachsen ist und wie ihnen die Hauer aus dem Rüssel ragen wie bei den Wildschweinen, und sieh, mit was für Hörnern sie nun ausgestattet sind! Schau dir diese roten hier an, und die etwas entstellten weiter unten mit ihren Hufen und Kuhschwänzen, der Herr strafe sie, diese Juden und Satane! Willst du so werden wie diese Verdammten? Oder wirst du einer wie Arie der Häretiker werden, den der heilige Nikolaus derart geohrfeigt hat, dass ihm die Zähne aus dem Mund flogen? Schau dir auch dort auf der Wand den Arius an, siehst du, wie grimmig er in seinem Feuerkleid dreinschaut? Im ewigen Feuer ist auch er gelandet mitsamt seinen Schülern und allem sonst, ebenso wie Markion, Nestor und Donatus mitsamt ihren calvinistischen Papisten, tollwütige Hunde, die den rechten Glauben verbiegen und verleugnen! Die haben ihr Leben auf dieser Welt genauso begonnen wie du, mein Junge. Sie waren böse Kinder, die nicht auf ihre Eltern gehört und schon das erste jener von Gottes Hand Moses überreichten Gesetze, die allesamt auch ein Versprechen enthielten, missachtet haben: Du sollst Vater und Mutter ehren, auf dass es dir wohlergehe und du lange lebest auf Erden! Sie brachten die Sperlinge um mit ihren Schleudern und lupften die Röcke der Mädchen, vergib mir, Herr, sie stahlen, prügelten sich, kamen mit zerrissenen Kleidern nach Hause, sodass ihre Mütter weinten, bis ihnen die Augen ausgetrocknet waren. Dann fingen sie an zu saufen und herumzuhuren. Darum kam es so weit, dass sie den Herrn ein zweites Mal kreuzigten, diesmal in ihren Herzen, und darum winden sie sich nun vor Schmerzen in der Hölle, in Feuer und Schwefeldämpfen wie ruhelose Würmer. Willst du so werden wie die? Was steckt da in deinem dummen Kopf?

Nimm dir ein Beispiel an denen, die Gutes tun«, fuhr der Pope mit hellerer Stimme fort, »denn ihnen gehört das Himmelreich: Schau dir hier die Heiligen an, siehst du diese goldenen Ringe um ihre Häupter? Siehst du auch, wie schön sie gekleidet sind, in Weiß und Zinnober und persischem Lapislazuli, welch gekringeltes Barthaar sie tragen und welch züchtige Glatzen? Glaubst du, die heiligen Johannes Goldmund, Nikolaus von Myra, Gregor der Theologe oder Germanos von Konstantinopel haben sich in ihrer Kindheit so liederlich benommen wie du? Glaubst du, die haben Fensterscheiben zerschlagen, Honig und Mohn aus den Küchen gestohlen, haben den Blinden Schemel in den Weg gestellt, damit sie darüber stolpern? Glaubst du, die heiligen Märtyrerinnen Tekla, Chiriachia, Barbara, Agapia oder Pelaghia vagabundierten durch die Wälder und hielten mit weit aufgerissenen Augen Ausschau nach Burschen, behängten sich mit Perlen und Ohrgehängen, anstatt ihren Müttern beizustehen bei den häuslichen Dingen? Weißt du denn nicht, dass alle von Gott Gesegneten ergebene und sanftmütige Untertanen sind, die für ihre Mütter und Väter zum Himmel beten?«

Wieder räusperte sich der Pater, denn seine Stimme war mittlerweile heiser geworden, und fuhr in dem Willen fort, nun so mächtig zu klingen wie Jehovas Stimme vom Berge Sinai herab, da sie die Juden erschreckte, aber es gelang ihm bloß, etwas lächerlich zu krächzen: »Theodoros, schlecht geratenes Balg, doppelt und dreifach verworfen, ich gebiete dir nun, hier in der Kirche eingeschlossen zu bleiben zwei volle Stunden, das Vaterunser zu beten und glühend zu bereuen, vielleicht wird Er, der uns alle in seinem großen Mitgefühl umfängt, dir gnädig vergeben. Wer weiß, wie lange Er uns noch erträgt, denn niederträchtig ist das Menschengeschlecht in diesem Jahrhundert geworden!« Und damit kehrte er dir den Rücken zu und schloss dich mit den Teufeln und Heiligen ein in der Kirche.

Auf dem Rand der silbernen Kiste mit dem Tabernakel sitzend, schautest du dich unruhig rings um. Die durch die schmalen Turmfenster schräg hereinfallenden Lichtstreifen schnitten das Schweigen in Scheiben. Die Teufel aus dem Blutstrom, der über die Wand floss, auf der die Hölle gemalt war, ließen dich einfach nur lachen, so zerzaust, zähnebleckend und gehörnt sie auch waren, und von den Sündern, die dort gekocht wurden, zogen allein die Weiber deine Aufmerksamkeit auf sich, denn sie waren enthüllt dargestellt, mit großen Titten und einem Fell zwischen den Beinen; sie nun in den Flammenzungen verbrennen zu lassen, war gewiss eine größere Sünde, als die sie selber begangen hatten. So gläubig sie auch immer gewesen sein mochten, den Christen, die sonntags kamen, die heilige Messe zu hören, richteten sich die ekelhaften Glieder auf bei ihrem Anblick, denn sie waren unten in der Höhe von deren lüsternen Blicken gemalt, und manchmal dachte der Pope, ob es nicht besser wäre, Vetter Sisoe, den in Ghergani ansässig gewordenen Kunstmaler, kommen zu lassen, damit er sie noch ein bisschen verhülle, sodass man ihre Scham nicht mehr sehen könne, doch da war nichts zu machen, der Kanon war nun mal so. Auch das Volk aus dem Himmelreich, das ewig mit seinen Harfen und Trompeten spielte, vermochte dich nicht ergebener zu stimmen, denn was sollte das schon zu bedeuten haben, dass man den lieben langen Tag lang auf irgendwelchen mit Silberglanz dahingemalten Wölkchen, die ihr Gewicht kaum zu tragen vermochten, vor sich hin trötet und klimpert?

Die Mauern mit dem Leben der Muttergottes und der heiligen Eltern beengten dich an den Schultern wie ein zu klein geratenes Hemd, sodass deine Blicke hinaufflogen zur Kuppel, worauf Christus Pantokrator in all seiner grenzenlosen Macht gemalt war. Der Mann in der Kuppel war Gottes Sohn, und das konnte man an der ganzen Gestalt dieses vollkommenen Mannes erkennen. Der wusste alles, verstand alles, hatte alles erlebt, bis auf die Sünde, und Er vermochte alles. In den zwei Stunden, die du dort eingeschlossen warst, verlorst du dich in Seinen Augen aus ungetrübtem Saphir. Du konntest darin keinen Zweifel und keine Schwäche erkennen, lediglich die Ruhe dessen, der ohne Sich selbst zu rühren alles bewegt, ohne ein Wort zu sagen zu jedem Herzen spricht, ohne das Schwert zu ziehen die gesamte Welt besiegt.

Wie viel Liebe und wie viel Begierde sanken dir damals ins Herz! Du hattest dich derart tief in Seine niemals blinzelnden Augen versenkt, dass du dich schließlich mit jenen bläulichen Augen von oben sahst, wie du auf der Lade saßest und zur bemalten Kuppel hoch und in Seine himmlischen Augen blicktest. Du warst eins mit Ihm und mit dem Vater und dem Heiligen Geist. So hatte sich vielleicht auch Satanael am Anfang der Zeiten gesehen, und wollte hinaufsteigen auf den Gipfel neben die drei, und hatte dabei erfahren, dass er es nicht vermochte. »Aber wenn ich …?«, hattest du leichtsinnig zu überlegen begonnen, und vielleicht wurdest du, allein weil du noch ein Kind warst, nicht sogleich dort in der Kirche für die Ungeheuerlichkeit deines Gedankens von einem Blitz erschlagen. »Warum eigentlich nicht? Kann ich denn meine Hand nicht bewegen? Kann ich denn meinem Körper keine Befehle erteilen, meinen Beinen, dem Mund und den Augen, als wäre ich ihr wahrer Gott? Kann ich denn nicht blinzeln, wenn ich will, die Lider öffnen und schließen?« Der Wille des Menschen endet an den Grenzen seiner Haut, aber, sprach Jesus, wenn sein Glaube auch nur so groß wie ein Senfkorn wäre, könnte er seine siegreiche Kraft auch auf das ausdehnen, was sich jenseits seiner Haut, der Bäume, Berge und Flüsse, der Sonne, des Mondes und der Sterne befindet. Er würde dem Feigenbaum befehlen, sich ins Meer zu verpflanzen, und dieser würde sich mitsamt seinen Wurzeln aus dem Boden reißen, sich in die Wellen begeben und dort wieder einpflanzen. Und was ist der Glaube anderes als Wille, grenzenloser Wille? Du weißt nicht, was du tust, um deinen Finger zu rühren, und kannst den Finger eines anderen nicht bewegen. Deiner aber bewegt sich nach deinem Willen. Auch weißt du nicht, wie du eine Nelke zum Erblühen bringen könntest, wenn du dies jedoch mit ausreichendem Willen wolltest, würde sich die verschlossene Knospe unter deinen Augen mit einem Mal öffnen. Du weißt nicht, wie du an deinen Mundwinkeln ziehst, wenn du lächelst: Ebenso könntest du keinesfalls wissen, wie es geschieht, da du eine Wolke betrachtest und es dir wirklich wünschst, dazu senfkorngroß glaubst, dass es möglich ist, es plötzlich mitten im Sommer aus der Wolke zu schneien beginnt. Bei Gott ist alles möglich, denn die ganze Welt ist Sein eigener Leib. Aber wenn der wollende Mensch glauben würde, er habe schon bekommen, was er will, und dies ohne die geringste Spur eines Zweifels, würde es ihm tatsächlich gegeben, und es bliebe ihm nichts mehr verwehrt.

Mitten in diesen Überlegungen, die dein siebenjähriges Kindsköpfchen nicht bis zu ihrem unreinen Ende führen konnte, war das Klacken des Schlüssels im Türschloss zu hören, du umfingst die Hüften deiner Mutter Sofiana mit den Armen und batst sie verlogen um Verzeihung. Es konnte schließlich keine Rede sein davon, dass du dich in deinem Herzen etwa hättest geläutert gehabt. Zu Beginn der nächsten Woche fingst du von neuem an mit deinen tollen Streichen, quältest den Bären wiederum, begrapschtest die Mädchen, aber lasest auch auf dem vom Atem der Kühe gewärmten Heuboden des Stalls die *Halimala* und die *Geschichte von Troada*.

Der Tatare Ghiuner, der Nacht für Nacht angekleidet und mit den Pistolen im Waffengurt vor Tachi Ghicas Tür schlief, schließlich war er für jedes einzelne Haarfädchen auf dem Kopf seines Gebieters und seiner Gebieterin verantwortlich, wurde zu deinem besten Genossen, der vertraute Gefährte deiner Geheimnisse und Geschichten. Und da er niemanden auf der Welt hatte und niemandem glich, weder den Rumänen noch den Zigeunern oder den Juden der Gegend, weil er diese schmalen, schräg stehenden Augen ohne Wimpern hatte, schwarz waren sie umrandet, als hätte er sie eigenhändig angemalt, und mitleidlos grausam wie Pantheraugen, die Wangenknochen hochstehend, und die Haut darüber glänzend, dazu einen Schnurrbart wie zwei Fädchen, die lang bis auf die Brust hinabfielen, verbrachte Ghiuner fast die ganze Zeit, die er nicht auf Wache war, mit dir, erzählte dir mit verhunzten rumänischen Wörtern alte Geschichten und sang dir in seiner Sprache heisere Litaneien vor. Er ließ dich mit seinen Pistolen spielen, deren Kolben mit Elfenbein besetzt und deren Läufe mit wunderbaren filigranen Gravuren verziert waren, auch durftest du seinen großen Kampfdolch schwingen und ihn blutrot im Licht der Sommerabende aufflammen lassen.

Sein Geschlecht, erzählte er dir, als ihr nebeneinander auf den vorderen Treppen des Gutshauses gesessen habt, war von weither gekommen, aus dem Osten, und in Horden, die jenen Teil der Welt verwüstet hatten. Sie waren halb Menschen und halb Pferde und aßen Fleisch, das sie unter ihren Sätteln und im Schweiß der Pferderücken zartgeritten hatten. Ohne Pferde fühlten sie sich nicht mehr ganz, und über deren Bäuchen waren ihre Beine derart krumm geworden, dass sie, abgestiegen, kaum mehr auf den Boden treten konnten. Wenn ihre Kinder geboren wurden, ritzten sie ihnen mit den Dolchen die Wangen, und je stärker entstellt sie auf diese Weise waren, umso mehr wurden sie von den Frauen und den Alten geliebt, die die Horden zu den Plätzen führten, die sich für die Weide ebenso eigneten wie für Plünderungen. Wenn sie auf eine Festung stießen, zündeten sie diese an und ermordeten alle, die sich darin befanden, dann zogen sie weiter, denn ihr Volk hatte keine Festungen und wusste nicht, wozu diese gut sein sollten. Sie hatten Zauberer, die fliegen konnten und das Böse aus einem herausholten, wenn man krank war, sie saugten von deinem Blut und holten dann aus ihrem Mund eine blutige Fetzenpuppe hervor, die nichts anderes als die Krankheit war, die du nunmehr, sieh an, los warst. Aber das war vor sehr langer Zeit, nur noch feigenrunzlige Alte mochten sich daran erinnern können.

Was nun ihn betraf, so war Ghiuner bei den Rumänen in Siebenbürgen zur Welt gekommen, in einem Grenzstädtchen namens Rodna, wo Maria Theresia eine Garnison hinterlassen hatte, die gegen die Tataren kämpfen sollte. Die Kaiserin wusste nicht, dass ausgerechnet in Rodna viele Tataren ansässig waren, ganze Großfamilien und Haushalte, Enkel und Urenkel derer, die ortsansässige Frauen vergewaltigt hatten, sodass diese Tatarchen geboren haben, oder jener, die sich von der Horde entfernt und in den Tälern der Someş niedergelassen hatten, um dort ihren Frieden zu finden. Die Ghiuners waren schon lange Christen, seit hunderten von Jahren, und die Rumänen vertrugen sich gut mit ihnen, denn sie waren ganze Menschen, die auch taten, was sie sagten.

Er selbst war wegen des Übels namens György Bánffy II. von Losoncz, Gouverneur Siebenbürgens, in dessen Garde er nach einer langen Militärzeit von sieben Jahren in der Kaiserlichen Armee, von der er fünf Jahre abgeleistet hatte, gelangt war, in die Walachei hinunter geflohen. An einem wolkenverhangenen Tag im Herbst des Jahres 1807, als die drei Bataillone des vierzehnten Magyar Király Honvédség Regiments in ihren schönen azurblauen Uniformen voller Tressen und Litzen, mit schwarzen Käppis und Lackstiefeln im Hof der Garnison von Aiud in Ehrenformation angetreten waren, blieb der Gouverneur, der sie inspizierte, vor einem merkwürdigen Soldaten stehen: ein tatarischer Honved, ohne Wenn und Aber, anders als die Ungarn, die sich schon seit Jahrhunderten europäisch kleideten und gaben, und nun auch europäisch aussahen. Er hatte Gefallen gefunden an Ghiuner, weil er ihm mit seiner aufrechten Soldatenhaltung und den katzenhaften Augen einen Schauder einjagte, sodass er ihn sich für die Palastgarde in seiner Residenz in Kolozsvár wünschte. Man hatte ihn auch umgehend zu seinen Diensten abgestellt, und auf diese Weise konnte der Tatare stolz und furchtlos auf einem rotgrauen Schimmel des

Grafen hinaus und über die Straßen der schönen Stadt reiten, vorbei an den großen Häusern der Adligen und den Läden der Kaufleute und unter den Augen der Frauen, die ihm von den Balkonen herab mit prüfenden Blicken folgten. Aber von denen, die ihn jeden Tag mit einem Fingerwink zu sich riefen, hatte ihm nur eine einzige gefallen, Piroska, oben rot und unten rot wie Kupferdraht, und er entbrannte in Liebe zu ihr oder, besser gesagt, er ging in die Falle ihrer süßen Arme, ohne auch nur zu ahnen, dass sie vom Grafen selbst ausgehalten wurde, der ihr ein kleines Kastell geschenkt hatte. Dort brachte Piroska den Tatarenhonved für die Freuden des Bettes hin. Offenbar fand sich dort auch eine Dienerin, die dem Gouverneur wie schon ein paarmal zuvor einiges darüber zuflüsterte, denn die Frau wechselte ihre Männer häufiger als die Tücher, die sie um den Hals trug. Der Graf hat den niederträchtigen Ghiuner aus seiner Garde geworfen und anschließend mit kaltem Hass verfolgt, und als er zwei Jahre darauf, so besoffen, dass er kaum mehr etwas von sich selbst wusste, jemanden in einer Kaschemme umbrachte, war die Garde sofort zur Stelle, noch bevor er zum zweiten Mal das Schwert erheben konnte. Sie haben ihn verurteilt und beschlossen, ihn nicht schnell umzubringen, mit einer Kugel oder dem Strang, sondern langsam und um einiges qualvoller, als er es sich vorstellen konnte, und zwar in Tordai Sóbánya, das man nur mit den Beinen voran und mit gänzlich veränderter Haut – wie die der Doraden in Salzkruste – wieder verließ.

Dort in Turda befand sich das Salzbergwerk, in dem die Verworfenen dieser Welt schon vor ihrem Tod die Hölle kennenlernten. Durch eine lange Folge von Stollen gelangte der Konvoi der Sträflinge in den Untergrund, und das spärliche Fackellicht in diesen Stollen ließ die Salzwände der Gänge wie graues Glas funkeln, das zerfurcht war durch Kratzer der Drachen aus den finsteren Tiefen. Immer tiefer stiegen sie hinab, stundenlang, bis sie in dem Salzdunst, der einem die Lungen verätzte, nicht mehr wussten, wo sie sich befanden. Da und dort weiteten sich die Stollen, und es zeigte sich ihnen eine in die Salzwand gehauene Ikone der Muttergottes. Oder aber es begegnete ihnen eine Salzsäule mit dem Antlitz des heiligen Anton, dem Schutzpatron der Grube. Sie fanden jedoch keine Zeit, sich jene Ikonen genauer anzuschauen, denn die Wachsoldaten hatten die Bajonette an ihren Flinten aufgepflanzt und scheuten sich nicht, sie in die Schultern und Hüften derer zu rammen, die nun ohnehin für die weiße Welt verloren waren. Dann aber, als die Unglückseligen schon dachten, in den nicht enden wollenden Gängen ihr eigenes Ende zu finden, öffnete sich vor ihren vom Salzstaub irritierten Augen mit einem Mal eine Halle, deren Größe und Pracht nicht in ihren hoffnungsleeren Verstand passen wollte.

Jenseits des heiligen Himmelszelts erschien Ghiuner der riesige Saal mit den Salzwänden, in den er von oben her, knapp unterhalb seines gewaltigen Plafonds hinabschaute, größer als alles, was man jemals auf der Welt sehen könnte. Ein Sträfling, der in Istanbul gewesen und in die Hagia Sophia gegangen war, die herrlichste Kirche, die jemals errichtet worden ist, und seine Pantoffeln beim Eingang hatte stehen lassen müssen, denn der große Dom der Christenheit war längstens in eine Moschee verwandelt worden, sagte damals, das Salzbergwerk Rudolf, worüber sie sich befanden, sei noch umfassender. Sie sahen es nun von oben und von zwei gewaltigen Feuern erleuchtet, als wäre es der Thronsaal des Satans. Im Hintergrund wuselten ameisengleich die Sträflinge und schleppten Körbe voll Salzgestein auf den gekrümmten Rücken. Der Konvoi musste nun noch dreizehn Stockwerke über eine hölzerne Wendeltreppe hinabsteigen, um auf den Boden des Saales zu gelangen, der sich ihnen jetzt erst in all seiner Großartigkeit und unvergleichlichen Schrecklichkeit darbot. In der Kälte und zwischen den schier undurchdringlichen Schatten der gewaltigen Höhle boten sich an den Wänden unter einer gut hundert Klafter hohen Decke kolossale Salzstatuen dar, kräftig wie Tempelsäulen und bis hoch an die Decke reichend, nackte Frauen stellten sie dar, Heilige und Teufel, die Kaiserin Maria Theresia und Kaiser Rudolf II., Napoleon und König David, wie er die Harfe spielt, Adam und Eva unter dem Apfelbaum und die Schlange zwischen den Blättern, Judith, wie sie Holofernes den Kopf abschlägt, Amlet mit dem Skelett in der Hand und andere, die noch nicht vollendet waren, kopf- und namenlose Gestalten darstellten, die aber große Flügel wie von Erzengeln und Elefantenrüssel hatten. Dazwischen gab es keine Handbreit Wand, in die nicht ganz und gar entsetzliche Fratzen geritzt worden wären, solche, die sich einem in den schrecklichsten Albträumen zeigen, mit den laszivsten Vereinigungen, mit verzweifelten Gesichtern, die brüllten, als würden sie von prasselnden Flammen verzehrt. Sämtliche Salzwände waren lebendig, sie schrien, stöhnten, stotterten und wanden sich unter den darin erstarrten Gestalten, vielfach von den Gefangenen dort in das graue Glas gehauen, dass einem, so man noch seinen Verstand beisammenhatte, dieser hier wie im tiefsten Höllengrund verging. »Uns hat die Erde verschluckt, wie Korach und seine Söhne! Wir sind auf dem tiefsten Erdengrund!«, jammerte ein in die Knie gegangener ehemaliger Pope und rief damit schallendes Gelächter bei den älteren Sträflingen der Salzgrube hervor. »Bis dahin, Pope, ist's noch ein Stück«, erwiderte ihm einer von ihnen, und wahrhaftig, nachdem er in Ketten den Saal durchmessen hatte, begann der Konvoi wieder auf einer schmalen, sich windenden Leiter hinabzusteigen ins Fleisch der Saline.

Denn dreizehn Stockwerke unter dem Fußboden des Rudolf-Saals befand sich der Ort ihrer Plage, an dem Blut gespuckt und der weiße Salztod gefunden wurde, und dieser wurde Theresia-Saal genannt. Dies war der tiefste Grund. Dort konnte man eine noch größere Halle sehen, in welche die Sankt-Peters-Basilika aus Rom hineingepasst hätte, und die in ihrer Mitte einen weit sich hinstreckenden See hatte, worauf schwarz geteerte Boote, wie Charons Nachen aus uralten Zeiten, Sträflinge von einem Ort zum anderen hin und her fuhren. In den Wassern schwebten die Leichen der Sträflinge, denn das Salz ließ sie nicht zu Boden sinken, auf dem Bauch liegend die einen, andere auf dem Rücken und wieder andere mit rosinentrocknen Köpfen über der Wasseroberfläche. So konnte man sie im See liegen sehen, wenn die Lichter bis in seine Tiefen hinabreichten. Im Licht der Fackeln, die die Wellen aufglühen ließen, reckten Fische ihren anscheinend nur aus einem Kopf mit einem Maul voll langer und spitzer Nadeln gemachten Leib aus dem schwarzen Wasser. Durchscheinende blinde Spinnen, so lang wie ein Männerarm, krochen überall auf den Wänden und fahle Riesenläufer mit tausend Beinen.

Dort schlug der Tatare Ghiuner zwei endlose Jahre lang das Salz aus den Wänden, bis ihm alle Kraft aus den Gliedern gewichen war, dort grub auch er mit etlichen anderen ein Letztes Abendmahl in die Wand, Christus umgeben von den Aposteln, allesamt gut fünfmal so groß wie ein erwachsener Mensch, genau zu dem Zeitpunkt, in dem Er, in seinem Innern erzürnt, zu ihnen sagte: »Einer von euch wird mich verkaufen.« Ghiuner war die Aufgabe zugefallen, bei dem großen, auf der Ostwand dargestellten Werk, das Antlitz des heiligen Johannes in das Salz zu meißeln, des jüngsten und am meisten geliebten unter den Aposteln, das sich vor die Brust des Erlösers geneigt hatte, und der junge Mann gestaltete es nach dem Gesicht eines Mädchens aus Rodna, das er in seiner Jugendzeit gerngehabt hatte, als er selber noch beinah ein Kind war. Die Besucher jenes Höllenschlunds, ungarische Grafen und Weibsen in Pelzen, beschützt von Soldaten, staunten über diese großartige Steinmetzkunst, die solches Salz in Paros-Marmor verwandeln konnte, und beschenkten die Unglückseligen – deren keiner sich mehr erhoffte als vier, fünf Lebensjahre – mit ein paar Kreuzern und Wein aus Kövérszölo. An einem gesegneten Tag betrachtete eines jener in Zobelpelz gehüllten Weiber lange das von dem Tataren angefertigte Antlitz, denn jener engelsgleiche Johannes mit seinen süßen und durchscheinenden Wangen hatte sie wie ein Pfeil geradewegs ins Herz getroffen. Die Frau, die aus ihren Jugendjahren noch einigen Schönheitsschmelz sich bewahrt hatte, fragte nach dem Sträfling, der den Evangelisten Johannes gemeißelt hatte, und dieser wurde ihr in Lumpen, mit schütterem Tatarenbart und mit Augen, die wie schwarze, äußerst zusammengekniffene Striche aussahen, vorgeführt. Ghiuner erfuhr von der Gräfin, dass eine Zigeunertruppe, die durch Hajdúszoboslό gezogen war, vor vielen Jahren ihre damals neun Jahre alte Tochter geraubt hatte, und dieses in das Salz gehauene Antlitz sei ihre ikonische Verkörperung. Unter größter Geheimhaltung verabredeten die beiden einen Handel, und als alle Rädchen geschmiert waren, derer es bedurfte, holte die Gräfin Ghiuner aus dem Bergwerk heraus, und dieser führte sie nach Rodna, wo die Frau ihre Tochter, nunmehr mit einem Rumänen verheiratet und zwei kleinen Kindern in einem Haushalt bei anständigen Leuten lebend, wiederfand. Der Tatare aber überquerte das Gebirge hinunter in die Walachei, um dem Hass von György Bánffy zu entgehen und seine Spuren gründlich zu verwischen, dort trat er dann nach einer Weile in den Dienst des Herrn Steuereintreibers Tachi.

Kurz bevor ihr nach Bukarest gegangen seid, wo Tachi seine Häuser hatte, in die er umzog, wenn ihn in der Einöde von Ghergani die Langeweile überkam, im grausamen Winter des Jahres 1827, fuhrt ihr, du und Ghiuner, im Schlitten über die flache weite Schneefläche, die Dörfer und Marktflecken der Walachei bedeckte, nachdem es zwei Monate lang Tag und Nacht und ohne auch nur eine Stunde innezuhalten geschneit hatte. Nur noch die am höchsten aufragenden Äste der Bäume und die Kirchenkreuze waren wie schwarze, fleischlos aus dem sieben Klafter hohen Schnee herausragende Hände zu sehen, der Dörfer, Menschen und Vieh begraben hatte. Seit drei Tagen hatte der Schneefall aufgehört, und ihr fuhrt wie auf Wolken unter einem klaren, aus strahlendstem Saphir gehauenen Himmelszelt dahin. Kräftig brannte die Sonne zum Ruhme des Himmels herab und streckte eure Schatten wie Gnomone vor euch hin über die kleinen Wellen rosigen Schnees. Obwohl sie ohne Eile im Schritt gingen, stieben die Pferde Dampfwolken aus ihren Nüstern. Ihr wart unterwegs, das in der ganzen Gegend berühmte Krippenspiel von Sălcuţa zu besichtigen, das stets vor dem Weihnachtstag aufgeführt wurde und von vielen Menschen, die allüberallher kamen, besichtigt wurde, denn es war keine Kleinigkeit, die drei Weisen aus dem Morgenland zu bestaunen und König Herodes mit seinen Bojaren, schließlich fühltest du dich dabei so, als wärest du selber in dessen Palast gewesen, als man ihm die Geburt dessen, der ohne Anfang ist, mitgeteilt hat. Und weil der Weg lang war, hattet ihr euch, vom Heulen der hungrigen Wölfe verängstigt, aufs Erzählen verlegt. Du hattest die Pistolen aus seinem zwei Handflächen breiten Hüftgurt gezogen und tatst so, als wolltest du sie auf die Bestien des Waldes abfeuern, als Ghiuner anfing, dir die Geschichte von Arcoş Pascha zu erzählen, die dir noch lange nachgehen sollte.

Dieser Arcoş Pascha war ein alter Tatare, ein berühmter General, der in allen Schlachten siegreich war. Und eines Tages hatte er Boten in alle

Weltgegenden geschickt, die ihm berichten sollten, ob noch eine Macht oder ein Besitztum sich vor ihm zu erheben erdreisten könnte. Und die Kundschafter waren allesamt mit guten Nachrichten zurückgekehrt: Arcoş Paschas Wille fand keinen Widerspruch mehr. Alle Größen dieser Welt, Kaiser und berühmte Potentaten waren unterworfen, man hatte ihnen die Daumen und großen Zehen abgeschnitten, und nun krochen sie unter seinem Tisch herum und suchten sich dort ihr Essen zusammen. Einer der Boten, den man an den äußersten Rand der Welt in eine wilde Gegend namens Walachei geschickt hatte, fehlte jedoch. Dieser war sehr viel später zurückgekehrt und hatte dem General mitgeteilt, in der Walachei herrsche Frost, ein so unbesiegbarer wie angstfreier Krieger, der den Befehl seines Herrn, sich ihm zu unterwerfen, mit verächtlichem Lachen quittiert habe. Da er diese noch nie zuvor vernommene Nachricht hörte, kannte die Wut des Generals keine Grenzen mehr: Er befahl, den Boten an Ort und Stelle bei lebendigem Leib zu häuten, und dann, als er sich an dessen Gebrüll gütlich getan hatte, begann er, seine Streitmacht zusammenzustellen. Er versammelte vierzigtausend Reiter und achthunderttausend Soldaten zu Fuß, dazu zweitausend Leoparden, vierhundert Elefanten und dreißig Zauberer, die über das Wasser gehen konnten, als gingen sie über festen Boden, auch konnten sie durch Berge hindurchschauen und sehen, was sich jenseits im dahinter liegenden Tal befand. Vier Jahre lang reiste er mit ihnen, zog durch unbegehbare Wüsten und böse Orte voll wilder Tiere, sie stiegen auf tausende Schiffe mit geblähten Segeln, um über die Meere zu fahren, überquerten den Hellespont auf den Brücken der Schiffe, und lagerten ein halbes Jahr später vor dem mächtigen Donau-Strom, auf dessen der Mitternacht zugewandter Seite der Herrschaftsbereich des Frosts lag. Die Donau hatten sie stocksteif gefroren vorgefunden, wie einen dicken Diamanten, der ihr gesamtes Bett ausfüllte. Und weil das Eis klar und rein war, konnte man in ihren Tiefen alle Fische und alle Ertrunkenen sehen und alle untergegangenen oder versenkten Barkassen von der Erschaffung der Welt an und bis auf jenen Tag, erstarrt wie das Eis sie gepackt hatte.

Sie verweilten eine Zeit lang am Ufer, um nach der langen Reise wieder zu Atem zu kommen, und dann schickte Arcoş Pascha die ersten Regimenter los, den irren Hochmut dessen zu brechen, der sich mit seiner Kühnheit, ihnen die Stirn zu bieten, selber dem Untergang verschrieben hatte. Die Truppen überquerten den Strom auf dem grünlichen Glas und drangen tief hinein in die unter Schneemassen liegende walachische Ebene. Sie waren etwa drei Poststationen weit vorgedrungen, als der Nordwind zu wehen begann, den Schnee hinwegfegte und die Himmel über ihnen eintrübte, dazu brachte er Vereisungen und einen Sturm, wie sie es noch nirgends auf der Welt gesehen hatten. Vergeblich all das tapfere Vorgehen der Heerscharen, die ihre Pfeile ins Zentrum des Sturmwinds verschossen, dann mit den Flinten die östlichen Winde ins Visier nahmen, um anschließend Feuer anzuzünden, um sich daran zu erwärmen: Es brauchte nur wenige Tage, und die Soldateska war stocksteif erfroren. Da er nun keine Nachricht mehr von ihnen hatte, schickte Arcoş Pascha andere Regimenter los, die sich auf die Spuren der Vorausgegangenen machten. Diesen neuen Soldaten zeigten sich auf ihrem Weg durch den Schnee grausame Bilder: Ihre vom beängstigenden Odem des Frosts erfrorenen Kameraden standen aufrecht in der Landschaft oder kauerten rings um die verloschenen Feuer, hunderte Löwen und dutzende Leoparden in ihren Todesängsten waren eingefangen vom Eis. Ein ganzes Feld voll, eine ganze Welt voller Statuen, allesamt erstarrt in Gesten der Angst und Verzweiflung, der Salzsäule gleich, worin Loths Weib in alter Zeit verwandelt worden war. Da packte sie ein entsetzliches Grauen, und sie beeilten sich, umzukehren, aber der Frost mit seinen unsichtbaren Truppen, mit den Pfeilen und Lanzen und Kanonen und den Flinten von Eiswind und Sturm erfasste sie mit einem Mal, indem er Tag und Nacht blies, bis auch diese Truppen in Menschen aus Glas verwandelt waren, die bei der geringsten Berührung in unzählige Splitter zersprangen. Der gesamte Landstrich der Walachei war nun voll von ihnen, und der Frost, der Herrscher über diese Gegend, lachte wild in seinen Himmeln, ohne Angst und ohne Erbarmen schaute er herab auf seine zugeschneiten Dörfer und Marktflecken.

Arcoş Pascha zerbiss sich den Bart vor Zorn und Unvermögen, denn auch die zweite Streitmacht, stolzer und zahlreicher als die erste, war nicht mehr zurückgekehrt. So beschloss er schließlich, trotz seines großen Verdrusses mit allem, was ihm noch zur Verfügung stand, bis zum letzten Mann und letzten Tier, in das Land einzudringen. Er hatte schließlich auch seine stets unbesiegten Elefanten sich noch zurückbehalten, die nun das Eis der Donau zumeist auf den Bäuchen und von den Soldaten darüber weggezogen überquerten, denn auf ihren weichen Sohlen glitten sie aus, stürzten und brachten die Bogenschützen in den Türmen auf ihrem Rücken um. Diesmal zogen sie eine Strecke von sieben Poststationen auf das Herz der Walachei zu, und nichts geschah, und Arcoş Pascha freute sich, obwohl er rechts und links des Weges hunderte und tausende Eissäulen stehen sah, die einmal seine Soldaten gewesen waren. Doch dann, als am Horizont die Berge zu sehen waren, entfesselte der Himmel seinen Zorn, und der grausamste Eissturm begann, die Heerschar an den Rändern zu zerfetzen. Er gab den Legionen den Befehl voranzustürmen, die Jatagane zu schwingen, um dem Sturm die Nerven und Venen zu durchtrennen, den Wind mit den Säbeln zu zerstückeln und die Schneemassen mit den Bleikugeln aus den Büchsen erbleichen zu lassen. Doch all der Eifer der Truppen war vergeblich, sie erfroren in tapfer sich gebenden Haufen, worin sie Fahnen in die Höhe reckten und mit ihren Säbeln himmelwärts drohten. Aus den Wolken mitten im Kreuz des Himmelsbogens blies der Frost aus geblähten Backen mit einer derartigen Wucht auf sie herab, wie sie keine Streitmacht der Welt hätte ertragen können. Als Erste verendeten die Elefanten, sie stürzten auf den Schnee, dass die Erde bebte, und erfroren dort auf der Seite liegend, wie riesenhafte Hügel. Die Truppen rings um sie gruben Unterstände in die Schneemassen und lagerten dort zu vielen, um sich aneinander zu wärmen. Dort traf sie der grausame, von der rohen Naturgewalt herbeigeführte Tod.

Nach zehn Tagen des Kampfes gegen den Frost waren Arcoş Pascha nur noch einhundert Reiter geblieben, die tapfersten, die schon das Schicksal vieler Schlachten entschieden hatten. Mit ihnen hoffte der General, bis zum Ende durchzuhalten und zu siegen. Aber die Walachei war nur ein Grab aus Schnee, und die Wölfe umringten sie wie Teufel mit

Reißzähnen und zerfetzten den Pferden die Beine. Als der Frost ein letztes Mal mit verzehnfachter Gewalt und fauchend wie ein wütender Drache loslegte, befahl der Pascha, jeder Reiter solle sein Pferd aufschlitzen und in seinem heißen Bauch zwischen den verschlungenen Därmen Unterschlupf suchen. Hundert Pferde vergossen ihr Blut im Schnee, und hundert Tataren zogen sich nackt aus und kauerten sich, wie Kleinkinder im Mutterleib, in ihren aufgeschlitzten Bauch. Auch Arcoş Pascha tat das Gleiche und brachte seinen alten und hageren Körper in seinem Hengst unter, mit dem er in unzähligen Schlachten gesiegt hatte. Der Frost schien nun keine allzu große Macht mehr über sie zu haben, sie aber, zum ersten Mal Wärme verspürend nach Monaten des Frierens, schliefen mit dem Finger im Mund ein und träumten vom Paradies mit seinen Huris und Bergen aus süßem Brei, die dort der Gerechten harrten. Das Erfrieren erfasste sie nun gemächlich, wie auf Zehenspitzen, und es drang ihnen bis in die Herzen, die zuletzt erkalteten. Und auf diese Weise, träumend und phantasierend, schied von dieser Welt auch der unbesonnene Arcoş Pascha, der in seinem Wahn geglaubt hatte, er könne den Herrscher über die wilde Walachei überwinden, den Frost.

Der Anblick der über der Schneefläche zusammengebrochenen Pferde in je einer Blutlache und mit ringsum verspritzten Blutstropfen, die schon steinhart gefroren, während in ihren Bäuchen die Soldaten, nackt und gebückt, noch am Leben waren, hatte sich so tief in deine Seele eingeprägt, dass er dir sogleich wieder einfiel, als Joshua dir erzählte, wie er im Bauch des Wals gehockt hatte, dabei war er nicht der Prophet Jonas, sondern bloß Schiffsjunge auf einem Schiff, das Pottwale an der Küste Patagoniens fing. Der Schlitten glitt weiterhin über die weiße Landschaft, während es allmählich Abend wurde und ein durchscheinender Mond geisterhaft an einer Seite der Himmelskuppel aufging. Nach einer Weile des Schweigens hattest du dich entschlossen, deinem Freund die Geschichte zu erzählen, die dich bis dahin am meisten beängstigt hatte, schlimmer noch als die Geschichten von den Elfen und den Menschen, die sie raubten, und die erst nach Jahrhunderten wieder zurückkehrten auf die Welt. Es war die Geschichte mit den vertauschten Häuptern aus der *Historie des*

Kaisers Skinderiu, die dir dieses Buch dermaßen abscheulich werden ließ, dass du es niemals mehr zu Ende gebracht hast.

8

Lobet den Herrn, der das Universum trägt, und Seinen Sohn, Jesus Christus, durch den alles geworden ist und ohne den nichts geworden wäre, und den Heiligen Geist, der vom Vater ausgeht und vom Sohne herkommt, wir glauben und rühmen die Dreieinigkeit, den einigen Gott, Vater und Sohn und Heiligen Geist.

Auf diese Weise hatte das heilige Buch *Kebra Nagast* seinen Anfang genommen, der Grundstein der Äthiopisch-Orthodoxen Tewahedo-Kirche sowie das Zeugnis jener 318 orthodoxen Priester von der Größe und Herrlichkeit Gottes und Seiner Schöpfung. Wo geschrieben steht, wie Er ganz am Anfang, vor jeder Erschaffung, die Festung Seiner Größe errichtet hat, das himmlische Zion, das Er dann mit Seinen Engeln bevölkert hat. Dann wurde Adam geschaffen, denn Jesus hatte schon vom Beginn der Welt an Seinen Plan für die Unendlichkeit festgelegt: »Ich werde Mensch werden und in allem hausen, das Ich geschaffen habe, werde im Fleische wohnen.« Und so geschah es: Im zweiten Zion, dem Irdischen, hat Christus sich verkörpert und ist zum glorreichen, strahlenden Erlöser des Menschengeschlechts geworden.

7348 Jahre waren von der Erschaffung der Welt bis zu jenem schon heißen Morgen vergangen, an dem du dich beeiltest, im Kloster bei Debre Tabor, das dir aufgrund seines Mitleids für Fremde (»weil auch ihr fremd wart im Lande Ägypten«) Unterkunft gewährt hatte, in den Saal der Schreiber zu gelangen, um dich Tag für Tag in die Studien der heiligen Bücher zu vertiefen und die Freuden des mönchischen Lebens. All diese Jahre im Leben der Welt waren allein darum vergangen, dass du erlöst werdest, und sie hatten sechs Zeitalter erlebt: von der Erschaffung Adams bis zur Sintflut 2262 Jahre; von der Sintflut bis zum Auszug der Söhne Israels 1632 Jahre; vom Auszug bis zum Bau des Tempels zur Zeit Salomons 601 Jahre; von der Errichtung des Tempels bis zur Versklavung Jerusalems 424 Jahre; von der Versklavung bis zur Geburt unseres Herrn Jesus Christus 589 Jahre; und von der Geburt des Erlösers bis zu dem Augenblick, in dem du, sieben Jahre lang im Archipel von Winden und Stürmen geschlagen, im Alter von 22 Jahren, die du wie fünfzig empfandst, denn da gab es keinen Knochen in dir, der dich nicht schmerzte, als Lehrling ins Kloster eintratst wie in einen Hafen mit ruhigen Wassern, waren im Weltenlauf 1840 Jahre fortwährender Kämpfe in der Seele der Menschen zwischen dem Erzengel Michael und dem Satan vergangen, die von Königen und Päpsten verkörpert wurden, von Bischöfen und Rittern, und Jungfern und Bauern und Kaufleuten und Halsabschneidern, die nunmehr allesamt Staub der Erde waren.

Debre Tabor, wo dich vor drei Monaten deine erschöpften Beine hingetragen hatten, während König Otto von Griechenland die griechischen Inseln nach dir und deinen Freibeutern durchsuchen ließ, war eine heilige Stadt, auf dem Kamm des Gebirges in einer zerklüfteten, wilden Gegend errichtet. Als Ras Gugsa aus Yejju einen passenden Ort für eine Festung suchte, die nicht von der widerwärtigen Doktrin des Qibats sollte unterworfen werden können, welche auf dämonische und lügenhafte Weise besagte, Gott sei erst in den Menschen Jesus eingefahren, nachdem dieser durch den Heiligen Geist getauft worden sei, was zu unendlichen Kriegen in Äthiopien geführt hatte, zeigte sich in den Himmeln ein wahres Wunder. Da gab es eine silbrig glänzende Wolke, die sich vom Mittag zur Mitternacht hinbewegte und über einer gebirgigen und bewaldeten Stelle einen Regen von Blut und Fleischstücken hatte niedergehen lassen. Dieses Wunder, hatte Ras Gusa von seinen Gelehrten erfahren, glich dem berühmten Gabentisch der Sonne neben der Stadt Meroë aus alter Zeit – ebenfalls im gesegneten Äthiopien. Dort, auf einer Wiese neben der Stadt, sprossen aus dem Boden selbst jeden Morgen unzählige Leckereien, gebratenes Fleisch aller Art, Gebäck mit Ziegenkäse und allerlei Gräser, woran jedermann eingeladen war, es sich gütlich zu tun. Aber hier im Gebirge war das eingesammelte Fleisch weder vom Schaf noch vom Rind, weder vom Schwein noch vom Elefanten oder Hippopotamus, auch von keinem anderen bekannten Tier, und die Sklaven, denen man davon zu essen gegeben hatte, starben unter Qualen. Genau an dieser heiligen Stelle ward die Festung errichtet, und daneben hatte man das Kloster in den Felsen gehauen, worin man in einem Kelch aus Porphyr eine blaue Niere aufbewahrte, die damals mit dem Blutregen vom Himmel herabgefallen war. Die heilige Niere blieb zwei Jahrhunderte lang eine der ranghöchsten Reliquien des Landes, aber auch sie ging in dem Feuer zugrunde, das zwei Jahre nach deiner Ankunft das Kloster zerstören sollte.

Der Ort des Gebets folgte nicht dem Typus der äthiopischen Klöster, die in die Erde gegraben worden waren, dieser erhob sich nach Art der byzantinischen Klöster, die aufgerichtet, verputzt und über dem Verputz meisterlich bemalt waren. Die Mönche hatten ebenholzschwarze Haut und trugen Kutten aus gelbem oder zinnoberrotem oder heuschreckengrünem Stoff und Kalotten der gleichen Farbe. Sie waren bärtig, zahnlos, hatten rosinenrunzlige Gesichter und schienen so alt wie die Welt zu sein. Viele hatten das Jahrhundert überschritten und saßen von Gott vergessen in ihren Nischen herum. Sie lasen in riesigen Scharteken mit gewellten und zerschlissenen Blättern, schwarz von den mit Spucke angefeuchteten Fingern, die das Umblättern besorgten. Sie waren nicht eben leicht von den wie sie selbst gemalten Heiligen zu unterscheiden, wenn sie sich an die Klosterwände lehnten. Anfangs glaubtest du noch, sie seien unendlich weise. Tilahun Woldemichael, der Prior, der dich im Kloster empfangen hatte, ohne dich nach irgendetwas aus deinem Leben zu fragen, allein aus christlicher Pflicht, hatte dir mit seinen schwarzen Augen, die von dunklen Ringen umzogen waren, in die Augen geschaut und in seiner Sprache, von der du damals trotz deines Lerneifers zu wenig verstandst, gesagt: *»Der Prophet Jesaja hat vorausgesagt: Ihr erinnert euch nicht an das Vergangene und gedenkt auch des Geschehenen nicht; seht, Ich werde etwas Neues tun, das nun sogleich erscheinen wird, so wisset also, dass Ich einen Weg durch die Wüste schaffen werde, wo das Wasser reichlich sprudeln wird; die Tiere des Feldes werden Mir folgen, ebenso die Vögel und Strauße. Denn Ich habe das Wasser in der Wüste fließen lassen, sodass Ich Mein Volk und die Auserwähl-*

ten werde laben können, dass die Meinen mir huldigen und Meinen Befehlen folgen.«

Du brauchtest eine Weile, um die blumige Schönheit des Amharischen zu erfassen und das heilige Buch *Kebra Nagast* zu lesen, um daraus zu erkennen, dass die überaus frommen Mönche des Klosters nicht über die Freiheit verfügten, ein eigenes Wort zu äußern. Sie sprachen nur in den Worten des heiligen Buches, worin sie, da sie es von Deckel zu Deckel auswendig konnten, die zu jeder Gelegenheit passenden Wörter vorfanden. Alles, was auch immer sie redeten, wenn sie ihre alltäglichen Speisen zubereiteten und zusammen palaverten, wenn sie zum Markt gingen, Eier zu kaufen oder Feigentörtchen, war Wort für Wort dem *Kebra Nagast* entnommen, denn alle Weisheit befand sich darin, was aber nicht darin vorkam, hatte mit Weisheit nichts zu tun. All dies setzte die vollständige Kenntnis des Buches voraus und eine große Meisterschaft im unverzüglichen Auffinden der passenden Worte, ob man nun loben oder verdammen wollte, ja sei es auch nur, dass dir etwas aus deiner Jugend einfiel. Eine Weile lang bemühtest auch du dich, in von anderen schon gesprochenen Worten zu sprechen, dann überantwortetest du solches dem Herrn, denn nicht um Mönch zu werden warst du in die südlichen Gefilde der Welt gekommen. Die sieben Buchstaben des Wortes SAVAOTH, wovon du in der Walachei Kenntnis bekommen hattest und die du im Archipel aufsuchtest, hatten dich hierher gelenkt, um deinen dreifachen Lebenssinn auf dieser Erde zu erfüllen. Bald schon redetest du nur noch mit den jungen Studenten oder mit solchen, die fremd waren wie du und aus allen möglichen Gegenden herbeigekommen waren, um im gesegneten Äthiopien den größten Reichtum zu finden, auf den der Mensch hoffen kann: ein ungetrübtes Herz.

Im Saal der Schreiber angekommen, die mit ihrer Tinte aus Eschenbeeren und Gallapfel sowie einem heiteren und leuchtenden Zinnoberrot für die ausgemalten Großbuchstaben endlos Manuskripte abschrieben, setztest du dich wie gewöhnlich in deine Ecke neben ein auf die Hügel mit Sykomoren voll roter Früchte hin geöffnetes Fenster und schlugst auf deinen Knien die uralte Schwarte *Kebra Nagast* bei der Seite auf, bei der du sie einen Tag davor zugeklappt hattest. Du hattest schon vom Ruhme der Könige gelesen, über den ersten König, der Gott war, und den zweiten, der Adam war, über Enoth, der in den Himmel entführt worden war, damit er des Todes nicht ansichtig würde, sodass er »König der Lebenden wurde«, über Noah, der gelebt hatte, als die Menschen in der Verderbtheit ihrer Unreinheit dahinlebten, denn »der Mann trieb Unzucht mit dem Manne, und das Weib verübte die üble Tat mit dem Weibe«, über Zion, den Tabernakel des göttlichen Bundes und die Schatten der Kommenden. Die Bundeslade, von ihnen Zion genannt, glich nach dem einstimmigen Zeugnis der 318 orthodoxen Erzbischöfe der Erlösermutter, denn so wie im himmlischen Zion die von Gottes Hand geschriebenen zehn Worte des Gesetzes geborgen sind, hatte Er selbst, der Schöpfer, durch den alles erst Wesenheit wurde, im Bauch der Reinen Mutter gehaust. Und du lasest weiter, wie Gott in Anerkennung ihrer Treue sein Bündnis mit Abraham, Isaak und Jakob schloss und anschließend Moses beauftragte: »Mache einen Kasten aus unverweslichem Holz; du sollst es mit lauterem Gold überziehn und darein tun das Wort des Bundesgesetzes, das ich mit meinen (eigenen) Fingern geschrieben habe, auf dass sie mein Gesetz, die beiden Tafeln des Bundes, bewahren.«

Die heilige Lade war wunderbar, da sie vom göttlichen Geist geformt war. Lange verweiltest du bei der Seite im Buch von der Herrlichkeit der Könige, auf der die Bundeslade, der heilige Gegenstand, von dem du während deiner gesamten Kindheit, seitdem du zum ersten Mal einen fahlen Schatten eines Schattens davon in der Kirche von Ghergani in Gestalt einer kleinen silbernen Kirche, die der großen nachgebildet war, erblickt hattest, und worin sich nicht die Gesetzestafeln, sondern die verweste Kinnlade eines bulgarischen oder griechischen Märtyrers befand, von dem niemand jemals gehört hatte, in den beseeltesten Worten, die du jemals vernommen hattest, vorgestellt wurde. Du träumtest während der sieben verwegenen Jahre, die du auf den türkisen und smaragdenen Wassern zwischen den hellenischen Eilanden herumirrtest und Briefe an deine Mutter Sofiana schriebst über die Wunder jener Gegenden, über die singende Flotte und die Bewohner der auf deine Brust gerichteten Kugel im Golf von Potamos, und über den-der-alle-Bücher-geschrieben, und über die meisterhaft von Sisoe bemalten Segel der Schiffe, und über deinen Aufstieg in Bojaren- und Militärrängen, und so viele weitere keusche Täuschungen, da du sie belogst, damit sie sich freue, denn du konntest ja schlecht schreiben von deinen täglichen Morden und Plünderungen, denn in all diesen Jahren hattest du immerzu den Traum von der Bundeslade im Kopf.

Hier aber, im Kloster nahe Debre Tabor, den gesegneten, im Pronaos dargestellten heiligen Gregor zum Schutzpatron, begegnetest du in dem unschätzbaren heiligen Buch der äthiopischen Tewahedo-Kirche einer derart wunderbaren Verkörperung dessen, was sich in der Bundeslade befand, dass Enthousiasmos, der Gott der Glückseligkeit, dir das Herz erfüllte und du es in deiner eigenen Haut nicht mehr aushieltst vor begierigem Streben nach jener Sache, die dich erheben konnte über die Könige und Erotokriten der Welt, da die Heiligkeit Ruhm und Leidenschaften erblassen lässt. Sosehr du auch in den Lehren und Geschichten der *Kebra Nagast* fortgeschritten sein mochtest, kehrtest du doch jeden Tag zurück zu der einen Seite, die zweifellos der Geist selbst inspiriert hatte:

Die himmlische, geistige darin (das himmlische Vorbild der Bundeslade) ist von wunderbarer Farbe und Arbeit, ähnlich dem Jaspis, dem Glanzerz, dem Topas, dem Edelstein, dem Krystall und dem Licht, die Augen entzückend und berückend und den Sinn verwirrend, nach dem Gedanken des Herrn gemacht und nicht von der Hand eines menschlichen Künstlers, sondern Er selbst hat sie zum Wohnsitze seiner Herrlichkeit erschaffen. Geistig ist sie und voll von Barmherzigkeit; himmlisch ist sie und voll von Licht; frei ist sie und Wohnstätte der Gottheit, im Himmel wohnend und auf Erden wandelnd, bei den Menschen wohnend und bei den Engeln; Heimat der Menschen, die Erlösung und für den Heiligen Geist ein Wohnort. In ihr war auch ein goldenes Gomor vollgemessen mit Manna, das vom Himmel herabgekommen ist; und der Stab Aarons, der, nachdem er verdorrt war, wieder grün wurde, ohne dass man ihn mit Wasser benetzte …

Schwer nur konntest du dich überwinden, über dieses strahlende Blatt hinauszugehen, aber es lohnte sich vollauf, denn du lerntest im Fortgang der Geschichte von der Bundeslade und der Göttlichkeit der irdischen Herrschaften, die sich darauf stützten, dass nach dem Zeugnis des Demateyos, Erzbischof von Rom – das heißt von Byzanz, denn das geistliche Rom war nicht die Hauptstadt des römischgläubigen Italien, sondern Konstantinopel –, die Beherrschung der Welt aufgeteilt war zwischen dem römischen Kaiser und dem von Äthiopien. Denn westlich und östlich von Jerusalem gehörte die Welt dem römischen Kaiser, aber südlich von Jerusalem und nach Westindien hin war sie im Besitz des Kaisers von Äthiopien. Beide waren sie Teil desselben Sprosses, kamen sie von Sem, dem Sohne Noahs her, von dem wiederum Aram, David und Salomon herrührten. Beide waren sie Söhne Salomons, aber der äthiopische Kaiser war der Erstgeborene, also sein älterer Sohn. Wodurch das afrikanische Gebiet Äthiopiens nun offensichtlich das größte und älteste Reich der Welt war, geradezu der Hüfte dessen entschlüpft, der, von Gott geprüft, kein langes Leben und keine Reichtümer sich erbeten hatte, sondern Weisheit.

An jenem Morgen, da der Saal der Skribenten in ein frisches und lebendiges Licht getaucht war, beeiltest du dich, nachdem du die Seite über die Bundeslade erneut gelesen hattest, wiederum zu der unvergleichlichen Liebesgeschichte zwischen Salomon und Makeda, der Königin von Saba, zurückzukehren, bei der du die Tage davor schon verweilt hattest. Diese Erzählung befand sich in der Mitte des Buches vom strahlenden Ruhme der Könige und bezeugte die Verbindung des weisen Kaisers mit der äthiopischen Dynastie, aber auch jenseits dessen war sie eine wunderbare Perle, die in der Bibel unter all ihren Schätzen gerade einmal Erwähnung fand. Denn nirgendwo in dem Buch der Bücher der Söhne Israels wurde von dieser Liebe gesprochen, und der Name der Königin wurde nicht erwähnt. Dort war die Königin von Saba aus einem weit entfernten Land gekommen, um mit eignen Augen zu sehen, was sie vernommen hatte, dass nämlich in Israel der weiseste aller Menschen herrsche, der es verstehe, sämtliche Fragen zu beantworten, seien sie auch noch so schwer oder verschlungen, der darüber hinaus auch noch reicher als alle anderen auf der Welt war, geschickter und vornehmer. Der Kaiser hatte auf alle ihre Fragen geantwortet und ihr jeden Winkel seines Reiches gezeigt, und die Königin war zufrieden und hatte, verwundert von der Größe Israels und seines Herrschers, alles gelobt, was sie gesehen hatte. Beladen mit den Geschenken des Kaisers reiste sie zurück in ihr Gebiet, und seitdem hatte man nichts mehr von ihr gehört. Die Geschichte dessen, was sich tatsächlich zwischen Salomon und der Königin namens Makeda zugetragen hat, erfährt man nur im heiligen *Kebra Nagast*, und es ist eine wahre Geschichte.

Während du entrückt lasest, ebenso verloren an die Worte des Buches wie in deiner Kindheit, als du dich in den Geschichten aus den Scharteken deines Vaters verirrtest und dir vormachtest, du seist Alexander, der dem Kaiser Por die Kehle durchtrennt, spürtest du plötzlich, dass dich jemand verschattet, der seinen Körper zwischen das Fenster mit den Sykomoren in der Ferne und dich gestellt hatte. Nur widerwillig erhobst du den Blick von den Pergamentblättern und sahst Kassa Haile Giorgis aus Dembia zum ersten Mal, und sein Anblick hat dir überhaupt nichts gesagt. Wie du selbst, schien er ein Laie zu sein, der Vergessen oder Vergebung oder vielleicht auch nur Ruhe suchte zwischen den Malachitpfeilern des Klosters. Dem Geblüte nach war er zweifellos ein Einheimischer, das konnte man an seinen Gesichtszügen erkennen, an der dunkleren, aber nicht schwarzen Hautfarbe wie bei den gewöhnlichen Menschen, sondern eher angerußt. Dem Range nach schien er aufgrund seiner Kleidung vom kleinen Adel der Kriegerkaste, einer von jenen, die zu Tausenden vor Hunger und vergiftetem Stolz in den Bergen und Tälern der westlichen Gegenden vor sich hin starben. Die leicht gebogene Nase, nicht so verbreitet bei den Äthiopiern, ähnelte deiner Nase, und seinen Augen fehlte der übliche Glanz, schwarz waren sie und saßen tief in ihren Höhlen, und daran solltest du späterhin, ihr Kaiser geworden, die aus der Provinz Beghemider benachbart mit dem heidnischen Land des Sudan erkennen. Die langen Haare trug er zu dutzenden schmalen Zöpfchen geflochten, die von dem Schweinefett glänzten, mit dem er sie einschmierte. »Gesegnet sei die Frucht deines Erdstrichs. Amen«, sagte der Äthiopier leise, damit die Schreiber bei ihrer Arbeit nicht gestört würden, und schaute durch das Fenster. »Gesegnet seien die Wasser deiner Brunnen. Amen. Gesegnet sei der Ertrag dessen, was du gesät hast. Amen. Gesegnet seien die Rinder- und Schafherden. Amen. Gesegnet seien eure Schuppen und Speicher. Amen. Gesegnet sei deine Herrschaft. Amen.« Dann schwieg er, wartete vielleicht darauf, dass du ihm etwas antwortest, machte jedoch den Eindruck eines, der auf den Himmel nach Anzeichen für Regen schaut. Dann hast du dir das Hirn zermartert, um eiligst eine Antwort zu finden, denn du wusstest, dass sie, ebenso wie der Willkommensgruß des jungen Mannes, auch nur mit Worten aus dem *Kebra Nagast* bestückt sein durfte. Damals konntest du in der Eile lediglich die Worte aufrufen, die Gott zu Aram gesagt hatte: »Fürchte dich nicht; von heute an bist du mein Knecht. Ich will mit dir und deinen Nachkommen meinen Bund aufrichten und will deinen Samen viel machen nach dir und deinen Namen sehr groß.«

Dann schwiegst auch du und warst voller Dankbarkeit für die geschickte Weise, in der du hattest antworten können, aber zu deinem Erstaunen und Ärgernis begann der Fremdling zu lachen. Zu Anfang nur unter dem Schnurrbart, dann immer lauter, bis er es mit unbeherrschbar lautem Gelächter geschafft hatte, die Schreiber allesamt auf die Beine zu bringen. Er hielt sich den Bauch und beugte den Oberkörper herab vor Lachen, und Tränen traten ihm in die Augen. Angesäuert griffst du dir an den Bund, wo du für gewöhnlich den Dolch trugst, hattest offenbar vergessen, wo du dich befandst, und dass man ein heiliges Kloster nicht mit einem Mordeisen betreten durfte, doch der Äthiopier fasste dich, immer noch lachend, an der Hand, verneigte sich gleichzeitig vor dir, bat um Verzeihung und holte dich heraus aus dem Säulengang. Dort erklärte er dir, noch immer Tränen lachend, dass du die Worte des Herrn an Aram verfehlt hattest, weil du das Ge'ez nicht vollständig beherrschtest, sodass etwas Komisches und Beschämendes dabei herausgekommen war und er zu seinem großen Bedauern sich nicht hatte beherrschen können. Ansonsten habe er keineswegs sich über ihn lustig machen wollen, im Gegenteil, da er ihn als jemanden seines Alters zwischen all den alten Mönchen erblickte, habe er sogleich gedacht, sich ihn zum Freund zu machen.

Es war schon verwunderlich, zwei großgewachsene, stattliche und ohne jeden Zweifel kriegerische Männer in diesem mit allerlei duftenden Blumen schönstens ausgeschmückten Garten inmitten des Klosters herumspazieren zu sehen. Du warst bedeckt mit blauer Wolle, Kassa aber hatte sich Karminrot um den Körper gewickelt und war barfuß. Zuerst habt ihr über die dümmliche Angewohnheit der Mönche von St. Gregor gelacht, nur in den Worten des heiligen Buches zu sprechen, dann habt ihr euch zu einem mit Tella begossenen Mittagsmahl begeben, wo ihr freier reden und von euren jeweiligen Schicksalen erzählen konntet, wenn euch schon die Einfügung eures Lebensfadens in den Webrahmen der Tage und Nächte zusammengeführt hatte an denselben Ort der Seelenrast. Von diesem Tag an solltet ihr zwei Jahre lang eure Schritte zu dem nahebei gelegenen Wirtshaus La Nazianz lenken, wo du für einen Birr oder einen Viertel-*Amole-Tchew* ein gutes Schüsselchen Shiro be Kibbe mit einigen Injera und einen Tonkrug voll mit Gesho gewürztem Tella bekamst. Unter der Sonne Äthiopiens zu essen, war für dich, der du von zu Hause das Essen mit Messer und Gabel gewohnt warst, keine leichte Sache, denn hier aßen alle mit den Fingern, tauchten die weichen Injera in die Gemüsebrühe und steckten sie, darauf achtend, dass die Sauce ihnen nicht auf den Bart tropfe, in den Mund. Hier begegnete einem kein walachischer Geflügeleintopf und keine Schweinssülze, auch kein Souvlaki wie im Archipel, wenn aber deinem Herzen nach Fleisch gelüstete, konntest du unter vielen guten Stücken auswählen: Schafskoteletts mit Knoblauch und Rosmarin, Kifto-Faschiertes gepfeffert mit ausreichend Berbere und Mitma, das man, damit es richtig gut schmeckt, nicht mit Injera, sondern mit Kocho essen musste, morgens aber konnte man Injera mit geschmortem Schaffleisch vermengen, um ein Fir-Fir zu bekommen, nach dem man sich die Finger ableckte. Und diese Speisen, die so scharf waren, dass einem das Feuer aus den Nasenlöchern schoss, mussten mit kaltem Tella oder mit dem aus Honig gekelterten Wein begossen werden, den die Äthiopier Tej nannten und mit dem ihr euch häufig betrankt, ohne am nächsten Tag Kopfschmerzen zu haben. Bis ihr mehr über eure Leben wusstet, hattet ihr unzählige Karaffen Tej und Tella geleert. Und an den Abenden, die unter den in allen Farben spielenden afrikanischen Himmeln einen unbeschreiblichen Zauber entfalteten, bevor sie allmählich blutrot wurden, gingt ihr beide, schon etwas beduselt von den schweren Getränken, hinaus in die Kühle, in den Wind, der die Hageniabäume durchschüttelte, und auf dem Boden neben der Klostermauer sitzend erzähltet ihr euch eure Geschichten weiter. Niemals hattest du, ein Fremder, der sich vor der Verfolgung versteckte, davon träumen können, einfacher über die Belange eines Landes unterrichtet zu werden, in dem du dich befandst, um deine gesteigerte Lebenslust zu erfüllen, denn Kassa Hailu, wie alle deinen neuen Gefährten nannten, war auf seine Weise sehr gesprächig, und wenn ihm der Tej zu Kopfe stieg, redete nur noch er, hörte dir nicht mehr zu und kümmerte sich auch nicht mehr darum, ob du ihm und seinen Ausführungen noch dein Ohr schenktest.

Er war ein Krieger mit einer Mönchsseele und dem Herzen eines geselligen Zechers. Sein Leben hatte er größtenteils damit zugebracht, die Predigten des heiligen Johannes Goldmund zu lesen, und auch mehr an den Orten, an denen es Frauen und Tej gab, als in Schulen oder Klöstern oder gar auf dem Schlachtfeld. Und wie hätte es auch anders sein können, wenn seine Mutter Kosso verkaufte. Was für ein Prinz hätte er denn sein sollen, wenn alle Kinder ihn Spulwurm nannten, und dann, als er das Schwert ergriffen hatte, Überwinder der Würmer? Er hätte Wunder an Tapferkeit vollbringen können und wäre doch stets der Sohn der Kosso-Verkäuferin geblieben. Das stand ihm auf die Stirn geschrieben, und er lebte mit diesem Makel wie »der Wurm im Kren«, wie man so etwas in der Walachei nannte, eine Redewendung, die ganz gut hierher passte. Geboren war er in einem Weiler mit Lehmhütten, die mit Sykomoren-Ästen gedeckt waren, er hieß Dawa und lag in der Nähe von Gondar, wo es immerzu nach Schweiß und ungewaschenen Füßen roch. Seine ersten Erinnerungen waren die bunten Vorhänge, die jeden Eingang bedeckten. Unendliche Schwärme von Fliegen mit grünen und blauen Rückenpanzern ließen sich überall dort nieder, wo es einen Tropfen Feuchtigkeit gab, vor allem auf den Bissen, die mit fettigen Fingern zum Mund geführt wurden, und in den Sommern, wenn die Gluthitze wie der Feuerkern der Sonne glühte, verdunkelten staubige Heuschreckenschwärme den Horizont und ließen sich wie ein bebender Teppich auf die Felder herab, auf denen man kaum noch ein paar Grashalme erblicken konnte. Was die Arbeh-Heuschrecke nicht fraß, vertilgte die Ielec-Heuschrecke, und was dann noch übrig blieb, erledigte die Hasil-Heuschrecke. Der Himmel gab nicht rechtzeitig seinen Regen her, und der Boden ließ keine Erträge sprießen, weil die Menschen Gott vergessen hatten und in ihren mörderischen Leidenschaften versunken waren. Sie beschränkten sich auf Meere voller Blut und Tränen, die grausamen Zeiten, genannt Zemene Mesafint, das Prinzen-Zeitalter, da Äthiopien ein Körper ohne Kopf war, die Arme gegeneinander kämpften, die Knie gegen das Brustbein schlugen und die Lungen Krieg führten gegen Därme und Leber, sodass der gesamte Leib von einem Übel erfasst war, das schrecklicher war als der Tod. Sein Vater war von niederem Adel gewesen. Er hatte seine in gute Hoffnung geratene Frau davongejagt und war dann so wohlwollend zu sterben, mithin konnte sich Kassa Hailu nicht an ihn erinnern.

Gut aber konnte er sich an seinen Großvater mütterlicherseits erinnern, einen überaus starken Krieger namens Dejazmatch Wolde Giorgis. Wenn er nämlich das Gebrüll des von einer Lanze verletzten Leoparden vernahm, mit dem dieser seine Ankunft im Hause seiner Tochter ankündigte, denn Wolde Giorgis konnte nicht anders denn brüllend sprechen, wusste er nicht mehr, in welchem Zimmer er sich verstecken sollte. Der Alte legte niemals seinen ledernen Brustpanzer ab, als wäre er damit geboren worden, ebenso wie mit den sechs eisernen Ohrringen, die in seinem linken Ohr steckten. So gut er sich auch versteckt haben mochte, der Großvater erwischte ihn schließlich, und der kleine Hailu sah sich plötzlich an der Hüfte gepackt und unter wildem Gelächter in die Luft geschleudert, dann an den Beinen wieder aufgefangen und neuerlich hochgeworfen, sodass er sich, von Todesängsten gepackt, in der Luft herumdrehte wie Windmühlenflügel, bis der Höllenhund satt war, ihn zu quälen, und ihn wie einen Sack Hirse auf die Bastmatte warf. Wenn sie dann bei Tisch saßen, haute der Alte ihm hin und wieder mit seiner schweren schwarzen Hand auf den Rücken, dass er mit der Nase in seinem Kifto-Schüsselchen landete, um dann fortzufahren mit seinen gebrüllten bewegenden Worten an die Mutter. Hailu schlang alles hastig hinunter, erhob sich so schnell es ging vom Tisch und rannte ins Bett, wo er sich unter den Schutz der heiligen Militärs begab, die als Ikonen an die Wand gemalt waren, ließ aber den Höllenhund nicht aus den Augen. Von Grauen gepackt, erwartete er den Weggang des Großvaters, denn er wusste nur zu gut, dass dies nicht ohne eine weitere Portion des In-die-Luft-geschleudert- und irre Um-und-um-gedreht-Werdens mit dem anschließenden roh Auf-die-Bastmatte-geworfen-Werdens enden würde.

Dejazmatch erwies sich in seinen bei Tisch herausgebrüllten Geschichten als ebenso grausam, wie es sein Anblick vorgab, denn er konnte über nichts anderes als bloß über seine Feinde sprechen, andere kriegerische Prinzen wie er selbst, und wenn er dies tat, wusste er nicht mehr, welchen Dämonen er sie überantworten solle, denn Azazel, Behemoth, Rimon, Lilith, Beelzebub, Abbaddon, Belfegor, Asmodeus und selbst Satana kamen ihm zu gering vor für seinen überschäumenden Hass, sodass er selbst noch grausamere Teufel erfand, etwa den Augenfresser, den Zungenschlitzer, den Lungenzerquetscher oder Zange der Cherubim, Schicksal der Klosterfräulein oder, was Hailu am heftigsten erschreckte, den Gehirnschlürfer aus dem Schädel von Oz. Wenn er sich heißgetobt und die giftigsten Verwünschungen gegen seine Feinde geschleudert hatte, gelangte der Großvater ins Zentrum seines Wahns, und von diesem Punkt an war er nicht mehr zu stoppen. Er sei also königlicher Abkunft, und zum Beweis begann er, eine endlose gebrüllte Litanei von Namen aus sich herauszukrächzen, Urahnen seines Geschlechts, einen Baum mit hunderten und tausenden von Ästen und Zweigen und Zweiglein, eines zweifelhafter als das andere, der durch eine Reihe von Töchtern zum alten Kaiser Fasiledes geführt habe, welcher von einem Hund entthront worden war, der dann selbst zehn Jahre lang herrschte. Nachdem der Großvater wie ein Gewitter mit Blitz und Donner gegangen war und er selbst ein weiteres Mal platt auf der Bastmatte lag, sagte ihm seine Mutter stets, dass nichts von alledem, was ihr Vater ihm gesagt hatte, der Wahrheit entsprach, und ihr Geschlecht keinerlei Berechtigung besaß, mehr zu sein, als sie in diesem Augenblick waren: eine Kosso-Verkäuferin und ihr Sohn. Aber dass auch dies eine Segnung bedeutete, solange sie in Christus lebten, der sich am Kreuz zur Erlösung der vielen geopfert habe.

Du hast nie gewusst, wie die Mutter deines Gefährten hieß, denn er nannte sie nie beim Namen, sondern stets »Mutter«, aber nicht darum suchtest du sie später nicht auf, um sie irgendwie zu entschädigen, wie du, während du dich in den schrecklich heißen Nächten schlaflos in den Untiefen der Festung Magdala auf deinem Bett, das nach Schweiß stank, um und um wälztest, deinem in dem Unrat deiner Sünden steckenden Gewissen zugeflüstert hattest. Du hättest sie finden können, wenn du es gewollt hättest, und hätte sie auch in einem Schlangenloch gesteckt. Aber was hättest du ihr sagen und wie dieser äthiopischen Muttergottes in die vom Leid dunkel umrandeten Augen sehen können? Ob sie etwa noch am Leben ist? Wird sie irgendwann einmal aufrecht wie eine Rachegöttin in deinem von den Säulen aus Malachit und Porphyr verschatteten Thronsaal auftauchen und aus deiner Hand die Frucht ihres Leibes zurückfordern? Wird sie einmal vor den Augen deiner schwarzen, in Gold und bunte Fetzen gehüllten Bojaren ihren langen Arm ausstrecken, auf dich weisen und mit der Stimme eines Teichvogels schreien: »Das ist nicht mein Sohn! Stürzt ihn vom Thron, diesen offensichtlichen Lügner und Mörder!« Und in deiner allnächtlichen Agonie in dem schweißtriefenden Bett sahst du dich von deiner eigenen Wache gepackt und in die tiefen Verliese des Kerkers zwanzig Klafter unter der Erde gesteckt, und dann … beängstigende, angstvolle Tätigkeiten, Qualen, die der menschliche Verstand, der sie sich ausgedacht hatte, nicht ertragen konnte, ohne in Stücke zu zerbrechen, jede Nacht andere und wieder andere, und nach Wochen des Nagelausreißens und Häutens bei lebendigem Leibe und geschmolzenes Blei in die Bauchnabelvertiefung Gießens, der mitleidige Henker, der dir die Kehle durchtrennte. Bei solcher Schlaflosigkeit, all den schrecklichen Gesichten und deiner ständigen Selbstzermarterung fandst du vielleicht gerade mal eine frühmorgendliche Stunde der Ruhe und Erholung, aus der du aufgedunsen und die Nachtmahre verwünschend, die sich in den Morgendünsten verflüchtigten, zu einem neuen Tag der Angst und des Hasses erwachtest.

Hailus Mutter, erfahre nun von uns, die wir auch über die Milch Bescheid wissen, mit der deine Mutter dich gesäugt hat, die wir jeden Grashalm auf der Erdkruste kennen und jeden noch so verborgenen Namen eines Sterns in den Himmeln, hieß Woizero Attitegeb Wondbewossen, und jeden Abend, wenn sie erschöpft vom Sammeln der schwarzen Pilze und Wareza-Käfer heimkehrte, flüsterte sie ihn langsam und mit Pausen zwischen den einzelnen Wörtern, um sich zu vergewissern, dass sie noch auf der Welt war, dass die Schande sie noch nicht weggebrannt hatte bis auf ihre dünnen Knochen wie ungelöschten Kalk. »Woizero«, sagte sie sich, und sah sich als Kind mit anderen ihresgleichen spielen, tanzen mit einem vom Sonnenlicht vergilbten Vorhang, den sie »Schleier der Königinnen« nannte, und bei den seltenen Regenfällen hinausgehen, um lachend die Wassertropfen mit geöffnetem Mund aufzufangen. »Attitegeb«, und da sah sie sich im Alter von elf Jahren verkauft, im Gesicht mit Farben bemalt, die Brustwarzen und zwischen den Beinen mit einer Mischung aus Honig und zerstampften Nüssen eingeschmiert, was ihr Gatte, ein unbekannter Krieger, ihr in der Hochzeitsnacht abaß. Und »Wondbewossen«: einen großen und runden Bauch mit ausgestülptem Bauchnabel und dann die blutige Geburt, und dann Hailu.

Als der Krieger sie für eine Frau aus Gondar verließ, verkaufte er selbst das Dach über ihren Köpfen, die Tiere aus dem Gatter und das heilige Buch, das stets aufgeschlagen auf dem Tisch gelegen hatte. Der Attitegeb blieben nun bloß noch zwei Möglichkeiten, wenn ihr die dritte, sich kopfunter in einen Brunnen zu stürzen, irgendwie zu bitter vorkam. Sie konnte ihren Körper verkaufen, und dies wäre in den Augen der Dorfbewohner der rechte Weg gewesen, sie waren mildtätig gegenüber den Huren wie gegenüber den Bettlern, die sie verständnisvoll und zartfühlend behandelten, denn selbst Christus hatte der Ehebrecherin, die gesteinigt hätte werden müssen, verziehen, sie begleitete ihn, wusch ihm die Füße mit ihren Tränen der Sühne und trocknete sie ihm ab mit ihren langen, schwarzen und wohlriechenden Haaren. Und dies war niemand anderes als Maria Magdalena, eine bekehrte Sünderin aus Magdala, einer Stadt am Ufer des Galiläischen Meeres, nach der die Äthiopier ihre uneinnehmbare Festung benannt hatten. Und wenn Jesus die Huren, Zöllner und Sünder in seiner Umgebung duldete, mit ihnen bei Speis und Trank zu Tische saß, weil die Kranken eines Arztes bedürfen und nicht die Gesunden, um wie viel mehr müssen dann die Bewohner von Dawa all solche Leute dulden? Aber die sture Tochter der Woizero Tishal, Hailus Großmutter, im Dorf bekannt für ihre noblen Flausen, hatte nicht den leichten Weg gewählt, denn der Körper war der Tempel des Herrn, der nicht entehrt werden durfte, sondern den Weg der Schande und der Ehrlosigkeit, den Verkauf eines Heilmittels gegen Spulwürmer, was ihr Leben und das ihres Sohnes vergiften sollte, denn die Spulwürmer und alles andere Gewürm aus den Därmen der Menschen entwichen diesen durch das Loch im Hintern, das für die Äthiopier das Angesicht der Hölle selbst war. Niemand wischte sich anders als mit der linken Hand den Hintern, der verkehrten und teuflischen, und alle aßen nur mit der rechten, mit der man sich auch bekreuzigte. Die Kosso-Verkäufer waren auf dem Markt sehr gut besuchte Leute, aber niemand sprach mit ihnen oder empfing sie in seinem eigenen Haus. Ging einer von ihnen mit seinem Gefäß auf der Schulter vorbei, das nach Ziegenpisse stank, wandten sich alle ab und spuckten angeekelt aus. Dieses Schicksal, Putzlappen der Welt zu sein, hatte Kassas Mutter gewählt, und der Ziegengestank und der nach zerstampften Käfern und schwarzen Pilzen sollte auch dir zusammen mit dem Gezischel aller anderen folgen, wo immer du auch sein mochtest, und bis ans Ende deiner Tage: Kosso, Kosso, Kosso, Spulwürmer, Spulwürmer, Spulwürmer … Weil sie es satt war, allein zu leben und ihr junger Körper sich einen Mann im Bettzeug wünschte, verhedderte Woizero die Seide ihres Lebens im Dorngestrüpp eines einarmigen Griechen namens Sindili, der sich auf den roten Gefilden Afrikas niedergelassen hatte und nach ein paar Jahren, von einer störrischen Kuh auf die Hörner genommen, gestorben ist. Nachdem sie ihn begraben hatten, war es mit einem Mal, als wäre er nie gewesen, nicht einmal Woizero beweinte ihn. Aber ihr Sohn, dem sein griechischer Stiefvater gefallen hatte, konnte sich nun auch im Griechischen einigermaßen verständlich machen, wiewohl ihm dies späterhin nicht groß zugutekam.

Hailu hätte unter seinem Namen Haile Giorgis Wolde Giorgis ein Krieger werden müssen, wie sein unbekannter Vater, aber der Spulwurm, die Wangen rot vor Familienschande, besaß nicht die Kraft, sich auf dem Feld zu zeigen, auf dem die jungen Männer mit Holzschwertern kämpften, und auch nicht in den Ställen, wo ihnen beigebracht wurde, die Hengste zu beherrschen. Richtig ist auch, dass sein Herz ihn nicht zu den Heldentaten hinzog. Seine Mutter hatte ihn im Schatten der Tewahedo-Kirche zur Gottesfurcht erzogen, denn jene war vom rechten Glauben, den es auf der ganzen Welt nur dort noch gab, im afrikanischen Land Äthiopien, bei den ägyptischen Kopten und in Armenien, während alle anderen sogenannten Christen, weil sie den häretischen und sündhaften Konzilien nach jenem von Chalcedon zugestimmt hatten, also die Papisten, Calvinisten und sogar der Erzbischof von Konstantinopel, in Häresie lebten, der Teufel hatte ihnen die Augen verbunden. Der heilige Kyrill aus Alexandria hatte sich wie ein Berg gegen diese verlogene Spaltung in Christi erhoben, die Trennung in seine göttliche und seine menschliche Natur, woran jene Häretiker glaubten, und gezeigt, dass, ganz im Gegenteil, die beiden Naturen des Herrn vermengt waren und nicht geschieden werden konnten, verschmolzen in eine einzige, und dies glaubte die Tewahedo-Kirche, die diesen Glauben seit beinahe eineinhalbtausend Jahren aufrechterhielt. Christus hatte vom Anfang der Zeiten an in eins mit Gott existiert, der ihn aufgrund eines undurchdringlichen Geheimnisses gebar, und war von gleichem Ruhme und gleicher Macht. Von beiden entsprang, die Heilige Dreifaltigkeit vollendend, der Geist.

Mehr in den Klöstern lebend, war Attitegebs Sohn dazu gelangt, diesen rechten Glauben mit Festigkeit gegenüber vielen zu verteidigen, die aus der Wüste kamen oder von jenseits der Meere, um die Herzen der Leute zu trüben und ihre Lebenswege zu krümmen. Oftmals, wenn ihr beide in der Nazianz-Taverne euer Mittagmahl einnahmt, flüsterte dir dein Gefährte etwas über die Vergewaltigung des rechten Glaubens zu, das auch dich entsetzte, obwohl du schon vieles auf der Welt gesehen hattest. Auf diese Weise erfuhrst du, dass ein Alter ohne einen einzigen Zahn im Mund, der mit einem Sack voll alter Papierrollen als seinem einzigen Vermögen ebenfalls im Kloster neben Debre Tabor untergekommen war, sich wochenlang bemüht hatte, indem er Hailu mit vielen Vorlesungen aus seinen Lehrbüchern gefüttert hatte, diesen zu überzeugen, dass der Jehova aus den heiligen Büchern der Juden nicht der eine große und wahre Gott war, sondern ein böser Geist, Schöpfer unserer verdammten Welt. Jesus war eine Macht, die von Sophia herrührte, Tochter des genannten Ialdabaoth, um den göttlichen Samen aus dem menschlichen Lehm zu erretten und zurückzubringen zum herrlichen und ungekannten Gott. Eine Frau, die aus dem Sudan gekommen war und ihren Körper verkaufte, und von der Hailu sich irgendwann Sünde und Verderbnis eingehandelt hat, hatte seinen Samen im Mund behalten und auf eine silberne Ikone gespuckt, denn der männliche Samen war die Seele des Mannes, und Aufgabe der Frau war es, ihn so gut wie irgend möglich von der Verderbnis alles Fleischlichen zu erlösen und zurückzugeleiten zum Schöpfer alles Guten. Ein Riemenhändler hatte ihm enthüllt, dass Gott und Satanael Zwillingsbrüder seien, beide aus dem Bauch des Nichtseins geschlüpft, und darum sei die Welt so bunt und aufgeteilt in Gut und Böse, denn beide hätten sie an ihrer Herrlichkeit herumgemeißelt. Und darum auch sei Satanael der Verbeugungen ebenso würdig wie Gott. Über all diesen Torheiten schlug Hailu ihr schnelles und verworrenes Kreuz, dem du niemals mit den Augen hattest folgen können, aber manchmal kam es dir so vor, als würde seine Hand, nach dem Namen des Vaters auf der Stirn und des Sohnes auf dem Bauch, im Namen des Heiligen Geistes auf die linke Schulter fallen, nicht auf die rechte, wie sonst in der Orthodoxie …

Und da kamen noch andere, die niederträchtigsten Gestalten, die von den Leuten mit Stöcken und Steinen davongejagt wurden, denn sie waren so dreist, sich an der heiligen Gestalt des Erlösers zu vergreifen, indem sie sich Dinge über ihn ausdachten, die einem das Blut in den Adern gefrieren ließen. Da waren welche, die dir, nachdem sie dich in eine verschwiegene Ecke gezerrt hatten, ins Ohr flüsterten, dass der Herr Jesus keinen wirklichen Körper gehabt habe, sondern nur eine Körpererscheinung. Niemals, so logen sie, hätte ein Gott es ertragen, sich in einen schmierigen Menschenleib zu kleiden, auszuharren mit Därmen, Fett, Nieren und Lungen, zu essen und gewöhnliche Bedürfnisse zu haben inmitten einer Welt aus Staub und Ausschweifungen. Ihre geheime Wahrheit besagte, dass der Erlöser die Welt niemals berührt hatte, nicht einen Augenblick, nicht einmal, als Er sich im Bauch Seiner Mutter befand, durch die Er »wie das Wasser durch ein Rohr« geflossen sei. Da Er keinen Körper aus Fleisch gehabt habe, konnte Er auch nicht wirklich am Kreuze gelitten haben und auch von den Toten nicht auferstehen, wie die Schriften es sagten. Ans Kreuz war eigentlich Simon aus Kyrene geschlagen worden, der Ihm das Kreuz getragen und den die getäuschten menschlichen Augen für Christus gehalten hatten, während dieser unsichtbar aufrecht neben dem Kreuz gestanden und über die Dummheit und Blindheit der Leute gelacht habe, wie es im Evangelium des Petrus geschrieben stand, einer verlogenen Schrift, die jene verrückten Leute immerzu bei sich trugen.

Und da waren noch welche, die predigten, Christus sei bloß ein Mensch gewesen, Schreiner aus Nazareth wie Sein Vater, der bis zu Seinem dreißigsten Lebensjahr so gelebt hatte wie alle anderen auch, und der erst bei der Taufe im Wasser des Jordans den Geist empfangen habe, sodass Er auf diese Weise bloß der Seelenspross Gottes wurde, nicht sein wirklicher Sohn. Und am Kreuz sei nur der Mensch gestorben, nicht Christus, von Gott verlassen, wie Jesus, auch die Vorhersage Davids des Psalmisten erfüllend, ausgerufen hatte: »Herr, mein Herr, warum hast du mich verlassen?«

Wieder andere waren der Meinung, Jesus sei ein menschlicher Körper mit göttlichem Verstand gewesen, mehr Gott als Mensch, denn hätte etwa ein Mensch auf der Welt gewesen sein können, bevor sie erschaffen worden war, wie ganz klar der heilige Evangelist Johannes es sagt? Und hätte Er sagen können: »Ich habe den Satan wie einen Blitz aus dem Himmel hinabfahren gesehen«, wenn er nicht vollends Gott gewesen wäre, der für einen Augenblick den Körper wie eine Kleidung angelegt und sich für unsere Erlösung zum Menschen gemacht hatte?

Für Arie, Vater aller Lügen und großer Häretiker, konnte Christus nicht ebenso groß sein wie Sein Vater, denn ein Vater, sagte er listig, ist immerzu größer als sein Sohn. Gott allein ist ungeboren, während Jesus, der aus Ihm geboren wurde, keinesfalls schon vor dem Anfang der Welt dagewesen sein konnte. Der Vater, da Er sich nicht selbst in der Welt verkörpern konnte, weil die Welt Seine Schöpfung war, hat dafür den Sohn geboren, was Seine erste Tätigkeit war, der dann seinerseits die Welt gemacht hat. Darauf wurde Er von Gott als Sein Seelenspross angenommen, weil Er in allem auf Ihn hörte. Auf diese Weise ist Christus für den gottverdammten Arie aus Alexandria, der einen Teil der Menschheit mit sich auf den Höllenpfad geleitet hat, nicht gottgleich, sondern irgendwie etwas niedriger als Er, erster und größter unter den Engeln, die Seine Geschöpfe sind.

Nochmals andere folgten Nestor aus Antiochia, der es gewagt hatte, die Lüge zu vertreten, Jesus habe zwei ganz unterschiedliche Wesen besessen, das Göttliche und das Menschliche, das heißt, das eine sei Jesus gewesen und das andere Christus, und dass Seine Mutter, die Jungfrau Maria, nicht Christus geboren habe, sondern lediglich Jesus. Christus sei bei der Taufe erst auf der Welt erschienen, als über Jesus sich der Geist in Gestalt der Taube herabgelassen und eine Stimme aus dem Himmel sich habe vernehmen lassen: »Dies ist Mein Sohn, auf Ihn sollt ihr hören!«

Und da waren schließlich zu unguter Letzt Verrückte und Häretiker, die einem die Haare auf dem Kopf zu Berge stehen ließen und das Fleisch kräuselten, solche, die sich das Evangelium der Juden an die Brust drückten, das nach etlichen Jahrhunderten in einer der Höhlen irgendwelcher Berggegenden, von denen es hieß, dass zur Verkündigung sich der Erzengel Gabriel in Maria verkörperte und den Erlöser aus dem Heiligen Geiste geboren habe …

Während Hailu, die Augen rund vor Besorgnis aufgrund der Vergegenwärtigung solcher Blasphemien, Fläschchen für Fläschchen des bitteren und schäumenden Tella hinunterkippte, um das Brennen im Hirn ertragen zu können, und dir dabei von jenen zerlumpten Gestalten berichtete, die Tag für Tag um das Kloster herumstrichen, jeder das Buch an die

Brust drückend, das er für heilig hielt, sagtest du nichts, du lächeltest nur, denn für dich, orthodox nach griechischem Ritus, seitdem du im zugefrorenen Taufbecken in Ghergani getauft wurdest, war Hailu selbst einer der Verirrten mit der gesamten Tewahedo-Kirche, denn der Name *tewahedo* bedeutete für sich genommen schon »Vereinigung«, was nichts anderes ausdrücken wollte, als dass in der Gestalt Gottes sich die menschliche und die göttliche Natur vermischten und eine andere Wesenheit gebaren, die nur Christus eigen sein konnte, ein Glaube, den die heilige orthodoxe Kirche beim Konzil von Chalcedon für häretisch erklärt hatte. Es war schon verwunderlich, dass nach so elend langer Zeit seit Arie und Nestor und anderen solchen Dämonen die Märchen über Jehova und Jesus auf dem vom Rest der Welt abgetrennten und von Gott vergessenen Gebiet Armeniens immer noch zu hören waren. Aber solche Märchen werden in ihrer Verschrobenheit und zu aufgeheizten Stimmungen führenden Macht niemals aufhören, denn der schwache Verstand der Kinder Adams sucht sich seinen Trost im Nichtsichtbaren und Unbekannten. Immerzu wirst du, wo auch immer Menschen aufeinandertreffen, diese Litanei zu hören bekommen, die da zu wissen meint, dass die Lehren der Herrschenden, der Kirche oder der Weisen nichts als Lügen sind, dazu da, die Völker zu unterjochen, und dass die Wahrheit ganz anders aussieht, von wenigen gekannt und vor den Massen verborgen wird. Wenige nur gelangen beim Studium der alten Schriften und die Lehre der verborgenen Kirchen empfangend zur Erleuchtung, und diese, der Wahrheit teilhaftig geworden, sind dann auch auserwählt für die Erlösung. Und wer möchte denn nicht erlöst werden, sei es auch nur ganz allein für sich, soll die Welt doch untergehen in Feuer und Schwefeldampf? Eigentlich, so dachtest du und neigtest dein Ohr aufs Geratewohl wieder Hailu zu, gab es doch auf der Welt nichts als Sekten und Häresien, bloß hatten die einen sich über tausende und abertausende Seelen hinweg ausgebreitet und nannten sich Kirchen, während andere in Höhlen verborgen waren, verfolgt und unterdrückt wurden. Hatte denn nicht der junge Diomedes zu Alexander von Makedonien gesagt, dass er, weil er nur wenige Leute befehlige, Bandit geheißen werde, wenn er aber über viele Truppen verfügte, Kaiser genannt würde? So verhielt es sich auch mit den Häretikern. Jederzeit hätten Arie, Nestor und andere ihresgleichen über den rechten Glauben triumphieren können, und die Leute wären ihnen gefolgt, ohne irgendetwas zu merken, denn was ist dem Volk schon jenes Jota, welches nach den Worten deiner Mutter Sofiana, die solches vom Popen des Dorfes vernommen hatte, das *homoousion* von *homoiousion* unterscheidet und damit die Wahrheit von der Lüge trennt und das Leben vom Tode?

Ihr verließet dann auf vielfach verstolperten Pfaden die heiße Taverne, und in dem lauen Sommerwind, der feine Sandkörner aus der Wüste mit sich führte, gelangtet ihr, euch gegenseitig stützend, zu euren Schlafstätten in den unteren Klosterzellen, wo Hailu dir noch eine Weile mit schwerer Zunge Dinge aus dem *Kebra Nagast* erklärte und die Geschichten derart durcheinanderbrachte, dass niemand sie mehr hätte entwirren können. Durch das vergitterte Fenster färbte sich der Abend grün wie der Malachitstein, der Horizontrand gelb, durchfegt vom Geäst der Hagenia-Bäume und getrübt allein von den fernen Schreien der Eselchen. Ihr seid beide auf dem schmalen Bett eingeschlafen, das ihr euch teiltet, die Köpfe nah beieinander auf dem mit Stroh gefüllten Kissen, um dann gegen Morgen hin denselben Traum zu träumen, der eure Leben eintrübte, solange ihr nach Lust und Laune zusammen herumgezogen seid, bis dann Jahre nach diesen Ereignissen und auf ganz und gar unvorstellbare Weise der Traum für euch wahr wurde.

Es war gegen Abend auf dem Berg der Richtstatt von Jerusalem. Drei Kreuze erhoben sich vor den flammenroten Himmeln und trugen die Körper zweier Diebe, des guten Dimas und des nichtsnutzigen Gestas, und zwischen ihnen der Körper des Simon von Kyrene, mit Zimmermannsnägeln anstelle des Erlösers ans Kreuz geschlagen. Ihr aber befandet euch bei der mit Blindheit geschlagenen, auf dem Erdboden knienden unwissenden Masse, die vor einem Widerling auf dem Boden kriecht. Dann erklangen silberne Hörner, der bewölkte Himmel ward erfüllt von Flügelschlagen, und eine Engelsschar war vereint in Freudenschreien, da aus zu rühmendem Himmel der wahre Christus langsam herabstieg, das wallende Leinengewand geschnürt mit einem goldenen, von einer Bernsteinkugel geschlossenen Gürtel. Seine weit geöffneten Arme umfassten die gesamte Welt.

Aus diesem Traum, der euch jeden Morgen heimzusuchen schien, erwachtet ihr stets verschwitzt, die Augen gerötet vor Scham, vielleicht aber auch vor Freude.

9

Im schönen Sommer des denkwürdigen Jahres 1827, berühmt geblieben aufgrund seiner Seltsamkeit in einem ohnehin maßlos seltsamen Jahrhundert, geschahen an verschiedenen Orten der Welt allerhand üble, kuriose und erinnerungswürdige Dinge, denn solche Geschehnisse halten uns geradezu an, uns die Welt wie eine infernalische Maschine zum Zerstückeln von Knochen und Geschicken vorzustellen oder bloß als eine paradiesische Arche der körperlichen Vergnügungen: Eher noch denn als Himmel oder Hölle erscheint uns die Welt, denn diesen Anschein erweckt sie tatsächlich, wie ein endloser Jahrmarkt, wo aufgesperrte Münder und starrende Blicke wahre Wunder betrachten und gezinkte Wunder und Zwei-Groschen-Wunder in einem ununterbrochen in Bewegung gehaltenen Durcheinander, Glitter und Pailletten, Feuer, die sich auf dem Röckchen der Zirkusreiterin entfachen und verlöschen, während sie mit bezaubernder Eleganz unter den verweinten Augen des Studenten auf der Galerie durch das Arenenrund reitet.

So wurde Algerien, in jenen Tagen von der Wüste her von dichten Schwärmen grüner Fliegen überzogen, die im Kamelmist herangediehen waren und sich nun wie eine ägyptische Plage auf Städte und Dörfer stürzten, vom französischen Konsul Pierre Deval besucht, der den lokalen Gouverneur, Hussein Dey Pascha, aufsuchte, um eine hässliche Angelegenheit zu regeln, in deren Zentrum eine finanzielle Schuld Frankreichs gegenüber Algerien stand. Nach einem Austausch von Höflichkeiten beim Aroma von Kaffee und Wasserpfeifen gingen die beiden über zur Aufdröselung der verwickelten Geschichte, bestehend aus unbezahlten Policen und schon ein ganzes Jahrzehnt lang aufgelaufenen Zinsen, sodass allein diese die anfängliche Summe überschritten. Die Luft im Raume zitterte vor Hitze wie zwischen den Dünen der Wüste, und die Fliegen, die den gesamten Raum erfüllten, rannten überall mit ihren fädchendünnen Beinen herum, setzten sich auf den Rachat, das Baklava und die in Scheiben geschnittene Ananas auf den Messingplatten. Den beiden floss der Schweiß in Strömen unter dem Turban und der Offiziersmütze hervor, und dies vor allem, weil die anfänglichen Höflichkeiten in kaum einer halben Stunde zu einem regelrechten Streit ausgeartet waren. Vom Garten draußen, dem sachte in den Bassins rauschenden Wasser, vernahmen die schweigsam arbeitenden Frauen durch die geöffneten Fenster Gebrüll wie von jagdwunden Bestien. Und doch, wiewohl Deval und der Pascha, rot wie gekochte Krebse, aufgestanden waren und sich gegenseitig angeschrien haben, wäre Algerien noch das ganze Jahrhundert osmanisch geblieben und niemals französisches Gebiet geworden, hätte sich nicht die seltsamste diplomatische Katastrophe der Geschichte ereignet. Später und bis zu seinem Tod schwor der unglückselige Pascha, es habe dabei keinesfalls irgendein Wunsch, dem Konsul und der großen französischen Nation einen Streich zu spielen, eine Rolle gespielt, es seien nur widrige Umstände und nichts als die eine sture Fliege gewesen, die das Jahrhundert kopfunter drehte und damit seine Fatalität und Dünkelhaftigkeit offenlegte. Der Zufall wollte es, dass Dey Pascha, während er beleidigt brüllte, Deval und Frankreich wollten ihn ausplündern, eine großartige Fliegenklatsche aus meisterhaft geflochtenen Gerten, zwischen die Pfauenfedern mit feinen Silberdrähten eingenäht worden waren, in der Hand hielt. Damit hatte er bis dahin fortwährend auf die Fliegen geschlagen, die sich auf die Honigkuchen gesetzt hatten und sich solcherart mit den Kuchenstücken vereint, als er aber im schicksalsträchtigen Augenblick sah, wie sich eine Fliege auf die bestens rasierte Wange des Konsuls von Frankreich niederließ und dessen Schweiß zu saugen begann, zuckte sein Unterarm aus dem Ellbogen heraus, und – klatsch! – war sie mit Schmackes auf dem Gesicht des Franzosen zerquetscht, ohne dass ihm dabei durch den Kopf gegangen wäre, dass in diesem Moment nicht nur die unverschämte Fliege auf den Perserteppich hinabgefallen war, sondern auch seine Regentschaft ebenso wie das osmanische Paschalik Algerien. Die unerhörte Beleidigung hatte eine Invasion in dem afrikanischen Land mit vierunddreißigtausend französischen Soldaten und die Blockade sämtlicher Häfen durch die königliche Flotte zur Folge. Nach ein paar Wochen flüchtete Hussein Dey Pascha aus seinem Palast, und Algerien geriet für mehr als ein Jahrhundert unter französische Herrschaft.

Etwa zur gleichen Zeit versuchte Nicéphore Niépce, der zusammen mit seinem halbverrückten Bruder Claude den *le pyréolophore*, den ersten Motor mit interner Verbrennung erfunden hatte, dessen Zylinder durch die Explosion der Sporen einer gewissen Art von Baummoosen funktionierte, und der ein kleines Schiff mit diesem Motor ausgestattet hatte, das er unter Napoleons Augen in Bewegung setzte, sein Glück mit einer anderen Erfindung, die ihm, anstatt ihm über den finanziellen Verlust mit dem *pyréolophore* hinwegzuhelfen, den völligen Ruin einbrachte: die Fotografie.

Er hatte begonnen, die Kunst der Lithographie zu studieren, aber bald schon fragte er sich, ob die *camera obscura*, die von den holländischen Malern benutzt wurde, die mit ihren feinsten Pinseln über die Lichtbilder fuhren, welche sich, seitenverkehrt durch die Linsen, auf der Wand der abgedunkelten Räume zeigten, nicht etwa so gebaut werden könnte, dass keine Maler mehr nötig wären, sondern die Sonne selbst der oberste, der vollendete Maler würde, der das Ideal der perfekten Übereinstimmung von Bild und Natur erreichte. Darum nannte er sein Verfahren *héliographie*. Selbstverständlich musste eine Oberfläche gefunden werden, die die Sonnenzeichnung bewahren konnte, und nach einigen Experimenten mit in Lavendelöl aufgelöstem judäischen Bitumen dachte Nicéphore an eine mit einer lichtempfindlichen Substanz eingelassene Zinnplatte. Eine solche Platte, auf der das verschwommene Bild eines auf einem Tisch stehenden Glases zu sehen war, hatte er an Louis Daguerre geschickt, und die Begegnung der beiden führte zur Perfektionierung der Heliographie bis hin zur Entstehung der Daguerreotypie und der ersten Fotografien. Auf diese Weise war die Seele der Dinge und Menschen zum ersten Mal durch den Zauber der modernen Zeiten gestohlen und auf das Papier gepresst worden.

Und gleichfalls im Monat Mai sowie bei strahlendem Wetter, nur ein paar kleine, weiße Wölkchen waren erstarrt in einem tiefblauen Himmel, wie ihn die Bürger von Marseille seit Frühlingsbeginn nicht mehr zu sehen bekommen hatten, kam Zarafa am Hafen an, eine junge nubische Giraffin, die Karl X. vom osmanischen Vizekönig von Ägypten, Mehmet Ali Pascha, geschenkt worden war. Europa hatte seit dreihundert Jahren keine Giraffe mehr gesehen, seit der Zeit des Lorenzo de Medici, dessen von Vasari gemaltes Porträt auch den endlosen Hals dieses herrlichen Tieres zeigte. Zarafa war im Sudan gefangen worden, von wo sie mit einer Feluke über den Blauen Nil bis nach Khartoum transportiert wurde. Von dort aus ging es in Begleitung dreier Kühe, mit deren Milch sie ernährt wurde, auf einer breiten Fähre aus Papyrus über den Nil, bis sie in Alexandria ausgeschifft und in einem festlichen Umzug, geschmückt mit bunten Schnüren und Seidenbändern, durch die Straßen und über die Plätze der Stadt geführt wurde. Ein Kupferschmied wurde dabei erwischt, als er seinen Namen mit dem in flüssiges Pechruß eingetauchten Finger auf die Hinterbacke der Giraffe schreiben wollte, und an Ort und Stelle wurde ihm wegen der unbesonnenen Profanierung der Kopf abgeschlagen. In Alexandria wurde Zarafa von dem schönen Segler *La Passion* übernommen, der das Mittelmeer bis nach Marseille überquerte. Sie reiste unterhalb der Brücke, konnte allerdings ihren Kopf und Hals durch ein Loch im Boden der Brücke strecken, das sorgsam mit einem Ring aus flauschigem Satin ausgepolstert worden war. Von dem französischen Hafen ging es dann heroische achthundert Kilometer weit zu Fuß bis nach Paris. Zarafa war in ein gelbes Gewand eingekleidet, das oben, unter ihrem sanftmütig würdevollen Kopf, stilvoll geschlossen war, und trug Schuhwerk an den Füßen, um sich auf den löchrigen und aufgeweichten Wegen nicht zu verkühlen, ihr folgten die drei Kühe und ihre maurischen Wärter Atir und Hassan. In allen Städten und Kleinstädten, in denen sie anhielten, waren sie die große Sensation. In Paris wurde die junge Giraffe von Karl X. empfangen, der ihr schon einen speziellen Pavillon im Jardin des Plantes hatte vorbereiten lassen, und wo sie die nächsten achtzehn Jahre auch blieb, geliebt und verwöhnt von den Parisern wie ein erster Eiffelturm der Stadt. 1827 war für sie das Jahr der Giraffe, in welchem die Kleidung, die Firmenschilder über den Lokalen, die angesagten Malereien allesamt Zarafa darstellten, in dem die Frisur *à la giraffe*, die Ohrgehänge und Anhänger an den Halsbändern *à la giraffe*, die Hochzeitstorten *à la giraffe* aufkamen und in den Bordellen die *À-la-giraffe*-Stellung praktiziert wurde, die von einer gewissen Véronique erfunden worden war und über die uns leider keine weiteren Einzelheiten bekannt geworden sind.

In den gleichen Tagen plagte sich ein demütiger walachischer Student namens Petrache Poenaru an der École polytechnique mit langweiligen Studien der Geodäsie in der Kühle des düsteren Amphitheaters im Westflügel des Gebäudes. Keine einzige liebreizende Gestalt war auf den unbequemen Bänken zu sehen, dabei hätte Petrache sich doch so sehr eine solche Person hier gewünscht, sondern nur junge Männer, die aussahen, als wären sie allesamt von der gleichen Mutter geboren worden, nach der neuesten Mode gekleidete Franzosen, den Zylinder, Homburg oder die Melone vor sich auf dem Pult. Alle schrieben sie in größter Eile, tauchten immerzu die Gänsefedern in die neben den Hüten stehenden Tintenfässer ein, denn der Professor auf dem Podium sprach wie im Theater, ohne einen Augenblick innezuhalten, sodass das Mitschreiben eine Qual war. Petrache war nun zuallerletzt irgendein »neues Zeugs Entdecker«, wie man die wenigen, in seinem primitiven Land unter den Schneemassen heimisch gewordenen Erfinder nannte, sondern bloß ein ehemaliger Pandur des obskuren walachischen Hauptmanns Vladimirescu, eines Verbündeten von Ipsilantis Filiki Eteria, der 1821 für ein paar Monate Bukarest beherrschte und es so weit brachte, einen herrschaftlichen Kalpak zu tragen. Nach dem Tode von Vladimirescu, die Griechen selbst hatten ihren Verbündeten durch Verrat umgebracht, sah Petrache sich durch den neuen fanariotischen Herrscher mit einem Kopfgeld von fünfhundert neuen Lei belegt und in den undurchdringlichen Wäldern der Walachei gesucht, wohin er sich geflüchtet hatte, sodass er sich nolens volens der Rotte des berühmten Räuberhauptmanns Jianu anschloss. Den Winter 1822 hatte er auf dem Gut des Kämmerers Tachi Ghica in Ghergani verbracht, der damals ebenso jung war wie er selbst und eine freundschaftliche Beziehung zu Jianu pflegte, wo sie etwa zwei Winter lang beim Heulen der Wölfe, die bis unter die Fenster des Gutshauses gelangten, herumgehurt, gefeiert und dabei lauthals aus den griechischen und lateinischen Dichtern rezitiert hatten, wobei sie sich vor Lachen die Bäuche hielten bei dem einen oder anderen unanständigen Vers von Catull: »Paedicabo ego vos et irrumabo …« Aufgrund des Wohlwollens seines Freundes bekam er genügend Geld, um nach Paris zu gehen und den Versuch zu unternehmen, ein Ingenieur zu werden, wie ihn sein Heimatland dringend benötigte.

Nicht die Zermarterung des Verstandes mit dem Zweck, sich neue Dinge auszudenken, hatte ihn folglich zu der Erfindung geleitet, mit der er eines Morgens seine Kommilitonen zum Staunen brachte, sondern die Faulheit, immerzu die Feder in das Tintenfass einzutauchen, und die Furcht, er könnte mit seinem gemächlichen Schreiben dem an Redediarrhö erkrankten Professor nicht länger folgen. Seine neue und wunderliche Feder, die er höchst erfreut aus einem schönen Lederetui hervorzog, unterschied sich durch nichts von den anderen Federn – ihre Spitze war mit dem Taschenmesser mittig gespalten und ihr steifer Flaum in unregelmäßige Büschelchen aufgeteilt –, außer dass ihr ganzer durchscheinender Schaft, der innen bestens gereinigt worden war, bis hinauf unter den abschließenden Flaumkranz mit Tinte gefüllt war. Mit dieser Feder übertrug Petrache unter den vor Verwunderung weit aufgerissenen Augen seiner Kollegen, die vergessen hatten, weiterhin mitzuschreiben, ohne die Feder ein einziges Mal in das Tintenfass einzutauchen, seelenruhig die gesamte zweistündige Vorlesung auf seine Blätter. Von einem Kommilitonen beraten, denn ihm wäre so etwas nie in den Sinn gekommen, rannte er nach der Vorlesung zum Departement für Manufakturen des Innenministeriums, wo er seine Erfindung als Patent Nr. 3208 registrieren ließ – *»plume portable sans fin, qui s'alimente elle-même avec de l'encre«*. Das Jahr 1827 sollte auch das von einer Furie der Entdeckungen und Erfindungen geprägte Jahr bleiben (ein paar Monate später würde John Walker mittels einer Mischung aus Antimonsulfid, Kaliumchlorat und Gummiarabikum die ersten Streichhölzer herstellen, die sich durch Reibung entzünden ließen, und die er vorhersehbar »Luzifer« nannte), und dasjenige, das eine Ära beendet: Im Oktober sollte die Seeschlacht im Golf Navarino im Ionischen Meer stattfinden, wo sich vor einer grandiosen Seelandschaft mit vielen begrünten Inseln hunderte Segler bekämpften, und die osmanische Armada in der letzten Schlacht, in der nur noch Segelschiffe, die wunderbaren Ephemeriden der hohen See und der Küstengewässer, am Kampf beteiligt waren, von den Franzosen und Engländern geschlagen wurde. Vom nächsten Jahr an würden die schwerfälligen, geteerten Schiffe mit ihrem dicken Rauch immer mehr die für alle Zeiten der Grazie und Abenteuer beraubten Meere und Ozeane der Welt befahren.

Petrache war nicht bewusst, als er aus Trägheit, was die Mutter aller Erfindungen ist, die Füllfeder erfand, dass nichts nur einmal und von einem einzigen Menschen erfunden wird, und dass die Vorstellung von einer Feder, die endlos schreiben kann, schon durch eine lange Folge von Geistern gegangen war, die es langweilte, ewig diese Feder mit der gespaltenen Spitze ins Tintenfass einzutauchen. Auch von dem Kalifen im Maghreb, Ma'ăd al-Mui'zz, der es satthatte, ständig die weiten Ärmel seines seidenen Gewandes mit der Tinte zu beschmieren, die von dem Schilfstift überallhin troff, und der im Jahr 973 nach Christus (und 351 Jahre nach der Hedschra) ein Schreibgerät erfunden hat, das seine Tinte behielt und nicht unkontrolliert kleckste, wusste er nichts, ebenso wie von Daniel Schwenter, der sich 1636 ein Schreibgerät ausdachte, das aus den Röhren von sieben Gänsekielen bestand, die auf meisterhafte Weise ineinandergesteckt worden waren, oder von dem berühmten Samuel Pepys, der sich einen metallenen Stift vorstellte, in dessen Griff sich eine Tintenphiole befand. Und die Liste endete auch mit Petrache noch nicht, der es versäumt hatte, sich mit seiner Erfindung zu bereichern, denn er war nicht dahin gelangt, Federn mit einem Reservoir herzustellen und diese in den Handel zu bringen. Nach ihm sollten noch andere auftauchen, die dem Schreibgerät der Reihe nach weitere und weitere Verbesserungen angedeihen lassen würden, bis dieses schließlich anstelle des Autors denken und seine eigenen Hervorbringungen aufs Papier bringen wird, damit die Faulheit des Menschen, der den Stift in den Händen hält, vollkommen bleibe. Aber die Zukunft, die wir vom Gipfel unserer azurblauen Kuppel her mit der gleichen Klarheit sehen können, mit der man seine eigenen Handlinien sieht, bleibt der menschlichen Erkenntnis verschlossen, die kaum die Vergangenheit enthüllen kann und blind ist wie ein Maulwurf für das, was kommen wird.

Nachdem er die Geodäsie ebenso wie die mit Tinte gefüllte Feder sich selbst überlassen hatte, kehrte Petrache im Winter in die unter dem Schnee begrabene Walachei zurück, nach der er in der Fremde geschmachtet hatte, und nach einem kurzen Aufenthalt in Bukarest erhielt er ein Schreiben aus Ghergani des Inhalts, er möge unbedingt dorthin kommen, denn Tachi sterbe inmitten dieser Einöde vor Langeweile. Auf dem Weg dorthin, den er hoch zu Ross zurücklegte, entdeckte er, dass man Ghergani in dem weiten, von strahlendem Schnee bedeckten Rund, das sich bis an den Rand des Blickfeldes erstreckte, nicht mehr finden konnte, es sei denn an dem Rauch, der da und dort aus den klaftertief unter dem Schnee liegenden Schornsteinen stieg, und an dem kleinen Turm des Gutshauses mit der zwei Geschosse über dem Haus liegenden Stube oben in der Spitze, die nun wie eine gedrungene Hütte inmitten der Schneemassen aussah. Dort stieg er hinab in die finstere und kalte Welt unter den Schneemassen, in der es nach verbranntem Holz roch, in die Welt von Tachis Häusern und denen seines Weibs, Mariţa, wo er in den mit riesigen, in den Kaminen lodernden Baumstrünken beheizten Räumen und den betörenden Düften nach Gewürznelken, Thymian und Basilikum aus der Küche den Frieden und die Freundschaftlichkeit fand, derer er jetzt so sehr bedurfte. Den Winter über wie die Bären, Dachse und Igel in ihren Behausungen kauernd und sich das lebensnotwendige Schmalz aus den Fingern saugend, hielten sie sich immerzu ans Kartenspiel, an Sechsundsechzig, an Stoß, an Lektüren aus Erasmus und Montaigne und an süßes Geplauder am Kamin, abwartend mit philosophistischer Geduld, dass es allmählich Frühling werde. Zwei von den Bauern des Dorfes unter den steinharten Schnee gegrabene Tunnel führten vom Gutshaus zur Kirche, wo der Pope Elpidifor mit heiliger Disziplin die Sonntagsmessen zelebrierte, über seinen strahlenden Liturgiegewändern eingemummelt in einen riesigen Schafpelzmantel, während im Gestühl die geadelten Gläubigen in ihren teuren Pelzen vor Kälte zitterten, der zweite dieser Tunnel führte hingegen zum Zigeunerlager am Rande des Dorfes, woher hin und wieder mal ein Bärenbändiger kam und sie aufheiterte mit dem erbärmlichen Tanz des mageren und kraftlosen Bärenjungen mit dem Ring in der Nase und einer schweren, ihn beherrschenden Kette, mal ein Klempner, der ihnen die Kessel und Töpfe lötete, aber insbesondere zur Abendstunde zwei, drei Zigeunerinnen in Faltenröcken, die in die Stuben der Bojaren schlüpften und diese mit ihren geschmeidigen Körpern und den nach Feuer und Rauch riechenden Haaren im Bettzeug erfreuten. Von Zeit zu Zeit brachten die Jäger, die an die Oberfläche und aus dem Dorf hinausgegangen waren, je zehn, fünfzehn erlegte Wölfe mit und warfen sie, die Bäuche vor Hunger am Rückgrat klebend und mit gebleckten Eckzähnen, nebeneinander hin. Aber man hörte auch, von Schaudern geschüttelt, dass Dorfleute von den ausgehungerten Rudeln umzingelt und mitsamt ihren Pferden aufgefressen worden seien, sodass nur noch die Knochen übrig blieben.

Mit den Zigeunerinnen, die da kamen, sie gründlich ermatteten und dann mit einer fest in der geschlossenen Handfläche gehaltenen weißen Münze wieder gingen, ermangelte es Petrache nicht der Weiber, aber bedarf der Mann bloß der Entladung seiner Eier? Die Geheimnisse des Herzens hat niemand auf seiner Rechnung? Mariţa war nun etwa fünfundzwanzig Jahre alt, sie war aus der Sicht jenes Jahrhunderts nicht mehr jung, aber über ihren schon im Juni angereicherten Leib hatte sich die betörende Welle einer neuen Schicht von Morbidezza gelegt, die vorher runden und festen Titten hatten sich ein klein wenig gesenkt und den Zweig unter dem Gewicht zweier weicher Quitten, die von blauen Äderchen durchzogen wurden, etwas herabgebeugt, die Spitzen daran hatten sich gehärtet wie die Maulbeeren zur Zeit des Verliebens, Titten, gerade passend, um in den Händen geknetet zu werden. Ihre Hüften aber und der Hintern der trägen und liebesfreudigen Bojarin waren besser als jemals sonst unter den Falten und Wassern der taftenen Reifröcke zu erahnen. Immer noch entkleidete und bekleidete Sofiana sie im Morgengrauen vor dem großen ovalen Spiegel, aber dir war es nun nicht mehr erlaubt, dich über ihren weißen Körper und das schwarze gekringelte Fell zwischen ihren tüchtigen Schenkeln zu wundern, denn du hattest nun dein neuntes Jahr erreicht, und dies war nun schon seit etlichen Jahren eine Schande. Du suchtest jedoch jenen nach Moschus riechenden Fleck, der sich in irgendeinem Winkel deines Kopfes eingenistet hatte, zwischen den Schenkeln jeder jungen Zopfträgerin, der du, dich heimlich ihr nähernd, die Rockschöße hochhobst, um ihn nicht zu entdecken, denn jenes Liebesdickicht wuchs erst etwas später. Du handeltest dir nur kleine Faustschläge auf den Kopf ein und kurze Schreie wie von geflügelten Mäusen, konntest dabei nur ihre zarten nackten Vögelchen sehen, und auch diese nur einen Augenblick lang.

Außer ihrer Dienerin zeigte die Bojarin ihren nackten Körper auch dem Blick des Kunstmalers Sisoe, der die Heiligen und die Begebenheiten aus der Schrift sowie die griechischen Philosophen an die Kirchenwände gemalt hatte und nun Woche für Woche Mariţa mit dem feinsten Pinsel aus dem Haar vom Schweif des Eichhörnchens alle zwanzig Nägel an Händen und Füßen bemalte. Es gab keinen besseren Weg, ihre Hingabe und ihren Eifer im Eintreten für das christliche Gesetzt unter Beweis zu stellen, hatte Mariţa gedacht, als tatsächlich auf ihren Nägeln kleine Ikonen mit heiligen Männern und Frauen zu tragen, die sich in alter Zeit für den rechten Glauben abgearbeitet und hingeopfert hatten. Sisoe malte ihr auf die Nägel der mit Ringen beladenen Finger die heiligen Märtyrerinnen Sta. Anastasia, Sta. Epistimia, Sta. Evghenia, Sta. Fevronia, Sta. Evdochia und Sta. Paraschiva sowie die frommen Sta. Eupraxia, Sta. Teodora, Sta. Eufrosina und Sta. Pelaghia, allesamt dem Kanon entsprechend und ganz genau so, wie sie auf die Kirchenwände vor einen goldenen Horizont gemalt worden waren. Auf den Fußnägeln waren die Märtyrer Agatonic, Evlampie, Nichifor, Uar, Mochie, Zenovie, Mavru, Polieuct, Gaudelia und Lup auf einem blutroten Himmel dargestellt. Altslawische Spruchbänder wölbten sich blau über ihren Stirnen. Wenn sie eines der heiligen Gesichter satthatte, ließ sie es durch ein anderes ersetzen, schließlich gab es derer, Gott sei Dank, genügend im Kalender. Sisoe werkelte an jedem Gesicht etwa zwei Stunden, wobei er sich eines schweren und klaren Vergrößerungsglases bediente, sodass die Bojarin genügend Zeit hatte, über dieses und jenes zu quasseln, sich gezierten Fisimatenten hinzugeben und vergeblich darum zu bemühen, dass der ansehnliche Maler, wiewohl schmal wie ein Pfannkuchen, der nun ihren Fuß in der Hand hielt, seine grünen Augen von der Ikone auf ihrem großen Zeh erhebe, um sie in ihren mandelförmigen und feurigen Augen zu versenken. Und vielleicht, so träumte sie, als sie sich in ihr kaltes Bett begab, denn Tachi arbeitete wie gewöhnlich die ganze Nacht in seinem Kabinett, würde diese überaus meisterhafte Hand eines Tages anfangen, das Bein hinaufzugleiten, unter den seidenen Schalwaren eine Weile zögern und ihren heißen Schenkel erschauern lassen. Bei diesem Gedanken verlor sie sich vollständig, atmete schwer in den Plünnen, das Fingerchen mit Sta. Eupraxia nahm sich ihrer an, und ihre Augen verdrehten sich, worauf sie erweicht und beglückt einschlummerte.

Vor Sisoe aber, wie alle auf dem Gut und im Dorf ihn kannten, wiewohl es nur ein Spitzname nach dem geringsten der Heiligen auf der Kirchenwand war, vor Sisoe dem Großen, dessen Rippen, die ihm wie bei toten Hunden beinahe durch die Haut traten, erschraken die Gläubigen; der Maler aber hieß Mitrofan, er war ein seltsamer und einsamer Mensch, der tatsächlich mit seinem Kästchen unter dem Arm, darin Farben und Pinsel, herumlief und Ungeziefer malte, das er in den Gräsern fand, sowie Feldblumen, und der sich die Messe im Alkoven selbst besorgte, ohne einen Gedanken an die Verehrer der gnädigen Dame zu verschwenden. Als sie sah, dass der Pinselschwinger seine Augen nicht von den Fußnägeln abwandte, es sei denn, um sie wie ein Hündchen oder eine Katze anzuschauen, erinnerte sie sich, damit nicht vertraut, dass man ihr nicht zu Willen war, an die nackten Frauen auf den Bildern, die auch sie in den Häusern der Bukarester Bojaren gesehen hatte, wenn sie mal in der Beilicului-Gasse weilte, wo Tache hin und wieder unterkam, und meinte, dass auch in diesem Fall ein paar Kunstmaler – die man in der Stadt nur Maler oder Künstler nannte, denn die meisten von ihnen waren Italier –

auch diese nackt, wie ihre Mutter sie geboren hatte, gesehen haben müssen, schließlich hatten sie sie nicht aus ihrem Gedächtnis auf der Leinwand nachbilden können. Dieser Gedanke bereitete ihr eine schier unaussprechliche Freude, denn sie träumte schon lange davon, sich nackt einem männlichen Auge zeigen zu können, das sie zu würdigen wusste. Dies würde ihre Rache für die bis dahin erfahrene Demütigung sein: ihn bis zum Äußersten mit ihren Verehrern herausfordern, um ihm danach nicht einmal einen Handkuss zu gewähren!

Gedacht, getan. An einem Freitag, an dem sie ihre Angelegenheiten in der Küche erledigt hatte – denn wenn es sie nicht gegeben hätte, hätten die Trampel von Köchinnen den ganzen lieben langen Tag lang geschnarcht und allen Zucker, Honig samt Nüssen zu ihren Zigeunerkindern ins Zeltlager geschleppt –, schickte sie Sisoe die Nachricht, die Heiligen seien auf den Nägeln derart ausgeblichen, dass man sie kaum mehr erkennen könne, er möge kommen, um sie auszubessern. Der Anstreicher trat gehorsam an, ohne auch nur im Geringsten ahnen zu können, welche Falle ihm die Bojarin gestellt hatte, und klappte sein Kistchen mit seinen Werkzeugen auf, das innen voller hellroter, safrangelber und pistaziengrüner Flecken und von einem bläulichen Belag überzogen war. Als dann Marița eine Weile hinterhältig stillgesessen und sich die Nägel hatte bemalen lassen, sprach sie ihn völlig leidenschaftslos und zur Seite schauend an:

»Hör mal, Meister Mitrofan. Du bist, wenn ich dich so anschaue, ein Mann von bestimmt dreißig Jahren, und deiner Meisterschaft nach zu urteilen, überkommt mich der Gedanke, dass du in deiner Jugend in der Welt herumgereist sein musst.«

»Ich bin herumgereist«, antwortete jener abwesend, denn er versuchte gerade, sich daran zu erinnern, was für einen Bart St. Lup im kirchlichen Kanon hatte.

»Und wo, bittschön, bist du herumgereist?«

»Ich war in Wien, und ich war in Paris, und in Florenz war ich. Auch in die Niederlande bin ich gelangt, wo die Marktflecken aussehen, als hätte man sie für Puppen gebaut, und man kann das Straßenpflaster ablecken, so sauber ist es. Ich habe dort Amsterdam und Delft gesehen.«

Die Bojarin schwieg eine Weile verwundert über das, was sie gehört hatte, denn niemand aus ihrem Geschlecht hatte je einen Fuß aus der Walachei hinausgesetzt, und jene Städtenamen kamen ihr wie aus den Märchen vor.

»Und hast du dein Handwerk von berühmten Malern jener Gegenden gelernt?«

»Ich habe eine Weile mit Ser Carlotto in Empoli gearbeitet, von ihm habe ich es gelernt, die Grundierung zu machen und Farben auf dem Stein anzureiben, auch welche Pinsel richtig sind und wie ich ein Fresko zu machen habe sowie die Kunst der Ölmalerei mittels Leinsamen. Aber ich habe ihn nach einem Jahr verlassen, weil er ebenso wie seine Lehrlinge sündhaft und verkehrt war und mich alle dort angestarrt haben, wie die Burschen die Weiber anschauen, und das hat mir nicht gefallen. Dann zog ich durch die Gärten und Museen von Florenz und sah all die Wunder darin, und jeder Rahmen auf deren Wänden kam mir vor wie ein Fenster auf die himmlischen Gefilde, und ganz Italien war mir wie ein himmlisches Geschenk. Dort gibt es Bilder, die sind vier bis fünf Klafter hoch und gehen noch mehr in die Breite, und die zeigen Seeschlachten auf schäumenden Meeren und Kämpfe der hellenischen Götter, und so viele Leiber, die in allen erdenklichen Weisen ineinander verkeilt und verwickelt sind, dass dir der Verstand anfängt, wehzutun, deine Augen erblinden und deine Beine ihren Dienst verweigern. Nahrung waren mir ein Stückchen Käse, drei Oliven und eine Brotkrume pro Tag, aber bei meinen Streifzügen von Kirche zu Kirche und von Museum zu Museum sowie von Ikone zu Ikone vergaß ich auch den Hunger, und dies habe ich fünf Jahre lang so gehalten, hatte stets die Leinwände und Werkzeuge dabei, um zu lernen, wie man eine ausgestreckte Hand macht oder eine Schulter mit ihren Muskeln genauso wie Michel Angelo und Rafail sie gemacht haben. Ich schlief in den Marmorruinen unter den römischen Pinien und träumte davon, selber auch irgendwann einmal wenigstens eines der unbedeutendsten Bilder malen zu können, welche die Wände jener Pinakotheken bedeckten, durch die ich bei Tage spazierte. Sehr vornehme Madame, ich denke mitunter, es ist besser, ein minderer Knecht unter der

Sonne Italiens denn Herrscher in unserer verdammten Walachei zu sein, begraben unter diesen nicht enden wollenden Schneefällen. Hier leben wir zum Gotterbarmen, wie die Würmer, die sich recht eigentlich durch den Boden nagen. Dort lebt man unter Pinien und ewiglich grünen Zypressen, denn Italien ist *il Paradiso*.«

Der St.-Lup-Bart auf Marițas Nagel war fertig, aber ihr Herz war schwer. Sie erinnerte sich nicht einmal mehr an den dummen Gedanken, der sie bewogen hatte, den Maler herzubestellen, denn ihre Augen waren voller Tränen. Durch die wirkliche Welt zu wandern, ihre Wunder aufzusaugen, auf den Fliesen aus Porphyr der Pinakotheken von Beci und Paris und Florenz zu wandeln, in der Kühle der Mauern, und mit eigenen Augen die riesigen Bilder zu sehen, die die Wände mit ihrem Licht erfüllten, und dies Tag für Tag und Stunde um Stunde – was für ein glückliches Leben! Was für ein unmögliches Leben, obwohl du von adliger Abkunft bist! Sie haderte damit, dass sie ein Weib war, eine Walachin, dass sie nicht die Kraft hatte, ihre Kinder im Stich zu lassen und den schlappen Mann, um einmal das Leben in Freiheit zu verkosten. Sie schickte den Anstreicher weg, warf sich auf das Bett voll seidenweicher Kissen und starrte mit tränenden Augen die Zimmerdecke an.

Die Malincholie verging ihr allerdings schon am nächsten Tag, und Marița verfolgte mit noch größerer List ihren Plan, denn wenn Sisoe ihr von den Bildern in Beci erzählt hatte, wo, na bitteschön, ihre Urgroßmutter, Maria Theresia, geherrscht hatte, wollte die Frau wissen, ob Sisoe in dem großen Museum, das den Malereien und Statuen gewidmet war, ausgeschmückt mit nie zuvor gesehenen Säulen und Fluren und beladen mit filigranen Arbeiten aus Gold und purpurnen Medaillons, auch die Körper nackter Frauen gesehen hatte, die von den unverschämten Papisten aufgrund ihrer Wissenschaft geduldet wurden, denn sie hielten sie nicht für lasterhaft, sondern für meisterlich. »Oh, wieso denn nicht?«, antwortete dieser. »Nun ja, in Beci gab es, unter aschenen Himmeln, zwei Zwillingspaläste, die waren sehr viel größer als die großen Gebäude des Herrn Dimitrie Ghica in Bukarest, der eine voll wertvoller Steine, Käfer und Glasgefäßen mit fahlen Fischen und Schlangen, mit Heu ausgestopften wilden Tieren, und Föten, die vorzeitig aus den Bäuchen ihrer Mütter herausgeholt worden waren und einen mit trüben Augen aus den dicken Glasgefäßen anschauten, dass es einem den Verstand verschlug, der andere Palast aber war voller Bilder der größten Maler aller Zeiten. Und dort, drei- bis viermal so hoch wie ein aufrecht stehender Mann, konnte man milchweiße Weiber sehen, dick und pausbäckig und schön, die ihre schweren Titten und die krausen Haare und fülligen Hinterbacken jedermann zeigten, der dies sehen wollte, und nichts blieb verhüllt, und es war überhaupt keine Schande, sich dies alles gründlich anzuschauen, denn nicht diese selbst musste man sehen, sondern die Kunst, mit welcher sie dargestellt worden waren.«

»Ach ja, die Kunst«, spöttelte Mariţa still.

»Meister Mitrofan, ihr habt unsere Kirche in Ghergani ausgemalt und versteht euch auf die Abbildung keuscher Ikonen. Aber wenn sich euch die Gelegenheit geboten hätte, hättet ihr dann auch Seeschlachten mit Karavellen oder die Taten der griechischen Götter gemalt?«

»Der heilige Evangelist Luca, unser Schutzpatron, der Zunft der Feinmaler, denn er hat das Antlitz der Muttergottes geschaffen, hält uns nicht davon ab, alles das abzubilden, was in den Tiefen der Gewässer, auf der Erde und in den Himmeln lebt und west, denn all dies ist der Sauerteig Gottes, und darum ist es schön und heilig.«

»Eine weise Rede«, erwiderte Mariţa ohne Eile. »Aber ... was meint ihr zum Körper des Weibs? Da gibt es welche, die sagen, mit unserem Liebreiz brächten wir die Sünde in die Welt, wie es unsere Urgroßmutter Eva getan hatte. Und wir, weniger feste Gefäße, denen Gott diese süße Last der Schönheit aufgebürdet hat, sind wir denn noch würdig, auf Gemälden dargestellt zu werden, wie ihr sie gesehen habt in der weiten Welt, da ihr sie bereistet? Ihr, beispielsweise, würdet ihr gegen gute Bezahlung den Körper eines Weibs malen, das sich aufgrund einer Laune auf einem Bild wie in einem Spiegel sehen möchte, entkleidet und unschuldig, wie ihre Mutter sie geboren hat?«

Sisoe war nicht auf den Kopf gefallen, und bei dieser durchsichtigen Frage regte sich sogleich sein Glied, und jene glückliche Leidenschaft wehte ihn an, die einen erfasst, wenn eine Frau einem die Himmelspforte aufschließt und einem den Wink gibt, einzutreten. Er hatte diesen Kitzel schon vorher gespürt, wenn die Italienerinnen und Französinnen in den Fenstern jener hell beleuchteten Städte des Westens ihn mit einem Lächeln eingeladen hatten, zu ihnen hochzusteigen, und ihn dann glücklich gemacht hatten mit ihrem betörenden Liebesspiel, aber leider auch gegen viel Geld.

»Werte Adelsdame, dafür brauche ich kein Entgelt, denn *il nudo* ist die Blüte unseres Gewerbes. Bei Ser Carlotto hat man uns Frauen gebracht, die sich auszogen, damit wir sie mit roter Kreide oder gleich in Öl auf Papier oder auf der Leinwand darstellen konnten, mal hat es geheißen, sie seien eine Venus oder Leda, die es mit einem Schwanerich getrieben hatte, oder Danae unter jenem Goldregen. Hier aber habe ich noch keine gefunden, selbst wenn ich mit einer Kanone angerückt gekommen wär, und nicht etwa, weil sie sich schämten, sich nackt zu zeigen, wie ihre Mutter sie geboren hat, sie aber auf ein Bild zu bringen, damit jeder sie anschauen kann, kommt ihnen unanständig vor.«

Hier unterbrach sich Sisoe und ließ ein paar längere Augenblicke verstreichen. Dann nahm er sein Herz in die Hand und probierte das Meerwasser mit dem Finger:

»Nur wenn …« Und dabei schaute er die Bojarin zum ersten Mal wirklich an, durchbohrte sie mit seinen grünen Augen, worin sich die Leidenschaft kaum mehr beherrschen ließ.

»Wenn ich eine fände, die dies wünscht … eine edle, werte … aus unseren Gefilden …«, und dabei drückte er ihr Füßchen mit den bemalten Zehen ein bisschen fester in seiner Hand.

Bei diesem Druck konnte die Bojarin nicht mehr an sich halten. Nachdem sie sich minutenlang ohne ein weiteres Wort und schwer atmend mit den Augen verschlungen hatten, stimmte die Frau heiser zu:

»Mich, Meister Mitrofan, mich sollst du machen …«, und suchte seinen Mund.

An diesem Tag gab es kein Malen mehr, denn der Meister warf sie ohne ein weiteres Wort zwischen die Kissen, öffnete geschickt ihre Schalwaren und packte mit fester Hand das Dachsfell zwischen ihren Beinen, das den feuchten Eingang zu ihrer Höhle bedeckte, und drang dann in sie ein, die Frau aber, nicht mehr ganz frisch, bewegte wie eine Verdurstende ihre Hüften, zerkratzte ihm mit ihren ikonenfunkelnden Fingernägeln den schmalen Rücken und gab sich ihm keuchend, stöhnend und mit einer Freude hin, die sie noch niemals verspürt hatte.

Aber an den folgenden Tagen zeigte sich die Bojarin ihm zwischen leidenschaftlichen Umarmungen auch zum Malen, enthüllt und mit großem sündigen Vergnügen, denn dies war immer schon ihre allerliebste Phantasie gewesen: sich nackt und schutzlos den lüsternen Blicken der Männer darzubieten. Und Sisoe gab ihr mit dem Pinsel auf der Leinwand Schatten und Licht, arbeitete konzentriert und unverwandt, als hätte er eine heilige Ikone auf die Leinwand gebracht. Er hatte keine Eile, denn der Winter, wiewohl schon Feber, konnte noch bis in den Ostermond hinein andauern, wenn der Storchenschnee fiel. Zwischen dem Handwerk der Feinmalerei und jenem des Liebens, dachte er, gab es eine sichtliche Ähnlichkeit: Er fuhr nun mit dem Pinsel über die Stellen, über die er vor kaum einer Stunde mit den Lippen und Fingern gefahren war, und empfand dabei das gleiche Vergnügen. Diese Kunst war so, als malte man scheinbar nicht auf der Leinwand, sondern auf dem Körper der Frau selbst und streichelte mit den Eichhörnchenhaaren des Pinsels die aufgeworfenen Lippen des launigen Mädchens ebenso wie der enthemmten Huri, die Augen von der Art seltener Steine, die weiche Alabasterrundung einer Brust, die dunkle Höhlung des Nabels. Und die das Bild vor Augen bekamen, hätten sich gewünscht, die Frau wäre wirklich gewesen und nicht bloß ein Phantasma aus Farben. Das Handwerk der Malerei und jenes der Liebkosung waren für Sisoe ein und dasselbe Handwerk, und er verrichtete beide mit den so männlichen, vor Anstrengung über den grünen Augen, wie die tiefen Seen inmitten der Wälder, kraus gezogenen Brauen.

All dies geschah im grausamen Winter des Jahrs 1827 und dehnte sich dann aus bis in den Lenzmond des nächsten Jahres, Tag für Tag und mit verriegelter Tür, und ohne dass irgendjemand einen Verdacht gehegt hätte. Petrache, der im Gutshaus untergekommen war, sah Mariţa bei den reichlichen Mahlzeiten, wo die Tischgefährten mit den Händen sich die Fleischstücke aus den gebratenen Milchferkeln rissen, Fleisch, das einem auf der Zunge zerging, sich mit dem Zinnlöffel den in den Schüsseln zitternden Hirsebrei mit reichlich Knoblauch und ebenso gründlich mit Fleischstückchen durchsetzt auf die Teller schöpften, die Sarmale in fahler Kohlumhüllung und reichlich mit Rahm darüber besprenkelt verschlangen, sodass sie, vollgestopft, keinen Platz mehr hatten für das in Honig getauchte Gebäck aus Blätterteig, die Pfannkuchen mit Pilzen und Rhabarber, und die Rosenkonfitüre, die gelblich oder rosa auf den ins Wasser getauchten Teelöffeln klebte; und er sah sie abends am Spieltisch, beim Pharo, wenn die Bojarin, an der Wasserpfeife nuckelnd, die Buben und Könige in der Hand betrachtete, und da kam sie ihm allen Französinnen mit ihren bezaubernd aufgetürmten Haaren überlegen vor, denen er in Paris begegnet war, und zugewandter als jede andere Frau. Er hatte sich bis über beide Ohren in sie verliebt und wusste nicht, wie er geheilt werden könnte, denn die Frau eines Freundes und Wohltäters war ihm sakrosankt. Anfangs war er tagelang abwesend, war mit den Bauern zur Jagd gegangen und bei Dunkelheit erst zurückgekehrt mit einem Bündel Fasanen oder einem Fuchs mit rötlichem Fell voller Schrotkugeln, aber dies konnte das Feuer in seinem Herzen nicht löschen. Die Zigeunerinnen konnte er nicht mehr ertragen und verscheuchte sie, wenn er sie, je zwei Mädchen ohne Titten, in seinem Bett liegen sah. Tachi ging er, so gut er es vermochte, aus dem Weg. Er überlegte, nach Bukarest zurückzukehren, aber der Gedanke an eine Trennung von Mariţa schmerzte ihn. Es gab nur noch einen Weg, der war gefährlich, und der führte in den Untergang, aber was beängstigte den armen Petrache mehr als aller Untergang an den Augen der Bojarin? Er beschloss, wieder in Jianus Rotte einzutreten, die er vor fünf Jahren verlassen hatte, obwohl er seitdem etwas rundlicher und kahl geworden war, und auch das Leben inmitten des Waldes nicht mehr zu ihm passte.

Letztes Mal hatte er den Jianu in Sălcuţa getroffen, beim Krippenspiel vor Weihnachten. Jedermann wusste, dass der Jianu kein Krippenspiel ausließ, da mochte die Welt untergehen, und die Leute kamen aus allen Richtungen, nicht so sehr wegen der Geschichte der drei Könige, die von einem Stern geleitet nach Viflaim gelangen, an den Ort, an dem das Jesuskindchen geboren und in eine Krippe gelegt worden war, welche Geschichte auf dem Dorfplatz von den Bauern gespielt wurde, die nicht einmal wussten, dass es Theater auf der Welt gibt, sondern vielmehr, um den berühmtesten Haiducken der Walachei zu sehen, sich über seine stolze Gestalt zu wundern, denn er überragte alle Menschen um Kopfeslänge, ebenso wie König Saul, und zu sehen, wie er auch diesmal wieder den vom Fürsten abgesandten Söldnern, die ihn fesseln oder gleich umbringen sollten, entkommen würde. Für die Tagelöhner und Bauern, aber auch für die Bojaren und Städter war Jianu kein Räuber wie die, die sich in den Wäldern versteckten und stahlen, quälten und mordeten, und vergewaltigten, wie Tunsu oder Popa Andrii, beide der Kutte entsprungen, sondern ein tapferer Recke wie aus dem Märchen, der alles, was er den Rindviechern und Reichen stahl, die er nicht umbrachte, um keine Todsünden zu begehen, an die Armen verteilte. Man hatte ihm Haiduckenlieder gewidmet, und seine Schar war berühmt.

Auch Sălcuţa war begraben im Schnee, ebenso wie Ghergani, von dem es nur wenige Poststationen trennten. Aber zwischen den Baumspitzen und den Kreuzen auf den kleinen Kirchen sowie dem Rauch aus den handbreit über den Schnee hinausragenden Schornsteinen, was alles war, was man von dem reichen Dorf auf der hügligen Fläche sehen konnte, kamen die Bauern sonntäglich gekleidet aus ihren Löchern hervor, wie es sich für einen so großen Feiertag gehörte, an dem der Jahrmarkt nicht fehlen durfte. Zwischen ihnen spazierend, verkauften die rumänischen und jüdischen Kaufleute literweise Schnaps, und etliche Bergbauern waren mit Wagenladungen voller Äpfel und Birnen gekommen, die sie zur Winterzeit in kühlen Kellern gelagert hatten, damit sie nicht verdarben. Hie und da saß ein altes Weiblein auf einem Kohlensack und verkaufte Neujahrssträußchen mit grell gefärbten Papierblumen. Zwei hölzerne Wippen waren auf den Schnee gestellt worden, und Mädchen und Buben stiegen auf die Bänke und ließen sich von den Hünen, die sie in Bewegung setzten, umherdrehen; sie stiegen bis hoch in den Himmel hinauf und fuhren mit fröhlichen Lachern und Schreien wieder herab in den zerstiebenden Schnee. Auf dem Jahrmarkt wurden auch Rinder verkauft, deren Dung auf dem Schnee dampfte, und die Kinder zogen mit einem von einer Ziege gezogenen bunten Wagen durch die Menschenmenge.

Wir schauten von oben, vom Himmelsplafond, herab auf die Versammlung der ameisenkleinen Leute, die auf der blendenden Fläche herumwuselten, und unsere Herzen aus Eis und Feuer wurden von der Fröhlichkeit dieser Sterblichen zärtlich angerührt. »Lasst uns Schluss machen mit dem Menschen, dessen Seele in den Nasenlöchern steckt«, hatten wir einstmals durch Jesaja gesprochen, »denn welchen Wert hat er schon?« Das Schicksal dieser Welt war schon lange beschlossen, allein die Uhrzeit wusste noch niemand, nicht einmal wir, auch der Sohn nicht, bloß der Vater selbst. Alles würde vergehen, bis auf ein paar Auserwählte, die schon vor der Erschaffung der Welt im Buch des Lebens verzeichnet waren, denn die Erlösung kam nur für die schon Erlösten. Aber all diese betrachtend, die es schon im nächsten Augenblick nicht mehr geben würde, ihre grenzenlose Lebenslust, den Zauber ihrer Torheit, der weit aufgerissenen Augen und der offen stehenden Münder mit den schiefen Zähnen darin, der schandhaften Sprüche, die sie sich zuriefen und sich dabei den Bauch hielten vor Lachen, die rohe Zusammenstellung ihrer Kleidungsstücke, ihre im Frost aufgeplatzten Lippen, die vor so vielem Strahlen schon tränenden Augen und ihre liebfertigen Weiber, umfing uns auf unserer azurenen Kuppel die Malincholie. Wie lange hatten wir darum gebeten, man möge uns die Last der Ewigkeit von den Schultern nehmen, wie oft hätten wir nichts mehr gewünscht, als bloß Fleisch und Blut zu sein, damit auch wir wie die dummen und gewöhnlichen Menschen den wilden Geschmack des Glücks verspüren können!

Petrache war den Jahrmarkt auf und ab gelaufen und hatte sich mit ein paar Schlucken Pflaumenschnaps aus einer Flasche aufgewärmt, die mit einem Maiskolben zugestopft war, bis er etliche Bekannte sah: An einer Ecke neben dem hölzernen Podium, auf welches die drei Weisen aus dem Morgenland, Herodes und alle anderen aus dieser alten Geschichte steigen würden, warteten der Tatare Ghiuner, der Nacht für Nacht auf der Schwelle zu Taches Stube in Ghergani schlief, und der exkommunizierte Tudorică, Sohn des Pelzmützenmeisters, der berühmt war für seinen Schabernack und seine Unverschämtheiten, jetzt aber bloß die Leute im Blick hatte, die sich recht seltsam gekleidet zu Füßen dieses Podiums versammelt hatten, um es für die längst spannend erwartete Weihnachtsgeschichte zu betreten. Etwas seitlich davon stampften etliche Darsteller im Schnee herum, um sich warm zu halten, darunter Herodes der Große mit seiner goldenen Krone aus Pappendeckel und in einem langen scharlachroten Leintuch, worauf silberne Sterne genäht waren, um den Mantel vorzustellen, mit langem weißen Bart aus Schafwolle und einem mit Bronzeglanz bestrichenen Stock an der Hüfte als Schwert, dazu die drei Weisen mit spitzen Zauberermützen auf dem Kopf und weißen Mänteln, einer von ihnen mit dunkel und wie ein Schwarzer eingefärbtem Gesicht, die die Kästchen mit dem Gold, der Myrrhe und dem Weihrauch auf den Armen hielten.

Und da gab es auch noch einen römischen Soldaten in eiserner Rüstung, einen ledernen Helm mit rosafarbenen Federn auf dem Kopf, neben zwei weiteren in Söldnerkostümierung, und einen kleineren Jungen, etwas kleiner als Tudorică, ebenfalls in einen safrangelben Mantel eingehüllt, der das neugeborene Kind darstellen sollte. Aber die Leute starrten vor allem zwei andere an, die nicht einmal wie Menschen aussahen, sondern wie Pojatze; einer steckte in einem sehr bunten Flickenkostüm, die Flicken mit dickem, golddurchwirktem Garn genäht, eine eiserne Schachtel auf dem Kopf, die den Helm darstellen sollte, an dem ein Fuchsschwanz angebracht war, der andere war ein buckliger Greis mit einem Rückenhöcker, vor dem Gesicht eine grimmige Maske aus roter Wolle mit Saubohnen als Zähnen. Vorerst hatte er die Maske hochgeklappt auf die Stirn, sodass man sein Gesicht mit dem Bart sehen konnte, der genau so aussah wie der des Herodes. Pelzwams und Mütze trug er umgewendet, und aus den zerrissenen Opanken ragten seine Zehen hervor. Drei Zigeunermusikanten mit Zimbel, schwarzer, wie aus dem Feuer geretteter Geige und großer Trommel reichten sie ebenfalls die mit Bast umflochtene Flasche, die von Herodes und dessen Schar mitgebracht worden war.

Petrache hatte sich zu dem Tataren und dem schwärzlichen Jungen gestellt und wartete mit ihnen, ein kindliches Lächeln auf den Lippen, auf den Beginn des so vergnüglichen alljährlichen Krippenspiels, das dem Volk Oper, Operette und Theaterstück in einem war, wiewohl es nur ein einziges Stück spielen konnte. Aber die Vorführung dessen, was vor beinahe zweitausend Jahren in der unbedeutenden und vergessenen judäischen Welt geschehen war, Ereignisse, die von den Geschichtsforschern nicht für würdig befunden worden waren, in ihre Schwarten aufgenommen zu werden, und die trotzdem die Menschheit erschüttert hatten, konnte noch nicht beginnen, weil der Jianu noch nicht anwesend war. Sodass der Jahrmarkt fortgesetzt wurde mit seiner in allen bunten und extravaganten Farben schillernden Fröhlichkeit und nach Schnaps riechend und Schafswolle und Kuhdung und gefrorener Luft, bis sich schließlich die Haiducken zeigten. Mit einem Mal ließen alle stehen und liegen, womit sie soeben noch zugange waren, Burschen und Mädchen sprangen aus Schränken hervor, dass sie sich beinahe die Beine brachen, die Waren blieben unbewacht liegen, und alle drängelten sich darum, die Haiducken zu sehen.

Es waren etwa zwanzig Mann, die da jeweils zu zweit in hochfestlicher Kleidung, Federn von Gebirgshähnen an den Hüten und die Flinten mit trichterförmiger Mündung in den Händen, den versammelten Leuten ihre Aufwartung machten. Diese drängten sich an sie heran, doch wenigstens mit einem Finger einen von ihnen berühren zu können. Die Dörfler waren die Sklaven der Äcker, zum Gotterbarmen, aber die tägliche Plage kam ihnen erträglicher vor, wenn sie wussten, dass es im Wald auch für die Bojaren nicht leicht war. Denn jene konnten nicht die große Straße nehmen, ohne von Jianus Schar in grausamster Weise bedroht zu werden, die stets unerwartet auftauchte und sie bis aufs Hemd ihrer Kleidung beraubte und ihnen alles abnahm, was sie bei sich hatten, und gnade ihnen Gott, wenn ihnen die Ringe nicht leicht von den Fingern glitten, denn dann wurden sie ihnen samt Finger weggerissen. Die Bojarinnen aber wurden entkleidet und reihum von der ganzen Schar vergewaltigt, dann ließ man sie splitterfasernackt in den undurchdringlichen Wäldern wieder frei.

Vorneweg kam der Jianu, aus der Ferne schon größer als sie, breiter und männlicher, geschniegelt, die Bartspitzen auf ungarische Weise gezwirbelt. Unter seinen geröteten Wangenknochen zeichnete sich ein breites Lächeln ab, und er winkte allen mit seinen beringten Händen zu. Am Ohrläppchen trug er eine Nadel mit einem Jaspisstein. Er hatte sich einen Bojarenmantel über die Schultern geworfen, dessen Ränder in Zobelfell gefasst waren, und in dem zwei Hand breiten Hüftgurt steckten der Dolch mit dem Schildpattgriff und zwei Pistolen. An seiner Seite befand sich stets sein Diener, ein gestandener Mann von etwa fünfzig Jahren, kahl und spitzbäuchig, in einem schlechten Gewand aus grober Bauernwolle, auch trug er an den Beinen nicht etwa gewichste Stiefel wie die Haiducken, sondern Opanken, wie sie die Dorfleute trugen. Die Räuber wandten sich dem Holzpodest zu, wo sie die erste Reihe besetzten und ihre Augen nach jungen Frauen umherschweifen ließen, die ihre Blicke mit glühendem Augenspiel erwiderten, und die Menge bemühte sich, jenseits ihrer breiten Schultern und der Fasanenfedern an den Hüten etwas sehen zu können. »Ihr könnt anfangen, liebe Leute, Gott mit euch!«, sagte der Jianu mit nach Gesang klingender Stimme, und sogleich begann die große Trommel zu bummern, die Geige kratzte los, und die Zimbel schwenkte in den Ton eines teuflischen Bauerntanzes. Die kleine Schar Dörfler, als König, Weise und Soldaten gekleidet, bestieg die Bühne, und als sich plötzlich völlige Stille ausbreitete, sodass man nichts mehr hörte als die in den Bäumen krächzenden Krähen und ferne heulende Wölfe, begann das Krippenspiel.

10

Von dort, von der schrecklichen Erzählung über die vertauschten Köpfe aus der *Geschicht von Kaiser Skinderiu, des Abenteuer aus dem Türkischen übertragen worden in der Romänen Sprach,* wie es auf der ersten Seite der zerfledderten Scharteke hieß, sollten dein Aufstieg zu Größe und dein Untergang herrühren, denn ohne dass du dich in Zeiten des Umschlags jener List entsonnen hättest, die sich ein Philosoph ausgedacht hatte, der nicht ganz bei Sinnen war, wärest du an Wegkreuzen, im Archipel vielleicht, oder auf einem der tausend Wege des Sandlandes zugrunde gegangen, wie fast alle deinesgleichen zugrunde gegangen sind, die Aufrührer und Kopflosen dieser täuschenden Welt, und niemals auf den Kaiserthron des heiligen Äthiopien gestiegen. Du hattest aber auf jenen schrecklichen Seiten erfahren, dass auch dasjenige, das göttlicherseits nicht möglich ist, durch die Gegenseite erreicht werden kann, es bedarf bloß des Willens, und sei er auch so klein wie ein Senfkorn. Der Feigenbaum hatte sich auf deinen Befehl hin ins Meer verpflanzt und seine Früchte, wie Brüstchen zart, getragen, aber wie lange währte dies, Theodoros? Als Ghiuner, der Tatare, schwieg, und die Geschichte von Arcoş Pascha, der es gewagt hatte, den Frost herauszufordern, noch in deiner Schädeldecke in blutigen Eisblumen erblühte, begannst auch du, zögerlich erst und mit vor Kälte schmal verklebten Nasenlöchern, im gemächlich auf dem runden Schneefeld vorangleitenden Schlitten und beim Trappeln und Schnauben der Pferde, von deren Rücken Dampfschwaden aufstiegen, deine Geschichte abzuspulen.

Denn du hattest in jener Geschichte gelesen, dass der junge und allzu schöne Prinz Skinderiu irgendwann einmal nach Halep geschickt wurde, in ein riesiges Reich, und dort in Liebe zur Tochter des Kaisers, Melixima, entbrannt war. Und in einem anderen Reich, in Trapuzanu, hatte der dortige Kaiser einen großartigen Sohn, der noch nicht gedient hatte und von hässlichem Aussehen war, den er ebenfalls nach Halep schicken wollte, damit er dem Kaiser von Halep anstelle des vielgeliebten Skinderiu diene. Und jener hinterhältige Prinz hieß Firusah. Der etwas verrückte Philosoph, Ratgeber des Kaisers, riet diesem, einen Kunstmaler nach Halep zu schicken, damit dieser das Gesicht des Skinderiu abmale, denn das würde gebraucht werden. Der Maler gelangte dorthin und bat Skinderiu, ihm zu erlauben, sein Gesicht zu malen. Und Skinderiu packte den Maler und brachte ihn hinter den Vorhang in den Harem, weil er, wie er sagte, nur dann, wenn er sich mit Melixima liebe, ein wirklich reines Gesicht habe. Der Maler aber sah die beiden, wie sie sich im Bettzeug liebten, malte Skinderiu ab und brachte das Bild dem Kaiser von Trapuzanu. Der Kaiser rief seine zwölf Philosophen zusammen und fragte sie, wie er es anstellen könnte, das Gesicht von Skinderiu auf das hässliche Gesicht seines Sohnes zu bringen, und elf der Philosophen sagten ihm, so etwas ginge nicht. Einer aber, der Geheime Rat, sagte, das sei möglich. Man müsse bloß einen jungen Mann finden, der im Gesicht Ähnlichkeiten mit Skinderiu aufweise. Sie stellten das ganze Reich auf den Kopf, bis sie schließlich den Sohn eines Lebensmittelhändlers fanden, der genau so aussah wie jener. Und der Philosoph gab ihm einen Beutel mit hundert Goldstücken und brachte ihn zum Kaiser. Und sie bauten einen Kubus aus Glas, worin drei Leute Platz fanden, und packten ihn in den Garten des Palastes, worauf der Philosoph dort Firusah und den Händlersohn hineinführte, sie Rücken an Rücken miteinander verband und mit Gräsern betäubte. Dann schlug er ihnen mit dem Säbel die Köpfe ab. Sodann nahm er die Köpfe und vertauschte sie, indem er den Kopf von Firusah dem Händlersohn zwischen die Schultern setzte und dessen Kopf zwischen die Schultern des Prinzen, worauf er sie mit Salben bestrich, sodass die Schwertwunden verheilten. Nun gab er ihnen andere Gräser, und die Burschen erwachten, und sieh an, der Lebensmittelhändlersohn war nun Firusah, und dieser war das getreue Abbild von Skinderiu, ohne dass man die Täuschung hätte merken können.

Bei diesen Worten brach deine neunjährige Kinderstimme, denn als du diese Geschichte erzähltest, sahst du dich tatsächlich in jenem Glaskubus und den Philosophen mit seinem Schwert auf dich zukommen, spürtest beinahe die kalte Klinge an deinem Hals und das Blut mit kräftigem Strahl auf das Glas spritzen, dort mit Blasen durchsetzt an der glatten Fläche hinabrinnen, und sahst zitternd vor Grauen, wie dein Kopf auf den Hals eines anderen Körpers gesetzt wird, dort festwächst, und du ein anderer Mensch wirst. Auch jetzt im Schlitten zittertest du bei dieser Vision, und dir schien, als habest du das nicht über jemand anderen gelesen, als sei es dir tatsächlich geschehen, oder vielleicht auch nur im Traum. Weiter als bis zu der Stelle mit den vertauschten Köpfen hattest du nicht in dem Buch gelesen, ja du hast es sogar in das große Feuer in der Küche geworfen. Ghiuner hatte dann die Zügel in die linke Hand genommen, dir seine rechte auf die Schulter gelegt und dich besänftigt.

In Sălcuţa angekommen, zogt ihr eine Weile über den Jahrmarkt. Ghiuner hatte dir Salep und Sugiuc mit in Most eingeweichten Nüssen gekauft und dir einen safrangelben Fes aus Papier aufgesetzt, dann erst genehmigte auch er sich ein Gläschen Schnaps wie alle Leute, und nun erwartetet ihr zufrieden das Krippenspiel. Herr Petrache, der Freund des Herrn Tachi Ghica, den du vom Gutshaus kanntest, hatte sich euch ebenfalls angeschlossen und zwinkerte dem jungen Mann anerkennend zu, dich aber nahm er nicht einmal zur Kenntnis, du warst schließlich noch eine Rotznase. Die Ankunft der Haiducken dann hatte dich zutiefst verwundert und verängstigt. Auf dem Gut sprach die Dienerschaft über nichts als über diese, sie wurden Adler der Berge genannt, man segnete sie und wünschte ihnen höchste Glückseligkeit, denn sie waren Diebe, die sich zum Volk mitleidig verhielten und alles, was sie den Reichen stahlen, an die Armen weitergaben. Vor allem aber redeten sie von Jianu, mit dem der junge Bojar anscheinend in geheimen Beziehungen stand.

Was sagten die Leute nicht alles über ihn, dass die Kugel ihn nicht verletzen könne, weil ihn die Baba Hârca besungen und behext hatte, auch dass er über das Gras der Bestien verfüge und jede Kette mit den Zähnen zerbrechen könne, wie eine Hostie. Dass er sich von den Häschern einfangen ließ, um sich über sie lustig zu machen, denn weder seidene Stricke noch Ketten konnten ihn fesseln, sie fielen von ihm ab wie Garn. Man hatte altehrwürdige Lieder auf ihn geschrieben und seine Wege nach Zarigrad, wo er die Türken mit dem zweischneidigen Schwert niedermachte und Kreise durch sie zog, selbst wenn sie zu hunderten sich auf ihn stürzten. Als er einmal in Iedikule im Kerker gefangen saß, hatten ihn die Raben ernährt. Wie er mit einem Kajik auf der Donau Chira Chiralina höchstselbst geraubt habe, die schönste Blume des Gartens, Geliebte eines seltsamen schwarzen Mauren mit wulstigen Lippen aus Ghiulbasan, und sie zu seiner treuen Gattin gemacht hat. Dass seine Nahrung aus dem Sterlet und dem Sternhausen bestand, Fischen mit menschlichen Augen, die auch menschlich sprachen, und sein Getränk der serbische Sliwowitz, zwei Jahrhunderte alt.

Tatsächlich, der Jianu, den du jetzt von seinen Recken umringt in Fleisch und Blut vor dir stehen sahst, war großmächtig, den hellenischen Helden gleich, von denen die Mutter Sofiana dir vorgelesen hatte, der zu schnelle Achill und der schlaue Odysseus, ja du sagtest dir sogar, er hätte die im offenen Kampf überwunden, denn er war größer und kräftiger als sie, und die alten Hellenen konnten auch nicht mit der Flinte schießen, denn diese Waffe war zu ihren Zeiten noch nicht vorhanden. In der dann folgenden Stunde teiltest du deine Blicke auf zwischen dem Krippenspiel auf der Dorfbühne und den Haiducken, die ebenfalls alles mit den Blicken aufsogen und den Ablauf der Geschichte mit herzhaftem Gelächter oder bewundernden Schimpfworten begleiteten.

Die alte Geschichte von dem Kind in der Krippe hatte mit einem unvorstellbaren Krach begonnen, die Musiker mühten sich nach Leibeskräften, ihre Instrumente zu quälen, die riesige Trommel und die Geige, die einem das Gehör durchlöcherte, dazu die Zimbel, die sie schrill begleitete. Und zu dieser teuflischen Musik betraten der große Herodes und ein Grenzwächter die Bühne. Die Musik war ebenso plötzlich zu Ende, wie sie begonnen hatte, und die beiden erhoben ihre Stimmen zur Unterhaltung der Menge. Herodes erfuhr von dem Grenzer, dass drei Fremde gefangen worden waren, Philosophen und Herrscher aus dem Osten, die einem Stern gefolgt waren, um nach Viflaim zu gelangen und vor Christus des Namens Messias niederzuknien. Er befahl, die Fremden mögen ihm vorgeführt werden, worauf der Grenzer ging und mit den drei Weisen zurückkehrte. Diese traten mit gemeinsamem Gesang auf, und Gaspar, der Araber und Würdigste unter ihnen, setzte dem Herrscher auseinander, dass sie im Persischen aufgebrochen waren, um ein Kind zu sehen, das kürzlich geboren worden sei. Dann ergriffen auch Melchior und Valtazar das Wort, und während sie sprachen, plante Irod im Stillen, ihnen mit seinem wütigen Schwert die Köpfe abzuschlagen. Die Weisen berichteten dem Herrscher, der Prophet Jeremias, der vorausgesagt hatte, einer der Israeliten werde die mächtigen Bethlehemer vernichten, habe sie geschickt. Nun entdeckte er ihnen, dass er selbst ein Bethlehemer war und dazu noch ein mächtiger Herrscher, bei dessen lauter Namensnennung die Vögel vom Himmel fallen und die Sterne sich versteckten. Wenn er auf seinem schwarzen Pferd, das große Schwert in der Hand, in Viflaim einreitet, erbebt die Erde. Auf diese letzten Worte hin begannen die Zigeuner wieder, und diesmal mit noch lauterem Rummstataa, zu musizieren. Alle auf dem Podest begannen, ihre Beine zu regen und ihre Kehlen weit aufzureißen, dass selbst der Jahrmarkt zu schwanken begann.

Während er seine Pappendeckel-Krone wieder geraderückte, redete Irod weiterhin auf die Weisen ein, er habe, nach Viflaim eingeritten, vierzehntausend Kleinkinder vom Zweijährigen abwärts zerstückelt, und unter diesen auch diesen Christus. Dies konnten die Weisen nicht hinnehmen, und der Astronom Valtazar, wie er im Krippenspiel verdrehtrum benamst war, bedrohte den Irod mit Feuer und Schwefel, wenn er sich nicht taufen lasse in Christus, denn weil er ein großer Zauberer sei, könne er den Planeten und Kometen im Himmel gebieten, herabzufallen und ihm das Reich zu verbrennen. Irod erglühte in Zorn und schickte sie ins Gefängnis, doch Gaspar ging in die Knie und betete zum himmlischen Herrscher, er möge über Irods Reich flüssiges Pech ausgießen und Schwefel und seinen Palast zu Asche verbrennen, damit auch er an Christus glaube, doch wenn er auch dann noch nicht glauben wolle, so möge er geschlagen werden mit Krätze und Pest.

Dann vollzog sich unter den Augen der Massen, die begierig die Worte vom Podium aufgesogen hatten, das Wunder, das immer beim Krippenspiel in Sălcuţa geschah, wo der helle Winterhimmel, dem Saphir in seiner strahlenden Reinheit gleich, mit einem Mal bernsteinfarben wurde, dann flammend und gleich auch von blauer Nacht. Auf dem gesamten Himmelszelt zeigten sich die Sterne, groß wie Quitten, sodass die Himmelskuppel sich unter dem Gewicht noch mehr wölbte, und Kometen mit Feuerschweifen und Planeten, die gemächlich ihre Bahnen zogen durch das Funkeln der himmlischen Pfade. Und all die himmlischen Heerscharen, die Henne mit den goldenen Küken, die Königstochter mit dem Tragjoch, der Weiher mit der Rinne und die Sense, allesamt kreisten sie auf den unverständlichen Pfaden des Herrn um den Großen Wagen und richteten glühende Pfeile und Speere auf den unbesonnenen Irod, der sich gegen den Schöpfer gestellt hatte. Blitze und Donnerschläge gingen über ihm nieder, sodass er so rot wurde wie einer der auf die Kirchenwand gemalten Teufel beim Jüngsten Gericht. Schließlich stürzte er, von himmlischer Verdammnis überwältigt, auf die Bretter. Unter Donnergrollen und beängstigendem Gedröhne schrie er lauthals, wand sich wie eine Blindschleiche, wehklagte und bat um Vergebung. Erst als Gaspar, der Araber, ihm verzieh, indem er ihn vom Boden aufhob, heiterte die Himmelskuppel sich langsam wieder auf, und nur das fahle Phantasma des Vollmonds war gen Süden hin noch zu sehen. Dann erhob sich Irod, schüttelte seinen Mantel aus und bat die drei Weisen, ihn auch zu Christus zu bringen, damit er sich vor ihm verbeugen könne. Diese aber durchschauten die Täuschungsabsicht, erhoben sich drei Handbreit in die Höhe und flogen dann über den Jahrmarkt hinweg, um sich gen Osten hin auf ihrem Weg nach Viflaim zu verflüchtigen. Und nun sollte sie auch niemand mehr zu Gesicht bekommen, bis zum Krippenspiel des nächsten Jahres.

Irod aber wollte nicht ablassen von seiner Bosheit und befahl dem Grenzer, er möge ihm einen Knaben bringen, jünger als sieben Jahre, um durch ihn diesen Christus zu finden und umzubringen, wie all die anderen Kleinkinder. Dann beginnen die Spielleute von der Geburt des Kindes in einer Viehkrippe durch die Jungfrau Maria zu singen, aus dem Geschlecht des Avram, dem Samen Davids, und gezeugt durch den Heiligen Geist. Und wie die Engel im Himmel sie rühmend besingen. Zu diesem besänftigend gestimmten, süßen Gesang betritt nun auch der siebenjährige Junge das Podest, der Irods Fragen wie aus dem Katechismus beantwortet. Weil er die Dinge kennt, die kommen werden, prophezeit er, dass Christus, aus einer Jungfrau geboren, dreiunddreißig Jahre lang auf der Erde wohnen, von Johannes dem Täufer getauft werden und die Welt von der Sünde erlösen werde. Die vier Evangelisten würden über ihn schreiben: Matei, Marcu, Luca und Ioan. Er wird gekreuzigt werden, dann in ein Leintuch gewickelt begraben werden und am dritten Tage wiederauferstehen und seinen Platz im Himmel zur Rechten des Vaters einnehmen. Hier kniete Irod nieder und gab sich geschlagen, schließlich hatte er damit gerechnet, dass der Stern aus dem Osten sich über seinem Kopf niederlassen würde, aber er hatte sich über dem Kopf Christi, des Knaben aus Nazareth, niedergelassen. Also betete er zu den Göttern aus Holz und Kupfer, vor deren Größe er erschauerte, sie mögen das Opfer der vierzehntausend Kleinkinder aus Viflaim annehmen, die nur umgebracht worden waren, damit der Messias nicht geboren würde. Worauf aus der Menge heraus eine Frau aus Leibeskräften schrie: »Gottes Stimme, nicht die eines Menschen!« Und alle Anwesenden vereinten sich im Schrei: »Gottes Stimme, nicht die eines Menschen!«

Hier setzte nun wieder die Musik ein, die Trommel schlug zum Fellzerbersten, die Saiten der Geige rissen und peitschten die Luft, die Weiber klammerten sich verängstigt an den Armen der Männer fest, denn alle wussten sie, was nun folgen sollte. Wieder verdunkelte sich der Himmel, und eine tiefe, rächende Stimme erklang aus den Tiefen der Erde. Irod aber fuchtelte und schlug mit den Armen um sich, als wollte auch er den drei Weisen hinterherfliegen, doch er strauchelte, Blut rann ihm aus dem Mundwinkel und den Nasenlöchern, und er fiel auf das Holz des Podests. Aus dem Rücken krochen ihm große dicke Maden, die ihre blinden Köpfe, schwarze und weiße, gen Himmel reckten. Der bucklige Alte und der Pojatz, sie hatten auch das Podium bestiegen, schossen plötzlich wie besessen, Schaum vor dem Mund, los und tanzten den Geamparale-Tanz um den Leichnam, dass ihnen die Bundschuhe beinahe in Fetzen von den Füßen flogen. Die von Grausen erfasste Menge rannte stolpernd davon, verkroch sich in den Höhlengängen unter dem Schnee, aus denen sie hervorgekommen war, und auf der öden, verschneiten Ebene blieben nur noch die verlassenen Wippen, die muhenden, angepflockten Rinder und ein paar bunte, über den Schnee verstreute, an Stecken gebundene Papierblumen. Der Himmel war jetzt derart durchscheinend, dass er Kühe und Baumwipfel und die hölzernen, mit bunten Bändern geschmückten Ziegen und die Kinderfiedeln spiegelte und maßlos über die gesamte Himmelskuppel ausbreitete, die sich gemächlich gen Westen neigte.

Auch ihr drei ranntet vor dem Graus solch unirdischer Gespenster davon, aber nicht auf die Löcher zu, durch die Rauch aufstieg aus den Häusern unter dem Schnee, sondern in die Wälder, wovon die Berge genügend trugen, mit derart hohen Rot- und Weißbuchen, dass sie, selbst bis zur halben Höhe im Schnee steckend, noch einen echten Wald darstellten. Einen traurigen, leeren Wald, ohne ein Vogellied, mit schwarzen Zweiglein, die sich dünn wie Spinnennetze in den Himmel zeichneten, und derart schütter, dass man mit einem Blick all das wilde Getier sehen konnte, das in jener Einöde lebte, Wildschweine, Füchse, Dachse zwischen schwarzen, einseitig beschneiten Stämmen. Spechte mit zinnoberroten Köpfen klopften an die nackten Bäume und ließen sie wie Lauten erklingen. Mit dem Getier und ebenso bibbernd wie dieses konnte man im Herzen des Waldes auch Jianus Haiducken rings um ein fröhliches kleines Feuer stehen sehen, dessen bitterorangenfarbene Flammen aus dem Schnee hochloderten. Zu ihnen hin wart ihr eilig unterwegs, da ihr auf den knirschenden Schnee tratet, Rauhreif in den Wimpern und Brauen, und als ihr nah beim Feuer wart und die Räuber euch willkommen hießen mit den Blicken und Platz machten am Feuer, damit ihr euch die Hände wärmtet, da habt ihr endlich begriffen, warum die Recken so eng im Kreis herumstanden wie zur Hora. Petrache grinste breit, denn schließlich war er schon früher mal mit den Haiducken unterwegs gewesen und kannte die Prozedur bestens. Du aber und Ghiuner habt die Augen zwiebelgroß aufgerissen, als wäre dies ein weiteres Wunder, da ihr saht, was ihr euch niemals hättet vorstellen können. Das war also der Tag der wunderlichen Gesichte, als hättet ihr allesamt Tollkirschen gegessen gehabt.

Denn die Recken in Waldräuberklamotten, Pistolen am Bund und Krummdolche in den Händen, der Jianu vorneweg, standen nun mit ausgestreckter Hand da, und sein dummer Diener, der Greis und Wegelagerer, über den sie bis dahin allesamt gestolpert waren, saß mit einem großen aufgeschnürten Beutel in ihrer Mitte und legte jedem je einen herrschaftlichen Taler auf die Hand, und dem Jianu derer sieben. Alle bissen sie auf die Münze, sagten dann Gottvergelts und küssten dem Alten höchst zeremoniell die Hand. Worauf sie Speck auf die Zweige steckten, ihn über dem Feuer brieten und immer wieder mal mit dem Schnaps aus ihren Feldflaschen übergossen, was wahrlich einen göttlichen Geruch verströmte. Nachdem sie das Weihnachtsspiel gelobt hatten, das anscheinend besser war als vor zwei Jahren und als das vom letzten Jahr, vereinten die Haiducken ihre Stimmen in einem althergebrachten Lied über die Taten des Jianu, einem Lied, das gebaut war aus vielen sich überschneidenden aufsteigenden hohen Tönen und tiefen, wie man es nicht einmal zu Ostern in der Mitternachtsmesse zu hören bekam. Zwischen all den meisterlich singenden Stimmen erhob sich klar wie das reinste Quellwasser und süß wie der junge Wein die Stimme des Haiduckenkapitäns selbst, der rotbackig und so heiter wie getragen seine eigenen Streiche besang. Der Wald erschallte von einem nie dagewesenen Stimmengeflecht. Spät erst, nach etlichen Gesängen, die in den Wipfeln die Fasanen verschreckten, gaben sich alle den Guten Tag und brachen zu zweien auf zum Fußmarsch gen Sonnuntergang. Ihr bliebt zurück mit dem Buckligen, der listig lächelte und schwieg, die Augen auf die goldglänzend über den Schnee geschmierten Flammen gerichtet. Dunkelheit senkte sich über die Welt.

Der Tatar zwickte sich, um sich zu vergewissern, dass es nicht bloß ein Traum war: Wie konnte der Jianu diesem verschlagenen Diener die Hand küssen? Er näherte sich Petrache und befragte ihn leise, und du warst ganz Ohr:

»Meister Petrache, du kennst sie, warst als Haiduck bei ihnen nach dem Tod vom Vladimirescu. Wo sind all die Menschensleut hin? Was ist das gewesen hier, was die da abgezogen haben, eine Jahrmarktskomödie?«

Und Petrache, etwas steif nach so viel Schnaps, beschied ihn, er würde selber den Buckligen fragen. So setztet ihr euch alle an das kleine Feuer dem anderen gegenüber.

»Väterchen«, hob Petrache verhalten an und beugte sich zu dem Diener, »dieser tatarische Mann, Ghiuner geheißen, und dieser Bub hier sind vertrauenswürdige Diener des Herrn Tachi in Ghergani. Die sagen es keinem, dies bekreuzige ich, wenn du ihnen das Geheimnis der Haiducken sagst. Für die leg ich meine Hand ins Feuer.«

»Das braucht es nicht, lieber Petrache, du musst nicht ins Feuer springen für niemand, denn was, wenn du übelst versengt wirst für einen, und der ist dessen nicht würdig? Lasst uns noch einmal die Feldflasche da küssen, und ich werd euch eine Geschichte erzählen, die, wenn sie auch nicht allzu wunderlich, so doch nur allzu wahr ist. Denn selten ist's auf dieser Welt um die Dinge so bestellt, wie wir sie mit unseren Augen sehn aus Fleisch, die sich so leicht doch täuschen lassen. Vielleicht wird wenigstens dem Buben da, der schlau zu sein mich dünkt, diese Geschichte eine Lehre sein.«

Die Geschichte von Jianus Diener, von diesem selbst nun aufgedröselt, da sich der Abend niedersenkte und auf der violetten Himmelskuppel die ersten Sterne glommen, geschickt und ausgeschmückt vorgetragen, mit Rückblicken in Vergangenheiten und Sprüngen in die Zukunft, dann auch wieder umkehrend zum heutigen Tag, wie seidene Jujuben, die einen Strauß Zinnien zusammenbinden, war die eines Bragamacher-Lehrlings auf den morastigen Straßen von Bukarest, als sich das schwere Blatt des Jahrhunderts wendete und neue Leute und neue Laster auf der Erdoberfläche erschienen. Iancu, der Bauernsohn, aus größter Armut in den Humus der Stadt gelangt und dort von dem Türken Suleyman der Bragamacher, einem guten und sanftmütigen Mann, herausgepickt, damit er ihm Lehrling sei, mahlte jeden Abend die Hirse, aus der die Braga oder Boza, wie sein Herr sie in seiner Sprache nannte, gemacht wurde, dann goss er frisches Wasser von der Pumpe in der Vorstadt darüber. Morgens brachen sie gemeinsam auf durch krumme Gassen, von Hunden verbellt und von Bettlern bedrängt, zwischen verfallenen Häusern hindurch, davor manchmal ein Oleander, Suleyman voran mit einem Trumm von

Blecheimer voll des trüben Getränks, in dem ein Brocken durchscheinenden Eises schwamm, und hinterher der kleine Iancu mit der Kanne, aus der einer nach dem anderen die Kunden tranken und sich erfrischten, sowie dem Beutel, in den er die Klimpermünzen steckte. Vor allem aber hatte der Junge den Stab mit dem kugeligen Knauf im Gurt stecken, dessen es für die Kämpfe mit den Salepverkäufern bedurfte, mit denen sich die Zunft der Bragaverkäufer in ewiger Zwietracht befand: Wo auch immer sie innerhalb des Marktfleckens aufeinandertrafen, kam es sofort zur Keilerei, die von sämtlichen Gaffern mit Gelächter und von den herrenlosen Hunden mit lautem Gekläff begleitet wurde. Wie oft kamen die beiden abends mit zerfetzter Kleidung wieder nach Hause, den Eimerinhalt in den Straßenstaub gekippt, die Schädel eigeschlagen und um das Eingenommene beraubt!

Heute so und morgen so, der Junge hatte an Jahren zugelegt, wenn auch nicht an Statur, und nachdem der gute Türke zu seinen wohlverdienten Huris und dem Hirsebrei der jenseitigen Welt aufgebrochen war, derer er auf dieser Welt nicht hatte teilhaftig werden können, gab er diesen schädigenden Bragahandel auf und wurde Polizeisoldat, um schon nach kurzer Dienstzeit Hauptmann zu werden. Hier nun war seine Aufgabe, kleine Streifscharen zusammenzustellen, die auf der Suche nach den Straßenräubern die Wälder durchkämmten. Es dauerte nicht lange, und er kannte sie alle, wusste, wozu sie jeweils imstande waren: Drei, vier Zerlumpte hielten die Kutschen der Bojaren an, setzten ihnen die Flinten an die Brust und zogen sie aus bis aufs Hemd, und diese brachten der Kirche dann sogar noch Spenden dar, dankbar, dass sie ihre Seelen gerettet und ihr Leben zweibeinig aufrecht verschont ward. Keine Rotte Gesetzloser räuberte länger als ein oder zwei Jahre, alle wurden sie von den Streifen gestellt, auf das Erbärmlichste gequält und inmitten der Marktflecken zur Schau gestellt oder in die Salzbergwerke geschickt, das Salz zu schneiden.

Dies konnte Iancu überhaupt nicht gefallen. Nicht um Jagd auf Straßenräuber und Banditen zu machen, war er ins Kommissariat eingetreten. Er erinnerte sich an die Händel mit den Salepverkäufern seiner Jugendzeit, dass sie sich wie die Irren auf dem Acker prügelten, mitunter eine geschlagene Stunde lang, und wie groß ihm der Sieg vorkam, wenn er das mit Honig gesüßte Salep des Gegners in den Morast goss. Er entsann sich des einen oder anderen blinden Greises, der an einer Wegkreuzung vom Pfau der Wälder sang oder vom Gruia des Novac oder von Pintea dem Haiducken, große Gesetzlose von einst, vor denen sich auch die Soldaten fürchteten und mit denen die herrschaftlichen Fräulein Liebschaften eingingen. Wo waren die verwegenen Kühnheiten von einst geblieben? Wo waren die berühmten Räuberhauptmänner, von denen die Musikanten sangen, die Haiducken, die eine Bouteille Wein in einem Zug austranken und den ganzen Bock auf den Bratspieß steckten, die schwer bewaffnete Streifscharen über den Haufen warfen, als wären sie Spielzeuge für Säuglinge gewesen? Wo waren die Scharen von dreißig, vierzig tapferen Recken, die auch den Fürsten zur Ader ließen, wenn er durch ihr Buchen- und Ulmenreich zog? Wo waren die Bauern, die sich die Mütze vom Kopf rissen und verneigten, wenn diese Helden ins Dorf geritten kamen und ihnen Goldmünzen zuwarfen, aus Mitleid mit dem erniedrigten und unterdrückten Volk? In heutiger Zeit ein paar Verlauste mit der Wurfschlinge einzufangen, hat nichts Löbliches mehr an sich und nichts Erfreuliches. Was sollte das für eine Genugtuung sein, die Räuber auszuheben aus dem Nest, dass sie nicht mal das Flintenrohr ergreifen können? Gar keine. Was sollte das für eine Befriedigung sein, sie auf die Leiter zu ziehen und ihre Sohlen mit der Rute zu bearbeiten, bis sie verkrüppelt waren? Gar keine. Und was war das für eine Freude, sie hängen zu sehen auf dem Krähenberg? Gar keine. Als er sich zum Hauptmann befördert sah, ersann Iancu einen Plan, der das Spiel etwas würdiger und ruhmreicher gestalten sollte, denn wenn in jenen trübe verworrenen Zeiten kein anständiger Haiduck nach altem Schrot und Korn in den Wäldern der Walachei aufgetaucht war, wollte Iancu, so hatte er es sich überlegt, einen erfinden.

Im Frühling das Jahres 1821, als Vladimirescu den Aufruhr begann, lud Iancu unter dem Siegel strengster Verschwiegenheit zehn der berühmtesten Musikanten in seine Dienststelle ein, den Filimon Papură und Puradel

Zlătarul, den Canache Weltwunder und Tachi Geampara, Vanea Pastramă und Todoraki Fosmu, Lenţa Tălăniţa und Vrabia Isopeasca, Barbu Soitaru und Ivan Posluşnicu, die er mit einem überaus reichhaltigen Mahl bewirtete, um ihnen mit dem strikten Befehl, den Mund zu halten, seinen Auftrag zu erteilen: Alle sollten sie die bestens gedrechselten Gesangsstücke über Iancu, den Haiducken, schaffen, der, so er nun einmal aus einem Dorf am Ufer des Jii herrührte, sich Iancu Jianu nannte. Als dann allesamt wie mit einer Stimme und doch auch durcheinander ihn davon in Kenntnis setzten, dass sie von der Existenz eines solchen Haiducken auf der Welt nichts wüssten, sagte er verhalten lächelnd:

»Jetzt gibt es ihn nicht, wenn ihr aber seine Taten besingt, wird er es sich nicht nehmen lassen, aufzutauchen.«

»Und was sollen wir über ihn sagen, mein Honigkuchenpferdchen?«, schaute ihn Vrabia verblüfft an.

»Das werde ich euch in allen Einzelheiten kundtun, denn darum habe ich euch hier versammelt, und nicht etwa, um euch umsonst den Bauch zu füllen«, antwortete er und packte ihr einen Beutel in ihre schwarze Hand mit den Ringen aus Zinn. Alle bekamen sie ihre Beutel, und wenn drei Monate lang schon in Dörfern und auf Jahrmärkten von den tapferen Abenteuern und Taten des Jianu gesungen worden ist, sollten sie allesamt noch einmal genau so einen Beutel bekommen.

»In Wirklichkeit bin ich Iancu Jianu«, sagte der von ihnen bislang für den Diener der Haiducken Gehaltene mit bescheidenem Lächeln, aber auch einem spitzbübischen Funkeln in den Augen, du und Ghiuner aber, ihr saßt versteinert da, vergaßt sogar zu atmen.

»Er ist der Jianu, haja, Brüder!«, bekräftigte auch Petrache und schlug ihm liebevoll auf den Rücken.

»Aber all die tapferen Männer, die zum Weihnachtsspiel gekommen waren? Und der Hochaufgeschossene mit den Grübchen in den Wangen?«

»Ach die … Das sind meine Leute von jenseits der Berge. Ich habe sie direkt aus Koloszvár gebracht, wo es eine Oper gibt, wie in den Ländern des Westens: Der Große ist Hans Himmeldorfer, ein berühmter Sänger mit einer feinen Stimme, weshalb man ihn Tenor nennt, und die anderen singen alle zusammen im *Tancred*, einer wunderbaren Musik von Meister Rossini. Wenn ich sie rufe, wollen sie sich nicht eigentlich auf den Weg machen, obwohl ich sie gut dafür bezahle, denn alle zwanzig mit Hans vorneweg sind verliebt in Amenaide aus der Oper, ihrem wahren Namen nach Ildiko, also kommen sie allesamt und auf einmal, damit bloß keiner in Koloszvár mit ihr allein bleibe. Bei solchen Ereignissen wie in Sălcuţa, aber auch wenn wir mit den Gewehren in den Wäldern herumschießen, müssen sich auch ein paar Haiducken zeigen, die auch wie Haiducken aussehen, sonst beginnen die Leute zu zweifeln, und mir wäre es ganz und gar nicht recht, käme heraus, dass der berühmteste Haiducke niemand anderer als der Chef der Streifscharen ist und also mit sich selbst kämpft …«

Bald war das Land mit einem Netz von Liedern überzogen, in denen die niemals zuvor gesehenen Heldentaten von Jianu besungen wurden, seine Räuberbande, jeder von ihnen mit eigenem Namen und eigenem Wesen und eigenen Sprüchen: Zdrelea, Buricea, Gogu und viele weitere, ihre Blutschwester Rada, die ihnen die Wäsche wusch und die Speisen bereitete, und die sie nicht einmal mit der Fingerspitze berührten, obwohl sie schön war wie eine Fee, Lieder über ihre braunen Hengste mit weißen Blessen auf der Stirn, die in Malaga angefertigten Karabiner und die von Damaszener Schmieden gehämmerten, zweischneidigen Schwerter. Alle waren sie Märchen zum Einschläfern der Kinder, aber die Städter waren ganz versessen darauf. In den Marktflecken erschienen Büchlein über den Jianu, Blätter mit dem gezeichneten Antlitz des Jianu, und auf den Jahrmärkten wurden an den Ständen Jianu-Mehlspeisen verkauft. Hin und wieder zeigten sich die Haiducken aus Koloszvár in dem einen oder anderen Dorf, wo sie die Witwen und Waisen beschenkten und die heiratsfähigen Mädchen mit einer Mitgift versahen. Manch ein schneeweißer Greis, den Gott auf der Welt vergessen hatte, wurde mit einer türkischen Silbermünze im Wert von zwanzig Piastern mitfühlend bedacht, wobei das ganze Dorf mit tränenden Augen zuschaute. Dann küsste der Greis dem Meistersänger Himmeldorfer die Hand und segnete ihn. Wenige nur kannten Fürst Dimitrie Ghica, den in seinen Palästen eingeschlossenen Herrscher der Walachei, aber alle kannten von nun an den Iancu Jianu.

Immerzu im Kampf gegen jenen listigen und unsichtbaren Haiducken, der selbst die herrschaftlichen Kutschen auf den großen Landstraßen ausplünderte, war Iancu in den Rängen der Behörde, die sich seit einiger Zeit Polizei nannte, so weit emporgeklettert, dass er seinen Traum, der Bukarester Herr über dieses Amt zu werden, wahr werden sah. Die Kommandos, die er in die undurchdringlichen Wälder schickte, die von ihm selbst erfundenen Haiducken zu stellen, betätigten sich selber als Straßenräuber und brachten ihm ihre gesamte Beute: Wertgegenstände aller Art, Ohrringe und Armbänder, Pokale und Perlenschmuck, auch von dem großen, der aus Glasperlen war, geprägte Münzen, grünlich schimmernde Goldmünzen aus Beci, Florine aus den Niederlanden, neue türkische Piaster, die in der gesamten Levante und selbst in Persien im Umlauf waren. »Gott hat mir keine Kinder gegeben«, sagte der Alte bedauernd, »aber ich habe trotzdem einen Menschen geschaffen, den Jianu, ich vermute mal, das ist das Wertvollste, was ich auf der Welt getan habe. Denn in dieser bösen Welt, die auf Christus völlig vergessen hat, muss der Mensch glauben können, dass es noch etwas Gutes und Gerechtes gibt, das ihn beschützt vor den Wölfen und Hyänen mit menschlichem Antlitz, die sich allerorten in diesem Jahrhundert vermehrt haben.« Zum Ende seiner Geschichte nahm der Jianu noch einen tiefen Schluck Raki aus der Feldflasche und spuckte ins Feuer, worauf er lange schwieg. Bloß noch ein Specht, der keinen Schlaf finden konnte, war noch in einiger Ferne zu hören, aber bald schwieg auch dieser.

Vom Tag dieses denkwürdigen Krippenspiels am Vorabend von Weihnachten des Jahres 1827 an kreisten deine Gedanken beständig um den Jianu und die Haiducken. Der Alte war gut zu dir, er hatte dich nicht wie einen Rotznasigen angeschaut, wie dies alle taten, sondern geradeheraus und verständig mit dir gesprochen, hatte dir dabei in die Augen geschaut, als wärest du ein Mann und als hätte er den tapferen Recken schon in dir gesehen, der du einmal werden solltest, wie ein Pferdehändler, der den Rassehengst an wenigen verborgenen Zeichen schon im Fohlen erkennt.

Du solltest ihm in ein paar Jahren in Bukarest begegnen, wenn er sich in den Häusern des gnädigen Herrn Tachi in der Beilicului-Gasse aufhalten wird, da die Pest große Zwietracht unter die Christenmenschen gebracht hat. Nun aber steckte sich der Kopf der Haiducken und gleichermaßen Kopf der Behörde die Finger in den Mund und pfiff durchdringend, sodass umgehend vier geheime Wachleute hoch zu Ross auftauchten, die bis dahin nahebei hinter dickeren Baumstämmen verborgen waren. Sie brachen nun gemeinsam auf, du aber und Ghiuner, verdutzt von den Gesichten dieses Tages, machtet euch ebenfalls auf den Heimweg. Im Schlitten sagte keiner von euch beiden ein Wort, ihr glittet bloß unter den gewölbten, von Sternenstaub beladenen Himmeln dahin. In den Nasenlöchern verspürtest du ihren bitterlichen Odem, als wäre die Himmelskuppel ein Feld voll weiß blühendem Ziertabak gewesen.

Es war euch nicht leichtgefallen, das Gutshaus wiederzufinden, allein am funkelnden Mondlicht in den Fensterscheiben des oberen Turmes, einzig nicht unter den Schneemassen begraben, erkanntet ihr es, dort bandet ihr auch den Schlitten an und stiegt dann gut zwei Geschosse weit hinab wie in einen Keller, dann irrtet ihr über Treppen und Korridore und gelangtet schließlich ans rettende Ufer eurer Betten. Du schliefst immer noch mit deiner Mutter Sofiana in einem Bett, neben deren warmen Körper du wie ein Eisklumpen krochst, und sie umfing dich im Schlaf mit dem Arm, dich zu wärmen. Sehr bald schon wiegte sich euer Bett wie ein verwunschenes Boot auf den sanften Wellen der Winternacht.

II

Zu den letzten Atemzügen der schrecklichen Zemene-Mesafint-Zeit, der kriegerischen Prinzen, in deren Folge das großmächtige Äthiopien, das der Prophet Jesaja schon als ebenso mächtig und stolz wie Ägypten genannt hatte, ein Land der Gesetzlosigkeit geworden war, beherrscht von aasfressenden Eulen und Hyänen, erhob sich in ihren nördlichen Regionen ein allzu mächtiger Herrscher namens Dejazmatch Wube Haile

Mariam, der sich selbst frech und verrückt *Ye Abesha Nigus,* mithin König von Äthiopien nannte. Wie andere kriegerische Männer in jenen afrikanischen Gegenden wollte auch er vergessen machen, dass das Land einen Kaiser vom Stamme Salomons hatte, wenn Yohannis III. auch ein Schwächling war, eine Gliederpuppe in den Händen seines Kammerherrn Ras Ali, des wahren Herrschers über das Reich. Dieser Yohannis mochte wohl von heilig salomonischem Geblüte sein, sagten sich all diese Krieger, die ansonsten untereinander verfeindet waren, aber glaubte er an Jesus Christus? Unterwarf er sich der Allerheiligsten Äthiopischen Tewahedo-Kirche? Finsteres Geflüstere zirkulierte, dass der Kaiser ebenso wie sein Beschützer Ras Ali heimlich den schändlichen mohammedanischen Glauben der Clans, von denen sie sich herleiteten, beibehalten hätten und solcherart die Zahl der ungläubigen Hunde im überaus christlichen Lande Äthiopien vermehrten. Und hierin fanden die Aufrührer einen Grund, dieser Herrschaft Knüppel zwischen die Beine zu werfen.

Zu einem Umsturz bedurfte es jedoch eines vollendet heiligen Mannes, eines Bischofs aus dem orthodoxen Alexandria, und darum kümmerte sich Dejazmatch Wube erst einmal. Er erschlug die Türken, die Ägypten beherrschten, beinahe mit seinen Geschenken, ebenso den Seligen Patriarchen der Koptischen Kirche, sodass sie sich dazu bewegen ließen, ihm Abune Sellama II., alt und bartlos, in einen wie das Laub der Pistazie grünen Umhang gehüllt, ein großes Kreuz aus Olivenholz in der rechten Hand, das ihm auch als bischöfliche Krücke diente, zu schicken, einen Mann eher des Hasses denn der christlichen Liebe, um Oberhaupt der Christenheit Äthiopiens zu sein. Sobald er in Simien, der Thronfestung von Wube, angekommen war, beschuldigte er Yohannis und Ras Ali der Häresie und nannte sie *Catoblepas,* nach den Bestien mit vergifteten Augen in den äthiopischen Gefilden. Aus Furcht vor den Qualen der Hölle floh der minderbemittelte Kaiser zu Wube und verriet seinen Beschützer. Auf diese Weise rächte er sich auch für sämtliche Demütigungen, die er durch Ras Ali erfahren hatte, der ihn sogar dazu gezwungen hatte, seine, nämlich des Kammerherrn Mutter zu heiraten und unter dem Namen Kaiserin Menen zu krönen. Der mächtige Regierende blieb allein in seiner

Festung Debre Tabor und bereitete sich auf den kommenden Kampf vor. Er wusste, wie mächtig General Wube war. Er wusste auch, wie weit seine Beziehungen in die Welt hinausreichten. Er hatte von dem Franzosen Lefebvre gehört, der seine Armee ausbildete und sie mit bayrischen Musketen ausgestattet hatte, die in jenen Tagen zu den neuesten Waffen ihrer Art zählten. Aber auch er konnte sich auf seine dreißigtausend Soldaten stützen, ebenso viele wie die des Feindes, und insbesondere auf seine unbesiegte Kavallerie. Er ließ sie auf einem der beiden gegenüberliegenden Hügel Aufstellung nehmen, die von einer mit wenigen Maulbeerfeigen bewachsenen Ebene aus rotem, speckigem Löß getrennt wurden, auf der sich auch das Kloster befand. Auf den anderen Hügel hatte General Wube seine Armee postiert. Es war heiß, nirgends ein Tropfen Feuchtigkeit. Ein riesiges Transparent mit güldenen Spitzhacken an den Enden trug die Inschrift »Die Schlacht bei Debre Tabor«, worunter das Jahr des Herrn 1842 verzeichnet war.

Seit zwei Jahren befandst auch du, Theodoros, dich dort im Schatten der Klostermauern, von denen herab dich die rußgeschwärzten Gesichter der Engel mit ihren weit aufgerissenen, etwas irren und zu stark schwarzumrandeten Augen anschauten, sodass dein Diebes- und Erkundungskumpan Sisoe, der dich durch den gesamten Archipel begleitet hatte, sie mit jenen verglichen hätte, die er einstmals in Grezzano, auf dem Altarbild der Kirche von Santo Stefano, gesehen hatte: die wilden Augen der Heiligen und des Knaben, gemalt von dem seltsamen, saturnischen Rosso Fiorentino. Zwei Jahre, die du mit dem unvergleichlichen Buch *Kebra Nagast* verbracht hattest, das wie Edelsteine funkelte und von jeder seiner Seiten einen Duft wie von Maiglöckchen aufsteigen ließ, und an der Seite deines Genossen in Zelle und christlicher Gelehrsamkeit, des sanftmütigen Kassa Haile Giorgis, der sich an dich geschmiegt hatte wie jene Zwillingsgeschwister, die mit aneinanderklebenden Bäuchen geboren werden und Erdbeben ebenso wie den Niedergang von Reichen ankündigen, hatten ausgereicht, dich in einen echten Äthiopier zu verwandeln. Die Sonne Afrikas hatte dich verbrannt und dein Antlitz geschwärzt, nun sprachst du das Ge'ez ebenso vollendet wie das Rumänische und Griechische, die du schon an der Brust deiner Mutter aufgesogen hattest, und von Haile sowie von anderen, die du befragt hattest, ward dir alles, was man irgendwie wissen konnte über das Land, mitgeteilt, das dich innerhalb seiner Grenzmarken wie einen heimatlosen Fremden aufgenommen hatte, der den wahren Christus kennenzulernen wünscht. Du kanntest die Geschichte der Äthiopier von Salomon und der Königin von Saba bis auf die beängstigenden Tage, die auch du noch erleben durftest, mit allen Kaisern und allen Verstecken und alledem, was noch darunterlag, allen ruhmreichen Taten und sämtlichen unvermeidlichen Morden, wie sie in den getreulich von ihren Gelehrten niedergeschriebenen Geschichten aufbewahrt waren. Du trugst nun ihre Tracht, befolgtest ihre seltsamen Gebräuche, aber die Ränke deines Geistes entfalteten sich so, wie du es schon vor vielen Jahren beschlossen hattest, sodass dir, wiewohl du jetzt bloß wie einer der letzte Äthiopier auf der Welt warst, deine Hoffnungen ungeschmälert erhalten blieben.

Die Schlacht, die nun folgte, erfasste auch den Raum, an dem sich das Kloster erhob, sodass du zum Zeugen seines Brandes wurdest und dessen Flammen eben noch entkamst. Du hattest im Lauf deines Lebens Kampfeshändel und Räubereien inmitten der Wälder gesehen, das Versenken von Barkassen und den Sturm auf Serails, den Raub von Bajaderen aus den Harems und aus Schiffbäuchen heraus Kanonenschüsse auf Häfen. Aber deine Augen hatten noch niemals eine Schlacht betrachtet wie die, die sich hier anbahnte und die als eine der kuriosesten Konfrontationen von Heeren, die jemals in Äthiopien und vielleicht sogar in der ganzen Welt stattgefunden haben, in den Geschichtsbüchern Aufnahme gefunden hat.

Zusammen mit Haile wart ihr auf den Turm des Klosters gestiegen, wo sich euch ein unendlicher Blick durch die bläuliche Luft über das Kampffeld eröffnete. Diese Gedankenlosigkeit sollte euch an diesem Tag beinahe umbringen, da selbst unten auf dem Boden so viele Mönche mit ihrem gesamten Schatz an heiligen Schriften ein Raub der Flammen wurden. Wir aber waren nicht einverstanden mit deinem Tod, schließlich hattest du ein anderes Geschick, und dies war schon seit dem Anfang der

Welt so beschlossen worden. Nachdem wir mit einem Mal und in einem strahlenden Augenblick mit dem Willen Dessen ohn' Anfang und Ende ausgestattet worden waren und fortan über jedes Zweiglein eines Baumes bestimmten, sein Zittern im Winde und das Wehen jedes Härchens auf dem Kopf eines jedweden Menschen. Ebenso über jeden Flügelschlag eines Vogels, der das himmlische Satin in allen Augenblicken jener siebentausenddreihundertfünfzig Jahre zerreißt, die seit der Erschaffung der Welt vergangen sind, und bis auf den Augenblick, an dem du hochgestiegen bist in den Turm des Klosters von Debre Tabor und auf die Heere hinabgeschaut hast, die sich bekriegen würden, und noch einige Zeit darüber hinaus. Wir wussten immer, was geschehen würde, ebenso wie wir wissen, was gewesen ist, denn vor unseren grauen, fernen und hellen Augen ist die Welt bloß ein für alle Ewigkeit erstarrter Eisblock, nur ein Buch, das wir in den Anfängen zu Ende geschrieben haben, während der Mensch es Seite für Seite liest und nicht weiß, was auf der nächsten Seite folgen wird.

Die Schlacht begann mit Trompetenstößen und Kanonensalven und tausenden Schlachtrufen, die sich wie Löwengebrüll unter den gesegneten Himmeln Afrikas anhörten. Auf der Haut trugen die Soldaten die mit Kalk aufgemalten Zeichen ihrer Herkunftsclans, und im Wind spannten sie ihre Bogen mit Sehnen, die aus Hautstreifen vom männlichen Geschlecht der Kamele gefertigt waren. Ihre Helme bestanden aus Kuhschädeln, die noch ihre Hörner trugen und unter dem Kinn mit bunten Bändern festgebunden waren. Ihre Pferde waren überall mit Pfauen- und Straußenfedern geschmückt, und auf der Stirn trugen sie Platten polierten Goldes, die dermaßen strahlten, dass es einem das Augenlicht benahm. Selbst ihre Hufe waren mit Gold bemalt, mit Türkis, Bronze und Karminrot, sodass man an jedem Bein eine andere Farbe sah. Vorneweg trugen die Truppen ihre uralten Idole aus Holz und aus Gips, die von Wind und Regen in ihren Dörfern gezeichnet waren, und darüber flatterten die Fahnen und Wimpel mit dem Kreuz des Erlösers. Bischöfe in Grün und Hellblau mit krummen, aber vergoldeten Bischofsstäben sprachen zu den Soldaten und segneten sie, während Schamanen ihnen ertüchtigende Getränke in den Rachen kippten, die noch entsetzlicher als Kosso stanken.

Als die Haruspexe günstige Zeichen verkündeten, die Galle des ausgeweideten Hasen fühlte sich beim Betasten hart an und hatte die Färbung eines Gesho-Blattes, gab Dejazmatch Wube das Zeichen zum Beginn. Der Ausrufer, ein Mann mit einem überaus stattlichen Bauch und einem bis zum Nabel hinabreichenden Vollbart, der nie sprach, um seine Stimme für die schweren Augenblicke der Schlachten zu schonen, stieß einer Witwe gleich, die über dem Leichnam ihres Mannes klagt, einen langen Schrei aus, dass die Pferde erschraken und ihre Fesseln erstarrten, während sich den Soldaten die Haare auf den Armen kräuselten. Die gesamte Streitmacht, die Kavallerie vorweg, stürzte sich ins Tal hinab, ließ den Boden erbeben und durchwirbelte die von den Pferden mit flatternden Mähnen durchwirkte Himmelsbläue. Es sah so aus, als wäre der ganze Hügel wie ein gewaltiges Hinabstürzen der Bodenflächen zu Tal geglitten, als wären dabei Häuser, Vieh und Saaten wild durcheinander unter der Erdoberfläche begraben worden. Die seidenen Fahnen knatterten und rissen in der Luft, der Wind pfiff durch die Löcher der Kuhschädel, und das Gebrüll der verletzten Tiere ähnelte dem Tosen mächtiger Wasser.

Die Leute von Ras Ali auf dem anderen Hügel, in Hyänenfelle gekleidet und im Gesicht mit gelbem Lehm bemalt, unter Fahnen, auf denen ein mit der Dornenkrone bekränzter Christus an einem riesigen Kreuz hing, damit Böswillige nicht weiterhin behaupten, der Kammerherr neige den Mohammedanern zu, pumpten sich auf, indem sie an ihren mit Khat oder einer Mischung aus Unkraut und getrockneten Pilzen gestopften Pfeifen sogen. Über ihren Köpfen kreisten keine Vögel mehr, denn alle waren sie wegen jenes giftigen Odems, der sich viele Klafter hoch über die Armee erhob, vom Himmel gefallen. Ihren Pferden hatten sie auf die glänzend schwarzen Häute mit Kalk die Schädelknochen, Wirbelsäule und Rippen gemalt, sodass die Reiter auf großen Skeletten zu sitzen schienen, die beim Feind Schrecken auslösten.

Ras Ali hatte nichts von der Majestät des Generals Wube. Er war klein wie ein Hühnerküken, verloren in seinem aufgeplusterten Galakostüm, dafür bösartig und giftig, dass sich nicht nur die Äthiopier vor ihm fürchteten, sondern auch die Ägypter und Nubier; die in der Schlacht am Rücken verletzten Soldaten schlitzte er eigenhändig auf, weil sie für ihn nichts anderes als Feiglinge waren. Als er sah, dass die Streitmacht des Generals ins Tal hinabstürmte, stand Ras Ali diesem in nichts nach. Auch er gab den Befehl zum Kampfe, und sein Ausrufer verbreitete ihn mit dem Gebrüll eines Mannes, der minutenlang mit kochendem Wasser verbrüht wird. Die Truppen eilten in engen Reihen hinab, schmetterten heldenhafte Lieder und schwangen unter den Himmeln ihre Karabiner mit Mündungen, die wie Lilienblüten geformt waren, und mit giftigem Schlangenblut eingeschmierte Lanzen.

Auf ihrem Turm beobachteten die beiden jungen Männer, wie die Heere sich einander näherten, wie sie gleichzeitig am Fuße der Hügel ankamen, wie sie kreuz und quer über die Ebene rannten und brüllten, bereit, sich gegenseitig zu zerfleischen. Zehntausende Soldaten färbten die Ebene mit ihren bunten Federbüschen und deren Glanz, vieltausendfaches Gewieher ließ die blaue Luft kochend wallen, während die Truppenverbände nur noch zwei- bis dreihundert Schritte weit voneinander entfernt waren. Und mit einem Mal sahen sich die Horden von Angesicht zu Angesicht, sie bleckten die Zähne und führten ihre Stammeszeichen vor. Nun war jedes wilde Antlitz bestens zu sehen: die schier aus ihren Höhlen hervorquellenden Augen, gläsern glänzende Zähne, Waffen, die bereit waren, in Körper einzudringen, Pferde mit Schaum an den Trensen, jederzeit willens, den Feinden in den Hals zu beißen. Der Himmel bedeckt von allenthalben flatternden Fahnen. Schreckliche Idole in schreienden Farben, die sich gegenseitig anbleckten. Es sah so aus, als könnte das Gemetzel nicht mehr angehalten werden, und Ströme von Blut würden die Ebene an jenem Februartag des Jahres 1842 tränken. Als die Heere nur noch etwa hundert Schritte voneinander entfernt waren und weiter aufeinander zutrampelten, bedeckte Hailu seine Augen mit den Händen.

Du aber schautest unverwandt hin, wie hättest du auch solch einen Kampf verpassen sollen? Sodass du verwundert gesehen hast, was nicht sein konnte, was niemand hätte vermuten können, auch wenn er ein Prophet gewesen wäre. Denn als sie sich gegenüberstanden, den Hass und den Zorn in den Gesichtern der Gegner sahen, wurden die Truppen plötzlich von einem grenzenlosen Grauen erfasst. Sie hielten an, zerrten aus Leibeskräften an den Zäumen, dass die Pferde von den Trensen schier erwürgt wurden, die Reihen rempelten aneinander und gerieten ineinander. Lediglich zwanzig Schritte trennten die Krieger, doch sie erstarrten an Ort und Stelle, zitterten und stellten sich den grausamen Tod, der sie in wenigen Augenblicken erwartete, auf tausend verschiedene Weisen vor. Nun wollte ihnen der Streifen roter afrikanischer Erde zwischen ihnen als ein Fluss aus Blut vorkommen. Ein verzweifeltes Stöhnen entfuhr ihren Kehlen, und sechzigtausend Krieger, die wie Knaben zitterten, wandten sich plötzlich um und rannten zurück in Richtung der beiden Hügel, schneller noch, als sie zuvor auf die Ebene herabgerannt waren, warfen Schilde, Fahnen und Idole von sich, traten sich gegenseitig auf die Füße, um möglichst schnell wieder zurück in ihre Lager auf den Höhen zu gelangen. Als sie ihre Heere so verzweifelt in Gruppen von tausenden Soldaten wieder hinaufrennen sahen, konnten weder Dejazmatch Wube noch Ras Ali dies erfassen. Sie rieben sich die Augen und stachen sich mit dem Dolch in die Seite, denn sie glaubten zu träumen. Innerhalb einer halben Stunde waren die Truppen wieder bei den Zelten, von denen sie zum Kampf aufgebrochen waren. Die Soldaten keuchten, als müssten sie ihre Lungen ausspucken, als sie wieder zum Kampf aufgereiht dastanden; vor Scham hatten sie die Köpfe gesenkt und ließen sich von ihren wie irre gewordenen Kriegsherren beschimpfen und anbrüllen. In Wubes Feldlager wurden drei Offiziere vor den Soldaten kastriert. In dem von Ras Ali erwürgte dieser eigenhändig zwei Hauptmänner, die ihm als feige vorgekommen waren. Von den beiden Hügeln war eine Zeit lang nur so etwas wie das Rauschen von Blasebälgen zu hören, was nichts anderes war als das Keuchen aus tausenden und abertausenden Brustkörben der bei dem schnellen Lauf zurück auf die Anhöhen beinahe erstickten Truppen. Es verging eine halbe Stunde der Prüfung und Verzweiflung, worauf die Ausrufer wieder mit ihren markerschütternden Schreien das Zeichen zur Schlacht gaben. In Kolonnen aufgereiht, brachen die Truppen wieder im

Laufschritt auf zum Schlachtfeld, entschlossen, diesmal die Schande ihres ersten Ansturms zu tilgen.

Andere Schreie und anderes Getrappel und andere Fahnen, die im Wind knatterten, folgten aufeinander, bis die bewaffneten Scharen sich wiederum von Angesicht zu Angesicht gegenüberstanden und sich stärker noch als jemals sonst auf ihre Bischöfe und ihre Idole, auf die Zaubersprüche und ihre Pfeifen mit magischen Aromen verließen, auf ihre Lanzen und bis dahin noch nicht benutzten Flinten. Doch als sie sich wieder von Angesicht zu Angesicht sahen, wurden sie neuerlich erschüttert durch die Entschlossenheit in den Gesichtern des Feindes. Und von einem heiligen Entsetzen gepackt, rannten sie, ohne auch nur einen Augenblick zu zögern, zum zweiten Mal mit klappernden Zähnen zurück auf die sie beschützenden Hügel und hinterließen auf der Ebene zwischen ihnen noch mehr im Grauen vor der Schlacht, die auch diesmal nicht stattgefunden hatte, verlorene Waffen und Gerätschaften. Ihr lachtet schon wie die Verrückten im Kirchturm, als ihr diese weitgehend ungeschehenen Geschehnisse saht, die denkwürdig bleiben sollten; aber den Generälen auf den beiden bewaldeten Anhöhen war nicht zum Lachen zumute, ja den Soldaten kam es gar vor, als hätte ihre Herrscher der Schlag getroffen. Röter noch im Gesicht als die Idole, die Augen weit aufgerissen und lallend schlitzten Ali und Wube wiederum Bäuche auf, rissen Därme heraus und pfählten. Sich selbst rupften sie die Haare vom Kopf, zerkratzten sich die Wangen, hätten sich vor Wut beinahe die Augen ausgerissen, bis sie ihr Schicksal hinnahmen, ihre Soldaten zwei Stunden lang ausruhen und etwas essen ließen. Worauf sie sie mit Tritten in den Hintern, Verwünschungen und Rempeleien wieder in den Kampf schickten.

Zum dritten Mal zogen nun die Armeen die Zwillingshügel von Debre Tabor unter Himmeln hinab, die sich von nun an dem Abend zuneigten. Der rosenfarbene Schimmer über der Landschaft färbte sich gegen Sonnenuntergang rot wie Blut. Die Flintenläufe und die Platten zwischen den Ohren der Pferde glühten nun nicht mehr wie Gold, sondern verloschen, graubraun wie Amber. Im Tal nahm der Lärm zu und trübte die Stille unter der Himmelsglocke. Als die Streitmächte sich wieder von Angesicht zu Angesicht gegenüberstanden, erinnerten sich ihre ersten Reihen schließlich daran, dass sie bis an die Zähne bewaffnet waren, und gaben ein paar Gewehrfeuer ab. So fielen drei oder vier Tote zu beiden Seiten, während das Gros der Truppen sich wieder scheute, den Kampf aufzunehmen. Ras Ali, der die Schlacht durch ein Fernglas betrachtete, sah, wie einige seiner Leute zu Boden fielen, und da schien ihm, als sei das Ende der Welt angebrochen. »Wir sind verloren!«, seufzte er verängstigt, und ohne die Auflösung der Schlacht abzuwarten, bestieg er seinen grauen Hengst und galoppierte in Begleitung etlicher Berater und Soldaten, so weit er mit den Augen sehen konnte. Auf dem anderen Hügel sah General Wube vier Kavalleristen vom Feind getötet von den Pferden sinken, bei deren Anblick er herzzerreißend stöhnte: »Jesus, sei unserer Seele gnädig! Alles ist vorbei!« Und er beeilte sich seinerseits, mitsamt seiner Entourage zu fliehen, irgendwohin jenseits des Hügels, möglichst schnell und weit weg von den feindlichen Truppen. In Abwesenheit der großmächtigen kriegerischen Prinzen kehrten die Streitmächte nunmehr in gemächlichen Fußmärschen zurück zu den Zelten auf den Hügelkuppen und beglückwünschten sich jede zu dem großen Sieg. Bald schon wurden in beiden Feldlagern Feuer entfacht und waren freudig feiernde Gesänge zu hören.

Die Boten holten auf ihren schnellen Pferden Dejazmatch Wube bald ein und überbrachten ihm die wichtige Nachricht, dass sein Feind, Ras Ali, vom Schlachtfeld geflohen sei. »Also habe ich gesiegt?«, fragte der General ungläubig und hielt seinen schon über und über mit Schaum bedeckten Rappen an. »Ihr habt gesiegt, Eure Hoheit!«, riefen diese ihm unter Verbeugungen zu, und Wube wandte sich nun wieder eiligst, ja genauso Hals über Kopf seinem Feldlager zu, wie er vorhin von dort geflohen war. Als der fahle Mond sich auf dem immer noch hellen Himmel zeigte, wo die Schärpe mit dem Namen der Schlacht über den Wolken flatterte, führte der General seine Truppen zu Tal und zog in einem Triumphzug ein in Debre Tabor, einer Stadt aus Lehm, der beim Licht der Fackeln schmutzige Schatten warf. Vorneweg marschierten die Musikanten mit ihren bizarren Instrumenten, der Beganna mit ihren zehn Saiten, der hölzernen Kastenleier Krar mit sechs Saiten, der Bambusflöte Wasinth und der Holdudwa aus dem Horn des Ziegenbocks, sie intonierten alle das *Majangir* aus Simien im Rhythmus der Kebero-Trommeln. Es folgten die hundert Musketiere mit dem Flintenlauf jeweils auf der Schulter des Vordermannes, und die fünfhundert Kavalleristen, nach denen dann der General höchstselbst auf dem mit Straußenfedern geflügelten und eine Dämonenmaske tragenden Pferd namens Yezekiel kam. Das Gros der Truppen zog nun auch durch das Holztor, bis niemand mehr hineinpasste, in das von einer elenden Mauer aus unbehauenen Steinen umfangene Debre Tabor. Wube stieg vom Pferd und trat in den ebenfalls aus Lehm errichteten Palast des Ras Ali, den immerhin etliche Statuen früherer Könige und Bischöfe schmückten. Im großen Saal setzte er sich auf den hölzernen Thron, der eher nach einer Kiste aussah, über die jemand in aller Eile ein altes und zerschlissenes Tuch geworfen hatte, und nahm, das Zepter in der Hand, die Huldigungen der Einheimischen wohlwollend entgegen, die sich eiligst eingefunden hatten, sich vor ihm zu verneigen und dazu als Geschenke rote Wassermelonen, Feigen und frisch im morastigen Fluss, der durch die Stadt floss, gefangene Fische überreichten.

Während Dejazmatch Wube, glücklich beim Gedanken an den Sieg, die Fische betrachtete, die mit ihren Schwänzen noch auf das Fußbodenmosaik schlugen, war plötzlich einiger Lärm an den Türen zu vernehmen. Der hörte sich ohne Zweifel nach Kampflärm an, Todesschreie und solche der Ertüchtigung, Säbelklirren und Karabinerfeuer. Der General sprang auf, das Schwert in der Hand, doch aller Widerstand war umsonst, denn die Türen zerbarsten, und der grausame Aligaz, die rechte Hand des Kammerherrn Ras Ali, der als Maultiertreiber verkleidet mit weiteren zehn tapferen Soldaten ungehindert inmitten von Wubes Armee, die mit Tella, Borde und Shamita feierte, in Debre Tabor eingezogen und bis zum General gelangt war, nahmen ihn im Namen ihres mächtigen Gebieters gefangen. Den Jatagan am Hals, befahl Dejazmatch Wube seinen Truppen, die Stadt zu verlassen. Der Sieg hatte sich nun wie ein blecherner Hahn, der sich auf dem Dach mit dem Wind dreht, Ras Ali zugewandt.

Aber wo war Ras Ali, der große Sieger, der *Re-ese Mekwanit* Äthiopiens? Die Nacht verging, und der Morgen des nächsten Tages kündigte sich an, doch über Ras Ali, den Triumphator bei Debre Tabor, wusste niemand etwas zu sagen. Er war bloß gesehen worden, wie er gegen Sonnenaufgang auf die Wälder zu floh, von nur wenigen Dutzend Getreuen gefolgt. Eine Woche lang suchten ihn seine Soldaten auf allen Bergen und in allen Tälern der Umgebung, aber sie fanden nicht einmal eine Spur von ihm. Ob er in der Schlacht umgekommen war? Er befand sich jedoch nicht unter den acht Opfern, die man zu einem kleinen Haufen zusammengetragen hatte, der zum Zeichen der Anerkennung für ihre Heldentaten in Brand gesteckt werden sollte. Ob er in den Himmel entführt worden war, wie Romulus im Altertum oder Hamilkar und andere große Krieger, die man nach einer Schlacht nicht wieder gesehen hatte? Niemand wusste, was Gott mit dem Kammerherrn zu unternehmen beliebt hatte. Aligaz bereitete sich eben darauf vor, der neue Beschützer von Kaiser Yohannis III. zu werden, als sich andere seltsame Ereignisse zutrugen.

Während der Schlacht und überdröhnt vom Kriegslärm hatten sich die moslemischen Stämme Raya und Azebo, von denen sich die entfernten Ahnen des Ras Ali herleiteten, erhoben und sich im Schutze der Nacht bis an die Klostermauern herangeschlichen. Ihr hattet sie vom Turm aus gesehen, du und Hailu, schließlich hattet ihr es den ganzen Tag über weder zum Essen noch wegen irgendwelcher sonstigen Bedürfnisse über euch gebracht, hinunterzusteigen, denn wie oft kann der Mensch in seinem Leben schon einen derart erbitterten Kampf erleben? Ihr hattet einen Muskelkater bekommen vor Lachen, und die Äthiopier sollten noch jahrzehntelang über die jämmerlichste Schlacht ihrer gesamten Geschichte, ja in ganz Afrika und der weiten Welt lachen, aber als ihr die mehreren hundert schweigsamen Männer mit Turbanen und den Jataganen zwischen den Zähnen saht, die sich dem Kloster näherten, gefror euch das Lachen auf den Lippen. Die Neuankömmlinge mit schwefelgetränkten Fackeln umzingelten den heiligen Ort. Mit einem Mal brach an allen Ecken und Enden des Klosters Feuer aus, und die sanftmütigen Mönche kamen in ihren bunten Umhängen, in denen sie nächtens auch schliefen, die wertvollen Bücher unter dem Arm, auf den Innenhof heraus, rannten dahin und dorthin und endeten erstochen und versengt von den Fackeln der Stammeskrieger. Mit unglaublicher Wut und einem wahrhaftigen Weltuntergangsdröhnen schossen die Feuerzungen gen Himmel.

Kassa war erstarrt, er schaute mit runden Augen in die Flammen, worin das Feuer stärker leuchtete als am Himmel. Er zitterte in allen seinen Gelenken, war ganz und gar willenlos und ohne jeden Mut, sich der Welt noch einmal entgegenzustellen. Als er in jener Nacht sah, wie der heilige Ort, der ihn so viele Jahre beherbergt hatte, zum Raub der Flammen und Dämonen mit menschlichem Antlitz wurde, zerbrach etwas in ihm für immer. Du musstest ihn unter größten Mühen bis unter die Kuppel schleppen, in der Christus der Erlöser mit seinen rehbraunen, gleichermaßen strengen und mitleidigen Augen sich wie ein Vogel über euch beugte, der seine Jungen unter seinen ausgebreiteten Flügeln beschützt. Bloß der Bogen der Kuppel, in Gold und Azurblau gestrichen, von dicken Steinpfeilern getragen, worein heilige Bildnisse eingehauen waren, auch sie vom Zeitenlauf angenagt, hatte den vernichtenden Flammen widerstanden und sollte noch viele Jahrzehnte danach stehen bleiben, eine verlassene und traurige Ruine mitten in der Ebene. Nachdem du Kaiser geworden warst, hast du eine Abenddämmerung lang in melancholischer Stimmung unter ihrem Bogen verbracht, der immer noch dem Himmel trotzte.

In jener Nacht verbrannten achtzig Mönche und andere Bedienstete oder Laien, ebenso zahlreiche unschätzbare heilige Gegenstände, Ikonen und uralte Handschriften, die in Flusspferdleder eingebunden waren und Siegel aus wertvollen Opalen und Jaspissen trugen. Nur ihr zwei, verborgen im Kuppelgang, die hölzerne Treppe war verbrannt, sodass ihr euch schließlich an den Lilienblüten und -stielen sowie an den Bärten der Heiligen, die in die dicken Steinträger gehauen worden waren, festhalten musstet, um mit den nach diesem großen Feuer in euch verbliebenen Seelen hinunterzuklettern. Ihr konntet von oben sehen, wie die Stammeskrieger sich, zufrieden mit ihrer Leistung, in die Nacht zurückgezogen haben, aus der sie gekommen waren, und nach ein paar Stunden, als das

Feuer sich etwas gelegt hatte, gab es zehn Klafter unter euch wieder etwas Lärm.

Das waren nun Ras Ali und seine Getreuen, allesamt zu Tode erschreckt, denn sie wähnten sich verfolgt von General Wube, den sie von einem Augenblick auf den nächsten erwarteten, und der sie gefangen nehmen und zu grausamen Arbeiten zwingen würde, um dann ihre Leichname den Hyänen zum Fraß vorzuwerfen. Sie kamen leise und verkrochen sich unter der vom Feuer noch glühenden Erdoberfläche in einem der Kellergelasse, die jedes Kloster besaß, worin sich der Weizen und die Hirse sowie das getrocknete Kamelfleisch und etliche Krüge mit Wasser befanden, wie man sie stets in Notzeiten wie gerade eben benötigte. Dort blieben sie acht Tage lang, ohne dass irgendjemand davon etwas mitbekommen hätte, bis sie die bekannten Töne der Konso-Panflöte mit ihren dreiundzwanzig Schilfstängeln aus der Gegend des kaiserlichen Kammerherrn vernahmen. Im Inneren der Erde spitzte Ras Ali die Ohren bei den wohlbekannten Klängen dieser Flöte, denn es waren die Töne seiner Kindheit, und er begriff schnell, dass es nur seine Soldaten sein konnten. Nun erst kam er zusammen mit seinen Gefährten aus seinem Loch gekrochen, um von den Offizieren umarmt und in Empfang genommen zu werden, die schon die ganze Zeit nach ihnen gesucht hatten. »Das heißt … ich habe gesiegt?«, fragte Ras Ali verdutzt und nieste in dem hellen Licht, das er nun nicht mehr gewohnt war. »Ihr habt gesiegt, Hoheit!«, antworteten diese und verneigten sich vor ihm bis zum Boden.

So kam es, dass nur zehn Tage nach Dejazmatch Wube nun Ras Ali seinen triumphalen Einzug in Debre Tabor hielt, die Stadt mit seinen mit Tella abgefüllten, zanklustigen Soldaten vollstopfte, dass sie beinahe aus den Fugen geriet, und sich selbst auf den hölzernen Thron setzte, der mit einem historischen Fetzen bedeckt worden war, einer ehemaligen Fahne, in deren Gewebe man da und dort noch ein paar Goldfädchen erblicken konnte. Die Einheimischen brachten auch ihm unter ehrerbietigen Verbeugungen die gleichen Melonen, Feigen und rötlichen Fische dar, die noch in den kleinen Pfützen auf dem Fußbodenmosaik zappelten. Dorthin bestellte nun der Kammerherr den General Wube, der nach einer

Woche in Ketten etwas heruntergekommen war, und den er nun zur allgemeinen Verwunderung auf beide Wangen küsste, wozu er sich in seinen Pantoffeln auf die Zehenspitzen erhoben hatte, und setzte ihn darauf wieder in den Besitz seiner Liegenschaften ein, die da Simien, Tsegede, Wolkait, Tigray und viele weitere bis hin zum fernen Wollo waren. Denn in Abwesenheit von Wube, hatten ihm seine Berater ins Ohr geflüstert, hätten sich jene Gegenden umgehend erhoben und das Reich um den jährlich fälligen Tribut gebracht. Herrscher Äthiopiens blieb in den Kladden der Kanzleien mithin der hilflose Yohannis III., während Ras Ali tatsächlich das Ruder in der Hand behielt, und Wube war wiederum sein getreuer Vasall. Es hatte sich nichts geändert, das heilige Äthiopien blieb dasselbe wie vor dem großen Kräftemessen. Die Schlacht insgesamt, die blödsinnigste der gesamten Geschichte, verblieb auf diese Weise außerhalb der Zeit, wie ein einsames Eiland im Strom der Jahrhunderte.

Die Herrscher standen noch über die Karten gebeugt da, auf denen sich Afrika majestätisch wie ein Elefantenschädel zeigte, als der Thronsaal sich mit einem ätzenden Rauch füllte: Von den Flammen des Klosters hatte das riesige Transparent Feuer gefangen, das den Himmel überspannte, und auf dem in zinnoberroten Buchstaben »Die Schlacht bei Debre Tabor« stand, und darunter, zwischen zwei goldenen Nägeln, die Jahreszahl 1842 aufgemalt war. Große Stücke dieses seidenen Transparents fielen an den Rändern angesengt herab auf Felder, Häuser und Vieh, bedeckten ganze Dörfer, wo die Bauern sie einsammelten um Shamma-Röcke für ihre Frauen zu machen, und die beiden goldenen Ziernägel, größer als die Kuppel der abgebrannten Kirche, fand man im roten Morast der Ebene, ließ sie von Büffeln herausziehen und schaffte sie dann mit Elefanten nach Gondar, in die Hauptstadt. Die Tänzerinnen, die vor dem Kaiser mit den Schultern wippten, schmückten ihre schwarzen nackten Körper mit daraus gewonnenen goldenen Fäden, während die Mönche sie mit armenischem Ambol-Kleister auf die Heiligenscheine der Ikonen klebten. Der saure Rauch breitete sich in bläulichen Wirbeln über die ganze Gegend aus und blieb noch über einen Monat in der Luft. Während all dieser Zeit konnte man keine Sterne sehen.

Dann sprach er mit Kassa über den Kopftausch. Und was dann geschah, war, ehrlich gesagt, nicht so blutig wie in der Geschichte von Skinderiu, denn da war kein Glaskubus auf dem Gras oder in der noch warmen Asche unter der Klosterkuppel, auch war da niemand, der euch Rücken an Rücken aneinandergebunden hätte, um euch mit dem doppelschneidigen Schwert die Köpfe abzuschlagen, dass das Blut auf die Glasscheiben spritzt, auch verstand sich niemand darauf, sie zu vertauschen, zwischen die Schultern des jeweils anderen zu packen und mit heilsamen Kräutern zu beschmieren und belegen, damit sie festwachsen und die Wunden verheilen, auch hat euch niemand mit Getränken aus jenen wunderbaren Kräutern wiederbelebt. Aber ebenso wie in der alten Geschichte von dem Prinzen und dem Krämersohn gingt ihr unter dem Bildnis von Christus Pantokrator los, das in die Kuppel über euch gemalt worden war – als wäre er auf der Himmelskuppel selbst dargestellt mit den über der Welt geöffneten Armen –, und wart für immer verwandelt, der eine in den anderen.

Seit mehreren Tagen schon hatte Kassa Haile Giorgis reglos in der Asche gelegen, ohne etwas zu essen oder zu trinken, er murmelte bloß aus den Schriften etwas vor sich hin, worin es um die schrecklichen Schmerzensschreie des Propheten Jeremias ging: »Verflucht sei der Tag, an dem ich geboren! Nicht gesegnet sei Mutter und nicht der Tag, da sie mich gebar! Warum ward ich nicht umgebracht noch im Bauch meiner Mutter, sodass sie mein Grab gewesen wäre? Warum ist sie nicht ewig mit mir schwanger gegangen? Warum bin ich aus Mutters Bauch geschlüpft, um nichts als Leid und Schmerz zu sehen und meine Tage dahinzubringen in Schande?« Er beklagte das Schicksal des Klosters, das ihm bis dahin wie eine Mutter gewesen war, das Schicksal der Mönche, die verbrannt im Hof lagen, weil da niemand war, der sie hätte beerdigen können, und von denen er nur Güte und Weisheit empfangen hatte, beklagte den Verlust der heiligen Bücher und wundertätigen Ikonen. Aber am meisten beklagte er das Schicksal seiner unglücklichen Heimat, Äthiopien, die unter den bunten Himmeln Afrikas von Leoparden und Schakalen zerfleischt wurde.

Du hast ihm dann von den Galeerensklaven erzählt und von den Gefangenen im Salzbergwerk, die Salzblöcke schneiden, von den Vagabunden, die wie wilde Tiere durch die Wälder zogen, von den Enterbten jenes rohen und gesegneten Bodens. Begegneten sie einander, diese listigen Gestalten, die schon lange ihr Vertrauen in die Menschen verloren hatten, nahmen sie mitunter einen Schicksalstausch vor und hofften, ihr Unglück möge in einem anderen Leben und unter einem anderen Namen sowie in einer anderen Gegend, wo man ihre sündhafte Vergangenheit nicht kannte, ein Ende haben. Sie umarmten sich inmitten des Waldes oder beim blendenden Gefunkel der Meereswellen, schauten sich tief in die Augen, versenkten sich wechselweise in die Brunnen der Seelen, und von diesem Augenblick an wurde der Eine zum Anderen, und beide hofften sie, weder Gott noch der Versucher mögen es bemerkt haben.

Du hast ihm vom hellen hellenischen Archipel erzählt, wo du dich bis dahin aufgehalten hattest, von den Eilanden, auf denen niemand Klöster anzündete, und wo die Engel oftmals wie riesig große Kormorane auf die Erde herabkamen, um jenen Ysop und Segnungen zu überbringen, die ihre Hoffnungen in sie setzten. Es wäre eine Geschichte wie aus der *Halima* gewesen, hätte Hailu zugestimmt, den Schicksalstausch mit dir vorzunehmen, sodass er vom tränendurchtränkten Boden Äthiopiens aufgebrochen wäre zu besseren Landstrichen, den wunderbarsten, die der Himmel auf dieser sündigen Erde eingerichtet hatte, und du hiergeblieben wärest, seinen Namen und seine Geschichte angenommen und die Papiere mit den beweiskräftigen Siegeln entgegengenommen, ja auch seine Art zu sprechen und sich die Haare zu flechten übernommen hättest, sodass selbst die Mutter, an deren Brust der äthiopische Krieger einstmals gesaugt hatte, dich nicht mehr hätte bloßstellen können. Du hättest ihm dafür geheime Worte zugeflüstert, die, beiläufig im Beisein des einen oder anderen Kaufmanns von der Küste Anatoliens fallengelassen, ihm zu großen Besitztümern verholfen hätten, und ein anderes Wort noch, um das Herz stolzer Jungfrauen aus Euböa zu gewinnen. Wenn ihn aber, wie es den Anschein hatte, sein Streben den heiligen Dingen zuführte, sollte er ein Briefchen mitbekommen für den Abt von Panaghia Kokkini, dem Kloster auf der Insel Thera, das zur Zeit einer Dürre mit Zement errichtet wurde, der statt mit Wasser mit Rotwein angerührt worden war. Dort hätte er als sanftmütiger Mann Gottes sein Leben zubringen können, Anachoret in irgendeinem Felswinkel, für alle Ewigkeit das Geheimnis seines wahren, von der Tewahedo-Kirche propagierten Glaubens bewahrend. Und vielleicht hätte er, da sich die Zeitläufte über sein immer grauer werdendes Haupt, sein trockener werdendes Gesicht und die zerlumpteren Kleider hinwegbewegten, unter den Häretikern zum Samenkorn für die rechte Lehre von der Gestalt Christi werden können, einzig strahlend in diesem Jahrhundert und als Märtyrer sterben, denn wenn der Same nicht stirbt, bleibt er allein, wenn er aber vergeht, bringt er reichen Ertrag. Oder aber er hätte hochbetagt seinen letzten Atemzug in den Armen der Engel getan, die ihn an einer grauen Haarsträhne gepackt und über die trügerische Welt hinweggehoben hätten in die Himmel hinauf, wo er wahrhaftig das Antlitz Dessen ohn' Anfang und Ende gesehen hätte.

Als er diese mit gespaltener Zunge ihm flüsternd eingeträufelten Dinge in seinem Ohr vernahm, genas Hailu allmählich, denn er hatte seine Tage beenden wollen und bekam nun ein klein wenig Hoffnung. Er stand zum ersten Mal mit steifen Gliedern auf aus der Asche und küsste dich wie einen Freund und Berater in Zeiten schwieriger Entscheidungen auf beide Wangen. Dann setztet ihr euch hin zu einem schweigsamen Mahl und trankt ein bisschen trübes schäumendes Tella. Betäubt und etwas beschwert nach so vielen Fastentagen, fiel Kassa bald in einen schweren Schlaf, und dies gleich an Ort und Stelle, auf dem dreibeinigen Stühlchen, die Wange auf dem Holz des Tisches, sodass du ihn zum Bett aus Zweigen tragen musstest, auf dem ihr seit dem vernichtenden Feuer schlieft. Am nächsten Tag erwachte er belebt und kitzelte auch dich, denn die Ungeduld trieb ihn, dir anzuvertrauen, was er beschlossen hatte.

Du aber wusstest es nun schon zu gut, Theodoros. Ohne dass ihn jemand im gläsernen Kubus abgeschlagen hätte, ohne Blut und Heilkräuter ruhte dein Kopf schon auf seinen Schultern und sein Kopf auf deinen, und du warst von nun an Kassa Haile Giorgis aus Kwara, ein armer äthiopischer Krieger mit schlechtem Leumund, denn deine Mutter verkaufte Kosso gegen Spulwürmer. Und dein Freund war schon Theodoros, Pallikári aus dem hellenischen Archipel, mit der noch schlechteren Fama eines Seeräubers, auf dessen Kopf ein Geldbetrag nicht geringer als tausend türkische Goldmünzen ausgesetzt worden war, die bei allen Kaufleuten in der Gegend kursierte. Ihr standet auf aus eurem Bett aus Zweigen, wuscht euch die Augen mit kaltem Wasser und holtet aus eurem Versteck die einzige große Schrift, die heilige *Kebra Nagast,* vom Feuer beinah unberührt, wiewohl ihre silbernen Schließen in der Gluthitze schwarz geworden waren. Ihr schlugt sie bei der Seite auf, die von uns sprach:

Ich bin auf der Erde und bin an den Enden der Welt; ich beherrsche alles. Ich bin in der Luft, meinem Wohnorte, und bin über dem Wagen der Kerube, indem ich gepriesen werde von allen heiligen Engeln und Menschen immerdar. Ich bin ober den Himmelshöhen, ich fülle das All; ich bin ober den sieben Himmeln, ich sehe alles und prüfe alles, und es gibt nichts, was mir verborgen ist. Ich bin an jedem Orte, und es gibt keinen andren Gott außer mir, weder oben im Himmel noch unten auf Erden; niemand ist, der mir gleichet, spricht der Herr. Meine Hände haben die Erde gegründet, und meine Rechte hat den Himmel gefestigt: ich mit meinem Sohne und dem Heiligen Geist.

Wir aber in unseren Himmeln haben die Köpfe zum Zeichen des Einverständnisses geneigt, denn so muss es sein. Ihr küsstet beide das wunderbare Buch, schwort über seinem Deckel mit den Opalen an den vier Ecken und dem großen Jaspis in der Mitte, dass ihr für immer auf der Bahn eures neuen Schicksals verbleiben und niemals euren Namen zurückhaben wolltet. Nach ein paar Tagen bracht ihr auf, die Bündel auf dem Rücken, der eine nach Gondar, der andere zum Roten Meer, um euch in diesem Leben nicht wiederzusehen, niemals.

Hailu, er hatte die Kleider gewechselt und die beweiskräftigen Papiere, dass er also Theodoros und walachischer Untertan sei, im ledernen Leibgurt, und die geheimen Briefe an die Kaufleute und Jungfrauen an der Brust, gelangte nach dreimonatigem Fußmarsch durch den roten Staub der Wüsteneien und durch Dornengestrüppe voller Blüten und grüner Vögel auf den steinernen Gipfeln, durch schwindelerregende Schluchten voll des Dampfes der blau herabstürzenden Wasser, von Leoparden gehetzt und den Einheimischen mit Lanzen und Schilden aus Leder, über Brücken hinweg, die aus Seilen geknüpft waren, bis zum Hafen Massawa in Eritrea, wo er sich wunderte, dass das Rote Meer, das er sich aus Blut vorgestellt hatte, blau war und schwarz, und grün und gelb, und braun und violett, wie auch immer, nur nicht rot. Dort nahm er eine alte Barke nach Ägypten, wo er dann auf einem Kamel, das am ganzen Körper arabisch beschrieben war, bis nach Port Said reiste. Und nach zweimonatigem Warten, während dessen er beinahe an dem schlechten Essen gestorben wäre, an den faustgroßen Mücken, die einen aussaugten, und an den Frauen in den Freudenhäusern, die schon an ihren Krankheiten verfaulten, konnte er sich dort dann auf dem Zweimastschoner *Farsalla* einschiffen, einem Fünfundsiebzigtonner, der Rhodos, Kos, Naxos, Chios und Lesbos anlief. Er wollte nach Chios gelangen, wo einer der Kaufleute wohnte, zu denen du ihn mit verlogenen und listigen Briefen geschickt hattest, die nicht anders denn tödlich sein konnten. Die Seekrankheit schwächte ihn und trübte seine Sinne, er kotzte selbst seine Därme aus bei der schnellen Vorbeifahrt an Kreta. Dann besänftigte sich das Mittelmeer, das Glas der Wellen fand in ein erträgliches Gleichmaß. In Chios erholte er sich ein paar Tage bei Vrontados in einem Lokal namens Kaaba, das auch Zimmer vermietete, und kurierte sich mit Kordelia und Neradzopita, worauf er mit Souma nachspülte, um anschließend zum Haus des Kaufmanns aufzubrechen, nach Lagada, das ein kleines Fischerdorf an einem stillen kleinen Golf war.

Der Kaufmann öffnete ihm die Tür, las deinen Brief, empfing ihn mit großen Ehren und bewirtete ihn mit den erlesensten Speisen, frischen Meeresfischen und Ziegenkäse, zu dem er den berühmten, süß-betörenden Wein von der Insel Chios in der umflochtenen Flasche reichte. Hailu legte sich gesättigt und zufrieden schlafen, zumal ihm der Kaufmann am nächsten Morgen den Koffer voller Goldmahmudyien und anderer Goldgegenstände anvertrauen würde, von dem du ihm in Debre Tabor erzählt hattest. Im tiefen Schlaf spürte er die kräftigen Hände nicht, die ihn erwürgten, und niemand war Zeuge, als sein kopfloser Körper ins Meer geworfen wurde, den Fischen und Kraken der Tiefen zum Fraß, wohingegen sein blutbeschmierter Kopf dem Pascha von Ikona vor die Füße gelegt wurde, der umgehend und ohne zu murren den Preis von eintausend Ikosaren beglich.

Zweiter Teil

THEODOROS

12

Im endlosen Mittag brannte der Archipel mit allen seinen Kräften. Unsere Augen, die Augen derer von oben, sehen immerzu das unverlöschliche Antlitz des Herrn, aber für die Augen jener aus Fleisch und Blut gibt es keinen erhebenderen Anblick als den des lichtüberfluteten Meeres. Jede einzelne Wellenkrone von den Myriaden rings um die Inseln, Felsnadeln und Barkassen mit geblähten Segeln, käferklein auf der endlosen Wasserfläche, spiegelt auf tausendfache Weise die Größe der Himmel zurück, in verspieltem wie gläsernem Glitzern und nadelspitzen Flammen, im Knistern der Funken der Wellen, ultramarin und türkis und fahl wie ein Halbedelstein, immerzu durchgewühlt, tosend und tobend vor Paarungsleidenschaft und einsetzender Agonie, die übereinanderliegenden Wasser, schwer und klar wie die Steine der Ringe, sind die Chimären, die alle Sterblichen in sich tragen, denn das Blut ist in den Körpern das, was von den Meeren in ihnen übrig blieb. Das Meer ist ein einziges lebendes Tier, eine durchscheinende Meduse, die mit ihren Armen die Inseln, Landzungen und Kontinente umfasst und ihnen ein Leuchten ohnegleichen verleiht.

Immer hast du das Licht und das Meer geliebt, Theodoros, hast sie vermengt und erhebend dir erträumt, lange bevor du sie gesehen hast, als deine Mutter, Sofiana, dir von den Taten der Achäer erzählte, die Troja belagerten, und der Rückkehr über die Meere des listenreichen Odysseus. Aus ihren Erzählungen, wie sie unterwegs war zu den Klosterdörfern auf dem Berge Athos und zu den über die Inseln verstreuten Gebetsorten, sind dir nur das Meer und die Kormorane in Erinnerung geblieben. Schlafend träumtest du von Schiffen, noch bevor du wusstest, was ein Schiff war, und wundertest dich, wie die schlanken Schiffe auf den schäumenden Wegstrecken der Grundeln und Seehunde durch die Wellen gleiten konnten. Deine väterlichen Vorfahren waren Walachen, Gewürm der Erde, ewiglich mit dem Blick auf der Scholle, die ihnen das tägliche Brot gab, schuftende Leute ohne den geringsten hinauf und nach oben gerichteten Gedanken, die mütterlicherseits aber lebten auf den Meeren, stolz und den ganzen Körper blau bemalt, waren sie bessere Schwimmer als die verspielten Delphine. »Thalassa! Thalassa!« Auch du riefst diese Worte der alten griechischen Krieger, du spürtest sie durch deine Kehle ziehn und formtest sie mit den Zähnen und Lippen, während deine Seele beim fernen Rauschen des Meeres erwachte. Seefahrer hättest du sein mögen, wäre es dir vergönnt gewesen, nach deinem Herzen zu leben, friedlicher Getreide-, Bauholz- und Weinhändler, aber dein Herz besaß nur drei Kammern, und allesamt stellten sie sich gegen ein geruhsames Leben: Gottes Kammer mit der heiligen Lade, die Kammer der Liebe mit dem Bildnis der Jungfrau, das du über der Brust trugst, und die Kammer der Macht: Salomons Thron, der das Höchste dir war, koste es was es wolle. Das Schicksal hat dich vor die Wahl gestellt, du solltest dich für eines entscheiden. Und du wähltest, bis du erntetest, Theodoros.

Ekstase und Glückseligkeit und strahlendendes Mittagslicht über dem griechischen Archipel, dies umwob nun dein Herz, da du am Heck des Zweimastschoners *Patrida,* den du vor etwas mehr als einem Jahr in Sulina bestiegen hattest, nachdem du in Todesangst von daheim geflohen warst, und der das erste Schiff war, zu dessen Herrn du dich durch Schläue und Morde gemacht hattest, auf einem Ring von Seilen saßest und zu der Stelle blicktest, an der die Wasser von unten beinahe ohne eine Trennkante in jene von oben übergingen und das blaue Auge der Welt bildeten. Jetzt lag das Schiff in einem verborgenen kleinen Golf der Insel Amorgos vor Anker, wo du auf ein ermutigendes Zeichen wartetest, welches dir zu verstehen geben sollte, dass du dich auf dem richtigen Weg befindest. Auf die gleiche Weise hattest du schon in Skyros das Zeichen durch den winzig kleinen Schoner in der Rumflasche empfangen, die Joshua Norton mitgebracht hatte, denn jener war mit dem Buchstaben S gekennzeichnet worden, dem ersten im heiligen Namen SAVAOTH. In der Ferne zeichneten sich die fahlen, scheinbar niedergedrückten Konturen des

Eilands Astypalea und der bewaldete Gipfel der kleinen Insel Keros über dem intensiven beseelten Türkis der Wellen ab. Und etwas weiter hinten, beinahe am Ende des Blickfelds, konnte man Ios und Anafi erspähen, die sich dem blauen Himmel gleich in dessen Färbung verloren. Neben dir, ebenso auf Segeltuchhaufen sitzend, befanden sich deine Spießgesellen aus den Wäldern der Walachei, die dich auf deinem Weg begleitet hatten, der Kunstmaler Mitrofan, besser bekannt unter dem Namen Sisoe, der seinen noch um einiges dünneren Schatten als er selbst über die Luke warf, die unter Deck führte, der junge Ghiuner, der seinen zehn Ellen langen Hüftgurt mit etlichen schrecklich anzuschauenden Pistolen und Dolchen bestückt hatte, und die danach fragten beschied, sie ständen zum Verkauf. Über der hölzernen Heckklappe spielten sie mit weißen und schwarzen Bohnen Mühle. Die anderen Piraten werkelten mit ihren Weibern an Deck herum und erfreuten sich ebenfalls des schönen Wetters und des Sonnenlichts, das ringsum die Wellen entflammte. Darüber schwebten kreischende Möwen und warfen mit ihrem Gefieder das Meeresleuchten zurück.

Du schriebst an deine Mutter, den ersten von jenen Briefen, die du im Laufe von sieben Jahren, manchmal häufiger, aber meistens einmal im Jahr, an sie richtetest, und wenn es jemals etwas Gutes in dir gegeben hatte, so war es allein diese, einem Seidenfaden gleiche Verbindung, die dich nahe bei Sofianas Herz hielt. Einstmals warst du Leib aus ihrem Leib, wuchst wie ein fleischlicher Wurmfarn in ihrem spitzer werdenden Bauch, und erst als du von dort heraus und ans Licht kamst, und die Hebamme die Nabelschnur, die euch immer noch miteinander verband, mit dem Winzermesser durchtrennt hatte, konntest du du selbst sein. Aber eure Herzen waren auch jetzt noch miteinander verbunden, und deine Seele trat ganz mühelos in ihre hinüber, und die ihre in deine, und so wart ihr mittels der Episteln, die übers Meer und zu ihr hin reisten, eine Seele. Es stimmt schon, Sofiana hatte niemals auch nur einen Brief von dir an sie beantwortet, sie hat dir lediglich leere Blätter geschickt, aber das war auch nicht nötig, denn du vernahmst ihre Stimme klar und deutlich in deinen Träumen. Hin und wieder wurde mal ein Traum dir eingetrübt durch Geflüster, und eines davon rief dich beim Namen: »Todoraki! Mein Coritzaki!« Und dann folgten die auf Griechisch geflüsterten Worte deiner Mutter, und ihr in ein bläuliches Kopftuch gehülltes Gesicht, wie das der Hodegetria in der Kirche von Ghergani, erschien dir in der Nacht, und erzählte dir von den Sommern, Herbsten, Winter und Frühlingen, die in den fernen Gefilden deiner ersten Kindheit stetig und ungestört aufeinanderfolgten, über Blumen, Mücken und Fliegen, über Wolken, die aufgeplustert wie große Lichtschiffe über einer himmlischen Walachei im Himmel schwebten, über die Düfte in den Schubladen der Küche und über das Haar der Bojarin, das sie morgens immer noch kämmte, das aber angefangen hatte auszudünnen, über Leben und Tod.

Du schriebst ihr auf Walachisch, denn Griechisch, das du zwar vollendet sprachst, trautest du dich nicht zu schreiben. Andererseits sollten alle deine Gedanken, bis du deinem Traum gemäß Kaiser werden solltest, ebenfalls in Rumänisch ausgesprochen werden, der Sprache, in der du bis zum Ende mit heißem Eifer betetest, neben der Bettstatt niedergekniet, lauthals fluchtest von Messbrot und Kommunion, dass der Thronsaal in Gondar widerhallte und der Dienerschaft sich die Haare auf den Armen kräuselten, aber in der du zärtlich auch zu deiner erste Kaiserin, Tewabech Ali, sprachst, die du immerzu in deiner barbarischen Sprache mit dem heiteren Wort »Täubchen« liebkostest.

Deine Briefe handelten nicht von allem, das du erlebt hattest, seitdem du mit zweien deiner Spießgesellen über das Eis der Donau geflohen und spurlos aus der Walachei verschwunden warst, wo sie dich immer noch mit ihren bewaffneten Streifen suchen, um dir die Haut zu gerben, sondern hefteten das Spinnennetz voll mit funkelnden Rauhreifperlen einer anderen Welt, anderer Leben und Bestrebungen, als es jene waren, die tatsächlich dein Leben befleckten. Weil du Sofiana nichts von den Morden und Plünderungen und den Vergewaltigungen von Nonnen in den kleinen Klöstern mit den zahllosen Blumen und den Malträtierungen unschuldiger Seelen schreiben konntest, stellten sich bei dir in solchen Augenblicken des Friedens auf dem Heck eines Schiffes oder im Schatten des Leuchtturms und auf den Felsklippen, die sich über das Meer erhoben, solche Geschichten ein, die der *Halima* würdig gewesen wären und ebenso verlogen waren. Hatte dich nicht dein Vater Gligorie, der Pelzmützenschneider, jedes Mal, wenn du sein Zimmer im Gutshaus von Ghergani betreten hast, wo er mit vom Krebs zerfressenen Eingeweiden in dem durchgeschwitzten Bettzeug vor sich hin starb, gefragt: »Was gibt es Neues zu erzählen?« War nicht alles Neue eine Geschichte, ein gedrechseltes Märchen, hörten sich die Leute doch mit Vorliebe ausgedachte Räuberpistolen an, denn die Wahrheit galt ihnen ganz häufig für Galle, während die Lüge einem die Finger wie Baklava mit Sirup verkleisterte. Aber wenn dich die Wahrheit mal traf, dann gleich wie eine Kugel mitten auf die Stirn! Nie wirst du vergessen, wie du in deinem zehnten Herrschaftsjahr auf dem Throne Äthiopiens, nachdem du dreihundert nackte Jungfrauen in die Wüste geschickt hattest, jede von ihnen trug ein Vogelbauer mit einem Kanarienvogel darin in den Händen, dem man mit einer Nadel die Augen ausgestochen hatte, damit er schöner singe, die alte Bibel von deinem Tisch genommen und einer Laune gehorchend aufs Geratewohl aufgeschlagen hast, um dein Schicksal darin zu lesen. Und du lasest und warfst das unförmige Buch, so weit es flog, denn es hatte sich bei dem Propheten Hesekiel geöffnet und seinem Satz: »Nach allen deinen Untaten, wehe, wehe dir, sagt der Herr und Gott.« Zwei Tage lagst du darnieder im Fieber und hast das schwarze Buch mit den Büffelumschlägen niemals mehr aufgeschlagen.

Allerliebstes Mütterchen Sofiana,
erfahre denn als Erstes von mir, dass ich durch Gottes Willen mich wohl befinde und gesund bin, was ich auch Euch wünsche. Meine Bemühungen werden verlohnt, und die Leute halten mich ihres Vertrauens für würdig, denn ich würde sie niemals im Stich lassen und hab einen guten Namen darob, und es geht mir gut. Wiewohl erst einmal fremd und darum gehemmt, hab ich bald damit angefangen, mir einen Namen zu machen auf den östlichen Meeren, und Du solltest dich wundern ob der Bezeugung von Ehren, so mir zu Theil wird von den Großen und der Scheu der Geringen, so sie mir näher kommen. Wie Du wohl weißt, bin ich geflohn aus der Walachei, als der Iancu gefallen

ist, der Aga von Bukarest, der mich wie sein eigen Kind in die Seele hat geschlossen gehabt. Und er ist Ränken und Listen zum Opfer geworden, und ward keiner Schuld sich bewusst bei seiner Seel. Wohl wahr, dass es in den Jahren, die verronnen waren, Morde gegeben auf offener Straße, Raub an Vermögen, Schändung von Weibern, und manch ein Marktflecken gebrannt hat mit lodernden Flammen, dass Leute und Vieh darin drunter und drüber verdarben, aber ich mein eben, dass ohne Aga Iancu die Verderbnisse noch größer ausgefallen wären, weil er doch die Bestie in den Wäldern bekämpft hat, die widerliche Bande vom Iancu Jianu, der Grund all dies Bösen, wie der heilige Georg gekämpft hat mit dem Drachen. Und wenn sie ihm nur noch ein klitzeklein Krümelchen Zeit gewährt hätten, so hätt er den Lindwurm aufgespießt gehabt auf seiner Lanze. Aber Fürst Ghica schenkte sein Ohr her dem Rat falscher Freunde, und hat den Aga einbestellt ihm zu Angesicht und ihm die Meinungen der Bojaren vorgestellt, wo der dann, von widerlichem Ekel dran gehindert, dem Fürsten zu erwidern, sich auf den erstbesten der Verleumder gestürzt und ihm die Gabel seiner Finger in die Augen gerammt hat, sodass der mit blutenden und leeren Augenlöchern dasaß, und die Augenkügelchen an ihren Fäden hangen, worauf die Henkersknechte der Herrschaft den braven Aga in Stücke zerhieben. Und so war dies das Ende eines tapferen Manns.

Unsre Flucht, denn auch dabei war ich begleitet von meinen bestens Dir noch aus Ghergani bekannten Gefährten, die auch in Bukarest an meiner Seite waren, war gefährlich für Leib und Leben, denn bis wir nach Giurgiu gelangt sind, waren uns wütende Streifen auf den Fersen, und als wir an die Donau kamen, sind wir nur unter der Brücke geschwommen, so das Eiland von Slobozia und sein Schloss verbindet mit dem Ufer, und von dem Eiland dann weiter hat diese trübe Donau vor uns gelegen, wo mächtige Welse ihre bärtigen Köpfe rausgestreckt haben. Doch grade da hat die Sonne sich hinter einer Wolke versteckt, und die Wasserfläche wurde wie Blei, so haben wir weiterschwimmen können in unseren ungewaschen grauen Hemden, bis zu einer Insel, wo sich gerade in der Mitte der Wasser befunden, und rings um uns her platschten die Kugeln aus den Flinten der Verfolger ins Wasser. Erst wo ich ans Ufer gekommen bin, hab ich gesehn, dass eine Kugel mich an der Seite getroffen hat und im Knochen einer Rippe stecken geblieben ist. Da wir nun auf den Buckel des

Eilands gekrochen warn, haben wir das andere Ufer gesehen, aber wo wir genauer haben hinschauen wollen, wie die ameisenkleinen Bewohner darauf dahin und dorthin wuseln, hat das Eiland angefangen, sich zu bewegen, denn es war gar kein Eiland, sondern der Rücken von so einem Wels, von denen ich dir weiter oben geschrieben hab, offenbar der König von denen, denn er war groß und beängstigend, dass es dafür keine Wörter gibt. Aber der hat uns gar nichts Böses getan, sondern uns an das drübrige Ufer gebracht, und so er uns dort gelassen hat mit nur noch den Herzen in uns selbst, ist er da im lehmfarbenen Wasser liegen geblieben und hat uns zugeschaut, wie wir da so auf dem Sand kauerten, und schien zu lächeln, und mit einem Mal haben sich ihm tausende weitere Fischköpfe angeschlossen, die uns auch angeschaut haben, und so wir dann gesehen haben, wie sie allesamt im selben Augenblick wieder hinuntergetaucht sind, hat die Donau von einem Ufer zum andern zu kochen begonnen. Und aus diesem sprudelnden Schaum hat sich die Gestalt einer Frau von seltener Schönheit erhoben, die Fee dieser großen Wasser. Sie hat einen Finger auf meine Wunde am Brustkorb hin gereckt, und die hat sich im Nu geschlossen, dann hat sie uns zugelächelt zum Zeichen, dass uns von da an nur Gutes erwarten sollte, und uns zugewunken lebt wohl.

Dann sind wir hungrig und in Furcht vor allerhand Feinden durch Täler voll der Rosen gezogen, die einen betäubten mit ihrem Duft, dass einem danach war, alles stehen und liegen zu lassen und sich in deren Mitten niederzulegen, und dann durch andere Täler mit nie gesehenen Bestien, bedeckt von Schuppen aus blauem und gelbem Glas und mit strammen, scharfkantigen Zähnen. Je weiter wir nach Osten vorankamen, umso mehr solchen Viehzeugs gab es, in den Wäldern wimmelte es davon. Skorpione mit Stacheln im Schwanz, groß wie Pferde und mit Menschenköpfen, packten uns mit ihren Zangen, Gewürm aus dem Innern der Erde hat uns im Schlafe umfangen, und die Nonnenklöster, für die das bulgarische Land berühmt war, beherbergten mitnichten keusche Frauen, die in Gebeten verharrten, sondern Ungeziefer so groß wie gewöhnliche Leute mit dreieckigen Köpfen und stierenden Augen und langen Armen mit gefalteten Händen, die einen schnappten, wenn man grad an gar nichts Böses dachte, mit den Dornen, womit sie bestückt waren. Dort auf diesen Gefilden wären uns die Knochen verblichen, wenn wir nicht Ghiuner, den Tataren, bei uns gehabt hätten, der ihre Gewohnheiten nur zu gut gekannt hat und ihnen im Handumdrehen die Zangen und langen Finger mit dem Krummdolch abgeschlagen hat.

Dann bin ich in das berühmte Mazedonien hinunter, von wo einstmals der Funke ausgegangen war, der die ganze Welt in Brand gesetzt hat, der noch von niemandem überbotene, unvergleichliche Kaiser Alexander von Makedonien hoch auf seinem Ross Ducipal, das ein Horn auf der Stirn getragen hat. Ich gestehe Dir, liebstes Mütterchen, dass die Ikone des Makedoniers, seitdem ich auf der Welt bin, mir wie ein Gott war, vor dem ich mich richtig und in größter Ehrerbietung verneigt hab, und auch heut geht all mein Streben noch dahin, mich ihm so weit wie möglich anzugleichen, wenn schon er der Sohn eines Kaisers war, nicht der des Filip, sondern in Wahrheit der von Netinav, einem Zaubrer aus Ägyptenland, und der Kaiserin Olympiade, wo ich hingegen der schlichte Sohn von einem Mützendrechsler bin. Du darfst aber gewiss versichert sein, dass ich bis zu meinem Tod noch in die Spuren von Alexander treten werde, weil sonst das Leben nicht wirklich werth ist, gelebt zu werden, wie schon die Alten einstmals gesagt: Entweder Kaiser oder gar nichts.

Und da wir durch das Gebirg der Rhodopen gezogen, hat sich uns von deren höchsten Spitzen her eine nicht zu glauben schöne Landschaft gezeigt, wo die irdische Sphäre voll blauer Berge und funkelnder Seen mit der strahlenden Sonne auf der einen und dem vergehenden Mond auf der anderen Seite war, und dann das große Meer bis zur Insel Kypros mit ihrer Waldmähne, und die ganze Gegend dann bis zum Meer, voller Heere, tausende und abertausende Reiter und Fußmannschaften, die sich heldenhaft bekriegt haben, und bei den makedonischen Truppen war Alexander mit güldenem Brustpanzer und güldenem Helm auf dem Haupt, und auf der anderen Seite war der Streitwagen von Kaiser Darius. Und die Luft dröhnte und bebte vor Waffen und Pferdegetrappel. Wir haben die Augen uns gerieben, verwundert über solche Gesichte, und so wir dann nochmal geschaut, war da nichts mehr zu sehn als bloß Wüstenei.

Wir waren erschöpft von all den Mühen und vom Hunger, haben doch in all der Zeit nur rote Beeren von den Sträuchern und die Himbeeren vom Waldrand gegessen, als ich zwischen zwei steil aufragenden Felsklippen das Meer erblickt hab, das da wie ein Türkis unter der Sonne gefunkelt hat, und da ist mir auf der Stelle das Herz stehengeblieben, weil es in echt das Meer aus den Geschichten des Odysseus war, die du mir erzählt hast, als ich noch klein an deiner Zitze hing, und zu der Stund, da ich es zum ersten Mal gesehen hab, wie man eine Jungfer zum ersten Mal sieht, und sie einem sogleich ganz lieb wird, so ist es also auch mit mir geschehn: Ich hab zum ersten Mal gespürt, dass mein Weib das Meer ist. In der Stadt Thessaloniki, wo der Pater Elpidifor, Dein Freund, zum ersten Mal das Licht der Welt erblickt hat, sind wir dann auf das Schiff gestiegen, und der Wind hat seine Backen gebläht und uns so schnell, wie eine Schwalbe fliegt, durch die Haufen von Wasser voll der Fische und Kraken getragen. Am Morgen, wo's noch kühl war, waren die Segel wie Perlmutt, als wären sie aus den Meeresmuscheln gefertigt gewesen, weißer noch als die Brüste der Kormorane, die sie umflogen. Gegen Abend dann sind die Segel rosenfarbig geworden, und da gibt es nichts Stattlicheres auf der Welt, als sie von den Zephiren des Frühlings gebläht vor den Himmeln zu sehen. Schnell wie ein Wimpernschlag waren wir dann in Skyros, und auf jenem Eiland sind wir dann einige Zeit geblieben und haben unsere Seelen baumeln lassen.

Dort haben wir eine Gruppe von tapferen Männern und tüchtigen Weibern kennengelernt, allesamt gottesfürchtig, die gemeinsam den Leuchtturm auf der Insel betreuten, ein Pfeiler, der nicht weniger als fünfzehn Klafter bis hinauf zum Feuer an seiner Spitze misst, das mit geschickt angebrachten Spiegeln aufs offene Meer hinaus gestrahlt wird, damit die großen Schiffe wissen, wo gleich unter der Wasseroberfläche Felsenspitzen aufragen, und diese Gewässer meiden. In dem Pfeiler von dem Leuchtturm ist innendrin eine sehr ausgeklügelt angebrachte Treppe, die sich immerzu dreht, bis man mit großen Mühen oben bei den Spiegeln ankommt, von denen ich ja schon geschrieben hab. Ein wunderliches Ding unter etlichen anderen Wundern, die ich hier erfahren hab, aber am verwunderlichsten ist, was wir uns zu tun bemüht haben.

Denn nach einer Zeit, so wir die Schiffe über die Meere geleitet haben, was uns viele Erträge hat sammeln lassen und Wohlstand gebracht hat, und so haben wir einen sehr guten Ruf unter den Leuten dieser Inseln gehabt, aber unsern Gefährten Sisoe ist so eine Unruhe überkommen, dass er gemeint hat, keine

Luft mehr zu kriegen, und nichts von dem, was er gegessen hat, ist ihm bekommen, und keinen Schlaf hat er mehr gefunden, sodass er wie ein Gespenst herumgelaufen ist, wo er doch seit es ihn gibt schon ganz dürr war, jetzt aber hat man die Rippen einzeln durchs Hemd gesehen wie bei den räudigen Eseln, und seine Augen glühten in den Höhlen. Er hat nur auf die Schiffe auf dem weiten Meer geschaut und vor sich hin gemurmelt: »So viel verschwendete Leinwand, klafterweise umsonst verschwendete Leinwand …«, und das Siechtum ging weiter. Bis er eines Morgens angefangen hat, etwas zu tun, das noch nie jemandem auf der Erde in den Sinn gekommen war, obwohl es selbstverständlich ist und von großem Nutzen, wenn man es recht bedenkt, so man es zum ersten Mal gesehen hat, wie mein Vater immer gesagt hat: »Gib, Herr, dem Rumänen den letzten Verstand noch!« Er hat den Pinsel gepackt und die Farben, alles sich an den Gurt gebunden, ist auf den Mast geklettert und hat angefangen, Gesichter und Kleider und Häuser und Viecher des Waldes auf die geblähten Segel von unserem Schiff zu malen, das den Namen Aletheia *trug, sodass in drei Tagen das erste und größte vollgemalt war mit der Verkündigung an die Jungfrau Maria durch den Erzengel Gabriel, wo sie keusch vor ihm steht und sagt: »*Gottes Wille *geschehe.« Ein herrliches Bild, so in jedweder Kirche die Ikonostase hätt schmücken können. Und auf die zweite Leinwand des Seglers hat er die Taufe unseres Herrn Jesus Christus im Jordanflusse gemalt mit der Taube des Heiligen Geistes, die aus den Himmeln über seinen Kopf sich herniederlässt. Auf der dritten Leinwand waren dann drei Kreuze auf dem Berge von Golgatha zu sehen, und auf dem in der Mitte der gekreuzigte Erlöser zwischen Dieben, und das war so wunderbar gemalt, dass man es nicht ohne Tränen in den Augen hat anschauen können. Und auf den Fockmast am Bug hat er dann noch ein Bild gemalt, von dem er gesagt hat, es ist das himmlische Jerusalem, rund und funkelnd wie ein Diamant, zeigte es sich zwischen den Wolken wie ein Regenbogen, wenn es bei Sonnenschein auch regnet. Als wir zum ersten Mal hinaus aufs Meer gefahren sind mit der solcherart bemalten Barkasse, also wirklich wie ein Osterei, haben sich alle Leute in den Häfen versammelt, uns zu sehen, und die Leute knieten sogar nieder und verneigten sich, als ob es ein Wunder gewesen wär. Und die anderen Schiffe, die durch die Kykladen fuhren, sind so nah ans uns rangekommen, wie es nur ging, und* *schauten durch die Ferngläser auf unsere so schön bemalten und im Winde geblähten Segel. Dann hat es damit angefangen, dass sie uns die Schwimmende Kirche genannt haben und schworen, es breite sich rings um unsre Barkasse über dem Wasser ein Duft von Weihrauch und Heiligkeit aus, der bis zum Bauch jener Schiffe reichte.*

In jedem Hafen, in dem wir vor Anker gegangen sind, hat die Hafenmeisterei Sisoe zu Begegnungen mit anderen Schiffseignern eingeladen, die ihn mit wahren Vermögen beschenkten, damit er auch die Segel ihrer Schiffe bemale, sodass uns Sisoe für ein paar Monate verlassen hat, in denen nach und nach Schiffe auf dem Meer aufgetaucht sind, die keusche geistige Ereignisse darstellten, aber auch solche mit teuflischen Darstellungen von entkleideten Weibern, mit Schlachten zur See und zu Lande, sowie mit den Porträts der Schiffseigner selber, je nachdem, was der Geldgeber sich gewünscht hat. Es war wunderbar zu sehen, dass jetzt keine Leinwand an den Masten mehr verschwendet worden ist, sondern jeder Flecken darauf Leben und Farbe bekommen hat, und die Schiffe haben angetrieben durch vom Wind aufgeblasene Bilder stolz die schäumenden Wege der Fische mit ihren mattblauen Köpfen befahren.

Mit der Zeit hat Sisoe Lehrlinge angenommen, weil er die vielen Segel nicht mehr selber hat bemalen können, der Lehrlinge aber waren es zwölf, und allesamt große Meister der Malerei. Da haben nun Anfragen vorgelegen von Schiffskapitänen aus allen Ecken der Welt, und die waren versehen mit Drucken und Gravuren und Malereien nach solchen in fernen Palästen oder Kirchen und Orten, die man Pinakotheken genannt hat, damit die Malermeister die nachahmen und auf ihre großen Segel bringen. Auf einem davon hat man Judith gesehen, wie sie dem Holofernes den Kopf abschlägt, wie es im heiligen Buche steht, auf einem anderen hat man Leda gesehen, wie sie sich mit dem Schwan vereinigt hat, und auf wieder einem anderen ein paar Bauern aus Holland, die über das Eis laufen, mit einer Windmühle dahinter, und immer so weiter, dass der Archipel ein Ort der Wunder geworden ist, wo dann auch Ungläubige hingekommen sind, die statt auszuspucken mit offenem Mund alles angestarrt haben. In kaum einem halben Jahr nach unserer Ankunft in dieser Gegend war Sisoe groß und berühmt geworden, und sein Beutel voll mit englischen Lire, Florinen und Ikosaren und goldnen Mahmudyien.

Aber nach einer Weile hat ihn wieder die Langeweile gepackt, und er hat angefangen, alle bemalten Segel für nichtig zu halten, und nur noch seine Lehrlinge malen gelassen, während er ihnen nur noch gezeigt hat, was zu tun war. Tagelang hat er dann wie gekreuzigt im Gras der Insel gelegen, in den Himmel geschaut und wieder auf Essen und Trinken vergessen, wo seine Lehrlinge ihn murmeln hörten: »So viel vergeudete Weite …« Eines Tages aber ist er entschlossen aufgestanden und hat an alle Archonten der Levante, von denen in Hellas bis zu denen in Ägypten und in Afrika und bei den Juden und den Syrern, einen Brief geschrieben, worin es hieß: »Eure Hoheiten, viele heilige Stätten, christliche, jüdische und mohammedanische, haben oben über dem großen Raume eine himmelsgleiche Kuppel, worauf vor Zeiten schon Meister der Malkunst die nie gesehenen und unvergleichlichen Kräfte unseres einzigen Schöpfers dargestellt haben, ob wir ihn nun Gott oder Allah oder Den Der Ist nennen. Und es ist gut so und schön, dass es so ist, weil jeder Gläubige, Wurm der Erde, wie ein Schmetterling die Hoffnung nährt, aus dem Kokon des Sarges als ein geflügeltes Wesen hinauszuschlüpfen und gen Himmel zu fliegen. So ist also jede Kuppel oder jeder Turm über einem Ort des Gebets die Ikone des Himmels, von dem wir alle die Erlösung erwarten.
Ist es jedoch rechtens, dass die Nachahmung der Himmelskuppel voller Gestalten oder meisterlicher Ornamente ist, die in nie gesehenem Farbenreichtum dargestellt sind, aber ihr Archetypus, der Himmel selbst, schlicht leer bleibt wie ein frischgelegtes Ei, schmucklos und ungerühmt? Wir meinen, das ist nicht rechtens, und sehet, was wir uns ausgedacht, nachdem wir uns lange mit alten und weisen Leuten beraten haben. Mit Verbeugungen über Verbeugungen und Eure Herrschaften wie die Engel des Himmels betrachtend, richten wir an Euch die Bitte, uns je nach Vermögen Geld, Nahrung und Gerüste für je tausend Kunstmaler zur Verfügung zu stellen, die wir uns zu finden verpflichten und herbeizuschaffen für die größte Verrichtung seit der Erschaffung der Welt, wozu Euer untertänigster Diener Mitrofan, auch Sisoe genannt, der Geringste unter den Malern, sich erdreistet und seinen Kopf verpfändet für das Gelingen. Weil ich nämlich zusammen mit meinen Lehrlingen Gerüste unter der gesamten Himmelskuppel errichten werde und ebenso wie der alte Michel Angelo seinerzeit, aber auf einer Fläche, die zehntausendmal größer ist, als die

ihm in der Feste des Vatikans zur Verfügung stand, den ganzen Himmel bemalen werde, die heilige Glocke über euren Gefilden mit der unvergleichlichen Ikone der himmlischen Herrschaft, worin verschmelzen sollen all die gesehenen und nicht gesehenen Dinge, von den fernsten neutronischen Sternen bis zu den Schlaufen, woraus, auf der Planck-Skala, das Raum-Zeit-Gefüge gewebt ist, von allen Arten von Träumen, die schreckliche Krankheiten bringen, bis zu den Verzweigungen aller Pflanzenspezies, Pilzen und Tieren, die den Menschen zur Krönung haben, vom Wasserstoff bis zum Oganesson, dem Element mit der Nummer 118, vom Big Bang zum Big Crunch, von Alpha bis Omega. Aber alle werden sie auf meisterliche Art miteinander verwoben und, von der Erde aus betrachtet, die Gestalt des Menschensohnes in seiner rätselhaften Großartigkeit bilden. Sodass sein gesamtes Wesen eine Kirche wird fürs Gebet, aufgelöst in Gotteslob und an den Rändern bewacht von Cherubim.«

Die Mächtigen dieser Welt waren einverstanden, und die Lehrlinge haben sich an die Arbeit gemacht. Die runde Kuppel des Himmels wurde erst einmal mit einer Stuckschicht bedeckt und diese gründlich mit Meerwasser benetzt, und darauf haben dann die Meister, die bei fortschreitender Arbeit auf immer höhere Gerüste steigen mussten, in einem Fresko die Wunder der Welt gemalt, das sich über die gesamte kolossale Höhe und Breite der von der Sonne, dem Mond und den Sternen beleuchteten und hie und da von ein paar Wolken beschatteten Himmelskuppel erstreckte. Die Arbeit hat ein ganzes Jahr gedauert, an dessen Ende von überallher Weiber und Männer und Kinder und krumme Alte ihre Augen zum unvergleichlichsten, jemals den menschlichen Augen gewährten Anblick erhoben. Jeder Einzelne hat dort sein Antlitz unter den unzähligen Gesichtern sehen können, aus denen sich der Menschensohn zusammensetzte, mit seinen grauen Augen, welche alles sehen, jeder hat dort seine Vergangenheit erkannt und die Pfade, die sonst ihm verborgen waren, seines kommenden Geschicks.

Als seine Arbeit beendet war, ist Sisoe zu uns in die Gemeinschaft zurückgekehrt, dieser nichtsnutzige Ruhm hat ihn angewidert, und hat all die Kisten mit Gold und Wertgegenständen, die er als berühmter Lehrmeister der großen Malermeister bekommen hat (einer bloß, Ingannamorte, so sagt man, ist ebenso berühmt wie er, wer dieser wohl sein mag), an die Armen verteilt. Jetzt ist

Mitrofan wieder ein Seemann wie wir alle, und niemand weiß mehr, wer die Himmel so schön wie einen über der Welt aufgefächerten Pfauenschwanz ausstaffiert hat. Denn aller Ruhm und alle Segnungen gebühren doch allein dem Schöpfer der Himmel und der Erde in Ewigkeit, Amen!
Mittlerweile sind wir von Skyros weggezogen und haben unsere Heimstatt auf einem anderen Eiland gefunden, das man Amorgos nennt, neben der Festung Chora, wo sich auch das berühmte Kloster Panaghia Hozoviotissa befindet, milchweiß und unbefleckt, wie ein Nest von Albatrossen am Felsen klebend. Hier werden wir noch länger verweilen, denn unsere Barkasse, von Wurzelwerk geschädigt, muss aufs Trockene gezogen, mit Zedernbalken gestützt, neu abgedichtet und dann mit Pech, wie sich's gehört nach so vielen Fahrten auf dem Wasser, gestrichen werden. Ich schreibe Dir diesen Brief unter dem wohltätigen Kalkfleck des Klosters und hoffe, er möge Dir Freude bereiten und Trost. Schick bitte einen guten Gedanken meinerseits an Ionică, den Jungen von Herrn Tachi und Madame Mariţa, meinen unvergessenen Gefährten bei Streichen und kindlichen Bosheiten in besseren Zeiten.
Ich küsse nun aus weiter Entfernung Eure lieben Augen und bete zu den Engeln, dass sie Dich treulich behüten,

Dein Dich allzeit liebender Sohn Theodoros

Du hattest diesen ganzen Brief an deine Mutter geschrieben, und dafür bloß ein einziges Mal die Gänsefeder in das Tintenfass getaucht, denn Petrache, den in Ghergani die Langeweile gepackt hatte, wo die Reize der Bojarin ihm Tag für Tag zusetzten, ohne dass er sich ihrer je hätte erfreuen können, war beim Anbruch des Frühlings auch mit dir nach Bukarest abgehauen, und dort, da ihr beide zu Iancus Schar gehörtet, die zu Pestzeiten plünderte, hatte er dir eine seiner verzauberten Federn geschenkt. Du musstest sie nur einmal mit der Tinte des Tintenfischs füllen, und sie schrieb viele Seiten voll, spann mit ihrem dünnen blauen Faden alle Geschichten der Welt, als hätte sich dort in dem durchscheinenden Rohr der mit Tinte gefüllten Feder im Zustand eines Tohuwabohus schon alles befunden, was niedergeschrieben werden konnte. Hätte man die Zeit zurückdrehen können, so wäre zu sehen gewesen, wie alle Geschichten, Briefe, Rechnungen in den Registern, die herrschaftlichen Anordnungen, die Oden und Epoden, die alten Scharteken wie alle gelehrten Schriften der Welt Faden um Faden, den Flüssen gleich, von jeder Seite der Schrift abfließen und in das blaue Meer im Rohr dieser rätselhaften Feder münden.

Seit du in Skyros den ersten heiligen Buchstaben entdeckt hattest, legtest du dir im Gespräch mit Geographen und alten, auf den Meeren ergrauten Seebären eine kerbholzlange Liste mit Eilanden an, deren Namen mit A begannen; derer gab es viele, hoffnungslos viele: Andros, Angistri, Amorgos, Agios Georgis Salaminos, Agios Thomas Diaporion, Antikithera, Arkoudi, Atokos, Anafi, Antipaxi, Antiparos, Agios Nikolaos Donoussas, Ananes, Ano Antikeros, Andyros Amorgou, Askania, Antipsara, Agios Minas, Agathossini, Agioi Theodoroi Halkis, Agathonissi, Alimia, Agreloussa, Antitilos, Arefoussa, Arhangelos, Arkoi, Armathia, Astakida, Astypalea und andere, was dich so recht durcheinandergebracht hatte: Da reichte ein Leben nicht aus, um an jedem dieser Ufer anzulegen auf der Suche nach dem magischen Zeichen. Aber hatten denn die Rabbiner sich nicht ebenso schweren Kalamitäten ausgesetzt, die sich die Köpfe beim Versuch zermarterten, jeden Buchstaben der Thora, aus dem Nebiim und dem Ketubim mit einer Zahl zu verbinden, um damit dann ihr Leben lang Berechnungen anzustellen, bis sie ihr Augenlicht verloren und starben, ohne in die undurchdringliche Weisheit der unermesslichen heiligen Schrift eingedrungen zu sein? Und die das lebendige Silber mit dem Schwefel vermählten und es in ihrem gläsernen Topf kochten und wiederkochten, und diese rätselhafte Mischung dann weiter reduzierten bis auf die Krähenfeder und die Taubenfeder hinab, um nach langwährenden Jahren von den Wänden des Topfes ein paar Gramm der Quintessenz zu schaben, die in der Lage sein mochte, Blei in Gold zu verwandeln? Die allermeisten verdarben, ohne dass ihre Mühen zu etwas anderem geführt hätten denn Schlacke. Du hast mit deiner Hoffnung auf uns gesetzt, Theodoros, und wir haben dich nicht vergessen, denn dein Schicksal war schon bestimmt, bevor die Welt geschaffen ward, und so musste es getreulich geschehen. Schon nach dem vierten Versuch hattest du das Eiland gefunden, und ebenso sollte es mit den anderen geschehen, als hätte der heilige Name SAVAOTH, Herr der Heerscharen, sich aus bewaldeten Eilanden zusammengesetzt, die wie Buchstaben geformt und ins Ägäische und Ionische und Kretische Meer verstreut waren, und du hättest ein besonderes Gespür für sie in dir gehabt, wie den scharfen Geruchssinn des Hundes, die großen durchscheinenden Ohren der fliegenden Maus oder den Rüssel der Sau, die den Trüffel erschnüffelt.

So kam es, dass, während ihr auf Deck herumlagt in der Mittagssonne und auf die Meister mit ihren großen Pechbrocken wartetet, damit sie das Schiff abdichten, eines der Weiber eurer Gemeinschaft, des Namens Kassandra, sich ein züchtiges Kopftuch aufsetzte und, von dir geschickt, zum Kloster Hozoviotissa ging, zu sehen, ob da eines der Zeichen zu finden wäre. Kassandra war die, die sich mit Nadel und Ruß schon als Kind die Namen der beiden Diebe Dimas und Gestas, die zur Rechten und zur Linken von Jesus gekreuzigt waren, auf die Brüste geschrieben hatte, und zwischen diesen eingeritzten Namen trug sie das echte Kreuz aus Olivenholz, das sie weder ablegte, wenn sie sich badete, noch beim Schlafen oder wenn sie mit geöffneten Beinen unter einem der Palikári stöhnte, die sich brüderlich die Weiber teilten in Zeiten der Nacht und der Liebe.

Es war der große Feiertag der heiligen Maria, die auch die Schutzheilige des Klosters war, ein Tag, an dem alle zwei Dutzend Mönche hintereinander heraus ihrem Felsenmöwennest über endlose Treppen hinab und in die Boote am Fuße des Felsens stiegen, denn an diesem Tag befuhr die Ikone das Meer zwischen den Eilanden und wurde bespritzt von den salzigen, im blendenden Sonnenlicht funkelnden Wassertropfen des Ägäischen Meeres. Die Seeleute, die ihr in dutzenden und hunderten Kähnen, Barkassen und Galeonen folgten, erinnerten sich an einen anderen Tag der heiligen Maria, vor etlichen Jahrhunderten, als sich die nicht von Menschenhand angefertigte Ikone zum ersten Mal in dieser Gegend in einem Boot ohne Menschen und Ruder gezeigt hatte, woher auch immer sie gekommen sein mochte. Genau an der Stelle, an der das Boot voll des Ruhmes der Muttergottes am Ufer landete, hatte man die erste Stufe jener Treppe in den Felsen gehauen, die dann zum künftigen Kloster führen sollte, das die Mönche im Laufe vieler Jahrzehnte mühevoller Arbeit errichtet hatten. Die Leute auf den Inseln ringsum empfingen sie auf den Knien und drängelten heran, ihr dunkles, in Silber gerahmtes Gesicht zu küssen.

Zum Kloster zu gelangen, war kein Scherz. Du musstest erst einmal auf dem Felsen, der sich glatt wie eine Wand aus dem Meer erhob, die dreihundert in den Stein gehauenen Stufen hinaufsteigen, die gerade einmal so breit waren, dass man den Fuß daraufsetzen konnte, dazu nass und rutschig, sodass viele derer, die genügend weltliche Sünden auf sich geladen hatten, in das smaragdgrüne Wasser stürzten, worin sich der schwarze Fels spiegelte. Je höher du hinaufstiegst, umso großartiger und unglaublicher zeigte sich dir das Kalkkloster, weißglänzend, weiß wie Jesu Gewand bei dessen Verklärung auf dem Berge Tabor, da alles, was er auf dem Leib trug, weiß wie Schnee wurde, so weiß, wie kein Bleichmittel auf der Welt es hätte machen können. Es gab auf der gesamten Erdoberfläche kein zweites solches Gebäude, das mehr als hundert Klafter hoch am Felsen hing und acht Stockwerke hatte, die am grauen Basalt klebten und in seinen Stein hineingehauen waren wie ein hoch aufgerichtetes Labyrinth. Kassandra schürzte ihre Röcke, hielt sich mit der vom Gebrauch des zweischneidigen Schwertes gestählten und von der Meersonne verbrannten Hand am Seil fest und stieg wacker die dreihundert Stufen empor, um das Kloster leer vorzufinden, die Türen offen stehend, denn die klösterlichen Gastmeister hatten nicht bedacht, jemanden als Wächter zurückzulassen: Der Anstieg war zu steil, als dass Diebe es gewagt hätten, bis zum Eingang hochzusteigen. So weiß das Gebäude von außen war, so dunkel war es im Inneren mit seinen schrankschmalen Räumen. Die Mönchszellen hatten hölzerne Bettgestelle ohne Bettzeug, und um auf die höheren Stockwerke zu gelangen, stieg man über wackelige Leitern aus unbehauenem Holz, an denen mancherorts eine Sprosse zerbrochen war. Die Frau kletterte von Stockwerk zu Stockwerk und stieß als einzig wertvolle Gegenstände nur auf alte Choralbücher und Psalter, die stapelweise auf den Wandbrettern lagen. Der Altar war in der

Spitze, und rings um ihn gab es nur eine Gruppe von zehn Stühlen. Die Ikonostase war meisterhaft mit in Rosenholz geschnitzten Blumen und von verschiedenartigen Ikonen bedeckt. Das durch die Fenster hereinfallende Licht ließ sie beinahe verbleichen, sodass man kaum erkennen konnte, ob da der heilige Georg oder der Erzengel Michael dargestellt war. Auf ein buntes Glasfenster aus blauen und rosa Scherben, die in Blei gefasst waren, hatte man mit Zinnoberrot den Buchstaben Aleph gemalt, und da sie dies sah, wusste die Frau, dass sie das Zeichen gefunden hatte. Aber sie blieb noch ein paar Augenblicke in jenem beängstigenden Raum und spürte plötzlich wie eine Kralle in ihrem Bauch dessen Zauber und Vernichtung.

Als sie so vor dem strahlenden Altar stand mit ihrem rabenschwarzen, züchtig mit dem wollenen Kopftuch bedeckten Haar, fühlte Kassandra sich nicht wohl in ihrer Haut. Sie, die nicht einmal mehr wusste, wie viele Männer sie in ihrem Leben umgebracht und mit wie vielen sie gevögelt hatte, sie zitterte nun wie ein kleines Mädchen. Sie war wie ein an einen fremden Ort gelangtes Mädchen, wo alles heilig, also unbekannt und gefährlich war. Geister erfüllten die Luft, Kassandra atmete sie ein und stieß sie wieder aus, und etwas wie ein leises Stimmengemurmel verblieb in ihrem Herzen. Langsam ging sie auf die Stelle zu, von der man die Ikone abgelöst hatte und die nun mit großer Flamme im Mittag brannte. Hinter der Ikone der heiligen Jungfrau gab es keinen leeren Raum mit grauen Spinnweben, wie sie es erwartet hätte, sondern einen glitzernden Spiegel so groß wie das fehlende Bild. Ihr blieb der Atem weg, als sie hinein und in seine Tiefen schaute, sie stieß einen kurzen Schrei aus und sank hinab zu Füßen der Ikonostase, wo sie ein paar Augenblicke oder ganze Stunden verblieb.

Es dämmerte schon, als die Frau wieder erwachte und sich mit zerrissener Seele beeilte, die endlosen Stufen hinunterzusteigen, das Boot zu nehmen, mit dem sie gekommen war, und bis dorthin zu rudern, wo ihre Leute sie neben der schon von ein paar Brettern abgestützten, auf der Seite liegenden Barkasse erwarteten. Handwerksmeister mit Meißeln und Hobeln entfernten von den Brettern am Bug reihenweise Muscheln und

Wurzelholz. Nahebei kochte das Pech mit trägen Blasen in den Kesseln. Kassandra teilte dir die gute Nachricht mit, der zweite Buchstabe aus dem Namen des Herrn SAVAOTH sei gefunden, und sie legte sich erschöpft ins Gras, wo hin und wieder ein langes Beben ihren ganzen Körper durchfuhr.

Denn in dem Spiegel hatte sie sich selbst gesehen, nackt, die Haare gelöst und jung wie mit sechzehn Jahren saß sie auf einem purpurfarbenen Stuhl mit den Dieben auf die Titten gemalt und dem Kruzifix mit dem gekreuzigten Christus dazwischen. Im Schoß hatte sie ein rundliches Baby aus Licht, das die Finger seiner rechten Hand segnend erhoben hatte.

13

Der weise Kaiser Salomon aus alter Zeit, der, von Gott in Gabaon gefragt, welche Geschenke er sich von ihm wünsche, weder ein langes Leben noch Reichtümer, noch auch den Tod seiner Feinde gewünscht hatte, sondern bloß ein kluges Herz, damit er zwischen Gut und Böse unterscheiden könne, und der aufgrund von Plänen, die David, sein Vater, von Gott selbst und mit Seinem eigenen Finger geschrieben, erhalten hatte, den ersten Tempel errichtete, in dem Gott in völliger Finsternis hausen konnte, hatte auch Kenntnis von dem fernen Land des Kusch im Süden, und zwar nicht allein, weil er in seiner Weisheit das gesamte Antlitz der Welt mit allen Königtümern und Kaiserreichen kannte, sondern weil ihn von dorther jedes dritte Jahr auf Schiffen das Gold aus Ophir erreichte. Es war das feinste Gold, das es geben konnte, feiner noch als gründlich durchgesiebter Sand, und dieses benutzte der Kaiser, um das Allerheiligste damit zu überziehen, die Kiste von zehn Klaftern Länge, Breite und Tiefe inmitten des Tempels, worein er die Bundeslade zu stellen gedachte, beschützt von den Flügeln zweier großer Cherubim. Aus dem gleichen Gold wurden auch die begehrtesten Talente und Schekel der Zeit geprägt, die kein Kaufmann verachtete. Geschichten, die auch damals schon so alt wie die Welt waren, erzählten, dass in Ophir, einem Gebiet am Roten Meer zwischen Adulis und Dschibuti, von Afaren bewohnt, selbst die Felsen aus Gold waren, und die Städte hatten Mauern, die aus reinem Gold gefügt waren, und mit Wällen aus Orichalchkus. Wenn man von Jerusalem zum Lande Ägypten hinunterzog, musste man noch einmal so lange Wegstrecken auf dem großen Nil-Strome bewältigen, um schließlich in das wilde Land des Kusch zu gelangen, das auch den Namen Äthiopien trug. Es hieß, dort würden die Götter jeden Morgen bei der Stadt Meroë den Sonnentisch anrichten, einen Tisch voll all der Köstlichkeiten der Welt, verschiedene Arten von Fleisch und Früchte und Weine in Amphoren, die tausende Menschen sättigen konnten. Ebendort wurden die, die gestorben waren, wenn sie im Leben zu den vornehmeren Leuten gehört hatten, in durchsichtige Saphirsäulen eingeschlossen und blieben für immer dort, ohne zu verfaulen und mit gleichbleibenden Zügen. Die Ägypter aus dem Land des Fegefeuers kannten die Israeliten recht gut, sie waren ihre Nachbarn, ein trügerischer Beistand im Fall eines Krieges, wie die angespitzten Schilfrohre, die einem in die Hand fahren, und Salomon war selber mit der Tochter des Pharaos verheiratet, aber die Lande des Kusch jenseits von Ägypten kamen ihnen wild und rätselhaft vor.

Als dann ein Brief von einer Königin jenes fernen Landes des Inhalts bei ihm eintraf, sie habe von der unvergleichlichen Weisheit des Herrschers von Judäa erfahren sowie vom Glanze und Reichtum seines Hofes und bitte ergebenst, er möge seiner Dienerin erlauben, ihn zu besuchen, damit sie dies mit eigenen Augen sehen und mit eigenen Ohren aus dem Munde das Kaisers geflügelte Worte vernehmen könne, fühlte Salomon sich von einer alten Leidenschaft gepackt. Wiewohl weise, lebte er in fortwährendem Laster, und dies war allenthalben in Judäa bekannt, ja selbst den Fremden, die ihre Häupter tadelnd vor ihm neigten und dazu das Sprichwort flüsterten: Bei so viel Geist ist auch viel Torheit nicht fern … Je mehr Jahre er aneinanderreihte – und als die schönste Liebesgeschichte der Welt ihren Anfang nahm, hatte der Kaiser gerade das vierzigste Jahr überschritten –, umso mehr stellte er seine vollkommene Vertrautheit mit sämtlichen Angelegenheiten unter Beweis, und umso mehr Gattinnen und Geliebte holte er sich in seine Paläste, sodass er schließlich dahin gelangte, siebenhundert Gattinnen und dreihundert Geliebte zu zählen, die ihm die Gemächer mit dem Lärm ihrer endlosen Streitereien und ewigem Kindergeschrei anfüllten, sodass Salomon sich in seiner großen Weisheit mitunter fragte, ob die Freuden des Bettes solch eine Plage verlohnten.

Er hatte sie sich unter den Judäerinnen geholt, aber auch aus den Völkern, die der Herr dem Untergang preisgegeben hatte, damit sein auserwähltes Volk sich nicht nach diesen richte, zu deren Idolen bete und die abscheulichen Dinge tue, die jene taten: moabitische Frauen, ammonitische, edomitische, sidonitische und hethitische, die sein Herz zu den Baalen und Astarten sich hinneigen ließ, zu denen jene Frauen beteten. Auch befanden sich etliche Äthiopierinnen unter ihnen, schwarz wie Ebenholz, mit glanzloser Haut und vornehmen Gesichtszügen, geraden Nasen und stolz geblähten Nüstern, als wäre jede von ihnen mindestens von königlicher Abkunft, wenn nicht geradewegs von den Göttern im Himmel geboren. Ihre krausen und lockeren Haare waren bei der Liebkosung der von Ringen beladenen Hand des Kaisers aber derart weich, und ihr Stöhnen beim Liebesakt klang ihm in seiner Wildheit so süß in den Ohren, sehr viel süßer als jenes der raffinierten Hetären, dass dem Kaiser, als er den schmeichlerischen Worten des Boten lauschte, unter dem mit Goldfäden durchwirkten Leinengewand das Glied erwachte. Denn die kuschitische Frau, die ihm den Brief über Länder und Meere hinweg geschickt hatte, schien nicht bloß eine Königin zu sein, sondern war es auch tatsächlich, und dazu war sie sogar noch eine jungfräuliche Königin, jung und schön, wie sie ihm Benaia beschrieben hatte, sein Heerführer, der seine Leute überall hatte. Ihr Name war Makeda, und dies war der einzige Grund zur Beunruhigung, dachte der Kaiser lächelnd, denn Banaia hatte ihn auch davon in Kenntnis gesetzt, dass dies in der Sprache der Kuschiten dort im Süden »So nicht!« hieß, was als Zeichen der Widersetzlichkeit der jungen Königin zu verstehen war, die niemals zufrieden war mit ihren Untertanen. Es hieß, ihre ersten Worte, von denen sich ihr Name herleite, seien ebendiese gewesen, »So nicht!«, die sie zu ihrer Mutter gesagt habe, als diese ihr mit einem Leinenband eine Schleife um eine Haarsträhne schlang und dabei einige Fäden ausriss. »So nicht!«, sagte nun die Königin zu dem Würdenträger, der, mit dem Getreide betraut, einen Teil davon gestohlen hatte. »So nicht!«, sandte sie den Generälen als schriftliche Botschaft zu, nachdem sie eine Festung monatelang erfolglos belagert hatten. »So nicht!«, rief sie denen zu, die eine Frau vergewaltigt hatten und nun in Schwefel gebraten werden sollten.

Der Kaiser saß im Thronsaal seines vor dem Tempel des Herrn aus Zedern und Zypressen errichteten Hauses, roch den kräftigen Geruch der Gewürze aus den Säcken mit Sandel, Zimt und Weihrauch, die die Abgesandten aus Saba vor ihm aufgeschnürt hatten, sprach wohlwollend mit ihnen und stimmte dem Besuch der fremden Königin zu. Dann befahl er, man möge die Abgesandten durch seinen Palast geleiten, ihnen sämtliche Türen, auch zu den Schatzkammern und Vorratsräumen, öffnen und alles zeigen, was gesehen zu werden lohnt. Bei der Abreise beschenkte er sie mit so viel Gold, Silber und wertvollen Teppichen, wie ihre Kamele tragen konnten. Für die Königin gab er ihnen ein Tischchen aus Elfenbein mit, das seinesgleichen nicht hatte und von dem berühmten Meister Oholiab aus dem Geschlecht des Bezalal, Sohn des Uri, Sohn des Hur, in siebenjähriger Arbeit mit seinem Meißel angefertigt und ein wunderbarer, jedes Kaisers würdiger Gegenstand war.

Die Abgesandten machten sich auf den Rückweg durch Sinai nach Ägypten, das sie mit Papyrusschiffen auf dem Nil durchquerten, dann ging es zwischen Ibissen und Flusspferden den Blauen Nil hinunter und bis in die äthiopischen Gefilde. Hier erst begann der gefahrvolle Abschnitt der Reise, denn die unzähligen kleinen Länder, aus denen Äthiopien bestand, befanden sich fortwährend untereinander im Krieg, waren vor allem darauf aus, Gefangene zu machen, die sie dann als Sklaven an phönizische und arabische Kaufleute verkauften. Ägypten war in weniger als zwanzig Tagen durchquert worden, doch um von den Grenzen des Kusch-Gebietes bis nach Saba zu gelangen, benötigten die Abgesandten mehr als hundert Tage.

Als man ihr den Brief mit dem Siegel von Kaiser Salomon vorlas, worin der Königin in strengen und gewichtigen Worten gestattet wurde, nach Jerusalem zu kommen, sprang Makeda vom Thron und klatschte wie ein kleines Mädchen in die Hände. Dann untersuchte sie ausgiebig die Teppiche und die Gegenstände aus Gold und Silber, die auf eine Weise bearbeitet waren, wie man es in ihrem Reich nicht kannte, und fuhr lange mit den Fingerspitzen über das zarte, gelbliche Elfenbein des Tischchens, dessen durchscheinende Oberfläche sehr sorgfältig und in verblüffender Meisterschaft mit unzähligen filigran eingeschnitzten Ornamenten versehen worden war. Dies alles kam ihr ganz wunderbar vor, wie ein Vorgeschmack auf das, was sie noch alles sehen würde, und von diesem Augenblick an war sie von brennender Ungeduld erfüllt, selber nach dem heiligen Jerusalem und zu diesem Kaiser zu gelangen.

Die Königin mochte zu jener Zeit so um die neunzehn Jahre alt gewesen sein. Vor ihr hatte auf dem Throne von Saba ein Hund geherrscht und vor diesem ein Krokodil. Im Namen von Tieren zu herrschen, die Götter verkörperten, war eine altbewährte List, die es einer langen Dynastie von Eunuchen zu herrschen ermöglicht hatte, ohne von herrschaftlichem Geblüte zu sein. Als Makeda, die wahre Thronerbin, mit zwölf Jahren durch einen Affen ersetzt wurde, flüsterte sie leise, das Kinn auf die Brust hinabgeneigt, eines ihrer berühmten »So nicht!«, und am nächsten Tag wurde der Affe mit zerschmettertem Schädel und fehlendem Hirn auf dem Fußbodenmosaik des Thronsaales vorgefunden, während der letzte der Eunuchen von einer Lanze durchbohrt und mit enormer Wucht an die schwere Tür aus Palisanderholz gespießt worden war. Das Hirn des Affen, mit frischer Minze zubereitet, wurde der jungen Königin an demselben Tag noch zum Abendessen serviert, wozu sie zum ersten Mal die goldene, mit Diamanten aus Sidon besetzte Krone trug. Sieben Jahre später wagte es niemand mehr, etwas zu tun, was Makeda nicht behagte, und die Königin herrschte sowohl mit Härte als auch mit Zartgefühl, war jedoch auch berühmt dafür, Mörder und Diebe grausam zu bestrafen, gute Taten zu verrichten, und insbesondere dafür, dass sie eigensinnig jede Brautwerbung seitens der kriegerischen Prinzen, die ihr Herz und ihr Reich begehrten, zurückgewiesen hatte.

Die Haut der Königin war schwarz wie Ebenholz, und ihre kräftigen Haarfäden waren eingeweicht und gesalbt mit teuren Ölen und Narde und zu unzähligen Zöpfchen geflochten. Ihre Kleider aus gesponnenem Linnen, dünn wie Spinnweben, ließen ihre Brüste unbedeckt, wie es den Königinnen gebührte, waren sie doch die Mütter der von ihnen beherrschten Völker. Ihr Körper war anziehend, denn sie war groß und hatte runde Hüften, und um ihre Schönheit zu unterstreichen, trug sie delikaten Goldschmuck, der in ihren Ohrläppchen steckte, die Nasenflügel durchlöcherte und die Brustwarzen. Auch hatte sie noch eine weitere kleine Zierde zwischen den Schenkeln, verborgen in dem Dreieck gekräuselten Haars, ein Schmuckstück, dem es zukam, bei der ersten Liebesumarmung von dem kriegerischen Prinzen, der sich ihrer als würdig erwiesen hatte, mit den Fingern ertastet zu werden. Unvergesslich war das Antlitz der Königin, ihre klugen und aufmerksamen Augen, der mit den Buchstaben vertraute Blick, denn wenige derer, die in diesen Tagen die gleiche Sonne sahen, hatten mehr Schriften gelesen als sie. Alle weiteren Züge ihres Gesichts, ihre gerade Nase und die reizenden afrikanischen Lippen, die feine Tätowierung ihrer Wangen und die runde Form ihres Kinns, waren für sich schon bezaubernd, aber wahrhaft die Herzen gewann dieser Hauch von Reinheit und Flinkheit, wie eines vor der Schlange tanzenden Affen, der ihr gesamtes Wesen überstrahlte.

Die Königin schätzte die Günselfarben, mit dem Purpur von Tir, einer Farbe, gewonnen aus den Muscheln der Tiefe, gefärbte Kleider, die großen Perlen, Jaspis und Türkise, die funkelnden Säbel mit Ledergriffen, die nackten Sklavinnen, die es verstanden, aus den Schultern heraus zu tanzen vor ihr und ihren Gästen, und ebenso schätzte sie die Früchte, in die sie ihre weißen, schön gerundeten Zähne grub, aber über all dies hinaus schätzte sie die Weisheit. Es gab für sie kein größeres Vergnügen, als Geschichten voller Weisheit zu lauschen, alte Geschichten zu lesen, die ihr die weisen Berater, die alles gelesen hatten, deuteten. Mit endloser Neugierde hatte sie das *Buch Henoch* studiert, dessen, der in den Himmel hinaufgestiegen war, als zweihundert Söhne des Himmels, von ihrem Anführer Semyaza betrogen, aus den Wolken herab die offenen Haarschöpfe der Töchter der Erde gesehen hatten und, da sie ihnen schön vorgekommen waren, hinabgestiegen sind, sie sich zu Frauen genommen und ihnen die Geheimnisse des verborgenen Reichs enthüllt haben, die kein Sterblicher je hätte erfahren sollen. Und Henoch stand vor dem an Tagen und Jahren Alten, der ihn zu den rebellischen Engeln mit der Botschaft schickte, dies würde ihnen niemals vergeben. Aus diesem Buch hatte Makeda auch gelernt über die Bahnen der Gestirne am Himmel, die Wege des Mondes, der Sonne und der Sterne, über die Tore, durch welche die Winde, Regen und Stürme kommen, und über die Arten der Bäume und Tiere. Sie hatte auch das Totenbuch studiert, das die Priester in Ägypten jenen vorlasen, die auf dem Mumifizierungstisch lagen, während man ihnen das Hirn mit bronzenen Haken durch die Nasenlöcher zog, und sie hatte daraus den gefahrvollen Weg des Toten kennengelernt, der, schreckliche Gefahren überwindend, Osiris selbst werden sollte. Und es fiel ihr sehr schwer, nun noch drei Jahrhunderte warten zu sollen, bis sie die Bücher *Jesaja* und *Jeremia* lesen könnte, mit ihren schrecklichen Zerstörungen, Seuchen und Tod, die auch die äthiopischen Gefilde nicht verschonten:

Wehe dir, Land, worin der Waffen Lärm erschallt, und das du jenseits der Flüsse von Äthiopien bist! Du, so du Boten entsendest über die Meere in Schiffen aus Papyrus, und die da gleiten auf den glänzenden Wassern! Fahret hin ihr schnellen Gesandten zu jenem starken und mächtigen Geschlecht, jenem von all seinem Anfang an furchtsamen Volk, dem mächtigen Volk, das alles zermalmt, und dessen Land zerschnitten ist von Flüssen. Ihr, Bewohner der Welt, und ihr, Bewohner der Erde, merkt auf, wenn auf den Bergen die Fahnen wehen und hört hin, wenn die Trompete bläst.

Auf diese Art die Weisheit der Welt erkundend, war sie zu den Schriften von König Salomon gelangt, der damals gen Mitternacht über das Land der Judäer herrschte, Sohn von König David, der dahingegangen war. Die Geschichten über ihn hatten sie entzückt, die unerhörte Klugheit, mit der er die schwierigen alltäglichen Dinge entschied, hatte sie bezaubert. Alle lobten und priesen sie Gott für sein erstes Urteil in der Sache der zwei Frauen im Kindbett, die tränenden Auges vor seinen Thron getreten waren, damit er ihnen Recht schaffe. Denn beide hatten sie in der gleichen Nacht je ein Kind geboren, die eine ein lebendiges Kind, die andere aber ein totes. Die aber, die das tote Kind geboren, hatte die Neugeborenen vertauscht und lauthals verkündet, das lebende Kind sei die Frucht ihres Leibes. Nun befanden sich die Frauen vor dem König und beschimpften sich gegenseitig, und das Kind, in Tuchstreifen gewickelt, um später mal gerade Beine zu haben, wurde von einer Dienerin auf dem Arm gehalten. Aller Augen waren auf den König gerichtet, denn es war sein erstes Urteil, und einen guten Tag, wie er späterhin selbst sagen sollte, erkennt man am Morgen.

Jedes Mal, wenn diese Geschichte an dem Punkt angelangt war, klatschte Makeda glücklich in die Hände, denn Salomon hatte damals etwas getan, auf das kein anderer Mensch gekommen wäre, auch wenn er noch so beschwert gewesen wäre von einer Unzahl von Jahren und weiß an Haaren vor Klugheit. Denn nicht die seelenlosen Gesetze, die töteten oder verschonten, je nachdem es im Buche stand, sondern eine tiefe Kenntnis der menschlichen Seele hatte dem König sein wunderbares Urteil gewiesen. Salomon rief einen Soldaten von jenen herbei, die da mit gezücktem Schwert standen und ewig den königlichen Thron bewachten, und befahl ihm, das Kind entzweizuschneiden und jeder der Frauen eine Hälfte zu geben. Nach dem alten mosaischen Gesetz, das sich nicht um des Menschen Antlitz scherte und blind umbrachte, wer sich in den unverständlichen Riten verstrickte, die Adonai Seinem Volke abverlangte, schien dieser Beschluss gerecht, und niemand unter den Würdenträgern im Saal empfand sich im Herzen getroffen. Niemand riss sich die Kleider vom Leib und beklagte das Opfer des unschuldigen Kindes. In vollendeter Stille ergriff der Soldat das Kind und erhob das Schwert darüber. Einen Augenblick noch, und die grausame Pflicht wäre vollzogen gewesen. Da hörte man den Schrei einer der Frauen: »Bringt es nicht um! Gebt es lieber der anderen, lasst es bloß leben.« Und da geschah das Wunder. Salomon erhob die Hand und sagte zu dem Soldaten: »Steck dein Schwert in die

Scheide! Die gesprochen hat, ist die Mutter des Kindes. Es möge ihr sofort übergeben werden!« Noch niemals hatte man bis dahin auf der Welt solch ein lebendes Beispiel vernommen. Es war, als wäre just in diesem Augenblick eine neue Menschheit geschaffen worden. Als sie zum ersten Mal diese Geschichte hörte, spürte die Königin von Saba in ihrem Herzen den Drang, sich vor jenem fernen König wie vor einem Gott zu verneigen, und diese Vergötterung war dem brennenden Gefühl der Liebe nicht fern.

In der langen Zeit, die ihre Abgesandten benötigt hatten, nach Jerusalem und wieder zurück zu reisen, hatte die Königin Zeit, auch die Sprüche des Salomon zu lesen und viele der Bücher, in denen er alles erforscht hatte, was man wissen konnte über die Dinge der Welt: über alle Blumen und Viecher, Berge und Gewässer und Wüsten, über alle Völker, die da wohnten auf Erden, über die Weise, wie man die Tische eindeckt für Feiern, und darüber, wie man die Reiche regiert und die Krankheiten, die das Menschengeschlecht befallen, und über die Regeln der Frauen, und wie sich die Knochen des Kleinkinds im Mutterleib ausbilden, und über den riesigen Leviathan der Meere, darüber, wie Statuen geschleift werden, wie man Kleidung färbt, wie man die Zähne reinigt, wie man Hornhaut entfernt und dies noch und jenes, sodass nichts seiner Durchdringung entging. Makeda war nun entbrannt im Wunsch, den größten Kaiser zu sehen und zu hören, den bestaussehenden Mann, wie es hieß, und, trotz seines noch jungen Alters, den größten Gelehrten seiner Zeit. Wir dürften das menschliche Wesen nicht so gut kennen, ganz gleich ob Frau oder Mann, wenn wir denn glaubten, die Jungfer hätte nicht wenigstens einen Augenblick lang von der Möglichkeit einiger geheimen Umarmungen und geflüsterten Worte geträumt, wenn sie zu ihm reise, oh doch, wie denn nicht! Und nicht etwa einen Augenblick lang, sondern Nacht für Nacht in den acht Monaten, in denen sie keine Nachricht hatte von den Boten, die sie nach Jerusalem entsandt hatte, lag sie unruhig und schlaflos in ihrem Alkoven, und wenn der Schlaf dann kam, brachte er unzüchtige Träume mit sich, aus denen sie nassgeschwitzt und mit glühenden Wangen erwachte.

Als sie sich auf die Reise vorbereitete, holte die Königin im Süden in drei Monaten all das herbei, was das Königreich Saba an wertvollen und glänzenden Dingen besaß: erst einmal Pfeffer, dann Knoblauch, scharfen Paprika, Ingwer, Bockshornklee, Kreuzkümmel, Koriander, Zimtrinde, Gewürznelken, dann das reinste Salz der Welt, das man in die Form von Elefanten und Schildkröten geschnitten und behauen hatte. Dreißig Chamäleons, die sich nur von Luft ernährten, jedes in seinem Käfig mit einem Spiegel aus poliertem Kupfer, worin sie sich ständig betrachteten, dabei die Augen rollten und ihre Hautfarbe änderten, je nachdem, auf welchen Teppich man sie stellte, auf rosenfarbenen oder grauen Stein. Vierundzwanzig am ganzen Körper tätowierte Harfenistinnen, die auch Meisterinnen des Tanzes, der Dichtkunst und in der Kunst der Vereinigung waren, der schwersten von allen. Einen Kamm, alt wie die Welt, der aus einem Menschenknochen gefertigt war, mit dem man, wenn man ihn ins Haar gesteckt bei sich trug, die unsichtbaren Toten sah, die zwischen den Lebenden einhergehen, und sogar den Bobo, der bei Nacht die Kleinkinder der Leute stiehlt und auffrisst. Fünf Koffer mit seltenen Steinen, die man in den Höhlen unter dem Gheralta-Plateau gefunden hatte, und zwanzig Talente des Goldes, das in den Minen von Nahiso Terara gefördert worden war, alles von einem der auf dem ganzen Körper mit sabäischen Versen beschriebenen und mit Zaumzeug aus bunter Wolle gezäumten Kamele getragen. Dazu noch Nilschlamm, der Knochenschmerzen heilte, auch Vögel noch mit Federn, wie der blaue Himmel, der Abendhimmel und der gestirnte Himmel, die jeden Monat gerupft werden konnten, weil ihnen andere nachwuchsen, Honig sodann aus betörenden Blumen, der, auf den leeren Magen genossen, einen in einer fremden Sprache sprechen ließ. Makeda hätte dem großen König auch ihre hölzernen Idole geschenkt, die jeden Morgen mit frischem Obst und zu Ketten geflochtenen Blumen und abends mit Weihrauch und Narde verwöhnt wurden, hätte sie nicht gehört, der Sohn Davids glaube nur an einen großen, unsichtbaren Gott, den Schöpfer des Himmels und der Erde. Später dann hat sie sich geärgert, dass sie die Idole zu Hause gelassen hatte, denn sie fand am Hofe von Salomon eine ganze Menge von diesen Idolen ähnelnden Bildnissen, gemeißelt nach der Gestalt aller Kriechtiere, der Fische des Meeres und der Vögel der Luft und der gehörnten Tiere, die auf Feldern und Wiesen weiden, allesamt mit ihren Priestern, mit ihren Opfergaben und Geschenken, die seine hunderten Frauen und Geliebten gebracht hatten.

Schließlich lud sie alles auf dreiundneunzig Kamele und achtzig Lastmaultiere, in deren Mitte sich der zahme und stattliche K'onijo erhob, der Elefant mit den golden überzogenen Stoßzähnen, der den Baldachin mit den Damastvorhängen auf dem Rücken trug, in dem die Königin selbst reisen würde. Das Reich vertraute sie ihrem ergebensten Würdenträger an, dem, der vor Jahren den Affen und den Eunuchen, verdammt sei sein Name, umgebracht hatte, und machte sich auf den Weg, vom Elefanten gewiegt, betäubt vom Klirren der Waffen und dem Trappeln der Tiere, inmitten des Lebens und ihres Schicksals auf Erden. Tamrin, der erfahrenste Kamelführer leitete den Konvoi. Dies Hin und Her auf den Straßen zwischen Saba und Jerusalem, von Makedas Gesandten begonnen und von ihr selbst nun fortgesetzt, sollte sich auch auf andere Straßen erstrecken, stets reicher an Abenteuern, bereist von dem, dessen Geburt und Leben die Königin damals noch nicht einmal ahnte. Darunter, nach zwei Jahrzehnten, der rätselhafteste Zug einer Karawane, den es jemals gegeben hat, denn die Macht der Bundeslade hatte diesmal den Konvoi begleitet, sie aus den irdischen Regionen herausgeholt und durch Vision, Vorsehung und Traum nach Saba geleitet.

Auf ihrem Weg sah die Königin Ägypten, das Land des Hades, das sich ihr wie ein Traum von Größe und unvorstellbarer Schönheit darbot. Der große König von Jerusalem hatte schon die Tochter des Pharaos zur Frau genommen, sie zu sich geholt und in Davids Festung gesetzt, wo er ihr einen dem seinen gleichen Palast gebaut hat. Und der Pharao hatte ihm Gaza zur Mitgift gegeben, das er den Philistern entrissen hatte, die er allesamt mitleidlos umbrachte, Männer, Frauen und Kinder, ja selbst die Lasttiere. Überaus seltsame Dinge waren über jene ägyptische Frau zu hören, die des Kaisers Herz geraubt hatte. Sie soll die Schuld tragen für die Hurerei Salomons mit den Idolen der fremden Völker, denn sie hatte ihm, wie es hieß, tausend Musikinstrumente geschenkt, deren jedes den passenden Ton für den Lobpreis eines einzigen Idols hatte. Auch soll sie es gewesen sein, die über den königlichen Baldachin eine Decke gehängt hatte, die mit wertvollen Steinen benäht und bestickt war, sodass der Kaiser, wenn er aus dem Schlaf erwachte, glaubte, es seien die Sterne und immer noch Nacht, dass er sich nochmal umdrehte und weiterschlief. Folglich konnten die dem Gott geschuldeten Brandopfer nicht mehr am Morgen vollzogen werden, weil Salomon mit den Schlüsseln zum Tempel unter dem Kissen bis gegen Mittag schlief.

Die Königin dachte an all dies und war schon wütend auf jenes Weib, als sie mit der Karawane durch das Niltal zog und durch das Land, in dem die Vorfahren des Königs von Jerusalem einstmals Sklaven waren und Lehmziegel machten im fruchtbaren Goschen. Durch die Lücken zwischen den schweren Damastvorhängen, die sie vor Gluthitze und Stechmücken schützten, sah sie die ertragreichen Felder am Rande des trübgrünen Stromes, schwarze Fellachen, die zu Boden gebeugt schufteten, die Papyrus-Schiffe, manch eines groß wie mehrere schwimmende Häuser, die über das Wasser glitten, das Mauern und Gärten spiegelte, Oasen mit ein paar Palmen in der Wüste, verwunderliche Städte, wie Gesichte eines dürstenden Muribunden, voller Tempel und Obelisken, die Ibisse, die ewig zusammen mit den rosafarbenen Flamingos an den Ufern standen. Die Sonne ging im Osten auf, gelangte ans Kuppelkreuz und neigte sich dem Westen zu, und dann ruhte die Karawane unter den Sternen in der unvorstellbaren Kälte der Wüstennächte. Die Soldaten wachten, die Maultiere und Kamele schrien hin und wieder, wenn sie einen Schakal witterten, und Makeda, auf ihrem Bett aus geflochtenen Zweigen liegend, sah mit einem Mal den gesamten Himmel, voll der Sternbilder, die über ihr funkelten, und den perfekt runden, scharfkantigen Mond, größer, als sie ihn jemals gesehen hatte, denn der Mond war der Herr der Meere und Wüsten. Sie schrak auf beim Anblick der langen Schweife der Sternschnuppen und freute sich, die Zeichnungen der Himmelsstickerei wiederzuerkennen: den Stuhl und den Wagen und den Bogenschützen, die mit der Kristallkuppel kreisten, in die sie eingelassen waren, rollte sich ein vor Kälte und schlief erst gegen Morgengrauen ein, wenn die Karawane ihren Weg fortsetzte.

Sie sah die Pyramiden und das Labyrinth, das noch verblüffender und mit weitaus mehr Lob bedacht war als jene, umgeben von großartigen Gärten und Becken aus Granit voll der heiligen Krokodile. Sie sah steinerne Stelen mit den Gesichtern des Pharaos und seiner Gattin. Sie sah die Sphinx, die sie, von zwei Priestern beschützt, nach ihrem künftigen Schicksal befragte, und die Sphinx, jene mit Menschenkopf, gab ihr durch die Priester zur Antwort: »Der Wasserkrug wird alles entscheiden.« Man geleitete sie an einen heiligen Ort namens Sakkara, wo sie neun riesige Sarkophage aus Granit mit unvorstellbar schweren Deckeln sah, in denen, wie man ihr sagte, sich die Körper von aus den Himmeln herabgestiegenen Göttern befanden. Sie sah auch den Apis Osiris, das heilige Kalb, aus einer Kuh geboren, auf die ein Strahl aus dem Himmel gefallen war. Es befand sich inmitten seines Harems der Kühe und trug die Zeichen, nach denen es von den Priestern erkannt wurde: schwarze Haut, ein weißes Dreieck auf der Stirn, einen weißen Adler auf dem Rücken, unter der Zunge den Skarabäus, einen weißen Halbmond auf der rechten Hüfte, die Strähnen am Schwanz geteilt. Und viele weitere Wunder hat die Königin noch gesehen, als sie mit großen Augen und offenem Mund durch dieses Land voller Obelisken und Götter zog.

Als sie die Pyramiden hinter sich gelassen hatten, schwenkten sie nach Osten und dann durch die Sinai-Wüste nach Norden. Sie zogen durch Edom und betraten Judäa am Ende von vier Monaten der schweren, niederschmetternden Reise, auf der elf der Wächter gestorben waren, als sie die Karawane vor den Leuten der Wüste verteidigten, und viele der Tiere hatten ihre Knochen zurückgelassen im Sand, niedergestreckt von den Lasten, den Löwen und der Erschöpfung. Als sie in der Ferne Beersheba sahen, wo Abraham einstmals einen Brunnen gegraben hatte, das jetzt aber eine Grenzstadt war mit weißen Häusern, wussten sie, dass die Gefahr vorüber war. An der Südgrenze erwarteten sie zweihundert Soldaten des Königs, die sie dann durch das gesamte Reich von Judäa geleiteten, indem sie sich links des Toten Meeres hielten, an Hebron vorbei und bis in die Hauptstadt im Norden des Landes zogen, nach Jerusalem. Sie waren auf diese Weise noch zwei Tage unterwegs, in denen sie verwundert sehen konnten, wie die afrikanisch eingefärbten Himmel, rot wie der Boden unter den Füßen, sich veränderten in einen Himmel aus Gold.

Es gab da auf der Welt keine Worte, Jerusalem vorzustellen. Die hatten nicht einmal die Gelehrten gefunden, die über ihren Papyrusrollen ihr Augenlicht verloren, die erfuhren die Reisenden nicht, die den Karawanenwegen folgten, und späterhin reichten auch der Königin von Saba die Wörter nicht aus, um ihrem Hofe den unvergleichlichen Glanz der hochmütigen Stadt zu beschreiben. Ihre Mauern erhoben sich bis zu dreißig Klaftern, und die Soldaten, die sie bewachten, waren auf den Holzpalisaden über dem Mauerwerk kaum zu sehen. Dicke runde Türme aus den gleichen geschliffenen Steinen, die die Morgensonne spiegelten, erhoben sich im Abstand von Stadionen in der Stadtmauer, und jenseits der Mauer sah man stattliche Bäume und stolze Gebäude. Die Tore, die hie und da den Glanz der Mauer durchbrachen, waren aus enormen Brettern der Libanonzeder gefügt, mit Eisen verstärkt und mächtigen Nägeln, sodass weder Feuer noch gehörnte Böcke sie bezwingen konnten. Durch eines von ihnen, das östliche, zog der Tross der Königin ein, von der Menge mit Blumen empfangen und Freudenrufen. Der kolossale Elefant mit dem Baldachin, der sich in der Farbe der Pomeranzen auf seinem Rücken wiegte, und mit den echt golden verzierten Stoßzähnen, rief vor allem die Verwunderung der Frauen hervor, der Kinder und der Bettler in der Festung, aber nicht minder das ebenholzfarbene Profil der Königin, denn die Vorhänge aus schwerem Gewebe waren zur Seite gerafft worden, damit die Menge sie sehen und sich bis zum Boden hinab vor ihr verbeugen konnte. »Sie ist schwarz, schwarz, aber schön!«, riefen die Massen, und warfen Ysop-Sträußchen vor das Gefolge. Andere wieder warfen ihre bunten Kleider auf die Straße, damit die Pferde der Wachsoldaten darauf treten konnten, die Maultiere und Kamele des Konvois. Duftschwaden teurer Narde, von Piment und Zimt erhoben sich aus den unzähligen Säcken auf dem Rücken der Lasttiere.

Makeba war glücklich. Sie saß aufrecht zwischen den Kissen, das Haar vorzüglich geflochten, mit nackten Brüsten, die nicht etwa rund waren, wie die der jüdischen Frauen, sondern spitz wie die der Idole, und in festen braunen Nippeln endeten, worin goldene Ringe steckten. Ihre Wimpern waren schwer von Kajal, und ihre Lippen waren mit dem bläulichen Staub des Türkissteins eingepudert. Auf dem Kopf trug sie ihre barbarische Krone, teils aus Elfenbein und teils aus Gold, besetzt mit großen Edelsteinen. Von der Hüfte abwärts trug sie einen engen Wickelrock aus purpurfarbener phönizischer Seide, der die Rundung ihrer Hüften gut zur Geltung brachte. Sosehr sie sich auch bemühte, sich ungerührt und äußerst würdevoll zu geben, das Mädchen in ihr konnte sich nicht beherrschen, schaute sich rings um und lachte sogar hin und wieder auf vor Freude, wobei sie ihre milchweißen Zähne hinter einem kleinen Tüchlein verbarg, das sie in der Hand hielt. Die Menge berührte die Maultiere und Kamele mit den Händen, bewunderte ihre kupfernen Glöckchen an den Hälsen, spürte die Rauheit der bunten Wolldecken auf den Rücken der Tiere, berührte die Diener und Soldaten, als hätte sie ihren Augen nicht länger getraut. Noch niemals hatten sie solchen Pomp und solchen Glanz gesehen. Da und dort bildeten die Priester des Herrn aus dem Geschlechte des Levi in ihren weiten langen Kutten und mit den kahlgeschorenen Schädeln eine kleine Insel der würdevollen Zurückhaltung, aber auch sie neigten ihre Stirnen, als der große Tross an ihnen vorbeizog, und segneten die Königin aus dem Süden, als hätten sie schon damals gewusst, dass der lange erwartete Messias sie in äußerst anerkennenden Worten würdigen werde: *»Die Kaiserin aus dem Süden wird sich an der Seite dieser Generation zum Gericht erheben und sie verurteilen, denn sie ist vom Rande der Welt gekommen, um Salomons Weisheiten zu lauschen, aber hier, seht, hier gibt es Einen, der ist noch größer als Salomon!«*

Der Kaiser in seinem Zederhaus erwartete sie und rutschte währenddessen ungeduldig auf seinem Herrschaftsstuhl herum, dazu spielte er abwesend mit den Troddeln aus blauen Fransen, den Erinnerungsquasten, an seinen Umhangschößen. Von Zeit zu Zeit kam ein Diener herbeigeeilt, um ihm zu sagen, wo der Tross angelangt sei: »Jetzt ist er am Tor der Töpferei!«; »Zieht durch das Tiropoeon und an der Festung des David vorbei!«; »Ist in Ofel: zieht nun zum Tor der Pferde!« Schließlich rief ihm einer gegen die vierte Nachmittagsstunde zu: »Man nähert sich Eurem Hause, Kaiser! Ist schon ganz nahe, in einem Wimpernschlag schon da!« Tatsächlich, Salomon konnte schon die schweren Schritte des Elefanten hören, wie sie den Boden erschütterten, das Klimbim der Glöckchen, das Rasseln der Waffen und die Freudenschreie der Menge, während der Konvoi, wie er schätzte, auf dem Weg zu seinem Haus gerade am Haus der Pharaonentochter vorbeizog. Jeden der Diener, der sich, keuchend noch von seinem Lauf, vor dem Thron verneigte, fragte er immerzu das Gleiche: »Wie ist die Königin? Hast du sie gesehen?«, worauf sie, als hätten sie sich verabredet gehabt, antworteten: »Sie ist schwarz, aber schön, Kaiser!« Worauf die großen Würdenträger, Azaria, der Sohn des Tsadok, Elihoref und Ahia, Söhne des Schischa, Ahischar und Iosafat, der Schriftsteller, sich anschauten und murmelten, sie kannten die Schwäche des Kaisers und wussten nur allzu gut, was folgen würde. Benaia, der Sohn des Iehoiada, etwas ungehobelter als die anderen Soldaten, küsste seine Fingerspitzen, spreizte sie dann und grinste den Kaiser verständnisinnig an.

Die silbernen Hörner erklangen jenseits der Tore, und der Kaiser setzte sich aufrecht hin auf seinem beeindruckenden, fein mit Gold überzogenen Thron aus Elfenbein, den zwei Löwen aus gehämmertem Gold bewachten. Der Thron stand um sieben in Porphyr gehauene Stufen, die das Licht aus dem Gerichtssaal spiegelten, erhoben über dem Boden. Er richtete seine Kleider und strich sich über den Bart, der schon da und dort mit weißen Fäden durchsetzt war. Er zitterte vor Ungeduld und konnte sich nicht erinnern, dies jemals beim Warten auf eine Gesandtschaft getan zu haben. Wie reich und rätselhaft ihm doch diese Worte klangen: Königin von Saba, neben dem Lande des Ophirs, das reich ist an Gold! Makeda, also »So nicht!«, wie sie zu allen sagte, er fragte sich, ob sie tatsächlich alles gelesen hatte, was geschrieben worden war, wie man es nur noch von ihm sagte, und wunderte sich, dass es auf der Welt eine derart vollendete Frau gab, von aller Welt gelobt, wie nur er unter allen Kaisern der Zeit glorifiziert wurde. Er träumte vor allem von den Verstecken ihres Körpers, die er sich in dutzenden Nächten vorgestellt hatte, während er besinnungslos die Brüste, Bäuche und Lenden seiner moabitischen, amonitischen, edomitischen, sidonitischen und hetitischen Weiber knetete, die alle zwei Jahre die Gelegenheit bekamen, sich der Umarmungen des Kaisers zu erfreuen. Seitdem er wusste, dass die Königin aus dem Süden sich auf dem Weg zu ihm befand, reichte es schon aus, dass er sie sich in weiches Ebenholz geschnitzt vorstellte, damit sein Gemächt mit einer Kraft und einer Freude in die fleischige Scheide anderer Frauen hineinfuhr, die er seit seinen Jugendzeiten nicht mehr gekannt hatte.

Zuerst drangen die Diener der Königin, die auf ihren Rücken die Säcke und Koffer mit den Geschenken trugen, in den Thronsaal vor. Sie stellten sie ab auf dem Fußboden, der mit Teppichen bedeckt war, worauf Phönizier und Cherubim dargestellt waren, öffneten sie und ließen den Duft der Gewürze, vor allem den des unvergleichlichen Pfeffers, dem man damals nur an den Tafeln der Könige begegnete, zum Plafond hochsteigen, der von stattlichen Säulen getragen wurde. Sie schütteten unzählige goldene Gegenstände aus und tausende unschätzbare Steine in allen Farben, durchscheinend wie Tautropfen, die einen süßen Ton anschlugen auf den kalten Fliesen. Dann stellten sie die Käfige mit den Chameläons im Halbkreis auf und dahinter die beinahe nackten und gesalbten vierundzwanzig Sängerinnen und Tänzerinnen, tadellose Frauen, die jedes Herrschers der Erde würdig gewesen wären. Das Salz, das damals bei den Kaufleuten gegen Talente aus Gold und silberne Schekel getauscht wurde, wurde in seinem kristallinen Funkeln ebenfalls dem Kaiser vorgeführt.

Salomon stimmte bei jedem Geschenk, das ihm vorgestellt wurde, mit gemessenen Gesten zu, aber deren Aufzählung zog sich zu lange hin. Schließlich entstand ein Schweigen. Die Tore blieben eine beinahe als unendlich empfundene Weile geschlossen. Alles Gemurmel war erstorben, und jedes Auge und jedes Ohr waren auf den Eingang ausgerichtet. Plötzlich waren im Hof draußen andere Hörner zu hören, die Türen aus Rosenholz wurden geöffnet, und ein paar Würdenträger der Königin, altgediente Respektspersonen, in der seltsamen Tracht ihres Landes gekleidet, traten in den Saal und gingen auf den Thron zu, vor dem sie sich bis zum

Boden verneigten. Es folgten die kastrierten Priester der alten Götter, junge Männer mit rasierter Schädeldecke, die sich ebenfalls zu Boden warfen und mit der Stirn auf den Fußboden schlugen. Auf sie folgte, groß und schmal, die Krone auf dem Haupt und mit nackten Brüsten, die Königin.

Und die Königin war noch schöner, als Salomon sie sich selbst in seinen heißesten Träumen vorgestellt hatte. Die Berater und Priester traten zur Seite, und Makeda ging nun alleine noch ein paar Schritte auf den Thron zu. Der Zeremonienmeister hatte ihr schon im äußeren Hof geduldig erklärt, wie es sich gehörte, vor dem Kaiser zu erscheinen. Sie musste zu dessen Füßen in die Knie gehen, die Handflächen auf dem Boden und mit der Stirn den Boden berühren, wie es die vor ihr taten, und sich erst erheben, wenn der große Herr es ihr erlaubte.

Die Königin blieb vor der ersten Treppenstufe stehen, erhob mit einem Mal den Kopf und schaute dem Kaiser direkt in die Augen. Zwischen ihnen zuckte ein schwarzer Blitz, der Salomon bis in die Tiefe seines Herzens schoss. Ein »Oh je!« entrang sich sämtlichen Kehlen, die Würdenträger waren drauf und dran, sich die Kleider vom Leib zu reißen, und die Garden erhoben ihre Lanzen in der Bereitschaft, die Blasphemistin zu durchbohren. Denn es war jedem strengstens verboten, und sei es auch jemand von königlichem Geblüt, das Gesicht des Kaisers anzuschauen, bevor er es nicht erlaubt hatte, wer dies aber getan hätte, wäre umgehend aus der Festung hinausgebracht und zu Tode gesteinigt worden. All dies dauerte nur einen Augenblick, worauf die Königin tat, was zu tun war, sie ging in die Knie und berührte mit der Stirn den Boden. Das Gemurmel und die Unruhe legten sich bei einer knappen Geste von Salomons Hand, der nach einem Moment des Überlegens sich vom Thron erhob und langsam und würdig die sieben Stufen hinabschritt. Er fasste mit seinen Händen zart die Königin an den Schultern und erhob sie auf die Beine. Er betrachtete sie, wie sie groß wie er selbst vor ihm stand, die Lider geschlossen und glänzend von Kajal, und sagte die gewohnten Begrüßungsworte, die einer Herrscherin über Völker gebührten, wobei er gutmütig lächelte. Die Königin antwortete ihm auf Hebräisch, bewahrte aber den Tonfall der sabäischen Sprache und machte kleine bezaubernde Fehler. Die großen Würdenträger, die sie einen Augenblick zuvor noch zerrissen hätten, entspannten sich wie ein Bogen, der noch vor einem Moment bereit war, einen Pfeil abzuschießen: Das schwarze, aber schöne Mädchen gefiel ihnen, und je länger sie ihm beim Reden zuhörten, umso mehr gefiel es ihnen. Selbst der riesige Benaia, stets zur Rechten des Throns seines Herrn, merkte nun, dass er die junge Königin nicht mehr wie ein Weib ansah, das dazu taugte, ins Bett mitgenommen zu werden, sondern mit dem Zartgefühl, mit dem er seine Tochter betrachtet hätte, der er niemals teilhaftig wurde, da seine beiden Frauen ihn nur mit Jungen gesegnet hatten. Der Anführer der Cheratiten und Erster unter den dreißig Tapferen Salomons, der treu auch König David gedient hatte, war gerade über sein fünfzigstes Jahr hinausgeschritten und hielt sich von nun an für alt.

14

Als sie dich von Ghergani weggerissen und zu Zeiten der Pest und des Durcheinanders nach Bukarest mitgenommen haben, war es, als wärest du ein zweites Mal aus dem Bauch deiner Mutter gekrochen, denn deinen Augen wurde eine zweite Welt gewährt, völlig verschieden von der ersten. Du warst soeben in dein zwölftes Jahr eingetreten und väterlicherseits verwaist, als Herr Tachi dich gnädig mit deinem ersten Dienst betraute, Pfeifendiener in seinen Häusern auf der Beilicului-Gasse, wo er, wenn er die Ödnis und das Heulen der Wölfe im Ghergani überhatte, öfter einmal für etliche Wochen hin verschwand. Nach einem Tag in dem überdeckten Pferdewagen, zusammengedrängt mit den Dienern und den leibeigenen Zigeunern, von der holprigen Fahrt durchgeschüttelt und hungrig, dass es Gott erbarm, rechts und links nur Feld sehend, leeres Feld, Feld ohne einen einzigen Baum oder Brunnen, wurde der Himmel mit einem Mal schmierig grün wie die Spucke derer, die Tabak kauen, doch darunter konnte man auf einem Berg die Türme der Metropolie erkennen, ebenso noch andere, kleinere Kirchtürme ringsum, wie Hühnerschiss auf einem verfallenen Geflügelhof. Das Kind, das immer noch in dir hauste, empfand hier eine tödliche Traurigkeit. Ghergani mit seinen Märchen war dahin. Dahin war deine Mutter Sofiana mit ihren Umärmelungen. Dahin war die glückliche Zeit der Kindheit, da du frei warst wie die Vögel in den Himmelshöhen. Bukarest erschien dir im ersten Moment als der elendste Ort auf der Welt.

Ihr wart an der Ghencea-Schranke in die Stadt hineingekommen und dem Weg durch die Gerber-Vorstadt gefolgt. Der Weg war schlammig, alle Schrittweit voller Viehdung und verrecktem Viehzeug mit herausgequollenen Därmen. Es war zu Beginn des Sommers, die Maulbeerbäume hingen voller Früchte, und die zerquetschten Maulbeeren auf dem Boden darunter hinterließen violette Flecken wie blutiger Auswurf. Aus den Gerbereien am Ufer der Dâmbovița wehte ein dermaßen entsetzlicher Gestank herüber, dass viele im Wagen sich über die Leitern gebeugt übergaben. Der Abend brach an, und aus allen Ecken und Winkeln kamen räudige Hunde herbei, die mit schaumigen Schnauzen bellten und den Pferden in die Knöchelgelenke zu beißen versuchten. Wie viele Passanten waren von diesen ausgehungerten Rudeln wohl schon zerrissen worden! Vor den kleinen und zierlosen Häusern mit Fenstern aus Schweinsblasen verhockten alte zahnlose Weiblein und schlohweiße Greise ihre Zeit.

Genau zu der Zeit, da die Nacht hereinbrach, wart ihr auf die Beilicului-Gasse eingebogen, die mit Knüppelholz gepflastert war. Mit einem Mal hörten sich die Pferdehufe und die Räderreifen anders an. Vor einer Kneipe lagen die Trunkenbolde kreuz und quer auf der Straße. Durch das offene Fenster waren die fiedelnden Spielleute, das Geschrei weiterer Zecher und das Aufprallen der Tonkrüge an den Wänden zu hören. Neben einem Zaun war einer in die Hocke gegangen, drückte den Kot aus dem Leib und schaute die Vorbeigehenden, von ihrem Geschimpfe unbeeindruckt, schamlos an. Mehr zur Mitte der Gasse hin konnte man zwischen den mit Kalk geweißelten oder bloß mit Lehm beschmierten Häusern die Dâmbovița sehen, den Fluss, in den alle Abwässer der Stadt mitsamt den Abflüssen der Gerbereien mündeten. Ebenfalls von dort, zwischen den Bälgern der toten Katzen und Hunde, die im Fluss trieben, holten sich die unglückseligen Bewohner das Wasser, das sie täglich tranken, obwohl viele aus Angst vor Seuchen nichts anderes mehr in den Mund nahmen als Wein. So war es denn mitnichten verwunderlich, dass Krankheiten aller Art, Pest und Cholera, vor allem in den Mauern der gemeinen Stadt Bukarest wie zu Hause waren.

Dann aber, nach etwas weniger als einer Poststation, wurden die Häuser vornehmer, Häuser von Kaufleuten und Geldwechslern voller Engel und Girlanden, Tabakspfeifen und anderen Phantastereien aus Gips über den Fenstern und auf den Dächern. »Schau, Beilic!«, sagte ein alter Zigeuner zu dir, Hufschmied, der schon zu Ipsilantis Zeiten dort gewesen war, und wies auf ein paar große Häuser und eine Moschee. »Hier kehren die Beys und die Steuereintreiber und Abgesandten des Sultans ein, die sich um den Wechsel der führenden Köpfe kümmern, die mit dem Fürsten zu tun haben, alles verkehrtes Pack, verdammt nochmal! Ich hab mich um das türkische Bad gekümmert, schau dort, neben dem kleinen Bethaus! Was haben da meine Augen nicht alles gesehen ... Herrjeh, ich kann nicht aus'm Kopf kriegen, wie die aufeinander draufgestiegen sind, erwachsne Mannsbilder, mit Bärten und Schnauzbärten, einer auf den anderen drauf, wie wir auf den Weibern reiten, bewahr' uns der Herr da droben!« Der alte Zigeuner verdrehte dabei seine gelb eingekrusteten Augen und schlug drei schnelle Kreuze. Von den Wirtschaftsgebäuden des Beylics – dem Sitz des osmanischen Gesandten – rührte auch der Straßenname her.

Ihr verbrachtet die Nacht in den Häusern des Tachi Ghica, die zu den größten auf dem Beilic-Damm gehörten, der ein paar Gärten weiter schon Calea Şerban-Vodă hieß, wo du sechs Jahre lang hündisch-elend dienen solltest, du bereitetest alle Arten von Pfeifen vor, stopftest und zündetest sie den Bojaren an, klautest so viel du konntest, wie es alle anderen ebenfalls taten, und wichst allen etwas schwereren Anstrengungen aus. Alle wart ihr auch tatsächlich Langfinger, hattet lange Fingernägel, die ihr nur sehr selten mit einer Schere kürztet, und die wurden schwarz darunter, dass du da nicht einmal mehr hinschauen konntest, aber vor allem auch in dem Sinne, wie es das Sprichwort meint, dass ihr nämlich gestohlen habt, was euch unter die Augen kam, und wie die Katze mit der Kralle alles zu sich hinzieht. Häufig sollst du vor allem im ersten Jahr ziellos und Maulaffen feilhaltend durch das Moşi-Viertel und über die Jahrmärkte gezogen sein, Braga getrunken, Halwa und Sesamhoniggebäck gegessen haben, Bötchen gefahren sein und den Mann mit dem Ochsenkopf oder jenen, der die Ketten im Mund zerbiss, angestarrt haben, durch die Schlachtereien gezogen sein, wo die Metzger in einem entsetzlichen Gestank nach faulendem Fleisch Schweine und Lämmer auf großen Klötzen voll gestockten Blutes zerhieben oder die Händler, die sie mit betrügerischen Gewichten ertappt hatten, in Schimpf und Schande verjagten oder mit den Ohrläppchen an einen Pfeiler nagelten und dem Zorn der Menge überließen.

Vorerst jedoch, erschöpft von der Reise, stiegst du zusammen mit den etwa zwanzig anderen Dienern, Köchinnen, Schmieden, Kutschern oder Gehilfinnen der Hausdienerinnen, die meisten von ihnen Zigeuner, aus dem Wagen und saßest mit ihnen bei einem kurzen Abendessen im Hof zwischen den Häusern mit einem Wagenrad Brot, einem Faden junger Zwiebel und einem Stück Schafskäse. Als Getränk reines Wasser. Dann zeigte man euch hinter den Gebäuden eine Scheune mit Heu auf dem Boden, auf den ihr alle völlig erschlagen euch habt fallen lassen und schliefet, bis am frühen Morgen der Hahn krähte.

Am zweiten Tag, die Bojaren sollten erst zum Abend ankommen, bist du durch die Stadt gezogen, aufs Geratewohl durch die Straßen entlang der Dâmboviţa, verwundert, nicht etwa von dem, was deine Augen sahen, sondern von der Luft, die du in den Nasenflügeln hattest, reicher und durchmischter und verschiedenartiger als an jedem anderen Ort auf der Welt. Bukarest zeigte sich dir als ein Marktflecken, der nicht aus Mauern, Brettern und Dachziegeln errichtet war, sondern aus Gerüchen, Gestank, Miasmen und Düften und Wohlgerüchen, Rose und Minze und Halwa und Basilikum und Pottasche und Schnaps und faule Kartoffeln und Tierkadaver und Pferdeäpfel, und allerorten Menschenscheiße, und der süße Dunst des Kaffees, der Rosinen und Datteln in den Krämerläden, und der saure Geruch von Borschtsch, und wie in Schichten die Zinnien und Dahlien vor den Häusern und Geranien an den Fenstern, und der

Ziertabak, der seine Blüten in einen bitteren Abend hinein öffnet, und der Weihrauch, der die zig Kirchen einnebelt, und der heiße Duft der frisch aus dem Backofen kommenden Brote, groß wie Wagenräder, und das Piment in den Küchen, und das Schweinefleisch, das neben Schafswürsten, mittig halbiert und die Enden gekappt, über glühender Holzkohle brutzelte, und die Süße des schäumenden Rotweins in den Tonkrügen, und der stechende Gestank der Gänse-, Enten- und Hühnerscheiße, Gefieder, das überall auf den Wegen herumlief, als wäre hier sein Zuhause, und die ekelerregenden Miasmen von Pisse und Erbrochenem rings um die Kneipen, und die duftenden Gärten, voll der verschiedensten Kräuter und Gräser und Mirabellen und Quitten und Hagebutten verstreut neben den weißen Mauern der Häuser, und die über den Zäunen aufgeblühten Winden, aus deren zerriebenen Samenkernen man das Pulver herstellte für schöne Träume, und der ölige Duft des Oleanders, der sich aus fast allen Höfen erhob …

Die Damen, die an dir vorbeigingen und ihre Schuhe aus Paris sowie die Rockschöße ihrer Kleider aus Beci im Straßendreck besudelten, zogen wie Kleiderschleppen mehrere Klafter lange Duftfahnen hinter sich her, die waren so dicht, dass man sie mit den Fingern betasten konnte, und die Bettler, die sich nur wuschen, wenn der Regen sie erwischte, hinterließen ebenso viele Klafter an Gestank. Schwarmweise verdunkelten Fliegen die Sicht, und diese nahmen kein Ende, Fliegen summten oftmals Gähnenden im Munde oder Gaffern, die gewohnheitsmäßig mit offenem Mund unterwegs waren. Du gingst an den endlosen Zäunen aus Akaziengesträuch vorbei und starrtest auf Türmchen und Dächer, Kinder, die im Staub der Höfe unergründliche Spiele spielten, die in Ghergani unbekannt waren, und auf den staubigen Himmel darüber, der voll bunter Drachen war. Je heißer der Sommer wurde, umso mehr füllte sich zwischen den Gütern die Dâmboviţa mit Leuten, die zum Baden gekommen waren, Kutschern, die ihre Pferde im Fluss badeten, und dürren Kindern, schwarz wie kleine Teufelchen, die mutig herumschwammen, und vor allem ganz und gar entblößten Weibsbildern, mit einer Schamlosigkeit, die hier nicht verwundern konnte, aber auch niemanden störte. An einem einzigen Tag (und an allen Tagen von nun an, da du, hinter Futtertrögen verborgen, deinen Pimmel riebst, der um diese Zeit immer ansehnlicher wurde und sich reckte wie der, den die um einiges Älteren bei sich trugen) hast du so viele Titten und dicke Schenkel von Jungfern und Ehefrauen sich in den trüben Wassern tummeln gesehen, dass dir die Reize der Bojarin Mariţa, die sich vor Jahren deinen Kinderaugen enthüllt hatten, aus dem Gedächtnis schwanden.

Ansonsten war Bukarest, das zu jener Zeit so um die dreißigtausend in drei- bis viertausend Häuser eingepferchte Menschen zählte, eine Ansammlung von Vorstädten, jede um eine kleine baufällige Kirche zum Gotterbarmen. Zwischen den Häusern befanden sich Gärten und so sinnlos große wie ungepflegte Freiflächen unter den fahlen Himmeln des ebenen Feldes. Allein das Zentrum der Stadt, wo der Fürst und die Bojaren wohnten, konnte sich einigermaßen sehen lassen. Der Mogoşoaia-Damm war die einzige große Straße des Marktfleckens, dort lagen Bretter für die Fußgänger aus, und auf beiden Seiten gab es Reihen von Verkaufsbuden und Geschäften, sowie zahlreiche Paläste der Wohlhabenden. Unvorstellbar prunkvolle Kutschen mit gründlich gestriegelten Pferden fuhren den Damm auf und ab, und darin sah man Bojaren und Bojarinnen in einer seltsamen Tracht, halb türkisch und halb europäisch, aber man fühlte sich weder in Paris noch in Istanbul, sondern irgendwo dazwischen in einem Wechselbalg von Stadt zwischen Orient und Okzident, von dem einen vergessen wie von dem anderen. Auf dem einen Hügel befand sich die Metropolie mit ihren vergoldeten Turmkuppeln und auf dem anderen, dem Spirii-Hügel, standen die Zelte des kleinen zusammengewürfelten Heeresverbands, vor allem Söldner, darunter Serben und Bulgaren, die den Fürsten und seinen Anhang beschützten, die aber nun, da der Fürst vertrieben war und die Russischen das Land beherrschten, stellungslos geworden waren und oftmals in der Gegend herumzogen und plünderten. Der Cişmigiu-Garten und das Theater der Herrscherin Ralu beim Roten Pumpbrunnen gehörten zu den wenigen Orten in der tristen walachischen Kapitale, die erwähnt zu werden verdienten. Schaute man von den Weinbergen am Rande der Stadt auf diese herab, so schien sie aufs Geratewohl mit Ocker, Blaustein und Zinnoberrot auf die staubige und endlose Leinwand der Walachei geschmiert worden zu sein. Auf jedem Kreuz auf der mit Blech verkleideten Spitze eines jeden Turms saßen krächzende Krähen.

Zum Abend sind dann auch die etwas ehrwürdigeren Antlitze aus Ghergani eingetroffen, die du, erschöpft durch das Herumstreunen, freudig empfangen hast. Denn im allmählichen Dunkeln nach dem Sonnenuntergang sahst du Ghiuner wieder, den Tataren, nach dem du dich schon gesehnt hattest, Petrache, trauriger als jemals sonst wegen der nicht mit anwesenden Dame, die ihm das Herz geraubt hatte, und deinen Freund Ionică, den Türhüter von Tachi, dem Kämmerer, in der europäischen, für ihn noch etwas zu steifen Kleidung leicht gehemmt … Schließlich stieg, wie es sich für den Herrn des Hauses gebührt, auch der Bojar einigermaßen hoffärtig aus der Kutsche und schaute ringsum auf die Dienerschaft, die sich ehrerbietig vor ihm versammelt und verneigt hatte. Wiewohl in Beci, in den Akademien des Westens geschult, sollte Herr Tachi niemals die orientalischen Gewänder ablegen, die ihm aufgrund ihres weiten Schnitts besser zu tragen waren und beeindruckender als der enge Frack mit seinen Schößen oder das bestickte Gilet, das die jungen Männer schon über den buntkarierten Hosen trugen. Mehr noch, wiewohl er das Blatt seines vierzigsten Jahres noch nicht umgeschlagen hatte, stellte er seinen Zustand als gealterter Bojare vor lauter Koketterie um einiges drastischer zur Schau denn nötig; er ließ sich die Schädeldecke glattrasieren und setzte sich eine runde Zopfmütze von den Ausmaßen eines großen Einmachglases auf den Kopf, die das Gelächter all derer hervorrief, die in ihren Kutschen auf der Promenadenchaussee spazieren fuhren. Warum aber sollte ihn deren Gelächter kümmern? Er hatte in seinem Gutshaus ebenso wie hier in der Beilicului-Gasse alle Bücher und heiligen Schriften, derer er bedurfte, in Kalbsleder gebunden zur Hand: die aus dem Altertum, Homer und Catull und Ovid, und Plinius den Älteren, aber auch die Neueren, Bairon, La Martin, Schatobrian, ebenso die vielen deutschen Schriften, den Göthe und Haine nebeneinander mit ihren vergoldeten oder ziegelroten Rücken. Heimlich und unter größter Vorsicht, aus Angst vor der

Bojarin, hatte er in einem Wagen, der erst gegen Mitternacht ankommen sollte, auch die Zigeunerin Andrada mitgebracht, die Tochter des Hufschmieds, deren Feldlagergeruch an der Behaarung zwischen ihren Beinen dem Bojaren derart unverzichtbar war, dass er ohne diesen nicht mehr sein mochte. Mithin brauchte Herr Tachi auf dieser Welt, sei es in Ghergani oder Bukarest, nichts mehr. »Ihr lacht, ihr Luchse«, warf er auf dem Mogoşoaiei-Damm den jungen Männern in ihren karierten Hosen und Westen an den Kopf, die ihnen über dem Leib aufplatzten beim Gelächter angesichts seines auch an den Hüften weit flatternden Kaftans, »aber wer zuletzt lacht, lacht am besten!«

Das erste Jahr hast du mit Pfeifen und Wasserpfeifen zugebracht, dir Mühe gegeben zu lernen, wie viel Rosenwasser in den Bowl gehört, durch den der Rauch zieht, und wie man den Tabak in den Pfeifenköpfen mit dem Stopfer festdrückt, damit er gemächlich glosend verbrennt und nicht erlischt, Gott bewahre, wenn der Bojar an der Pfeife nuckelt. Dann hast du die Kunst der betäubenden Pfeifen erlernt, für die man ein paar Krümel vom Saft aus den Mohnkapseln, den man an der Sonne unter dem Vordach hat trocknen lassen, in den Tabak streut. Und als du die Pfeifen mit dem Gemisch vorbereitet hast, fiel einiges auch für dich ab, denn du warst ja nicht dumm und hast dir dies Laster bewahrt bis ins ferne Äthiopien, von dem du damals noch nicht einmal wusstest, dass es dies auf der Welt gibt, wo du dich aber, Kaiser geworden, allen Ausschweifungen hingegeben hast, auf die der menschliche Verstand, wenn ihn der Teufel reitet, kommen kann, ja sogar noch einigen mehr, die nicht einmal dem Skaraotzki, dem obersten der Teufel, hätten durch den Kopf gehen können.

Du brachtest Herrn Tachi schon beim Morgendämmern die Wasserpfeife, nachdem auch du dich so vollgedröhnt hattest, dass du dich kaum mehr auf den Beinen halten konntest, und der Geruch nach Mohn und Hanf dir weit vorauseilte. Herr Tachi bemerkte dies und lachte. Es kümmerte ihn nicht, dass du erst dreizehn Jahre zähltest. Ebenso lachte er, wenn er die Gänse mit Weichseln aus dem Weichsellikör fütterte, um zu sehen, wie sie sturzbesoffen auf den Hintern fielen. Sodann verbrachtet ihr den Morgen in süßen Träumen. Wenn die Dämpfe der Mohntrunkenheit sich bei dir etwas verflüchtigt hatten, so gegen Nachmittag, und, wie man so sagt, »ist der Bojar auch noch so klein, zu Mittag muss ein Schläfchen sein«, du deinem Herrn entkommen warst, beeiltest du dich, ganz schnell zum jungen Herrn Ion zu gelangen, damit ihr das Knöchelspiel spielen oder in die Vorstadt gehen und Drachen steigen lassen konntet. Wenn du bei ihm eintrafst, fandst du ihn meistens traurig über seinen Lernaufgaben brütend, und Gevatter Agafton döste nebenan. Du stecktest dem alten Papierwurm zur Bestechung eine Pfeife zwischen die Finger, und schon wart ihr auf und davon und an der Sonne.

Der Himmel über Bukarest war voller Drachen, hunderte und tausende, in allen Farben und mit raschelnden Schweifen stellten sie Lindwürmer dar, finstere Waldesungeheuer, entkleidete Weiber sowie die Helden des rumänischen Volks, Mircea den Alten, dem der Bart bis unter das Knie reichte, Vlad den Pfähler, mit dem Wappen auf der Stirn, und den Brâncoveanu, dem man die Haut abgezogen hat wie einem Kalb, das beim Metzger am Haken hängt. Du und Ion, ihr hattet einen Drachen in Form eines Seglers gebastelt, und euer Schiff schwebte auf den Wolken wie auf Wellen und stieß hin und wieder mit einer Odaliske aus Papier zusammen oder einer gelben Schlange mit grünen Schuppen und giftiger Zunge. Tausende Bindfäden erhoben sich stracks in den Himmel und schienen die Stadt zu verschnüren, damit sie nicht abstürze in wer weiß welchen Abgrund.

Der prächtigste Drachen erhob sich ausgerechnet aus dem Hof von Fürst Ghica, der nun verlassen dalag, denn der Fürst war in Câmpina des Thrones enthoben worden, und im Lande trieben nun Kisselews Russen ihr Unwesen. Es war ein Porträt der jüngsten Tochter des Fürsten, Stamatina, das irgendein junger Bursche hatte aufsteigen lassen, der sich vor Sehnsucht nach ihr verzehrte. Die fünfzehnjährige Jungfer war in ihrer ganzen Gestalt dort aufgemalt, mit ihren Volants und Spitzen, ihrer bis zu den Fußsohlen und in die Stirn herabfallenden Mähne sowie einem mit Smaragden besetzten Krönchen. Dieser Drachen stieg über alle anderen hinaus, wie ein großer Raubvogel, der sich über einen Schwarm Ammern erhebt, und wehe dem, der es wie die Bengel versucht hätte, ihn zu Boden krachen zu lassen: Er wäre am nächsten Tag auf erbärmlichste Weise zugerichtet gewesen …

Ion und du hattet schon eine ganze Weile darüber nachgedacht, wie ihr den unglückseligen Verliebten ausfindig machen könntet, der Tag für Tag diesen Drachen hochsteigen ließ, weil ihr jedoch, der eine mit den Pfeifen und dem Mohnsaft, der andere mit den Nöten des Telemachos voll und ganz in Anspruch genommen wart, verstrich das Jahr, und ihr hattet es nicht herausgefunden. Der Sommer 1830 war allerdings schön, staubig und honigreich, mit duftenden Linden und dem Geißblatt, das in Schwaden die Zäune überwucherte, mit Glyzinien über den Ruinen der verlassenen Häuser und dem Glockenklang von der Metropolie, der alles mit einem Hauch von Gold überzog. Ihr aber wurdet größer, und dir stand der Sinn schon nach Weib, dass du nicht mehr wegzukriegen warst vom Ufer der Dâmbovița, wo die Altkleiderhändlerinnen und Anstreicherinnen badeten, und du riebst dich blau nachts im Bett, bis der kalte und glibberige Samen wie Öl dir den Bauch erweichte. Ihr wurdet immer kühner und zogt Tag für Tag durch ferner gelegene Straßen, sodass ihr auch in Sărindar und auf dem Mogoșoaiei-Damm und in der Sfântul Gheorghe landetet, wo anderthalb Jahrhunderte später die Straßenbahnen Nr. 5, 16 und 21 die Kehre machen sollten, sodass ihr an einem kühlen Morgen um sechs Uhr mit dem festen Vorsatz aus den Bojarenhäusern ausgebüxt seid, dem Fremden auf die Spur zu kommen, der den Drachen mit dem Antlitz der Stamatina über alle anderen Drachen steigen ließ, so weit hinauf, dass seine Verstrebungen aus Schilfrohr am Angesicht des Himmels kratzten.

Ihr seid an Manucs Herberge vorbei, einem Ungetüm von der Größe einer Kaserne, das sogar vierhundert Reisende auf einmal in seinen einhundertsieben Gästezimmern unterbringen konnte, und standet plötzlich vor dem Alten Hof, einem Haufen baufälligen Mauerwerks, das von Dieben und Bettlern und Huren besiedelt war sowie von Mönchen in Kamelkutten auf der Suche nach teuflischen Verführungen, die neben entkleideten Nutten schliefen, ohne sie anzurühren. Vereinzelte stehen gebliebene Türme und da und dort eine Backsteinkuppel, die von fachkundigen Maurern gefügt worden war, bezeugten die vormalige, längst vergangene Größe des Ortes. Auf den eingestürzten Mauern wuchsen Bäume, deren Samen vom Wind herbeigeweht worden waren.

Der bewunderungswürdige Drachen war an einer verrosteten eisernen Klammer festgebunden, die eine Brandmauer vor dem Einsturz bewahrte, und die Schnur ging geradewegs nach oben, wie die Sehne eines Bogens, die unentwegt sirrte und brummte wie eine von diesen großen grünen Hornissen. Die Jungs verdreckten ihre Hemdblusen, als sie in die tiefen Kellergewölbe krochen, wo die Mäuse an uralten Knochen nagten, und zerrissen sich die Hosen am Hintern, als sie die Mauerkuppen bestiegen, gelangten aber schließlich zu der Klammer in der Wand und der straff gespannten Schnur, die einmündete in den Himmel. Es war ein Licht von Gold und Wüstenei, die Sonne durchmaß ihren Weg zum Ruhme des Himmels. Die Drachen schienen ein vielfältiges Lied aus den Tönen ihrer hunderten von Sehnen anzustimmen, sodass ganz Bukarest an jenen Tagen des Kirschmonats eine riesenhafte Zither zu sein schien, die sich über die Auen und Bachläufe der walachischen Ebene beugte.

Ihr schautet hinauf in den Himmel voller Drachen, als läget ihr auf einer Wiese mit hohem Gras und unzähligen Blumen und hättet über euch, durchscheinend im Sonnenlicht, die roten, weißen, gelben und blauen Flammen der Narzissen und Margeriten und Dahlien und der Samtblume und vieler weiterer unscheinbarer und darum namenloser Wiesenblumen gesehen, die von Ameisen hinaufgetragen worden waren und nun von Bienen umschwärmt wurden. Ihr habt dort etwa eine Stunde darauf gewartet, dass jemand auftauche, aber da kam niemand, sodass du schließlich angefangen hast, an der Schnur zu ziehen, wie die es tun, die Drachen in den Himmel aufsteigen lassen, aber die Schnur, dick wie ein Seemannsseil, rührte sich nicht. Also hast du ohne viel zu überlegen das Seil gepackt und angefangen, daran hochzuklettern, zogst dich erst einmal nur mit den Händen hinauf, dann aber auch mithilfe der blanken Fußsohlen und kamst immer höher. Mit den Händen, dann mit den Füßen und immer so weiter, schließlich gab es in Ghergani keinen Baum, auf den du in der

Kindheit nicht geklettert bist, und allmählich, als du nach unten schautest, wo der kleine Mann dir zunehmend verängstigt zurief: »Komm herunter, Tudor! Ich befehle dir, herunterzukommen! Ich sag es dem Vater, wenn du nicht kommst!«, sahst du, dass du dich nun über dem Alten Hof befandst, etwa zehn Klafter über dem Boden, und dass die Stadt angefangen hatte, sich ringsum auszudehnen mit ihren vergilbten und geschwärzten Mauern, wie kranke Zähne, und ihren Gärten mit den blühenden Mirabellenbäumen darin. Dich packte eine Art Höhenrausch, und keuchend und »Höher! Höher!« murmelnd setztest du deinen Aufstieg fort, der Sonne entgegen, warst bald über den Türmen der Metropolie angelangt, die immer kleiner zurückblieb und wie Feuer glänzte, und sogar noch höher als der Colţii-Turm, der höchste Turm von Bukarest, auf dessen Dach Fürst Ghica oftmals mit der Fürstin und den Bojaren das Mittagmahl einnahm, wenn sie in Bukarest waren, der nun jedoch verödet dastand. Es war Mittag, und die Häuser warfen keine Schatten, und auf den Straßen liefen die Leute wie die Ameisen zwischen den Kutschen, große, gehörnte Hirschkäfer. »Komm herunter! Ich sag's deiner Mutter!«, hörtest du in immer größerer Höhe die Stimme deines Gefährten. Keuchend und mit den Armen dich hochziehend, deine Hände brannten, waren rot wie Klatschmohn, kamst du immer höher hinauf, aber du wusstest nun, dass du nicht aufgeben würdest, ohne das Schnurende erreicht zu haben.

Bald warst du auf gleicher Höhe mit den Sperbern, die mit geraden Flügeln kreisten auf der Suche nach Hasen oder Hamstern, und auf der der Mauersegler, die mit rosa Kropf den Himmel nach Mücken durchschossen. Auch die meisten Drachen, hunderte und aberhunderte, aus allen Vorstädten hochgestiegen, waren nunmehr Schulter an Schulter mit dir. Den Schnüren abwärts folgend, sahst du durch die blaue Luft hindurch zwischen fingergroßen Häusern und Bäumen wie Grasfäden die kleinen Kinder, die an ihren Drachen hingen wie die unsichtbaren Spinnen an den Fäden im Altweibersommer. Was für einen traumhaften Anblick boten die Drachen! Mit wie viel Hingabe sie bemalt waren, wie die Ostereier! Wie sie sich bemühten, Bukarest aus seiner Verwurzelung herauszureißen und in eine andere Gegend zu tragen, wo alles möglich war!

Da waren Drachen, die stellten große Lilienblüten dar, weiß wie Perlen, weit aufgegangen, um zwischen den festen Kelchblättern den goldglänzenden Sand, den feinsten der Welt, sehen zu lassen, da waren Drachen, die den Gesichtern alter Dichter nachgebildet waren, die sich die allzu schwer gewordenen Schläfen mit einem Finger stützten, und es gab Drachen mit den Gesichtern der zurzeit Mächtigen und Großen, König William von England, Zar Alexander I., Mahmud II. der Hohen Pforte und Louis-Philippe, König von Frankreich, die für dich bloß Gesichter ohne Namen waren. Auch Napulion, die eine Hand zwischen die Knöpfe seiner Weste geschoben, schwebte da oben über der katholischen Kirche. Dann gab es noch Drachen in Gestalt großartiger Vögel, in Gestalt von Lokomotiven, von Raumstationen und von Coca-Cola-Flaschen, ja sogar einen Drachen, der das Ding an sich des berühmten deutschen Philosophen darstellte, das man als gewöhnlicher Sterblicher ansonsten unmöglich sehen, hören, verkosten, riechen oder betasten konnte.

Jetzt klettertest du zwischen ihnen hindurch, Fußsohlen und Hände, Fußsohlen und Hände, schlepptest dich hoch an dem dicken Seil, und sahst dich plötzlich unter dem leeren Himmel wie unter einer Glasglocke, in deren Mitte sich noch ein einziger Drachen befand, weit über allen anderen. Hier sahst du nicht nur Bukarest, sondern die ganze Walachei, die sich mit dem morastigen Globus wölbte, der uns alle erträgt, im Süden von der mächtigen Donau begrenzt und gen Mitternacht hin von dem hochaufragenden Kranz der stolzen Karpaten, und als du deinen Blick noch weiter nach unten streifen ließest, konntest du auch die türkischen Landstriche bis zu den Dardanellen erblicken. Nun sahst du, ferne, ferne, auch uns auf den Wolken, aber dir war so, als seien wir Vögel von einer noch nie gesehenen Art. Du kamst dem riesigen Drachen immer näher, der mit dem Antlitz der jungen Fürstin Stamatina bemalt war. Bald aber bedeckte dich sein Schatten ganz.

Stamatina maß vom Scheitel bis zur Sohle fünfzig Klafter, die Länge einer großen Karavelle. Schaukelnd und knirschend schwebte sie in der klaren Bläue der Luft. Sie war orientalisch gekleidet, ihre Beine steckten in Schalwaren aus durchsichtigem Taft, und darüber drückte das rohseidene durchbrochene Leibchen auf ihre kleinen Brüste. Darüber ein Falten werfender Schleier wie der Schaum zwischen den Felsen am Meeresufer. Ihre zu langen Haare flatterten schwarz um ihren Körper, sie reichten bis unter die Knie, die strahlende Zierde ihrer knospenden Jungfräulichkeit. Das Gesicht aber – fein und unschuldig, einer fünfzehnjährigen Herrin, braune Augen und schwarze Wimpern, beleuchtet von dem Strahlenkranz der Smaragde. Das Seil, der Anker der wunderbaren Karavelle mit jungfräulichem Körper, teilte sich unter dem riesigen Drachen in drei Drahtseile, die zu hart und dünn waren, als dass man auch auf diese noch hätte klettern können, und die an drei Stellen an dem Rahmen aus Holzleisten festgemacht waren, der die dicke Pappe des Drachen trug. Du hieltest an der Stelle, an der sie zusammenliefen, wo sich auch ein Schilfgeflecht befand, wie ein Nest, wie dazu angefertigt, dass du zwischen Himmel und Erde darauf sitzen kannst. Dort, auf dem Dach der Welt, hast du es dir bequem gemacht und dich aufs Warten verlegt. Bukarest mit seinen Häusern und Straßen und Gärten glänzte jetzt unter dir wie ein großes Siegel. Weil Mittag nun vorüber war, begannen sich schwarze Schatten aus den Mauern und den höchsten Bäumen herauszustrecken. Mancherorts glühten die hunderten Kirchen und Kirchlein mit ihren Blechdächern sogar noch etwas heftiger. Du hattest in der golden schimmernden Mittagszeit abgewartet, bis sich an dem einen Himmelsrand das kaum wahrnehmbare Gespenst des Mondes, rund wie ein Fleck weißlichen Dampfs, als Zeichen dafür ausmachen ließ, dass die Himmelskuppel sich nun sachte dem Abend zuneige. Dann erfassten die Flammen der Abenddämmerung die Hälfte der Kuppel, und es zeigten sich die ersten Sterne. Nun begann in dem rosenfarbenen Lid, das die Wolken zur Hälfte zinnoberrot einfärbte, sich etwas in weiter Ferne zu bewegen.

Zu Beginn schien es ein hingetupfter Vogel vor dem grenzenlosen Himmel zu sein, doch je näher er dir kam, umso deutlicher konntest du seinen menschlichen Körper erkennen. Als er noch näher gekommen war, hast du verwundert festgestellt, dass es ein Mensch war, ein nackter Mensch, blaugrün, wie der Topas. Er kam vom Rande des Horizonts, schwamm wie im Traum mit weiten und trägen Bewegungen der Arme und Beine durch die Luft, die ihn auf rätselhafte Weise zu tragen schien. Er kam direkt auf dich zu, und bald schon war er nahe genug, dass du seine Züge erkennen konntest, die keine menschlichen waren. Er war unsagbar schön, mit den großen und blinden Ovalen der Augen, die in sein Gesicht gemeißelt zu sein schienen, in dasselbe türkise und weiche Material, woraus sein ganzer Körper geschaffen war, und in dem sich die Muskeln auf Brust und Bauch deutlich unterschieden und in tief einschneidenden Linien abzeichneten. Er hatte den breiten Rücken eines Schwimmers, die Wirbelspitzen etwas heller, und sah alles in allem nach einem Dämon der Lüfte aus, unsterblich und fremd in seinen Gefilden der durchscheinenden Winde. Aus seinen schmalen Nüstern tropften hintereinander weiche funkelnde Perlen, die hinter ihm zurückblieben und sich im Abenddämmer verloren.

»Es ist ein Zburător«, sagtest du dir, denn deine Mutter, Sofiana, hatte dir oftmals, verängstigt, von den jungen Mädchen erzählt, die einen Drachen hatten und Nacht für Nacht von Gestalten besucht wurden, die nicht von dieser Welt waren, und deren frostige Umarmungen zu spüren bekamen. Sie erkrankten dann an Auszehrung und schmolzen dahin wie Wachskerzen, weinten und seufzten nach ihrem unsichtbaren Verlobten. Aber auch junge Burschen wurden manchmal geraubt und in den Himmel mitgenommen, wenn sie auf Abwege geraten waren, und die bekam man dann nie wieder im Dorf zu sehen, oder aber sie kehrten nach Jahrzehnten zurück, wenn alle, die sie kannten, tot waren, und das Dorf anders war, als ihre Erinnerung daran. Am schlimmsten traf es aber die, denen nachts auf den Lichtungen mitten im Wald der Lichtwirbel der Elfen begegnete: Die blieben bis zum Ende ihrer Tage krumm, blind, stumm, entmenscht. Um dich vor den Elfen zu schützen, musstest du stets und überall, wo du hingingst, trockenes Brot, Knoblauch oder Eisen an der Brust tragen, denn dies mochten die Windgeister nicht, und sahen dann ab von dir. Als deine Mutter dir diese Märchen erzählte, die dich dazu brachten, dass du dich ängstlich an ihren heißen Körper schmiegtest, gab sie immer zu verstehen, dass sie wahr seien.

Mit unsagbar graziösen und kräftigen Bewegungen kam der Zburător auf dich zugeflogen, schaute dich einen Augenblick lang mit seinen riesigen Augen an, aber nur flüchtig, wie man einen Baum oder einen Schuppen am Wegrand anschauen würde, dann drehte er sich um und wandte sich nach oben, ruderte zum Drachen hin. Die wie auf einer Schnur aufgereihten strahlenden Kügelchen trafen dich im Gesicht und verbreiteten einen Geruch nach Schwefel. Das türkise Wesen krümmte sich zwischen die Brauen der gemalten Fürstin und verharrte dort eine Weile wie ein drittes Auge, als es aber zu Kräften gekommen war, begann es ringsum ein schwaches Licht abzustrahlen. Dann sprang es schnell hoch und wandte sich nunmehr mit noch kräftigeren Schwimmbewegungen nach Norden, wo man Câmpina wie ein kleines, unbedeutendes Dorf am Fuße der Berge sehen konnte. Dorthin hatte sich der Fürst mit seinem Hofe zurückgezogen, als die Russen ins Land gekommen waren und mit strenger Hand das Regiment übernahmen, um allerlei Willkürakte zu begehen. Dort schlief nun in ihrer Schlafkammer auch Stamatina, auf die der Zburător jetzt zueilte, denn die Nacht sank herab, und das Dunkel der Nacht war sein Reich. Deine Blicke folgten ihm, als er in der Ferne immer kleiner wurde, bis er nicht mehr zu sehen war, und auch wir folgten ihm angewidert und erzürnt zwischen unseren Wolken hindurch, denn da war weder Wahrheit noch Licht in ihm, schließlich war er einer von den vielen Dämonen der Lüfte, die der Prinz dieser Welt losgeschickt hatte, die Sterblichen zu quälen. *»Denn wir kämpfen nicht gegen den Körper und das Blut, sondern gegen die Versucher, gegen die Mächtigen, gegen die Herren über das Dunkel dieser Zeiten, gegen die Geister des Bösen, die da in den Höhen sind«*, hatte der Apostel Paulus über solch teuflische Gestalten gesagt.

Wer diese Mohndämpfe einatmet, sieht gar nicht so selten Gespenster und erleidet Verstandesverdrehungen, auch dir ist dies mehrfach geschehen, seitdem du in der Beilicului-Gasse angekommen bist, doch hättest du immer unterscheiden können, was wirklich war und was dir bloß so erschien. Die Samen von Hanf und Wicke, im Mörser zerrieben und mit Honig vermischt, erlaubten es dir, dich als einen Kaiser vergangener und künftiger Zeiten zu sehen, aber bei alledem wusstest du in deinem Inneren, dass du nichts als ein Sterblicher bist, der sich als Gott träumt. Aber an jenem Abend, als die violette Dunkelheit herabsank und Bukarest unter dir mit den Hühnern zu Bett gegangen war, konntest du nicht mehr sagen, ob du dich im Traum befindest oder in der wirklichen Welt, oder ob nicht etwa die gesamte Welt ein schlapper Drogentraum war. Du zwicktest dich, um zu sehen, ob du wach seist, und es tat dir weh, betastetest das Seil am Drachen, und spürtest seine Festigkeit und Rauheit und die geflochtenen Stränge. Tief atmetest du den Duft der Nacht ein und fühltest dich wach, wacher als du es jemals sonst gewesen warst.

Jahre später solltest du dich unzählige Male fragen, ob die Nacht damals, mit dem Erklettern der Drachenschnur und dem Gespenst des Zburătors, der durch die Lüfte schwamm, echt erlebt oder nur eine Einbildung war. Aber du solltest dich immerzu daran erinnern, wie mühsam sich dein Abstieg gestaltet hatte, der eine geschlagene Stunde dauerte, in der das Seil dir durch deine blutenden Hände glitt und durch die zerfetzten Fußsohlen, die dir wie Feuer brannten. Oft war dir danach, loszulassen, geschehe, was da wolle, wenn bloß die Qual dieses Abstiegs ein Ende hätte. Nun kam die Stadt dir wieder entgegen, als wäre sie selbst langsam aufgestiegen, auch waren die finsteren Schatten der Mauern besser zu erkennen gewesen, wie dunkle Vogelscheuchen tauchten zuerst der Colții-Turm, dann die Metropolie und schließlich die kleine Liegenschaft mit geraden Straßen und großen Häusern auf, die umgeben waren von Brachland und Vororten ohne Zahl. Zu guter Letzt befandst du dich wieder zwischen den nach Ausscheidungen aller Art riechenden Ruinen des Alten Hofes neben Hanucs Herberge und bist in dieser Nacht auch nicht nach Hause zurückgekehrt. Wie hättest du es auch tun können? Noch bevor du hundert Schritte vorangekommen wärest, hätten dich die Hunde zerfleischt gehabt, die sich überall in wilden Rudeln herumtrieben. Dein Gefährte war schon lange davongegangen, und unter den bestirnten Himmeln hatte sich das Dröhnen der Ödnis breitgemacht. Aus Kellergelassen und unterirdischen Gewölben waren Stöhnen und Schnarchen zu hören, denn die Ruinen waren voller Leben und der Ruhe bedürftiger Leiber. So schliefst auch du ein, gehüllt in ein helles Sternentuch, und in deinem frühmorgendlichen Traum verliebtest du dich langwährend in Stamatina.

Als du die Augen wieder aufschlugst auf der Welt, war es Sonntag, die Bettler eilten zu den Kirchen, die Gläubigen beim Gottesdienst zu empfangen, die Huren schliefen noch erschöpft von ihren nächtlichen Ritten, und die Diebe hatten sich in sämtliche Vorstädte hinaus zum Stehlen verstreut, denn wehe ihrer ungegerbten Haut, wenn sie zum Abend ihrem Hauptmann nicht wenigstens fünf Lei in Silber herbeibrachten, was ihnen mindestens zu beschaffen aufgetragen war. Bloß zwei, drei splitternackte Mönche mit tiefen Augenringen saßen schlaftrunken auf der Brache mit dem alten Gemäuer unter den eingestürzten Arkaden einstmaliger Behausungen, auch sie erschöpft nach einer Nacht der erbitterten Kämpfe mit den Mächten der Versuchung. Schon am Abend waren sie an den Wänden der Lipscani-Straße entlanggeschlichen, wo sich die Weibsen vom horizontalen Gewerbe aufhielten, und hatten die mit dem mächtigsten Vorbau und die Fickrigsten ausgesucht und wie gewöhnliche Kunden bezahlt, sodann hatten sie sie in ihre Unterstände in den Ruinen geführt, sich mit ihnen auf dem Bett ausgezogen und sie mit ihren bis zur Hüfte hinabreichenden Vollbärten gekitzelt, doch anstatt sie wie jedermann zu besteigen, blieben sie ausgestreckt und am ganzen Leib zitternd neben ihren runden und parfümierten Körpern liegen. Die Huren mühten sich aus Leibeskräften, ihren Schwengel aufzurichten, rieben mit ihren maulbeerartigen Brustwarzen daran, seufzten und keuchten wie verliebt, öffneten die Beine vor ihren Augen, ihnen die feuchte Spalte zu zeigen, die in Haare gekleidet dazwischen klaffte, aber vergeblich: Die eifrigen Mönche hatten sich mit Wahrheit und Gotteserkenntnis gewappnet und widerstanden dem Teufel um etliches tüchtiger, als dies dem heiligen Antonius in seiner Wüste je gelungen war, indem sie jene Huren ungeprüft schmachten ließen. Im Morgengrauen, nach einer Nacht unausdenklicher Qualen, kerbten sie sich freudig einen weiteren Sieg über den Versucher auf ihr Merkholz, der es nicht vermocht hatte, sie zu erniedrigen. Wieder einmal hatte der Geist über das unnütze Fleisch gesiegt, durch welches die Sünde in die Welt kommt.

Du schütteltest deine Gliedmaßen zurecht und hast das Gelände voller Backsteintrümmer verlassen. Deine Kleider waren zerknüllt, auch hattest du dich damit in Krähengeschiss gelegt. Deine Hände waren wundgerissen und voller Blasen, was nicht vor einer guten Woche verheilen sollte. Du schautest zum Himmel hoch, und unter hunderten von Drachen, die dort wie Ikonen auf einer Ikonostase aus Saphir hingen, lenkte Stamatina deinen Blick zur Seite. Du wusstest, dass du ihr tatsächlich begegnen müsstest, wie schwer dies auch immer sein mochte, denn das Mädchen, das zwei Jahre älter war als du, befand sich im Lager des Fürsten, das einen Tagesmarsch von Bukarest entfernt war und von skipetarischen Söldnern bewacht wurde. Während du auf deinem Heimweg an endlosen Zäunen aus geflochtenen Weidengerten der Obstwiesen zwischen den seltenen, weißgetünchten Häusern mit Geranien in den Fenstern entlanggingst, dachtest du wieder an deinen Aufstieg. »Höher! Höher!«, fiel dir wieder ein, und diese Worte sollten dich bis zu deinem Tod begleiten, denn was mochte dein Leben sonst gewesen sein, wenn nicht ein ewiges und endloses Hinanklettern, da dir nichts je Erreichtes genügen konnte? Und du musstest alles verlieren und dir den kalten Lauf der Pistole in den Mund stecken, die du von Königin Victoria selbst zum Geschenk bekommen hattest, um im letzten Augenblick deines Lebens zu begreifen, dass alles bloß Lug und Nichtigkeit war, sodass du ebenso wie der Kaiser Septimius Severus hättest sagen können: »Alles bin ich gewesen, und nichts hat die Mühe gelohnt«.

Du bist von der Şerban Vodă her in die Beilicului-Gasse eingebogen und hast sie eiligst bis zu den Häusern des Herrn Tache durchschritten. Im Hof herrschte ein wahres Gewusel von Dienern, die jeder zu seinen Pflichten eilten, die einen zum Striegeln der Pferde, andere in die Küche, wieder andere die mit ihren klafterlangen Rohren aufgereiht unter dem Vordach stehenden Pfeifen putzen und neu stopfen sowie die Wasserpfeifen mit dem Glas voll Rosenwasser. Der Kaffee war ebenfalls schon aufgebrüht in den offenen Kannen, und sein betäubender Duft wehte durch alle Räume. Eine junge Dienerin rieb sämtliche Möbel mit frischer Pfefferminze und Jasmin ab. Du aber suchtest Ghiuner und fandst ihn bei der Mehltruhe, wo er mit dem Zigeunerbäcker plauderte, der den Teig knetete und ihn soeben im Mehl wälzte.

Der Junge strahlte dich an vor Freude, als er dich sah. Er hatte dich schon am Abend zuvor gesucht und nicht gefunden, also war er besorgt um dein Schicksal zu Bett gegangen. Seit der Zeit, als du mit den Pistolen aus seinem Hüftgurt spieltest, hatte er dich heranwachsen gesehen und wie sein eigen Kind betrachtet. Ghiuner war in diesem Leben unverheiratet geblieben, denn er hatte keine Tatarin für sich gefunden. Er begnügte sich, wie alle an den Höfen von Tachi, hin und wieder mit einer Zigeunerin. Ansonsten ging er auch zu den Lotterln auf der verrufenen Lipscani-Straße. Aber auf diese Weise konnte es zu keinen Kindern kommen, wobei er doch die Kleinen liebte, seitdem es ihn gab. Obwohl du böse warst von Geburt an und voller Leidenschaften, hatte er dich in seine Obhut genommen und sollte dich niemals verlassen, nicht einmal in der porphyrenen Tiefe der Kirche von Petra. Selbst damals, in schwerer Stunde und das Leben in der Hand, hat er es dir ein weiteres Mal gerettet.

Du hast dem Tataren dein Vorhaben enthüllt, und er ward verdrossen: Zu schwer war, was du von ihm verlangtest. Fürst Dimitrie Ghica bewachte seine Tochter strenger als die Augen in seinem eigenen Kopf. Es war keine zwei Monate her, dass er einen Burschen im Liebestaumel erwischte, der sich unter ihre Fenster schleichen wollte, und dem jungen Menschen wurden vor den Augen der Herrschertochter die Fußsohlen derart mit den Ruten traktiert, dass er bis zum Ende seiner Tage, wie viele diese auch werden mochten, verkrüppelt blieb und betteln musste vorne an der Sărindar. Alle Seufzer und Bitten des Mädchens waren vergebens. Aber der treue Wächter des Herrn Tachi dachte nicht lange nach. Er holte das Pferd aus dem Stall, und ihr saßt beide auf, du hinter ihm und ohne Sattel auf dem Rücken des Rotbraunen. Ihr rittet durch etliche Gassen, dann gelangtet ihr zwischen die Gärten. Kirchlein mit Blechdach und großen Holzkreuzen mit dem Erlöser, denen Regen und Wind die Färbung ausgewaschen hatten, vertrieben euch da und dort die Eintönigkeit des Weges. Am Mândritului-Stadttor seid ihr aus der Stadt geritten und hinein in die Walachei, in das weite leere Feld mit wenigen Dörfern da und dort. Ihr hieltet bei anderen Reisenden unter einem großen Baum an zum Mittag, und am Abend, da wart ihr schon an Ploieşti vorbeigeritten, einer größeren Niederlassung mit Markt und Viehmarkt, zeigten sich ferne die Berge wie dampfverhangenes Glas. Câmpina lag zu ihren Füßen, ein armseliges Marktfleckchen, in dem die einzigen zweigeschossigen Häuser die des Fürsten waren, die er sich ein paar Jahre zuvor für Zeiten, in denen man eines Unterschlupfs bedurfte, wie eben jetzt, hatte errichten lassen, und wo man weder aus dem Land geflohen war noch allzu nahe an Bukarest, woher ihn jederzeit ein Unterwerfungsukas oder gar das Todesurteil ereilen konnte, wovor Gott der Herr ihn bewahren möge! Hatte er denn früher nicht auch den Hangerliu getroffen? Im Handumdrehen hatte der von der Hohen Pforte gesandte Henker diesem die schwarze Kapuze über das Gesicht gezogen und den Kopf von den Schultern geholt!

Sie hielten hinter den Gärten an, wo ein angeketteter Bär, die Schnauze auf den Tatzen, seine Tage fristete, und saßen ab in vollkommener Stille. Aber die Bestie hatte Witterung aufgenommen und sprang hoch, die Rückenhaare gesträubt. Sie begann zu brummen, zeigte ihre von Speichelschaum umspielten Eckzähne und riss an der Kette, dass man meinen konnte, sie zerrisse sie umgehend. Ghiuner gab dir ein Zeichen, beiseitezutreten, und wandte sich dem Ungetüm zu, das sich nun menschengleich auf beide Beine erhoben hatte, sodass sie sich von Angesicht zu Angesicht gegenüberstanden. Er bohrte seinen Blick, eine ebensolche Bestie, in die Augen des Bären und zog mit dem Daumen unmittelbar über der flachen Stirn seines Gegenübers einen Strich durch die Luft. Dazu murmelte er etwas in seiner Sprache, wobei er das Biest nicht aus den Augen ließ. Dann zog er plötzlich, ebenfalls mit dem Daumen, einen weiteren Strich, der den ersten kreuzte, worauf der Bär wie dahingemäht zu Boden stürzte und dort mit heraushängender Zunge liegen blieb. Ihr stiegt über seinen trägen Körper und gingt auf das Gutshaus zu.

Es war dunkel geworden. Der Himmel war bedeckt und die Luft feucht. Alte Bäume umgaben, im Wind raschelnd, das pechschwarze Gutshaus. Ihr habt eine Weile zwischen Unkrautstauden abgewartet, bis ihr in einem der Fenster im Obergeschoss eine Bewegung wahrnehmen konntet. Ein kleiner Vorhang wurde zur Seite gezogen, und im Fenster erschien, einen Kerzenleuchter in der Hand und das Haar zum Schlafen gelöst, die junge Herrin Stamatina, die einen Moment lang gen Himmel schaute. Dann wurde der Vorhang wieder zugezogen. »Aferim!«, flüsterte dir der Tatar zu, küsste seine Fingerspitzen und zwinkerte dir zu: »Hübsches Küken!« Worauf du ihn aufgebracht in die Brennesseln geschubst hast und ihr spaßeshalber zu balgen begonnen habt, wobei er sich auf deine Möglichkeit eingestellt und wie üblich, die eine Hand auf dem Rücken, mit dir gekämpft hat.

15

Liebstes Mütterchen Sofiana,
erfahre denn, dass es mir mit Gottes Willen gut geht, ich bin gesund, was ich auch Euch wünsche. Seit über eineinhalb Jahren, so ich mich nun schon auf den hellenischen Gestaden niedergelassen habe, geht es mir gut, und die Griechen betrachten mich mittlerweile wie einen der ihren, denn allein aufgrund der Geburt aus Deinem Bauche und durch die aus Deiner gesegneten Brust gesaugte Milch bin auch ich ein Palikárenkind aus dem berühmten Geschlecht des Achilleus und des Odysseus, sosehr mein Väterchen, Gott hab ihn selig, meine Wurzeln auch verdorben haben mag. Ich denke ja, er hat sie mir nicht verdorben, sondern gestärkt, wie auch das wilde Edelreis den Baum stärkt, sodass er nicht von Würmern und Maden zerfressen wird. Jedenfalls geht meine Hoffnung dahin, und so weisen sich auch die Dinge, denn ich habe mir einen guten Namen erworben auf den Inseln, und die Leute loben und ehren mich und empfangen mich freudig in ihren allenthalben über den Archipel verstreuten Marktflecken.
Mit Ghiuner, dem Tatar, und Gevatter Mitrofan, den die Leute Sisoe nennen, sowie mit anderen Palikáren und deren aufrechten und treuen Weibern haben wir unter meiner Anführerschaft eine Gesellschaft gegründet, deren Ruhm in der Länge und Breite schon von Thasos bis Rhodos reicht, denn da hat es kein Gewässer gegeben, das wir nicht mit den beiden Schiffen, die wir nunmehr haben, befahren hätten, der alten Barkasse Aletheia, *von der ich Dir schon in*

meinem vorigen Brief geschrieben habe, und dem Schoner, den wir beim Eiland Naxos erhalten haben, auf der Höhe des berühmten Zedernwaldes von Alyko. Und die Geschichte, wie wir dieses Schiff namens Pséma *erfolgreich in unseren Besitz gebracht haben, ist für sich schon wunderbar.*

Aber bevor ich Dir davon erzähle, willst Du, liebes Mütterchen, vielleicht erfahren, welches meine sonstigen Gefährten sind, die Ihr von Ghergani her nicht kennen könnt, so wir jetzt schon mehr als fünfundzwanzig an der Zahl sind, wenn wir auch die Frauen zurechnen, die alle auch Souflaki, Sarmalakis oder Fasolakia fresca zubereiten können, dass man sich alleweil nur an den Fingern lecken könnt, aber sie verstehen sich auch dazu, bei Sturm die größten Segeltücher einzuholen und wieder hochzuziehen, wann sich die Sonne zeigt, wie die erfahrensten Matrosen. Und im Meer schwimmen sie wie die Fischweiber, die dazumal den Odysseus versucht haben. Ich werd Dir nicht von allen erzählen, sondern von den Wichtigsten, denn diese Dir hier vorzustellen, soll mir ein Leichtes sein, ich sehe sie eben jetzt mit eigenen Augen hier an Deck herumwuseln.

Wir befinden uns schließlich, liebstes Mütterchen, neben dem Eiland Serifos, einem Schmuckstück der Kykladen, wo wir unsere Schiffe hingelenkt haben, um Rache zu nehmen an den ortsansässigen Piraten. Acht Monate zuvor, zu Hornung, waren wir schon einmal hier vorbeigekommen, um im Kloster Taxiarhes beim Dorfe Galani zur heiligen Paraschieva zu beten. Wir haben es bloß nicht geschafft, auch nur einen Fuß an Land zu setzen, weil die Piraten, eine wahre Pest dieser Gegend, uns mit ihren Booten umzingelt haben, so wir uns gezwungen sahen, mit ihnen friedlich übereinzukommen, war doch der Kopf dieser Verbrecher der weithin berühmte Pamphiles Turkus, der Gleiche, vielleicht hast Du schon von ihm gehört, der, zwei Jahr ist's her, im Kampf den Bej von Rhodos besiegt, seine Kajiks versenkt hat und dann mit seinen Palikáren in dessen Palast eingedrungen ist, wo er seine Frau und die drei Töchter nebeneinander auf demselben Bett geschändet hat, der gottlose Nichtsnutz, der er ist!

Damit wir heil vorbeifahren können, haben sie uns zweitausend türkische Goldmünzen, fünfzig Sack Kaffee, so wir gen Paros zu schiffen hatten, und zehn von unseren Frauen für eine Nacht abgepresst. Und die Frauen sind früh

am nächsten Morgen verweint und von den verdammten Piraten angeknallt zurückgekehrt, sodass jetzt, acht Monde nach diesem Unglück, alle mit dickem Blähbauch wie die Enten über das Deck watscheln. Alle haben sie je eine gut geschärfte Schere mitgenommen, um den zu entmannen, der sie geschändet hat, dass er sein weiters Leben ohn der Männlichkeit zubringen muss, und ich denk bei mir, es wird ihnen recht geschehn. Noch ist die Schlacht nicht geschlagen, aber wir haben die Diebesbanden ausgespäht, so sie sich verkrochen haben im unbewohnten Eiland nebenan, Vous mit Namen, doch morgen, wann der Tag anbricht, fallen wir über sie her mit unserem neuen Schiff, Pséma, *und rechnen darauf, ihrer möglichst viele lebend einzufangen, sodass sie erfahren, was es heißt: »Wie die Tat, so sei der Lohn!«*
Kurz und gut, meine verlässlichsten Gefährten sind, außer Sisoe und Ghiuner, vor allem Baraba der Verschlafene, ein guter Seemann und noch besserer Pistolenschütze. Er besitzt zwei dieser Pistolen mit Mündungen wie Trichter aus der Zeit von Dionysius dem Philosophen, der die Griechen vor nunmehr zweihundert Jahren in den Kampf gegen die Türken in Moreea geführt hat. Aus jener Zeit stammt auch er selbst, und Du wirst Dich wundern über das, was ich Dir erzähle, darfst aber wissen, liebes Mütterchen, dass ich keinen beduselnden Trank zu mir genommen, auch nichts vom Saft der grünen Mohnkapsel, und dass es die splitternackte Wahrheit ist, so sie der Baraba mir oft erzählt: dass er geboren ist im Jahr 1528 nach Christi Geburt in Pellana, sein Vater hat dort Weinberge gehabt und den besten Wein des Orts gekeltert. Er aber ist ihm nicht in diese Betätigung gefolgt, sondern ist Müller geworden, hat sich in höchster Jugend ein schönes Mädchen aus Aydonat genommen und es sich zur Müllerin gemacht. Durch sie ist er dem Dionysius begegnet, den man auch den Philosophen oder den Hund nennt, der ebenso in Aydonat geboren ist, ein gelehrter Metropolit, der allerdings Dämonen herbeirief und die Wahrsagerei betrieb, was er in Padua gelernt hatte, sodass man ihn der unreinen Taten wegen von seinem Metropolitenstuhl in Trikke entfernte. Baraba hat sich ihm im Kloster des heiligen Dimitri aus Dichouni angeschlossen, wo er ihm als Anführer einer Truppe von siebenhundert Palikáren begegnete, die entschlossen waren, das türkische Joch abzuschütteln. Also folgte der Kampf mit den Truppen des Aslan Pascha, der sie besiegte, den Dionysius gefangen nahm, ihm bei le-

bendigem Leib die Haut abzog und sie mit Heu ausstopfte. Dann machte er in allen Löchern und Spalten der Berge Jagd auf dessen Soldaten, bis er so gut wie alle gepackt hatte, wobei er sich für jeden eine neue und noch niemals gesehene Tortur ausdachte. Anschließend hat er ihre verbrannten und gehäuteten Leichname aufgespießt und in allen Dörfern verteilt, damit das Grauen in die verrohten Ungläubigen fahre. Baraba, in der Schlacht an der linken Brustseite verletzt, hat sich selber mit fünf seiner Gefährten in einer Höhle verkrochen, um dem Wüten der ungläubigen Hunde zu entgehen. Sie sind tief in den Berg vorgedrungen, bis sie überhaupt kein Licht mehr gesehen haben. Als sie in einem vollkommen runden Saal angekommen sind, erschöpft und hungrig auf dem Boden kauerten, entsprang mit einem Mal mitten in dieser Stube ein süßes und betörendes Licht, das sich schwer auf ihre Lider senkte.

Nach langem und schwerem Schlaf ist Baraba aufgewacht, er streckte sich aus Leibeskräften und sah verwundert, dass seine Gefährten nicht mehr da waren. Und noch mehr wunderte ihn, dass seine Wunde an der Seite sich geschlossen hatte, sodass man rundheraus sagen hätte können, da sei kein doppelschneidiges Türkenschwert je hineingefahren. Er wanderte durch die verschlungenen Mäander im Innern des Berges und trat schließlich äußerst vorsichtig wieder an die Sonne; aber weit und breit war nicht die Spur eines Türken zu sehen, und das Dorf am Fuße des Bergs, das in Flammen gestanden hatte, war so friedlich und schön, als hätte es in dieser Gegend nie eine Schlacht gegeben. Er stieg hinunter ins Dorf und traf dort auf seltsam gekleidete Leute, die ein bisschen anders Griechisch sprachen und anderes Geld wechselten, als er es gekannt hat. So er nun umherirrte und wie ein Verrückter die Leute allerhand fragte, von den Kindern verlacht und den Hunden verbellt wurde, brachte man ihn zum Dorfvorsteher und erfuhr von diesem, dass die Welt sich dazumal im Jahr 1826 befand, was nichts anderes hieß, als dass er zweihundertfünfzehn Jahr in der Höhle geschlafen hatte. Der Pope des Dorfes, der ihn dann untersucht hat, war nicht allzu sehr überrascht ob dieses Wunders, denn es hatte sich schon einmal zugetragen, nämlich in Efes, wo die jungen Christen Maximilian, Malchus, Martinian, Dionysius, Johann, Serapion und Konstantin, verfolgt von König Decius, ebenfalls eingeschlafen und nach zwei Jahrhunderten wieder aufgewacht waren. Da er sich nicht mit dieser neuen Welt anfreun-

den konnte, ist Baraba der Verschlafene Räuber am Meere geworden, bis er bei uns seinen Frieden gefunden hat, und nun ist er unser verlässlichster Mann. Im Schlaf brabbelt er in seiner alten Sprach, und keiner versteht mehr, was er sagt.

Auf dem Schiff und vor meinen Augen befindet sich auch Suleyman der Chinese, ein echter Chinese aus Chitai, mit Augen, die noch länger sind als die von Ghiuner, und gelb ist er wie die Zitron und listig wie der Wind im Grasmonat, da er von einer Feluke weggefangen ward auf ihren Meeren, ist er verkauft worden nach Bergama, wo er die türkische Art angenommen. Es ist recht verwunderlich zu sehen, wie er im Heck des Schiffes seine Gebete verrichtet, wie er da auf seinem kleinen Teppich kniet, von dem er sich niemals trennt. Der Chinese eignet sich bestens für geheime Ratschlüsse, und so kennt er meine Gedanken, die sonst niemand anderer kennt. Sein Weib ist eines jener von den Piraten geschwängerten, eine Kirgisin aus Batumi, sodass Suleyman geschworen hat, einen der Männer von Pamphiles zu fangen und ihn mit solchen Qualen zu traktieren, wie man sie allein in China sich ausgedacht hat, etwa den mit dem Kopf in einen Käfig voller hungriger Ratten zu stecken, oder es so einzurichten, dass ihm aus dem Nabel ein Springbrunn von Blut emporzischt, oder ihn in kleine dünne Scheiben zu zerschneiden, wie man es mit der Rindswurst tut. Ansonsten ist Suleyman ein guter Mensch, der keiner Fliege etwas zuleid tun möcht.

Da ist auch noch der Jude Joshua Abraham, der mit den winzig kleinen Schiffen in den Flaschen, von dem ich Dir, wie mir scheint, schon geschrieben habe, und der so sehr nach Gewürznelken riecht, dass man meinen könnte, er sei ein halbes Jahrhundert lang Koch in Ghergani gewesen, wo ihm die Gewürze unter die Haut geschlüpft sind, die er jetzt nicht mehr loswird. Er ist mein Blutsbruder, denn wir sind am gleichen Tag auf die Welt gekommen, also haben wir uns auf dem Eiland Skyros die Handgelenke aufgeritzt und je einen Tropfen Blut vom anderen aufgesaugt und uns ewige Treue geschworen. Wenn Du mir etwas von Deiner Gabe vermacht hast, durch den dichten Vorhang der Jahre auf das schauen zu können, was für ein Schicksal uns erwartet, dann glaube ich, für Joshua nur Aufstiege und glückliche Erträge erblicken zu können, wie ich sie ebenso auch für mich durchscheinen zu sehen meine. Denn unsere Zwil-

lingsschicksale sind nicht von gewöhnlicher Art, und Du wirst sogleich sehen, liebstes Mütterchen, wohin der Mensch gelangen kann, der aufsteigen will und es versteht, seinen Kopf dafür zu nutzen.

Und da gibt es noch etliche andere, von denen ich Dir in weiteren Briefen aus der Ferne berichten werde, etwa Soril Mikolai, der Bej Parmenides, Leandros Coriţaki, Ioan von Patmos und Johns Urgroßvater, allesamt gute, gottesfürchtige Leute, auf die man bauen kann. Vorerst aber möge die wahre Geschichte unseres Schiffes, des Schoners Pséma, *folgen, damit Du, Herrin, nicht etwa glaubst, wir hätten ihn mit unlauteren Mitteln erworben.*

So also ist es dazu gekommen: Wir folgten unserer Route über die Meere und trieben Handel zwischen den Inseln, als über dem Archipel plötzlich eine mächtige Abenddämmerung niedersank. Der Himmel schien in Flammen zu stehen, und die Wellen glänzten in blutigem Rot. Wir näherten uns der südlichen Seite der Insel Naxos mit ihren schwarzen Zedernwäldern entlang der Küste. Da sahen wir sie: Wie zerschmolzen im Ambra des Sonnenuntergangs und mit rosafarbenen Segeln an den pechschwarzen Masten, erwartete sie uns reglos auf den blutroten Wassern liegend. Ungläubig näherten wir uns dem Schiff: Warum lag es hier wie erstarrt? Und warum war an Deck niemand zu sehen? Wir schickten ein Boot aus, und die Leute kletterten an Seilen mit Ankern am Ende, die wir Katzen nennen, auf das Schiff, wo sie bis auf das Heck und hinab in die Mannschaftsräume unter Deck stiegen. Sie kehrten kalkweiß zurück und mit vor Verwunderung kreisrunden Augen. Sie waren keiner Menschenseele begegnet. In der Küche standen die Töpfe mit kochendem Inhalt auf dem Feuer, die Speisen waren in Schüsseln abgefüllt und der Wein in die Gläser gegossen. In der Kapitänskabine lag ein Registerbuch auf dem Tisch, worein soeben etwas geschrieben worden war, die Tinte war noch nicht trocken, und die Schrift war mitten in einem Wort abgebrochen. Und eine große Nadel hing an ihrem Faden an einem der Segel, dessen vom Wind verursachter Riss zur Hälfte vernäht worden war. Es war, als wäre alles Leben mit einem Mal hier vorbei gewesen und alle Körper entweder in den Himmel aufgefahren oder ins Meer gestürzt worden, oder irgendetwas anderes, von dem allein Gott etwas wissen konnte.

Am nächsten Tag sind wir in Naxos an Land gegangen und haben vom Kloster in Alyko eine ganze Versammlung von Priestern in Festtagskleidung herbeigebracht, die an Deck einen Gottesdienst abgehalten haben und danach mit ihren Weihrauchfässern sowie der Ikone des heiligen Georg, der den Drachen getötet hat, durch sämtliche Ecken und Winkel des Schiffes gezogen sind, erst danach konnten wir den Schoner in Besitz nehmen und bei Nacht ruhig schlafen.

Ich habe Dir all dies vorgestern, am Dienstag, in einem Rutsch geschrieben und erst am Abend, als es zu dunkeln begann, damit aufgehört, denn am nächsten Tag sollten wir uns mit den Piraten von der Insel Vous messen. Und jetzt ist Donnerstag, und ich eile, die Geschichte fortzusetzen, die ich Dir wahrheitsgetreu und wunderbar erzähle, denn wie könnte ich Dich belügen, liebes Mütterchen? Wir sind aufgewacht, als sich Tag und Nacht begegneten und die Wasser noch schwarz waren. Und wir haben es sehr bedauert, als wir sahen, dass es da keinen Windhauch gab und die Segel schlapp wie unnütze Lappen an den Masten hingen. Wir verharrten in diesem jämmerlichen Zustand bis gegen Mittag und fragten uns, was wir ohne den Wind tun könnten, der alle Schiffe auf der Welt in Bewegung setzt. Wir waren kurz davor, den Kampf und die Rache aufzugeben, aber dies konnten wir aufgrund einer Sache nicht tun, die ich Dir ein andermal enthüllen werde. Also haben wir uns versammelt und uns den Kopf zerbrochen, um einen Ausweg aus dieser Reglosigkeit zu finden, denn schließlich konnten wir doch nicht selber in die Segel pusten, sodass diese sich blähten und wir uns wegbewegten aus jener hoffnungslosen Erstarrung.

Und plötzlich, als die erste Dickbäuchige von unseren zehn damals von den Piraten geschändeten Weibern auf Deck kam und ihren Bauch dahin und dorthin wiegte, haben wir blitzartig die Lösung erblickt. Waren ihre Bäuche denn nicht aufgebläht vom heftigen Odem des Lebens? Glichen ihre Bäuche nicht vor allem den im Wind geblähten Segeln? Warteten dort in ihren Bäuchen kauernd nicht die kleinen Kinderchen sehnlichst darauf, vorzustoßen, um möglichst schnell ans Licht zu kommen? »Wie du nicht weißt, welcher der Weg des Windes ist, noch wie die Knochen gemacht werden im Bauch der schwangeren Frau, ebenso kennst du auch das Werk Gottes nicht, der alles erschafft«, schrieb der Ekklesiast in seiner großen Weisheit. Wie ich Ratschluss hielt mit Joshua und Suleyman dem Chinesen stellten wir uns vor, wie stolz ein solches Schiff voller Weiber mit geblähten Bäuchen wäre, die da auf den Segelbäumen säßen und voller Ungeduld in die Ferne schauten!

Sodass wir im Nu alle hochschwangeren Frauen aufgeweckt haben, sie auf die waagrechten Segelbäume gehoben haben, genau dahin, wo die eingerollten Segel lagen, das Gesicht zum Bugspriet hin, der die Feuer hielt, und mit einem Mal begann sich das Schiff zu bewegen und durch das Wasser zu gleiten, zuerst ganz langsam und unaussprechlich würdevoll, dann, wofür wir überaus dankbar waren, immer schneller und schneller. So haben wir, liebstes Mütterchen, eine wunderbare Weise entdeckt, uns auf dem Meer fortzubewegen, die uns ohne eine weitere Verzögerung bis zur Insel Vous führte. Unsere Weiber, jede auf ihrem Baum an einem der drei Masten, schrien vor Freude, ihre Haare wehten im Fahrtwind, da sie spürten, wie ihre Bäuche das Schiff mit der unaufhaltsamen Kraft des Lebens voranschoben. Die Bauern und Winzer an den Ufern ließen ihre Tätigkeiten ruhen und schauten uns nach bis weit in die Ferne, und die verdutzten Albatrosse umflogen uns, als gäbe es da ein Wunder zu bestaunen, schauten mit roten und runden Augen zu den Frauen hin und trauten sich nicht, sich aus dem Flug auf unseren Schoner niederzulassen.

Die Piratenhunde hatten sich in ein im Laufe der Jahrhunderte verfallenes Einödkloster verkrochen, das etwa in der Jugendzeit von Baraba errichtet worden sein mochte, und bereiteten sich vor, mit Flinten auf uns zu schießen. Schon von weitem konnten wir ihr wildes Gebrüll und die Flüche in all ihrer Widerwärtigkeit hören, denn sie fluchten nur auf Kreuz und Kommunion und Hostie und alle Heiligen, dass einem die Haare auf dem Kopf zu Berge standen. Aber umsonst hatten sie sich hinter jene Mauern geduckt, auf denen man da und dort noch einen gülden umstrahlten Kopf und ein paar Engelsflügel entdecken konnte, denn die Pséma *hat auf jeder Seite sechs Kanonen, und wir hatten kaum die Backbordseite ihnen zugedreht und das Feuer aus den sechs Mündungen eröffnet, da stürzten ihre Ruinen auch schon ein, und viele von ihnen waren klitzeklein zerkrümelt, die anderen aber kamen wie die Würmer hervorgekrochen und bettelten um Gnade. Wir gingen an Land, fingen sie ein, fesselten sie gründlich, doch als wir sahen, dass der Anführer ihrer Bande, Pamphiles Turkus, nicht darunter war, hat uns das die Stimmung getrübt.*

Liebstes Mütterchen, was dann folgte, ist nicht für Deine zarten Ohren geeignet, denn ich habe die zornwütigen Taten der Weiber gesehn, die mit rasiermesserscharf geschliffenen Scheren ihrem Vorhaben folgten und solcherart sich für die Schande rächten, die ihnen zugefügt worden war. Wir aber haben die Wunden zwischen den Schenkeln der Piraten mit kochend heißem Olivenöl ausgebrannt, damit sie heilen und nicht daran sterben; mögen sie doch bis an ihr Lebensende als Schatten von Männern und betrübt ob ihres Unvermögens auf der Welt bleiben. Und die Kindlein, so sie sich in einem Monat auf der Welt zeigen werden, Früchte jener damaligen Vergewaltigung, haben die Frauen den Hospitälern zugedacht, die von den etwas helleren Herren der Inselwelt in letzter Zeit errichtet worden sind, dass sie mit unserem Geld dort aufgezogen werden, um später dann den Weg der Klöster auf dem Berge Athos einzuschlagen, gläubig ergebene Asketen oder anderweitig sanftmütige Nonnen zu werden.
Und alle im gesamten Archipel reden immer wieder von einem Ingannamorte, von dem es heißt, er werde niemals den Geschmack des Todes kennenlernen, weil er sich geradezu im Nabel der Welt befinde, in der Nabe des Wagenrads, das völlig reglos verharrt, während sich die Speichen endlos drehen. Er zeigt sich selten, dieser Einsiedler, aber ich will ihn wenigstens einmal auf meinen Wegen über die Wasser sehen, denn er ist mir zu berühmt mit seinem gewaltigen Ruf, der sich immer umfassender über die Welt hin erstreckt.
All dies Dir aufgeschrieben, küsse ich ergebenst Deine geliebten Äuglein und bete zum Herrn Jesus Christus und seiner jungfräulichen Mutter, sie mögen Dich mir gesund und in allen Kräften erhalten!

Dein Dich über alles liebender
Theodoros

Die Insel Vous war unbewohnt, und deine Geschichte von den Piraten, die die zehn Frauen geschwängert hatten, war reine Phantasie, damit deine Mutter sich freue, wenn sie sie beim Licht der Öllampe liest und sieht, dass ihr Sohn dabei ist, in Hellas ein wichtiger Mann zu werden und sich dabei benimmt, wie es sich für einen Christenmenschen ziemt. Und Sofiana freute sich, denn so viel Anteil hatte auch sie an ihrem Kind, und las jeden der aus der Ferne angekommenen Briefe mehrmals mit tränenden Augen. Sie hatten ihren Weg erst einmal mit dem Österreichischen Lloyd bis an die Mündung der Donau genommen, dann mit der Brigg *Sweet Laure* des berühmten Kapitäns Robert »Lucky« Hutchinson von Sulina nach Giurgiu. Von diesem Seebären, der außen von allen Winden und im Inneren von Strömen von Whiskey gegerbt war, hieß es, die Walachen hätten das Wort, dass sie beim Anstoßen ihrer Gläser gebrauchen, wenn sie sich in den Kneipen zutrinken oder den Kauftrunk auf dem Viehmarkt zu sich nehmen, von ihm gelernt, denn in solch glücklichen Situationen sagen sie »Noroc!«. Denn der Engländer hatte die Gewohnheit, wenn er in Sulina, Giurgiu oder Calafat mit deutschen, griechischen oder walachischen Schiffsleuten einen trank, diesen die Donau befahrenden Matrosenkollegen *No Rock!* zu wünschen, also Gott bewahre, dass ihre Barkassen unter der Wasseroberfläche verborgenen Felsbrocken begegnen, die ihnen den Schiffsrumpf zertrümmern, den Vorder- oder Achtersteven, was häufig geschah.

Dann nahmen die Briefe mit den Postpferden durch Wagenspuren ihren Weg nach Bukarest, über holprige und löchrige, lehmige Wegstrecken, die unbegangene Einöden voll mit höher denn mannshoch aufragenden Disteln und Gräsern durchschnitten, und Felder mit Bauern, die keine Hemden am Leib hatten, und mit klapprigen Ochsen und Holzpflügen ackerten. Die kaum merklichen Dörfer waren hier lediglich Dächer, die unmittelbar über dem Boden lagen, und Stuben darunter, die wie Gräber ins Erdreich gegraben waren, Erdhütten genannte Behausungen für die Sklaven der Krume. Von Bukarest aus schickte sie der Aufseher über die Dienerschaft in den Häusern von Herrn Tachi mit einem seiner Skipetaren gen Ghergani, wo sie, feucht vom Bauch des Pferds, am nächsten Tag ankamen. Sofiana, die jeden Tag einen Brief erwartete, wiewohl sie wusste, dass sie bloß einen in mehreren Monaten oder im Jahr bekommen werde, öffnete sie, so feucht sie auch waren, an Ort und Stelle und las sie bei Tageslicht oder, wenn es in der kalten Jahreszeit schon dunkel war, beim Licht der Öllampe. Von dem Augenblick an, da ihr Sohn sie dem Postler der österreichischen Postgesellschaft in irgendeinem Städtchen mit weißgetünchten Häusern am Meer der Kykladen überreichte und die fälligen Kreuzer bezahlte, und bis sie in ihre Hände gelangten, konnten auch drei Monate vergehen, denn die Schiffe hatten auch andere Dinge bei ihrem Handel auf den blauen Meeren zu erledigen.

Sofiana lachte und weinte, und sie lachte unter Tränen, da sie die eng beschriebenen Briefe las und stets wieder las, die Blätter mit den nach Art der Bauernschinder einzeln über die Zeilen geworfenen Buchstaben um und um wandte. Da verwandelte sich etwas in ihrem Kopf in eine Bühne, auf der die von dir erfundenen Stücke zur Aufführung gelangten, und an die sie glaubte wie an das heilige Evangelium. Denn in ihrem Herzen brannte die Sehnsucht nach dir und vermengte in ihrer Seele das Wahre mit dem bloß Ausgedachten. Du warst damals für sie nichts als Wahrheit, und als sie nach bitterlich langer Zeit die Fäulnis in deinem tiefsten Inneren entdeckte, war sie schon zu alt, sich dies zu Herzen zu nehmen, denn alle ihre Gedanken waren nun schon längst auf den Jesus Christus genannten Herrn über alles Gesehene und Ungesehene ausgerichtet.

Dann, als sie fertig war mit dem Ankleiden und Kämmen der sündigen Marița, die sich seit dem Weggang des Malers den lasterhaften Leidenschaften des Bettes hingab, es auch mit den niedersten Dienern, den Kutschern und Köchen trieb, schloss Sofiana sich in ihrer Kammer ein und versuchte sich an einem Antwortschreiben. Sie hatte von der Herrin einen Stapel Papier und eine fein zum Schreiben zugeschnittene Gänsefeder bekommen sowie ein Fässchen mit sepiafarbener Tinte – was brauchte sie mehr? Sodass sie, die Augen aufs Papier geheftet und die Zunge wie bei einem Kind zwischen den Lippen hervorlugend, damit begann, einen nach dem anderen die Buchstaben aufs Papier zu malen: »Mein allerliebstes Herrchen Theodoros, höre denn von mir, dass es mir gut geht und ich gesund bin, was ich auch Dir wünsche …« Aber nach diesem Anfang entstand in ihrem Kopf so eine Art dichten Nebels, und sie konnte unter keinen Umständen mehr fortfahren. Was sollte sie dir zuerst schreiben? Und mit welchen gedrechselten Worten? Und auf welche Weise könnte sie dir ihre Mutterliebe beweisen, das Feuer, das niemals erlischt, ob das Kind nun an der Mutterzitze hängt oder schon als stattlicher Mann über die Meere und durch Fernen stromert, in denen die Kraft der Gedanken ihn nicht mehr einholen kann? Wie könnte sie ihre Liebe und ihre Sehnsucht in die trocknen Worte übertragen, die jeder Mund aussprechen kann, ohne dass du dann Unzufriedenheit und Seelenschmerzen empfändest? Sie hätte es vorgezogen, anstelle der Briefe selber an deiner Seite zu sein und dich in ihre Arme zu schließen, auch den kreuzbreiten Recken, der du nun geworden warst, noch zu liebkosen wie ein Kleinkind ... Also setzte sie zwanzig Mal an, dir zu schreiben, und legte zwanzig Mal schon nach den ersten beiden Zeilen die Feder nieder und warf den kaum begonnenen Brief ins Feuer. Aber in Gedanken setzte sie den Brief fort, sie faltete die Hände wie zum Gebet und sagte die zärtlichsten und liebreizendsten Worte, die sie auf Rumänisch oder Griechisch kannte, »mein Augenlicht«, »mein Schatz«, »fos-mu«, »coritzaki mu«, »hara-mu« ... Sie hätte sie dir wie im Märchen mit einer weißen Taube geschickt, hätte sie es vermocht, aber du hörtest sie auch so, denn die Liebe überwindet auch die weitesten Entfernungen – Wege, Meere und Länder –, auch die Zeiten – Wochen, Monate, Jahre ... Wie oft schon hatte Sofiana in der Einsamkeit ihrer Stube das Evangeliar bei den wunderbaren Worten des Apostels Paulus zu den Korinthern aufgeschlagen, die sie das eigene Haar auf dem Kopfe, mittlerweile von grauen Fäden durchzogen, ebenso vergessen ließen wie die Vergeblichkeit des Lebens in der Walachei, das heißt, am Arsch der Welt, sowie die Trennung vom einzigen Lebenssinn, den sie jemals gehabt: dir Mutter zu sein, Theodoros:

Wenn ich in den Sprachen der Menschen und Engel redete, hätte aber die Liebe nicht, wäre ich dröhnendes Erz oder eine lärmende Pauke. Und wenn ich prophetisch reden könnte und alle Geheimnisse wüsste und alle Erkenntnis hätte; wenn ich alle Glaubenskraft besäße und Berge damit versetzen könnte, hätte aber die Liebe nicht, wäre ich nichts. Und wenn ich meine ganze Habe verschenkte und wenn ich meinen Leib dem Feuer übergäbe, hätte aber die Liebe nicht, nützte es mir nichts. Die Liebe ist langmütig, die Liebe ist gütig. Sie erei-

fert sich nicht, sie prahlt nicht, sie bläht sich nicht auf. Sie handelt nicht ungehörig, sucht nicht ihren Vorteil, lässt sich nicht zum Zorn reizen, trägt das Böse nicht nach. Sie freut sich nicht über das Unrecht, sondern freut sich an der Wahrheit. Sie erträgt alles, glaubt alles, hofft alles, hält allem stand. Die Liebe hört niemals auf.

Schließlich beschloss Sofiana, ihrem Sohn blanke Seiten zur Antwort zu schicken, ohne ein anderes Zeichen darauf als »Mein Liebes Herrchen Theodoros«, wie jede von ihnen begann, und »Gott behalte Dich in seinem heiligen Schutze und bewahre Dich vor dem Bösen« am Ende, und dazwischen ein paar leere Blätter, einzig zu bezeugen, dass sie noch am Leben ist, und ihn mehr liebt, als es alle Macht der Wörter zu bekennen vermöchte. Du hast sie schon von allem Anfang an verstanden, und dir war, als habe sie dir anstelle der leeren Blätter Streifen aus ihrer Haut geschickt. Du bewahrtest sie allesamt auf deiner Brust und hast dich niemals von ihnen getrennt, nahmst sie sogar oftmals heraus, um sie zu lesen, was du tatsächlich dann auch getan hast, als wäre dein Blick das Feuer gewesen, das eine verborgene, mit Zitronensaft anstatt mit sepiafarbener Tinte verfasste Schrift ans Tageslicht gebracht hätte. Neben dem in der Provinz Gojjam vom Himmel gefallenen Kristallkreuz und dem oval gerahmten Porträt der Stamatina waren die Briefe deiner Mutter alles, was du je tatsächlich besessen hast, und du hast sie bis in die trüben Momente deines Todes hinein nicht abgelegt von deiner Brust.

Ihr wart also in einem Golf mit funkelnden Wassern an der unbewohnten Insel Vous vor Anker gegangen, einer an drei Seiten kahlen Insel, die umgeben war von dem gefleckten Meer rings um die Insel Serifos, von Wassern, die einem mal wie ausgeblichenes Türkis vorkamen, dann tiefblau wie Lapislazuli, grün wie geschmolzener Smaragd oder bleich wie das Azur des Himmels. Während der Abenddämmerung konntest du nachvollziehen, warum der berühmte Omir der Blinde vor Zeiten gesagt hatte, das Meer sei von der Farbe des Weines, denn mit der Dämmerung wurde es scharlachrot und träge, aber mit purpurrotem, im Glas der Wellen verborgenem Gefunkel. Nachts aber war das Meer pechschwarz. Die

Griechen unterschieden Grün nicht vom Blau, und dies wunderte dich sehr, denn für dich waren die beiden Farben nicht nur so unterschiedlich wie das Meer und der Himmel, sie wiesen in sich auch so viele andere und wieder andere Tönungen auf, dass die Sprache kaum mit ihren Benennungen hinterherkam. Eines Tages, da du bei brütender Sonne neben der Reling lagst, zähltest du in der Sonne und der salzigen Brise der endlosen Wasser vierzig Farben des Meeres rings um das Schiff, die ineinander übergingen, auseinanderfielen und sich wieder vermengten, je nachdem die Strömungen unter der Oberfläche dahinglitten und das Licht des Gestirns inmitten der Himmelskuppel auf die stetig heranrollenden Wellen fiel.

Die *Pséma* schaukelte sachte am Ufer des Eilands, gemächlicher ihr schlanker Körper eines rundlichen Delphins, stärker schon und belebter die Mastbäume in ihrer oberen Hälfte, wo die paar bunten Fähnchen wie Flammen zum Lobpreis des Himmels tanzten. Das Schiff hatte drei Masten: für die zwei Rahsegel und das Schratsegel, die nun eingeholt waren. Auf allen Mastbäumen saßen kreischende und zankende Möwen, die hin und wieder ihre riesigen Flügel ausbreiteten, um damit das seidene Azur der Himmel zu zerreißen. Zwischen Himmel und Meer herrschte nun ein strahlender Sommer, reif wie das Innere der schwarzvioletten Feige, die endlosen Tage des Erntemonds.

Nach S und A folgte der Buchstabe V aus SAVAOTH, der Name, der wie ein fliegender Pfeil geradewegs zu der aufgrund des damals in Bukarest von Moshe Telealul Erzählten von dir so begehrten Lade führte. Nun war es nicht sonderlich schwer gewesen, dieses Eiland zu finden, denn wenige Namen begannen mit diesem Buchstaben. Vidos, Vromona und Velopoula erwiesen sich als Zeitverschwendung, sodass nur das unbekannte Vous übrig blieb, ein wie eine Jungfrau des Meeres in sich selbst verschlossenes und ebenso rätselhaftes Eiland. Ihr hattet also die Barkasse *Aletheia* im Schutze der Kapelle Agios Sostis östlich von Serifos zurückgelassen, dessen blaue Dächer sich vom Meer aus wie ein riesiges Enzianbeet ausnahmen, und wart mit nur sieben Palikári auf Vous zugefahren, traurig ob des kahlen Felsens, der sich euch ohne ein Grasbüschel oder den Schatten eines Baumes darbot. Aber so öde dieses Eiland auch sein mochte, Vous musste der gesuchte Ort sein.

Du wähltest dir aus den sieben den Leandros und den Ioan aus, sehnige, am ganzen Körper mit blauem Zierat bemalte Griechen. Ioan war auf dem mystischen Eiland Patmos auf die Welt gekommen, wo der heilige Johannes, der weder der Evangelist noch der Alte war, sondern nochmal ein anderer, der immerhin so schlau war, dass die Gelehrten ihm niemals auf die Spur kamen, die Apokalypse im Geiste geschrieben hatte, er hatte sie in einer tiefen Berghöhle einem Engel ins Ohr geflüstert. Und Ioan aus deiner Gruppe konnte diese Schrift auswendig, er rezitierte sie lauthals an Deck und jagte den Piraten mit den Bildern vom Ende der Welt aus diesem Buch schreckliche Angst ein, sodass sie, wie Ioan selber auf den Seiten seiner Schrift sagte, sich vor Schmerz die Zungen abbissen. Dann spürte jeder von ihnen, dass sein Schädel, den er auf den Schultern trug, wie ein im Innern mit Ikonen der Angst ausgemalter Kirchturm war: Heuschrecken so groß wie Pferde und mit Menschenköpfen, rote Weiber, die mit schuppigen, mehrköpfigen Drachen spielten, Kelche, aus denen allerlei Unglücke über die unwürdigen Sterblichen ausgegossen werden, Gewürm der Erde: Feuer, Hagel, Blendung und Sintfluten. Bei seinen hervorgestoßenen Worten beteten sie allesamt in großer Angst und tiefer Erschütterung, insbesondere bei Sturmwetter.

Denn die Piraten und ihre Weiber hatten große Angst vor Gott, und es gab wohl niemanden unter ihnen, der sich im hohen Alter nicht als demütiger Mönch oder Nonne sah, die Sünden durch Fasten und Gebete in der Höhle eines aus dem Meer ragenden einsamen Felsen büßend. Groß ward ihre Hoffnung, obwohl sie herumhurten, raubten und mordeten, wenn der Pope ihnen beim Gottesdienst vorlas, dass die Freude im Himmel über jeden bekehrten Sünder größer sei als über die Gerechten, die das Reich erben sollten. Auch wussten sie, dass der Zöllner, der gottergeben im Tempel gekniet und gebetet hatte, wobei er nichts anderes sagen konnte als »hab Mitleid mit mir Sünder, Herr Jesus Christus!«, aufrechter nach Hause gehen konnte als der Pharisäer, der stehend gebetet hatte, hochmütig und ohne seine Knie auch nur anzuwinkeln angesichts der unfassbaren Größe der Gottheit. Die Säufer, die Armen im Geiste, Diebe und Mörder, die Betrüger und Nötiger, die Lästerer, Huren und Hurenböcke, der Ausfluss dieser Welt, sie werden, so die Hoffnung der Piraten, die Ersten sein, die der Erlösung teilhaftig werden, damit sich die grenzenlose Barmherzigkeit des Himmels an ihnen umso wunderbarer erweisen kann. Wo allein die Gerechten erlöst würden, gäbe es niemanden mehr, der tränenden Auges Christus preisen könnte! Und die Hölle zeigte sich schließlich erfreuter als der Himmel, da deren Bewohner sich tatsächlich rings um Denjenigen versammelten, der mit den Zöllnern und Sündern zechte und nicht mit den Gerechten, denn die Kranken sind diejenigen, die des Arztes bedürfen, und nicht die Gesunden. Jesus, der schon einmal hinabgestiegen war in die Hölle, um Adam und die Patriarchen dort herauszuholen, würde sich noch einmal hinunterbegeben, die Türen aus den Angeln heben und den Abyssus völlig leerfegen, damit sich alle Kinder Gottes der Vergebung ihrer Sünden erfreuen können. Denn es lieben jene am meisten, denen das meiste vergeben wird.

Gemächlich seid ihr bis auf den Gipfel des abgeflachten Felsens hinaufgestiegen, wo du ringsum das Meer mit seinen azurblauen Wellen zu sehen bekamst. Auf dem Eiland selbst gab es nichts, nur trockenen Stein, und schon begann der Gedanke in dir zu nagen, du müsstest anderweitig suchen. Aber der andere Gefährte, Leandros, auch Coriţachi genannt, und dies nicht allein, weil er dem Liebesspiel recht zugetan war und damit die Weiber verwöhnte, er hatte sich auch mitten auf die Brust zwischen die beiden Brustwarzen von Sisoe ein großes Ochsenherz mit allen seinen Venen und Häutchen malen lassen, das dieser nach einem echten Ochsenherzen gestaltet hatte, das vor gut einem Jahr bei einem Metzger in Skafiotes gestohlen worden war, hatte zu euch gesagt, ihr solltet eine Nacht dort abwarten, es könne schließlich nicht sein, dass sich das Zeichen nicht doch noch zu erkennen gebe.

Wir aber streckten einen Finger aus in Richtung dieses unbedeutenden Eilands und schickten euch allen dreien denselben Traum, wie wir immerzu den seltsamsten und unglaubwürdigsten Traum überhaupt, den vom echten Leben, allen Sterblichen gleichzeitig zuschicken. So kam es, dass ihr nach langem Schlaf in einer tiefen Höhle aufgewacht seid und eure Augen wie gebannt auf deren Mitte starrten, wo ein goldenes Licht glomm. Ihr seid aufgestanden und habt euch, die Hände auf den Griffen eurer Dolche, jenem Ort angenähert, wo ihr dann bald sehen konntet, dass das Licht über der Gesetzeslade und zwischen den beiden in reines Gold gemeißelten Cherubim entsprang, die sich gegenseitig anschauten. Denn ihr befandet euch in dem geheimen Versteck der allerheiligsten Reliquie. Und im inneren Kern des Lichtstrahls befand sich, wie ein Pfeil, der auf deren Deckel wies, der Buchstabe V, durchscheinend wie aus Glas und ein Zeichen dafür, dass ihr euch immer noch auf dem richtigen Weg befandet. Die Gesichter golden überstrahlt, beugtet ihr euch über die Lade aus Zedernholz, und deine Hände packten den Deckelrand und hoben ihn hoch, du hattest offenbar vergessen, was Usa an Nachons Tenne widerfahren war. Da ihr ins Innere der Lade schautet, saht ihr verwundert das von Sternen übersäte Eiland Vous, euch drei in dessen Mitte liegend und schlafend sowie das schwarzdunkle Meer ringsum ans Ufer plätschernd. Dann schoss mit einem Mal ein Blitz hervor und vernichtete euch, so ihr euch auf dem harten Felsgestein wiederfandet, das euch im Schlafe die Knochen zerschmettert hatte. Beim Aufglimmen des Morgens habt ihr euch gegenseitig eure Gesichte beschrieben und gemerkt, dass es dieselben waren. Nun brauchtet ihr keine weitere Bestätigung, um zu wissen, dass sich euch das Zeichen gewiesen hatte. »Verlanget, und es wird euch gegeben werden; suchet, und ihr werdet fündig werden; klopfet an, und es wird euch geöffnet werden«, murmelte Ioan und schaute dich an, und du stimmtest ihm schweigend zu. Ja, es genügte, einen Tropfen Willens zu besitzen, und der Feigenbaum musste sich schließlich von alleine ins Meer pflanzen.

Ihr kehrtet zurück an Deck der *Pséma*, und in Ermangelung der dickbäuchigen Weiber, die deine Malincholie sich ausgedacht hatte, spanntet ihr die etwas eingestaubten und von den Albatrossen verunreinigten Segel und achtetet darauf, dass am Bug das kleine Feuer, das große Feuer und das Pfeilfeuer straff und schmal an den Baum gebunden und die Segel an den Masten, vier- und dreieckig, vom Wind gebläht, gut mit ihren

Bäumen verschnürt waren. Es herrschte ein wahres Durcheinander von Seilen und Tauen, und auf den Strickleitern herrschte ein wunderliches Treiben von Matrosen, die sich wie die Äffchen von einem Mast zum anderen schwangen. Ihr segeltet nach Westen bis zu dem kleinen Golf von Serifos, wo ihr die *Aletheia* zurückgelassen hattet und euch nun wieder mit den anderen Piraten vereintet, die euch mit Freudenschreien empfingen.

16

Makeda erwachte im Bett ihres Zimmers, das man ihr in Kaiser Salomons Haus aus Zedernholz eingerichtet hatte und das nur durch die Breite eines Flures von dessen eigenem Schlafgemach getrennt war. Gäste, die aus fernen Ländern eintrafen, wie etwa die Söhne Hirams, des Königs von Tir, oder der Kaiser von Edom, der ihm in Ezion-Geber gebaute Schiffe geschenkt hatte, oder die geringen Kaiser aus Syrien, wurden im Empfangshaus untergebracht, das ein gutes Stück weit entfernt war vom Palast, wie es eine wohlgefügte Ordnung vorschrieb, über deren Einhaltung der Zeremonienmeister wachte, als wären es die Gesetze selbst, wenn nicht noch um einiges strenger. Die Tochter des Pharaos hatte ihren eigenen Palast und zeigte sich nur selten im Hause Salomons, eher ging er zu ihr, wenn sie, häufiger als die anderen Gemahlinnen, wieder an der Reihe war, vom Kaiser umarmt zu werden. Und was die anderen Frauen betrifft, aus allen Völkern der Erde und jeden Aussehens und aller Sprachen, gekleidet wie Flamingos und andere Paradiesvögel, mit Goldstaub besprüht und mit Edelsteinen bestückt, und mit den Duftölen aus dreißig arabischen Bäumen gesalbt, so wurden diese je einzeln von den Eunuchen des Harems herbeigebracht, zwei Stunden lang im Schlafgemach des Kaisers gelassen und in derselben Nacht noch zurückgeführt ins Haus der Frauen, denn der Kaiser liebte es, alleine zu schlafen.

Seitdem Salomon Kaiser von Judäa war, hatte er es noch niemals irgendjemandem gestattet, ganze Nächte lang weniger als zehn Klafter entfernt von ihm zu nächtigen, der er selbst von Adonai gesalbt und geheiligt worden war und den Ruhm Gottes das Zelt der Begegnung überwölben gesehen hatte. Es war eine unerhörte Regelverletzung, die allüberall Verwunderung hervorrief, außer bei der Person selbst, die diese Regel übertreten hatte, der jungen afrikanischen Königin, der die Gesetze der Gastfreundschaft am Hofe der Judäer unbekannt waren, und die sie auch nicht kennenlernen wollte. Das einzig für sie geltende Gesetz war das Wort des Kaisers, den sie kaum eine Woche nach ihrer Ankunft in Jerusalem mit einer Bewunderung betrachtete, an der nicht einmal ihre alten Götter teilhatten. Wenn sie in dem für sie eingerichteten Gemach aufwachte, in einem Bett mit federleichtem, ja wie Spinnweben zartem und rosenfarbenem Bettzeug wie die Halsfedern der Meeresfregattvögel, streckte und reckte sich die Königin von Saba wollüstig, schlug die Augen auf und erhob sich. Sie hatte in einer langen Robe aus Serikonseide geschlafen, dem dünnsten Faden, den die in Sidon und Cos gezüchteten Raupen von sich gaben, und die durchsichtige Seide ließ ihren vollkommenen Körper sehen: die Zitzen mit den maulbeergroßen Warzen, den rundlichen und weichen Bauch, das pechschwarze Dreieck zwischen den Schenkeln. Wie die Augen des kleinen Noah im *Buch Henoch* erleuchteten die Augen der Königin das Gemach.

Sie stieg nun aus dem Bett und wandte sich den Fenstern zu, die mit Schlagläden geschlossen waren. Diese öffnete sie weit, und mit einem Mal fuhr ihr der besonnte Morgenwind ins Haar, und in den Pupillen des Mädchens spiegelte sich, wie gemalt, der gesamte Garten, bis in die von Mauern, Türmen und Zypressen besetzte Ferne: Granatapfelbäume und Feigenbäume schwer von Früchten, Vögel seltsam unbekannter Art, die sich auf den Zweigen zu Gehör brachten, lichthelle Wolken, die von den Strahlen der eben aufgegangenen Sonne über den Himmel geleitet wurden. Frauenstimmen, die einander lachend riefen, dann das Geräusch von Wasser, das in große Keramikgefäße gegossen wurde. Alles in reine und kalte Luft eingeschmolzen, in die salzige Brise, die den Himmel der Stadt zwischen den beiden Meeren erfüllte: dem Toten Meer, das Sodom und Gomorrha verschluckt hatte, sowie Adma, Zeboim und Zoar, die von

Gott dem Herrn mit Feuer und Schwefel vernichteten Städte, und dem Großen Meer des Westens, an dessen Ufer die Philister wohnten, unzählbar wie die Heuschrecken. Makeda lachte glücklich in die Gartenlandschaft hinaus, wie sie eine nahe Freundin angelacht hätte, dann klatschte sie zweimal in die Hände, bei welchem Zeichen die Dienerinnen umgehend und als hätten sie schon seit Stunden hinter den Türen gewartet, mit den Gefäßen und sonstigen Dingen eintraten, die der morgendlichen Körperpflege der Königin dienten.

Die jüdischen Dienerinnen, weiß wie Milch und in weite Roben aus gefärbtem Leinen gekleidet, bewegten sich schweigend um Makedas ebenholzschwarzen Körper, da sie aufrecht in einem Zuber stand, in dem ihr das warme Wasser bis knapp über die Knöchel reichte, und gossen aus ihren silbernen Krügen gemächliche Rinnsale über den Kopf sowie die breiten und geraden Schultern der äthiopischen Jungfer, über die matte Haut ihres schmalen Gesäßes und der Schenkel. Still und heimlich für sich selbst wunderten sie sich über diesen Körper, der anders als der ihre über eine Art Wüstenwildnis verfügte, als wäre Makeda weder eine Frau noch irdisch gewesen, sondern eine Ausgeburt der roten Erde und der blumenbunten afrikanischen Himmel, denn für sie aus dem Osten begann jenseits von Ägypten, das immerhin noch zu dieser Welt gehörte, die Gegend der Flussgeister und mehrköpfigen Weiber, die Feuer speien und hexen konnten, der Skorpione sowie der Felle tragenden Menschen, die in Bäumen herumkletterten und nicht sprachen, damit man sie nicht zur Arbeit anhalte. Aus dem riesig großen Gynaeceum gekommen, worin Bett an Bett an Bett, getrennt allein durch die Tücher der Baldachine, die Gattinnen und Geliebten herumlagen, ohne eine andere Beschäftigung, als sich zu schminken und in hundert Sprachen die Kinder anzuschreien, sich gegenseitig zu beschimpfen und nicht eben selten heftig zu raufen, sodass die Eunuchen ihnen öfter die Finger einzeln aus den Haaren einer anderen Frau lösen mussten, kannten die Dienerinnen die Giftigkeiten und Verleumdungen, mit denen die junge Königin von den anderen Frauen empfangen worden war. Wiewohl sie selber noch idolatrisch waren und den einen und einzigen Gott, den Adams und Isaaks und Jakobs, noch nicht kannten, hielten sie Makeda für wild, bösartig, listig, von Pech eingefärbt, eine Hure, Kopfverdreherin, Hexe, Todesengel, Schlampe, Eingebildete und dies noch und jenes, sie kochten vor Verdruss und Verärgerung darüber, dass der Kaiser nur noch Augen für sie hatte und vor allem, dass er seit einer ganzen Woche, seitdem die Negerin in Jerusalem eingetroffen war, keine Frau mehr in sein Bett hatte holen lassen und damit die Ordnung und Reihenfolge verletzt war. Die schon zwei Jahre auf den kaiserlichen Ruf gewartet hatten, waren nun übergangen worden und mussten, vernachlässigt und damit gedemütigt, weitere zwei Jahre ausharren. Sodass nun Tag für Tag an den sieben Tagen, die Makeda sich schon am Hofe Salomons befand, ein erregtes Summen, wie in einem Wespennest, vom Haus der Frauen her zu vernehmen war. Da gab es nicht das kleinste Körperteil der Königin, kein von ihr getragenes Kleidungsstück und kein von ihr geäußertes Wort, die nicht ausgiebig von den aufgebrachten Frauen durchgekaut worden wären, die sie, wenn es ihnen möglich gewesen wäre, am liebsten mit den Fingernägeln und Zähnen zerrissen und ihr mit den Haarnadeln die Augen ausgestochen hätten. Warum war sie von den Rändern der Welt gekommen, um dem Kaiser die Sinne zu trüben und den wohlgeordneten Lauf der Reichsgeschäfte zu stören? Warum war sie nicht in ihrem heimatlichen Elend und der Wildnis dort in dem südlich des Fegefeuers liegenden Land bei ihren Affen und Papageien geblieben? Was war es, das sie ihnen voraushatte, womit sie den Kaiser von Judäa raubte? Auch nur zwei Titten und den Spalt zwischen den Schenkeln, und dazu noch schwarz wie der tiefste Höllengrund? Hilflos in ihrem eigenen Gift schmorend, warteten die Frauen und Geliebten nur noch auf die Abreise ihrer Widersacherin mitsamt ihrem Rudel schwarzer, großbrüstiger und dickbäuchiger Dienerinnen sowie ihrem Elefanten, der überall seinen Kot hinterließ, sodass es hundert Stadien weit stank und man wegen der schlechten, krankmachenden Luft nicht mehr in der Stadt wohnen konnte.

In einiger Entfernung vom Gynaeceum und vor allen Blicken verborgen, litt nun auch die Tochter des Pharaos mehr denn sonst. Ihr länglicher Schädel und etwas unaussprechlich Seltsames, Kränkliches und Linkisches, das anscheinend ihrem Körper selbst eignete, zeigten an, dass sie anders und jemand anderes war als die unzähligen Königinnen und Geliebten, die Nacht für Nacht ins Bett des Kaisers stiegen. Denn die Tochter des Pharaos war, ebenso wie ihr hochgerühmter Vater, von göttlicher Abkunft und selber auch eine Göttin. Sie hätte nicht den Sohn Davids, den sie als einen gemeinen Sterblichen verachtete, wie reich und berühmt er auch geworden sein mochte, zum Gatten bekommen müssen, sondern ihren größeren Bruder, damit das göttliche Blut, fahlblau und leicht wie der Anflug eines Traumes, nicht auf verderbliche Weise vermischt würde. In Palästen und Tempeln hatte sie zusammen mit ihrem Bruder ihre Kindheit verbracht, sie waren durch die Labyrinthe unter den Pyramiden geführt worden, wo in Onyx-Sarkophagen die Körper einiger Wesen schlummerten, die aus dem Himmel herabgestiegen waren, man hatte ihnen die Geheimnisse aus uralten Zeiten anvertraut. Sie war von ihrem Bruder im Alter von zwölf Jahren in einer heiligen Zeremonie unter den Augen der Priester und gigantischer Statuen entjungfert worden, und dies war das einzige Mal, dass die Königin kopuliert hatte. Es wusste nämlich niemand im ganzen Judäischen Reiche, dass Salomon sie niemals angerührt hatte, sie bloß in sein Schlafgemach rief, um von ihr die Geheimnisse der magischen Worte zu erfahren, der Anrufungen und Töne, die Steine schweben und Tempel aufleuchten ließen, oder um politische Angelegenheiten auf den Weg zu bringen. Denn ein sterblicher Mann konnte sich nicht mit einer Tochter der Götter vereinen, ihre intime Blume war von anderer Beschaffenheit als das, was die Menschenfrauen zwischen ihren Schenkeln verbargen.

Die Tochter des Pharaos fühlte sich fremd und unglücklich in der Welt der Juden, wo man sie nur hingegeben hatte, weil Ägypten des Friedens mit jenen mitternächtlichen Gefilden bedurfte. Sie kannte hier niemanden, und sie sprach mit niemandem außer dem Kaiser, und sie verließ niemals ihren Palast. Da die Sonne sie niemals zu Gesicht bekam, war ihre Haut gläsern geworden und ließ die feinen bläulichen Venen sehen. Seit Makedas Ankunft empfand sie sogar ihre Einsamkeit und ihr Unglück als gefährdet. Sie befürchtete, der Kaiser könne die Äthiopierin zur hohen

Königin an ihrer Seite machen oder gar von höherem Range als sie. Wenn sie die schweren Brokatvorhänge aus Sidon ein bisschen zur Seite zog, sah sie hin und wieder den Kaiser und Makeda Seite an Seite durch den Innenhof spazieren und sich mit ihren so weißen wie vollendeten Zähnen zulächeln. In schöneren und reicheren Kleidern als sonst vollführte der Kaiser weit ausgreifende Gesten und zeigte der Königin da einen riesigen uralten Baum, dort einen marmornen Brunnen oder ein Beet mit Zyklamen oder Anemonen. Dann spürte sie, wie sich das Herz, das ihr azurblaues Blut in Bewegung hielt, schmerzhaft zusammenzog, und schwarze Gedanken verdunkelten das Leben der Kaiserin. Sie lästerte nicht über Makeda, denn sie hatte niemanden, mit dem sie es hätte tun können, aber auch sie erwartete den Tag ihrer Abreise als einen glücklichen Feiertag. Denn Tag für Tag und Stunde um Stunde erschien der Kaiser verzauberter.

Nach dem morgendlichen Bad und dem Anlegen des herrlichen, safranfarbenen Habesha-Kemis, das sie so gerne mit einem Gurt trug, in dessen Ofir-Gold Türkissteine eingelassen waren, und mit klimpernden Armreifen aus Messing und Elfenbein, rief sie ihre Dienerin, Migibi, die auf einem schmalen Teppich am Fuße ihres Bettes geschlafen hatte, damit sie ihr Haar in Ordnung bringe, das zu unzähligen Zöpfchen geflochten und mit Bändchen, eingefärbt mit phönizischem Purpur, verschnürt war. Für nichts auf der Welt hätte sie es den jüdischen Dienerinnen oder irgendjemand anderem als der zarten Migibi gestattet, ihre Haare zu berühren, denn in einem der dünnen Zöpfe, die ihr bis über die Hüften hinabreichten, befand sich der kleine, bestens abgeschabte und mit Bimsstein beriebene Streifen Menschenhaut eingeflochten, auf dem ihr geheimer Name geschrieben stand, den selbst sie nicht kannte, und den ihr erster Mann, dieses Zöpfchen aufflechtend, dann lesen musste, wenn die Liebe vollzogen war. Jede Nacht tastete sie vor dem Einschlafen nach dem Hautstreifen, um sich zu vergewissern, dass er noch dort war, und träumte von seiner unbekannten Botschaft. Wie mochte ihr wahrer Name lauten? Bei der Geburt erhielt sie den Namen Bilquis, und von klein auf wurde sie Negest Makeda genannt, so nannte sie sich selber, und so nannten sie auch alle Untergebenen. Aber die Götter ihres Geschlechts, das alte Paar T'enikara und Fireyama, in Holz gehauen, das nach Jahrhunderten gemächlicher Fäulnis grau geworden war, kannten nur ihren geheimen Namen, der rostfarben auf dem schmalen, in ihr Haar eingeflochtenen Hautstreifen stand, und wenn sie in die andere Welt gelangte, würde die Königin ihn so laut rufen müssen, wie sie es irgend vermochte, damit nicht etwa die riesigen, mehrköpfigen und feuerspuckenden Weiber sie in ihre Löcher schleppten.

Es wurde ihr ein Tablett mit Käse, Honig und Feigen gebracht, und da sie von dem glasdicken Honig verkostete, begannen ihre Augen zu leuchten. Und sie lachte noch einmal, ohne zu wissen, weshalb. Wie hell diese Tage waren, wie glücklich! Eine Woche lang hatte man sie durch alle Ecken und Winkel des Palastes geführt, ihr sämtliche Schätze in den Schatzkammern des Kaisers gezeigt, konnte sie mit den Priestern und Weisen von Judäa sprechen. Sie war durch Gärten gewandert, die man nur unter Mühen aus Assyrien und von den Eilanden des Großen Meeres hierher hatte verpflanzen können, die da persische Früchte trugen, Zitronen, so da Goldäpfel geheißen, und allerlei Früchte, die man in Saba noch nicht kannte. Man hatte ihr die Vögel und die Tiere der Erde gezeigt, kriechende Echsen mit einem Horn auf der Stirn und fliegende Schlangen, Giraffen und menschengroße Eidechsen mit purpurner Kehle, königliche Löwen und einen aus Indien gebrachten Tiger und einen Menschen aus ferner Zukunft, der sich immerzu ein Plättchen aus poliertem Onyx ans Ohr hielt, das sich manchmal durch Zauberkraft entzündete. Man hatte sie über die Gemüse- und Fleisch- und Fischmärkte dieses von einem bunten Menschengemisch erfüllten Jerusalem geführt, und abends, wenn der Himmel über dem Reich der Juden von Sternen übersät war und der Mond größer aufging, als die Königin sich erinnern konnte, ihn jemals gesehen zu haben, traten hintereinander unter ihrem Fenster Sänger und Tänzerinnen auf und Feuerschlucker und Schlangenbändiger, die den Abenden einen unerhörten Glanz verliehen, denn sie waren jeder für sich ganz erstaunlich und mit vielen Goldtalern aus allen Ecken der Welt herbeigeholt worden. Aber Makeda, verwundert wie ein kleines

Mädchen ob des Pomps und der Großartigkeit, derer sie in Jerusalem ansichtig wurde, war zweimal am Tage noch um einiges glücklicher, dann nämlich, wenn der Kaiser Salomon für eine oder zwei Stunden die belastenden Herrschaftspflichten ruhen ließ, sich der Königin zeigte und sie selber durch alle Herrlichkeiten seines Landes geleitete.

Diesen Augenblick der Begegnung gab es auch am siebten Tage, als Makeda in all ihrer Schönheit, gesalbt und geschminkt und angekleidet und geschmückt, mitgeteilt wurde, sie möge dem Kaiser im Osthof entgegengehen, direkt gegenüber von Davids Festung, damit dieser ihr den begehrtesten Anblick zeigen könne, den berühmten Tempel, in dem der Name des Herrn in aller Ewigkeit in tiefer Finsternis wohnen würde. Der Tempel, mit dessen Errichtung vor sieben Jahren begonnen worden war, wurde mit sehr wertvollen Steinen gebaut, dazu mit Zedernholz und Goldstaub, und als die Königin von Saba aus ihrem Land jenseits des Horizonts ankam, die Weisheit von Salomon kennenzulernen, war das Mauerwerk beinahe fertig. Während sie in Begleitung der Würdenträger und Soldaten aus ihrem Lande dem Begegnungsort mit dem bebenden Herzen eines in der geschlossenen Hand gehaltenen Vögleins entgegenging, wiederholte Makeda sich still in Gedanken die Geschichte des Tempels, die sie von den weisen Männern erfahren hatte.

Vor Zeiten war dem alten König David in den Sinn gekommen, dieses heilige Gebäude zu errichten, denn es gehörte sich nicht, dachte er, dass der König in einem Haus aus Stein und Zeder wohne und der Herr selbst in einem Zelt. Aber Adonai hatte sich ihm im Traum gezeigt und ihn für diese Idee getadelt, denn David war ein Mann des Blutes, der gemordet und unterworfen und Urija dem Hethiten sein Weib Bathseba durch Ehebruch weggenommen hatte, die dann Salomons Mutter wurde. Ein sündiger Mensch konnte nicht das Haus des Herrn erbauen. Erst sein Sohn, wurde ihm in dem gleichen Traum enthüllt, würde den Bau errichten. Der Ort, an dem dies zu geschehen hatte, war schon zu Davids Zeiten festgelegt worden, als dieser unbedacht eine Volkszählung hatte machen lassen, eine Sache, die dem Herrn nicht gefiel. Und so gab dieser ihm auf, sich eine Strafe zu wählen: entweder sieben Hungerjahre im ganzen

Land oder drei Jahre der Flucht vor dem Feind, oder drei Tage der Epidemie. David dachte, es sei besser, Gott in die Hände zu fallen, denn der konnte verzeihen, als den Menschen, und wählte die drei Pesttage. Und die Pest wütete damals heftig. Es war der Engel des Herrn, der sie über Jerusalem ausgebreitet hatte, er flog zwischen Himmel und Erde an der Tenne von Aravna des Jebusiten entlang, hatte das Schwert gezückt und auf die Festung gerichtet. Die göttliche Plage legte sich nicht, bis König David nach dem Tod von siebzigtausend Menschen zwischen Dan und Beer-Sheba nicht das Gelände von Aravna dem Jebusiten mit fünfzig Silberlingen abgekauft und an der Stelle einen Altar errichtet hatte. An jener Stelle wurde dann unter Kaiser Salomon der Tempel des Herrn errichtet.

Den Plan dazu hatte sein Vater, David, aus den Händen des Herrn selbst empfangen, der ihn mit seinem eigenen Finger gezeichnet hatte. Die Striche und die Schrift waren nicht in Stein gehauen oder auf Papyrus geschrieben, sie schwebten in Blau einen Fingerbreit über einer Platte, die einer rauchigen Glasscheibe ähnlichsah, wie es auch die Buchstaben des Gesetzes auf Moses' Tafeln taten. Diesen Plan gab David auf dem Sterbebett seinem Sohn und ließ ihn schwören, den Tempel ganz genau so errichten zu lassen, wie er hier dargestellt war. Und Salomon legte den Grundstein im vierten Jahr, im Monde Ziv, vierhundertachtzig Jahre nach dem Auszug der Söhne der Juden aus dem Lande der Ägypter. Nun befanden sie sich im elften Jahr der Herrschaft von Salomon, und die Arbeiten waren beinahe beendet. Jetzt ging es nur noch darum, dass Hiram, ein Künstler aus Thyrus und ein Meister, der ebenso erfüllt war von seiner Mission wie vordem in alten Zeiten Bezalel, die beiden Bronzesäulen gieße, die für Jachin und jene für Boas, sowie das Meer aus Bronze auf dem Dach, das von zwölf ebenfalls in Bronze gegossenen Ochsen getragen wurde, die Piedestale und Schüsseln, und all die anderen Gegenstände, die noch für die künftigen Zeremonien gesalbt und geweiht werden mussten. Der ganze Tempel war erbaut worden, so überlegte Makeda, da sie am Tor der Pferde vorbeiging und sich der grünlichgrauen Ansicht des Olivenbergs erfreute, einem einzigen Zweck zu dienen, der Beherbergung jenes verzauberten Schreins, der Bundeslade, welche die Gesetzestafeln barg, einen Krug mit Manna und den grünenden Stab Aarons, der während des Exodus des jüdischen Volkes durch die Wüste erblühte und Mandeln trug. Von seinem Deckel her, zwischen den in reines Gold getriebenen Cherubim, war die Stimme des Herrn zu hören, wie er seine Gebote sprach. Die Macht der hochheiligen Lade war grenzenlos. Der Schrein, worin sich der Name befand, sollte in aller Ewigkeit in dem mit reinem Gold überzogenen Kubus aus Zedernholz im Allerheiligsten des Tempels in völliger Finsternis seine Heimstatt haben.

Und siehe, der Kaiser erwartete sie zwischen seinen Soldaten in dem mit Phönixen und Cherubim ornamentierten Hof, und sein Anblick war dem jedes anderen Menschen überlegen, denn er war ein schöner Mann jenseits aller Vorstellungskraft, in dessen Augen der Wunsch und die Kraft strahlten, diese an sich auch zu beherrschen. Seine Haare waren zurückgekämmt und im Nacken mithilfe eines Kamms aus einem Narwal-Zahn zusammengehalten. Gedrehte und wie Weinranken aussehende Locken rahmten seine Wangen von den kleinen Ohren abwärts, sein Bart war kurzgeschoren, verbarg aber die weißen Fäden, die ihm seit ein paar Jahren sprossen, unter keinerlei Färbung. Seine Augen ähnelten in gewisser Weise denen Makedas, waren es doch weibliche Augen, Augen eines Lesers, erleuchtet vom Verständnis der alten Schriften. Aber es waren auch die Augen eines Mannes, der weiß, dass alle seine Befehle umgehend und ohne Zögern ausgeführt werden. Und dann waren es auch Kinderaugen, die neugierig auf alles schauten, was es ringsum gab, denn es gab da nichts für ihn, was nicht einer genaueren Erforschung würdig gewesen wäre. Wie oft hatten seine Diener mitangesehen, wie er stundenlang ein Würmchen betrachtete, das an einem seidenen Faden hing, ein Vogeljunges, das, käsig-weiß noch um den Schnabel, aus dem Nest gefallen war, die Form eines Blattes am Mandelbaum oder die Wasserwirbel neben einer Mühlenrinne! Wie oft hatte er ein Kriegskonzil unterbrochen, um von den porphyrenen Fliesen eine Löwenzahnkugel aufzuheben und endlos ihre zarten Schirme mit dem Samenkorn am Ende zu studieren! Die Dinge und Lebewesen und Geister der sichtbaren und unsichtbaren Welt riefen allesamt nach ihm, jeder, jedes und jede mit einer anderen Stimme, auf dass sie erkannt, in eine Ordnung gebracht, bis in ihre tiefsten Gründe verstanden und schließlich in eines seiner unzähligen Bücher geschrieben würden.

Heute trug er ein dünnes, türkis gefärbtes Leinenhemd, das um die Mitte mit einem von Topassteinen besetzten Gurt umfangen wurde, weite Beinkleider und Stiefel aus dem Leder der Meerkälber, darüber aber einen raffiniert umgeschlagenen, leichten Mantel in den Farben des Zelts der Begegnung: Blau, Weichsel- und Scharlachrot, über der linken Schulter gefasst von einer kleinen, einen Cherub vorstellenden Silberarbeit. Mit ausgebreiteten Armen und einem breiten Lächeln ging er auf die Königin zu, denn er konnte sich nicht beherrschen, jedes Mal, wenn er sie sah, glücklich nach der Art der Verliebten zu lächeln. Die Königin verneigte sich tief vor ihm, das Safrangelb ihrer Kleidung glitzerte in der schon hoch am Himmel stehenden Sonne, und nun, da sie sich mit den Blicken gegenseitig zu verschlingen schienen und einander zulächelten, sagten sie sich dürre Worte der Höflichkeit, die nicht zu ihren Gefühlen passten.

Gefolgt von Soldaten und Dienerschaften, wandten sie sich gen Mitternacht, denn der große Tempel war nicht weit weg vom Hause Salomons. Gerne hätte der Kaiser die Hand der Königin in die seine genommen, eigentlich wollte er sie ja ganz in die Arme nehmen, und um dieser Verlockung zu widerstehen, wandte er seine Gedanken den tausend anderen Dingen auf der Welt zu und sprach über alles, das ihnen unterwegs unter die Augen geriet, über Jerusalem und die lange Reihe von Dattelpalmen, über die kargen Berge ringsum und über seine tapferen Krieger, von denen ihn einige überallhin begleiteten. Makeda hörte ihm aufmerksam zu, aber wenn man sie nach einer Stunde gefragt hätte, worüber der Mann gesprochen habe, an dessen Seite sie die Ehre hatte, dahinzuschreiten, sie hätte es nicht sagen können, so sehr hatten seine feinen Lippen ihre Aufmerksamkeit absorbiert, die strahlenden Zähne und die schönen Girlanden aus Worten, die er beinahe in die Luft zwischen ihnen malte. Es wäre das Gleiche für sie gewesen, wenn sie ihn über einen Staubfaden hätte reden gehört oder über Jehova, seinen körperlosen Gott, den er für den einzigen in der gesamten Schöpfung hielt.

»Wie schön du bist, Herr«, flüsterte etwas in der Brust der Königin, »wie kräftig sind deine Arme und wie breit deine Schultern! Der blutrote Granatapfel ist fahler als deine Lippen, der Gazellenhirsch bei weitem nicht so zart wie du! Wie vornehm, wie männlich ist die Linie deiner Wangen, wie fein und wellig fällt dein Haar! Alle deine Worte sind gehaltvoll, und die Gesten deiner Hände sagen noch viel mehr, denn du sprichst mit den Augen, mit den Lippen, den Händen und dem ganzen Körper, sodass der Glückliche, der dir zuhören darf, alles versteht. Ich habe gewusst, dass du ein Quell der Weisheit bist, aber wie der Duft der Lilie jeden anderen Duft übertrifft, hast du meine Erwartungen übertroffen, denn alles, was ich von dir erfahre, erfüllt mich mit reinster Freude. Wie kommt es nur, dass es einer deiner Sklavinnen aus einem unbekannten Land, aus unbegangenen fernen Gegenden gegeben wurde, heute an deiner Seite zu sein, sich an deiner Weisheit und Größe zu erfreuen? Ich wünschte, dieser Weg möchte niemals enden, und wir könnten immer so weitergehen, Seite an Seite, Schulter an Schulter. Du bist mir Quell des Lichtes und der Freude, bist in meinem Herzen, sein heißer Kern, der auch der Kern des Lebens ist!«

»Nacht für Nacht habe ich eine andere Frau umarmt«, erwiderte der Kaiser still für sich, um dann etwas zerstreut der Königin von Saba etwas über Gerstensorten zu erzählen, davon, wie man Häuser mit Dachziegeln deckt, wie viele Beine die Heuschrecken haben, über die »jedem Herrscher der Welt würdigen Frauen, vollendet in allen ihren Gelenken und Gliedmaßen, aus sämtlichen Völkern, von jeder Gestalt, jeden Geruchs und jeder Sprache der Welt. Frauen mit großen Brüsten und Frauen ohne Brüste, Frauen mit einer wohlklingenden Stimme und andere mit heiserer Stimme, erfahrene Frauen und keusche Frauen, mit blanker Haut und mit einer Haut, die vom Scheitel bis zur Sohle beschrieben ist. Frauen mit feuerroten Haaren und Frauen, deren Haare schwarz sind wie Stutenschweife. Aber ich habe in ihrer Liebe nichts gefunden, als beim Genuss der fleischlichen Vergnügungen abzuwarten. Du bereitest mir große Freude, Makeda, mir lacht die Seele, wenn ich dich sehe. Du gefällst mir, alles an dir gefällt mir, wie du sprichst und wie dein Körper sich zeigt. Ich lausche deinen Worten, wenn sie zwischen deinen vollendeten Lippen hervorkommen, und sie klingen mir sehr weise, weiser als meine, denn du weißt ebenso viele Dinge und hast in deinem zarten Alter schon genauso viel gelesen wie ich, der ich über die Grazie und Süße jedes der Worte staune, die du aussprichst. Ich bin noch nie einer weisen Frau begegnet, Makeda! Dein Körper ist anziehender als der jeder anderen Frau, aber ich will ihn nicht ohne dich haben, schöne, schwarze Königin! Ich begehre deine spitzen, afrikanischen Brüste, aber mit dir darin, ich begehre deinen Bauch und die Blüte deiner Jungfernschaft, aber sie müssen dich enthalten, ich möchte sie auf keinen Fall ohne dich!«

Vor dem Tor des Tempels angelangt, gab der Kaiser dem Gefolge ein Zeichen, dort stehen zu bleiben, und schritt allein, begleitet von der Königin und ein paar hochaufgeschossenen Soldaten in Galauniform, durch das Tor. Es war ein großartiger Tag mit Sommerwolken, die wie phönizische Schiffe in den endlosen Himmeln festsaßen. Der Tempel zeigte sich ihnen in seiner ganzen Herrlichkeit als durchscheinender Monolith im Licht der Sonne zur vierten Nachmittagsstunde. Es schien, als sei er in das erstarrte Mittagslicht gemeißelt worden. Dabei war es nicht das riesige Gebäude, das sich die Königin vorgestellt hatte, aber bei den sechzig Ellen in der Länge, zwanzig in der Breite und einer Höhe von dreißig Ellen war es ein beeindruckendes und einmaliges Haus, wie nicht von dieser Welt. Bei seinem Bau hatte man Steine benutzt, die andernorts geschlagen und zurechtgehauen worden waren, sodass die Sägen und Meißel den Schlaf des Kaisers nicht gestört hatten. Auch das Holz der Zedern und Zypressen war aus dem Libanon, von Kaiser Hiram aus Thyros herbeigeschafft worden, von Sidonern, den erfahrensten Sägemeistern hervorragend in den Wäldern geschlagenes und zugeschnittenes Holz. Siebzigtausend Menschen hatten sieben Jahre lang am Bau des Tempels gearbeitet, und nun war er beinahe vollendet. Trotzdem, rings um das spektrale Gelände waren Holzstapel und Steinhaufen zu sehen, große Kupferkessel, Hebevorrichtungen und Arbeiter mit nacktem Oberkörper, die wie die Ameisen herumwuselten und werkelten, und auf einem Mauervorsprung stand ein Aufseher in einem blau gefärbten Leinenkleid und schrie mit entsetzlichen Flüchen durchsetzte Befehle und Anweisungen. Als er den Kaiser erblickte, dessen Ankunft ihm angekündigt worden war, brüllte der unbehaarte Aufseher aus Leibeskräften, und mit einem Mal ließen alle Arbeiter ihre Werkzeuge fallen und sämtliche Tätigkeiten ruhen und warfen sich, das Gesicht nach unten, zu Boden. Auch der Würdenträger an der Spitze des Tempels neigte nun die Stirn auf den Mauervorsprung, richtete sich danach auf und sprach ein paar würdige Begrüßungsworte. Salomon erhob seine Rechte, sagte ebenfalls ein paar laute Worte, und sogleich setzte das Gewusel der Arbeiter mit noch größerem Eifer als vordem wieder ein. »Heute hat man sie angehalten, sich zu waschen«, erklärte er lächelnd der Königin, »keinen Knoblauch zu essen und neue Hüftumhüllungen zu tragen.« Makeda kicherte leise, um anzuzeigen, dass sie verstanden hatte.

Sie gingen an Schreinern und Steinmetzen vorbei, an Vergoldern und Seilmachern und solchen, die Berechnungen anstellten, das Tintenfass am Gurt und das zugeschnittene und gespaltene Schilfrohr in der Hand, und wo auch immer sie stehen blieben, sprach der Kaiser mit einem solchen Kenntnisreichtum zu Makeda, dass man hätte meinen können, er sei sein Lebtag Schreiner, Steinmetz oder Vergolder gewesen. Er nahm einem zu Tode erschrockenen Arbeiter die Dechsel aus der Hand und holte lange gekringelte Holzstreifen aus dem in Bearbeitung befindlichen Holzstück hervor. Seine Bewegungen waren vollendet, und das Holz schien nun glatter und besser gehobelt, als es der Arbeiter getan hatte. Als sie an dem Bottich mit dem geschmolzenen Pech vorbeikamen, zeigte er der Königin, wie man das schwarze Rinnsal so in den Spalt zwischen den zugehauenen Steinen träufelt, dass sie niemals mehr voneinander abrücken. Er selbst schöpfte mit einem speziell dafür angefertigten Gefäß mit einem langen kupfernen Ausguss das siedende Pech und goss es derart tadellos zwischen die Steine, dass sich eine gerade Pechlinie – wie mit dem Lineal gezogen – zeigte, ohne Tropfen oder Unterbrechungen. Auch sprach er über jedes einzelne Gewerk mit Worten, die wie aus einem

Buche klangen, veranschaulichte ihr, wie schwer es war, diese Fertigkeiten zu erlernen, und was für ein Schatz erfahrene Handwerksmeister waren. Hin und wieder rief er einen der sonnenverbrannten Arbeiter beim Namen und fragte ihn nach Frau und Kindern, dieser aber, glücklich, stotterte mit tief geneigtem Kopfe.

Makeda war verwundert, als lebte sie in einem Traum. Schließlich traute sie sich aber und fragte ihren Herrn, wie es kam, dass er alles weiß, nicht nur das, was man in den Büchern lernen kann, sondern eben auch alle Lehren des Lebens, die besonderen Eigenheiten jedes Berufes sowie die Gewohnheiten ferner Völker, die unterschiedlichen Sorten von Bäumen und die Tierarten in den Wäldern, die Fische in den Gewässern und die Bahn der Sterne am Nachthimmel. Salomon aber lächelte gutmütig und sagte schlicht, als spreche er zu einem Kind: »Ich weiß nichts und bin nichts, Königin. Ich bin Staub wie alle Sterblichen, und meine Wissenschaft ist in den Augen Gottes ohne jede Bedeutung. Alle Erkenntnis ist Seine, denn Er hat die Himmel und die Erde geschaffen, Er hat nach seinem Angesichte Adam aus Lehm geformt und ihm den heiligen Geist in die Nasenlöcher gepustet, während wir es nicht einmal verstehen, einen Haarfaden auf dem Kopf eines Menschen zu machen. Obwohl ich Kaiser bin, unterscheide ich mich in nichts von dem Bettler am Tor der Fische und dem Leprakranken am Wasser des Schiloe, der sich badet, um sich zu reinigen, und anschließend den Priestern das bringt, was ihnen gebührt. Auch sie und auch ich werden nach einem wie blinden Leben den Tod erfahren, ohne den Willen Dessen zu kennen, der über den Wolken fliegt und Dessen Wege verborgen sind. Als ich jung war, wusste ich nicht aus noch ein, und deshalb habe ich den Schöpfer des Universums und der Engel, der sich mir im Traum gezeigt hat, gebeten, mir Weisheit zu verleihen. Jetzt schreite ich mit Leichtigkeit voran, nach links und nach rechts, und weiß, wie man Reiche regiert. Aber ich weiß auch, dass Weisheit für den Menschen bedeutet, Angst und Erschütterung vor Adonai, dem einzigen Gott, zu empfinden und ihm aus ganzer Seele zu dienen, mit aller Kraft und aller Liebe. Der Rest ist Hässlichkeit und leerer Wahn, der nicht den Namen Wissenschaft verdient.«

Sie blieben im Vorhof des Tempels vor dem Eingang stehen, wo die Säulen des Jachim und Boas errichtet werden sollten. Was hätte der Kaiser nicht alles geboten, hätte er der Königin das Innere des Tempels zeigen können, mit dem Allerheiligsten, wo die Türrahmen und Pfeiler aus Pinienholz schon eingebaut und der gesamte Saal mit Zedernholz getäfelt war, worein Phönixe und Cherubim geschnitzt waren! Wenn es nach ihm gegangen wäre, so hätte er sie selbst ins Allerheiligste geführt, den mit reinstem Gold überzogenen Kubus von zwanzig Klaftern Seitenlänge, worein, unter den zwei immensen goldenen Cherubim, deren Flügel sich in der Mitte berührten, die Bundeslade gestellt werden sollte. Aber selbstverständlich kann auf dieser Welt selbst der Kaiser nicht alles tun, was er will, sondern allein das, was im Willen Dessen über ihm liegt, und eine Frau, und dazu noch eine Fremde, in den Tempel zu führen, war Blasphemie. Sodass Salomon wie ein gewissenhafter Reiseführer vor den schweren Toren innehielt und Makeda einiges aus der Geschichte des einzigen Volkes erzählte, das sich vor dem verneigte, was es kannte, während alle anderen vor dem in die Knie gingen, das sie nicht kannten.

Der Gott Israels hatte sich irgendwann einmal Moses in Gestalt einer feurigen Flamme aus dem Busch gezeigt und ihn aufgefordert, das Volk Israel, das bis dahin in Ägypten in Sklaverei gelebt hatte, in die Wüste zu führen, wo es vierzig Jahre lang ausgeharrt hat und Zeuge der Wunder und Macht des Unbegrenzten wurde. Das auserwählte Volk überquerte das Meer wie auf dem Trockenen, es zog bei Tage unter der Wolke einher und zur Nacht unter einer Feuersäule, es lehnte sich auf und murrte, erwies sich als ein stures und dickschädliges Volk, das nicht auf den Herrn hörte.

Deshalb verblieben die toten Körper der Söhne Israels in der Wüste, und selbst Moses konnte bloß vom Berg Nebo herab das Gelobte Land sehen, in dem Milch und Honig flossen, aber es wurde ihm nicht erlaubt, das Land auch zu betreten. Dort in der Wüste haben sie die Gebote empfangen, die Gott mit Seinem Finger auf die Steintafeln geschrieben hatte, haben sich mit Manna ernährt und aus geschickt hergestellten Teppichen das Zelt der Begegnung errichtet, worin sich die von Bezaleel, dem Sohn

Uris, Sohn von Hur, und Oholiba angefertigte Lade aus Akazienholz mit dem Zeugnis darin befand.

Dann haben die Richter und Propheten die zwölf Stämme zur Eroberung des Landes aus den Händen der dem Untergang geweihten Völker geführt, und unter den Söhnen Israels erhoben sich Krieger wie Josua, Gideon und Simson, die gegen die sieben verworfenen Völker und die wie Sand am Meer zahlreichen Philister gekämpft haben. Schließlich verlangte das ungehorsame Volk auch einen König oder Kaiser wie bei den anderen Völkern, womit es den Himmelskönig, seinen wahren Herrscher, missachtete und erzürnte. Sein erster König war Saul, der alle von der Schulter aufwärts überragte, sich aber seiner Salbung unwürdig erwies. Und Gott bedauerte, ihn ausgewählt zu haben, und salbte an seiner statt David, den Vater Salomons, der den riesigen Philister Goliath mit einem runden, aus einer Handschleuder ihm in den Schädel geschossenen Stein getötet hatte. Und David fand Gottes Wohlgefallen, und er kämpfte wieder an der Seite Seines Volkes, wie er es auch bei Josua getan hatte. Aber in seinen Tagen zerfiel das Gelobte Land in zwei Reiche, jenes Israels und jenes des Juda, was nicht Menschenwerk war, sondern vom Herrn herrührte. David hat vierzig Jahre lang in Juda als König regiert: sieben Jahre in Hebron und dreiunddreißig in Jerusalem, dann aber reihte er sich ein in die Gruppe seiner Vorfahren und an seiner Stelle herrschte Salomon, der nun der Königin von alledem erzählte.

So sie nun sich von Angesicht zu Angesicht gegenüberstanden, berührten sich ihre Bekleidungen beinahe. Die Luft zwischen ihnen knisterte wie vor einem Gewitter, als baute sich allmählich die Macht eines zernichtenden Blitzes auf. An diesem vollkommenen Mittag waren sie schattenlos, nur sie selbst und der Tempel in einer anders verödeten Welt. Lange schwiegen sie, betrachteten sich. Dann wagte Makeda es, ihren Herrn zu fragen, ob die heilige Bundeslade selber Israels Gott sei. Denn die Götter, zu denen sie selbst wie alle anderen Menschen in Saba beteten, waren die beiden uralten Holzidole, die nicht bloß die Verkörperungen von Göttern waren, sondern die Götter selbst in ihren tatsächlichen Körpern, die man berühren konnte, und woran man alle Höhlungen und Risse im schon fauligen Holz spüren konnte. Sie waren geschwärzt, von Regen und Wind zerklüftet, ihre Gesichter waren faltig wie uralte Schildkröten. T'enikara mit einem Gemächt, das ihm bis zu den Knien reichte, und Fireyama mit drei bis über den Bauchnabel hinab hängenden Zitzen und einer mit rötlichem Lehm beschmierten Weibsspalte. Aber sie hatten die Himmel und die Erde geschaffen, gebaren und töteten die Erdenmenschen, und konnten nur mittels Opfergaben wohlwollend gestimmt werden: morgens Früchte und Blumen, gebratenes Fleisch vom Zicklein am Abend und einmal im Jahr durch Tänze, Lieder und Menschenblut.

»Nein«, antwortete ihr der Kaiser lächelnd und völlig betäubt vom Duft ihres Körpers, der durch den safrangelben Umhang Makedas drang und beide in einen öligen Kokon der Verführung hüllte. Er musste sich an die Augen des Mädchens klammern, um klar zu bleiben, denn ihre ernsten, leuchtenden Augen, die ihm ihre Klugheit und Verstandeskraft enthüllten, waren sie selbst, Makeda, und nicht ihr begehrender und bis zur Selbstvergessenheit begehrter Körper. »Die Bundeslade ist nicht Adonai, Königin, aber sie ist der heiligste Gegenstand auf der Welt, denn darin befindet sich der Name dessen, der auf den Cherubim fliegt. Von ihrem Deckel, zwischen den beiden in Gold getriebenen Cherubim, spricht der Herr mit Seiner eigenen Stimme, wie Er zu Moses am Eingang zum Zelt der Begegnung gesprochen hat. Aber der Herr wohnt nicht in von menschlichen Händen errichteten Häusern. Der Himmel ist Seine Wohnstatt, und die Erde – das Laken zu seinen Füßen. Er ist unsichtbar und ragt weit hinaus über die Fähigkeit des Menschen, Sein Wesen und Seine Wege zu erkennen. Er ist ewig, immerzu Derselbe, und es gibt nichts, was Er nicht vermöchte. Es gibt weder im Himmel noch auf der Erde oder unter den Wassern der Meere einen anderen Gott außer Ihm. Alle Völker haben ihre Götter aus Holz oder Stein, Baale oder Astarten, aber dies sind keine wahren Götter, denn sie sind erstarrt und nicht in der Lage, die geringste Tat zu vollbringen. Der Schreiner wählt einen Baumstamm aus und zerschneidet ihn in drei Teile: Aus dem einen Teil macht er Späne für das Feuer, aus dem nächsten Teil fertigt er Schalen und Zuber an, um Wasser vom Fluss herbeizutragen, und aus dem, was übrig geblieben ist, meißelt er ein Idol und betet zu ihm. Ich weiß, dass du von klein auf daran gewöhnt bist, Idole anzubeten, du liebst und verehrst sie über alles, und dies will ich dir nicht wegnehmen, allerliebste Makeda. Aber dies ist die Wahrheit, die ich von den Ahnen meines Volkes empfangen habe, in dessen Mitte der Herr sich gezeigt und Wunder vollbracht hat, wie menschliche Augen sie noch niemals gesehen und von denen menschliche Ohren noch nie gehört hatten. Jede Verneigung vor einem anderen Gott mit menschlicher Gestalt oder tierischer, oder in der Gestalt eines Vogels oder Fisches, oder vor den himmlischen Heerscharen: Sonne, Mond und Sterne, ist dem Herrn gegenüber gemein, und die solches getan haben, wurden aus Seinem Volke verstoßen.«

Und mit einem Mal ergoss Salomon sich anscheinend über sie wie eine große Meereswoge, die sich über das Menschliche in ihnen erhob.

»Wenn du aus vollster Seele wünschen solltest, an Adonai zu glauben, den einzigen Gott in den Himmeln und auf Erden, so werde ich dich zu Ihm hin geleiten, du wirst gesegnet werden, und dein Reich wird niemals eines Königs aus deinem Bein und Blute entbehren müssen, Negest Makeda, Königin!«

Zwischen ihnen brannte die Luft, aber die Flamme wechselte vom reinen Rot der Liebe und des Begehrens ins verzehrende Azur einer noch höheren Bindung. Geschmolzenes Türkis brodelte zwischen ihnen wie ein doppeltes Siegel, wie die Matrix zweier Seelen und zweier Körper, die sie im Himmel ebenso wie auf Erden vereinte.

»Ich möchte ein Zeichen sehen«, flüsterte nach langem Schweigen die Königin von Saba, und vor der Kühnheit ihres Wunsches erbebte ihr Herz, aber sie sprach ihn so leise aus und mit einer derart liebreizenden, äthiopischen Melodie in der Stimme, dass Salomon sich zu ihr hinabbeugen und sie bitten musste, das Gesagte zu wiederholen. »Ich möchte ein Zeichen sehen«, sagte sie nun etwas lauter, aber mit brechender Stimme, denn sie wusste nur zu gut, dass dies die letzten je vor dem Kaiser geäußerten Worte sein konnten und sie nun umstandslos und für alle Zeiten vor dem Angesicht des Kaisers verjagt werden konnte. Denn hier war nicht mehr die Rede davon, dass man dem Kaiser im Thronsaal beim ersten Auftritt schon ins Gesicht schaute, sondern von der Versuchung des Gottes selbst.

Salomon tat einen Schritt zurück, und das Lächeln um seine Lippen erlosch. »Makeda, du verdienst deinen Namen«, sagte er sich und versank in Schweigen. Was für eine unbesonnene und wunderbare Frau, konnte er sich nicht zu denken hindern, dabei wusste er sehr wohl, warum die Äthiopierin dieses unerhörte Ansinnen an ihn gestellt hatte. Darin steckte die ganze Qual ihrer Trennung von den alten Idolen, dem alten Glauben, der ganzen Liebe für T'enikara und Fireyama, die sie von frühesten Kindesbeinen an schon behütet hatten wie ihre wirklichen Eltern. Es war unendlich schwer, jetzt deine Götter wie hilflose Holzstücke anzusehen und zu wissen, dass du, seit es dich gibt, deine Beziehung zum Himmel auf irgendwie grundlose und sinnlose Weise verschwendet hast. Makeda musste die Wahrheit erfahren, und zwar vollkommen beglaubigt, Salomons Worte allein, sosehr sie den Kaiser Judas schätzte, reichten ihr nicht.

Gott Savaoth hörte ihr in diesem Moment vom Himmel her zu, denn Seine Augen und Ohren befanden sich vor dem Tempel, schließlich hatte Er die Königin von Saba schon vor der Erschaffung der Welt zur Beförderung Seiner eigenen, so glänzenden wie unverständlichen Pläne beiseitegestellt. Denn sie musste die Mutter einer langen Reihe von Königen werden, die über das heilige Land Äthiopien herrschen würden, wo der heilige Schrein für unzählige Jahrhunderte seine Heimstatt finden sollte. Sodass Er beschloss, ihr das gewünschte Zeichen sogleich zukommen zu lassen, damit sie in ihr Land zurückkehren könne, beschwert nicht allein mit einem Kinde, sondern auch mit dem wahren Glauben, der dem Feigenbaum befehlen kann, sich aus seinen Wurzeln zu reißen und ins Meer zu verpflanzen. In einem Wimpernschlag war der Tempel vor ihren Augen durchscheinend geworden, ein diamantener Felsen mit funkelnden Kanten, die in der hellen Mittagssonne glühten und ihnen die Sicht verschlugen. Durch seine blendenden Kristallwände konnte man nun die Räume darin erkennen und im Allerheiligsten die beiden riesigen, mit dem Hammer in reines Gold gehauenen Cherubim, deren einer Flügel jeweils die Wand berührte, während die beiden anderen Flügel sich hoch in der Mitte des Raumes trafen. Dort aber, wo sich die Flügelspitzen trafen, erschien plötzlich in all ihrer verwunderlichen Herrlichkeit eine purpurne Blume mit feurigen Blütenblättern, die noch heftiger glühte als der Tempel.

Bei dieser himmlischen Erscheinung sank Makeda zu Boden und erwartete, zur Strafe für ihre Verwegenheit in Staub verwandelt zu werden. Als sie allmählich wieder zu Sinnen kam, war König Salomon bei ihr und erhob sie neuerlich ganz sanftmütig an den Schultern, es war wie am ersten Tag ihrer Begegnung. Sie standen sich nun wieder von Angesicht zu Angesicht gegenüber, waren gleich groß, in ihrem Rücken der Tempel aus Steinen und Zedernholz, Wolken am Himmel, die wie phönizische Schiffe dahinglitten, doch zwischen ihnen glühte nun die Feuerblume, eine Lilie mit scharlachroten vollkommen offenen und nach außen gewölbten Kelchblättern, in deren Innerem die Goldtropfen zu sehen waren. Der König hielt die königliche Lilie in seiner mit Ringen bestückten Rechten, und der Duft der Blume lag in der Luft zwischen ihnen beiden, vereinigte sie in einer mystischen Umarmung. Er reichte sie dem schwarzen und schönen Mädchen, das den Stiel mit den Fingern umfasste und wusste, dass es aus den Händen Jehovas und Salomons, die sie auf seltsame Weise zu einem und demselben Wesen verschmolzen sah, von nun an für sie keine Rettung mehr gab.

»Von diesem Augenblick an werde ich nicht mehr die Sonne preisen«, sprach sie, und diese Worte sollten für alle Zeiten in dem heiligen Buche *Kebra Nagast* festgehalten werden, »sondern den Schöpfer der Sonne, den Gott Israels. Und die Bundeslade des Gottes Israels wird mein Herr sein und der meiner Nachkommen.« Beladen mit Furcht und Glück kehrten sie zurück zu ihrem Gefolge, das jenseits der Tore und Mauern verblieben war. Auf sie warteten noch drei Monate mit Spaziergängen durch die Gärten der Stadt, langes Verharren über uralten Schriftrollen sowie Mahle, bei denen sie Seite an Seite bei der Musik von Harfen und Zimbeln und dem Kreisen und Wirbeln der Tänzerinnen mit nacktem Busen und bei den Sprüngen der Athleten und dem Lachen der Würdenträger saßen, aber vor allem warteten das In-die-Augen-Schauen auf sie, endloses Sichmit-den-Augen-Aufsaugen, die Qual, sich nicht berühren zu können, die Sehnsucht aufeinander, die unverlöschlich und wie ein süßes Leiden zwischen ihnen brannte und von Tag zu Tag heftiger und unerträglicher wurde.

Nach diesen drei Monaten, an die sie sich ihr Lebtag erinnern sollte, würde die Königin nach Hause unter ihre blühenden afrikanischen Himmel zurückkehren.

»Ich wünsche mir sehr, noch lange bei dir zu bleiben«, sollte sie Salomon ausrichten lassen, als nichts in seinem Reiche, von den Rätseln des jüdischen Glaubens und von den wunderbaren Fähigkeiten des Königs als Herrscher und Gelehrter ihr mehr verborgen geblieben war, »nun aber wünsche ich, meinem Volke zuliebe, zurückzukehren in mein Land. Und Gott möge all dies, das ich hier gehört habe, in meinem Herzen Wurzeln schlagen lassen, ebenso in den Herzen derer, die es mit mir vernommen haben, und die Augen mögen sich an dieser Erscheinung erfreuen.«

Und im heiligen Buche *Kebra Nagast* wurde das Zeugnis dieser Worte für immer bewahrt.

17

Es waren die Zeiten der Pest, unter den Christen herrschte großer Zwist, Zeiten der Tränen und der Hoffnungslosigkeit. Schwarze Engel standen am Horizont, und schaute man zu ihnen hin, konnte man erkennen, dass die Federn ihrer Flügel wie Schwerter aussahen, die wütend klirrten.

Zuerst war ein alter Deckenmacher auf einem von etlichen großen Kähnen angekommen, die Hafer vom anderen Donauufer, von Tutrakan nach Oltenița herüberbrachten, man nannte ihn den alten Gânju Hagiul, denn seine Jugendjahre hatten ihn bis ans Heilige Grab nach Jerusalem geführt. Auch in jenem blutigen Jahr 1832 hatte er es im Spätherbst probiert, aufzubrechen auf die Pilgerreise, hatte seine Scheren und die ellenlangen Nadeln zum Deckennähen zu Hause gelassen, aber das wüste Durcheinander bei den Türken zwang ihn zur Umkehr, denn im Sommer hatte Hellas sich aus den Klauen der Ungläubigen befreit, und die Grenzlinie Arta–Volos war von den europäischen Mächten anerkannt worden. Aufgebracht ob solcher Eigenmächtigkeit, wofür sie dies hielten, versuchten die Türken, alle christlichen Reisenden, derer sie in ihrem Lande habhaft werden konnten, zu fangen und zu massakrieren, vor allem die Pilger, die einander wie die Ameisen auf ihrem Weg ins Heilige Land folgten, von wo sie dann mit Karaffen voller Weihwasser, mit Kreuzen und Heiligenbildchen heimkehrten, um sie zu Hause für gutes Geld zu verkaufen.

Der Deckennäher Gânju war in jenem denkwürdigen Jahr nicht über Tzarigrad hinausgekommen, wo er in Erwartung eines Schiffes nach Lesbos einen Aufenthalt von zwei Nächten eingelegt hatte. In der Karawanserei übernachteten etwa zehn Pilger mit ein paar türkischen Handelsleuten, als unter ihnen die Krankheit ausbrach. Um Mitternacht begann einer der Türken zu stöhnen und zu wehklagen, und als sie ihm Wasser gaben und ihm das Hemd auszogen, sahen sie sogleich die pflaumengroßen Beulen in den Achselhöhlen. Die nicht besoffen waren oder in tiefen Schlaf versunken, stoben sogleich wie die Rebhühner auseinander, nicht nur aus Entsetzen über die Krankheit, sondern vor allem, weil es ihnen vor der Herrschaft graute, denn hätten die Türken erfahren, dass die Pest in Tzarigrad angekommen war, hätten sie die Tür zugenagelt, und es wäre niemand mehr lebendig hinausgelangt. Von Verzweiflung und Todesangst gepackt, aßen sich die Reisenden dort unter den Pestkranken gegenseitig auf, bis sie ihre Seele aushauchten und niemand mehr etwas über ihren Verbleib zu hören bekam.

Hagiul hatte sich durch das türkische Bulgarien zurückgeschleppt und immerzu gehofft, die Krankheit nicht zu bekommen, bis er an der Donau angelangt war. Und von Oltenița brachte ihn ein Ochsenkarren bis zum Schlagbaum von Cărămidari östlich von Bukarest, wo er zu nächtlicher Stunde ankam. Am nächsten Tag befand er sich im weiten Hof der Sărindari-Kirche umgeben von Mönchen und Laien, die gekommen waren, seinen Geschichten über die Fremdlande zu lauschen. Und inmitten einer seiner Geschichten streckte ihn die Pest nieder, indem sie ihm die Stimme raubte und sein Gesicht auszehrte und entstellte. In zwei Stunden war er schwarz wie Holzkohle, und die Beulen glühten in seinen Achselhöhlen, dazu erbrach er Galle und Blut. Und aus diesem ersten Samenkorn verbreitete sich die Pest wie Flammen an einem windigen Tag und hatte Bukarest im Nu erfasst. Den ganzen Winter hindurch sollte sie wüten, und das Frühjahr 1833 noch gewaltiger als die berühmte Pest des Vodă Caragea, die kaum zwei Jahrzehnte davor bis zu dreihundert Menschen pro Tag umgebracht hatte.

Die Beulen waren ein unfehlbares Zeichen, und der qualvolle Tod dessen, bei dem sie anschwollen, war beschlossen. Wo sich in einem Haus die Pest zeigte, ergriffen alle die Flucht, die Frau ließ den Mann im Stich und die Mutter die Kinder, der Mann die Eltern, man machte sich auf über die Dörfer und in die Wälder, aber auch dort holte die Krankheit sie ein. Allein die Nonnen zogen von Tür zu Tür und versuchten, den Geplagten Trost und Erleichterung zu verschaffen. Sie entkleideten die Leidenden, untersuchten sie und sahen verängstigt und sich bekreuzigend, wie die Beulen in den Achselhöhlen und an den schambelegten Stellen wie Knospen aufquollen, anfangs klebrig, bis sie fest wie ein Ei wurden, dann platzten sie auf, und eine Art Wespen kroch daraus hervor, groß wie die Spatzen, die dann davonflogen, überallhin. Bald war der Himmel über der Stadt voll von diesen Wespen, und wen sie stachen mit ihrem vergifteten Stachel, der bekam die Pest.

Nach den Nonnen kamen die Leichenträger mit ihren hölzernen Karren, die schwarz waren wie Pech und verziert mit Blumengeranke, mit Pferden, die Haubenmasken trugen und auf dem Kopf Straußenfedern, hellblau und scharlachrot eingefärbt. Die Leichenträger waren ehemalige Pestkranke aus der Zeit von Caragea, an die sich die Krankheit nicht mehr heftete, sodass sie sich den übelsten Gesetzlosigkeiten hingaben, schlimmer als eine Horde Teufel, denn sie plünderten die Häuser und vergewaltigten selbst die pestkranken Frauen voller Beulen vor den Augen ihrer hilflosen Männer, ohne Ekel oder auch nur das geringste Schamgefühl. Sie gingen an keinem Hof vorbei, ohne ein paar Fetzen aus einem pestbefallenen Haus über den Zaun zu werfen, um die Krankheit zu verbreiten. In die Brunnen warfen sie an der Pest gestorbene Kleinkinder. Hemmungslos vergnügten sie sich in Kaschemmen mit Fickmadams, die sich dann splitternackt unter die Gäste an den Tischen mengten. Sie stahlen alles, was sie in den verlassenen Häusern packen konnten, und wenn mal ein unglückseliger Kranker sie daran zu hindern versuchte, schnitten sie ihm mit dem Dolch die Kehle durch. Und die Toten luden sie bis zu zwanzig Mann auf ihre Karren, fuhren mit ihnen davon und warfen sie auf die erstbeste gefrorene Brache. Unter denen, die da mit den Karren davongefahren wurden, befanden sich auch solche, die noch nicht gestorben waren, und die erst die Kälte in einer Weise überwältigen konnte, wie es das Siechtum nicht vermocht hatte. Um die Weihnachtszeit, da alle Christenheit sich freut über die Geburt in der Krippe, erhoben sich diesmal fast aus jedem Haus Klagen und Weinen, die Kirchen waren verriegelt und das große Fest vergessen. Alle hatten sich in alle nur erdenklichen abgelegenen Verlassenheiten geflüchtet, und in der hundsgemeinen Stadt mit Herrschaftssitz namens Bukarest gab es nur noch Pestkranke und Leichenträger, ineinander verkeilt und verbissen auf Leben und Tod.

An die Spitze der Leichenträger hatte sich der Halsabschneider Nae Pasvantoglu gesetzt, der in den Vorstädten bekannt war wie ein scheckiges Pferd, denn es gab keine Gemeinheit, in die er nicht verwickelt gewesen wäre: Geldverleiher, Trickser mit den Buben und Königen beim Pharo-Spiel, gedungener Zeuge vor Gericht, Prügelknecht der Obrigkeit, und oftmals ließ er auch Hochzeiten platzen, indem er sich mit der Braut davonmachte. Er versammelte die Leichenträger eines Tages in Rotten um sich, denn in Bukarest gab es über zweihundert Karren, und wies je zehn Gespannen eine Vorstadt zu, nachdem sie geschworen hatten, deren Grenzen nicht zu überschreiten. Selbstverständlich entbrannten Streitigkeiten zwischen ihnen und Kämpfe, schließlich waren sie bald alle aufgebracht über Pasvantoglu, der sie allesamt unterworfen und sich zum Kaiser der Leichenträger ernannt hatte, ebenso wie die fahrenden Zigeuner in der Walachei, die ihren eigenen Kaiser hatten, der den goldenen Becher von alters her stets bei sich hatte. Seine rechte Hand war Veliko Ştirbul, der Zahnlückige also, ein ehemaliger Sträfling aus dem Salzbergwerk, und seine linke war, wenn man so sagen kann, seine Geliebte, ein Weibsbild, schön wie eine Ikone, Gherghina genannt, die von vornehmem Geschlechte abzustammen behauptete, was allerdings nichts als eine Täuschung war. Denn als Vodă Caragea eines Tages durch die Aga-Niţă-Vorstadt kam, sah er ihre Mutter, an der er so viel Gefallen fand, dass er ihr schließlich einen dicken Bauch machte, und so war sie, angeblich, zur Welt gekommen. Tatsächlich aber war sie die Tochter von Radu, dem Zigeuner, Aufseher über die Diener bei Hofe, und einer Spülköchin, wie man unschwer an ihren Zügen erkennen konnte: teuflisch schwarze Augen, weite Nüstern und ein liebfertiger Mund.

An einem Sonntag wollte Nae seine gesamte Streitmacht vom oberen Geschoss eines verlassenen Gutshauses her betrachten, also ließ er sämtliche Leichenträger mit ihren Karren auf einem von Rauhreif überzogenen Feld am Ostrand von Bukarest antreten. Die zweihundert Leichenwagen standen schnurgerade aufgereiht, zur Schlacht bereit, und an ihrer Seite schwenkten die Totengräber ihre Schippen und Schaufeln, krumme Unmenschen, voller Gebrechen und Leichengeruch verbreitend, als wären sie selbst eben erst aus den Gräbern gekrochen, die sie in den gefrorenen Boden gruben, solcherart die Heerschar um weitere dreihundert Mann mehrend. Zufrieden mit dem, was er da sah, dachte Pasvantoglu der Erste, Kaiser der Leichenträger, die Stadt befinde sich nun in seinen Händen. Jenseits des Gutshauses und der verlotterten Heerschar lag die randlose Ebene unter neblig verhangenen Himmeln.

Auf der anderen Seite, im Lager der Pestkranken, die all die Gesetzlosigkeiten und Pflichtverletzungen der Leichenträger und Totengräber nicht mehr zu dulden bereit waren, hatte sich ein wackerer Mann erhoben, selber auch von der Krankheit befallen, aber noch auf den Beinen, Chir Mărgărit, ehemaliger Soldat bei den Österreichern. Er hatte die Kranken der Stadt mit einem solchen Pathos beseelt, als er auf einem Tisch aus Tannenholz an der Kreuzung der Beilicului mit der Şerban-Vodă stand und zu ihnen sprach, dass alle mit den Kräften, über die sie eben noch verfügten, wie mit einer Stimme riefen, sie könnten nur vereint siegen. So sie sich nun gegenseitig Mut zusprachen und dem Beispiel des großen Mărgărit folgten, den die Menge sich per Akklamation zum König ernannt hatte, griffen sie sich die Sicheln, Heugabeln, schweren Hämmer der Hufschmiede und Knüppel, versammelten sich in Schlachtordnung und marschierten solcherart beängstigend durch die verödeten Straßen. Viele brachen an den Wegrändern, von der Krankheit gezeichnet, zusammen, aber die anderen gingen ostwärts weiter, brannten darauf, entweder den Tod oder die Freiheit zu erlangen. Einen Mittelweg gab es nicht mehr. Wie sie so über den Mogoşoaiei-Damm, durch die Lipscani und Sărindari zogen, schlossen sich ihnen weitere Leidensgenossen an, die ebenfalls die Übergriffe des Pasvantoglu nicht mehr hinnehmen wollten: Lepröse, Bettler, Bucklige, Hinkende und Armlose, die Armen im Geiste, die Besessenen, die Saufbrüder aus den Straßengräben und die Metzen von der Lipscani-Straße, allesamt bewaffnet, auch wenn es mitunter nur ein entfleischtes Kuhbein war oder ein Knüttel, der aus einem Zaun herausgebrochen war, allesamt waren sie zerlumpt und voller Wanzen, aber mit noblen Seelen, die nach Freiheit dürsteten. Eine aufgebrachte Wolke schwarzer Wespen kreiste über den Köpfen der wütenden Streitmacht. In allen vier Himmelsrichtungen wachten unerbittlich und mit ausgestreckten Flügeln die Engel des Zerfalls.

Bald standen sich die beiden Lager gegenüber, denn die Pestkranken hatten den Ort, an dem sich ihre Gegner befanden, anhand der Krähen herausgefunden, die über den nach Erbrochenem, Schnaps und Blut stinkenden Karren kreisten. Die Schlacht auf dem Brachfeld des Schranks, wie der Ort von da an heißen sollte, ausgetragen am Mittwoch, dem neunten Tag des Hartmonats im Jahre 1833, sollte ins eherne Buch der Erinnerung eingetragen und stets bedacht werden, denn bei jenem Kampf Mann gegen Mann erfuhren die unglückseligen Bewohner des Marktfleckens Bukarest, geknechtet und entrechtet von den Totengräbern, ihre Erlösung. Zwischen den beiden Heerlagern erstreckte sich nur noch das gefrorene Feld unter einem stählernen Himmel voll der kreisenden Krähen, eine Brache übersät mit violetten und stocksteif gefrorenen Leichnamen der Kranken, die man in den letzten Wochen bei dieser Weltuntergangskälte hatte sterben lassen. Vom Laubengang am zweiten Geschoss des Gutshauses aus sah der Kaiser der Leichenträger, eine Krone aus Hundezähnen auf dem Haupt, mit Verwunderung, wie sich die Scharen der Unglückseligen, der Aussatz der Siechenhäuser und der Narrenklöster Balamuci und Mărcuța, wo man die Geisteskranken an den Zaun band, sowie die Huren und Bettler der Rotte der Pestkranken anschlossen, und damit begann sich sein arroganter Stolz abzumildern, aber er vertraute seiner Leichenkarren-Division, die er für unbesiegbar hielt. Durch seine Leutnante erteilte er den Befehl, seine Streitmacht solle reglos ausharren und den Ansturm der Widersacher abwarten.

Die Pestkranken aber entrollten ihre schwarzen, reichlich mit Blut bespritzten Fahnen und bemühten sich, wissend, dass sie ohnehin dem Untergang geweiht waren, Heldennamen auf der Welt zu hinterlassen. Als sie die Monster der schwarzen Leichenwagen durch die wie gläserne Luft erblickten, warteten sie keinen Befehl mehr ab und warfen sich mit ihren letzten Kräften sowie im Vertrauen auf den heiligen Haralambie, der erwiesenermaßen die Pest besiegt hatte, zum Sturmangriff voran, sie schwangen ihre Knüppel und Eselskiefer, die Sensen und Heugabeln, die im eisigen Wind aufheulten. Die großen Doktoren und hochwürdigen Popen standen an den Rändern und warteten ab, wer siegen würde, um sich diesen anzuschließen.

Die Streitmächte hieben mit Armageddon-Geheul aufeinander ein, und das Gemetzel begann mitleidlos und ohne Kriegsgefangene. Etwas erhoben auf den Kutschböcken der Karren schossen die Kutscher mit den Flinten und Pistolen, die sie von ihrem Kaiser bekommen hatten, blind in die Menge, und die maskierten Pferde schüttelten die Federbüsche auf ihren Stirnen und bissen mit den Zähnen in die entfesselte Horde. Die Totengräber und die Bettler, seit langem schon zerstrittene Zünfte, zerschmetterten sich nun gegenseitig die Knochen, rammten das Eisen der Schaufeln in Schädel und stachen mit gespreizten Fingern Augen aus. Von den Totengräbern zeichnete sich Spargel der Irre aus, der, mit seiner Statur von über einem Klafter und Armen, die dick mit Muskeln bepackt waren und von blauen Venen durchzogen wurden, die Schaufel rings um sich kreisen ließ und jedes Mal, wenn er einen Pestkranken in den Höllenschlund beförderte, mit dem Blick stolz nach Pasvantoglu Ausschau hielt. Gherghina, ebenfalls auf dieser Seite, schritt mit hochgehobenen Röcken voran und zeigte jedem ihre vom Frost gerötete Scham, bei deren Anblick die Pestkranken verblüfft innehielten und wehrlos den über sie herabregnenden Hieben zum Opfer fielen. Ein Kutscher namens Iepure saß auf dem feurigsten, von Schabracken beschwerten Pferd, trieb es gegen die Aufrührer und machte sie nieder. Die einen packte er an den Haaren und hieb ihnen mit dem Kampfdolch die Köpfe ab, wie man es mit den Hühnern tut, die anderen traktierte er mit einem mächtigen Knüppel, wie es sich eben am besten fügte. Heilloses Durcheinander, Schreie und Wehklagen erfüllten nun das Brachfeld, wo sich neue Leichen zu den längst verschneiten und gefrorenen gesellten. Die schwarzen Wespen bissen und stachen alle auf dem Schlachtfeld, ohne zwischen den Lagern zu unterscheiden.

König Mărgărit auf der Seite der Pestkranken, der gut und gerne vierzehn Jahre bei den Habsburgern gedient hatte, ein alter Soldat mit strategischem Wissen, hatte sich dort, wo die Schlacht am heftigsten tobte, ins Getümmel gestürzt; seine Leute erkannten ihn an dem großen, mit kostbaren Steinen bestückten Kreuz, das er sich im Kloster Plumbuita ausgeliehen hatte und geschickt handhabte, er zerschmetterte damit den Leichenträgern die Stirn und stürzte sie von den Kutschböcken. Ein Hieb im Namen des Vaters mit dem exzellenten kirchlichen Werkzeug bedeutete den sofortigen Tod. Ihm zur Seite standen Vasile, Sattlermeister, und Caraion aus Makedonien, und die drei Männer, wiewohl ihre Beulen in den Achselhöhlen schon die Größe von Truthahneiern hatten, legten eine Furchtlosigkeit an den Tag, zu der nur wenige Gesunde in der Lage gewesen wären. Gleichzeitig brüllte der König der Pestkranken Befehle in seine Linien, die sich an den Flanken und in der Mitte ebenso aufstellten wie seinerzeit die Truppen des Franzosen Napulion. Deshalb sah es für eine Weile so aus, als neigte sich das Geschick der Schlacht auf die Seite der Pestkranken, die tapferer und mit größerem Eifer bei der Sache waren.

Die Leichenwagen aber waren, wie die Streitwagen des Altertums oder die großen Schiffe von einst mit fünf Reihen von Ruderern, bewegliche Festungen, die man nur schwerlich umzustürzen vermochte. Auf ein Zeichen von Pasvantoglu dem Ersten versammelten sie sich in einem Kreis und boten den Totengräbern im Inneren Deckung und Schutz, was man durch die Glasfenster und die Kränze aus welken Papierblumen einigermaßen gut erkennen konnte. Von dort aus feuerten sie mit ihren Flinten in die schutzlose Schar der Kranken, was viele in die tiefste Hoffnungslosigkeit stürzte. Wie die Menge der mohammedanischen Ungläubigen in Mekka umrundeten nun die Pestkranken immer wieder den Kreis der Leichenwagen auf der Suche nach einer Lücke dazwischen, durch die sie hätten eindringen können.

Unter den Pestkranken hast auch du dich befunden, den unsere Geschichte in Câmpina zurückgelassen hat, wo du schmachtend zu den Fenstern der jungen Herrin Stamatina hinaufgeschaut hast. Seitdem waren Wochen und Monate vergangen, und du warst ein Bursche von fünfzehn Jahren geworden, hattest breite Schultern und kanntest nun die Süße der Lippen und die Härte der Titten und die klebrige Feuchtigkeit zwischen den Schenkeln der Weiber, die stets den Geruch von Teichfischen hatte. Dies hattest du nicht in den jungfräulichen Armen Stamatinas erfahren, denn an sie dachtest du keusch wie an eine auf ewig verlorene Waldfee, sondern dort, wo es sich eben ergab, bei den Dienerinnen im Gutshaus auf der Beilicului, mit den Köchinnen und Blumenhändlerinnen, die dich sehr gerne hatten, denn an deiner Seite fühlten sie sich als Frauen und als eine Art Mütter, die, in ihrer verschwitzten Bettstatt von deiner männlichen Kraft durchbohrt, gerührt deine immer noch golden schimmernden kindlichen Locken und die rosige Haut deiner Schultern streichelten.

Die Stamatina hast du drei Tage, nachdem du es mit Ghiuner, dem Tataren, gewagt hattest, das Gutshaus zu umschwärmen, in das sich der Fürst vor dem Übel der Russen zurückgezogen hatte, getroffen. Ghiuner war in der gleichen Nacht weggegangen, denn sein Dienst bei Tachi Ghica bestand darin, auf dem Teppich vor dessen Tür zu schlafen, du aber bliebst ohne etwas zu essen oder zu trinken in dem Holundergebüsch hinter dem Haus und behieltst die im Mondlicht leuchtenden Fensterscheiben im Blick. Gegen Ende der dritten Nacht und nachdem die junge Herrin dich schon das eine oder andere Mal betrachtet hatte, sie hob immer einmal wieder den Vorhang auf, wenn du nicht unsichtbar in deinem von den Launen des Lichts heimgesuchten Schattenversteck verborgen warst, hast du eine Gestalt gesehen, die dir wie ein Trugbild oder aus einem Märchen erschienen war: Bloß vom langen, bis zu den Sohlen reichenden Nachthemd bedeckt, das offene Haar über die dünnen Arme herabhängend, kam Stamatina durch das feuchte Gras auf dich zu. Der runde Mond umfing sie mit einem weichen Kokon von Silberfäden. Du hattest dich ungläubig erhoben, und schon bald standet ihr euch gegenüber. Das Mädchen hatte schmale Wangen und dunkle Augenringe, aber ihre Gesichtszüge, vor allem die schmalen Augenbrauen und delikat gezeichneten Lippen kündigten die außerirdische, schmerzhafte und tiefe Schönheit derer an, die nach bloß ein paar Jahren ihre Gestalt und Statur erfüllen sollte. Nach ein paar Fragen, auf die du, von ihrem unvermittelten Erscheinen verzaubert, kaum eine Antwort gefunden hast, und wenn, dann nur ein Ja oder Nein, schlugt ihr Seite an Seite den Weg hinunter und durch den Gutsgarten ein. In ein paar Stunden des Umherwandelns wart ihr dann im Morgengrauen so weit, dass ihr euch schon seit ewigen Zeiten zu kennen meintet, du hattest vom Ghergani deiner frühen Kindheit erzählt, dem Ort ohnegleichen auf der Welt, in dem du deine Geschichte begonnen hattest, von deiner Mutter, Sofiana, die dir Märchen mit Engeln erzählt hat, die wie die Albatrosse über dem hellenischen Archipel kreisten, und über Ghiuner, deinen treuen Freund; sie erzählte dir von ihrem Vater, Fürst Dimitrie Ghica, dem Herrscher der Walachei, den sie unsagbar liebte und der es ihr ab und zu erlaubte, ihm den Bart mit der Schere zu stutzen und ihm am Hinterkopf einen Zopf mit einem Goldfaden und etlichen bunten Seidenfäden durchsetzt zu flechten. Am Morgen fand Stamatina in ihrem Zimmer tatsächlich vom Fürsten eigenhändig im Frühtau auf der Obstwiese hinter dem Gutshaus gepflückte goldschimmernde Äpfel vor. Das Mädchen hatte auch einen Kater namens heiliger Gherasim von Kefalonia, schließlich hatte man ihm die Eier herausgeschnitten, sodass er nicht mehr sündigen konnte. Dazu noch diese und jene weiteren Geschichten und Erinnerungen, sodass die Kinder einmal bezaubert lächelten, einmal kicherten und wieder ein anderes Mal schwiegen und von dem soeben Gehörten gerührt zu Boden schauten. Aber jenseits der Geschichten gab es noch den Zauber der Stimmen, der Nacht und eines bratpfannenrunden Monds, den Stamatina und du gesehen habt, auch wie er in den folgenden Nächten immer weiter angeknabbert wurde, bis er einer lichthellen Ackerscholle glich, die über dem Sternenstaub dahinreiste, der über die herrschaftlichen Güter verstreut war. Zehn Nächte lang war die junge Herrin unter größten Vorsichtsmaßnahmen herausgekommen, um mit dir durch den Tau zu wandeln, und du, der du den Tag über gegessen hast, wo und wann es sich ergab und was du auf dem Markt dieses Städtchens finden konntest, und auf den Heuböden der Leute schliefst, hast dich immer stärker in dem Netz aus Unschuld und Liebreiz ihres Wesens verfangen.

All dies wiederholte sich, bis Stamatina in der zehnten Nacht unter einem halben Mond, wie eine durchgeschnittene Zitronenscheibe, der ihr das schmerzhaft verzerrte Gesicht verdeckte, dir ihre verheimlichte Pein enthüllte, die Scham, die sie schon seit Jahren verzehrte und die sie noch niemandem hatte anvertrauen können, denn sie besaß kaum die Kraft, sie sich selbst einzugestehen. Aber sie dachte, der fremde Junge würde bald mitsamt ihrem Geheimnis verschwinden, das sie nicht mehr in sich verschließen konnte. Seit ihrem vollendeten siebten Jahr hatte sie hin und wieder den gleichen Traum, der tatsächlich wie immerzu derselbe aussah. Sie schlug die Augen in der Finsternis ihres Schlafgemachs auf und sah ihn, einen Mann, der bläulichgrün wie ein Topas glänzte und riesige ovale Augen hatte, er stand aufrecht im finstersten Winkel der Stube und schaute sie mit einem Blick an, der aus einer anderen Welt herrühren mochte. Sein Antlitz war kein menschliches, er sah aus, als stammte er von einer fernen Rasse ab, etwa wie die Geschlechter der Skythen oder der Inder aus der *Historie des Alexander von Makedonien,* aus der ihr ab und zu ihr Lehrer vorlas, der aufrechte Hrisante Condeierul. Stamatina hatte einen Drachen, das war zweifellos so, und dieser Gedanke ließ sie in unbeherrschbarer Angst erzittern. Der Fremde näherte sich ihrem Bett, aber sie konnte nicht fliehen, ihr Körper gehorchte ihr nicht mehr, er war weich und hilflos wie die Körper jener geschwächten Bettler an den Kirchentüren. Der Mann aus Smaragd streckte die Hand aus nach ihrem Körper, und sie erhob sich langsam aus dem Bett, schwebte zwischen Fußboden und Plafond ihres Zimmers, das Leintuch herabhängend zum Diwan hin, dann glitt sie sachte durch die Fenster hinaus, begleitet von dem Zburător, und erhob sich im Wind und der Kühle der Nacht zum Himmel hinauf. Dort oben, in der schwebenden Festung zwischen den Wolken, geschahen Dinge, an die sie sich nicht erinnern konnte, aber sie wachte morgens völlig erschöpft und mit dunklen Ringen unter den Augen auf, und bis zum Abend konnte sie keinerlei Lebenslust verspüren, und die Langeweile verdüsterte ihr die Tage, und dies geschah so gut wie jede Woche. Ihr Vater holte Doktoren und erfahrene Kräuterweiblein an ihr Lager, aber nichts wollte helfen. Hatte man einmal einen Zburător, so folgte dieser einem Nacht für Nacht, über Monate und Jahre, wo auch immer man hingehen mochte. Vor seinem Fluch konntest du dich weder in einem Schlangenloch noch auf dem Grunde des Wassers verkriechen, denn er kam nicht aus der Welt, sondern durch das geheime Tor der Träume, das die Sterblichen in ihrem Schädel stets offen stehen haben. Das Mädchen kannte sein Schicksal gut und war versöhnt damit: Es würde sein gesamtes Leben seelisch leidend sein, wie andere Mädchen an einem Fuß leiden oder einem kranken Arm.

»Ich werde auf dich aufpassen, werde den Drachen mit meinen bloßen Händen erledigen«, stießest du leise hervor und ergriffst ihre Hand, aber sie zog sie aus deinen Fingern zurück. »Es ist alles umsonst«, sagte sie, denn am nächsten Tag würde ihr Vater mit dem gesamten Hofstaat über die Berge nach Braşov fliehen und sie selbstverständlich mitnehmen, von dort dann aber weiter nach Beci, um sich vor den neuen Herren der Walachei, den Russen, in Sicherheit zu bringen, denn sie hatten mitbekommen, dass Dimitrie mit den Türken Pläne gegen sie ausheckte. Sodass auch ihre nächtlichen Spaziergänge beendet werden müssten, denn auf dieser Welt gehe alles einmal zu Ende. Dann hatte Stamatina dir geradewegs ins Gesicht geschaut, und diesen Blick aus ihren rehbraunen Augen solltest du niemals mehr vergessen, du würdest ihn im Antlitz aller Frauen suchen, in die du dich verliebtest, ohne ihm, bevor es zu spät ward, je wieder zu begegnen. Dann holte sie ein ovales Medaillon mit ihrem Bildnis von der Brust und reichte es dir, »damit du mich nicht vergisst«, und dir war danach, vor ihren Augen an Ort und Stelle vor Liebe tot umzufallen. Am Ende des Weges zu ihrem Fenster hin hatte Stamatina dich an der Hand gefasst und ihr Gesicht mit halb geöffneten Lippen deinem Gesicht mit den spärlichen Stoppeln am Kinn zugewandt, dann aber beherrschte sie sich.

»Suche mich!«, sagte sie dafür und schaute dich sehnsuchtsvoll an. »Gib nicht auf, bis du mich nicht gefunden hast. Geh bis zum Ende der Welt, verbrauche neunundneunzig Stück eisernen Schuhwerks und zerreibe einen stählernen Wanderstab auf deinem Weg über Meere und Länder.« Ihre Augen leuchteten fiebrig, ihre Finger hatten sich in deine Hand gebohrt. Bevor du die Kraft gefunden hattest, sie zu umarmen, war sie durch das Tor geschlüpft und verschwunden, und du standst allein unter der Mondsichel, die fern über den Hügelkuppen hinabsank.

Gegen Morgen haben dich die Wachen erwischt, denn du hattest dich nicht mehr in den Holundersträuchern versteckt, es war dir einerlei. Ohne die Tochter des Fürsten lohnte es sich nicht mehr zu leben. Sie schlugen dich windelweich und warfen dich ins Viehgatter, das ihnen als Gefängnis diente. Der Fürst und die Seinen befanden sich im Aufbruch. Im Gutshaus und auf dem Hof herrschte ein irres Treiben von Aufsehern und Dienerschaft, die die schweren Gepäckstücke der Herrschaft schleppten, die Sattelgurte festzurrten, den verdreckten Knechten, die mit der Vorbereitung und dem Beladen der Reisekutsche beschäftigt waren, Anweisungen zuriefen, Küchenfrauen, die mit drei, vier an den Beinen gefassten Hühnern in den Händen, die Köpfe nach unten, in die Küche eilten, von Gaffern, die die Wachleute der Herrschaft anstarrten, breitschultrigen Landsknechten mit rotem Fes auf dem Kopf und zwei Hände breiten Hüftgurten voller Pistolen und Dolche sowie einer Fustanella, die die Knie unbedeckt ließ, bei Tag und Nacht bewachten sie das Tor des

Gutshauses. Sie holten dich, krummgeprügelt, Blut im Gesicht und auf dem Hemd, und brachten dich vor den Fürsten, der leicht zur Seite geneigt auf seinem Diwan zwischen zahlreichen Kissen saß, die bestickt waren mit Blumen und Pfauen, und an seiner Pfeife nuckelte. Er hatte dich kaum gesehen, da wusste er auch schon Bescheid – dass man dich nämlich in den herrschaftlichen Höfen unter den Fenstern seiner einzigen Tochter aufgegriffen habe –, der Fürst, ein Mann von etwa fünfundvierzig Jahren, dunkle Hautfarbe, mit rotem Bart, der noch völlig frei der weißen Fäden war, einen Kalpak wie eine riesige Saubohne auf dem Kopf, sprang hoch von seinem Diwan und begann, dich mit seiner großen Pfeife zu traktieren, wo auch immer er dich traf, dabei brüllte er wie gesengt und verfluchte dir mal auf Rumänisch und mal auf Griechisch alle Knochen im Leib, zu guter Letzt griff er sich den Pantoffel vom Fuß und schlug dir damit auf den Mund. Schwer atmend und glühend heiß geworden unter seiner dicken Kaschmirkutte ließ er sich schließlich schlapp auf den Diwan hinabsinken, die über und über beringte Hand auf das Herz gepresst. Dann erst fragte er dich, wer du bist, wem du dienst und warum du es gewagt hattest, im Verlangen nach seiner Tochter durch seine Höfe zu schleichen. Und er hätte auch dir die Bastonade auf die nackten Fußsohlen mit der achtkantigen Rute verabreicht und dich für alle Zeit zu einem Krüppel geschlagen, dir vielleicht sogar die Nase und die Ohren abgeschnitten, wie es unter solchen Umständen schon einige Male geschehen war, hätte nicht an der Seite des Herrschers der Kommandant der Bukarester Polizei gesessen, Iancu, der dich selbst in dieser üblen Verfassung mitsamt dem Blut, das dir aus den Nasenlöchern floss, wiedererkannte, wer hätte denn auch, wahrlich, das Krippenspiel von Sălcuța vergessen können, als Petrache, Ghiuner und du euch auf der Waldlichtung mit den Haiducken getroffen hattet?

Der Aga, wie die Amtsbezeichnung des Kommandanten damals hieß, stimmte dem Befehl des Fürsten zu, an dir für alle Maulaffenfeilhalter und Nacktärsche ein Exempel zu statuieren, indem dir die Fußsohlen durchgegerbt werden und du verkehrt herum, das Gesicht dem Schwanz zugewandt, auf dem Esel über den Markt reiten solltest. Er selbst packte dich am Ohr und zerrte dich hinter sich her, wobei er dir ein paar Ohrfeigen verpasste, um keinen Verdacht zu erregen, bis er dich aus dem Blickfeld der Bojaren geschafft hatte, wo er dich laufen ließ. Er vertraute dich den Söldnern an, die dich auf verborgenen Wegen in den Wald führten, damit du dich dort dem Jianu anschließen und den Weg der Haiducken nehmen konntest. Die Haiducken jedoch haben dich damals nicht gleich bei sich aufgenommen, denn für sie warst du noch zu grün hinter den Ohren, weshalb sie dir noch etwa zwei Kindheitsjahre auf den verwinkelten Straßen von Bukarest gönnten, was die heiratsfähigen Mädchen ebenso entsetzte wie die anständigen Städter, für die du dir allerlei lästerliche Spitznamen und Lästerungen ausdachtest, am meisten aber die Juden, die niemals vor deinen Bosheiten Schutz fanden, denn du quältest sie mit allerhand verrückten Streichen und triebst deinen Schabernack mit ihnen wegen ihrer Kaftane und Schläfenlocken. Als Galgenstrick, der du warst, hattest du im Nu von anderen Nichtsnutzen gelernt, ihre Versammlungen mit Possen und lästerlichen Zwischenrufen zu stören, so flitztest du bei einer Beerdigung unter dem Sarg durch oder fischtest ihnen mit der Angel die Kippa vom Kopf, weswegen die Juden öfter einmal Beschwerden gegen dich bei der Herrschaft einlegten. Wer aber sollte sie anhören, da du der Busenfreund des Aga selbst warst?

Mit solcherart Schabernack verbrachtest du deine Tage und verzehrtest dich immer noch nach Stamatina, dabei rittst du auf einer ganzen Menge von Weibsbildern, und es kümmerte dich nicht, ob sie hübsch oder hässlich waren, Rumäninnen oder Zigeunerinnen, Mädchen, denen gerade die Titten sprossen, oder reife und überreife Schabracken, bis die Pest über den Marktflecken hereinbrach und dir die Lust und den Geschmack an der Sache verdarb, denn deine Gefährten kippten um wie die Fliegen, und da gab es nur Klagen und hoffnungsfernes Wehgeschrei, wohin du dich auch wandtest. Bis auch dich das Übel mit Beulen in den Achselhöhlen erreicht hatte, sodass du denken musstest, das sei es nun gewesen. Und du wärest auch beinahe in jungen Jahren und unvermählt abgetreten, nicht wegen der Pest selbst, sondern wegen der Leichenträger, die noch mehr Morde verübten als die Krankheit, denn wo auch immer sie in das Haus von Leuten eindrangen, gab es keinen Kranken, den man nicht aus der Mitte seiner Familie weggerissen und auf den gefrorenen Acker geworfen hätte, kein nicht missbrauchtes Weib, keine nicht geplünderte Truhe und keine Ikone, die nicht bespuckt worden wäre.

Als sie sich auch um dich kümmerten, lagst du mit verdrehten Augen, verquollen und schwarz auf dem Fußboden, sodass die Leichenträger meinten, du habest deine Seele ausgehaucht; sie schleiften dich nur mit einem Hemd am Leib hinaus in den Winterfrost und luden dich auf ihrem Leichenkarren über einen Haufen blauer und entsetzlich stinkender Leiber. Du wachtest auf dem Feld unter einem grau gläsernen Hartmondhimmel auf, woraus spärlich träge Flocken herabfielen. Du hast die Tote auf dir, die dich einigermaßen warm gehalten hatte, zur Seite gerollt und fandst dich umgeben von Raben und Krähen, denen es nach deinen Augen gelüstete. Der Eiswind biss dir heftiger ins Fleisch als die Pest. Dort, auf der Brache mit den Leichen, wärest du verreckt, hätten die immerzu Gutes verrichtenden Nonnen aus dem Siechenhaus Sfânta Vineri in der Dulapului-Vorstadt nicht gesehen, dass du dich noch bewegtest, und dich von den Leichen weggezerrt, dich in eine Decke eingewickelt und zu viert bis in ihr kleines Kloster getragen, wo sie deine Beulen und dein Fieber behandelten, indem sie dir heißen Maisbrei auf die Brust packten, mit dem Löffel Hühnerbrühe einflößten, worin Eier verquirlt worden waren, bis die Krankheit allmählich nachließ. Nach einer Woche schon warst du in der Lage, dich ganz gut auf den Beinen zu halten, und hattest nichts anderes mehr im Sinn, als dich an den übergriffigen Leichenträgern zu rächen, die dich beinahe ums Leben gebracht hatten. So kam es, dass du am neunten Tag des Hartmonds, der von da ab verzeichnet blieb als Tag des Sieges, dich an der Seite der Pestkranken in der Schlacht wiederfandst, die wie von Sinnen tobte, toste, brüllte und dröhnte.

Die kreisförmig aufgestellten Leichenwagen, hinter denen die Leichenträger kauerten und mit ihren Flinten in die Menge der Pestkranken schossen, schienen unbesiegbar zu sein, und das Gewieher der maskierten Pferde mit den Federbüschen auf dem Schädel und den schwarzen Brokatschabracken über dem Rumpf ließ jedem Christenmenschen die Haare zu Berge stehen, als habe er eben Basiliskenschreie vernommen. Hin und wieder wurde eine der funebren Kutschen beiseite gerollt, um eine Rotte Totengräber ausfallen zu lassen, damit auch sie mit ihren messerscharfen Schippen Tod und Verderben unter die Kranken bringen konnten. Die Hirne bildeten kleine Pfützen auf dem eisenhart gefrorenen Boden, und das knöcheltief stehende Blut dampfte wie im Schlachthaus. Gegen die Tagesmitte zu neigte sich das Geschick der Schlacht wieder den Leichenträgern zu, vor allem, seitdem die Popen mit ihren bis zur Leibesmitte reichenden Bärten und die hohen Doktoren, nachdem sie einige Stunden lang an den Rändern abgewartet hatten, wer die stärkere Partei war, sich für deren Seite entschieden und sich ebenfalls hinter den aus Ebenholz gezimmerten Kutschen eingereiht hatten. Die Popen kämpften mit ihren riesigen Brevieren, die in eisenhartes Leder eingebunden und mit Opalen bestückt waren: gnade dem, der solch ein Gebet- oder Choralbuch im Namen des Vaters auf den Kopf bekam! Auch hatten sie die großen Kerzenständer in den Händen, mit denen die Kirchen beleuchtet wurden, dazu die Weihrauchfässer voller Weihrauch, die sie wie einen Streitkolben benutzten. Und die Doktoren hatten Impfspritzen für Pferde und Kühe mit ellenlangen Nadeln dabei, die mit zermörsertem und mit Essig verrührtem Knoblauch gefüllt waren, und Zangen, mit denen sie in den Buden der Friseure Zähne zogen, äußerst gefürchtete Kriegswaffen, denn die mit dem Knoblauchessig Geimpften starben auf der Stelle vor Schmerzen, und die mit den Zangen Gezwickten verloren Finger und hatten aufgerissene Lippen, wovon sie ihr Lebtag entstellt blieben.

Bei einem Zeichen von Pasvantoglu dem Ersten lösten die Leichenwagen ihre Wagenburg auf und bildeten wieder eine Linie, worauf sie gemächlich über das neblige Feld, über dem es zu schneien begonnen hatte, voranfuhren und die unglückseligen Beulenkranken immer weiter an die Ränder drängten, wo sie zu Dutzenden niedergemäht zu Boden sanken und die über die gesamte Fläche verstreuten Leichenhaufen anwachsen ließen. Umsonst vollbrachten die Truppen von Meister Mărgărit Wunder an Tapferkeit, umsonst unterzogen die Bettler mit ihren klobigen Knüppeln Wagenräder und Pferdebeine einer ernsten Prüfung: Die

Pestkranken schienen verloren zu sein, und jämmerliche Schreie erhoben sich aus der Menge. Mit den hochgerafften Röcken ihre von gekräuselten Haaren gesäumte Scham vorzeigend, versteinerte Gherghina sie wie eine Gorgone, und die anderen, Velikos Leute, folgten ihr mit den großen Spießen, nur gut, den Leuten die Därme aus dem Bauch quellen zu lassen. Die Buckligen, Leprösen und Irren an der linken Flanke hielten dem ungestümen Ansturm der Leichenträger noch stand, aber nur unter größten Mühen. Die rechte aber war verloren, denn dort hatte Nae Pasvantoglu selbst Caraion zu Boden geworfen und in den Hals gebissen, worauf er mit blutverschmiertem Bart und Schnurrbart die Zähne bleckte.

Die Abenddämmerung, die im Jänner früh einsetzte, hüllte den Kampf allmählich ein und führte dazu, dass der Lärm wie wattiert klang. Der Kaiser der Leichenträger, mit Hundezähnen gekrönt, war nun Herr über die gesamte Brache, bloß ein Viertel aus der Schar der Pestkranken war noch auf den Beinen, doch erwarteten auch sie, eingezwängt von den Leichenwagen, ihr Ende. Auch du kämpftest mit Klauen und Zähnen weiter in ihren Reihen, sprachst dir hin und wieder Mut zu mit Stamatinas Medaillon, das du von deiner Brust nahmst und liebevoll anschautest. Aber du hattest alle Hoffnung verloren und nahmst Abschied von der verschlagenen und betrügerischen Welt, die dich so früh vor der Zeit nun verdarb, denn du zähltest kaum einmal fünfzehn Lenze. Es wäre dies tatsächlich dein Ende gewesen, wäre nicht auf einmal, durch unsere Fügung, ein göttliches Wunder geschehen.

Denn vom nahen Kloster war durch den rosigen Nebel der Abenddämmerung auf einmal eine kleine Schar Nonnen zu sehen, die etwas mit sich führten, das ein starkes, überirdisches Licht über das Schlachtfeld warf. Es war die wundertätige Ikone der Sfânta Vineri von Ohrid, die ihre abgeschnittenen Brüste eigenhändig auf einem silbernen Tablett vor sich hertrug, eine Ikone, die von allen Frauen gepriesen wurde, die zu ihr gebetet hatten und dann schwanger wurden, und von den Blinden, deren viele ihr Augenlicht wiedererlangten. Ein heiliger Beistand war die allerletzte Hoffnung der Unterliegenden gewesen, und siehe, nun kam er ihnen zu Hilfe mit einer Macht, die nicht von dieser Welt war. Denn sobald er vom himmlischen Licht berührt worden war, erwachte jeder Leichnam auf dem Gelände, erhob sich und trat zu den hinter der schwarzen Fahne der Pestkranken Versammelten. Zu Hunderten und Tausenden standen sie auf vom gefrorenen Boden, eine neue Streitmacht, ausgeruht, unbesiegt, schworen sie König Mărgărit und seinen Rebellen die Treue und stürzten sich unverzüglich in die Schlacht. Da sie ihrer ansichtig wurden, fassten auch alle anderen im Lager der Pestkranken, die Huren und Versehrten, Säufer und Leprösen, Besessenen und Schnorrer, wieder Zuversicht und zogen mit neuem Schwung und großem Geschrei in den Kampf gegen die Unterdrücker.

Der Sattelmacher Vasile, ein Mann, den seit dem Aufstand in der Kammacher-Vorstadt eine schreckliche Schnittnarbe zeichnete, die ihm über das ganze Gesicht von den Augen bis über die Lippen verlief, setzte sich an die Spitze dieser Horden und kämpfte sich vor bis zu den ersten Leichenwagen, wo er mit dem Feuerstahl die schweren Schabracken anzündete, mit denen die maskentragenden Pferde bedeckt waren, sodass diese sich auf die Hinterbeine erhoben, mit brennender Mähne wild wieherten und dann zügellos davonrannten, wobei die Leichenwagen umstürzten und auf dem gefrorenen Feld in tausend Stücke zerbrachen. Staub und Asche blieb von ihnen übrig, und von den Pferden und den Leichenträgern, die mit auf den Kutschböcken gesessen hatten, sodass die grünlich blauen Leichen, denen die Krähen die Augen zerpickt hatten, die ihnen dann über den Wangen ausgelaufen waren, schon bald im roten Licht der Abenddämmerung, durchzogen von irre prasselnden Feuerfontänen, den mittleren und von dem Strategen Mărgărit bevorzugten Teil des verschneiten Feldes bedeckten.

Wo ein Leichenwagen umgestürzt war, versammelten sich sogleich die Rumtreiber, packten den Kutscher und verhackstückten ihn in kleinste Teile. Einer nach dem anderen wurden die Leichenträger und Totengräber gejagt, gejagt wie die Bären, die winters aus ihren Höhlen gelockt und unter unsäglichen Qualen umgebracht wurden. Noch mehr war man aus auf die Anführer, auf die ein ordentlicher Preis ausgesetzt worden war, aber einige von denen hatten sich unter den überall herumliegenden Leichenhaufen verkrochen, oder aber sie hielten sich verborgen im Schutz ihrer letzten Kämpfer und hofften, wenigstens mit dem Leben davonzukommen. Was allerdings vergeblich war, denn auch die Doktoren wurden mit ihren eigenen Spritzen in ihre gewölbten Arschbacken geimpft und mit den schrecklichen Zangen gezwackt, und den Popen wurden die Bärte gerupft, Haar um Haar, ja sogar der Flaum auf der Brust und in den Achselhöhlen, und die bedeutendsten Offiziere fielen einer nach dem anderen, und wenn sie sich auf die Knie warfen und um Erbarmen flehten, so wurde es nicht gewährt, denn dann kam eines der pestkranken Weibsbilder und erzählte ihnen von seinen zu Hause niedergemetzelten und missbrauchten Kindern, und schon rollten ihre Köpfe und befleckten den Schnee mit ihrem Blut.

Veliko hatte den Beinamen Ştirbul, weil ihm nur noch zwei gelbe Eckzähne unter der Oberlippe verblieben waren, wie bei den Wildschweinen, alle anderen waren ihm altersbedingt ausgefallen; Veliko also hatte, als er die Katastrophe ihren Lauf nehmen sah, Zuflucht auf dem Klosterfriedhof gesucht, es damit jedoch überhaupt nicht gut getroffen, denn dort fand eben eine Hundehochzeit statt; zwanzig bis dreißig Köter, denen der Bauch vor Hunger an der Wirbelsäule klebte, von Frostbeulen geplagt, sprangen ihn blindwütig an, kaum dass sie ihn gesehen hatten, der Speichel troff ihnen auf die Brust, und sie zerrissen ihn, noch bevor man bis drei hätte zählen können, und zerkauten ihn, bis nur noch der Totenschädel und ein paar Knochenenden von ihm übrig waren. Die Pestkranken, die ihn andernorts gesucht hatten, erkannten ihn schließlich nur an seinen zerfetzten, von gestocktem scharlachroten Blut beschmierten und bretthart gefrorenen Kleiderresten. Ein weniger drastisches Schicksal hatte Gherghina, mit der, da sie nun mal ein Weib war, sich die Pestkranken nicht anlegten, sie überantworteten sie der Fürsorglichkeit der Leichen, die, obwohl tot, schrecklich lebendig waren und von gewissen Stellen unterhalb des Bauchnabels großen Profit zu schlagen verstanden. Fünf Leichen hatten sie gepackt und über ihren Köpfen bis zu einer Koppel getragen, woher sie am nächsten Tag kaum bekleidet, mit offenen Haaren und völlig irre geworden wieder aufgetaucht war, doch verblieb sie in diesem Zustand noch mehrere Jahre, bis das Alter und die Krankheiten sie dahinrafften.

Die begehrteste Trophäe auf dem Schlachtfeld, das nun vollkommen von den Pestkranken und deren Gefährten beherrscht wurde, war der Kaiser der Leichenträger, der die Schuld an all den Toten trug, der berühmte Pasvantoglu, dem auf der Flucht die Krone vom Kopf gefallen und verlorengegangen war. Während die Bettler und Krüppel in den zerfetzten Nebelschwaden nach ihm suchten und der Schneefall allmählich so dicht geworden war, dass man kaum mehr durchkam, und die Pestkranken, von denen sich viele im Fieber der Schlacht wieder erholt hatten, schließlich war ihr Blut wieder in Bewegung versetzt worden, am Rande der Vorstadt nach ihm suchten, bei den ganz leichten Mädchen, hast du zusammen mit Caraion von Makedonien, der von den Toten auferstanden und nun besonders rachedurstig war, das verlassene Gutshaus durchsucht, von dem aus Nae am frühen Morgen seine Streitmacht betrachtet hatte, da sie sicher waren, er könne sich nur dort aufhalten.

Das Gutshaus ragte aus der Dunkelheit hoch empor. Schwall um Schwall umschwirrten es schwarze Wespen, und Scharen von Krähen umkreisten es. Über lichtlose Flure gelangtet ihr in sein Inneres, modrig waren sie und voller Pilze, die aus den Wänden herauswuchsen, ihr tratet in Zimmer und Kammern, deren Fenster mit Brettern vernagelt waren, stiegt über Treppen, die brüchig waren oder ganz fehlten, bei jedem Schritt drohte der Absturz aus den oberen Geschossen. Deine rechte Hand, in der du das zweischneidige Schwert gehalten hattest, schmerzte von all den Körpern, die du an diesem Tag zerstückelt hattest. Ihr gelangtet zu Räumen voll mit Greisen, die kniend beteten, und zu Stuben mit jungen Herrinnen, die euch scheu über ihre Fächerränder hinweg anschauten, Stuben, die bis unter die Decke von einer großen Weintraube mit durchscheinenden, melonengroßen Beeren ausgefüllt waren, und Stuben, die ins Feenreich führten. Ihr bliebt nirgends stehen, denn ihr hattet vor, das Übel mit der Wurzel auszurotten.

Den Dachboden, der groß war wie eine herrschaftliche Kirche, fandet ihr voller Spinnweben, mächtige Walzen, durch die man nicht hindurchdringen konnte, dichter als jedes Stoffgewebe. Und in ihren Augen lauerten die Spinnen, tausende und abertausende Tiere mit schwarzen Beinen und aus ihren wie Dolche gekrümmten Zähnen triefendem Gift. Furchtlos bahntet ihr euch mit euren Schwertern den Weg bis in die Mitte des Dachbodens, wo ihr eine große Kapsel vorgefunden habt, etwas wie die riesenhafte Hülle einer Seidenraupe, in der etwas Lebendiges zappelte. Ihr habt sie aufgeschnitten und Pasvantoglu herausgezogen, der sich angepisst hatte und mit den Zähnen klapperte, nur noch dazu taugte, von den Spinnen aufgefressen zu werden. An den Haaren habt ihr ihn bis auf die umlaufende Veranda gezerrt und euren Truppen unten gezeigt, die in Siegesschreie ausbrachen. Caraion, dem er noch vor drei Stunden in die Kehle gebissen und damit sein Leben beendet hatte, packte ihn an den Beinen und stürzte ihn aus der Höhe hinab, sodass er mit dem Kopf voraus auf den eisenharten Boden aufschlug und sein Hirn verstreute. Und so endete der Widerling, und die über allem waltende göttliche Gerechtigkeit hatte sich wieder einmal durchgesetzt. Zur Nacht wurden unzählige Feuer angezündet, und ein Siegestanz begann, der alle Helden in seinen Reigen miteinbezog, ob sie nun ganz waren oder invalide, lebend oder tot, Weiber oder Männer, allesamt konnten sie von da an frei und glücklich in ihren Behausungen leben.

Nach anderthalb Jahren der Pest sah Bukarest aus wie nach einem großen Erdbeben. Am Stadtrand waren Massengräber mit Leichen gefüllt worden, und die dreihundert Kirchen kamen mit den Totenmessen nicht mehr hinterher. Unbewohnt waren die Bojarenhäuser baufällig geworden und neigten sich nun bedenklich zur Seite, denn die Bojaren waren auf die Dörfer gezogen. Die Straßen waren leergefegt. Die Drachen, die einstmals den Stolz und Ruhm des Marktfleckens ausgemacht hatten, waren aus den Himmeln gefallen und bedeckten nun die Gärten und Katen der Vorstädte mit ihren bemalten Tüchern, die Bauern zerschnitten sie und machten ihren Frauen daraus Kopftücher. Bald aber, da die Pest sich abschwächte und auf den Frühling zu gänzlich verschwand, sodass die Metzger und die Deckenmacher und Marketender, die Uniformenschneider, Posamenter, Sattler und Seiler, Manufakturisten, Bragabrauer,

Salepmacher und -verkäufer, die Wasserträger, Joghurtmacher, die Damen vom leichten Gewerbe und die Blumenhändlerinnen und die Schneiderinnen allesamt die Werkzeuge ihres alltäglichen Lebens ergriffen, die ihnen das Brot auf den Tisch brachten, die Maurer begannen wieder zu bauen und die Tischler zu hobeln, die Klempner deckten die Kirchtürme neu mit Blech, und so wurden die Folgen des Unglücks allmählich getilgt. Der Sommer 1834 brachte dann Frieden und Wohlstand in die Salons der vornehmen Bojaren und in die Häuser der Kaufleute, als wäre die Seuche nur ein hässlicher Traum gewesen. Und die Hochzeiten und Taufen wurden ausgiebiger noch gefeiert als vordem.

Zurück im Gutshaus von Herrn Tachi, hast du deinen Dienst als Pfeifenbesorger wiederaufgenommen und das Folgejahr faul, träge und mit allerlei Ausschweifungen, Streichen und Gemeinheiten zugebracht, bis dich Jianus Haiducken im Alter von sechzehn Jahren in ihre Reihen aufgenommen haben.

18

»Mutter hat mich um sechs Uhr in der Frühe geweckt«, hatte Victoria am gleichen Tag, an ihrem Sekretär mit Rosenholzintarsien sitzend, in ihr Tagebuch geschrieben, »um mir zu sagen, dass der Erzbischof von Canterbury und Lord Conyngham hier waren und mich sehen wollten. Ich erhob mich vom Bett und ging in das Tageszimmer (nur im Nachthemd und *allein*) und traf sie. Lord Conyngham brachte mir dann zur Kenntnis, dass mein armer Onkel, der König, nicht mehr lebte, dass er seine Seele heute Morgen um zwei Uhr und zweiundzwanzig Minuten ausgehaucht hatte und *ich* infolgedessen *Königin* sei.« Sie hatte kaum ihr achtzehntes Lebensjahr vollendet und wusste wahrscheinlich nicht, dass der Premierminister, Lord Melborune, der sie wie eine Tochter liebte, die er als kinderloser Witwer nicht hatte, schon seit langem geplant hatte, sie nach dem Tod von William IV. zu krönen. Zum Glück wurde im Vereinigten Königreich von Großbritannien das Salische Gesetz nicht angewandt, wie es etwa im Königreich Hannover der Fall war, auf dessen Krone Alexandrina Victoria, wiewohl aus dem Hause Hannover, nicht setzen konnte, da sie eine Frau war. Victoria hatte sich niemals Illusionen gemacht: Ihre Aussichten, Königin zu werden, waren bestenfalls spärlich und interessierten sie, ehrlich gesagt, auch nicht allzu sehr. Sie war von ausgeglichener Wesensart, hatte ein glanzloses Gesicht, das nicht ohne Liebreiz war, und einen Körper ohne Reiz. Ihre Kindheit war traurig gewesen, sie litt als Heranwachsende an Blutarmut, wie alle Fräulein ihrer Zeit, die sich schämten ob der Lebendigkeit ihres Körpers, auch neigte sie der Lektüre satirischer Romane zu, der Malerei und dem Schreiben. Gerne malte sie ihr eigenes Porträt auf die Leinwand, unternahm dabei jedoch nicht die geringste Anstrengung, es zu idealisieren, denn auch darin gab sie sich keinerlei Illusionen hin. Kastanienbraune Locken rahmten korrekt gezeichnete Schläfen und das etwas zu rund geratene Kinn. Kalte, weit auseinanderstehende Augen schauten einem direkt in die Augen, ohne einen anscheinend zu sehen, die Nase war etwas groß geraten, der Mund klein, aber von einer gewissen Entschlossenheit, das Kinn auf der Brust – ein Mädchen, das mit beiden Beinen auf dem Boden stand, geradeheraus, ohne eine Spur von Süßlichkeit oder Langeweile, schaute einen aus jedem Selbstporträt an. Inmitten des romantischen Furors betrachtete Victoria die Dinge so, wie sie waren. Sie war geschaffen, die Welt zu beherrschen, ebenso wie eine über ihr Brett gebeugte Schachspielerin, mit einem Gleichmut, um die Marc Aurel sie ebenso beneidet hätte wie Epiktet.

Die Krönungszeremonie fand an einem Donnerstag statt, und zwar am 28. Juni im Jahr des Herrn 1838 in der Westminster Abbey, in einem enthusiastischen London, vollgestopft durch die vierhunderttausend Besucher, die aus dem gesamten Imperium mit den neuen Zügen angereist waren, über Schienenstränge, die eben begonnen hatten, sich durch die Felder und Viehweiden eines immer noch rustikalen England hinzuziehen. Die Straßen waren voller Menschen, endlose Prozessionen, Kirmesstimmung in den öffentlichen Gärten, elegante Kutschen, die von den feiernden Massen blockiert wurden, improvisierte Tänze rings um die Blaskapellen, Feuerwerke am Abend und derbe Rufe aus den Wirtsstuben, denn das Wetter war von ungewöhnlicher Pracht, ein gutes Omen für die kommenden Jahrzehnte. Im Hyde Park stieg ein gewaltiger, mit heißer Luft gefüllter Ballon auf, aus dessen Korb der Artilleriehauptmann John Farewell, der anschließend alles in seinen Erinnerungen festgehalten hat, das gesamte feiernde London hatte sehen können, mitsamt dem weitläufigen Vergnügungsrevier, das von einem Riesenrad beherrscht wurde. Er sah das Gefolge der Königin vom Buckingham Palace her auf die Kathedrale zukommen, die von Brücken überspannte, im Sonnenlicht glitzernde Themse, und er trug in sein Tagebuch sogar ein, beim Blick Richtung Bloomsbury habe er Charles Dickens sehen können, wie er mit seinen bekannt eiligen Schritten über die Doughty Street nach Hause eilte, dabei wohl über Nicholas Nickleby nachsann, über welchen er damals schrieb (wiewohl von den Kritikern des Hauptmanns oftmals bezweifelt wurde, dass er den berühmten Schriftsteller aus solcher Höhe überhaupt habe erkennen können). Auf der großen Wölbung des Ballons prangte selbstverständlich das Porträt der jungen Königin, die schon die Staatskrone auf dem Haupt trug, auch diese sowie das Funkeln der großen Diamanten und anderer Edelsteine mit äußerster Akkuratesse gemalt. Die zeremonielle Kleidung jedoch, die der Maler im Voraus nicht kennen konnte, wiewohl prächtig, war ausgedacht: eine Bluse mit hohem Kragen aus niederländischen Spitzen, das Kleid perlmutt- und rosafarben, und die Schleppe ultramarin durchsetzt von hellem Violett. Auf der Straße dauerte das Fest vier Tage und kostete den Staat eine Viertelmillion Pfund, immerhin nur die Hälfte dessen, was die vorherige Krönungsfeier gekostet hatte, Lord Melbourne mochte väterliche Gefühle für die junge Königin gehegt haben, aber als Staatsmann war er streng und sehr beständig in seiner Sparsamkeit, also hatte er der Königin das Bankett versagt, dessen sämtliche Krönungen bis dahin teilhaftig geworden waren, und ihr nur eine Kleingeld-Krönung geboten, wie die Königin höchstpersönlich sich in späteren Jahren beklagen sollte.

Die Zeremonie selbst hat das Mädchen mit den grauen Augen durchaus bewegt, aber seine Seelengründe nicht erreicht. Über fünf endlose

Stunden hinweg, in denen sie zweimal ihre Kleidung wechselte, und in allerlei kleine und stupide Zwischenfälle verwickelt war – der alte Lord Rolle stürzte auf der Treppe, und die Königin musste alles aus der Hand legen, um ihm aufzuhelfen, ihn zu trösten und nach Hause zu schicken; die Musik spielte alte Stücke von Händel anstelle einer speziell für das große Ereignis komponierten Hymne; zweimal hatten die Bedürfnisse sie genötigt, mit größter Mühe die schwere Krinoline hochzuheben und das spezielle Gestell zu besteigen, das für solche Zwecke in der Kathedrale hinter einer Draperie platziert worden war; schließlich gab es Momente, in denen aufgrund nicht stattgehabter Proben niemand mehr wusste, was nun folgen müsse –, spielte Victoria geduldig ihre Rolle, ertrug langmütig die Last der kolossalen scharlachroten Robe, die sie unterwegs zu Westminster Abbey über dem weißen, golden bestickten Satinkleid trug, sodann die immer noch ziemlich schwere Krone, wiewohl sie speziell für ihren Kopf angefertigt worden war, und danach die Kleidung, die sie nach der Krönung anlegte und deren rote Robe nun durch eine weiße, spitzenbesetzte ersetzt wurde.

Die Staatskrone war das Werk der Silberschmiede und Juweliere der Firma Rundell, Bridge & Co. und speziell für Victorias Krönung angefertigt worden, denn die alte Krone, die des eben dahingegangenen Königs, hatte sich als zu schwer für ihren zarten Hals erwiesen. Sie war aus blauem Samt und Silberblättern, worein dreitausenddreiundneunzig Edelsteine eingearbeitet worden waren, wovon man schon aus einiger Entfernung den von den diaphanen, durch die Kirchenfenster in das dunklere Schiff fallenden Lichtstrahlen beleuchteten, taubeneigroßen Rubin des Schwarzen Prinzen über dem Hermelinstreifen sehen konnte, der ihn von dem immensen Diamanten Cullinan trennte. Der achteckige Saphir des heiligen Eduard, in der Augenfarbe der jungen Königin, funkelte auch an seinem Ehrenplatz an der Spitze der Krone. Trotz ihres ehrwürdigen Gepräges suggerierte die Krone dem jungen Mädchen, das in einem modernen Umfeld aufgewachsen war, eher so etwas wie eine seltsame Mischung aus einem medizinischen Gerät und einem Folterwerkzeug. Sie konnte es kaum erwarten, die etwa zwei Kilo Silber, Samt und funkelnder Steine loszuwerden, sodass sie nach der Rückkehr, als man sie ihr vom Kopf genommen und ihr dafür das bescheidenere Staatsdiadem von George IV. mit seinen tausenddreihundertdreiunddreißig Diamanten und der Reihe Perlen, die im Meer von Ceylon gefischt worden waren, aufsetzte, das Gefühl hatte, nun eine papierene Krone zu tragen.

In dem von Sir George Hayter auf eine emaillierte Kupferplatte gemalten Porträt, das kurze Zeit nach der Krönung entstand, trägt die Königin die schwere Krone mit einer fragwürdigen Grazie; sie lächelt wie auf Bestellung und schaut zuversichtlich in die Ferne, eine nicht zu ihrem Wesen passende Pose, die der Künstler offenbar vorgegeben hatte und die das Mädchen verachtet haben muss. Ihre Taille steckt in einem recht engen Korsett und wird darüber hinaus noch gnadenlos von einem goldenen Gurt umfangen, sodass man nicht umhinkommt, das arme, einer solch doppelten und absurden Tortur unterzogene Wesen zu bemitleiden. Aufgrund der übertrieben engen Taille erscheinen Brust und Hals der Königin, soweit sie nackt und weiß sind, unvorteilhaft verdickt. Ihre Schultern sind in goldenes, am Rand mit Fransen besetztes Tuch gehüllt, und in der zarten Hand, Ringe an den Fingern, hält sie das Zepter wie eine Lanze. Das gesamte Porträt sieht aus wie eine jener Tafeln, denen man damals auf den Jahrmärkten und bei den Panoramen begegnete, mit einem Oval, das auf der Höhe des Kopfes einer historischen Figur ausgeschnitten war, etwa neben Jeanne d'Arc oder Marie-Antoinette, in das die eine oder andere Marktfrau ihren Kopf steckte, um ihren Liebhaber zu unterhalten.

Von jenem würdigen Tag an besaß Victoria beinahe die gesamte Erdkugel, mit bewaldeten Kontinenten, die von Eisenbahnen durchzogen wurden, mit dem Indien im Sonnenaufgang und jenem im Sonnenuntergang, mit smaragdenen Meeren voller Schiffe mit geblähten Segeln sowie den ersten Dampfschiffen der britischen Compagnien, und mit Städten, beladen vom Glanz der großen, reich ornamentierten Gebäude, und behielt sie dreiundsechzig Jahre lang unerschütterlich in der Hand, ebenso wie sie während der Krönungszeremonie die Kristallkugel in der linken Hand gehalten hatte, die schwer auf ihre Lebenslinie, die Schicksalslinie und die von Kopf und Herz sowie über die Berge des Merkur, Apollo, Saturn und Jupiter an den Wurzeln ihrer schildpattbleichen Finger gedrückt hatte. Aber während ihres gesamten Lebens, in dessen Verlauf ihr niemals wirklich anmutiges Antlitz bald schon die Züge einer Kaufmannsgattin angenommen hatte, dann die einer Großmutter mit Haube auf dem Kopf, die sie vor Durchzug ebenso bewahrte wie vor der Feuchtigkeit der Londoner Winter, bewahrte die Königin das Mädchen in sich, das sich mit sechzehn Jahren das genaue und illusionslose Porträt mit der etwas zu großen Nase und dem trotzig auf die Brust hinabgesenkten Kinn geschaffen hatte, das sich niemals an einen Traum erinnerte, wenn sie irgendwann einmal einen gehabt haben mochte, und der die Welt das war, was man hier und jetzt davon sah.

Unter den Leuten des Imperiums, die mit Aufgaben über alle Kontinente betreut waren und deshalb nicht teilhaben konnten an der Krönung, wiewohl sie selbst ihre eigene Haut dafür zu Markte getragen hätten, wenn sie in diesen festlichen Tagen in London hätten sein können, befand sich auch der Baronet Sir Howard Douglas, damals Generalmajor in der britischen Marine, der in einem Alter, in dem man sich allmählich zurückzieht, sich belastet sah mit der pompösen, aber unbezweifelbaren Würde eines Generalgouverneurs der Vereinigten Staaten der Ionischen Inseln, die sich unter britischem Protektorat befanden, einem Dienst, der ihm die Tage verschlang. Seit drei Jahren schon ins Mittelmeer exiliert, versuchte er verzweifelt, ein Gleichgewicht zwischen den politischen und religiösen Fraktionen der sieben größten Inseln herbeizuführen, die ihm unterstellt waren, wozu dann noch eine Unzahl weiterer kleiner, kaum bewohnter oder völlig karger Inseln kam, mit all den Subtilitäten der Bündnisse und Zerwürfnisse zwischen den lokalen Chefs, die ihn schier verzweifeln ließen, mit brutalen, verkommenen Würdenträgern, arroganten Popen mit zotteligen, bis über den Bauchnabel hinabreichenden Bärten und krummen Kreuzen auf der Brust. Was hatte Britannien da für ein vergiftetes Geschenk im Jahre 1815 nach dem Frieden von Paris erhalten, als es sich um diese barbarischen Eilande bereicherte, die weder unter den Venezianern noch unter den Franzosen, Türken oder Russen in der Vergangenheit jemals den Wunsch hatten erkennen lassen, dass sie zusammenleben möchten, ja auch keinen Gehorsam zu erkennen gaben oder gar ein Streben nach zivilisierteren Verhältnissen! Felsige Inseln mit Olivenbäumen und Weinreben, Frauen mit Männergesichtern und Männern, die wie Briganten aussahen, kleinen Kirchen, weiß und blau getüncht, auf irgendeinem Felssporn errichteten Klöstern oder Einsiedlerklausen, Feigenbäumen, die ihre hellvioletten Früchte dem Meer zuneigten, und dazu immer wieder die nicht einzudämmenden Überfälle der Piraten, Tag für Tag und Welle um Welle, so sah für Lord Douglas das Gebiet der sieben Inseln aus, über das er zu regieren verdammt war.

Die permanente Unruhe der Bewohner und die fortgesetzten Angriffe der Piraten, die auf keine Weise auszurotten waren, hielten den Gouverneur nicht nur von dem so sehr ersehnten und erträumten London fern, wo seine Familie lebte, sondern auch und insbesondere von seinem Schreibtisch, denn der Gouverneur, selber Sohn eines Admirals, war ein berühmter Spezialist in militärischen Angelegenheiten und Autor etlicher Schriften, die mittlerweile klassisch geworden waren, wie der *Traktat über den Gebrauch der Kanonen in Seeschlachten* oder die Abhandlung über *Die Entwicklung der Segelschiffe,* denen er gerne noch einige weitere hinzugesellt hätte.

Tag für Tag über die Karte von Hellas gebeugt, in deren westlichen Regionen die Inselstaaten Korfu, Kefalonia, Kythera, Ithaka, Paxos, Leukos und Zakynthos lagen, die Konföderation, die er regierte, wurde Sir Douglas immer verdrießlicher. Das Gesicht, das ihm sein Spiegel zeigte, wenn er sich im blendend hellen Morgenlicht von Korfu rasierte, wo er seine Residenz hatte, wurde immer apoplektischer, und die zwei tiefen, Bedauern und Unzufriedenheit ausdrückenden Falten, die sich von der Nase über das Kinn hinabzogen, gruben sich ihm Tag für Tag tiefer ins Gesicht. Er war infolge von Intrigen der Whigs im Parlament und von Lord Grey selbst auf das tote Gleis geschoben worden und sah sich in einer Weise exiliert, wie er es noch niemals zuvor empfunden hatte, auch nicht damals im frostigen New Brunswick jenseits des Ozeans, in der Gesellschaft der Pelzhändler und Walfänger, über die er ein paar Jahre zuvor regiert hatte: Der apokalyptische Frost und die endlosen weißen Flächen hatten ihn nicht davon abhalten können, in der Wärme der im Ofen knisternden Zweige an seinen genauen und minutiösen Traktaten über die Seefahrt zu arbeiten. Er, der ein paar Jahrzehnte zuvor mit dem höchst angesehenen Order of St. Michael and St. George ausgezeichnet worden war, musste es nun hinnehmen, dass ihm jeder dahergelaufene Korsar ins Gesicht spucken konnte und er es mit allen Ganoven von Hellas zu tun bekam, und dies nur deshalb, weil er sein Lebtag ein aufrechter Tory gewesen war, getreu und ohne Tadel.

Am Tage der Krönungsfeier im fernen London lag der Gouverneur schier verzweifelt in seinem Arbeitsstuhl und starrte, ohne etwas zu sehen, auf das kleine, in einer bauchigen Rumflasche eingeschlossene Segelschiff auf der Schubladenkommode aus rotem Pernambuco-Holz an der Wand jenseits des Schreibtischs. Er hatte es vor zwei Jahren von einem Kaufmann erworben, der wahrscheinlich endlos Gewürznelken kaute, denn er erfüllte jeden Raum, in dem er sich befand, sogleich mit deren süß-pfefferigem Duft. An den Tag konnte er sich noch sehr gut erinnern, an dem jener gewisse Abraham Norton von einem Schiff unter niederländischer Flagge stieg, gleich am alten Hafen eine Verkaufsbude anmietete und damit begann, seine noch nie zuvor gesehene Ware zu verkaufen, denn genau an demselben Tag wurde der grausame Frangopoulos, ein Pirat, der im gesamten Ionischen Meer Schiffe versenkt hatte, gefesselt und in Frauenkleidern, wie es seiner Gewohnheit entsprach, zu ihm gebracht, und als er ihn aufforderte, seine Morde und Plünderungen zu gestehen, hatte dieser ihm direkt ins Auge gespuckt, sodass er, erst einmal ohne Sicht und angeekelt, sich mit einem Taschentuch abwischen musste. Und wenn die Palikári, die ihn festhielten, nicht auf der Hut gewesen wären, hätte der Dickwanst ihm in die Nase oder in die Wange gebissen und die Stückchen blutigen Fleisches auf den Fußboden gespuckt, wie man es in ähnlichen Situationen schon gesehen hatte. Als er an demselben Nachmittag noch auf dem zentralen Platz vor der Kathedrale des heiligen Spiridon bei der Hinrichtung des Piraten durch den Strang assistierte, war er, wie alle anderen Zuschauer, erschrocken angesichts des riesigen Schwanzes, der sich während der Todeszuckungen aus seiner zerschlissenen Unterhose aufgerichtet hatte und viele Frauen im Publikum in die Arme der Umstehenden sinken und in Ohnmacht fallen ließ.

Nun aber stand dem Gouverneur der Sinn weder nach dem Segelschiffchen in der Flasche, in dem er mit einiger Freude den Klipper *Water Witch* erkannt hatte, der Opium aus China brachte, noch nach Erinnerungen. Erst vor zwei Stunden hatte er eine Nachricht bekommen, die ihn hatte erstarren lassen. Vor drei Jahren, soeben erst in seiner neuen Residenz auf Korfu angekommen, einer Stadt, die aus einem kompakten Stück mediterranen Lichts gehauen worden war, wie ihm schien, und so strahlend hell, dass man sie nur mit zusammengekniffenen Augen ertragen konnte, hatte man den Gouverneur mit dem System der schnellen Nachrichtenübermittlung zwischen den Inseln vertraut gemacht, das, pittoresk und exotisch (und für die technische Vorstellungskraft eines Offiziers etwas albern) aus einem großen Taubenhaus voll rauher, kreisförmig aufgerichteter Schwanzfedern, sachten Gurrens, roter Augen und sauer riechenden Taubendrecks bestand, das als sein Hauptstück im gepflasterten Innenhof der Residenz selbst seinen Platz hatte. Die Brieftauben, die über Brust und Rücken eine Art winzig kleiner Pelerine in unterschiedlichen Farben trugen, je nach der Insel, von der sie Nachrichten überbrachten, wurden in geschlossenen Boxen mit Segelschiffen bis zur jeweiligen Insel gebracht, von der sie einmal pro Woche mit einem Zettel an den Beinchen die Wegstrecke zurückflogen. Es war die schnellstmögliche Weise, Nachrichten an die Zentralverwaltung der Vereinigten Staaten der Sieben Inseln zu übermitteln. Das System, das der Vorgänger des Gouverneurs, ein in die Tauben vernarrter Schotte, eingerichtet und perfektioniert hatte, indem er ewig neben dem Taubenhaus und bei den Reisetauben sowie allerlei weiteren Rassen ausharrte – den Kapuzinerinnen mit Halskrausen, Malteserinnen, Königstauben, zweifarbigen Strassern, Pfauentauben mit Schwanzfedern wie feine Spitzen, oder Taganrog-Fliegern mit weißem Körper und Flügeln von einem schönen Rötlichbraun –, funktionierte zufriedenstellend, und Sir Douglas bekam regelmäßig Informationen aus seinem gesamten maritimen Territorium.

Allein die am weitesten südlich gelegene Region blieb übrig, denn auf der kleinen Insel Antikythera nisteten die berühmten Eleonorafalken, eine seltene und für die Falkenjagd in England sehr begehrte Art, sodass keine Taube die Insel überfliegen und auch die in der Nähe liegende und sehr viel größere Insel Kythera nicht erreichen oder verlassen konnte, die oftmals von allerlei Piratengruppen aus dem Ionischen Meer angegriffen wurde. Die Falken, etwa dreißig bis vierzig Nester, die bis zu hundert Raubvögel beherbergten, hatten bis dahin sämtliche Brieftauben umgebracht, die mit an den Füßen hängenden Botschaften von der Insel in Richtung Korfu und zur Hauptstadt der Septinsularen Konföderation aufgebrochen waren. Kythera und Antikythera blieben somit weiße Flecken auf der Karte des Gouverneurs, eines der großen und langwierigsten Ärgernisse seiner Amtszeit, der zu entkommen er kaum erwarten konnte.

Als unruhiger und auf Neuigkeiten versessener Geist hatte Sir Douglas schon mehrere Möglichkeiten erkundet, diesem Ungenügen abzuhelfen. Eine Zeit lang hatte er mit dem amerikanischen Maler Samuel Morse korrespondiert, berühmt nicht allein für das düstere Bild *Der sterbende Herkules,* ein politisches und künstlerisches Manifest, das sich zur damaligen Zeit in der Pinakothek von Yale befand, sondern zunehmend auch als Erfinder in dem sehr neuen Bereich des Elektromagnetismus. Vier Jahre zuvor hatte er den elektrischen Telegraphen patentieren lassen, und die Aussicht, umgehend mittels eines einzigen Kupferdrahtes Nachrichten empfangen zu können, versprach, in den folgenden Jahren das Angesicht des Jahrhunderts ebenso zu verändern, wie es die Eisenbahnen, die Dampfschiffe und andere Erfindungen auf der Grundlage von Dampf und Elektrizität möglich gemacht hatten, bürgerliche Wunderwerke, die bald schon niemanden mehr beeindrucken sollten. Leider, so hatte ihm der Amerikaner geschrieben, habe sein Telegraph, zu diesem Zeitpunkt das perfektionierteste Gerät der Welt, es nicht vermocht, Signale weiter als über eine Distanz von zwei Meilen zu verbreiten, was dem Abstand entsprach, über den Morse bei der ersten öffentlichen Vorführung in Morristown, New Jersey, die Mitteilung »Mit Geduld bezwingt man das

Meer«, in einen von ihm selbst erfundenen Code aus Punkten und Linien verwandelt, hatte übermitteln können. Aber ein Kupferdraht von 287 Meilen Länge, mit speziellen Umhüllungen isoliert, der auf dem Grund des Meeres liegend die Inseln Korfu und Kythera verbindet, hätte damals allein von Jules Verne erträumt werden können, dem Propheten des grenzenlosen Fortschritts, wenn er im Jahr der Krönung nicht erst ein zehnjähriger Junge gewesen wäre, der verträumt den Segelschiffen nachschaute, die auf der Loire gemächlich am Dorfe Chantenay vorbeifuhren, wo er seine Sommerferien verbrachte.

So kam es, dass Lord Douglas von den Vorfällen in Antikythera erst nach einer Woche erfuhr, nachdem die kleine Insel aus seiner Konföderation überfallen, ausgeplündert und als unabhängiges Territorium der Piraten von Theodoros, einem der von den englischen Schiffen meistgesuchten Anführer im Archipel und im Ionischen Meer, beansprucht worden war. Die Piraten verfügten über einige Feuerkraft, denn sie besaßen zwei in den letzten Jahren gekaperte Schoner mit schweren Kanonen, bedienten sich aber auch einer Vielzahl kleinerer Schiffe und Boote mit bloß einem Segel, die überraschend manövrierfähig waren, und mit denen sie sogar Handelsschiffe ernsthafter Größen enterten und ausplünderten. Die letzten Schätzungen, von denen der Gouverneur Kenntnis hatte, beliefen sich auf etwa fünfzig Piraten, Männer und Frauen, die genauso bewaffnet und ebenso kühne Kämpferinnen waren. Theodoros war ein Barbar aus einer kalten Gegend nördlich der Donau, der es in sehr kurzer Zeit und noch jungen Jahren, denn er zählte gerade mal zwanzig oder einundzwanzig Jahre, geschafft hatte, die hellenischen Meere auf den Kopf zu stellen, er jagte den Einheimischen Entsetzen ein und erwarb damit großen Ruhm. Die Wege seiner Schiffe zwischen den Inseln hindurch, so berichteten die über den Archipel verstreuten Spione dem Gouverneur, waren außerordentlich merkwürdig, denn sie beschränkten sich nicht auf ein in Besitz genommenes Gelände, das ausgeplündert werden sollte, sondern zogen sich lang und breit durch den östlichen Teil des Mittelmeers, mit Aufenthalten auf unfruchtbaren und menschenleeren Felsbrocken und sandigen Landzungen, als suchten sie verzweifelt nach etwas möglicherweise Mystischem oder Verborgenen und nicht nach Gold, Rum, Frauen oder Edelsteinen, was für gewöhnlich das Beutegut der Piratenbanden war.

Am Morgen des zwanzigsten Juni sagte der immer noch keuchende und rotgesichtige Leutnant, der von der Brücke seines kleinen Schiffes ins bis zum Bauchnabel reichende Meer gesprungen und dann umgehend bis zur Residenz des Generalgouverneurs gerannt war, dass an diesem Morgen der Hafen Potamos, der einzige Hafen, über den Antikythera verfügte, das ansonsten ein unbeliebter Felsen war, von zwei Schiffen blockiert worden sei, die eine schwarze Fahne aufgezogen hätten und mit Vierzigern, also wahrscheinlich Vernon-Kanonen, bewaffnet waren, wenn man danach geht, wie die Kanonade geklungen hat. Ehe die Wachen Zeit hatten, die Kanonen im Fort auf den Feind auszurichten, hätten die fremden Schiffe das Feuer eröffnet, die Schiffe und Boote der Fischer auf der Reede zerstört und dem Hafen großen Schaden zugefügt. Die Piraten hatten sodann sechs oder sieben Bote zu Wasser gelassen und dabei aus ihren Musketen geschossen, ihrem Klang nach wahrscheinlich dem preußischen Modell M-1835 Jägerbüchse, sind an Land gegangen und haben in zwei Stunden heftigen Kampfes die kleine Garnison eingenommen, wobei sie die zwölf Soldaten niedergemetzelt haben, darunter vier Untertanen Großbritanniens. In dem Ort haben die Piraten Taten unvorstellbaren Grauens begangen, alle Männer umgebracht, die Frauen vergewaltigt, auch kaum erst knospende Mädchen, und die paar Häuser angezündet, nachdem sie alles, was sie darin vorfanden, geraubt hatten.

Aus den Kleidern des Leutnants troff es, auf dem Fußboden des Arbeitskabinetts hatte sich schon eine Pfütze gebildet, aber der junge Mann freute sich, vor seinem Vorgesetzten mit seinen militärischen Kenntnissen Eindruck machen zu können. Bis an diese Stelle des Berichts, fuhr er fort, gehörte das Geschehene zur Wildnis dieser hellenischen Gegenden, die vieles schon zu sehen bekommen hatten. Die Piraten waren eine Plage dieser Inseln, der man nicht Herr zu werden vermochte, denn kaum ein Fischer zögerte, bei der geringsten sich bietenden Gelegenheit die Muskete zu ergreifen und sich auf leichten Booten, Barkassen oder regelrechten Schiffen an den Raubzügen, dem Versenken von Schiffen oder der Zerstörung von Dörfern und Marktflecken auf anderen Inseln zu beteiligen. Die Köpfe der Banden wurden von den Leuten als Helden betrachtet, man konnte nachts nicht am Meeresufer mit den Einheimischen Retsina trinkend und palavernd um ein Lagerfeuer sitzen, ohne dass ein alter Spielmann, Ururenkel der antiken Sänger-Dichter, angefangen hätte, unter Seufzern und mit zitternder Stimme ein altes Lied über die Heldentaten einiger Limberakis Gerakaris, Petros Lanzos oder Leon von Tripolis anzustimmen, die es seinerzeit gewagt hatten, selbst mit den Venezianern zu kämpfen und ihnen die Frauen zu rauben, die dann, verliebt in die stolzen Briganten, nicht mehr in ihre Paläste zurückkehren wollten, als man sie freigekauft hatte.

Aber was dann folgte, war viel schlimmer. Jener Theodoros, ehemals walachischer Untertan, nach allem, was man über ihn weiß, die Mutter jedoch Griechin, ein Palikár, auf dessen Kopf eine Belohnung von siebenhundertfünfzig König-Otto-Silberdrachmen ausgesetzt worden war, hat sich mit seiner Beute nicht in irgendein Versteck zurückgezogen, wie es die Piraten sonst taten, um ihre Spuren in der Weite der schäumenden Meere zu verwischen, sondern hisste an der höchsten Stelle über der Insel seine eigene Fahne, auf die er eigens den Eleonorafalken mit ausgebreiteten Schwingen hatte malen lassen, und erklärte sich für nicht mehr und nicht weniger als den (hier nun prustete der Leutnant vor Lachen) *Ewigen Strategos der Vereinigten Prinzipate von Antikythera und Ostkythera.* Eine kleine, bei Cerigo, der Hauptstadt von Kythera, improvisiert zusammengestellte Flotte, die ausgeschickt worden war, dem verbrecherischen Treiben jenes Theodoros Einhalt zu gebieten, war zur Hälfte von den Schiffen der Piraten zerstört worden, und der Rest sah sich gezwungen, sich schnellstens vom Hafen von Potamos zu entfernen. Der Leutnant hatte in jener jämmerlichen Schlacht mitgekämpft und sich sogleich nach dem Rückzug beeilt, sein Schiff nach Norden fahren zu lassen und das Ionische Meer gen Korfu zu durchqueren, um dem Konsul die Nachricht von diesem Desaster zu überbringen. Denn Antikythera war, auch wenn es sich bloß um ein beinahe unbewohntes, karges Inselchen handelte, Teil der Vereinigten Staaten der Ionischen Inseln, die sich unter Britanniens Protektorat befanden. Die kriminelle Dreistigkeit von Theodoros' Piraten musste als eine Beleidigung an die Adresse der Königin angesehen werden, die an ebendemselben gesegneten Sonntag gekrönt worden war, ebenso an die Adresse des gesamten Vereinigten Königreichs von Großbritannien, der mächtigsten Seestreitmacht dieser Zeit. Diese Beleidigung musste selbstverständlich bestraft werden, und zwar mit aller Schärfe.

Neben der so unangenehmen Nachricht hatte der junge Leutnant dem Generalgouverneur noch etwas zu berichten. Er knöpfte seine Tunika über der Brust auf und holte ein längliches Säckchen heraus, dessen Bänder er langsam mit den Fingern aufknotete. Daraus nahm er dann eine Papierrolle und entrollte sie vor den Augen von Lord Douglas. Es war vermutlich ein Brief, denn da gab es offensichtlich eine Einleitungsformel und eine Schlussformel, die vom Rest der Schrift getrennt wurden, aber die Sprache, in der dieser Brief verfasst worden war, konnte keine von denen sein, die den beiden bekannt waren. Die Buchstaben standen da in eng aneinandergedrängten und krummen Zeilen, ähnelten den russischen, was den Gouverneur alarmierte, denn so konnte es sich um eine gefährliche Spionageaktion handeln. Nach Auskunft des Leutnants war der Brief mit einem Boot verschickt worden, das pfeilschnell in Antikythera mit dem Ziel aufgebrochen war, die österreichische Meereslinie zu erreichen, deren Schiffe weiterfuhren, bis an den Bosporus und ins Schwarze Meer, um dann den Weg donauaufwärts zu nehmen. Es war eine glückliche Fügung, dass das Schiff des Leutnants, die Brigg *Royal George,* das Boot gekapert und die drei Seeleute gefangen genommen hatte, die nun erwarteten, gehenkt zu werden, obwohl sie geschworen hatten, von den Piraten dazu gezwungen worden zu sein, den Brief bis zu den Schiffen der Compagnie Österreichischer Lloyd zu befördern.

Lord Douglas schickte sogleich nach dem Kaufmann Lopatin, welcher als Russe galt, der sich vor Jahrzehnten in Korfu niedergelassen hatte und nun verängstigt herbeikam, da er nicht wusste, was ihn erwarten mochte. Diesem genügte nur ein Blick auf den Brief, um den Offizieren unter zahlreichen Verbeugungen versichern zu können, dass der Brief weder auf Russisch verfasst war noch auf Bulgarisch, was eine weitere Sprache war, die er beherrschte, und die mit den gleichen, von den verehrten Heiligen Kyrill und Method erdachten Schriftzeichen geschrieben wurde. Niemand von denen, die der Gouverneur in den nächsten zwei Wochen danach fragte, konnte die verworrenen Sätze auf dem Papier entziffern, das ein Siegel trug, auf dem der gleiche Eleonorafalke zu sehen war, sodass die Rolle neben der Flasche mit dem winzigen Segelschiff auf der Kommode im Arbeitszimmer von Sir Douglas liegen blieb.

Mit einer Willensanstrengung, mit der man einen Krieg hätte gewinnen können, stand der Lord plötzlich von seinem Sessel auf, in dem er bis dahin dahingestreckt gelegen war, und begann nach ein paar Stunden, in denen die Sonnenglut sich etwas gemäßigt hatte, mit auf dem Tisch ausgebreiteten Karten und einem kleinen, ihn umgebenden Generalstab, Pläne für die Antwort zu entwerfen, die endgültig zu sein hatte. In den folgenden Stunden besprachen sie die Logistik, Ausstattung und Feuerkraft der sechs Kampfschiffe (leider waren sie alt und in schlechtem Zustand), die den Vereinigten Staaten der Ionischen Inseln zur Verfügung standen, und zwar der Fregatten *Boscawen* und *Cumberland,* der Brigg *Meeanee* und der drei Schoner *Sans Pareil, Tiger Tooth* und *Doom*. Mit den 42 Kanonen, die sie insgesamt hatten, und einer Besatzung von mehr als hundert Seeleuten, Kanonieren und Soldaten sollten sie mehr als genug sein, um den Hafen Potamos zu blockieren, die Piraten zu vernichten und den irren »Ewigen Strategos« nach Korfu zu bringen, damit er, wie es sich gehörte, am zentralen Platz vor der Kathedrale des heiligen Spiridon gehenkt werden konnte.

Nach diesem Kriegskonzil, in dem ihm die Offiziere versichert hatten, dass dieser kleine Zwischenfall sehr schnell erledigt sein werde, wieder einigermaßen beruhigt, hatte der Lord ihnen erlaubt, sich zurückzuziehen, und trat dann schließlich selber hinaus auf den im Abenddämmer von Oleanderduft parfümierten Altan. Ein Glas Whiskey in der Hand, versank sein müder Blick in der Unendlichkeit des Meeres, das nun, unter dem frühen Abendhimmel, tatsächlich die Farbe des Weines hatte, wie es von dem unsterblichen Homer vor dreitausend Jahren beschrieben worden war.

Pflichtbewusst, wie sie es stets war, versäumte Victoria es auch als Königin nicht, die Zeremonie in ihrem intimen Tagebuch zu beschreiben, dabei die langweiligen Episoden des Tages, die Senilität des auf den Treppen zusammengebrochenen Lords und die veraltete Musik nur gelinde zu streifen, aber doch im Vorbeigehen auch etwas aufgebracht die Geschichte mit dem Erzbischof noch einmal zu beschreiben, denn ihr Mittelfinger war immer noch angeschwollen und rot, auch nachdem vier Kammerzofen ihn mit Olivenöl und Fischtalg eingeschmiert und massiert und an dem Rund des imperialen Rings gezogen hatten, der auf dem falschen Finger festsaß und unter keinen Umständen davon herunterzuziehen war: »Dann folgten all die anderen Dinge, deren letztes das Aufsetzen der Krone war, was, wie ich sagen muss, ein sehr schöner und beeindruckender Augenblick war; auch alle Pairs setzten sich im selben Moment die Kronen auf. Mein exzellenter Lord Melbourne, der während der gesamten Zeremonie in meiner unmittelbaren Nähe stand, war in dem Augenblick *völlig* überwältigt und äußerst bewegt; er schaute mich mit so viel Liebe an, dass ich sagen könnte, wie ein Vater. Die Ovationen, Trommeln, Trompeten, die Gewehrschüsse, alles in demselben Augenblick, machten die Feier umso eindringlicher. Der Erzbischof, etwas linkisch, steckte mir den Ring auf einen anderen Finger, als er es hätte tun müssen, sodass ich ihn dann nur unter äußersten Schwierigkeiten und großen Schmerzen wieder herunterbekam. Gegen halb fünf bin ich wieder, die Krone auf dem Kopf, das Zepter und die Erdkugel in den Händen, in die Kutsche gestiegen, und wir kehrten durch eine noch dichtere Menge Menschen auf dem gleichen Weg, den wir gekommen waren, wieder zurück. Der Enthusiasmus, die liebevolle Zuwendung und Loyalität waren geradezu überwältigend, und ich werde diesen Tag als den stolzesten meines Lebens im Gedächtnis behalten! So um kurz nach sechs kam ich zu Hause an und fühlte mich *überhaupt* nicht müde. Um acht Uhr habe ich zu Abend gegessen.«

19

Ich, Theodoros, durch Gottes Willen Ewiglicher Strategos der Vereinigten Prinzipate von Antikytheros und Ostkythera, sowie Taxiarch der Eilande Skyros, Amorgos und Vous.

Allerliebstes Mütterchen meiner Seele, Sofiana,

erfahre denn von mir, dass ich mich gut befinde und gesund, welche Sach ich auch Euch wünsche, da ich, wie es sich gehört, Dir die teuren Hände küsse.

Ich will von allem Anfang dieses Briefs weg Dir nicht verbergen, liebstes Mütterchen, dass ich zwischen den fremden Hellenen, Türken und Venedigern dieser Gegend einen immer besseren Ruf genieße, den ich mir durch Ehrlichkeit und unermüdliche Arbeit erworben hab, denn meine Handelstätigkeit läuft wunderbar, und das Geld fliegt mir zu, als wär ich sowas wie sein Vorgesetzter, und auf hundert Eilanden sind meine Kunden mit mir vollauf zufrieden. Auch gibt es da keinen Bojaren auf den Eilanden, der eine Tochter hätt und mich nicht gerne zum Schwiegersohn dazu, und da ist auch keiner, der nur Buben hätt und die nicht als treue Diener zu mir schickte, denn mein Ruhm nimmt im Archipel stets noch zu, wie das Feuer, das durch nichts einzudämmen ist. Und meine braven Palikári und Palikárinnen umgeben mich wie die Phalanx des Alexander von Makedonien, von dem Du mir so viel vorgelesen hast, als ich ein Kleinkind an Deiner Zitze war, sie haben jetzt an Zahl und Stärke zugenommen, sind jetzt sechsundachtzig an der Zahl und von allen Gesetzen, Bekenntnissen und Ländern. Nacht für Nacht gibt es Gezanke darum, wer auf der Schilfmatte vor meiner Tür schlafen darf, dass auch keine Fliege eindringen kann in meine Schlafstube.

Vieles ist geschehen, seitdem ich Dir meinen letzten Brief geschickt hab, aber bevor ich Dir all dies aufliste, wie ich mit den Engländern gekämpft hab, die ja die Herren der Meere und Ozeane sind, und wie ich dem Tod durch eine Kugel entronnen bin, weil die Engel im Himmel mich beschützt haben, und wie ich den Kaiser der Fische selbst gesehen hab, der mit seinen Milchen alle Weibsen unter den Fischen dick macht, will ich Dir von unseren Weibern erzählen. In meinem vorigen Brief hab ich Dir von meinen braven Genossen gesprochen, damit Du sie ausgemalt sehen kannst vor Deinen Augen und nichts aus meinem von Dir getrennten Leben Dir fremd sei. Und so hab ich Dir neben dem Tataren Ghiuner und dem Kunstmaler Sisoe, die Du, meine Herrin, noch kennst aus Ghergani, und die mein rechter und mein linker Arm sind, auch den Juden Joshua, Suleyman-den-Chinesen und Baraba-den-Verschlafnen und ein paar andere noch vorgestellt, über die ich, so Gott mich wird leben lassen, nochmal Gelegenheit finden werde, wertschätzende Worte Dir zukommen zu lassen, denn sie sind tapfer allesamt.

Aber über die Frauen hab ich Dir nicht genug gesprochen, auch nicht ausführlich genug, und das ist dann schief so und nicht schön. Denn unsere Weiber, so sie Männer und Kinder verlassen haben, um an unsrer Seite zu sein, sind wie die Märtyrerinnen aus alter Zeit, die sich nicht einmal aufgeschlitzt vom christlichen Gesetz losgesagt haben, was auch das Gesetz derer war, von denen es in den Evangelien heißt, sie seien unserem Erlöser und Seinen heiligen Aposteln gefolgt und hätten ihnen gedient mit ihrem Vermögen, ihrem guten Gewissen und ihrer Reinheit. Ich kann Dir nicht von allen erzählen, es sind zu viele, wie die Palikári auch, aber hier die vornehmsten.

Zephyra ist ganz und gar blau eingefärbt, weißt Du, liebe Mama, hier gibt es keine unbemalten Menschen, wenigstens an einer Schulter, einer Titte oder am Knöchel, ja sogar auf der Stirn muss eine Zeichnung zu sehen sein, denn so trägt man es am Hafen, und das gesamte hellenische Volk, Fischer und Kaufleute, zeichnet sich am Körper, und es kann kaum einem stattlich genug ausfallen. Daran kann man ersehen, dass ihre Popen ihnen nichts von dem jüdischen Gesetz gesagt haben, wo Adonai klar und deutlich sagt: »Ihr sollt keine Schnitte an euren Leibern tragen für die Toten, auch keinerlei Zeichen durch Stiche der Nadeln. Ich bin euer Herr und Gott.« Bei uns in der fruchtgesegneten Walachei kann man keinen bemalten Menschen sehen, und wenn man einen solchen sieht, dann erkennt man den Sträfling, so im Salzbergwerk das Salz geschnitten, oder die Hure, es sei denn, der Fürst hat ihn gezeichnet mit dem glühenden Eisen, damit er das Stehlen bleiben lässt. Aber hier auf den Inseln tragen alle die Arme voll bunter Spitzenmuster.

Und diese Zephyra, ein Weib aus Lesbos, hat in ihren jungen Jahren einen üblen Mann gehabt, einen ungläubigen Türken, der sie verprügelt und schänd-

liche Dinge getrieben hat mit ihr im Bett, wo er auf alle möglichen Weisen über sie hergefallen ist, dazu hat er ihr auch nur so viel zu essen gegeben, dass sie nicht hungers gestorben ist. Eines Tages, da sie mit einer Dienerin auf den Markt um Obst und Gemüse ging, sah sie in einem Verschlag dort einen jungen Mann, dem gerade mal der Flaum auf der Oberlippe spross, wie er mit größtem Geschick den Rücken eines dicken Bojaren mit Schlangen und allerlei anderen Bestien schön mit blauer Tinte vollgestochen hat, so sie ihm sein Lebtag auf der Haut erhalten bleiben. Du musst nämlich wissen, dass diese Zeichnungen niemals mehr gelöscht werden können, sie werden nämlich unter großer Qual und großen Schmerzen mit Nadeln und Sepia-Tinte in die Haut hineingestochen, und das Blut wird dabei immerzu mit einem nassen Lappen weggewischt. Und vom ersten Blick an war sie in Liebe zu dem Jungen entbrannt, ist hineingegangen in seinen Verschlag und hat sich mit ihm verständigt über ein paar von diesen gestochenen Zeichnungen, und hat dann alle Tage auf dem Markt etwas besorgen müssen, dass sie eine Stunde wenigstens in seiner Nähe verbringen hat können. In dieser Stunde nun hat der Junge seinen bezaubernden Dienst auf den Körper der Frau gerichtet, hat bei den Fußsohlen angefangen und sich immer höher hinaufgearbeitet, Maß für Maß, wie das Wasser so ganz gemächlich ansteigt in einer Karaffe, hat ihr die Beine und Knie und die Schenkel mit allerlei Blumen und Schmetterlingen bemalt, wie er sie noch niemals gestochen hatte, denn die Kundschaft wünschte sich gewöhnlich Schlangen und Skorpione oder die hellenischen Könige Otto und Amalia, dass es ihn schon gehörig ekelte vor so vielen Biestern.

Und mit der Macht der Verliebtheit, verzaubert vom nackten weißen Leib der Zephyra, kam der junge Mann wiederum, nach bitter zugebrachter Zeit, auf die Kunst, auf die Luft zu schreiben, grad so wie die Gesetzestafeln von Moses so beschrieben waren, dass die Schrift einen Fingerbreit über dem Stein schwebte, denn sie war nicht von einem Menschen geschrieben, sondern von Gottes Finger. Mithin auch die Menge an zarten Ranken und Stängeln, Blumen ohnegleichen, Blätter mit Tautropfen, und die Unzahl an Käfern und Libellen und Schmetterlingen, mit denen der Körper der Frau überzogen wurde, sich nicht in ihre Haut selbst einkerbte, sondern in die Luft, so diese umgab, und blau schimmerte wie ein seidenes Hemd über Hüften und Titten, und ohn dass die Frau einen Schmerz je verspürt. Schließlich waren auch die Wangen und Lippen und Stirn und die Schläfen Zephyrens voll des Flügelschlags der Art, so auf den Namen Schwalbenschwanz hört, und allesamt schwebten einen Fingerbreit über ihrer Gesichtshaut. Und als der durchscheinende Panzer vollendet war, hat Zephyra keine Schläge mehr ertragen müssen und keine Unterdrückung, denn der Türke konnte sie nicht mehr berühren. Im folgenden Sommer dann ist sie mit ihrem jungen Griechen in ihr heimatliches Lesbos geflohen, und als die Aletheia *dort vor Anker lag, haben die beiden mit großem Nutzen sich uns angeschlossen, denn von da an hatten wir dann, neben Sisoe, einen weiteren Maler, nunmehr einen, der Menschenhaut bemalt, und für die Kämpfe mit den nichtsnutzigen Piraten hatten wir eine grausame und unbesiegbare Kämpferin zur Seite, denn die Schwerter und Dolche gleiten an ihrem blauen Zierat ab und können ihr nichts anhaben. Wo auch immer uns die Zephire hinwehen, aus der Ferne schon können die Schiffe bei uns auf der Brücke Zephyra erblicken, ein azurenes Leuchten, so sie wissen, dass wir uns ihres Schutzes erfreuen.*

Und neben Zephyra haben wir Myrne, gleichfalls Griechin, das große Segel der Pséma *in der Schlacht bei der Insel Vous, denn weil sie drei Babys im Bauch hatte, hat sie das Schiff, auf den größten der Masten geklettert, mit dreifachem Schub versorgt inmitten der anderen Frauen mit je einem Kinde im Bauch. Gleich nach der Schlacht hat sie ihre drei Kinder auf die Welt gebracht, alle drei dem männlichen Geschlechte zugehörig, Aris, Helios und Apollon, was sie nicht bewogen hat, sie Mönche werden zu lassen, sie behielt sie vielmehr an ihrem Rockzipfel und nimmt sie auch heute noch mit auf die Schiffe und Inseln. Jetzt erheben sie sich allmählich, laufen auf eigenen Beinen einher und sind der Schrecken der Katzen, die sich auf den Barkassen und Kampfschiffen dermaßen vermehrt haben, dass sie uns schier die Ohren abfressen. Myrne schläft immerzu in der Kiste, in der sie dereinst auch begraben werden will, so will sie sich stets ins Gedächtnis rufen, dass ihr anziehender Körper doch bloß Staub und Sünde ist.*

Und da ist dann auch Kassandra noch bei uns, die uns ganz großartig in Amorgos zu Hilfe kam, wo sie bis hinauf auf die Spitze des Felsens geklettert ist, wo sich das Kloster Hozoviotissa befindet und sie Dinge erfahren hat, die für uns sehr nützlich waren. Doch dieses äußerst tüchtige Weib, das im Kampfe den Krummsäbel wie der kräftigste Recke schwingt, ist unfruchtbar und setzt kein Kind an im Bauch. Es gibt im gesamten Archipel keine Zauberin und keinen Doktor, die sie noch nicht aufgesucht hat, keine Ikone, zu der sie nicht unter fließenden Tränen gebetet, und keine Kräuter und keinen Sud, den sie nicht getrunken hat, um ein Kind zu bekommen, aber vergeblich. Vor zwei Jahr, da hatte sie alle Hoffnung längst fahren lassen, hat sie beim Kochen ein Pfefferkorn verschluckt, und mit einem Mal war das Wunder geschehen. Ihr Bauch wurde runder und größer, und Kassandra sang und lachte in der Sonne und wusste nicht mehr so recht, welchem Heiligen sie nun zu danken hätt, und wie die Wehen kamen, haben wir die erfahrensten Hebammen dieser Gegenden an Deck geholt. Wir allesamt, Palikári, harrten gerührt aus bis gegen Morgen, den Schrei des Neugeborenen zu vernehmen. Es war uns aber nichts anderes vergönnt, als die Schreie und das Klagen der Frauen zu hören, die aus der Kammer unter der Ladeluke herausrannten und das Deck mit vom Kopf gerissenen Haaren und Tränen der Angst überzogen. Wie Kassandra in den Qualen der Geburt so entblößt dalag, schoss aus ihrer weibischen Tiefe ein Lichtschein heraus, und es zeigte sich erst einmal ein Schädel aus Licht, dann eine leuchtende Hand, sodann stürzte das Kind von einer öligen Aureole rings um seinen kleinen Körper heraus und auf die Welt, und in der Stube ward es mit einem Mal taghell. Es erhob sich, schwebte mitten im Zimmer, hing noch an seinem Därmchen und schaute sich in der Stube rings um mit azurblauen Augen. Seine Wangen waren weiß und rot, sein Haar aber wie die weißeste Wolle. Eine Hebamme sprang herbei, diesen Darm mit der Schere zu zerschneiden, und so die Frauen aus der Luke stoben und das Deck füllten, erhob sich das Kind hinauf in die Himmel und glühte wie ein Komet, je weiter es hinauffuhr, bis man es zwischen den Sternen nicht mehr erkennen konnte. Seitdem will Kassandra vom Manne nichts mehr hören, und auch nach einem Kinde steht ihr der Sinn nicht mehr, dafür wirft sie sich jetzt immer dort hinein, wo der Kampf am heftigsten tobt, als riefe sie nach dem Tode. Und all ihren Anteil an geschäftlichen Erträgen schenkt sie den Fischersfrauen, die sie mit zwei oder drei Kindern an ihren Rockschößen in den Häfen antrifft am Kai.

Da gibt es noch Aişé, die Türkin, die jedoch christianisiert ist und Diakonin der Heiligen Kirche der Jungen Nackten, die sie selber mit bloß zehn gläubigen Frauen gegründet hat, allesamt von der gesamten Priesterschaft in Hellas verdammt, denn sie hatten überall auf den Eilanden die Lüge verbreitet, dass der junge Mann, der, so Markus, nackt aus dem Garten Gethsemane entkommen war und seine Kleider in den Händen von Christus' Verfolgern zurückgelassen hatte, eine Frau gewesen war, die Geliebte des Erlösers, die dieser beim Letzten Abendmahl an seine Brust gedrückt und der er die Schlüssel zu seiner Kirche und dem Reich der Ewigkeit anvertraut hatte, und nicht dem heiligen Petrus. Denn für Christus waren die Frauen ebenso Erbinnen des Lebens, und die Evangelien waren voll der himmlischen Liebe und des göttlichen Segens, wenn Er zu ihnen sprach, etwa zu der Frau, die sich der körperlichen Sünde schuldig gemacht, oder der Samariterfrau, dem Mädchen Talita, oder wenn Er, eben erst auferstanden von den Toten, sich zuerst Maria zeigte. Ayşé und ihre Diakonissinnen nahmen alle Männer hin, die es nach ihnen verlangte, dies aber nicht aus körperlicher Lust, sondern weil auch Christus, wie sie nicht ganz der Wahrheit folgend vorgaben, und der heilige Petrus immerzu eine Schwester mit sich führten, die ihnen zur Gattin diente. Wenn sie sich paarten, und es gab keinen Tag, an dem sie es nicht getan haben, flüsterten sie ihrem jeweiligen Liebhaber die Predigten des heiligen Johannes Goldmund ins Ohr, und wenn sie es nicht mehr aushielten und unter der Manneskraft sich zu schreien genötigt sahen, riefen sie »Amen, Amen!«, damit ihr Opfer angenommen werde. Im gesamten Archipel verjagt, haben wir sie beherbergt, denn auch für unsere Gemeinschaft ist das Weib auf dieser gemeinen, in Schweiß und Blut getränkten Erde ein Engel des Herrn.

Da gibt es noch Daurita, die Ägypterin Ftatateeta, Leia Organa, Begonia, Icosaedra, Turcoaza, Berilia, Isaura (eine Sklavin, die auf einer Galeere aus Brasilien gekommen war), Neptina (die mit den Schuppen eines Fischweibs auf Hüften und Beinen), Mufidé, Validé, Ghiulsum und Laleli – diese Letzteren die Gattinnen des Türken Ismail –, Neona, Argona, Xenona, die blindwütige Moscovia sowie die süße Zenaida, eine unserer Walachinnen, die ich Dir gerne zur Schwiegertochter gemacht hätte, wäre mein Herz nicht vergeben. Allesamt wertvoller als Edelsteine und Goldgegenstände vom Meeresgrund und uns gute Schwestern und Gefährtinnen in unseren Geschäften.

Und nun, da ich Dir von ihnen erzählt habe, will ich vorankommen mit meiner Geschichte, denn deren Worte sind es noch viele an der Zahl. Nachdem wir eine Weile in Vous oder, wie wir sagen, am Ochseneiland neben Seferios ausgeharrt hatten, nahmen wir mit unseren Schiffen Altheia *und* Pséma *Kurs auf Samos, wo wir sie aufs Trockendeck zogen und wunderbar kalfatert haben, indem wir sie von Algen, Schnecken und Muscheln befreit haben, die als Krusten an den Schiffswänden klebten. Unter die Brücke packten wir kupferne Kanonen gegen das Übel der Piraten, die sämtliche Meere von Hellas wie ein Netz überspannen, und für uns haben wir gute Flinten gekauft, deutsche, so den Mann in hundert Klaftern noch von den Beinen holen. Da haben wir auch noch fünf große Barken mit Masten und Segeln gekauft, worauf Sisoe die Leben berühmter Männer gemalt hat, und haben auch diese bis an die Zähne bewaffnet. Denn wisse, Mütterchen Sofiana, auf den Eilanden ist der ehrbare Handel schwierig, da alle Übel auf ihn lauern.*

Dann habe ich die Wege der salzigen Wasser befahren, voll großer Fische und Kraken, die so groß sind wie ein Haus und die Menschen mit ihren dicken Fangarmen an den Beinen packen und von der Brücke in ihr grundloses Meer hinabziehen, so niemals mehr jemand von einem hört. Und überall, wo wir in einem Hafen uns aufhielten, sind wir gut empfangen worden, denn unser Ruf hat stets zugenommen, und ich, der Dich, Herrin, liebende Sohn, bin ein hochangesehener Mann und verfüge über einen gewissen Namen. Die Bewohner der Kykladen-Eilande und im Kretischen Meere sowie bei den Dodekanes hatten mich so liebgewonnen, dass viele mir an den Kleidern zerrten, sie mir zu zerreißen, als sie mich sahen, um mich zu ihrem Archonten zu machen auf ewig. Aber ich wollte das nicht, denn Archont sein ist gar wenig, und Alexander von Makedonien hätte sich nicht zufriedengegeben mit einer Archonterei auf einer verdreckten Insel. Nachdem ich jene Eilande durchstöbert und meine Geschäfte mit Diamanten erledigt waren, hat mich die Windrose gen Westen getrieben, wo ich auf einen hässlichen Landstrich seiner satanischen Majestät gestoßen bin, der Engländer nämlich, böse Menschen mit verkümmerter Seele, die nicht bereit waren, uns in einen ihrer Häfen auf den sieben Inseln einlaufen zu lassen, über die sie ihre Herrschaft ausgebreitet haben. Wo auch immer sie uns zu sehen bekamen, waren die sich gen Himmel erhebenden Wölkchen ihrer Kanonen zu sehen, und wir hörten deren Donner, so uns das Gehör verdarb. Umsonst bin ich mit meiner kleinen Schar von Schiffen durch Kefalonia, Ithaca und Zakynthos geirrt, denn da gab uns niemand auch nur einen Schluck Wasser, auch keine Speisung für bares Geld, sodass wir schließlich die Ratten und das Ungeziefer auf den Schiffen aßen. Und so wir sahen, dass wir mit den großen Eilanden geschäftlich nicht zurande kommen, haben wir uns um freundschaftliche Beziehungen zu den kleinen Eilanden bemüht. Und so wir uns von Kythera gen Antikythera richteten, sahen wir die Erscheinung.

Es ging auf den Sonnenuntergang zu, liebes Mütterchen, und ich stand verärgert am Ruder der Altheia, *denn seit drei Tagen hatte ich nichts mehr zu beißen gekriegt. Als ich, ebenso wie ich Dich sehe und Du mich, den König der Fische gesehen habe, der unmittelbar vor dem Bugspriet, unter dem sich die Statue der Wahrheit mit den nackten Titten und dem vom Salz zerfressenen Gesicht befand, bis zur Mitte aus dem Wasser hervorgekommen war. Es war ein sehr großer Fisch mit rauchigem Buckel und einem Bauch, der von einem großen hellweißen Bart bedeckt war. Und das ganze Meer schäumte ringsum, dämmerrot und voll der Köpfe von pontischen Heringen, Delphinen und Grundeln, die sein Gefolge waren. Auf dem Kopf trug er eine silberne, mit Edelsteinen bestückte Krone. Ungläubig rieb ich mir die Augen, aber es war genau so. Und der König, mit seinen Lippen hart wie das Holz der Gleditschien, sagte ganz klar: »Freue dich, Theodoros, denn man wird dich einen Großen unter den Menschen nennen, viele werden dir dienen, und man wird dich zu den Königen dieser Welt zählen. Ein großes, ein Land ohnegleichen wartet im Osten auf dich, jenes, aus dem die Königin von Saba in alter Zeit aufgebrochen war nach Jerusalem, sich zu erfreuen an der Weisheit des Königs Salomon. Dort wirst du deine Herrschaft über viele Jahre gegründet sehen, aber hüte dich vor dem Engländer, denn dieser wird dir den Untergang bereiten. Weil auf dieser sündigen Welt nichts ewig währt, außer Jenem, der sie in Seinen Händen hält.« Und er hat mich ebendort an Ort und Stelle gesegnet und ist dann wieder abgetaucht, mit ihm verschwanden auch alle anderen Fische in der Tiefe, und es blieb allein das Meer zurück, das sich bis an den runden Rand des Blicks erstreckte. Ob diese Prophetie nun wahr ist oder die Unwahrheit sagt, weiß ich nicht. Aber ich bewahre all dies in meinem Herzen, denn oftmals,* überaus geliebtes Mütterchen Sofiana, überkommt mich der Gedanke, ich lebte in einem Märchen, und mein Schicksal ist schon lange schriftlich festgelegt worden, sodass, was da geschrieben wurde, auf meiner Stirn zu lesen ist.

Nach dieser Erscheinung gelangten wir alsbald vor den Hafen Potamos auf Antikythera, wo uns in blumengeschmückten Kähnen die Leute aus dem Hafen zur freudigen Begrüßung entgegenkamen und uns mit Eleonorafalken beschenkten, die allein auf diesem Eiland nisten. Und so wir an Land gegangen waren, erzählten sie uns von der Unterdrückung durch die Engländer, die sich zu den Herren über sieben Eilande aufgeschwungen haben, und bekannten uns den Durst der Hellenen nach Befreiung. Die nationale Partei gewinnt auf ihrer Seite immer mehr an Macht, sodass schon etliche unter Gefahr für Haupt und Leben von den Anhängern der Rizospaston reden, der Partei der Kühnen und Radikalen. Ich habe die ganze Nacht bei ihnen verbracht und ihnen einen Plan gegen die Engländer enthüllt, und im Morgengrauen haben sie mir unter allgemeiner Enthusiasmiertheit das Eiland zu Füßen gelegt und mich selbst zum »Ewiglichen Strategos (also Ghöneral) über die Vereinigten Prinzipate von Antikythera und Ostkythera« ernannt. Schau nun also, allerliebstes Mütterchen, was für ein großer Mann ich in Hellas geworden bin, und so recht betrachtet, muss es nicht überraschen, Du bist nun mal Griechin, und Blut wird niemals sich verwandeln in Wasser.

Aber der Engländer, ein verdammtes Volk, wie eine Krake hat er sich breitgemacht auf allen Meeren, der hat doch die besten Kriegsschiffe gegen mich losgeschickt, sodass es eine grausame Schlacht vor dem Hafen von Potamos gegeben hat, wo Aletheia und Pséma sich den größten Ruhm erwarben, haben sie doch mit ihren amerikanischen Kanonen mehr als die Hälfte jenes Schwarms von Schiffen und Barkassen zum Grunde des Meeres befördert, dass es zum weißen Gewölk aus den Kanonenrohren himmelhoch widerhallte von den Schreien der elendig Ertrinkenden. Die noch übrig geblieben waren, haben wir etliche Meilen weit noch verfolgt und sind ihnen so nahe gekommen, dass wir den Soldaten in die Gesichter haben sehen können. Und mit einem Mal seh ich, nur im Hemde auf dem Bug der Aletheia stehend, wie ein Offizier seine Muskete auf mich richtet und schießt. Damit war ich nun tot, weil da zwischen uns nicht mehr als fünfzig Schritt waren, und ihre Musketen haben schon *den Drall im Rohr gehabt, das heißt, dass die Kugel sich um und um gedreht hat, so sie das Rohr verließ, wenn da nicht ein Wunder geschehen wär, was sicher als Beweis dafür angesehen werden kann, dass jedes Haar auf meinem Kopfe gezählt und aufgeschrieben ist. Wie man auf der Zunge den sauren Geschmack des Blitzes verspürt, der neben einem niederfährt, hab ich den des Todes gespürt, so ich dem Schützen in die Augen geschaut hab. Aber die Kugel, mächtig gegen meine Brust heranfliegend, hat mich nicht getroffen, hat sich vielmehr so krumm um mich herumgedreht, dass der Engländer sturzbesoffen gewesen sein muss. Ich danke dem Himmel, mich jetzt lebendig zu befinden, und Dir diese Nachricht aufschreiben zu können.*

(Hast auch allen Grund, uns dankbar zu sein, Theodoros. Denn du befindest dich in der Mitte dieser Geschichte, und konntest jetzt nicht sterben, wiewohl du's verdient hättest, niemals geboren worden zu sein, Mann aller nichtsnutzigen Siege, die dich zu den unverlöschlichen Flammen des Höllengrunds leiten! Wir haben gesehen, dass die Angst wie ein Iltis in deiner Seele stank, und haben unsere weißen Hände mit den Fingernägeln aus Licht zu dem Geschehen da unten auf der großen, von Wassern funkelnden Sphäre hingestreckt. Da sahen wir die Kugel, als sie noch im Lauf der Muskete steckte, und bestimmten, sie dürfe niemals deine Brust berühren. Dafür haben wir uns eine ganze Welt ausgedacht, denn von der Wucht des hinter ihr ausgebrochenen Feuerstoßes angetrieben, begann die Kugel aus poliertem Kupfer ihr Kreisen durch die doppelte Kannelierung des langen gezogenen Laufs, knirschte in den Furchen des Laufs und verging an seinem Ende wie ein soeben in Finsternis und Chaos geborener Planet in einer noch unbelebten Welt ohne Geist und Verstand. Und die Kugel kreiste ein paarmal in den Rillen, fühlte sich gequält in ihrem Fleische wie ein Baby, das sich im Geburtskanal umdreht, um mit dem Kopf voran geboren zu werden, bis sie mit einem Mal ans Licht hinaus stob, sich immer noch wie ein Kreisel tausende Male in einem Wimpernschlag drehte, in der Sonne über den Eilanden und im Glitzern des Meeres aufleuchtete und sich verdunkelte. Zielgenau flog sie auf dein Herz zu, das wir von seinen Arterien in deiner Brust festgehalten und pochen hatten sehen können, denn alle Dinge auf dieser Welt sind durchsichtig für uns wie Glas, seitdem wir dem Leben die Möglichkeit eingeräumt haben, sich auch auf diesem todbringenden Planeten zu zeigen.

In der Luft begann die Kugel sich abzukühlen, und kleine Punkte auf ihrer Oberfläche wurden empfänglich für unseren vitalen Hauch. In winzigsten Splittern von Augenblicken, die in unserer Welt tausende Jahrmillionen zählen mögen, erschien das Leben, zu Anfang als unvorstellbar kleine Wesen, die von der Wärme der Kugel genährt wurden und sich dann zusammenballten, um andere, größere und kompliziertere zu bilden. Da geschahen Veränderungen, und es zeigten sich Formen, die man bei uns nicht kennt und die sich gegenseitig jagen, zur Beute machen und verschlingen, und dies in einer Zeit, da Millionen und Abermillionen Rotationen stattfinden. Unter der Kupferschicht dahinwandernde Spezies und auf dem Kupferhäutchen kriechende Spezies und um Haaresbreite über dem Kupfer fliegende Spezies folgten stetig aufeinander, starben und wurden geboren, lebten ihre punktförmigen Leben im Licht der Sonne und im Schatten unter der Kugel. Das Sonnenlicht liebende Spezies begannen damit, seine Strahlen in Nahrung und Energie umzuwandeln, bildeten Wälder und dichtes Gebüsch voll namenloser Wesen mit Höllen- und Albtraumgesichtern und Anhängen voll anderer Wesen, die sie hinter sich her schleiften, und in Kobalt, Anilin und Türkis gefärbte Schilde und Panzer.

Da geschahen Katastrophen und Zerstörungen, geschmolzenes Kupfer mordete von Zeit zu Zeit mit seinem Dunst alle Lebewesen dahin, doch dafür traten andere bald an ihre Stelle, immer hungriger den süßen Geist des Lebens begehrend, immer aufrechter zum Geist und Lichte hin sich erhebend, denn einmal begonnen, lässt sich das Böse des Lebens nie wieder abwenden. Wir aber haben darüber gewacht, dass auch auf eure Sphäre wenigstens ein Funke von dem Geist gelange, der uns durchdrungen hat, und tatsächlich, einige der Lebewesen aus Kadmium und Iridium mit ihren purpurnen Schleiern und Nüstern, die wie Labien aussahen, fingen dieses Leuchten mit ihren hunderten von Augen auf, göttlichen Intellekt, die Liebe, so da bewegt die Sonne und all die anderen Sterne. Unzählige Zivilisationen solch wunderbarer Lebewesen wechselten einander ab, abertausende Umdrehungen geschahen, bis auf halbem Wege zwischen dem Gewehr und deiner Brust (erstarrt, wie du warst, allem ringsum gleich – Meer, Schiffe, die durch die helle Luft fliegende Kugel –, auf einer Daguerreotypie der Vergeblichkeit) sich die denkenden Wesen daranmachten, die Welt zu erkunden und, wie ihr in eurer Verworfenheit, sich zu fragen, wer sind wir, wo kommen wir her, und wo gehen wir hin? Unzählige Disputationen fanden statt, Schulen und Akademien wurden errichtet, man entdeckte die Gesetze des Universums, man erfand Mittel und Wege, das Kupfer in reine Energie zu verwandeln, und man schrieb die Geschichte so auf, wie sie niemals war, ebenso wie eure verlogenen Geschichten. Als sie lernten, das Antlitz der finsteren und der hellen Welt in ihrem fortwährenden Kreisen zu unterscheiden, haben sie verstanden, dass sie selbst Teil einer sehr viel größeren Welt ist. Ganz langsam nur, nach und nach enthüllte sich ihnen das Antlitz jener riesigen Welt: der Hafen Potamos, die im Kampfe befindlichen Schiffe, die weißen Wölkchen, die Schreie der Ertrinkenden. Hoch oben die Sonne zum Ruhme des Himmels und das glitzernde Meer darunter. Wir, auf unseren Wolken, in unseren milchweißen Kleidern, die Arme hinab in die Tiefe streckend. Die Entdeckung der enormen Welt ringsum war den Lebewesen auf der lebendigen Gewehrkugel ein verblüffendes Ereignis.

Sehr spät erst hat eines der hochgelehrten Wesen in einem Traktat, das es in Piktogrammen auf eine von seinen eigenen inneren Kanälen abgesonderte Seide gemalt hatte, zögerlich die Hypothese vorgebracht, dass ihr Planet, so seltsam es auch scheinen mag, sich als hervorgegangen aus einem Vernichtungsinstrument erweisen könnte. Gut ein paar dutzende Umdrehungen lang lachte man über diesen Gedanken, doch schließlich, man hatte Richtungen und Flugbahnen berechnet, konnte man ihm nicht mehr widersprechen. Ihre Welt war aus einer todbringenden Waffe hervorgegangen und wandte sich gegen ein gigantisches unvorstellbares Wesen, dem sie am Ende der Geschichte begegnen und sich ins Fleisch schrauben würde. Diese Tatsache kam ihnen unerträglich vor: Sie waren von zutiefst moralischer Wesensart, Ungerechtigkeiten und Gewalt hatte man in ihrer Welt längst vergessen. Lange Zeit erwogen sie den Gedanken eines kollektiven Selbstmordes, um nicht die in ein Lebewesen aus einer anderen Welt eingepflanzten Mörder sein zu müssen, doch auch wenn sie allesamt gestorben wären, das Schicksal des anderen wäre besiegelt gewesen.

Nach zehn weiteren Umdrehungen und aus ihrer Melancholie erwacht, suchten sie nach Möglichkeiten, die Flugbahn des Patronenkugel-Planeten zu ändern, damit er an seinem Ziel vorbeifliege. Die gesamte Energie der Völker auf der Kupferkugel richtete sich nun auf diese Aufgabe. Nach hunderten von Generationen begriffen die in Strontium, Quarz und Molybdän gepanzerten Wesen, wie sie einen großen Motor bauen könnten, der mit der endlos verfügbaren Energie der Leere zu betreiben war. Bis zu deiner Brust war nur noch ein Klafter, als die Arbeit abgeschlossen war. Nun sahen die Bewohner der Gewehrkugel mit verblüffender Klarheit jede Faser deines Hemdes und die enormen Bäume der Haare auf deiner entblößten Brust.

Der Motor wurde gestartet und verbrauchte ringsum schon in den allerersten Augenblicken Leere etwa der Menge einer mit gespreizten Fingern ausgestreckten Hand. Die Flugbahn der Kugel bog sich wie ein Zweig, den man mit der Hand gepackt und zu Boden gedrückt hat. Dutzende Male wurde ihre Bahn korrigiert und der Druck erhöht. Die Freude und Enttäuschung der Bewohner jener Kugel wechselten mit der Folge von Licht und Schatten auf ihrer Oberfläche. Zuletzt aber brachen alle in Freude aus: Von der geraden Linie abgelenkt, flog die Kugel zwischen deiner Brust und deinem linken Arm hindurch und verlor sich am Horizont, womit sie unsere Geschichte verlassen hatte. Du aber, gesund und unversehrt, blinzeltest verwundert und hast im Kampfgetümmel darauf vergessen, Dank zu sagen, was dir jetzt erst im Brief an deine Mutter über die Lippen kommt.)

Vieles noch würde ich Dir schreiben, liebes Mütterchen, aber mein neues Land unter der Fahne des Falken verlangt nach Führung, und die Pflichten rufen, und da kann ich nicht verweilen, denn sonst verweilt auch mein glückliches Geschick. Wenn Antikytheras Gefilde vollständige Freyheit erlangt haben und gestärkt sein werden mit schweren Kanonen an den meerseitigen Rändern, werde ich Dir weitere Briefschaften schicken. Die von Eurer Herrlichkeit erhaltenen sind ewiglich über meinem Herzen und unschätzbar. Da ich all dies für Deine lieben Augen hier aufschreibe, küsse ich sie in Liebe und Sehnsucht und wünsche ihnen das Beste überhaupt auf der Welt.

Dein Dich über alles liebender Sohn,
aus Gottes Willen Despot vieler Gefilde

Das zweite A von SAVAOTH musste sich irgendwo auf dem Gelände von Antikythera befinden, denn von allen hellenischen Eilanden, deren Namen mit dem gesegneten Alpha begannen, dem Ahnherrn aller Buchstaben, hatte dieses allein auch in fernster Vergangenheit schon einen Namen getragen, der mit A begann: Aigilia, dessen ungeachtet, dass es sich in einiger Nähe zu dem wilden Eiland Kythera befand, das vor Zeiten Aphrodite geheißen hatte. Du wusstest, Theodoros, dass du nur auf diesem heiligen Pfad wandelnd, der dich dem Willen der Passatwinde preisgegeben kreuz und quer durch den Archipel führte, mit dem gekappten Finger des Schicksals die leuchtenden Buchstaben betastend, darauf hoffen konntest, im Leben und im Buche voranzukommen, als wäre dein Leben ebenso wie die Zeilen des Buches, in dem du dich befandst, ein Labyrinth wie jenes auf dem Eilande Kreta gewesen, wo der Mann mit dem Stierkopf seine unglückseligen Gäste einstmals zerfleischte. Einmal die Herrschaft über das Fort Potamos erlangt und das Gemetzel beendet, fingt ihr an, den heiligen Buchstaben zu suchen, aber trotz der geringen Zahl an Niederlassungen und Anhöhen, denn das Eiland war eine ewige Felsenödnis, konntet ihr ihn nicht finden, wiewohl nicht viel gefehlt hätte, und alle Steine wären seinetwegen von euch um und um gedreht worden.

Ihr verweiltet noch eine Woche an jenem Ort, jagtet mit den Eleonorenfalken jeden Vogel, der sich über das Eiland verirrte, und füttertet die Unzahl von Katzen, die euch begleiteten, mit Ziegenmilch und dem Fleisch der Ratten von den Schiffen, und als dir die Hoffnung, den Buchstaben zu finden, schon ziemlich geschwunden war, du den Moshe Telalul verfluchtest, der sich vielleicht nur lustig gemacht hatte über dich, als du bestens gefesselt in seiner Gewalt in dem Bukarester Kellerloch gelegen hattest, kam plötzlich Baraba der Verschlafene, der vor gut drei Jahrhunderten auf die Welt gekommen war, von der Suche nach einem fernen Falkennest zurück und brachte eine Hoffnung verheißende Nachricht.

Auf dem Eiland befanden sich hohe und dicke, von den Zeitläuften zerfressene Mauern, die aussahen, als wären sie im fernen Altertum von Riesen errichtet worden, und neben dem ärmlichen Hafen Potamos waren sie das Einzige, das auf dem Eiland gesehen zu werden verlohnte, ohne dass man den Weg bis dorthin hätte bedauern müssen, denn alles sonst war nur kahler Fels. Die armseligen Fischer, die auf Antikythera wohnten, im Laufe der Jahrtausende niemals mehr als vielleicht mal einhundert, manchmal sogar nur drei oder vier, hatten ihnen den durch nichts gerechtfertigten Namen Schloss verliehen. Ihr Schloss, so herabgekommen und unbedeutend wie sie selbst. Umgehend eiltest du mit Baraba und zwei weiteren Palikári zu den Ruinen, wo ihr die Abenddämmerung unter einem feurigen Himmel voller Gesichte, die sich im weichselroten Meerwasser spiegelten, damit verbrachtet, auch noch den kleinsten Winkel jener Räume ohne Dach abzusuchen, in denen bloß Ratten und diese Insekten mit den tausend Beinchen und einem giftigen Biss hausten. Vergebens. Ihr fandet dort nichts als ein bisschen Erdreich und den schweren Geruch des Zeitvergehens, während der letzte Falke des Tages in preisendem Fluge einen Flecken Meeres beschattete und euch die Ödnis bitter in der Brust nagte.

Zum Glück konnte Baraba der Verschlafene, Sohn und Bezwinger der alten Zeit, in die Tiefe der Zeit blicken, das Kleinkind im ergrauten Manne erkennen und die stolzen Gebäude aus fernen Jahrhunderten in den heutigen Ruinen, die selber auch zerbröseln werden zum Staub der Zukunft. Er musste nur seine schwere Hand mit den von Salpeter geschwärzten Fingernägeln über die verlassenen Mauern streichen lassen, und schon konnte er darin wie in einem Buche mit tief hinabreichenden Seiten ihren Zustand von vor hundert oder zweihundert Jahren lesen. Während es richtig dunkel wurde, der Eleonorenfalke war längst schon in sein Nest zurückgekehrt, strich er die Zeit Jahr um Jahr zurück, erkundete Mauerwerk und Räume, einstmals von Menschen bewohnt, die sich unter der gleichen Sonne, die gerade untergegangen war, gefreut und inmitten des bis über die Horizonte hinausreichenden Meeres gegenseitig umgebracht hatten. Beim 7132er Jahr nach der Erschaffung der Welt angelangt, hielt er inne mit seiner Zählung, denn in einer Truhe in einem der Räume, worin seinerzeit eine schöne Frau von schmaler Gestalt heimlich den einen oder anderen Fischer empfing, damit sie bekam, wozu ihr alter Gemahl nicht mehr fähig war, funkelte plötzlich ein mit großen Edelsteinen – von solchen, die den Namen Urmuz tragen – besetztes Collier. Und jenes Collier sah genau so aus wie der Buchstabe A, was nun verlässlich anzeigte, dass Antikythera tatsächlich das Eiland auf der heiligen Wegstrecke war. Der Palikár streckte nun den Arm bis zum Ellbogen in die wuchtige Mauer, kramte eine Weile zwischen den fauligen Stunden und Sekunden herum und zog ihn dann wieder hervor, das Collier ausgebreitet auf der flachen Hand mit gespreizten Fingern. Der Zeit entsprungen wie der Fisch dem Wasser, währte das kostbar mit Edelsteinen besetzte Collier einige Augenblicke, immerhin so lange, dass es von allen Anwesenden gesehen werden konnte, und zerschmolz, nur noch ein paar Tropfen trübes Wasser auf der Handfläche zurücklassend, die bis eben noch sein Gewicht getragen.

Es war auch höchste Zeit, denn nach kaum einer weiteren Woche besetzte Sir Douglas' Armada nach einem verzweifelten Kampf den Hafen Potamos und vertrieb die Piraten gen Osten, wobei sie die *Aletheia* und ein paar kleinere Barkassen mit einem Segel versenkten. Bloß die *Pséma* entkam mit etwa dreißig deiner Leute an Bord, von denen einige schwere Verletzungen aufwiesen. Mit Müh und Not erreichtet ihr Gramvousa, wo ihr vor Anker gegangen seid, um Wasser zu tanken, die Wunden zu verbinden und das verlorene Prinzipat zu beweinen.

20

Jeden Morgen, wenn er von der Sonne geblendet und beim munteren Gezwitscher der Goldregenpfeifer in den Warkabäumen, die ihre Äste in den Innenhof des Palastes reckten, erwachte, ging Menelik aus seinem Zimmer und suchte etwas schlaftrunken, der morgendliche Traum klebte ihm noch an den Lidern, nach seiner Mutter. Die Soldaten bemerkte er gar nicht, die während der ganzen Nacht vor der Tür zu seinem Schlafzimmer gewacht hatten, auch nicht die Dienerinnen, eingehüllt in große Streifen eingestaubten Linnens, gesichtslose Frauen, die sich möglichst klein machten, wenn er vorüberging, sich an die Wände drückten und dort, wo es möglich war, sich in schattige Mauernischen oder Winkel verkrochen, auch nicht den sogenannten Geheimen Rat und Lehrer, was den Lauf der Gestirne und Konstellationen betrifft, der immer schon vor Tagesanbruch seinen Platz auf einer kleinen Terrasse für den Fall einnahm, dass der junge Mann das Bedürfnis nach einer gründlicheren Auslegung des Pentateuch verspürte (denn dieser Berater war nichts anderes als ein Levite, den seine Mutter so gut wie heimlich aus Jerusalem mitgebracht hatte und nun vor den Blicken der Palastbewohner verbarg), wandte sich vielmehr leicht schwankend und sich die verschlafenen Augen reibend dem Garten mit den blühenden Begonien zu, wo seine Mutter in Gedanken versunken jeden Morgen an dem vom berühmten Meister Ohalia geschnitzen und ihr einstmals von dem großen König geschenkten Elfenbeintischchen ihren Tee aus Kümmelsamen trank, der ihr die Stiche in der Brust etwas milderte, die in den folgenden Monaten immer schmerzhafter wurden.

Obwohl Makeda groß war und sich auch um ihr vierzigstes Lebensjahr herum noch die schlanke Gestalt und den königlichen Stolz bewahrt hatte, wirkte sie stets wie ein Kind, wenn ihr Sohn sie in seine Arme schloss. Menelik war ein stattlicher junger Mann mit breiten Schultern geworden, das gekräuselte schwarze Haar fiel ihm bis auf die Brauen herab, und die hellen Augen zeichneten ihm die bekannten Züge Makedas ins Antlitz, zu denen sich schwarze Bartstoppeln über dem Kinn und den kräftigen

Wangen gesellten. Mutter und Sohn liebten sich und zeigten sich diese Liebe mit großer Dankbarkeit, denn seit neunzehn Jahren schon hatte die gleiche Einsamkeit sie erfasst und verbunden. Jeder Morgen unter den blumigen afrikanischen Himmeln begann mit ihrer Umarmung, die sich stets wiederholte, wenn sie sich tagsüber ein weiteres Mal begegneten. Seitdem sie von der Reise ihres Lebens zurückgekehrt war, die ihr die Seele und die Kräfte gefesselt und das Geschick erleuchtet hatte, gingen der Königin in ihrem einsamen Bett weder die Männer ab noch die Frauen, denn ihre gesamte Aufmerksamkeit gehörte nun Meneliks sehnigem Körper, aber ihr fehlte die Schulter, auf die sie den Kopf hätte legen können, denn bei Lichte besehen gab es weder in dem Reich, über das sie gebot, noch sonst irgendwo auf der Welt jemanden, der ihr den hätte ersetzen können, von dem sie einstmals ihre einzige Liebe und ihren einzigen Sohn geschenkt bekommen hatte, mithin alles, was sie hatte.

Jeden Morgen, wenn sie darauf wartete, dass ihr Sohn kam und sie umarmte, vergegenwärtigte Negest Makeda, die mächtige Königin von Saba, sich immer und immer wieder die gleiche Geschichte, dabei gingen ihre Augen ins Leere, und sie nippte ab und zu ein bisschen an der schweren Tasse aus gelblichem Sandelholz. Es war die Geschichte, für die sie auf die Welt gekommen war, die drei Monate aus ihrer fernen Jugend, durch die das Schicksal sie mit einem Mal weit über ihren obskuren Thron und über jedwede Macht und alle Länder der Welt erhoben hatte, um ihren Lebensfaden in den reichsten, größten und unfassbar farbigen Teppich einzuweben, den der göttliche Verstand je unter der blauen Himmelskuppel entworfen hat, einen Teppich, worein Jehova selber mit seinem Ruhme eingewebt war, die Bundeslade und viele seiner Wunder aus der Wüste, Melchisedek, der Priester des Höchsten Gottes, dem Abraham von all seinen Erträgen den Zehnten abgab, Sodom und Gomorrha, untergegangen in Pech und Schwefel, Abraham, Jakob und Isaak mit ihren Herden und Geschichten, Joseph, der seine Brüder und den Vater nach Ägypten einlädt, um dort gemeinsam zu weinen, Moses, der die von Gottes Finger beschriebenen Gesetzestafeln an den Fels schlägt, Jericho mit den Stadtmauern, zerstört vom Lärmen der Truppen Joshuas, David, wie er sich an Urija dem Hethiten versündigt, als er ihn umbringt, um Bathseba besitzen zu können, die er nackt auf dem Dach ihres Hauses gesehen hatte, und Salomon selbst, den Sohn der Bathseba und Liebhaber der Königin für eine Nacht, weshalb in ihrem Geiste nun der endlose Teppich sich ausrollt. Sie war vorher schon ausgewählt worden, vor den Anfängen der Welt, ebenso wie der Weber erst einmal alle Gestalten, Dinge und allen Zierat, den er in seiner großen Tapisserie vorstellen will, auf ein Pergament zeichnet.

An jenem Morgen des Monats Genbot, des duftreichsten im Jahreslauf, denn da gingen mit betörendem Duft die Knospen der purpurnen Hagenienblüten auf, erfreute die Ankunft ihres Sohnes sie nicht so wie sonst. Im Gegenteil, ihr Herz zog sich zusammen, und obwohl sie sich wie immer erhob, ihn zu empfangen, war ihr Gesicht verängstigt, die Lippen erstarrt. Menelik spürte, dass ihr Körper linkischer war als sonst, steifer, aber mit der Unbekümmertheit der Jugend und ganz anderen Gedanken nachsinnend schenkte er der Verstörung der Königin keine Aufmerksamkeit. Anstatt aufzubrechen zu seinen eigenen Angelegenheiten, zog Menelik nach ein paar scherzhaft mit seiner Mutter gewechselten Worten einen mit Büffelhaut überzogenen kleinen Sessel heran, setzte sich und verharrte dort schweigend, denn schließlich hatte der junge Mann, wie seine Mutter schon seit einer Weile befürchtete, sich nunmehr zu einem Entschluss durchgerungen.

Er hatte in letzter Zeit mehrfach gefragt, wer sein Vater sei, denn niemand von ihren Beratern, Heeresführern, Priestern oder von den hunderten gewöhnlichen Männern ringsum kam ihm im Entferntesten als der Königin so nahestehend vor, als dass er ihn als Vater ihres einzigen Sohnes hätte ansehen können. Makeda hatte ihn stets schroff abgewiesen, zu seinen Lehrern geschickt und den Betreuern, die ihn mit Ölen für die Ringkämpfe salbten. Er sollte sich damit zufriedengeben, dass die Königin ihm Mutter und Vater war, und weiters keine dummen und unbedachten Fragen stellen. Aber der Junge kam beim Heranwachsen immer häufiger darauf zurück und traf dabei unwissend seine Mutter wie mit einem unerbittlichen Schwertstich mitten ins Herz.

An jenem Morgen schwieg Menelik verbissen, und seine schöne Mutter ahnte, dass nun der Augenblick gekommen und es unmöglich war, ihrem Sohn weiterhin seine königliche Abkunft zu verheimlichen. Ein grausamer Schmerz umfing sie, denn der junge Mann würde sie zweifelsfrei verlassen, wenn er die Wahrheit erfuhr, und über Meere und Wüsten zu seinem Vater eilen, dem berühmtesten Mann jener Zeit. Was sie selbst nicht tun konnte, wiewohl sie sich bei lebendigem Leibe hätte häuten lassen, um ihn noch einmal zu sehen, würde er sehr bald tun, und ihr blieben die Ödnis und die Stiche in der Brust, das rote Erdreich unter den Sohlen und ein Land, das für sie seit zwanzig Jahren ein und denselben Namen trug: Einsamkeit. Die Königin legte ihre Wange an die ihres Sohnes und ergriff seine Hand. Noch unmittelbar bevor sie ihre Lippen öffnete, schossen ihr tausende finstere und heitere Augenblicke vom Höhepunkt ihrer jungen Jahre durch die Sinne, der genau drei Monate gewährt hatte und in der leidenschaftlichsten Liebesnacht nicht nur ihres Lebens geendet hatte, sondern, so dachte sie, der auf dieser Welt überhaupt möglichen. Die Folge jenes schmerzlichen, schwer zu tragenden Glücks war er, Bayna-Lehkem, der Sohn des Weisen, die einzige Frucht ihres Leibes.

Vor neunzehn Jahren, neun Monaten und fünf Tagen setzten die Geburtsschmerzen bei Makeda ein. Sie war mit ihrer Karawane aus Jerusalem abgereist, in der Mitte K'onijo, der Elefant mit den vergoldeten Stoßzähnen und dem Baldachin mit Damastvorhängen auf dem Rücken, mit dreihundert Kamelen, beladen mit Gewürzen, Edelsteinen, Waffen und äußerst wertvollen Gefäßen sowie Gazellenfleisch für den Weg, allesamt Geschenke des großen Königs. Die Frucht ihrer Liebe von einer Nacht war bei den sanften Bewegungen des Elefanten, der sie immer weiter wegtrug von dem geliebten Mann, dem sie niemals wiederbegegnen sollte, herangereift. Die tränenverhangenen Augen der Königin sahen nun die würdevolle Schönheit der Tempel und der riesigen Statuen im Lande des Pharaos nicht mehr so wie auf dem Weg nach Jerusalem, auch nicht die unendlichen Dünen, die eine aus der anderen heraufwuchsen, und nicht die Oasen mit der vergnüglichen Freude im Plätschern der leichten und blauen Wasser. Die wilden Menschen der Wüste verwunderten sie nicht mehr, auch nicht die Papyrusboote, die den Nil hinabglitten, und die armgroßen Skorpione, an deren Dorn am Schwanzende immerzu ein Tropfen grünen, öligen Gifts hing, konnten sie nicht mehr erschrecken. Das Land des Pharaos mit all seinen Wundern und seinem Zauber hatte ihr nichts mehr zu sagen.

Das Kind war während der langen Heimreise gen Süden im Lande Bala Zadisareya am Blauen Nil geboren worden und war von männlichem Geschlecht, wie es die Königin von allem Anfang an gewusst hatte, ohne auch begriffen zu haben, woher sie dies wusste. Es war schön und hatte die dunkle Haut seiner Mutter, ein kleines Wesen vom Gewicht einer Frucht, unter dessen zarter Haut nichts als Zucker war. Als man ihn Makeda zeigte, die von ihren Wehen auf dem Gebärstuhl noch völlig erschöpft war, knetete sie seinen weichen Schädel zum ersten Mal mit ihren Fingern, wie sie es fortan jeden Tag tun würde, damit er einen runden Kopf habe, und nannte ihn Bayna-Lehkem, Sohn des Weisen. Nach zwei Jahren nannte ihn niemand mehr so, nicht einmal Makeda selbst, denn sofort, nachdem er zu sprechen begonnen hatte, sprach er den Namen falsch und verdreht aus und wechselte dann von Bayna-Lehkem zu Menelik, und so würde er sich selbst und seine Untertanen ihn nennen, selbst als er sich als erster Kaiser im Lande des Kusch krönte, dem gesegneten und gerühmten Äthiopien. Je größer er wurde, umso mehr erinnerte der kleine Junge durch die zusammengewachsenen Augenbrauen, die Form seines Mundes und die breiten Schultern an seinen Vater im fernen Reich Judäa. Makeda nährte ihn an ihren Zitzen, bis er vier Jahre alt geworden war, und trug ihn in einem bunten Rückentuch, wie es alle Frauen unter den gewaltigen Himmeln Afrikas taten, dabei waren ihre Tage der strengen und gerechten Regentschaft über ihr Reich gewidmet, und so sie das Kind, das nie eine Amme hatte, alleine aufzog, weinte sie still bei Nacht und erinnerte sich wie in einem glühenden Kreis von Gedanken immer und immer wieder an die letzte in Jerusalem verbrachte Nacht, die einzige in ihrem Leben, in der sie die quälende Magie der Liebe kennengelernt hatte.

Es waren drei volle Monate vergangen, seitdem die Königin aus dem fernen Süden in Jerusalem angekommen war, und die Judäer, ein zerlumptes, streitsüchtiges und steifnackiges Volk, fingen an, über sie zu murren, und dies nicht, weil die in Ebenholz gemeißelte Frau böse oder gar blasphemische Dinge getan hätte, sondern weil sie ihrer überdrüssig geworden waren und es sie nach anderen Neuigkeiten verlangte, über die sie nach Lust und Laune hätten tratschen können. Selbst der letzte Bettler oder Vagabund in der heiligen Festung, der sich im Buche des auserwählten Volkes verzeichnet wusste, hielt sich für überlegen gegenüber den Fremden aller anderen unbeschnittenen Geschlechter, die ihre Baale und Astarten anbeteten, die Toten beschworen und ihre Kinder durch das Feuer schwenkten. Ihre Urahnen hatten das Rote Meer trockenen Fußes durchquert, waren unter der Wolke dahingezogen und hatten sich in der Wüste von Manna ernährt, was selbst den letzten Jammerlappen noch mit Stolz erfüllte und gegen Fremde einnahm. Wer war diese Königin, die sich mit ihrem schwarzen Gesicht, den tausenden öligen Zöpfchen ihres Haupthaares und immerzu nackten Zitzen in ihrer Sänfte sitzend über die Hauptstraße tragen ließ, nur um allen Männern den Verstand zu vernebeln, darunter auch ihrem weibstollen König, wie weise er auch sonst sein mochte? Was hatte Salomon, Davids Sohn, an ihr denn Großartiges gefunden, dass er nicht mehr wegzukriegen war von ihrem Körper, der Tag für Tag in andere, mit Purpur und Safran gefärbte Kleider gehüllt war? Sosehr sich die Menge über die Ankunft des Konvois der Königin von Saba in Jerusalem gefreut hatte, so sehr sehnte sie nun die Abreise herbei, und man konnte es an dem heißen Wind spüren, der zwischen den Häuserreihen in den Gassen hindurchfegte, dass es nicht mehr lange hin war, bis die Königin, so gut bewacht sie auch sein mochte, beleidigt, bespuckt und sogar in Stücke gerissen werden konnte von den Rotten auf der Straße, ohne dass sie selbst gewusst hätten, weshalb, und auch ohne irgendeine Schuld oder Gewissensbisse zu verspüren.

Selbst der König, gewohnt, sich die Frauen ohne den geringsten Widerstand wie reife und saftige Früchte, die man vom Zweig bricht, zu pflücken, war erschöpft von den Monaten des Wartens und der Zurückhaltung. Er hatte Makeda längst alles Sehenswerte in seinem Reich gezeigt.

Die unvergleichlichen Reichtümer in den weitläufigen Schatzkammern, die Meisterschaft der Harfen- und Zimbelspieler, die unzähligen Papyrusrollen, worin die Weisheit und Gelehrsamkeit der gesamten Welt festgehalten war, darunter jene fünf unschätzbaren Bücher Moses', die sorgfältig bestellten Felder und die Weinberge mit den riesigen Trauben. Die befestigten Burgen der Judäer, die endlosen Schaf- und Ziegenherden. In Begleitung von Benaia hatte er ihr sein gesamtes Heer gezeigt, achtzigtausend Krieger in schnurgeraden Reihen für die Augen der Königin angetreten und die zehntausend kupfernen Streitwagen, die in der Sonne glänzten. Sie hatten das Land kreuz und quer durchstreift, hatten das träge Antlitz des Toten Meeres gesehen und das Hebron-Gebirge bestiegen. Er hatte ihr goldene Ringe geschenkt, kleine Silbermonde und Colliers, in denen sich auf Streifen von Flusspferdleder Onyxe und Chalzedone reihten. Der König war sogar so weit gegangen, aus dem Alkoven der Pharaonentochter ein Kästchen mit Gläschen der verschiedensten Heilkräuter zu entwenden, um es der schwarzen Frau zu schenken, denn er wusste längst nicht mehr, was er noch tun oder ihr schenken könnte, um auf Makedas Antlitz wieder das Lächeln aufblühen zu sehen, nach dem er sich nun Tag für Tag mehr sehnte.

Bezaubert von der Königin, hatte er keine Frau, Gemahlin oder Geliebte mehr in sein Bett bestellt. Allein im Bettzeug, gab er sich nun endlosen Liebesspielen im Traume und mit sich selbst hin, mit einem schwarzen und schlanken Körper, geraderen Schultern, längeren Brustwarzen und festeren Schenkeln als die all der tausend Frauen rings um ihn herum, tausend Eingänge ins Paradies, die so lange schon verlassen und missachtet wurden. Immer und immer wieder stellte er sich ihre schwarzen Lippen vor, schleimige Kerben zwischen ihren Schenkeln, jenen der Rassestuten ähnlich, ebenso schwindelerregend wie ihre Blicke, worin er in den Stunden der Abenddämmerung vor Sehnsucht dahingeschmolzen versank. Oftmals nach Tagen, die er mit der Königin in den Palastgärten verbracht, ihr Brust an Brust, ja beinahe Mund an Mund gegenübergestanden, ihren Zimtgeruch eingeatmet, und ihr mit fliehendem Verstand von den verschiedenartigen Zeichnungen auf den Schmetterlingsflügeln und der Art, wie die Frösche fliegende Insekten mit der Zunge fangen, sowie davon erzählt hatte, wie die Nagelblüten auf den Fingernägeln wachsen, verspürte er einen quälenden Schmerz in seinen Hoden. Lange vor dem letzten Tag, den die Jungfer in seinem Reich verbringen sollte, wusste Salomon, dass er seinen Durst bezähmen müsse, und zermarterte seinen Verstand nach einem Mittel, wenigstens in der letzten Nacht diesen Vogel mit den hellauf strahlenden, mit Saphiren, Topasen, Minium und Zinnober geschmückten Federn endlich unter seine Schenkel zu bekommen.

»So nicht, so nicht!«, antwortete Makeda in seinen Gedanken, da sie neben der Welle von Liebe, die alles in einem glücklichen Augenblick miteinander verschmelzen ließ, die Gewalt und das in ihm glühende Bedürfnis zu zerreißen und schmutzig zu entehren erspürte. »Sei sanft mit mir, großer König, sei geduldig mit meinem immer noch verschlossenen Körper. In Sanftmut und geduldigem Warten wirst du süßere, ja reifere Früchte pflücken als im heiligen Zorne des Fleisches. Irgendwann werden wir brennen, und immerzu schmerzen Flammen, und dann wird es noch sehr viel mehr wehtun, weil unsere Wege sich trennen. Erfreuen wir uns nun der letzten Stunden der Zärtlichkeit, der letzten Worte, gesprochen von liebevollen Lippen, der letzten Berührung ringvoller Finger. Im Traum lag mein Kopf auf deiner Brust, und ich bebte vor uneingestandener Lust, und meine Hand glitt über deinen steinharten Kriegerbauch bis hinab zum Kern deiner Macht. Und dann drehtest du dich um und hülltest mich ein in dein eignes Begehren. Aber selbst im Traum noch sagte ich ›so nicht!‹, denn man darf die Verschmelzung nicht rauben, als Geschenk sollte sie empfangen werden vom gesalbten Körper der Frau. Oh, Herr, sei groß, stark und weise auch im süßen Spiel der Liebe, damit ich meinerseits dir Herrin sein kann und nicht Sklavin!«

Salomon aber verfügte, dass die Nacht vor der Abreise Makedas in ihr fernes Land eine Festnacht werde, wie Jerusalem sie noch niemals gesehen hatte, dass Freude herrsche wie beim Laubhüttenfest, alle sich vergnügen und Gott dem Herrn, dem König und der fremden Königin Dankbarkeit bezeugen sollten. Und alle Straßen sollten mit wertvollen Teppichen in allen Farben geschmückt werden, die aus den Fenstern oder über die Brüstungen der Terrassen zu hängen seien, mit Feuern an sämtlichen Kreuzungen, sowie mit Musik, Tanz und Getränken. Zwanzigtausend Scheffel Weizen und zehntausend Amphoren Wein, das Fleisch von siebentausend Schafen und Ziegen, die dem Herrn geopfert worden waren, wurden im Namen des Kaisers an das Volk verteilt, dazu Hände voller Silbermünzen, die über die Leute auf den Plätzen ausgestreut wurden, sowie von den Leuten der Herrschaft bezahlte Huren, die in jener Nacht alle Freier umsonst beglückten. Auch der Palast war von hunderten Fackeln aus bestem Wachs beleuchtet, und am kaiserlichen Tisch gab es doppelte Portionen. Tänzerinnen, nackt unter ihren Schleiern und an Armen und Schenkeln mit blauen Schraffierungen bemalt, Straußenfedern im mit Goldstaub gepuderten Haar, wanden sich vor der Tischgesellschaft und zeigten all ihre verborgenen Winkel, von den moschusduftenden Achselhöhlen bis zu den Freudennestern, verborgen im Delta der gekräuselten Haare. Männer, nackt bis zum Bund, ebenfalls mit bläulicher Tinte an Wangen, den platten Nasen und Lippen geschmückt, schluckten Flammen und kämpften mit Krummschwertern in einem Tanz, in dem jede Bewegung genauestens festgelegt war, damit alle im Rhythmus blieben und keiner einen Fehler beging. Papageien wurden herbeigebracht, die mit Eunuchenstimmen sprachen, und Affen mit zum Fragezeichen gebogenen Schwänzen, die herumhüpften und ihre Bestienzähne vorzeigten.

Die Speisen, die der Tischgesellschaft serviert wurden, hatten nicht einmal Namen, waren dafür doch die auserlesensten Weisen zu backen, braten und kochen ausgewählt worden und insbesondere jenen des Schmückens von Speisen, wie man es bei den fernsten Völkern antraf. Das Fett glänzte auf dem bräunlichen und rosenfarbenen Fleisch, und darüber hatte man ausgiebig Pfeffer gestreut, Safran, Ingwer, Kreuzkümmel, Koriander und Muskat, die genauso wertvoll waren wie Edelsteine vom gleichen Gewicht. Aufgeschnittene und geschälte Früchte, blasslila Sykomorenfeigen, Datteln in langen Reihen, Granatäpfel mit rubinartigen Kernen und Trauben mit gelben Beeren, die süß von der Zunge am Gaumen zerdrückt wurden, alles von köstlicher Saftigkeit in großen Körben allüberall verteilt. Der süße Wein wurde aus silbernen Pokalen getrunken, die niemals leer blieben, der Kaiser jedoch und die fremde Königin allein hatten goldene Pokale.

Die beiden sprachen nicht viel in den Stunden, die sie Seite an Seite bei Tische verbrachten, denn die Musik und die Rufe der Tänzer überdeckten jedwede Stimme, aber sie schauten sich in die Augen und sogen, was sie am je anderen sahn, tief ein nach innen, wobei sie kaum noch der Sittlichkeit achteten, und dies war ihnen genug. Makeda trug bei diesem letzten Abendmahl ein Kleid, das sie in Jerusalem noch nicht getragen, sondern extra für den Abschiedsabend aufbewahrt hatte: Es bestand aus tausenden und abertausenden Goldringen, und unter jenem Kemis aus weichem, funkelnd fließenden Gold, das an jeder Kurve ihres Mädchenkörpers kupferfarbene Mondscheiben entstehen ließ, trug sie nur einen Schleier aus Seide um die Hüfte, der mit Purpur aus Kittim eingefärbt war. Im Lichte der riesigen Fackeln brannte sie wie eine lebendige Flamme. Auf ihrer schwarzen Stirn funkelte eine Reihe Perlen, und ein großer goldener Ring mit einem Saphir von der Reinheit der Himmelskuppel steckte in ihrer linken Nasenwand. Die nach außen gewölbten afrikanischen Lippen hatte sie mit der seltenen Farbe des Azur-Steins gefärbt, und an ihren Ohrläppchen hingen die klimpernden Bernsteinohrgehänge, die ihr der König einen Tag zuvor geschenkt hatte. In deren Ambrakörnern konnte man erstarrte Insekten und Spinnen mit ausgestreckten Beinchen sehen, scheinbar kurz davor, davonzurennen.

Makeda bekam bei jenem königlichen Mahl, üppiger als jedwedes andere, ungewöhnlich kräftig gesalzenes Fleisch vorgesetzt und Gebäck mit Honig und Nüssen, was anschließend mit sehr viel Wasser besänftigt werden musste, sollte der Brand im Rachen nicht unerträglich ansteigen. Dahingeschmolzen vor Liebe und Leid – schließlich war alles zu Ende, und sie würde im Morgengrauen aufbrechen zurück in ein Land, das nichts mehr für sie bedeutete –, fiel ihr diese Merkwürdigkeit nicht auf, und sie aß weiter, nahm auch hin und wieder einen Schluck von dem roten moussierenden Wein. Es war dies Salomons List, der schließlich nach langem Kopfzerbrechen auf Hinweis seines Geheimen Rats einen gangbaren Weg hin zum begehrten Körper der Jungfer gefunden hatte.

Am Ende des Mahles, es war nun Mitternacht, als die Musikanten niederknieten und ihre Häupter bis zum Boden neigten, womit ihr Dienst beendet war, die Tischgesellschaft sich schwerfällig vom Tisch erhob und wankenden Schrittes sowie unter lautem Gelächter, wie es sonst hier nicht verstattet war, davonging, wandte sich der König ganz Negest Makeda zu. Er schaute ihr mit aller Liebe, zu der er sich in der Lage sah, in die Augen, nahm ihre Hand in die seine und bat sie mit zitternder Stimme, die letzte Nacht in seinem Schlafgemach zu verbringen. Nicht in demselben Bett, beeilte er sich hinzuzufügen, denn das Mädchen schaute ihn stirnrunzelnd an, sondern in Betten, die sich an dem einen und dem anderen Ende des großen Schlafgemaches befanden, sodass sich nichts Unzüchtiges ereignen konnte. Dadurch wollte er der Königin, wie von Herrscher zu Herrscherin, nur ein Zeichen seiner Wertschätzung und Freundschaft zukommen lassen, die zu erweisen er für angebracht halte, wie es sonst (beeilte er sich, hinzuzufügen) nicht seine Art war, er es also noch mit keinem anderen Wesen auf dieser Welt getan hatte.

Das Mädchen ließ ihre Hand in der seinen, antwortete jedoch nicht auf deren Druck. Die Worte des Königs hatten sie mitten ins Herz getroffen. Sie wusste, wusste sogleich, was folgen würde, und sie wusste auch, dass es so nicht ging. Lange dachte sie nach, bevor sie antwortete, und als sie es tat, klang ihre Stimme entschieden, und ihre Augen blickten unschuldig und durchscheinend geradewegs in die Salomons.

»Hochgerühmter König«, begann sie, »ich bin deine unterwürfige Sklavin und befinde mich ganz und gar in deiner Gewalt. Meine Ehre wie mein Leben hängen an einem Wink von dir. Es war allein dein großes Wohlwollen, das dich veranlasst hat, mich in deinem Reich zu empfangen, wo ich nicht hingekommen bin, dieses selbst kennenzulernen, wie viele Wunder es auch umfassen mag, sondern um deine Weisheit aufzusaugen, von der ich wunderbare Dinge vernommen hatte. Tausendfach hast du übertroffen, was ich über dich gehört hatte, du hast mich verblüfft, und hast mich dazu gebracht, jedes Wort aus deinem Munde zu verehren, ebenso wie deine königliche Art, dir mit Wahrheit und Gerechtigkeit jeden Augenblick deines Lebens zu verschönern, und deine Wohltätigkeit gegenüber den Armen und Entrechteten, denn niemals hast du Witwen und Waisen bedrückt. Ich weiß nicht, was ich an der Art, wie dein Land eingerichtet und wie gesetzt dein überaus frommes Volk ist, und von der überirdischen Macht deines Gottes, der auf den Cherubim ruht und nunmehr auch mein Gott ist, höher schätzen soll.

Eben im Namen des Herrn, dessen Augen und Ohren im Tempel sind, hat deine Sklavin dir eine Bitte zu unterbreiten. Dass du nämlich, großer König, mir schwörest, mich nicht mit Gewalt zu nehmen, wenn ich in derselben Stube mit dir schlafe. Ich kenne den Mann noch nicht, und es ist mein Wunsch, selber einzustimmen in meine erste süße Unterwerfung, von der Art, die der Gott und Herr Israels uns aufgetragen hat, als er sagte: ›Wachset und vermehret euch.‹ Denn Pflicht und Stolz jeder Frau ist es, Kinder zu gebären, und es gibt nichts, das übler beschämte, als eine Frau, unfruchtbar wie ein vertrockneter Baum, wiewohl der Herr auch Wunder vollbringen und die Verachtung von den Unfruchtbaren weggeben kann, wie er es bei Sarah getan hat. Denn bei Gott ist alles möglich. Also schwöre mir, großer König, schwöre mir bei deinem Leben, dass du mich in dieser Nacht nicht nötigen wirst, damit ich nicht unglücklich und bedrückt in mein Reich zurückkehren muss.«

»Hochgepriesene Königin Bilquis Neges Makeda«, antwortete ihr Salomon, beugte sein Gesicht noch näher zu dem ihren hin und drückte ihre Hand, ohne an die Ringe zu denken, die sie verletzten, »du bist die schönste, anziehendste und weiseste Frau, die meine Augen jemals gesehen haben. Ich kann dich mit niemandem als mit meiner Mutter, Bethseba, vergleichen, die für ihre hohe Gestalt berühmt war, für die mein Vater, David, sich mit einer schweren Sünde beladen hat, indem er ihren Gatten im Krieg hat töten lassen, um sie in sein Bett bringen zu können. Diese große Sünde hat Gott nicht gefallen, der ihn durch den Propheten Nathan hat tadeln lassen, sodass der König, mein Vater, nicht mehr das Recht zugesprochen bekam, zu seinen Lebzeiten einen Tempel für den Herrn zu errichten. Dafür hat ihm sein Schmerz im Angesicht von Adonai den zutiefst empfundenen Reuepsalm des heiligen Buches aus dem Herzen gerissen:

Hab Mitleid mit mir, Herr, denn groß ist Dein Mitleid, und tilge mein Vergehen aus der Vielzahl Deiner Duldnisse. Reinige mich meines Vergehens und befreie mich von der Sünde. Denn ich kenne und bekenne mein Fehlen, und die Sünde wird ewiglich Dir vor Augen stehn. Vor Dir hab ich gefehlt und Böses getan vor Deinem Antlitz, so ist es nur recht, dass Du mich richtest und siegreich hervortrittst mit Deinem Entscheid.

David, mein Vater, hat tatsächlich Böses getan und aus tiefstem Herzen bereut, ich aber denke, es war ihm so vorbestimmt worden, denn von Bethseba musste sich das Herrschergeschlecht in Judäa herleiten, und ich, der ich nun vor dir stehe, bin die Frucht seiner Liebe mit jener so sehr begehrten Frau, die er allein in Sünde und Gemeinheit kriegen konnte. Es liegt mir fern, in seine Fußstapfen zu treten, zumal ich auch weiß, wie er fehlging, und die Psalmen kenne, die er in seinem Unglück sang.

Sieh, weil mir die Sünde meines Vaters durchaus bewusst ist und ich ihm darin nicht nachfolgen will, schwöre ich dir bei meinem Leben, dass ich dich nicht mit Gewalt nehmen, ja ohne deine Einwilligung nicht einmal mit einem meiner Finger berühren werde, wenn du darein einwilligst, die letzte Nacht in Jerusalem in meinem Schlafgemach zu verbringen. Allerdings (fügte Salomon, wie mit seinem geheimen Ratgeber geplant, hinzu) wirst auch du mir schwören müssen, dass du nichts aus meinem Schlafgemach fortnehmen wirst, das mir gehört.«

Die Königin dachte zuerst, sie habe nicht recht gehört, aber im nächsten Augenblick schon röteten sich ihre Wangen, war sie so verwundert wie getroffen in ihrem Stolz, dass sie auf die Unterwürfigkeit vergaß, die sie dem Herrscher über Judäa schuldete.

»Was soll dieser Unfug, großer König?«, rief die Königin. »Glaubst du, nach all den Segnungen, dem Lobpreis und den Geschenken, die mir aufgrund deiner Großzügigkeit zuteilwurden, könnte ich so töricht sein, etwas zu stehlen, das dir gehört? So kennst du deine Sklavin? Erinnere dich, oh König, mit wem du sprichst, denn ich bin eine Königin ebenso wie du und um keinen Deut ärmer an Würde und Leumund. Ich bitte dich, so großherzig zu sein, solche Unterstellungen beiseitezulassen, die nicht vom Herrn herrühren, sondern von den Dämonen, ich aber werde sie vergessen, denn ich vergebe denen, die fehlen, wenn sie ihre Worte bedauern.«

»So ist es, und ich wollte dich auf keinen Fall herabsetzen oder eine deiner zahlreichen Tugenden schmälern, die ich höher schätze als die jeder anderen Frau, vor allem deine Weisheit sowie deine vollendete Kenntnis der alten Schriften, die du mir vollends unter Beweis gestellt hast, aber es gehört zu den Bräuchen dieses Landes, jeden Gast am Ende seines Aufenthaltes hier schwören zu lassen, dass er sich nichts aneignen werde, das zum Besitz des Kaisers zählt, um sich mit dieser Sache auf den Heimweg zu begeben. Dieser Brauch ist von unseren Vorfahren so eingerichtet worden, damit niemand mehr des Diebstahls verdächtigt werden kann, sei es nun zu Recht oder nicht, da es nun mal geschrieben steht, dass Rachel zu Recht verdächtigt worden war, die Idole ihres Vaters gestohlen zu haben, und dann Benjamin, der fälschlicherweise für den Dieb des Bechers seines Bruders Joseph gehalten wurde, als sie mit ihrem Vater Jakob und allen ihren Brüdern in Ägypten waren.«

Makeda fühlte bei sich, dass der König ihr nicht die Wahrheit sagte und dadurch etwas verfolgte, das nicht geheuer war, aber weil ihre Sinne eingetrübt waren vor Liebe, dem bei Tische genossenen roten Wein und ganz besonders von den Augen dessen, den sie weit über alle anderen Männer hinaufgehoben hatte, ging sie mit einer Leichtigkeit in die Falle, wofür sie sich in den langen schlaflosen Nächten des heißen Äthiopien vielmals ohrfeigte, sich einen Dummkopf und eine Nutte nannte, denn sie wusste nur zu gut, dass in jener Nacht auch sie, nicht nur der König, entbrannt war beim Gedanken an ihre Vereinigung und sie gewusst hatte, dass sie um die Liebesnacht nicht herumkommen würden. Sodass auch sie nach kurzer Überlegung dem König den gewünschten Schwur leistete.

Als sie gemeinsam das Schlafgemach betraten, war das Bett der Königin schon gemacht, was der Jungfrau wiederum nicht gefiel. »So nicht!«, sagte sie sich, trat aber trotzdem in Begleitung der Migibi und zweier jüdischer Dienerinnen ein und begab sich hinter den Paravent, der aus Perlmutt geschnitzte und meisterhaft auf dünnen, himmelblauen Papyrus geklebte Kraken und Einmaster auf rosenfarbenen Wassern vorstellte. Bevor sie in jenen Winkel trat, um sich der Tageskleidung entledigen, waschen und mit aromatischen Ölen salben zu lassen und ein durchscheinendes Kemis aus Seide angelegt zu bekommen, konnte Makeda aus den Augenwinkeln heraus noch sehen, wie der Diener ein Gefäß aus Kupfer voll Wasser aus der reinsten Quelle auf den Tisch in der Mitte des Zimmers stellte, genau zwischen die beiden Betten mit den Baldachinen aus Ebenholz, und unmittelbar daneben stellte der Mann mit dem kahlrasierten Schädel einen goldenen Pokal. Hinter einem anderen Paravent, den man in der nur von einer Wachskerze beleuchteten Stube kaum sehen konnte, zog auch der König die Schlafkleidung an: eine weite Robe aus dünnem Leinen, die ihm bis zu den Knöcheln reichte. Nur einen einzigen Blick konnte die Königin ihm zuwerfen, und seine majestätische Gestalt traf sie wieder wie ein Pfeil im Herzen, denn Salomon war auch in dem weiten und leichten Gewand und barfuß ein graziöser und kräftiger Mann mit flammendem Blick und immer noch wie Ebenholz schwarzem Haar, das wunderbar mit der Schere zur Geltung gebracht war. Beide schlüpften sie in ihre zehn Klafter voneinander entfernten Betten. Ein Levite kam von irgendwo herbei und sprach ein kurzes Gebet, damit Gott der Herr Israels den Schlaf der beiden ruhmreichen Herrscher beschütze. Dann trat er wieder aus dem Licht und verschwand in dem Nichts, aus dem er hervorgetreten war. Die Dienerinnen und Diener verließen die Stube, und als Letzter löschte der Mann mit dem kahlrasierten Schädel die Kerze mit einem Bronzehäubchen und verließ dann ebenfalls mit einem kurzen Lichtblitz den Raum. Der König und die fremde Königin blieben im vollkommenen Dunkel zurück.

»Mein Herr möge einen guten Schlaf finden«, sagte mit verzagter Stimme das Mädchen, und der König äußerte etwas Unverständliches. Dann wurde es still.

Salomon lauerte in der tiefen Finsternis etwa zwei Stunden, die ihm endlos vorkamen. Er drehte und wälzte sich wie ein Fiebernder im Bettzeug herum und streichelte seine harte, heiße Männlichkeit unter dem feuchten Nachthemd. Aber er war auch darum bemüht, seine Gedanken vom Körper der Makeda abzulenken und sich nicht etwa gehenzulassen, seinen Samen im Bettzeug zu verschwenden und im entscheidenden Augenblick unfähig und lächerlich zu erscheinen. Er hielt immer mal wieder inne und lauschte: Das Mädchen atmete sanft, sie war, von den üppigen Gerichten und dem roten Wein niedergestreckt, schnell eingeschlafen. Von ihrer Schlafstelle wehte frischer Minzeduft sowie Moschus aus Achselhöhlen und Geschlecht herüber.

Lange quälende Augenblicke mussten vergehen. Nach einiger Zeit begann der König seine Hoffnung zu verlieren und dachte, so aufgewärmt von dem Bettzeug und ermattet vom undurchdringlichen Dunkel, es sei vielleicht auch für ihn besser, ebenfalls Geist und Körper dem Schlaf zu überantworten. Er kämpfte an gegen die immer schwerer werdenden Lider und tausende Gesichte, die ihm bei den Lockungen des unbekannten Gottes der Träume und der Vorsehung unter den Lidern aufschienen, wehrte sich gegen seinen bleiern erschöpften Körper, als er plötzlich eine sehr leise Bewegung aus dem anderen Bett vernahm. Mit einem Mal war die süße Verlockung des Schlafes verflogen und der König wieder wach wie ein im hohen Gras gebückt lauernder Panther, nur wenige Schritte von der Gazelle entfernt, die da arglos gekommen war, ihre zarten Nüstern in die blauen Wasser der Savanne zu tauchen.

Makeda war tatsächlich bald wieder mit einem Durst aufgewacht, wie sie ihn noch niemals verspürt hatte. Sie meinte, sterben zu müssen, wenn sie ihn nicht im selben Augenblick stillte. Noch nicht ganz wach, hatte sie allein jenen kupfernen Krug im Sinne, den sie vor dem Zu-Bett-Gehen gesehen hatte, als der Diener kaltes, leichtes und klares Quellwasser hineingegossen hatte. Der Klang des in den Krug geflossenen Wassers kam ihr nun in der Erinnerung daran vor wie Engelsgesang. Die sich wiegende Oberfläche des Wassers, bereit, sich von den davon trinkenden Lippen kräuseln zu lassen, war für sie das Antlitz des Paradieses selbst. Leise schlug sie das Leintuch beiseite und erhob sich. Es herrschte vollkommene Finsternis, aber die Königin wusste, wo das Tischchen stehen musste, denn es befand sich in der Mitte zwischen den beiden Betten. Sie ging mit den sachtesten Schritten, derer sie fähig war, schwebte beinahe über den warmen Steinfliesen des Fußbodens auf das begehrte Wasser zu. Als sie meinte, nahe genug herangekommen zu sein, streckte sie die Hände aus, konnte jedoch nichts vor sich ertasten. Sie war noch nicht nahe genug. Besorgt flatterte sie mit gespreizten Fingern in der Luft herum und tat noch einen Schritt, da stießen ihre Schenkel plötzlich mit einem kaum vernehmlichen Geräusch, das der Königin in der vollkommenen Stille jedoch wie Waffenklirren in den Ohren klang, an die Kante des hölzernen Tischchens. Sie verharrte eine Weile reglos und lauschte zu dem Bett des Königs hinüber, aber von dort drang kein Ton herüber. Dann tastete sie den Rand des Gefäßes ab und tauchte ihre Finger ins Wasser. Sie führte sie an die Lippen und leckte genüsslich. Die Kehle vom Salz des Abendmals wie verätzt, achtete sie nun auf nichts mehr, sondern packte im Nu den Henkel des goldenen Pokals, versenkte ihn in dem Krug und schöpfte ihn voll des schweren tropfenden Wassers, das sie schnell an die Lippen führte, als hätten die großen, nicht enden wollenden Schlucke, die nun folgten, ihr Leben enthalten. Dreimal tauchte die Königin den Pokal in den Krug und schöpfte ihn stets randvoll, dreimal in Folge trank sie ihn leer bis auf den Grund und löschte den Brand. Doch just in dem Augenblick, da sie ihn auf dem hölzernen Tischchen abstellen wollte, um auf Zehenspitzen zu ihrem Bett zurückzukehren, packte sie eine kräftige Hand aus dem Dunkel heraus am Handgelenk und erschreckte sie beinahe zu Tode.

Wie von Sinnen vor Durst, Opfer mithin der listigen Machenschaft des Kaisers, hatte Makeda völlig auf den Mann vergessen, mit dem sie sich in die Stube teilte. Der Mann aus dem Dunkeln fasste sie eng um die Mitte, ihre Wange spürte seinen rauhen Bart und die Schläfe den Atem aus seinen Nüstern. Sie wehrte sich, um zu entkommen, und der König ließ sie los, hielt jedoch weiterhin das Gelenk der Hand umfangen, die den Pokal hielt.

»Du hast den Schwur gebrochen, bist diebisch herbeigeschlichen zu stehlen, was mir gehört, den Pokal aus Gold, der von meinen Urahnen auf mich gekommen ist«, flüsterte der Mann mit seiner tiefen und festen Stimme, die der Königin so lieb war. Dadurch hast du auch mich meines

Schwures entbunden. Es mag also geschehen zwischen uns, was geschehen muss, denn noch nie hat mich eine Jungfer derart um den Verstand gebracht, wie du es tust, Makeda, die ich mehr liebe als meine eigene Seele! Oh, Makeda, komm in mein Bett, damit ich dich kennenlerne! Komm freien Willens an meine Brust, die entbrannt ist nach dir!«

Die Stimme des Königs war leidenschaftlich geworden, also rauh und heiser wie das ferne Brüllen der Wüstenlöwen. Das Mädchen spürte die Kraft seiner Lenden und fühlte sich plötzlich von Leidenschaft zerrissen. Vor übergroßer Leidenschaft spürte sie, wie ihr ein süßes Öl aus dem Leib rann, ihre verborgenen Lippen netzte und an den Schenkelinnenseiten hinabfloss. Salomon gab ihr Handgelenk frei und überließ ihr die Wahl. Dann schwor er zu Gott, er wolle das Mädchen unberührt zurückkehren lassen in sein Bett, wenn sie es so wünschte, aber an diesen Schwur glaubte er nicht einmal selber. Denn sein Herz gehörte nicht vollständig Jehova, sondern auch den Dämonen der finsteren körperlichen Lüste.

Oh, König, erwiderte sie im gleichen, beinahe erstickten Tonfall, es hätte nicht so sein sollen. Nicht so … dürfte …

Ihre Stimme versagte jedoch, und ihr Körper begab sich von alleine auf die Suche dessen, den sie in diesem Augenblick mehr begehrte, als sie zu leben wünschte. Sie streckte die Arme aus und spürte seine Brust einen Schritt weit vor ihr. Und plötzlich umfing sie den König mit ihren Armen, presste sich ganz an ihn und begann, seine harten Kriegermuskeln an den Schultern zu kneten, und küsste seinen kräftigen Hals nicht wie eine Frau, die sich weich in die Arme ihres Geliebten schmiegt, sondern wie ein Mann, der leidenschaftlich die Rundungen seiner Frau betastet und drückt. Es war, als hätten ihre Hände über einen eigenen Willen verfügt, abgelöst von der Jungfrau, der sie im Liebeshunger über den Körper des Mannes jagte, über seine kleinen Brustwarzen, über den festen Bauch und sein Gemächt zwischen den Schenkeln, wo sie seine Hoden drückte und nicht wie eine Jungfer, sondern wie eine bestens mit der Kunst der Paarung vertraute Geliebte die schwere und feuchte Stange umfasste, die sich hart unter dem Leinenhemd aufrichtete. Seitdem sie in Jerusalem angekommen war, hatte sie in ihrem Bett davon, was nun geschah, geträumt, dabei ihr Nachthemd über die Hüfte emporgehoben und sich gestreichelt, bis ein unterdrückter Schrei sich frei machte aus ihrer Kehle. Sie packte ihn an der Hand und zog ihn mit einer Kraft zu ihrem Bett hin, über die sich der König nur wundern konnte.

In jener Nacht hatte Makeda den König in ihrem Bett, unermüdlich und nicht zu besänftigen, Stunde um Stunde. Salomon kam sie wie eine heidnische Göttin vor, vielleicht Astarte selbst, die so übel Geschmähte, mit tausenden Armen und tausenden Brüsten und tausenden Lippen und einer Zunge, die überall über den Körper des Königs herumwanderte, mit dem leidenschaftlichsten Stöhnen und Gurren, das ihm jedes Mal nach einer Erschöpfung die Männlichkeit wieder aufrichtete, denn bis zum Morgengrauen ergoss er sich fünfmal hintereinander in ihre weibliche Spalte, und sie begleitete sein Stöhnen mit Schreien, die man bestimmt im ganzen Palast hören konnte, denn da war keine Vorsicht mehr geboten, so sie doch ganz allein nur noch auf der Welt waren inmitten ihrer Rose von Leidenschaft, Titten, aufgerichteten Schwänzen und Eiern und Mündern, die sich endlos suchten in der tiefen, ja vollkommenen Finsternis.

Ganz und gar erledigt schliefen sie irgendwann ein, wussten nicht, zu welcher Nacht- oder Morgenstunde, und schlugen erst wieder die Augen auf, als derselbe geheime Diener scheu die Tür einen Spalt weit öffnete und ein Schimmer zarten Mittagslichts auf ihre Leiber fiel, in hüllenloser Umarmung einen milchweißen Mann und eine schwarze Frau auf einem zerknüllten nassen Leintuch entdeckte, das dazu noch geschmückt war mit einem Fleck vom Blut der in jener Nacht geöffneten Frau. Und sie hatten sich kaum einmal in die Augen geschaut, da stieg die Frau auf den Mann und spürte in ihren Tiefen neuerlich seine stattliche Kraft. Mitten im Liebeskampf griff sie nach seiner großen, von schwarzen Haarfädchen bedeckten Hand und geleitete sie zwischen den hunderten ocker eingefärbten dünnen Zöpfen ihres Haares hindurch, bis die Fingerspitzen das Schleifchen aus Menschenhaut ertasteten, auf dem ihr geheimer Name geschrieben stand, den nicht einmal sie selbst kannte. Nur mühsam konnte er es aus ihrem Haar lösen, denn die Frau bewegte sich weiter über ihm, ließ sein Gemächt tief in sich einfahren und küsste leidenschaftlich seinen Hals, so las er den kaum noch sichtbaren, wie Rostspuren verwischten Namen. Und eine neue Jungfräulichkeit Makedas ward herbeigeführt. Salomon flüsterte ihr den Namen ins Ohr, und später am gleichen Tag wurde der kleine Hautstreifen dem Feuer übergeben.

Der verborgenste und heiligste Name der Königin von Saba war Medenek'i, die Wunderbare.

»Mein lieber Junge«, begann die Königin mit unsicherer Stimme, nachdem sie die leere Tasse auf das elfenbeinerne Tischchen gestellt hatte. »Mich verwundert deine Unbedachtsamkeit. Du bist der Sohn einer Königin, die über ein Gebiet herrscht, das auch dir Heimat ist und das du bis auf den heutigen Tag noch niemals verlassen hast. Genügt es dir nicht, dass du durch mich von herrschaftlichem Geblüt und königlichem Geschlechte bist? Was könnte dir da ein Vater noch hinzutun, den es in deinem Leben nie gegeben hat? Wozu sollte es dir nützen, Geheimnisse zu entdecken, die dich nur verstören und dein gutes Leben voller Freuden verändern können, das du an der Seite deiner Mutter in einem Palast zubringst, worin es dir an nichts fehlt? Aber weil ich weiß, dass du heute entschlossen bist, mich zu ärgern und mir das Herz zu zerreißen, sieh, darum werde ich es nun selber gegen dich öffnen.

Höre nun, Menelik, dass du der Sohn des großen Königs Salomon bist, Herrscher über das Volk der Juden, so gen Mitternacht in seinem Reiche leben, des weisesten und reichsten und wunderbarsten und vollkommensten Herrschers, den es heute auf der gesamten Erdoberfläche gibt. Bevor du auf die Welt gekommen bist, habe ich die Morgengrauen meiner Jugend in Jerusalem verbracht, und jene Tagesanbrüche sind auch heute noch das Licht meines Lebens, denn ich habe sie Augenblick für Augenblick noch ungetrübt im Gedächtnis. Der gerühmte König hat seine Dienerin gutmütig empfangen und betrachtet, und die Frucht jener gutmütigen Betrachtung bist du, mein allerliebster Sohn und Abbild des Königs, in seiner Jugendzeit. Denn du bist in Ebenholz gehauen wie ich, aber alle Züge deines Gesichts sind jene des hochgepriesenen Königs.

Wisse denn auch noch, Menelik …«

Aber der Junge musste nun keine weiteren Dinge mehr von seiner Mutter erfahren. Er sprang plötzlich auf, das Stühlchen stürzte um, und er rannte davon, verschwand im Windhauch zwischen den Ästen der Warkabäume, Makeda aber wurde bleich wie eine Leiche, denn in der Brust stach es sie nun böse, als hätte ein Schwert sie durchstoßen. Sie brach über dem Tischchen zusammen, das ihr der König einstmals geschenkt hatte, und ein schluchzendes, hemmungsloses Weinen schüttelte ihren Leib.

21

Im Erntemond des Jahres 1834, bei einer derart unerträglichen Gluthitze, dass alle Leute im Marktflecken nackt, wie ihre Mutter sie geboren, mittags gemeinsam in der Dâmboviţa badeten, Weiber, Kinder und gestandene Mannsbilder, nebst Gänsescharen, Rudeln von Hunden und Dreck aller Art, sodass die Krankheiten ihnen nicht mehr aus den von der Waschlauge verseuchten Leibern wichen, hattest du es satt, immerzu Kaffee mit festem Schaum aufzubrühen und dich um die Pfeifen des gnädigen Herrn Tachi in der Beilicului-Gasse zu kümmern, denn du warst schon ein Kreuz von einem Kerl, dem der Sinn nun nicht mehr allein nach den Schürzen der professionellen Powacklerinnen und den Faltenröcken der Zigeunerinnen stand, sondern auch nach der Erfüllung seines Geschicks auf dieser Welt, das kein gewöhnliches Schicksal war.

Du sehntest dich nach großen Taten und wusstest nicht, wo diese zu finden wären. Oftmals, wenn du betäubt vom Mohnsaft und voll der Träume von künftiger Vornehmheit, die Wangen zwischen den Handflächen, auf irgendeinem Gang saßest, fragtest du dich bitter: Hätte Alexander von Makedonien es hingenommen, mit dem Kaffeenapf seines Herrn durch den heißen Sand zu fahren, darauf achthabend, dass der Kaffee auf dem Feuer nicht aufwallte? Hätten seine Reiter in den Kettenhemden aus der Zeit des Heldenmuts sich die Tage mit den ungewaschenen und verlausten Flittchen vom Calcilor-Damm vertrieben? Hätte Napuleon Buonapartie die Pfeife irgendeines Bojaren mit Tabak und jener trocken-starken, aus China herbeigeschafften Mohnwürze gestopft? Die berühmten Männer dieser Welt wurden immerzu von ihrem Stolz und ihren Träumen von Aufstieg und Größe angetrieben, und allein dadurch kamen sie zu ihren Kronen und Kaisernamen und blieben für immer lebendig in den Geschichten der Alten. Du aber, ein junger Mann von morgen oder übermorgen siebzehn Lenzen, hingst unnütz und beschämt herum wie Herakles in den Geschichten deiner Mutter, Sofiana, als die Königin Omphale ihn wie einen gewöhnlichen Dummkopf betört, in Frauenkleider gesteckt und ihm Spindel und Rochen in die Hand gedrückt hat. Du musstest abhauen, so weit deine Augen reichten, oder aber vor so viel Seelenschmerz deine Tage beenden, denn du hattest es satt, Diener zu sein, und ertrugst das Gutshaus des Herrn Tachi nicht länger.

Herr Jesus Christus, hattest du auf Knien bei Morgengrauen nun jeden Tag zu beten begonnen, ohne eine Ahnung zu haben, von welchem Geist jener beseelt war, mach mich durch Deine große Mildtätigkeit zu einem mächtigen, namhaften Mann: Wie Du im Himmel ein König bist, so will auch ich einer sein auf Erden! Wenn Du mich irgendwann einmal zum Kaiser machst, werde ich Dich preisen und Dir Klöster errichten, auch werde ich Musikanten kommen lassen, damit sie Dich besingen, und Verseschmiede, damit sie in Versen von Deinen Taten berichten, wie es sie in keinem anderen Kaiserreich je gegeben hat, wie großmächtig und berühmt es auch gewesen sein mochte. Und Feinmaler werden Dein Antlitz tausendmal größer und strahlender abbilden als in der Kirche von Ghergani, wo ich als Kleinkind zum ersten Mal Deine azurblauen Augen gesehen habe, die mir geradewegs in die Augen schauten. Und ich werde aus Leibeskräften wie David vor Dir tanzen und mich darob nicht schämen und niemandem Rechenschaft ablegen.

Beduselt vom Gift aus den Mohnkapseln, hast du auf allen Anstand vergessen und wie besinnungslos blasphemisches Zeugs von dir gegeben. »Mach mich, Herr, zum Blauen König, den es in den Geschichten nicht gibt, leg Deine Hände über mich und segne mich, und ich werde Dir den

Zehnten von allen meinen Gewinnen zukommen lassen, ebenso wie Abraham es mit dem König von Salem gehalten hat, dem Erzpriester des Allerhöchsten, als er von der Schlacht der fünf Kaiser zurückkehrte. Du, der Du zum Hohepriester gesalbt worden bist nach dem Ritus des Melchisedec, salbe nun Deinerseits auch mich mit dem guten Salböl aus Deinem emaillierten und von Sternen umringten Gefäß!

Aber wenn Du mir meinen Willen nicht erfüllst, werde ich mir von den anderen Mächten Hilfe erbitten, die es, wie Apostel Paulus sagt, im Himmel auch noch gibt: ›Denn unser Kampf richtet sich nicht gegen den Körper und das Blut, sondern gegen die Anfänger, gegen die Herren, gegen die Herren der Finsternis dieser Zeit, gegen die Geister des Bösen, so da sind in der Höh.‹ Und diese fliegenden Geister, ebenso da droben in den Himmeln wie Du selbst, werden zweifellos darauf hören, selbst wenn sie mir die Seele dafür abverlangen. Denn was war denn die Seele? Ein Nichts: ›Schluss mit dem Menschen, dessen Seele in seinen Nasenlöchern sitzt‹, sprach Jesaja im Geiste.«

Dann träumtest du von Napulion, der auf der Insel St. Helena gestorben ist, als du drei Jahre alt warst und dich noch an den Rockzipfeln deiner Mutter festgehalten hast. Petrache hatte ein dickes Buch voller Kriegskarten und Bilder von gekrönten Häuptern, aus dem er dir mitunter etwas über den berühmten Kaiser der Franzosen vorgelesen hat. Neben Alexander, reitend auf Ducipal, war nun auch Buonapartie dein Gott, denn er war von unten gekommen, wie du, und war höher und immer höher hinaufgestiegen, wie ein furchtloser Falke, bis er mit der eigenen Hand nach der goldenen Krone, den unschätzbaren Steinen und dem roten Samt gegriffen und sich stolz auf den Kopf gesetzt hat. Er hatte kreuz und quer in Europa die Deutschen und die Österreicher besiegt, sich in das endlose Russland gestürzt, wo der General Frost seinen Truppen den Garaus machte, wie es in alter Zeit auch Arcoş Pascha ergangen war, sodass er gerade einmal mit dem Leben davongekommen ist. Und dann schlugen ihn die Engländischen auf dem Meer und an Land und warfen ihn auf das Eiland, auf dem er sein Ende fand.

Da du den Geschichten über Heere und Regimenter lauschtest und

Flinten mit Flintstein, und über den Rauch und das Durcheinander auf den Schlachtfeldern, Schiffe, die sich auf der Wasseroberfläche bekriegten, besonders aber über den Mann mit dem dreieckigen Hut, dem sein Wille Gesetz ward, kochte dir das Blut in den Adern, und du hattest keine Geduld mehr: glaubtest ohne einen Tropfen Zweifel, dass auch du, wenn deine Zeit gekommen ist, dir ebenso die Krone, sie irgendeinem Popen aus den Händen nehmend, selber auf den Kopf setzen wirst, und deine Taten, ebenso wie die Napulions, in einem Buch verzeichnet und für alle Zeiten lebendig bleiben würden. Dafür reichte es zu wollen, aus tiefster Seele zu wollen, aus ganzem Herzen, mit all deinem Verstand und aller Kraft.

Zur Zeit von Fürst Ipsilanti, erzählte dir der gnädige Herr Tachi, wenn du ihn in guter Stimmung antrafst, hatten die patriotischen Walachen beschlossen, eine Botschaft an Napulion Buonapartie zu schicken, den neuen Kaiser Europas, der sich im Jahre 1804 gekrönt hatte, damit dieser vorderhand zur Kenntnis nehme, dass es auf der Welt ein Land namens Walachei gab, wovon niemand etwas zu wissen schien, als hätte es dieses Land gar nicht gegeben, und zum Zweiten, dass jenes Land unter der Stiefelsohle von Ipsilantis Canaillen stöhnte, die den unglückseligen Walachen zehn Häute abzogen, sodass die armen Würmer der Erde ihre Hoffnung nur noch in den großen Napulion setzten, der sie von dem unerträglichen Drachen erretten möge.

Als Bote hatten sich die aufrührerischen Bojaren den sehr geschniegelten Statthalter Dudescu auserwählt, einen Mann mit Sprachkenntnissen, Gelehrten und großen Patrioten, der die Griechen am liebsten auf dem Brot verspeist hätte, aber auch ein Hurenbock und etwas verrückt dazu war, aber was konnte man denn sonst tun? Alle anderen wussten weder, wie man einen Frack anzieht, noch wie man auf Französisch einen Guten Tag wünscht. Also gaben die Bojaren dem Dudescu einen großen Sack mit Geld und Edelsteinen, die sie sich schwergetan hatten, von ihren Kämmerern einzusammeln, und schifften ihn in Giurgiu ein. »Möge die Mission diesmal glücken«, begann beim Abschied der alte Ban Pană Filipescu, der in seinem Leben schon vieles gesehen hatte, »denn wir haben das Diplomatenhandwerk vor nunmehr dreihundert Jahren sehr gut begonnen mit dem Kanzlisten Tăutu heiteren Gedenkens! Der reiste nach Tzarigrad, und da er vom Wesir empfangen wurde, brachte man ihm heißen Kaffee, aber er wusste nicht, was Kaffee ist. Also hat er mit der Tasse angestoßen, als wäre es Wein, wozu er ›Auf den Wesir!‹ sagte und sich die Tasse in den Rachen kippte, wobei er sich die Zunge derart verbrühte, dass er danach kein weiteres Wort mehr hervorbrachte!«

Aber auch des Statthalters Dudescu brauchten sich die Walachen nicht zu schämen, denn auch er schoss einen Bock von solcher Güte. In Paris eben zu dem Zeitpunkt angelangt, als das Fundament für den Arc de Triomphe gelegt wurde, erfuhr er, dass der Kaiser abwesend sei, da er sich zu der Zeit mit seinem Heer in polnischen Gefilden aufhielt. So wartete der Statthalter eben und spazierte durch die Stadt des Lichts, bis ihm der Geduldsfaden riss. Dann gab er sich dem Spiel hin und den Ausschweifungen, gab das schwer von den Walachen eingesammelte Geld mit beiden Händen in den Spielsalons und Freudenhäusern aus, dass selbst die Franzosen erschraken, die immerhin nicht gar so leicht zu erschrecken sind, denn schließlich ist allseits bekannt, dass die Nähmamsells in Paris ihr Brot mit der Nadelspitze und dem Loch verdienen. Zwei Jahre vergingen, in denen der Bojar Napulion nicht ein einziges Mal zu sehen bekam, dafür zog er durch die Salons, legte Smaragde und Saphire auf die Serviette aller bedeutsameren Tischgefährten, Generälen und Marquisen, und fischte vermittelst Taschenspielertricks Golddublonen aus dem Busen der Madame de Récamier oder dem Ohr des Visconte de Besensac.

Da er auch auf diese Weise nicht wirklich zu Ruhme kam, beschloss der Bojar, nun alles rauszuhauen. Also brachte er ein Stückchen Walachei nach Versailles, wie es seine Sehnsucht nach den endlosen Schneefällen von zu Hause ihm eingab. Dafür kaufte er mit den letzten zwei Dublonen, die noch auf dem Boden des Sacks lagen, zehn Wagenladungen reinen Zuckers, von dem großkörnigen, der funkelte wie Diamanten, und bestreute mit diesem Zucker die Allee an der gesamten Längsseite des Palastes etwa handhoch. So glitt er nun also mitten im Sommer in einem fröhlich bemalten Schlitten dahin, gezogen von vier Hirschen mit riesigen Geweihen, die sich in den breiten Fenstern im Sonnenlicht spiegelten. Der Zuckerschnee glitzerte, die Hirsche schnaubten, die Glöckchen klingelten, und der Bojar in seiner dicken Joppe, eine Russenkappe auf dem Kopf und den Zaum in der Hand, reichte seinen hölzernen Bocksbeutel allen Franzosen und Französinnen dar, die dieses nie dagewesene Panorama begafften, wobei er unverständliche rumänische Worte von sich gab. Da er beim Abendessen in Malmaison von diesem Wahnwitz hörte, soll Napulion, wie es heißt, mit vollem Mund gelacht und beinahe an dem Rebhuhnküken in Cognac erstickt sein, das er soeben mitsamt den Knochen aß. Aber empfangen hat er den Bojaren aus der wilden Walachei trotzdem nie.

Nachdem alles Geld bis zur letzten Golddublone verschleudert war, kehrte der Statthalter Dudescu nach drei Jahren mit eingezogenem Schwanz nach Bukarest in seine Häuser nahe beim Spirii-Hügel zurück. Die Walachen nahmen es ihm nicht übel, denn wenn er es nicht geschafft hatte, die Bittschrift dem Kaiser zu überreichen, war der Statthalter doch nicht mit leeren Händen aus der Stadt des Lichtes zurückgekehrt: Er hatte aus Paris die Wissenschaft, eine Ochsenzunge mit in Rum eingeweichten Rosinen zu kochen, mitgebracht, was von den walachischen Essern höher eingeschätzt wurde als jedwede Botschaft, wofür sie den unglücklichen Diplomaten in hohen Ehren hielten. Desgleichen hatte er den General Claude Carra de Saint-Cir als Frankreichs Botschafter in der Walachei mitgebracht, einen stattlichen und gutaussehenden Mann in stolzer imperialer Uniform, die ihn weich umspielte. Der hielt sich etwa zwei Monate in Bukarest auf, verdrehte jeder Frau in der bemitleidenswerten Stadt den Kopf, ob sie nun gewöhnlich oder hochwohlgeboren war, denn ein Herz hatten auch sie wie die Französinnen, aber auch nur eine Augenbraue von der einen Schläfe bis zur anderen, die sie noch um einiges nunkomm-schon-näher machten, denn es war das Zeichen der berühmten walachischen Schönheit. Es heißt, er habe dieses Detail im Gesicht der Bukarester Frauen nicht gern gesehen, auch nicht die kleinen schwarzen Samtflecken, die sie sich auf die Oberlippe oder ans Kinn klebten, drum habe er sie den Rücken ihm zuwenden lassen.

Ein Vierteljahrhundert später glichen viele Sprosse von Bojarinnen wie ein Auge dem anderen dem General de Saint-Cir, und die Ochsenzunge, enthäutet und in kräftige Scheiben geschnitten, in Weißwein gegart, mit Pfeffer, Senfkörnern, Koriander und Rosmarin gewürzt und mit Rosinen gespickt, durfte sonntags auf dem Tisch des Herrn Tachi nicht fehlen, der in den höchsten Tönen von dieser erlesenen Speise schwärmte. Mariţa wachte mit äußerster Strenge und Ehrfurcht gebietend darüber, dass ihre Zungen vollendet gerieten, die Gäste sich die Finger danach ableckten und mehr davon erbaten. Der schwere Duft der Speisen füllte dann das gesamte Haus und machte es dir unerträglich, denn in Ghergani, als du nur etwa vier Jährchen zähltest und im Stall spieltest, war dir ein Ochse mit seiner großen und schweren Zunge über die Wange gefahren und hatte dich erschreckt.

Sodass du am vierzehnten Tag des Erntemonds, dem Sonntag des heiligen Propheten Miheia, mit einem Mal Mut gefasst hast und für immer aus dem Gutshaus geflohen bist. Du hast dich schnurstracks zur Präfektur begeben, wo dich dein Wohltäter, Meister Iancu, wiedererkannte und nunmehr freudig aufnahm, schließlich warst du ein stattlicher Kerl geworden, zweimal so groß wie er selbst. Du hattest nur noch wenig von dem Jungen, der in die Tochter des Fürsten Dimitrie Ghica verliebt war, obwohl du heilig ihr Bild an deiner Brust trugst, wie du es dein ganzes Leben lang tun solltest, und es erst in Magdala mit allem anderen dem Feuer überantwortet hast, bevor du dir den Pistolenlauf in den Mund stecktest und mit allem Schluss machtest auf dieser Welt, die bloß ein Traum ist.

Die Präfektur befand sich zu jener Zeit in einem großen, zweigeschossigen Haus auf der Podul Mogoşoaiei in Höhe der Herberge des Filaret, und dort begegnetest du ebenso vielen Straßenbeamten, wie Haiducken in den endlosen Wäldern des Landes ihre Raubzüge unternahmen, denn es waren dieselben. Wenn man im unteren Geschoss an der Torwache vorbei war, öffnete sich ein langer und verwinkelter Flur mit zwei großen Kammern. In der einen hingen an in die Wand gehauenen Nägeln die zerlumpten Klamotten der Haiducken und etwa dreißig langhaarige Bauernmäntel für die nebligen Nieselregen in den Bergen, und auf den Brettern darunter standen die Opanken der schlichten Leute und lagen die Fußtücher. Dort begegneten dir auch noch Flinten mit Trompetenmündung und Pistolen aus der Zeit des Vidiner Paschaliks mit Griffen aus rohem Elfenbein. Du warst keine zehn Schritte weitergegangen auf dem Flur, als du eine weitere Kammer entdecktest, diesmal mit den ansehnlichen Umhängen der Streifenbeamten, Hüten mit Hahnenfedern und Stiefeln mit eingenähtem Knirschen, nach russländischer Art, sodass man sich den Schnauzer hätte zwirbeln können im Spiegel ihres ebenholzschwarzen Schafts. Die Burschen der Präfektur, kräftige, mit allen Wassern gewaschene Kerle, teilten sich Monat für Monat in zwei Gruppen auf, deren eine, als Haiducken gekleidet, auf offener Landstraße und in entlegenen Gutshäusern raubten, was sie zu fassen kriegten, und die armen Christenleute mit kochend heißen Eiern in den Achselhöhlen und scharfen Paprikaschoten zwischen den Arschbacken traktierten, damit sie verrieten, wo sie ihre Kreuzer versteckt hatten, während sie die Frauen und noch verschlossenen Jungfrauen, Ehefrauen oder alte Weiber gleichermaßen schändeten, einen Kleidungsfetzen über Kopf und Sicht. Nach diesen kamen dann die anderen in ihren Tuniken, Stiefeln und den Gewehren mit gezogenen Läufen, und es entbrannte ein Kampf, dass man hätte meinen können, die Berge selber prügelten aufeinander ein, aber dies alles geschah ohne Patronen in den Gewehren und Pistolen, allein das Schießpulver knallte laut, worauf einige der Haiducken so taten, als seien sie tödlich verwundet, und schrien: »Hast mich gefressen, du Hund!«, oder: »Herrjeh, ich bin getroffen, ich könnt dich mit den Zähnen zerreißen!« Wieder andere gaben sich gefangen und wurden bestens gefesselt und verschnürt auf die Wagen geworfen, in denen auch die Beute zur Präfektur nach Bukarest gefahren wurde, die man den Dieben abgenommen hatte, eine mit Eisen beschlagene Koffertruhe voller Taler, Dukaten, Kreuzer, Heller, Francs, Escudos, Soliduse, Ikosari, Mahmudéle, Rubel und anderes Geld aus Gold oder Silber, ja sogar gelochte Münzen, die man wie Brezeln auf einen Faden ziehen konnte. In Bukarest angekommen, wurden die lebenden Toten vor den Augen der Leute begraben, allerdings waren die Särge leer und sie selbst wieder frei, während die Gefangenen entweder zum Salzschneiden in das Salzbergwerk geschickt wurden, dort aber niemals eintrafen, oder in der Vorstadt des Viehmarkts gehängt wurden, wenn sich eine Menge Gaffer versammelt hatte, um die Diebe am Galgen hängen zu sehen, aber man hatte ihnen den Strick unter den Achselhöhlen hindurchgezogen, am Rücken verknotet und dann durch den Hemdkragen nach oben geführt, damit man die Täuschung nicht erkennen konnte. Die fielen gen Boden mit der Schlinge am Hals, verdrehten die Augen und streckten die Zunge ellenlang heraus, danach aber wurden sie dem Anblick der Leute entzogen und von ihren Gefährten in der Präfektur wieder auf die Beine gestellt. Und solcherart lief das Geschäft wie geschmiert, die Freischärler wechselten sich im Jahreslauf Monat für Monat ab mit ihren Häschern, und alle waren's zufrieden. Der große Präfekt der Walachei, der ehrwürdige Aga Iancu, der mit Jianu, dem fürchterlichen Räuber aus den Wäldern, ein und dieselbe Person abgab, kassierte einen Orden nach dem anderen, so kein weiterer mehr auf seine Tunika passen wollte, er den letzten mithin unter den Hosenriemen geheftet bekam, und von diesem dann gepiesackt wurde, wo es am leidvollsten war. Auch hatte der Fürst selber dem Präfekten von Bukarest eine Fahne geschenkt, auf der sich die Ikone Mariä Verkündigung befand, die als Zeichen seiner großen Wertschätzung anzusehen war für den heroischen Kampf gegen die unerträglichen Verbrecherbanden, den die tapferen Häscher in den Wäldern unter Einsatz ihres Lebens zu bestehen hatten.

Gleich am ersten Tag, als du hinkamst, um in das so vorzüglich austarierte System einzutreten, hast du auch den verlogenen Jian gesehen, der brav auf einer Bank vor der Tür zur Stube des Präfekten saß und wartete. Als der berühmte Sänger aus Klausenburg, Hans Himmeldorfer, dich sah, erkannte er dich sogleich, denn um die Notierung der hohen Musiken zu erfassen, bedarf es eines guten Gedächtnisses, also stand er auf, hochaufgeschossen und dazu rotbäckig wie eine Jungfer, dich zu begrüßen. Weil er nun von den vielen Reisen durch die Täler voll kleiner Dörfer hinunter in die Walachei das Rumänische ganz ordentlich gelernt hatte, habt ihr von Sălcuţa geschwatzt und von Vicleim, den Haiducken und von Aga Iancu, und der deutsche Musikant enthüllte dir, dass er immer noch von Zeit zu Zeit gegen gutes Geld aus den siebenbürgischen Gegenden mit seinen Chorkameraden herunterkomme, um die Geschichte des Jianu mit schönen Liedern und Wohltätigkeit lebendig zu halten, Geschenken etwa an heiratsfähige Mädchen und Begräbnissen mit der Tanne für junge, noch unverheiratete Männer.

So schlugst du den Weg der Haiducken ein und warst gleichzeitig auch deren Häscher, sodass du morgens, wenn du die Augen aufschlugst, nicht wusstest, ob du den Tannenast mit dem daran hängenden Galgenstrick sehen wirst, in einer Bergesschlucht, in einer Himmelsbucht, oder das Büro mit den Wachssiegeln und Schreibgeräten, das sich neben deinem Bett in der Präfektur befindet. Wen du aber ganz gewiss sehen würdest, an welchem Ort auch immer du dich befinden mochtest, waren deine drei Kumpane aus Ghergani, die du ganz gerne hier in Iancus Diensten wiedergesehen hast, den Tataren Ghiuner, ehemals Hauptmann der Leibgarde, Sisoe, der ob der unangenehmen Wendung der gnädigen Frau Mariţa, die in den letzten Jahren immer unermüdlicher und leidenschaftlicher geworden war, ebenfalls den Pfad der Haiducken eingeschlagen hatte, und den unglücklichen Petrache, der gleichfalls wegen der rundlichen Mariţa Zuflucht in den undurchdringlichen Wäldern gesucht hatte, wo er auf das Leid am Herzen zu vergessen hoffte. Denn welch Qual und Mühen können übler wirken als unerwiderte Lieben?

Gradheraus gesprochen, hat dir der Drill in der Kanzlei den letzten Nerv geraubt, auch wollte es dir nicht passen, die Tunika anzulegen, obwohl sie dir bei deinen breiten Schultern doch so gut stand, dazu das weiße Hemd, durch das man damals schon deine schwarzen Haarkringel auf der stattlichen Brust sehen konnte. Die Weiber auf den Straßen, selbst solche, die stolz in der Kalesche vorbeifuhren, mit Salben gebleicht und die Wimpern mit schwarzer Gallapfeltinktur eingepinselt, verdrehten sich die Hälse nach dir, als hätten sie einen Pfau mit aufgefächerten Schwanzfedern gesehen. Und doch war es um einiges besser, verwahrlost, die Flinte auf dem Rücken, an der Landstraße hinter die Bäume geduckt darauf zu lauern, dass die Bojaren mit den Geldtruhen in ihren Kutschen und ihre Gnädigen Frauen mit den vielen Ringen an den Fingern und den teuren Ohrgehängen vorbeikommen, die man so leicht aus dem Kasten der Kutsche holte, wie man die Glibberzunge der Muschel aus ihrer schwarzen Schale herauslöste, um sie anschließend ohne viele Worte zu verlieren sich aufs Gras legen hieß. Und dann die Feuer zur Nacht unter den Sternen, an dem ein ganzes Kalb gebraten und unter den schwarzen Tannenzweigen die bauchige Holzflasche herumgereicht wurde: Sollst leben, sollst ewig nicht sterben!

Von ebenjenem Sommer an hattest du den Wald in dein Herz geschlossen, den Vogelgesang und die im Sonnenlicht funkelnden Spinnennetze, die riesenhaften Kuppeln der Äste wie das Dachgestühl einer großen Kirche darüber, und die Sonnenstrahlen, die schräg durch das Blattwerk fielen und die Pfade mit Flecken zitternden Golds betupften. Und im Innern des Waldes liebtest du die wie entzweigeschnittene und spiegelglatt polierte Jaspissteine erstarrten Seen, wo die Hirsche vorbeikamen, sie mit ihren Nüstern zu trüben. Als Haiduck hast du die verschiedenen Kampfweisen zwischen bewaffneten Gruppen kennengelernt, die Strategie der kleinen bewaffneten Haufen sowie die Listen und Abläufe der Kriege, was dir später im hellenischen Archipel und in dem fernen Land der Märchen und Gespenster, Äthiopien genannt, welches sich lebendig, vielfältig und stets von Gottes Segen begleitet unter den bunten Himmeln Afrikas dahinstreckte, von großem Nutzen sein sollte. Denn oftmals musstest du nicht nur so tun, als ob du kämpftest, weil es deine Gefährten waren, sondern hattest es mit echten Gaunern zu tun, grausam wie blutrünstige Viecher, dann mit Wölfen, öfter auch Bären, sodass du recht häufig den Krummdolch ziehen und Kehlen durchtrennen musstest, oder mit den Pistolen auf Feinde schießen, die nicht ausgedacht waren.

An deinen bedrückten Abenden holtest du unter einem einsamen Baum, der seine Äste vor einen blutroten Himmel streckte, Stamatinas trübes Bildnis von deiner Brust hervor und benetztest es, so kräftig du auch warst, mit deinen Tränen. Würdest du sie wohl einmal wiedersehen? Würdest du jemals wieder den Zauber der Liebe verspüren, was das völlige Vergessen auf den heißen und feuchten Körper der Frau bedeutet, sodass allein die Umarmung zweier Zwillingsseelen übrig bleibt? Du konntest dich nicht sattsehen an ihrem schmalen Antlitz, das sich verzehrte, ohne recht zu wissen, wonach, an der Unschuld ihrer rehbraunen Augen, den kindlichen Lippen. Ganz deutlich konntest du ihre Stimme vernehmen, als wäre sie unter demselben Baum und an deiner Seite an deine Brust gelehnt: Such mich! Such mich! Folge mir bis ans Ende der Welt! Zerlaufe neunundneunzig eiserne Opanken und einen eisernen Wanderstab auf den Wegen, die zu meinem geheimen Versteck führen, an dem sich mein Herz befindet … Ich werde dich suchen!, riefst du dann, und deine Augen sogen das ovale Porträt tief in dich ein. Ich werde den Drachen besiegen, werde sein Herz spalten und dir seinen abgeschlagenen Kopf in den Schoß werfen! Und dann, Stamatina, werden wir unsere Leben verflechten wie die Seidenfäden, weiß und rot, so sie zum Frühlingsanfang an den Maibaum geknüpft werden und niemand sie mehr wird trennen können.

Deine Pflicht als Schutzmann und Haiduckenjäger verrichtetest du nicht mit dem gleichen Eifer, vielmehr schwänztest du häufig und bliebst auf den staubigen Straßen der Stadt, anstatt die Wälder nach den getürkten Banditen zu durchstreifen. Du hattest dich damals mit ein paar Habenichtsen zusammengetan, die man immerzu an der Ziegelmauer lehnen sehen konnte, die das aus mehreren Häusern bestehende Anwesen des Hetmans Răducanu Rosetti umfing, Schlächtern mit blutgetränkten Ärmeln, fliegenden Händlern, Mützenmachern, Metzgern und Wurstmachern, unter die sich auch mal der eine oder andere Pope mit dem krummen Kreuz über seinem bis zum Leibgurt hinabreichenden Bart verirrte, die da allesamt vom Morgengrauen bis zum Einbruch der Nacht herumkrakeelten, der arme Walache könne sich nicht mehr durchsetzen, weil die Fremden ihn immerzu daran hindern, die Griechen, Juden, Armenier, Zigeuner, Makedonier (auch Tzintzaren geheißen), Bulgaren, Türken, Polacken, Gagausen, Lateiner, Ruthenen und Deutschen mit Schwänzen und Moskowiter mit Kautschuk, die ununterbrochen in ihre weißglänzende und melancholische Walachei strömten, von der sie offenbar meinten, es sei der Garten der Muttergottes, in dem nichts als Milch und Honig fließe. Denn nirgendwo, so redeten sie und schlugen sich mit der Faust auf die Brust, hatte die himmlische Vorsehung prächtigere Wälder geschaffen, leichtere und kühlere Wasser, ansehnlichere Hirsche, fruchtbarere Äcker, bessere Hinterhalte, in denen man Pferd und Reiter nicht sehen konnte, stolzere und liebestüchtigere Weiber, Recken kräftig und schlank wie Tannen und die Schnurrbartspitzen stolz gereckt wie Sperlingsflügel! In den Busen des walachischen Himmelreichs, von den Engeln im Himmel gesegnet, fielen Jahr für Jahr die Fremden mit ihrem schlammig verdreckten Schuhwerk und ihren Teufeleien ein, ihrem widerwärtigen Gesetz, denn viele von ihnen waren Papisten und Calvinische, wenn nicht sogar Hunde von Mohammedanern, mit ihren zur Seite schielenden Augen und den pechschwarzen Gesichtern, dem überquellenden Doppelkinn und den krummen Nasen, Nackenwülsten wie Schweinebäuche und dem Satanszeichen zwischen den Brauen. Falsch, gierig, verleumderisch, doppelgesichtig, mickrige Geldverleiher und Kaufleute, stürzten sich die Fremden wie die Heuschrecken auf das arme Land, während der brave Walache, die Mütze in der Hand, scheu wie eine Jungfer und die heilige Ölung auf der Stirn, immerzu beiseite geschubst und all sein Hab und Gut von den Raupen dieses heidnischen Gezüchts verschlungen wurde.

Schaut euch doch mal um, sagte der eine oder andere mit sufftrüben Augen, wer hat die Kneipe bei der Sohle der Gans? Meister Leibovici! Wer ist Geldwechsler auf der Şeilarilor? Herr Strul, der Jude! Wer besitzt die Herberge beim Viehmarkt, die da schon Zum goldenen Kalb heißt? Moise Himovici! Und wer ist die Puffmutter, die das Bordell am Calicilor-Damm betreibt? Die Raşelica Nachmanson! Und wie viele mehr! Aber schauen Sie mal auf die Vorstädte, empfahl dir ein anderer Schlägertyp, in welcher haben sie sich denn nicht niedergelassen? Nehmen wir mal nur Radu Vodă, um nicht von Dudeşti zu reden: Sfânta Vineri, Ceauş Radu, Lucaciu, Tabacii, Oltenii, Bradu, Apostolu, Protopopu, Sfânta Troiţă, Dobroteasa: voll, voll, voll mit Juden wie der Heuschrecken, so die Blätter von den Bäumen nagen, Gott bewahre, dass die auftauchen, denn bei der Menge bleibt dem Christenmenschen nicht einmal so viel Raum, dass er sich um sich selbst drehen kann!

Wenn doch diese Nichtsnutze einfach nur geredet hätten, aber das Gerede führt stets zu Tränen, Bitternis und Blut, denn Reden ist niemals unschuldig, sondern Samen von Mord und Gesetzlosigkeit auf der Welt. Gesetzgeber und Scharfrichter sind Blutsbrüder und arbeiten Hand in Hand, flechten aufs Rad, enthäuten einen bei lebendigem Leib und zerschneiden Gottes Geschöpfe in diesem Tal der Tränen mit der Säge. Beim letzten Gericht werden die Schafe von den Ziegen getrennt werden, und dann wird es manch einen faulen Bock geben, der den Erlöser fragt: Mein Herr, warum bestrafst du mich? Ich habe nichts getan, habe niemanden umgebracht oder gequält, ich habe bloß Bücher über Sünder geschrieben, über die Heiden, Fremden, Häretiker, Mauren, Zigeuner, Hurenböcke und andere Verdammten, die umsonst ihren Schatten auf die Erde warfen, doch dann sind andere mit den bloßen Schwertern in den Händen und meinen Worten im Mund gekommen und haben sie weggeschafft aus dieser Welt, sie dachten, so sei es rechtens und gut, denn dies hätte ich doch so in meinen Werken geschrieben. Die solltest du in die Hölle werfen, nicht mich, der ich ja bloß darüber nachgedacht habe, wie die Welt besser einzurichten und zu steuern sei. Als aus meinen Worten das Blut zu spritzen begann, befand ich mich schon lange nicht mehr dort, ich war mit meinen Gedanken weitergegangen … Aber jener gemeine Bock wird der Erste sein, der ins ewige Feuer geschleudert wird, war doch er es, der mit einem einzigen Feuerstein das unstillbare Feuer der Zwietracht unter den Menschen entfacht hatte.

Diese Raufbolde schritten gerne mal zur Tat und fielen mit ihren Knüppeln über die Marktbuden der Juden her, zerrten die Männer an den Schläfenlocken aus ihren Häusern und veranstalteten auf den staubigen Straßen erniedrigende militärische Übungen mit ihnen, verdarben ihnen auf diese Weise Hochzeiten und Begräbnisse, dass die Präfektur kaum mehr Platz fand für all die Beschwerden der Erniedrigten und Geschädigten, der vor den Augen ihrer Männer geschändeten Frauen, der jüdischen Kinder, die von ihren kleinen Gefährten aus den seit kurzem hier aufgetauchten griechischen Schulen verprügelt worden waren. Und du, Tudor, hattest dich mit ihnen gemein gemacht und eingestimmt in die Vertreibung der Juden, hast mit ihnen alle Übeltaten begangen, bis zum Mord an einem Menschen, wovor wir, von oben her über dich wachend, dich immerhin bewahrt haben, damit du dabei nicht draufgehst und wir deine Geschichte weiter vorantreiben können.

Denn du hattest es seit einiger Zeit auf einen sanftmütigen und ergebenen Mann namens Moshe Telalul vom Viehmarkt abgesehen, der sich seinen Lebensunterhalt beschaffte, indem er in den Abfallgruben nach weggeworfenen bunten Fetzen herumstocherte, die schon halb von Motten zerfressen waren, Stiefeln und Schuhen, deren Sohlen nicht mehr zu befestigen waren, verschimmelten Büchern, zerbrochenen Augengläsern, angeschlagenen Gefäßen, Federwischen ohne Federn, haarlosen Pinseln, schartigen und rostigen Rasiermessern und vielen anderen Dingen, mit denen sonst niemand mehr etwas anfangen konnte. Er karrte dies alles in seine Behausung, in der er mit etwa einem Dutzend Juden lebte, deren Kinder er im Studium der Thora unterrichtete, und dort reinigte er alles, breitete es aus, nähte und bügelte, glänzte und polierte, bis das Zeug anfing, wie neu auszusehen. Im Morgengrauen lud er die Sachen auf seinen Handkarren und zog damit durch die Vorstädte, ihm folgte eine Schar wild bellender Hunde, gerade einmal so, als hätte der Jude ihre Mutter aufgefressen, und es kam gar nicht so selten vor, dass sie ihn, den Stock in seiner Hand nicht fürchtend, auch bissen. Durch die Gassen, über Brachflächen und Obstgärten schallte sein Ruf, als wäre es keine menschliche Stimme gewesen, sondern Vogelgesang: Aalte Kleider, aalte Kleider! Aalte Kleider zu verkaaaufen! Ich kaaaufe aalte Kleider! Und immer so weiter, Minute für Minute, den ganzen Tag. Die Rotznasen auf den Straßen, die oftmals Katzen an Drahtschlingen aufhängten oder den Hunden Blechstücke an den Schwanz banden, kannten keine größere Freude als den mit seinem Handkarren vorbeikommenden Juden mit seiner lächerlichen Kippa, den gekräuselten Haarsträhnen und dem über der Brust zusammengerafften Kaftan, der so fadenscheinig war, dass man die Finger durchstecken konnte: Steine in Mengen regneten über seinem Kopf nieder. Aber Moshe, dem all dies vertraut war, zog weiter, hatte stets tröstliche Worte aus *Jesaja* und *Jeremia* im Sinn und dankte dem Herrn für sein großes Erbarmen.

Diesen armen alten Mann hattest du dir zu plagen, zu quälen und über ihn herzufallen angewöhnt, sooft du das Unglück hattest, dass er deinen Weg kreuzte, denn sein Haupthaar und Bart kamen dir roter vor, seine Nase gekrümmter und blattriger im Gesicht zu stecken, als das bei den Juden gewöhnlich der Fall war, aber insbesondere, weil Moshe Telalul, von den Christen gedemütigt, seitens seiner Juden, wie dir schien, höher als irgendwer sonst geachtet wurde, denn er musste sich bloß einmal auf der Negru Vodă und in der Nähe ihrer Synagoge Cahal Grande zeigen, da durchfuhr die dort versammelte Judenheit etwas wie ein Schauder, und alle Gesichter wandten sich ihm zu. Dies erzürnte dich so, dass du rot gesehen hast vor den Augen, denn es bestätigte, dass Moshe der Kopf all ihres Übels war, der große Teufel, der sich listig hinter einer verlogenen Bescheidenheit und Armut verbarg. Sodass du es endlich satt warst, ihn damit zu quälen, dass du ihn am Ohr packtest und hinter dir herzogst, ihm Fußtritte in den Hintern verpasstest oder seine Klamotten vom Handkarren in den Morast der Straße kipptest, wie du es häufig getan hattest, und dir nun in den Kopf setztest, ihn anzuzünden, eine lebende Fackel aus ihm zu machen, um nach langer Zeit endlich mal Rache zu üben für die Kreuzigung unseres Herrn Jesus Christus.

Am Samstag, dem 23. des Erntemonds, da man den St. Mucenic Lup feiert, hast du dir ein Herz gefasst und bist, ohne jemandem etwas davon zu sagen, mit Zunder und Petroleum in der Tasche losgezogen zum Viehmarkt, wo im Herbst Jahrmärkte mit Panoramen und Ketten und Mostausschank und über glühender Kohle brutzelnden Pastrami und gegen die Wände geschleuderten Krügen mit neuem Wein abgehalten wurden, aber bis dahin war es noch ein Weilchen hin, denn der Sommer war noch nicht vorüber. Es war eine weitläufige Brache, die vom strahlenden, wellenschlagenden Sommerhimmel begrenzt wurde, aber voller Umzäunungen und Gehege, in denen Ochsen und Kühe mit schlammverdreckten Beinen muhten, Schafe mit schmutziger Wolle, Maultiere mit tränenden

Augen und Schweine mit Draht im Rüssel. Da und dort spendete eine Akazie etwas Schatten. In der Ferne leuchtete die krumme Linie einiger gelber Häuser mit abblätterndem Putz, fensterlose Brandmauern und Dächer aus verrostetem Blech. Am Rande gab es die Schlachter mit den Hackklötzen und ihren Beinmessern sowie die Kneipen, in denen man den Kauf begoss. Das Gewusel der Bauern mit Zöpfen aufgefädelten Knoblauchs über den Schultern, Gänsen in den Armen oder ihre Wagen durch die Menge lenkend, betäubte dich mit seiner unaufhörlichen Umtriebigkeit. Auf einem Kleidungsstück mitten im Straßendreck saßen Zigeuner, die unter den Augen eines radrunden Kreises von Gaffern Holzlöffel und silberne Ringe machten. Überall stank es nach Viehmist und verdorbenem Fleisch. Auch die Juden waren an der einen Seite der Brache als eine Ansammlung runder Kippas und nackt aus den Ärmeln ragenden Händen zu sehen, die eilig in sämtliche Richtungen stoben.

Den Moshe sahst du neben seinem Karren stehen, der an jenem Tag mit speckigen Büchern beladen war, wer weiß was für Beschwörungen und Ruchlosigkeiten jüdischer Art, die er an seinesgleichen verkaufte. Du würdest dich von hinten an ihn heranschleichen, zwischen ein paar blühenden Lorbeersträuchern vor der Kneipe eines Barba Nechifor hindurch, und rasch das Petroleum über seinen ziegelroten Kaftan schütten. Dann würdest du mit dem Stahl gegen den Feuerstein schlagen, damit die Funken den Docht entzünden und dieser den Kaftan, und zurück fliehen, wieder zwischen dem Lorbeer hindurch, damit sich deine Spuren verwischen. Hinter der Kneipe versteckt, solltest du sehen können, wie er sich brüllend inmitten des hochlodernden Feuers um die eigene Achse dreht, bis er in den Morast fällt, dort weiter brüllt und zappelt, und schließlich erstarren und zu Asche zerfallen wird. Auf diese Weise wird Christus im Himmel erfahren, dass ein aufrechter Mensch endlich die grausame Kreuzigung gerächt hat. Sein eingedunkeltes Antlitz, wie das auf der Ikonostase, aber mit türkisen Augen, wird sich über das gesamte Himmelszelt erstrecken, so groß wie Bukarest, und von dort herablächeln wie in deinen Mohnsaft-Träumen, und dir deine Herrschaft über die Erde vorhersagen, so wie Er selbst über Seine Himmel herrschte.

Von diesem Bilde beseelt, schrittest du zur Verwirklichung deines Vorhabens, und alles lief wie am Schnürchen, bis du unbemerkt das Petroleum über den Kaftan von Moshe gegossen, den Zündstein herausgeholt und mit dem Stahl daraus Funken schlugst. Beim Schlag des Stahls auf den Stein drehte sich der Jude zu dir um. Aber er war nicht mehr der unterwürfige Altkleiderhändler mit dem Ich-kaaaufe-aalte-Kleider!, sondern Moses selber in seinem großen Zorn, wie an dem Tag, als er das Volk Israel um das goldene Kalb tanzen und zechen sah, sodass er wütend die Gesetzestafeln gegen den Fuß des Berges schlug. Auch war er größer geworden, schaute nun von oben mit den strahlenden und etwas irren Augen des Wüstenpropheten auf dich herab, die Brauen verkniffen und die jahrhundertealten Leidensfalten seines Volkes mitten dazwischen. Er wirkte wie eine unvordenkliche steinerne Statue, wie ein uraltes Lied, das vom Großvater bis zum Enkel endlos die Zeiten hindurch auf den Lippen getragen wurde wie aus tiefstem Innern der Schrei von König David, dem Psalmisten. Er erhob eine Hand über dich, die Finger ausgestreckt, und auf dem Daumen sahst du Blut. Blut befand sich auch an seinem rechten Ohrläppchen und auf dem großen Zeh seines rechten Fußes, wie er so aus der geflochtenen Sandale ragte.

Und dann erstarrte die Zeit. Du fühltest dich gefangen, den Feuerstein in der Hand, eingeschlossen in einer Bernsteinhülle. Du wolltest dich bewegen, konntest es aber nicht, wolltest schreien, warst aber stumm. Kein Blatt rührte sich mehr in den Akazien ringsum. Kein Rinderhals beugte sich mehr. Die Stille war vollkommen, der zerbrechliche Kern der Stille herrschte, verschwiegener noch als die Stille selbst. Und im sanften Feuer des Augustmittags öffneten sich die Himmel, und ein großer Rubin sank herab. Er war süß und durchscheinend, mit rötlichen Streifen und glatter geschliffen als ein Flussstein. Er sank ganz gemächlich, gerade und sachte herab durch die blaue Luft, und als er über den Köpfen der Menge angelangt war, konnte man sehen, dass er wie ein großes Wagenrad war, aber rund und länglich und gewellt wie ein riesiges Samenkorn. Sachte sank er zur Rechten von Moshe auf den Boden, berührte zärtlich das Erdreich und blieb dort liegen, als wäre er aus dem gestampften Boden hervorgesprossen gewesen. Ein zweiter Stein, diesmal ein Topas, folgte direkt aus der Himmelshöhe, als glitte er an einem unsichtbaren Spinnenfaden herab, und legte sich, ebenso groß wie dieser, mit einem leisen Klirren über den ersten. Ein dritter folgte, nun ein Smaragd wie ein Pfefferminzbonbon, der ebenfalls seinen Platz über den ersten beiden fand, ebenso leise und wie ein Glöckchen bei der Berührung klimperte, was jedoch anders klang im Ohr. Und der Reihe nach, Minute auf Minute, folgten nun in wechselnden und glänzenden Farben die anderen Steine, Türkis, Saphir, Diamant, Opal, Achat, Amethyst, Chrysolith, Onyx und Jaspis, jeder von ihnen mit anders zärtlich süßem Klang, bis sich dort zwischen den erstarrten Marktleuten eine Säule aus kostbaren Steinen, fünf Klafter hoch wie die Wirbelsäule eines göttlichen Untiers, erhob. Sie glühte dort mit aller Kraft, in den schrägen Mittagsstrahlen, rein und hell und anders als die völlige Verbrennung, die du in deiner Verworfenheit vorbereitet hattest.

Bei dieser himmlischen Erscheinung bist du wie in einen schweren Schlaf versunken, aus dem du gründlich gefesselt und verschnürt und umringt von Juden mit schütteren Bärten im Kellerverschlag hinter der Beilicului wieder erwachtest und schließlich auch mit unverstellter Verwunderung erfahren hast, das Christus ebenso ein Jude war wie die, die seine Kreuzigung verlangt hatten, dass die Muttergottes eine Jüdin war wie Joseph, ihr Mann, vierzehn jüdische Geschlechter hatte es von Adam bis David gegeben, vierzehn Geschlechter von David bis zur babylonischen Gefangenschaft, und wiederum vierzehn Geschlechter von Babylon bis zu Christus. Und alle Jünger Jesu waren Juden, ebenso wie Paulus, der dreizehnte Apostel. Nun erfuhrst auch du, Judenfresser, dass die Bibel das Heilige Buch des Volkes Israel war, geschrieben im Laufe von Jahrhunderten von hunderten über ihre Zeilen gebeugten Juden, die nicht aufschrieben, was sie selber dachten, sondern was der Geist, der ihre Schreibwerkzeuge über die Seiten lenkte, ihnen gebot. Dieses Wissen, das dir Moshe Telalul, der über deinem Gesicht ein breites Buch mit verkehrten jüdischen Buchstaben erhob, dir mit vielen, von einer tiefen Weisheit durchdrungenen Worten schenkte, hat dein Herz für immer verändert und dazu geführt, dass du dir wünschtest, Bescheid zu wissen über Gut und Böse, worüber du, ebenso wie die Urahnen aller Sterblichen, Eva und Adam, bis dahin keine Kenntnis hattest. Von diesem Tag an und bis zum Ende deines Lebens hast du das jüdische Volk in hohen Ehren gehalten, das du in deiner besinnungslosen Jugend dermaßen verhöhnt und erniedrigt hattest. Aber die Sünde des Hochmuts hat dich auch damals nicht verlassen, dies sollte erst in den letzten Augenblicken deines Lebens auf dieser Erde geschehen, als du dir in Magdala die kalte Pistolenmündung, von Königin Victoria zum Geschenk bekommen, in den Mund gesteckt und dir mit einem Addio an die Liebe, die Erhöhung und Erlösung gleichermaßen, das Hirn aus dem Kopf geschossen hast.

Du hast auch erfahren, dass Moshe Telalul, der im Abfall und Müll nach allem herumstocherte, das noch brauchbar sein konnte, ebenso in den Seelen der göttlichen Geschöpfe stocherte, die vom Morgengrauen bis zum späten Abend zu ihm kamen, um für alle Umstände des Lebens Antworten und Trost zu suchen. Denn er war in jenen Zeiten der feindseligen Wirrnisse der geheime Rabbi der Walachei, den selbst der Fürst hin und wieder an seinen Hof holte, um von seiner Weisheit zu schlürfen. Es heißt, dass er einmal, nachdem er gehört hatte, dass ein paar Juden in einem entfernten Dorf kein Geld hatten, sich eine Synagoge zu errichten, fragte, was der Bau denn kosten würde, und die Juden ihm zur Antwort gaben, zweihundert Silbertaler. Da ging Moshe zur großen Bukarester Synagoge, versammelte die Kaufleute und Geldwechsler und rief lauthals: Ich verkaufe meinen Platz im Himmel für zweihundert Taler! Ein jüdischer Bauholzhändler zahlte dafür bar, und das Geld wanderte zu den in ihrem kleinen Dorf verlorenen Leuten, die sich, für lediglich elf Seelen, eine Synagoge errichteten.

Schließlich erfuhrst du noch aus dem *Sefer ha-Bahir* einiges über dein wahres Schicksal in dieser Welt, jenem, der Entgegengesetzte zu sein, verdammt in der Segnung und gesegnet in der Verdammnis, dir am Feuer den Durst stillend und im Wasser brennend, vom Geist erhoben, damit du die Signatur des Herrn in der Weite des hellenischen Archipels in sieben Buchstaben und auf sieben Eilanden liest. Und wenn du deren letzten

Buchstaben auf der letzten der sieben Inseln erkennst, wirst du erfahren, wo sich, seitdem Menelik, Makedas und König Salomons Sohn, ihn in Jerusalem geraubt hatte, der göttlichste, der von Gnade gesalbteste, der brennendste, fremdeste und einsamste Gegenstand auf der Welt, der heilige Schrein befand, die Bundeslade, die seit ungezählten Jahrhunderten schon im Lande des Kusch war, dem Land deiner Größe und Schande. Durch sie solltest du, der Sohn des Pelzkappenmachers, zu göttlicher Macht gelangen, die groß geheißen wird. Von da an war dir nichts mehr verwehrt. Die Früchte der Erde, die Wunder des Himmels und die Königskrone sollten dich mit Wohlstand, Besitztümern und Glück beschweren.

Nicht einmal einen Wimpernschlag lang ging dir durch den Kopf, dass du das Schicksal von Usa, dem Sohn des Abinadab, teilen könntest, der, wiewohl nicht zum Geschlecht des Cahat gehörend, das dazu berechtigt war, auf dem Weg nach Jerusalem den auf einem Ochsenwagen transportierten Schrein kühn festgehalten hatte, als die Ochsen gestolpert waren und der Wagen umzukippen drohte. Aus eigener Macht donnernd und Blitze schleudernd riss der Schrein den Unbesonnenen an der Stelle entzwei, die seitdem Perez Usa heißt, Usas Zerreißung.

22

Vier Jahre, nachdem du die zugefrorene Donau auf Höhe eines bei Nicopolis liegenden Dorfes überquert hattest und *afantos* wurdest für alle, die dich als Polizeihauptmann gekannt hatten, mithin spurlos dahingegangen warst, um anschließend nur noch dein Mütterchen mit einer Folge von dir unterschriebener Briefe sowie der guten Nachricht zu beglücken, dass du im Lichte der von den Wellen gebrochenen Sonnenstrahlen des Archipels dein Leben weiterführst, trieben dich Schicksal und Liebe zum fernen Eiland Chios, wo dir geheime Hinweise angezeigt hatten, dass sich die unvergessene Stamatina dort niedergelassen habe, der zarte Schmetterling, der dir mit seinen bernsteinfarbenen Flügeln das Herz verschattete. Denn schon seit Jahr und Tag, seitdem du auf dem geschmolzenen Smaragd der hellenischen Meere herumirrtest, hattest du die Eilande mit einem Netz von deinen Leuten überzogen, die nur einen Befehl kannten, etwas über das Schicksal der jüngsten Tochter von Fürst Dimitrie Ghica in Erfahrung zu bringen, des Fürsten, der wegen der Plage durch die Moskowiter seine Frau und die drei Töchter heimlich auf eine jener unzähligen Inseln des Ägäischen Meeres hatte verbringen lassen, aber welche es war, konntest du nicht wissen. Eines aber wusstest du, dass der Fürst nämlich seiner jüngsten Tochter für einen Haufen Silbermünzen eines der winzig kleinen, in einer dicken Rumflasche eingeschlossenen Schiffchen gekauft hatte, die Joshua Abraham Norton vor ein paar Jahren, als er sich auf Skyros zu deiner Bande gesellte, schon in alle hellenischen Paläste verstreut hatte, auch nach Anatolien und selbst bis nach Syrien waren schon etliche davon gelangt. Dein Blutsbruder war so klug, in einem Register jeden Händler, Bey, Strategos oder Schiffsausstatter zu verzeichnen, in dessen Besitz die funkelnden Wunderwerke gelangt waren, um den ansehnlichsten und würdigsten Raum des jeweiligen Anwesens zu schmücken. Und einmal im Jahr, am vierten Hornung, was sein und dein Geburtstag war, so hatte er es mit allen der mehr als zweihundert Eigentümer verabredet, sollten alle gleichzeitig die Flaschen mit den Schiffchen aufs Dach ihrer Paläste bringen und im Licht der Abenddämmerung erglühen lassen. Da strahlte der Archipel im Licht und bildete zu unserer Freude die Karte der Eilande ab, die wir von über den Wolken her durch die bernsteinfarbene, von Spermazet und Seenarde aromatisierte Luft sehen konnten. Dann plusterten sich unsere Flügel etwas stärker auf, die Heiligenscheine warfen ein müderes Licht über uns, und die Sehnsucht nach einem Leben als Sterbliche überwältigte uns wie eine große Liebe, die wir nicht mehr begreifen konnten.

Deine Leute durchkämmten jedes Eiland, auf dem sich dem Register zufolge eine solche Flasche mit Schiffchen befand, aber sie kehrten von überall mit leeren Händen zurück: Stamatina, die nunmehr etwa vierundzwanzig Jahre zählen mochte, hatte anscheinend der Erdboden verschluckt. Damals hattest du deine Schiffe und Barkassen im blauen Auge des Golfs versteckt, das von den Türmen der Agios-Nikolaos-Kirche von Astypalea bewacht wurde, einer Insel in Gestalt eines Schmetterlings, von dem du jeden Augenblick erwartetest, er würde sich von der Wasseroberfläche erheben und sich flügelschlagend in die Luft erheben, davonfliegen und sich andernorts auf der gesegneten Weltkugel sachte niederlassen, in Sibirien beispielsweise, oder vielleicht in den Kariben ... Jeder Bote, der ohne eine Nachricht von Stamatina zurückkehrte, stach dir ins Herz und senkte dir eine Art Sehnsucht in den Leib, weshalb du es nur noch mit Mühe schafftest, deinen Geschäftsbetrieb zu verwalten, der trotzdem immer mehr Boden und möglichst viel vom Meer umfassen musste.

Mittlerweile warst du berühmt wie niemand sonst zwischen den Inseln, der meistgesuchte Pirat, von den Griechen ebenso wie von den Türken, den Engländern und den Venezianern gejagt, zehntausend Gold-Ikosaren hatte man auf deinen Kopf ausgesetzt und dreihundert auf den Kopf jedes deiner Spießgesellen, ob es sich nun um einen Mann oder um eine Frau handelte, lebend oder tot. Astypalea war jetzt etwas bekannter geworden als Nest des Grauens, also traute sich kaum mehr ein Schiff, nicht einmal ein Kriegsschiff, in die Nähe dieser Insel. Und wenn einmal eines vom Sturm angetrieben oder von dem verlogenen Leuchtturm angelockt wurde, der die Seebären täuschte, vollzog sich das bekannte Unglück: Das Schiff wurde geplündert, die Matrosen, die noch am Leben waren, wurden an den Masten festgebunden und das Schiff schließlich auf den Meeresboden versenkt. Die Dodekanes-Inseln gehörten nunmehr dir, als wärest du ihr König gewesen, selbst die Fische in den anatolischen Gewässern wussten dich zu fürchten, von Kasos bis zum gerühmten Pathmos, wo der heilige Johannes im Geiste die Apokalypse geschrieben hatte.

Aber stundenlang lagst du nun unter den Katzen, die du liebtest wie deine Augen im Kopf und die die Schiffe ebenso überzogen hatten wie sämtliche Ufer, an denen du anlegtest; ernährt wurden sie von Ziegenmilch, die in die Schädelkalotten der menschlichen Skelette gegossen wurde, die auf Schritt und Tritt über die Inseln verstreut herumlagen. Die

Sehnsucht nach der Tochter des Fürsten nagte an deinem Herzen. Du fandst zur Nacht keinen Schlaf mehr, obwohl du dich Abend für Abend über einer entblößten Frau liegend darum bemühtest, müde zu werden, und stundenlang in sie hineinfuhrst, bis dir der Atem wegblieb. Aber es war vergeblich. Der Zephir des Schlafes fuhr dir nicht mehr über die Lider bis gegen Morgen. Und wenn du dann ganz spät doch noch entschliefst, träumtest du von ihr, träumtest du von der verzehrenden Verlockung in ihren Augen, von der Seele, der du dich mit einem Flügel angefügt hast, um tollpatschig mit dem anderen herumzuwedeln.

Als letzter der Boten kam schließlich nach einem Jahr vergeblichen Suchens Herr Palavras aus Kos mit einer wichtigen Nachricht: Das Weib und die Töchter des Fürsten lebten, wie es schien, schon seit mehreren Jahren auf Chios, in einem ehrwürdigen Palast, den venezianische Baumeister vor hundert Jahren in Katarraktis errichtet hatten, einem der Festungsdörfer der Mastichochoria, der Gegend des Mastix, wofür das Eiland in aller Welt berühmt war. Obwohl die Mauern rings um das Dorf, die die Tränen von Chios beschützen sollten, an keiner Stelle ein Tor aufwiesen, sondern mit der Leiter überklettert werden mussten, hatte der Spion sie bezwungen und mit einem Feldstecher die Fenster und den Garten des Palastes beobachtet, also konnte er schwören, Stamatina gesehen zu haben, wie sie gedankenverloren zwischen den tausenden duftenden Blumen jeder Art einherging, die rings um das herrschaftliche Haus alles überwuchert hatten. Er konnte sie dir beschreiben, wie sie jetzt war, eine große, schmale Frau, mit kastanienbrauner Mähne, die sich beinahe bis zu ihren Sohlen hinab kringelten und kräuselten, von berückender Schönheit, aber verschattet von Melancholie. Ihr papierweißes Antlitz wurde ihm mit dem allerfeinsten Pinsel ausgemalt, jeder ihrer Gesichtszüge war von einer solchen Zartheit, wie sie in Worten eigentlich nicht zu beschreiben war. Ihre Augen waren länglich, sehnsuchtsvoll, und während Herr Palavras sie dir vorstellte, wie er es eben verstand, konntest du ihm mit einem Mal nicht mehr zuhören, denn ihre Sirenenstimme erklang in deinen Ohren: Suche mich! Suche mich! Folge mir bis an den Rand der Welt ... Der machtvolle Zauber des Liebenden hatte dich plötzlich fest im

Griff, und mit einem Mal brachst du wie ein Weib in Tränen aus, was bei Palavras besorgte Verwunderung auslöste, denn der stattliche Palikár war ebenso wie du schon durch mancherlei dick und dünn gegangen.

Du hast keinen Augenblick verloren. Hast die *Pséma* bestiegen und bist, all die wunderbar von Sisoe bemalten Segel gespannt, von den Zephiren unterstützt, auf der grünen Wasserfläche schnurstracks gen Norden geflogen, wo du Chios schon in den Nüstern erschnuppert hattest, lange bevor der Matrose auf der Spitze des Hauptsegels es in seinem Fernrohr erblickte. Denn nicht umsonst trug dieses stolze Eiland, von den Dichtern mit einer äußerst liebreizenden, im Meer badenden Frau verglichen, auch den Namen Insel der Düfte. Die süßesten, bittersten, zartesten und erregendsten Blütendüfte: Lilien und Rosen, Vergissmeinnicht und Rhododendren und Oleander, die das Eiland großzügig verstreute, verbreiteten sich wie ein Duftmantel über viele Seemeilen hinweg, sodass die armen Matrosen wie besoffen über das Deck torkelten und häufig von den Strickleitern herab und ins Meer stürzten. Ebenso wie Odysseus, der einstmals an der Sireneninsel vorbeigefahren ist, wolltest du, an den großen Mast gebunden, dich alleine an den Düften der Blumen betrinken, den Ölen von Sandel und Moschus, welche die Achselhöhlen der Insel verströmten, während die Nasenlöcher der Matrosen mit Wachs verstopft sein müssten.

In Katarraktis habt ihr angelegt, direkt vor dem mit hohen Mauern befestigten Dorf, worin sich die Häuser der Leute inmitten von dreihundert Mastixbäumen befanden, dem großen Reichtum von Chios, denn nur dort, in etwa einem Dutzend südlich gelegenen Dörfern, wuchs der verzauberte Baum, klein und verzweigt, der von Zeit zu Zeit durch seine Rinde hindurch Tränen, glänzend und so klar wie Wasser, weinte, Harztränen. Sie fielen unter dem Baum aufs Gras und wurden mit der Zeit fest, dabei verwandelten sie sich in weiße Steinchen, die göttlich dufteten. Die Leute im Dorf sammelten sie auf, wuschen sie in kaltem Wasser und lösten sie dann im reinsten Alkohol auf, um daraus den süßen Mastix-Likör herzustellen, den man Chios-Mastix nennt und von dem das gesamte Eiland lebte und wohlhabend wurde.

Du gingst von Bord und hast nur zwei Gefährten mitgenommen, den jungen Ghiuner, der dich auch früher schon auf deinem Weg zu Stamatina begleitet hatte (aber war jene Zeit, als du unter ihren Fenstern in Câmpina seufztest und dann mit ihr bei Vollmond barfuß durch das Gras gingst, vielleicht nur ein Traum?), und Suleyman, der ein weiser und in allen Listen erfahrener Gefährte war. So ihr auf den Einbruch der Nacht wartetet, trankt ihr in der Schenke vor der Mauer von dem guten Likör, dessen betäubender Geruch sich mit dem der Oleander und der Dämmerung verflocht. Als die Dolche in den zwei Hand breiten Gurten anfingen, wie Bernstein zu funkeln, und die Schäfte der Pistolen sich im schrägen Dämmerlicht wie Honig einfärbten, seid ihr vom Tisch aufgestanden und habt eine Stelle gesucht, an der ihr über die steinerne Mauer klettern konntet, die mit ihrer Höhe von eineinhalb Klaftern das Dorf beschützte. Den Fuß auf die verschränkten Hände des anderen stellend und euch gegenseitig über die Mauer ziehend, konntet ihr euch schließlich in den Obstgarten fallen lassen, durch den ihr dann, verwundert über die abertausende Kristalltropfen, die an jedem Zweig der Mastixbäume hingen und wie Glühwürmchen lohten beim Einbruch der Nacht spaziert. Der Duft hatte euch wie ein starker Schnaps betäubt, wie der Opiumrauch, der dir so vertraut war, aber es war ein anderer Duft, süßer und betörender, der keine Spukgestalten heraufrief, sondern bloß eine unerträgliche, ja unersättliche Sehnsucht. Hin und wieder fiel ein Vogel tot zwischen den Ästen hindurch, der göttliche Odem der Mastixtropfen musste ihn betäubt haben. Unter den Bäumen knackten die weißen Kristalle unter den Schritten der Palikári.

Es herrschte Neumond. Unerwartet endete der Garten mit den Bäumen an der Palastmauer selbst, mit einem schmalen Pfad dazwischen. Lange seid ihr an der Hinterseite des Gutshauses entlanggegangen und habt die Körnung des Verputzes betastet, bis ihr es nach vorne schafftet, in den Blumengarten. Die Tagesblüten waren geschlossen, neigten ihre Köpfchen zum Boden, aber die Nachtblüten verströmten einen für ein liebestristes Herz noch viel schmerzhafteren Duft als jener der Mastixbäume. Man konnte die Augen schließen, und allein durch den Geruch der Luft hatte man plötzlich ein Bild der Örtlichkeit im Kopf, das sich aus Düften und nicht aus Farben zusammensetzte, ein Labyrinth der Düfte, das man ebenso sicheren Schrittes durchschreiten konnte wie unser gesegnetes Tageslicht. Suleyman war mit der Behändigkeit eines Affen auf eine Platane geklettert. Von ihrer höchsten Spitze aus schaute er durch die Fenster im obersten Stockwerk des Palastes. Er schaute lange, als könnte er den Blick nicht wenden von den Gesichtern, die er in der Stube sah. Es schien, als habe er auf die unter dem riesigen Baum vergessen.

Als er herabgestiegen war, zeichnete er euch das verstörendste Bild der Stube, in die er geschaut hatte. Darin herrschte ein märchenhafter Reichtum: Diwane überladen von kleinen Kissen mit Seidenüberzug, auf dem Boden persianische Teppiche, Tischchen aus Kirschenholz, auf denen große Schüsseln mit Früchten und Zuckerwerk standen, an den Wänden Krummschwerter mit Griffen aus rohem Elfenbein. Die Wasserpfeifen aus Kristall, eingefasst in feinen Kupferarbeiten, woraus sich Bambusrohre erhoben, standen bunt aufgereiht auf einem runden Tisch in der Ecke, und von der Decke hing die Feuerblume eines achtarmigen Kandelabers, der an seinen Enden Kerzen aus dem allerreinsten Bienenwachs trug.

Hingestreckt auf die bestickten Kissen, sah man vier Frauen von berückender Schönheit, die Mutter und ihre drei Töchter. Diamanda, so fiel dir ein, hatte deine Liebste dir damals erzählt, hieß die Mutter, die treue Gattin des Fürsten Ghica, und sie unterschied sich von den jungen Damen allein durch ihre etwas reiferen Rundungen, wie die einer saftigen Birne, und durch weisere Augen, mit einem großen melancholischen Omega zwischen den Brauen. Und ihre Mädchen trugen wie im Märchen ebenfalls die Namen von Edelsteinen: Zamfira, Smaranda und Stamatina, eine liebreizender als die andere, süß und verlockend in ihren feinen Taft-Schalwaren und den durchscheinenden Seidenblusen, mit Verstärkungen aus feinen Goldfäden in Höhe der jungfräulichen Brustwarzen. Die mit Nusstinkturen gekräuselten Mähnen, schwarz wie Pech oder kastanienbraun, hingen ihnen bis über die Hüften, mit kleinen Höhlungen über den breiten und volutenreichen Kruppen, und wenn sie sich einander zuneigten, vermengten sich ihre gekringelten Schläfenhaare, und ihre Wangen und die nackten Arme berührten sich stets mit schwesterlicher Liebe, sodass die drei eine einzige duftende Gestalt mit drei in den Himmel gemalten Gesichtern zu sein schienen.

Unter ihnen stach Stamatina durch die Traurigkeit ihres papierweißen Gesichts hervor. Ansonsten war sie etwas größer, von schlankerer Gestalt als ihre Schwestern, doch alle Schönheit, mit der Gott sie beschenkt hatte, verlor sich, zerschmolz in ihrer Schwermut. Welche finstere Krankheit mochte ihr Herz zernagen? Was für ein Seelenkrebs hielt sie ab von den Freuden ihrer Jugend und hinderte sie daran, die Schönheit des Gartens zu betrachten, die Chios zu bieten hatte, das Eiland der Blumen und der Wohlgerüche? Die anderen beiden Schwestern lachten glücklich mit ihrer Mutter, aßen dabei Weintrauben und Granatapfelkerne, sogen parfümierte Dünste aus den Wasserpfeifen und erzählten sich alte Liebesgeschichten. Die Männer aus Katarraktis, waren sie nun untergebene Gärtner oder junge Mastixhändler, boten ebenfalls Anlass für Gelächter und Geschnatter, denn die jungen Herrinnen betrachteten öfter einmal verstohlen, hinter den durchscheinenden Vorhängen verborgen, deren breite Rücken und runde Schultern, und wäre da nicht die Furcht vor Diamanda gewesen, hätten sie vielleicht gerne die Kraft der voll im blühenden Leben stehenden Burschen ausprobieren wollen. Stamatina jedoch schaute niemanden an. Sie stand morgens mit vom Weinen verquollenen Augen auf, und daran änderte sich den ganzen Tag über nichts. Sie schien eine unglücklich verliebte Frau zu sein, die ihr Geheimnis verbergen musste. »Suche mich, suche mich! Folge mir bis an den Rand der Welt!« – Ihr Lied verzauberte dich wie eine Prophezeiung. In solchen Augenblicken vergaßest du auf deinen Traum vom Kaiserreich und die Sehnsucht nach Erlösung, als wären es wesenlose Phantasmagorien gewesen. Du hättest sterben wollen, den Kopf auf ihren schneeweißen Knien.

Du hast deine Gefährten zurück zum Schiff geschickt und bliebst allein unter ihren Fenstern. Die Nacht war still und voller Düfte. Auf das Morgengrauen hin gabst du jede Hoffnung auf, sie zu sehen, als, zur blauen Stunde, sich etwas am Vorhang des Zimmers im obersten Stockwerk bewegte. Und dann erschien hinter der Fensterscheibe wie ein himmlisches

Wunder das Antlitz der jungen Herrin, das einen Augenblick lang zu den Himmeln hochschaute und dann hinabsank in die Handflächen. Lange verharrte sie so, die Ellbogen auf dem Fensterbrett aufgestützt und die Wangen in den Handflächen. Woran dachte sie? Ob sie sich wohl an jene verzauberten Nächte erinnerte? Dachte sie an dich, Tudor, an eure kindlich unschuldige Liebe? Wie damals tratst du ins Licht, und wie damals wollte dir das Herz die Brust sprengen, und sie erhob das Gesicht, sah dich vom Fenster aus an, aber sie erkannte dich nicht. Erschrocken verschwand sie, und eine lange Qual folgte, ein Reißen und Beben in deinen tiefsten Seelengründen, bis dann endlich der kristallene Vorhang neuerlich zur Seite geschoben wurde. Nun betrachtete Stamatina dich verwundert, glaubte wohl, konnte es aber nicht glauben, bis sie, nachdem sie erkannt hatte, dass du es tatsächlich warst, und dies auch nicht mehr leugnen konnte, dir ein Zeichen gab, du mögest warten. Bald schon öffnete sich das Tor, und das Mädchen kam wie damals barfuß durch das Gras geschritten. Du sprangst auf sie zu, sie in die Arme zu schließen und an ihrem geliebten Körper all die so viele Jahre aufgestaute Sehnsucht schmelzen zu lassen, aber das Mädchen blieb stehen und verharrte wie eine in Gedanken versunkene Statue unter dem Mondlicht. Auch du bliebst vor ihr stehen. »Stamatina«, hast du beinahe geschrien, und hast versucht, sie auf die Lippen zu küssen, aber sie wandte den Kopf ab.

Seite an Seite gingt ihr unter der schmalen Lichtsichel durch das taunasse Gras. Und ihr spracht wie damals, wie damals hörtest du ihre liebe Stimme, in die sich nun die Saite ihres Lebens als Frau hineingemengt hatte, einer vollendeten Frau. Sie freute sich, dir neuerlich begegnet zu sein, hätte nach so langer Zeit nicht mehr daran geglaubt, du warst für sie ein lieber Freund vom Rande ihrer ersten Jugend. Auch du sprachst zu ihr, beherrschtest deinen Drang, dich ihr zu Füßen zu werfen, und redetest von deinen Abenteuern im Archipel, die du mit vielen Schnurren versüßtest. Es war wie damals, aber zwischen euch gab es eine gläserne Wand. Und was auch immer du getan hättest, du pralltest wie ein Vogel im Flug gegen diese Wand, die irgendein Geheimnis verbarg. Und fielest mit zerbrochenem Genick und blutigem Schnabel zu Boden. Du fasstest sie an der Hand und sagtest mit einem Ausdruck unterdrückter Leidenschaft wieder ihren Namen. Stamatina! Stamatina! Sie empfing deine Finger zwischen ihren, aber nach einigen Augenblicken ließ sie sie wieder los.

»Hat dich der Zburător noch aufgesucht?«, hast du sie beiläufig und mit einem Lächeln gefragt, denn dieser gehörte zur Kindheit, wenn die Mädchen noch an Märchen glaubten.

Aber zu deiner Verwunderung blieb das Mädchen wie vom Blitz getroffen stehen. Sie wollte dir etwas sagen, schwieg jedoch, und fand mit größter Mühe ein paar Nichtigkeiten, mit denen sie die Schlucht zwischen euch wieder aufzufüllen trachtete. Was die Mutter für Speisen zubereite, was die Schwestern so alles stickten, wie sehr der heilige Gherasim von Kefalonia gealtert sei, und dass ihm Haar und Zähne ausgefallen seien … Nach längerem Schweigen schaute sie dich mit traurigen Augen an:

»Tudor, du bist ein stattlicher Kerl geworden. Es geht dir gut, und die Leute kennen dich als tapferen Mann. Auch ich wünsche dir Glück und ein langes Leben. Vielleicht sehen wir uns noch einmal im Laufe dieser vergänglichen Welt. Oder in der anderen Welt, der ich mich immer näher fühle. Ich werde jetzt in meine Stube zurückkehren, und du, gehab dich wohl!«

Hunderte, tausende Frauen hatten deine Umarmungen gerne genossen, sich gefreut, dir den Rücken mit ihren Fingernägeln zu zerkratzen und dich mit gespreizten Schenkeln in sich willkommen zu heißen. Viele hattest du mit Gewalt genommen, ihren Widerstand gebrochen, wissend, dass einige von ihnen sich kopfüber in den Brunnen stürzen würden, weil sie die Schande, missbraucht worden zu sein, nicht ertragen konnten. Jetzt freuten sich alle auf Erden und im Himmel, denn vor Stamatina warst du ein Putzlappen, mit dem man den Boden aufwischt, unfähig, sie zum Bleiben zu bringen, unfähig, sie allein für deine Seele dir zu bewahren. Du hast gesehen, wie sie sich umgedreht hat und gegangen ist, ohne eine Berührung, ohne ein Wort der Liebe, als wärst du ein Fremder gewesen, der einen nichts angeht. Durch sie hast du die Höllenqual erfahren, zu lieben, ohne wiedergeliebt zu werden.

Du wirst es niemals mehr in Erfahrung bringen, wie der Tag verging, der eben anbrach, was du getan hast, in welcher Kneipe du gesoffen hast, bis es dir zu den Augen heraustroff. Wen du unterwegs mit dem Dolch umgebracht hast, nur weil der arme Kerl dir über den Weg gelaufen ist. Wie du dich völlig angekleidet ins Meer gestürzt hast, hoffend, ein großer Fisch würde dich verschlingen. Dass du bei Anbruch der Nacht zu deinem Unglück noch einmal zum Palast der jungen Herrscherinnen geschlichen und auf die große Platane gestiegen bist, von wo du durch das aus unbekannten Gründen offene Fenster in Stamatinas Schlafzimmer schauen konntest. Es war von einer einzigen Wachskerze beleuchtet, die eine völlig unbewegte Flamme hatte. Du hast zuerst das Bett mit den Kissen und dem Überzug aus Batist gesehen, noch nicht zum Schlafen aufgeschlagen. In den schattigen Ecken hast du ein paar Möbelstücke aus Ebenholz gesehen. Hast eine Laute gesehen, deren Saiten im Mondlicht glänzten. Und an der Wand ein Porträt, das Gesicht, das du mehr liebtest als dein Augenlicht.

Dann ging die Tür neben dem Bett auf, und Stamatina, nackt, die Haare gelöst, trat in die Stube. Sie ging auf das Fenster zu, sodass du dich in den Schatten zurückgezogen hast und beinahe abgestürzt wärest von den Ästen. Du konntest deinen Augen nicht trauen: ihre durchscheinende Haut, die süßen Brüste mit den durch die Kühle fest nach oben gereckten Nippelchen, das schmachtende Gesicht, der leicht geöffnete Mund, wie bei Frauen, die ihren Geliebten erwarten. Das Haar, das ihr bis über die Hüften hinabfiel, der dichte schwarze Schatten unter dem Bauch. Weib und nicht Mädchen, Weib, bereit für das bittersüße Spiel der Liebe. Eine Spinne so groß wie du selbst hat damals mit ihren giftgefüllten Hauern in deine Seele gebissen. Das Mädchen schaute durch das Fenster in den Himmel hinauf, es rief, aber nicht nach dir, rief nach Liebe, aber nicht mit dir.

Denn bald schon kam aus den Himmeln mit weit ausgreifenden Schwimmbewegungen ein weiches, türkises Wesen, das beim Näherkommen eine menschliche Gestalt annahm, die aber auch keine menschliche Gestalt war, ein Mann, anders gebaut als die sterblichen Männer, mit kräftigeren Muskeln, größeren Augen und Gesichtszügen, die nicht von dieser Welt sein mochten. Er kam ohne Eile, glitt, wie es die großen Vögel tun, und bald spürtest auch du den Luftzug seiner Arme, da er die dünnen Wasser der Luft durchtrennte. Der Fremde ließ sich auf ihrem Fensterbrett nieder und glitt dann in die Stube, die er mit seiner männlichen Gestalt ausfüllte, war er doch um einiges kräftiger und größer als jeder irdische Recke.

Zu deinem Unglück sahst du dann das schwarze Feuer der Wahrheit, das dir für alle Zeiten in der Seele brennen sollte. Denn Stamatina warf sich glücklich in die Arme des türkisen Mannes, der sie wie eine Schneeflocke hochgehoben und ohne ein Wort aufs Bett geworfen hat. Durch das offene Fenster konntest du sehen, wie sie bestiegen und genommen wurde, hörtest sie süße Worte gurren, die du für dich ersehnt hattest, dann seufzte und stöhnte sie in grenzenloser Wonne, um schließlich erstickt zu schreien, die Faust in den offenen Mund gedrückt, während die Kreatur über ihr sich immer schneller und heftiger bewegte. Mit versteinertem Herzen verharrtest du dort zwischen den Ästen der Platane, bis die beiden, nach einer Stunde hemmungsloser Leidenschaft, vielfältiger, wellenschlagender Verschlingungen auf der Bettstatt mit den zerknüllten Leintüchern unter ihren Leibern sich aus der Umarmung lösten. Wiederum ohne ein Wort erhob sich der Dämon dann, nahm das von der Liebe verzehrte Gesicht Stamatinas zwischen seine Hände und schaute sie aus nächster Nähe mit seinen großen Smaragdaugen an. Lange schaute er sie an, als wollte er ihre Seele aufsaugen, als hätte er ihr ohne Worte zwar, aber tausendfach eindringlicher gesagt: »Du gehörst mir, mir allein, bis ich wiederkomme.« Dann ließ er sie los, und ihr Kopf fiel zurück aufs Bett, die leeren Augen starrten den Plafond an. Der Zburător erhob sich vom Fenster und schwebte bald über den Wolken, während das Mädchen sich wieder besann, plötzlich mit all ihren Kräften aus dem Bettzeug aufstand und zum Fenster rannte, die Arme zu dem erhoben, der oben am Himmel immer kleiner wurde. Ihr Gesicht war von einer grenzenlosen Liebe übermalt.

Am frühen Abend des nächsten Tages waren deine Gefährten mit dir auf dem Schiff, und die Weiber in deiner Bande pflegten dich, als wärest du auf den Tod erkrankt. Drei Tage lagst du mit Fieber und eiskaltem Schweiß danieder, denn es gibt eben auf der Welt keine größeren Qualen als jene der verdammten unerwiderten Liebe. Endlich standst du auf aus dem Bett, verstört von deiner Pein und mit einer tiefen Falte zwischen den Brauen, die du niemals mehr verlieren solltest, und mit einem Flügel deiner Seele, der zu Kohle und Asche geworden war. Aber von dem Antlitz der Stamatina auf der ovalen Ikone würdest du dich bis zur Stunde deines Todes nicht mehr trennen, denn die reine Liebe erstirbt nicht, wenn sie Missachtung und Verrat erfährt, sie wird stärker und wie die Blüten der Königin der Nacht umso bitterer und intensiver duften, je finsterer die Nacht ringsum ist.

Das Eiland Oinousses befindet sich nördlich von Chios, zwischen der verhexten Blumeninsel und dem platten Anatolien voller Moscheen im flirrenden Sonnenlicht, das sie so aussehen lässt, als schaukelten sie auf den Rücken von Eseln durch ihre mohammedanischen Träumereien. Nach einer Sturmnacht wurdet ihr in Kakopetria ans Ufer geschleudert und mit dem Bug in eine Sandwelle gedrückt, und allein Sand war auch auf der Insel zu sehen, so weit das Auge reichte. Hierher hatte euch der unsichtbare Finger geführt, der dich durch die Inselwelt auf der Suche nach den Buchstaben geleitete, die das heilige Wort SAVAOTH bilden, der Gott der Heerscharen, denn Dieser hatte seine Unterschrift über den Archipel gesetzt, allen Geschöpfen zu wissen, dass die Sphäre, in der sie lebten, von Ihm geschaffen war als Sein Meisterstück, ebenso wie eine Uhr, die Rädchen für Rädchen und Feder auf Feder vom erfahrenen Meister der Uhrmacherei, das Vergrößerungsglas vor das Auge geklemmt, zusammengefügt, mit Saphiren und Rubinen übersät und schließlich mit einem Deckel aus Kristall von geradezu himmlischer Reinheit versehen und geschlossen wird. Nach vielen Berechnungen und Überlegungen und Beratungen mit Suleyman dem Weisen hattest du beschlossen, dass der fünfte Buchstabe des Namens nirgendwo sonst zu finden sei als auf diesem ruhmlosen Eiland ohne Reichtümer, zur Hälfte eine Wüste, das aber irgendwo das Omikron beherbergen musste. Sobald ihr den Fuß auf die Insel gesetzt hattet, zerstreutet ihr euch auch schon über den Strand auf der Suche nach irgendetwas, das den Buchstaben beherbergen konnte. Nur du, Theodoros, bliebst da, wo die Wellen auf den Sand trafen, unschlüssig, ob du weiterleben oder sterben, ob du weiterhin suchen oder die Suche beenden solltest, ebenso den Wunsch nach Größe und nach gottgleicher Macht. Unter einer Glasglocke steckend, die dir den Atem abschnitt, sahst du die Farben der Welt nicht mehr, spürtest und kanntest dich selbst nicht mehr. Wochenlang solltest du in diesem Zustand eines lebenden Toten, des Unvermögens einer versehrten Seele, verbleiben, der sich nur ganz langsam wieder aufhellen würde.

Die Suche hatte bis zum Einbruch der Dunkelheit gedauert, als das Eiland sich in Purpurwolle hüllte. Zu jener Stunde von Geheimnis und Hoffnungslosigkeit hatte Johns Urgroßvater, ein struppiger Kelte, der sich Zechgelagen und Suff in einer Weise hingegeben hatte, dass er mitunter schon nicht mehr auf dieser Welt wandelte, den Brunnen gefunden. Es war ein Wasserauge, das in der unerträglichen Wüstenei des Eilands wie Blut aussah. Schwarz vor den rosigen Wolken ragte der Schwengel wie ein Galgen darüber, sodass einem beim Anblick schon unweigerlich Wasser in die Augen trat. Fern im Westen funkelten die blauen Türme des heiligen Klosters Mariä Verkündigung, die man über der Meeresoberfläche kaum erspähen konnte. Johns Urahn hatte sich über das steinalte, von Schnecken und gelben Flechten überwucherte Brunnengeländer gebeugt und tief hinunter auf das Wasserauge geschaut, das dort unten sachte hin und her schwappte. Blut, das aus der Wunde der Erde schoss. Auf den Treppenstufen, die in die Brunnenwand eingelassen waren, stieg er bis hinunter und versenkte sich auch selbst in jenes purpurne Wasser, denn er spürte, dass Omikron sich in unmittelbarer Nähe befand, genau dort, unter seinen Fingern. Aber er konnte nichts finden, egal, wie oft er ins Wasser und bis auf den Grund abtauchte, wie oft er mit seinen Fingern bei angehaltenem Atem den sandigen Boden des Brunnens abtastete. Klatschnass stieg er wieder hoch, setzte sich auf den Brunnenrand und gönnte sich eine lange Ruhepause.

Die Hoffnung war ihm abhandengekommen, als plötzlich in den Himmeln oben der Mond erblühte. Rund wie die Brunnenöffnung und ebenso groß, und der gleiche, den die Augen aller Sterblichen über die Himmelskuppel gleiten und seiner verwunschenen Bahn haben folgen gesehen, seit die Welt Welt ist, und seitdem erfreuten sie sich dieser unvergänglichen, wunderlichen Schönheit. Tausende und abertausende Geschlechter hatten schon ihre Augen darauf gerichtet aus allen Himmelsrichtungen und allen Dörfern, von allen Eilanden und aus allen Palästen, hatten ihm ihre nichtigen Gedanken, ihre Lieben und all ihre menschlichen, dem Untergang geweihten Hoffnungen anvertraut. Bald aber spiegelte sich der Mond im Auge des Brunnens und füllte ihn ganz aus mit dem Funkeln seiner Scheibe, sodass das Blut darin sich mit einem Mal in geschmolzenes Gold verwandelte, hell aufleuchtend oder dunkel, je nachdem, wie sich die langsamen Wellen darin bewegten. In jenem Bernsteingold stieg der Palikár ein weiteres Mal in den Brunnen und das mit einem Mal kältere Wasser der Nacht. Und dann sah er den Ring deutlich, der schräg im Sand steckte und an dem ein dunkelvioletter Amethyst funkelte, der mit zarten goldenen Krallen an dem Rund festgemacht war. Er nahm ihn und steckte sich ihn an den Ringfinger, dann sah er zu, dass er die Wasseroberfläche erreichte, denn der Atem hatte ihn beinahe ganz verlassen.

Stolz auf die Entdeckung, der er teilhaftig geworden war, kehrte Johns Urgroßvater zum Schiff zurück und versammelte die ganze Bande um sich. Er vertraute dir den Ring an, der sogleich seinen rechtlich angestammten Platz an deinem Finger einnahm, und so hatte der fünfte heilige Buchstabe, Omikron, sich dir unbezweifelbar offenbart. Der Ring verfügte über große Kräfte, denn es war derselbe (versicherten dir die älteren Weiber, die die alten Geschichten kannten), den der alte König Gyges in seinen jungen Jahren in einem eisernen Pferd an dem Finger eines toten nackten Mannes gefunden hatte, der stattlicher war als die gewöhnlichen Menschen. Dieser Ring, erinnerten sich nun auch die Piraten, machte einen unsichtbar, wenn man ihn mit dem Amethysten zur Handinnenfläche drehte, und wenn man ihn nach oben drehte, war man wieder sichtbar. Du probiertest diese List aus, und sie erwies sich als richtig. Von nun an konntest du ungesehen und unerkannt über Märkte und Häfen wandeln, durch Alkoven und die Häuser der Bejs, wann immer dir danach war. Ebenso fandst du nun, befreit von der Last, den Buchstaben in Erfahrung zu bringen, die nötige Zeit, deine Seele dem einzigen Herzen gegenüber zu öffnen, an das du noch uneingeschränkt glauben konntest auf dieser schlauen und betrügerischen Welt: dem deiner Mutter, fern, so man Wasser- und Erdenwege und Zeiten in Anschlag bringt, aber fortwährend an deiner Seite, zumal wenn Tränen deine Wangen mit Feuchtigkeit netzten. Erst nach Jahren, als das Täubchen tot war, schlug die Bestie ihre grausamen Augen in dir auf, und dein Mund füllte sich mit unschuldigem Blut, nur damals, als du ein Unmensch wurdest, hast du auch auf diese Ikone gespuckt, so wie du auf dein eigenes Leben gespuckt hast, wie das Evangelium es mit den Worten des Matthäus so trefflich ausspricht: »Was nützte es einem, so er die ganze Welt gewönne, und verlöre doch seine Seele darob?« Doch bis dahin musste noch vieles in deiner Geschichte geschehen, sodass du in deiner hölzernen Kajüte auf dem Heck der *Pséma* die Feder in das Tintenfass tauchtest und deiner Mutter einen bedrückten Brief schriebst.

Vielgeliebtes Mütterchen mein, Sofiana,
möge dieses Brieflein, so ich Dir schreibe vom Eilande Oinousses unweit von Chios, Dich in heiliger Herzensruhe erreichen, in Seelenfrieden und in Gedanken an unseren Erlöser droben, denn es gibt nichts Besseres auf unsrer Welt, so da Tal der Tränen geheißen.
Liebes Mütterchen, ich habe keine Blätter von Dir zur Antwort bekommen auf meinen letzten Brief, was mir die Ruhe geraubt, denn es mag sein, Du hast mein Schreiben nicht bekommen, das wer weiß warum sich verirrt hat auf den Wegen zu Wasser, denn die Schiffe können sinken, und die Menschen sind böse, oder aber Eure Güte befinden sich krank, was der Herr droben verhüten mag, und Ihr habt die Kraft nicht gefunden zu schreiben, »Mein liebes Herrchen Theodoros«, wie Deine Feder es immer getan. Ich weiß nicht, was sein mag, aber das Schweigen, so es von Dir kommt, macht mich todtraurig und häuft noch mehr Leid über mein vielfach in den letzten Tagen geprüftes Herz. Denn wisse, gütigstes Mütterchen, an deren Zitze ich Wahrheit und Weisheit gesaugt, dass ich ganz entgegen der Tatsach, dass mein Name an Ruhme all-

zeit gewinnt im Archipel, wo ich Bej und Richter geworden bin auf einer großen Zahl von Eilanden, mich dem Rufe nach alle Welt kennt, und ich in deren Augen geradezu den Rang eines Königs einnehm, meine Handelsgeschäfte gut laufen, und das Geld für Dich, das stets meine Briefe begleitet, bloß zum Tausendstel Zeugnis dafür ist, wie gut es mir geht, dass ich bei alledem mit zerschmettertem Herzen krank daniederliege und nicht auf die Beine komm, denn wenn mich die Lanzen und Jatagane der Feinde nicht niedergestreckt, so hat mich die Treulosigkeit der Frau umgebracht, die ich über meiner Seele seit Jahren getragen und als gemeiner Hund, so ich bin, immer noch trage. Wiewohl ich vom Unglück geschlagen ward, sie mit eigenen Augen im Bett der Sünde zu sehen, würde ich ihr auch jetzt und in dieser Stund vergeben, wie unser Herr Jesus jener vergeben hat, die man beim Huren ertappt, so er den Spruch getan: »Wer da ist ohne Sünd, der werfe den ersten Stein.« Aber zu einer anderen Zeit, glaube ich, würd ich ihr nicht mehr verzeihen, und wenn ich ihr begegnete, sie mit meinen eigenen Händen erwürgen oder meinen Dolch zwischen die Zitzen ihr stecken. Dann aber schäme ich mich dieses wilden Gedankens. Ach, ich weiß selber nicht, was ich noch tun und was ich noch glauben kann, so böse hat mich ihre Missachtung unserer Schwüre aus der Kindheit verletzt. So denke ich mitunter, dass auch diese sich mein fiebernder Geist ausgedacht hat, denn ich weiß nicht mehr, was gilt und was nicht.

Verzeih, gutes Mütterchen, dass ich Dir all dies enthüll, aber es zerreißt den Menschen, wenn er sein Geheimnis behält und hinunterschluckt, und außer Deiner hab ich niemanden, dem ich das sagen könnte, denn wenn's drauf ankommt, merkst du, dass du keinen Freund hast auf Treu und Glauben.
Was hab ich nicht alles unternommen, um meine Seele von den Qualen der Liebe zu heilen, die da übler wüten als Höllenfeuer? Ich hab ein anderes Weib gesucht, das ich lieben könnte, hab aber keines gefunden. Hab gesoffen wie ein Irrer, der ich ja auch war, bis ich nicht mehr gewusst hab, wer ich bin. Auch hab ich von dem starken Zeug aus China allerhand zu mir genommen, so einem Träume in tausend Farben verschafft und einen zum Herrscher über die gesamte Sphäre bestimmt, dich sogar in einen Engel oder Teufel verwandelt, oder Singvogel oder reißende Bestie aus dem Innern des Walds, weil all dies

uns im Hirn drin sitzt wie der Himmel und die Hölle in unserer Seel, wo dieser Mohnsaft es nur alles rausholt.
Mit all dem hab ich meinen Frieden nicht gefunden, und da hab ich etwas noch Stärkeres gesucht, selbst wenn dies mich in ein bis zwei Jahren ins Grab bringen sollte, und da habe ich bei meinen Untersuchungen herausgefunden, dass es süßere und das Vergessen befördernderе und seelenerhebendere Mittel gibt als den getrockneten Mohnsaft, Opium oder Koks, die nur wenige kennen, aber die werden von der Herrschaft unter Verschluss gehalten, weil diejenigen, so auf den Geschmack gekommen sind, werden abhängig und kommen nicht mehr davon los, und der Mann wird zum Weibe und unbrauchbar für die Geschäfte des Staats. Das ist der Grund, warum diese Art Trost von aller Herrschaft verfolgt wird, seitdem die Welt auf der Welt ist, aber das Laster steckt auch tief in unserm hinterfotzigen Wesen und lässt sich so leicht nicht ausreißen. Denn ganz richtig hat der heilige Apostel Paulus gesagt, »ich vollbringe nicht das Gute, das ich will, sondern das Böse, das ich nicht will, dieses vollbringe ich«.
So kommt es, dass ich von dem Mohnsaft zu der süßen Betäubung übergegangen bin, die man Poesie heißt. In alten Zeiten schon hat es Leute gegeben, die man poetisch geheißen hat, Aufschreiber von Versen auf Papier, die dann in der Welt mittels der Bücher verbreitet wurden, oder aber, indem sie immer wieder von anderen Leuten abgeschrieben und neuerlich abgeschrieben oder auswendig gelernt worden sind. Die Poetischen ziehen unverschämt und mit allerhand Krawall herum und werden überall von der Präfektur in der Hoffnung vertrieben, ihre ganze Art würde zugrunde gehen, wie es auch dieser Platon in ältester Zeit gesagt hat, von dem mir sogar Tachi Ghica damals öfter mal was erzählt hat, dass nämlich der Dichter der schärfste Feind der vollendeten Festung sei und nichts verloren habe zwischen ihren Mauern. Wehe dem nicht gefügigen Volk der Poetischen, so es verbannt wird an eisige Küsten, darbend Hunger und Kälte, von den Kaufleuten, Städtern und Bauern verhöhnt und betrogen, wie die singenden Vögel den Jägern zur Beute werden mit ihrem allerschönsten Gesang, denn jeder Vogel stirbt mit seinem eignen Sang.
Der Handel mit Büchern der Poesie ist auf allen Eilanden verboten, und wenn ein Schiff solche unter der Hand in einen Hafen einfährt, beschlagnahmt die

Präfektur sie und zündet sie an (obwohl sie die meisten beschlagnahmt und verwahrt, um sie dann selber zu verkaufen, denn diese Medizin bringt auf dem Markt mehr ein als Gold und Edelsteine), und dem Kapitän des Schiffes wird zur Strafe die rechte Hand abgehackt. Drum kannst Du Dir vorstellen, liebes Mütterchen, wie gefährlich und mit welchen Kosten es für einen verbunden ist, nur ein Blatt mit guter und starker Poesie in die Finger zu kriegen, denn da hat es Jahre gegeben, da ein Anakreon, das dir in einer Minute in den Kopf steigt, sogar dreihundert Drachmen aus reinstem Silber oder einen großen Rubin gekostet hat. Aber das ist es auch wert, denn da gibt es nicht Wein noch Weib, Mohnsaft oder Mastix von dem aus Chios, so dir mit der Hand wegheben, was du an der Liebe leidest oder jedwede Sorge und Traurigkeit, wie es ein Himnus des alten Poheten vom Eilande Theos vermag.

In unseren heutigen Tagen hat sich die Konterbande mit Poesie (wie man die Reise der Poesien über Schranken und Grenzen in Makrelenfässchen, in ausgehöhlten Absätzen von Schuhen, in Koffern mit doppeltem Boden oder von gedungenen Leuten verschluckt, die sie dann rückseitig wieder von sich gaben, nannte) über die ganze Welt ausgebreitet, und diejenigen, die sich an ihrem bitteren Rauch betäuben, sind nicht mehr zu zählen, denn sie lungern mit verdrehten Augen in Palästen herum und hausen in den schlichtesten Katen, wo sie beflügelte Verse vor sich hin sagen. Die Poeten werden in allen Ländern gestohlen und entführt und je zwanzig in ein unterirdisches Verlies gesperrt, damit sie ununterbrochen singen, wie die Kanarienvögel mit den zerstochenen Augen, damit ihre Verse süßer klingen, und die Leute dieser Verbrecher schreiben auf Papier, was diese sagen, und verkaufen das dann zum Preis von Pfeffer und Piment. Wehe dem Poeten, der sich einen Namen macht: Der wird Tag und Nacht ausgepeitscht, damit sein Weinen möglichst erbärmlich klingt und sein Vermögen, leidende Seelen zu trösten, bis zur Vollendung gesteigert wird. Wenige von ihnen überschreiten das Jugendalter, aber verwunderlich ist, dass sie niemals über ihre Qualen klagen, denn, so behaupten sie, allein aus Qualen ernähren sich die duftenden Lilien der Poesie. Also sterben sie glücklich, wenn man die so reichhaltige Milch der Elegien, Eklogen, Satiren, Fabeln und Dithyramben von ihnen gemolken hat, die ihnen unsterblichen Ruhm einbringt.

Was von all diesen wunderbaren Heilmitteln habe ich etwa nicht ausprobiert?

Homer, Sappho und Anakreon, von dem ich Dir geschrieben habe, sind gut, aber ein klein bisschen zu rauh, sind sie doch schon älter und da und dort verbraucht. Wenn man zu viel Sappho schnüffelt, bluten einem manchmal die Nasenlöcher. Die Hymnen, Päane und Fabeln mögen für andere gut sein, aber ich hab sie nicht selten mit einer Art Schlacke vermengt gesehen, die Prosa geheißen wird und ihnen etliches an Kraft nimmt. So kamen Alkaios, Ibykus, Pindar (zu kostbar für das, was er zu leisten vermag), Bakchylides, Simonides oder Alkman auf mich, welch Letzter mir zu drei Vierteln wie reines Puder erschien. Und weil ich sie nicht mehr ertrug, ging ich zu Heilmitteln aus einer neueren Zeit über und suchte Trost bei Kallimachos, Theokritos oder Apollonios vom Eilande Rhodos, die man bei einem Apotheker in Zakynthos finden kann, der uns ein naher Gefährte ist. Ja, Kallimachos hat mir in einer verzweifelten Stunde mal ordentlich Trost gespendet: Das Haar der Berenike *kann dich etwa für vier Stunden betäuben, sodass du die Stiche im Herzen nicht mehr spürst, dann aber verliert es erheblich an Kraft.*
Bei diesem finsteren Handel mit Träumen und Gesichten ist das Neuere auch das Bessere, das Stärkere, es tötet die Liebe zuverlässiger, sodass ich bald schon bei den schweren Heilmitteln gelandet bin, die sich nicht viele zu verkosten trauen, denn die bringen es mit sich, dass man sich an sie gewöhnt und dann nicht mehr von ihnen loskommt. Um den Rigas Feraios und den Ioannis Vilaras wird einiges Aufhebens getrieben, auch werden sie für schweres Geld verkauft, und tatsächlich, die Romeiki glosa *des Letzteren blendet nicht und lässt auch die Hände nicht zittern, wie anderes aus dieser Wurzel, es kommt ganz schön sauber seiner Pflichtschuldigkeit nach, schneidet aber nicht alle Sehnsucht und alles Schmachten aus deinem Herzen. Schneller erledigt da schon der Athanasios Christopoulos seine Sache, wenn man dem zuhört, kriecht er einem in die Adern, und seine Verse verleihen einem eine Enthusiasmierung, so leider, leider nur wenige Minuten anhält. Aber was sind das für Minuten von reiner und unschätzbarer Ekstasis!*
Noch gefährlicher sind die, so da kommen aus fernen Landen und für Diamanten und den seltensten Weihrauch gehandelt werden, und an die traue auch ich mich noch nicht ran, obwohl ich sie mir gekauft hab. Sie kosteten mich schier die Augen aus dem Kopf und liegen jetzt in meiner Schublad. Ich

fürchte nur um mein gemeines Hirn, weil allzu viel Pohesie es betrüben kann ohne Aussicht auf Heilung. Bairon, Müsset und Schatobrian, heißt's, sind der letzte Schrei bei den berühmtesten Apothekern, aber die kriegt man nur, wenn man einen Zettel von einem Doktor vorzeigen kann, an den man ganz schwer nur rankommt. Aber wenn ich meine Lieb nicht loswerden kann bei den andern, denk ich mir, ich sollt mal schauen, wie die nun so sind, die einen anscheints reisen lassen in himmlische und teuflische Gefilde, wo man dir die Seele abverlangt im Tausch für vollkommene Erlösung von aller Art Pein. Childe Harold, heißt's, erfüllt einen mit einer derart göttlichen Freude, dass man alle Dinge auf dieser krummen und buntscheckigen Welt sieht und die Stimmen der Engel im Himmel hört, und jedes Weib, das man sich wünscht (das sei mir verziehen, allerliebstes Mütterchen), stellt sich ein und kniet ergeben vor dir nieder. Den Bairon hab ich trotzdem ausprobiert, bevor ich ihn mir mit den grünen Goldmahmudyien gekauft habe, damit ich weiß, wofür ich mein Geld ausgeb. Der Händler hat mir eines seiner Gedichte umsonst gegeben, das, in dem König Saul mit dem Psalmisten David spricht und ihn bittet, seine Seel mit der Lyra zu trösten, und die Verse in englischer Sprach schreib ich Dir hier ins Rumänische gedolmetscht hin, denn große Erleichterung von der Plage der Liebe haben sie mir gebracht:

Die Seel ist mir verhangen. Ach, stimm deine Harfe
Geschwind, solang ich sie noch hören kann,
Und streich mit deinen zarten Fingern drüber weg,
Dass sie mir süßes Murmeln in die Ohren schickt.

Und wenn noch Hoffen ist in meiner Brust,
Musik soll sie erwecken, neu. Eine Trän
Wird meinen Augen dann entspringen, zum
Stillstand den Brand in meinem Kopfe bringen …

Denn von jetzt an denk ich mit meinem dummen Verstand, dass nicht Glücklichsein das kostbarste Geschenk der Himmel an die Sterblichen ist, sondern ein heitrer Gedanke und ein ungetrübtes Herz.

Also hab ich mir daselbst in meiner Kajüte auf dem Heck der Pséma *in großer Heimlichkeit, denn das ist eigentlich unverzeihlich und wird mit dem Galgen bestraft in allen Häfen des Archipels, eine Bibliothek mit Poesie eingerichtet, wie der Tachi Ghica bei Euch eine mit den Schriften der alten Philosophen hat im Gutshaus von Ghergani. Immer öfter schließe ich mich jetzt dort ein und murmele alte und neue Verse zu meiner Erleichterung oder um mich zu verlieren, wer weiß? Aber von dem Weg wieder zurückzukehren, finde ich die Kraft nicht mehr. Schon morgen will ich mich aufschwingen zu den Schriften von Müsset, vor allem zu seiner* Oktobernacht, *und nur der Herr mit seiner Gnade wird wissen, was aus mir noch werden soll.*
Diese Geheimnisse Dir als meiner wie mein Augenlicht geliebten Mutter anvertrauend, der ich beichte, brennend vor Liebe wie die gemeinen Hundsfötter, so da brennen im glühenden Stier des Perillos, halte ich hier inne mit meiner Briefschaft, wünsche Gesundheit Euch und Zuversicht und die Erkenntnis Christi.
Dein Dich über alles liebender Sohn, schwer geprüft in letzter Zeit, aber noch am Leben, denn die Gäule sterben nicht, wenn die Hunde sich das wünschen,

Theodoros

Dritter Teil

TEWODROS

23

Noch warst du kein verlorener Mensch, als du in einem Haubergeon-Kettenhemd, das aus feinem Stahl gewebt war, jeder Ring darin einzeln genietet, und von einer Art, wie man es noch niemals in Äthiopien gesehen hatte, denn es war frisch aus Toledo eingetroffen und glänzte mit Olivenöl eingeschmiert stumpf in der fahlen Sonne, die mit Perlen besetzte Ras-Werq-Krone auf deinem Haupt voll der kastanienbraunen Zöpfchen, dem vornehmen Kopf eines Mannes in der vollkommensten Kraft seiner Jahre, dich auf dem Felde neben Dirasge inmitten der Provinz Simien vor deiner Streitmacht zeigtest, die fünfundvierzigtausend Krieger zählte, bereit, Dejazmatch Wubes Macht von fünfundsechzigtausend Soldaten zu überwinden. Der Februarmorgen war kalt, das Gold der Krone, die du eigenmächtig noch von der Schlacht bei Gur Amba trugst, ließ deine Schläfen frieren, und doch trugst du sie ebenso stur, wie du dich in deiner frühen Kindheit stets mit Kronen aus geflochtenen Ruten, Pappkarton, lackiertem Holz in allen deinen kindlichen Spielen gekrönt hast, in denen du immerzu den Kaiser gabst, und wie du träumtest, irgendwann einmal die echte Krone zu tragen, die von der Heiligen Tewahedo-Kirche des gesegneten Äthiopien gesalbte, die du dir ebenso wie Napulion selber auf den Kopf setzen und bis zu deinem Tod unter den rosigen afrikanischen Himmeln tragen würdest.

Noch konntest du dich retten und als Mensch, als Christ und legendärer Held durchgehen, wie wir es dir auch stets zur Wahl angeboten haben angesichts des anderen, jenes perversen, krummen, blutigen und finsteren Wegs der Anfänger, Herrscher, Beherrscher dieses Jahrhunderts, der Geister der Bosheit, die durch die Lüfte schweben und von denen der Apostel Paulus in aller Deutlichkeit spricht. Drei Jahre noch hat dein Herz von da an gezögert, bis das Täubchen, sterbend, das Samenkorn des Guten mit sich genommen hat, das wie in alle Seelen, ob es nun die eines Mörders war, Blasphemikers, Haltlosen, Verleumders, Säufers, Vaterlands- oder Hurenverkäufers, auch in die deine gelegt worden war, denn Davids Psalm spricht ganz klar: »Ich habe gesagt: Seid Götter, alle seid ihr Söhne des Höchsten.«

Als du auf dem Schlachtfeld bei Dirasge auftauchtest und die Heere, die sich auf ihre leichten Kanonen stützten, kaum zweihundert Meter voneinander entfernt standen, gaben deine Leute, die ihre Köpfe durch weit aufgerissene Löwen- und Panthermäuler mit fingergroßen Eckzähnen in den Kiefern streckten, deren glänzende Felle ihnen über den Rücken hinabhingen und mit ringenumfangenen Schweifen über den roten Boden schleiften, Fahnen in den Händen, die Spinnen, Skorpionenfische und Kaiserskorpione zeigten, einen gewaltigen Freudenschrei von sich, denn allein mit dir, ihrem obersten Fahnenherrn, konnten sie gewiss sein, dass ihnen der Sieg nicht zu nehmen sein wird, wie er ihnen in den ungezählten Scharmützeln der Zeit nicht entgangen war, da du ebenso wie Samson bloß ein klein wenig mehr als ein Straßenräuber warst, irgend so ein *Shifta,* Kassa Hailu, Spulwurm genannt, weil dessen Mutter Kosso verkaufte, und über den alle lachten, bis ihnen das Lachen auf den Lippen gefror, denn du hattest ihnen anfangs noch mit wenigen Getreuen, dann mit vielen die gebleckten Zähne eingeschlagen, die Körper aufgeschlitzt, ihnen die Därme aus dem Leib gerissen und sie mit dem Dolch an der Kehle zum heiligen Tewahedo-Glauben bekehrt, an den du niemals geglaubt hast, denn in deinem Herzen bist du immerzu ein Griechisch-Orthodoxer geblieben; und auch später ist ihnen der Sieg nicht zu nehmen gewesen, als der Dieb Diomedes nach und nach an Macht gewann und anfing, Alexander von Makedonien ähnlich zu sehen, da du aus der Niederlage bei Dabarqui mehr lerntest als aus einem Sieg, und danach bei Gur Amba, bei Gondor und Ayshal, sieg- und ruhmreiche Kämpfe, bei denen die kriegerischen Prinzen Äthiopiens, die sich immer noch im qualenreichen Zeitalter des Zemene Mesafint befanden, einer nach dem anderen vom Sohn der Kosso-Verkäuferin gedemütigt wurden, der bis dahin als faul, bigott und stets feiernd bekannt war, nun aber wie aus dem

Nichts heraus verwandelt war in einen kampfesmutigen und tapferen Wüstenlöwen, in der Lage, den großmächtigen Herrschern über ein Viertel Äthiopiens – der alleserschaffenden Mutter, deren Ikone seit mehr als einem Jahrhundert schon unaufhörlich tränte – entgegenzutreten und sie zu überwinden.

Heute aber nannten deine Feinde dich nicht mehr Kassa und keinesfalls Spulwurm, sondern Prinz von Kwara, denn du hattest dir diesen Titel, ohne einen Anspruch darauf zu haben, mit Gewalt angeeignet, wie du es auch mit der Krone getan hattest, nachdem deine Banditen, die schon auf ein paar tausend Mann angewachsen waren, in Kassa, der Heimatregion von Hailu, eingedrungen waren und daraus die erste äthiopische Region gemacht hatten, die sich unter deiner Herrschaft befand. Denn sogleich, nachdem du in den Ruinen des Klosters von Debre Tabor den Schicksalswechsel mit Hailu vollzogen hattest, indem du ihm das Vaterland, die Sprache und zuletzt wohlweißlich auch das Leben genommen hast, um dich fortan als einen Sohn der Kassa-Region auszugeben, bist du ein *Shifta* geworden, ein Bandit, der von Raub und Morden lebte. Du warst aber von allem Anfang an anders als alle anderen, die das Ungeziefer der Wege und Märkte dieses wilden afrikanischen Landes bildeten, denn wie du es bei den Haiducken in den walachischen Wäldern gelernt hattest, vergriffen sich deine Leute nicht an Witwen und Waisen, Armen oder Fremden und verteilten die Münzen aus Kupfer und das Geld des Landes, aus festem eingeschwärzten Leder gefertigt, an die Einheimischen in den verarmten Dörfern des Nordens. Mehr noch, deine Horde beschützte sie vor den wahren Räubern, die aus purer Lust mordeten und marterten und den schwarzhäutigen Dörflern Kirchen errichteten, wie es sie nirgendwo sonst auf der Welt gab, in Stein gemeißelt, das Dach auf der gleichen Höhe wie der Erdboden, auf den man trat, und die Mauern tief hinabreichend in eine zehn Klafter tiefe Grube, und alles aus einem einzigen Felsbrocken herausgehauen.

Deinen Leuten gegenüber gabst du dich nicht als besonders ehrwürdig, sondern aßest und schliefst mit ihnen zusammen, lebtest sogar strenger und quältest deinen Körper stärker als die meisten anderen, sagtest ihnen auch öfter, der Mensch lebe nicht für den Bauch, sondern für seinen Ruf und Namen. Dieses bei den Bestien in Menschengestalt, die deine *Shifta* nun wahrlich waren, völlig unbekannte Verhalten, hat dir einen so starken Zulauf von Leuten eingebracht, dass binnen Jahresfrist deine Räuberhöhle zu einer wahren Streitmacht geworden war, die nur auf ein Zeichen von dir wartete, um jedweden Prinzen auf dem afrikanischen Boden niederzumachen, ob es sich nun um einen kleinen Krieger in einer unbedeutenden Provinz handelte oder um die meistgefürchteten Herrscher Ras Ali und Dejazmatch Wube selbst, oder gar die mächtigen Königinnen von Oromo, verheiratet mit riesigen, als Könige verehrten Hunden, deren Bissspuren sie von den unzüchtigen Vereinigungen mit den königlichen Kötern auf dem Rücken trugen. Als aber Kwara unter deine Herrschaft geraten war, stand dir der Weg ins Herz von Äthiopien offen, wiewohl bis dorthin noch ein langer Weg zurückzulegen war.

Deine Leute folgten dir in Triumph und Niederlage, denn sie haben sich nicht von dir losgesagt, als du gestürzt wurdest und kurz davor warst, vor Hochmut und Unbedachtsamkeit von selbst unterzugehen, denn vor sieben Jahren war dir eingefallen, die Festung der ägyptischen Herrscher in Dabarqui, das gegen den Sudan hin lag, anzugreifen, die Strohmänner der osmanischen Mohammedaner, die sich entlang der afrikanischen Küste ausgebreitet hatten. Als du gesehen hast, wie wenige sie waren, dazu nagte der Eifer an dir, sie zum rechten Glauben zu bekehren, bist du mit deinen Kriegern, die viel mehr waren als die ägyptische Streitmacht, plötzlich über sie hergefallen, musstest aber am eigenen Leib erfahren, worin sich eine Armee und ein zerlumpter Haufen unterscheiden. Die Ägypter hatten englische Ausbilder, englische Gewehre und Kanonen und bewegten sich, wie du es noch niemals bei einem Kampfverband gesehen hattest, da du ja nur mit wildem, ungeordnetem Gemetzel vertraut warst, mit Verrat und Heimtücke, Streit und Versöhnung im Archipel und im vielgeprüften Äthiopien. Es war das erste Mal, dass du eine richtige Armee vor dir hattest, wenige Männer nur in Uniformen und in Kampfformationen, die unbeirrbar die Kommandos der Offiziere befolgten, alle gleichzeitig schossen, auf Befehl hin angriffen oder sich zurückzogen, ohne Geschrei, ohne an den Schläfen angeschwollene Schlagadern und Schaum vor dem Mund, ohne Hass oder Verachtung für den Gegner; es waren erfahrene Kanoniere, die deine Leute den abgestimmten Salven aussetzten, Soldaten, die in der Lage waren, aufgrund von mathematischen Tabellen ihre Ziele zu bestimmen, was dich unbeschreiblich stark beeindruckte.

Die Ägypter benutzten bei Dabarqui neue, in Manchester hergestellte Musketen, die anstelle der alten Dochtzündung über Zündkapseln verfügten, sodass sie viermal pro Minute feuern konnten. Die Soldaten in ihren blauen Uniformen und mit Straußenfedern an den Mützen schritten in drei Reihen voran, und jedes Mal, wenn eine Reihe die Gewehre geladen hatte, beugten die davor je ein Knie, damit die dahinter über sie hinweg schießen konnten. Während deine Spießgesellen zu Hunderten von den Kanonen- und Musketenkugeln der bescheidenen, aber ausgebildeten ägyptischen Armee dahingerafft wurden, kümmerte dich ihr Schicksal überhaupt nicht mehr, ebenso wie Sieg oder Katastrophe: Du starrtest bloß selbstvergessen, ungläubig und beinahe glücklich auf die wie geschmiert ablaufende Kriegsmaschinerie. So mussten einstmals Alexanders Phalangen vorangeschritten sein oder die von Napulion, die über eine Kriegswissenschaft verfügten, eine Strategie und Taktik, gute Waffen und vollkommene Disziplin, um die barbarischen Horden damit zu beschämen, die aus Leibeskräften brüllend, heldenhaft und ungeordnet über sie herfielen.

Du bist damals mit den wenigen Überlebenden vor den Ägyptern geflohen, warst selber an der linken Schulter verletzt, aber es hat dir niemals leidgetan, und du schämtest dich auch nicht, nach Jahren noch über die bittere Niederlage bei Dabarqui zu sprechen. Im Gegenteil, du sprachst oft davon, sei es im Alkoven bei Liebesnächten und Schlaflosigkeit mit deinem weisen und vielgeliebten Täubchen, sei es bei den Versammlungen deiner Tapferen, und du sagtest dabei stets, die damalige Demütigung sei dein Glück und Wurzel deiner späteren Macht gewesen.

Dejazmatch Wube Haile Mariam war, umgeben von seinen Kammerherren, Generälen und Eunuchen, ebenfalls aus dem Zelt getreten, die er nun, wie du durch das Messingfernrohr aus schwerem Glas sehen konntest, gezeichnet von Schlaflosigkeit, wütend anherrschte. Es waren dreizehn Jahre seit der Schlacht bei Debre Tabor vergangen, bei der er Ras Ali in dieser merkwürdigsten aller Schlachten bezwungen hatte, diese Jahre hatten ihn wie eine schwere Last auf dem Rücken eines Lastenknechts niedergebeugt und seinen in einen perlenbesetzten roten Taftmantel über den gelblich grünen Schalwaren aus Kanevas gehüllten Körper schrumpfen lassen. Der Bart, der ihm damals in kastanienbraunen geflochtenen Strähnen mächtig über die ganze Brust herabfiel, war nun schütter und schwarz gefärbt, wie die Bärte der alten Chinesen auf den teuren Drucken, die von den Holländern neben feinem Porzellan, Opium und Tee aus Kanton gebracht wurden. Tatsächlich hatte der General – der sich immer noch *Ye Abesha Nigus* nannte, ohne dass er es selber noch glaubte, denn es lebte nicht nur der tatsächliche König von Äthiopien noch, der sich vom Stamme des Salomon und Menelik herleitete, nämlich der hilflose Yohannis III., der um Speis und Trank von der Tafel des Ras Ali bettelte, sondern auch du, Prinz von Kwara, hattest in den letzten Jahren dem Ras Ali und vielen anderen die Flausen hinsichtlich einer Herrschaft ausgetrieben – die ganze Nacht vor dem Kampf kein Auge zugetan und schlug nun, rot vor Angst und Zorn, aufs Geratewohl mit seiner Peitsche aus Flusspferdleder auf jeden ein, den er erreichen konnte. Wenn er die Schlacht an jenem verdammten 8. Februar 1855 verlor, war alles dahin, vielleicht sogar sein Leben, das noch in dem alten Körper ausharrte.

Er verbarg seinen Zorn, als er Abune Sellama in seinen weiten und bunteren Kleidern, als es die seinen waren, von den Zelten herankommen sah, einen Schirm aus Eidechsenhäuten über dem Kopf, denn es hatte ihn etliches an Geld gekostet, den befreundeten Erzbischof der Koptischen Kirche, die Zwillingsschwester der Tewahedo-Kirche, aus Ägypten hierherzubringen, was er nur getan hatte, weil er hoffte, der hohe Prälat würde ihn dereinst zum Kaiser von ganz Äthiopien krönen. Die beiden umarmten sich im Lichtkreis deines Fernglases und küssten sich wie alte Gefährten auf den Mund, dann rief Abune Sellama etwas, das du nicht hören konntest, reckte seinen erzbischöflichen Stab vor der angetretenen

Streitmacht in die Höhe; daraufhin saßen die Reiter schnellstens von ihren Pferden ab, knieten sich mit allen anderen Kämpfern ins Gras der Savanne und schlugen mit den Handgriffen ihrer Säbel weite Kreuze. Mit den gleichen lederumwickelten Säbelgriffen schlugen sie sich auf den Brustpanzer und ließen ein lautes Geheul erklingen, das du erschaudernd hören konntest.

Du, auf dem Rücken deines schwarzen, phrygischen Hengstes Defari mit seiner spiegelglatten Haut, ein Geschenk von Ras Ali, als er dir seine Tochter Tewabech Ali zur Frau gegeben hat, rittest die Front deiner Truppen ab, die dir mit ihren Augen und Herzen wie einem Gott folgten. Kein einziger Kämpfer verfügte mehr über einen eigenen Willen, alle hatten sie ihn dir anvertraut. Keiner rührte sich ohne einen Befehl von dir, von den fünf Generälen mit den hellroten Federbüschen und goldenen Litzen an den Uniformen bis zu den Lanzenträgern und Bogenschützen sowie der Kavallerie in leichten purpurnen Uniformen und mit Krummschwertern am Bauchgurt. Die Brigaden und Bataillons waren bestens geordnet, die Reihen gerade, die schwarzen Soldaten mit dem wollenen Haar wirkten viel jünger, als sie es waren, denn die Uniformen englischer Provenienz betonten die Grazie der von ihnen eingekleideten afrikanischen Körper. Die Kanonen wurden von je acht Soldaten bedient, einer hielt die brennende Fackel, die anderen standen bereit, das Schießpulver durch das Kanonenrohr einzuführen, ein bestens abgestimmtes Gemisch aus Salpeter, Kohle und Schwefel, und dann die Kugel aus braunem, körnigem Metall. Gefolgt von deinen Adjutanten, darunter die ehemaligen Gefährten deiner Zeit als Haiduck in der in Schnee und Märchenlicht eingehüllten Walachei, danach während der Seeräuberzeit auf den Meeren von Hellas, dem jungen Ghiuner und Sisoe, nun in Generalsuniformen, hast du deine starke Armee noch einmal inspiziert, die sich über die Jahrzehnte kaum verändert hatte. Du hattest viel gelernt aus dem Desaster bei Dabarqui.

Etwa in der Mitte der im zentralen Corps aufgereihten Kämpfer hieltst du an, beugtest dich aus deinem Sattel hinab, flüstertest ein paar Worte dem Ausrufer zu, einem Koloss mit kahlrasiertem Schädel, einem rötlichen, in drei mit Goldfäden durchwirkte Strähnen aufgeteilten Bart, und dieser brüllte sie ohrenbetäubend laut, donnernd und bedrohlich der Armee entgegen: »Preiset Gott den Herrn! Preiset Jesus Christus! Preiset den Heiligen Geist! Amen! Vergesst Gur Amba nicht, vergesst Gondor nicht, vergesst Ayshal nicht! Ihr wart Leoparden, seid nun Wüstenlöwen! Der Löwe der Löwen ist mit euch, Prinz Kassa, der Auserwählte des Ewigen! Mit ihm seid ihr unbesiegbar, seid ihr unsterblich! Ruhm dem Königreich Kassa, Lob dem Garten des Herrn, dem herrlichen und heiligen Äthiopien! Amen, Ameeeeeeen!« Das letzte Wort ergoss sich wie ein Wolkenbruch über die Streitmacht, wie ein beseelender Blitz.

Auch die Krieger des Wube mit ihren grotesken Masken und ihren schwammigen Idolen, den grobschlächtig zusammengehauenen Holzkreuzen, auf denen die lebend gekreuzigten Lämmer immer noch zuckten, auf der anderen Seite hatten sich seit der Zeit ihres Kampfes mit Ras Ali nicht sonderlich verändert. Einige von ihnen waren noch die gleichen alten Kämpfer voller Narben, Leute, die vieles gesehen hatten. Nach der Verneigung vor dem heiligen Erzbischof saßen sie wieder auf, das Fußvolk ergriff wieder die Lanzen, Bogen und Armbrüste und brach ebenfalls auf zu Sieg oder Tod. Doch so lebendig der Enthusiasmus in den Herzen deiner Leute glühte, umso mehr graute es den Feinden vor dir, denn du schienst tatsächlich aufgrund deiner vorangegangenen Schlachten unbesiegbar zu sein. Würdest du auch hier siegreich sein, könnte dich in dem ganzen riesigen afrikanischen Land keine Macht mehr aufhalten.

Allen deinen Feinden hattest du nach den Siegen den Fuß auf den Nacken gesetzt. Du hast sie erniedrigt und wie der Drescher die Spreu mit dem Dreschflegel zerstäubt. Sahst sie demütig vor deiner Tafel stehen und um Essen betteln. Du hattest sie um ein Auge oder einen Arm gebracht und ihre Königinnen und Prinzessinnen entehrt. Nach Dabarqui hattest du englische Offiziere in dein Heerlager bestellt, die dich als tapfer und fähig kennengelernt hatten, sie schrieben Briefe an das Parlament, in denen sie mitteilten, dass es sich lohne, in dich zu investieren, dein Wachstum zu fördern, damit du eines Tages die salomonische Dynastie ebenso wie das Schicksal selbst herausfordern und mit dem Willen des Herrn sowie des britischen Empires ein großer Herrscher in Äthiopien würdest, vielleicht sogar der Kaiser dieses Landes voller Wunder, aber vor allem ein Verbündeter des Empires. Du bekamst Unterstützung, Waffen, Uniformen, teuflische Maschinen, von denen nicht einmal du selber wusstest, dass es sie gab auf der Welt, und die mit Wasserdampf betrieben wurden, Ingenieure, die Felsen in die Luft sprengten, damit du Straßen, Brücken und Viadukte bauen konntest. Mit einem Mal sahst du dich aus einem wilden Prinzen an der Spitze von Dieben und Mördern, die immerzu mit jemandem kämpfen mussten, in einen Menschen deines Jahrhunderts verwandelt, der von den Mächtigen der Welt beachtet wurde.

Nicht einmal ein Jahr nachdem deine Armee sich so grundlegend verändert hatte, begriffen die Herrscher Äthiopiens, dass sie dich nicht mehr wie einen unbedeutenden *Shifta* mit dem Bauch voller Drogen betrachten konnten, sondern als ein Glückskind, das aus dem Nichts aufgetaucht war und sie jetzt wie ein junger Löwe mit noch nicht ganz ausgebildeter Mähne bedrohte, das aber beharrlich blieb und dem siegreiche Jahre bevorstanden. Etwas geschickter im Spinnen von Fäden, hatte der Kammerdiener Ras Ali dir als Erster die Hand ausgestreckt und dich an seine Seite geholt, zu seiner überaus mächtigen Mutter, Kaiserin Menen, und zu Yohannis III., der, wiewohl legitimer Kaiser, da er von Salomons Geblüt war, an ihrer Tafel bettelte und Souverän lediglich in seinen Träumen war, in denen er von Opium und Haschisch berauscht phantasierte, er trage die Krone und befehle. Von ihm bekamst du damals den Titel eines Dejazmatch, aber vor allem hast du dir das Leben mit deiner ersten angetrauten Frau erhellt, der Tochter von Ras Ali, der kleinen und sanftmütigen Tewabech Ali, die von Kindestagen her Mentewab hieß, die schöne Königin, die sich in der Hochzeitsnacht als Jungfrau herausstellte, und die du zärtlich geliebt hast.

Mentewab hatte schwarze Haut und größere und schwerere Augen als andere Frauen, vor allem wenn sie in Tränen standen, und die Züge ihres ovalen Gesichts waren mit dem allerfeinsten Pinsel gemalt, wie Sisoe sie niemals hätte malen können, denn die wahre Schönheit, die den Pinsel, die Lyra und den Stift beschämt, ist unweigerlich die der Seele. Vor ihrem Angesicht schweigen die Dichter, und der Tänzer bringt die Glöckchen des Tamburins mit seiner Hand zum Schweigen. Der Verliebte wird verrückt, der Verrückte wird Prophet, und der Prophet vergöttlicht. Eine solche graziöse Schönheit bewahrte sich Mentewab im Licht und in der Dunkelheit ihres Körpers, was dir bald schon wertvoller als dein eigenes Leben geworden war. Die alten Wunden und Narben, wie von einem Kräftemessen mit einem Savannenpanther, die dein Herz infolge der Liebe zu Stamatina tief gekerbt hatten, verblichen für eine Weile in den heilsamen Umarmungen deiner jungen Gattin, und für ein paar Jahre wurdest du ein besserer Mensch, als dir zu sein bestimmt war, denn du warst ihr treu und hast sie ihr ganzes kurzes Leben lang hoch verehrt.

Die Liebe mit ihr in den heißen Nächten von Kwara war anders als die mit den tausenden Frauen, die du davor hattest, denn die kleine Frau lenkte deinen Mund, die Hände und Blicke ganz zart, lehrte dich, dass die große Freude nicht aus der wütenden Leidenschaft des entfesselten Mannes besteht, der das Bett unter sich zertrümmert, sondern in der Verzögerung des Wunders, im Hinausschieben und in einer süßen Qual, der du dich freiwillig an ihrer Seite hingabst, die dich wie eine Göttin der Vereinigung unterwies und über die verschlungenen Wege des vollendeten Genusses geleitete. Aus den Nächten mit ihr sollten dir für immer ihre Lippen in Erinnerung bleiben, die über deinen ganzen Körper wanderten, ihre kleine und süße Zunge, die dir zärtlich, zögerlich und unendlich gemächlich den Hals, die im dichten Brusthaar verborgenen Brustwarzen, den Bauch und die feste Stange darüber sowie das heiße Hautsäckchen, in dem die Kraft des Mannes ruht, leckte, bis dies deinen ganzen Körper in einen glühenden und Flammen schlagenden Rost verwandelte, der das Schlafzimmer erhellte.

In jeder Nacht mit ihr war Vollmond. Schon in den ersten Augenblicken mit ihr hast du sie auf Rumänisch »Täubchen« genannt, und dies blieb ihr Name. Nach Stunden der leidenschaftlichen, süßen Liebe, wenn das letzte genießende Stöhnen euch erstarb auf den feuchten Lippen mit dem Geruch und dem Geschmack der beiden Geschlechter, die letzten

Tropfen Manneskraft glasig im Mondlicht aus dir herausschossen und ihr wie Tau die vollen Lippen netzten, die weißen Zähne und das schmale Kinn, setztet ihr euch auf und fingt an, aus euren Leben zu erzählen, und eure Erinnerungen waren ebenso quälend und verworren wie eure Verschlingungen davor, und der Vollmond brannte im Fenster, und der bittere Duft der Nachtblüten, und der süße Körper der kleinen schwarzen Königin, der sein pechschwarzes Haar über deine Brust ergoss, und ihre in der Dunkelheit glänzenden Augen waren manchmal mehr, als du ertragen konntest, und es erfassten dich Unglück und Schwermut.

Sie erzählte dir von den Morgen in Yejju, ihrer Heimatregion, wenn sie in ihrem Bett mit Baldachin in dem Palast aufwachte, der wie aus großen Quadern Lichts gefügt schien, denn da war so viel Sonne und ein solcher Vogellärm, dass sie, wenn sie ganz schnell mit bloßen Füßen in den riesigen Garten rings um den Bau rannte, sich die Augen mit den Händen bedecken musste und trotzdem durch ihr rotes Fleisch die Explosion der Blumen und taunassen Blätter ringsum sehen konnte. Und die über die Welt ausgegossenen Himmel mit ihren Wolken wie Schiffe mit azurblauen und rosigen Segeln und die Schreie der Affen mit ihren Schwänzen und die Verbeugungen der Dienerinnen und das Werkeln der Sklaven erfüllten die kalte Morgenluft mit einer nie gesehenen Schönheit.

Dies erinnerte sie an ihre Mutter, Hiurut, eine einstmals schöne Frau, die aber von Ras Ali missbraucht und gedemütigt worden war, weil sie die Tochter von Dejazmatch Wube Haile Mariam war, seinem Todfeind; an ihre Großmutter, die hoffärtige Königin Menen, die den bedürftigen Yohannis III. geheiratet hatte, um eine illusorische Kaiserin von Äthiopien zu werden; an ihren kleinen und rohen Vater, der sie jedoch liebte wie sein Augenlicht. Wie sehr hatte es sie erschreckt, wenn er, aus irgendeiner Schlacht zurückgekehrt, sie umfasste, die Arme bis zu den Ellbogen rot von Blut, und sie in die Höhe warf, als wäre sein Mädchen selber der Sieg! Sie erinnerte sich auch an die Klagegesänge der Muezzins in der Moschee neben dem Palast, denn Ali, vorderhand der christlichen Tewahedo-Kirche ergeben, hatte sich niemals gänzlich von den mohammedanischen Wurzeln seines Stammes lösen können und verbreitete heimlich den Kult des

Ahmad Ibn Ibrahim al-Ghazi, des Imams, der einstmals Äthiopien für die Moslems erobert hatte.

Das Täubchen war mit den Suren des Korans erzogen worden, die sie beinahe auswendig konnte, aber im Alter von vierzehn Jahren war sie heimlich und auf eigenen Wunsch in dem großen Becken vor der Madhere-Mariam-Kirche christlich getauft worden, wo sie sich im Wasser mit etlichen anderen Mädchen und Jungen tummelte, allesamt nackt, schwarz und mager, was am Rande von einer ganzen Horde von zahnlosen Mönchen in roten, grünen, orange- und indigofarbenen Kutten beobachtet wurde, die sich mit Schirmchen vor der Sonne schützten, worauf Perlen in einem Spinnennetz aus dünnen Goldfäden genäht waren. Der schwarze Erzbischof in Priestergewändern, die in ihren grellbunten Farben an die phantastische Kleidung der Krieger erinnerten und über den vier Mönche einen mit Cherubim und Granatäpfeln bemalten Baldachin erhoben, hatte sie je einzeln an den Rand des Beckens gerufen und ihnen seine nasse Sohle auf den Kopf gesetzt, womit sie getauft waren im Namen des Vaters, des Sohnes und des Heiligen Geistes. Zum Schluss stürzte auch er und seine gesamte Rotte sich unter Freudenschreien, angekleidet und die krummen Kreuze in Händen, ins Wasser, wo sie sich wie Kinder bespritzten, damit wir uns unsererseits der Himmel erfreuten. Die weiten Kleider des Erzbischofs waren voller Luftblasen und blätterten sich auf der Wasseroberfläche wie eine riesige Lotusblume auf, deren Kelchblätter je unterschiedlich gefärbt waren. Zwischen den Blütenblättern glühte seine dreifache Krone mit ihrem Grund aus bläulichem Atlas wie der finstere Kern der Sonnenblume.

Du erzähltest ihr, dass du dich an deine Leben vor jenem Leben von damals erinnertest, und dass du in einem solchen Leben in der verzauberten Gegend von Ghergani in der fernen Walachei gelebt habest, die unter ewigem Schnee liege, den du, für das Täubchen, das nicht wusste, was Schnee ist, mit den feinen Gänsefedern verglichst, die so dicht vom Himmel herabfielen, dass man kaum fünf Schritt weit sehen konnte. Du erzähltest ihr von der Dorfkirche, die überfüllt war von heiligen Ikonen, von den blauen Augen des Pantokrators, die direkt in deine braunen Augen schauten, von deiner Flucht über die zugefrorene Donau und die Irrfahrten durch den hellenischen Archipel, wo du auch deinen Tod gefunden hattest … Niemals jedoch hattest du ihr auch nur mit einem Wort von Stamatina erzählt, denn du trugst noch ihre nichtverheilten Wunden bei dir und hofftest immer noch, sie einmal wiederzusehen, und sei es auch nur, um ihr den Dolch in die Brust zu stoßen, nichts auch über die unvergessene Nura aus den libanesischen Gefilden und nichts über das mit dem unglückseligen Hailu getauschte Schicksal, den du wohlweislich in den Tod geschickt hast, was eine unverzeihliche Sünde war, die dir für alle Zeit die Seele beschweren sollte.

Und in euren Vollmondnächten habt ihr noch über etwas anderes gesprochen, dabei bedeckte deine Hand ihre schwarze Scham, als wärst du auf den Mond eifersüchtig gewesen, und sie legte ihren Kopf mit den strahlenden Augen auf deine Schulter, aber dieses andere barg ein Geheimnis und steckte voller Gefahren. Denn als nahe Verwandte der großen Krieger jener grausamen Epoche Zemene Mesafint, die Äthiopien zerstückelt hatte, Tochter von Ras Ali, Enkelin der Kaiserin Menen und gleichermaßen Enkelin von Dejazmatch Wube, hatte das Täubchen von ihnen den Geist einer Heerführerin geerbt und ein unerschrockenes Herz, was sie beides von den ersten Liebesstunden an in den Dienst deines Aufstiegs stellte und euch beide auf den Thron der überwältigenden Zitadelle des Christentums, eines auf den roten Boden Afrikas herabgestiegenen himmlischen Jerusalem, des heiligen und in aller Ewigkeit gesegneten Äthiopien brachte.

Vielleicht hättest du ohne die Pläne deiner Frau, die sie nicht wie eine Aneinanderreihung von Wörtern vor dir ausbreitete, sondern als hätten sie so klar wie ausführlich auf erleuchteten Pergamentblättern gestanden, nicht den Mut gehabt, so weit zu zielen. Sie war diejenige, die dich gegen ihren eigenen Vater und ihre Großväter in Stellung gebracht hatte, denn diese wollten nicht damit aufhören, dich zu verachten und zu beleidigen, da du nicht von königlichem Geblüte warst wie Wube, der ein Nachkomme des salomonischen Kaisers Susneyos war, sondern bloß ein geringer Krieger aus einer unbedeutenden Provinz, dazu noch der Sohn einer Kosso-Verkäuferin, ein unglückseliger Spulwurm, den das Schicksal über seine Geburt hinaufgehoben hatte. Spulwurm, Bandwurm, Bandwurm, nur das kriegtest du von morgens bis mitternachts zu hören, nur so nannte dich die Kaiserin Menen, wenn sie sich unter ihresgleichen befand, aber auch bei den Gesprächen mit ihren Beratern, so hatte Mentewab sie vor eurer Vermählung oftmals sprechen gehört, und jetzt war es noch schlimmer.

»Hailu, mein lieber Herr«, sagte dein Täubchen in jenen mitternächtlichen Augenblicken zu dir, »ich könnte, so viel Liebe auch in mir sein mag, keinen einzigen Augenblick die Qual ertragen, an der Seite eines Schwächlings zu leben. Mein Herr und Gebieter muss siegreich sein und über Völker herrschen können. Ebenso wie der Mann seine Kraft spielen lässt und damit die Frau unter dem Bauch durchbohrt, muss sein Schwert die Feinde durchbohren. Du darfst ihre widerwärtigen Reden nicht dulden, darfst ihre verächtlichen Ausbrüche nicht hinnehmen! Vergiss nicht und verzeih nicht, mein Herr! Als du mit der Schulterverletzung aus der Schlacht mit den Ägyptern zurückgekehrt bist, hat meine Großmutter Menen, der du treue Gefolgschaft geschworen hattest, dir zum Trost und zur schnellen Genesung bloß ein Kuhbein geschickt, das war als Hohn und Spott gemeint, vergiss das nicht, mein teurer Gemahl! Bei deinem Namen und deinem Rang hätte sie dir mindestens einen ganzen Stier schicken müssen! Großmutter hat dich ausgelacht, und als ich ihr das sagte, gab sie mir zur Antwort, ein Spulwurm und *Shifta* verdiene es nicht besser, diese Worte habe ich mit meinen eigenen Ohren gehört! Merk dir die Beschämung, die du durch sie erfahren hast, mein Gebieter, denn sonst bist du, bei aller Liebe, die ich für dich empfinde, nicht länger mein Mann!«

Bei solchen Worten, die dir Nacht für Nacht in die Ohren geträufelt wurden, sprangst du auf und begannst, mit zorngeschwollenen Adern wütend auf Rumänisch zu schimpfen und zu fluchen, Tod und Teufel und heilig-verfickte Kommunion, und wer das olle Weibszeug in die Welt geschissen hat, und zerschlugst die Standuhr, und hast den Spiegel auf dem kleinen Sandelholztisch in Scherben gehauen. Im Sommer des Jahres 1852 hast du einen Entschluss gefasst: Von nun an würdest du keine

Verhöhnung mehr hinnehmen, von niemandem, wie groß und bedeutend die Person auch sein mochte. Du hast dich mit deinen Halunken und Dieben, nunmehr Soldaten, weil instruiert von den Sergeanten Douglas und Pott, zwei Säufern, wie Mutter Afrika sie bis dahin noch nicht gesehen hatte, jedoch tüchtige Militärs, gegen die Kaiserin erhoben und ihr einen Brief des Inhalts geschickt, dass die Region Kwara von nun an selbständig sei und ihr keinen Tribut mehr zahlen werde.

Glühend vor Wut und abgrundtiefer Verachtung, die ihre tiefen, wie in die Wangen eingeritzten Falten ihr noch tiefer ins Gesicht eingruben, schickte Menen den berühmten Wondyerad gegen dich ins Feld, den blinden und leprösen General, der jedoch in seinem ganzen Leben noch keine Schlacht verloren hatte, und dieser, in einer Sänfte vor seine Soldaten gebracht, schwor, Schluss zu machen mit dem Spulwurm, dem Sohn eines Flittchens, das in der Provinz Kwara Kosso verkaufte. Aber mit seiner ersten verlorenen Schlacht – seine Horden von eher mit Knüppeln denn mit Musketen bewaffneten Bauern konnten gegen deine neuen englischen Gewehre nichts ausrichten – hat der General auch sein unglückseliges Leben auf grausame Weise verloren, sodass man von da an noch lange und viel darüber redete. »Du redest immer wieder von Kosso«, sagtest du zu ihm, als man ihn mit Seilen gefesselt zu dir brachte, »also sollst du Kosso bekommen, und zwar reichlich! Man kann schließlich sehen, dass die Spulwürmer in deinem Arsch dir keine Ruhe gegönnt und dich angestachelt haben, ungebeten über mich herzufallen. Macht nichts, ich werde dich von ihnen befreien, dazu noch ohne dafür irgendeine Bezahlung zu verlangen!« Und dann solltest du zehn lange Tage in dem tiefen Kerker, in dem du deine Feinde quältest, zuschauen, wie dem nackten General, zu Boden geworfen und die Knie an die Brust gebunden, mittels eines Trichters dreimal pro Tag Kosso in den Rachen gegossen wurde, wie er es in grünen Fontänen erbrach, und man es ihm wieder und wieder und wieder einflößte, wie aus seinem labbrigen Hintern lange Spulwürmer wie diese zarten Keimsprosse an den im Dunkeln aufbewahrten Kartoffeln krochen und sich blind in alle Richtungen schlängelten, und wie sein Bauch schließlich, aufgedunsen und von so viel Ziegenpisse und giftigen

Pilzen und im Mörser zerstampften Wareza-Käfern platzte, und er seine Seele unter Krämpfen und Qualen aushauchte, die der Verstand nicht aushalten kann, ohne darüber irre zu werden, und der Mund nicht aussprechen kann, ohne für alle Zeiten schief zu bleiben. Dann hast du den unglückseligen Wondyerad nackt, wie seine Mutter ihn geboren hat, das Gesicht zum Holzbalken gewandt und die toten Spulwürmer zwischen den Arschbacken hinabhängend, auf einem roten Lehmbuckel gekreuzigt, wo er – ein immer entsetzlicher stinkender und faulender Körper, dann nur noch ein schmutziges Skelett und schließlich ein Häufchen Knochen am Fuße des Kreuzes – so lange liegen blieb, wie deine Herrschaft in Kwara währte.

Als man ihr dies alles erzählte, legte die grausame Kaiserin selber die Rüstung an, schnitt zwei Kreise in den blechernen Brustpanzer, damit ihre Titten heraushängen konnten, und dies nicht, weil der Panzer sie etwa zerdrückt hätte, sondern weil die nackten Brüste das Zeichen für die Mutter des Volkes waren, das alle Königinnen zu zeigen verpflichtet waren, und hat sich selber an die Spitze eines der größten Heere gesetzt, das die Epoche der Prinzen, Zemene Mesafint, jemals gesehen hatte. Gegen sie brachtest du deine fünfzig leichten Kanonen auf halber Höhe eines von einem Akaziendickicht überzogenen Hügels in Stellung, sie waren mit Leichtigkeit auf einer Lafette von je einem Maultier dorthin gezogen worden. Das britische Parlament, das überall nach Vasallen Ausschau hielt, hatte dich soeben damit ausstatten lassen. Beim Zeichen deiner Offiziere, ehemals zerlumpte Diebe, die ebenso wie du auf den großen Landstraßen ihr räuberisches Unwesen trieben, nunmehr jedoch in schweren Kämpfen gestählte Soldaten, stiegen fünfzig Wölkchen in den klaren Mittagshimmel, und tausende Kartätschensplitter regneten mit ohrenzerreißendem Donnern über dem riesigen, aber ungeordneten Heer der Kaiserin nieder, töteten ihr Pferde und Menschen und zerfetzten ihre Standarten und Fahnen, auf denen der gekrönte Löwe abgebildet war, das Zeichen der salomonischen Dynastie. Die beiden Streitmächte sind sich gar nicht begegnet, denn die Soldaten der Kaiserin, taub und blind aufgrund der Explosionen und in einer Weise verwundet, wie sie es noch niemals gesehen hatte – viele von ihnen waren buchstäblich geköpft, andere hatten Arme oder Beine eingebüßt –, warfen ihre Lanzen weg und nahmen Reißaus über die Felder, wie Ameisen, die in Panik ihre Königin zurücklassen.

Menen wurde gefangen genommen, als sie, von ihrem Brustpanzer beschwert und mit zerfetztem Rock versuchte, auf Ellbogen und Knien durch die Einschusskrater kriechend, ihr Leben zu retten, und sie wäre ebenfalls ohne Wenn und Aber unter schmerzhaften Qualen umgebracht worden, hätte sich nicht das Täubchen für seine Grußmutter dir zu Füßen geworfen und um ihr Leben gebettelt. Auf niemanden sonst hättest du gehört, denn du hasstest die alte Vettel, wie du noch niemanden sonst gehasst hattest, aber dem Täubchen konntest du keinen Kummer bereiten. Du erinnertest dich an die Worte, die Jeremias zu Baruch gesagt hatte, dem Gott das Leben gerettet hatte, indem er ihn vor dem Schwert des Angreifers schützte, und antwortetest der Kaiserin, die man an den Haaren zu dir hingeschleppt hatte: »Denn siehe, ich werde das Unglück über jedes Geschöpf bringen, sagt der Herr, dir aber werde ich als Kriegsbeute dein Leben lassen, an allen Orten, an die du gehen wirst.« Du ließest ihr das Leben als Kriegsbeute. Hast sie bloß dazu verurteilt, eingespannt an einem Mühlstein zu ziehen, der von früh bis spät Sorghumkerne zerrieb, ohne Rast und beinahe ohne Nahrung, sodass sie dir jedes Mal, wenn du hinabgestiegen bist, um sie dir in ihrem unterirdischen Kerker anzuschauen und dich an ihren Qualen zu erfreuen, unter den verlausten Brauen heraus, die ihr über die Wimpern gewachsen waren, direkt in die Augen schaute und jedes Mal nur dies eine sagte: »Hab Mitleid und bring mich um!«

Ras Ali, der aus Unbedachtsamkeit sich selbst *Re-ese Mekwanint* von Äthiopien nannte, und damit alle anderen Prinzen jener Zeit in Wut gegen sich aufbrachte, hatte beschlossen, die Qualen seiner Mutter zu rächen, und schickte dem Spulwurm einen anderen großen General entgegen, den Dejazmatch Goshu, berühmt dafür, dass er sich nur in safrangelbe Kleider hüllte, sodass er in einer Schlacht wie eine eben aufgeblühte Narzisse aussah, die inmitten eines Gemenges von Kettenhemden und Brustpanzern, Bärten und Helmbüschen, Pferdeköpfen und flatternden

Standarten gefangen war. Diesmal, in Gur Amba, an einem späten Novembertag, verschied die Narzisse, von einem Säbel niedergemacht, und du gingst zum grenzenlosen Entsetzen deiner Feinde wiederum siegreich vom Schlachtfeld. Von da an trugst du die Krone Ras Werq, die aus zwei Goldkreisen und einem Perlenkranz dazwischen besteht, aber nur in Erwartung der vollwertigen Krone, jener von Menelik, dem ersten Kaiser des Landes.

So ging es nicht weiter. Goshus Tod hat die hohen Herren davon überzeugt, dass sie mit dem Prinzen von Kwara ein für alle Male Schluss machen müssten. Untereinander Todfeinde, weil beide es auf den Thron abgesehen hatten und keiner ihn sich wegen der Hartnäckigkeit des anderen schnappen konnte, verwandtschaftlich verbunden und getrennt durch Gelüste und Ambitionen, haben sich der kaiserliche Kammerherr Ras Ali und der großmächtige General Dejazmatch Wube südlich von Gondar getroffen, sich inmitten der beiden großartigen Armeen umarmt und daraus eine einzige, unbesiegbare gemacht, denn noch nie hatte Afrika hunderttausend Menschen gesehen, die vom gemeinsamen Willen der größten Prinzen ihrer Zeit in einen Krieg geführt wurden. Fünf Dejazmatchs führten die Streitmacht an, vergleichbar den fünf Kaisern, die einstmals mit Abraham auf dem Felde Shinear kämpften, und warteten voller Zuversicht darauf, dass der geringe, aber vom Glück begünstigte Prinz Kwara sich an der Spitze seines Heeres zeige. Hinter ihnen erhoben sich die Mauern und Verteidigungstürme von Gondar, der Hauptstadt des gesamten zerrissenen Landes, einer Stadt, die für uneinnehmbar galt. Die Krieger schauten verwundert auf die beiden Herrscher, die ihre Streitmacht gemeinsam lenkten, denn sie kannten sie nur als verbitterte Feinde. Aber noch unruhiger schauten sie über die rötlichen Hügel in der Ferne, die von wilden Akazien überwuchert waren und wo deine Fahnen auftauchen mussten, aber du kamst nicht. Von dem langen Herumstehen in der grausamen Mittagssonne fielen die Soldaten um wie die Fliegen, das Herz barst in ihnen, ihre Hirne glühten.

Der Abend kam, die Himmelskuppel war von Flammen erfüllt, und im bernsteinfarbenen Licht war in der Ferne bei den Hügeln, die sich nunmehr blutrot einfärbten, ein Funkeln zu sehen. Das war kein Mensch und auch kein Wüstenfuchs mit seinen riesigen Ohren. Es war kein Raubvogel und keine mit großer Kraft geschleuderte Lanze. Die gesamte Armee zeigte nun mit dem Finger auf den Funken, der sich ihr ohne allzu große Eile näherte und dabei allmählich eine verblüffende Kontur bekam.

Dejazmatch Wube bat um ein bronzenes Fernrohr und fuhr es aus. Er drehte ein bisschen an dem Ring mit der Gradierung, und das bislang neblige Bild wurde klar und glänzend. Da gab es keinen Zweifel mehr, obwohl der General seinen Augen nicht trauen wollte. Das alte Gesicht begann zu zucken. Er gab einen kehligen Schrei von sich und warf das Fernrohr auf den Boden. Ras Ali stieg vom Pferd und griff danach, um selbst zu sehen, was seinen verbündeten Rivalen derart verängstigt hatte. Ein Henkersknecht mit Ringen in den Nasenwänden nahm ihn auf die Schultern, damit der Zwerg über die behelmten Köpfe hinwegschauen konnte. Als er durch das Okular schaute, gab nun auch er einen Entsetzensschrei von sich und warf das Fernrohr auf den Erdboden, als wäre es verdammt gewesen. »Hexerei!«, konnte er noch brabbeln, und dabei wäre er von den Schultern des riesenhaften Henkersknechts beinahe auf den Kopf gefallen, hätte dieser ihn nicht an einem Bein gepackt. Bald aber bedurfte es keines Fernrohrs mehr, denn alles Volk konnte klar und deutlich sehen, was man um keinen Preis der Welt glauben konnte, denn das war wie ein Gespenst aus der *Halima*.

Direkt auf die großartige Streitmacht kam ganz gemächlich ein Brunswick-Gewehr zu, eines der allermodernsten, mit einem Schaft aus Eichenholz, einem Mechanismus aus Messing und einem schwarzen, gezogenen Lauf. Niemand trug es, es kam von alleine, das Rohr nach unten geneigt und ohne Eile durch die Wüste aus rotem Sand, es vollführte kleine Hüpfer, umging die Pyracantha- und Wilden-Jasmin-Büsche und glänzte immer stärker in der schwächer werdenden Sonne, die wie eine blutgefüllte Blase im Westen versank. Als es zwanzig Schritt weit vor der erstarrten Armee angelangt war, die weder davonzulaufen noch auch nur zu atmen in der Lage war, hielt das Gewehr an, und nach ein paar guten

Minuten richtete sich der Lauf langsam auf. Unter den Augen der mit herabgefallener Kinnlade den Gewehrlauf verwundert bestaunenden Soldateska geriet das Rohr in die Horizontale, ruckte noch ein klein wenig nach oben und beendete letztlich sein Zögern. Schloss und Hahn klickten, und mit einem lauten Knall sauste eine runde Kupferkugel dem nächststehenden Kavalleristen mitten in die Stirn. Seine Arme flogen in die Höhe, und der Soldat stürzte vom Pferd auf den Boden, wo sogleich eine Blutpfütze entstand.

So endete die Schlacht bei Gondar im Jahre 1853, noch bevor sie begonnen hatte, und verblieb im Gedächtnis aller Äthiopier unter dem Namen »Die Schlacht, in der eine Kugel verschossen wurde«, denn nach dem ersten Kavalleristen, der zu Boden gestürzt war, begann die immense Streitmacht des Ras Ali und des Dejazmatch Wube, von purem Entsetzen gepackt, wie ein Mann davonzurennen, und zerstreute sich über den Hügeln des Gondars, viele gerieten in die Sümpfe, versuchten verzweifelt, in die Festung zu gelangen, und kamen unter deren Mauern zu Tode, oder sie verkrochen sich in Höhlen und unwegsamen Wäldern voller Leoparden. Als deine disziplinierte Armee in von der Sonne Afrikas schon ausgebleichten englischen Uniformen sich schließlich auf den Hügeln zwischen den wilden Akazien zeigte, brauchte sie nur noch die verzweifelt Flüchtenden zu jagen, die mit den Bajonetten oder den Gewehrschäften umgebracht wurden, ohne dass sich eine zweite Kugel hätte hören lassen. Die stolze Stadt Gondar mit ihren das Himmelszelt stützenden Türmen öffnete ihre Tore dem Sieger, und gegen Abend bist du im Triumph mit den Elefanten, Kanonen und deinen Armeecorps unter ihren Toren hindurchgezogen. Nun konnten dich im weiten Rund der Festung alle sehen, denn du hattest Gyges' Ring wieder mit den Amethysten nach außen gedreht, sodass er lebhaft im Abenddämmer funkelte.

Als deine Leute den Königspalast durchstöberten – Gondar war schließlich der Stammsitz der salomonischen Dynastie, die seit beinahe zweitausend Jahren Äthiopien regierte oder zu regieren schien –, haben sie aus einer schmalen Kammer, in der er sich von allen verlassen versteckt hatte, den armseligen Kaiser Yohannis III. in seiner orangefarbenen

Robe und wie stets vollgedröhnt mit Haschisch herausgeholt. Du hast ihn keines Blickes gewürdigt, als sie ihn dir vor die Füße des von zwei goldenen Löwen gerahmten Thrones warfen, den du in Besitz genommen hattest, hast ihn bloß mit der Schuhspitze angestupst, um ihn umzudrehen mit dem Gesicht nach oben. Der Kaiser lachte dümmlich und verzerrte sein unbehaartes Gesicht. Auf deinen Befehl hin wurde er hochgehoben und in einen Käfig aus Kupfergitter gesteckt, wie ein großer Papageienbauer, wo er dann orangenfarben und weggetreten noch viele Jahre lebte, bis man ihn eines Tages unbeseelt vorfand.

»Wer Gondar beherrscht«, sagte das Sprichwort, »ist schon Kaiser.« Du aber wusstest, dass es so nicht sein konnte, denn das Glücksrad ist wechselhaft wie das Steuerrad der Schiffe bei Sturm, und die beiden Krieger der Zeit, ob sie nun verfeindet oder befreundet waren, stellten immer noch eine Gefahr dar, die alles umstürzen konnte. Also hast du dich noch einmal vom Thron erhoben und bist in einen weiteren Kampf gezogen, was bei Ayshal im Monde des Sane geschah, als du mit deinen leichten Kanonen die letzte, von Ras Ali zusammengeklaubte Truppe vollends zerstört und den listigen Zwerg selbst gefangen genommen und in Ketten gelegt hast, worauf du noch triumphierender, von Trompetentönen begleitet und zu den wirbelnden Tänzen der Frauen aus der Festung in Debre Tabor eingezogen bist.

Du hast dir dort keine zwei Stunden Ruhe gegönnt, denn dich hatte die Sehnsucht nach den Ruinen des Klosters gepackt, du wolltest den Ort wiedersehen, in dem du einstmals gelehriger Schüler beim Studium des göttlichen *Kebra Nagast,* des heiligen Buches der Tewahedo-Kirche und des äthiopischen Volkes, gewesen warst. Hast nur deine vertrauenswürdigsten Generäle mitgenommen, unter denen du, von der Sonne verbrannt und mit den nach Art der Gegend zu Zöpfchen geflochtenen Haaren, dazu in pistazienfarbenen Tuniken, nur mit Mühe Ghiuner und Sisoe wiedererkannt hattest, bist mit ihnen in das neblige Tal hinabgestiegen, worin sich einstmals die Streitmächte der beiden Prinzen in der blödsinnigsten jemals ausgetragenen Schlacht bekämpft hatten, und hast dort die unsagbar melancholischen, einem Monument der Einsamkeit gleichen, vom Feuer geschwärzten, aber immer noch stehenden Säulen und Portale des Klosters von Milchweiß und Türkis betrachtet, das die Mohammedaner in der Nacht dieses Gemetzels zerstört hatten. Du erinnertest dich an Hailu, setztest dich an die Mauer und schautest, wie der Wind die Äste der Platanen bewegte, wie damals, wie in jenen längst vergangenen Zeiten, als die Jugend dich in ihren Lichtkokon gekleidet hatte. Dort bist du sitzen geblieben, die Augen ins Leere gerichtet, den Rücken an der kratzend rauhen Wand, bis am Himmel die ersten Sterne aufgingen.

24

Bis zu den neunzehn Jahren, die er zählte, als Makeda ihm das Geheimnis seiner Geburt enthüllte, hatte Menelik den Palast, der inmitten der Wüste von Saba errichtet worden war, nur verlassen, um die Kunst der Jagd in den paar Baumgruppen zu erlernen, die von den Leuten der Gegend »Wälder« genannt wurden und die tatsächlich voll der gefährlichsten Bestien waren: schwarze Panther, die zur Nacht wie auf die Erde herabgefallene Bruchstücke des gestirnten Himmels aussahen, Stachelschweine, deren jeder Schwanzstachel die Größe einer Lanze hatte, Hirscheber mit dicker Haut und geschwungenen Hauern, die aus ihrem oberen Rüssel herausragten, widerwärtige Warzenschweine, hundsgroße Skorpione und vor allem *Katoblepas* mit Augen wie blutende Rubine, die einen schon vergifteten, wenn sie einen anschauten. Aber er war nicht über die Grenzen von Saba hinaus gereist, obwohl es sein höchster Traum war, die Welt kennenzulernen. Sodass der Junge eher aufgrund der süßen Verlockungen der Ferne denn aus der Sehnsucht danach, seinen Vater zu treffen, keine Ruhe mehr fand: Seine Flucht vor der Königin an dem Tag, als er erfahren hatte, dass er der Sohn des mächtigsten und weisesten all der Männer war, die sich zu jener Zeit auf dem Erdboden befanden, des großen Königs Salomon der Judäer, der in Jerusalem herrschte, hatte ihn in einer halben Stunde schon vor Tamrin geführt, den Karawanenführer, einen blassen, sandfarbenen Mann, immerzu in einen Burnus aus einem rätselhaften Gewebe eingehüllt, das ihn tagsüber bei unerträglichster Gluthitze kühlte, ihn aber in den eiskalten Nächten zwischen den Dünen der Wüste wärmte.

»Mach dich reisefertig«, sagte Menelik gebieterisch zu jenem, der sich tief und ehrerbietig vor ihm verneigte, »denn eine sehr lange Reise wartet auf uns. Ich möchte Jerusalem fern im Norden besichtigen, es ist mein brennender Wunsch, und niemand wird mich von diesem Gedanken abbringen können. Also bereitest du ein Gefolge für mich vor, das eines sahabitischen Herrschers würdig ist, gut genährte und ausgeruhte Kamele, starke Elefanten und belastbare Maultiere, damit wir durch die Landstriche von Saba und durch Wello, Tigris und Eritrea, durch die sudanesische Wüste und dann durch das Land Ägypten, das voller Wunder ist, sodann durch Gaza ziehen und schließlich zur heiligen Festung Jerusalems. In drei Tagen muss die Karawane reisefertig sein, denn sonst ...«

Hier aber hielt er verlegen inne. Sonst was? Menelik verstand sich nicht darauf, Befehle zu erteilen, denn seine Mutter, die Königin, kümmerte sich um alles am Hofe, sie schien überall gleichzeitig zu sein, alle Angelegenheiten der Herrschaft zu klären, von der Kriegsführung bis zur Anbetung der Idole (denn die Leute der Gegend verehrten immer noch T'enikara und Fireyama, eingeschwärzte, faulige und von Schwämmen überzogene Holzstücke), von der Verbrennung der Vergewaltiger bis zu der Art, wie die Haare auf dem Kopf ihres Sohnes zu flechten seien, sodass der junge Prinz alles bekam, ohne jemals darauf angewiesen gewesen zu sein, etwas zu verlangen. Der alte Diener richtete sich lächelnd halb auf, zum erröteten jungen Mann hin, und antwortete mit gespielter Unterwürfigkeit:

»Hoher Herr, gepriesener Sohn der Königin, ich werde ohne Aufschub alles tun, was mir befohlen ist. Weil es aber eurer hochverehrten Mutter, Neges Makeda, einstmals beliebte, diesen Weg zu nehmen, wozu sie von niemand anderem als dem judäischen König Salomon eingeladen worden war, der sie in seinem Haus empfangen und ihr alles, worum sie hätte bitten können, verzehnfacht geschenkt hat, sie an seiner umfassenden

Weisheit und seinen Erkenntnissen teilhaben hat lassen, und weil seitdem zwanzig Jahre vergangen sind, in denen die beiden gepriesenen Herrscher über ihre Völker sich nicht mehr gesehen und keine Nachrichten mehr voneinander bekommen haben, fragt dein untergebenster Diener, ob die gepriesene Neges Makeda nicht etwa wünscht, dir bei der Abreise einen Boten oder einen Brief an den Kaiser von Jerusalem anzuvertrauen. Wäre es nicht vielleicht klug, deine hochverehrte Mutter ließe dir ihren guten Rat für diese lange und recht gefahrvolle Reise zukommen?«

»Kümmere du dich um die Dienerschaft, die Kamele und die Elefanten, ansonsten hältst du das Maul«, rief der junge Mann erzürnt, nicht etwa auf den Würdenträger, als vielmehr auf seine Mutter, die ihm so lange Zeit das Geheimnis seiner Geburt vorenthalten hatte. Als er nach der Enthüllung seiner Abkunft von König Salomon droben im Norden so mit heißen Ohren und wirrem Geist durch den Palast rannte, dachte er auch daran, schlicht und einfach aus Saba zu fliehen, ohne dass seine Mutter etwas davon erführe, und so tief in die im Norden sich endlos dahinstreckenden Wüsten einzudringen, bis sich seine Spur verlöre. Nun sah er aber klar und deutlich, dass er ohne den Rat der Königin hilflos war wie ein Kleinkind. Wieder und immer noch war sie es, die sich täglich um seine Ernährung, seine Waschungen und seine Kleidung kümmerte, obwohl er mittlerweile solch ein stattlicher Kerl geworden war, und nun hatte sie sich auch noch darum zu kümmern, dass seine Abreise so vonstattenging, wie es sich gehörte, denn sonst hätte ihn die Einöde verschlungen, noch bevor er über die Grenzen Äthiopiens hinausgelangt wäre. Das süße Band zwischen Mutter und Sohn war noch nicht gelöst, als wäre der perlmuttene Darm, der sie bei seiner Geburt verbunden hatte, mit der Zeit lediglich unsichtbar geworden und verbände nach wie vor ihre Herzen und Gedanken. Menelik lebte in einem Kokon von Mutterliebe und wäre außerhalb dessen verloren gewesen, ungeschickt und weinerlich wie ein dreijähriges Kind.

Noch am selben Abend, nachdem die Hitze sich gelegt hatte und etwas Wind aufgekommen war, der die Kronen der Warkabäume unter den hohen und rosigen Himmeln Afrikas wiegte und zu Gehör brachte, trat der junge Prinz ein weiteres Mal, nunmehr beherrscht und bescheiden, vor die Königin, die ihren Tag leidend und von Heilern umringt verbracht hatte, um dann ein klein bisschen Ruhe bei einem Löffelchen Opium und frischem Quellwasser zu finden und jetzt leeren Blicks im inneren Garten zu liegen, wo sich allmählich die Kelche der Nachtblumen öffneten mit ihrem üppigen und beinahe sichtbaren Duft in der nun die Patina alten Silbers tragenden Luft. Makeda stand auf, ihren graziösen Sohn zu empfangen, und die beiden umarmten sich anders als sonst, denn es war, das wussten sie, eine traurige Umarmung, ein Abschied. Dann setzten sie sich an Ohalias Elfenbeintischchen, dessen poliertes Bein mit seinen tausenden Schnitzereien mit der Zeit vergilbt war. Makeda hatte keine Zeit zu verlieren. Ihr war alles gegenwärtig, denn sie wusste schon seit langem, was unzweifelhaft folgen musste, also konnte sie sich jetzt in der Stille der Abenddämmerung sammeln, obwohl sie vom Opium betäubt war, und ihrem Sohn einen Plan vorlegen. Sie schaute ihm mit geweiteten Pupillen in die Augen und sprach äußerst sanftmütig:

»Lieber Sohn, ich weiß, was in deiner Seele vorgeht. Du hast heute gehört, wer dein Vater ist, und dass er der größte Mann ist, der in diesen Tagen die Welt beherrscht. Es gibt unter den Himmeln, die zum Reich des Herrn gehören, weder in Ägypten noch in Syrien, im mit Zedern bedeckten Libanon oder im Umfeld der Inseln des Großen Meeres niemanden, der ihm an Macht, Ruhm und Weisheit auch nur bis zum Knöchel reichen könnte. Adonai höchstselbst, der Immergleiche, der Sich-niemals-Verändernde, hat schon in ältesten Zeiten das Volk der Judäer sich zu Seinem heiligen Volke auserwählt, und den Kaiser hat Er sich auserwählt, Ihm ein Haus auf Erden zu errichten, denn es ging nicht an, dass der Kaiser in einem gemauerten Haus wohne und der Herr selbst nur in einem Zelt. Mir war es in meiner Jugendzeit vergönnt, mit eigenen Augen den Tempel zu sehen, als er noch nicht vollendet war und die Bundeslade noch nicht in seinem Allerheiligstem stand, und die Säulen Jachin und Boas mit ihren bronzenen Kapitellen zeigten sich mir aufrecht am Eingang des Tempels, und ich habe mit eigenen Augen das kupferfarbene Meer in Gestalt eines auf zwölf kupferne Ochsen gestützten Lilienkelchs gesehen, und den Altar mit vier Kupferhörnern an allen vier Ecken, und die Becken und Aschetröge und all die anderen kupfernen Gegenstände, die die Leviten bei ihren heiligen Gottesdiensten benutzen. Und wie viele weitere wunderbare Dinge habe ich in den drei Monaten noch gesehen, die den goldenen, unschätzbar kostbaren Horizont meines Lebens bildeten! Nichts jedoch von alledem, das ich in Jerusalem gesehen habe, konnte an seiner Seite, der deines Vaters, bestehen, dem Wunderbaren und in allem Vollendeten. Wenn ich dich anschaue, sehe ich sein Antlitz Zug für Zug in deinem frischen und süßen Gesicht eines unschuldigen Jungen eingeprägt: Sieh, seine Augen, die Brauen, der fleischige Mund und das kantige Kinn, sieh, die Form seiner Ohren, die Haarlocken …«

Und die Königin fuhr sachte, wie eine Blinde, mit ihren Fingern über seine Gesichtszüge, denn in jenen Augenblicken erschien der andere Mann vor ihrem geistigen Auge, der Geliebte und für immer Verlorene.

»Nun ist es an der Zeit zu gehen, aber ich werde dich nicht gehen lassen, bis du mir nicht geschworen hast, dass du sofort, nachdem du den gesehen hast, der dir aus wahrer Liebe das Leben geschenkt hat, zurückkehren wirst in dein Land und zu deiner Mutter, damit Saba nicht ohne Herrscher bleibe und ich nicht alleine bin, wenn ich sterbe. Dies ist die erste und wichtigste meiner Forderungen.«

»Ich verspreche dir, es ganz genau so zu halten, denn ich könnte nirgendwo sonst als hier zwischen unseren blauen Bergen am Horizont, unseren Flüssen und unseren roten Feldern voller Sorghumhirse leben. Ebenso könnte ich dich, liebe Mutter, nicht allein lassen, denn ich bin in deinen Armen aufgewachsen, und ich fühle mich ohne deine tägliche Umarmung nicht als ganzer Mensch. Also schwöre ich dir, dass ich so bald wie möglich zurückkehren werde, so verlockend es mir auch erscheinen mag, in jenem unbekannten Land und an der Seite jenes fremden Mannes zu verweilen, der mein Vater ist. Vielleicht wird er mich an seiner Seite auf den Thron setzen und mir bei Tisch eigenhändig das Fleisch schneiden und mir dreimal so viele Speisen vorlegen, wie sie allen anderen am gleichen Tische zustehen, und mir seine Schatzkammern zeigen, die Pferde und seine Truppen. Nichts aber wird mich von meinem

Schwur abbringen, denn ich würde mit all den Reichtümern vor Sehnsucht nach dir sterben und nach dem Land, in dem ich das Licht der Welt erblickt habe.«

»Ich weiß, dass du es genauso tun wirst, Menelik. Jetzt aber habe ich andere Wünsche an dich, über die ich lange nachgedacht habe. Sieh, mir war es durch Vermittlung des Königs Salomon gegeben, den Glauben an die Idole und die himmlische Heerschar aufzugeben und zu erkennen, dass es keinen anderen Gott in der ganzen Welt gibt als den Gott Israels, der das heilige Volk in die Sinai-Wüste geführt und es dort vierzig Jahre lang mit vom Himmel herabgefallenem Manna genährt hat. Als ich mit dem großen König vor dem Tempel stand, haben sich Zeichen und Wunder ereignet, sodass ich seitdem keinen Zweifel mehr haben kann. Du kennst den einzig wahren Glauben an den Gott Savaoth in allen Einzelheiten, denn ich habe dir in aller Heimlichkeit einen levitischen Lehrer kommen lassen, damit er dich mit dem mosaischen Gesetz vertraut mache, und ich weiß, dass dein ganzes Herz Gott dem Herrn gehört.

Aber unser Volk opfert noch immer den Idolen, und unsere Leute werden in ihren Sünden sterben, ohne Kenntnis von Dem zu haben, Der da sitzet auf den Cherubim. Ich will diesen beklagenswerten Zustand, solange ich noch am Leben bin, verändern und Saba durch dich zum wahren Glauben führen. Wenn dich der Kaiser bei deiner Abreise fragen wird, was du von den Reichtümern und Wundern des Königreichs Judäa mitnehmen möchtest – und ich sage es dir schon jetzt, er wird dir alles geben, was du verlangst, und sei es auch die Hälfte seines Reiches –, sollst du um nichts als die Troddeln von der Hülle der Bundeslade bitten, die sich im goldenen Raum des Tempels befindet, worin der Name in tiefer Dunkelheit wohnt. Diese vom Rande der Umhüllung abgeschnittenen Troddeln, die über der Meerkalbshaut liegt, welche die Bundeslade bedeckt, werden bei deiner Rückkehr unserem Volk auf einem Tablett aus Felskristall gezeigt werden, und wir werden den Männern, Frauen und Kindern sagen: ›Seht her, Sebahiten, euer Gott! Zu ihm sollt ihr beten!‹ Denn sie verharren schon seit Jahrhunderten in ihren Sünden und verneigen sich tief vor den Idolen, sodass wir sie nicht gleich von Anfang an mit Fleisch und Brot ernähren können, sondern mit Milch und Hirsebrei, damit sie die neue Nahrung verdauen können. Danach aber werden wir ihnen ganz allmählich auch die anderen Geheimnisse sowie das Gesetz enthüllen. Dies ist mein Befehl an dich, und weiche nicht ab von meinen Worten.

Und noch eine Sache, um die ich dich bitten will, ist, dass du sogleich, wenn du nach Äthiopien zurückkehrst, mit der Zustimmung deines großartigen Vaters unsere Gesetze hinsichtlich des Rechts auf die Herrscherwürde änderst. Wie du weißt, besagen die alten herrschaftlichen Bullen, damit das Land mit Wohlstand gesegnet sei, könne nur jemand mit Zitzen herrschen, denn die Brüste der Frau sind das Zeichen dafür, dass sich der Wohlstand ebenso über das Land ergießen wird, wie die Milch in die Münder der Neugeborenen fließt. Jahrhundertelang wurden bloß Jungfrauen auf den Thron Äthiopiens gesetzt, die mit nackten Brüsten geherrscht haben, und dieser unbedachte Brauch muss beendet werden. Du bist derjenige, der diese Reihe abbrechen wird, denn du wirst an meiner Stelle herrschen, und auch dein Sohn wird herrschen und der Sohn deines Sohnes, denn wir werden in das Gesetz schreiben, dass nur Männer deines Geblüts von da an werden herrschen können, nicht allein in Saba, sondern in ganz Äthiopien, unser aller Mutter. All dies werden wir auf Messingplatten eingravieren, und ihre Rollen werden wir im Haus des Herrn verwahren zur ewigen Erinnerung.

Dies wollte ich dir alles anvertrauen. Ich aber, mein Lieber, werde mich darum kümmern, dass du in zehn Tagen Kleidung, Wegzehrung und Waffen für die Reise hast, erfahrene Diener, tapfere Krieger und Lastochsen, eine Karawane wie die, mit der ich einstmals die Reise auf der gleichen Wegstrecke unternommen habe. Es werden jedoch andere Diener sein, andere Soldaten und andere Kamele, denn Erstere werden wahrscheinlich alle längst gestorben sein, ebenso dahingegangen wie der arme K'onijo, auf dessen Rücken ich die Wüstenstrecken gen Jerusalem bewältigt habe. Nur noch seine in Gold gefassten Stoßzähne rahmen nun den östlichen Zugang des Palastes.«

Und die Karawane war am zweiundzwanzigsten Tag des Genbot reisefertig, als die Gluthitze der Wüste noch nicht das Niveau von geschmolzenem Gold erreicht hatte, das die Atemwege nicht ertragen konnten, ohne sogleich wie Unkraut zu verdorren, und die Nächte einen noch nicht mit dem beängstigenden Anblick der gefrorenen Sterne bedeckten. Beim spitzen, pfauenhaften Schrei von Tarmin setzten sich die dreihundert Kamele, denen achtzig Maultiere folgten, die allesamt wie von einer Mauer von zweihundert berittenen Soldaten mit Schilden und Streitäxten umringt waren, in Bewegung und wiegten sich fortan Minute für Minute, Stunde für Stunde und Tag für Tag durch immer fremdere und wildere Gegenden, die dem jungen Prinzen, dem sie ganz und gar unvertraut waren, das Herz zerrissen. Sein ganzes bisheriges Leben hatte er an den Rockschößen seiner Mutter zugebracht, und obwohl er sich sonst die Haut hätte abziehen lassen, um reisen zu können, spürte er sich nun durch eine trübe und unerwartete Sehnsucht zurück heimwärts gezogen. Auf dem Rücken eines noch stattlicheren Elefanten reisend, als es K'onijo dereinst war, sah er unter einem mit Purpur aus den Wassern des Landes Chitim verhängten Baldachin wie durch einen Tränenschleier hindurch die Löwengruppen unter irgendeinem vertrockneten Baum liegen, derart gesättigt, dass die Gazellen und Zebras der Wüste dort nur zehn Ellen von ihren blutverschmierten Schnauzen entfernt ungestört grasten. Er betrachtete die Sykomoren und die Palmen in der Ferne, über denen sich im geblümten afrikanischen Himmel breit hingestreckt zuunterst gekehrte Städte zeigten, deren Türme und Kuppeln den endlosen Sanddünen zugewandt waren. Hin und wieder wurden am Himmel Kämpfe ausgetragen, die aus irgendwelchen unbekannten und fernen Gegenden herübergespiegelt wurden, und man konnte stürzende Pferde sehen, und unter ihnen zerquetschte Reiter, und die Streitwagen, deren bronzene Teile in der Sonne funkelten, und die Krieger, die sich ihre Kampfschreie entgegenschleuderten, ohne dass davon auch nur ein Ton vernehmlich gewesen wäre. Die breiten Ströme mit grünen Wassern trugen in ihren Tiefen Flusspferde und Krokodile mit sich, und an den Ufern senkten auf einem Bein stehende Flamingos in rosafarbenem Federkleid ihre Schnäbel in das Wasser.

Je weiter er sich von Makeda entfernte, umso tränenverhangener waren seine Augen, sodass Ägypten ihm nach zwei Monaten des durch die Wüste geschaukelt Werdens sich ihm trübe zeigte und nicht wahrhaftig Gestalt annahm. Das Land des Pharaos, beladen mit Tempeln, Götterstatuen und Menschen mit kahlrasierten Schädeln, sodass man kaum Männer und Frauen unterscheiden konnte, die einen wie die anderen braun und schmal wie Schilfrohr, hätten ihn zu einer anderen Zeit mit den hunderten Papyrusbooten, die über den Nil hin und her stoben, mit den in blaue Tücher eingehüllten Priestern und den Katzen mit Frauenaugen, die sich auf den Dächern sonnten, verwundert. Aber wenn man sich unter der Kristallglocke des tiefen Zorns befindet, ist man wie blind, und alles Schöne verwandelt sich einem in Asche. Seine ganze Reise, die für die Königin vor zwei Jahrzehnten ein Anlass zu unablässigen Ausrufen der Verwunderung gewesen ist, war für Menelik bloß ein schrittweises Sich-Dahinschleppen durch die dichte Asche der Trennung.

Nach dem dritten Monat des Unterwegsseins, in Gaza angelangt, rasteten sie außerhalb der befestigten Stadtmauern, denn die Philister, ein Volk so zahlreich wie die Heuschrecken und unerschöpflich wie die Sandkörner in der Wüste, hatten beim Anblick der großen Karawane die Brücken hochgezogen und die Tore verriegelt. Lediglich die Kaufleute, ewig erpicht auf Gewinn, wagten sich in den folgenden Tagen bis zum Konvoi und brachten Silberstücke, Rinder und frisches Gemüse, das sie gegen alles einzutauschen versuchten, was die Fremden auf ihren Packsätteln so haben mochten. Dabei gelangten sie doch tatsächlich in den Besitz von Pfeffer und Kreuzkümmel, Weihrauchharz und Bernstein, die in ihren Gegenden zu den begehrtesten Dingen zählten, sodass ihre Augen vor Freude glänzten, denn die Sebahiten hatten das unter den Sätteln der Kamele mitgeführte Trockenfleisch satt und hätten alles für frische Nahrungsmittel hingegeben.

Aber sie kehrten nicht bloß mit diesen kostbaren Gewürzen zurück in die Festung, sondern vor allem mit einer Nachricht, die sich sofort kreuz und quer in der Festung ausbreitete, unter den Handwerkern und den auf den Äckern Schuftenden, unter den Dagon-Priestern und den heiligen Prostituierten, unter den Kindern auf den Brachflächen und den Kriegern in ihren Panzerungen aus der Haut wilder Büffel, unter den Frauen, die Krüge auf dem Haupt trugen, die Haare gefettet und die verführerischen Körper in bunte Tücher gehüllt: Der Prinz im Zentrum der Karawane, wiewohl von schwarzer Hautfarbe und soeben erst zaghaft an das Tor der vollen Männlichkeit anklopfend, sah haargenau so aus, und zwar in allen seinen Zügen, wie der Todfeind ihres Volkes, Kaiser Salomon von Judäa. Und nicht allein sein Antlitz, sondern die ganze Statur, die feinen Hände und schnellen Beine, die geraden und stolzen Schultern, der geschmeidige Gang, der gerade Blick unter den Brauen hervor, alles erinnerte derart stark an den benachbarten Herrscher, dass sie zu Beginn dachten, so erzählten es die Kaufleute, Salomon selbst sei, von der Sonne der Wüste verbrannt, mit seinem Heer an die Pforte von Gaza gekommen, um sie zu vernichten, wie es einstmals sein Vater, David, getan hatte.

Die Nachricht von dieser unglaublichen Ähnlichkeit verbreitete sich auch in den umliegenden Dörfern, von wo die Kundschafter der Judäer sie auf ihren schnellen und geheimen Wegen weitertrugen gen Jerusalem. Keine drei Tage waren seit dem Lager der Karawane in Gaza vergangen, als Ahia, Schischas Sohn, der Oberste der Kundschafter, dem Kaiser im Gerichtssaal die Nachricht vom Herannahen eines Prinzen aus Saba zuflüsterte, »der Euch aufs Haar gleicht, im Gesicht, in Gestalt und Gebaren, und der strahlt vor Schönheit und Klugheit, obwohl er schwarz ist wie Ebenholz«. Der König, nunmehr ergraut und von der Last der Jahre etwas geschwächt, doch immer noch stattlich, die Krone mit erhobenem Haupte tragend, erhob sich vom Thron, stieg die sieben von ebenso vielen goldenen Löwen bewachten Porphyrtreppen hinunter und fiel mit dem Gesicht zu Boden, sodass die verängstigten Wachen hinzusprangen, ihn aufzurichten. Er aber riss sich aus ihren Händen, und nachdem er länger noch so demütig auf dem Boden gelegen hatte, erhob er sich wieder auf die Beine. Grenzenlose Glückseligkeit stand ihm nun ins Gesicht geschrieben, wie seine Berater sie noch niemals an ihm hatten zu sehen bekommen, weder bei der Fertigstellung des Tempels noch bei den größten Siegen über Feinde. »Ich habe einen Sohn, ich habe einen Sohn!«, rief er ohne Unterlass und rühmte Adonai für das, was ihm nun wie ein Wunder vorkam. Denn bis dahin hatte er vom Herrn tausend Söhne von ebenso vielen Gattinnen und Geliebten bekommen, um seinen Samen über alle Reiche der Welt auszubreiten. Doch der Erstgeborene unter ihnen, Jeroboam genannt, war hässlich und böse, mörderisch und diebisch, und sein Vater liebte ihn nicht und wollte ihn erst recht nicht zum Thronfolger haben. Jeder konnte verstehen, wie groß nun seine Freude war, zu erfahren, dass aus der Liebe einer Nacht mit der unvergesslichen Königin aus dem Süden sich jetzt sein wahrhaftiger Erstgeborener zeige, der einzig Würdige, nach seinem Ableben die Geschicke Judäas zu bestimmen. Unverzüglich bestellte er Ioas zu sich, den Sohn des Heerführers Yohade, und befahl ihm, den jungen Mann sofort zu ihm zu bringen, von dem er nicht den geringsten Zweifel hatte, dass er in der verrückten Nacht seiner Verbindung mit Makeda seinen Lenden entsprungen war. Dann aber blieb er in Gedanken versunken, denn die Einzelheiten jener einzigen Nacht, in der sein Verstand, sein Herz und seine Männlichkeit gleichermaßen verzaubert waren und im goldenen Odem der Liebe an der Seite eines schwarzen und heißen Körpers gelebt hatten, riefen eine grenzenlose Sehnsucht nach der Frau in ihm hervor, die ihn einstmals verblüfft hatte mit ihrer Weisheit, ihrem Zauber und ihrer Erfahrung in der Enthüllung der Geheimnisse der Welt, die Einzige, die er neben sich selbst platzierte, nicht auf einem irdischen Thron, der zu Staub zerfallen würde, wie alle Dinge dieser Welt, sondern vor dem Horizont der himmlischen und unsterblichen Dinge. »Ah, Makeda, Königin meiner Seele!«, murmelte er für sich, und ohne sich vor seinen Beratern, Schreibern und Soldaten zu schämen, brach er in Tränen aus wie ein Kind.

Gleich am nächsten Morgen, dem vierzehnten im Monde Pagume, wurde der junge Mann, der sich Bayna-Lehkem nannte, vor den König gebracht, der sich sein eigenes Antlitz nun wie im Spiegel betrachten konnte. Wie sie so von Angesicht zu Angesicht voreinander standen, der weiße Mann und der schwarze Mann, sahen sie wie die gleiche Statue eines heidnischen Gottes aus, einmal in Marmor gehauen und einmal in Obsidian. Sie hatten die gleiche Statur, das gleiche Gesicht und sogar die gleiche Stimme, sodass nicht einmal die Ungläubigsten oder Böswilligsten unter den Judäern daran zweifeln konnten, dass die Männer, die sich nun lächelnd betrachteten, Vater und Sohn waren. In den folgenden Wochen führte ihn der König trotz des schon arg windig gewordenen Wetters kreuz und quer durch sein Land, zeigte ihm die verstärkten Festungen, die weiten Felder und die Weinberge mit Trauben von einer Größe, dass es zweier Männer bedurfte, sie mit Müh und Not davonzutragen. Er zeigte ihm sein Heer, die dreizehntausend Streitwagen, die in der Sonne glühten, und die fünfzigtausend Reiter sowie die hunderttausend Mann der Fußtruppe, dazu die achttausend Mann mit Steinschleudern und zehntausend Bogenschützen, allesamt Krieger, sodass kein Feind auch nur davon träumen konnte, sich mit den Judäern anzulegen. Er führte ihn durch die Katakomben der Schatzkammer, endlose Räume, die bis unter die Decken angefüllt waren mit Säcken voller Geld, Silber und Gold, Beuteln mit wertvollsten Steinen, Perlen aus den östlichen Meeren, verschlungenen Kettchen, kleinen Monden und Ringen, die man in den Nasenwänden trug, Ohrgehängen, Armringen und -reifen, sowie Ringen für die unzähligen Frauen des Königs, elfenbeinernen Stoßzähnen, Hörnern von Nashörnern und duftenden Hölzern, Pokalen aus reinstem Gold besetzt mit Jaspissteinen und goldenen Tellern sowie seltsamen, in den Bäuchen der Fische vorgefundenen Maschinerien und gewundenen Narwal-Hörnern.

In all der Zeit schwieg der Mund des Königs keinen Augenblick, sondern stopfte den Kopf des Jungen voll mit unzähligen Nichtigkeiten, denn für Salomon waren alle Dinge dieser Welt, groß oder klein, gleichermaßen würdig, erforscht zu werden, und er sah überall Wunder: Als läse er aus einem Buch vor, sprach er ihm von dem durchscheinenden Flügel der Fliege, der von einer Unzahl feinster Äderchen durchzogen wird, über die Paarung – Rücken an Rücken – der Kamele, über die Art, wie die Schildlaus zerdrückt wird, um das Rot zu bekommen, mit dem sich seine Geliebten die Lippen färbten, über die Art, wie die Tischbeine mit einem aus dem Fett der Hyänen gewonnenen Kleister verklebt wurden, über die Nagelblüte an den Nägeln von Toten, über die Körper der Engel, die keine Eingeweide hatten, über die Gestalt der Salzkörnchen und dies noch und jenes, sodass der arme Prinz nicht mehr wusste, wie er dem Palavern seines gerühmten Vaters entkommen könnte, dem er schon nicht mehr zu folgen vermochte.

So er dann letztlich nicht mehr wusste, wessen er sich noch rühmen könnte, führte Salomon ihn heimlich sogar in den Palast seiner Gattinnen und Geliebten, der schönsten Frauen der Welt, aus allen Völkern und von jeder Färbung ihrer süßen, mit kostbaren Ölen gesalbten Haut, einen duftenden und berückenden Palast, von dem Menelik jedoch keinerlei Erinnerung behielt, denn trotz der anspornenden Worte seines unbesonnenen Vaters schritt er gesenkten Blickes durch die hunderte Alkoven, da er zu jener Zeit noch ein Jüngling war. Schließlich zeigte er ihm den Tempel und wies ihn vor dem großen Bau an, die Schuhe auszuziehen, denn sie befanden sich auf heiligem Boden.

Der Tempel sog das ganze Dämmerlicht auf, all das dicke Blut, das den Horizont umfing und sich auf den Grund des himmlischen Glases hinabsinken ließ. Auf einer weiten Fläche gab es kein weiteres Gebäude mehr, sodass seine Mauern nicht aus Steinen gefügt schienen, sondern aus reiner und kristalliner Einsamkeit. Die Pläne für den Bau hatten sich nicht in den Köpfen irdischer Baumeister herausgebildet, so erfahren sie auch gewesen sein mochten, sondern in dem überwältigenden und ungekannten Geist Adonais, und Er hatte sie selbst mit Seinem eigenen Finger gezeichnet und König David anvertraut. In seinem innersten Kern, im goldenen Kubus des Allerheiligsten, unter zwei riesigen Cherubim, die ihre Flügel von einer goldenen Wand zur anderen spannten und sich in der Mitte berührten, wohnte in tiefster Finsternis der Name selbst, eingeschlossen in die Bundeslade, Gottes Tabernakel, jenes Sion, von dem noch Jahrhunderte später die dreihundertachtzehn Patriarchen im heiligen Buch *Kebra Nagast* sprechen werden. Es gab unter den Himmeln nichts Heiligeres und nichts, das mehr Angst eingeflößt hätte. In der Bundeslade wurde seit unvordenklichen Zeiten schon das Zeugnis bewahrt: Moses' Gesetzestafeln, Aarons Stab, der in einer einzigen Nacht Blätter getrieben, geblüht und Mandeln getragen hatte, und ein Schüsselchen Manna, das aufgrund der Wirkmacht der Lade immerzu frisch blieb. Die Stimme des Gottes

Israels war zwischen den beiden goldenen Cherubim auf dem Deckel zu hören.

»Hier beginnt und endet alles«, sagte der König seinem Sohn. »Die Bundeslade ist fremd in dieser Welt, und bezeugt, dass das Himmelreich zu uns gelangt ist. Sie ist ein Bruchstück vom himmlischen Jerusalem, das endlose Segnungen, Ruhm und Gnade über das Gebiet bringen kann, in dessen Mitte sie wohnt, aber auch Pest, Beulen am Gesäß, Blitzschlag, Hagel, Händel und Kämpfe jenen, die Adonai verdammt. Ihre Macht ist grenzenlos. Mit der Bundeslade in der Mitte deines Lagers bist du unbesiegbar, zehn deiner Kämpfer erledigen mit ihren Schwertern tausend Feinde, und hundert Soldaten zehntausend. Hast du sie in deiner Wagenkolonne und bei deinen Kriegern, benötigst du keine Brücken, wenn du Wasser überqueren willst, sie zerteilen sich wie durchsichtige Mauern rechts und links des Konvois, und du kannst die Fische und Kraken in den erstarrten Wasserbergen herumschwimmen sehen. Der König der Festung, die sie beherbergt, ist Kaiser über die ganze Welt, denn die Bundeslade ist das Tor zur Göttlichkeit, das einzig in die Welt hinein geöffnete Tor, durch das Jehova dem König Träume schickt und Visionen und ihm die Zeiten anzeigt, die kommen werden.«

Während Menelik seinem Vater zuhörte, erinnerte er sich an die Wünsche seiner Mutter an jenen und wagte es schließlich auch, das Wort zu ergreifen:

»Da wir über all dies sprechen, gütigster Vater, bittet dich meine Mutter, Königin Makeba, du mögest ihr, wenn ich zurückkehre in mein Land, die Troddeln von der Decke über dem Tabernakel schicken, damit das Volk von Saba sich vor ihnen verneige, als verneigte es sich vor Adonai Savaoth, dem Herrn der Heerscharen. Und sie bittet dich weiters, du mögest durch dein Wort das neue Gesetz der Herrscher über Äthiopien bekräftigen, damit keine Frau mehr regieren kann, und alle kommenden Könige Männer von deiner Abkunft sind, beginnend mit mir und bis in Ewigkeit. Mit diesen Bitten verneigt sich die Königin vor deinem Glanze bis zum Boden.«

»Bayna-Lehkem, worum auch immer die Königin von Saba mich bittet, schenkte ich ihr mit Freuden, und sei es auch meine ganze Herrschaft, denn niemand hat mir in diesem Leben die Seele tiefer bezaubert als sie. Aber es wird nicht nötig sein, die Fransen an der Umhüllung der Bundeslade abzuschneiden, noch das Gesetz über die Thronfolge in ihrem Land zu bekräftigen, denn ich werde dich nicht mehr aus dem Reiche Judäa davonziehen lassen, denn ich habe vor, deinen Namen in David zu ändern und dich auf den Herrscherthron zu setzen, erst einmal an meiner Seite, dann aber, wenn ich unter meine Ahnen gesellt sein werde, sollst du allein herrschen, denn wiewohl Kaiser, bin ich bloß ein armer, sterbenspflichtiger Mensch. Du bist mein Erstgeborener, und meine Seele liebt dich so sehr, wie sie Jeroboam hasst. Du bleibst in Jerusalem und wirst größer und ruhmreicher sein als ich, denn ich stamme von einem König und einer gewöhnlichen Frau ab, aber du bist der Sohn eines Königs und einer Königin!«

Das letzte Licht des Tages färbte ihre Kleidung rosa wie die Segel der Schiffe in der Dämmerung. Menelik schwieg mehr, als dass er zu einem Gespräch mit dem großen König geneigt gewesen wäre, dieser aber wartete geduldig auf eine Antwort seines Sohnes. Vom Tempel her war ein dumpfes Dröhnen zu vernehmen, als wäre er bis in die Turmspitzen hinauf mit unruhigem Meerwasser aufgefüllt worden. Jetzt sah das ganze Gebäude so aus, als wäre es aus glänzendem Kupfer gewesen. Ringsum Späte und Ödnis.

»Ich fühle mich deiner Pläne nicht würdig, König der Könige. Und wiewohl Judäa das Land ist, in dem Milch und Honig fließen, wünsche ich mir nicht, hier zu herrschen, sondern in meinem Land, in Saba, das fest in mein Herz geschlossen ist, wie es auch meine geliebte Mutter ist. Ich bin mit den ausgewählten und reichhaltigen Speisen an deinem Tische nicht vertraut, auch nicht mit der Sprache der Menschen in Jerusalem, nicht mit den Vögeln und Biestern von hier, noch mit den Winden und Wassern des Nordens. Eher als König in Judäa wollte ich Ziegenhirte oder Hirsemüller in Äthiopien unter den Himmeln Afrikas sein, denn meine Berge sind zu den Gipfeln hin schneebedeckt, und die Wasser sind dort türkisblau, und dort wird meine Seele tatsächlich bei sich sein.«

Der König war in seinem Inneren erzürnt, aber er schwieg, ließ eine Nacht über dem Entschluss seines Sohnes verstreichen und hoffte, er würde sich mit der Zeit ändern, aber seitdem waren viele Nächte vergangen, und Menelik bestand auf seinem Entschluss, so bald wie möglich nach Hause zurückzukehren. Salomon hätte ihn unter keinen Umständen ziehen lassen, wäre nicht eines Nachts in seinem Schlafgemach ein Licht erstrahlt, sodass er sich verängstigt aus den Kissen hatte erheben müssen. Eine unbestimmbare, von Strahlen umfangene Gestalt von seltener Schönheit stand vor ihm, das kupferrote Haar zu tausenden Zöpfchen geflochten, mit nackten Brüsten, aber einem männlichen Glied zwischen den Schenkeln, denn die Gestalt war völlig nackt. Dem Aussehen nach hätte man nicht ums Verrecken entscheiden können, ob eine Frau oder ein Mann mitten in der Nacht den König aufsuchte, noch am ehesten mochte es ein Engel des Herrn gewesen sein. Der Kaiser warf sich ihm zu Füßen. Die Erscheinung sprach zu ihm und sagte, er möge Menelik reich beschenkt nach Hause zurückkehren lassen, denn dies sei der Wille des Herrn. Dann löste sich der Engel allmählich im Schatten der Stube auf. Salomon schlief in jener Nacht nicht mehr, sondern verbrachte sie zusammengebrochen auf den porphyrenen Fliesen kauernd und aus tiefstem Inneren Adonai anrufend, wie es einstmals sein Vater tat, als Saul ihn in die Wüste vertrieben hatte.

Gleich im Morgengrauen des nächsten Tages wurde die Abreise des Prinzen beschlossen, der von vierzig jungen Judäern begleitet werden sollte, Söhnen von Priestern und bedeutenden Würdenträgern. Sie würden ihr Lebtag in Saba bleiben, dem König dienen und das wilde, idolatrische Land in eines verwandeln, das dem Gesetz Moses' gehorchte. Der Anführer dieser Gruppe war Benaiah, der Sohn des großen Priesters Zadok, ein junger Mann, erfahrener Ratgeber und beschlagen in den Gesetzen, den Menelik schon beim ersten Blick mochte. Zur Mittagsstunde setzte Salomon sich in seinem Palast auf den Thron und hatte ringsum alle Männer versammelt, die an der Führung des Landes beteiligt waren. Menelik, in eine purpurrote Robe gekleidet und barhäuptig, wurde vor ihn geführt, wo der große Priester ihm die Stirn ölte und ihn über alle erhob, außer seinem hochgepriesenen Vater. Dann traten alle hinaus und wandten sich, die Leviten vorneweg, dem Tempel zu, wo Menelik sich an den Hörnern des Altars festhielt, während Salomon ihm die goldene Krone auf das Haupt setzte und anschließend mit durchdringender Stimme rief: »Rühmet alle David, den König von Äthiopien!« Und alle rühmten und priesen den neuen König zum Klang der Harfen und Zimbeln. Dann setzte Salomon ihn an seiner Seite auf einen zweiten Herrscherstuhl.

In der Nacht, kurz vor dem Schlafe, trat der junge Benaiah, der Sohn des großen Priesters, in Meneliks Stube. Beim schwachen Licht einer einzigen Kerze berichtete er Menelik von dem Jammer der vierzig Söhne von Priestern und Würdenträgern, die sich vom Angesicht des Herrn und des Königs Salomon als vertrieben betrachteten und schuldlos in ein wildes fernes Land geschickt, das voll wilder Tiere und Menschen mit schwarzem Antlitz war, und von dessen Frauen es hieß, ihr Geburtsorgan sei giftig. Zusammen mit ihren Dienern und Soldaten heckten sie einen Aufstand aus, bei dem Salomon, Davids Sohn, ermordet werden sollte, um anschließend ihn selbst, Benaiah, zum Herrscher über Judäa einzusetzen, was er für einen schurkischen Gedanken halte, von dem er sich mit Entsetzen abgewendet habe, vor allem auch darum, weil zu dem Plan gehörte, dass er die Pharaotochter, die erste Frau des Königs, eine Zauberin mit einem unmenschlichen Antlitz, die seine Großmutter sein könnte, dann zur Frau nehmen müsse. Darum lege er hiermit alles offen und entlaste seine Seele von einer Sünde, die nicht geschehen müsse.

Damit die Vergebung vollständig sei, brachte der junge Mann Urim und Thummim mit, die Lichter und Vollkommenheiten, die er aus dem Gebetsumhang seines Vaters Zadek genommen hatte, damit sie ihnen den Weg erleuchten. Es waren zwei Edelsteine, ein Rubin und ein Smaragd, die in einem flachen Stein saßen, der nach einer polierten Schieferplatte aussah. Sie begannen, die beiden Edelsteine zu befragen, priesen Adonai, und die Steine antworteten. Wenn Adonai zustimmte, erglühte der Smaragd. Wenn er nicht so dachte wie sie, begann der Rubin rot zu leuchten. Fragen über Fragen stellend, gelangten die jungen Männer schließlich zur Auflösung der großen Geschichte: Was sie tun könnten, um den Aufstand zu verhindern und die jungen Männer davon zu überzeugen, freiwillig und sogar freudig, wenn es denn möglich ist, den Weg nach Äthiopien zu nehmen. Jehova wies ihnen nun klar den Weg: Die jungen Männer werden die Karawane nicht bilden und den Weg nach Süden nicht mitgehen, wenn sich in ihrer Mitte nicht die Bundeslade befand, das heilige Zion, das ihnen den Wohlstand und das Überleben in der neuen Heimat unter den malerischen Himmeln Afrikas garantierte. Ohne die Bundeslade würden sie sich aus Jerusalem nicht wegbewegen, sondern es zerstören wie einen Bienenstock, wo die Königin umgebracht wird und die Bienen sich in alle Richtungen zerstreuen. Sodass die Bundeslade um jeden Preis, und sei es der ihres Lebens, aus dem Tempel geraubt und von ihnen mitgenommen werden muss ins Land des Kusch, wo sie ewig verbleiben werde.

Bei diesem äußerst verwegenen, ja geradezu grenzenlos irren Gedanken erstarrte Menelik. Die Bundeslade aus dem Allerheiligsten stehlen? In den würfelförmigen goldenen Raum eindringen, den sogar der Hohepriester nur an einem Tag des Jahres betreten durfte, und selbst dann musste er an seiner Kluft Messingglöckchen tragen und den Weihrauchkessel kräftig schwenken, um nicht zu sterben. Nicht einmal der leiseste Gedanke an eine solche Blasphemie konnte einem Judäer in den Sinn kommen, denn seit Usas Zeiten empfand das gesamte Volk ein endloses Grausen vor dem übermächtigen Tabernakel.

»Es wird mit Billigung des Herrn geschehen, der das Land des Kusch mit dem Heiligsten überhaupt zu segnen wünscht. Wenn die Bundeslade Jerusalem verlässt, wird sie selbst sich den Ort ihres künftigen Verbleibs in einem der Sanktuarien Äthiopiens aussuchen und dort verbleiben, die Dynastie beschützen, die du, großer König David, begründen wirst, über deine Enkel und Urenkel hinweg für alle Zeit. Und nun will ich dir noch ein weiteres Geheimnis anvertrauen: Mein Vater, der Hohepriester Zadok, kennt diesen Plan, denn auch ihm hat er sich heute Nacht durch eine Vision enthüllt, ebenso wie der Herr einstmals zu Aaron und Mirjam gesprochen hat: ›Wenn da ein Prophet des Herrn bei dir ist, so werde ich mich ihm in Visionen zu erkennen geben und zu ihm sprechen im Traume.‹ Damit er nicht in die Lage gerät, gegen Seinen Willen zu stehen, wird mein Vater an unserer Seite sein und uns helfen, die Bundeslade zu stehlen, ohne dass irgendjemand davon etwas erfährt. Übrigens ist der Hohepriester hier, er wartet im Nebenzimmer. Befiehl, und er wird sich uns anschließen und uns ein noch besserer Ratgeber sein.«

In der gleichen Stunde war Zadok, gekleidet wie ein gewöhnlicher Mann, das Gesicht und einen guten Teil des schütteren und grauen Bartes von einer Kapuze bedeckt, eingelassen worden. Als er die Kapuze abnahm, sah er wie ein Leichnam aus, der schon eine Nacht auf dem Tisch gelegen hat und von Verwandten und Freunden beweint worden ist. Denn das weltliche Schicksal der Propheten ist grausam; der Auserwählte Gottes zu sein, heißt oftmals, in die Hauer des Löwen und in die Krallen des Bären zu gelangen, der einem die Knochen bricht in seiner Umarmung. Moses und Jeremias und Jonas und viele andere, die Gott gerufen hatte, damit sie Seinen Plänen dienten, hatten sich selbst aufgegeben und waren vor der grausamen Pflicht geflohen. Es war nichts Geringes, von Gott zu Taten gedrängt zu werden, die einem das Herz zerrissen und den Verstand raubten, und doch mussten sie getan werden, denn aus Seinen Händen gab es kein Entrinnen. Zadok, aus levitischem Geschlecht, der seine Ahnen herunterbeten konnte bis zum Auszug des jüdischen Volkes aus Ägypten vor hunderten von Jahren, und der über jeden einzelnen Juden und dessen Gesetzestreue wachte, der sich seit vielen Generationen von den Opfergaben nährte, die zum Tempel gebracht wurden, und von dem Brot auf dem Tisch am heiligen Orte, sah sich nun gezwungen, sich mit dem größten aller sündigen Vergehen gemein zu machen: dem Raub der Bundeslade aus dem Tempel und ihrem Aufbruch ins Unbekannte, durch Wüsten und über Oasen und ruinierte Festungen, in ein derart fernes Land, dass es genauso gut auch bloß ein Märchen sein konnte, ohne einen Tropfen Wahrheit zu enthalten. »Bring mich besser jetzt gleich um!«, hatte er Demjenigen zugerufen, Der sich ihm im Traum gezeigt hatte, aber Der gab ihm zur Antwort: »Auch wenn du dir hundertmal das Leben nimmst, Ich werde dich wieder zum Leben erwecken, so oft es nötig ist, damit du deine Aufgabe zu Ende bringst, und du wirst getreulich tun, was dir befohlen. Denn die Auflehnung ist wie die Sünde der Zauberei, und der eigene Wille wie Gesetzlosigkeit und Idolatrie.«

Sodass am nächsten Tag alle vierzig jungen Männer insgeheim Rat hielten und schworen, den heiligen Namen aus dem Tempel zu rauben, um ihn ins Land des Kusch zu bringen. Dafür hatte Meister Ohalia, Sohn des Uri, Sohn des Hur, eine hölzerne Nachbildung der Lade in der gleichen Größe wie die der echten geschaffen, und in der ersten mondlosen Nacht schlossen die vierzig die Tore des Tempels mit den von Zadok bekommenen Schlüsseln auf und drangen ein in den heiligen Raum. Im Schatten des großen Raumes, mit Zedernholz ausgekleidet, worein Cherubim geschnitzt worden waren, glänzten matt die Teller des Tischs mit den heiligen Broten darauf, und an dessen Ende sah man die Menora mit ihren sieben Armen, den aus Gold getriebenen Kerzenleuchter mit den sieben Wachskerzen, die ununterbrochen brannten. Es war das einzige Licht in der bis an die Decke hinaufreichenden Halle. Beim Gang durch diesen Saal graute es ihnen, denn vor Zeiten, seit den Tagen von König David, hatte der Ruhm Gottes den Raum erfüllt und ihn für immer geheiligt. Dann, nass von kaltem Schweiß und zitternder Hand, öffneten sie die großen, mit Gold beschlagenen Tore, hinter denen sich das Allerheiligste verbarg, der beängstigendste Ort auf der Welt. Hier war die Dunkelheit vollkommen. Die Luft war eisig zwischen den zehn Klafter in der Höhe, Breite und Tiefe messenden, goldenen Wänden. Als die Fackeln gebracht wurden, glänzten die Wände, als würde ihr Gold schmelzen und in phantastischen Formen herabfließen. Die riesigen Cherubim hatten ihre in Gold gemeißelten Flügel durch den gesamten Raum ausgebreitet. Und in der Mitte, unter einer aus roten, blauen und scharlachroten Fäden gewebten Brokatdecke, befand sich die Bundeslade. Von dort her war ein leises Summen zu hören, das den Judäern kalt bis in die Knochen drang.

Doch die jungen Männer verloren nicht die Fassung. Sie legten ihre Leben in die Hände des Herrn, hoben schnell die Schutzdecke mit den Troddeln am Rande hoch, dann jene aus der Haut eines Seekalbs, und dann traten alle bei der Ansicht der Bundeslade verwundert einen Schritt zurück, es war eine Kiste aus uraltem Holz, das überall dick und blendend mit Gold beschlagen war, an den Seiten waren Ringe angebracht, durch die vergoldete Stangen gesteckt wurden, mit denen die Lade getragen werden konnte. Auf dem goldenen Deckel standen sich, aus dem gleichen Metallstück gehämmert, zwei Cherubim von Angesicht zu Angesicht gegenüber, genauso wie die beiden riesigen im Raum selbst, diese nun, sehr viel kleiner, hatten ihre Flügel über die heilige Lade gebreitet. Vier junge Männer hoben die Bundeslade hoch und trugen sie aus dem Allerheiligsten, während vier andere die Holzkiste mit zwei Brettern darüber, welche die Cherubim vorstellen sollten, herbeibrachten, an die gleiche Stelle stellten und mit den beiden Umhüllungen bedeckten, sodass niemand, nicht einmal der Hohepriester selber, hätte sagen können, dort habe sich etwas Ungewöhnliches ereignet. Dann gingen sie von Angst und Schuldgefühlen überwältigt hinaus, und die beizeiten vorbereitete Karawane mit den hundert Kamelen und fünfzig Maultieren, die man als die schnellsten ausgewählt hatte, brach noch in derselben Nacht auf gen Süden, die Bundeslade in ihrer Mitte und Menelik an der Spitze. Rings um die mit Reichtümern beladenen Tiere ritten achtzig Soldaten, die kampferprobtesten, die man hatte verpflichten können, sodass die Karawane mit den jungen Männern, den Kamelführern und Maultiertreibern knapp über dreihundert Mann zählte. Sie gingen die ganze Nacht hindurch still voran, die Hufe der Tiere in Filz gehüllt, verließen Jerusalem durch das Tor der Quelle und wandten sich Edom zu, wo sie gegen Morgen ankamen.

Als sie von den Sonnenstrahlen berührt wurde, an diesem frühen Morgen blendeten sie geradezu, erwachte die Bundeslade zum Leben. Zuerst wurde ihr ganz leises Summen allmählich lauter, sodass es nach und nach von allen im Konvoi gehört werden konnte. Es hörte sich an wie wütendes Bienensummen. Dann brach plötzlich ein Licht durch die Hauthülle, unter der sie verborgen war, und diese ist durchsichtig geworden. Darunter begann die Lade dann zu funkeln wie ein riesig großer Diamant. Nun konnten alle das geschnitzte Holz und die Cherubim sehen. Und mit diesen Wundern ereignete sich auch das größte von ihnen, für welches jeder Mann, gottesfürchtig und von Grausen gepackt, Gott den Herrn gepriesen hat: Mit einem Mal erhoben sich jedes Kamel und jedes Maultier und jeder Mann, der sie am Zügel führte, leicht in die Luft und schwebten einige Handbreit über der Wüste, sodass bald die gesamte Karawane mitsamt der Bundeslade selbst über dem Boden schwebte und bloß ihre spitzen Schatten über Dünen und Strauchwerk warf. Mehr noch, jeder Reiter begann, eine Handbreit über dem Sattel zu schweben, und die Quersäcke lösten sich von den Höckern der Kamele und schwebten nun darüber, sogar die Kleidung der dreihundert Männer wurde leicht wie Luft und berührte nicht länger die Körper, an keinem einzigen Punkt derselben, und die Turbane und sonstigen Kopfbedeckungen erhoben sich ebenfalls über den Mähnen derer, die sie trugen. Wenn sie ihre Wanderstäbe losließen, schwebten diese in der Luft, und wenn ein Kamel kotete, schwebten die Kotklumpen leicht in der Luft hinter dem Konvoi her. Gemächlich erhoben sich aus der Wüste die Skorpione und Spinnen und Tausendfüßler, die Arbeh-Heuschrecke, die Ielec-Heuschrecke und die Hasil-Heuschrecke, um hilflos ihre Schwänze, Beine und Stachel zu bewegen und dabei in der heißen Luft rings um die Karawane zu schweben. Und zahllose Steinchen, die mit einem Mal durch die Kraft der heiligen Bundeslade hochgehoben wurden, umringten wie ein unruhiger und leuchtender Kokon die Karawane.

Dann begannen die Reihen der Kamele und Reiter mit unglaublicher Geschwindigkeit durch die Luft zu fliegen, sie schwebten über die langen und monotonen Sandflächen, sodass der Weg durch Ägypten und den Sudan, den Menelik bei der Hinreise in dreieinhalb Monaten bewältigt hatte, diesmal sie nicht mehr als fünf Tage und vier Nächte kostete. Die Pyramiden und Tempel, der morastige Rücken des Nils voller Ibisse und Flusspferde, die Fellachen mit den rasierten Schädeln, die Löwengruppen, die sich rings um eine erlegte Gazelle drängelten, die endlosen Savannen, aus denen sich die Giraffen wie gefleckte Türme erhoben, flogen zu schnell vorbei, als dass du sie hättest in Erinnerung behalten können. Erst beim Eintritt in Äthiopien, über Adwa, Adigat und Mek'ele herunterkommend, wurde das Summen der Bundeslade leiser und verlöschte allmählich ganz, und die Beine der Lasttiere kehrten neuerlich, sachte, auf den Boden zurück. Nach drei Wochen gelangten sie nach Gondar, da hatten sie schon märchenhafte Landschaften mit schluchtenreichen Bergen und kristallklaren Wasserfällen durchschritten, hatten Blumen gesehen, deren offene Blüten groß wie Wagenräder waren und nach Nelken und Piment dufteten, und Dörfer, in denen riesige Idole in dem gestampften Lehmboden zwischen den blau, grün und gelb angestrichenen Hütten steckten; dann nahmen sie den Weg links am Tana-See entlang, einem wahren Meer inmitten des Landes, das in seinen eiskalten Wassern die von Ambra umrandeten Wolken Afrikas spiegelte, und zogen hinab gen Saba, das sich den Reisenden als ein seltsames, unruhiges Paradies, wie die Phantasmen eines Opiumrauchers, darbot. Das Heer der Königin, lange schon an die nördliche Grenze entsandt, den überaus geliebten Sohn zu erwarten, umringte sie und geleitete sie zur Festung mit dem Herrschaftssitz. Unter dem steinernen Tor in den Lehmmauern stand die Königin, die den Konvoi am Horizont zwischen den Sandhügeln gesehen hatte, die Schuhe von den Füßen geworfen, das zu enge Kleid aufgeschlitzt und mit nackten schwarzglänzenden Schenkeln durch den heißen roten Sand zu laufen begonnen hatte, und Menelik ließ sein Pferd auf sie zugaloppieren. Als sie sich begegneten, lupfte er sie mit einer Bewegung zu sich auf den Sattel und umarmte sie mit flammender Sehnsucht, und auf diese Weise zogen sie ein in den Hof des Königspalasts, wo die Bundeslade endlich unter der Kuppel eines Tempels, der auch die alten Idole T'enikra und Fireyama beherbergte, nach solch einer langen Reise rasten und sich ausruhen konnte.

Im Morgengrauen fand man die zwei Götter des Landes, abgezehrt und faulig, umgestürzt mit abgeschlagenen Armen und Häuptern auf der Schwelle liegend, und die Einheimischen wussten, dass ein neuer Herr aus den Himmeln, der über grenzenlose Macht verfügte, angekommen war, in ihrer Mitte zu leben.

25

Du brauchtest Wochen, damit dir der Geruch nach Mastix von der Insel Chios aus Haaren und Kleidung wich, und Monate, um dich über den Schmerz der unerwiderten Liebe immerhin so weit hinwegzutrösten, dass du weiterleben konntest, auch wenn du nicht mehr lächeln und keine Freude mehr empfinden konntest. Allmählich fandst du einige Erleichterung im Glitzern und im Salzgeruch der Meere, in den fernen Stimmen von den Inseln und im matten Leuchten der auf Felsen gebauten Leuchttürme, zwischen deren Gesteinsbrocken die Meeresfregatten ihre Nistplätze suchten, und im Versenken der ausgeraubten Barkassen, nachdem auch alle auf ihnen und in ihrem Bauch befindlichen Personen umgebracht worden waren. Die Möwen mit ihrer im Abenddämmer rosa eingefärbten Brust, die mit ihren reglosen Flügeln die Luft zerschnitten, haben dir nach und nach das Vergessen gebracht, als hätten sie, wie in den Märchen deiner in der tiefen Walachei zurückgebliebenen Mutter, in ihren Schnäbeln frisches Wasser herbeigebracht, es auf deine Wunden geträufelt, diese ausgewaschen und deine Sehnsucht damit gestillt.

Auf den Winter hin, als die Meere sich verschlossen und der Archipel verwaiste, von den Nordwinden aufgewühlt, hast du dich mit der Bande in Klidhes bei Zypern in einen Unterschlupf zurückgezogen, fernab der türkischen Flotte, die dir auf den Spuren war, denn im vergangenen Jahr hatte sich deine Herrschaft weithin im Archipel ausgedehnt, sodass die Engländer ebenso wie die Griechen und nun auch die Türken dich wie eine Bestie hetzten. Du verfügtest über mehr als fünfzig Schiffe und Barkassen, große Kähne mit drei Masten und sogar vier Dampfschiffe, die du den Österreichern abgenommen hattest, sodass der Anblick so vieler Schiffe mit eingeholten Segeln, die, vom Rauch aus den Schloten der Dampfschiffe eingenebelt, zusammen im kleinen Golf der Insel vor Anker lagen, umspielt vom kalten Feuer der Wellen, ganz großartig und voller Zauber war. Und diesen Zauber empfanden auch wir, die wir heilig und geflügelt sind und aus unseren Himmeln tief hinabschauten auf das runde Antlitz der Welt, mit seinen Erden aus Ambra und smaragdenen Wassern, das von einem Flaum Lichts rings um die Kugel gerahmt wird, worauf ihr, die da unten, träumt, euch plagt, liebt und sterbt, alles kreuz und quer durcheinander und ohne zu wissen, wieso und zu wessen Nutzen.

Von unseren im Sonnenlicht schwebenden, von den Winden da- und dorthin getriebenen Wolken zerstreut und wieder zusammengefügt vom unaufhörlichen Walten der Materie, schauen wir auf dich wie die Adlerjungen in ihrem Nest auf der Felsspitze, Theodoros. Wir schreiben deine Geschichte in den Himmeln so auf, wie sie sich auf Erden abspielt, damit sie beim Jüngsten Gericht getreulich vorgelesen werden kann, und darum wäre es von Vorteil – angesichts solch einer beängstigenden Gelegenheit –, wenn wir steinerne Herzen hätten, aber unsere Herzen sind weder aus Stein noch aus Eis, und wir sind manchmal weinend und manchmal lachend aufgewacht, und waren oftmals erschüttert vor Entsetzen, wenn wir von oben her auf deinen Lebensfaden schauten, denn dein Gewissen ist äußerst wechselhaft, Theodoros. Es stimmt schon, der Mensch wird niemals unsere verborgenen Wege erkennen, wie das Rind niemals auch nur eine Seite tiefen Denkens begreifen wird, aber auch wir, die wir übermächtig, heiter und unsterblich sind, werden das menschliche Herz, so verdreht und rastlos, niemals vollends ausloten können. Denn manchmal bist du eine Bestie mit Menschenkopf, Theodoros, dann wieder eine Lilie mit himmlischem Duft, und obwohl du sämtliche Gesetze Moses' maßlos übertreten hast, nistet da in deinen Augen noch Kindheit und Verwunderung, und der Kern deines Herzens ist immer noch zart in seiner rauhen hölzernen Umhüllung. Gedanken um Gedanken und Tat um Tat, Sehnsucht und Erinnerung und Zorn, und deinen Traum bei offenen Augen, wir schreiben dies alles mit unauslöschlichen Buchstaben in den Folianten, dessen Seiten aus der Haut deines Leibes bestehen, denn die wahren Bücher können nur auf Menschenhaut geschrieben werden. Liebe, Erhebung und Erlösung verflechten sich geradezu auf diesen von Tränen durchtränkten Seiten, denn bis auf den heutigen Tag hast du nicht gelernt, dass es unmöglich ist, alle drei zu bekommen, da es eine ewig währende Zwietracht zwischen ihnen gibt. Zur Nacht, wenn du mit dem

Kopf auf dem Arm schläfst, steigen wir manchmal bis zu dir hinab, dringen durch die Wand in deine Stube, verharren zu deinem Haupte eine Stunde und länger und schauen dich aus nächster Nähe an. Manchmal berühren wir deine Lider mit unserem langen Lichtfinger. Es hat noch Zeit, denken wir, da ist noch Zeit, sagen wir uns und täuschen uns selbst, denn wir sehen ebenso klar und deutlich, was sein wird, wie wir uns an das erinnern, was gewesen ist.

Die Winde Sorokos und Orinthae, sowie der grausame Buran, der aus den Flachländern des Nordens kommt, bliesen nun mächtig, brachten mit Schnee vermengte Regenstürme, und die Himmel waren verdrießlich grau. Die Rudel Katzen, die immerzu der Gesellschaft folgten, versammelten sich mit ihren zerzausten hundertfarbigen Fellen an einer Stelle und leckten an den Brocken gefrorener Milch in den hohlen Schädeldecken. Die Palikári zogen besoffen vom Retsina durch den beißenden Wind, der ihre rötlichen Zotteln zerzauste, zankten sich um nichts und gerieten oftmals in Handgemenge, denn öde ist der Winter für Seeleute, und schlimmer als alle Krankheiten kommt den Mann die Langeweile an. Die Weiber beschäftigten sich mit dem Flicken der Segel, die vom vielen Salz und Möwenschiss verätzt waren, aber nähten auch an Unterhosen, Leibchen, Hemden und Leintüchern, die im Fluss gewaschen und auf Drähten, von Mast zu Mast gespannt, getrocknet wurden. Aber vor allem sotten und brieten sie die Schiffsbohrwürmer, denn das Glück war der Bande gnädig, und diese Muscheln wurden überreich gefunden.

Sechs oder sieben Schiffe waren an Land gezogen, zur Seite auf dicke Pfeiler geneigt und äußerst sorgfältig von erfahrenen Matrosen kalfatert worden. Alle Muscheln und aller Bewuchs an ihren Rümpfen wurden mit dem Meißel abgehauen, dann wurden die Rümpfe gehobelt, die Fugen mit Werg abgedichtet und darüber heißes Pech aus großen, rauchenden und dampfenden Kesseln gegossen. Und alles faulige Holz wurde durch neues und gutes Eichen- oder Zedernholz ersetzt. Unter diesen Schiffen befand sich auch die alte *Zulnia,* eine Korvette mit achtzehn Kanonen, die sich früher in den Diensten der königlichen griechischen Flotte befunden hatte, und die derart von Kämpfen und den Zeitläuften versehrt worden war, dass die Piraten sie anfangs versenken wollten. Dann aber einigte man sich darauf, sie ebenfalls an Land zu ziehen, um den Zustand des Kiels zu untersuchen, und obwohl sich das Schiff als völlig unbrauchbar erwies, denn alles Holz an ihm war schwammig und die Klammern und Krampen von Rost zerfressen, entdeckte man auf diese Weise den Schatz, den seine Bretter bargen, die unschätzbaren Schiffswürmer, von denen die Bande dann den ganzen Winter lebte.

Dutzende, hunderte dieser langen und dicken Würmer hatten sich im Holz des Hecks und des Kiels, an Backbord und Steuerbord, ja selbst am Fließheck in der Heckklappe, in den Winden und sogar im Steuerrad eingenistet, wo die Seeleute sie herausholten, indem sie die krummen und fauligen Hölzer zerhackten, sich die Würmer auf die Arme packten, wobei sie ihre Gesichter vor deren Gezappel schützten, um sie in die breiten Weidenkörbe zu kippen. Die Würmer waren riesig, zum Teil länger als zwei Armlängen, lange Streifen weichen, rosigen Fleisches ohne Haut, das an einem Kopf mit einem Schildpattring und starken Zähnen hing, mit denen sie besser ins Holz bohren konnten als jeder stählerne Bohrkopf. Todesschauder durchfuhren hin und wieder jenes erstmals ans Tageslicht hervorgeholte lebendige Fleisch. Die Weiber konnten gar nicht mehr damit aufhören, die mannslangen Würmer auf die mit türkischem Wachstuch bedeckten Tische zu legen, wo sie sie bei lebendigem Leibe in größere Stücke zerschnitten, sie mit Salz, Piment und Kerbel einrieben, um sie dann auf kleinem Feuer zu braten. Bloß die Köpfe mit dem perlmutten glänzenden Muschelring, wie eine Porzellanblume, waren ihnen abgeschnitten worden. Aber auch diese Köpfe wurden nicht weggeworfen, denn auf Bindfäden gefädelt und Schiffsröschen genannt, wurden sie als Perlen und Halsketten für die rundlichen Weiber in den türkischen Harems verkauft.

Auf einem Felsvorsprung an der Küste, von den Wellen bespritzt, die nahebei zerbarsten, und hin und wieder vom steifen Flug der Möwen beschattet, schautet ihr, Ghiuner, Sisoe und du, die Herren über diese mehr als zweihundert Seelen, Weiber und Männer der Bande, auf die immerzu sich bewegende Fläche des Meeres. Auch eure Herzen bedrückte die gleiche Langeweile, die jedem gemeinen Seemann zusetzte. Es war euch ein großer Trost, miteinander rumänisch sprechen und euch an das in Schnee und den Zeitläuften versunkene Ghergani erinnern zu können, denn die sieben Jahre eures Umherirrens durch den Archipel kamen euch wie sieben gelebte Leben vor. Ihr wart verändert, das Salz des Meeres hatte eure Gesichter rauher werden lassen, die Winde eure Züge verfinstert, die blendenden, von den Wellen zurückgeworfenen Sonnenstrahlen hatten eure Blicke ausgetrocknet. Ihr seid berühmt geworden und unermesslich reich, aber jeden Augenblick kamen euch die Worte des Erlösers in den Sinn: »Was nützte es einem Menschen, so er die ganze Welt gewönne, verlöre er darüber doch seine Seel.« Es gab allüberall auf sämtlichen griechischen Meeren kein Schiff mehr, das Segel ohne die meisterhaften Malereien von Sisoe hisste: die Jungfrau mit dem Kinde, Leda und der Schwan, Susanna und die Alten im Bade, die Schlacht bei Issos, Köpfe, die zur Gänze aus Gemüsen bestanden, oder die nackten Körper von Kapitänsgattinnen oder Amateurinnen, wodurch der gesamte Archipel zu einer Pinakothek geworden war, der Feinmaler jedoch träumte immer nur von seiner Mariţa, fand seinen Platz auf der Welt nicht und klammerte sich stets an den Gedanken seiner Rückkehr nach Hause. Der junge Ghiuner hatte schon mehr Briggs und Korvetten versenkt, als er sich merken konnte, und sich dabei die Taschen vollgestopft mit Perlen und Gold-Ikosaren, aber auch ihm kam es vor, als sei er irgendwann am Grunde des Salzbergwerks von Turda glücklicher gewesen, wo er das letzte Abendmahl in das Salz gehauen hatte, denn damals stand er in der Blüte seiner jungen Jahre. Du selbst fandest keine Ruhe, denn bis zum Alter von beinahe sechsundzwanzig Jahren, die du damals zähltest, dem Alter, in dem der große Alexander von Makedonien aus, wo er geboren worden war, und bis zu den menschengroßen Ameisen in Indien alles beherrschte, hattest du weder die Liebe gefunden noch ein Reich, um von der Läuterung der Seele erst gar nicht zu reden. Es hatte den Anschein, als entfernten sich all diese Dinge von dir, wie du dich selber von dir entferntest, denn wenn du tief in dich hineinschautest, sahst du nichts anders mehr als allein den Willen, allein den Hochmut, allein das Versprechen, irgendwann einmal alles zu besitzen – aber da war keine Spur mehr von dem zu erkennen, der du einmal gewesen bist. Denn der Wille ist bloß das Gespenst des Teufels, wie der Glaube von Gott selbst kommt. Nun warst du nichts als der Finger eines Blinden, der die Umrisse der Eilande betastete, die eckig und kantig aus der glatten Oberfläche des Meers ragten, und darin eine Geschichte erblickte, die Erzählung irgendeines Fremden aus wer-weiß-welcher anderen Welt, deine eigene Geschichte, Theodoros.

Von den Buchstaben, die den hochheiligen Namen SAVAOTH bilden, der sich mit Herr der Heerscharen übersetzt, hattest du die ersten fünf mit dem Finger berührt und ihre verborgenen Geheimnisse enthüllt. Mit den letzten beiden Korallensteinen endete die Geschichte deiner Irrfahrten durch den Archipel gegen deinen Willen. Das immerzu wie der Mond und die Frauen veränderliche Meer floss nun durch deine Venen und verbreitete sein Gift in deinem Verstand, in deinem Herzen und Blut. Mütterlicherseits Grieche, warst du der Sohn des Ägäischen Meeres, des Ionischen Meeres, des Libyschen Meeres und des Kretischen Meeres und vieler anderer Meere mehr, die ihr Grün und Blau vermengten oder trennten, Farben, die deinen Urahnen ein und dieselbe waren. Die letzten beiden Buchstaben sollten dir klar den Weg hin zur Bundeslade weisen, aber es sah so aus, als wolltest du nicht mehr so schnell dorthin gelangen. Auch Ghiuner und Sisoe wollten es nicht. Ihr wäret euer Lebtag Matrosen und Piraten geblieben und in dem geometrischen und lichtdurchfluteten Hellas von Eiland zu Eiland gefahren. Aber der blinde Finger war nicht deiner, du selbst warst es, nicht von deinem eigenen Willen angetrieben, sondern von einer anderen, saturnisch über die Welt herabgebeugten Stirn.

Damit ihr nicht vor Langeweile und am bösen Herzen sterbet, reistet ihr in jenem Winter; ihr nahmt eure Herzen in die Hände wie seinerzeit der Apostel Paulus, als das Schiff, das ihn gefesselt nach Rom fuhr, an der Küste des Eilandes Malta zerschellte. Denn zur Winterzeit über das Meer zu fahren, und sei es auch nur über einen Arm des Meeres, von Klidhes bis nach Selaata an der Küste des alten Landes Libanon, heißt, dass dir nicht sehr viel an deinem Leben liegt. Ihr wolltet Beirut und Petra sehen und, wenn es dem Herrn da droben recht war, bis nach Jerusalem gelangen, um am Heiligen Grabe zu beten, nur damit ihr schneller über den Winter kommt und auf die Malincholie vergesset. Ihr fuhrt auf einem kurzen und breiten Schiff los, dem hässlichstmöglichen Schiff, es war geteert und stieß einen erstickenden Rauch aus, eine wahrhaftige Laus neben den liebreizenden Schmetterlingen, den Seglern, aber sehr viel sicherer als diese, denn die Winde, die sich in die Segel stürzten, warfen diese um, konnten aber den Dampfschiffen nichts anhaben. Das kleine Schiff nannte sich *Gloria Mundi*, und die Fahrt bis Selaata dauerte damit drei Tage, die ihr unter Deck zubrachtet, beschützt vor dem nicht enden wollenden Regen. Lediglich zehn Gefährten begleiteten euch, darunter die Türkin Aişé, Baraba der Schläfrige und der Urgroßvater von John, äußerst zuverlässige Leute, die entschlossen waren, euch auch ohne Dolche und Pistolen, wenn es sein musste, mit den Zähnen und Fingernägeln zu verteidigen.

Dieser Urgroßvater von John hatte eine Geschichte, die sich nicht in der Folge seiner Lebenstage zusammenfügte wie bei den anderen Menschen, sondern vor ihm, auf das hin, was kommen würde, wofür ihr auf der Erdoberfläche taub und blind seid, das wir aber so klar sehen können, als läge es vor uns auf der Hand. Er hatte eine rote Mähne und eine krumme Nase voller Pickel, dazu goldene Ohrringe. Die Nägel an den kleinen Fingern seiner Hände hatte er maßlos wachsen lassen und hellrot gefärbt wie die Zangen von Krevetten. Solange ihr unter Deck lagt und der arme Steuermann sich bis zur Erschöpfung draußen in den eisigen Regenfällen abplagte, hatte er maßlos nur von dem stärksten Grog, der einen am schnellsten besoffen machte, getrunken, maßlos mit der untergebenen Aişé herumgehurt, mit der sie es übrigens alle zusammen oder der Reihe nach trieben, denn alle Weiber in der Bande gehörten allen, aber vor allem hatte er maßlos viel und mit einer unvergleichlichen Stimme gesungen, was dich an Hans Himmeldorfer erinnerte, eine Stimme, die der Grog nicht hatte zerstören können. Es waren alte Lieder aus dem Westen und in einer Sprache, die niemand verstand. Denn es war die Sprache der alten gälischen Clans von dem nebligen Landstrich Cúige Uladh, auf der fernen Insel Eire, von der der Rothaarige nur mit Tränen in den Augen erzählen konnte. Von dort, vom Marktflecken Lisburn, kam der Urgroßvater von John väterlicherseits, während seine Mutter aus Newry stammte. In dem Lied, auf das er immer wieder zurückkam, ging es um eine Frau, Nellie Ray, Hure und Diebin, die man zusammen mit weiteren zweihundert Frauen, die in Down davon lebten, dass sie ihren Körper verkauften, auf dem Schiff *Kains* in Ketten gelegt hatte, das sie nun in das Land des Van Diemen, genannt Tansania, fuhr, ans Ende der Welt, damit sie ihre Leben dort beendeten. Denn Schiff auf Schiff voller sündiger, verlauster, entstellter und schöner Frauen, die man von ihren kleinen Kindern und Geliebten getrennt hatte, wurden nach Tansania verbracht, damit die Mörder, Halsabschneider und Aufrührer, die ehemaligen Knastbrüder aus England, Weiber hatten. Die Hälfte von ihnen, die Jüngsten und einigermaßen Gesunden, gelangten nach einjähriger Reise dort an, und die andere Hälfte, die Glücklichere, starb unterwegs.

Oh, verführerische Nellie Ray
Sie schnappten dich auf der Allee
Und schifften dich ein nach
Dem grausamen Van Diemen
Hast Schreiner mit der Seuche angesteckt
Und Matrosen reihenweis dahingestreckt
Doch jetzt ist auch dein Licht erloschen.

So ging das Lied, das ihr mit der Zeit alle gelernt hattet und, in griechische Wörter gebracht, zum bitteren Winterregen vor euch hin geträllert habt. Der Urgroßvater von John, sein wahrer Name war James, war nach der schrecklichen Hungersnot auf dem irischen Eiland aufs Meer hinaus geflohen und befand sich jetzt in eurer Bande, du konntest ihn stets sehen, wenn er an den Seilen wie eine Spinne bis zur höchsten Mastspitze hochkletterte, aber er sollte bei euch nicht mehr viele Flöhe kriegen. Schon bei Frühlingsbeginn sollte er euch dem Willen des Herrn überlassen, denn die übermächtige Sehnsucht nach seinem Clan und den Seinen ließ ihn Tag und Nacht nicht mehr zur Ruhe kommen. Zu Beginn des Sommers sollte er Irland erreichen, aber weil Hunger und Elend im Down seiner Geburt immer noch anhielten, wo nicht wenige aus Verzweiflung sogar ihre Neugeborenen aufgegessen hatten, wandte er sich der Heimat des Feindes zu und ließ sich nur für eine Weile, wie er dachte, in Liverpool nieder, wo ein Weib, Jane Whitcliff, ihn in die Finger kriegte und nicht wieder losließ. Er arbeitete als Böttcher im Hafen und hat Jane acht Kinder gemacht, darunter auch Jack, und ging dann unter in einem Meer von Tränen und Whiskey.

Jack besaß, ebenso wie sein Vater, eine wunderbare Stimme und war häufig in den Pubs zu hören, wo er um eine Maß Stout oder Porter sang. Er hatte die lange und geschwungene Nase seines Vaters geerbt, dessen Abenteuer im Archipel er jedem erzählte, der zuhören wollte, wobei er auch von dir, Theodoros, als einem rohen und furchtlosen Herrn der Dodekanes-Inseln erzählte. Weil er fast immer betrunken herumlief, ging es ihm in seinem Beruf als Buchhalter nicht eben gut, weshalb er häufig aus dem von Hypotheken belasteten Haus am Ufer der Mersey hinausgeworfen wurde. Er machte mit Margaret Cowley vier Kinder, die bei der Geburt des letzten selber starb, dann lebte er mit einer halbverrückten Frau, Mary Maguire, die aus der Hand las und eine lasterhaft Liebende war und niemals zu sagen wusste, mit welchem Mann an der Seite sie am nächsten Morgen nach dem allnächtlichen Besäufnis aufwachen würde. Zusammen hatten sie etwa fünfzehn Kinder, viele von ihm selbst, viele auch, die keinem angehörten, Tatsache aber ist, dass einer der Letzteren, Alfred, ein etwas behindertes, jämmerlich schwaches Kind mit krummer Nase, mehr als ein Jahrzehnt nachdem sich das Blatt des Jahrhunderts gewendet hatte, das dich, Theodoros, und deine in allen Dingen verblüffende Welt des neunzehnten Jahrhunderts beerdigt hatte, geboren wurde. Denn die Welt wird nicht mit dir enden, wie groß und mächtig du auch werden magst, eine neue Epoche voller Maschinerien und Blut, voll glänzender und gemeiner Geister, von Monstern und Heiligen wird aus der untergehenden Zeit entspringen, und Milliarden werden geboren, und Milliarden werden weiterhin untergehen, als hätte es sie nie gegeben, hinüberkippen in das Unsichtbare und Unbekannte des ewigen Lebens.

Der kleine Alfred war derart schwächlich, dass man ihm die Beine in Metallschienen fassen musste, damit er aufrecht stehen konnte, und seine ganze Kindheit hindurch schepperte es, wenn er seine Beine über die Bodendielen schleppte. Seine Kindheit verbrachte er im Blue-Coat-Waisenhaus, wo er die Fensterscheiben mit seiner tief aus den Lungenflügeln aufsteigenden Stimme zersplitterte, denn die Erzieherinnen führten ihn oftmals durch alle Klassen, damit er den Kindern etwas vorsinge und sie für einen Moment aus der Asche ihres Lebens erwecke. Entgegen der Voraussage des Arztes, der ihm den Tod noch vor dem vierzehnten Lebensjahr prognostiziert hatte, entkam er schließlich den eisernen Schienen und erhob sich einigermaßen in die Höhe, sodass er sich als Erwachsener bei Thos. & Jno. Brocklebank, einer Firma in Liverpool, die sich dem Seehandel gewidmet hatte, anstellen lassen konnte. Eines Tages dann, in Angelegenheiten der Firma in das Städtchen Sefton Park gereist, traf er in einem Pub auf ein Mädchen, das soeben die Schule geschmissen hatte, weil ihr die Männer und die Musik allzu sehr gefielen. Sie hieß Julia, war schön und flatterhaft, aber sie heiratete ihn, den vielleicht Bemitleidenswertesten unter den Prätendenten, der sie mit seiner Stimme verzaubert hatte, mit seinen keltisch roten Haaren und der Mundharmonika, die er stets in der Hosentasche bei sich trug. Womit sie sich auf ein kurzes, so fröhliches wie trauriges, reiches und leeres Leben einließ, denn Alf, der schon in frühester Kindheit den Geschichten seines Urgroßvaters aus dem Archipel gelauscht hatte, die vom Vater auf den Sohn weitergegeben wurden und von Piraten und versenkten Barkassen erzählten, von Leuchttürmen, die bei Nacht ihr Licht aussandten, widerstand dem weiblichen Ruf des Meeres nicht und verlobte sich für immer mit dessen Wellen. Schließlich verschwand er irgendwo auf den Eilanden des Südpazifik und ließ Julia mit dem neugeborenen John zurück, der Frucht ihrer kurzen Begegnung zwischen den Seefahrten sowie unendlicher Beziehungen Julias mit anderen Männern.

John jedoch, der ein berühmter Sänger sein würde (warum sonst sollte sich jener James aus deiner Bande stolz seinen Urgroßvater genannt haben?), hatte die Welt mit seiner Stimme und seiner Gitarre verändert, aber auch mit seiner krummen Nase und seinen runden Brillengläsern, der stets an seiner Seite kauernden Japanerin, dem grenzenlosen Besäufnis an seinem verlorenen Weekend, und schließlich mit den fünf Kugeln des Kalibers 38, die er an einem blutigen Dezemberabend in den Rücken bekommen hat. Unter seinen letzten Liedern gab es auch jenes über eine schmutzige, unglückselige und diebische Maggie Mae aus Liverpool, Schwester über die Zeitläufte hinweg der Nellie Ray aus alter Zeit, das mit einem grässlichen *Scouse*-Akzent geträllert worden war. Dieses kurze und verteufelte Lied folgte ganz genau der Melodie, der ihr unter Deck im Archipel vor mehr als einem Jahrhundert gelauscht hattet, während ihr den Meeresarm nach Selaata hin überquertet, und die John von seinem Urgroßvater James her, durch wer-weiß-welche Erinnerungswege durch die Zeit hindurch, gefiltert durch Blut, Whiskey und Tränen, aber vor allem durch das allumfassende Meeresrauschen, gekannt haben muss:

Oh dreckige Maggie May,
Sie schnappten sie auf der Allee,
Taucht jetzt nicht mehr auf der Lime Street auf,
Da sie der Richter schuldig sprach
Des Raubs an einem heimgekehrten Seemann.

Von Selaata seid ihr auf Kamelen die Küste entlang aufgebrochen, ihr hattet euch Burnusse besorgt, die euch vor den endlosen Regenfällen schützten, hieltet da und dort an Feuerstellen an, wo Araber sich wärmten und ihre weiten Kleider trockneten, trankt mit ihnen den Ayran mit zerdrücktem Knoblauch und den mit Basilikum gewürzten Kaffee, wobei ihr ihre Dolche bewundertet, auf deren Klingen Koranverse eingraviert waren, die Quasten aus bunten und gezwirnten Wollfäden am Hals ihrer Kamele und die gehämmerten Kupferplatten, worauf ununterbrochen Silbermünzen mit arabischer Inschrift geworfen wurden. Ihr habt in Batroun übernachtet, dann in Kfar Aabida, damit dann am vierten Tag, als der Regen aufhörte und unerwartet warmes Wetter anbrach, Beirut sich euren Blicken wie eine strahlend weiße Halluzination darbieten konnte.

Am Ende der Straßen, jenseits der zahllosen, übereinandergestapelten Häuser ohne Dach, weiß gekalkt und hie und da von Palmen beschattet, deren zerfetzte Blätter den Himmel fegten, glänzte blendend das Meer. Uralte Paläste mit vergilbten Fassaden und unzählige Moscheen stachen mit ihren einsamen Kuppeln und Minaretten, die von kreischenden Möwen umflogen wurden, in die Lüfte empor.

Ihr zogt durch die verwinkelten Gassen, die sich da und dort zu Suqs öffneten, auf denen Frauen, von denen man nur die Augen sehen konnte, Ananas und Bananenstauden und halbierte Melonen, deren Inneres wie blutig aussah, und flaumige Pfirsiche mit zartem, hie und da kupferfarben punktiertem Fleisch verkauften. Ihr gelangtet nach Norden, wo ihr mit einem Mal vor der großen Emir-Munzer-Moschee standet, und der Anblick ihrer riesigen azurblauen Kuppeln und des Minaretts verdrehte euch den Hals vom vielen Hinaufschauen und verschlug euch die Wörter. Dort, im Schatten der Moschee, hast du Nura zum ersten Mal gesehen, und in diesem Augenblick befiel dich unerbittlich die Liebe.

Denn das Mädchen, das auf dem kleinen Platz links von der Moschee tanzte, eine Tabla in der Hand, an der Seite zwei bärtige arabische Männer in Schalwaren und Leinenhemden, die um den Hals herum bestickt waren, deren einer die Luth und der andere die Mijwiz spielte, hatte das Gesicht nicht bedeckt, es war gerahmt von pechschwarzen Haarkringeln, und ihr Mund bestand nur aus Zähnen. Noch niemals zuvor hattest du solch ein breites und glückliches Lachen zwischen korallenrot gefärbten Lippen gesehen. Niemals auch hattest du Augen gesehen, die lauter lachen konnten, als es der Mund tat. Niemals hattest du einen kleinen und schmalen Körper gesehen, der noch lauter lachte als die Augen und Lippen. In dem Mädchen mit der Kette goldener Münzen um den Hals, das in einem Wickelrock aus Brokat steckte und darüber einen kurzen hellroten Samtumhang trug, lachte alles schallend. Die Glöckchen an ihrer Tabla klingelten hell und verbreiteten das kindlichste Lachen über die Moschee und die umstehenden, drei- und viergeschossigen Häuser, und die Pantoffelschühchen, bemalt mit Kanarienvögeln und Begonien, klapperten im Rhythmus ihrer Holzsohlen.

Von dem Augenblick an, da du sie gesehen hattest, ließest du die anderen in irgendeiner Herberge Unterkunft für die Nacht suchen, behieltest nur Ghiuner an deiner Seite und starrtest inmitten einer Menge Schaulustiger in langen und zerschlissenen Kleidern auf die drei Musizierenden. In dem Augenblick, als die Musik zu Ende war, bist du direkt auf das Mädchen zugegangen, hast ihm eine türkische Goldmünze in die Hand gedrückt und tief in die Augen geschaut. Die beiden Musikanten traten näher, zogen dabei ihre Dolche halb aus dem Gurt, aber du und Ghiuner habt ihnen unter Verneigungen das Vergnügen bezeugt, ihnen an diesem Morgen zugehört haben zu können, an dem die Häuser, Bäume und Menschengruppen in der flirrenden Luft sich schief und krumm ausnahmen, und sie zum Essen eingeladen. Die Musikanten zierten sich eine Weile, nahmen dann jedoch an. Also gingt ihr gemeinsam los und vorbei an den arabischen Häusern, in deren Hintergrund man durch das Torgitter schattige Innenhöfe mit blühendem Iris und Wasserbecken sehen konnte. Da und dort am Ende einer Gasse brach das grüne Gewoge des Meeres ein. Ihr suchtet ein Lokal, in dem ihr gemeinsam zu Mittag essen konntet, du aber wolltest etwas ganz anderes, denn du spürtest, dass du ohne das Lachen Nuras und vor allem ohne sie selbst nicht mehr würdest leben können, und noch an diesem Tage musste sie ganz und gar dir gehören. Sie hatte dir vom ersten Augenblick an den Verstand geraubt, mit ihrem sanft sich wiegenden Gesang, ihrem großen Mund voll glänzender Zähne, mit ihrem geschmeidigen Körper und ihren schwarzen gekringelten Haarlocken. So etwas hattest du noch nie erlebt, auch konntest du es nicht verstehen, denn viel verführerischere Frauen gab es auch in eurer Bande, kräftige Weiber mit großen Titten und schwerer Lende, während Nura wie ein Kind war. Nicht der Körper war es, auch die Augen waren es nicht und ihr lachender Mund, die Liebe war es, von nirgendwo herbeigekommen, hatte sie sich unerwartet und mit ihrer ganzen Macht auf dich gestürzt. Du hast es nicht verstanden, aber du wolltest auch nichts mehr verstehen, sondern sie bloß in die Arme schließen, dich im Tamburinen- und Zymbalgelächter ihres Wesens auflösen.

Als ihr durch die verwinkelten, nach Reis mit Gewürznelken und Atayef duftenden Gassen gingt, fingt ihr an, Griechisch zu sprechen, weil die Tänzerin alle Sprachen der Gegend zu beherrschen schien. Sie sagte, dass sie Nura heiße, und fügte stolz hinzu, wie dir schien, dass ihr Name auf Arabisch die Leuchtende bedeute. Wenn sie sprach, wandte sie das Gesicht brav und lächelnd dir zu und schaute dir offenherzig in die Augen. Du konntest in ihr keinerlei weibliche Schläue entdecken, keinen Verführungswillen, auch kein anderes Begehr als jenes, freundlich zu sein. Irgendwie erinnerte sie dich an Stamatina, als sie noch ein Kind war, aber weder damals, noch als du sie in der Blüte ihrer Weiblichkeit gesehen hast, hat Stamatina einen solchen Aufruhr in dir verursacht. Auf alles, was du sie fragtest, und du fragtest nach so ziemlich allem, antwortete sie bedacht und erschöpfend. Sie war Araberin, aber keine Muslima, wie die meisten ihres Volkes. Im Gegenteil, hatte sie mit sichtlichem Stolz hinzugefügt, da sie maronitische Eltern hatte, war sie eine Christin, dazu noch katholisch, und darum trug sie weder Niqab noch Burka und nicht einmal eine Kopfbedeckung, denn sie war unverheiratet und erfreute sich der völligen Freiheit ihrer Jugend.

Die ganze Zeit über, da ihr alle auf deine Kosten in dem vor der Sonne geschützten Lokal speistet, das auf den Namen *Heghine* hörte, Pidebrocken in das mit Minze gewürzte Kibbeh Nayyeh tunktet, euch aber vor allem immer wieder den milchigen Arak in den Rachen kipptet, zerbrachst du dir den Kopf, was zu tun wäre, um allein mit ihr hierzubleiben, und wie du sie zwischen den beiden Musikanten herauslösen könntest, die nun mit ihren Instrumenten an der Seite eher wie die Aufpasser des Mädchens aussahen, möglicherweise ihre Brüder, aber vielleicht war ja auch einer von ihnen ihr heimlicher Liebhaber. Du zeigtest Ghiuner immer wieder an, er möge ihnen häufiger von dem Arak einschenken, den die kleine Nura nicht anrührte, sondern nur ab und zu ihre Lippen an dem Sharab Ward mit Rosenwasser netzte, das mit Schnee aus den Bergen gekühlt war, und worin sich kein Tropfen jenes starken Schnapses befand. Gegen Abend hatten Trunk und Schlaf die Musikanten geschafft, und Ghiuner erinnerte sich, dass eines eurer Kamele einen versehrten Huf hatte, und verschwand schneller, als man hinschauen konnte.

Du saßest dem Mädchen gegenüber, und ihr spracht ruhig wie zwei alte Freunde miteinander, bis euch die Abenddämmerung einhüllte und der Lärm ringsum verklang. Du konntest deine Herzschläge kaum besänftigen. Jedes Lächeln enthüllte ihre Zähne, die glänzendsten Zähne, die es geben konnte, denn ihr Mund war voll gerader und gleichmäßiger Zähne, die man alle zu sehen bekam, wenn Nura den Kopf in den Nacken legte und lachte oder wenn sie bloß lächelte, den Kopf zur Seite geneigt. Seit einer Weile schon hütete sie ihre Augen nicht mehr vor dir wie vor einem Fremden, sondern schaute dich immer häufiger heimlich an und lauschte deinen Lügengeschichten aus dem Archipel, denn du stelltest dich ihr als einen Perlenhändler vor und gabst an, du habest die wertvollste jener Perlen gefunden, die man Ormus nannte. Beide schwiegt ihr nun lange, spürtet den Schauder der Abenddämmerung, doch dann sagte das Mädchen plötzlich, als wären ihre Worte nicht ihren Gedanken entsprungen, sondern erst auf ihren Lippen geboren worden:

»Theodoros, du gefällst mir gut ...«

Als wärest du bei diesen Worten aus dir selbst herausgetreten, ergoss sich deine Seele nun voll und ganz über sie und über den mit allerlei Speisen beladenen Tisch, am liebsten hättest du sie nun wie eine Braut in die Arme geschlossen, um sie, süß und ergeben, zum Bett zu tragen.

»Lamperá mátia«, flüstertest du ihr auf Griechisch zu und beherrschtest dich noch einmal, um sie nicht zu erschrecken, wie der Jäger keine übereilte Bewegung macht, wenn die Hirschkuh ihre Schnauze in den Wasserspiegel steckt.

Dann hast du deine Hand mit den ledernen Armbändern über die ihre gelegt, aber sie zog ihre Hand unter dem Druck der deinen weg.

»Wer ist es, Rahim oder Kahlil?«, fragtest du sie und wiesest mit den Augen auf die Musiker, die nun tief schliefen, die Köpfe auf dem Tisch. »Wer von ihnen ist dein Mann oder Geliebter?«

»Rahim, mein Mann! Kahlil, mein Liebhaber!« Nura lachte schallend. »Das sind bloß Musikanten, ich bezahle sie dafür, dass sie für mich spielen. Mein Vater ist ein großer Mann, er besitzt Herbergen, hat Geschäfte für Spezereiwaren und Schiffe, vielleicht bist du ihm schon mal auf den

Meeren begegnet, denn er begibt sich immer mal wieder bis nach Zypern und sogar nach Malta. Ich singe und tanze auf den Straßen, weil ich das so mag, denn niemand hält sein Kerzenlicht unter dem Scheffel, man stellt die Kerze in den Leuchter, damit alle etwas von dem Licht haben. Deine Goldmünze gebe ich meinen Musikanten, denn ich brauche sie nicht. Schau es dir an und staune!«

Dabei schaute sich das Mädchen noch einmal rings um und sah, dass sie von einem Bernsteindunkel eingehüllt waren und es keine fremden Blicke mehr gab, sie hob für einen Augenblick den hellroten Umhang hoch, der nun im Dunkeln seidig glänzte, und darunter konnte man über der Brust des Mädchens eine Kette sehen, in der grünlich schimmernde Goldtaler in drei Strängen aufgereiht waren, deren jeder Taler zehnmal so viel wert war wie die von dir bekommene Goldmünze. Unter dem Seidenhemd, das sie darunter trug, stachen die Brustwarzen hervor, unschuldig und trotzdem frech. Das Blut stieg dir zu Kopfe, und nun fiel es dir nochmal viel schwerer, dich zu beherrschen. Du hättest sie dort unter dem Vordach gegen eine Wand drücken und ihr die Rippen brechen können in der Umarmung.

»Ich möchte, dass wir noch miteinander reden«, sagtest du bloß. »Verzeih, Nura, diese dummen Worte, aber … das Lokal hat oben Stuben … bloß zum Reden, damit wir weiter erzählen können … Nura, *lamperá mátia!*«, konntest du zu flüstern nicht aufhören.

Und wieder fasstest du nach ihrer Hand, worauf sie wiederum die ihre zurückzog.

»Gut«, sagte sie leise, und beim Hören dieses unverhofften Wortes erhob sich plötzlich deine Männlichkeit, und ein Schwall von Irrsinn schoss aus deinem Gemächt und erfasste mit seinen Flammen deinen gesamten Körper.

Nun warst du wie krank, von Fieberschüben durchzogen, sahst du schon deutlich, was nun um jeden Preis zu geschehen hatte: Diese bezaubernde Frau musste auf das Bett geworfen, tief, fest und stöhnend unter dir genommen werden. Du warfst ein paar Münzen auf den Tisch, hast dem Armenier, dem das Lokal gehörte, ein paar Worte ins Ohr geflüstert und bist unter Mitnahme einer Karaffe kalten Araks die Treppen zu den Zimmern hinaufgestiegen, Nura folgte dir, polterte auf den Treppen leise mit ihren an den Spitzen gebogenen Schuhen.

Noch wart ihr nicht recht im Zimmer angekommen, da umfingst du sie schon mit den Armen. Deine Männlichkeit war feucht und tat dir, so mächtig aufgerichtet, schon weh. Du erdrücktest Nura beinahe an deiner Brust, suchtest ihren Mund, indem du ihre schwarzen Locken beiseiteschobst, aber sie ließ es nicht zu. Sie wehrte sich kraftvoll und stieß dich von sich.

»Du sagtest, wir reden«, sagte sie keuchend, die Augen gerade auf dich gerichtet und voller Courage. »Sagtest, wir erzählen.«

Du warst ratlos. Du hättest sie ohne jedes weitere Wort nehmen können, aber die Liebe erlaubte es dir nicht, auch gab es da noch den Armenier, der kein Unglück in seiner Herberge brauchen konnte, sowie den Vater des Mädchens, der ein großer Mann in Beirut war. Das wäre nicht gut für dich gewesen … Schwer, mit glühenden Wangen, die behaarte Brust entblößt, das Hemd aus dem Gurt geglitten, hast du dich auf den Strohsack fallen lassen und mit aller Macht versucht, wieder zur Besinnung zu kommen. Nura setzte sich neben dich, zündete mit dem Feuerstein die Kerze an, und sagte sanftmütig:

»Du gefällst mir, Theodoros. Mir gefallen tatkräftige Männer, gebräunt von der Sonne der Meere und Wüsten. Kühle dich etwas ab und lass uns noch eine Weile reden. Erzähle mir eine Geschichte, diejenige, die dir am meisten zu Herzen geht, und dann werde auch ich dir eine erzählen.«

Und dann, immer noch hofftest du auf eine Liebesnacht, wie du noch nie eine hattest und wie man sie sich auf dieser Welt nicht vorstellen kann, hast du dich auf die Laune des Mädchens eingelassen und damit begonnen, ihr zwar etwas verschämt und nicht recht wissend, was in dich gefahren war, die Geschichte mit Stamatina zu erzählen, die du nicht einmal deiner Mutter erzählt hast, erzähltest jener Fremden von Bukarest, das von Drachen, die sich über der Mitropolie und den vornehmsten Bojarenhäusern erhoben hatten, bedeckt war, und vom größten dieser zum Lobpreis des Himmels hochgestiegenen Drachen, der die Tochter des

Herrschers vorstellte, Stamatina, und fünfzig Klafter von den Atlasschuhen bis zu dem Krönchen über der Mähne maß. Immer häufiger an dem Arak nippend, sprachst du von der unvergleichlichen Schönheit des Mädchens, dessen Bildnis du tatsächlich bei dir getragen hast, darüber, wie du in den Vollmondnächten unter ihren Fenstern in Câmpina ausgeharrt hattest, wie ihr durch das taunasse Gras gegangen seid, bis der Morgen anbrach und die junge Herrin in ihre Schlafkammer zurückgekehrt ist. Und dann erzähltest du ihr von dem Gespenst, dessen du auf dem duftenden Eilande Chios, dem Blumenkorb des Archipels, ansichtig geworden warst, wo du zu deinem Unglück, aus einer Baumkrone heraus das Fenster des Mädchens belauernd, den Zburător in ihr Zimmer hast treten sehen, Zeuge ihrer Vereinigung auf dem Bett voller Kissen wurdest und die Liebesschreie des Mädchens unter dem Mann aus Türkis gehört hast, was dir für immer das Herz gebrochen hat.

Während du dies erzähltest und im Geiste die geöffneten Schenkel der jungen Herrin unter dem Zburător die heftigen Stöße hinnehmen sahst, die das Bett erschütterten, spürtest du wieder, dass du sterben müsstest vor Sehnsucht und Lust. Und wieder hast du dich auf Nura gestürzt, hast sie an dich gerissen und auf das mit einer groben Wolldecke bedeckte Bett geworfen, das unter Ikonen an die Wand gerückt war, aber das Mädchen wollte wieder nicht, obwohl deine Hand nun ihre Titten drückte und dein Mund einen Augenblick lang ihre Lippen und Zähne spürte. Kraftvoll stieß sie dich zurück, wehrte sich, stand unter größten Anstrengungen auf vom Bett und setzte sich auf das Sitzbrett an der Wand in Höhe des Tisches, wo sie sich die entblößte Brust ins rosarote Kleid steckte. Du hörtest dir ihre Geschichte auf dem Rücken im Bett liegend an, warst von Gewissensbissen geplagt wie ein Sünder in der Hölle, und konntest nur daran denken, dass Nura vielleicht noch Jungfrau war und sie deshalb Angst davor hatte, durchdrungen zu werden, eine Torheit, derer selbst du dich schämtest. Nur sprach ihre Geschichte von etwas ganz anderem.

In der Stube, die nur von der Kerze unter den Ikonen beleuchtet wurde, leuchteten ihre Augen noch stärker als draußen und bei Tageslicht.

Obwohl sie nicht mehr lächelte und von einem Lachen keine Rede mehr sein konnte, glänzten ihre Zähne im Halbdunkel ebenso, während sie ihre Liebesgeschichte entrollte. In der Stube roch es nach Moschus, Leidenschaft, heißem männlichen Liebessaft.

Theodoros sollte wissen, dass Nura, nach einer glücklichen Kindheit des mit dem Reifen durch die Gassen von Beirut Rennens, zur Bildung ins Kloster der Karmelitinnen bei Harissa geschickt wurde, das die hochheilige Ikone der Jungfrau von Carmel beherbergt, die ihre Arme über der Welt ausbreitet und einen durchsichtigen Bauch hat, worin das Jesus-Baby, noch ungeboren, die Welt mit beiden Händen segnet. Sie war zwölf Jahre alt, als sie durch die Tore des Klosters trat, war fröhlich und glücklich, wie sie es auch jetzt ist, denn weder die Messen, zu denen sie im Morgengrauen aufwachte, noch die barfuß herumlaufenden Nonnen, die ansonsten in ihren wollenen Umhängen schwitzten, noch der kalte Schlafraum mit seinen dicken Wänden und mit dreißig anderen Mädchen im Raum konnten ihren Lebenswillen, ihre Freude an Glanz und Tanz brechen. Von den ersten Tagen an hatte sie eine gute Freundin gewonnen, Djamila, die in dem Bett schlief, das mit einer Seite an ihres gerückt war. Zusammen begingen sie die katholische Erstkommunion und die Konfirmation. Bei Tag, nach den Unterrichtsstunden, spazierten sie händchenhaltend durch den Klosterhof unter riesigen Zedern, und des Nachts schliefen sie umarmt in den paarweise aneinandergerückten Betten. Die erste Regelblutung hatten sie zur gleichen Zeit, und ein paar Monate danach gaben sie sich, eng umschlungen, den ersten Kuss auf die Lippen, den Nura niemals vergessen würde. Schließlich spürte sie die Finger der anderen ihre Brüste und Schenkel streicheln, und dann, als sie sich im Bett umgedreht hatten, Kopf zu Füßen, Füße zum Kopf, erfuhr sie auch das unaussprechlich Süße und Betörende im Kuss der anderen Lippen, der verborgenen, der zarten und schleimigen Blume, die die Frauen in dem rauhen und gekräuselten Haar zwischen den Schenkeln verstecken.

»Oh, Theodoros, das ist die saftige Frucht, der kostbare Pfirsich, zum Pflücken reif, der den Sterblichen, damit sie ihr Leben ertragen können, versprochene Himmel, denn auch der Arme und der Reiche, der Weise und der Dumme, und Frau und Mann, sie alle erstreben nur dies: mit der Hand zu umfangen, mit den Fingern zu durchstoßen, mit der Zunge die Honigsüße jener wie die Fußsohle der Schnecke feuchten und rauhen Lippen zu erfahren, die aber auch so heiß wie die Brust der Vögel sind, die du in Händen hältst.«

Seit fünf Jahren ist Djamila die allein ihr nahe Seele und die Einzige, die sie aufgewühlt und unaufhörlich leidenschaftliche Schreie in ihren Liebesnächten hat hören lassen. So kommt es, dass sie immer noch Jungfrau ist, obwohl sie wie eine Frau des Genusses süße Leidenschaft jener saphisch genannten Vereinigung kennt, die den Namen einer alten griechischen Dichterin trägt, welche auch du kanntest, denn ihre Gesänge hatten dich noch gar nicht so lange her in deiner Sehnsucht nach Stamatina getröstet.

»Alle, die meine Neigung kennen, fragen mich ungläubig: Aber brauchst du nicht doch, wie alle anderen Frauen auch, den Schwanz eines Mannes, der dich tief innen durchwühlt, damit die Freuden des Bettes dir vollkommen sind? Und missachtet diese unnatürliche und fruchtlose Vereinigung nicht den Willen des Herrn, der da gesagt hat, ›wachset und vermehret euch‹? Das mag so sein, aber ich hab Djamila gern, als wäre sie mein Gemahl, und weil ich eben gestern vor ihr ein paar Schwüre abgelegt habe, kann ich sie heute nicht schon brechen, obwohl du mir unaussprechlich gut gefällst, Theodoros! Andererseits hat Djamila mir zuliebe auch schon ein paar Kerle abgestochen, denn sie ist ritterlich und von wilder Natur, auch kommt sie aus der Bruderschaft der Haschischins. Ich möchte nicht, dass auch dir dieses Unglück widerfährt.«

Hier begann das Mädchen hemmungslos zu weinen und neigte den Kopf auf deine Schulter, dir aber war das glühende Begehren erloschen. Du hattest noch nie gehört, dass ein Weib sich mit einem anderen Weib paaren kann wie die Frau mit ihrem Mann, und dies hatte dich mit einem eisigen Schauder erfüllt. Die Matrosen gaben sich öfter mal der Sodomie hin, denn auf den Schiffen waren Weiber eine Seltenheit, aber was sich in den Gynaeceen und den türkischen Harems zutrug, war dir bis dahin nicht zu Ohren gekommen. Mit einem üblen Schmerz in den Eiern bist du aufgestanden und hast, ohne das Mädchen noch einmal anzuschauen, das du vom ersten Blick an liebgewonnen hattest, das Zimmer des Armeniers unter Hinterlassung zweier Florin auf dem Tablett des Tischchens verlassen.

Hoffnungslos hast du dann Nura noch ein halbes Jahr lang geliebt und dabei gewusst, dass du sie niemals mehr wiedersehen würdest. Mit der Zeit hat sich die Wunde geschlossen, und Nura blieb ein ferner Traum, sodass du dich hin und wieder fragtest, ob es tatsächlich so gewesen war. Und in den Ohren begann sich die alte Stimme mit ihrem sehnsuchtsvollen Ton wieder deutlicher vernehmlich zu machen: »Suche mich! Suche mich! Selbst unter Ungläubigen und bei Verrat! Gib nicht auf, bis du mich gefunden hast. Verbrauche neunundneunzig Stück eisernen Schuhwerks und den stählernen Wanderstab in deiner Hand, um mein Versteck am Ende der Welt ausfindig zu machen. Ich erwarte dich dort, du darfst bloß nicht aufhören, mich zu suchen!« Auf dem Bildnis an deiner Brust hatte Stamatinas Antlitz wieder Leben und Glanz gewonnen, am stärksten noch inmitten deiner Leiden.

26

Hochverehrtes und liebstes Mütterchen mein, Sofiana,

es erfüllen sich heute sieben lange Jahre, die sich wie sieben Jahrhunderte anfühlen, seitdem ich Dich nicht mehr von Angesicht gesehen, Deinen weisen Worten habe lauschen und Deine Augen nicht mehr habe küssen können, die mir die teuersten auf der Welt geblieben sind. Und die Briefschaften, die ich Dir schicke und von Dir bekomme, mildern meine Sehnsucht nicht, wie sich dem Dürstenden in der Wüste in seiner grenzenlosen Qual weitläufige Wasserflächen zeigen, auf die er sich mit letzten Kräften hinschleppt, um sich dann doch nur mit einem Mund voll Sand bedacht zu sehen. In meinem von den Meereswellen auf den Schiffen gewiegten Schlaf erscheinst Du mir wie tatsächlich, und wenn ich aufwache, tun meine Herzklopfer derart weh, dass ich anfange, mich auf den Weg in die Walachei meiner Kindheit vorzuberei-

ten, weil ich mein Leben ohne Dich nicht mehr ertragen kann, aber dann umstellen mich die Sorgen meiner Handelsgeschäfte und bringen mich ab von meinem Weg. Allein der Gedanke, dass ich eines Tages doch den Weg nehmen werde, um Deine in Ehren gehaltenen Ringe zu küssen, hält mich noch auf den Beinen, um mich um so viel bittere Pflichten zu kümmern, die mir Tag und Nacht keine Ruhe lassen.

Erfahre denn erst einmal von mir, dass ich Gott sei Dank mich wohl befinde und gesund bin, was ich auch Dir, meine Herrin, wünsche. Mir fehlt es an nichts, denn ich bin stark und berühmt geworden und fahre wie ein Fürst auf dem großen Meere in der Mitte der Erden, das da voller Eilande und Schiffe ist, so von Winden getrieben dazwischen hin und her. Die osmanischen Bejs, die hellenischen Strategoi und die engländischen Kapitäne ehren mich und werben darum, dass ich mich ihnen anschließe, ich aber betrachte mich als ihnen überlegen und werde mich mit keinem von ihnen auf irgendwelche krummen Geschäfte einlassen, sondern meinem eigenen Weg folgen, der mich entweder zur Herrschaft oder zum Tode führen wird. Ich habe jetzt achtzig Schiffe jeder Größe unter meiner Befehlsgewalt mit unzähligen Masten und guten, in Engliterra gegossenen Kanonen, ja ich hab auch welche, die mit deutschem Teufelszeug fahren und Rauch aus ihren Nüstern pusten wie die Drachen und Lindwürmer aus den Geschichten, die Du mir erzählt hast, als ich ein Knabe war. Wenn ich mit geblähten Segeln aus irgendeinem Hafen auslaufe, erfährt dies der gesamte Archipel, denn meine Schiffe singen, wie Du sehen wirst, wenn Du weiterliest, denn es ist ein sehr verwunderliches Ding.

Und alle Palikári, bei denen ich auf einen Schluck Ouzo in einer Kneipe verweile, erzählten mir von einem Anachoreten namens Ingannamorte, den jeder wenigstens einmal im Leben gesehen haben muss, man weiß nicht so recht, wer er ist, aber er soll wunderbar aussehen, und der Tod, der die Leute dahinmäht, wie man mit dem geschmeidigen Weidenstock die Blumen des Feldes köpft, hat keinerlei Macht über ihn.

Ich schreibe Dir jetzt aus Petra zur Winterzeit. Hier schneit es nicht, da hat man von solchem Schnee noch nichts gehört, der bei uns die Häuser einschneit, bis man sie nicht mehr sieht, und die Kirchen bis hinauf zu den heiligen Kreuzen: Es ist bloß etwas kühler als im Sommer, und es regnet zur Mittagszeit.

Und Petra ist ganz meisterhaft aus rosafarbenem Stein gehauen, so aus den Felsen gedrechselt allerlei Tempel der alten Götter aufgetaucht sind, mit kräftigen Säulen aus dem gleichen durchscheinenden Stein davor, und rosafarbene Klöster und Grabstätten, dass alles dies wie ein Traum zu sein scheint. Es verlohnte sich sehr, all die Wunder zu sehen, die da gemeißelt sind in die riesige Wand jenes Tales, worein man nur durch eine Klamm gelangt, die Siqu genannt wird. Hier bin ich mit Ghiuner, Sisoe und ein paar weiteren Gefährten in eine arabische Bruchbude gegangen, weil wir keinen anderen Ort gefunden haben, an dem wir uns niederlegen konnten, weil es dort nur Ziegenhirten gibt. Und da haben uns die Flöhe bei lebendigem Leib aufgefressen, denn da waren ihrer so viele und böse, wie ich noch niemals welche zu Gesicht bekommen hab, so wir dann alle die Haut voll roter Beulen hatten und sie uns vor lauter Kratzen fast vom Leibe geschabt haben.

Und eines Tages klopfte ein alter Araber an unsere Tür, der davon lebte, denn er ging von Haus zu Haus und rettete die Leute vor den Flöhen. Und schau, was er getan hat, da wirst Du das Kreuz schlagen, liebes Mütterchen, ich habe es mit meinen eigenen Augen gesehen und kann dir versichern, dass es genau so geschehen ist. Er kam in unsere Hütte herein und legte ein großes Messer, eines von denen, die man zum Rinderschlachten benutzt, auf den Tisch. Dann schmierte er die Messerklinge mit einem Schmiermittel ein, dessen Geheimnis ihm allein vertraut war, worauf er einen solchen Beschwörungsgesang anstimmte, dass einem die Haare zu Berge standen, denn der Araber verzerrte sein Gesicht und knirschte mit den Zähnen, als er die Worte seines Gesangs von sich gab, dass man dachte, es ist der Dass-ihn-doch-das-Kreuz-erschlage. Dann verlangte er, wir mögen es in der Stube nachtdunkel machen, die Fenster mit dickem Zellstoff verhängen und dazwischen nur eine nadelstichgroße Lücke lassen, durch die ein fadendünner Sonnenstrahl eintrat, der genau auf die scharf geschliffene Schneide des Messers auf dem Tisch fiel, die nun in der völligen Dunkelheit wie ein Diamant funkelte. Und zuletzt verfügte er, dass wir kein Wort mehr sagten und uns auch nicht mehr rührten, damit wir die Flöhe nicht erschreckten. Und stell Dir vor! Einer nach dem anderen kamen sie auf der Suche nach dem Licht oder vielleicht auch angelockt vom schweren Duft der Schmierpaste aus allen Richtungen heran, die Flöhe, hunderte und

*tausende, wie am Schnürchen, und hüpften auf die Messerklinge, wo sie kle-
ben blieben. In einer Stunde waren auch die aus den Betten und den Kleidern und die aus dem Staub des Bodens, aus dem sie entstehen, allesamt hin zum Messer geeilt, und hatten die Klinge völlig eingeschwärzt, dass sie aussah, als hätten sie es in Pech getaucht. Und so fanden sie auf der glänzenden Klinge ihr Ende, und in der Stube ist nicht einmal die geringste Spur eines Flohs übrig geblieben, da hättest du dich auf den Kopf stellen und mit einer Kanone schie-
ßen können. Der Araber jedoch ist dann mit dem Daumen und dem Zeige-
finger über die Klinge gefahren, sodass all dieses Ungeziefer wie dicke Mohn-
klumpen an den Fingern klebte, und verschluckte diese Kügelchen dann, worauf er seinen Rachen mit ihrem Schnaps, den sie Arak nennen, reinigte und laut rülpste wie ein Schwein, das er auch war. Pfui!, stießen wir alle mit einem Mal von Ekel gepackt aus, wie ich denke, dass auch Du, meine Gebie-
terin, es jetzt tun wirst, aber es gibt so viele Bräuche, wie es Katen gibt …*

*Wir freuten uns über diesen Zauber aber nicht zu lange, denn nachdem der Araber gegangen war – wir hatten ihn auch ordentlich gewürdigt –, und wir das Licht wieder anzündeten, was mussten wir da feststellen? Flöhe waren da keine mehr, aber auch unsere Beutel mit den goldenen Florinen und Pistolen darin waren weg, der Araber hatte uns in der Dunkelheit derer erleichtert. Wir sind ihm dann gleich hinterhergerannt, aber fang den Blinden und stech ihm die Augen aus! Wer weiß, in welches Loch er gekrochen war. Du kannst dir un-
sere Verzweiflung vorstellen, denn anderes Geld hatten wir keines mehr, und der Weg zurück zum Schiff war lang und gefahrvoll, schließlich hatten wir es in Selaata zurückgelassen. Schließlich kamen wir auf die Idee, unsere Gefähr-
tin Aişé solle so tun, als wäre sie eine Hure, mochte ja sein, dass der verschla-
gene Araber Lust auf sie bekommt und sich von Angesicht zeigt. Wir hüllten sie in die Kleidung der arabischen Weiber und ließen sie neben einer Säule aus rotem Marmor mit ein paar Kupfermünzen auf dem Schoß, dem Zeichen der Huren, Platz nehmen. In jener Nacht ging Aişé mit achtzehn Männern, aber nicht einer war der Flohfänger. Dann folgten noch zwei ebensolche Nächte. Erst in der vierten Nacht zeigte sich der diebische Araber, verlockt von der kör-
perlichen Lust, wir aber belauerten den Unterschlupf und fingen ihn nackt zwischen den Beinen der Türkin schwitzend.*

Nach einer Stunde mit dem Galgenstrick am Hals führte er uns durch eine Geheimtür in die Tiefe der dortigen Schatzkammer, die von den Arabern Al-Khazneh genannt wird, die ebenso wie alles andere ringsum auch in den rötlichen Felsen gehauen ist, so ist es dann auch ein wunderlich Ding, die ganze Kirche fünfzehn Klafter tief dort hineingehauen zu sehen, mit ihren Säulen, den Nischen, Türen und Fenstern, allesamt nur und nur aus Stein. Und der Felsstein ist so glänzend, dass du dein Gesicht darin sehen kannst. Durch ein wahres Gedärm an Gängen, die sich mal nach rechts und mal nach links wandten, sodass allein der Araber sie zu nehmen wusste, drangen wir mit brennenden Fackeln bis ins Herz des Berges vor, da sich auf einmal der Gang weitete und in einen großartigen Saal aus Porphyr mündete, der umfangen war von kräftigen Säulen, doch in den Wänden sah man die Körper von Menschen in dem durchscheinenden Stein gefangen wie Insekten im Bernstein. Dort schwebten und schwammen erstarrte Weiber und Männer, die Münder zum Schrei geöffnet, und flehten uns verzweifelt an, wir mögen sie aus dem Stein erlösen, dutzende Hände, die Finger gespreizt, wurden uns barmend entgegengereckt. Auf diese Weise werden sich die zu ewigem Kerker Verdammten in irgendeinem rotglühenden, eisernen Verlies quälen, wie sie die Muttergottes gesehen hatte, als sie in die Hölle hinabgestiegen war.

In der Mitte des Saales gab es einen Einstieg in einen tiefen Brunnen, eiserne Klammern in der Wand, von denen immer mal wieder eine fehlte und eine vom Rost zerfressen war, führten hinab. Wir stiegen mit dem Araber hinunter, immer tiefer und tiefer in die Eingeweide des Berges, bis es so heiß wie in einem Backofen wurde. Die Hitze war so groß, dass einen der geschmolzene Fels umfing, wenn man hinabfiel, und man im Felsgestein eingeschlossen blieb wie jene, deren Körper wir kurz zuvor gesehen hatten. Aber der Araber trat von der Leiter in einen anderen Gang, der in noch verschlungeneren Windungen zu einem zweiten Raum führte, zehnmal größer und beängstigender als der erste. Und dort befand sich, darin kauernd wie im Bauch einer schwangeren Frau, ein ungeborener Fötus, groß wie zehn Elefanten, der fast den gesamten Raum ausfüllte. Der Darm, der ihm aus dem Nabel kam, mündete in den rötlichen lauwarmen Fels. Es war das Kind des Berges, die Araber sagen nämlich, jeder Berg gebäre ein solches Kind, und eines Tages werden sie alle-

samt hervorkommen, um die Welt vor dem gefürchteten Tag des Jüngsten Gerichts in Klump zu schlagen. In der rechten Hand jenes Fötus, dessen Augen sich hin und wieder müde wie der Saphirstein öffneten, hatten die Halsabschneider von Beduinen Unterschlupf gefunden: weiß und viereckig, mit Kalk geweißelt. Als sie uns rochen, kamen sie scharenweise heraus, vielleicht auch durch ein weiteres verborgenes Loch, denn jene Stube konnte sie nicht alle fassen. Wir schafften es nicht einmal, unsere Pistolen oder Dolche zu packen. Es war für sie ein leichtes Spiel, uns je zwei Rücken an Rücken zusammenzubinden und uns wie ein paar Kartoffelsäcke neben die Knie des Kindes zu werfen.

Denn, liebes Mütterchen (und Du musst jetzt keinen Schrecken kriegen, denn ich würde Dir ja nicht diesen Brief schreiben, wenn ich nicht mit dem Leben davongekommen wäre), wir befanden uns im Monde des Dhu al-Hijja, also im Julmond, wie wir sagen, da sie am achten Tage das Kurban-Bajram-Fest begehen und einen Ziegenbock schlachten, wie es einstmals Ibrahim getan hat, der sich aufgrund von Allahs Befehl darauf vorbereitete, seinen einzigen Sohn, namens Iskhak zu opfern, um ihn anschließend über Knüppelholz zu verbrennen. Nur dass die diebischen Araber uns zu verstehen gegeben haben, dass wir die Ziegenböcke mit den durchgeschnittenen Hälsen sein würden, die über kleinen Flammen gegart würden. »Wir werden euch braten und danach mit Salz, Pfeffer und Sesam bestreut verspeisen, dazu werden wir noch dicke Bohnen, Reis mit Entenschmalz und Fleischbällchen in Sauce herumreichen. Und wir werden euch mit dem allerstärksten Arak beträufeln.« Und wir glaubten damals tatsächlich, so würde unser Ende aussehen, und beklagten in unseren Verschnürungen hoffnungslos unser Schicksal.

Ghiuner aber, der nicht wusste, was Verzweiflung ist, denn bei den Tataren saugen die Kleinen sie nicht von der Mutterbrust, sondern bloß Courage und Furchtlosigkeit kannte, hatte immerzu ein fingernagelgroßes Messerchen im Ärmel versteckt für solche Gelegenheiten, damit kein Seil ihn je gebunden behalten könne, und so hat er mit seiner rasiermesserscharfen Klinge seine Fesseln schneller durchtrennt gehabt, als man hinschauen konnte. Dann schlich er ganz langsam zu uns und durchtrennte auch unsere, sodass wir uns ganz bald wieder frei inmitten der rosigen Finsternis des Saales befanden und unsere

Dolche und Pistolen, die von den Dieben an der Seite, an der sich die Fußsohlen des Kindchens befanden, auf einen Haufen geworfen worden waren, wieder in Besitz nehmen konnten. Eine Zehe von seinem Fuße, liebes Mütterchen, überragte jeden von uns. Gottesfürchtig gingen wir an seinem Körper wie aus geschmolzenem Achat entlang, bis wir zu seiner rechten Hand gelangten, wo sich das Haus befand, das er zwischen seinen Fingern hielt. Wir schossen mit den Pistolen, und die Beduinen fingen an, nur in den Hemden, wie der Schlaf sie vorgefunden hatte, herauszukommen, und sobald einer den Kopf durch den Vorhang streckte, ward ihm auch schon die Kehle durchtrennt, wie sie es vorhatten, mit uns zu tun, denn wer andern eine Grube gräbt, fällt selbst hinein. Und als der Leichenhaufen schließlich eine Mannshöhe überstieg, gingen auch wir in diese Stube hinein, und was sahen wir da? Sie war innen drin hundertmal größer, als es von außen den Anschein hatte, und zwar aufgrund von arabischen Zaubereien, die man nicht begreifen kann. Und überall war sie angefüllt mit wertvollen Dingen, herrschaftlichen Pokalen, Ketten, Goldtalern, Ohrringen, Armreifen und mit Edelsteinen besetzten Siegelringen, denn dort befand sich die alte Schatzkammer der Festung, und der Fötus war deren Wächter. Jedes Mal, wenn wir einen goldenen Becher oder ein wertvolles Tablett anfassten, ging ein Beben durch das ungeborene Kind, und seine Finger umklammerten das geweißelte Haus, als wollten sie es sogleich zermalmen. Wir konnten von dort nichts mitnehmen, als was uns gehört hatte, die Beutel mit dem Geld, die uns gestohlen worden waren. Als wir hinausgingen, waren die Augen des Kindes geöffnet, groß und weise und von der Farbe des Herbsthimmels, und sein Atem wehte uns durch das Haar. Wieder irrten wir tagelang durch jene Schächte und Gänge, bis wir schließlich mit Gottes Hilfe wieder das Licht der Sonne erblickten.

Dies habe ich in Petra erlitten, wo wir kurz davor waren, unsere Gebeine zu lassen, aber nach diesem Abenteuer werden wir gen Jerusalem aufbrechen, der weitläufigen Festung, von der es heißt, es gebe keine Worte, die ihre Schönheit und göttliche Größe ausdrücken könnten. So sagen es die Gelehrten, und ich glaube, dass diese Stadt irgendwann aus dem Himmel herabgelassen worden ist, wie ein goldenes Tablett voller Kirchen und großer Häuser und Mauern so lang, dass man ihr Ende nicht sehen kann, und die smaragdenen Kronen der Zypressen, Zedern und Feigenbäume, eingestreut zwischen die herrschaftlichen Häuser. Und in der Mitte befindet sich eine kristallene Kirche mit dreißig Türmen, durch deren Glas man darunter das Heilige Grab unseres Herrn Jesus Christus, des Erlösers, mit den beiden lebendigen und wahrhaftigen Engeln sehen kann, die, ihre vernichtenden Waffen in den Händen, dort, einer am Kopfende und der andere am Fußende des Grabes, Wache halten. Und es ist eine Landschaft, die jeder Mensch gesehen haben muss, bevor er seinen letzten Atemzug tut, sodass ich hoffe, auch meine Augen werden sich ihrer im kommenden Monat erfreuen dürfen. Wenn dann schließlich der Winter vorüber ist, werden wir zurückkehren zum Hafen Selaata, wo wir unser Schiff liegen haben, um den Weg zurück nach Klidhes zu nehmen, wo wir uns mit unseren Gefährten, die in den dortigen Einöden verblieben sind, wieder vereinen werden.

Wenn aber die Zephire des Frühlings wieder in unsere Segel blasen, werden wir uns neuerlich aufmachen durch die schäumenden Wogen des Meeres voll verspielter Delphine und Kraken, die unsere Wege mit Hymnen begleiten, die über Meilen hinweg zu hören sind, denn wie ich Dir zu sagen begonnen hatte, singen unsere Schiffe schon seit einer ganzen Weile. In ihren Brettern, liebstes Mütterchen, hausen lange und dicke Würmer, die mit ihren beinernen Zähnen das Holz geradezu durchlöchern. Unsere Leute hören Nacht für Nacht, wie sie bohren im Holz, und sie sind derart gewöhnt daran, dass sie, wie ich glaube, ohne dieses Geräusch im Ohr nicht mehr einschlafen könnten. Diese Würmer, lang wie ein aufrecht stehender Mann, kann man gut essen, ihr Fleisch schmeckt so ähnlich wie das der Ochsen. Diesen Winter haben wir die aus dem Kiel der Zulnia *gebraten, einer Barkasse von dazumal, und die haben uns ganz gutgetan, schließlich haben sie in der winterlichen Tristesse bei uns für volle Bäuche gesorgt.*

Ich wusste aber nicht, und das wusste im gesamten Archipel bis vor einem Jahr noch niemand, dass es auch Schiffswürmer anderer Art gibt, die mit dutzenden, ja hunderten verschiedenen Stimmen im Holz singen, dabei Töne wie von der Geige oder der Laute von sich geben, die bis zu den Mastspitzen hinauf zu hören sind. Diese haben Köpfe aus Perlmutt, das bläulich wie der Himmel glänzt, und auf den Körpern haben sie purpurne Flecken, die ständig ihre

Größe und Gestalt verändern. Als wir mal auf dem Eiland Kalymnos verweilten, bin ich dort einem Händler begegnet, der solche Würmchen wie Regenwürmer verkaufte, die jedoch, ins Holz eingebohrt, auf eine Länge heranwachsen, die eine Menschengröße übertrifft, und er hielt die in einer Holzkiste mit Trennwänden, um sie ihrer Stimmen nach voneinander zu scheiden: rauhere oder dünnere Stimmen, gemächlichere und hurtigere, je nach ihrer Art. Ich hab dort gutes Geld gelassen, weil ich von jeder Stimme welche gekauft habe, dann habe ich auf jedes Segelschiff eine Sorte dieser Würmer mit je eigener Stimme gepackt, sodass alle Schiffe, wenn sie gemeinsam aufbrechen, wie achtzig verzauberte Geigen, Lauten und Fiedeln klingen, die über das Wasser des Meeres gleiten und zusammen ganz hinreißend musizieren, sich gegenseitig antworten, dann wieder alle zusammenklingen, sich in Einzelstimmen trennen, die aufeinanderfolgen, sodass die erhebendste Musik erklingt, immer und immer wieder eine andere, mal heiter, dann verdrossen und traurig, mal herzzerreißend und mal das Herz vor Freude überlaufen lassend, und diese Musik begleitet uns auf unseren Wegen durch die Wüstenei der Wasser, unter der Mittagssonne oder unter den Sternen der Nacht. Und die Leute auf den Inseln hören sie schon von weitem, und eilen herbei, uns mit Schnapsflaschen und Oliven und Ziegenkäse und Früchten so groß wie Kanonenkugeln zu empfangen. Denn im Archipel lieben uns alle und gehen liebend gern vor uns in die Knie, wie vor rechtmäßigen Herrschern.

Und mit dieser Erzählung über meine singenden Schiffe – ach, wie wünschte ich doch, auch Du könntest sie hören, und sei es nur ein einziges Mal! – beende auch ich meinen Brief in Liebe und Sehnsucht nach Deinem Antlitz, das ich doch ewig in meiner Seele trage. Bewahre Dich die Mutter des Herrn in Ihrer heiligen Obhut! Gesundheit und ein frohes Gemüt wünscht Dir Dein Dich überaus liebender Sohn

Theodoros, Archont und Strategos der Dodekanes-Eilande,
sowie von Zypern und Kreta

Unweit von Rhodos, zwischen Leros und Kos, befindet sich das Eiland Kalymnos, auf das hin sich deine Flotte bei Frühlingsbeginn, angetrieben vom Noto-Wind, der von Malta her bläst, in Bewegung gesetzt hat, und von dort aus hat sie sich, deinem Befehle gehorchend, wieder über die staublosen Wege der Meere zerstreut, auf denen die Briggs, Schoner, Klipper und bauchigen Barkassen Weizen, Olivenöl, Wein und Reisende zwischen den Inseln hin und her sowie an die Küsten von Hellas, der Türkei und Ägyptens fuhren. Deine Segelschiffe und Dampfer betrieben nicht nur Piraterie, indem sie grausam jedes fremde Schiff ausplünderten, dem sie unterwegs begegneten, sondern sie verkauften anschließend auch die erbeuteten Schiffe und Waren mit großer kaufmännischer Sorgfalt, vor allem in den Häfen an der afrikanischen Küste, und legten den Gewinn in deine Hände. Sie kämpften auch seefahrerisch und kriegerisch geschickt gegen die Fregatten, die sie unablässig jagten, denn deine Bande war im Archipel unerträglich geworden, wie eine Seuche, gegen die es kein Mittel gab und die sich auf der öligen Meeresoberfläche überallhin ausbreitete, sodass das auf dich ausgesetzte Kopfgeld mittlerweile zu einem stattlichen Vermögen angewachsen war, hinter dem selbst die reichsten Bejs her waren. Aber die Rohheit, mit der deine Leute die fremden Matrosen und Soldaten verstümmelten, die ihnen in die Hände fielen – sie stachen ihnen die Augen aus, verbrühten ihre Körper mit geschmolzenem Pech und rissen ihnen den Hodensack weg, banden sie ans Seil der Ankerwinde und brachen ihnen auf diese Weise sämtliche Knochen, bevor sie sie mitsamt ihren Schiffen versenkten –, hatte die Angst vor dir über sämtliche Eilande verbreitet, sodass nur die Engländer und die Türken, mächtiger und am meisten gegen dich aufgebracht, es noch wagten, dich zu verfolgen.

Mit nur drei Schiffen bliebst du im Hafen von Myrties im Westen der Insel Kalymnos, einem Ort mit weißgetünchten Häuschen, die über die Einbuchtung eines Golfs am Fuße eines Berges verstreut waren, von wo aus du zum ersten Mal über den smaragdgrünen Meeresarm hinweg auf den hoch aufragenden Felsen des kleinen, unbewohnten und nahe liegenden Eilandes namens Telendos blicktest, der vom grünen Spiegel ruhig daliegender Wasser zurückgeworfen wurde. Denn jener stolze und unwirtliche Felsen, der trübsinnig in den Himmel stach, wiewohl sich der Himmel hier höher zu wölben schien als sonst irgendwo, war vor einem Monat von der Unschuld einer jungen zyprischen Hirtentochter ausgewählt worden, als du sie aufgefordert hattest, mit dem Finger auf ein Blatt voller Namen zu weisen. Auf jenem Pergament waren Inselnamen, die mit dem Buchstaben T beginnen, untereinander aufgeschrieben worden, alle, an die sich deine Leute erinnern konnten: Thasos, Thyrasia, Tilos, Telendos, Tragonisi, Thrymaina und die unfruchtbare Trikeri Hydras, die voll giftiger Ottern ist. Die kleine Peta, die noch nicht lesen konnte und aus deiner Hand für ihre Bemühung eine türkische Goldmünze erhielt, mit der ihr Vater sich einige Zeit darauf ein Haus gebaut hat, wies zögerlich auf Telendos, was dich und deine Bande höchlichst erfreute, denn ihr vertrautet darauf, dass ein Engel Gottes ihre Wahl gesteuert habe. Was auch den Tatsachen entspricht, denn wir haben in den über den Wassern aufgequollenen Wolken ebenso wie auch sonst in allen Augenblicken deines Lebens darauf geachtet, dass ihr Finger dort innehalte, wo dich dein Schicksal hinlenkte, damit nichts in deiner Geschichte unvollendet bleibe. Sodass ihr geradewegs nach Kalymnos aufgebrochen seid, von wo es bis nach Telendos nur ein paar hundert Armlängen sind.

Ihr überquertet den schmalen Streifen Meeres mit den Booten und rastetet am Ufer von Telendos unter dem Berg, der sich stolz und gerade aus dem bewegten Spiegel der Meereswellen erhob, und danach fingt ihr an, durch das vertrocknete Dickicht, das den Berg umgab, in der Hoffnung hinaufzusteigen, irgendwo am Felsen auf ein Zeichen zu stoßen, das euch die Gewissheit gibt, auf dem richtigen Weg zur Bundeslade zu sein, die du, der Gegenteilige, wie dich einstmals Moshe Telalul genannt hatte, verdammt in der Segnung und gesegnet in der Verdammnis, bestimmt warst, in diesem Leben aufzufinden. Das Zeichen war der Buchstabe T aus SAVAOTH, auf welchen nur noch ein Buchstabe folgte, der dann die Unterschrift des Herrn auf der Kugel vervollständigte, die Er zum Beginn der Zeiten in nur sechs arbeitsreichen Tagen aus Ton geformt hatte, worauf Er sich ausruhte.

Als ihr aus dem schier undurchdringlichen Wald hinaustratet, in dem es von wilden Tieren, Vögeln und riesigen Skolopendern nur so wimmelte, seid ihr, du und die drei Gefährten, die dich auf das Eiland begleitet hatten, auf den steilen Felssporn gestoßen, der sich zweihundert Klafter über das Meer erhob, einen Felsen, auf den noch nie jemand geklettert war, seitdem es die Welt gibt, und in dessen Höhlungen sich die Adler ihre Nester gebaut hatten. Ihr stiegt von einer Kante zur nächsten, klammertet euch mit blutig aufgerissenen Fingern an jeden Vorsprung des rauhen Felsens und sahet hin und wieder in die Tiefe der Wasser darunter. Drei volle Stunden habt ihr benötigt, um auf den Gipfel zu gelangen, eure Hände und Knie bluteten, und die Herzen klopften euch in der Brust wie Schmiedehämmer auf den Ambossen. Als ihr dort saßet, du, Zephyra, bedeckt von einem gestickten blauen Tuch, Baraba der Verschlafene und Suleyman der Chinese, öffnete sich euch ringsum eine Ansicht, die man weder erzählen noch vergessen kann, denn grenzenlos ist die Schönheit dieser vergänglichen Welt.

Unter der hohen Glocke der Kuppel aus Saphir, die geleichermaßen Himmel und Meer wie die Glasscheibe einer himmlischen Turmuhr umfing, sah man gen Osten hin das nahe Eiland Kalymnos im blendenden Smaragd der ewig unruhigen Wasser schweben. Nach Norden hin, schon von einem rosenfarbenen Dunst verschattet, denn der Abend begann herabzusinken, erstreckte sich die Insel Leros, wo ihr auf einem Vorsprung die berühmte Festung der Johanniter erblicken konntet, und gegen Westen erspähtet ihr vor dem Horizont das Eiland Amorgos, auf dem ihr einstmals, scheinbar in einem anderen Leben, auf der Suche nach den über den gesamten Archipel verstreuten Zeichen verweilt hattet. Die Landschaft, vom Glanz des Meeres umspielt und gefleckt vom Schatten der dunkelblauen Wolken über den Wassern und Inseln, war zu weit, als dass das Auge oder die menschliche Seele sie ganz hätte umfassen können, auch war sie nicht von dieser Welt. Die Möwen hielten sich fern von dem Felsen und schwebten weiter draußen durch die Lüfte, sie fürchteten die Adler, die den kecken Felsen umrundeten, auf dem ihr gerade mal ein bisschen durchgeschnauft hattet. Ihr fühltet euch klein wie Ameisen und völlig unbedeutend, wie ihr so auf die kleinen Marktflecken auf den Inseln schautet, wo die Häuser wie Salzkrümel aussahen, die man in einen kleinen Golf mit weinroten Wassern gestreut hatte. Was ist der Mensch in der Endlosigkeit der Welt, was bedeutet sein augenblickslanger Hauch im grenzenlosen Ozean der Zeit? Mit im Abendwind flatternder Mähne dachtest du melancholisch an die weisen Worte von einst:

Oh, es ist alles ganz eitel, sprach der Prediger, es ist alles ganz eitel. Was hat der Mensch für Gewinn von all seiner Mühe, die er hat unter der Sonne? Ein Geschlecht vergeht, das andere kommt, die Erde bleibt aber ewiglich. Die Sonne geht auf und geht unter und läuft an ihren Ort, dass sie wieder daselbst aufgehe. Der Wind geht gen Mittag und kommt herum um Mitternacht und wieder herum an den Ort, da er anfing. Alle Wasser laufen ins Meer, doch wird das Meer nicht voller, an den Ort, da sie her fließen, fließen sie wieder hin. Es sind alle Dinge so voll Mühe, dass es niemand ausreden kann. Das Auge sieht sich nimmer satt, und das Ohr hört sich nimmer satt. Was ist's, das geschehen ist? Ebendas hernach geschehen wird. Was ist's, das man getan hat? Ebendas man hernach wieder tun wird; und geschieht nichts Neues unter der Sonne.

Der Abend brach nun schnell herein, die halbe Himmelskuppel blieb blau und hell, mit einem Mond darin, der wie ein kaum zu erblickendes weißes Phantasma aussah und zwischen den Wolken schwebte, und in der anderen Hemisphäre hatte sich schon das bewölkte Scharlachrot breitgemacht, das bald den ganzen Himmel umfassen würde. Bloß ein Streifen schmutzigen Goldes erleuchtete noch den westlichen Horizont. Während ihr euer Abendmahl einnahmt, das ihr in Umhängetaschen mitgebracht hattet, gingen die Sterne auf in ihrer uralten Ordnung. Der auf den Himmel gekippte Große Bär war das erste Sternbild, das die erfahrenen Matrosen im Frühling erblickten, dann folgten der Löwe, die Jungfrau und die Hydra, die hell im Staub geringerer und namenloser Sterne leuchteten, die wie Mehl in alle Himmelsabgründe hineingestreut waren. Alle gemeinsam leuchteten sie wie der Tag, wie ein Baum, beladen mit tausenden und abertausenden Früchten aus Licht, sodass sich seine Äste unter der Last zu Boden neigten. Die halbe Nacht habt ihr Liebe getrieben mit Zephyra und sie vor Freude und Lust zum Schreien gebracht, dann seid ihr alle unter dem gestirnten Himmel eingeschlafen. Im Schlaf hattet ihr ein Gesicht, denn das Tor des Traumes bleibt in uns für den halb offen stehen, der jeden unserer Gedanken kennt: »Wenn da ein Prophet ist unter euch, werde Ich, der Herr, Mich ihm in einem Gesicht zeigen und sprechen zu ihm im Traume«, hatte Er zu Mirjam und Aaron in der Wüste gesagt, als sie sich gegen Moses, seinen Freund, aufgelehnt hatten.

In eurem Traum sah es so aus, als ob da ein hohes Kreuz in der Form des Buchstabens T auf dem Gipfel des Berges von Telendos wäre, und es war Nacht, und die Sterne verstreuten sich wie Goldfäden über die gesamte Kuppel ringsum. Ans Kreuz geschlagen war Zephyra, nackt und mit Duftölen gesalbt, mit ihren vollendeten Formen, von oben bis unten beschrieben mit blauen Malereien, die durchscheinend einen Fingerbreit über ihren Titten, Hüften und ihrem Bauch wie ein aus seidenen Fäden gewebtes Hemd schwebten und reizende Schmetterlinge, Triebe und Blätter, Farne und runde Löwenzahnflockenkugeln vorstellten. Ihr Gesicht war zur Brust geneigt, und die schwarzen Haarlocken flossen ihr zwischen den runden und schweren in azurblaue Zeichnungen eingefassten Brüsten hindurch. Ein aus dem Himmel herabfallender Lichtstrahl beleuchtete ihren Bauch unterhalb des Nabels, sodass man durch das durchsichtige Fleisch hindurch das T sehen konnte, das aus dem Organ der Vereinigung und den beiden Strängen hin zu den hunderten Eiern bestand, welche die Frauen im Bauch tragen, um Kinder auf die Welt zu bringen. Auf dieses Kreuz ist jeder Sterbliche von Geburt an geschlagen, so er geboren ist aus dem Vater, aus Wasser und Geist. Und ihr drei lagt ihr zu Füßen, betetet reumütig und küsstet ihr die von den Zimmermannsnägeln durchlöcherten Füße und die rotgefärbten Fußnägel. Dann seid ihr aufgestanden, habt eine Leiter an das Kreuz gestellt, die blutbeschmierten Nägel gelöst und sie langsam heruntergetragen, um sie dann zu dritt zu dem nahebei in den durchsichtigen Kristallstein geschnittenen Grab zu bringen. Dort habt ihr sie hineingelegt und das Grab mit dem Deckel verschlossen, der aus dem gleichen Stein geschnitten war und durch den man wie durch Glas hindurchschauen konnte. Die Sterne glühten stärker als jemals sonst, und der aus dem pechschwarzen Meer hochragende Felssporn war nun die Achse der Welt.

Als ihr im klaren Morgenlicht aufwachtet, schlief Zephyra noch tief, sie lag auf dem Rücken, wie sie im Sarg gelegen hatte, und ihre Arme waren über der Brust überkreuzt. Auf ihrem Bauch, genau an der Stelle, auf die im Traum der Lichtstrahl gefallen war, ruhte nun ein kleines Kreuz aus krummem Olivenholz, das wie der Buchstabe T aussah. Dies war das Zeichen, und die Frau sollte es auf einer Lederschnur aufgefädelt bis ins hohe Alter, umringt von Enkeln und Urenkeln, zwischen den Titten tragen, denn davor war sie unfruchtbar gewesen, aber in jener Nacht hatte einer von euch sie geschwängert, sodass sie ein Kind auf die Welt bringen würde. Darüber, aus wessen Samen es entstanden war, sollte es neun Monate darauf, als das Knäblein Calistrat das Licht der Welt erblickte, keinen Zweifel mehr geben, denn es hatte schmale und geschwungene Augen, die von einem schwarzen Häutchen umrandet waren, und seine Gesichtshaut war gelblich wie die Zitrone.

Eure Freude darüber, dass der Herr zu euch spricht, und sei es, in einer euch unbekannten Sprache, war groß, aber von kurzer Dauer, denn als ihr zum Hafen von Myrties hinüberschautet, saht ihr ihn in Flammen stehen, und eure drei Segelschiffe, die es nur mit äußerster Mühe aus dem Hafen hinausgeschafft hatten, waren auf hoher See umringt von einem Dutzend Fregatten und anderen türkischen Kriegsschiffen, mit offensichtlich mehr Kanonen als auf euren Schiffen, und Unmengen Soldaten an Bord. Man konnte leise Schreie hören und spärliche Gewehrschüsse, aber du konntest mit einem Blick sehen, dass es keinen Kampf geben würde. Ihr wart verloren, dem Galgen, der in jedem Hafen auf euch wartete, näher als jemals sonst, denn die Engländer verloren noch einige Zeit mit dem Gericht und ermittelten die Tatbestände, aber die Türken hoben solche wie euch schon auf den Galgen, wenn sie einen herbeibrachten, gnadenlos, und manch einen häuteten sie sogar bei lebendigem Leibe oder pfählten ihn, je nachdem, wie groß ihnen deren Schuld vorkam.

Denn bei den Türken wurde die Gerechtigkeit wie Käse oder Lämmer gegen bares Geld verkauft und gekauft. Mit großem Schmerz musstet ihr mitansehen, wie eure Segelschiffe vom Feind eingenommen wurden, wie die Matrosen in Ketten gelegt und an Land gebracht wurden, und wie große, mit Pech bestrichene Boote auf das Eiland Telendos zuruderten, um euch lebend zu ergreifen. Als sie näher herangekommen waren, sprangen die Soldaten in das noch tiefere Wasser und machten sich auf, den Berg durch das verwilderte Dickicht und die so gut wie undurchdringlichen Wälder zu erklimmen, indem sie sich mit den blanken Schwertern den Weg freihieben, bis sie ans Licht gelangten und auf den nackten Felsen stießen. Einen halben Tag lang habt ihr euch mit ihnen gemessen, ihr habt von oben mit euren Gewehren geschossen, und sie erwiderten das Feuer hinter Baumstämmen im Tal unten, aber als Baraba verwundet zu Boden fiel und euch die Munition ausging, hast du aus deinem weißen Hemd eine Fahne gemacht, und ihr habt euch dem Schicksal und den Osmanen überantwortet. Gefesselt und kräftig durchgeprügelt, nur noch rohes Fleisch, brachte man euch an Deck eines Kajiks, aber bald schon befandet ihr euch auf der *Al Quahirah*, einem Segler mit fünf Masten und hundert Kanonen, die den Befehl bekommen hatte, wie du später erfahren hast, euch nach Samos zu fahren, um dort gehenkt zu werden. Dies hat dich verwundert, denn es gab da, Gott sei's gelobt, Galgen auch im Hafen von Myrties in Kalymnos, auch genügend Kormorane, den Gehängten die Augen auszustechen. Samos aber lag zwei Tagesreisen nördlich. Aber in dem beklagenswerten Zustand, in dem du dich befandst, halbtot vor Durst und Hunger, verschnürt mit Riemen und auf die feuchten Bretter im tiefsten Laderaum geworfen, quälten ausgerechnet solche Überlegungen dich nicht.

Die Fahrt war stürmisch, das Schiff knarzte in allen Fugen, tat sich schwer mit der aufgewühlten See, und dein armer Körper, den sie gründlich verhackstückt hatten, wurde gegen die Schiffsbretter geschleudert, sodass du in den seltenen Momenten, da du aus einer Ohnmacht erwachtest, meintest, dein letztes Stündlein habe geschlagen. Dann ging dir ein Gedanke blitzartig durch den Sinn: »Was hätte ich für ein großmächtiger

Kaiser sein können!«, worauf du wieder in die Gefühllosigkeit hinabsankst.

Du bist erst am Ende vieler Tage, nachdem die *Al Quahirah* im Hafen von Mandraki vor Anker gegangen war, wieder zu dir gekommen und sahst, dass du dich in einer unbekannten, weißen und sauberen Stube befandst, deren Fenster sich zu einem prächtigen Garten voller Rosenduft öffneten. Ein schönes Weib pflegte dich, und ihre kurvenreiche Gestalt hat mehr für deine Genesung bewirkt als alle bittere Medizin, die du aus ihren Händen dargereicht bekamst. Warst du gestorben und in den Himmel gelangt? Nach sieben Tagen konntest du ein paar Schritte über den Fußboden gehen, und am Fenster stehend konntest du die Feigenbäume voll violetter Früchte im Garten dieses großen Hauses sehen, dessen Dach mit roten Dachziegeln gedeckt war und dessen Mauern beladen waren von allerhand Simswerk und marmornen Frauen, deren Mähnen und Titten von Taubendreck bedeckt waren. Aber als du durch die Tür treten wolltest, wurdest du von einem Soldaten in einer Fustanella und einem ziegelroten Fes auf dem Kopf aufgehalten, der dir seinen Dolch auf die Brust setzte. Du befandst dich, wie es schien, doch noch nicht im Himmel, sondern noch in dem Leben, das gelebt wurde.

Im Morgengrauen des zehnten Tages wurdest du von anderen griechischen Soldaten geweckt, die dich dann über kühle Flure in einen großen Saal führten, an dessen Wänden sich zahlreiche Sitzbretter in gedeckten Farben befanden. Auf den Wänden gab es große, meisterhaft gemalte Bilder von Orten auf dem Eiland, die dir allesamt von anderen Aufenthalten auf Samos bekannt waren: Pythagorio, das Kloster Panaghia Spiliani, das der Göttin Hera gewidmete Heiligtum, der in den Berg Kastros gehauene Aquädukt des Eupalynos … Auch gab es Bildnisse stolzer Palikári und Weiber in der Tracht der Inseln sowie Bilder mit Kashkaval-Rädern und Weintrauben und geschälten Bitterorangen und mit soeben erlegten Hasen und Fasanen voll der bleiernen Schrotkugeln und rot von Blut … Du bekamst neue Kleider, wie man sie auf dem Eiland trug, ein Hemd und eine Fustanella, die mit einem zwei Hand breiten roten Gürtel um den Bund getragen wurde, sowie neue, lederne Bundschuhe, und als du dich im großen venezianischen Spiegel sahst, der zwischen den Bildern hing, wundertest du dich über dich, was für ein stolzer Mann du doch warst, was für eine Mähne du hattest und wie breit deine Schultern waren. Strenge und entschlossene Augen, dazwischen tief eingegrabene Furchen, ein Zeichen frischen Leids, ein kräftiges Kinn, übersät mit schwarzen Stoppeln, einen dichten, an den Enden gezwirbelten Schnurrbart ... ein stattlicher Mann, sodass jedes Weib, so es dich bloß aus den Augenwinkeln gesehen, dir sofort einen zweiten Blick, diesmal durchdringender und mit sehr viel mehr Komm-doch-näher-heran zugeworfen hätte. Aber du hattest nicht viel Zeit, in jenem Raume zu verweilen, denn linker Hand öffnete sich eine große Tür, und ein Mann in türkischer Kleidung, die Tabakspfeife in der Hand, kam auf dich zu, an seiner Seite zwei Skipetaren. Der junge Türke lächelte breit, und als er dir von Angesicht zu Angesicht gegenüberstand, sagte er auf Rumänisch: »Willkommen, Tudorică!«, worauf du, höchlichst verwundert, erkanntest, wer es war.

Das 1845. Jahr, die Dodekanes-Eilande stöhnten unter dem türkischen Joch. Es hatte Revolten gegeben, die griechischen Palikári hatten sich in letzter Zeit für Megali Idea erhoben, aber alles hatte in Eimern voller Blut geendet. Auch Samos war vor kurzem zur Ader gelassen und verwundet worden, denn nur fünf Jahre zuvor war die Judenheit des Eilands wie schon tausendmal vorher verdächtigt worden, sie hätte das Blut eines christlichen Kleinkinds in ihre Matzen gemengt, die heilige Speise für diese Zeit des Übergangs.

Wie man wohl wusste, hatten die Juden am fünfzehnten Tag des Nisan-Monats ihr großes Pessachfest in Erinnerung an ihre Versklavung in Ägypten, wo die grausamen Engel Jehovas, ihre vernichtenden Waffen in den Händen, durch die Häuser gezogen sind und alle Neugeborenen umgebracht haben, von jenen der Tiere bis zu den Kleinkindern der Ägypter und selbst dem Erstgeborenen des Pharaos, sodass das Land von lautem Wehklagen widerhallte. Nur die Häuser der Juden haben sie nicht betreten, denn ihre Türstöcke waren als Erkennungszeichen mit Blut bestrichen. Es war dies das letzte und grausamste Unglück, mit dem Gott das Volk der Ägypter bestrafte, worauf das versteinerte Herz des Pharaos sich erweichte, sodass die Juden ihren vierzig Jahre währenden Weg durch die Wüste antreten konnten.

Schon seit mehr als siebenhundert Jahren gab es die haltlose Geschichte von dem Christenkind, das die Juden geraubt und dessen Blut sie über dem Trog mit ungesäuertem Teig vergossen hatten, ebenso – dies grölte stets der gleiche Pöbel – wie die, dass Christi Blut von jenen dahingeopfert worden war, die im Angesicht von Pilatus – wie Johannes schreibt – riefen: »Kreuziget Ihn! Kreuziget Ihn!«, und unzählige Male waren sie wie Seuchen unter den Leuten ausgebrochen und hatten die Kalender mit Heiligen und kindlichen Märtyrern gefüllt, worunter Simon von Trient der Berühmteste war, aber auch Gabriel von Białystok, den die Russen noch zu deiner Zeit für einen Märtyrer hielten. Nackt ausgezogen und kopfüber an den Beinen festgehalten, wie die auf dem Markt gekauften Hühner, heißt es, sei tagelang mit Scherben und verrosteten Nägeln in die Kinder gestochen worden, und das Blut sei wie aus einer Gießkanne aus ihnen herausgeschossen. So ist es nicht verwunderlich, dass jedes Mal (und es heißt, es sei etwa zweihundert Mal in der ganzen Welt geschehen) die örtlichen Juden aufgrund eines geringen Verdachts ermordet, misshandelt und ausgeplündert wurden, die Untersuchungen aber, die später dann erfolgten, konnten nicht die Spur einer Wahrheit in den Verdächtigungen erkennen. Die Juden hatten ihre Geständnisse unter unsäglich schrecklichen Foltern getätigt, man hatte ihnen die Arm- und Beingelenke zertrümmert, die Fingernägel ausgerissen und auf die Hoden geschlagen, bis sie schwarz und angeschwollen waren auf die Größe von Granatäpfeln.

Solche Dinge waren auch in Samos geschehen, und damit der Pöbel sich beruhige, hatte man einen christlichen Bej zur Leitung des Eilands eingesetzt, der das Volk nach dessen Gesetz behandeln sollte, denn die Türken kümmerten sich nicht um Gesetz oder Brauch, sondern allein um den Tribut. Und wie der Zufall es wollte, war dieser Bej Ion Ghica, der Sohn des Herrn Tachi und dein Gefährte bei den kindlichen Streichen, den du zur Zeit eurer Kaiser-Spiele damit quältest, dass du ihn an einen Baum gefesselt und auch mal einen ganzen Tag dort den Stechmücken ausgesetzt hattest. Er war es auch, der dich zu der Geschichte mit den Drachen über Bukarest begleitet hatte und zu unzähligen weiteren Abenteuern und Streichen, denn er war ein paar Jahre lang so etwas wie dein jüngerer Bruder gewesen und ansonsten eher ein Muttersöhnchen als wer weiß was für ein Held. Weil er aber schon in jungen Jahren sich im Handhaben der Waffen ausgebildet hatte und über ein wohlgefälliges Mundwerk verfügte, dazu gut anzusehen war und das den verqueren Türken oftmals genügte, war er schon vor zwei Jahren als Bimbascha des neuen türkischen Heeres, *Asâkir-i Mansûre-i Muhammediye*, im Archipel angelangt, und weil er mit nur sechs Kriegsschiffen die östlichen Eilande von den Piraten des Farmakon Spahi gereinigt hatte, war er vom Wesir zum Bej von Samos ernannt worden. Von hier aus hatte er seinen erbitterten Kampf gegen die Banditen des Meeres weitergeführt, worunter du, wie er zu seiner grenzenlosen Verwunderung erfuhr, der erste und stärkste warst, gefürchtet überall auf den zahllosen Inseln von Hellas.

Das war auch dein Glück, denn nachdem er dich liebevoll als seinen besten Freund aus eurer fernen Kindheit in die Arme geschlossen hatte, hat Ionică dich mitsamt deinen Gefährten freigelassen, aber zuerst musstest du auf ein altes Messbuch schwören, dass du dein grausames Laster aufgeben und auch im Archipel ein *Afantos* würdest, wie du zu Hause auch einer geworden warst. Ebenso würdest du sechzig Beutel mit Goldmünzen mit unversehrter Rändelung der Schatzkammer von Samos auf den Tisch zählen, deren Wert genügen sollte, um auf dem Eiland ein Lazarett und ein Haus für gebärende Frauen zu errichten.

27

Das Haubergeon-Kettenhemd engte dich an den Schultern etwas ein, die es dir auch wie eine Eiskruste kühlte, aber was ging dich das an? Es war der große Tag. Die Streitmächte standen sich auf dem Feld bei Dirasge, wie zu einem Karneval angetan, unmittelbar gegenüber, sangen und tanzten wild zum Schrei der Trompeten und Donnern der Trommeln; die feindlichen Soldaten zeigten deinen Soldaten den zwischen Zeigefinger und Mittelfinger gesteckten Daumen, und einige von ihnen zogen in Übertretung ihrer strengen Vorschriften die Hosen herunter und zeigten euch ihre pechschwarzen Ärsche und die behaarten Hodensäcke. So gründlich die Sergeanten Douglas und Pott deine Leute auch unterwiesen haben mochten, und zum schier grenzenlosen Ärger der beiden haben auch deine Leute sich der Prahlerei nicht enthalten, die das gesamte Schlachtfeld erfasst hatte, denn in ihren Herzen waren sie immer noch Teil der liederlichen Horden von einst. Viele hatten sich trotz ihrer britischen Uniformen mit den steifen Kragen, die sie würgten, die schwarzen Gesichter mit ockerfarbenen und türkisen Streifen bestrichen, wie früher, und nicht wenige hatten ihre Haarkringel mit rotem Lehm beschmiert. Durch die Nasenlöcher hatten sie sich zu Ehren der großen Schlacht wieder die elfenbeinernen Ringe und Flamingofedern gesteckt, und große Korkscheiben weiteten ihre Ohrläppchen. Die meisten trugen blaue und mittlerweile eingeschwärzte, konfuse Zeichnungen auf den Armen, in denen der äthiopische Löwe, wie man ihn auf Standarten und dem kaiserlichen Siegel sehen konnte, neben nackten Weibern und Sprichwörtern in der Ge'ez-Schrift dargestellt waren. Die Offiziere hatten ihre Vorderzähne höchst akribisch bearbeiten lassen, damit sie Szenen aus der Heiligen Schrift vorstellten, die oberen zeigten die Himmelsbewohner: Gottvater selbst, den Sohn zu Seiner Rechten und den Heiligen Geist in Gestalt der Taube zur Linken, die unteren Zähne zeigten dafür die Muttergottes und die heiligen Apostel Petrus und Paulus, sodass man bei einem breiten Lächeln der Anführer in ihrem Mund die Ikonostase einer Kirche zu sehen meinte.

Neben den Zelten in der Ferne hast du durch dein Fernrohr wieder deine Feinde gesehen, Dejazmatch Wube Haile Mariam und den Erzbischof Abune Sellama II. der Koptischen Kirche von Ägypten, beide mit langen, gelben und unausgeschlafenen Gesichtern, auf denen man die Furcht wie in der Hand lesen konnte. Du hast grausam gegrinst, wie du sie so verloren hast dastehen gesehen, denn du konntest ihre frühere Verachtung nicht vergessen, als sie dich immerzu nur Spulwurm nannten, aber auch ihre maßlosen Ansprüche nicht: Durch Kundschafter hattest du erfahren, dass Wube sich schon kaiserliche Kleider aus rosa Samt hatte anfertigen lassen, Stiefeletten mit weibischen Absätzen und eine goldene, mit Perlen, Saphiren und Diamanten besetzte Krone, darunter der große *Dinik'i* von der Größe eines menschlichen Auges, denn er stützte sich in seiner Überzeugung, auf den Thron zu gelangen, auf die Segnung seines Freundes, des Erzbischofs. »Es wird nichts mit dem, der sich dafür hält«, flüstertest du unter deinem Schnurrbart den alten Spruch deiner Mutter vor dich hin, während du den alten Dejazmatch durch das Fernglas betrachtetest, »der aber wird es werden, auf den es fällt ...«

Bei Dirasge ging es um jetzt oder nie. Wer siegte, erbte das Reich. Wer verlor, verlor auch Kopf und Leben, seine und die all seiner Verwandten und Freunde. Obwohl auch diesmal deine Streitmacht geringer war an Zahl, wie auf deinem gesamten bisherigen von Siegen begleiteten Weg – Gur Amba, Gondor, Ayshal –, kam dir der Gedanke an eine Niederlage nicht einmal in den Sinn. Nachdem der Ausrufer sein Vertrauen in Denda-oben, in Mutter Äthiopien und in dich aus Leibeskräften herausgebrüllt und die Truppe mit einem ohrenbetäubenden Gebrüll geantwortet hatte, stürztest du selbst dich dem Feind entgegen, das blanke Schwert in der Hand und auf dem Rücken deines vorzüglichen Hengstes Defari, dessen glänzendes Fell die Armeen und die dunstige Kuppel darüber spiegelte. Die tapfersten der Kavalleristen folgten dir, sie umringten dich eng, während die Kanonen aus ihren Verstecken heraus zu feuern begannen. Aus unseren Himmeln, schlaftrunken wie eine Schar träger Pelikane im Schilf mit den Flügeln schlagend, überschauten wir die gesamte Ebene bei Dirasge, ebenso die immer weiteren Horizonte mit Festungen und

Dörfern und gewellten Sandflächen und Oasen mit Baobabs und Dattelpalmen, bis hin zu den Mündungen des Nils und an Libyens Küsten im Norden und den schäumenden Wasserfällen des Blauen Nils im Süden. Wie ein Blutstreifen zeigte sich uns das Rote Meer gen Osten, und das Auge der Sahara war gerade noch wie ein azurblauer Fleck im Westen zu sehen, im Schatten des Atlasgebirges am Ende der Welt.

Die einen rasten auf die anderen zu, die Reihen der Soldaten brachen auf, und zehntausende Männer begannen, sich in Stücke zu hauen, sich zu erstechen und sich Blei in die Körper zu schießen, vermengten sich, bis aus den zwei Heeren ein riesiges Knäuel aus Blut, Fetzen, zerspellten Fahnen und schrecklichen Schmerzensschreien, entfesseltem Zorn und unbändigem Hass, von Flinten mit langen Läufen und Speeren mit Bronzespitzen und Krummsäbeln, die auf Klingen und Scheiden die Sonne einfingen, und Pferdeköpfen mit Federbüschen aus Pfauenfedern unter einem bleiernen Himmel geworden war, der hie und da ein paar dicke Sonnenstrahlen durch seine Ritzen herabschickte. Die beiden Strategen an den Flanken hatten ihre Bataillone in Ruhestellung gehalten, sie gedachten, sie frisch und ausgeruht erst dann in die Schlacht zu werfen, wenn das Gros der Heere erschöpft war. Deine Flanken erkannte man an den blauen Tuniken und den von allen auf die gleiche Weise gehaltenen Gewehren, aber auch an einer Art ruhiger Gewissheit, dass ihnen der Sieg nicht wird genommen werden können, solange du, der Prinz Kassa, bei ihnen bist. Drüben, vor Wubes Lager, begannen die Soldaten schon, bevor das Schicksal der Schlacht klar wurde, sich zu fragen, wo sich die nächsten Höhlen befinden und die stärksten Festungen, um irgendwie davonkommen zu können. Der Gedanke, dass ihr Leben in der Blüte ihrer Jugend beendet werden könnte, flößte ihnen erst recht Todesangst ein, und nur aus Angst vor den Verdamnissen des Abune Sellama, der ihnen mit den Höllenflammen gedroht hatte, überwanden sie sich dazu, auf der Kampfstätte zu bleiben. Als aber jener Tag sich auf den Abend zuneigte, konnte man sehen, dass sie mehr Angst vor dir hatten als vor dem Feuer der Hölle.

Inmitten des Schlachtgetümmels hast du begonnen, die lediglich in

Hemden steckenden Männer niederzumetzeln. Ihre Gewehre waren ihnen nur noch als Keulen von Nutzen, denn das Laden der Flinten kostete Zeit, Arme und Köpfe waren augenblicklich abgeschlagen. Du hattest dir, wie in allen deinen bisherigen Kriegen, Heldenblut-Blüten in beide Achselhöhlen gebunden und mit heiliger Konsequenz die silberne Patronenkugel unter die Zunge gelegt, also fürchtetest du das Blei nicht und wusstest vor allem, dass du nicht sterben wirst, bis dein großer Traum, Meneliks Krone auf deinem Kopf und dir auf die Schläfen drückend, wirklich geworden sein wird, denn wozu sonst solltest du noch auf der Welt sein? Sodass deine Tapferkeit auf dem Feld mit den Blutpfützen und gevierteilten Menschenkörpern, die noch zuckten, ein höchst verwunderlicher Anblick war. Auf die Hinterbeine erhoben und mit der Mähne im Wind sich um und um drehend, Gesichter, Fahnen, Feuerstöße und Säbel auf seinem glänzenden Fell spiegelnd, biss der Hengst Defari in die Gesichter der Kämpfer, riss Kehlen auf, biss Nasen und Kinnpartien weg, während du deren Unglück vollendetest, indem du ihnen die Brust aufhiebst, sodass ihre Lungen und Herzen zu sehen waren. Ringsum tobte der Kampf, Pferde stürzten über Fußsoldaten und zerquetschten sie mit ihrem aufgezäumten Gewicht, die Fesseln spannten sich, und die Kruppen flogen in die Höhe, die Hufeisen glänzten, und die Füße waren bis über das Fesselgelenk hinauf mit Blut getränkt. Gebrüll und Geschrei entflammten den Himmel, machten ihn purpurn wie Klatschmohn, denn allmählich brach die Dämmerung an.

Solange die Soldaten paarweise oder in größeren Gruppen kämpften, die Tollwut im Blick und Schweißströme über die schwarzen Körper fließend, getrocknetes Blut im gekräuselten Haar, galoppierte dein Hengst in die Kreuz und in die Quer, wo auch immer es für dich so aussah, als seien deine Kämpfer geschwächt und bedürften deiner Hilfe. Hin und wieder zogst du auch eine der vier Pistolen mit ihren Elfenbeinverzierungen am Griff und dem umrankten Lauf aus dem Gurt, feuertest sie auf einen Feind ab und stürztest ihn auf den roten afrikanischen Boden. An einem Rand des Schlachtfeldes sahst du plötzlich Wube in seinem großartigen rotgeperlten Taftmantel auf seinem braunen Hengst, der immerzu auf seinen Hinterbeinen stand. Mehr brauchtest du nicht, du stürztest auf ihn zu, dein Pferd zerschmetterte bei seinem Galopp Köpfe und Bäuche der Gefallenen, du hiebst mit dem Jatagan nach rechts und nach links und brülltest, dass dir schier die Kehle im Hals barst. Als Wubes Leute dich sahen, drängten sie sich zu seinem Schutze um ihn, aber es war zu spät: Auf die Hinterbeine erhoben, stießen eure Pferde mit den bunten Schabracken unter den Sätteln Brust an Brust zusammen und versuchten, sich gegenseitig in den Hals zu beißen. Es hatte sich noch ein weiteres Pferd hinzugesellt, das einen der Generäle von Dejazmatch im Sattel sitzen hatte, dann kam noch ein viertes herbei. Eure Schwerter kreuzten sich funkenstiebend in der Luft, eine dicke Lanze drang dem General in den Rücken, der einen bronzenen Ziegenbock auf der Rüstung trug, und trat auf der anderen Seite wieder aus. Unter euch begraben, hatte sich ein Soldat unter einen Schild verkrochen, ein anderer starb durch den Dolch des Feindes, der ihm auf den Rücken gesprungen war, aber alle sollten sie unter den Hufen zertreten werden. Nach etlichen Minuten wilden Kampfes, bei dem du Wube an der Hüfte verwundetest, trennte euch die Schar der Krieger, die eine in mehreren Reihen gestaffelte Mauer gebildet hatten, die du nicht mehr zu durchdringen hoffen konntest. Aber du hast deinem Feind noch blutrünstig in die Augen geschaut und ihm schreckliche walachische Flüche entgegengebrüllt über die Mutter, die ihn geboren hat, das Kreuz und das Messbrot …

Dann hast du dich aus dem Getümmel zurückgezogen, und nach einem Zeichen von dir haben die Soldaten eingegriffen, die sich bis dahin nicht am Kampf beteiligt hatten. Der Ausrufer hat deinen Befehl herausgeschrien, und die deinen rannten wie verzaubert gegen die Festung Dirasge an, den Feind unter den Schrapnellen und Bomben zurücklassend, die von den nahe gelegenen Hügeln herabdonnerten. Das Gemetzel dauerte bis zum Aufgang der Sterne, als Dejazmatch Wube, der seine verstreuten Truppen auf die Höhlen zurennen sah, selber auch, so weit seine Augen reichten, davonrannte und sich im Gestrüpp die mit Safran eingefärbten Taftschalwaren zerriss. Durch seine schwere Kleidung und das erzbischöfliche Kreuz in der Hand etwas belastet, folgte ihm der Erzbischof nach. Die Flucht nützte ihnen jedoch überhaupt nichts, denn die Häuflein Soldaten, die man zu ihrer Verfolgung ausgeschickt hatte, fingen sie ebenso wie ihre Adjutanten lebend ein und brachten sie dir zu Füßen. Von diesem Augenblick an gab es niemanden mehr, der dich hätte überwinden können, und du durftest dich als Kaiser von ganz Äthiopien betrachten, denn ebenso wie Jakob, als er vor Esau davonrannte, hattest du mit Gott und den Menschen gekämpft und bist als Sieger daraus hervorgegangen. Nun brülltest du wie ein Wüstenlöwe, schwangst das blendende Krummschwert über deinen Truppen, warfst den Kopf in den Nacken, das Gesicht gen Himmel und brülltest uns taub mit deinen Siegesrufen.

Wube, dünner als ein vertrockneter Baum, lag zusammengebrochen vor dir, einer deiner Männer hielt ihn am Hals fest und drückte seinen bärtigen Kopf auf den Erdboden, damit du deinen Stiefel auf seine Wange setzen konntest. Was du auch getan hast, denn auch er hätte dies an deiner Stelle getan, dann hast du ihn an den Haaren hochgezogen und ihm ins Auge gespuckt. Mit einem einzigen Zeichen hast du sein Schicksal besiegelt: nicht das Köpfen, auch keine grausame Folter, wegen deines Täubchens, bloß Kerker im ewigen Dunkel, beim Brot und Wasser der Reue und in Ketten gelegt bis auf den Tod. Der größte Prinz der grausamen Zemene-Mesafint-Zeiten, der gefürchtete Dejazmatch Wube Haile Mariam, der die Gewohnheit angenommen hatte, sich selbst mit einer Hoffart, die eines Christenmenschen unwürdig ist, *Ye Abesha Nigus,* also König von Äthiopien zu nennen, würde nun in den Verliesen von Magdala leben, ohne zu leben, und in der einsamen Finsternis voller Ratten und fahler Ohrenkriecher sterben, ohne zu sterben, bis nach ein paar Jahren auf Wunsch der Kaiserin Tiruwork Wube, deiner zweiten Frau, die seine Tochter war, sein Schicksal ihm erleichtert werden sollte.

Dann wurde Abune Sellama herbeigebracht, der große Priester, der sich von alleine auf den Boden und zu deinen Füßen warf, sich den roten Staub auf den Kopf tat und in die Luft warf, während er mit unwürdigen Worten um Gnade bettelte. Du aber hobst ihn sanftmütig auf, schütteltest den Staub von ihm und wischtest mit den Fingern die Tränen aus seinen Augen, die so alt waren wie die Welt. Du küsstest ihn auf die Stirn und versprachst ihm die völlige Vergebung all seiner schweren Sünden, für die er den Tod verdient gehabt hätte, wenn er dich am nächsten Tag in der heiligen Kirche der Jungfrau Mariam von Dirasge zum Kaiser von gesamt Äthiopien krönen und auf den Thron von Menelik I. setzen würde, des Sohnes von König Salomon und der Königin von Saba, der vor beinahe zweitausend Jahren den heiligen Schrein aus dem Tempel von Jerusalem geraubt und nach Äthiopien gebracht hatte. Die Bundeslade befand sich auch zu deinen Tagen umsichtig unter der Erdoberfläche verborgen in einem der in die Felsen gehauenen Klöster. Du wusstest in jenem Moment, wo das war, aber du konntest mit deinen Augen den Tabernakel nicht anschauen, bis Meneliks Krone nicht auf deinem Schädel saß und dich zu dieser erschütternden himmlischen Inaugenscheinnahme berechtigte.

Abune Sellama nahm sofort an und bat schon im Aufstehen, man möge ihm das große erzbischöfliche Kreuz aus Olivenholz bringen, mit dem er dir an Ort und Stelle, die nackten Knöchelgelenke noch im verdickten Blut des Schlachtfelds, den Segen der beiden christlichen afrikanischen Kirchen erteilte, den der Koptisch-Orthodoxen sowie den der Äthiopisch-Orthodoxen Tewahedo-Kirche, beide vereint in der angewiderten Ablehnung des Konzils von Chalcedon, dessen Strippenzieher der Teufel selbst gewesen war. Dann sprach er über die Streitmacht die Worte der 318 orthodoxen Priester betreffend den Glanz und die Größe und den Ruhm Gottes sowie über die große Bedeutung der Könige, wie sie das allerheiligste Buch *Kebra Nagast* bezeugt:

»Es ist nicht gottesfürchtig, den eigenen König zu verleumden, denn er ist gesalbt von Gott dem Herrn. Es ist nicht gottesfürchtig, und es ist nicht gut. Wenn er tut, was gut ist, soll er in dreifachem Sinne recht gehen: zum Ersten wird Gott der Herr seine Feinde allesamt verjagen, und er wird nicht in deren Hände fallen. Zum Zweiten wird Gott der Herr ihn herrschen lassen an Seiner Seite und mit Seinem Rechte, auch wird Er ihn setzen zu Seiner Rechten. Und zum Dritten wird Gott ihn glücklich und in aller Größe auf Erden

herrschen lassen, und er wird Sein Reich gut für Ihn führen und die Völker alle führen Ihm zu Füßen.«

Da sie diese Worte dort auf dem Feld bei Dirasge vernahmen, begriffen sie allesamt, dass der heilige Mann dich zum Kaiser machen und dir die Kraft des Gesetzes sowie der Setzung desselben verleihen wird, und da erhoben sich die Freudenschreie aus den zigtausenden Kehlen, die dem Arkanum des Todes entkommen waren. Die Nacht ward dann schlaflos verbracht bei Getränken und Tänzen und Vereinigungen mit Weibern, die aus allen Richtungen herbeigeeilt kamen, ihren Anteil am Sieg sich zu holen. Hunderte Feuer beleuchteten den Anblick unter dem runden, unbeteiligten Antlitz des Mondes.

Am nächsten Tage jedoch hatte der hochheilige Vater seinen Entschluss nach einer schlaflos bei Gebeten und Nachdenken ohne einem über dem Kopfe schwebenden Schwert geändert und meinte nun, er müsse nicht im Gesichte der Leute den Christen suchen, sondern in der Gerechtigkeit Gottes, der er sein ganzes Leben gewidmet habe. Er zog alle seine erzbischöflichen Kleider an, die pistaziengrün gefärbt und mit Goldfäden eingefasst waren, setzte sich dann den großen Zeremonienhut auf den Kopf und packte seinen Bischofsstab, und dergestalt angetan wagte Abune Sellama es, unter der Gefahr, seinen Kopf zu verlieren, zu der Stunde in dein Zelt zu treten, da du deinen mit Hermelin gefütterten Mantel für schlechtes Wetter anzogst, den du einmal von Justin de Jacobis, dem Präfekten der Katholischen Mission Äthiopiens, geschenkt bekommen hattest. Du hast ihn verwundert empfangen, aber deine Verwunderung hielt sich in engen Grenzen, denn du kanntest ihn gut genug und hast dich nicht unterbrechen lassen, als hätte der Erzbischof zu den Kanarienvögeln gesprochen, von denen du dich niemals trenntest, und nicht zu deinen Ohren.

»Höchster Prinz und Heeresführer, Sieger über alle anderen Krieger unserer schrecklichen Zeiten der Morde und Unbehaustheiten, einziger Herr des gesegneten Äthiopien!«, begann er und schlug ein weites Kreuz über dir. »Gestern auf dem Schlachtfeld warst du mit Gottes Willen siegreich und hast deine Feinde dir zu Füßen geworfen. Allein mir gegenüber, einem toten Hund, Wurm und nicht Mensch, hast du dich als großherzig erwiesen und mich nicht umgebracht, wie es sich gehört hätte, sondern hast mich wieder an die Spitze unserer Heiligen Tewahedo-Kirche gesetzt. Ich knie nieder vor dir«, und während er so sprach, kniete sich der alte Afrikaner tatsächlich schwerfällig nieder und zerknitterte seine schweren Umhänge, »und bete zu den Himmeln, sie mögen über deinem Haupt tausende Geschenke ausgießen und Glückseligkeiten um Glückseligkeiten. Aber …«, fügte der Prälat mit gebrochener und wie Espenlaub zitternder Stimme hinzu, »zum Kaiser kann ich dich nicht salben, denn niemals von Urzeiten her hat jemand den Thron dieses Landes als Kaiser bestiegen, der nicht von Meneliks Blute herrührte, aus dem Geschlecht des Königs Salomon, dem weisesten unter den Sterblichen. Ich weiß, dass ich für diese Worte meinen Kopf riskiere, aber wozu sollte mir deine Gewogenheit nutzen, wenn ich auf diese Weise zum Feinde Gottes werde, der dich nicht gesalbt und damit nicht für die Kaiserwürde bestimmt hat? Die Erlösung meiner Seele ist mir mehr wert als ein Leben in diesem flüchtigen Tal der Tränen. Von hier an magst du mit mir tun, was du tun musst …«

Da er dies aussprach und seines Martyriums noch am gleichen Tage gewiss war, stürzte Abume Sellama nun gänzlich auf die Teppiche im Zelt, wobei ihm das Kreuz aus den Händen fiel. Nun wartete er nur noch auf dein Löwengebrüll und die Henkersknechte, die ihn an den Achseln packen und hinaus zum Richtklotz schleppen würden.

Aber nichts von alledem geschah. Du hast weiterhin ohne Eile und gleichmütig die Ärmel an deinem Mantel zugeknöpft, und erst als du fertig angezogen warst, den weichen, mit Fasanenfedern geschmückten Hut aus kupferrotem Damast auf dem Kopfe, hast du dem auf dem Boden liegenden Erzbischof ein paar Worte zugeworfen:

»Mir scheint, hochheiliger Erzbischof, dass du trotz deiner Gelehrsamkeit noch nie die Worte des Erlösers gehört hast, wie Matthäus sie uns überliefert: ›Und glaubet bloß nicht, ihr könntet zu euch selbst sagen: Wir haben Adam zum Vater! Denn ich sage euch, dass Gott der Herr aus diesen Steinen hier die Söhne Adams sich erheben lassen kann.‹ Und wenn Gott aus Steinen Menschen machen kann, dann kann Er auch einen Kaiser machen, der nicht vom Geschlecht des Königs Salomon herrührt, denn Seine Macht ist unbegrenzt. Du willst mich nicht salben? Nicht weiter schlimm. Du bist nicht der Einzige, auf den die Himmel wohlwollend herabschauen. Schau, der hochheilige Erzbischof der Armenischen Kirche, Sehak aus Jerusalem, zieht soeben durch ganz Äthiopien, von Kloster zu Kloster, um von unseren Mönchen den noch geraderen Weg zu Christus zu lernen, denn seine Kirche ist genauso rein in ihrer Orthodoxie wie die Koptische und unsere, da sie nun mal Schwesterkirchen sind. Ich muss nur den Finger rühren, und Abune Sehak wird mit größter Freude herbeikommen und mir aus dem Kristallfläschchen das heilige Öl auf die Stirn gießen. Während du, mit Gott versöhnt, in dieser Zeit in der fernsten Einsiedelei meines Reiches bei bitterem Brot und Wasser deine Zelle mit den Schlangen und Spinnen der Wüste teilen und beten wirst, so bald wie möglich von dieser Erde zu verschwinden. Aber wenn du mich nicht weitere zehn Tage warten lässt, bis der Armenier hier angelangt ist, und mich mit deinen eigenen Händen krönst, kann ich dir zwei Dinge versprechen. Zum einen, dass du bis zu deinem Tode der höchste, am meisten gewürdigte und heiligste Priester meines gesamten Reiches sein wirst, und zum anderen, dass ich die widerwärtige und hässliche und vom Herrn gehasste Häresie des Quibat, die ihre Zelte im Lande aufgeschlagen hat und wie ein tollwütiger Hund seinen Wohltäter beißt, vom Erdboden tilgen werde. Wähle jetzt, auf der Stelle, zwischen Erhöhung und Aussatz!«

Als er die Nachricht über Sehak aus Jerusalem hörte, seinen Todfeind, den er seit über einem halben Jahrhundert hasste und mit giftigem Unflat überzog – in seinen Schriften nannte er ihn ein verschlagenes Rindvieh, Natterngezücht und angestrichenes Grab und teilte weiters mit, dass er den eigenen Gelüsten unschuldige Knaben opfere –, traf es den Abune Sellama mitten ins Herz. Der schöne Gedanke des Martyriums verflüchtigte sich aus seinem Herzen, vertrocknet von der grenzenlosen Nichtigkeit dieses Menschen, der der größten Sünde der Christenheit verfallen war, der Hoffart. Alles, was man auf der Welt tun kann, hätte der Erzbischof getan, um Sehak nicht als über ihn selbst erhoben ansehen zu müssen. Der alte Fusselbart warf sich auf deine Stiefel und bedeckte sie mit seinen Küssen.

»Gleich morgen wirst du gekrönt werden, gepriesener Herr, wenn dies dein Wille ist, denn wie man sieht, ist es auch der Wille des Herrn im Himmel, der dich hat siegen lassen über alle, der den Sieg dir geschenkt hat über alle Gegnerschaft!«, murmelte er und zwang seine Augen, sich zu dir zu erheben. »Ich werde nicht aus Todesangst an deiner Seite sein, sondern weil du mit dem Schwert, das dir aus dem Mund springt, die teuflischen Köpfe der Quibat-Häretiker abschlagen wirst, die da lügen, wenn sie sagen, Christus habe zwei Naturen, eine menschliche und eine göttliche, die sich nicht miteinander vermengen, wie es ja genauso auch die Tsega-Häretiker behaupten, die noch schlimmer sind als Erstere. Und wenn wir zehntausende von ihnen pfählen müssen, in deinem gesegneten Land darf keine Spur eines Blasphemisten mehr verbleiben.«

»Du hast recht gesprochen, Pater«, waren deine Dankesworte. »Ich werde deine Schurkereien vergessen und dich, mit einigen Bedenken, denn du verdienst dieses Mitleid nicht, wieder in Lohn und Brot setzen, aber du darfst nicht wieder so gemein werden, wie du es warst, als du dich mit meinem Feind Dejazmatch Wube und mit meinem Feind Ras Ali ins Bett gelegt hast, und mit meiner Feindin, der Kaiserin Menen, die nun alle durch den Willen des Herrn da oben zu meinen Füßen liegen. Steh auf und begib dich schnellstens zur heiligen Kirche der Jungfrau Mariam in Dirasge und kümmere dich, dass alles für meine Krönung vorbereitet wird, die morgen stattfinden soll und nicht später.«

Noch waren auf dem Schlachtfeld die Toten nicht eingesammelt worden, Soldaten und Pferde und abgetrennte Körperteile, um die Körper der Feinde zu Haufen aufzuschlichten und in Brand zu setzen, und die Leichen der eigenen Leute christlich zu beerdigen, auch hatte noch niemand es geschafft, die Hyänen und Schmutzgeier zu vertreiben, die aus den Blutlachen tranken, als du und deine Generäle Einzug hieltet in die heilige, der Jungfrau gewidmete Kirche, auf deren Altar die Ikone der

Muttergottes mit dem Kind auf dem Arm ihren angestammten Platz hatte, beide mit schwarzen Gesichtern und gekleidet in Tücher vom Rosa der Rosenkelche. Es war eine wundertätige Ikone, denn das rechte Auge des Neugeborenen tränte hin und wieder und kündigte Dürreperioden an, Seuchen oder Kriege. Im Pronaos, zwischen den vergoldeten Säulen und unter den anscheinend verängstigten Augen einer Schar von schwarzen Cherubim, die in die Kuppel darüber gemalt waren, standen die in bunte Leinentücher – grün wie Lauchblätter, hellrot, azurblau und weichselrot – eingehüllten Priester mit breitem Lächeln und zeigten ihre zwei oder drei im Munde verbliebenen, gelben und krummen Zähne. Jeder hatte eine aufgeschlagene und weitgehend zerfledderte Scharteke von Buch, worin die Zeichnungen und die zinnoberrote Schrift ineinanderflossen, auf den Händen liegen, und so sangen sie allesamt Psalmen mit wie zur Hochzeit beschwingten Melodien. Die Generäle, immer noch in ihrer mit Lederriemchen verschnürten Kriegspanzerung, setzten sich in die Kirchenstühle zu deinen Würdenträgern und deren Weibern mit zur Zeremonie unbedeckten Brüsten, alle trugen sie ihre beste Kleidung, die begehrtesten Halsketten und Armreifen, Ohrgehänge, die die Ohren am schwersten belasteten, und an jedem Finger je drei oder vier Ringe mit Smaragden, Rubinen oder Bernstein. Im gesamten Kirchenraum roch es nach Viehmist, gelöschtem Kalk, Weihrauch und Schimmel, durch die bunten Fenster aber fiel das Tageslicht herein und legte sich in breiten Streifen auf den Fußboden, der nun rot, gelb und grün schimmerte.

Als die Kirche gefüllt war, überlagerte der Geruch nach Schweiß und ungewaschenen Leibern alle anderen, er war so dicht, dass man ihn hätte ertasten können. Zwei Throne standen vor der Ikonostase, auf den einen setztest du dich, und auf den anderen setzte sich deine Frau, Tewabech Ali, du in Purpur, sie in Türkis, dazu über und über mit Gold bestickt und behangen, aufrecht und prachtvoll wie zwei steife Idole aus alter Zeit. Etwas seitlich davon in den Holzbänken saßen der Gesandte Ihrer Majestät Königin Victoria sowie andere ausländische Gesandte und päpstliche oder calvinistische Priester, die das Schlachtgeschehen mitverfolgen hatten wollen und sich nun in der Nähe befanden. Und das war nicht einmal schlecht, dachtest du, denn Wohlwollen und Segen der engländischen Königin waren dir wichtiger, um dich gut auf dem Thron einzurichten, als die des Erzbischofs Sellama, auch war es schwerer, sie zu behalten, als ihrer teilhaftig zu werden. Auf ein Zeichen deines Zeremonienmeisters unterbrachen die klapprigen Priester ihren Gesang, und der Erzbischof, begleitet von weiteren elf hohen Priestern der Heiligen Orthodoxen Tewahedo-Kirche in den blumigen Farben der afrikanischen Himmel begann den Gottesdienst in der heiligen Sprache Ge'ez. Bald aber hast du auf dem Thron immer stärkere Zeichen der Ungeduld und Langeweile zu erkennen gegeben, sodass der große Priester begriff, dass nun die Gesänge und das Weihrauchschwenken abgekürzt werden mussten. So wurde es mit einem Mal vollkommen still, so still, wie es vor einem großen Erdbeben sein soll.

Da hielten wir es für angebracht, uns auf die Erde hinabzubegeben, und vier von uns, die Stattlichsten, die Flügelspitzen über Kreuz wie Schwalbenschwänze, aber überall bemalt mit blauen Augen, wie auf einem aufgefächerten Pfauenschwanz, packten die Kirche an ihren vier Ecken, rissen sie aus ihren Grundfesten und hoben sie hoch in die Luft, damit deine Krönung im Himmel geschehe. Während wir mit der Kirche auf die Himmelskuppel zuflogen, berührten sich unsere Flügel und rauschten wie große Wasser, was die rings um die Kirche versammelten Truppenverbände und die Giraffen erschreckte, die mit brennenden Mähnen durch die Wüste galoppierten. Wir durchstießen die Wolkendecke und setzten darüber dann das große Gebäude mit den im unwiderstehlichen Sonnenlicht strahlenden vergoldeten Kuppeln ab. Über den Wolken gab es keine Dunkelheit mehr, sondern allein das Himmelszelt, in seiner Reinheit funkelnd wie ein Saphir, und in dessen Mitte saß die Frucht aus geschmolzenem Gold des Tagesgestirns. Während der Zeremonie, deretwegen diese Seiten geschrieben wurden, verharrten wir reglos in Gedanken, das Gefieder eng an den Körper gelegt. Denn wir haben diese Seiten in den Himmel geschrieben und uns darin auch selber abgemalt, damit sie dann wiederum uns abmalen in einer raschen und unerschöpflichen Folge von Schöpfern und Geschöpfen, die sich gegenseitig einschreiben in die große Zahl jener durchsichtigen Blätter, woraus sich das Buch der Welt und die Welt aus dem Buch ergeben.

Die Kirche der Muttergottes Mariam stand nun auf den Wolken, und in ihrem Inneren erteilte der Erzbischof der Heiligen Tewahedo-Kirche, der über die langen Schöße seiner safrangelben Kutte stolperte, über der die mit gelben Perlen besetzte Stola wie ein alter Teppich wirkte, dir, dem Sohn des Pelzmützenmachers Gligorie aus dem unbekannten Lande Walachei, dir, dem Wald-Haiducken aus der Bande des Jianu, dir, sieben Jahre lang Pirat im hellenischen Archipel, dir, dem verlogenen Sohn der Kosso-Verkäuferin aus der Provinz Kwara, *Shifta,* Räuber und Mörder im christlichen Lande Äthiopien, dir, einem Nichts und Niemand von Geburt, aber vom Schicksal auserwählt, in der verschlagenen und betrügerischen Welt ein Kaiser zu werden, dir erteilte nun der Erzbischof den Segen der Menschen und Engel, indem er dir aus der weisen und wahrhaftigen Schrift *Kebra Nagast* vorlas:

»Höre nun auf die Segnung, die herabkommen wird auf dich, so du dem Willen des Herrn folgst. Auf vielfache Weise sollst du den Segen empfangen, in der Stadt, auf dem Felde, in deinem Haus und außerhalb deines Hauses, und gesegnet wird sein die Frucht deines Leibes. Und die dortselbst Versammelten sagten: Amen. Gesegnet wird sein die Frucht deines Ackers. Amen. Gesegnet werden sein die Wasser deiner Brunnen. Amen. Gesegnet werden sein deiner Herden Rinder und deiner Herden Schafe. Amen. Gesegnet werden sein eure Schuppen und Kornkammern. Amen. Gesegnet möge sein deine Herrschaft. Amen. Gesegnet wird sein die Mehrung deiner Macht. Amen.«

Ihr standet nun auf von den Thronen, du und dein Täubchen, und knietet nieder auf dem steinernen Fußboden, zu welchem Zeichen alle in der Kirche versammelten Seelen ebenfalls niederknieten. Dann wurde auf einem fliederfarbenen Samtkissen das heilige Salböl in einem Kristallfläschchen hereingebracht, das in den kräftigen Sonnenstrahlen aufblitzte, die durch die bunten Fensterscheiben einfielen. Es war das allerreinste Olivenöl, aromatisiert mit Narde, Myrrhe und Zimtpulver, sodass die ganze

Kirche, als die krummen Finger des Abune Sellama den Korken von der Flasche genommen hatten, von einem göttlichen Duft erfüllt war. Der große Priester machte mit dem Gebetbuch das Kreuzeszeichen über deinem Kopf und goss dir dann das dickflüssige, perlmuttglänzende Öl aufs Haupt, das am ehesten noch mit dem männlichen Samen zu vergleichen war und das dir das Haar verklebte, in die Brauen rann und dann an der Nase entlang und über die Wangen herabfloss. Das heilige Öl tropfte dir sodann aus dem Bart auf die Porphyr-Fliesen, die schon von den abertausenden Schritten aus alter Zeit ausgetreten waren.

Eine leichtes Beben durchfuhr deinen Leib, als du dich an Sauls Salbung zum König über die zwölf Stämme von Juda erinnertest und Gottes Bedauern über seine Wahl, und die Bestrafung jenes widersetzlichen und mondsüchtigen Königs, aber deine Seele kannte keine Demut. Während du dir dreizehn Jahre später in Magdala den Lauf der von der englischen Königin einstmals zum Geschenk erhaltenen Pistole in den Mund stecktest, dachtest du einen Augenblick lang, anstatt an jenen großartigen und verdammten Tag, an dem sich endlich das Streben deines Lebens erfüllte, das Salböl und die Krone zu empfangen, es wäre vielleicht besser für dich gewesen, du wärest aufgestanden, durch die Kirchentür hinausgerannt und hättest dich von dort ins Leere gestürzt, um in kleinste Stückchen zerbröselt auf dem blutgetränkten Feld bei Dirasge zu landen, wärest ebenso aus den Himmeln gefallen wie die Teufel, die dir Pater Elpidifor einstmals auf den Wänden der Kirche in Ghergani gezeigt hatte. Vielleicht wäre dies für deine Seele besser gewesen. Wärest du überhaupt nicht aus dem Bauch deiner Mutter geschlüpft, so dachtest du kurz, bevor du den Abzugshahn drücktest, wäre es noch besser gewesen.

Aber während jener Augenblicke dort über den Wolken bebtest du nach der Krone. Du hättest die Welt der Länge und Breite nach angezündet, hättest unsere Flügel in Brand gesteckt und wärest darum mit Gott selbst handgreiflich geworden. Denn nun konntest du den Traum, den du seit deiner frühen Kindheit geträumt hattest und dessentwillen du auf die Welt gekommen warst, wahrhaftig erfüllt sehen. Weder Einbildung noch erträumte Hoffnung waren die Hände des Erzbischofs, schwarz wie

Ebenholz, die nun die Krone hielten, die soeben auf einem mit Granatäpfeln und Glöckchen bestickten blauen Samtkissen herbeigebracht worden war. Kein Spintisieren war der Gesang der Priester, die nun aus voller Brust den achtzehnten Psalm anstimmten zum Ruhme Gottes und dazu barfuß im Rhythmus der Musik stampften. Und kein Spuk war die Krone selbst, reich verziert, aus Gold und Elfenbein, worein Cherubim eingemeißelt waren, und aus Sandelholz mit eingeschnitzten Kamelen, sie war tatsächlich wie eine mit Blüten verzierte Torte, nach der es dich gelüstet. Nun nahm sie der Hohepriester von dem Kissen, das ein Soldat ihm darbrachte, und während der Gesang die Kirchenfenster scheppern ließ und alle Gerüche der Welt sich durchdrangen wie in einer duftenden Rosenspirale, erhob er sie über dein triefendes Haupt. »Mit Gottes Willen und vom heiligen Öle gesalbt und durch die Krone des Kaisers Menelik I., Sohn des Königs Salomon, nenne ich dich und wirst du von nun an von allem Volke König der Könige Tewodoros II., Gatte Äthiopiens und Verlobter Jerusalems, genannt werden, denn die alte Prophezeiung, siehe, hat sich erfüllt: Du bist der Ausersonnene, reif an Alter und Größe, der Frieden und Wohlstand über unsere christliche Mutter Äthiopien bringt, die tausend Jahre währen. Im Namen des Vaters, des Sohnes und des Heiligen Geistes, Amen!«

Aber er kam nicht dazu, sie dir auf die Stirn zu setzen, denn mit einem Mal fuhrst du hoch aus deiner Reglosigkeit und hast sie ihm, scheinbar wütend, aus den Händen gerissen. Hochmütig und stolz wie Alexander von Makedonien und Napulion Bunăparte, deine Idole, vor denen du dich schon von Kindesbeinen an verneigt hattest, recktest du die Krone hoch in die Sonnenstrahlen, sodass sie über den vollbesetzten Kirchenbänken aufglühte, und hast sie dir dann mit beiden Händen auf den Kopf und bis über die Ohren gedrückt, ja, du hättest sie sogar noch weiter hinuntergedrückt, wäre es dir möglich gewesen, bis du zur Gänze durch sie hindurchgegangen gewesen wärest, denn so brennend heiß war dein Wollen wie der Drang des Mannes nach Vereinigung mit dem Weibe. Dann standst du auf, strecktest die Arme zur Kuppel hinauf, woraus dich der Pantokrator betrachtete, und hast einmal lange wie der Wüstenlöwe gebrüllt, denn nun warst du *Moa Ambassa ze imnegede Yehuda,* der Löwe der Löwen und der König der Könige im heiligen Lande Äthiopien. Nur eine Minute später hast du sie wieder vom Kopfe genommen und angefangen, wie ein Verrückter damit zu spielen, wobei du die Rubine und Diamanten küsstest, mit denen sie bestückt war. Und mit einem Mal tanzte die ganze Kirche mit dir und brüllte aus tiefstem Inneren afrikanische Gesänge.

Ein goldenes Diadem, in dem vierzig Saphire saßen, wurde auch der schönen Tewabech Ali, deiner Braut und Königin, auf den Kopf gesetzt.

Wir packten die Kirche wieder an ihren vier Ecken, schützten unsere Augen vor dem Funkeln ihrer vergoldeten Kuppeln, und kehrten mit ihr wieder durch die Wolken auf die Erde zurück, wo wir sie auf ihre alten Grundsteine absetzten. König und Königin seid ihr Hand in Hand an der Spitze eines großen Gefolges hinausgetreten, und deine Soldaten ringsum wünschten euch Gesundheit und lange Herrschaftsjahre. Die fünfzig Kanonen feuerten alle gleichzeitig ihre Schüsse ab, und dreitausend Gewehre gesellten sich ihnen hinzu, sodass die Bewohner jener Gegenden glaubten, es habe eine neue Schlacht begonnen. Und genau so war es, aber dies war eine unsichtbare und nicht mit Gewehren und Kanonen und auch nicht auf Erden ausgetragene Schlacht, sondern dort, wo du, Theodoros, es niemals erwartet hättest, denn die Schlacht fand im geliebten Körper deines Pfauentäubchens statt, hat sie in jungen Jahren schon dem Tod zugeführt und deinen Geist für immer verdüstert. Doch bis dahin hast du fröhlich und unbekümmert geherrscht, wohlgesonnen dem Land, das du von nun an, vereinigt unter deiner Fahne mit dem imperialen Löwen, hegtest und dem du eine große Zukunft zu bereiten gedachtest. Du hättest dem Land Straßen und Brücken gewünscht, die ihre Provinzen verbinden, Viadukte, die Wasser in Festungen und Marktflecken bringen, auch Schulen und Lazarette hättest du gerne gehabt. Mit großem Eifer betriebst du die Ausrottung aller Häretiker aus dem gesamten Land, vor allem der verirrten Anhänger des Quibat, aber auch der Mohammedaner. Unter deiner Herrschaft würde das Land glücklich sein, die Leute satt und bereit, dich von frühmorgens bis zum Einbruch der Nacht für deine Wohltaten zu preisen.

Im Monde des Meskerem, am zweiten Tage nach Enkutatash, hast du Madgala erobert, das dir bis zu deinem Tod Herrschaftssitz sein wird, denn zwischen den undurchdringlichen, steil aufragenden Felsen, über denen es sich erhob, fühltest du dich geborgen wie im Mutterleib. Dorthin brachtest du in den folgenden Jahren eine Unmenge unschätzbarer Reichtümer, Pokale aus Gold und Silber, mit Goldfäden durchwirkte Priestergewänder, Edelsteine und Truhen voller Geld, Hörner von Einhörnern, heilige Bücher und sogar die wundertätigste Ikone von ganz Afrika, die berühmte *Kurata Re'esu,* die das mitleidige Antlitz des Erlösers zeigte.

Deinem Täubchen hat der Aufenthalt zwischen den kalten und feuchten Wänden Magdalas aber nicht gutgetan, und hilflos musstest du zusehen, wie sie Tag für Tag blasser und trauriger wurde. In ein paar Monaten sank sie zu Bette, wurde von einem Tag auf den anderen schmäler und kauerte sich zusammen, die Knie an den Lippen, gefangen in quälenden Zangen, die auch dich schier umbrachten. Aus allen Landesteilen hast du Heiler herbeigeholt und schließlich große Doktoren aus Venedig und Tzarigrad, aber umsonst. Alle quälten sie sie wie eine Märtyrerin mit Klistieren und Blutegeln, aber von den Fiebern und Schmerzen wie bei einer Geburt konnten sie sie nicht befreien. Wie von Sinnen gingst du des Nachts durch die engen Stuben und schlugst den Kopf gegen die Wände, um ihre herzzerreißenden Schreie nicht mehr zu hören. Tagsüber hast du sie in die Arme geschlossen, leicht wie eine Schneeflocke, sie zu wärmen und ihrem Blick ein noch so kleines Leuchten zurückzugeben. »Stirb nicht, Täubchen«, sagtest du zu ihr in deinem walachischen Klagen, »wem überlässt du mich, Täubchen?« Doch sie starb an deiner Brust, die Lippen auf deinen Lippen, und von da an warst du nicht mehr derselbe, und alle deine Pläne brachen zusammen. Zwölf Jahre lang, bis zu dem Augenblick, da du dein Hirn mit einer Kugel weggepustet hast, begleiteten dich jener Hang zur schwarzen Melancholie und die tiefen Falten zwischen den Brauen und die herabhängenden Mundwinkel, Zeichen einer Seelenempörung, die tiefer reicht, als dass Worte sie wiedergeben könnten. Das Täubchen hatte dein vielgeprüftes Herz erfüllt, das nirgends die Liebe gefunden hatte, und ihr Dahinscheiden verwandelte dich in einen Unmenschen.

Du hattest dich entschieden, sie nicht zu begraben, allen Priestern zum Trotz, die dich deiner grausamen Tat schalten. Du schicktest sie ins Exil und manch einen sogar in den Tod. Tewabech Ali verfaulte in deinem Bett, in eurem Bett, in dem ihr euch so kurz nur glücklich geliebt hattet, du schliefst drei Monate lang trotz des Gestanks an ihrer Seite und betrachtetest ihr immer rosinenhafter verschrumpelndes Gesicht, das bald zu einem Skelett wurde, über dem sich die rissig-trockene Haut spannte. Als schließlich die großen und durchsichtigen Maden mit ihren schwarzen Köpfen auf dem perlmuttfarbenen Leintuch herumwuselten und auch dich aufzufressen drohten, hast du dich erbarmt und ihr ein christliches Begräbnis gegönnt, indem du sie der Heiligen Tewahedo-Kirche anvertraut hast, von der sie einstmals auch getauft worden war. Der katholische Nuntius Justin de Jacobis, ein Mann mit aufgedunsenen und von tausenden feinen, blutroten Fädchen durchzogenen Wangen, erinnerte sich an eine weitere jung Gestorbene, die damals Rosamunda geheißen hatte, sodass du auf die Kristallplatte, die den Sarg mit den Überresten der Königin verschloss, auf den Rat des Erzbischofs das lateinische Epitaph jener Prinzessin aus alter Zeit einmeißeln ließest:

Hic jacet in tumba
Rosa Mundi non Rosamunda
Non redolet sed olet
Quae redolere solet.

Auf Lateinisch also: »Im Grabe hier liegt die Rose der Welt, nicht Rosamunda. Sie riecht nicht mehr, sondern stinkt, die einstmals wunderbar geduftet hat.« Für diese Worte in einer Sprache, die niemandem im Lande Äthiopien vertraut war, wurdest du späterhin zum Häretiker und Gesetzesbrecher gemacht, aber das kümmerte dich längst nicht mehr, denn du wolltest von niemandem mehr geliebt werden. Damals warst du sechsunddreißig Jahre alt, aber bald schon sahst du wie gut über fünfzig aus, denn in den Monaten, die du neben deiner toten Königin liegend zugebracht hattest, bist auch du anscheinend schwärzer geworden, bist aufgedunsen, und dein Geist hatte sich angefüllt mit den Maden, die auf den Leintüchern herumkrochen. Auch überzog dich ein kalter Schweiß und eine Giftigkeit, die du niemals hattest, wiewohl du nie an einer Kirchentür gewesen bist, sickerte dir von da an in die Venen. Deine Untergebenen haben bald deinen Blick einer Bestie kennengelernt, der dir immer häufiger im Gesicht stand, und da sie ihn sahen, verzogen sie sich schleunigst, wohin es eben ging, als wären sie des Satans selber ansichtig geworden.

28

1857 begann an einem Donnerstag, als im Morgengrauen, viele Stunden bevor die Moskowiter, Prager, Berliner, Amsterdamer oder New Yorker ihre Augen aufschlugen, Yajub seine gestreckten und trägen Augen öffnete, sie lange mit seinen geballten Fäustchen rieb und so laut gähnte, dass die Katze auf dem Wandtablar tief hinten in seinem Rachen das Zäpfchen sehen konnte. Der Knabe wusste nicht, dass ein neues Jahr begonnen hatte, ja eigentlich wusste er nicht einmal, was ein Jahr ist, denn für ihn war das Leben nur dieser Augenblick farbigen Lichts, der sogleich, wenn er die Augen aufschlug, kraftvoll zu glühen begann, und der kein Davor oder Danach kannte. Er wusste nicht, dass er ein Kirgise ist, so wie seine Katze nicht wusste, dass sie eine Katze ist, er wusste nicht einmal, dass er sich in einem Dorf neben der Stadt Ürümqi mitten in Asien befindet, an dem am weitesten von einem Meer entfernten Ort der Welt. Yajub würde sein ganzes Leben in dem kleinen Flecken, der sein Geburtsort war, an der Seite seiner Eltern mit ebenso breiten und trägen Augen wie die seinen verbringen und danach an der Seite seiner Frau und seiner Kinder mit der gleichen Art breiter oder gestreckter Augen, allesamt in eine Traurigkeit eingehüllt, die sie nicht verstehen konnten, denn sie wussten nicht und würden nie erfahren, dass sie die unglücklichsten Menschen auf der Welt sind, da sie die am entferntesten von den schäumenden Wellen der Meere und Ozeane lebenden Menschen auf der Welt sind, auch von der salzigen Brise derselben, den darauf umherirrenden Schiffen und den weißen Brüsten der Möwen, die in der Abenddämmerung rosa eingefärbt wurden. Die Abenteuer seines Lebens, die er zu oft seinen Enkeln erzählen sollte, waren die beiden Reisen nach Ürümqi, wo er Moscheen, Dromedare und Steinhäuser gesehen hatte. Es war ein Jahr wie alle Jahre, in denen ihr Freuden und Trauer erlebt habt, geboren wurdet, euch geliebt habt und gestorben seid, während unsere azurblauen, heiteren und unveränderlichen Augen aus der Höhe auf euch herabschauten. Ihr habt aufgebaut und eingerissen, ebenso wie euer Leben sich langsam zu seinem Zenit hin auf einer dem Flug einer Kanonenkugel gleichen Kurve erhoben hat, glücklich über die vergängliche und illusorische Loslösung vom Erdboden, damit dann der absteigende Ast sich schnell dem Erdreich wieder zuwendet, das alle Kämpfe gewinnt, immerzu. Und wie das 19. Jahrhundert immerzu erfindungsreicher wurde, nahm die von Leonardo lange schon erträumte Loslösung vom Boden zahlreiche Formen an, vom Flug des Aerostaten und des Aeroplans bis hin zur Kalesche, die nicht den Weg zum Horizont hin nimmt, sondern sich geradewegs in die Luft erhebt und zum Himmel schwebt, diesen zu durchstoßen wie das steinerne Kind Ullikummi, das die Götter umstürzen wollte.

Bis er den Fahrstuhl erfunden hat, arbeitete Elisha Otis in Albany in einer Puppenfabrik, wo er etwa zwölf Puppen pro Tag herstellte, die ihm noch im unfertigen Zustand aus den Händen gerissen wurden, und zwar nicht von Mädchen, die am Stadtrand wohnten, wie alle Puppen auf der Welt, sondern von Sammlern, denn Otis' Puppen hatten in ihren großen schwarzen Augen eine grenzenlose Angst, und an allen Fingern echte menschliche Fingernägel, die aus den Fingernägeln des Kunsthandwerkers selbst, der sie sich von Zeit zu Zeit mit der Schere abschnitt und für die Stoffinger seiner Puppen aufbewahrte, angefertigt worden waren. Auch trugen sie Menschenhaar, Haar mit Otis' grauen Fäden, und ohne die Kleidchen, die seine Frau für sie aus Musselin schneiderte, hatten sie einen Körper aus Leinwand, der mit Kleie gefüllt war, dazu waren sie bleich wie abgetriebene Föten.

Nachdem die Puppenwerkstatt infolge eines Komplotts der städtischen Evangelisten abgebrannt war, hat Otis eine Maschine zum Bettenbau erfunden, aber die Leute, die solche Betten kauften und darin schliefen, hatten Albträume bekommen. Dann hat er Backöfen zum Brotbacken erfunden, mechanische Brettersägen, dampfgetriebene Pflüge und viele andere sonderbare und gescheiterte Sachen, denn alle hatten sie irgendeinen verborgenen Mangel, der sie unbrauchbar machte, bis er, als er schon lange die vierzig überschritten hatte, seine Frau gestorben war und ihm zwei große Söhne hinterlassen hatte, nach Yonkers, New York, übersiedelte, wo er damit begann, über Fahrstühle nachzudenken, sich Plattformen vorstellte, die, von Dampf angetrieben, sich in einem Rahmen metallener Schienen zum leeren Himmel hoch bewegten. Es war magisch! Ganz sachte gen Himmel fahren und sehen, wie das Gelände unten immer kleiner wird, die Gebäude allmählich auf die Hälfte ihrer Größe reduziert, die Menschen klein wie die Finger an der Hand, wie sie die Hüte vom Kopf nehmen und dir enthusiastisch damit zuwinken! Es war magisch, und du warst Gulliver, der immer größer wurde, denn das Schicksal des Menschen bewegt sich immer mit ihm auf gleicher Blickhöhe.

Im gleichen Jahr des Herrn 1857, das mit Yajubs Erwachen in seiner Steppe an der Grenze zu China begann, gründete der Erfinder die Firma Otis Brothers & Co. und begann, Fahrstühle zu bauen, anfangs schlichte äußere Plattformen, dann Kästen, die in Schächten inmitten von hohen Häusern mit vielen Stockwerken hinauf- und hinabfuhren. Die Bestellungen begannen zuzunehmen, von anonymen Kämmerchen zur Beförderung von Baumaterialien bis hin zu äußerst luxuriösen Aufzügen für die großen Hotels, mit Vertäfelungen aus Mahagoni, Türfenstern aus Kristall und venezianischen Spiegeln, mit Kanapees aus rotem Samt und goldglänzenden Quasten, die in Fahrstuhlschächten aus Kupfernetzen dahinglitten, die mit Blättern, Ranken und Vögeln geschmückt waren. Der Beruf des Fahrstuhlfahrers kam auf, so tragisch und mörderisch wie der Spleen selbst. Oftmals, wenn zu viel Material oder zu viele Personen den viereckigen Fußboden belasteten, rissen die Kabel, und der Lift stürzte ins Leere, zerschmetterte Koffer, Krüge und Menschenknochen. Die türlosen Fahrstühle, die auf und ab fuhren, ohne an den Stockwerken anzuhalten, sodass die Mitfahrenden während der Fahrt aussteigen mussten, erfassten öfter einmal einen unaufmerksamen Passagier und rissen ihn oder sie vor den Augen der auf ihre Auf- oder Abfahrt Wartenden entzwei. Es kam auch vor, dass in einer einsamen Villa mit nur zwei Etagen ein Lift eingebaut wurde, damit die Herrschaften, Personen fortgeschrittenen Alters, müheloser als über die Treppen hinauf- und hinuntergelangen konnten. Bei einem Stromausfall blieb der Lift zwischen den Stockwerken in der Finsternis stehen, die die Schreie der eingeschlossenen Opfer dämpfte. Die beiden Alten wurden Wochen später gefunden, in ihrer höllischen Zelle verfault, in der sie einer Agonie teilhaftig geworden waren, die sämtliche Vorstellungen übertraf.

Nach vielen Versuchen fand Elisha Otis Lösungen für wenigstens einige solcher Unglücksfälle, indem er eine Sicherheitsbremse für die Kabel erfand, an denen die Fahrstühle hingen, und stellte in einer Vorführung im Rahmen der Ausstellung in New Yorks Crystal Pallace deren Zuverlässigkeit unter Beweis, als er selbst, alleine auf einer Plattform von neunzig Fuß Höhe, die zwischen riesigen Palmen und Oleandern installiert worden war, sich ins Leere herabfallen ließ und den Lift erst zehn Inch über dem Zementfußboden des Saales abbremste, und dies lediglich mittels eines Knopfdrucks. Auf diese Weise wurde der Fahrstuhl geboren, und mit seiner Erfindung begann das Zeitalter der Wolkenkratzer, unvorstellbar ohne schnelle und sichere Lifte. Mehr als hundert Jahre später sollte ein Knabe mit spitzem Gesicht, schwarzen Augen und violetten Ringen darunter in dem ruinierten, melancholischen und obskuren Bukarest mit seinen Eltern in einen der gläsernen Fahrstühle des Kaufhauses Zum Seeadler in Sfântul Gheorghe steigen, genau auf der Höhe des Rondells, an dem die Straßenbahnen wendeten, um verwundert mit ihnen in den ersten Stock hinaufzufahren, wo sich die Abteilung für Damenkonfektion befand, dann zum zweiten Stock und in die Herrenkonfektion, und danach in den dritten mit Kleidung und Spielsachen für Kinder, um anschließend sein ganzes Leben von Fahrstühlen zu träumen, die in allen Gebäuden der Welt immerzu auf und ab fahren, ja geradezu davon besessen zu sein, unaufhörlich davon zu sprechen und noch viel später darüber seitenweise in seinen unleserlichen Büchern zu schreiben. Mitunter stellte er sich seine Geburtsstadt Bukarest von einer überwältigenden thermonuklearen Explosion verwüstet vor, in deren Folge der Beton, die Backsteinziegel und das Fleisch vollständig verdampft und auf rätselhafte Weise bloß die Fahrstuhlschächte stehen geblieben waren: tausende Fahrstuhlkabinen, die hinauf- und hinunterfahren zwischen den verrosteten Leitschienen, zu den staubigen Bukarester Himmeln voller Sommerwolken …

Am 30. April des gleichen Jahres, als du dich aus deinem Thron erhobst und dein Reich wildwütig verwüstetest, indem du jeden noch so gelinden Ansatz von Widersetzlichkeit sogleich zunichte machtest und jedem die rechte Hand abschlugst, der Kosso und Spulwürmer auch nur erwähnte, selbst wenn er dabei gar nicht an dich gedacht hatte, wurde Bukarest, das wir soeben erst erwähnt haben, die erste Stadt der Welt, die mit Lampengas beleuchtet wurde. Diese verwunderliche Erstrangigkeit verdankte sich den Gebrüdern Mehedinţeanu, Teodor und Marin, wohlbekannt aufgrund der Extravaganz ihrer Lorgnons, ihrer sich gabelnden Schnauzbärte, ihrer Strohhüte und der extrem engen, hummerroten Anzüge, die sie trugen, wenn sie nonchalant über die Calea Mogoşoaiei spazierten und allen eleganten Damen der Zeit den Kopf verdrehten. Die beiden hatten neben Ploieşti eine Gasfabrik gegründet, die eine farblose und geruchlose Flüssigkeit herstellte, die geschmacklich sogar ganz angenehm an Schnaps erinnerte, die die Lampengänger von jenem Tag an mit ihren langen Stangen in ein kelchartiges Gefäß an den Straßenlaternen gossen und jeden Abend unter den Augen der romantischen Paare an der Chaussee anzündeten. Es gab, verteilt über die gesamte Stadt, genau tausend Laternen, und zwar nicht entlang der Wege, Straßen und Gassen in der Stadtmitte, sondern so verteilt, dass sie die Karte des Sternenhimmels vom 30. April im Sternbild des Stiers und beherrscht vom Großen Wagen wiedergaben. In den warmen Sommernächten, wenn der Mond wie ein Orangenschnitz am Himmel stand und der Duft der Fliederbüsche um einiges angenehmer als der Opferrauch von einst bis zu uns hochstieg, schauten wir von unseren Wolken her auf die Kugel, über die wir seit einer Ewigkeit schon wachen, und die tausend Bukarester Laternen kamen uns vor wie tausend auf die Erde hinabgesunkene Sterne, allesamt am gleichen Ort oberhalb der Donau in einem Meer von Dunkelheit funkelnd. Die Nachricht von seiner Beleuchtung mit Gas hatte Bukarest auf die Weltkarte gebracht, ihm eine illusorische Anatomie, Physiologie und Mythologie erfunden, es aber nicht vor seiner Neigung und seinem wahren Schicksal erretten können: der Ruine. Der gemächlichen Ruine, gewiss, unausweichlich und grenzenlos.

Es war auch das Jahr, in dem Kaiser Franz Joseph durch sein Dekret *»Es ist mein Wille …«* den Abbruch der historischen Stadtmauern Wiens, die über Jahrhunderte hinweg die Stadt vor den Türken bewahrt hatten, auf den Weg brachte. Die Errichtung großartiger Boulevards an ihrer Stelle, die sich zu der vieleckigen Ringstraße verbanden, war ein *Gesamtkunstwerk* für sich, der Ring war umrandet von Gebäuden und großen Hotels im antiken und mittelalterlichen Stil oder jenem der Renaissance und von üppigen Gärten. Außerhalb des luxuriösen Rings hatte der habsburgische Geist der Vorsehung den Kaiser, damals ein schmaler junger Mann von 27 Jahren, ohne die geringste Verbindung mit dem Achtzigjährigen auf den berühmten kaiserlichen Porträts, worauf ihn späterhin eine ganze Welt wiedererkennen sollte, darunter auch jenes von den Fliegen in der Prager Kneipe *U Calicha* frequentierte, trotzdem auch ein Dreieck von Kasematten errichten lassen, die nicht gegen die Türken gerichtet waren, schließlich hatten die sich schon lange nicht mehr in den österreichischen Gegenden gezeigt, sondern gegen die Hungerleider in der Peripherie, die immerzu in bacchischer und revolutionärer Stimmung waren. Einige Jahre später, nachdem sich Joshua Abraham Norton zum Kaiser der Vereinigten Staaten von Amerika und Protektor Mexikos ausgerufen hatte, schickte dieser dem österreichisch-ungarischen Kaiser einen vorwurfsvollen Brief wegen der despotischen Unterdrückung der eigenen Bürger, aber vor allem mit irren Eifersuchtsszenen, denn als er erfuhr, dass 1861 in London Prinz Albert, der Ehemann von Königin Victoria, gestorben war und sie verwitwet zurückgelassen hatte, träumte Norton davon, die Hand der Königin zu gewinnen und damit von einer Allianz in schweren Zeiten zwischen dem nordamerikanischen Kaiserreich und dem Britannischen, keinesfalls jedoch von einer amourösen Angelegenheit, die Miriam Naschenberg mit gebrochenem Herzen zurückgelassen hätte. Er hatte sich vorgestellt, Franz Joseph könnte sein Rivale werden, Elisabeth »Sisi« von Bayern verlassen (mit der er ohnehin ein schlechtes Geschäft gemacht hatte, denn sie war ständig krank oder unterwegs) und Victoria zur Frau verlangen, auch wenn er elf Jahre jünger war als sie. Wiewohl von einer Art vorauseilender Eifersucht erfasst, war Norton eigentlich nicht sehr beunruhigt hinsichtlich der letztgültigen Wahl der englischen Königin: Auch ein Kind hätte begriffen, dass Österreich endgültig der Vergangenheit angehörte, wie siegreich dessen Kaiser auch immer gewesen wäre, während die Vereinigten Staaten die Zukunft repräsentierten.

Vorerst aber war Prinz Albert noch am Leben und damit beschäftigt, all die Kuriositäten, exotischen Kunstwerke und anderen Gegenstände, vor allem Keramiken und Glasarbeiten zu sammeln, die das ziemlich zwielichtige Bric-à-brac des neu eröffneten Victoria-und-Albert-Museums bildeten. Das letzte Ausstellungsstück, eben erst vor zwei Tagen angeliefert und auf ein äußerst kostbares Tischchen mit Palisanderintarsien gestellt, war der schon berühmte *Phonautograph,* das Werk des Buchhändlers, Stenographen und Erfinders Édouard-Léon Scott de Martinville. Der Apparat ähnelte einem riesigen Insekt aus Metall und Glas und war der erste Mechanismus, der in der Lage war, Töne in Gestalt von Sinuskurven auf Papier aufzuzeichnen, auch wenn er sie danach nicht auch wiedergeben konnte, wie der künftige Phonograph Edisons. Später, als dies möglich wurde, wurden von Martinvilles Papieren unzählige Geräusche aus der Natur oder von Menschen produziert wiedergegeben, darunter auch das Lied *Au clair de la lune,* gesungen von dem berühmten Kastraten Alessandro Moreschi, das Propellerrauschen von John Springfellows Flugapparat, der zu schwer war, als dass er irgendwann einmal hätte fliegen können, und zur Verlegenheit der späteren Forscher das Knirschen seines eigenen Ehebettes, über das sich das lange tremolierende Stöhnen von Madame de Martinville legte.

Mittlerweile war der Krimkrieg beendet, das Heer Ihrer Majestät hatte an der Seite der Franzosen und Osmanen Russland besiegt, und die braven britischen Soldaten hatten sich eine würdige Belohnung verdient. Die Königin bestellte ihren Premierminister Henry John Temple, Visconte de Palmerston, zu sich, und gemeinsam brachten sie die Begründung der wichtigsten Auszeichnung auf den Weg, die das Britische Empire zu vergeben hatte, das Victoria-Kreuz, mit dem die verdientesten Militärs ausgezeichnet werden sollten, auch wenn es sich dabei um schlichte Soldaten handelte, sodass die Königin selbst den 66 Helden, die aus tausenden und abertausenden Versehrten, Hinkenden und Blinden, die der Krieg zurückgelassen hatte, die Ehre erwies, ihnen mit ihrer königlichen Hand selbst die Kreuze an den Hals zu hängen. »Es wäre besser gewesen, sie hätte ihnen Häuser errichten lassen oder ihnen Geld gegeben, statt dieser Blechstücke«, lästerten die Untertanen Ihrer Majestät, die zu jener Zeit genug von ihr hatten, wie von allen Souveränen, deren Herrschaft sich zu lange hinstreckt, und in den Satirezeitschriften erschienen gleich zügellose Witze, die sich über den leeren Wahn von der Größe irgendwelcher Blechkreuze lustig machten. Der berühmte *Punch* brachte die etwas einfältig erzählte Schnurre, die gepfeffert und obszön, wie sie war, in der Zeit äußerst populär wurde.

In jener Geschichte heißt es, die Königin habe beschlossen, einige der mutigsten englischen Soldaten zu belohnen, die im Krimkrieg gekämpft hatten. Dafür wurden drei Soldaten ausgewählt: Der eine von ihnen war sehr groß, der andere sehr dick und der dritte schien ein recht normaler Mensch zu sein. Die Königin rief den ersten zu sich und fragte, wie er heiße. Sie erfuhr, dass er Smith hieß. Nun fragte sie ihn, auf welche Weise er belohnt werden möchte. Worauf dieser zur Antwort gab: »Majestät, ich möchte abgemessen werden, und für jeden Inch möge man mir tausend Lire geben.« Dies kam der Königin als ganz schön viel vor, denn der Mann war ungewöhnlich groß geraten, aber sie schwieg. Vom zweiten erfuhr sie, dass er Brown hieß. »Wie möchten Sie von mir für Ihre Tapferkeit entlohnt werden, Mister Brown?« »Nun, ich würde Sie bitten, mich zu wiegen und mir für jede Unze Körpergewicht tausend Lire zu geben.« Wieder zog die Königin ihre Stirn kraus, sagte aber auch diesmal nichts. Schließlich rief sie den dritten Soldaten zu sich. Und erfuhr, dass er Wilson hieß. »Womit kann ich Sie für Ihr Opfer belohnen, Herr Wilson?« »Majestät, ich möchte gemessen werden von den, pardon, von den Eiern bis zur Schwanzspitze und für jeden Inch hätte ich gerne tausend Lire.« Der Königin kam diese Redeweise etwas pöbelhaft vor, aber man hatte sie hinsichtlich der unteren Ränge vorgewarnt, weshalb sie auch diesmal nichts sagte, schließlich war Herr Wilson auch ein Held. Sie ließ ihren Finanzminister kommen und ordnete an, die Wünsche der drei an Ort und Stelle zu erfüllen.

Am nächsten Tag, noch vor Anbruch der Morgendämmerung, stürmte der Minister an den Alkoven der Königin und raufte sich die Haare. »Majestät, das Empire ist ruiniert!«, rief er Victoria zu, die noch nicht einmal richtig wach geworden war. »Was ist denn passiert? Und wie erlaubst du es dir, zu dieser Uhrzeit hier aufzukreuzen?« »Es spielt jetzt alles keine Rolle mehr!«, rief der Schatzkanzler verzweifelt: »Durch die Bank von England weht der Wind!« »Wie das denn? Wegen der paar tausend Lire, die wir den Soldaten ausgehändigt haben?« »Mit den ersten beiden hat es keine Probleme gegeben, ich habe ihnen gegeben, was sie verlangt hatten. Der dritte aber hat uns vernichtet!« »Wie das denn?« »Aufgrund unserer Ermittlungen haben wir festgestellt, dass die Eier des Soldaten Wilson auf der Krim geblieben sind!« Ohne aus der Fassung zu geraten, überschlug die Königin im Kopf den Fall, woraus sich ergab, dass das Empire Herrn Wilson etwa achthundert Millionen Lire schuldete, wenn man die Entfernung zwischen London und Sewastopol zugrunde legte, was aus dessen Eiern das teuerste Paar männlicher Schmuckstücke machte, von dem man je gehört hatte …

Victoria hatte sich seit der Krönung stark verändert. Sie war nun 38 Jahre alt, ein trauriges Alter für eine Frau in jenem Jahrhundert. Die dunklen Kleidungsstücke, am Halsansatz mit schwarzen Samtbändern verknotet, die steife Haube über den züchtig gekämmten Haaren mit Mittelscheitel und das Fehlen jeden Schmucks und aller Schminke waren nicht eben vorteilhaft für sie. Auf den ersten Daguerreotypien und dann auf den Fotos, die von ihr gemacht wurden, traten ihre Züge noch um einiges bedrückter aus dem Schatten hervor als auf den schmeichelhaften Porträts von einst: In ihren wässrigen grauen Augen konnte man Entschlossenheit ebenso wie Angst erkennen, Durchhaltevermögen, aber auch Schwäche. Mit den runden, abgesackten Wangen der Frau, die begonnen hatte, ein Alter zu haben, wirkte sie wie eine ermüdete Löwin, die sich fragte, wie lange sie noch jagen könne und wann etwa die so ersehnte Ruhe einträte. Die mächtigste Frau der Welt war auch nur ein armer Mensch, und Alberts Tod in zwei, drei Jahren sollte sie für immer verwüsten. Genau in dem gleichen Jahr, das die Rebellion in Ostindien gesehen hatte, worauf es ins Britische Empire eingegliedert wurde, versuchte Victoria ihre Kräfte zu sammeln, um einer Herrschaft standzuhalten, die viel länger währen konnte, als sie selbst es sich vorgestellt hatte. Und eine gealterte Königin ist eine Königin, der übel nachgeredet und die gehasst wird, wie viel auch immer sie zum Vorteil ihrer Untertanen getan haben mag. Jede neue Generation wünscht sich ein neues Lebensumfeld, eine neue Welt, neue Gestalten, neue Dichter und neue Musik, einen neuen Himmel und eine neue Erde. Die verlässliche Liebe des Prinzen Albert zur Königin und ihr Wille, es so einzurichten, dass die Dinge weit und breit in der Welt und auf den Meeren wie ein Uhrwerk funktionieren, hatten sie bis dahin in dem Jahrhundert voller Vorurteile und Genie, das sie verkörperte, am Leben gehalten, aber die Welt veränderte sich, und alles dies fiel ihr immer schwerer. Ihrem immer anonymer werdenden Körper entfuhr ein Odem von Traurigkeit, der ihren Palast erfüllte, sich dann über London ausbreitete und schließlich über die gesamte britische Insel, und aus diesen unsagbar traurigen Wolken regnete es unaufhörlich.

Lord Palmerston besaß bei weitem nicht den Charme des späteren Disraeli, auch nicht seine Bildung und sein literarisches Talent, er war nur ein geschickter und dynamischer Politiker, ein harter *Whig* mit unverrückbaren Überzeugungen, und trotzdem liebte der Plebs ihn und nannte ihn voller Sympathie Pam, während die Königin selbst ihn tolerierte, ohne dass er ihr sonderlich sympathisch gewesen wäre. Er hatte ein hässliches Gesicht, war vulgär und mürrisch, verfügte aber über politisches Urteilsvermögen, war also der richtige Mann für das Empire in den Jahren des größten Glanzes und der schärfsten Unterdrückung. Am Morgen des 16. Juli 1857 empfing ihn die Königin noch vor dem Frühstück im Chinesischen Kabinett des Buckingham Palace, um ein paar Details der Weltsituation mit ihm zu besprechen, vor allem die indische Rebellion gegen die Ostindien-Compagnie, einen blinden und blutigen Krieg zwischen zwei Lebens- und Denkweisen, mit Grausamkeiten auf beiden Seiten und in Brand gesteckten Städten und Dörfern, die darin gipfelte, dass sich ein spindeldürrer dunkelhäutiger Achtzigjähriger, Bahadur Shah Zafar, zum Kaiser von Hindustan erklärte.

»Es sieht so aus, als ob in letzter Zeit überall Kaiser und Könige erschienen, wie die Pilze nach dem Regen sprießen sie in unseren Tagen hervor, Majestät …«, sagte Palmerston in scherzhaftem Ton zu der Frau, die ernst vor ihm an dem mit Büchern und Papieren, die kreuz und quer übereinanderlagen, überladenen Kirschholztischchen mit den geschwungenen Beinen saß. Von der einen und von der anderen Seite antworteten sich die beiden großen chinesischen Drucke, die dem Kabinett seinen Namen gaben, und auf dem Kamin tickte leise die riesige vergoldete Standuhr unter dem Spiegel.

»Jedwedes lokale Prinzchen, jeder alte Despot, jeder Chef über einen Clan oder Stamm wartet nicht darauf, Straßen zu bekommen, Brücken und Eisenbahnen, auch keine Fabriken, weder reguläre Armeen noch Schulen, Spitäler und Akademien in seinem erbärmlichen Ländchen, in dem man an Malaria stirbt, an Würmern und Hunger, sondern auf den ersten Sieg gegen seine ebenso lumpigen Rivalen, und das war's dann! Sie fläzen sich mit ihrem Hintern auf einen Bambusthron, setzen sich eine vergoldete Holzkrone aufs Haupt, und sieh an, da sitzt ein Kaiser, bloß damit ihnen kein anderer zuvorkommt! Ich wundere mich nur, dass sie nicht auch mit Holzpferdchen herumrennen, wie es die kleinen Kinder tun …«

»Ja, da sind so viele Kaiser aufgetaucht auf der Welt, während ich bloß

Königin bin«, seufzte Victoria zu sehr leidend, als dass sie eingestiegen wäre in das harsche Spiel des Premierministers.

»Und danach«, fügte Palmerston lächelnd mit seiner Brummbärenmine hinzu, »legen sie sich mit uns an, vertreiben uns, damit wir ihnen keine Straßen, Brücken und Bahnverbindungen mehr bauen, denn sie brauchen all dies nicht, sie begnügen sich mit einem Tropfen Nationalstolz. Ein Jammer, dass sie selbst dies noch von uns gelernt haben ... Je zerlumpter sie sind, umso mehr plustern sie sich auf, wie die von Krätze befallene Ziege, die den Schwanz hoch aufstellt. Was war Indien ohne unsere zivilisierende Aktion? Ein Brachland voller Kühe und skelettierter Sterbender. Lehmhäuser ohne alle Hygiene. Blaue Götter mit Rüsseln. Fanatische Nackte, die das schmutzige Wasser des Ganges tranken. Gesegnet für alle Zeiten sei der Erfinder des Wasserklosetts! Einen größeren Wohltäter hat es bislang auf der Welt nicht gegeben. Neben ihm sind Platon, Dante und unser unsterblicher Shakespeare nichts als ...«

Da die Königin wieder eine ihrer schrecklichen Migränen hatte, bei der sich ihre klaren grauen Augen eintrübten und eine Art Glaskugel über sie herabsank, schnitt sie Palmerston mit einer knappen Geste seine chauvinistische Rede ab, und im Kabinett kehrte Stille ein. Bloß durch die zum Garten hin offenen Fenster drang der Gesang der Goldammern herein. Nach einer Weile, in der sie sich mit ihren dicklichen Fingern die vom Pincenez malträtierte Nasenwurzel gerieben hatte, öffnete sie eine Schublade und entnahm ihr eine Ledermappe, in der sich ein Umschlag mit roten Siegeln befand, wie man ihn wahrscheinlich schon seit der Zeit Heinrichs VIII. nicht mehr am Hofe gesehen hatte, er war verkrumpelt und vergilbt, der Name der Königin und die ausufernde Adresse des Buckingham Palace standen auf der Vorderseite und auf der Rückseite unzählige gedrängte Zeilen in einer pedantischen Schönschrift, wie die eines Kindes, das eben das Schreiben erlernt.

»Weil wir eben von Kaisern gesprochen haben. Schau, was uns der Kurier von einem von diesen gebracht hat: ein Brief, in dem Seine Kaiserliche Hoheit sich aufplustert wie ein Pfau in aller Herrlichkeit seines Schweifes mit den grünen und blauen Augen. Soll ich dir die Titel vorlesen, die er sich anmaßt? Herrgott, es sind ihrer so viele, dass sie nicht einmal alle auf die Rückseite des Umschlags passten. Die letzten sind so klein und gedrängt geschrieben, dass man sie kaum lesen kann …«

»Wenn es sich um den handelt, den ich meine, dann gestatten Sie mir, Königin, dass ich sie aus dem Gedächtnis zitiere? Ich habe sie auswendig gelernt und in den Salons schon viel Erfolg damit gehabt, wenn ich sie zum erheiternden Beweis der menschlichen Narretei der Reihe nach aufsagte.« Der Lord nahm eine unendlich arrogante Haltung ein, wie ein Schauspieler in einer Schurkenrolle das eine Bein steif vorgereckt und die Augen in die Ferne gerichtet, dann begann er mit seiner bombastischen Rezitation, indem er die Stimme senkte: *»›Ich meinerseits, Tewodoros II., König der Könige und Kaiser der Kaiser, Gatte Äthiopiens und Verlobter Jerusalems, unbesiegter Löwe des Stammes Juda, lebenslänglicher Erzbischof der Äthiopisch-Orthodoxen Tewahedo-Kirche, Oberbefehlshaber der unbesiegten Streitmacht des Menelik, Ewiger Strategos der Vereinigten Prinzipate von Antikythera und Ostkythera, Archont und Strategos der Dodekanes-Eilande, von Zypern und Kreta, Obsidian-Sockel der Heiligen Dreifaltigkeit, geliebt vom Vater, gesegnet vom Sohne und eingehüllt in den Heiligen Geist, Amen!‹* Denn ich vermute mal, dass es niemand anderer als der sogenannte Kaiser Tewodoros II. von Äthiopien sein kann, ein Negus, wie man so sagt, über den unsere Leute, die seine Vergangenheit erforscht haben, sagen, dass er keinerlei Tewodoros ist, weder der Erste noch der Zweite (er hat sich selbst so genannt, weil die Äthiopier aus alten Zeiten eine Prophetie über einen messianischen Kaiser kennen, der Tewodoros heißt und dem Land einen tausendjährigen Frieden bringen wird), auch ist er nicht einmal der Prinz Kassa aus Kwara, dem seine Feinde den Spitznamen Spulwurm verpasst haben, weil seine Mutter, wie es scheint, ein Heilmittel gegen Leibwürmer verkauft hat, sondern ein Abenteurer, ein Fremder aus einem obskuren Land bei den Mündungen der Donau, aus den wilden Gefilden, die einstmals von den Skythen bewohnt waren, und der, da er niemand und nichts ist, beinahe ein ganzes Jahrzehnt durch den griechischen Archipel gereist ist und Schiffe versenkt, gemordet und geplündert hat, um dann, als er den Namen des Prinzen von Kwara angenommen hatte, spurlos zu verschwinden, der hat mit Glück und grenzenlosem Ehrgeiz sämtliche Stufen ihrer Hierarchie erklommen, bis er zu deren Kaiser geworden war. Letztlich ein Hochstapler, Majestät, wie es so viele in der Geschichte gegeben hat: Erinnern Sie sich an einen gewissen Lambert Simnel, der sich für Richard, Duke of York, einen der zwei unglücklichen Prinzen, die in den Tower gesperrt worden waren, ausgegeben hat? Oder an die Prinzessin Caraboo mit ihrer bunten Federboa, ihren polynesischen Göttern und ihrer Angewohnheit, verzeihen Sie bitte, nackt in den öffentlichen Brunnen zu baden? Vielleicht haben Sie auch schon mal von Karl Wilhelm Naundorff gehört, dem Uhrmacher, der vorgab, der König von Frankreich zu sein, Louis-Charles, der Sohn von Ludwig XVI. und der Marie-Antoinette, oder vom falschen Dimitri I. der Russen, angeblich der Sohn von Ivan dem Schrecklichen … Um nicht von den falschen Propheten zu sprechen, den falschen Messiassen und falschen Erlösern, die, zum zweiten Mal auf die Welt gekommen, diese schier überschwemmt haben, was nichts als den Irrsinn des Jahrhunderts erweist und das krumme Holz der Menschheit, woraus niemals nichts Gutes kommen kann …«

»Wer auch immer dieser Mann sein mag«, fuhr die Königin einigermaßen verträumt fort, »er hat die Manie des Briefeschreibens, ja sogar ein gewisses … Lassen Sie's uns so sagen, wiewohl es merkwürdig klingen mag: ein gewisses *Talent* für das Schreiben, linkisch zwar und ungeschliffen … Ich habe mittlerweile einen Stapel mit etwa zwanzig Briefen von ihm, einer kurioser als der andere. Ich gestehe, Lord Palmerston, dass es mich manchmal amüsiert, seine Wunderlichkeiten zu lesen, als läse ich in *Gullivers Reisen* des dahingegangenen Jonathan Swift. Alle beginnen sie mit der gleichen ungehobelten Ansprache: ›*Majestät, erfahren Sie von mir, dass ich mich mit Gottes Willen gesund befinde, was ich auch Eurer Hoheit wünsche*‹, und enden konsequenterweise mit etwas in der Art von: ›*Mögen Euch die Engel und die Muttergottes ihren heiligen Schutz schenken*‹, Wünsche, die ein Bauerntölpel seinem Onkel in einem anderen Dorf schicken kann, aber in eine offizielle Korrespondenz zwischen zwei Staatsführern passen sie wie die Faust aufs Auge.«

»So ist es, der Mann ist mehr als ein Original, er ist eher übergeschnappt, aber wie viele derer gibt es nicht auch im Reich Eurer Majestät, hätte ich bloß so viel Geld in der Tasche, wie … Wir Briten, wir sind berühmt (und stolz, warum sollten wir es nicht zugeben?) für unsere Exzentrizitäten. Ansonsten ist dieser Tewodoros auf seine Weise ein Mann mit Entschlusskraft, ein gefürchteter Krieger, der in den letzten fünf Jahren Äthiopien befriedet und vereinigt hat, indem er in einer Folge von Kriegen stets strahlend gesiegt und die rivalisierenden Prinzen vernichtet hat. Glücklicherweise hatte Eure Majestät von Anfang an, als er noch der armselige Anführer eines Clans war, beinahe ein Räuber, ein Auge auf ihn gerichtet und mit großer politischer Weitsicht gehandelt: Ihr habt bei den ersten Schritten seines Aufstiegs beschlossen, er solle bei seinem Aufstieg unterstützt werden, und schicktet ihm alles dazu Nötige: Militärberater, Ingenieure und politische Berater, Baumeister und Architekten, damit er sich den Weg an die Macht ebne. Sodass ich nach seiner Krönung vor zwei Jahren die Anerkennung Eurer Souveränität, Majestät, erwartet habe und die Beförderung unserer Interessen in Afrika. Vorerst gibt es nicht allzu viele Zeichen dafür, dass der Negus diesem Kurs folgt, aber die Zeit ist kurz und die primitiven Wesen sind unvorhersehbar …«

»Hör dir das an, Lord Palmerston«, unterbrach ihn die Königin, die bei den Worten des Visconte den Anfang des Briefes gelesen hatte:

»Ich bin gewiss, gerühmte Königin Victoria, von deren Brust sich das große englische Volk nährt, dass diese, wenn es hin und wieder die Brustwarze aus dem Mund verliert (wie Herkules die Zitze seiner Mutter, Hera, sodass die herausschießende Milch die ganze Himmelskuppel bespritzt hat), ein paar Tropfen auch auf den trockenen Boden unserer Mutter Afrika fallen lassen wird und dem roten Boden meines Reiches Segnung um Segnung einbringen wird. Denn die fette und nahrhafte Milch aus Euren gerühmten und imperialen Mutterbrüsten wird in die Münder der Witwen und Waisen Äthiopiens gelangen, die sich ihrer erfreuen werden wie die Juden, einstmals, des Manna aus der Wüste.«

»Pfui, was für ein schreckliches und indezentes Bild!«, empörte sich Victoria und fuhr sich unbeabsichtigt mit der Hand an die Brust. »Dieser Kaiser ist nicht ganz bei Sinnen! Aber wenn Afrika nicht das Nest der seltsamsten und nie gesehenen Ungeheuer ist, welche andere Region der Welt sollte es dann sein? Tewodoros ist ein unglaubliches Ungetüm, aber die Giraffen, die Strauße oder Rhinozerosse sind ebenso: Bis man sie nicht mit eigenen Augen gesehen hat, kann man nicht glauben, dass es auf der Welt so etwas gibt.«

»Es wäre empörend, wenn es nicht so vollkommen lächerlich und einem kindlichen Gemüt entsprungen wäre. Alle primitiven Völker besitzen diese heilige Naivität, von der auch der berühmte Rousseau sprach, als er den edlen Wilden beschrieb. Aber jenseits all dessen ist mein Rat, den Negus weiterhin zu unterstützen, denn schließlich hat er keinen Rivalen mehr in seinem Land, und sein Wohlwollen wird uns nicht nur den Weg zu den Ressourcen Äthiopiens eröffnen, derer es nicht wenige gibt, die haben dort Gold, Kupfer, Kalium, Salz und endlose Wälder, sondern auch weiter zu den Quellen des Nils und von dort weiter nach Schwarzafrika, Gebiete, die es auszubeuten lohnt, bevor Spanien, Frankreich und die anderen Mächte davon etwas erfahren. Eure Hoheit mögen wissen, dass es nicht einmal wer weiß welcher Investitionen bedarf, um ihn uns gewogen zu halten: Glasperlen, Spiegelchen, Spielzeug, Ihr könnt Euch nicht vorstellen, wie sich diese Schwarzen darüber freuen. Lassen Sie uns vorerst, sagen wir mal, ein Kistchen mit Duellpistolen schicken, ein etwas Extravaganteres, Prächtigeres, ich glaube, darüber wird er ein ganzes Jahr lang glücklich sein und sich für den größten Freund Eurer Hoheit halten. Und danach hin und wieder, damit wir ihn nicht zu sehr verwöhnen, je eine Taschenuhr, ein Fernglas, was weiß ich …, eine Viola, einen Blechvogel mit Schlüssel zum Aufziehen, alles, was im Sonnenlicht funkelt. Gleichzeitig werden wir seine Forderungen analysieren und ihm helfen, sein Land zu entwickeln, das gegenwärtig alle Güter der Zivilisation entbehrt, da es um ein Jahrhundert hinter der Welt zurückgeblieben ist. Die Wege, Majestät, sind von vordringlicher Wichtigkeit, denn wenn der Negus uns zum Feind wird, werden wir mit unseren Truppen nicht einmal bis zu seiner Hauptstadt vordringen können, denn Äthiopien ist gebirgig und undurchdringlich. Dann müssen wir Gruben bauen, vor allem Kupfergruben und Goldgruben. Ebenso Brücken über Gewässer und Schluchten …«

Die Königin hörte ihm schon lange nicht mehr zu. Langeweile und Melancholie hatten sie überwältigt. Trotzdem nickte sie zustimmend mit dem Kopfe, dessen graue Haare unter der aus holländischem Tuch gefertigten Haube hervorragten, und verharrte, die Augen ins Leere gerichtet. Palmerston wusste, dass dies das Zeichen für das Ende ihrer Unterredung war, und zog sich mit einer Verbeugung zurück, doch eine halbe Stunde danach, als Prinz Albert, vor der Zeit gealtert, kahlköpfig, mit grauen Koteletten und in Zivil gekleidet, es wagte, zart an ihre Tür zu klopfen, wurde ihm mit verlöschender Stimme geantwortet, und er fand die Königin in der gleichen Position am Tisch sitzend und ins Leere starrend, einsam wie ein Eisberg in den Weiten der finsteren Meere. Die Frau stand jedoch auf, lächelte ihm warm zu und kam ihm entgegen, denn Albert war die einzige ihr nahe Seele, der Mann, den sie ihr ganzes Leben lang geliebt hatte, gleichrangig und treu, wie er seinem Wesen nach war, ohne romantische Anwandlungen, aber auch ohne die Minderung einer Zuneigung, die, wie auch immer wir sie nennen mögen, bürgerlich oder unbürgerlich, verzopft oder nicht verzopft, letztlich eine echte war. Sie umarmten sich zärtlich und blieben dann Schulter an Schulter an dem Fenster stehen, das auf den Garten hinausging, betrachteten die nassen Bäume und lauschten dem Zwitschern der Goldammern, als wären sie beide ein einziges Wesen.

29

Du bist eine Weile in Samos und in den Diensten von Bej Ion Ghica geblieben, des Sohns von Tachi und Mariţa aus dem Ghergani deiner Kindheit, warst ihm der Wächter, der Tag und Nacht darauf aufpasste, dass nicht etwa Piraten, die auf Rache sannen und den jungen Herrscher gerne entführt oder erstochen hätten, in den Palast eindrangen, und du hättest auf jener grünen Insel unter dem fürsorglichen Schutz deines früheren Kindheitsfreundes ein Leben in Frieden und Glückseligkeit führen können bis ans Ende deiner Tage. Auch wärest du brav aufgestiegen in deinem Rang, zuerst wohl Herr über die Million Olivenbäume mit den krummen und geschwungenen, paar hundert Jahre alten Stämmen, die ihre Äste mit den kleinen grauschimmernden Blättern in den klaren samischen Himmel reckten, dann über die Weingüter, die den berühmten Muskat kelterten, der seinen Himbeergeschmack und den Duft nach Weihrauch allein aus dem Erdreich von Samos bezog, und schließlich hättest du, verheiratet mit einem braven Mädchen voller Liebreiz, einer Chloe, Cora oder Lydia, dein Haus mit Nachwuchs gefüllt und dein Herz mit einer Freude, die auch dem Herrn gefällt und recht sehr auch uns. Wie Philemon und Baucis hättet ihr zusammen alt werden können, um dann im Abenddämmer eures Lebens, gesegnet mit Enkelkindern und aller Tage satt, euren Weg auf der Welt zur gleichen Stunde beenden können, damit keiner von euch den zerreißenden Trennungsschmerz vom anderen zu spüren bekommt. Manchmal, wenn dich die Melancholie erfasst hatte, dachtest auch du daran, dich gründlicher in dem Leben niederzulassen, das gelebt wird, und nicht in dem, das man sich erträumt, doch konntest du in der Rolle der Baucis nur die ferne und deinem Herzen trotzdem so nahe Stamatina sehen, die du als für alle Zeit verloren hieltest. Mit keiner anderen hättest du die Segel bei der Einfahrt in den Hafen eingeholt, damit das Schiff sachte ans Ufer gleite. Du brauchtest keine Chloe, sondern allein die Frau deines Lebens, jene von dem ovalen Bildchen, die dir ein für alle Mal die verzauberten Worte zugeflüstert hatte: »Suche mich! Suche mich unaufhörlich! Verbrauche neunundneunzig

Stück eisernen Schuhwerks und zerreibe einen stählernen Wanderstab auf deinem Weg über Meere und Länder, bis du an den Ort gelangst, an dem du mich finden wirst! Und dann werden unsere Seelen eine sein!« Aber Stamatina hatte zu deinem Unglück den Zburător, denn für sie hättest du jeden Mann auf der Welt überwunden, ob er nun König oder Zauberer gewesen wäre, wie du jedoch den Mann aus Türkis besiegen könntest, der durch die Luft segelte mit seinen kraftstrotzenden Schwimmerarmen, wusstest du nicht.

Dies war der wichtigste Grund dafür, dass du von Ostermond bis Brachet, solange du in Samos bliebst, keine Ruhe fandst. Das geruhsame Leben war nichts für dich, wie Spindel und Heugabel nichts für den Herakles waren in alter Zeit, der aus Liebe zu Omphale Weiberröcke angezogen hatte. Du musstest in diesem Leben die Tochter des Fürsten Dimitrie Ghica finden, damit du ihr verzeihen oder sie umbringen konntest, denn du wusstest damals nicht, ob du bei einer neuerlichen Begegnung die Erinnerung, die dir das Hirn verbrannte, ertragen könntest: nicht zuvörderst die Schreie der Wollust unter den Lenden eines anderen Mannes, als vielmehr den von Sehnsucht und Leidenschaft beladenen Blick, mit dem sie sein Entschwinden begleitete. Von Gott erbetteltest du Vergessen, aber das Vergessen stellt sich nicht ein, wenn der Mensch es sich wünscht, sondern erst, wenn der solcherart Versuchte in sich selbst den Quell der Liebe findet, die versteht und nicht urteilt und also verzeihen kann. Denn darüber sprach der Erlöser selbst, als er den Menschen das einzig vollkommene Gebet schenkte: »Und vergib uns unsere Schuld, wie auch wir vergeben unseren Schuldigern.« Als du im Palast des Bejs von Samos so allein in deiner Stube im Bett lagst und zum hundertsten Male dein Leben an dir vorüberziehen sahst, wusstest du nicht, ob du diesen lebendigen Quell in deinem so zerteilten Herzen finden würdest. Vielleicht siegte im allerletzten Moment doch der Hass, der noch nicht verloschene, unbefriedete Hass des Hochmütigen, und der Dolch fuhr zwischen die Brüste der untreuen Frau.

Doch ebenso sahst du zum hundertsten Male die beiden, die schon von Kindesbeinen an deine Idole waren: Alexander von Makedonien und Napulion Bunăparte, wie sie vor dich hintreten und dich wie einen Wurm anschauen, mit unsagbarem Abscheu, denn sie hatten nicht nach Weibern geseufzt, auch waren sie in jungen Jahren nicht nach Hause zurückgekehrt, da sie noch nichts in der Welt erreicht hatten, sondern sie ertüchtigten ihre Herzen, kein Mitleid zu haben, und als der Panzer des Hochmuts angelegt war, vernichteten sie dutzende Völker und tausende und abertausende Menschen und setzten sich schließlich die Kronen der Weltbeherrscher aufs Haupt, um noch Jahrhunderte danach gerühmt zu werden. Und du, in dessen Brust so viele Leidenschaften und Träume von Größe versammelt waren, du solltest Diener bleiben auf einer unglückseligen Insel, Chloe zur Frau nehmen und Kinder mit ihr in die Welt setzen? War dies das Ende deines von den Engeln im Himmel geschriebenen Lebensbuches? Dann würde es eher kein Buch geben, denn für die glücklichen Schicksale genügte ein Blatt. Du aber warst kein Mann für ein Blatt, Theodoros, und du hättest so auch nicht werden können, nicht einmal, wenn es um die Erlösung deiner Seele gegangen wäre. Dein Schicksal war, Kaiser zu sein, und obwohl du in jenem Augenblick nicht wusstest, wie sich dieser Traum erfüllen würde, spürtest du aus tiefstem Herzen, dass dich jenes Schicksal ereilen wird, auch wenn die Welt in einen Abgrund stürzt und in dem Nichts verschwindet, aus dem sie geschaffen war. Wenn du aber das Reich besitzen würdest, sollte alles von alleine kommen: Du könntest ein Netz von Kundschaftern über die Welt verteilen, um die Tochter des Fürsten aufzufinden, und dann würdest du deine Truppen schicken, zehntausend mal zehntausend, reitend auf Störchen mit weißen Flügeln, damit sie den Palast des Zburători in den Wolken umringen, und wenn du Kenntnis über den geheimen Ort erlangt hast, an dem sich Gottes Schrein befindet, der Tabernakel, das Heilige Zion, das sich dir schon auf der Insel Vous im Traume gezeigt hatte, würdest du dich mit seiner Macht vergöttlichen, vom irdischen Kaiser zum göttlichen Kaiser, um der Blaue König zu werden, den es in keinem einzigen Märchen gibt.

Als du mit deinen Überlegungen hier angelangt warst, zogen eisige Schauder durch dich, aber in deinem Wahn fandest du auch zu einem grenzenlos dämonischen Genuss. Denn deine Brust war voll der Dämonen, Theodoros, du warst in deinem Wahn schließlich entschlossen, dir nicht nur den Beistand der heiligen Mächte aus dem Himmel zu erbitten, sondern auch jenen der Unreinen, wie der Apostel Paulus sie erkannt hatte: *»Denn wir kämpfen nicht gegen den Körper und das Blut, sondern gegen die Versucher, gegen die Mächtigen, gegen die Herren über das Dunkel dieser Zeiten, gegen die Geister des Bösen, die da in den Höhen sind.«* Oftmals, wenn du die Heilige Schrift aufschlugst, um für deine Seele aufs Geratewohl eine Seite zu lesen, konntest du dich ihrer nicht in Frieden erfreuen, denn du hattest zehn Dämonenstimmen in den Ohren, die sich dagegenstellten, über das Gelesene lachten, meckerten, wieherten, grunzten und unflätige Wörter und Blasphemien von sich gaben, sodass du dich genötigt sahst, voller Angst das Heilige Buch zuzuschlagen. Zig mindere Dämonen hatten sich in dir niedergelassen, wie in dem vom Teufel Besessenen in der Schrift, und ihre Namen waren Legion. Dann bekreuzigtest du dich mit deinen Fingern, von denen schon das Blut tropfte, Tropfen auf Tropfen, auch wenn es noch nicht wie späterhin ein Schwall war, und betupftest dir mit dem Blut die Stirn, den Bauch, die rechte Schulter und die linke, beschmiertest solcherart den kraftvollen Recken, der du nun voll im Leben stehend warst, und erreichtest, dass dein Gebet nicht angenommen wurde.

In den sieben Jahren, die du im Archipel zugebracht hast, im Mittagslicht, das von den Wellen jenes Meeres in der Mitte der Welt zurückgeworfen wurde, und in den Schreien der Möwen, die scheinbar unbewegt in der Luft hingen und ihre Schatten aufs Meer warfen, hattest du eines nach dem anderen die Zeichen des Moshe Telalul vom Viehmarkt erhalten, wo du von den Juden gefangen und in das geheime Kellerverlies gebracht worden warst, in dem du schließlich dein Schicksal auf der Welt begriffen hast: dass du der Gegenteilige sein würdest, kochend heiß inmitten des Eises und gefroren zu Eis inmitten der Glut, dazu auserwählt, sieben Jahre lang zwischen den Eilanden des Archipels auf der Suche nach dem heiligen Namen SAVAOTH, Herr der Heerscharen, herumzuirren. Mit diesem Namen hatte Adonai die Kugel gezeichnet, Sein Werk von sechs Tagen, worauf Er sich am siebten Tage ausruhte. Von da an hat dir der Heilige Geist üble Winde in die Segel deiner Schiffe geblasen, sie von Eiland zu Eiland geschubst und damit auf die grün-blau-bernsteinfarben-bläulich-scharlachrote Wasserfläche der östlichen Meere die Unterschrift Gottes gesetzt, dessen Stift, von den drei Fingern der Segnung gehalten, in Skyros ansetzte, gen Amorgos abbog, zurückkehrte nach Vous, dann wieder nach Antikythera glitt, darauf nach Oinousses und Telendos, um auf diese Weise, spukhaft und in Gesichten, die du und deine Gefährten erhalten hattet, die Buchstaben im Wort SAVAOT zu vereinen, dem beinahe vollen Namen, von dem nur der letzte Buchstabe noch nicht aufgeschrieben war, das H. Doch solange dieser letzte Buchstabe nicht auf den schäumenden Wassern des Archipels gesehen war, würdest du dich nicht ganz und erfüllt fühlen, und hattest nichts verloren auf dem süßen Eiland des Glücks.

Das H war die Erfüllung des Namens, denn es war nicht bloß bei den Juden der letzte Buchstabe im Namen des Yahweh, und für die Christen der Anfang des Erlösernamens Hristos, es war auch der Buchstabe für die Macht und Größe im Koran der ungläubigen Mohammedaner, wie es dir irgendwann Suleyman erklärt hatte, als er dir von den Lehren des Weisen Mohyi ed-Din ibn'Arabi aus alter Zeit berichtete, dessen Schrift sein Hauptbuch war.

In *Die mekkanischen Offenbarungen* erzählte ibn'Arabi die Geschichte von den neunundneunzig Namen Allahs, die es im Koran gibt. »Wenn du in diesem Leben den hundertsten Namen erfahren wirst, wirst du alles wissen, und die Himmelstore werden sich dir öffnen.« Über den unaussprechlichen Namen sagte der Sarazene noch, man habe nur gewusst, dass er als letzten Buchstaben das H der vollkommenen Erkenntnis enthalten müsse.

Und die endgültige Krönung des Namens jener drei Religionen Jehovas, damit er niemals in Welten von Welten und Äonen von Äonen, der Segnung der Menschen, Engel, Erzengel, Fürstentümer, Mächte, Tugenden, Herrschaften, Cherubim, Serafim und Throne fehle, entsprang aus den Seiten des »Paradieses«, das der göttliche Toskaner schrieb, während er das bittere Brot der Vertreibung aß, doch niemals vertrieben war aus den göttlichen Visionen:

> Ossana, sanctus Deus Sabaoth,
> superillustrans claritate tua
> felices ignes horum Malacoth!

Sodass du im Heumond den Schwur gebrochen hast, den du dem Bej geleistet hattest, und Samos, das dich zu ersticken drohte, weil es dich von deinem eigenen Schicksal fernhielt, Samos sein ließest. Du bist holterdiepolter und ohne dich von jemandem zu verabschieden auf einem Segler namens *Lefteria* aufgebrochen, der geräucherte Sardellen und Fässer mit Feta nach Zypern brachte, und dort, im Hafen von Kyrenia, trafst du wieder mit Ghiuner und Sisoe zusammen, deinen alten Gefährten, die du rechtzeitig hattest wissen lassen, dass sie dort auf dich warten sollten. Diese waren mit der *Pséma* gekommen, dem einzigen Schiff, das dem Zugriff des Bejs entgangen war, weil die Piraten es zwischen den Felsen von Kalymnos versteckt hatten, während der Rest deiner singenden Flotte gekapert und einzeln verkauft worden war, und deine Bande hatte sich in alle vier Winde zerstreut.

Ihr seid auf die Brücke der *Pséma* gestiegen, habt euch auf die eingerollten Seile gesetzt, euch an den Schultern gepackt und geweint: Wo waren Suleyman der Chinese, Baraba der Verschlafene, Abraham Joshua Norton, der Jude, Johns Urgroßvater und so viele weitere tüchtige Palikári, die euch über die smaragdenen Meere begleitet hatten, und in welchen Harems mochten Kassandra, Zephyra oder Aişé gelandet sein, die man für ein paar Mahmudyien an die türkischen Hunde verschachert hatte. Vermutlich weilten viele von ihnen nicht mehr unter den Lebenden, waren sie vor den Hafenmeistereien der Inseln an Galgen geknüpft oder von den barbarischen Piraten aus Algerien versklavt worden, oder aber sie hatten wer-weiß-welches andere Schicksal, denn die Leben der Sterblichen sind Staub und Asche. Ihr hattet keine Hoffnung mehr, sie irgendwann wiederzusehen. Nun wurden die Segel der *Pséma* von ehemaligen

Gefährten gehisst, die weniger bekannt geworden waren, von denen du es allerdings geschafft hattest, deiner Mutter in Briefen schon zu berichten, von dem Bej Parmenides, von Soril Mikolai, Ioan aus Patmos und Leandros Coriţaki und von ein paar jüngeren, dir unbekannten Matrosen.

Tatsache ist aber, dass ihr schon bald eure Klagen beendet und angefangen habt, euer Schiff in Ordnung zu bringen, sodass ihr noch in derselben Nacht den Anker unter dem mit dem Mehl der Sterne bestreuten Firmament gelichtet habt und gen Westen aufgebrochen seid. Nach drei Tagen auf See habt ihr in der Ferne das Eiland Hydra gesehen, das an seinem türkis gefärbten Golf so leicht zu erkennen ist, der Halbmond feinen Sandes und vor allem die bunten Fassaden der wie gestapelt übereinander gebauten Häuser, zwischen denen sich die Oleander mit unvergleichlicher Grazie im Wind wiegten und ihren Duft in die salzige Brise verströmten, und die Zypressen erhoben sich wie dunkelgrüne Lanzen in die mit frühsommerlichen Wolken beladenen Himmel. Die gesamte Westküste von Hydra, zum Peloponnes hin, schien auf ein perlmuttenes Blatt gepinselt zu sein, so stark strahlte sie in der Mittagsflamme des Golfs. Nach Hydra als dem letzten Eiland, das auf das starke Garn deiner Peripetien aufgefädelt war, hatten dich deine Gedanken schon gelockt, seitdem du, es mochte ein Jahr her sein, durch Piräus gekommen warst, denn dort warst du auf Simon den Zauberer gestoßen, der dir alles, was du bis dahin getan hattest und noch tun würdest, allein aufgrund des starren Blicks seiner grauen in deine schwarzen Augen auf den Kopf zusagte. Du gabst ihm dafür, im tiefsten Grund deines Denkens erschüttert, einen Goldkreuzer, und ermutigt durch die Allwissenheit des Magus legtest du ihm wie damals dem Mädchen auf Zypern das Verzeichnis mit sämtlichen Eilanden des Archipels vor, alle die Namen, die mit einem H begannen: Halki, Hristiana, Halavra, Hondro, Hydra, Htenies, Hilmondi Pamou … Simon warf keinen Blick auf die Liste, als hätte das Blatt mit den darauf gekrakelten griechischen Buchstaben nicht vor seinen Augen auf dem Tisch der Taverne gelegen, der nach in Zwiebeln geschmortem Karpfen roch, sondern versenkte seine Augen noch tiefer in deine und sprach den Namen Hydra nicht etwa aus mit seinen Lippen, diese blieben starr wie die der Statuen, du hast ihn vielmehr direkt im Zentrum deines Geistes vernommen. Denn Simon hatte die Macht Gottes, die man die Große nennt. Auf diese Weise hast du ohne den geringsten Anlass, daran zu zweifeln, erfahren, dass nach Telendos der nächste und letzte Halt deiner Irrfahrten auf den Spuren des Tabernakels Hydra sein würde.

Alle drei seid ihr in den Hafen hinabgestiegen, habt keinen weiteren Zeugen eurer Suche mehr mitgenommen und keinen Führer. Wie üblich seid ihr auch hier dem Zufall folgend zwischen den rosa, fliederfarbenen, safrangelben und blauen Häusern und Tavernen des Hafens herumgezogen, allesamt die hölzernen Kübel mit Oleandern vor den Türen. Die Palikári in den Kneipen tranken milchweißen Ouzo und aßen mit großem Appetit gegrillten Tintenfisch, dabei lachten sie laut mit vollen Mündern. Ihr verdrehtet eure Hälse nach den ortsansässigen Weibern mit den geschwärzten Brauen und geschminkten Wangen, die stolz ihre weißen, kaum in die rohseidenen Hemdchen passenden Titten zeigten. Ihr stolpertet an jeder Wegkreuzung über die Weidenkörbe voller Feigen und Granatäpfel, die von alten Frauen in schwarzer Kleidung bewacht wurden, viele von ihnen mit einem bläulichen Kreuz zwischen den Brauen. Das Licht strahlte so rein wie die Brüste der Kormorane, das Meer brannte wie Spiritus und zeigte hinter jeder Mauer und jedem Baum seine stets dunkler werdende Linie hin zur runden Verschmelzung von Himmel und Wasser. Der ganze Hafen war voll von Schiffen, die Segel hingen schlapp über den braunen Schiffsrümpfen, denn es gab weitum nicht den geringsten Lufthauch. Allein die Dampfschiffe fuhren unbekümmert hinaus auf die See und entließen stinkende Rauchfahnen aus ihren Schornsteinen.

Ein paar Tage lang geschah nichts, und in deiner Seele machten sich, ohne dass du es die Gefährten merken ließest, Zweifel breit. Was, wenn du jetzt ganz nah am Ufer ertrinkst, da du den Weihrauch schon zu riechen meinst, der die Lade bedeckt? Nichts auf dieser Welt, außer deinem Glauben an dich selbst und an dein Schicksal, konnte dir versichern, dass alles bis ans Ende gelangen würde. Was würdest du tun, wenn sich nichts zeigte und du mit zerbrochenem Traum – wie ein vom Sturm abgebrochener Ast – zurückbleibst? Dann war alles umsonst, Spuk und Luftgespenst, und dein ganzes künftiges Leben würde wie ein grauer und schmieriger Rattenschwanz an deinem Körper hängen. Im Archipel konntest du nicht mehr bleiben, denn der Bej von Samos hätte keinerlei Mitleid mehr mit dir gehabt, dem undankbaren und meineidigen Kerl, und wozu solltest du in die weite Welt hinausgehen? Es wäre dir nur noch geblieben, deinen Tagen selber ein Ende zu setzen und solcherart mit allen und allem Schluss zu machen, oder beschämt nach Ghergani zurückzukehren zu den Rockzipfeln deiner Mutter und dich wieder als alter Diener in der Walachei niederzulassen.

Aber am Donnerstag, dem 27. Brachet, geschah die nicht mehr erhoffte Veränderung. Denn wenn du die Hoffnung verloren hattest, so wissen wir in unseren Himmeln nicht, was dies ist. Wir sehen nämlich nicht nur mit einem Auge, dem in die Vergangenheit gerichteten, wie ihr es tut, uns bildet sich die Zukunft ebenso klar ab. An jenem Tag, dem vierten seit eurer Ankunft, suchtet ihr zwei Stunden vor dem Mittag Schatten auf dem dreieckigen Platz der Stadt, der von Toreingängen umgeben ist und in dessen Mitte sich die von Grünspan überzogene Statue des berühmtesten Sohnes dieser Insel, Admiral Andreas Miaoulis, auf einem Postament erhob, das dreimannshoch genannt werden darf, in Stulpenstiefeln und Fustanella, den Dolch im zwei Hand breiten Gürtel und das Fernrohr in der rechten Hand, die linke ruhte dafür auf dem Steuerrad eines Schiffes, das hier fehlte. Von seinem Sockel her auf das Meer schauend, warf die Statue einen schwarzen und spitzen Schatten, der sich wie die dunkle Nadel eines Gnomons über den Platz legte. Ihr setztet euch alle drei zu den Füßen des Admirals in den Schatten, aßt Feigen aus den Händen und kniff die Augenlider zu, wegen dieses unbarmherzigen Tageslichts.

Sisoe, der Malermeister, schaute gedankenverloren auf die Kupferplatte am Sockel des Denkmals, worauf, unter dem Namen des berühmten Admirals, der die türkische Flotte bei Modon besiegt hatte, bei Kap Matapan, in Nauplia, ja vor allem bei der Belagerung des Hafens von Missolonghi, bei der Lord Byron mit nur 36 Jahren gestorben war, sich eine Gravur befand, auf der drei Schiffe mit geblähten Segeln dargestellt waren. Chir Mitrofan fuhr mit den Fingerspitzen bedächtig über die ins Metall geritzten Linien, überlegte wohl, wie er diese Meereslandschaft anstelle des unbekannten Meisters gemalt hätte, der sie in die Kupferplatte getrieben hatte, als seine Fingerkuppen etwas auf dieser Platte wahrnahmen. Er tippte dir auf die Schulter, und ihr wandtet euch nun dem Sockel zu, gleichzeitig keimte in dir wieder neue Hoffnung auf.

Denn bei der Berührung des Bugspriets des mittleren der drei Schiffe schien sich die ganze Platte bewegen zu lassen, wiewohl sie mit kräftigen Bolzen in dem Marmorsockel fixiert war, der ebenfalls rings um die Platte von Grünspan überzogen war. Die Ecken der Platte schienen nach oben oder nach unten zu gleiten, je nachdem, ob Sisoe ein gebläht am Mast hängendes Segel, ein Fenster am Heck des Schiffes, den Kamm oder den Buckel einer Welle berührte. Ihr stecktet die übrigen Feigen in die Taschen und fingt an, wie drei Blinde mit den Fingern über die Kupferplatte zu fahren, sie aufs Geratewohl zu betasten, bis ihr etwas getan hattet, von dem nicht einmal ihr je wissen werdet, was genau es war, das die Platte plötzlich aufgehen ließ wie eine Blume und in ihrer Tiefe eine wunderschöne Windrose zeigte, die in glänzendes Bronze graviert war, und in dem fein gradierten Kreis sah man, von langen und kürzeren Pfeilen angezeigt, die acht Richtungen eingeschrieben: N, NO, O, SO, S, SW, W, NW, die goldglänzende Rose wurde von einer langen stählernen Nadel durchzogen und ließ, gut geölt, ein leises Geräusch von Zahnrädchen vernehmen, die sich im Kreis über die Gradierung ringsum bewegten. Es war wie ein Uhrenmechanismus, der aus vielen, auf Rubinen ruhenden Rädchen und zarten Federn bestand, die jenen Rüsseln von Insekten glichen, die sich von Nektar ernähren.

Mitrofan nahm die Nadel zwischen zwei Fingerspitzen und drehte sie leicht von S nach SW. Und mit einem Mal veränderte die Welt ringsum ihr Aussehen. Tiefe Stille senkte sich herab, als wäre eine große Saphirkuppel über den Hafen von Hydra herabgesunken. Und als ihr euch umwandtet, saht ihr die verzweifelte Ödnis des Platzes. Nirgendwo auch nur der Schatten eines Menschen. Die Körbe mit den Früchten standen nun unbewacht da, die Angeln der Fischer hingen zu Boden, die Kutschen standen ohne Kutscher auf dem Bock herum, und auf den Balkonen der

Häuser, noch vor einem Augenblick beladen von bezopften Backfischen und Kindern, waren jetzt nur noch die Kanarienvögel in ihren Käfigen übrig geblieben, reglos auch sie, als wären sie mit Safran an die Wände gemalt gewesen. Die Möwen schrien nicht mehr, auch der tiefe Bass der Schiffe war nicht mehr zu hören, und das Meer hatte sein schaumiges, in Wellen das Ufer Bespülen eingestellt. Die Kolonnaden an den Rändern des Platzes verkleinerten ihre Bogen zum Horizont hin, sodass man sich unwillkürlich nach einer fernen unbekannten Welt zu sehnen begann. Die Bewegung der Nadel, die inmitten dieses Kompasses mit einem kleinen vergoldeten Schräubchen befestigt war, verrückte mit einem Mal auch den Schatten der Statue, als hätte sich die Sonne um den bronzenen Miaoulis gedreht, und erstarrte dann wieder an einer anderen Stelle in den Himmeln. Ihr befandet euch plötzlich in der Morgenhitze. Mitrofan bewegte die Nadel ein weiteres Mal, und der Schatten kreiste neuerlich, fiel auf einen anderen Teil des Platzes, umgeben von den Portiken und Fassaden der Häuser. Nach acht Verrückungen kehrte der spitze schwarze Schatten, der etwas von den Zügen des Admirals bewahrte, an die Stelle zurück, an der er ursprünglich lag, und umhüllte euch wieder, und da zerschmolz die saphirene Glocke, und die Welt nahm ihr buntes Treiben so unbefangen und heiter wieder auf, als wäre nichts geschehen gewesen.

Der Admiral in seiner Fustanella machte sich lustig über euch. Denn ihr bedurftet nicht der Stille und Ödnis, sondern eines Zeichens, eines himmlischen Lichts. Verstört hast du die Hände deines Freundes beiseitegeschoben, die stählerne Nadel gepackt und neuerlich auf SW zu gedreht, aber nicht in einem Schwung bis zur nächsten Spitze, wie Mitrofan es getan hatte, sondern gemächlich über jede einzelne der 360 Einkerbungen des Kompasses. Dann, als sich wieder vollkommene Stille über den Platz gelegt hatte, in den Toreingängen war weithin alles Leben erstarrt, fingt ihr an, Stimmen zu hören. Und zwar nicht nur menschliche Stimmen, sondern auch Musiken, Gelächter, unverständliche Reden, die euch anscheinend aus wer-weiß-welchen fernen Gegenden, Inseln und Städten erreichten, auf die die Spitze des Schattens wies. Denn die Stimmen waren in unterschiedlichen Sprachen und wechselten sich ständig ab, vermischten sich nach einem Moment der Klarheit wieder zu einem Durcheinander von Kauderwelsch und Geknarze, das dem Ohr wehtat. Mit einer Geduld, die allein deiner Verzweiflung geschuldet war, hast du die Nadel immer weiter nach Norden gedreht, dann bist du mit ihr auf der rechten Seite der bronzenen Skala wieder abwärts und auf den Osten zugefahren. Auch der Schatten wanderte sachte und kaum merklich über die Rabatten und Bänke des Platzes und fing immerzu neue Töne wie Geigenklänge, Mehterhane, Straßensänger wie Nura und durchdringende Männerstimmen ein. Aber die Nadel glitt immer weiter gen Süden, und nirgends war auch nur das geringste Zeichen zu erkennen.

Bloß in dem Moment, als die Nadel die 163. Kerbung berührte, die sich am unteren Rand der Scheibe und dem S deutlich näher als dem SO befand, geschah etwas. Ein Lichtblitz schoss aus der Nadel, als hätte sich die Sonne mit einem Mal auf ihrer strahlenden Stahloberfläche gespiegelt, und die Spitze des Denkmalschattens blieb auf der Mauer eines Krämerladens liegen, wo zwischen zwei weiß blühenden Oleandern jemand mit einer Tonscherbe in krummen Buchstaben das Wort AKSUM hingeschrieben hatte. Das gleiche Wort erklang auch, von einer Musik begleitet, wie ihr sie noch niemals gehört hattet, in euren Ohren, aber in ein paar Jahren solltet ihr sie sehr gut kennengelernt haben, denn es war nichts anderes als die Zema des heiligen Jared, das liturgische Lied der Heiligen Orthodoxen Tewahedo-Kirche aus den äthiopischen Gegenden. Doch sogar damals schon, auf dem zentralen Platz von Hydra, kam euch diese unbekannte Musik wie himmlischer Engelsgesang vor.

Was war Aksum? Der Name einer Insel, einer Stadt oder vielleicht der eines Menschen? Es erinnerte an Axis, die Achse der Welt, um die sich die Weltkugel drehte. Dort, in der Achse der Welt, konnte sich sehr gut auch die Bundeslade befinden. Wieder bewegtest du die Nadel südwärts und hieltst sie bei der Einkerbung an, über der 180 stand, und die Welt ward wieder Welt. Die Saphirglocke erhob sich in die Luft und verschmolz mit der azurblauen Himmelskuppel. Auf den Fes auf dem Kopf von Andreas Miaoulis ließ sich eine Taube nieder, und weitere mit weißen Fußfedern und Kragenfedern um den Hals umkreisten ihn auf dem Boden und pickten Krümel auf. Die Angler waren wieder an ihren Plätzen, und die Kutscher fuhren mit ihren von erschöpften Pferden gezogenen Kutschen und Kaleschen wieder davon. Auf der Suche nach jemandem, der euch dieses Wort deuten könnte, zogt ihr los durch die verwinkelten Gassen, aber an diesem Tag seid ihr niemand Würdigem begegnet. Euer Abendessen habt ihr in Barba Seferis' Lokal eingenommen, wo ihr euch an Kleftiko und Stifado gütlich getan, sauren Retsina getrunken und das viele Tsatsiki und Olivenöl von den Fingern geleckt habt, danach seid ihr in dessen Herberge zu Bett gegangen und gewiegt vom Sirenengesang des Meeres und dem Duft der Oleander, der durch die offenen Fenster hereindrang, eingeschlafen. Die Hydra aus dem Namen der Insel reckte ihre durchscheinenden Arme in euren Schlaf und streute euch trübes Traumlicht ins Hirn.

Als der Herbergsbetreiber am Morgen hörte, was euch beschäftigte, sagte er, es gebe am Hafen einen alten Armenier namens Davit Mnatsakanyan, der einen Teppichladen mit lumpigen Schriftrollen und Scharteken, angeschlagenen Tellern, Vasen aus Messing, Brillen mit Hornrahmen und sonst noch allerhand Plunder und wertlosem Zeug besitze, das ihm nicht einmal das tägliche Brot, dafür aber genügend Läuse und Wanzen einbringe. Unter seinen Pergamentrollen mag der Armenier ja vielleicht auch ein paar Karten von ferneren Gegenden haben, worauf dieser Ort verzeichnet war, wenn es sich denn bei dem Aksum genannten Etwas um einen Ort handelte. Davit war ein gelehrter Mann, der auch das Buch der Klagen sowie andere alte Schriften auswendig konnte, sodass er ihnen in jeder Angelegenheit hilfreich sein konnte, die Weisheit erforderte. Sein Laden befand sich am Ufer des Meeres, der salzige Wind und der dichte Rauch aus dem Lokal nebenan, in dem immerzu Fische und Tintenfische gegrillt wurden, zogen durch die Tür mit dem Vorhang aus Glasperlenschnüren und verdarben die Waren von Paron Mnatsakanyan noch mehr, wobei es einen durchaus wundern durfte, dass da noch etwas zu verderben war.

Ihr drei Palikári seid hinein in die enge und finstere Stube, in der ihr ein paar Augenblicke lang überhaupt nichts hattet sehen können, und als eure Augen sich an die Dunkelheit gewöhnt hatten, erkanntet ihr Regale, die drunter und drüber mit allerhand Zeug vollgestopft waren: Handmühlen, Mörser aus Messing, Abakusse, deren Kugeln fehlten, Waagen ohne Gewichte, Weibergesichter in runden Rahmen, Birnen und Trauben aus Wachs in gesplitterten Glasschüsseln, Menschenskelette, ausgestopfte Iltisse, Kaffeetöpfe aus gehämmertem Kupfer und noch allerhand mehr. Und ringsum an den Wänden standen eingerollte und von Motten zerfressene Teppiche, die durchdringend nach Wolle rochen. Der Armenier saß an einem Tresen im Hintergrund seines Ladens und schaute euch scharf aus seinen schwarzen, dunkel umrandeten Augen an, die in ihrem Leben schon unzählige Scharteken gelesen hatten.

Es bedurfte nicht vieler Worte, nur einer Silberdrachme: Paron Davit wusste von Aksum, denn die Armenische Apostolische Kirche war verschwistert mit der Tewahedo-Kirche Armeniens und der Koptischen, allesamt uralt und stolz auf die Zurückweisung des teuflischen Konzils von Chalcedon, das der Rest der östlichen Orthodoxie, häretisch und verrückt geworden, angenommen hatte, und die Erzbischöfe reisten oft zwischen Armenien, Ägypten und Äthiopien hin und her, wo sie jeden Einsiedler, etwas bedeutenderen Mönch und jedes Kloster kannten. Aksum war ein Marktflecken im Norden Äthiopiens, dessen Lehmhütten unter die rosigen Himmel Afrikas gestreut waren, in deren Mitte die alte Kirche der heiligen Marjam aus Zion stand. Um noch einen Anhaltspunkt für ihre Suche zu bekommen, breitete der Armenier eine uralte Weltkarte aus, um zu überprüfen, ob die Kompassnadel den rechten Weg angezeigt hatte. Und wenn man eine Linie vom Eiland Hydra nach Süden zog, und zwar genau dem 136. Grad folgte, den der Kompass angezeigt hatte, so führte diese leicht schräg über die große Insel Kreta und danach über Ägypten, um dann am Roten Meer über Eritrea weiterzugleiten und genau in Aksum, in der äthiopischen Provinz Tigray, anzugelangen. Daraufhin ging es noch weiter hinab, das Horn von Afrika rechterhand zurücklassend.

Nun hattest du keinen Zweifel mehr, in welche Weltgegend du von nun an deine Schritte zu lenken hattest: Das wüste und wilde Afrika wartete auf dich, worin es Löwen und grenzenlose Sandflächen gibt, uralte Idole, die dich mit Lepra und langen Würmern plagen, die dir unter die Haut schlüpfen und vom Feldscher herausgezogen und ganz langsam auf eine Spule gewickelt werden. Wo über dem glutgetrockneten Erdreich die Himmel rot wie die Kelchblätter des Klatschmohns hängen. Mutter Afrika, das Weib aus Ebenholz mit den tausend Zitzen, an denen ihre Töchter und Söhne hängen, dürstend nach ihrer bläulich schimmernden Milch. Nach sieben Jahren der Irrfahrten durch den Archipel würdest du noch einmal das Kretische Meer überqueren und danach das Libysche Meer, um einen Monat nach dem Aufenthalt auf Hydra in afrikanischen Gefilden an Land zu gehen, in Al Mamurah bei Alexandria. Von dort sollte dich eine Papyrusbarke den großen Nil abwärts fahren, dann auf dem Weißen Nil bis nach Kusti, wo sich der Weg nach Eritrea und danach gen Äthiopien gabelt. Auf diesem, sich durch gewaltige Kristallgebirge und über Wüsten mit armgroßen Skorpionen schlängelnden Weg und durch Trugbilder von Städten, Schlachten und auf die unendlichen Himmel umgekippten Prozessionen, bist du zwei Monate lang mit einer Karawane gereist, dann einen weiteren Monat zu Fuß mit bloß vier Gefährten durch unsägliche Gefahren auf Schritt und Tritt, eure eigene flüssige Ausscheidung trinkend, als das Wasser aus war, von giftigen Mücken zerstochen und widerwillig Maden, kleine Frösche und Spinnen essend, bis du zu Tode erschöpft und nur noch halb so viel wiegend wie bei deinem Aufbruch neben der Klostermauer von Debre Tabor zusammengebrochen bist. Dort haben die schwarzen Mönche in ihren pistaziengrünen, orangen und safrangelben Roben wieder einen Menschen aus dir gemacht, indem sie dich drei Wochen lang pflegten, in denen du nichts von dir wusstest.

Während du in Al Mamurah von dem im Sand gekochten Kaffee schlürftest, der nicht das Geringste mit dem Kaffee zu tun hatte, den du vor Ewigkeiten dem Herrn Tachi in Ghergani zubereitetest, denn in jenen streutest du von dem scharfen und betörenden Pulver, das du dir anschließend genüsslich von den Fingern lecktest, fandest du die Zeit, einen letzten Brief an Sofiana zu schreiben, die dir schon seit einem Jahr nicht mehr geantwortet hatte, oder aber ihre Antwort hatte dich nicht erreicht, sodass sich dir das Herz verkrampfte, wenn du an Krankheit oder gar, Gott behüte, an den Abgang deiner Mutter aus der Welt der Lebenden dachtest.

Allerliebste und stark ersehnte Mutter mein, Sofiana,
weil die Jahre vergehen und Deine Augen seit so viel bitter ins Land gezogener Zeit meiner Seele fehlen, so ich nicht mehr vor ihnen niederknien konnte wie vor einer Ikone, und ich unter Fremden älter und älter werde, ach, wie oft ist mir danach, die Schiffe und die Reichtümer und den Ruhm in Gottes Namen hinter mir zu lassen, um irgendwann zurückkehren zu können zu Deinen Rockschößen, und wieder Dein verwöhnter Sohn zu sein, wie ich es in den zauberhaftesten Jahren meiner Kindheit war. Aber das geht nicht, weil die Zeit immerzu nur nach vorwärts zeitet, und wie das Wasser im Bach nimmermehr zurückkann. Der Nikodemus aus der Schrift hat den Herrn mal in einer stillen Stunde gefragt: »Wie kann ein alter Mann geboren werden? Kann er ein zweites Mal in den Bauch seiner Mutter kriechen und dann geboren werden?« Und Christus hat ihm zur Antwort gegeben, dass so etwas nur mit der Gnade des Herrn möglich ist.
Wisse also, dass ich mit Gottes Willen gesund bin, was ich auch Euch, meiner Herrin, wünsche. Meine Geschäftstätigkeit läuft wie am Schnürchen, und ich hab im Archipel einen vorzüglichen Namen, als wär ich Bein von ihrem Bein, denn mich kennt niemand mehr als einen Fremden, sondern nur als reinsten hellenischen Palikáren, vom Glück verwöhnt und bedeckt mit Ruhm. Und ich habe mit meinen Schiffen die Eilande wie auf einer Schnur aufgefädelt und mit Seide, rohem Elfenbein und Piment gehandelt und habe keinen Platz mehr im Frachtraum für die Geldsäcke und Wertgegenstände, denn durch ihr Gewicht sinken die Barkassen bis zum Schanzkleid ins Wasser. Auch sind Ghiuner und Sisoe noch bei mir und helfen mir bei meinen Geschäften, wodurch sie selbst auch spürbar und wie Glückskinder vorankommen, sodass ich manchmal auf den Gedanken komme, alles, was ich anrühre, verwandele sich in Gold.
Und wenn ich schon von Sisoe spreche, der die Segel auf allen Schiffen hier im

Archipel bemalt hat, und selbst die Decke krummen göttlichen Azurs über uns, fällt mir ein, dass ich auf dem Eilande Samos Ionică, den Buben der gnädigen Frau Marița, der Du bitte Handküsse meinerseits ausrichten magst, gesehen und umarmt habe. Sage ihr, dass es Ionică gut geht, er ist unter den Griechen und Türken ein großer Mann geworden, ist Bej von Samos und kann in dieser Funktion viel Gutes bewirken, so rottet er die Piraten aus, die sich auf den Meeren vermehrt hatten, und errichtet Lazarette auf dem Eiland, sodass ihm viel Lob zuteil wird. Erinnerst Du Dich, liebe Mutter, wie ich den Kaiser Alexander spielte, reitend auf Ducipal, und dem Ionică setzte ich eine Krone aus geflochtenen Weidenstecken auf den Kopf, damit er König Darius oder König Por sei, und dann gnade ihm Gott! Weder Du noch Marița, noch der Pope konntet ihn aus meinen Klauen befreien! Ach, ach, das Mittagslicht in Ghergani! Ach, der Schnee, wie er flaumig auf die Dächer fällt! Nichts wird mir dies aus dem Hirn löschen, wie die Juden, die irgendwann mal an den Wassern von Babylon saßen und heiße Tränen vergossen haben, da sie sich an Zion erinnerten. Ich befinde mich, Mütterchen, am Ufer weithin sich erstreckender Ländereien, auf einem riesigen Eiland, das Afrika heißt, voll der Araber mit wulstigen Lippen, schwarz und seltsam, wie Du es mir einstmals aus der Geschichte der Chira Chiralina vorgesungen hast, und von anderen nie gesehenen Wesen aus Deinen Büchern: Leute ohne Kopf, die ihr Gesicht auf der Brust tragen, Straußen und Leoparden, Halbmenschen mit nur einem Bein und einem Arm, die aber Rubine und Saphire in den Därmen haben, menschengroßen Ameisen und Vogel Phönixe, und Pygmäen, die sich ewig mit den Kranichen bekriegen, und Chamäleons, die, wo du sie auch immer hinpackst, die Färbung ihrer Umgebung annehmen, und Leuten, die rennen, die Fußsohlen dem Absatz zugewandt, und Frauen, behaart wie die Schweine und mit Augen wie Sterne … Hier ist alles verkehrt und anders als bei uns, und all dies hab ich mit meinen eigenen Augen gesehen und kann also dessen Wahrheit beschwören.

Ich habe die Absicht, mich tief ins Innere dieser Gegenden hier zu begeben, denn dort haben die schwarzen Leute sich ein Reich voll mit Gold und Edelsteinen errichtet, die ich ihnen mit meinen Goldstücken abkaufen werde, und wenn sie das nicht verkaufen wollen, werde ich es mir mit den Pistolen gewin-

nen, denn ich habe brennenden Appetit darauf, mich zu ihrem Kaiser zu machen. Einstmals hat Kaiser Severus gesagt, er habe alles gehabt und nichts davon verdient, aber ich glaube, dass er vielleicht nichts außer dem Reich besaß, das ihm schon länger gehörte und das er darum nicht mehr begehren konnte. Und was mich betrifft, so wundere ich mich, was das für ein Mann sein mag, der nicht Kaiser werden möchte, und sei es ein kleiner Kaiser, bei einem etwas geringeren Volk, wenn schon nicht Beherrscher der ganzen Welt. Wozu lebt man, wenn man nicht an die Spitze und über alle hinaufsteigt? Wenn man immer noch die Fußsohle eines anderen auf dem Schädel spürt? Wie geht es dir damit, wenn du einen weit über dir siehst, und der schaut dich von seinem Gipfel aus an wie ein Weichei und Schlappschwanz? Kannst du dann noch auf dieser Welt leben? Was soll das für ein junger Löwe mit gerade mal gesprossener Mähne sein, der sich nicht von dem roten Erdreich erhebt, um den alten Löwen zu stürzen, ihm die Löwinnen und Jungen zu stehlen und sich zum Herrscher über das gesamte Rudel zu machen? Mit der Erlaubnis des Herrn droben, der mir schon in Deinem Bauch das Reich in Aussicht gestellt hat, wirst du mich alsbald ein christliches Land beherrschen sehen, so großartig, wie man es sich gar nicht vorstellen kann, welches den heiligen Namen Äthiopien trägt.

Bevor ich ans afrikanische Ufer gekommen bin, war ich nach längerem Kränkeln Ingannamorte besuchen gefahren, von dem alle reden, den aber wenige mit ihren eigenen Augen gesehen haben. Die einen sagen, er sei ein heidnischer Gott, andere meinen, er sei bloß ein Mensch, der aber niemals den Tod erleben werde. Ich habe beinahe jeden Tag, den ich unter den Griechen verbracht habe, über ihn reden gehört. Sie sprachen in ihren Lokalen, in den Hurenhäusern, auf dem Markt, bei den Hafenkommandanten, in den Gefängnissen und auf den Schiffen der Kaufleute gut oder schlecht über ihn. Man sagt, jeder Palikár und jedes Weib im Archipel müsse ihn wenigstens einmal im Leben gesehen haben.

Denn dieser Ingannamorte lebt auf einem schwimmenden Eiland, das ewiglich seinen Ort auf den Meeren ändert, sodass man ihn das eine Mal zwischen den Ionischen Inseln vorfindet oder in den Kykladen, in den Sporaden oder den Dodekanes, wo er sich nur zur Mittagszeit zeigt, wenn Himmel und Meer beinahe die gleiche Farbe haben, nämlich des Türkis genannten Steins. Dann kommt es vor, dass die Schiffer ein gelbes Eiland erblicken, wie ein angeräucherter Kristall, der sich kaum in den stillen Wassern spiegelt. Über ihm befindet sich stets eine üppig gewölbte, silbrig wirkende Wolke, über deren Ränder sich die Engel neigen mit ihren an den Körper gelegten Federn. Auf jenem Eiland wohnt Ingannamorte, der alle Bücher geschrieben hat.

Er ist alt wie die Welt, und sein Bart reicht bis zu den Knien. Die weißen Brauen hebt er sich mit dem Knüttel über die Augen, damit er etwas sehen kann. Er ist in ziegelrote Seide gehüllt, und an den Füßen hat er Pantoffeln aus dem Leder der Blindschleichen. Bucklig sitzt er am Tisch, die Feder in der Hand, denn über dem Eiland schneien immerzu die Engelsfedern in allen Farben herab, und er tut nichts als schreiben, das Papier mit der Sepia-Tinte aus dem Tintenfässchen vor ihm zu bedecken. Und die einmal beschriebenen Blätter wirft er in den Wind, wobei manche ins Meer fallen, andere werden vom Nordwind in ferne Gegenden geweht, wieder andere von Seeleuten vom Deck ihrer Galeonen und Briggs geklaubt, die die Meere durchfahren. Welch ein Wunder, eines davon in die Finger zu bekommen! Welch süßen Versen begegnest du da, geschrieben mit einem göttlichen Stift!

Aber deine Pflicht beginnt erst jetzt, denn auf jenen Blättern steht auch geschrieben, dass du, wenn du eines gefunden hast, es zehnmal ganz akkurat abschreiben musst, denn wenn du es nicht tust, wird dich der Zorn des heiligen Anton ereilen, und deine Kinder werden sterben, und dein Vermögen wird geplündert werden, und am Leib werden dir üble Beulen wachsen. Wenn du das aber zehnmal abschreibst, werden dich die Glückseligkeiten der heiligen Anachoreten noch in der gleichen Woche überreich bedenken, sodass du Gottes Antlitz sehen wirst und es dir in dieser deiner Lebenszeit an nichts fehlen wird, und in jener anderen Welt solltest du des ewigen Lebens teilhaftig werden. Und schließlich musstest auch du als ein weiterer Ingannamorte, wenn auch nur zweiten Ranges, deine Blätter verstreuen. Worauf dann weitere Ingannamortes dritten Ranges folgen sollten, die jedes deiner Blätter zehnmal abschrieben, und auf den Eilanden verteilten, wo Ingannamortes vierten Ranges sie auffinden, fünften Ranges und sechsten Ranges, hundertsten und tausendsten Ranges, sodass davon ein Sturm von Blättern ausgelöst wird, die sich in un-

endlicher Zahl über die Welt verstreuen und drohen, sie mit ihrem Papierschnee vollends zu bedecken.

Aus Angst vor den Verdammnissen zitternd, aber auch begierig nach den in Aussicht gestellten Segnungen, schrieben diejenigen, die solche Blätter gefunden hatten, sie zehnmal ab, aber nicht ganz genau so, wie die ersteren geschrieben waren, sondern fehlerhaft, denn das waren vor allem Leute ohne sonderliche Bildung, sodass bei der zwanzigsten Abschrift der Sinn des Blattes sich zu verändern begann und bei der fünfzigsten Abschrift ein völlig anderer geworden war, mitunter gab es nur noch sinnlose Worte auf dem Blatt, in anderen Fällen standen da Prophetien, die einem sämtliche Haare am Körper sträubten, aber vor allem war der Text in Geschichten zerfallen, unzählige Geschichten, die sich wie von selbst ergaben, allein aufgrund der versammelten Fehler sonder Zahl … Las ihn eine Hure und kopierte dann zehnmal den Text, so veränderte sie ihn nach ihrem Sinnen und Aussehen, aufgrund der Geschichten, die ihr Freude bereiteten, mit Liebe und Tränen, während der Matrose etliche Geschichten vom Meer einstreute, mit Schiffen, die sich in den Wellen bekriegten. Der Bettler beklagte das Schicksal der Leute auf festem Grund und verglich es mit jenem des Hiob aus der Heiligen Schrift, wo die Königin von Krönungen und Geschichten erzählte, die im Alkoven geschahen. Jeder fügte an der einen oder anderen Stelle seine Geschichte hinzu, die Geschichte seiner Götter, die Erzählung von seinen Meeren und Himmeln, dann schrieb er sie wiederum zehnfach mit gewollten und ungewollten Fehlern ab und verteilte sie seinerseits in der Welt.

Jahrhunderte später waren die einzelnen Blätter des Anfangs zu dickleibigen Büchern geworden, die einige der Kopisten, angetrieben von der Sünde des Hochmuts, mit ihrem eigenen Namen unterschrieben und ihnen auch eine Überschrift hinzutaten, obgleich sie von allen geschrieben worden waren, und so erschien die Odyssee *des Omer auf der Welt,* Daphnis und Chloe *von Longos, die* Comédia *von Dante und die Geschichte des Alixandru Machidon, und um die Schlaufe zu schließen, der göttliche* Ulysses *jenes Barden aus Eire. Und noch viele andere, tausende und abertausende, denn da gibt es keine Schrift auf der Welt, die ihren Anfang nicht unter den Händen von Ingannamorte genommen hätte.*

Nach all diesen hat sich der Greis, als wäre ich eine Missgeburt, auch mir gezeigt. Wir fuhren in voller Mittagshitze auf der Pséma. *Die Masten spendeten keinen Schatten, denn die Sonne stand gerade am höchsten Punkt der Himmelskuppel. Die Wasser waren wie Öl, keine Welle regte sich. Eine wie ewige Stille lag über dem Wasser. Da hab ich dann das Eiland gesehen, und mit einem Herzschlag, der mir beinahe die Rippen gesprengt hätte, hab ich das Boot zu Wasser gelassen. Ich ruderte bis zu dem gelblichen Kristallstein heran und stieg ans Ufer. Bin hinaufgestiegen und hab ihn gesehen. Er befand sich nicht an seinem Schreibtisch, denn die Bücher waren alle schon geschrieben worden. Auf dem Tisch hab ich einen Stapel eben erst fertiggestellter Blätter erblickt, die nur auf einen Windstoß warteten, der sie über das Meer erhoben hätte. Oben auf den Seiten stand Theodoros, und das hat mich erschüttert: War ich es wirklich, oder lebte ich in jenen Blättern? Auf welcher ihrer Seiten befand ich mich?*

Ingannamorte war etwas weiter oben auf der Kuppe des Hügels, und er war genau so, wie er beschrieben worden war, nur dass er sich diesmal aufrecht hielt und auf den Beinen war, er umarmte einen großen Pfosten aus Marmor. Ringsum zerrann die Zeit wie ein alles verwüstender Wind, er trug alle Dinge dieser Welt mit sich dahin. Alles ging vorüber, zerfloss, alles zerbröselte wie der Sand in einer Sanduhr. Allein Ingannamorte hielt sich an dem marmornen Pfosten in der Mitte der Welt fest, an der Achse, und er alterte nicht und wandte sich nicht dem Tod zu. Er war der einzig Unbewegliche in einer unablässig vergehenden Welt. Bloß seine weiße Mähne und seine Kleidung flatterten hinter ihm in den grausamen Winden des Geschicks. Dieses Bild werde ich immerzu im Gedächtnis behalten.

Und mit diesen Worten schließe nun auch ich mein Brieflein und hoffe, es möge Dich bei bester Gesundheit antreffen. Lass mir früher Antwort zukommen, denn mich plagen große Sorgen, wenn ich an Dich denke, liebes Mütterchen! Möge Dich die Allerreinste Jungfrau beschützen und vor allem Bösen auf der Welt bewahren.

Dein Dich überaus liebender Sohn
Theodoros

30

Seitdem du von dir weißt, warst du ein Mann des Blutes, Theodoros, lebtest du unter Missachtung des menschlichen Lebens und ernährtest dich von dem Schmerz deines Nächsten. Du hast mit Blut gegessen und mit Blut getrunken, und darum sind deine Gebete nicht angenommen worden, denn das Leben jeder Kreatur steckt in ihrem Blut. Dieses wird am Ende aller Tage von den Händen der Mörder zurückverlangt, wie es die Vision des heiligen Johannes bezeugt, der auf dem Eilande Patmos die Apokalypse aufgeschrieben hat, die ihm der Heilige Geist ins Ohr geflüstert hatte.

Und da das Lamm das fünfte Siegel auftat, sah ich unter dem Altar die Seelen derer, die erwürgt waren um des Wortes Gottes willen und um des Zeugnisses willen, das sie hatten. Und sie schrien mit großer Stimme und sprachen: »Herr, du Heiliger und Wahrhaftiger, wie lange richtest du nicht und rächest unser Blut an denen, die auf der Erde wohnen?« Und ihnen wurde gegeben einem jeglichen ein weißes Kleid und ward zu ihnen gesagt, dass sie ruhten noch eine kleine Zeit, bis dass dazukämen ihre Mitknechte und Brüder, die auch sollten noch getötet werden gleich wie sie.

Und ganz besonders als du dich auf den Thron des heiligen Äthiopien gepflanzt hattest und dein Herz durch den Tod deines Täubchens eingeschwärzt worden war, kannten deine Blutrünstigkeit und deine Lust an den Schreien der zur Arbeit Gezwungenen sowie deine widerwärtigen Ausschweifungen keine Grenzen mehr. Weil du die Qualen der unheilbaren Einsamkeit nicht mehr ertragen konntest, denn Tewabech Ali war ein paar Jahre lang deine Welt und dein Licht gewesen, und nun lebtest du blind und ohne Leute um dich, versankst du ganz schnell im Trunk und in der Droge, der aus China, der stärksten, und in schweinischen, Nacht für Nacht stattfindenden Paarungen mit gleich mehreren Weibern auf einmal, und suchtest vergeblich nach dem wertvollsten Geschenk, das der Herr den Sterblichen gemacht hatte, das gesegnete und mitleidige Vergessen. Doch kein Vergessen sank jemals mehr herab auf dein Herz, es mochte weiterhin vor Ohrenkriechern und Spinnen darin nur so wimmeln.

Vergessen suchtest du nicht nur im Rausch der Sinne, sondern auch in Kriegshandlungen, denn bald hattest du erfahren, dass es leichter war, ein Reich zu erlangen, als dieses in seiner Gänze und geeint unter deinem Stiefel zu behalten. Äthiopien war immer noch von den tiefen und offenen Wunden der grausamen Zemene-Mesafint-Zeiten gezeichnet, da ein ganzes Jahrhundert lang sein schwarzer Kopf gegen seine Beine gekämpft hatte, seine Arme mit aller Kraft seinen Bauch malträtiert und die weißen und starken Zähne ihm die Venen zerfetzt hatten. Auch jetzt unterwarfen die Gliedmaßen sich nicht dem Kopf, sondern wollten alle ihr eigenes Hirn haben, das ihnen sagte, was sie tun sollten. Nachdem du monatelang dein Täubchen betrauert und dessen Vater, Ras Ali, umarmt hattest, der vom Schmerz noch zerrissener und verzweifelter war als du, hast du wiederum die Haubergeon-Rüstung angelegt und bist zur Eroberung deines eigenen Landes aufgebrochen, was eine nicht ganz einfache Sache war und großer Blutopfer bedurfte, denn deine Streitmacht hatte nach und nach ihren Glanz und ihre einstmalige Ordnung eingebüßt. Die blauen britischen Uniformen waren in den Schlachten und Sandstürmen zerschlissen worden und hatten unter der ungnädigen Sonne Afrikas jedwede Farbe eingebüßt. Die grün-gelb-roten Fahnen mit dem unbesiegbaren Löwen waren in zwei, drei Jahren zerfranst, und die modernen Gewehre, die kaum geschmiert und mit Werg gestopft und poliert worden waren, klemmten nach dem ersten Schuss, und dienten von da an, mit einiger Zuversicht am Lauf gepackt, nur noch als Keulen. Zur Zeit, als du beschlossen hattest, Saba zu unterwerfen, fehlte nicht viel, und du hättest es mit deiner alten Horde mit den Dolchen zwischen den Zähnen und den Pistolen im Gurt unternommen, deiner Bande, die nichts wusste von Gehorsam auf dem Schlachtfeld und nichts von den Gesetzen des Krieges, die es geboten, die Niedergeknieten und um Vergebung Bittenden zu verschonen.

Dutzende Male hattest du Königin Victoria geschrieben, sie möge dir weiterhin Beistand schicken und dich nicht in deiner von aller Welt vergessenen Gegend vermodern lassen, aber nach jedem Brief wurdest du ein paar Monate später von einem neuen königlichen Geschenk überrascht, das dir ganz und gar unnütz war: Taschentücher mit gehäkeltem Rand, Flöten aus Mahagoni, Kästen mit Schmetterlingen, die mit Nadeln auf rotes Satin gesteckt waren, Fernrohre aus Messing, Ringe mit billigen Steinen und mechanische Vögel, die man mit einem Schlüsselchen aufziehen konnte, waren die Dinge, die bei dir eintrafen. Und kein Wort auf einem Blatt Papier, das sie begleitet hätte, als wäre die Königin, die du in deinem Inneren immer mehr hasstest, stumm gewesen und gefühllos wie ein Stein. In deinen Gedanken, oft auch laut in deinen vier Wänden herausgeschrien, war sie nur noch eine häretische Hündin, niederträchtig und verräterisch, denn all deine Hoffnung lag auf ihr, weil die Engländer die Stärksten auf der Welt waren.

Auch du schicktest ihr mit den Episteln, mit denen du sie Monat für Monat bedrängtest, Halsketten aus den Milchzähnen von Kindern, Ohrgehänge aus alten türkischen Goldmünzen, klafterweise durchsichtige Rohseide für die Kleider und Schleppen, von denen du meintest, sie trage solche, große Käfer wie aus grünem Metall, die so schwer waren, dass man sie nicht in den Händen halten konnte, sowie ganze Stoßzähne von Elefanten, von Meisterhand beschnitzt, sodass sie Schiffe vorstellten oder Jungfrauen mit Einhörner. Schwer nur konntest du dich entschließen, ihr auch eines der hunderten Kristallkreuze zu schicken, die in der Provinz Gojjam nach einem Blitzschlag aus heiterem Himmel herabgefallen waren und deren eines du an einer Schnur aus Giraffenleder am Hals trugst, denn die Frau, die über die Meere und das Festland herrschte, hätte bei der Enge ihres Glaubens dieses Kreuz zu wer-weiß-welchen Häresien und Teufelsanrufungen benutzen können, damit sie ewiger Jugend teilhaftig würde.

Ohne dich auf die Freundschaft Victorias zu verlassen, hast du dich gen Süden gewandt, um den nicht unterworfenen Landstrich Saba dir gefügig zu machen, denn dieser erkannte nicht nur deine Krone nicht an, dort verfügte man auch über den unerträglichen Hochmut, sich ihrer rechtmäßigen Besitzer zu rühmen, die von alters her, zur Zeit von Menelik, dem Sohn der Königin Makeda, salomonischen Blutes waren, während du, der Kaiser in Magdala, wie sie lauthals verkündeten, nichts als der Sohn einer Kosso-Verkäuferin warst, der niedrigste Mensch auf der Welt. Selbst ihr König, Haile Melekot, so berichteten es dir deine Kundschafter, nannte dich stets der Spulwurm, was dich vor Wut schäumen und ihn stundenlang auf Rumänisch verfluchen ließ mitsamt seinen Göttern und der Mutter, die ihn geboren, denn der Sabäer galt in aller Augen als ein großer und tapferer, mithin berühmter Mann. Darum konntest du es kaum erwarten, ihm in der Schlacht zu begegnen und ihm deinen Stiefel in den Nacken zu setzen. In deinem Kopf, worin sich von Tag zu Tag mehr Unflat ansammelte, hast du schon damals die Vorstellung genossen, du würdest ihn unter den steinernen Fußböden von Magdala mit ein paar verfickten Arabern in ein Verlies sperren, die ihn unter deinen Augen Tag für Tag und Stunde um Stunde schändeten, bis er kein Loch mehr zwischen seinen Arschbacken hätte.

Sodass dein Schmerz umso größer war, als du erfuhrst, dass an dem Tage, da deine Armee die Grenze von Saba überschritt und in die Provinz Menz gelangte, Haile Melekot an Wassersucht starb, nachdem er mit aufgeblähtem und trommelhartem Bauch zwei Monate lang gelitten hatte. Infolge seines Todes waren seine Krieger nach Hause zurückgekehrt, sodass es zu keiner Schlacht mehr gekommen ist. Du hast acht Tage nach seiner Beerdigung verlangt, man möge ihn ausgraben und seinen auf einem mit azurblauem Leichentuch bedeckten Tisch liegenden Körper betrachtet, aus dem schon fahle Grastriebe sprossen, und das Gesicht mit den zerflossenen Augen war zerfressen von braun gepanzerten Käfern. Lange hast du an seinem Kopfende geweint, nicht jedoch aus Mitleid, sondern vor hilfloser Wut, denn dem Melekot hättest du in der Schlacht begegnen müssen, um ihm die Fahne aus der Hand zu reißen, das Leben aus den Nüstern und seinen Stolz als salomonischer König. Bei deiner Rückkehr nach Magdala wurde der Leichnam des Königs nach äthiopischem Brauch in eine Kristallstele implantiert und blieb auf diese Weise aufrecht in deinem Thronsaal stehen, bis die Zitadelle gefallen ist und du dir mit Victorias Pistole das Hirn weggepustet hast, die Stele aber ist dann zusammen mit anderen Kuriositäten, die man aus deiner Thronfestung geraubt hatte, ins Victoria-und-Albert-Museum nach London gebracht worden.

Die beiden Königinnen vom Geblüte Meneliks, Zenebework und Bezabish, vermählt, wie es hieß, mit riesigen Hunden, die so heilig wie die Idole waren, kamen mit rasierten Köpfen und bedeckten Brüsten in Debre Birhan auf dich zu, um sich ergebenst vor dir zu verneigen, aber du hattest nicht einmal einen Blick für sie übrig, denn ein paar Schritte hinter ihnen kam eine junge Frau, von einer auf dieser Erde unvorstellbaren Schönheit, milchweiß und in eine blonde Mähne eingehüllt, die bloß ihre mit dem Stolz der wahren Königin von den Kleidern geschickt unbedeckt gelassenen Brustwarzen sehen ließ. Die weiße Frau, eine ehemalige Sklavin, die von Berbern nach Äthiopien verkauft worden war, gelangte vor zwölf Jahren als junges Mädchen an den Königshof und danach ins Bett des Königs Haile Melekot, der sie, verwundert über die Süße ihrer Umarmungen, auch zur Frau genommen hat. Nun war sie seine Witwe und schritt groß und aufrecht hinter den etwas älteren Königinnen einher. Die Lider halb geschlossen, strahlte sie wie eine Lichtstele inmitten der schwarzen Menschen ringsum, raubte dir trotz deiner Sehnsucht nach deinem unvergesslichen Täubchen die Blicke und den Verstand. Vor dir angekommen, der du stolz auf dem vergoldeten Stuhl saßest, verneigte auch sie sich tief und ließ die geschwungene Form ihres Körpers mit den schmalen Schultern und breiten Hüften sehen, einen Frauenkörper aus einem Guss, nichts als Milch und Honig, das wahrheitsgetreue Abbild aller seligen Versprechen. Bei ihrer Verbeugung berührten lange Kringel ihres Haares den Erdboden, von dem sie dann ein paar ziegelrote Krümel bewahrten. Als sie sich wieder erhob, fragtest du sie, wer sie sei, und da schaute sie dir geradewegs in die Augen. Du standst wie vom Donner gerührt da, denn ihre Augen waren blau wie die Meere im Archipel, blau wie Türkise, rein wie die Träne, Augen, wie du sie noch nie gesehen hattest. Die Königin hieß Tidenekialish, und ihre Erinnerungen an ihre frühe Kindheit führten sie in eine im Norden gelegene Gegend mit roten und blauen Häusern namens Funen, wo sie den Namen Benedikte trug, den die Berber, die sie gestohlen hatten, in Akilah geändert hatten. Dann hast du sie gehen lassen, denn du standst vor allen Blutsverwandten des Königs, aber du hast ein Zelt ihr allein zuweisen lassen und kaum das Ende dieses Abends erwarten können, da du jenen wie die Sommerwolken weißen Körper umarmen würdest, der dich auf eine Weise verlockte, wie es noch kein anderer je getan hatte. Die anderen Sabäer hast du, gefolgt von ihren Vermögen, die deine Schatzkammern auffüllen sollten, nach Magdala ins Gefängnis geschickt. Allein den Bruder des Königs, Haile Michael, hast du in Freiheit belassen, damit er in Saba als Vizekönig Merid Azmatch herrsche, ansonsten war er völlig machtlos, lediglich ermächtigt, den Tribut einzutreiben, den Saba dir von nun an schuldete.

Du wünschtest dir Tidenekialish zur Kaiserin, aber sie wollte dich nicht. Schon während ihrer Ehe mit Melekot hatte die weiße Königin heimlich mit einem stattlichen und hübschen Mann zusammengelebt, dem Anführer der Palastwache, und als dieser die Lust in deinen Augen sah, wusste er, dass die Frau, die er liebte, verloren war, wenn sie in Äthiopien blieb. Also hat er sie noch an demselben Abend, bevor du sie hättest entehren können, von Debre Birhan weggeschafft und auf ihrer verzweifelten Flucht nach Cordofan begleitet. Dort hat er sie in eine schwarze Burka gekleidet, die ihren ganzen Körper und den Kopf einhüllte, ja selbst über den Augen hatte sie ein dunkles Gewebe, das allerdings durchsichtig war. Umsonst hast du zwanzig bewaffnete Reiter hinter ihnen hergeschickt: Sie konnten ihre Spur nicht mehr finden, denn zwei schwarze Kinder mit Lockenköpfen, die der Chef der Palastwache bezahlt und am Eingang des Dorfes Ughaybish hatte Platz nehmen lassen, haben sie belogen, die Gesuchten seien nach Norden geflohen, statt nach Osten, wo sich dunkel wie der Rücken der Haie das Meer erstreckte. Im Hafen Massawa im Golf von Zula bestiegen die beiden ein arabisches Boot mit einem Ruder, das man *Kamari* nennt, und fuhren auf dem Roten Meer zehn Tage lang aufwärts bis nach Eilat. Mitten auf dem Meer, über sich nur noch das duftende Geblüt tausender Sterne, liebten die beiden sich zum ersten Mal nächtelang nach Lust und Laune, endlich konnte die Frau ihre

Liebesschreie unter dem Mann loslassen, ungestüme Schreie aus tiefsten Wesensgründen, die sie in ihrem Gemach im Königspalast unterdrückte, indem sie sich die Faust zwischen die Zähne steckte und bis aufs Blut zerbiss.

Aber in Eilat, einer ägyptischen Region, herrschte die Cholera, und der schöne junge Mann fiel krank zu Bett und verlosch innerhalb einer Woche mit ausgezehrtem Gesicht und Fingern wie dünne Stöckchen, die Haut darüber durchsichtig und faltig, sodass Benedikte – Akilah – Tidenekialish – Marjam (was von nun an ihr Name sein würde) ihn drei Monate lang im Lande der Ägypter betrauerte, bis sie keine Tränen mehr hatte, ihn zu beweinen, um dann mit ausgetrockneten Augen und für immer versteinertem Herzen ihren Weg in einer Pilgergruppe bis nach Jerusalem fortzusetzen, wo sie im äthiopischen Kloster zum Heiligen Grab Ruhe fand. Sie sollte noch viele Jahre am gleichen Orte als Nonne tätig bleiben, wo niemand jemals erfuhr, dass Schwester Marjam, weiß wie Milch und Kind aus dänischen Gefilden am Ende der Welt, einstmals Königin im uralten unglückseligen Äthiopien gewesen war. Nach einigen Jahren sollte Marjam im orthodoxen Kloster des Heiligen Grabes, das sich nahebei befand, unter anderen Nonnen, das alte Mütterchen Saschia treffen, eine Griechin aus Tinos im Archipel, mit der sie sich oftmals stundenlang unterhielt, ohne dass ihr je in den Sinn gekommen ist, dass jene Sofiana war, die Mutter dessen, der Kaiser von Äthiopien geworden war, und der sie hatte verfolgen lassen, sodass sie aus dem Land fliehen musste, in dem sie als Königin geherrscht hatte. Erschöpft vom Warten auf dich und schließlich auch über deine wahren Taten unterrichtet, was ihr Dornen ins Herz trieb, da sie dich immer noch unsagbar liebhatte, widmete sie ihr Leben Christus und sollte ihre Tage in Jerusalem ein Jahr vor deinem Tod beenden. In ihren letzten Stunden, vom Priester betreut und mit einer brennenden Kerze am Kopfende, betete sie inbrünstig um die Erlösung deiner Seele.

Als du von der Täuschung durch die Kinder in Cordofan erfahren hast, schoss in deine grimmigen Augen ein grenzenloser Zorn, wie die Lepra in Hoseas Stirn schoss, als er unreinen Weihrauch vor den Herrn brachte.

Ohne jede weitere Überlegung und entgegen Ghiuners Bitten und jenen des Erzbischofs und weiterer Höflinge hast du eine Schar Soldaten um dich versammelt, in zehn Tagen das blaue und kristalline Gebirge im Westen überquert, bist ins schwarze Königreich Cordofan eingedrungen und hast in dem Dorf Ughaybish angehalten, das aus etwa dreißig Binsenhütten bestand und in dem der Verrat geschehen war. Deine Soldaten sind in sämtliche Hütten eingedrungen, haben alle Kinder versammelt, von den Kleinkindern, die von ihren Müttern noch in den bunten Tüchern auf dem Rücken getragen wurden, bis zu den Jungen und Mädchen, die ihre Initiation erwarteten, und brachten sie unter dem verzweifelten Geschrei der Mütter, die sich auf dem roten Erdreich des Weges herumwälzten und dich um Erbarmen anflehten, vor dich. Du warst noch nicht einmal vom Pferd gestiegen, als du auch schon den Befehl erteiltest, auch bliebst du im Sattel sitzen, aufrecht und steif wie ein Rachedämon, bis dieser erfüllt war.

Die Kleinkinder bis zum fünften Lebensjahr wurden an Ort und Stelle geopfert, erstochen oder von kräftigen Armen erwürgt und übereinander auf einen Haufen kleiner Leichname geworfen. Die anderen, über vierzig an der Zahl, wurden in eine Hütte gepfercht, worauf die Soldaten über sie herfielen. Was dort dann geschehen ist, weiß man nicht, und der Verstand kann es sich nicht vorstellen, ohne in kleine Stücke auseinanderzufliegen, aber bald schon waren die Schreie der vergewaltigten und gemarterten Opfer so laut geworden, dass sie selbst für dich unerträglich waren. Nach zwei Höllenstunden kamen die Männer in Kriegsuniformen nach und nach heraus, blutverschmiert und erschöpft, mit Stielaugen und über das Kinn hinabrinnendem Speichel, und als sie alle draußen waren, kam niemand mehr aus der Hütte. Hin und wieder zeigte ein verlöschendes Stöhnen an, dass es in dem einen oder anderen gemarterten kleinen Körper noch einen Funken Leben gab. Dann zündeten sie die Hütte an, ermordeten die Dorfbewohner, die mit leeren Händen auf dich zugekommen waren, und ihr kehrtet ohne noch einen Augenblick länger dort zu verweilen zurück nach Debre Birhan, wo du dich in der ersten Nacht in Gedanken an Tidenekialish schlaflos im Bettzeug herumgewälzt hast. Trotz des Kinderopfers hatte sich deine Wut nicht gelegt.

Du hieltst es nicht mehr länger aus in Saba und kehrtest noch in derselben Woche zurück nach Magdala, wo du alle sabäischen Gefangenen umgebracht hast, salomonische Verwandtschaften, die allesamt sehr viel mehr Recht auf den Thron von Saba und den des ganzen Landes hatten als du. Sie starben unter Qualen, die beiden Königinnen mit ausgestochenen Augen und abgeschnittenen Brüsten, und zwei Brüder des ehemaligen Königs verbluteten bis zu ihrem Tode bei abgetrennten Fußsohlen und Handflächen. So hast du deine dreizehnjährige Herrschaft begonnen, während derer die Plagen, Morde und Willkürakte nahtlos aufeinanderfolgten und deine Waagschale zur Verdammnis durch die Menschen und dem unverlöschlichen Höllenfeuer zuneigten.

Vom Opfer der Kinder im Dorf Cordofan hörte man bald in der ganzen Welt, denn es waren die Jahre, in denen David Livingstone Afrika auf dem Kongostrom und dem Sambesi von West nach Ost auf der Suche nach den Nilquellen durchquerte, und die Geschichten aus dem Innersten Schwarzafrikas wurden in den Zeitschriften der Zeit in aller Ausführlichkeit erzählt und mit linkischen Stichen illustriert, die unerschrockene Forschungsreisende zeigten, die ihre Gewehre auf wilde Kannibalen gerichtet hatten. Indien und Afrika waren in aller Munde, vor allem in denen der Briten, die ihren Tag nicht anders denn mit weit aufgeschlagener Zeitung vor den Augen und über dem Omelett mit Bacon und der Kaffeetasse beginnen konnten, wozu sich jeder von ihnen vorstellte, ein Phileas Fogg zu sein, der die Welt in nur achtzig Tagen umrundete, dabei die Eingeborenen erleuchtete und allenthalben Gerechtigkeit walten ließ. *The Daily Telegraph*, erst zwei Jahre zuvor begründet, hatte die ersten Gerüchte über das Massaker veröffentlicht, die der *Guardian* beinahe sogleich übernommen und aktualisiert hat. Die Empörung in der Wall Street war einhellig. Von nun an wurdest du als ein blutrünstiger Tyrann dargestellt, ein Kindermörder, der Aufmerksamkeit und des Wohlwollens unwürdig, die dir Königin Victoria hatte zukommen lassen, die naiverweise in dir einen möglichen Verbündeten des Empires gesehen hatte. Von Palmerston über deine Abscheulichkeiten unterrichtet, von der Sache mit den Kindern in Cordofan bis hin zur Massakrierung der Blutsverwandten des Königs von Saba, die beide als Akte blindwütiger Grausamkeit ohne die geringste Spur einer politischen Rechtfertigung angesehen wurden, brach die Königin jede Verbindung zu dir ab, stellte auch ihre albernen Geschenke ein, mit denen sie ohnehin eher deine Wut anstachelte, als dass sie dir eine Freude bereitet hätte. Von nun an stelltest du für das Britische Empire keine Hoffnung mehr dar, sondern warst ein Verfemter, was für dich schließlich bedeutete, auch wenn du es nicht anerkennen mochtest, dass deinen maßlosen Ansprüchen die Adlerflügel gekappt waren. Die königliche Kanzlei schickte dir eine vom Premierminister unterzeichnete Protestnote, die dich derart aus der Fassung brachte, dass du sie dem Würdenträger, der sie dir im Thronsaal vorlas, aus den Händen gerissen hast und damit zu dem Ort der Erleichterung gerannt bist. Nachdem du dich erleichtert hattest, hast du dir mit der königlichen Epistel den Hintern abgewischt und sie anschließend in das Loch mit der Scheiße und Pisse geworfen, in dem es vor Maden nur so wimmelte. Dein Hass auf die Königin und die Engländer, lebendig noch aus der Zeit deiner Irrfahrten durch den Archipel, trat nun offen zutage und verwandelte sich in Staatspolitik.

Zum Teufel mit ihnen, du konntest auch ohne sie vorankommen, denn ein Kaiser vermag alles zu tun, das er sich vorgenommen hat, und wenn er dem Feigenbaum befiehlt, er möge sich ins Meer verpflanzen, wird er sich aus dem Boden reißen und zur nächstgelegenen Küste rennen, seine Wurzeln ins durchscheinende Fleisch der Wellen einpflanzen und die süßen bläulichen Brüste der Feigen sich in den Wassern spiegeln lassen. Wunder gab es auf der Welt keine, außer eines: dass du Kaiser geworden warst, tatsächlich und nicht in verwegenen Träumen, und seitdem konnte sich dir nichts und niemand mehr entgegenstellen. Du hättest, so du es gewollt hättest, mit dem Finger den Mond berühren können, konntest einen Spazierstock über Nacht Blätter treiben und Mandeln tragen lassen und konntest das Gift der Vipern ertragen, ohne dass es dich umgebracht hätte. Was war schon ein erbärmliches britisches Imperium mit all seinen Seelinien, all seinen Armeen und Kolonien und teuflischen Erfindungen, was eine armselige Königin mit Haube auf dem Kopf im Vergleich mit dir, Tewodoros II., König der Könige, Gatte Äthiopiens und Verlobter Jerusalems, *Moa Ambassa ze imnegede Yehuda?*

Nachdem du alle ins Gefängnis geworfen hattest, die mit dir hätten rivalisieren können, von dem jungen Imam Amede Bashir aus Wollo bis zu den Prinzen aus Gojjam, Tigray und Gondar, fuhrst du fort, dein Land aus eigener Kraft voranzubringen, bautest in den folgenden Jahren Straßen, die die großen Städte miteinander verbanden, Dämme, die die Überschwemmungen des Blauen Nils und der Flüsse Atbara und Giba verhinderten, Waffenmanufakturen, Webereien und Gerbereien wie die in Gaffat, und auf dem herzförmigen Tana-See, dem wunderbar klaren Auge Äthiopiens, woraus wie eine Träne der Blaue Nil entspringt, hast du ein Schiff fahren lassen, das anders als alle anderen Schiffe auf der Welt war, denn es wurde weder durch Segel noch von Dampf angetrieben, sondern von den Reisenden, die ununterbrochen in die Pedale treten mussten und allein mittels der Kraft ihrer Beine zig unter Wasser befindliche Propeller antrieben. Das Schiff namens *Desita* fuhr von Bahir Dar bis nach Mendaba und überquerte die gelbgrünen, durchscheinenden Wasser des Tana-Sees von Mittag gen Mitternacht, vorbei an dem bewaldeten Eiland Dek, in dessen Mitte sich der Berg Abora erhob. Ein englischer Dichter hat einmal geschrieben, dass an einem frühen Morgen beim Spiel einer äthiopischen, wie aus Ebenholz geschnitzten Jungfrau auf dem Hackbrett sich vom Berggipfel sachte ein großer Dom des Genusses erhoben hat, besonnt und voll eisiger Grotten, der über den See geschwebt sei und ihn bis auf den Grund erleuchtet habe. An jenem kristallenen Dom, beladen mit nackten Männern und Frauen, welche die Freuden der Vereinigung auskosteten, zerschellte *Desita,* als unzählige Reisende an einem ungünstigen Tag zu stark in die Pedale traten und das Schiff sich daraufhin voller Selbstgewissheit aus dem Wasser erhoben und angefangen hat, kreuz und quer über den saphirenen Himmel zu fahren, wo es in einer Zwillingsvision von Himmel und Hölle seinen Untergang erfahren hat.

Neben diesen Bemühungen um das Wohl des Landes, deren viele aufgrund der Armut und fehlenden Schulbildung der Menschen scheiterten, hast du dich auch an das Versprechen erinnert, das du nach der Schlacht von Dirasge Erzbischof Abune Sellama gegeben hattest, und mit der erbarmungslosen Vertreibung der Häretiker und Mohammedaner begonnen, die wie faule Wanzen die Heilige Äthiopische Tewahedo-Kirche besudelten und verleumdeten, an die du selber nicht glaubtest, denn insgeheim warst du beim Glauben deiner Mutter und der Walachei deiner Kindheit geblieben. Aber während deiner gesamten Herrschaft hast du aus dem Kreuz ein Kampfgerät und aus Christus einen in deinem Sold stehenden General gemacht, und so gut du es vermochtest, die Angelegenheiten von hier unten engstens mit den oberen verknüpft, die Kirche und das Reich, sodass sie eines und dasselbe zu sein schienen, wie ein Spinnennetz, in dessen Mitte, fett und giftig, du selbst saßest. Oftmals hast du dich über die Nichtigkeiten gewundert, die die Gläubigen trennten, auch unter den Christen, die doch untereinander verbrüdert sein sollten. Keiner von ihnen hätte zu sagen gewusst, wer ihm der Nächste sei, keiner von ihnen verstand sich darauf, erst einmal den Balken aus dem eigenen Auge zu entfernen, bevor er den Splitter aus dem Auge des anderen zog. Du hast dich der Kirche bedient, und die Kirche hat sich deiner bedient, du hast sie mit Schmierereien aus Gold geschmückt, und sie hat dich mit umso haltloseren Heiligsprechungen beschmiert, je blindwütiger deine Taten gerieten. Letztlich hast du auch die Kirche geopfert, als es dir so passte, und sie mit Füßen getreten, wie du alles mit Füßen getreten hast, angefangen mit dem Reich deines eigenen Körpers, der in wenigen Jahren vom Haus des Herrn zu einer Räuberhöhle geworden war.

Die ehrwürdige schwarze Kirche Äthiopiens war uralt, ebenso wie die Koptische, Armenische und Syrische, deren keine in die teuflischen Fallen des Konzils von Chalcedon getappt ist, welches das vierte Konzil der Christenheit war, abgehalten zur Zeit des Kaisers Theodosius II. und von Papst Leo dem Großen, welch Letzterer jenes Konzil Latrocinium nannte, also eine Räubersynode. Und genau so war es auch, denn das

Konzil hatte lügenhaft und häretischerweise beschlossen, dass Christus von zwei unterschiedlichen Wesenheiten sei, einer göttlichen und einer menschlichen, und dass er sich in manchen Teilen der Schrift nur wie ein Mensch verhalte und in anderen wie ein Gott, ohne dass sich seine Wesenszüge je vermengten. Und diese schreckliche Verirrung wurde auch in den griechischen und russischen orthodoxen Kirchen für wahr gehalten, ebenso in der Patriarchie von Alexandria, unter den Papisten ebenso wie unter den Protestanten, die allesamt den Weg der Hölle nehmen werden, ohne eine Aussicht auf Vergebung. Wohingegen die anderen Kirchen, alt und weise, vor allem die Äthiopische, die Wahrheit sprachen: Herr Jesus Christus ist Gott, das fleischgewordene Wort. Er trägt die vollendete Gottheit in sich und das vollendet Menschliche. Seine gesamte göttliche Natur ist mit Seiner gesamten menschlichen Natur vereint und kann unmöglich getrennt werden. Folglich hat Er in allen Seinen Taten, wie sie in der Schrift dargestellt werden, gleichermaßen und gleichzeitig als Gott wie als Mensch gehandelt. Daher auch der Name der Äthiopischen Kirche, Tewahedo, was »Einheit« heißt.

Nur dass diese nicht voneinander ablösbare Einheit von Göttlich und Menschlich, die Christus zum neuen Adam machte, Sohn des Himmels und der Erde, was sich in seinem Wesen als Kaiser des Universums durchdrang, der den Kosmos mit dem Blitz seines Angesichtes erleuchtete, von ein paar Dämonen, die sich Quibat nannten, also die Leute der Salbung, bezweifelt worden war, denn sie meinten, Christus sei als Mensch geboren worden und ein schlichter Schreiner aus Nazareth gewesen, bis die Taube des Heiligen Geistes am Jordanflusse während Seiner Taufe durch Johannes den Täufer über Ihn herabgekommen sei. Damals habe der heilige Vogel aus seinem Schnabel einen perlmuttfarbenen Tropfen auf Seine Stirn fallen lassen, welcher die Salbung gewesen sei, durch die Er zum Messias wurde, dem Sohn des Höchsten. Und andere Verirrte, die sich Tsega nannten, was »Wohlwollen« heißen sollte, behaupteten, dass der Schreinersohn aus Nazareth Sein göttliches Wesen erst dann erhalten habe, als sich die Himmel über dem Jordan geöffnet haben und eine Stimme aus der Höhe vernehmbar wurde, die da sagte: »Dies ist Mein meistgeliebter Sohn, an dem Ich Wohlgefallen habe«, denn in jenem Moment von unvergleichlicher Durchleuchtung adoptierte der Vater den Sohn mit dem Segen des Heiligen Geistes. Dann gab es noch diejenigen, die sich Sost Lidet nannten, mithin »Drei Geburten«, die unverschämt und gesetzeswidrig logen, Christus sei einmal bei der Erschaffung der Welt durch den Vater geboren worden, dann ein weiteres Mal durch die Heilige Jungfrau bei der Geburt in Bethlehem und zum letzten Male bei der Taufe durch Johannes den Täufer an einem Ort bei Bethanien, jenseits des Jordans, der zu deiner Zeit den Namen Wadi trug.

Fünf Jahre lang hast du die schrecklichen Verirrungen, die den Gläubigen das Hirn verbrannten, mit Stumpf und Stiel ausgerottet, sie den Aussagen deiner Kirche gemäß zu Söhnen des Untergangs gemacht. Deine Reiter fielen in Gojjam, Saba und Gondar in die von der Pest der Häresie geplagten Dörfer ein und ermordeten mitleidlos alle, nicht bloß diejenigen, die sich von der Tewahedo-Kirche abgewandt hatten, sondern wie in alter Zeit, als die Judäer ihr Land in Besitz genommen haben, alles, was sich da regte, sie ließen weder Männer am Leben noch Frauen oder Kinder, kein Vieh und kein Geflügel, ja, sie zertraten sogar die Ameisenhaufen, denn auch die Ameisen waren offenbar häretisch, so sie sich an jenen dämonischen Orten niedergelassen hatten. In den Dörfern mit den Strohhütten blieb keine Hütte aufrecht stehen, und von jenem Tage an kannte niemand mehr ihren Namen. Und die Leichname nagelten sie an die Bäume, allesamt ohne Köpfe.

Solcherart Dörfer ohne Häuser, in deren Schutthaufen sich Igel und Toteneulen einnisteten, voll geköpfter Leichname erschreckten die wenigen Reisenden zu Tode, vor allem die Missionare, die es noch wagten, das blutende und trauernde Äthiopien zu bereisen, dessen Volk sich nun nach den Zeiten der Zemene Mesafint sehnte, die es bei all den schrecklichen Unruhen jener Jahre für besser und friedlicher hielt als die Zeit unter dir.

Das Schwert in der einen Hand und das Holzkreuz schräg in der anderen ranntest du unermüdlich kreuz und quer durch dein Reich, bis das Schwert in deiner Rechten schartig war und das Kreuz in der Linken wie ein Stück faulen Holzes zerbrach, was es von allem Anfang an auch gewesen ist, denn zu jenen Zeiten war einer von fünf äthiopischen Männern ein Priester und die Hälfte des Bodens war entweder Seeso oder Gedam, das heißt, es waren ausgedehntere oder geringere klösterliche Güter, und niemand aus der großen Streitmacht des Herrn zahlte eine Abgabe, im Gegenteil, sie saugten auch noch wie die Wanzen einen Nutzen aus der Armut des Landes, das dicke Blut aus Gold und Silber, das eigentlich die Truppen hätte ernähren sollen. Nachdem dich Abune Sellama, der allmächtige Erzbischof, für deine Sorge um die Reinheit der Tewahedo-Kirche in den siebten Himmel hinaufgelobt hatte, sollte auch er dich ein paar Jahre später in der tiefsten Hölle versenken, weil du es gewagt hattest, dich an den Besitztümern der Kirche zu vergreifen, was noch kein Kaiser getan hatte, seitdem das *Kebra Nagast* von den 318 heiligen orthodoxen Priestern geschrieben und der Welt übergeben worden war. Denn nach kaum drei Jahren Herrschaft musstest du erfahren, dass der Widerstand gegen deine Unterdrückung in allen Provinzen unter den blumigen Himmeln Äthiopiens zugenommen hatte, und dein Heer von Tag zu Tag weiter herabkam und aufgrund des ausbleibenden Solds an Verlässlichkeit einbüßte, also hast du dich über die Kirche hergemacht und sie um ihre Schätze erleichtert, ja selbst ihrer Priester, deren Zahl du auf ein Viertel derer gebracht hast, die die unterirdischen, ins Felsgestein gehauenen Klöster bevölkert hatten, die anderen alle jagtest du in die Wüste, wo sie unter ihren Scharteken, von Hyänen hingestreckt, zugrunde gingen und dich noch mit allerletzter Kraft verdammten.

Am meisten hatte dich erzürnt, dass diese pechschwarze Priesterschaft in ihren grünen, blauen und orangefarbenen Leintüchern stets pietätvoll ihre Turbane vom Kopf nahm, wenn der auserwählte Priester einmal im Jahr das Allerheiligste betrat, aber wenn sie sich vor dir einfand, der du dich nun, Sellama zu demütigen, auch Erzbischof auf Lebenszeit der Heiligen Tewahedo-Kirche nennen ließest, behielt sie frech die Köpfe bedeckt und hielt es für gerade noch angebracht, sich vor deiner Größe zu verneigen. Denn jeder von ihnen wusste, so dachtest du, während diese Beleidigung Tag und Nacht in deinem Kopf vor sich hin köchelte, dass du der Sohn der Kosso-Verkäuferin warst, und untereinander nannten sie dich nur Spulwurm, Spulwurm und Spulwurm, wobei ihre zahnlückigen Mäuler grinsten und sie sich mit ihren dünnen Fingern verächtliche Zeichen gaben. An dem schrecklichen 19. Jänner, als Temquet gefeiert wurde, also Jesu Taufe, kam dir die Priesterversammlung, die sich im Thronsaal eingefunden hatte – du warst mit dem Gesicht auf dem Leintuch aufgewacht, hattest soeben geträumt, bei lebendigem Leibe gehäutet zu werden –, frecher und widerwärtiger als jemals sonst vor, und ihre scharlachroten und rosa Turbane schienen dir größer und aufgeplusterter und als wäre all dies gegen dich gerichtet. Dreimal hast du dir auf die Lippen gebissen, um deinen Zorn zu beherrschen, der in dir anwuchs wie ein Baby mit Ochsenkopf, von der Art derer, die bei ihrer Geburt schon Erdbeben und Überfälle ankündigen, schließlich aber hast du bei dem geringsten Anzeichen von Missachtung seitens des wie ein bunter Vogel gescheckten Haufens irre aufgestöhnt und in deinem blutigen Gehirn den Befehl geboren, den danach niemand mehr vergessen konnte.

Denn im Bruchteil eines Augenblicks hast du dich voller Zorn an die Erzählungen deiner Mutter über einen walachischen Herrscher aus einem früheren Jahrhundert erinnert, der die Turbane einer türkischen Gesandtschaft hatte an die Wand nageln lassen, weil die Mohammedaner sie vor ihm nicht abgenommen hatten. »Bringt Zimmermannsnägel!«, schriest du wie am Spieß, und als die Nägel groß und gerade auf kleinen Samtkissen liegend herbeigebracht waren, wurde der Ranghöchste von den Priestern gepackt und unter den Seinen auf dem Fußboden gekreuzigt, und zwar mit einem der großen Nägel mitten durch die Stirn und durch den rohseidenen Stoff seines Turbans hindurch, und der Hammer trieb ihn so tief hinein, dass er ihm am Hinterkopf wieder austrat und in die Malachitplatte des Fußbodens eindrang. Die anderen Priester, ebenfalls von den Soldaten gepackt, hätte trotz ihres Gebrülls das gleiche Schicksal ereilt, wenn nicht, oh Wunder, ihr Oberster am Leben geblieben wäre, unversehrt und ganz. Kein einziger Blutstropfen war aus der schrecklichen Wunde getreten, und offenbar hatte der Nagel, der geradewegs mitten durch sein Hirn getrieben worden war, ihn in keiner Weise gestört, sodass der dort zu deinen Füßen liegende Priester, dürr wie ein Skelett, dessen Umhang sich geöffnet hatte und die schmale, von weißen Haarkringeln bedeckte Brust sehen ließ, in menschlichen wie angelischen Worten zu sprechen begann, dass der Thronsaal davon widerhallte und die Soldaten, denen die Haare zu Berge standen, die Priester losließen, deine Berater auf die Knie sanken und du dich einen Augenblick lang so sahst, wie du wirklich warst: einer der aus dem Himmel herabgestürzten Engel, bedeckt mit rotem Fell und gehörnt, mit Hufen und einem Schweif, wie du sie in deiner Kindheit an die Wand der kleinen Kirche von Ghergani gemalt gesehen hattest. Deine Flügel, einstmals weißer noch, als sie irgendein Weißwäscher auf der Welt hätte machen können, waren nun aus Teufelshaut, wie jene der fliegenden Mäuse. Auch du hast dich von Gottesfurcht überwältigt niedergekniet und allen anderen vergeben, dir aber sollte in aller Ewigkeit niemand mehr vergeben. Unter dem Namen K'idusi T'ifiri ist der alte Priester von da an mit der Nagelnarbe, die ihm auf der Stirne blühte, durch das Land gezogen und sprach manchmal verständlich und dann wieder pfeifend wie ein großmächtiger Vogel, vom auf die Welt herabkommenden himmlischen Jerusalem, einer großen runden Insel aus Gold und Kristall, von der die Engel des Herrn herkommen werden, die vernichtenden Waffen in Händen. Nur 144000 Rechtgläubige würden geraubt und gen Himmel gebracht, schrie er verzückt, wohingegen alle anderen vernichtet wie Sodom und ihrer Sünden wegen wie Gomorrha behandelt würden.

»Ein Irrer befindet sich auf dem Throne Äthiopiens!«, hat Pater Kyrill, der Patriarch von Alexandria, gesagt, nachdem er sich, besorgt um das Schicksal der afrikanischen Christenheit, in deinem Land herumgetrieben hatte, wo er von allen deinen Missetaten hörte und die Leichen der nur zur Hälfte im Sande beerdigten Mönche sehen konnte, die durch dich aus ihren heiligen Stätten vertrieben worden waren, auch mit dem heiligen Mann gesprochen hatte, dem auf deinen Befehl hin ein Nagel durch den Schädel getrieben worden war. Vor dem großen Kloster von Aksum hatten er und Erzbischof Sellama sich auf den Mund geküsst, ihre bestickten Gewänder aneinander gerieben und dann viele Stunden in einem geheim gehaltenen Gemach beisammengesessen und sich gegenseitig gefragt, was zu tun sei, denn unter ihren Augen hattest du, der allmächtige Kaiser, dich in eine wildwütige Bestie verwandelt, der nun die Kirche sehr viel inbrünstiger hasste, als er sie jemals geliebt hatte, als er Flüsse von Gold und Ströme von Edelsteinen über ihr ausgoss. Als sie vernahmen, dass dieser Hass nicht bloß zur Einkerkerung sämtlicher äthiopischen Mönche geführt hatte, die dir entgegenstanden, sondern auch der Katholiken, der Protestanten, ja sogar der orthodoxen koptischen Brüder aus Ägypten, setzten die beiden Patriarchen einen Brief auf, den sie unterschrieben und siegelten, in dem sie dich für exkommuniziert erklärten, das Land aufforderten, sich gegen dich zu erheben, und den Ägyptern befahlen, mit den Schwertern in der Hand in das durch dich von Grund auf verdorbene Land herunterzukommen. Als du Abgesandte mit dem Brief aufgegriffen hattest, hast du getan, was kein Kaiser seit Menelik bis dahin je zu tun gewagt hatte: Ohne viele Worte zu verlieren, hast du den Patriarchen und den Erzbischof, die höchsten und heiligsten Priester der östlichen Kirchen, mit der Absicht ins Gefängnis gesteckt, ihnen ihre lästerlichen Zungen herausreißen und die Augen ausstechen zu lassen, die während ihrer Reisen in deinem Land viel zu viele Gesetzlosigkeiten gesehen hatten.

Die Einkerkerung der beiden hat das Land aufgerüttelt. Seitdem hast du nur noch Kunde von Aufständen und Widersetzlichkeit erhalten. Jeder kleine Herrscher in jedem Winkel des stolzen Äthiopien hat sich von da an bis zur Ankunft von Napiers Engländern ein paar Jahre später gegen dich erhoben, sodass du keine Ruhe mehr fandst, jenem gleich, dessen Haus mit ihm selber darin in Brand geraten war. Von nun an war weder Königin Victoria noch irgendein anderes gekröntes Haupt auf der Welt, kein Prinz aus den vergangenen Zemene-Mesafint-Zeiten und kein schlichter Bauer mehr an deiner Seite, sondern nur noch die Soldaten deiner zerlumpten Armee, und das auch nur, insoweit du sie für ihren Dienst bezahlen konntest. Du warst Kaiser, wie es dein Wille von Kindesbeinen an gewesen war, aber du bliebst der einsamste Mensch auf der Welt, von deinesgleichen, den Sterblichen, wie von uns, den Unsterblichen, geschmäht. Umsonst hast du die beiden hohen Priester ein paar Wochen später wieder auf freien Fuß gesetzt, dich vor ihnen bis auf den Boden hinab verbeugt und sie um Verzeihung gebeten, nun war es dafür zu spät.

Bei alledem schulden wir noch den Nachtrag, dass sich zur Zeit deiner größten Versuchungen doch noch eine Seele gefunden hat, die dir ein wenig Trost gespendet hat, und dies war der andere verrückte Kaiser, der am gleichen Tag wie du geboren und ebenso wie du an seinem rechten Handgelenk eine kleine Narbe von dem Tag trug, als ihr auf dem Eilande Skyros Blutsbrüderschaft geschlossen, du ihm Stamatina in dem kleinen ovalen Rahmen gezeigt und er gemeint hatte, es handle sich um das Antlitz der Heiligen Jungfrau.

Im Oktober 1864, als dich alle wie einen tollwütigen Hund jagten, erhieltst du einen mit blauem Wachs gesiegelten Brief, in dem dir der Kaiser eines keinesfalls unbedeutenden Landes seinen brüderlichen Beistand erwies, den einzigen, dessen du jemals ohne einen üblen Hintergedanken und ohne dafür etwas zu fordern teilhaftig wurdest, der jedoch unglücklicherweise bloß das Hirngespinst eines Mannes war, der nicht mehr alle Sinne beisammenhatte.

Ich, Joshua Abraham Norton der Erste, Kaiser durch Gottes Willen der Vereinigten Staaten von Amerika und Protektor von Mexiko, an Meinen Bruder Tewodoros II., ebenso Kaiser im christlichen Lande Äthiopien, Gesundheit!

Da Meine Herrschaft von den Wohltaten Kenntnis erlangt hat, derer unter Deiner weisen Anleithung sich die von Dir gehegten Gegenden inmitten von Afrika erfreuen, ein gesegneter Landstrich, den auch Wir einst bewohnt haben in Unsrer Jugend, hat Unsre Seel sich angefüllet mit Freuden. Weil niemals Ich vergessen habe können der Prophezeiung, die Du getätigt im hellenischen Archipfel, da Wir jung gewesen und ohn der Reichthümer noch Ruhm, weil allebeide sind Wir von den Sternen, die über Uns sind, bestimmt, Last und Sorge der Reiche auf Uns zu nehmen, und seh einer an, die Vorherschau hat sich in Gäntze erfüllt. Dein Mund ward Dir vergoldet, die Seel war rein, und die Trän, so Wir damals gemeinsam vergossen, war klar wie das Wasser vom Quell zwischen Felsen.

In Folgung dieses verdoppelten Wunders folge Ich den Worten haargenau, so Du Mir gesendet in dem Brief bei schwierigsten Umständen, wo nichtmal Meine Untergebenen die Meinerseitige Soveraneität haben anerkennen mögen, so der Ussurpator James Buchanan Jr. unseligen Angedenks Mir nehmen hat wollen: »Meine Streitmacht wird wie Deine Streitmacht sein, und Mein Volk wie Deines, bis Du Dir die Feinde zu Füßen geworfen und ihnen Deinen Stiefel in den Nacken gesetzt haben wirst, damit sie sich niemals wieder erheben.« Nun erwider ich Dir, so Ich erfahre durch die Gazetten von den schweren Zeiten, worinnen Du herrschest, und von den Lügen, mit denen die Unfreundlichen Dich überziehn, die Worte der Ermuthigung und die Versprechungen, so Du Mir damalst gegeben.

Auch versicher Ich Euch, Kaiserliche Hoheit, Meiner vorbehaltslosen Stützung, so nicht nur in Sätzen hat ihren Grund, sondern auch in Kriegsbeiständen, amerikanischen Waffen und Truppen, die für die Erprobtesten gelten und baldigst auf Meinen Schiffen bei Dir anlanden werden, ebenso Indgeniöre für den Bau von Brücken und Eisenbahnlinien, erfahrne Baumeister und nicht zu vergessen ein Häuflein Dichter, denn Deiner Herrschaft grandiose Leistungen müssen besungen werden in niemals mehr verklingenden Versen. Bei Meinem Aufruf haben schon die Größten und mit Lorbeer Bekränztesten Unserer heutigen Barden geantwortet, worunter Timrod, Roquette, Stedman, Whittier, Piatt, Howells sowie der etwas opskurere Walt Whitman, der den Rang der andern zwar nicht erreicht, aber Ich hab ihn hier auf die Liste gesetzt, weil Ich die magische Zahl sieben so schätze. An Bord des Schiffes Das goldene Vlies *werden die sieben Sänger noch vor Frühlingsbeginn in Deinem Lande eintreffen.*

All dies und noch vieles Mehr werde Ich unabweislichst unternehmen, mit den vollsten Kräften, die Mir die Verfassung der Vereinigten Staaten garrantiert, trotz der gezinkten Wahlen, die vor ein paar Jahren zur Einsetzung irgendeines Abraham Lincoln ins Präsidentenamt geführt haben, eines weiteren dieser Hochstapler, so Mir die korrupten Polittiker, blind für Gerechtigkeit und Wahrheit, vor die Nase setzen.

Gott möge Dich füglichst beschützen, dass Du unangefochten und graden Wegs über die Schwierigkeiten kommst, die schon in ältesten Zeiten auf den Schultern der Kaiser gelastet, ohn dass sie deren Geist hätten zernichten vermocht!

Mit Meiner Rechten immer zu Deiner Hilfe gereichet,
Joshua Abraham Norton, Kaiser der Vereinigten Staaten
von Amerika und Protektor von Mexiko,

San Francisco, East Bay,
16th Street No. 2445, 3rd Floor
Am 25. Oktober 1864

31

Niemals wirst du die Hanffelder von Ghergani vergessen, auf denen der Hanf so dicht wuchs, dass man nicht eindringen konnte in das Dickicht und das Geheimnis; Vögel, so sie diese Felder mit ihrem süßen Duft nach der weiblichen Spalte überflogen, fielen tot vom Himmel. Galgenvögel wie du, neun-, zehnjährig, schlichen sich zur Zeit der Ernte an den Feldrand und starrten auf die Frauen, die die großen Hanfstauden schnitten, sahen, wie sie allmählich ihre Sinne verloren vom Odem der süß-giftigen Blätter und Stängel, sodass sie, wenn die Burschen endlich kamen, die Hanfbüschel in den Teich zu tragen, auf ihre Jungfernschaft vergaßen und, so sie verheiratet, auf den Gatten zu Hause, sich in die Arme der Burschen sinken, an Titten und Schößen betasten ließen, und dann, dann machtet ihr, die Buben des Dorfes, große Augen, als ihr sie, ihre Röcke über die Hüften hinauf gerafft, mit entblößten Schenkeln dastehen und sich heftig habt bewegen gesehen, auch wie sie auf die Hanfbüschel geworfen, unter den ebenso zuckenden Männern gelegen, denn der Duft dieses Grases verführte zu Ausschweifung und Hurerei. Die Leute im Dorf wussten, dass ihre Weiber zweimal im Jahr sich in den Hanffeldern vergnügten, doch wurde kein Vorwurf je laut, denn nicht sie – Florica, Aniţa, Gherghina oder Rada, brav zu Hause und schamhaft in Gottesfurcht lebend – vergnügten sich, sondern die Weiber in ihnen, der Mund und die Titten und die Bäuche trieben es im Acker mit dem teuflischen Unkraut, diese gierten nach jungem Mann, stark und unerbittlich in ihren aufgeheizten Körpern. Es war der Dämon des Hanfs, mit dem keine sich anlegen konnte, dem vielmehr jede zu Willen sein musste.

Hanf hast du während deiner ganze Kindheit geraucht, die Aufseher auf dem Hof des Herrn Tachi haben ihn dir gegeben, die Köche und die Stallknechte, die dich auch an den Tabak brachten, und es hat dir gefallen, so ganz auf dich zu vergessen, was der erstickende Rauch dir so leicht gemacht, doch als du zum ersten Mal vom Mohnsaft probiert hast, brauchtest du keinen Hanf mehr, es sei denn für Säcke und den Strick, den viele dir schon damals vorausgesagt haben, da sie sahen, was für ein Radaubruder ohne Sinn und Verstand da heranwuchs.

Der Mohnsaft wurde aus den Mohnkapseln gewonnen, die man mit dem Reisigmesser ritzte, daraus floss eine dickflüssige Milch wie der Saft aus dem steifen Glied des Mannes, und diesen Samen setzte man unter dem Vordach der Sonne aus, sodass er sich zu einer Art gelblichem Kristall verfestigte, den man danach wie Zucker oder Mehl zerrieb. Den Staub aus diesem Mohnsaft tat man in die Pfeifen, die du den Bojaren reichtest, damit sie sich erheiterten, und man streute ihn über das Backwerk mit Honig, das dann alle an den Sonntagen gegessen haben nach den dicken Suppen, dem Wild und den gefüllten Paprika, die gereicht wurden, aber vor allem wurde er mit Konfitüre vermengt und zu einer Art Bonbons getrocknet, die in den Tiefen der Schränke versteckt und allein für die Feiern der Bojaren aufbewahrt wurden. Dann wurden sie hervorgeholt und, in Bast eingewickelt, neben die Karaffe mit Wodka und den Krug mit Weichsellikör gelegt; alle Feiernden, sie hatten schon leicht einen sitzen, aßen so zwei, drei dieser runden Dinger aus gesüßtem Mohnsaft. Dann packte sie die wohlbekannte Apathie, danach das Geschnatter, und anschließend hatten die einen verrückte Visionen, und die anderen wurden vom Paarungstrieb gepackt, während wieder andere dem Größenwahn und zweifelhafter Ruhmsucht verfielen. Diese Feste wurden bei geschlossenen Fensterläden und hinter dicken Musselin-Vorhängen gefeiert, damit der Lärm der Ausschweifungen nicht nach draußen dringe, wo die schwatzhafte Dienerschaft das Ohr an die Wände drückte und sich zu dem schmachtenden Gestöhne, das aus der Stube drang, zwischen den Beinen rieb.

Während deiner gesamten Jugendzeit hast du stets diesen Mohnsaft aus den Pfeifen eingesaugt, die du immerzu angezündet und gebrauchsbereit vorhieltst, hast du nicht mehr klar unterscheiden können, was tatsächlich und was bloß Gesicht und Hirngespinst war, denn beides vermengte sich und tanzte um dich herum wie die Elfen auf den Waldlichtungen. Auch dein Körper gehorchte dir nicht mehr: Manchmal dehntest du dich aus, bis du den Mond mit der Hand umfassen konntest, und ein andermal schrumpftest du, bis du ganz deutlich die von Tautropfen übersäten Grashalme vor Augen hattest und dich selbst in jedem einzelnen Tropfen sehen konntest, einmal mit dem Gesicht einer Schlange und einmal mit dem eines Werwolfs, sodass du erschrakst und vor diesen Spukgestalten davonrennen wolltest, aber deine Beine wurden ganz lang, dünn und steif und hatten viele Knie, wie die Spinnen im Heu. Eine Schwade Fliederduft, durch die offene Tür hereingeweht, nahm plötzlich die Gestalt einer Wassernixe an, die dich mit dem Klimpern eines Triangels lockte, der Geschmack eines kleinen, in Tee getauchten Gebäcks erinnerte dich an alte Zeiten, und manchmal sahst du auch deutlich eine Moschee anstelle einer Fabrik oder einer mechanischen Brettersäge.

Der Mohnsaft hat dich auch im Archipel begleitet, wo es nur weniges zu tun gab, wenn kein Windhauch mehr vorhanden war und das smaragdgrüne Meer sich ringsum bis zum Horizont erstreckte. Dann hattest du, auf den eingerollten Tauen sitzend, das reinste Haschisch in deiner Pfeife, und mit einem Mal stellten sich Alexander von Makedonien, der alte Cäsar und Napulion Bunăparte polternd bei dir ein, dir unterwürfig zu dienen, und Kleopatra bat dich zum Festmahl, um dich zu betören mit ihrem schlangengleichen Leib. In den Häfen, auf Naxos und Antiparos, kauftest du Laudan, Morphium und Kief aus Marokko, sowie Betel aus den Meeren des Südens und Coca aus den fernen Kolonien der Amerikas, die du allesamt auf nie dagewesene Weise vermengtest und solcherart überallhin reisen konntest, wo deine Phantasie, aufgepeitscht von den bitteren Süßigkeiten, die du gierig schlürftest, dich hin geleitete: in die tiefsten Abgründe der Erde, wo du in glühender Lava badetest und mit ihr bis in den innersten Kern des reinen, unveränderlichen Brillanten der Erdkugel geflossen bist; in das unverlöschliche Feuer des Wesens, das sich stets entzündet und stets verlöscht in einer unendlichen Folge von Yugas und Kalpas; in den Gott unseres Jahrhunderts, der nichts als ein Faden Sandes in der Sandale eines anderen Gottes aus einer höheren Welt ist, welcher selber bloß ein Faden Sandes in der Sandale eines anderen, sehr viel gewaltigeren Gottes ist, der wiederum seinerseits ein Faden Sandes in der Sandale des Gottes über ihm und von kolossalem Hochmut ist, und diese ganze Folge von Göttern versammelten sich in deiner Haut aus geschmolzenem Licht und rumpelten dort mit der Kraft von tausend, tausend Milliarden Sonnen in einer neuen Schöpfung, und stürzten sich auf tausend, tausend Milliarden Wegen ins Leere … Das Meer, der Himmel und die Albatrosse, die Inseln am Horizont und deine Gefährten schälten sich ab vom Antlitz der Welt und fielen wie der alte Verputz von den Wänden der Tempel; sie ließen die blendende, aus Gold und Elfenbein gearbeitete, noch nie gesehene Essenz der Essenz des Wesens erkennen, die schwere Perle, geschmolzen, perlmutten, aus der rauhen Auster der Wirklichkeit. Reine Mathematik und reines Denken, und das Wort, das sämtliche Trommelfelle zerplatzen lässt, auch Traum und Mythos und Ekstase und Tortur, und Alef hoch Alef, und Blick hoch Blick, und Schmerz hoch Schmerz, und Zähne und Mundhöhle und Mandeln und Rachen und Stimmbänder, vibrierend in Strings und Branen und Syzygien und Ogdoaden, Jaldabaoth und Sophia in ewiglicher Kopulation, die blauen Götter kopulierend mit den azurenen Göttinnen, du, ungeboren, deinen Eltern bei der Kopulation zuschauend, und die grausamen Winde des Karmas, die dich in das Fleisch aller Labyrinthe treiben, und Leben von Leben, und Wüsteneien von Wüsteneien, und Ewigkeiten von Ewigkeiten, mit schwarzen Flammen lodernd, mit schwarzem Zahnfleisch, mit schwarzen Fingernägeln, mit schwarzen Achselhöhlen im Archipel des Nichts, nichtend das Nichts, nichtend das nichtende Nichts des nichtenden Nichts …

Und in den äthiopischen Gegenden, unter den blumigen Himmeln Afrikas fügtest du den geistverdrehenden Gräsern das Unkraut namens Khat hinzu, das du Tag und Nacht gekaut hast, sodass dein Speichel, den du auf den Boden spucktest, grün ward wie die räudige Kröte. Das Khat schmeckte scharf, stieg dir in einem Wimpernschlag in den Kopf und erfüllte dich mit Hochmut und Streitlust, denn du konntest weder Erschöpfung noch Hunger, noch Durst und keine Gottesfurcht mehr empfinden, machtest selber dich zum Gott und betetest dich an, und deine Untertanen kamen dir vor wie Käfer unter deinen Sohlen. Während du Khat kautest, kaute das Khat dich, es vergällte dich, zerriss dir die Sehnen in der Brust, trieb dir saure Schübe von Hass und Leidenschaft in den Bauch. Ließ dir das Blut in den Venen brodeln. So brüstetest du dich dann wie die bösen römischen Kaiser und wie der Antichrist in dem Brief von Apostel Paulus an die Thessalonicher: *»Der Mensch der Sünde, das Kind des Verderbens, der da ist der Widersacher und sich überhebt über alles, was Gott oder Gottesdienst heißt, also dass er sich setzt in den Tempel Gottes als ein Gott und gibt sich aus, er sei Gott.«*

Nicht du, sondern das Khat, das dir das Hirn verkleistert hatte, hat die grausamsten Befehle in den letzten Jahren deiner Herrschaft erteilt, nicht du, sondern das Khat trieb dich Tag für Tag in die Tiefen der Gefängnisverliese von Magdala, dich gütlich zu tun an den Schreien jener, die dort von deinen Schergen bearbeitet wurden, die die Unglückseligen würgten und, so sie den Tod herbeikommen sahen, losließen, sie mit Wasser bespritzten, damit sie zu sich kamen, um sie erneut zu würgen, zehnmal am Tage, wie auf dem Grund der Hölle, wo es keine Hoffnung mehr gibt. Nicht du, sondern das Khat hat dich auch im Bettzeug zur Bestie gemacht, so die zu Tode erschrockenen Weiber, die man mit Gewalt dir zugeführt, des Morgens von blauen Flecken übersät wieder gingen, und mit geschwollenen Gesichtern von der Wucht der hassvollen Watschen und Faustschläge, ohne die du die Freuden der Vereinigung nicht mehr zu empfinden vermochtest. Neben dem Khat hast du, um das Täubchen zu vergessen – was dir jedoch nicht gelingen wollte, im Gegenteil, sie prägte sich noch viel tiefer in dich ein –, allerhand betäubend-starke Getränke in dich hineingekippt, an denen im Lande kein Mangel herrschte: Tella, Tej, Cheka, Borde, Ogol, Korefe oder Keribo, die dich ebenfalls verwirrten, sodass nicht einmal deine alten Gefährten dich wiedererkannten. Im Alter von 45 Jahren hattest du einen dicken Bauch, ein aufgedunsenes Gesicht, warst du ergraut und deine Augen unter den tiefblauen Ringen nur noch in dünnen Schlitzen zu sehen, die Haut an deinem Hals war faltig und spröde wie Pergament. Der kraftstrotzende Recke, der du einst gewesen bist, war in Sünde und Schuld untergegangen, und so, als lebendige Spiegelung deiner wurmzerfressenen Seele, solltest du bald schon dem gefürchteten Gericht entgegentreten.

Aber nicht Der an Tagen Alte, Sein Sohn und der Heilige Geist bildeten die Dreiheit, zu der du gebetet hast, sondern der Schrein, die Korne und Stamatina, die drei Gelüste, nach denen dein Wille strebte, und von denen dir die Gedanken in deinem Schädel, die sich immer und immer wieder in der gleichen Schleife wiederholten, die in sich selbst zurückkehrte wie das Schneckengehäuse und die eingerollte Farnspitze, in den Nächten, die du nicht mehr schlafen konntest, in tausend Stimmen zu dir sprachen. Du hattest nie aufgehört, an Stamatina zu denken, auch als Nura dir den Kopf verdreht hatte mit ihren weißen jungfräulichen Zähnen und ihren strahlenden mandelförmigen Augen, auch nicht, als dein Täubchen unter dir ihre pechschwarzen Schenkel öffnete, dir ins Ohr gurrte und dich lehrte, langsam in sie einzudringen, gemächlich und quälend und deine Lust beherrschend, um sie später um das Zehnfache süßer zu spüren, und auch dann nicht, als die Frau aus Milch und Honig mit den verführerischsten Saphiraugen, die unvergessene Tidenekialish, dich auf den Pfad des Kindesmords stieß, wie ihn auch seinerzeit König Herodes schon begangen hatte.

Eines Nachts träumtest du, dass du gedankenverloren durch einen riesigen Saal mit einem Fußboden aus Porphyr gegangen bist, mit Kolonnaden aus Quarz entlang der runden Wand und einer Felsendecke voll tropfender Eiszapfen. Schon tagelang gingst du auf die Mitte des Saales zu, wo die Kuppel am höchsten war, denn dort, in der Mitte, ruhte seit Jahrhunderten die Bundeslade. Bald auch hast du sie sehen können, zuerst als einen undeutlichen golden schimmernden Punkt, dann hast du die Lade aus Akazienholz mit den beiden Cherubim aus gehämmertem Gold erkannt, die ihre Gesichter einander zugewandt hatten und den Deckel der Lade mit den ausgebreiteten Flügeln bedeckten. Als du bei ihr ankamst, bist du auf die Knie gesunken, die Stirn an dem vergoldeten Holz, und verharrtest dort eine halbe Ewigkeit im Gebet. Dann standst du auf und wagtest es, an Usa denkend und zitternd, die goldenen Flügel der Cherubim zu berühren. Aber die Lade hat dich nicht an Ort und Stelle zerfetzt wie jenen, also setztest du dein Wagnis fort, öffnetest den schweren Deckel und schautest hinein. Du hast laut aufgeschrien und dir mit den Händen kräftig ins Gesicht geschlagen, um aufzuwachen, denn in der heiligen Lade befanden sich weder die Schale mit dem Manna noch die Gesetzestafeln, noch auch der Aaronsstab, der in ein und derselben Nacht geblüht und Früchte getragen hatte. In der Lade kauerte, die Knie an den Lippen und sie mit den Schultern, den Brüsten und ihren runden Hüften voll ausfüllend, Stamatina, nackt und schlafend, bedeckt von ihrer eigenen langen, kastanienbraunen Mähne und mit deiner schweren Krone aus Gold, Zedernholz und Elfenbein auf dem Kopf.

Es gab keinen Tag, auch wenn du von Khat, Tej und Haschisch betäubt warst oder der ebenso starken Droge weiblicher Schenkel und Brustwarzen, an dem du nicht das ovale Abbild der Fürstentochter von deiner Brust hervorgeholt hättest und es mit reiner Liebe, zu der du wie durch ein Wunder noch fähig warst, betrachtetest, das junge Mädchen von fünfzehn Jahren mit den dünnen Brauen, den braunen Augen, leuchtend wie die Seen im tiefsten Waldesinneren, und den wie von einem Windhauch rosig beseelten Wangen. »Suche mich!«, hörtest du ihren schmachtenden Ruf, »suche mich auch im Verrat und selbst in der Sünde! Suche mich auch im vollkommenen Vergessen! Zerschleiße neunundneunzig Bundschuhe aus Eisen und einen eisernen Wanderstab, bis du zu meinem Herzen gelangst …« Es war das einzige Herz, das du wahrhaft begehrt hattest, mehr noch als das deiner Mutter, mehr noch als das Herz deiner Kaiserin, denn es war das einzige, das nicht für dich bestimmt war. Mit offenen Augen träumend, dachtest du an die auf Störchen reitende Streitmacht, die du ausschicken würdest, damit sie die Festung des Zburătors auf den Wolken umzingele, ihn mit ihren Lanzen ersteche und mit silbernen Kugeln erschieße, sodass die Frau deines Lebens dort oben auf den Wolken auf der Schwelle erscheine und darauf warte, von dir umarmt oder mit dem Krummdolch erstochen zu werden.

In diesem Jahr, fünf Jahre nach dem Tod des Täubchens, hast du gewusst, dass du eine andere Kaiserin brauchst, denn du schuldetest dem Land noch ein Kind deines Geblüts, damit es herrsche, wenn du einmal nicht mehr bist. Und nicht deines fremden, ohne jede Berechtigung ans Ruder gekletterten Geblüts, ja mehr noch, immerzu von allen nach wie vor als Sohn der Kosso-Verkäuferin betrachtet, musste dein Nachfahr von salomonischem Geblüte sein, schließlich konntest du sehen, dass deine Edelleute und deine Kirche dir damit Tag für Tag übler mitspielten und das Land zum Aufruhr anstachelten: dass du eben nicht vom Geschlechte Meneliks I. warst, Sohn Salomons und der Königin von Saba, deren Nachkommen allein das Recht hatten, auf den Thron des heiligen Äthiopien zu gelangen. Die Kaiserin musste alles das sein, was du nicht warst, direkt von den Söhnen Meneliks abstammen, eine Fürstin mit Beziehungen in sämtliche Prinzenregionen, und darüber hinaus musste sie Kinder kriegen können, damit du Nachkommen als Thronfolger habest. Aber du hattest, getrieben von Eifersucht, schon fast alle von salomonischem Geblüte qualvoll umgebracht, sodass die Hoffnung gering war, eine am Leben gebliebene Frau im passenden Alter und nach Möglichkeit hübsch anzusehen zu finden, die auf dem Thron neben dem deinen Platz nehmen könnte. Die von dir in sämtliche Festungen, Städte und Zitadellen in den blauen Bergen des Landes und seinen Ebenen mit Sand so rot wie die Kelchblätter der Mohnblumen Entsandten kehrten ohne gute Nachricht zurück. Es sollten noch Jahre vergehen, bis du zufällig die Frau fandst, mit der du dann so lange lebtest, bis du dir in der untersten Kammer Magdalas mit der Pistole von Victoria das Hirn weggeschossen hast:

deine letzte Gattin und Kaiserin, die ebenso wie euer Sohn vertrieben unter den nebelverhangenen Himmeln Engellandes verderben würde.

Als sich dein Kammerherr Valde Gabir in Dirasge befand – niemand hätte den Maler Mitrofan von einst, Sisoe genannt, in ihm wiedererkannt, so schwarz und zibebenfurchig war sein Antlitz geworden, so sehr auch hatten die geflochtenen Zöpfe, eingefettet und um die Stirn gebunden, sein Aussehen verändert –, sah er in der Kirche der Jungfrau Marjam eine junge Frau zur wundertätigen Ikone beten, die groß und majestätisch und derart vornehm in jeder ihrer Bewegungen war und über einen so klaren Blick verfügte, dass sie ihm schon damals und dort als eine Kaiserin erschien. Er erfuhr, dass sie eine Prinzessin aus einem alten Geschlecht mit Anspruch auf den Thron war, die aber aufgrund eines unglücklichen Geschicks unerkannt in einem fernen Winkel des Landes leben musste. Sisoe zweifelte nicht daran, hier die Gattin für den Kaiser ausfindig gemacht zu haben, und unternahm alles Nötige, sie nach Magdala zu bringen. Bis dahin schickte er dir ein Bild, auf dem ihr Antlitz dargestellt war, gemalt mit dem feinen Pinsel, der keinen einzigen Tag von Ghergani bis jetzt zur Ruhe gekommen war, ebenso wie der des alten Malermeisters Apelles.

Du hast mit jenem Abbild unter dem Kissen geschlafen und dir ausgemalt, wie ihr miteinander und gemeinsam mit anderen im kaiserlichen Bett all deine ekelerregenden Paarungen vollziehen werdet, doch als die vollendete Frau nach mehreren Reisetagen sich selber vor dir präsentierte, vergingen dir diese Flausen wie von Zauberhand weggewischt. Wiewohl zweifellos schön, kam dir die Frau namens Tiruwork, was man als reines Gold dolmetscht, kalt und bar aller Anziehungskraft vor, wie eine hellenische Statue, und genau so schaute sie dich aus ihren leeren Augen an, als hättest du nicht dort auf dem prächtigen Thron gesessen, gesäumt von den goldenen Löwen. Aber auch so wäre es keine große Sache gewesen, denn sie hatte immerhin einen Körper, wie man ihn selten zu sehen bekommen hatte, einen stolzen Kopf, gekrönt mit einem Diadem aus Saphiren, lange schwarze Haare, die sich wie mäandrierende Flüsse um ihr rundes Gesicht legten, und ihre ausgestülpten afrikanischen Lippen waren gerade recht, um wollüstig geküsst zu werden. Aber nachdem du ihr einige Fragen gestellt hattest, die sie dir widerwillig beantwortete und dabei zur Seite schaute, hast du erfahren, dass Tiruwork auch noch Wube hieß, also auf den verdammten Namen deines größten Feindes hörte, Dejazmatch Wube Haile Mariam, der damals bei lebendigem Leib unter euren Füßen in dem Kerker verfaulte, der drei Stockwerke unterhalb der Fußböden deiner Thronfestung Magdala lag. Es war dir allerdings nicht möglich, Dejazmatch Wube mehr zu hassen, als er selbst und seine Verwandtschaft dich hassten, denjenigen, der ihre Macht zertrümmert hatte und nun ihre Körper in Höllengruben marterte, und das Weib vor dir, seinem Wesen nach zweifellos sehr viel mehr eine Kaiserin, als du jemals Kaiser sein würdest, eingehüllt in blaue Seide, worauf die Ketten über der Brust und die zig mattgoldenen Armreifen kleine gelbe Halbmonde warfen, erlebte nun eine schwere Stunde.

»Prinzessin«, sagtest du und starrtest trübe auf ihre Reize, als wäre sie nackt gewesen, »es sind Jahre her, seitdem euer Vater und wir in den Ebenen Äthiopiens wie zwei ebenbürtige Löwen gekämpft haben, die sich in der Savanne ernähren und aneinander messen. Einem von uns beiden war es durch Gottes Willen vorbestimmt, zu unterliegen, und der andere sollte übrig bleiben mitsamt den Löwinnen und deren Jungen. Anfangs sah es so aus, als würde er mit breiterer Brust und Mähne, schweren Pfoten und blutigen Hauern hier inmitten von Afrika Herr bleiben, doch oftmals wird die Macht der Könige in diesem schwindenden Jahrhundert von Dem gedemütigt, Der alle Gebirge schleifen und alle Täler erheben wird, damit niemand sich vor Seinem Ruhme in eigener Hoffart aufwirft. Wer war dieser alte David? Ein Hirtenkind, zart und dünn, über den Goliath, der Philister aus dem Volk der Refaïter, nur lachen konnte, als er ihn so ohne Schild und Schwert auf dem Kampfplatz vorfand. Aber David hat ihn mit seiner Schleuder niedergestreckt und ihm vor seinen Kämpfern mit dem Schwert des Riesen den Kopf abgeschlagen. Was waren wir, als euer Vater der größte äthiopische Prinz war und keinen anderen Gegner mehr hatte als den großen Ras Ali aus Debre Tabor, den Kammerherrn des Reiches? Ein räudiger *Shifta,* auf den niemand auch nur ein Ausspucken verschwendete. Aber ich habe sie schließlich alle besiegt, einen nach dem anderen, denn nicht ihnen, den allmächtigen Prinzen aus ruhmreichen Geschlechtern, und auch nicht den schwachsinnigen Nachkommen des großen Königs Menelik, wie etwa Yohannis, der widerwärtig ist wie ein Wurm, ward es gegeben, auf diesem goldenen Throne zu sitzen, sondern dem gedemütigten, geschmähten, hilflosen und unbedeutenden Kassa aus Kwara, der letztlich, nach Jahren der Erniedrigung, die Nacken all seiner Feinde unter seinem Stiefel spüren konnte und den Starrsinn all der Überheblichen gebrochen hat. Sieh an, nun stehen wir vor Euch, Ich Selbst, Tewodoros II., König der Könige, in Seinem vollen Ruhme, und haben Euch wohlgesonnen eine gute Nachricht zu verkünden.

Prinzessin, ihr habt erfahren, dass vor fünf Jahren, die wie fünfmal zehn Jahre in unserer verödeten Seel dahingeflossen sind, die Kaiserin Tewabech Ali, eure Nichte, da ihre Mutter väterlicherseits eure Schwester war, in unseren Armen ihre Seel ausgehaucht hat. Wir haben lange um sie getrauert, aber dann haben wir uns die Tränen aus den Augen gewischt, denn dies war der Wille des Herrn, und ist auch der Weg allen Fleisches. Und wir hätten auch niemals mehr dran gedacht, uns eine andre Gemahlin zu nehmen, meinten, von da an rein wie ein Eremit in der Einsamkeit zu leben, wenn uns die Pflicht nicht geböte, dem Land einen Nachfolger auf dem Throne zu hinterlassen, männlicher Natur, wie das Gesetz noch aus den Zeiten unserer ruhmreichen Urahnin, der Königin von Saba, mit dem Segen des großen Königs Salomon, unser aller Vater, in Äthiopien es vorsieht. In der Folge habe ich eine Kaiserin von salomonischem Geblüt gesucht, schön und tüchtig, strahlend und von gutem Namen, damit sie an unsrer Seite auf ihrem Throne sitze, der keinen Deut niedriger steht als unsrer, und dass wir zusammen ein Kind haben, wie Menelik eines gewesen ist, vollendet in all seinen Gliedern und voll der Furcht vor Gott unsrem Herrn, damit das Land nicht entbehrt eines Kaisers, wenn wir abtreten werden von dieser Welt.

Wir haben unsere Blicke ringsum schweifen lassen und in alle Ecken und Winkel des heiligen Äthiopien geschaut, so haben wir euch endlich gesehen, ihr habt uns gefallen, und wir haben gewusst, dass niemand in diesem Lande und an meiner Seite mehr Recht auf die Würde einer Kaiserin haben kann als ihr. Folglich bitten wir nun, in dieser freudigen und hellen Stunde, vor unserem ganzen Hofe, um eure Hand, und eure Möglichkeit, nicht einzuwilligen, bleibt unbenommen und wird euch keinen Schaden einbringen, denn Liebe verträgt sich nicht mit Zwang.«

Ach, wie gerne hätte Tiruwork Wube nein sagen können, oder »So nicht!«, wie Makeda es getan hatte! Wie sehr hätte sie gewünscht, selber auf dem Thron zu sitzen und den Spulwurm, diese Schande für das Menschengeschlecht, auf dem Boden zu ihren Füßen liegen zu sehen, wie Haman, als er in höchster Verzweiflung noch Esthers Kleid zu fassen versuchte! Der widerwärtige Spulwurm, der unglückselige Spulwurm, der blutige, dickbäuchige, aufgedunsene, irre, verschlagene und lasterhafte Spulwurm, der schon am frühen Morgen voller Tej war, betäubt vom Khat und von den Weibern! Der wollte wie ein Eremit leben? Ha-ha! Was für eine Lüge und Blasphemie! Wo doch alle Welt wusste, wie er lebte, in Ausschweifungen, bei denen es toller zuging als in Sodom, und in noch tieferer Verachtung der heiligen Dinge als in Gomorrha! Eher hätte sie sich kopfüber in einen Brunnen geworfen, als mit ihm das Bett zu teilen, sie, die Tochter ihres großen und mächtigen Vaters Wube, von keinem Mann berührt, von keiner üblen Nachrede je erniedrigt, rein vor den Engeln im Himmel! Sie, die im Kelche ihres Leibes, unvermischt und geheiligt, das Blut von König Salomon trug, der den Tempel von Jerusalem gebaut hatte! In diesen Augenblicken ließ der Stolz sie unsagbar schön werden, denn alles Blut war aus ihrer schwarzen Haut gewichen, die solcherart einen matten Perlenglanz angenommen hatte.

Aber der Spulwurm hielt ihren überaus geliebten Vater in Finsternis und täglichen Torturen eingesperrt unter Skolopendern, Ratten und Spinnen, von Wanzen zerfressen und genährt mit schwarz verbrannten Brotkrusten, er hatte die absolute Macht über ihre Heimatregion, wo ihre Mutter noch lebte, ein paar Tanten und Nichten, mit denen sie in Dirasge ihre Kindheit verlebt hatte, sodass die Entscheidung, die sie jetzt an Ort und Stelle und ohne längeres Überlegen zu treffen hatte, sie in Stücke riss, kreuzigte und aufs Rad flocht. Sie hatte nicht die Spur eines Zweifels daran, dass, ganz im Gegenteil zu den Zusicherungen des Kaisers, bei ihrer Zurückweisung seines Antrags alle ihr Lieben bei noch nie vernommenen Fronarbeiten umgebracht würden, sie selbst von den Soldaten geschändet und danach mit abgeschnittenen Brüsten, die Wangen von den Mundwinkeln bis zu den Ohren aufgeschlitzt, irgendwo auf einen Misthaufen geworfen, verrecken würde. Bevor sie nun sprach, sammelte sich die Prinzessin in sich, als hätte ihr jemand die Last eines bleiernen Gewands auf die Schultern gepackt.

»König der Könige Äthiopiens«, sagte Tiruwork mit dem gleichen leeren Blick, als wärest du dort nicht vorhanden gewesen und hättest in einer anderen Stube gelauscht, »ich habe mich schon gefragt, als man mich zu dir brachte, warum du deine unbedeutende Sklavin hierher bestellt hast. Denn zweifellos wimmelt es in unserem gesegneten Land, worin bis auf den heutigen Tag der orthodoxe Glaube unangefochten fortdauert, von Prinzessinnen höheren Geschlechts und Frauen größerer Schönheit. Denn wir Äthiopier haben Christi Lehren eher als alle anderen Völker empfangen, schon als der Apostel Philippus, angeregt vom Heiligen Geist, den äthiopischen Eunuchen zur Zeit unserer Königin Candace auf dem Weg von Jerusalem nach Gaza getauft hatte, denn dieser Eunuch war der Schatzmeister der Königin. Zurückgekehrt in unser Land, hat dieser die Lehren des Erlösers ganz genau so, wie Philipp es ihn gelehrt hatte, in allen Dörfern und Festungen Äthiopiens verbreitet.

Umso mehr bin ich verwundert von deinen Worten, so ich vernehme, dass du gedenkst, deine Dienerin höher hinauf zu erheben, als sie jemals zu träumen gewagt hätte, dass du sie dir wünschst als Kaiserin auf dem Throne neben dem deinen, glänzend von Gold und Ruhm. Für alle Zeiten werde ich deine allzu wohlmeinenden Worte treulich in meiner Seele bewahren. Aber ich werde diesen Schritt nicht tun und werde um keinen Preis der Welt den Faden meines Lebens mit dem deinen verbinden, so doch mein Vater, der große Prinz und Krieger Dejazmatch Wube Haile Mariam, sich in deinen Händen befindet, und wie zu hören ist, Qualen erleidet und Hunger, und kein Tag vergeht, da er dich nicht bittet, du mögest ihm das Leben nehmen, damit er der Leiden ledig sei. Wie könnte ich

Hochzeit halten mit dir und in Frieden dann leben und heiter, so ich doch wüsste, dass ganz langsam mein Vater stirbt von deiner Hand, in den Kerker geworfen, ohne der Schuld und eines Gerichts?«

»So hätte auch er es mit mir gehalten, ja übler noch, wär *ich* in seine Hände gefallen, denn dies ist das Schicksal der Besiegten!«, hast du geschrien und dich auf die Beine erhoben, aber sogleich dich wieder beherrscht und niedergelassen auf das bestickte Kissen auf dem Thron. »Dein Vater, Prinzessin, hat sich schwer versündigt an mir und hat seine Strafe verdient. Bedenke, bevor du sprichst, dass ich sein Leben geschont habe, wiewohl ich das Recht gehabt hätte, ihn zu pfählen, ihm bei lebendigem Leibe die Haut abzuziehen oder dem Feuer zu übergeben, dass es ihn verbrenne, nach alledem, was ich zu erdulden hatte durch seine Hoffart, die eines Christen nicht würdig. Und im Kerker lebt er nicht so schlecht, wie es euch dünkt, denn da ist kein Tag, an dem nicht ein Priester ihn betreut und die aufgewühlte Seele ihm tröstet. Und doch, schau, ich werde deiner Worte achten und verspreche, dass sich das Schicksal des Dejazmatch Wube beträchtlich verbessern wird, wenn du Kaiserin wirst und er darum ein Jahr nach unserer Hochzeit die völlige Freiheit erlangt. Dies sage ich hier vor meinem versammelten Hofe, und meine Worte können nicht abgeändert werden! Ich verspreche dir auch, dass dein Geschlecht mein Geschlecht sein wird, und von deinen Verwandten niemand jemals etwas durch mich wird erleiden müssen, wenn du treu mir ergeben bleibst, bis zum Tode.«

Tiruwork sah sich plötzlich als eine Antilope, die der Leopard an der Kehle gepackt hatte. Da gab es keinen Raum mehr zu kämpfen oder zur Flucht, sie musste klaren, sehenden Blickes sterben, in den offenen Augen die Gräser und geringen Lebewesen der Savanne spiegelnd, die ganz und gar unberührt blieben von ihrem Schicksal. Für ihren Vater, die Mutter und den Rest der Wube-Verwandtschaft würde sie den Kopf beugen zur Vermählung mit dem Spulwurm, dem Sohn der Kosso-Verkäuferin, dem Mann, den sie mehr als irgendetwas sonst auf der Welt verachtete.

»Ich nehme an«, sprach die Prinzessin und hätte gerne noch etwas hinzugefügt, aber sie sank ohnmächtig auf den steinernen Fußboden und vor deine Füße. Die Männer der Palastwache hoben sie hoch und trugen sie in das für sie in der Zitadelle vorbereitete Zimmer, die Hochzeit wurde dann nur drei Tage nach jener ersten Begegnung gehalten. In euren nächtlichen Begegnungen, die dann bis zum Tag deines Todes die Zahl der Finger an beiden Händen nicht überschritten haben mögen, hattest du eine Marmorstatue im Bett, eiskalt und gefühllos, das Gesicht abgewandt von dir, deine Liebkosungen hinnehmend, als erdulde sie die haarigen Pfoten einer Spinne, die so groß ist wie du und über ihren Körper kriecht. Bei alledem war Tiruwork Wube dir treu ergeben und hat sich ihrer Kaiserschaft würdig erwiesen, indem sie dich überallhin begleitet und mit ihrer Weisheit aus manch einer Gefahr errettet hat, denn die Zeiten waren allmählich elend geworden und gärend vor Blut. Ein Jahr nach der Hochzeit ist euer Sohn zur Welt gekommen, der Prinz Alemayehu, der von Beginn an aus der Mutterbrust den Hass auf dich und die Angst vor dir zu saugen bekam, sodass es schon reichte, dass du in seine Nähe gerietst, vom Wunsch geleitet, mit dem Kleinen zu spielen, wie's jeder Vater gern tut, damit er zu schreien begann wie am Spieße und blau ward im Gesicht, als hätte er den leibhaftigen Satan gesehn.

Bald schon wolltest du sie nicht mehr zu Gesicht bekommen, hast sie irgendwo in einem entfernteren Flügel der Zitadelle versteckt und zeigtest dich eines Tages im Thronsaal an der Seite einer unbekannten Frau, die sich auf den Stuhl der Kaiserin gesetzt hatte, aufgetakelt wie eine Hure aus den Hütten neben Magdala, voller Goldringe in den Lippen und in den Nasenflügeln, die Wangen mit zweierlei Minium gerötet, und einen blauen Vogel auf die Stirn gemalt. Es war die unglückselige Woizero Yetemegnu, eine Köchin, die deinen Appetit vielleicht durch die Kochdämpfe und Ausdünstungen von Braten erregt hat, die sie dir ins Bett mitbrachte, als sie sich, ebenso wie alle anderen Frauen in der Festung, mit dir im Bett verlustieren musste. Du aber hast dich mit ihr vor allem darum vor den Leuten gezeigt, damit die wahre Kaiserin verhöhnt sei und bestraft für ihren Hochmut und ihre Überheblichkeit. Du hast sie auf den Thron der stolzen Tiruwork gehievt und deinem Hofe in den Rachen gestopft, womit alle deine Berater und Kammerherren sich vor ihr verneigen und sie mit Ytege ansprechen mussten, mithin Majestät, wiewohl das Weibsbild dies nicht gewollt hatte und deine Launen in ergebener Verzweiflung hinnahm, zumal du sie des Nachts grausam züchtigtest, um solcherart Rache zu nehmen für den tagsüber erfahrenen Hohn. Schließlich dachtest du, und dies keinesfalls grundlos, du würdest von allen gehasst, alle wünschten, dich am Spieße braten zu sehen, alle grinsten beim Gedanken an deine Mutter, die Verkäuferin der Heilmittel gegen Leibwürmer. Dazu kam noch, deine Demütigungen zu mehren, dass dein Schwengel in den letzten Jahren zumeist schlapp und kraftlos im Bettzeug hing, wie erfahren und geschickt die Hände und Münder auch sein mochten, die sich um seine Erweckung bemühten. So hast du zwischen den beiden Frauen gelebt, der einen aus Eis und der anderen, die schwer nach Unschlitt roch, bis du dich vor General Napier und seiner Soldateska in den Tod geflüchtet hast. Beide haben sie weitergelebt und ihre je eigene Geschichte der Erniedrigung, der Schande und des Missbrauchs zu tragen gehabt, beide haben sie dich der Welt als eine Bestie in Menschengestalt dargestellt, die den Boden des heiligen Äthiopien in den langen dreizehn Jahren deiner Herrschaft besudelt hat.

»Suche mich! Suche mich!« Die Stimme der Frau deines Lebens schoss dir in dieser Zeit immerzu wie der Klang des Hackbretts in die Ohren, das die Kathedrale der Vergnügungen auf den Abora-Berg hatte hochschweben lassen, und wie König Davids Harfe, als dieser Saul vorspielte, dessen dunkle Gedanken zu vertreiben.

In Ermangelung von Störchen in den äthiopischen Gefilden hattest du aus Ägypten hunderte und tausende heilige Ibisse, weiß und mit schwarzen Flügeln und gekrümmten Schnäbeln, gebracht und sie angelernt, beim Fliegen dünne Teppiche jeweils an ihren vier Ecken in den Schnäbeln zu halten, worauf jeweils ein Bogenschütze saß, sodass sie, wenn sie sich alle gemeinsam im Fluge erhoben, den Himmel mit den bunten Flecken verdüsterten, tiefblau waren sie und ziegelrot, und gelblich grün und safrangelb und azurblau, die sie mit lautem Flügelschlagen dahintrugen, und die Bogenschützen darauf, in weite Gewänder gehüllt, die Turbane um die Schädel gewickelt, stießen ein kriegerisches Gebrüll aus und ließen auf einmal allesamt ihre Pfeile hinaufsirren in die Wolken und zerstreuten deren ineinandergewirbelten Dunst an alle vier Himmelsränder. Auf solche Weise, hattest du überlegt, solltest du das Herz Stamatinas erreichen können, nachdem du den smaragdenen Unhold getötet haben wirst, der sie von Kindesbeinen an in einem goldenen Käfig gefangen hielt. Denn all deine über die ganze Welt verstreuten Kundschafter und Späher hatten dir der Reihe nach aus den weitesten Fernen immer nur diese eine Botschaft übermittelt: Nachdem der Zburător dreißig Jahre lang mit der Fürstentochter an allen möglichen verstreuten Marktflecken, in Festungen und Dörfern, auf Inseln und kahlen Felsen im gesamten Bereich des Großen Meeres, von Mersin bis Tanger, alles getrieben hatte, wonach ihm der Sinn stand, hat er sie schließlich in einem Luftwirbel in den Himmel entführt und inmitten des Feuerrads mit seinen Strahlenspeichen versteckt, hart wie der Chrysolith, in dem er selbst sein unverstandenes Leben als ein Fremder aus der anderen Welt zubrachte.

Am 18. Tag des Monats Genbot im Jahre 1866 hast du deine Streitmacht aus Ibissen und Bogenschützen auf der Ebene neben Magdala versammelt und bist selber in deren Mitte auf einen Perserteppich gestiegen, der hundert Fuß lang und dreißig Fuß breit war und von hundert Vögeln getragen wurde. Jener Teppich, gewebt von den namhaftesten Meistern des Ostens, wies drei breite Streifen auf, die weiß, grün-azur und rot gefärbt waren und worauf sich Königsdarstellungen, Königinnen in Seidenkleidern, wildgrimmige Leoparden und Löwen, Ackerlilien in vornehmerem und reicherem Schmuck, als ihn jemals Salomon selbst in all seinem Glanze getragen hatte, ineinander verflochten, dazu Schlachten und Festungen mit Torhäusern und Arkaden, Engel gar aus den Himmeln und die Teufel von unter der Erde, sodass niemand, der ihn auf dem Gras der Ebene hat leuchten gesehen, jemals daran gezweifelt hätte, dass dies Gemälde aus bunter Wolle alles aufzeigt, was es gibt auf der Welt, jeden Sterblichen, Mannsbild oder Weib, und jeden Stern vom Himmel, jede Mücke im Gras, ja er hätte tatsächlich keinen Zweifel gehabt, schaute er nur genauer auf dem Teppich überallhin, so sähe er selbst sich in irgendeinem Winkel, gewiss. An allen Fenstern deiner Festung standen die Berater, die Generäle mit ihren Weibern, und unten im Dorf die schwarzen Dörfler, viele am ganzen Leib mit blutrotem Minium beschmiert, ebenso die Soldaten deiner zerlumpten Armee, und allesamt gafften sie mit offenen Mündern diese himmlische Streitmacht an, die auf ein Zeichen wartete von dir.

Auf dieses Zeichen hin, das nicht lange auf sich hatte warten lassen, erhoben sich die von den Vögeln getragenen Teppiche in die Höhe und strebten unaufhaltsam den Frühlingswolken entgegen. Verbissen wedelten die Ibisse mit ihren großen Flügeln und hielten die Teppichenden in ihren gekrümmten Schnäbeln. Bald wart ihr schon über die Wolken hinaus und glittet in das reinste und heiterste Saphir, aus dem die Kuppel geschaffen ward. Bezaubert und wie in einem Haschisch-Traum schautest du auf die Erdkugel hinab, in deren innerster Mitte sich Afrika befand, die Mutter aller Sterblichen, und gegen die Ränder zu glitzerten, in einen blauen Windhauch gehüllt, ringsum die Meere voll der Backenzähne von Eilanden. Irgendwo an den Rändern der Himmel brannte die Sonne mit einer solchen Macht, dass die Augen der Ibisse zu funkeln begannen und sich der Meeresfußboden mit zarten silbernen Streifen überzog.

Fern im Himmel sah man, klein wie die kleinste Silbermünze, das Rad des Zburătors mit den goldenen Speichen, den Felgenkranz voller Augen, das gleiche, das sich einstmals aus dem Meer draußen vor der Insel Morotai zur Befreiung des Joshua Norton erhoben hatte, und das jetzt noch kräftiger in der Sonne glänzte, weit und breit keine Spur von einer Wolke, die hier etwas hätte verschatten können. Mit klopfenden Herzen seid ihr darauf zugeflogen, und als ihr näher herangekommen wart, habt ihr begriffen, wie groß es war. Denn wenige der Städte Äthiopiens konnten sich mit seiner unermesslichen Ausdehnung vergleichen, wie es so von nichts und niemandem in den Himmeln gehalten und glänzend wie ein Chrysolith dahinschwebte. Ihr habt es mit den tausenden Teppichen umzingelt, die Vögel schlugen mit ihren Flügeln aus Leibeskräften, und die Bogenschützen spannten die Sehnen ihrer Bogen bis an die Ohren. Alle schossen sie gleichzeitig ihre Pfeile auf die fliegende Festung ab, aber die Pfeile zerbrachen allesamt an ihren kristallglatten Wänden. Und doch geschah etwas, denn in dem grenzenlosen Felgenkranz gähnte plötzlich ein großes schwarzes Tor, durch das du ohne Zögern auf deinem von hundert Ibissen getragenen Teppich hineingeglitten bist. Hinter dir schloss sich das Tor wieder, und der Teppich sank hinab in eine Bernsteingrotte. Du tratst auf ihren Boden und gingst durch einen endlosen Flur aus dem gleichen, fahl leuchtenden Amber, der von nirgendwo beleuchtet wurde, einen guten Tag lang auf den Klotz inmitten des Rads zu. Dort gab es einen einzigen runden Raum, so weitläufig, dass man seine Ränder nicht sehen konnte, denn die fernen Wände verloren sich im Nebel. Und in der Mitte des Saales gab es einen Sarg aus Kristall. Du bist weitere Stunden über die süßen Ambra-Bodenfliesen, den Tod in der Seele, auf den Sarg zugegangen, denn du wusstest längst, was sich darin befand.

Als du bei der Kristallkiste angelangt warst, hast du durch das durchsichtige Material hindurch Stamatina liegen gesehen, aber wie hatte sie sich verändert! Dort lag eine beinahe alte Frau im Sarg, ganz anders als das Mädchen, mit dem du einstmals in Câmpina durch den Tau gewandelt bist, und sehr viel weiter weg von jenem Mädchen, als du es von dem Jungen von damals warst, auch anders als die junge Frau aus Chios, die voll der Liebe zum Zburător war. Die Frau deines Lebens war nun grau, und ihre Augen, die dich vor Zeiten bezaubert hatten, waren dunkelblau umringt, tiefe Falten hatten sich zwischen ihren Brauen eingegraben. Ihr ganzes Gesicht erzählte von einem Leben in Qualen und Unrast, die sie von Festung zu Festung getrieben hatten, von Insel zu Insel auf der Suche nach dem Glück, das jede Frau sucht, solange sie atmen kann, doch ihr Getriebensein hatte in den Wahn geführt. Sie war in Lumpen gekleidet und hatte die elendsten Treter an den Füßen.

»Hier bin ich«, sagtest du und legtest deine Wange an den Sargdeckel. »Ich habe auf dem Weg zu dir neunundneunzig eiserne Bundschuhe zerlaufen, und von dem eisernen Wanderstab ist nur übrig geblieben, was ich hier in der Hand halte. Deine Untreue hat mich ebenso wenig von meinem Weg abgebracht wie die Unbill des Lebens. Die anderweltliche Macht des Zburătors hat mich nicht geschreckt. Steh auf, Stamatina, denn mich bekümmert nicht, wie du aussiehst, wie es auch das Neugeborene nicht kümmert, ob seine Mutter schön ist oder hässlich. Steh auf, und du wirst wahrhaftig meine Frau sein, wie du es warst, seitdem ich dich zum ersten Mal gesehen habe, denn unsere Herzen sind echt verzwillingt.«

Während du so redetest, deine Tränen auf das kalte Glas tropften, erbebte der Boden, und ein undeutbarer Lärm war von einem der hundert Flure zu hören, die auf die Mitte zuführten, was anzeigte, dass der Mann aus Smaragd auf dem tiefsten Grunde seiner Welt deine Ankunft erspürt hatte. Da hast du keinen Augenblick mehr verloren. Mit einer Kraft, von der du nicht wusstest, dass du sie habest, hast du den bleischweren Kristalldeckel beiseitegestoßen und dich der Frau zugewandt, um sie aus ihrem Sarg zu heben und mit ihr auf den Armen durch einen der Korridore zu fliehen. Aber den Deckel einmal zur Seite gerückt, begann die Zeit, zu einem unsterblichen Augenblick erstarrt, in dem Sarg wieder stürmisch und mit lautem Dröhnen zu zeiten. Erhoben und an deine Brust gedrückt, verdorrte Stamatina plötzlich und schwärzte in grausamer Geschwindigkeit ein, wurde eine schreckenerregende Leiche, dann ein Bündel Knochen im fauligen Sack ihrer Kleidung. Und unter deinen verängstigten Blicken wurde sie dann ein Haufen Asche und schließlich eine Handvoll Erdreich, das sich auch noch verstreute, sodass in einer Minute der Sarg leer war, sauber, in einen Regenbogen eingehüllt, und bunte Lichter auf deinen Körper und den Fußboden warf. Du bist auf die Knie gesunken vor dem Grab aus Kristall, in dem sich niemand mehr befand. *»Oh, vergebliche Vergeblichkeit! Oh, Vergeblichkeit der Vergeblichkeiten! Alles ist vergeblich«*, sagtest du und weintest zum allerersten Male laut schluchzend über das Dahinschwinden deines Liebestraums, des quälendsten und süßesten Geschenks, das den Kindern dieser Erde gegeben ist. Stamatina lebte von nun an nur noch im Sarg deiner Seele, wo sie ihre erste Gestalt bewahrte, und würde erst mit dir zur Gänze zugrunde gehen.

Der Zburător kam mit seinen weiten Armbewegungen eines stattlichen Schwimmers durch die Lüfte herangeflogen bis auf einen Klafter zu den Bodenfliesen, und bald schon stand er dir jenseits des Kristallsargs vor Augen. Du reichtest ihm mit der Stirn gerade mal bis zu den Schultern, konntest aber durch sein Fleisch aus durchsichtigem Türkis sein Herz schlagen und die Lungen atmen und die Därme sich im Magen winden sehen. Die Schönheit seiner nicht menschlich zu nennenden Züge und dieses Manneskörpers von den Sternen waren mehr, als ein Sterblicher ertragen konnte. Der Mann aus Smaragd schaute in den Sarg, ohne dich zu beachten, und als er sah, dass sich die Frau nicht mehr darin befand, blieb er aufrecht und ohne Gemütsregung dort stehen. Niemand hätte zu sagen gewusst, was sich in seiner den Pfaden dieser Welt fremden Seele zugetragen hat, wenn er denn so etwas hatte, das einer Seele ähnlich sah. Er hob die rechte Hand und gab ein Zeichen, als verscheuchte er einen verirrten Gedanken. Und da erstarb diese ganze Himmelsfestung mit einem Wimpernschlag, ebenso wie Stamatina dahingeschwunden war, als hätte es sie nie gegeben. Du konntest ihn gerade noch mit den gleichen weitausholenden Armbewegungen auf dem Himmel verschwinden sehen, dann stürztest du schreiend aus den Lüften hunderte Klafter ins Leere hinab, bis dich der persianische Teppich eingeholt und aufgefangen hat, um dich dann mit sachtem Flügelschlag durch die Himmel hinunter auf die Erde zu bringen und dich unversehrt vor der Festung Magdala abzusetzen, wo du, von deinen Würdenträgern umringt, nur schwer wieder zur Besinnung gekommen bist.

Aber die Tränen in deinen Augen waren von da an nicht mehr wegzuwischen. Von den drei Träumen, die sich in deinem Denken verflochten hatten, war einer für immer gestorben.

32

Im nördlichen Teil des heiligen christlichen Landes Äthiopien, in dem unfruchtbaren Landstrich Amhara, gibt es zehn in den Felsen des Plateaus gehauene, in den Boden abgesunkene Kirchen, wie Steinkreuze aus einem Stück, alle inmitten von Gruben, sodass ihre Dachpartien sich auf Bodenhöhe befinden. Sie bilden zwei Gruppen: Fünf stellen das irdische Jerusalem dar, und die anderen fünf das himmlische, getrennt werden sie durch einen breiten Graben, der den Jordan vorstellt. Es heißt, dieser Graben sei einmal voll blauen leichten Wassers gewesen mit allerhand lebensspendenden Fischen darin, wie es jenes war, das die Gegenden Israels benetzte, da es aus der Ezechiel von den Engeln gezeigten Festung trat, aber zu deiner Zeit war jenes Wasser versiegt.

Der Ort, an dem sich diese zehn in die Felsen des Hochlands geschnittenen Kirchen befinden, trägt den Namen Lalibela, nach der Stadt in der Nähe, die der König Gebre Mesquel Lalibela, der oftmals mit Gott gesprochen hat, erbauen ließ. Die Namen der heiligsten Orte, an denen man sich in Äthiopien zum Gebet trifft, heißen Biete Medhani Alem, Biete Amanuel, Biete Queddus Mercoreus, Biete Abba Libanos, Biete Gabriel Raphael und Biete Lehem. Der Gläubige, der zu irgendeiner dieser Kirchen zum Gottesdienst kommt, steigt über in den Boden gehauene und mit Holz befestigte Treppenstufen zehn oder fünfzehn Klafter in die Tiefe und betritt dann die eisige Kühle der Felsenkirche. Überall brennen Kerzen, die seit Jahrhunderten Wände und Decke einschwärzen. Dort empfangen ihn fünf, sechs Mönche in bunten Leintüchern, die vor kleinen Altären beten und singen, die übersät sind von derart alten Ikonen, dass man kaum mehr das Antlitz einer Jungfrau oder die dickliche Hand des Neugeborenen darauf erkennen kann, schwarz auch sie wie die Priester und die an die Decke gemalten Engel. Ihre Augen, gebräunt und verängstigt, verfolgen dich anschließend auch in den Träumen.

Seitlich der zehn viereckigen Kreuze, die wir aus den Himmelshöhen oftmals mit Freuden betrachten, auch die gelbschmutzigen Farne, eingekrustet in den uralten Mauern, und die alten Mönche in ihren rosenfarbenen Leintüchern, wie sie da kauern in ihren Nischen, ihre zerbröselnden Scharteken auf den Armen, das schüttere weiße Haar voller Wanzen, gibt es nahebei eine elfte Kirche, auf den ersten Blick durch nichts unterschieden von den anderen, die den Namen Biete Ghiorgis trägt. Ebenfalls ein Kreuz mit gleichen Seitenlängen, aus einem einzigen Felsblock gehauen, hat sie zwei Fensterreihen, breite Fenster im ersten Geschoss und schmale im zweiten, sowie einen Eingang, zu dem sieben Treppenstufen führen. Du hast kaum Platz darin, dich umzudrehen, kannst in den Lichtstreifen aus den oberen Fenstern kaum etwas erblicken und in dem dichten, nach Weihrauch und Wachs riechenden Rauch kaum atmen, der den leeren Raum zwischen den Wänden aus rohem Stein ausfüllt. Wenigstens ist es etwas kühler als draußen in der erdrückenden Hitze unter den blumigen afrikanischen Himmeln.

Auf dem Altar jedoch, hinter einem ziegelroten, mit Silberfäden bestickten, verdreckten und von Motten zerfressenen Vorhang, befindet sich ein kostbarer Schatz. Die reinste Darstellung der Gesetzeslade, die es auf Erden gibt, derart meisterhaft gearbeitet und so genau den Maßen entsprechend, die Bezaleel von Gott selbst, mit den eigenen Fingern geschrieben, bekommen hatte, dass man glauben mochte, vor der Lade selbst zu stehen, wie Moses sie im zweiten Buche des Pentateuch beschrieben hatte:

Und Bezaleel machte die Lade von Akazienholz, dritthalb Ellen lang, anderthalb Ellen breit und hoch und überzog sie mit feinem Golde inwendig und auswendig und machte ihr einen goldenen Kranz umher. Und goss vier goldene Ringe an ihre vier Ecken, auf jeglicher Seite zwei. Und machte Stangen von Akazienholz und überzog sie mit Gold und tat sie in die Ringe an der Lade Seiten, dass man sie tragen konnte. Und machte den Gnadenstuhl von feinem Golde, dritthalb Ellen lang und anderthalb Ellen breit. Und machte zwei Cherubim von getriebenem Golde an die zwei Enden des Gnadenstuhls, einen Cherub an diesem Ende, den anderen an jenem Ende. Und die Cherubim breiteten ihre Flügel aus von oben her und deckten damit den Gnadenstuhl; und ihre Antlitze standen gegeneinander und sahen auf den Gnadenstuhl.

Es war jedoch nichts als eine Kopie, die weder den Kelch mit dem Manna noch die Gesetzestafeln enthielt, noch Aarons Wanderstab mit den Blättern und Früchten daran. Jene allzu schöne, aber lügenhafte Bundeslade war leer, was man bloß bei der Feier des heiligen Georg sehen konnte, da der Deckel für ein paar Minuten vom äthiopischen Erzbischof selbst geöffnet wurde, zu deiner Zeit Abune Sellama, der Einzige, der die auch nur an diesem Tage gültige Erlaubnis besaß, in die Lade aus vergoldetem Akazienholz zu schauen.

Eine weitere Merkwürdigkeit jener elften Kirche war es, dass man den Eingang nicht über Treppenstufen erreichen konnte und es einen anderen Weg nicht zu geben schien. Aber sich zwanzig Klafter tief in die Grube mit den steilen Wänden hinabzustürzen, in deren Mitte sich die aus dem Gestein gehauene Kirche befand, hätte den sicheren Tod bedeutet. Tatsächlich aber musste man wissen, welchen gewundenen und engen Pfad man rings um die große Grube einzuschlagen hatte, der ganz unmerklich durch einen Tunnel im Felsen schließlich direkt vor die Kirche führte. Der ganze Plan dieses sich windenden Weges sowie der Kirche selbst war König Lalibela in einer himmlischen Vision erschienen, es musste ein weiterer, ebenfalls verborgener Raum ausgehoben werden, von dem aus sich Tunnel zu den zehn anderen Kirchen wanden und diese miteinander verbanden. Und auf dem Fußboden dieses leeren unterirdischen Raumes konnte man einen runden, von Grünspan überzogenen Kupferdeckel sehen, der so alt war wie die Welt. Die Kirche wurde getreulich mit all den unterirdischen Räumen errichtet, und die Steinmetze, die sie ins Gestein gehauen hatten, wurden anschließend umgebracht, damit die geheimen Räume nicht verraten werden konnten.

Die Rechtgläubigen der Äthiopischen-Orthodoxen Tewahedo-Kirche wussten allesamt von der Bundeslade in Biete Ghiorgis, doch obwohl sie diese nicht wirklich für die einstmals von Menelik aus dem Tempel von Jerusalem gestohlene Lade hielten, denn die wirkliche allerheiligste Bundeslade musste sich traditionellerweise in einer Kapelle in Aksum befinden, verehrten sie diese wie eine hochheilige Ikone und, sofern dieser Gedanke keine Blasphemie bedeutet, wie einen Ortsheiligen. Ebenso hatten die Judäer die kupferne Schlange angebetet, die Moses einstmals in der Wüste hochgehoben und Nehusthan genannt hatte, die dann später zur Zeit des Königs Hiskija in Stücke zerschlagen werden musste. Die elfte steinerne Kirche in Lalibelia wurde durch die Anwesenheit der herbeigelogenen, aber höchst beeindruckenden Lade auch für ausländische Christen anderer Bekenntnisse, die sich nach Äthiopien wagten, zu einem Heiligtum, für Missionare und Diplomaten, die sich von den stolzen Gebirgsketten, den unfruchtbaren Hochebenen, den blauen Wasserfällen der Ströme und den Drachenformen der Wolken auf den mohnroten Himmeln nicht abhalten ließen, ins Herz des Landes vorzustoßen. Sie waren alle der Reihe nach in die Grube mit der Kirche in der Mitte gestiegen, der Hauptmann Cameron, damals britischer Konsul an deinem Hofe, der deutsche Missionar Henry Stern, die französischen und schweizerischen Protestanten Prideaux, Kerans und Rosenthal, sowie der Brite Henry Blanc, ein Reisender, der mehrere gelehrte Bücher über Äthiopien verfasst hatte. Alle hatten sie die Lade mit den Cherubim darüber in höchster Ehrerbietung betrachtet und sich dabei vorgestellt, in Salomons Tempel selbst zu sein, dem vergoldeten Allerheiligsten, woher die ganze Geschichte dieses Gegenstandes, der nicht von dieser Welt war, ihren Ausgang genommen hatte, denn über dem Deckel, zwischen den Cherubim, vernahm man zur Zeit der Könige die Stimme des Allmächtigen.

Bald aber sollten alle diese Christen sämtlicher Bekenntnisse und Konfessionen, die friedlich durch Äthiopien reisten, als deine Häftlinge enden, und dies allein darum, weil Königin Victoria es für unter ihrer Würde befand, dir zu schreiben, trotz der zahlreichen Episteln, mit denen du sie gelangweilt hattest, sodass du dahin geraten warst, sie zu verachten, und zwar nicht nur sie selbst, sondern das gesamte westliche Pack, das nur hierherkam, um das orthodoxe Gesetz deiner Kirche und die sanftmütigen Gebräuche deines Volkes zu verderben. Hinzu kam, dass die Königin in den letzten Jahren mit deiner Herrschaft gebrochen hatte, dich einen Despoten und Tyrannen nannte, Kindermörder und Schänder deiner dir ergebenen Völker, weshalb auch die Militärhilfe ebenso wie jene in den Ingenieursberufen gänzlich eingestellt worden waren.

Nach der Sache mit den Kindern von Cordofan hatte ein weiteres, ebenso schreckliches Geschehnis die gesamte zivilisierte Welt empört. Während du Schritt für Schritt dein Land erobertest, das dir weitestgehend feindlich gesonnen war, warst du auch dahin gelangt, durch Feuer und Blut die Gegenden der moslemischen Prinzen in Wollo zu befrieden, die im Stamme Mammadoch vereint waren und, wie es hieß, sich in gerader Linie von Mohammed herleiteten. Dort hast du damals den jungen Imam Amede gefangen genommen, der erst zwölf Jahre alt war, und den du durch die Folter im Gefängnis unter Magdala dazu gebracht hattest, seinem Glauben zu widersagen und zum Christen zu werden, wobei du selbst sein Pate warst, als er in dem steinernen Becken getauft wurde, in dem Blutstropfen aus seiner Nase und seinen Ohren das Wasser färbten und trübten. Nur zwei Jahre später, als sich die Rebellion in Wollo ereignete, die dich vor Wut beinahe wahnsinnig machte, hast du ihn zusammen mit weiteren zwanzig Edelleuten der Region aus dem Gefängnis geholt und ihnen die Hände und Füße abgeschnitten, worauf du ihn noch lebend an einem Baum aufgehängt und die Leichen der anderen von einem Felsen hast herabwerfen lassen.

Schließlich hast du, von Melancholie erfasst und nicht mehr wissend, wie du dein zerrissenes Herz nach dem Verlust deines Täubchens heilen könntest, angeordnet, alle Kanarienvögel, derer man in deinem Reiche habhaft werden konnte, aufzukaufen, weitere dann noch aus Ägypten, dem Libanon und aus Persien, sodass du fünftausend safrangelbe Vögel beisammenhattest, jeder davon in seinem kleinen Bauer aus Golddraht, deren Gesänge die Ohren aller Leute im Palast schier taub werden ließen. An nur einem Tag wurden die Augen aller Vögel mit langen Nadeln ausgestochen, damit ihre Triller noch mehr Kraft und Phantasie gewannen. Nach diesem Gottesurteil lebten bloß noch dreihundert dieser Vögel, der Rest mästete die Schakale und Fenneks mit ihren noch zuckenden kleinen Körpern, sodass es bald danach aussah, als habe es rings um die Festung kleine gelbe Flocken geschneit. Dann suchtest du aus deinen Untertanen dreihundert Jungfrauen aus, deren Brüste noch nicht gesprossen waren, hast sie sich nackt ausziehen lassen und die Kirche von Dirasge mit ihnen gefüllt. Die Priester haben sie neuerlich mit dem Wasser aus dem Taufbecken getauft und dabei allen den gleichen Namen gegeben: Tewabech. Dann hast du jeder von ihnen einen Käfig in die Hand gedrückt und sie fünf Tage lang in die Wüste geschickt zwischen die endlosen Dünen. Dann kehrten die Soldaten, die sie begleitet hatten, nach Magdala zurück, wo sie alle bis auf einen umgebracht wurden. Über das Schicksal der Jungfrauen hat man niemals mehr etwas gehört.

Für diejenigen, die aus den Zeitungen erfuhren, was sich da mitten in

Afrika ereignete, war dies zu viel. *»Der Löwe, vom Stamme des Iuda,* wie der Negus sich selbst nennt, ist zu einer Hyäne mit blutiger Schnauze geworden«, schrieben die Leute vom *Daily Telegraph,* und von da an nannten die Londoner Kreise dich nur noch die Hyäne. Die Festsetzung der westlichen Mönche und Diplomaten hatte ebenfalls Öl ins Feuer gegossen und die Königin veranlasst, eine militärische Intervention in Äthiopien zu verlangen. Premierminister Disraeli hatte Ihrer Majestät schon den Namen des Generals Robert Napier als Chef der Interventionstruppen zugeflüstert, der sich in Indien und China ausgezeichnet hatte, und als Truppenstärke dreißigtausend Soldaten. Umfangreiche und schwierige Pionierarbeiten waren erforderlich, damit die Truppen ins Herz des Landes vordringen konnten. Die große Zahl der Truppen und der Bau von Straßen und Brücken kosteten eine bedeutende Summe Geldes, das vom Parlament bewilligt werden musste, einer Maschinerie, die für die Gemächlichkeit, mit der sie sich bewegte, legendär war. Darum hätte der Krieg frühestens im nächsten Jahr, wenn nicht sogar erst im Frühjahr des Jahres 1868 beginnen können.

Die Schlinge um deinen Hals zog sich immer enger zu, aber da du dein Ohr den Dämonen deiner Seele geschenkt hattest, kümmerten dich die Feinde in der wirklichen Welt nicht mehr sonderlich. Dir wollte nun scheinen, als befände sich die Königin von England sehr weit weg, ja sie hatte sich dir sogar in einem Traum als eine wesenlose Gestalt gezeigt. Allein deine Lüste und Hirngespinste galten dir tatsächlich für wahr. Darunter war dieses Begehren, endlich einmal die Bundeslade in deine Hand zu bekommen, damit diese dich mit ihrer Zaubermacht aus einem armen irdischen Kaiser, deren es viele gab in diesem Tal der Tränen, verwandle in einen Kaiser des Grenzenlosen, und nun, da du Stamatina für alle Ewigkeit verloren hattest, war es derart mächtig geworden, dass es dich von innen heraus zu verbrennen drohte. Niemals würdest du die heiße Sommernacht vergessen, als du – als wäre es in einem anderen Leben gewesen – zusammen mit Ghiuner die Tür der kleinen Kirche in Ghergani aufgebrochen hattest, nur um einen Blick auf die sogenannte Bundeslade zu werfen, die unter ihren mit den frommen Gesichtern der Heiligen und vor allem dem des Märtyrers, dessen azurblaue Augen dich mit unendlicher Sanftmut betrachteten, ausgemalten Türmen stand. So wie du es dir schon in deiner frühesten Kindheit gewünscht hattest, als deine Mutter, Sofiana, dich mitnahm zu den Messen, die ihr Mitbürger, Pfarrer Elpidifor, zelebrierte, klapptest du den Deckel des kleinen silbernen Kirchleins mit den kleinen Türmchen auf und schautest hinein, wobei es dir den Atem verschlug. Denn du hast dich darin selber fingerhutgroß und zusammen mit Ghiuner gesehen, wie du die Lade aufklapptest, in der du dich noch sehr viel kleiner zusammen mit Ghiuner eine weitere nochmals kleinere Lade aufklappen gesehen hast und immerzu so weiter, endlos, während sich plötzlich über euch, in seinen Scharnieren knirschend, das Dach der echten Kirche öffnete. Ihr seid dann nicht mehr dortgeblieben, um zu sehen, wie eure riesigen Köpfe über euch erschienen, um aus einer sehr viel höheren Welt auf euch herabzuschauen, sondern habt den Deckel zugeworfen und seid in wahnsinniger Angst aus der Kirche hinausgerannt unter die Himmel, in denen die nächtlichen Sterne aus Leibeskräften und wie glühende Wangen brannten.

Schon von deinem ersten Tag an in Äthiopien, als du dich geschwächt, hungrig und durstig an den Mauern des Klosters von Debre Tabor zu Boden hast sinken lassen, dachtest du in deinem Fieber an nichts anderes mehr als an die Bundeslade. Schon damals wusstest du, denn der Schatten des Admirals Andreas Miaoulis und dann auch die Karte des Armeniers Davit Mnatsakanyan, denen du auf Hydra begegnet warst, hatten dir dies mit großer Gewissheit angezeigt, dass die Bundeslade sich in Aksum, in der Kirche der heiligen Marjam von Sion oder ihrer unmittelbaren Nähe befinden müsse. Gleich nachdem du durch die engelsgleiche Freundlichkeit der Mönche nach deiner erschöpfenden Reise wieder einigermaßen zu Kräften gekommen warst, bist du nach Aksum in Tigray aufgebrochen, zur heiligsten Stadt Äthiopiens, die viele Jahrhunderte lang das Zentrum eines großen und mächtigen Reiches gewesen war. Tagelang hast du jeden noch so kleinen Winkel der rechteckigen Kirche aus gelbem Stein und mit Zinnen wie eine Festung untersucht und auf alles gelauscht, was die Mönche über die Bundeslade zu sagen wussten.

Auf diese Weise hast du erfahren, dass die heilige Lade aus dem Tempel, in dem Makeda, die Königin von Saba, die von ihrem Sohn, Menelik, aus dem Tempel von Jerusalem gestohlene heilige Lade aufbewahrt hatte, wieder auf die Reise gegangen war, weil sie schon in der ersten Nacht die Köpfe und Arme der höchst verehrten Idole T'enikara und Fireyama auf der Schwelle des Tempels abgeschlagen hatte, was die Sabäer, entsetzt und empört über die schreckliche und offenbar auch unbegrenzte Macht der Lade, nicht dulden konnten. Bedeckt mit den dunkelblauen Häuten des Meerkalbs, die allein vor Blitzschlag schützten, und beschützt von berittenen Soldaten, wurde sie auf einem von vier Ochsen gezogenen Wagen von Dorf zu Dorf und von Markt zu Markt immer weiter nach Norden gefahren, verharrte an dem einen oder anderen Ort mitunter ein paar Jahrhunderte, dann ein paar Jahrzehnte irgendwo anders, segnete jedes Haus, in dem sie Rast gehalten hatte während ihres langen Weges nach Gondar, der rechts an dem Tana-See vorbeiführte, an Hamusit, Wereta und Emfras, und dann immer weiter gen Norden, nach Zarema, Enda Ras und Shire, bis sie vor nunmehr dreihundert Jahren ihre Heimstatt in Aksum gefunden hat.

In dem Marktflecken Hamusit jedoch fanden sich wie zu den Zeiten der alten Philister leichtsinnige Leute, die den Soldaten Geld gaben, um in die Lade schauen zu können, womit sie lediglich erreichten, dass die gesamte Niederlassung von einem Lepraausbruch überzogen wurde, und in nur einer Nacht die Leute von Hamusit, schwarze Menschen, kalkweiß wurden, und nicht nur die Menschen, auch die Schweine und Ziegen bei den Hütten, und ihre Zähne sowie ihr Haar fielen ihnen aus und auf den Erdboden. Und die Weiber, so sie Kinder trugen im Bauch, haben keine Kinder mehr geboren, sondern die einen große und schuppige Fische, andere wieder Flamingos, armgroße Skorpione andere, und eine hat aus ihrem blutenden Bauch eine steinerne Statue der Jungfrau herausgebracht, zu der man auch zu deiner Zeit in Hamusit noch betete, denn sie war in einer Kapelle aus gestampftem Lehm untergebracht worden, die Dinigli genannt wurde.

In Aksum war die unschätzbare Reliquie zuerst einmal in der Kirche, wo man meinte, sie auch heute noch vorfinden zu können. Tatsache war jedoch, wie die neben den Wänden im Schatten der den roten Himmel fegenden Kokosbäume kauernden Mönche flüsterten, dass nach zwei Jahrhunderten, in denen die Macht der Lade dazu geführt hatte, dass die Farbe von sämtlichen Ikonen nach und nach abgetropft, die Vergoldung der Kuppeln wie Tautropfen zu Boden gefallen war, und die Mönche tatsächlich ständig einen stehenden Pimmel mit sich herumtrugen, die Lade in die nahebei errichtete Kapelle Tablei verbracht und in die Obhut eines einzigen Mönchs gegeben wurde, der der Bewahrer des großen rostigen Schlüssels zu ihrem Tor war. Auf ihn folgte ein anderer und auf diesen wieder ein anderer, eine unendliche Folge, deren jeder seine Dienstverpflichtungen von seinem Vorgänger übertragen bekam. Niemand sonst konnte je die Kapelle betreten, unabhängig davon, ob es sich um einen gemeinen Menschen, einen Edelmann, den Erzbischof oder den Kaiser höchstpersönlich handelte, denn es war unmöglich, an dem Hüter vorbeizukommen.

Der, den du dort auf einem Bänkchen an der Mauer vor der Kapelle sein Leben zubringend angetroffen hast, wo er immerzu in einem riesigen alten Buch las, hieß Alimayu Tesfaye, und er sah eher aus wie ein bettelnder Anachoret, den die Lumpen einer ehemals safrangelben Kutte kaum noch zur Hälfte bedeckten, auch hatte er nur noch einen Zahn im Unterkiefer und die Ohren geschmückt mit hölzernen, kreuzförmigen Ohrgehängen. Auf der Brust trug er die Zeichnung eines Löwen mit erhobener Tatze. Die Macht der Hüter, verliehen von den Strahlen der Bundeslade, die in der Finsternis der Kapelle leuchtete, war, wie es hieß, grausam. Dolche glitten an ihrer Haut ab, ohne auch nur den geringsten Kratzer zu hinterlassen, und die Bleikugeln blieben einen Fingerbreit vor ihrer Brust stehen und fielen dann plattgedrückt und wirkungslos zu Boden. Mit einem Finger konnten sie das Herz eines Menschen zerstechen, und ihr *Katoblepas*-Blick war giftig. Wäre man auch an dem ersten Hüter vorbeigekommen, die Gefahren jenseits des Tores waren noch sehr viel beängstigender.

Während deiner Zeit als *Shifta* bist du plötzlich in Begleitung von etwa zwölf Gefährten vor der Kapelle aufgetaucht. Du hast lange mit dem Hüter gesprochen, hast ihm Himmel und Erde versprochen, wenn er dich nur einen einzigen Blick in die Kapelle werfen ließe, aber umsonst. Der Mönch zeigte sich angesichts der Dolche keinesfalls beeindruckt, murmelte unverdrossen seine mit hellen Augen in der alten Scharteke gelesenen Worte vor sich hin. Auch ihr habt nicht begriffen, warum ihr ihn um Gottes willen dort in Ruhe gelassen habt und davongeritten seid. Dann aber bist du Prinz und großer Heerführer geworden und zunehmend entschlossener, bis zur Lade vorzudringen, auch wenn du dafür den Mönch umbringen müsstest. So aber, wie Jesus im Tempel unter den Augen der Pharisäer vorbeiging, indem Er sich vor ihren Augen verbarg, dass sie Ihn nicht fassen konnten, und erst als Er es wollte, Sich in deren Hände begab, hast du dich, bevor du Kaiser geworden warst, nicht getraut, bis in die Kapelle vorzustoßen, als wäre sie von einer unsichtbaren Mauer umgeben gewesen. Aber nachdem du dich auf dem Herrschaftsthron eingerichtet und dies auch noch durch die Ehe mit einer Kaiserin von salomonischer Abkunft bekräftigt hattest, hast du beschlossen, dass es jetzt zu geschehen habe oder nie.

Nur ein Geistesgestörter wie du konnte über den heiligen Schrecken hinwegsehen, den Alimayu Tesfaye den Äthiopiern einjagte, aber nachdem du sogar den Erzbischof und den Pater Cyril von Alexandria festgesetzt hattest, um von den dutzenden Prinzen reinsten Geblüts, den Diplomaten und Missionaren gar nicht erst zu reden, was sollte da ein dunkelvertrockneter Mönch noch zählen, und sei er auch der Hüter der heiligen Lade? Also hast du selber noch einmal den Weg nach Aksum mit einer kleinen Heeresrotte auf dich genommen und dich vor dem Hüter der Kapelle aufgepflanzt. Denn es geschah nach unserem Willen und mit der Einwilligung des Herrn zu deinem vollständigen Niedergang, das war dir von Anfang an klar, denn weder Menschen noch Geister haben sich dir widersetzt, und Alimayu, nunmehr über neunzig Jahre alt, ward von seinem Sitzbrett hochgerissen, der Schlüssel ihm vom Leibgurt genommen, und du, halbbesoffen vom Tej und vom Khat verblödet, fingst eigenhändig an, das Schloss aufzuschließen. Aber es zerbröselte dir vom Rost zerfressen in der Hand und rann wie der rote Sand Afrikas durch deine Finger. Dann drangst du mit auf dem Kopfe und an den Armen gesträubten Haaren ein in die Kapelle und hattest schon vor Augen, wie du vor der mit scharlachrotem Tuch bedeckten Lade niederknien würdest. Aber du bliebst wie angenagelt mitten in der Kapelle stehen, konntest, schwerfällig und verwirrt, deinen Augen nicht trauen.

Nicht nur, dass sich da keine Bundeslade befand, vielmehr gab es in dem Raum mit den gekalkten Wänden nichts, weder Möbel noch Malereien oder Teppiche. Ein leerer weißer Raum mit dir in der Mitte, der bei jedem deiner Schritte hallte. Überall blitzten in den Strahlen, die durch die Risse in den Wänden hereindrangen, schwere Netze aus Spinnweben auf, große Fliegen schossen mit pfeilschnellem Sirren durch die abgestandene Luft und setzten sich auf getrockneten Menschenkot, der anscheinend schon seit Jahrhunderten den Fußboden bedeckte. Wie du dort mitten in dem öden Raum standst, traf dich plötzlich die Einsamkeit wie ein Beilhieb auf die Stirn. Und einen Augenblick lang hast du dich so gesehen, wie du warst: als den einsamsten Menschen auf der Welt. Du stelltest dir vor, du seist in der Hölle, und dies wäre deine Strafe: eine Unendlichkeit, die du in diesem Raum zuzubringen hattest. Eher noch hättest du eingewilligt, dass man dich in geschmolzenes Blei versenke oder dir für die Dauer der Ewigkeit die Haut abziehe.

Dann hat der Erzengel Raphael, Heiler menschlicher Gebrechen, als er dich so zusammengebrochen auf dem Fußboden liegen und wie ein von der grausamen Last der Einsamkeit erdrückter Wurm leiden sah an der schwersten Arbeit und Strafe für die menschlichen Seelen, Mitleid mit dir bekommen. Von den Wolken, auf denen wir über die Untaten eurer Welt wachten, streckte er plötzlich seinen Lichtarm zur Tablei-Kapelle und ritzte mit seinem Zeigefingernagel aus Topas in der heiligen Ge'ez-Schrift den Namen des tatsächlichen Aufenthaltsortes der Reliquie in die Wand, Biete Ghiorgis. Du hast die durchsichtige Hand gesehen, als sie dies an die Wand schrieb, und bist erschrocken wie Belsazar, als er seinerzeit die Worte *mene mene tekel u-pharsin* auf die Wand seines Palastes geschrieben sah. Da hast du begriffen, dass die Bundeslade in unbekannter

Zeit an einen anderen Ort auf dem heiligen Boden Äthiopiens verbracht worden war, damit man ihrer Spur nicht länger folgen könne, und dass jener Ort die elfte, unter die Erdoberfläche versenkte Kirche von Lalibela war, die inbrünstiger als alle anderen verehrt wurde, denn sie verband das irdische Jerusalem mit dem himmlischen Jerusalem über die Kluft des trennenden Jordanflusses hinweg. Später errichtet als die anderen und dazu noch aufgrund der Pläne, die der Herr höchstselbst mit Seinem Finger für König Gebre Mesquel Lalibela gezeichnet hatte, leuchtete es unmittelbar ein, dass sie gerade für die Unterbringung des heiligen Schreins geplant worden war.

Ohne noch einen Augenblick zu zögern, stürztest du aus der Kapelle, sprangst auf dein Pferd und rastest von deinen Reitern gefolgt los auf den nördlichen Landstrich Amhara zu. Bloß der rote Staub, den die Hufe eurer Pferde aufgewirbelt und über den Weg verstreut hatten, blieb hinter euch zurück, dazu der Leichnam des alten Alimayu Tesfaye, nackt und blutig, Brust und Bauch aufgeschlitzt, das Herz und die Leber aus dem Leib gerissen und die Haut eines Arms in Streifen geschnitten und abgelöst, wie bei einer sich häutenden Schlange. Er schaute aus leeren Augenhöhlen gen Himmel, denn auch die Augen waren ihm von den schmutzigen Fingern der Soldaten aus den Höhlen gerissen worden.

Ihr rittet über unberührte Berge voll nie gesehener wilder Tiere hinab nach Lalibela, und eure Kleider waren ständig feucht von den zarten Tropfen im kalten Dunst der Wasserfälle. Der Duft der wilden Glockenblumen, groß wie Kirchenglocken, betäubte euch ebenso wie der schwarze Honig, der da und dort zwischen steil aufragenden Felsspornen vor sich hin gärte und den man dickflüssig und glasig glänzend ganz leicht mit der Spitze eines Wanderknüppels herausheben konnte.

In den Ästen der Warkabäume zwitscherten Vögel, deren Farben sich kein Maler jemals so vorstellen konnte, sie waren nicht rot und nicht gelb, nicht grün, nicht fliederfarben, nicht orange und nich gelblich grün, ja keine solchen Farben, wie sie dem menschlichen Auge geschenkt worden waren, sondern andere, ihrem Namen nach Huruza, Chelbot, Jolla, Azafant, Cuchilla, Zaaz und Ororoa, und der Regenbogen, so sich hin und wieder in den Wolken zeigte, war aus diesen Farben zusammengefügt und keinen anderen.

Angelangt bei den heiligen Kirchen ohne Türme und dem flachen, kreuzförmigen Dach, bist du in die Grube jeder einzelnen Kirche hinabgestiegen und hast dich lange zum Gebet vor die von den Zeitläuften und dem Kerzenrauch zerfressenen Altäre gekniet. Du hast jedem der Priester zahlreiche Münzen aus der Haut des Hirschebers geschenkt, die in ganz Äthiopien im Umlauf waren, und hast neue, aus Trapezunt herbeigeschaffte Kerzen mit hellerem Lichtschein angezündet. Nach deiner langen Pilgerreise hast du dich innerlich ermutigt gesehen, durch den verschlungenen unterirdischen Gang zu der elften Kirche vorzudringen, der geräumigen Biete Ghiorgis, in der sich zweifellos auch die Bundeslade befand.

Du bist allein in jene Tiefe hinabgestiegen. Wie eine Schlange hast du dich durch die in den feuchten Lehm gegrabenen Löcher voll durchsichtiger Spinnennetze gezwängt. Bist hin und wieder auf dem Bauch vorangekrochen, dann auch einmal mit dem Kopf unter eine Wasseroberfläche getaucht, wobei du erschaudernd spürtest, wie dich weiche Wesen umarmten. Tropfnass und mit schmutzverschmiertem Gesicht kamst du vor der Kirche an, sodass die Priester erschraken und sich verängstigt mit dem Gesicht zu Boden warfen. Jeder von ihnen war allein in einen rosafarbenen oder azurblauen Umhang gekleidet. Du hast sie vertrieben, indem du mit der flachen Schwertklinge auf sie einprügeltest, sodass du bald allein in der Grube warst, die um die Kirche lief. Dann hast du das Dröhnen gehört. Wie eine Glocke dröhnte die Kirche aus ihrer Tiefe herauf. Als wäre eine riesige gusseiserne Glocke im Gemäuer eingefasst gewesen. Klein und unbedeutend bist du in ihre Tiefe vorgedrungen, die sich in nichts von den anderen unterschied, bis auf den ziegelroten Vorhang, der eine neben dem Altar befindliche Nische verbarg. Du zogst daran mit einer solchen Kraft, und der Vorhang war selber schon so verfault und verschimmelt, dass er in deiner Hand von unten nach oben auseinanderriss und eine Kiste sehen ließ, die mit der Haut von Seekälbern bedeckt war, worüber eine bestickte Zierdecke mit hellblauen Quasten und silbernen, an den Rändern eingeschwärzten Glöckchen gebreitet war, die die Gesichter der beiden Cherubim, die sich über dem Deckel erhoben, eher enthüllte, als dass sie sie verhüllt hätte. Und als du die Hüllen beiseitegezogen hattest, bist du in die Knie gegangen und hast deine Stirn unbeabsichtigt auf den Boden gehauen, so sehr glich dieses Bild der großartigen und göttlichen Bundeslade. Da hast du die Schläue der Priester deines Landes verstanden, die sich gedacht hatten, es würde niemand die echte Reliquie an einem Ort suchen, an dem eine unechte vor aller Augen ausgestellt war. Mit ihrer jahrhundertealten Weisheit hatten die verschrumpelten zahnlosen Greise gewusst, dass man ein Ding nicht besser verstecken kann, als es für alle sichtbar stehenzulassen. Eine falsche Bundeslade war die Hülle aus Seekalbsleder über der echten, die sich ebenfalls dort befinden musste, allerdings etwas tiefer, im Herz des Felsens, aus dem das Dröhnen kam. Denn das Beben rings um dich wurde immer heftiger und beängstigender.

Und doch hast du den schweren Deckel mit den Cherubim aus einem Stück reinen Goldes hochgehoben und mit an den Armen gesträubten Haaren hineingeschaut. Der gesamte Boden der Lade war ein einziger Spiegel, in dem du dich einen Augenblick lang aufgedunsen, die Augen von feinen Äderchen roten Blutes durchzogen und das Haar zu Zöpfchen geflochten, die von Schmutz und Fett verklebt waren, gesehen hast, das Gesicht eines Schweins und einer Bestie. Du hast den Deckel zugeworfen und bist zurückgekehrt zum Altar, wo die dicken Talgkerzen ihre übelriechenden Rauchkringel in die Luft verstreuten. Von hoch oben fielen feine Streifen Lichts herein, in denen Rauch und Staub ruhlos auf- und abwärts tanzten. Der Boden unter deinen Füßen, bedeckt mit erdverkrusteten Teppichen, war fest, aus demselben Fels gehauen und ohne irgendeine Spur einer Höhlung. Du verharrtest eine Weile verblüfft vor den Ikonen, starrtest die zum Kampf gerüsteten Engel mit ihren farbigen Flügeln an, die den Drachen erstachen oder in den offenen Himmel zur afrikanischen Muttergottes mit dem ebenholzschwarzen Neugeborenen im Rückenbündel schauten und auf die silberne Schachtel, auf der das Bruchstück eines Rippenknochens des heiligen Georg auf einem von den Zeitläuften geschwärzten Wattebettchen lag, das einstmals aus Kappadokien, der Geburtsregion des Generals von Kaiser Diokletian, gebracht worden war. Wie könntest du herauskriegen, wo sich die echte Bundeslade befand? Die Kirche schnurrte wie eine große Katze, und dieses Schnurren kam aus der Tiefe, von unter den Fußsohlen. Du legtest das Ohr an den Fußboden, und da gab es keinen Zweifel mehr. Aber der Fels hatte keinerlei Risse oder Höhlungen. Du überlegtest, dass dir beinahe der Schädel zerplatzt wäre, der ohnehin schon schwer vom Tej und Khat angeschlagen war, und die Stunden vergingen, sahst in den oberen Fenstern, wie der Himmel sich allmählich rosa färbte, aber schließlich schickten wir dir den richtigen Einfall, denn wir haben dich, die Geschichte musste sich runden, weder im Guten noch im Unheil im Stich gelassen.

Auf der Ikone der Unschuldigen Jungfrau gab es eine Stelle, an der die Farbe abgeschabt war, sodass man das Holz sehen konnte. Dort war die heilige Ikone von tausenden und abertausenden Lippenpaaren schon seit Jahrhunderten geküsst worden, nachdem die trostbedürftigen Frauen die Freuden und Nöte ihrer armseligen Leben der Allmutter Marjam anvertraut hatten. Die abgeblätterte Stelle befand sich an der rechten Hand der Jungfrau, genau dort, wo man früher Josephs Verlobungsring sehen konnte. Niemals würdest du wissen, was dich dazu bewogen hat, ebenfalls vor dieser Ikone niederzuknien und auch deinerseits die bloße runde Stelle auf dem Holz zu küssen, denn das war kein Gedanke, der aus deinem Inneren heraufgestiegen war, sondern wir, die wir von unserer silbernen Wolke zu dir hin gepustet haben, hatten ihn dir ins Herz gepflanzt.

In dem Augenblick, als deine Lippen das Holz berührten, geschah etwas in dem engen Raum. Mit einem Mal bist du aufgesprungen und hast vor Schreck geschrien, denn der Fußboden hatte sich mit dir zu senken begonnen, langsam und rumpelnd versank er tief in einen Schacht hinab, der in den Felsen gehauen worden war. Verzweifelt hast du versucht, zur Seite zu springen, aber die Tür der Kirche war verriegelt, und da gab es sonst nichts, an dem du dich hättest festhalten können. Du fuhrst hinab ins Herz der Welt, und einen Augenblick lang ging dir das schreckliche

Schicksal von Cores Söhnen durch den Kopf, die in der Wüste mitsamt ihren Zelten und allem Drum und Dran vom Erdboden verschluckt worden waren. Aber nach mehreren Dutzend Klaftern abwärts hielt der Fußboden schließlich an, und du befandst dich nun in dem großen Raum, von dem die zehn in den Felsen gehauenen Tunnel ausgingen, die die Kirche Biete Ghiorgis unterirdisch mit den zehn anderen Kirchen des gesegneten Lalibela verbanden. Auf der Schwelle jedes überwölbten Tunneleingangs sahst du je einen Mönch in lebhaft gefärbtem Leinentuch und mit seinem riesigen Buch unter dem Arm auf dich zukommen. Sie wirkten wie Tote in aufrecht gestellten Särgen, aber ihre Augen funkelten, und ihre Gesichter drückten Furcht aus und Hass. »Was führst du im Schilde, verrückter und nichtswürdiger Kaiser?«, schienen dich diese vor Ekel zitternden Greise in ihren gelben, grasgrünen und azurblauen Umhängen zu fragen, wobei ihre kahlen Köpfe unkontrolliert auf und ab wippten. Du zogst dein Schwert und drehtest dich damit ein paarmal im Kreis herum, damit sie dir nicht zu nahe kamen, dann setztest du deine Suche fort. In dieser Höhle bebte der gesamte Fels, doch dieser Tremor rührte aus noch größerer Tiefe her, denn dort befand sich die Lade.

Der Deckel aus fauligem und geschwärztem Holz saß im Fußboden und hatte einen vom Rost zerfressenen eisernen Ring in seiner Mitte. An einer Seite war ein großes Vorhängeschloss aus grünspanüberzogenem Kupfer mit einem dicken Riegel zu sehen, auf dem man eingestanzte Zeichen ausmachen konnte. Du musstest den Dolch aus dem Gurt ziehen und den Grünspan wegkratzen, um dort vier Kästchen zu entdecken, worein hebräische Buchstaben eingraviert waren, die gleichen, die es auch in dem großen Buch *Sefer ha-Bahir* gab, das Moshe Telalul einstmals über dir in der Höhle im Untergrund von Bukarest aufgeblättert hatte. Als du mit dem Finger darübergefahren bist, hast du gemerkt, dass sich die Blättchen bewegten, man konnte sie rollen, und jedes trug sämtliche Buchstaben, sodass, wie du dann folgertest, daraus ein bestimmtes Wort gebildet werden musste, damit sich das Schloss öffnete. Da lächeltest du dir in den Bart, denn es war mitnichten schwer, dieses Rätsel zu lösen. Du kanntest die hebräischen Buchstaben gut, denn Abraham Norton hatte sie dir in den endlosen Nächten der vierstündigen Wachen auf den Meeren beigebracht und dich gelehrt, die Weisheit der Thora daraus zu ergründen. Die vier Kupferplättchen konnten nichts anderes als das Tetragramm vorstellen, den heiligen, unaussprechlichen Namen Jehovas, den heiligsten Namen des Volkes Israel, dem einzigen menschlichen Geschlecht, dem Gott jemals von Angesicht zu Angesicht gegenübergestanden hat:

Und da stiegen Mose und Aaron, Nadab und Abihu und siebzig von den Ältesten Israels hinauf und sahen den Gott Israels. Unter seinen Füßen war es wie ein schöner Saphir und wie die Gestalt des Himmels, wenn's klar ist. Und er reckte seine Hand nicht aus wider die Obersten in Israel. Und da sie Gott geschaut hatten, aßen und tranken sie.

So hast du also die kleinen kupfernen Flächen mit deinen stumpfen Fingerspitzen so lange um und um gedreht, bis sie das Tetragramm bildeten:

הוה י

Dann öffnete sich das Schloss auf der Stelle, und du musstest nur noch den eisernen Ring packen und den Deckel hochheben, um dann über eine Leiter aus versteinerten Stahlklammern in die verborgenste Kammer hinabzusteigen, in der sich, in tiefe Finsternis gehüllt, die Bundeslade befand.

Stunden um Stunden bist du an den Klammern hinabgestiegen, vielleicht aber auch nur ein paar Minuten oder bloß wenige Augenblicke. Du konntest dich danach nicht mehr daran erinnern. Tatsache aber ist, dass du auf der letzten der Stufen eine unvorstellbar seltsame Stube erblickt hast. Es war eine in den Felsen gehauene Kugel, die ringsum mit glänzendem Blattgold ausgekleidet war. Fünf Klafter mochte sie von der Mitte bis zu ihrer runden Wand gemessen haben, in welche Richtung man auch immer gegangen wäre, und der goldene Spiegel, der die runden Wände bedeckte, spiegelte die so unfassbare Gestalt der Bundeslade, die ohne Bedeckung in der Mitte des Raumes schwebte, weder stand sie noch stützte sie sich auf etwas, und der Raum war von Regenbogenlicht erfüllt. Über der vergoldeten Kiste aus Akazienholz erblicktest du die beiden Cherubim, die ihre Gesichter einander zugewandt hatten und den Deckel mit ihren Flügeln bedeckten. Ein heiliges Gesicht, eine Erscheinung aus einer anderen Welt, durch ein Wunder in dieses Tal der Tränen gelangt!

Obwohl der Weg bis auf den Grund der Kugel so weit war, dass dir kein Knochen heil geblieben wäre, hättest du dich fallen lassen, hast du dich den höheren Mächten anvertraut, den Beherrschern, den Herren über die Finsternis dieses Jahrhunderts, den bösen Geistern, so da sind in den Lüften, und durch die du, hoffärtig und undankbar, wie du es ohnehin immer gewesen bist, uns ersetzt hast, die wir stets über dir gewacht hatten, und hast die Leiter losgelassen, auf der du herabgestiegen warst, und bist ganz langsam in den goldenen Odem des Raumes eingetaucht wie in ein großes, mit Wasser gefülltes Gefäß. Dieses unsichtbare Wasser trug dich, es ließ dich weder fallen noch sinken, es trug dich sachte und wie im Traum von einem Ort zum anderen. Ganz allmählich sankst du hinab, auf das Herz des Raumes zu, hattest die Arme und Beine ausgestreckt wie eine Spinne, die sich an ihrem glänzenden Faden herabsenkt. Unter deinem Körper dröhnte die Bundeslade immer heftiger und tiefer, sodass sogar die Lungenflügel in dir zu beben begannen. Bald schon war es, als würden sich alle Eingeweide in dem aufgeblähten Sack deiner Haut vermengen.

Um schneller voranzukommen, hast du deine Beine und deinen Leib wie einen Pfeil gestreckt und deinen rechten Arm so gut du es konntest zur Bundeslade hin gereckt. Als du sie mit den Fingerspitzen berührtest, versengte sie diese wie eine glühende Feuerstelle.

Du hast diese Verbrennung in deiner irren Freude aber nicht einmal gemerkt, denn die Augen waren dir aus den Höhlen gequollen, und der Geifer floss dir leidenschaftlich über die Brust hinab. Mit deinen versengten Händen hast du die goldenen Cherubim gepackt, hast sie wie irre umklammert, bis sich dir die Haut in den Handflächen ablöste, und mit übermenschlicher Anstrengung hast du dann den schweren Deckel aus gehämmertem Gold hochgehoben und hineingeschaut. Es war, als hättest du dir den Brustkorb aufgerissen, um dein Herz zu betrachten, das sich in seinem Kranz abplagte.

Im Schatten der Lade hast du auf ihrem Grund die Schale mit dem Manna gesehen, das sich seit jener Zeit dort befand, als die Kinder Israels in der Wüste um den Berg Horeb kreisten, Manna, das nicht verdorben war und jetzt noch wie Koriandersamen aussah. Du nahmst dir eine Handvoll davon und stecktest es dir in den Mund, und es schmeckte tatsächlich etwas fade nach einem Honiggebäck. Dann sahst du Aarons Wanderstab, der ehedem in einer einzigen Nacht Blätter getrieben und Früchte getragen hat. Es waren Mandeln, und nach all diesen Jahrhunderten waren sie noch frisch, also hast du die Schale einer der Mandeln aufgebrochen, um den großen holzigen Kern freizulegen. Dann bist du mit deinen behaarten Händen und Armen bis auf den tiefsten Grund der Lade gefahren und hast die Steintafeln herausgehoben, die Moses von Gott überreicht bekommen hatte, als er auf den Berg gestiegen war: Die Zehn Gebote waren von Gottes eigenem Finger darauf geschrieben worden, verkehrte jüdische Buchstaben wie ein paar blaue Flämmchen, die fingerbreit über dem Glanz des Steines schwebten. Als du die Tafeln so in Händen hieltst, schrieben sich die Worte auf deine Handrücken.

Du hast die Gebote der Reihe nach gelesen, und da gab es keines, das nicht in voller Absicht von dir missachtet und verhöhnt worden war, als du zielstrebig den Gelüsten deines Leibes folgtest. Denn auf den Gesetzestafeln stand »du sollst keine anderen Götter neben mir haben«, doch du hattest auch den Widersacher, und da stand auch »silberne und goldene Götter sollt ihr nicht machen«, du aber hast dir aus Silber und Gold deine Götzen gemacht und dich dein Lebtag vor ihnen verneigt; »du sollst den Namen des Herrn nicht mitnehmen in die Wüste«, du aber hast ihn mitgenommen an jedem Tag deines Lebens; »gedenke des Sabbats«, auf den du lange schon vergessen hast; »du sollst Vater und Mutter ehren«, du aber hast sie in deiner Niedertracht mit Schande überhäuft; »du sollst nicht töten«, du aber hast gemordet; »du sollst nicht huren«, du aber hast immerzu herumgehurt; »du sollst nicht stehlen«, dies hast du getan, soweit du dich zurückerinnern kannst; »du sollst kein falsches Zeugnis geben wider deinen Nächsten«, doch genau dies hast du getan; »du sollst nicht begehren deines Nächsten Gut«, aber du hast nie etwas anderes getan. Mit gesträubten Haaren hast du die Tafeln aus den Händen fallen lassen, aber sie fielen nicht herab, um zu zerschellen, wie zur Zeit des goldenen Kalbs, sondern sie schwebten in der dicken Luft des Saales und drehten sich sachte wie welke Blätter.

Als du sie wieder anfasstest und zurück in die vergoldete Lade legtest, verlosch die zitternde blaue Schrift plötzlich, und die Tafeln lagen glatt und tot da. Du hast den Deckel wieder geschlossen, der nun nicht mehr glühend heiß war, und das Tosen aus seinem Inneren erlosch. Und dann, in dieser vollkommenen Stille, jener vergleichbar, die in einer Welt geherrscht haben muss, in der es noch kein Ohr gab, war eine Stimme zu hören, die von den Cherubim herrührte, und jene Stimme war nicht von dieser Welt. Denn sie bewegte sich nicht durch die Luft, um zu dir zu gelangen, sondern wurde im Inneren deines Hirns wie eine kleine Quantenfluktuation geboren, aus der eine ganze Welt Gestalt annahm. Und die Stimme sprach zu dir, als schilderte sie dir deine eigene Lebensgeschichte wahrer, als du sie jemals erlebt hattest:

»Wenn du dich mit drei blutverschmierten Fingern bekreuzigst, dir mit dem Blut die Stirn beschmierst (von wo sich ein dünnes Gerinnsel an deiner schwärzlichen und geschwungenen Nase entlang auf den linksseitig mit einem Goldfaden eingeschnürten Schnurrbart ergießt, um auf die Malachitfliesen der königlichen Festung zu tropfen), dann einen Fleck hinterlässt auf den Schößen deines Atlashemdes von einem solchen Weiß, dass es gülden zu schimmern scheint, und zwei weitere auf seinen Schultern mit den Epauletten aus Opal, zuerst auf der rechten, dann auf der linken, im Namen des Vaters, des Sohnes und des Heiligen Geistes, Amen, wird diese deine Bekreuzigung dann angenommen werden? Man hat dir stets gesagt, dass du ein Kreuz von einem Draufgänger bist, und ebendies warst du, seitdem du von dir weißt, denn so bist du aus dem Bauch deiner vom griechischen Archipel stammenden Mutter geschlüpft, ein Kreuz aus Fleisch, auf dem viele, unzählige Märtyrer ihre Seele ausgehaucht haben, ein Kreuz des Stolzes und der Lust, worauf du mit dei-

nen von Blut und Schießpulver getränkten Händen, deinen stinkenden Fingernägeln, die du immerzu lang getragen und nie gereinigt hast, damit du keinen einzigen Körper vergisst, ob es nun der eines Weibes oder eines Mannes war, in den du sie gekrallt hattest, worauf du gekreuzigt wurdest, zuerst deine arme Seele, ein Gespenst aus durchscheinender Luft, durchstochen von Zimmermannsnägeln und brüllend vor Schmerz, und Blumen aus Blut, wie sie oben erblühen, rechts und links, im Namen des Vaters, des Sohnes und des Heiligen Geistes, Amen.«

Und so immerfort stunden- und tagelang, wie ein Weberschiffchen scharlachrote, blaue und bläuliche Fäden verflechtend über dem Rahmen der Tage und Nächte, vom schneebedeckten Ghergani deiner Geburt sprechend, dann vom hellenischen Archipel, dem weitläufigen Saphir, übersät von bewaldeten Inseln und kargen Eilanden, und schließlich vom Glutkern der Mutter Äthiopien, Vision von Märchen und Entzauberung unter den blumigen afrikanischen Himmeln. Bis die Stimme bei den Augenblicken angekommen war, die du in der goldenen Kugel verbrachtest, und dann weitersprach, damit du in dieser Seelenerschütterung dein Ende erfahrest: deines, jenes der Welt und nicht zuletzt das Ende des Buches.

Dann setzte in der honigdichten Luft ein Wirbeln ein, das die Lade wie ein Mahlstrom erfasste und herumschleuderte, sodass sie verschwand, als hätte es sie nie gegeben. Im Zentrum des sphärischen goldenen Spiegels warst jetzt nur noch du, und dein auf den Wänden in die Breite gezogenes Antlitz war das eines Teufels mit beängstigenden Fledermausflügeln und den Schuppen einer Giftschlange, wie er auf die Wände des Kirchleins von Ghergani gemalt war, was dir nun wieder in den Sinn kam. Dann aber brachst du wie tot zusammen.

Als du wieder zu dir kamst, warst du nicht mehr in der Kirche, sondern lagst draußen auf dem Felsen in der prallen Sonne, die Augen voller Tränen, denn die Bundeslade, dein verrücktester Traum und zugleich deine Erlösungshoffnung, war zurückgekehrt ins himmlische Jerusalem, woher sie einstmals herabgekommen war, und Stamatina, die Frau deines

Lebens, war dir ebenfalls für alle Zeiten verloren und hatte dir ein zielloses und ödes Leben hinterlassen – wie ein toter Baum, der seine schwarzen Äste gen Himmel reckt. Allein die Krone deiner Überheblichkeit saß dir noch auf dem Kopf, aber nicht mehr lange, denn an demselben Mittwoch, dem 14. im Monat des Tahsas, im Jahre des Herrn 1868, begann General Napier, im Golf von Zula an Land gegangen, in Senafe seinen Feldzug gegen dich mit einer Salve aus dreihundert funkelnagelneuen Gewehren der Marke Snider-Enfield. Die Wölkchen konnte man am Himmel über dem Golf voller Schiffe noch bis gegen Mittag sehen, als sie von den seeseitigen Winden aufgelöst wurden.

33

Nachdem du in der hintersten Stube der Festung Magdala, als alles verloren war, dir den Lauf der funkelnagelneuen Pistole, die du von ihrer Majestät bekommen hattest, in den Mund gesteckt, seine Kühle und den Metallgeschmack verspürt und dann, die Augen zusammenkneifend, auf den Abzugshahn gedrückt hattest, sodass dein Blut und dein Hirn über die Wand hinter dir und auf den Malachitboden spritzten, war die Welt für dich nicht zu Ende, sondern sie nahm etwas Durchscheinendes und Bläuliches und doch auch Unwahres und Unvergängliches an, denn du konntest sie weder sehen noch hören, nicht riechen und nicht betasten, nicht verkosten, sie war vielmehr so, als wärest du selbst ein neues Gefühl geworden, offen wie eine weiße Lilie mit Goldstaub auf den Schneckenfühlern innen, mit denen du das Unbegrenzte wahrnehmen und begreifen konntest. Über der Stube schwebend, sahst du dich selbst in den Stuhl gesunken, der Schädel zersplittert, Schnurrbart und Bart rot vom gestockten Blut. Du sahst ohne Augen und hörtest ohne Ohren die englischen Soldaten vordringen, dich packen und hinausschleppen, und dann, als du dich auf dem Leintuch mitten im feindlichen Lager liegen sahst, steif und widerwärtig, hast du dich wieder erhoben, bis du die gesamte Erdkugel in dir aufgenommen hattest, mit den Meeren und Ozeanen und den Erdteilen, den Bergen und Wüsten, und Bäumen und Flüssen, allesamt in Wolken eingehüllt wie in Mäntel aus Leinen oder Baumwolle, und die Wolken selber eingehüllt in das kristalline Licht der Sonne bei Tage, und in das Sternenlicht bei Nacht, da man auf der mitternächtlichen Seite des Himmelszelts die funkelnden Konstellationen sehen konnte, die deine Mutter, Sofiana, dir einst, als ihr in Sommernächten auf einer Bauerndecke unter den sternenübersäten Himmeln gesessen habt, zeigte, indem sie mit dem Finger auf die Henne mit den goldenen Küken wies, auf die Königstochter mit dem Tragjoch, den Brunnen mit der Rinne, die Sense, den Großen Wagen sowie die trübe Milchstraße, die sich von einem Ende der Himmelsdecke bis zum anderen erstreckte. Und gegen Mittag hin gab es andere Sterne, die du während deines Lebens nicht gesehen hast, auch diese waren in ihrem Spinnennetz voll goldener Punkte gefangen, die andere Himmelszeichen bildeten. All dies konnte man nicht sehen und auch nicht hören, sondern sie waren sie selbst, waren sie gleichzeitig mit allem anderen, und du warst alles, und alles warst du, und da gab es keinen Unterschied zwischen allem und nichts. Deine Welt war ein unbedeutendes Staubkorn in einer sehr viel größeren Welt, die ein unbedeutendes Staubkorn in einer nochmals größeren Welt war, die selber auch bloß ein Staubkorn in der Unbegrenztheit war und immer so weiter nach unten und nach oben, endlos.

Dann erhobst du dich mühelos noch höher hinauf, in andere und wieder andere Galaxien, die allesamt wieder Schwärme bildeten und Schwärme von Schwärmen, und Schwärme von Schwärmen von Schwärmen, sodass sich letztlich Lichtwände in die Unendlichkeit hinein errichteten, wie die Große Mauer, und Lichthaufen wie Laniakea, und Superhaufen wie der Große Attraktor und andere und wieder andere Fasern und Samenkerne, und durchscheinende Häutchen, nicht unähnlich jenen im Fleisch einer unvergleichlichen Pomeranze. Und abwärts ging es über die Treppen der immer kleiner werdenden Welten, bis zum Käfer und Wurm und den diese bildenden Zellen, und den Mitochondrien darin und den Nukleinsäure-Ketten, und zu deren Molekülen und den Atomen in den Molekülen, und den Protonen in den Atomen, den Quarks in den Protonen und den kleinen Ringen, die wie Saiten vibrierten und der unverstandenen Musik der Welt und des Lebens ihren Ton gaben. Auch konntest du auf der endlosen Treppe sehen, wie ewiglich das Erdreich sich in Gedanken verwandelt und Gedanken in Erdreich, die Welt sich in Zeit verwandelt und Zeit in die Welt, alles in nichts und nichts in alles, ein Drache, der sich immerzu von sich selbst ernährt, sich dazu unaufhörlich den Schweif aus Traum und Rauch abbeißt.

Beinahe zwei Jahrhunderte verbliebst du in diesem Zustand der Verstörung und des Nebels, bis im Jahre des Herrn 2041, am 4. Februar, der auf einen Montag fiel, das Ende kam. Denn schon in alter Zeit war ein Tag des Hasses und der Rache vorhergesagt worden, ein Tag der Tränen und des Zähneknirschens, der Tag, an dem der Herr die böse und widersetzliche Welt vernichten und über die Völkerscharen richten sollte, die sich zu Seinen Füßen versammelt haben würden. Von diesem Tag und dieser Stunde, sagte der Lehrer, wusste niemand etwas, weder die Engel im Himmel noch Sein Sohn selbst, sondern allein Der Alte, so da kannte den Anfang im Ende und das Ende im Anfang, denn für Ihn war die Welt auf einmal, ohne Zeit, wie Er sie von Anfang an gebildet hatte. Jener Tag ward schon durch große Zeichen in der Höhe angekündigt worden, durch das Wanken der himmlischen Mächte und beängstigende Erdbeben, durch Feuersbrünste und Seuchen und Kriege, die nicht mehr aufhörten. Die Menschen starben vor Entsetzen, oder sie krochen in Erwartung dessen, was da kommen sollte, in Felsspalten.

Doch kam der Tag des Gerichts auf leisen Sohlen wie ein Dieb heran, und wie ein Blitz, der den Erdball von Ost nach West mit seinem Licht überzieht, so zeigte sich der Menschensohn im Himmel mit Seinen tausenden fliegenden Wagen, hellauf strahlend wie die Sterne, woraus es Engel auf die Welt herab schneite mit Flügeln, wie Schneeflocken aufgefächert, um Gerechtigkeit über die Welt walten zu lassen. Denn es gab keinen darunter, der nicht auch das Vernichtungswerkzeug in den Händen gehabt hätte. Und aus den astralen Wagen sind Feuerstrahlen hervorgeschossen, die in den damaligen Riesenstädten die großen Paläste aus Stahl und Glas in Stücke zerschlugen, die großen Brücken, tausende Klafter weit an Seilen von der Stärke eines menschlichen Schenkels an hochaufragenden Pfeilern hängend, zerbrachen, die großen, den Atlantik überquerenden Schiffe versenkten und die Kernkraftwerke zerstörten. Hagelkörner von der Größe eines Hauses fielen vom Himmel, vernichteten die Ernten und erschlugen die Rinder in den Pferchen. Da begann die Verwüstung, die Leute fielen wie die Ähren unter den diamantenen Sensen, denn es war zur Zeit der Mahd, und Schnitter waren die Engel. Zwei Mann arbeiteten bei der Mühle: Der eine wurde mitgenommen, der andere blieb. Zwei Frauen saßen auf dem Dach eines Hauses: Die eine wurde mitgenommen, die andere durfte bleiben. Wo der Leichnam lag, dort versammelten sich die Adler. Schrecklich erging es den schwangeren oder stillenden Frauen, denn die Engel kannten kein Mitleid für die Gedankenlosigkeit, Kinder in die Welt zu setzen, die in Feuer und Blut unterging.

Von den Auserwählten, im nächsten Augenblick schon verwandelt und allesamt in die Himmel entführt, wurden 144 000 von dichten Lichtstrahlen in die himmlischen Fahrzeuge eingesaugt, um aufzubrechen zu neuen Erden und neuen Himmeln, diese mit der Freude der Gerechten und Gesegneten zu erfüllen, sodass sie beim Blick durch die Kristallfenster der Raumschiffe hinab auf die verbrannte und verödete Erde und gleich danach auf ferne Sternbilder, die in der endlosen Nacht auftauchten und wieder verschwanden, Lobgesänge sangen. Die anderen Erdbewohner wurden zusammengedrängt, Männer, Frauen und Kinder, auf der großen Ebene vor Jerusalem, wo sie das Jüngste Gericht erwarteten. Hier waren nur noch hoffnungsloses Weinen zu hören, lautes Schreien wie am Spieß oder als wären sie den Löwen der Wüste in die Pranken geraten. Es hätte helllichter Tag sein müssen, aber es war Nacht, die allein von den Feuern beleuchtet wurde, die aus den im Boden vergrabenen Rohren hochschossen und von den in Flammen stehenden Wolkenkratzern. Eine Kälte, erbarmungslos wie der Tod, hatte sich auf die Erde herabgelassen.

Dann tauchte vom äußersten Himmelsrand her, leuchtend wie der volle Mond und ebenso groß, ein astrales Gefährt von unvergleichlicher Herrlichkeit auf, es leuchtete mit all seinen Kräften, während es herankam, und erfüllte bald schon den halben Himmel. Es sah aus wie ein Ei aus Saphir, worin man Wesen erkennen konnte, die nicht von dieser Welt waren. Die Tausenden und Abertausenden auf dem Felde drängten sich aneinander und fielen in die Knie, schrien ein weiteres Mal in schrecklicher Angst, aber hatten noch nicht gesehen, was noch beängstigender war.

Mit einem Mal war ein Trompetenstoß zu vernehmen, lauter und schriller als der von den großen Schiffen, so laut, dass viele ihr Gehör verloren, weil dieser Ton ihnen die Ohren zerstochen hatte. Bei diesem Ton aber begannen die Toten zu auferstehen, denn der Gott Abrahams, Jakobs und Isaaks war nicht der Herr der Toten, sondern Herr der Lebenden, so doch für Ihn alle lebendig sind. Das unterirdische Volk, vom alten Adam und der ebenso alten Eva bis zu den eben vor einem Augenblick erst Gestorbenen, begann zu zittern, da es den Trompetenton hörte, in seinen Häuschen und Schachteln aus Tannenholz oder Stein, worin die Fäulnis und die dünnen Wurzelfäden der Bäume und die Pilze die Knochen mit einem schleimigen und madigen Kleid überzogen hatten, und die vergilbten Knochen, wie die des Viehs, sachte erschüttert wurden. Bald schon ließ sie dieses Beben ihren Ort in den Särgen, Gräbern und Grüften finden und fügte die Skelette wieder zusammen, die sich dann gleich auch von all der Fäulnis reinigten und im Dunkel ihrer Verliese zu leuchten begannen, wie neu und unberührt von jeder Fäulnis. An den Knochen setzten Sehnen an und verbanden die Gliedmaßen untereinander, worauf rotes Fleisch die Knochen bedeckte und den Körpern wieder ihre Gestalt von einst verlieh. Nun wanden sie sich in den Särgen, Weiber und Männer, lebendig begraben, blind und ohne Verstand, und versuchten, die Deckel wegzudrücken, damit sie durchkämen und heraus ans Tageslicht. Sie schlugen so heftig an die Wände aus fauligen Brettern, dass die Lebenden, zusammengedrängt vor der heiligen Stadt, sie hörten, und ein grenzenloser Schrecken ließ ihre Zähne wie tollwütig klappern. Aber bei einem nächsten Trompetenton bekamen die neuen Körper Därme, Lungen und Lebern und alle sonstigen Innereien, die noch in einem drin sind, und das Herz mit seinen tausenden feinen Fäden zog ein Netz durch das Fleisch, den Weibern waren wieder Titten gegeben und die Gebärspalte, und den Männern die Scham zwischen den Schenkeln, die jetzt großartig aufgerichtet war wie bei Gehenkten. Auch folgten noch das Hirn, das Rückenmark in der Wirbelsäule und die Fäden der Nerven, die Augen gingen auf in ihren Höhlen, und die Haut bedeckte alles, was dazu führte, dass die menschliche Gestalt jetzt vollständig war und so, wie sie zu Lebzeiten einst mit dreißig Jahren gewesen war. Allesamt hatten sie die Gestalt und das Aussehen der Elohim, die sie in den Anfängen aus Lehm geformt hatten und aus Geist. Bei dem dritten Trompetenton aus den Lüften haben Tausende und Abertausende und zehnmal tausend Tausende ihre Särge durchstoßen und sind wie Erdkäfer aus den Löchern gekrochen, blau die Männer und weiß wie Milch die Weiber, schoben sich mit den Ellbogen voran, um schneller aus der Erde herauszukommen, um sich den Scharen anzuschließen, die sich vor den frisch wieder zum Leben Erweckten zu hüten versuchten und sich dabei gegenseitig auf die Füße traten. Diese ihrerseits saßen nun etwas verwirrt und zitternd, nackt noch und feucht, herum und schauten verwundert um sich.

Schwarze beängstigende Wolken rollten über den Himmel, und die Wagen des Herrn strahlten, Hunderte und nochmal Hunderte, wie ebenso viele Sonnen über die Ruinenlandschaft. Jerusalem funkelte gelblich in der Ferne, voll der Kirchen und Moscheen, mit Bäumen, die sich im Wind wiegten, und davor stand die Menschheit, vollzählig, vom Anfang der Welt an, und erwartete ihre Richter, Tröster und Henker.

Dann sind auch wir herabgekommen, die wir wahrhaftig das Antlitz der Gottheit sehen können. Sieben Erzengel aus sieben himmlischen Wagen glitten wir auf einem Strahl herab, unsere Mähnen flatterten im Wind und durch die Lüfte, wir hatten die Flügel ausgebreitet, die Waffen blitzten an den regenbogenfarbenen Mänteln. Die Heiligenscheine umringten unsere Häupter mit ihrem Goldglanz und dem matten Funkeln der Perlen darin, aber unsere Gesichter und die Arme und unsere Fußsohlen leuchteten so stark, dass die Augen der Sterblichen diese Helligkeit nicht ertrugen. Unsere Körper waren menschlich, aber wir waren siebenmal größer, und der Geist war dereinst über unsere Köpfe herabgekommen, vom Ewigen gesandt in Gestalt einer Taube. Die Leute kannten uns unter sieben Namen, so wir da waren die Erzengel Michael, Gabriel, Raphael, Uriel, Barachiel, Sealtiel und Jehudiel, aber eigentlich vereint uns ein und derselbe Geist, und wir sind Einer allein. Wir kamen wie sieben elfenbeinerne Schmetterlinge mit rohseidenen Flügeln herabgeflogen, und die Menschheit war erstarrt vor so viel unaussprechlicher Schönheit, die man bloß in einem verzauberten Herzen empfinden kann.

Als wir auf der Erde standen, suchten meine Blicke dich in dem Menschenmeer, und ich sah dich, nackt und scheu in einer Ecke, soeben aus dem Grabe gestiegen, ein Kreuz von einem Recken, wie du es mit dreißig Jahren gewesen warst, das Haar schwarz wie die Rabenfedern, einen mächtigen Schnurrbart und schwarze Kringel auf der Palikári-Brust, kräftige und sehnige Schenkel. Aber die Augen mit den grimmig zusammengezogenen Brauen erinnerten an die Bestie in dir, die auch nach Tod und Auferstehung nicht völlig verschwunden war. Denn du warst ein Mann des Blutes, Theodoros, hast getan, was böse ist im Auge des Herrn, hast Blut gegessen, hast Blut getrunken, und darum wird dein Opfer nicht angenommen werden, denn das Leben jedes Leibes steckt auch in seinem Blute. Von unserer silberumrandeten Wolke habe ich dich im Blick gehabt, als du dich noch in den Lenden deines Väterchens und im Traum deiner Mutter befandst, dann habe ich dich als Säugling an der Mutterbrust gesehen, als jungen Burschen, der seinen Dienst in Bojarenhäusern verrichtete, und bald auch schon als jungen Recken mit der Sehnsucht nach Frauen, und als Palikár im Archipel, und Verbrecher auf dem heiligen Boden von Mutter Äthiopien, dann Heeresführer und nach vielen Abenteuern schließlich als Kaiser, wonach dir von allem Anfang an schon gelüstet hatte. Wir haben alles in das Buch deines Lebens und deiner Welt geschrieben, wie wir auch die Bücher aller anderen geschrieben haben, so sich in der Menge sonder Zahl hier vor Jerusalem befinden, denn nun ist der Augenblick gekommen, an dem wir gestehen müssen: Es ist nicht ein einziges Gericht, sondern es sind Myriaden von Gerichten, je eines für jeden Sterblichen. Es gibt Myriaden Lebensbücher, je eines für jeden im Schädel eines Menschen aufgegangenen Geist, denn jeder denkende Geist entfaltet sich, wie die Seidenraupe, in seiner eigenen Welt, von ihm selbst gelebt und geträumt, wir aber schreiben alle diese Bücher auf einmal, um sie mit einer Verneigung dem Großen Leser vorzulegen, so der Allumfassende ist. Dies ist dein Buch, es trägt deinen Namen, aber es ist auch ein anderes Buch, das des Ghiuner, und nochmal ein anderes, das von Sisoe, jenes von Fürst Dimitrie Ghica, das des Urgroßvaters von John, eines von Zephyra, eines des Jianu, ein anderes der Nura und noch weitere, tausende und abertausende, auch solcher, die nicht in deinem Buch vorkommen. Aber du befindest dich auch in ihren Büchern, manchmal hast du darin eine große Bedeutung, und manchmal gibt es dich nur wie eine irgendwo in der Menge erblickte Gestalt. Und in den allermeisten gibt es dich überhaupt nicht. Das ist der Grund, weshalb ich nach dir Ausschau gehalten habe, ausgerechnet nach dir, in der unzählbaren Masse. Denn wir werden dem Schöpfer sehr bald schon das Buch deines verstörenden, zügellosen Lebens vorlegen.

In einem Augenblick vollendeten Schweigens knieten die Massen nieder vor unserer Größe und unserem Glanze, und wir, die blanken Schwerter in den Händen, stellten uns in einem Halbkreis auf und erwarteten das gefürchtete Gericht. Über dem irdischen Jerusalem und unseren behaarten Köpfen, in deren Mähnen sich rote, gelbe und kastanienbraune Strähnen befanden, manche zu Zöpfen geflochten, die bis zum Bauch hinabreichten, senkte sich nun mit majestätischer Gemächlichkeit die goldene Scheibe des anderen Jerusalem, des himmlischen, aus den Lüften herab, das aus einer fernen Welt herangeschwebt war, vom Rande der Himmelskuppel, und sich Platz geschaffen hatte zwischen den diamantenen Raumschiffen im Himmel, senkte sich wie eine riesige Festung aus Quarz über die Stadt darunter und hielt erst über den vergoldeten Türmen des Felsendoms an, der Minarette und der Hotels mit ihren Glasfassaden zwischen den Mauern der Stadt. Es war, als ob die Stadt aus dem Himmel sich in den Wassern gespiegelt hätte und sein unschärferes und ärmeres Antlitz auf die Erde gefallen wäre. Hubschrauber und Drohnen und Kampfflugzeuge kreisten irre wie ein Schwarm elender und lästiger Mücken im blendenden Licht der gigantischen, aus dem Nirgendwo aufgetauchten Kuppel. Die Erwartung war nicht mehr auszuhalten, im

Schweigen waren nun deutlicher auch das Stöhnen und die Faustschläge an die eigene Brust aus der Menge der Sünder zu hören, die nun entweder ihre Erlösung oder die ewige Verdammnis erwarteten. Alle Blicke waren auf das große himmlische Mutter-Raumschiff gerichtet, das jetzt nur noch ein paar Klafter über den entflammten Bäumen schwebte.

Dann erklangen silberne Trompeten, und der bewölkte Himmel war erfüllt mit Flügelschlägen, und Engelsscharen vereinten sich zu Freudenschreien, und aus den Himmelshöhen kam nun gemächlich der wahre Christus herab, in wallendes Leinen gekleidet, um die Mitte golden gegürtet, in Seiner Bernsteinmandel, und Seine weit ausgebreiteten Arme umfingen die ganze Welt. Die Massen empfingen ihn mit »Hosianna!« und streckten ihre Arme nach Ihm aus und ihr nach Erlösung dürstendes Sinnen. Inmitten des kristallinen Raumschiffs zeigte sich nun auch Er, Der an Tagen Alte auf seinem Thron aus Saphir, umgeben von Regenbogen, wie er mit zwei gereckten Fingern die Scharen segnete. Das Licht war wie Milch und Honig geworden, blendend wie an ersten Septembertagen. Der Herr hatte ein grünes Seidenhemd an und darüber einen blutroten Mantel. In den Armen hielt Er ein mit silbernen Schließen versehenes Buch, das aufgeschlagen war bei der Seite, worauf der Psalmist geschrieben hatte: *»Der Herr kommt herab, auf Erden zu richten. Und richten wird Er Welt und Völker nach Seiner Wahrheit.«* Über die Ebene schauend, die sich voller eng zusammengedrängter Menschen bis nach Nes Harim und Bar Giyrla hinstreckte, schüttelte der Herr Sein schlohweißes Haupt, öffnete die Lippen und rief mit tiefer, dröhnender Stimme:

THEODOROS!

»Hier bin ich, Herr!«, hast du aus einem fernen Winkel heraus umstandslos und ohne dich groß zu wundern geantwortet, als wüssten alle Seelen hier, dass es ganz genau so zu sein habe, also öffnete die Menge dir einen Pfad, damit du hindurchschreiten konntest. Eine ganze Stunde lang bist du durch deinesgleichen hindurchgegangen, so viele waren es, dabei versuchtest du da und dort jemanden zu erkennen, aber du konntest nur den

Blick von Herrn Petrache aufschnappen, nackt und zitternd wie alle eben Auferstandenen, und das Gesicht einer Plättnerin, mit der du dich in ihrer Hütte zu lieben pflegtest, als du in Bukarest in der Ulița Beilicului lebtest. Ihren Namen hattest du nie gewusst, jetzt aber magst du wissen, dass sie Stana hieß. Irgendwo in einem Winkel hast du auch den Caraion aus Mazedonien noch erblickt, der ebenfalls mit allen anderen aus seinem Grabe gestiegen war. Er lächelte noch etwas benommen allen zu und warf hin und wieder einen Blick auf die blendenden göttlichen Raumschiffe und die großen Zeichen im Himmel. Als du vor uns angekommen bist, bist du nackt und unterwürfig wie ein Wurm des Erdreichs mit dem Wissen auf die Knie gesunken, dass nun allein du gerichtet werden solltest, unter allen Sterblichen würdest allein du jetzt gerichtet werden, ein anderes Gericht würde es auf dieser von dir selbst gewebten Welt nicht mehr geben, die dich in ihre tröstende Rohseide eingehüllt hatte. Denn nicht einmal wir, die Allwissenden, werden jemals erfahren, ob wir dich geträumt hatten oder du uns träumtest, wie zwei Hände, die sich eigentlich gegenseitig einfärben.

Nachdem du niedergekniet warst, hörte jedes Geraschel auf, und alle Augen richteten sich auf den weitläufigen steinernen Platz, auf dem das Gericht stattfinden sollte. Der Herr streckte Seinen Arm mit dem weiten Ärmel aus, und bei diesem Zeichen trat Michael, der Erste von uns, denn unter den Erzengeln war er der Erstgeborene durch den Herrn und der stattlichste Seiner Krieger, das blanke Schwert in der Hand, an deine Seite. Die goldene Rüstung glühte an ihm wie tausend Sonnen, und die Flügel an seinem Rücken richteten sich auf, jedoch nicht nach der Art der Vögel, sondern wie Schmetterlingsflügel, und sie waren von nie gesehener Größe und Pracht. Und aus dem Boden war bei demselben Zeichen mit mächtigen Erschütterungen und heraufsteigenden Schwefeldämpfen die entsetzlich hässliche, entstellte, angstauslösende, pechrußgefärbte, verschlagene, faule, blattrige Gestalt des Unmenschen Satanael aufgetaucht, des Widersachers, dem Körper eines schwarzen Heiden aufsitzend, der mit einem Mal vierschrötig und behaart, groß wie drei Elefanten mit zehn Klafter weit gespreizten Stelzen dastand. Auf seiner haarbedeckten Brust glänzten zwei geschwungene Hauer, aus denen das Gift tropfte. Die riesige Laus mit Menschenkopf, die allen das Blut in den Adern gefrieren und die Haare zu Berge stehen ließ, stellte sich zu deiner Rechten und strich hin und wieder mit seinen Pfoten über die Hauer. Aus dem gleichen Höllenschlund waren brüllend wie die Bestien des Waldes und die Atemluft verpestend je einzeln sechs weitere grinsende schwarzhäutige Teufel mit rotglänzenden Hauern, Krallen und Schwänzen, die in Pfeilspitzen endeten, und mit Klauen wie die der Ochsen aufgetaucht, so auf die Namen Behemoth, Azalel, Belial, Mammon, Asmodis und Belphegor hörten. Alle versammelten sie sich hinter Satanael, ihrem Oberhaupt, und verbargen ihre Blicke in dessen schwarzem Fell, denn sie konnten das klare Licht nicht ertragen, das der Gottheit entströmte.

Dann haben wir, die anderen Erzengel, uns hinter Michael versammelt, ohne uns zu ängstigen, und noch Raum gelassen für die Händel, die folgen, und deren Beute deine Seele sein sollte, Theodoros, die wir für den Himmel beanspruchten und jene für die Hölle. Aus Angst vor den Teufeln versuchtest du, dich nach rechts zu begeben, und fasstest nach den Federn unserer Flügel, wie du vordem nach den Rockschößen deiner Mutter gegriffen hast, aber die Unreinen holten dich zurück, hauten dir je eine Kralle in die Rippen, dass es einem das Herz zerriss. Somit bist du in der Mitte geblieben, zitternd, nackt und unbeholfen, tränenden Auges und die Scham dir mit der flachen Hand bedeckend. »Schau ihn dir an, diesen Menschen!«, dachte jeder, der dich sah, auf der weiten Ebene, und einen Augenblick lang zogen ihre eigenen glücklich-unglücklichen Leben an ihnen vorüber.

»Vertraue, Herr, uns die Seele dieses Menschen an, so da heißt Theodoros, denn vieles hat er erlitten«, begann Michael, nachdem der Greis aus dem Raumschiff ihm das Rederecht zuerteilt hatte. »Er hat große Liebe für seine Mutter empfunden und ebenso all seine Gefährten geliebt, wo auch immer ihn seine Wege hingeführt haben, auch hat er eine Reihe von Frauen geliebt, etliche darunter mit großer Liebe. Darunter war dann Stamatina, die Frau seines Lebens, die zu berühren ihm nicht gegeben war, und die ihm sein vielgeprüftes Herz zerriss. Und das Täubchen, ebenfalls mit sehr viel der Liebe geliebt, hat ihn durch ihren Tod dazu gebracht, ohne seinen Willen auf die Seite des Bösen hinüberzuwechseln. Ja, er liebte sogar die Katzen, die bei ihm niemals der Milch entbehren mussten. Und seine Seele war nicht so wie die eines gewöhnlichen Sterblichen, sondern groß, aus auf besondere, ja nie zuvor gesehene Leistungen. Er war gescheit, strebsam und kühn im Leben. Und er hätte auch Dich geliebt, wenn Du es ihm gestattet hättest, aber in Deiner Weisheit hast Du ihm nicht einmal so viel Vertrauen geschenkt wie einem Senfkorn, sodass er den Feigenbaum nicht ins Meer pflanzen konnte. So wie der reinste Wein, wenn er zu viel Luft bekommt, zu Essig wird, ist auch er auf die schiefe Bahn gelangt, von der er sich allerdings gegen Ende hin wieder abgewandt hat. Vergib ihm jetzt und lass ihn aufsteigen in den Himmel, denn wem vieles vergeben wird, der liebt auch viel, und wem weniges vergeben wird, der liebt wenig. Zur Unterstützung dessen, was wir bis jetzt gesprochen haben, legen wir Dir, Gott Savaoth, das Buch vor, das wir geschrieben haben, wo wir alle Taten dieses Mannes völlig unvoreingenommen und ohne ihm ins Gesicht zu blicken festgehalten haben, die guten ebenso wie die bösen, damit Du selbst gerecht urteilen mögest.«

Gabriel, der mit den Pfauenschwanz-Flügeln und den Augen auf den Federn, entnahm seiner Tasche den Papierstapel, auf dem wir seit mehr als fünfzig Jahren mit unserem Stift die Eintragungen vorgenommen und alles aufgeschrieben hatten, was dir geschehen war, und indem er hineinblies, ließ er sie gemächlich hochschweben zur himmlischen Barke. Dort ließ der Herr das andere Buch auf Seinen Schoß sinken, und Seine langen Finger empfingen das Buch deines Lebens und blätterten die Seiten durch, auf denen Ströme von Blut, Schweiß und Tränen sich in das Blau der Tinte mischten.

»Da ihr dem Herrn dieses Buch ausgehändigt habt«, erhob nun der Widersacher seine wie ein Dudelsack aus den Tiefen seines behaarten, pralldicken Bauches herauf schrill pfeifende Stimme, »habt ihr euch selbst den Ast unter den Füßen abgeschnitten, tollpatschige Flügelwesen, denn es gibt keine klarere Strafe, als was dort niedergeschrieben steht in den Schilderungen der grausamen Bosheiten, Ungerechtigkeiten, Eigenmächtigkeiten, Morden, Vergewaltigungen und Verrichtungen, mit denen dieser Irre und dreifach Verdammte die Sterblichen gequält hat, seit es ihn gibt. Sein Wunsch nach Größe ist nichts anderes als die Sünde der Hoffart, die schlimmste, die, wie auch wir wissen, die wir in der unterirdischen Lava gebadet werden, die Seele eines Sterblichen mordet. Denn indem er die unendliche Denkschrift seiner Bosheiten beiseitelässt und mit verlogener Demut Tränen bei der Menge hervorzurufen versucht, will der hier anwesende Unhold nur davon ablenken, dass er immerzu, von Jahrhundert zu Jahrhundert und von Erlösung zu Erlösung, allein aus war nach der verbotenen Frucht des ewigen Lebens und sich in Gedanken mit Ihm auf gleiche Stufe gestellt hat. Nicht einmal wir haben in den Zeiten, da uns die Töchter der Erde gefallen haben und wir die Gottheit wegen ihren goldenen und pechschwarzen Mähnen, ihren süßen Jungfrauenlärvchen und, oje, ihren unvergesslichen Brüstchen und Hüften herausgefordert haben, davon geträumt, ja es kam uns nicht einmal in den Sinn, den Ewigen zu stürzen und uns an Seine Stelle zu setzen, wie es immer wieder dieser nach verwerflicher Erhöhung Gierende tat. In dem Buch, das sich eben jetzt in Deiner Hand befindet, Herr, steht zu lesen, dass der blasphemische Kerl sich nicht mit einem irdischen Reich begnügte, sondern aus war auf Dein Reich und sich in seinem Wahn den Blauen Kaiser alles Seienden sowie jenseits des Seins nannte. Und wenn er so weit gekommen wäre, Dir den ewigen Thron zu rauben, hätte er sich auch damit nicht begnügt, sondern gleich darauf nach etwas noch Großartigerem gesucht, das sich nur ein Traumträumer vorstellen könnte: ein Schwert, das so scharf ist, dass es ewiglich sich selbst schneidet. Somit, Herr, der Du uns so überaus grausam einstmals bestraft hast, indem Du uns in Teufel verwandelt und unsere Kinder in der Sintflut umgebracht hast, schenke uns die Seele dieses Theodoros, dieses bösen und verschlagenen Menschen, dessen Platz sich in der Hölle befindet, dort, wo es das ewige Heulen und Zähneklappern gibt!«

Da die beiden Archonten an deiner Seite, beste Kenner von Gut und Böse, sahen, dass der Herr nicht auf das von ihnen Vorgebrachte antwortete, sondern weiterhin in dem ausladenden Buch blätterte, erfasste sie

Ungeduld ebenso wie kriegerischer Furor. Schon lange hatten sie auf die Gelegenheit einer direkten Auseinandersetzung gewartet, und siehe, hier, auf dem Feld vor den Toren von Jerusalem, war sie nun gekommen. Wir zogen uns etwas scheu zurück, ebenso die Erzdämonen, die wie die Mistkäfer aus ihren Erdlöchern hervorgekrochen waren, und machten Platz für den großartigen Widerstreit, den nun auch die Massen, plötzlich beseelt, kaum mehr erwarten konnten.

Beim Anblick der zwei Kämpfer, die sich nun lauernd umkreisten und überlegten, wo sie sich am besten packen könnten, vergaß die Menschheit tatsächlich auf ihr eigenes Urteil und ihre eigene Strafe, man versammelte sich in kleineren Gruppen, wie die zu Käse gerinnende Milch, und erwog nun mit großem Streit, Püffen und Geschubse die Siegesaussichten der Recken in der Arena. Die einen traten Michael zur Seite und dachten, sein Panzer könne von den Hauern der Bestie nicht durchdrungen werden, sein Arm handhabe den Speer mit großer Geschicklichkeit und er könne die acht Spinnenbeine im Nu abschlagen, auch dass ihm Gott vielleicht heimlich eine Zauberkraft zukommen lasse, denn wie könnte Er denn den Sieg des Bösen unmittelbar vor Seinen Augen zulassen? Immer öfter waren ermutigende Zurufe und Beistandsbekundungen aus der Menge für den großen Schmetterling zu hören, vor allem die Frauen taten sich dabei hervor, denn allzu fesch kam ihnen der Erzengel vor, so gerüstet, wie er in seinem glühenden goldenen Panzer war.

Andere wieder, eher mit beiden Beinen auf festem Grund stehend, standen zwar mitunter auch etwas krumm, urteilten aber gradeheraus, es könne gar nicht möglich sein, ein solches Höllenungeheuer zu überwinden, dessen Rücken voll giftiger Stacheln war und das auf der Brust Hauer trug, die größer waren als die elfenbeinernen Zähne der Elefanten und vor grüngelbem Gift nur so troffen. Da konnte es keinen Zweifel darüber geben, dass Satanael den armen Schmetterling so lange mit seinen Krallen zusammenpressen würde, bis seine Rüstung zerbrechen und seinem lichthell leuchtenden Fleisch von den vergifteten Hauern der siegreichen Bestie das Ende bereitet wäre. Also stellten sie sich auf die Seite des Unreinen und spornten ihn mit lauten Ertüchtigungsrufen an. Selbst du, von aller Welt nun vergessen, hattest dich erhoben, um besser sehen zu können, dabei bedecktest du dein Geschlecht nicht mehr, denn du brauchtest beide Arme und Hände, um damit zur Schlacht hin zu winken.

Es war der ewige Kampf unter der Schädeldecke jedes einzelnen Menschen, zwischen Schmetterling und Spinne, Engel und Bestie. Es war die letzte Schlacht, der totale Kampf, die Schlacht des unaufhörlichen Endes. Die beiden Athleten der Wesenheit rauften plötzlich wie zwei junge Burschen, die um eine Handvoll Kirschen streiten, sie rissen aneinander, stürzten einander um und zu Boden, plagten sich stöhnend und schwitzend, dass man sie in der Wolke ausgerissener Federn und fauliger Haarbüschel, die das Feld erfüllte, bald kaum mehr sehen konnte. Die Erde erbebte unter ihrem Getrappel, die Himmel zogen sich zurück bei ihren Blasphemien, Beschimpfungen und Zaubersprüchen, die Mengen gefroren schier vor Entsetzen angesichts des Gifts, das mit Macht aus den Hauern der Bestie spritzte, und bei den lebendigen Lichtfunken, die wie Blitze vom Schwert des großen Erzengels zurückgeworfen wurden, da es kreiste wie vor den Toren von Eden. Nach und nach wälzten sich das Licht der golden strahlenden Rüstung und das tiefe Dunkel des behaarten Bauches wie die Abfolge von Tagen und Nächten auf die Menge zu. Die zu tausenden dünnen Zöpfen geflochtene Mähne Michaels und die dicken Ringe in den Nüstern des Satanael waren einen Augenblick lang in diesem Wirbeln zu sehen und verschwanden dann wieder in dem Durcheinander von Gliedmaßen, Glitzern, Krallen und Lärm und schweren dunstigen Atemstößen des gigantischen Kampfes. Die beiden stürzten auf den kahlen Boden, rollten durch den Staub, rieben sich die Haut auf, zerstachen und zerfetzten sich, dass offene Wunden an ihnen klafften, aber die Kratzer und Schnitte schlossen sich sogleich wieder, denn keiner von beiden konnte sterben. Mitunter sah es so aus, als siegte Satanael, denn er hatte den Schmetterling mit allen acht Krallen umfangen und versuchte, mit den Hauern das goldene Blech seines Kragens zu durchdringen, aber der Erzengel plusterte sich auf mit seinen Federn und entkam der Bedrängnis. Dann sah es wieder so aus, als könnte dieser siegen, denn er hatte sein Schwert blitzschnell kreisen lassen und fünf Beine seines Widersachers abgehauen, bloß wuchsen diese noch kräftiger nach. So kam es dazu, dass die Schlacht sich besänftigte und die beiden sich je in eine Ecke fallen ließen, um einmal etwas durchzuschnaufen.

Als wir sahen, dass sich das Schicksal des wackeren Kampfes nicht entscheiden ließ, weil die Kämpfer über gleiche Kräfte zu verfügen schienen, sind wir der Reihe nach auch in den Kampf eingetreten und haben uns mit großem Geschrei auf die Teufel gestürzt, worauf diese uns mit Gebrüll, Gegrunze und Gegacker antworteten und sich eifrig in den Kampf mengten. Wir haben zu je zweien gekämpft, Gabriel mit Azalel, Raphael mit Asmodis, Uriel mit Belphegor, Sealtiel mit Behemoth, Jehudiel mit Belial und Barachiel mit Mammon, wir kratzten und bissen, schlugen auf uns ein, dass die Ebene ringsum widerhallte von dem Knallen der Ohrfeigen, der Prügel und unbeherrschbaren Schmerzensschreie. Scharen von Drohnen, die von der Stadt hergekommen waren, kreisten über der Kampfstatt und beleuchteten sie mit ihren Scheinwerfern, dann hielten sie wie verwundert an und kehrten in ungeordneter Formation zu ihren Basen zurück.

Man sah Jesus beeindruckend wie ein großer Vogel mit weißer Brust zwischen Himmel und Erde schweben, die Arme gekreuzt und dergestalt die verwaisten Scharen umarmend, dachte, die Zeit sei gekommen, der Zwietracht ein Ende zu bereiten und der Welt Glaube, Hoffnung und Liebe zu bringen, worauf wir allesamt im Gewoge der Schlacht vergessen hatten. Die Hände auf die Brust gelegt, riss Er mit einem Mal Sein Hemd auf, das keinerlei Naht hatte, enthüllte Seine weiße Brust, auf der keine Spur von Behaarung zu sehen war und bloß die kleinen Brustwarzen wie zwei blasse Flecken saßen. Dann geschah etwas, das uns in Jammer erstarren ließ. Denn der in den Zephiren der Luft schwebende Mann fuhr sich plötzlich mit den Fingern in die Brust, packte Seine Rippen, öffnete sie zur Seite und ließ zwischen Lungenflügeln und Luftröhre über dem Diaphragma Sein Herz aus irdischem Fleische und himmlischem Geist sehen, von Äderchen und Venen überzogen, wie es mit ohrenbetäubendem Lärm über den Mengen pochte. Und aus Seinem Herzen schossen tausende Strahlen von Gold und Quarz und Beryllium und Chrysolith und tauchten das gesamte Panorama in ein frühmorgendliches Licht, zart und nicht von dieser Welt. Sein Herz war ein Quell lebendigen Wassers, Sein Antlitz wie das der Geschundenen und Märtyrer, derer, die ihr Leben für die vielen hingegeben haben, wissend, dass sie es herrlicher, als es je gewesen war, wieder zurückbekämen. Bei dieser göttlichen Erscheinung hörte jeder Kampf auf, denn ihre Strahlen schmolzen sämtliche Unterschiede zwischen den Menschen ein, sodass sie nicht länger Weib und Mann waren, Sklave und Herr, arm und reich, gut und böse, sondern bloß geboren, verbittert und tot und in der Hoffnung auf Auferstehung. Über die Erdkugel, von Wolken und Sternen umringt, ließ sich eine vollendete Stille herab, als hätten alle auf dem weiten Feld den Atem angehalten. Nur Sein Herz aus Strahlen war zu vernehmen, ein dumpfes wie unterdrücktes Klopfen mit sehr viel Kraft, wie das Kind im Mutterbauch das Herz der Mutter hört. Besiegt von den Anstrengungen des Kampfes, kauerten wir nun alle zusammen auf dem kalten Erdboden, Engel und Teufel, die Köpfe jeweils auf die Schultern der anderen gestützt und eingetaucht ins kristallklare Licht aus dem Herz des Allwissenden.

Und in diesem Schweigen war nach langer Zeit mit einem Mal von dem mächtigen Mutterschiff der oberen Gefilde her ein sanftes, zwischen schlohweißen Bart- und Schnurrbarthaaren sich hindurchschlängelndes Lachen zu vernehmen, das Lachen eines greisen Witzbolds. Der Herr war's, der da las im Buch deines Lebens und Seite um Seite umblätterte mit Seinem zwischen den Lippen hin und wieder angefeuchteten Finger. Er hatte gar nichts mitgekriegt von den grausamen Kämpfen, die um deine Seele stattgefunden hatten, denn Er hatte dafür keine Zeit. Seitdem Er das Buch vor sich liegen hatte, war Er ein völlig anderer geworden. So Er die ersten Seiten las, packte Ihn die Ungeduld zu sehen, was da kommen mochte. Manchmal hielt Er inne, weil Er über ein etwas wütender anmutendes Wort gestolpert war, dann rückte Er Seine gewiss etwas altertümliche Brille mit Schildhornrahmen wieder zurecht und las weiter, indem Er mit dem Fingernagel den Buchstaben folgte, die wir seinerzeit mit so viel Mühe über die Seiten verstreut hatten. Da Er die Seiten wendete, traten Ihm plötzlich Tränen in die Augen, dann, weiter den Buchstaben folgend, lachte Er wieder auf, oder Er erhob sich zornig von Seinem ewigen Thron und schlug mit der Faust auf den Tisch, wenn Er nicht träumerisch, die Wange in die Hand gestützt, bei einer Liebesgeschichte verharrte.

Dann standen auch wir auf – die Teufel und die Erzengel, die Verratenen und die Verräter –, und wir hielten den Atem an, dass keine Fliege mehr zu hören war. Myriaden Augen der Lebenden wie der Toten, von Bestien wie von Engeln waren auf den Finger ausgerichtet, der die Seiten wendete, auf das Lächeln des Mundes und die gekräuselten Brauen des Großen Lesers, denn nun wussten wir alle, dass das Gericht nicht über den Menschen mit seinen Sünden und lichten Momenten befinden wird, sondern über das von uns mit großer Beharrlichkeit ein halbes Jahrhundert lang geschriebene Buch.

Und wenn dieses in den Himmeln Aufnahme findet, wird es auch auf Erden angenommen werden.

ENDE

Schlussbemerkung

Theodoros, die Hauptperson meines Romans, hat es tatsächlich gegeben. Wir wissen einiges über seine ersten Lebensjahre aus dem »Brief« des Memorialisten Ion Ghica an Vasile Alecsandri aus dem Jahr 1883. Dort stellt der Autor aufgrund eines Briefes an Königin Victoria, der in den britischen Archiven aufbewahrt wird, die Vermutung an, dass der junge aus Ghergani vom Hof seines Vaters geflohene Diener nach Jahrzehnten nebulöser Abenteuer Kaiser Tewodoros II. von Äthiopien geworden sein könnte. Diese Annahme hat keine reale historische Grundlage, aber sie eröffnet die faszinierende Perspektive einer kontrafaktualen, fiktionalen, mythischen und archetypischen Geschichte, die sich bestens dazu eignet, Substanz eines Romans zu werden.

Seit der ersten Lektüre des »Briefes« Ion Ghicas vor nunmehr vier Jahrzehnten wusste ich, dass ich einmal Theodoros' Roman schreiben werde, einen pseudohistorischen, den Vorstellungen folgenden Roman, in dem das Unmögliche auf einer anderen Zeitschleife möglich wird, in einer anderen Welt, »mit anderen Himmeln und anderen Göttern«. Ich sah mich jedoch genötigt, dieses Lebensprojekt Jahr um Jahr zu verschieben, stets hatte ich andere Bücher, dringlichere, zu Ende zu bringen. Mein gesamtes *Tagebuch* ist seit dreißig Jahren übersät mit Notaten über Theodoros und mit dem Gefühl, ich müsste mir Mut machen, endlich einmal damit anzufangen. Jetzt erst, in einer Zeit der Depressionen, Konfusionen, Pandemien und Kriege, als ginge es mit der Welt zu Ende, habe ich schließlich die zwei Jahre gefunden, in denen ich, um überleben zu können, *Theodoros* geschrieben habe – ebenso wie mein Held letztlich seinen Traum verwirklicht hat, *(se non è vero, è ben trovato)* Kaiser zu werden.

Neben dem schon erwähnten Brief des Memorialisten aus dem 19. Jahrhundert waren weitere Quellen zur Konfiguration meines Romans die

Bibel, das heilige Buch Äthiopiens, *Kebra Nagast,* sowie ein anonymer historischer Text über das Leben des Kaisers Tewodoros II., den ich im Internet gefunden habe (http://www.city-data.com/forum/africa/2308932-mad-dog-king-abyssinia-modern-founder.html). Alle diese Quellen sind bearbeitet, uminterpretiert und eingeschmolzen in die Substanz des Buches, obwohl ich mich bemüht habe, jede Einzelheit meines Romans bestens zu dokumentieren, sodass die Leserschaft daraus erfahren kann, wie die Geographie und Geschichte, die Religion und Kultur, die Bräuche der Bewohner, die Flora und Fauna jener Gegenden ausgesehen haben und was man getrunken und gegessen hat. In keiner der vier Welten, die sich in dem vorliegenden Buch überschneiden (Walachei, griechischer Archipel, Äthiopien und Judäa zur Zeit von König Salomon), erhebt *Theodoros* den Anspruch, mehr zu sein als ein fiktionales Werk.

Glossar

Aferim: aus dem Türkischen stammendes Wort, das eine Ermutigung oder Warnung ausdrückt

Aga: (rum.) historischer Name für das Amt, das späterhin Polizeipräfekt hieß, kommt aber aus dem Türkischen: im osmanischen Heer Bezeichnung für hohe Offiziere, Kommandeure

Amole-Tchew: Salzblöcke, die im 18. und 19. Jhd. in Äthiopien als Zahlungsmittel dienten

Anadan: Stadt in Syrien, unweit von Aleppo

Asákir-i Mansure-i Muhammediye: (türk.) siegreiche Armee Mohammeds als Bezeichnung der 1826 neu aufgestellten osmanischen Armee

Áspron: kleine türkische Silbermünze

Astarten: westsemitische Fruchtbarkeits-, Liebes- und Kriegsgöttinnen, traten häufig in der Mehrzahl auf

Avram: (rum.) Abraham

Ayshal: äthiopischer Ort der Schlacht vom 29. Juni 1853

Äsopia: griechische Herkunftsregion (Thrakien) von Äsop, aber auch Gattungsname seiner Texte

Baale: antike Götter im syrischen und levantinischen Raum, zumeist Berg-, Wetter- und Fruchtbarkeitsgötter

Baba Hârca: alte Hexe aus der rumänischen Volksmythologie

Beci: alter rumänischer Name für Wien

Begräbnisse mit der Tanne: rumänische Redewendung für die Beerdigung junger, noch unverheirateter Männer

Bej: (türk.) Herrscher über einen Ort, ein Gebiet

Berbere: äthiopische Gewürzmischung

Bimbascha: (türk.) Anführer von tausend Mann im osmanischen Militär, später Rang eines Majors

Bojar: (rum.) Name für Großgrundbesitzer, zumeist mittlerer und niederer Adel mit schier absolutistischem Herrschaftsgebaren

Borde: (ähtiop.) fermentiertes Getränk auf Getreidebasis, vor allem aus Sorghum-Hirse und Mais

Brachet: (altd.) Brachmonat, Juni

Braga: (rum.) aus vergorenem Getreidemehl oder Brot hergestelltes, säuerliches Erfrischungsgetränk

Brașov: dt. Kronstadt

Caina: (dt. auch Kaina) Region in Dantes 9. Höllenkreis (31.–34. Gesang), worin die Verräter an Verwandten bis zum Kopf in einem See eingefroren büßen

Calea Șerban Vodă: Straße in Bukarest

Cheka: (äthiop.) fermentiertes Getränk auf Getreide- und Gemüsebasis, das vor allem im Südwesten Äthiopiens konsumiert wird, in den Provinzen Dirasge und Konso

Der Brunnen / Weiher mit der Rinne: (rum.) die Sternbilder Pegasus und Andromeda

Die Henne mit den goldenen Küken: (rum.) das Siebengestirn, die Plejaden

Die Königstochter mit dem Tragjoch: (rum.) das Sternbild des Schwans

Die Sense: (rum.) Kepheus

Enkutatsh: äthiopisches Neujahr, nach gregorianischem Kalender der 11. September

Ephod, Urim, Thummim: am Ephod (Efod), dem Gebetsmantel des israelitischen Hohepriesters hingen die unterschiedlich gefärbten Los- und Orakelsteine Urim und Thummim

Exorassen: schwarze Kutten (Priester- oder Mönchsgewand)

Fanarioten: Griechen aus dem Istanbuler Stadtteil Phanar, die im 18. Jhd. in den osmanisch besetzten Gebieten des Balkans im Auftrag der Hohen Pforte unterschiedliche Verwaltungs- und Herrschaftsaufgaben übernommen hatten

Fasolakia: griechisches Gericht aus grünen Bohnen

Fellache: arabischer Feldarbeiter, vor allem in Ägypten und Palästina

Fir-Fir: (äthiop.) Rührei mit Gemüsen

Gaspar: Kaspar (einer der Heiligen Drei Könige)

Geamparale: traditioneller rumänischer Tanz aus der Dobrudscha (Südostrumänien zwischen Donau und Schwarzem Meer)

Ge'ez-Sprache: die altäthiopische Sprache, hat nur als Kirchensprache überlebt

Genbot: (äthiop.) Mai

Gesho: Äste des äthiopischen Faulbaums (auch Bergkiefer), die zur Herstellung von Bier oder Honigwein verwendet werden; äthiopischer Aroma-Hopfen

Gruia Novac: Sohn von Baba Novac, eines Haiducken und Söldners, erbitterten Kämpfers gegen die Osmanen. Serbischer Nationalheld. 1601 in Cluj (Klausenberg) auf dem Scheiterhaufen verbrannt

Gymnosophisten: nackte Weise, nackte Gaukler, denen Alexander der Große bei seinem Feldzug in Ägypten begegnete

Habesha-Kemis: (äthiop.) das traditionelle Kleid der Habesha-Frauen

Hagiu: Bezeichnung für Pilger; Christen, die nach Jerusalem, Moslems, die nach Mekka gereist sind (sich auf den Hadsch begeben haben)

Haiduck(en): rumänische Freischärler, die die Reichen bestohlen und den Armen geholfen haben, mitunter auch Freiheitskämpfer

Hangerliu: eigentlich Constantin Hangerli, Fanariotenherrscher in der Walachei (1797 bis 1799), der für seine Habgier von der Hohen Pforte hingerichtet wurde

Heldenblut-Blüten: im rum. Original *sângele voinicului*, werden die Blütenpflanzen Lathyrus odoratus (dt. Duftende Platterbse oder Duftwicke) und / oder Nigritella rubra (dt. Wildes Kohlröschen oder auch Schwarzes Kohlröschen) genannt; wie diese bescheidenen Blümchen zu ihrem rumänischen Namen gelangt sind, ist nicht zu ermitteln

Heumond: (altd.) Heumonat, Juli

Homoiousion: (altgr.) ein christlich theologischer Begriff aus dem 4. Jhd., der eine bestimmte Gruppe von Theologen bezeichnet, die der Überzeugung waren, dass Gott der Sohn ein ähnliches, aber nicht identisches Wesen mit Gott dem Vater hat

Homoousion: (altgr.) gleich im Sein, gleich im Wesen, ein christlich theologischer Begriff, der Jesus als wesensgleich mit Gott dem Vater beschreibt

Iancu Jianu: (1787 bis 1842) war ein walachischer Gutsbesitzersohn und Haiduck

Ibrahim: Abraham

Ikosar: türkische Münze aus Silber oder Gold, die in der Walachei kursierte

Injera: (äthiop.) säuerliches Fladenbrot

Irod: Herodes

Ishak: Isak

Jaldabaoth: (Gnosis) der Schöpfer der materiellen Welt, zum Teil dargestellt als löwenköpfige Gottheit, galt als Demiurg, der die Menschen in dieser Welt gefangen hält

Jii: der Fluss, der rumänisch Jiu und auf Deutsch Schil heißt, die Karpaten in Nord-Süd-Richtung durchschneidet und in die Donau mündet

Kalpa: (Sanskrit) die Zeit, die das Universum braucht, um zu entstehen, zu vergehen und in den Urgrund des kosmischen Ozeans zurückzukehren

Kashkaval: ein gelber, halbfester Käse, der in allen Balkanländern und in der Türkei überwiegend aus Schafsmilch hergestellt wird

Katoblepas: mythologisches Tier, das sich angeblich an der Grenze zu Äthiopien befindet und nach unten blickt; einem Rind (Stier, Ochsen) ähnlich, von Plinius dem Älteren erstmals beschrieben

Keribo: (äthiop.) traditionelles fermentiertes Getränk aus Gerste und Weizen

Ketubim: (Ketuvim) Teil der Hebräischen Bibel, enthält die späten Schriften Daniel, Esra / Nehemia, Ester, das Chronikbuch sowie Einzelpsalmen und Sprichwörtersammlungen

Khat: die Blätter des Khat-Strauchs enthalten Cathin, das mit Amphetamin verwandt ist, sie werden gekaut oder getrocknet geraucht

Kibbeh Nayyeh: syrisch, libanesisches Gericht aus rohem und gegartem Fleisch mit Bulgur

Kifto: (äthiop.) Beef Tatar
Kirpane: Krummdolch der Sikhs
Kleftiko: (griech.) mit Gemüse geschmortes Lamm
Kittim: das biblische Königreich Kition auf Zypern
Koloszvár: rumänisch Cluj, deutsch Klausenburg, Stadt in Siebenbürgen, Rumänien
Kordelia: traditionelles Nudelgericht auf Chios
Korefe: (äthiop.) schäumendes, leicht alkoholisches Getränk aus vergorener Gerste und unter Zusatz von Gesho-Blättern
Lamperá mátia: (griech.) strahlende Augen
Luth: eine Art Laute
Mahmudyien: türkische Goldmünzen, die in der gesamten Levante kursierten
Mahout: Führer, Reiter und zumeist auch Eigentümer eines indischen Elefanten
Majangir: eine kleine, in Äthiopien von dem gleichnamigen Volk gesprochene Sprache
Matei, Marcu, Luca, Ioan: (rum.) Matthäus, Markus, Lukas, Johann
Megali Idea: die Große Idee, bezeichnet das Motto des griechischen Nationalismus bis etwa 1922
Mehterhane: seit dem 17. Jhd. der osmanische Name für Musikkapellen
Mercator: Gerhard Mercator hat im Jahr 1569 in Duisburg die erste winkeltreue Weltkarte gezeichnet, die auch für die Seefahrt geeignet war, seine Söhne und Enkel führten die Kartenproduktion fort
Meskerem: (äthiop.) September, beginnt nach dem gregorianischen Kalender am 11. September
Mijwiz: Doppelflöte
Napulion: klingt wie eine Verballhornung des Namens von Napoleon; (Na)pulion spielt auf das rumänische Wort *pula* für Schwanz (Penis) an; allerdings soll Napoleon im 19. Jhd. aufgrund des weithin verbreiteten Analphabetismus von den einfachen Rumänen ohne herabsetzende Absicht Napulion, Nabuleon und in weiteren verballhornt anmutenden Varianten ausgesprochen worden sein

Nebiim: (Neviim) die Schriften der fünfzehn Propheten im Judentum

Nisan-Monat: (hebr.) auch Nissan, der siebte Monat nach dem jüdischen Kalender; verglichen mit dem gregorianischen Kalender schwankt der Monatsbeginn, fällt aber in den Zeitraum zwischen Mitte März und Mitte April

Noroc: rumänische Trinkformel, dem deutschen Prost entsprechend (wörtlich: Glück)

Ogdoade: (Gnosis) eine Gruppe von acht göttlichen Wesen oder acht Äonen

Ogol: (äthiop.) Honigwein, der im Westen Äthiopiens aus der Rinde des Mange-Baums und wildem Honig hergestellt wird

Opanken: traditionelle rumänische Bundschuhe, meist aus einem Stück Leder gearbeitet

Orichalchkus: eine Art kostbaren Metalls, von dem die antiken Griechen sprachen

Pagume: (äthiop.) September – beginnt nach gregorianischem Kalender am 6. September

Palikári: freiwillige Kämpfer im griechischen Unabhängigkeitskrieg 1821 bis 1829; auch Freischärler und Abenteurer

Paschalik: (türk.) bezeichnet die Würde oder den Amtsbereich eines Paschas im Osmanischen Reich

Podul Mogoşoaiei: wörtlich übersetzt Mogoşoaiei-Brücke, *podul* / die Brücke ist allerdings als Damm gedacht: Knüppeldamm, also Mogoşoaiei-Damm, Straßenname in Bukarest

Prophet Miheia: entspricht dem Propheten Micha

Qibat-Glauben: eine orthodoxe äthiopische Sekte

Rachat: (rum. rahat) aus gesüßten Nuss- oder Sonnenblumenkernen hergestellte Süßspeise

Ramayana: Geschichte des Prinzen Rama (in Sanskrit), neben dem Mahabharata das zweite indische Nationalepos, 4.–2. Jhd. vor Christus

Re-ese Mekwanit: (äthiop.) Titel: Erster unter den Adligen

Salep: ein aus der Türkei stammendes Getränk aus Milch, Zucker, Zimt und dem Mehl aus der Wurzel einer wilden Orchideenart

Sarmale: (rum.) Krautwickel, mit Reis und Fleisch gefüllte kleine Kohlrouladen, griechisch Sarmalaki, hier auch gefüllte Weinblätter (arabisch-türkischer Herkunft)

Scouse: ein Dialekt des Englischen, der in der Region Merseyside um Liverpool gesprochen wird

Sefer ha-Bahir: ein anonymes Werk der jüdischen Mystik (Kabbala)

Shama-Röcke: traditionelle äthiopische Kleidung, ursprünglich aus einem (vor allem weißen) Stoffstück bestehend

Shamita: (äthiop.) fermentiertes Getränk aus dem Mehl von gerösteter Gerste, bierartig

Sharab Ward: libanesisches geeistes Getränk mit Rosenwassersirup

Shifta: (äthiop.) Bezeichnung für Gesetzlose, Aussätzige, Verelendete

Shiro be Kibbe: (äthiop.) scharfes Gemüsegericht

Skaraotzki: (rum. Scaraoţchi) rumänisch-orthodoxer Name für den Obersten der Teufel

Skuphoi: Mützen, wie sie die Mönche auf dem Berg Athos tragen, zylinderförmig und mit flachem Deckel

Souma: Destillat aus Trauben und Wein; »Raki« aus Rhodos

Stifado: (griech.) mit Zwiebeln geschmortes Rindfleisch

Sugiuc: Süßspeise bestehend aus in süßen Wein eingelegten Nüssen, Mehl und Gewürzen

Syzygie: Stellung von Sonne, Mond und Erde in annähernd gerader Linie

Tahsa: (äthiop.) April

Tej: (äthiop.) Honigwein oder Met, dem bei der Gärung Stängel und Blätter des Gesho-Strauchs zugesetzt werden

Tella: trüb schäumendes, bierähnliches Getränk in Äthiopien, gebraut aus Hirse, Malz und gesäuertem Brot

Tordai Sóbánya: (ung.) Salzbergwerk in Siebenbürgen (Rumänien) bei Torda (ung.), Turda (rum.)

Tunsu: sprechender Name, rumänisch der Geschorene

Tzarigrad: alter slawischer und dann auch rumänischer Name für Konstantinopel, Istanbul

Uliţa Şeilarilor: dt. Sattlergasse (in Bukarest)

Valtazar: Balthasar (als einer der Heiligen Drei Könige)
Viflaim: Bethlehem (im alten Rumänisch)
Vodă: (rum.) Fürst, Herrscher
Yuga: im Hinduismus die Bezeichnung für die vier Weltalter
Zemene Mesafint: (äthiop.) die Prinzenzeit in Äthiopien, kriegerische Auseinandersetzungen um die Macht, sie begann Mitte des 18. Jhd. und endete 1855 mit der Schlacht bei Derasge und der Krönung des Königs Theodoros II.
Zburător: Gestalt aus den rumänischen Volksmärchen (deutsch vielleicht Fliegerich), ein übermenschliches männliches Wesen, das durch die Lüfte fliegt, zur Nacht ersehnterweise in die Schlafstuben der Mädchen kommt und diese in krankhafte (melancholische) Liebesphantasien stürzt